上海师大中文学术文库
刘畅／主编

# 法国经典文学研究

郑克鲁 —— 著
朱振武　王青松　郁　青 —— 编

中西书局

## "上海师大中文学术文库"学术委员会

陈伯海　蒋哲伦　王纪人　杨国华　范开泰
潘悟云　朱宪生　曹　旭　梅子涵　杨文虎
杨剑龙　张谊生　徐时仪　朱易安　陈　飞

## "上海师大中文学术文库"编委会

朱恒夫　陈昌来　朱振武　詹　丹　查清华
林在勇　施　晔　宗守云　李　丹　郑桂华
曹秀玲　董丽敏　宋莉华　吴夏平　王宏超
刘　畅　潘黎勇

# 著者简介

郑克鲁(1939年8月—2020年9月),广东中山人,生于澳门。著名翻译家和法国文学研究专家。上海师范大学二级教授,博士生导师。1962年毕业于北京大学西语系法语专业,同年成为中国社科院文学研究所研究生,师从李健吾。1981年至1983年在法国巴黎第三大学当访问学者。曾供职于中国社科院外国文学研究所,任武汉大学法语系主任兼法国问题研究所所长及《法国研究》杂志主编。1986年担任中法合办法国语言文学博士预备班中方负责人。1987年就职于上海师范大学,历任上海师范大学文学研究所所长、中文系主任、校图书馆馆长、欧洲文化与商务学院荣誉院长、中国语言文学博士后流动站站长、国家重点学科"比较文学与世界文学"负责人;兼任全国法国文学研究会副会长、中国法国研究会副会长、上海翻译家协会副会长、上海比较文学协会副会长、中国作家协会理事、中国外国文学研究会理事等。1992年获国务院颁发的政府特殊津贴。

毕生从事法国文学的翻译、研究与教学。曾主持多项国家级科研课题,如《近代法国诗歌发展史》《现代法国小说史》《法国文学史》《普鲁斯特评传》等;主编《外国文学史》《外国文学作品选》系列教材(教育部"九五"社科规划重点项目、高等教育出版社精品教材),《法国文学史教程》(教育部"十一五"规划教材),《外国文学史》(教育部"马克思主义理论研究和建设工程重点教材")和《二十世纪外国文学史》等。出版专著11部、教材10部,发表论文90余篇,为法国文学和外国文学研究作出开拓性贡献:《法国诗歌史》是国内唯一一部法国诗歌发展史研究专著;《现代法国小说史》是国内20世纪法国小说研究领域唯一的断代史、体裁史著作;140万字的《法国文学史》,是一部广受好评的学术型文学史;主编的教材《外国文学史》(高教版)已出到第四版,20多年来总发行量突破160万册。翻译法国文学名著与社科著作56部,1700多万字。《茶花女》、《悲惨世界》、《第二性》、《基督山恩仇记》、《蒂博一家》、《青鸟》、《法国诗选》(三卷本)等被公认是最好、最畅销的中译本，国内多家出版社不断再版。编著的《外国文学史》《法国文学史》《外国文学作品选》《论巴尔扎克》等多次获教育部和上海市各类奖项。1987年荣膺法国文化部颁发的"文化教育一级勋章"；2008年荣膺中国翻译家协会授予的"中国资深翻译家"荣誉称号；2012年获得"傅雷翻译出版奖"。2018年荣获上海市第十四届哲学社会科学学术贡献奖。

## 本书三位编者简介

朱振武，博士（后），上海市二级教授，博士生导师，博士后合作导师，上海师范大学外国文学研究中心主任，比较文学与世界文学国家重点学科负责人，上海市"世界文学多样性与文明互鉴"创新团队负责人，国家重大项目、国家重点项目、国家出版基金等多项国家项目首席专家；在《中国社会科学》（中英文共3篇）等重要杂志和报纸发表论文400多篇，出版中英文著作20多种，译著和编著100多种，获得各类省部级奖项十几种，主讲的"中外文化比较与思辨"获评国家一流课程，《中国大百科全书》（第三版非洲文学部分）主编。主持译介的《达·芬奇密码》等丹·布朗的文化悬疑小说及中英文著作在国内外引起反响。中国作家协会会员，中国中外语言文化比较学会小说研究专业委员会会长等社会兼职几十种。

王青松，上海师范大学副教授，博士，硕士生导师，上海翻译家协会理事。主要研究美国文学、文化与翻译，出版专著、译著、教材20余部，在《外国文学评论》等核心杂志发表数十篇论文，主持完成教育部人文社科等项目多项。

郁青，上海师范大学副教授。专业方向：英美文学研究与翻译。主要著作：《海明威传》；译著：《弗吉尼亚·伍尔夫》《丛林故事》《铁路边的孩子们》。曾在《外国文学评论》等核心期刊发表论文十余篇。

# 总 序

查清华

1954年,火红的8月,上海师范专科学校宣告成立。中文科作为全校8个学科中规模最大的学科,以15位青年、7位中年教师构成的师资队伍,轰轰烈烈地开启其历史征程。到1963年,上海师范学院中文系教师已达88人,2024年的上海师范大学中文学科已近120人。一代代学人绳绳相续,怀揣梦想,辛勤耕耘,著书立说,教书育人,共同铸就中文学科的神圣殿堂。

从事中国古代文学与文献学研究的胡云翼、马茂元、章荑荪、曹融南、商韬、孙逊、李时人,从事语言文字学研究的罗君惕、张斌、许威汉、何伟渔,从事比较文学与世界文学研究的朱雯、朱乃长、郑克鲁、孙景尧、黄铁池,从事中国现代文学研究的胡山源、魏金枝、任钧、邵伯周,从事文艺学研究的徐缉熙,从事语文教育研究的姚麟园、何以聪等,可谓群星荟萃、俊杰云集。他们在各自的研究领域卓有建树,也为我校中文学科的发展奠定了坚实基础。

中国古代文学学科的开创者之一马茂元先生是古典诗歌研究大家,他的《古诗十九首初探》《楚辞选》《唐诗选》《晚照楼论文集》等著作深受学界推重,《楚辞选》《唐诗选》还被教育部指定为大学文科教材,有学者评曰:"一二十年间,全国文科学生几无不读茂元之书者;读其书者,则莫不喜爱而服膺之。"另一位重要的开创者胡云翼先生是词学研究大家,早在20岁时便已出版被称为"第一部具有现代学术价值的词史专著"的《宋词研究》,1956年调入我校后完成的《唐宋词一百首》《宋词选》等著作广受赞誉,以发行超百万之数获评"中国优秀畅销书"。章荑荪先生的曲学研究,曹融南先生的汉魏六朝文学研究,商韬先生对元杂剧和中国古代小说理论的研究,李时人先生对中国小说史与明清文学的研究等,均在各自领域开辟新境,在学术界产生了深远的影响。要特别提及的是,孙逊先生不仅致力于中国古代小说研究,其《红楼梦脂评初探》《明清小说论稿》《中国古代小说与宗教论稿》等著作具有重要学术价值,而且在域外汉文小说及都市文化研究领域独辟蹊径,成就卓著。在担任人文学院院长、中文一级学科带头人的多年里,他运筹帷幄,精心谋划,为学科建设作出了不可磨灭的贡献。

罗君惕、张斌、许威汉等先生是上海师大语言学科的开创者。罗君惕先生专工古文字研究,著有《说文解字探原》《中国汉文字和汉文字学的源流》《秦刻十碣考释》等,其中《说文解字探原》是他历时四十年才最终完成的煌煌巨著,至今为学界尊崇。张斌先生在汉语语法研究方面成就斐然,其《汉语语法学》《现代汉语描写语法》等论著开新立派,曾荣获上海市哲学社会科学界的最高奖项——上海市哲学社会科学学术贡献奖。许威汉先生是词汇学和训诂学研究名家,他的《汉语词汇学引论》《训诂学导论》《训诂学教程》等著作获得学界高度评价,被誉为"博通宏肆,殊多新见","发前人所未发"。

上海师大比较文学与世界文学学科为国家重点学科,其奠基者朱雯、朱乃长等先生均为蜚声海内外的翻译家、外国文学研究专家,在外国文学作品及理论的译介和研究上成果丰硕,如朱雯先生对阿·托尔斯泰、雷马克等作家作品的译介,朱乃长先生对 E. M. 福斯特的《小说面面观》、麦克尤恩的《无辜者》等著作的译介,至今仍为学界所称道,也形成了这个学科研究与翻译并重的传统。此后,郑克鲁先生对法国文学、外国文学理论的翻译和研究及对外国文学史的研究,孙景尧先生对中国比较文学学科体系、理论体系的探索,黄铁池先生对欧美文学、中外文化诗学的研究,为比较文学与世界文学学科的发展作出了卓越贡献。

他们是名家,也是名师,在学术研究的同时,一直致力于教书育人,以科研为教学提质,以教学促科研增效。当我们翻开中文系档案,1954 年的"教师名册"记录着:"马茂元,36 岁,担任中国文学讲授,每周 6 小时。张斌,34 岁,担任现代汉语及实习,每周讲授 8 小时……"

据学生回忆,一生著书数十种的胡云翼先生,将教书育人视为神圣事业。他备课极为认真,每节课都投入大量时间和精力,准备数倍于课程内容的材料。他曾说:"讲课又不是开留声机,炒一遍现饭就行了。而是要因人而教,因时而教,因自我认识的长进而教,绝没有重复的课程,每次讲课都要有新意。"著名翻译家、作家、外国文学研究专家朱雯先生共发表作品170多万字,翻译作品500多万字,他讲外国文学作品和相关理论时旁征博引,逻辑清晰,能像磁石一样牢牢吸引住学生,以至历届学生都把听朱先生讲课当作一种艺术享受,称朱先生的讲义就是一篇篇严谨而又精美的研究论文。著名语言学家张斌先生也是教书育人的典范,直至93岁高龄,他仍坚持站着上课,且从不迟到,生动地诠释了"为之不厌,诲人不倦"的师道精神。著名翻译家和外国文学研究专家郑克鲁先生在外国文学史教学体系建设上居功甚伟,先后主编了教育部"十一五"规划教材《法国文学史教程》《二十世纪外国文学史》和高等教育出版社精品教材《外国文学作品选》等,他主编的教材《外国文学史》(高教版),20多年来总发行量突破160万册。著名比较文学和外国文学研究专家孙景尧先生,30余年不间断地为本科生开设比较文学课程,这门课获评我校第一门国家级精品课程;他还经常带着研究生长途跋涉,去贵州边远地区支教,许多年轻学子在他感召下选择了从教之路。

从学科成立至今,已然70个春秋。上述名师只是上海师大中文学科被缅怀的部分代表,还有许多为学科为专业作出重要贡献的老师,限于篇幅,无法一一提及。他们的学术成果泽被后世,师道精神代代相传,被载入本学科发展的史册。

正是在他们的引领下,中文学科形成深厚的学术底蕴和鲜明的研究特色,先后获批全国首批硕士学位授权点、首批全国高校古委会人才培养基地、首批国家级文科人才培养基地,较早获批一级学科博士后流动站、一级学科博士学位授权点、教育部人文社会科学重点研究基地、国家重点学科、教育部特色专业、国家语言文字推广基地、国家级专家服务基地,获首批上海市重点学科、上海市高峰学科等,并入选上海市高水平地方大学(学科)建设计划,在最近一轮教育部学科评估中,其成绩使本校获得历史性突破。

学科的优势和特色,需经过岁月的漫长淬炼才逐步成型。因此无论世间如何喧嚣,我们都应该向优秀前辈学习,敬畏天道,敬畏学术,敬畏讲台,守护好我们的人文传统；同时也要遵循"文律运周，日新其业"的通变法则，根据新时代的需要，在传统的地基上开疆拓土，寻找新的学术增长点。

当今天的我们在这里赓续前辈的文脉、分享他们的文化芬芳时，我们心怀感恩，由衷敬仰。基于此，在上海师范大学建校70周年之际，中文学科策划出版这套"学术文库"，先行选录本学科已故学者的部分代表性论著，此后再陆续推出其他，既为礼敬前辈学者的学术贡献，也为传播其历久弥新的学术思想或治学方法，更为传承他们的师道精神。我相信，这些著述在今天重新面世，不仅学术上能施惠学人，也将流布"明明德、亲民、止于至善"的"大学之道"，还能使读者从中感悟"化成天下"的人文理想。

是为序。

2024年7月8日于上海市桂林路文苑楼

# 代序一 《法国文学纵横谈》序言

这本集子(编者按,指《法国文学纵横谈》)里收集的文章,是我在20世纪80年代末、90年代和本世纪初年的一部分研究成果,集中论述了法国文学。我将内容分为两部分,一是对作家和流派的评述,一是对作品的具体分析。前者可说是宏观研究,后者则是进行微观研究。

我与法国文学的因缘已有近半个世纪的历史。想当初,我在上中学时最感兴趣的是俄苏文学与法国文学。由于当年(1957年)考大学时俄语专业不招收学生,我只得报考法语,侥幸考上了北京大学西语系法语专业。又碰巧大学毕业那年中国社会科学院文学研究所第一次招收研究生,于是有机会攻读法国文学,从此我走上了研究法国文学的道路。研究生毕业后恰值"文化大革命",故而我真正从事法国文学研究要到70年代。中国社会科学院自1970年从河南信阳的息县全部返回北京以后,运动处于半停顿状态,我们得以重新接触研究工作。在冯至的支持下,柳鸣九、张英伦和我决定撰写《法国文学史》,分工以后,我们三人分头进行写作。(与《法国文学史》同时进行的还有《美国文学简史》的写作。)这段时间长达七八年。撰写《法国文学史》是我真正从事法国文学研究的开端,给了我锻炼的机会,使我在科学研究上逐渐成熟起来。我认真接触了法国的中世纪文学、文艺复兴时期文学、古典主义文学和19世纪文学,应该说比我在研究生时期收获更大:我既要研究作家和流派,又要研究具体作品,虽然这种研究还不是很深入的,但毕竟给我打下了法国文学研究的坚实基础。因此,"文革"结束以后,我有可能更深入地研究法国作家及其作品,在不长的时间内出版了我的第一部论文集《法国文学论集》(1982年),当时是研究所里较早发表论文集的一个,因此得到了所长冯至的赞许。

如果说，我的第一个研究成果较丰富的时期是在1982年之前，那么第二个研究成果的丰收期是从80年代末至今。在此期间，除了发表专著《雨果》《法国诗歌史》《现代法国小说史》《法国文学史》以外，我还写出了一批论文，收集在《法国文学纵横谈》中的文章便包括了这一时期我最主要的成果。其中论及的作家有：巴尔扎克、福楼拜、梅里美、大仲马、雨果、乔治·桑、拉马丁、缪塞、小仲马、波德莱尔、兰波、普吕多姆、左拉、莫泊桑、朗松、普鲁斯特、塞利纳、尤瑟纳尔、维庸、拉辛等二十来位作家及其作品。涉及的面相当广泛，既有诗人和小说家，又有戏剧家和评论家。诚然，19世纪的作家占据了大半，但在流派的评述中提及的20世纪作家也不在少数。

有意思的是，这一阶段的研究是从诗歌开始的。我在法国留学期间，注意到法国诗歌的优美和丰富，发现法国诗歌在世界诗坛上占有极其重要的地位。19世纪二三十年代法国诗歌（象征派）对我国诗人就起过举足轻重的影响，而我以前不太注意法国诗歌。当时我萌生出要系统翻译诗歌的念头，于是有意识地搜集法国诗选。回国以后，从1987年起，我陆续翻译我经过选择的法国诗歌。1988年，上海师范大学中文系约请我开设选修课，我想到可以配合诗歌翻译做一点介绍法国诗歌的工作，便答应开设"法国诗歌欣赏"这门选修课。我一面进行诗歌翻译，一面准备讲课，写出诗歌评论的讲稿。当时，国内对外国诗歌的评论不多，一般是对诗人的整个创作加以评论，只有少数有里程碑意义的长诗才得到详尽的评论。而对一般的诗歌，往往只有简短的批评。我觉得这样做不够细致，未能介绍和传达出外国诗歌的内涵。我很想另辟蹊径，于是采用对一首诗加以长篇评论的方法，写成6000字以上的评论文字。例如从法国中世纪最后一位大诗人维庸的代表作《绞刑犯谣曲》分析与归纳出四点：维庸的个人剖白已经预示着资产阶级的个性解放；维庸以死亡题材入诗是一种近代意识；维庸化丑为美、丑中见美的描绘和艺术观，最早体现了近代资产阶级文学揭示的一条艺术准则；维庸诗作中谑而不虐、亦庄亦谐的风格表明他的艺术技巧比前人跨进了一大步。又如我将法国文艺复兴时期七星诗社的主将龙沙的爱情诗归纳为三种类型：赞颂式、启发式和感伤式，他的创作是层层递进的，能与现代诗歌的演变联系起来。再如我将法国浪漫派的第一位诗人拉马丁的代表作《湖》这首诗中感情表达的极端自发性和真诚与哲理沉思相结合的特点揭示出来。我认为缪塞的对话体长诗《五月之夜》的特点是真诚地抒发内心的痛苦,不进行议论,最能体现浪漫派的气质。我分析了波德莱尔的《忧郁之四》,认为他诗中表达的忧郁是《恶之花》的主旋律。这首诗的结构特殊(二十行诗只有两个句子),以九个意象(锅盖、牢狱、蝙蝠、铁窗、蜘蛛结网、大钟、柩车、希望哭泣、黑旗)去表达忧郁这种抽象的情感,从而阐述了这位诗人的通感手法和象征手法。我发现象征派的另一先驱兰波的名诗《醉船》写的是人的异化,这首诗最能体现兰波的通感手法。总之,我觉得这几篇诗歌欣赏还有一点新意,至少是言之有物。这些文章后来陆续发表在1988年至1990年的《名作欣赏》上,约有十来篇。"法国诗歌欣赏"这门课程获得同学们的喜爱,我感到自己的研究没有白费力气。在研究法国名诗的基础上,我进而想到研究法国诗歌史。在获得国家社科基金项目之后,我在1994年出版了《法国诗歌史》,至此,我的诗歌研究告一段落。需要补充提一句的是,《试论普吕多姆的诗歌创作》一文是我应他人之约撰写的一篇文稿,因故未能发表,收集在此也可弥补我对巴那斯派诗人的个案研究。

  法国小说异常丰富,我对法国小说的研究往往是应译者之约或者为自己的译本写序,如给巴尔扎克、福楼拜、雨果、乔治·桑、大仲马、小仲马、莫泊桑的小说写序。国外十分重视给名作写序,序言能指导读者阅读,在对作品进行深入浅出的分析的基础上,有可能提出真知灼见。这要比作家论或文学史的评论中对作品的分析要来得详尽和深入,很能体现序言作者的学识。这部集子里搜集了《包法利夫人》、《悲惨世界》、《康素爱萝》、《瓦朗蒂娜》、《莫普拉》、《基督山恩仇记》、《二十年后》、《漂亮朋友》、《一生》、《两兄弟》(即《皮埃尔和让》)、《茶花女》等小说的序言,这些序言都对各部小说作出了较详尽的分析。例如,通过法国现实主义的骁将福楼拜的代表作《包法利夫人》的思想内容和艺术成就的探索,我突出了福楼拜对真实性、客观性和艺术美的追求,说明为何福楼拜被20世纪的作家称作现代小说鼻祖。通过居世界第一位的浪漫主义小说家雨果的鸿篇巨制《悲惨世界》的分析,我特别指出雨果高超的心理描写和对照手法对小说艺术的贡献。乔治·桑的三部小说中以《康素爱萝》最为重要,这是一部社会小说,反映了18世纪广阔的社会面貌,塑造了一个女音乐家形象,将现实主义与浪漫主义有机地结合起来。大仲马是世界上数一数二的通俗小说家,《基督山恩仇记》这部小说的思想内容是进步的,其主要成就体现在艺术上。作为世界上通俗小说的典范,它的艺术特点表现在:情节曲折、安排合理;光怪陆离、熔于一炉;结构完整、一气呵成;善写对话、戏剧性强;形象鲜明、个性突出。大仲马创作的成功影响到金庸、古龙、梁羽生等我国当代通俗小说家。大仲马的另一部小说《二十年后》则巧妙地将传奇与历史壁画结合起来,这是对通俗小说的另一种探索。莫泊桑不仅是世界上杰出的短篇小说家,他的长篇小说也写得很成功。《漂亮朋友》继承了巴尔扎克揭露现实的传统,它的价值一是暴露了新闻界的黑幕,二是抨击了法国政府的殖民地政策,三是塑造了一个现代冒险家的典型。《一生》则传承了福楼拜的衣钵,小说通过女主人公的悲苦命运和虚度年华,表现人生虚空的哲理。而《两兄弟》是一部成功的心理小说,莫泊桑的探索非常深入:心理描写成为作品情节进展的有机因素和塑造人物的重要手段,他甚至扩展到描写思绪困扰现象和潜意识。小仲马脍炙人口的小说《茶花女》的成功在于使爱情诗意化和人物形象的描写真实而生动,叙述紧凑,文字流畅。上述对小说的分析力求抓住每部作品的成就和特色,阐明自己的一得之见。

此外,由于申请成功国家社科基金项目《普鲁斯特评传》,我对普鲁斯特的《追忆逝水年华》《欢乐与时日》也进行了研究,尤其对《追忆逝水年华》作了较多的探索。集子中收入的《独创的艺术手法》从回忆、时间颠倒、抓住不同层次的意识、抓住意识的自发状态、善于描写极其细微的印象、写梦等六个方面解剖普鲁斯特的意识流手法。《独树一帜的风格》认为复杂的长句与丰富的句型一主一次,构成了普鲁斯特创新的语言风格。《多方位,多声部的叙述方式》阐述了普鲁斯特如何丰富和发展了小说的叙述形式。《初露锋芒的试作》是对《欢乐与时日》的内容和特点的分析。这几篇文章力图勾勒出这位最重要的20世纪法国作家的创作特点和成就。我国评论界对普鲁斯特的研究还处在初级阶段,也许研究之困难是造成研究不深入的一个原因。我的研究目的在于起抛砖引玉的作用。我对巴尔扎克的研究是从70年代初开始的,这个作家是我所喜爱的法国作家之一。本集子所收入的有关巴尔扎克的篇目融会了我对巴尔扎克所搜集的一些材料。在写作《法国文学史》的过程中,我对塞利纳的《茫茫黑夜漫游》也写过长篇论文,对于这部20世纪的杰作,不应以作者后来的政治态度而加以抹杀。当下欧美将这位作家看作20世纪的重要作家,确实不是偶然的。这部小说对战争、殖民主义、美国的超经济剥削和法国底层人民的困苦生活,都有十分深刻的反映,是20世纪现实主义文学中不可多得的一部作品。除了对单部作品的研究,我也对某个小说家的小说创作进行过研究,例如关于巴尔扎克的中短篇小说、女作家尤瑟纳尔的历史小说。以往人们大多肯定巴尔扎克对资本主义的揭露是深刻的,而对他的艺术成就颇多微词。其实巴尔扎克作为一个大作家,他对艺术的探索和创新也是不可忽视和低估的。他的中短篇创作就是一个例子。他创作了极其丰富的中短篇小说,不仅数量多,而且从思想内容上来说也极为深刻。在艺术上,他对第一人称的探索超越了前人,第一次把第一人称的写法运用到出神入化的地步,直到莫泊桑出现才有了一个能与之比肩的作家。至于尤瑟纳尔,她革新了历史小说的创作。她的历史小说有两种类型,一是写历史题材,一是写她的家族史。前者力求符合历史真实,或者写真人,或者将某个历史阶段的杰出人物综合在一个虚构的人物身上。后者描写母系和父系的家族史,以此反映历史和社会的风貌。她敢于以第一人称去写历史小说,深入到人物的内心世界中去。而她写作历史小说的前提是不违背历史真实。在 20 世纪浩如烟海的历史小说家中,尤瑟纳尔能脱颖而出是并不令人奇怪的。

法国的文学批评在 20 世纪站到了世界的前列,涌现了一大批有世界影响的批评家和理论家。按理说,我也应该对此进行研究,但我因各种原因而未能顾及。目前我只对普鲁斯特在《驳圣伯夫》中发表的观点进行介绍,另外对著名文学史家朗松的文学史批评方法进行初步探讨。他们的文学批评处于 20 世纪法国文学批评的开端,因此可以算作我对 20 世纪法国文学批评的初步探索,这一方面只能留待以后再继续努力。

当然,我对法国文学的研究成果不止这些,由于篇幅所限,目前只能加以选择,编成此集。不过,我想,这些研究大体上也能构成对法国文学总体的管窥,虽有遗漏,仍不失为一种纵横谈——取其自由和随意谈论之意。

上海文艺出版社,2006 年 1 月

# 代序二 《郑克鲁文集》总序

我致力于法国文学的研究和翻译工作,回想一下至今竟已有六十年了。故,学生们建议我整理出版一套文集,以兹留念。这套文集起因源于此。

从中学时代起,我就喜欢阅读俄国文学和法国文学作品。遗憾的是,1957年报考大学时,俄文专业不招生,于是我便报考了法文专业,由此进入北京大学西语系法语专业学习。从1958年起开始参与系里组织的撰写文学批判文章的活动。一篇集体写作、由我统稿的关于《红与黑》的写作背景论文,曾经摘要刊登于《光明日报》,后又收入一本专辑。1960年,国内放映电影《红与黑》。我组织另外三个同学一起撰写了一篇评论影片与小说的异同和得失的文章,约8000字,并大胆地投稿给了《中国电影》杂志,经专家审阅后发表。由此,我踏上了法国文学研究之路。

1962年大学毕业后,我考入中国社会科学院文学所西方组(1964年转为外国文学研究所)攻读研究生。在读期间,我参与内部刊物的编译工作,并有几篇长篇译文发表在内部丛刊上。20世纪70年代初,组织上安排我和金志平合译《荷兰史》("我知道为什么"丛书),该书于1974年出版。这算是我的第一部译作。

在外文所时,我和柳鸣九、张英伦通力合作,开始编写《法国文学史》。我负责编写的内容包括中世纪、16世纪、莫里哀、高乃依、拉辛和散文作家。开始编写工作的前几年,主要是查阅资料和法文专家的评论,后编写成文10万余字。《法国文学史》在1979年出版了第一册,当时就在学界引起了关注。随后,我又参与了此书的巴尔扎克、福楼拜等作家的编写工作,成稿10万余字。这算是我从事法国文学研究的正式开端。

20世纪80年代期间,在进行法国文学的研究工作之余,我也抽空做了一些翻译工作:先是翻译出版了《家族复仇》;随后又翻译了《蒂博一家》,共100多万字,费时颇多。

1981—1983年获派法国巴黎第三大学做访问学者期间,我发现了法国诗歌这个"宝藏",便有意识地收集了很多诗歌选本。1987年来到上海师范大学工作后,应中文系老师之约,给学生开课讲解法国诗歌。这些讲稿陆续发表在《名作欣赏》上。后来因为申请到国家社科基金项目,我又用了几年时间对讲稿进行修订与增补,撰写成了《法国诗歌史》。

90年代初,我翻译出版了《基督山恩仇记》《茶花女》。这是我的两部重要译作。

那时,翻译作品在学校的工作考核中是不算成果的,我的主要工作还是做研究。从20世纪90年代至21世纪初,我先后出版了《法国诗歌史》《现代法国小说史》《法国文学史》,同时还撰写了此套文集中付梓的《普鲁斯特研究》一书中收录的多篇论文。这几部著作,是我对法国文学全面研究的心得,历时三十余载。我对法国文学的研究日渐深入,特别是对19世纪和20世纪法国文学有了更广阔的探索和钻研。以此为基础,我着手编写了整部法国文学史。

我的研究工作是逐层展开的。在撰写整部法国文学史时,我补充了之前自己缺少研究的部分,例如18世纪启蒙文学,主要涉及一些重要作家,如对孟德斯鸠、伏尔泰、卢梭、狄德罗的研究。这部书稿虽然有我前期对诗歌和小说的研究作为依托,仍然花费了我多年时间。现在得以付梓的这部《法国文学史》,约150万字,对法国文学史上重要的作家都作了相当充分的分析。

在此期间,为他人和自己的译作所写之序,以及一些相关的专题论文,汇总起来也有几十万字之多。我的研究除了汲取法国评论家的真知灼见以外,还加入了自己的一得之见,表达了我国研究者对法国文学的新见解。作为一名法国文学研究者,我已尽己所能,对法国文学的研究之广、之深,姑妄言之,在国内恐无可及者。尽管如此,仍难免缺漏。

至此,除了撰写独篇论文和译作的序言以外,我的研究工作基本上告一段落。

21世纪初,我选择并翻译了《悲惨世界》,随后又应出版社之约,翻译出版《第二性》。这两本书的影响也较大。

七十岁以后,我曾动过一次大手术。静养恢复后,我决心把以前想做而无法放手去做的事着手做起来;同时也感到无法再像多年以前那样以充沛的精力从事研究工作了,不如专心从事翻译工作,做自己想做的事。由于年事已高,不像年轻人那样不在乎时间,我便决定专门翻译经典文学作品。有法语与对法国文学的多年研究为基础,我的一系列译作,如《八十天环游地球》《海底两万里》《巴黎圣母院》《笑面人》《莫泊桑中短篇小说精选》《梅里美中短篇小说精选》《名人传》,等等,就这样产生了。有人说我的翻译已达到 1500 余万字,其实,字数的多寡并不是最重要的,重要的是翻译作品的质量要好。我认为,翻译作品的优劣,毋需己言,要看读者的意见和评价,看后人的评说。

回过头来再看这套文集,洋洋洒洒 30 余种,其中著作 5 种。在这里,我的遴选标准是不收入合著和合译的,比如有些编著,我的工作只占其中的一部分,收进文集就有点掠人之美了。当然,有些教科书使用量和影响力也是非常大的,如我主编的《外国文学史》(高教版),但毕竟不能算个人的著作,所以也未予以收入。

本套文集卷帙浩繁,谷雨和李玉瑶几乎是日夜兼程地编辑,才保证了图书的质量和出版的进度。在此我表示衷心的感谢。感谢商务印书馆上海分馆各位领导对本套丛书出版给予的大力支持。

本套文集肯定存在不少缺点,敬请方家不吝指正。

郑克鲁

2018 年元月

# 目 录

总序 / 001

代序一 《法国文学纵横谈》序言 / 001

代序二 《郑克鲁文集》总序 / 001

第一部分 综论 / 001

 《法国文学史》序言和结语 / 003
 古典主义悲剧思想艺术的新高度
  ——拉辛悲剧论 / 015
 法国启蒙文学的历史作用 / 025
 狄德罗对表演艺术的贡献 / 035
 现代法国小说的演变 / 045
 论法国短篇小说 / 054
 20世纪法国现实主义文学的发展 / 069
 法国小说与荒诞意识 / 080
 雨果小说简论 / 093
 论雨果小说的心理描写 / 108
 雨果的散文 / 118
 "这个人是一个世界"
  ——巴尔扎克生平及创作 / 122

论巴尔扎克 / 156

略论巴尔扎克的中短篇小说 / 186

梅里美的传奇小说 / 195

龚古尔兄弟的小说创作 / 203

百变的短篇小说家：左拉 / 212

左拉与自然主义 / 220

左拉文艺思想的嬗变及其所受的影响 / 229

左拉的文学批评 / 241

试析莫泊桑的惊悚小说 / 253

朗松的文学史研究方法简析 / 261

独创的艺术手法
　　——普鲁斯特意识流手法剖析 / 272

独树一帜的风格
　　——普鲁斯特的语言特色 / 288

一针见血的批评
　　——普鲁斯特对圣伯夫的有力批驳 / 302

论纪德的小说 / 312

史实和虚构的结合
　　——试论尤瑟纳尔的历史小说 / 332

加缪的文学之路 / 340

法国散文概述 / 353

法国诗歌概述 / 356

失恋者之歌
　　——法国爱情诗一瞥 / 362

寓言诗的翘楚
　　——论拉封丹的寓言创作 / 370

沙漠与绿洲
　　——18世纪法国诗歌 / 391

浪漫派诗歌的第一声号角
　　——拉马丁的诗歌创作 / 402

试论普吕多姆的诗歌创作 / 411

超现实主义的发展过程和理论主张 / 427

罗兰·巴特论布莱希特的戏剧 / 438

## 第二部分　作品分析 / 447

法国第一位抒情诗怪才
　　——维庸及其《绞刑犯谣曲》/ 449

心灵真诚的叹息
　　——拉马丁的爱情诗《湖》/ 459

痛苦的心声
　　——缪塞的《五月之夜》/ 466

《恶之花》的主旋律
　　——波德莱尔的《忧郁之四》/ 474

人的异化
　　——兰波的《醉船》/ 483

浪漫派先驱卢梭和《新爱洛依丝》/ 490

论雨果的《悲惨世界》/ 498

对法国大革命的独特眼光
　　——雨果的《九三年》/ 510

通俗小说的典范
　　——大仲马的《基督山恩仇记》/ 518

传奇与历史壁画的巧妙结合
　　——简析大仲马的《二十年后》/ 532

科学与幻想的紧密结合
　　——凡尔纳的《八十天环游地球》/ 538

乔治·桑和《康素爱萝》/ 542

乔治·桑《莫普拉》简论 / 554

乔治·桑《瓦朗蒂娜》简论 / 561

论斯丹达尔的《红与黑》/ 570

金钱的罪恶

——论巴尔扎克的《高老头》／578
论巴尔扎克的《幻灭》／583
资产阶级暴发户的典型
　　——巴尔扎克《欧也妮·葛朗台》简析／602
批判深刻　形象动人
　　——读巴尔扎克的剧本《做纸花的姑娘》／609
论福楼拜的《包法利夫人》／612
福楼拜的史诗小说《萨朗波》／624
小仲马《茶花女》简析／637
又一个敢作敢为的女性形象
　　——论戈比诺的《红色手绢》／644
工人运动的第一部悲壮史诗
　　——左拉的《萌芽》／649
论莫泊桑的《漂亮朋友》／659
论莫泊桑的《一生》和《两兄弟》／667
初露锋芒的试作
　　——简析普鲁斯特的《欢乐与时日》／683
巨著之前的试笔
　　——普鲁斯特的《让·桑特伊》／704
多方位、多声部的叙述方式
　　——普鲁斯特《追忆逝水年华》的叙述创新／714
揭露资本主义罪恶的杰作
　　——塞利纳的《茫茫黑夜漫游》／726
宏伟瑰丽的交响乐
　　——谈罗曼·罗兰的《约翰·克利斯朵夫》／736
20世纪批判现实主义的又一鸿篇杰作
　　——马丁·杜伽尔的长河小说《蒂博一家》／748
存在主义文学、加缪和《沉默的人》／761
女性主义的经典
　　——波伏瓦《第二性》／767

辛酸的幽默
　　——评"黑色幽默"小说《回忆》/ 777
略论尤瑟纳尔的《东方故事集》/ 782

第一部分　综论

# 《法国文学史》序言和结语

## 一、序　言

　　法国著名的文学史家朗松在他的《法国文学史·前言》中说:"一部《法国文学史》应该是整个一生的完满结局和结果。"这句话意思是说,独力完成的一部文学史需要一生的钻研和努力撰写,这确是甘苦之谈。大凡大型的文学史,通常有两种写法。一是集体写作,十数人乃至几十人通力合作,写成 5 卷甚至 10 卷以上;有的合作者分别是断代史的专家,有的合作者则是普通教师或研究者。这种写法的优点是,大致能保证每一章节的质量。然而问题是,各人有各人的写法,体例不能完全统一,学术水平参差不齐。另一种是个人专著,整部文学史保持统一风格,贯彻自己的写作意图,作者需要穷年累月地积累材料,对一个个重要作家和重大文学现象进行潜心研究,先写出论文,等待编写的时机成熟,然后再着手文学史的写作。从 19 世纪末至 20 世纪上半叶,这种文学史写法似乎占据主导地位,大约写成 100 万至 150 万字,再多便力有未逮。近半个世纪以来,大概由于一个人的精力有限,不可能熟悉整个文学史,况且其他事务缠身,很难长年专心一致地写作一本书。于是,多人写作的文学史便在文学史的写作领域占了主导地位,而由某个权威作为主编。

　　至于文学史本身,也有两种区别,一是学术著作,一是教科书。学术著作如朗松的《法国文学史》,教科书如卡斯泰主编的《法国文学史》、布吕奈尔主编的《法国文学史》(两册)、安德烈·拉加德和洛朗·米沙尔编写的 7 卷《文本与文学》、皮埃尔·阿布拉汉和罗朗·德斯纳主编的多卷本《法国文学史教程》等。学术著作能体现作者的学术见解,对作家作品和文学发展潮流分析深入,常有一得之见,尤其是作者所熟悉、有特殊研究的作家作品，评价深中肯綮。教科书则注重作者生平、代表作内容情节简介、作家的思想和艺术特点，条理性更强，便于学生领会和掌握。近期，学术著作式的文学史已逐渐为教科书式的文学史所取代，原因在于后者销路广，写作快，符合市场经济的要求。值得注意的是，最近出现了一种新型的文学史，例如美国耶鲁大学法国文学系教授德尼斯·霍利埃主编的《法国文学史新编》(1989)。这部多人合写的文学史，"新"在不是具体论述每一位作家，而是按哪一年出现的文学事件来叙述有关的作家或作品。由于美国拥有丰富的法国文学资料，美国的法国文学专家就有可能写出不为法国文学史家所注重的事件和史实，所以这部文学史具有参考价值。

这部《法国文学史新编》获得成功，提出了如何编写外国文学史的问题。具体说来，在我国，如何编写《法国文学史》呢？目前读者需要的还是一部完整的《法国文学史》，就是说从头至尾，对作家作品要有较深入的分析，对每个时期文学的发展要有论述，要以我们自己的观点去评价法国文学。可是我国还缺乏这样一部较详尽的《法国文学史》。眼下读者手中的这部文学史就有填补空白的作用。一是它从中世纪叙述到20世纪末，二是它按我们的思路和观点来编写。这不是一部法国人编写的文学史的翻译或编译，这是一部写给中国人看、符合中国人要求的《法国文学史》。它不仅需要作者掌握丰富的材料，对重要作家和作品有过较深入的研究，而且要求作者熟悉各种版本的《法国文学史》，阅读大量作品，拥有法国批评家的大量论著，了解各种研究方法和各个批评流派的观点，善于吸取行之有效的分析方法。这确实像朗松所说的，要穷一生之精力。笔者从大学和研究生毕业以后，就没有放弃过研究法国文学，这部《法国文学史》可以说是笔者大半生的成果总结。

我国有些外国文学工作者至今仍有一个偏向，就是不读原文，不了解作家的所在国文学专家的评论，也即从中文到中文，丢开原文，只根据某一种文学批评方法去分析外国的作家作品，还对自己的成果沾沾自喜。朗松说得对："人们不会明白，艺术史能免去观看油画和塑像。文学和艺术一样，人们不能取消作品，作品是个性的保存者和显示者。如果阅读原文并非是持续阐明文学史及其最终目的，那么文学史就只能获得贫乏的和无价值的知识。"朗松在这里是反驳勒南不需要阅读原著的错误说法，但这段话也可以用在这里。翻译过来的外国文学作品同原文必然有差异，特别在语言上很难复制原著的风格和艺术特点。不读原著，总是不能体会原汁原味,特别是抓不住原著的艺术特点。另一方面,外国文学专家往往一辈子在研究一个作家,他们对这位作家的研究有不少真知灼见。倘若你一无所知,你怎能透彻了解这位作家和他的作品呢？正如一个外国人想研究《红楼梦》,却从未读过中国的红学专家的论著和文章,怎能设想他对《红楼梦》能发表独到的见解呢？据此,笔者力求阅读原著和法国文学批评家的论著,无法见到的作品或次要作家也尽量多参考几本法国人的评论,以求客观和准确。

这部《法国文学史》编写的原则是,将学术著作与教科书的写法结合起来。它具有教科书的优点,即有如下几个部分:作家的详细生平和创作道路、重要作品的情节介绍和分析、作家的思想和艺术特点。它同时也有学术著作的要素,即具有如下几个特点:较深入地分析每个历史时期的文学、详细阐述每个文学流派的发展状况、综合分析作家的作品内容、对艺术分析较为重视。这种写法是对现有的各种《法国文学史》的一种变通和改造,更适合我国的文化工作者和大学生、研究生阅读。它避免了有的文学史以几乎一半的篇幅去介绍文化历史经济背景的写法(如法国社会出版社的版本),又避免了有的教科书过于简略的作品分析和艺术分析。在进行作品分析时,本书与我国现有的外国文学史的写法又有不同,一般不是一部部去分析作品。除了某些作家只有一部重要作品,不得不专门加以分析以外,本书对作品的分析基本上采取了综合的方法,即对这位作家的作品进行全面的分析,其中所举的例子突出重要作品。因为不少作家的重要作品相当多,如莫里哀、高乃依、拉辛、巴尔扎克、左拉、莫泊桑、法朗士、纪德、杜阿梅尔、于勒·罗曼以及各流派诗人,等等。倘若一部部作品分析过来,则所占篇幅过长,一位重要作家即使写上十万字也难以写尽。作为一部篇幅130万字的文学史,这样去写很可能篇幅比例不得当。况且,对每部作品的分析需限制在5000字以内,不能像论文那样畅所欲言,于是往往会写成四平八稳,难以达到精彩的地步;而综合分析即可避免这一不足,又可从一个崭新角度去认识这位作家,把握这位作家的作品所达到的成就,较充分地发表作者的观点,取得较好的效果。读者会注意到,本书对作家的整个思想进行了一定深度的剖析,这是我国现有的外国文学史很少做的工作。这种综合分析有很大的难度,必须全面了解这位作家的创作,掌握这位作家在文章、日记、书信中涉及的有关言论,加以概括,理出荦荦大者,才能让读者看出这位作家的思想,正如对作品进行综合分析所达到的结果那样。本书对作家的艺术成就尤为重视:

一位作家之所以取得成功，除了他的作品具有很高的思想价值以外，是因为他在艺术上取得了突破性的成就；有的作品主要是由于艺术上的成就而在文学史上取得一席之地。朗松的《法国文学史》今天读来仍有启发意义，主要原因在于朗松注重艺术分析，而且有不少独特见解。过去我国的外国文学史忽略了艺术分析，后来虽有改进，但艺术分析还停留在表面上，往往是蜻蜓点水式，用套语和一般的艺术分析来搪塞，而不是深入到作品的内里，分析出作品艺术上的奥妙，让读者领会作家高超的艺术技巧，其实这样才能全面地介绍艺术作品。话说回来，本书这种艺术分析也是言简意赅的，不可能展开来充分叙述。总起来说，本书对作家的思想和作品都作了一定的条分缕析，便于读者了解和掌握。读者会注意到，本书吸取了法国批评家的某些新方法，如文本细读、叙述学分析、结构主义分析、心理学分析、神话原型分析，当然不排除社会学分析。多种方法的运用，既能吸收法国批评家之长，又能活跃文字，增加阅读趣味。另外，本书力求文化视野更为开阔，以阐明文学与社会、经济、哲学、科学之间存在的千丝万缕关系。

　　本书对文学史的分期基本上按照法国历来遵循的格式，即分为中世纪文学、16世纪（文艺复兴时期）文学、17世纪（古典主义时期）文学、18世纪（启蒙时期）文学。至于19和20世纪文学，由于内容丰富，所占篇幅很大，所以又分为19世纪上半叶文学、19世纪下半叶文学、20世纪上半叶文学、20世纪下半叶文学。每一章都有一篇《概述》，论述这一时期的历史文化背景、各种文学样式的形成和发展、文学思潮的演变和特征，属于总论性质。法国人编写的文学史，这一部分不是稍嫌简略，就是过于庞杂，尤其对文学思潮的论述偏于浮泛。本书则力求展开叙述，归纳出其主要特点，无论人文主义文学、古典主义文学、启蒙文学、浪漫主义文学、现实主义文学、自然主义文学，还是象征主义文学、意识流小说、超现实主义文学、存在主义文学、新小说和荒诞派戏剧，都作了详尽的分析与介绍。这里需要说明的是，关于浪漫主义和现实主义文学，我们的观点与法国的传统观点有所不同。法国人将现实主义看作尚弗勒里创办《现实主义》杂志以后的事，而将巴尔扎克、斯丹达尔、梅里美看作浪漫主义作家，把福楼拜看作自然主义的先驱。不错，巴尔扎克、斯丹达尔、梅里美的创作包含了浪漫主义因素，但其主要方面无疑是现实主义的，尽管他们并未以此标榜自己。因此，当今已有不少法国批评家也认为巴尔扎克等作家是现实主义作家。从篇幅上来看，19世纪上半叶和下半叶、20世纪上半叶分量最重,固然是因为这三个阶段处于法国文学发展的兴盛期,涌现的重要作家最多,值得大书特书。巴尔扎克将19世纪现实主义文学推向第一个高峰,雨果继拜伦和雪莱之后,成为新一代浪漫派的领袖,他的小说创作达到了世界浪漫主义小说的巅峰。乔治·桑是世界一流的女小说家。缪塞不仅能写"对话诗",还能写莎士比亚式的戏剧和轻松隽永的剧本。大仲马的创作在通俗小说中首屈一指,至今仍然吸引着亿万读者。福楼拜潜心于小说技巧的探索,被视为现代小说的另一鼻祖。波德莱尔使法国诗歌迈向世界。左拉的《卢贡-马卡尔家族》继承并发展了《人间喜剧》的传统和成就。莫泊桑是世界上数一数二的短篇小说家。20世纪上半叶,文学发展并未中止,出现了小说的第二个黄金时代。普鲁斯特是世界上第一位意识流小说家。以罗曼·罗兰为代表的"长河小说"发展了长篇小说的模式。纪德和莫里亚克对人头脑中恶的观念加深了挖掘。瓦莱里继承并发展了马拉美的象征主义。超现实主义对梦、潜意识的挖掘和多种艺术手法的运用,为现代派的勃兴大吹法螺。克洛岱尔的诗剧有新的创造。这样丰富的文学自然要求更多的篇幅。18世纪和20世纪下半叶文学所占篇幅次之,内容也相应比较丰富。孟德斯鸠发启蒙之嚆矢,伏尔泰向教会和封建制度发起一次次进攻,狄德罗不单以文艺作品的形式,还通过组织编写《百科全书》,播下革命的种子。卢梭以其激进的民主思想为大革命作了思想准备。博马舍以费加罗为主人公的剧本敲响了封建制度的丧钟。20世纪下半叶的存在主义文学曾经在欧美风行一时。新小说的创作惊世骇俗,对传统的文学手法来了个彻底否定。荒诞派戏剧同样反对传统戏剧手法,但内容富有哲理。尤瑟纳尔的历史小说另辟蹊径,她终于打开了350年来向妇女封闭的法兰西学院的大门。这两个时期的文学硕果累累,篇幅自然也较多。18世纪以前的文学虽然所占篇幅相对较少,但并不能说不重要。法国批评家历来将17世纪文学看作文学发展的高峰之一,认为达到了完美无缺的境地,是文学创作的楷模。古典主义文学确实第一次在全欧产生了重大影响,不可忽视。然而,法国文学毕竟在这一时期刚开始迈向成熟,涌现的作家有限。近现代文学是小说的黄金时代,这一文学样式是从18世纪开始,而在19世纪达到繁荣时期的。这就决定了一部《法国文学史》必然更加注重近现代文学。至于文艺复兴时期和中世纪文学,法国纵然也产生过欧洲一流的文学作品,如以《罗兰之歌》为代表的英雄史诗,骑士诗歌,市民文学,都处于欧洲各国文学的前列。欧洲最早的长篇小说之一的《巨人传》,欧洲第一部最重要的散文集《随笔集》,对法国民族文学的建立作出过很大贡献的七星诗社,它们的成就是杰出的,影响是深远的。不过,它们难以同19世纪的作家比肩。即使如此,本书并不忽视18世纪以前的文学,而是给以恰当的篇幅,有的部分还论述得相当详尽。像世界最重要的喜剧家莫里哀以及高乃依、拉辛、拉伯雷、蒙田等均列入大作家的行列中,占有相应的篇幅。

法国20世纪以来对以往的文学重新审视,发现了一些值得刮目相看的作家,例如对奈瓦尔、波德莱尔、兰波、瓦莱斯、巴尔贝·多尔维利、利尔-亚当以及对以多比涅为代表的巴罗克文学的评价有了改变,认为他们在法国文学史上应占有更重要的地位。在20世纪下半叶出版的文学史中,他们或者成为重要作家,或者登堂入室。巴罗克文学是浪漫派文学的先驱,在艺术上有创新之处,应看作新出现的重要文学现象。奈瓦尔对梦和潜意识的挖掘成为现代派文学的先声。波德莱尔对通感和象征手法的运用,打开了通向现代派文学的大门,被看作现代派文学的鼻祖。他和兰波的散文诗为20世纪散文诗的繁荣奠定了基础。兰波的"语言炼金术"发展了波德莱尔的通感理论,是现代派文学的语言变革的理论。瓦莱斯在儿童的描绘上有独到之处,是巴黎公社文学中最有艺术才华的作家。巴尔贝·多尔维利和利尔-亚当在心理刻画上别具一格,将浪漫主义文学延续至19世纪末,他们是短篇小说的能手。本书对凡尔纳的看重,源于他是世界上最著名的科幻小说家,对这类文学的重视与对通俗文学的不可偏废有关,故给以较大的篇幅。

20世纪刚刚过去,回顾这一世纪的法国文学,给人的印象是琳琅满目,美不胜收。这一时期最重要的特点是现代派层出不穷。在世界范围出现的现代派中,法国占据了大半的创始者,包括象征派、意识流、超现实主义、存在主义、新小说、荒诞派戏剧。这一现象说明法国作家的创新意识特别强烈,他们热衷于搞文学试验。这些流派对世界文学产生的影响是不可估量的。诚然,对这些流派的评价还需要经过时间的考验,但它们创造的文学新手法已经产生了作用,并还将继续产生作用;至于它们创造了多少有长存意义的作品,还要视不同情况得出不同的结论。至少,当今的法国批评界将普鲁斯特看成20世纪最重要的作家。对普鲁斯特的研究数量之多,可以同对巴尔扎克的研究媲美。这两位作家,再加上雨果,成为法国文学史上的三座高峰。值得注意的是,20世纪的法国文学批评显示出越来越重要的地位,看来它像启蒙文学的思想作品对欧洲所起过的作用那样,再一次对世界文坛显出它的魅力。可以说,法国的新批评继英国的新批评之后焕发出它的异彩,继之出现的结构主义和后现代主义批评则执国际上文学批评的牛耳,莱维-施特劳斯、罗朗·巴特、米歇尔·福柯等批评家的影响与日俱增,而托多罗夫、德里达、克里斯特瓦也红极一时。再加上戈尔德曼的新社会学批评和萨特的存在主义批评,更显出法国20世纪文学批评的丰富性,真可谓洋洋大观。由于篇幅的限制,本书对此只能作一鸟瞰式评述。

本书以130万言评介如此丰富、如此辉煌的法国文学,实在不算过多。一部文学史过简便会失去参考价值,写得再长则个人难以承担。本书为教育部"九·五"规划社科项目,比原定计划有较大扩充。重点论述的作家有140余位,涉及作家约500位,重点论述和一般涉及的作品更多。为读者计,本书备有3个附录,以便于检索。全书因牵涉面广,难免有不当之处,敬请方家和广大读者不吝指正。

## 二、结　语

法国文学在世界文学史上占有重要地位。从11世纪初至20世纪末,法兰西民族产生了十分灿烂的文学。概括起来,法国文学有如下几个特点。

第一,源远流长,持续不断。世界上除了西方的古希腊和古罗马文学以及东方的古印度和古代中国文学以外,要数法国文学较早地出现文学的繁荣。而除了中国文学基本上保持连续发展以外,世界上其他国家,从公元三四世纪起,文学便出现中断发展的局面。在欧洲,直至11世纪开始出现英雄史诗,文学才重新焕发出生机。法国文学也就在这时候诞生,它在英雄史诗、骑士文学和市民文学三个方面都处于欧洲文学的前列。英雄史诗的代表作品是《罗兰之歌》;在骑士抒情诗方面法国也独占鳌头,骑士传奇的代表作如《特里斯当和伊瑟》,克雷蒂安·德·特洛亚的作品也是其中的佼佼者;市民文学方面有维庸的抒情诗和《巴特兰闹剧》,可列入中世纪欧洲文学的翘楚之作。整个中世纪的法国文学在欧洲是最发达的。中世纪文学是欧洲文学发展的中转站,也是连接古希腊古罗马文学与近现代文学的纽带之一。文艺复兴虽发轫于意大利,但法国文学则紧紧跟上。意大利虽然取得文艺复兴时期最辉煌的成就,可是随后意大利文学却出现了一段长时间的停滞期。而法国文学则完全不同。16世纪法国文艺复兴时期涌现了属于全欧先进水平的小说、诗歌和散文创作。拉伯雷的《巨人传》和《堂吉诃德》并列,为当时成就最高的两部长篇小说。七星诗社的宣言书《保卫和发扬法兰西语言》提出了创造民族文学的庄严口号和一系列主张,这些诗人不仅和人文主义者一起发掘和弘扬古希腊古罗马文学,而且要在此基础上创造自己的民族文学;借鉴是为了创造,尽管他们在这方面做得并不够,但是他们的主张后来却起到这种作用。蒙田的《随笔集》创造了说理性的散文,成为后世欧洲散文的先河。17世纪法国的古典主义文学仍然奉古希腊古罗马文学为圭臬,但古典主义作家是借用古代作家的外衣——表现形式,表现的却是17世纪法国绝对君权的现实。古典主义戏剧是对古希腊古罗马戏剧的重大发展。应该说,古希腊古罗马戏剧还处于戏剧发展的初级阶段,而古典主义戏剧在内容与形式上逐渐完善化,如将剧本分为三至五幕,戏剧冲突更为紧凑,人物形象的刻画更为充实和有血有肉。古典主义戏剧朝现代戏剧迈出了一大步。法国古典主义文学第一次真正对欧洲各国文学产生了示范效应。18世纪法国启蒙文学发展了古典主义文学以理性为指导思想的特征,它将反封建反教会的思想寓于文学作品中,这是寓教于乐的一种文学尝试。启蒙文学开启了人们被蒙蔽的头脑,以科学知识扩大了人们的视野。它以犀利的批判精神突出了文学的战斗作用,充分显示了文学干预现实的功能,因此它再一次在全欧产生了重大影响。卢梭的文学作品已经预示了浪漫主义文学的诞生。浪漫主义文学的理论和实践虽不是发生在法国,但雨果将浪漫主义文学发展至一个新的高峰。《〈克伦威尔〉序》是最有影响力的浪漫主义文献,这篇宣言书提出的对照原则成为浪漫主义的重要创作手法之一。如果说拜伦和雪莱创作了浪漫主义最重要的诗歌,那么雨果则创作了浪漫主义最重要的小说。浪漫主义在法国的声势最为浩大,诗人如拉马丁、维尼、雨果、缪塞、奈瓦尔均是一流的,小说家如雨果、大仲马、乔治·桑、维尼、奈瓦尔也各擅胜场,其中大仲马是世界上数一数二的通俗小说家,乔治·桑是世界一流的女小说家,奈瓦尔对梦的描绘启迪了20世纪文学。戏剧家如雨果、缪塞、维尼,创作了至今仍在演出的剧本,也许是浪漫主义戏剧最杰出的剧本。法国浪漫主义文学一直延续到19世纪后期,无疑在欧洲浪漫主义文学中持续的时间最长。巴尔扎克和斯丹达尔是19世纪现实主义文学的奠基人。至19世纪中叶出现了福楼拜,这位作家在艺术上的探索卓有成效,被尊为现代主义文学的鼻祖之一。19世纪下半叶左拉举起自然主义的大纛,波德莱尔、魏尔伦、兰波、马拉美提出象征主义的主张,都直接通向20世纪的文学。自然主义和象征派在世界各国有着不可估量的影响。同样,20世纪上半叶出现的意识流、超现实主义,中叶出现的存在主义,下半叶出现的新小说、荒诞派戏剧和结构主义批评,相继都成为国际性的文学潮流。从上面简单的描述看来,法国文学从中世纪至当代是连续发展的,且对全欧甚至全世界的文学产生了巨大影响。这种现象在世界文学史上几乎是绝无仅有的,不能不引起人们的重视与深思。法国文学为何能长盛不衰?这与法国文学的第二个特点密切相关。

第二,重视创新,同时又不忽略继承。这个特点至少从古典主义开始便成为一个惯例。古典主义的戏剧、诗歌和散文从题材上都取自古希腊古罗马文学,但在创作上却有较大的变化。古典主义戏剧家或者只借鉴了古希腊古罗马作家的某个或几个剧本,而在内容上却作了大量的改动,从剧本的幕数和情节上都加以改变,更不用说剧本的主题已产生了根本变化。如拉辛的《安德洛玛克》取自欧里庇得斯的《艾尼伊德》《安德洛玛克》和塞内格的《特罗亚德》等剧,糅合了几个剧本的情节。他的悲剧都是这样写成的。拉封丹的《寓言诗》取材更加广泛,除了《伊索寓言》,还有卢奇安的寓言、印度的《五卷书》等,对之进行了改写;不用说将散文体变成了诗体,将平铺直叙改成了对话体,就是结尾的道德教训也作了修改。又如拉布吕耶尔的《品性论》仿照泰奥弗拉斯特的同名作品,但写的却是17世纪下半叶的人情世态。古典主义文学继承的主要是形式,内容则是创新的。至于启蒙文学,它继承了古典主义文学以理性为指导的方式,然而却改变了理性的内容。启蒙思想家抛弃了笛卡尔的理性,宣扬的是以自由平等博爱为核心的资产阶级理性。卢梭的作品如《忏悔录》则仅仅借用了圣奥古斯丁同名作品的名称,内容毫无雷同之处,采用的完全是旧瓶装新酒的办法。从19世纪开始,法国文学的继承与创新又走出了新的路子。长篇小说的形式来自中世纪的骑士传奇,这两者法文是同一个字(roman)就是明证。roman的形式在17世纪得到充分利用,当时流行的田园小说长达一万至一万五千页,大大扩充了骑士传奇长达数千行以致上万行的长篇形式,不过这种"创新"并不成功。18世纪,狄德罗将长篇小说大大压缩,写成十余万字一部的小说;卢梭的书信体小说《新爱洛伊丝》从篇幅上来说确立了长篇小说的长度,此后涌现了一批书信体小说。可是,书信体小说毕竟有许多限制,而且读者逐渐地对此感到厌倦了。司各特的历史小说是一个中间环节,曾风行一时,因为这是一种新形式,能获得读者的欢迎,法国作家纷纷模仿。长篇小说到了巴尔扎克和斯丹达尔手里,获得了第一次完善。巴尔扎克对文学的革新还在于如何反映现实:他采用一整套小说去表现一个历史时代,这个规模宏大的任务以前谁也不敢设想。巴尔扎克提出并完成了这一任务,这在文学史上是划时代的。斯丹达尔则开辟了另一领域,他注重对人心的挖掘,随后形成了现实主义内倾性的发展方向。大仲马等作家的通俗小说进一步发展了小说的叙述技巧。于是小说成为最受人们喜爱的文学形式。值得注意的是浪漫派作家如雨果,对人物的心理也作出了极其成功的探索,他不像斯丹达尔那样随时随地描写人物的心理,文字较为简短。雨果的心理描写长短结合,有时以思想剖析代替心理刻画,自有独到之处。至于奈瓦尔,他对梦境和潜意识的挖掘,深化了对人内心世界的探索。19世纪中后期的法国作家并不满足于前人的成就,福楼拜对叙述角度的探索和对语言的锤炼,左拉力图从遗传学的角度去描写人的行为,进一步巨细无遗地描写物,就是力求创新的一种表现。现实主义还未得到更充分的发展,自然主义就力图取而代之了。同样,浪漫主义还未得到更充分的发展,象征派便应运而生了。法国作家的创新意识何其强烈!当然,福楼拜对巴尔扎克是有所继承的:反映一个时代的面貌。左拉更是沿着巴尔扎克用一套小说描绘一个历史时代的方法。象征派与浪漫派也有一脉相通之处:挖掘人的精神世界,只不过雨果爱用隐喻,象征派是用象征手法。20世纪得到长足发展的现代派文学主要沿着浪漫派的描写发展,挖掘人的内心世界,只不过在手法上变换花样而已。不过,新小说发展了自然主义对物不厌其烦的描写,而存在主义和荒诞派戏剧则发展了启蒙文学的思辨方法,富有哲理意味。现代派文学并非完全否定传统,相反,仍然是有所继承的。至于现实主义文学,20世纪的作家以长河小说的形式去替代一整套小说的写法。与此同时,现实主义作家也吸收了不少现代派的写作方法,以丰富表现技巧。综观法国整部文学史,可以看到,创新与继承是一对矛盾,或者说是一个问题的两个方面,它们是相辅相成的。没有继承,何来创新?创新是在继承的基础上进行的,要立足于前人的成就上才能加以创造。没有创新则文学会发展停滞,失去活力,后来者只能一味模仿,对文学的贡献相应便少了。但是,创新要有一个限度,换句话说,不是每种创新都是可取的。例如,左拉用不成熟的遗传学观点去描写人的行动,有的新小说作家完全排斥社会内容的描写,则被文学发展史证明是成问题的。

第三,法国文学几乎在各个领域都有极其突出的成就,呈现普遍繁荣的局面。法国小说被认为是世界上最丰富的,其中有寓意式的小说,有书信体的小说,有回忆录式的小说,有第一、第二、第三人称写法的小说,有传记体的小说,有揭露深刻的小说,有情节曲折的小说,有心理描写细腻的小说,有人物典型鲜明的小说,林林总总,也有与上述各类反其道而行之的小说。可列入世界文学名著的小说以数十种来计算。19世纪是法国小说的第一个黄金时代,20世纪是第二个黄金时代,杰作层出不穷。在诗歌方面,自波德莱尔的《恶之花》问世以来,法国诗歌越出国界,风靡世界诗坛,在一百年内产生了难以估计的影响。无论抒情诗还是叙事诗,戏剧体诗还是诗体小说,都产生了世界一流的作品。在戏剧方面,莫里哀是世界上最伟大的喜剧家;拉辛的悲剧在结构上达到了完美境界;荒诞派戏剧在20世纪下半叶一度占领了欧美剧坛。在散文方面,蒙田是欧洲第一个出现的最重要的散文家。此后,17世纪出现了一批各种体裁的散文家,直到19和20世纪出现的散文诗大家或散文体写作(如纪德的《日记》),也都闻名遐迩。在文艺理论上,七星诗社、狄德罗的小说、戏剧和美学理论,雨果的浪漫主义文学主张,巴尔扎克的现实主义文学观点,波德莱尔等象征派提出的通感、语言炼金术、诗歌的模糊性和多义性等主张,左拉的自然主义文学理论著作,存在主义、新小说、荒诞派戏剧的文学主张,结构主义的理论,比较文学的影响学派的观点,均可列入世界文学的重要文艺理论宝库之中。进入法国文学园地徜徉,各种趣味的读者可以各取所需,均能找到自己喜爱的作品和能够认同的观点。法国文学批评家认为,法国文学至17世纪古典主义时期已经达到成熟阶段,从整个法国文学的发展来看,17世纪只是法国文学发展的第一个高峰,18世纪文学可以算作第二个高峰,第三个高峰自然是19世纪文学,第四个高峰是20世纪。也即从17世纪开始,每个世纪都构成一个高峰,影响以至带动世界文学的发展。这是法国文学的重要性所在,也构成了法兰西民族的光荣。

20世纪已经结束,法国文学在未来的世纪会作出什么贡献,这是世人拭目以待的。可以预料,法国作家将会沿着创新与继承相结合的传统向前发展。现实主义文学是法国文学中极其强大的、富有生命力的传统,它在19世纪达到成熟的阶段，在20世纪仍然保持发展的势头。现实主义文学虽然受到现代派文学的不断冲击，却并没有消亡。五花八门的现代派文学数十年一换，不断翻新，有的已寿终正寝，而现实主义文学却在吸收各种流派的基础上顽强地存在下去。21世纪也许会给现实主义文学新的发展机会。同时，21世纪的法国文学也会产生新的文学流派，丰富文学的表现手法。总之，21世纪的法国文学也将会硕果累累，继续为世界文学的繁荣作出新的贡献。

上海外语教育出版社，2003年11月

# 古典主义悲剧思想艺术的新高度
## ——拉辛悲剧论

让·拉辛(Jean Racine,1639—1699)是17世纪法国古典主义悲剧作家,他把悲剧的思想艺术推进到一个新的高度,成为古典主义"三一律"的典范。

## 一、人欲·权力·命运——拉辛悲剧的思想内容

拉辛的悲剧同高乃依不一样,大多获得成功,可是,拉辛受到的攻击却比高乃依来得激烈。高乃依的《熙德》受到的批评属于"美中不足",应该说还是较为和缓的,而拉辛却有一批敌人,他们受到大贵族的支持,组成一个小集团,对拉辛的剧本进行猛烈的抨击,使他在《费德尔》之后停笔12年,几乎扼杀了这个悲剧天才。原因何在?这要从拉辛悲剧的内容去寻找。

### (一) 揭露人欲横流

拉辛的悲剧描写了贵族上层阶级人欲横流的一幕幕场面,包括各种各样罪恶的爱情。对贵族阶级的揭露是拉辛悲剧的价值所在,也正因此受到大贵族的攻讦。《安德洛玛克》描写国王皮吕斯爱上了赫克托尔的孀妇安德洛玛克,竟然不顾国家和民族的利益,不肯杀掉她的儿子。而希腊人认为这是个祸根,将来他会复仇,再次挑起战火:"各方面都在攻击皮吕斯,全希腊隐隐响起了一片混乱的怨声。大家怨恨他忘记了自己的血统和诺言,在他的宫廷里居然养育着希腊的敌人。"那些孤儿寡母对这个名字心惊胆战,要向孩子讨还血债。但皮吕斯看上安德洛玛克以后,毁弃父亲定下的婚约,将前来完婚的公主爱妙娜抛在一边,不

理不睬。希腊人派出特使，提出严正要求以后，他顺水推舟，以孩子的生命来要挟安德洛玛克就范。他一意孤行，不肯交出孩子，甚至在婚礼上立誓："我宣誓他（指赫克托尔的儿子）的仇敌就是我的仇敌，我现在承认他是特洛伊人的皇帝。"他完全丧失了理智，最后付出了生命的代价。希腊特使俄瑞斯特为了得到梦寐以求的爱妙娜，对她言听计从。他以为能从皮吕斯不正常的行为中捞到什么便宜，穿梭地来往于皮吕斯和爱妙娜之间，助长了皮吕斯的欲火。最后他不顾使节的约束，带领希腊士兵，在婚礼上杀死皮吕斯。爱妙娜虽然是个受害者，但她也不是善类。她千方百计拆散皮吕斯和安德洛玛克的关系，设法让希腊人索取安德洛玛克的儿子："这个女人使我受过的苦我们也要叫她受；要让这个女人失掉他，或者叫他把这女人杀掉。"及至她看到皮吕斯要同安德洛玛克成婚，完全失去了希望，她便毫不犹豫地要俄瑞斯特杀死皮吕斯，她是为了泄愤，"而不是为了国家杀他"。与这三个人物相对照，拉辛塑造了对爱情忠贞不贰的人物——安德洛玛克。她坚决不肯嫁给皮吕斯，是为了忠于赫克托尔，她保全儿子性命也是为了忠于赫克托尔。在不得已之下，她只好委曲求全，同意和皮吕斯结婚，目的是为了让孩子活命，准备婚礼一结束就自尽。她对爱情的忠贞反衬出其他人物情感的卑劣和不受约束。

　　拉辛的大部分悲剧都以宫廷中淫乱的情欲作为描写对象。《巴雅泽》中的后妃罗克珊娜在苏丹离开时，在首相的挑动下恢复了对国王年轻的弟弟巴雅泽的爱情，但巴雅泽与公主阿塔莉德相爱，而他们很难回避王妃的淫威。罗克珊娜非常狠毒，她迫使巴雅泽就范，否则就要他看到阿塔莉德受刑而死。苏丹躲在背后，其实他掌握了宫里发生的事态，他将巴雅泽和王妃一一处死。《米特里达特》描写老王同两个儿子争夺一个王妃。他为了套出真情，假装对莫妮姆说，他同意她和克西法雷斯结婚。莫妮姆果然中计，流露了自己的爱情。他的大儿子法尔纳斯因串通罗马人而遭到他的镇压，他自己因不愿成为罗马人的阶下囚而自杀，才成全了小儿子。《费德尔》的同名女主人公心中怀有乱伦的感情，虽竭力与之作斗争，可是终于抵挡不住这种欲念的诱惑，在听到国王去世的消息后爆发了出来。开始王子依波利特没有听明白，或者不愿听明白，她便说得更清楚，甚至贬低自己，为达到目的，差点扑倒在依波利特的脚下，但她自尊心极强，遭到依波利特的拒绝以后，羞愧交加，几乎痛不欲生，要抽出依波利特的佩剑自尽。当她得知国王未死，已经回来以后,又惊慌失措,听凭奶妈的劝告,恶人先告状,反咬王子一口,说是他想对王后图谋不轨。她想先保住自身再说。但她知道依波利特并非铁石心肠,也有爱情表露,他爱的是公主阿丽丝,这时便又醋性大发。她内心作着斗争:"我妒忌?我要去哀求岱赛!我的丈夫还活着。我却欲火难耐。……我这个人真是罪恶滔天,两者汇于我一身:乱伦与诓骗。我残忍的双手,急于报仇泄恨,要让无辜的鲜血四处飞溅!"拉辛笔下那些为了满足情欲而不择手段的人物,正如拉布吕耶尔所说的那样:"人们想获得全部幸福,如果办不到,就要让所爱的人遭到不幸。"拉辛悲剧中的人物先是力图获得罪恶的或不可能得到的爱情,继之毫不留情地报复,必欲置对方于死地而后快,最后落得可耻的下场,或同归于尽,或精神失常。荣誉、责任等高乃依颂扬的观念早已抛到九霄云外。在贵族上层和宫廷,丑恶的感情纠葛本是司空见惯的事,加上他们权力在手,报复起来就非常可怕,流血和死亡是在所难免的。17世纪六七十年代,法国封建社会发展到极盛时期,宫廷的灿烂辉煌越发促使人欲横流,这就是拉辛的悲剧所折射的社会现象。

### (二) 描写权力斗争

拉辛悲剧反映的第二个内容是描写争夺权力的尖锐斗争,这一点也是犯忌的。《布里塔尼居斯》是一出政治色彩相当浓厚的悲剧,描写古罗马皇帝尼禄和他的母亲阿格丽萍争夺权力的斗争。阿格丽萍原是老王的外甥女,却运用阴谋诡计成了他的妻子;她为了让带过来的儿子当上皇帝,排斥前妻之子布里塔尼居斯,竟然毒死了老王。开始,尼禄翅膀不硬,只得对母亲言听计从。待他积累了一些政治资本,他便要把权力全部掌握在自己手里。拉辛主要从塔西陀骇人的叙述中汲取素材,加以提炼。他既写出了母后阿格丽萍的权力欲,又写出了暴君尼禄的狡猾、虚伪和狠毒。阿格丽萍发现儿子不听话以后,想同布里塔尼居斯靠近,让他来当皇帝。矛盾的爆发是从尼禄把布里塔尼居斯的恋人朱妮据为己有开始的。尼禄比母后先下手。他表面上好像接受母亲的训斥,愿意照她的话去办,其实是想稳住她。在塔西陀的作品中,毒药配好了,先让一只动物试一下,但在剧本中是毒死一个奴隶,这就更突出尼禄的残酷。尼禄在走向独裁的初期,由不沾鲜血发展到杀人不眨眼,表明他的心灵已经被腐蚀。正如他的师傅布鲁斯对他的警告:"您就会不断地作恶造孽,用残酷的手段维持您的暴政,用鲜血来浸洗您血污的手臂。"但尼禄已经完成了转变的过程,他直言不讳地宣称:"只要大家怕我,福与祸不在乎。"

其他一些悲剧也不同程度地描写到对权力的争夺。《巴雅泽》描写首相阿柯马想反对国王,挑起后妃罗克珊娜的情欲,以便由他来控制局面。在《米特里达特》中,老王的大儿子法尔西纳为了篡夺王位,勾结罗马人,企图借用外国军队推翻父亲的统治。《阿塔莉》的同名主人公想灭绝丈夫的后代,建立异教的信仰,剧本写的虽是异教和基督教的斗争,实际上也是最高权力之争。阿塔莉被写成一个心狠手辣的女人,她是个暴君形象,利未人对她的反抗也就是反抗暴政。剧本提出了一个好国王的理想标准。若亚斯说:"一个贤明的国王,就像上帝亲自宣布他为国王那样,丝毫也不依仗他的财富和黄金,他敬畏上帝,永远记住上帝的信条、法则和严厉的判决,并且绝不对自己的臣民施以过度的重担。"若亚德进一步教导他说:"你不要陶醉在极权之中,不要听信恶毒的谄媚者的迷人之音。他们会对你说:最神圣的法律,主宰着贱民的法律,就是服从国王;一个国王只听从自己的意志,而没有别的制约;你应该不择手段地树立他的最高威望;人民注定生活在眼泪之中和生来就是干活的,并且愿意被铁一样严厉的王杖所统治。"剧本的话很难说不是对国王的劝谏。

### (三) 命运观念

拉辛对现实世界的理解显然不同于高乃依,高乃依排斥命运观念。上升的贵族阶级和资产阶级对自身还充满了信心,他们认为自身得到神灵的保护和帮助;拉辛则不同,他继承了古代悲剧的命运观念,他已经预感到时代的变化,《费德尔》中的依波利特说:"良辰美景一去不返,这里一切已经变样。"这也是拉辛对时代的看法和预测。拉辛的人物受到神灵的诅咒,是神灵的仇恨的牺牲品。《安德洛玛克》中的俄瑞斯特一出场就表示:"谁知道命运究竟要怎样安排我的前途","既然经过那么大的努力我的抗拒终归无效,现在我也只好盲目地听从命运的摆布"。他在若干年后重新见到爱妙娜,他成为她的工具,杀死了皮吕斯,这些都是命定的,由一只看不见的手在操纵着。他听到爱妙娜自杀以后,喊道:"谢谢诸神!我的不幸超过我的希望。是的,上天,你的恒心我赞扬。你专门要惩罚我,持续不断,使我达到了痛苦的顶点。你的仇恨以制造我的苦难为乐趣,我生来给你用来发泄愤怒,我成为不幸的完美典范,唉!我死而无憾,我的命运走完。"他对命运之神发泄内心的怨恨。在《巴雅泽》中,阿塔莉德在自杀之前,也指责命运。在《阿塔莉》中,拉辛明确地指出,上帝是复仇的。阿塔莉明白,大祭司只是神的一个工具;当她看到自己被战胜时,她呼喊道:"犹太人的上帝,你胜利了!……无情的上帝,只有你引导一切。"拉辛也从古希腊悲剧中借用了对一个家族诅咒的思想,这种诅咒一代代传下去。根据让森派教义,原罪要传递。在《安德洛玛克》中,阿伽门农的儿子俄瑞斯特属于"阿特里代"可诅咒的一族。爱妙娜也属于这一族,她的母亲是海伦,海伦对帕里斯的爱情是有罪的,由此引起特洛伊战争。在《布里塔尼居斯》中,尼禄是有罪的阿格丽萍之子。拉辛把费德尔说成是"弥诺斯和帕西法厄之女",弥诺斯当了地狱判官,而帕西法厄"曾为爱情神魂颠倒"。费德尔的姐姐阿丽亚娜"被遗弃在大海之滨郁郁而亡",她说:"在这可悲的家族中,我将最后死去,而且死得最为惨痛。"《阿塔莉》中的若亚斯命中注定是个罪人,上帝已经告知了若亚德,阿塔莉也在诅咒中预言到这一点。不幸的孩子虽然祈求上帝让他摆脱这个诅咒,但他的祈求不起作用。由此看来,拉辛的人物不是自由的,他们也作挣扎,并对自己的行动负责。不过,虽然拉辛从古代的命运观念出发,却不同于希腊人从外部来写命运,他是从内部来写"激情的命运"。当人物起来反抗命运时,他感到自己是不幸的制造者。俄瑞斯特"盲目地投身于"命运中,是由于对爱妙娜的狂热爱情所引起的。费德尔指责爱神"整个儿拴住她的捕获物",恶的源泉是爱情本身。她等待着"永劫不复"。尼禄身上有着暴虐的因素。可以说,拉辛的悲剧是描绘命运如何战胜人的弱点,人绝望地对一种折磨、侮辱他们,压垮其意志,毫不手软地给他们以致命打击的超人力量作斗争。

拉辛从命运观念出发,导向悲观主义。拉辛不相信人的能力,他认为一旦激情侵入了人物,他就完蛋了。他还认为没有高尚的激情,迷住了人的爱情,事实上是一种灾祸,它对受害者毫不容情,不让他们行动自由,不让他们有任何藏身之地,只让他们走向死亡。拉辛从阅读欧里庇得斯的剧作中得出这一结论,同时也是他观察宫廷的悲剧和时代风貌,并从个人经历中得出这一结论的。当时,封建王朝对让森派采取了镇压措施,在50年代达到高潮。另外,让森派也强调人类状况的悲苦。这些都给拉辛以重大影响。拉辛对人的命运和现实发展所持的悲观主义,与当时政局的繁荣昌盛形成鲜明的对照。

## 二、情节·内心·语言——拉辛悲剧的艺术特点

拉辛在《布里塔尼居斯》的序中指出他同高乃依的艺术不同之处时,提出了他的戏剧理想的著名定义:"简单的情节,材料很少,就像在一天之内发生的情节所应有的那样,逐渐朝结局发展,只受到人物的利益、感情和激情的支撑。"这句话包括了拉辛悲剧创作的全部艺术奥秘。正因如此,拉辛才能做到严格遵守三一律。

### (一) 情节单纯

首先是情节要简单,材料不要多。他的悲剧限制在几小时内进行。拉辛反对复杂的情节,他针对高乃依晚年的创作提出批评。拉辛在《贝蕾妮丝》的序中进一步解释说:"有的人认为这种简单是创造少的标志。他们没想到,相反,一切创作在于写微不足道的一点事,大量的插曲总是这样的诗人的栖身地;他们在自己的才能中感受不到足够的才情和功力,以便在五幕戏里通过简单激烈的情感、优美的情操和雅致的表达所烘托的情节抓住观众。"他认为剧作家的注意力应该集中在单一的问题上:安德洛玛克会嫁给皮吕斯吗?依菲革妮亚会被祭献吗?蒂图斯会娶贝蕾妮丝吗?有时情节好像不是单一的,如布里塔尼居斯的死和阿格丽萍的被冷落似乎是并行的,其实这两个情节紧密结合在一起,最后在结尾汇合;在《米特里达特》中,政治和感情融合在一起。在《阿塔莉》中,多条线索汇合起来:若亚德的胜利,也就是野心勃勃的王后的失败,合法王朝的重建,被压迫人民的解放,上帝的胜利,基督教的登上历史舞台。拉辛善于将这种复杂和情节的单一融合起来。其次,拉辛的悲剧人物不多,他们一开场就面目清楚,身份、亲戚关系一目了然,毫无模糊和复杂之处。展现在观众面前的故事十分简单明了:在《贝蕾妮丝》中,只是蒂图斯要让贝蕾妮丝回去;在《安德洛玛克》《依菲革妮亚在奥利德》《米特里达特》中,开场和结尾之间没有多少材料。例如,尼禄偷窥朱妮和布里塔尼居斯会面,发现布里塔尼居斯扑在朱妮脚下,便把他的对手抓起来。拉辛的悲剧总是在长期抑制的激情即将爆发时开场;皮吕斯在安德洛玛克身边周旋很久,其间爱妙娜"暗中哭泣她的魅力受到蔑视",俄瑞斯特"在海

上将他的锁链和烦恼拖来拖去";阿格丽萍早就看出尼禄的本能苏醒了;若亚德和阿塔莉之间的斗争进行了很久。换句话说,皮吕斯已经厌倦了安德洛玛克的抗拒,爱妙娜已经厌倦了皮吕斯的侮辱,俄瑞斯特已经厌倦了爱妙娜的藐视,尼禄易冲动的本性不能长期忍受约束,费德尔已经无力再在内心挣扎下去。矛盾一触即发,突发事件猝然而至,挑动激情,打破了紧张局势的平衡,使人物朝悲剧命运发展:俄瑞斯特的到来,朱妮的被劫,米特里达特的返回,岱赛去世的传闻,阿塔莉的梦和她来到神庙的察看,都是导火线。于是某种狂热使人物激动起来,引起内心冲突,形势急转直下,结局十分惨烈。

### (二) 内心悲剧

拉辛尤其擅长描写内心悲剧,通过人物保全自身的利益和激情来组织情节。拉辛的悲剧专门写人的心灵,他不在舞台上搬演流血的场面,观众看不到皮吕斯被杀害,布里塔尼居斯被毒死,巴雅泽被扼死,依菲革妮亚被祭献,拉辛写的是人物内心的悲剧冲突。相比较而言,他往往通过一些微不足道的小事来描写。一开场,观众就了解到主要人物、他们的往昔、如今的状况、关系、心理的主要特点。有时,引起危机的始发事件可以从人物性格得到解释:希腊使节的行动是因爱妙娜的嫉妒挑起的;抢走朱妮是新生恶魔的一个行动;米特里达特去世的消息是他的一个诡计。面对这个始发事件,每个人物都按照自己的利益和情感去行动,人物之间互相影响。如俄瑞斯特得知,倘若爱妙娜受到皮吕斯的拒绝,她就会回到他身边,于是他促使皮吕斯不要交出安德洛玛克的儿子。由于安德洛玛克不从,他便由作出保证转到威胁,并表示愿同爱妙娜结婚,这时爱妙娜感到非常幸福,俄瑞斯特则感到绝望。于是安德洛玛克为了儿子,暂时同意屈服。人物心理变化具有连锁反应,拉辛的悲剧都是这样发展,人物的性格按照情节的逻辑演变。随着人物性格的变化,情节也逐渐推进。观众预感到悲剧的结局,但同时却抱着可以避免的幻想。一般说来,第四幕会出现"不确定时刻",看来可能有几种结局:爱妙娜责骂皮吕斯,却又挡住俄瑞斯特行动;尼禄还在犹豫,软弱地抗拒着纳西斯;依菲革妮亚有可能避免祭献;费德尔准备去救依波利特。但到最后一幕,盲目的情感又恢复了,愤怒的狂潮同悲剧的结局席卷而去。这个结局是"从剧本的内容本身"(《依菲革妮亚在奥利德》序)得出的,因而更真实。拉辛赞成亚里士多德的观点,即认为悲剧性要建立在"怜悯和恐惧"之上。不过,这种恐怖由于某些令人同情的人物获得胜利(如安德洛玛克、莫尼姆、爱丝苔尔、若亚德和若亚斯)而有所缓和。有时,人物意识到自己痛苦的道路,但经历了考验之后,获得了满足,如《贝蕾妮丝》,这个剧本是拉辛的悲剧中唯一不死人的。拉辛认为"悲剧绝不需要流血和死人,只要情节庄严,人物表现英勇,情感得到展露,全剧展现出构成悲剧全部魅力的悲壮"(《贝蕾妮丝》序),就仍然能达到悲剧的效果。

拉辛还善于描绘人物内心冲突的发展阶段。例如,费德尔先是不能压抑心中的爱情,向尼诺娜吐露了自己的隐情,随后又向依波利特承认了自己的爱情,但被依波利特拒绝后感到非常羞愧,想拔出他的剑自杀。岱赛回来后,她十分慌乱,情急之中同意奶妈到岱赛那里反诬依波利特对她非礼。得知国王大发雷霆以后,她又想替依波利特洗刷冤屈。依波利特的死使她感到内疚,终于向国王坦白了自己的过错。她的内心描绘得脉络清晰而自然。安德洛玛克激烈的内心冲突也写得层次分明:她先是一味抗拒,待到无路可走时只能暂时委曲求全,采取保住儿子、牺牲自己的办法。在这场斗争中,显示出她的坚定、灵活和机智,尽管处在困境中,她仍能利用自己对皮吕斯的影响力去左右局势的发展。

在描绘女性的内心冲突时,拉辛还能写出同类人物不同的心理特点。例如,爱妙娜、罗克珊娜和费德尔都属于被爱情牵着走的女性,其中,爱妙娜保持着某些年轻幼稚的特点。她在第二场向克莱奥娜吐露心曲,回忆起她爱上皮吕斯时的幸福日子,希望得到克莱奥娜的帮助;同时她徒劳地想说服自己,如今憎恨着皮吕斯,她可能爱上俄瑞斯特。但她又不由自主地说出这样的话:"你知道皮吕斯是怎样的人吗?你听说他的丰功伟绩吗?……谁能数得清?他英勇无畏,所向无敌,英俊,还有忠实,他的荣耀十全十美。"从她对皮吕斯的赞美,可以看出她仍然深深爱着皮吕斯。罗克珊娜就丝毫没有这种幼稚纯真。爱妙娜不会装假,相反,这个苏丹后妃却狡猾残忍,像尼禄一样。她这样暴虐和嗜血,得不到观众同情,虽然她也被人欺骗了。费德尔又有不同。她尽管同罗克珊娜一样敏感,但她在行动之前是经过深思熟虑的,不抱什么幻想。她发现自己有了爱情以后,先是尽量克制,虐待所爱的对象,然后又厌恶自己,这种感情是爱妙娜和罗克珊娜所没有的。费德尔感到自己无可救药的卑劣:"透过一层烟雾,我清楚地看到,我的存在所触犯的上天和丈夫;死神遮住了我眼中的亮光,将我玷污的光线完全恢复明亮。"她不愿苟且偷生,选择了死亡。总之,拉辛写出不同女性的复杂内心和性格。

拉辛的悲剧营造出一种令人窒息的、庄严的、残酷的气氛。阴谋在暗中酝酿着,人人都知道对手的弱点,要往那里打击。在《巴雅泽》中,后宫是封闭的,人人都在说谎和制造阴谋;后妃出卖国王,爱上国王的弟弟,后者则想为她效劳,以便实现自己的爱情,却不让王兄遭逢不幸;首相想实施自己的图谋;但苏丹的影子却笼罩在后宫,咄咄逼人,他最后借黑奴之手杀死了罗克珊娜和弟弟。剧本的气氛令人窒息。拉辛的人物虽然不能抑制自己的感情,但他们能够控制自己的语言和举止。他们在忍受内心痛苦时是可怜的人,但他们作为国王、王后和皇亲国戚却具有高贵的气质和修养,身份显赫。拉辛极其重视这种悲剧的庄严,它表现出人与命运抗争的悲壮。这种气氛令人想到路易十四宫廷中,强烈的激情和凶狠的本能总是隐藏在彬彬有礼和严格的礼仪之下。

### (三) 语言典雅和谐

拉辛的语言是典雅、和谐而简洁的。他的语汇不多,但从中抽取出惊人的效果。贝蕾妮丝用这样两句愤怒的诗表达出她的痛苦:"你向我坚持这一点:你爱我,而我走了,是你命令我这样做。"阿伽门农不让克莉唐奈丝特走近祭坛,只说了这一句:"我有我的理由。"他没有透露应该祭献依菲革妮亚。人物简短有力的话表达出他的主要思虑和情感,这一情感制约着悲剧的进展。皮吕斯看见安德洛玛克,问道:"您找我吗,夫人?"他的爱情全部包含在这句问话里,反映了他急切的心情和天真的状态。罗克珊娜对巴雅泽说:"出去。"观众明白,门后埋伏着一些杀手,他们正准备勒死王子。这个命令式的动词和下令杀人的手势一样有力。俄瑞斯特兴冲冲跑来向爱妙娜报告皮吕斯被杀死的消息,不料爱妙娜来了一个一百八十度的大转弯,反问道:"为什么杀死他?他干了什么?以什么名义?谁对你这样说的?"爱妙娜的爱情和复杂的心绪在这短短的诗句中和盘托出,正如纪德所说,古典主义的艺术是"说得少,表达得多"。拉辛的语言完全能够体现这一点。

拉辛的语言富有音乐性。他在浪漫派和象征派之前已经注意到语音同感情的联系。例如,他在重复 i 这个字母中突出这个尖锐的音节所能传出的忧郁情感。

费德尔的这句诗(Tout m'affflige et me nu-it et conspire à me nuire,一切令我难受,折磨我,密谋来折磨我)中,共出现了四个 i,增强了主人公表达的力度。费德尔在准备死的时候,她仿佛只有一口气地说:"你徒劳的援助不再唤起剩下的热力,它已准备消失。"诗句拖得很长,好像游丝一样即将断裂。

《上海师大学报》2000 年第 3 期

# 法国启蒙文学的历史作用

以法国启蒙文学为代表的欧洲启蒙文学是资产阶级文学的一个高峰。说它是高峰,并非要朝它顶礼膜拜,而只不过是根据历史唯物主义观点,给予这一在历史上曾经起过重大作用的文学潮流以应有的地位。恩格斯说过,法国启蒙作家"使18世纪成为主要是法国人的世纪"。这是因为他们给人类社会发展史上的一个重要里程碑——法国大革命——作了思想准备。这些先进的思想家用哲学、社会科学著作和文学作品作为他们同封建主义进行斗争的锐利武器,他们在人民群众中宣传科学文化知识和资产阶级新思潮,启迪和开导人们的头脑,启蒙运动和启蒙文学的名称就是由此而来的。

这是资产阶级反对封建贵族的一场重大斗争。在欧洲历史上,资产阶级对封建贵族曾经发动过三次大起义。第一次是宗教改革运动,首先是16世纪初德国的路德发出反对教会的战斗号令,继而是16世纪40年代法国的加尔文发起新教运动,以致引起长达36年的宗教内战。欧洲资产阶级的第二次大起义是英国1689年的资产阶级革命。法国的启蒙学派正是在英国革命前后产生的唯物主义学派在欧洲传播开以后,同笛卡尔学派汇合才形成的。在启蒙运动影响下爆发的法国大革命是资产阶级的第三次大起义。在法国大革命推动下欧洲其他国家先后爆发了资产阶级革命,欧洲封建制度终于土崩瓦解。显而易见,法国启蒙运动和启蒙文学在欧洲反封建斗争中,起过举足轻重的作用。

法国启蒙文学几乎贯穿整个18世纪。18世纪初是它的准备阶段。孟德斯鸠于1721年发表的《波斯人信札》是启蒙文学的第一部代表作品。伏尔泰于30年代登上文坛。50年代前后,狄德罗和卢梭先后显露头角,至此启蒙文学已形成了壮阔的潮流。法国启蒙文学继承了人文主义文学的进步传统,以唯物主义和资产阶级新思潮为思想武器,具有鲜明的战斗性和革命性。

首先,法国启蒙文学具有强烈的反封建意义。启蒙文学产生的时代正是封建社会处在日益腐朽没落的时期。18世纪初,由于路易十四穷兵黩武,长年征战,造成国库空虚。摄政王时期,为了弥补财政上的拮据,采用了约翰·劳的滥发纸币制度:国库现金只有7亿利佛尔,政府却发行了30亿利佛尔纸币,因为不能兑现,使得千千万万人倾家荡产,最后连国家当局也宣布破产。在对外事务方面,由于国势日蹙,在对英战争中被打败,丧失了美洲和印度的殖民地,这对国内经济是一个沉重的打击。与此同时,封建王朝加紧了对农民的残酷剥削。从1715年至1789年,直接税增加了74%,间接税竟增加了两倍左右,"人们像羊一样吃青草,像苍蝇一样大批死亡"。农民起义彼伏此起,在巴黎也发生了工人暴动。这一切促使法国的君主专制制度在短短几十年内便发展到不可收拾的地步,迅速走上了腐朽没落的阶段。

在这种土壤上应运而生的启蒙文学必然要尖锐地批判封建制度的不合理。因此,法国第一个启蒙作家孟德斯鸠大胆地抨击君主专制制度,就决不是偶然的。揭露暴政的思想,贯穿了他的小说《波斯人信札》。作者通过主人公的所见所闻,愤怒地指出君主制度"是横暴的政制,它势必蜕化为专制暴政"。孟德斯鸠反对封建社会"君权神授"的学说,认为专制政体用暴力统治国家,剥夺人民自由,是最反动的政体;他提出行政、立法和司法"三权分立",同封建君主制度相对抗。

伏尔泰是反封建专制的热情斗士。他的哲理小说富有艺术特色,能从通俗化的哲理命题出发,深刻剖析现实社会存在的不合理现象,驳斥维护封建社会的种种荒谬信条。《查第格》从善与恶的哲理命题入手,描写主人公经历了种种奇怪的遭遇,但不能解释自己的命运,因为他每做一件好事(也就是善),随之而来的却是一桩灾难(也就是恶),"他疑心真有什么残酷的命运操纵一切,欺压善良"。作者以此说明现实生活充满了邪恶和不合理现象,从而抨击了封建制度。《老实人》描写主人公经历的都是不可理喻的不幸和灾难,揭露和讽刺所谓"世界上一切尽善尽美""安排得再妥当没有"等维护封建社会的说教,愤怒指出"地球上满目疮痍,到处都是灾祸"。这样,小说就形象地驳斥了封建文人炮制的封建社会永世长存的"乐观主义",揭露了封建制度的腐败和不合理。

法国启蒙文学还从不同角度揭露封建社会存在的不平等、不自由。卢梭的《新爱露绮丝》通过一个爱情悲剧,深刻揭露了封建等级制的罪恶。他指斥贵族特权阶层"是法律和自由的死敌"。卢梭描写了大自然的绮丽风光,与压抑人、摧残人的封建观念相衬托,热烈赞扬感情自由、感情解放和自由恋爱。《爱弥儿》是一部反映卢梭教育观点的小说。卢梭的教育思想要点是:让孩子自由发展;让他住在农村,同自然接触;引导他认识自己的错误;让他学手艺;可以自由恋爱;信仰自然神教,等等。卢梭以这套自由发展的教育主张反对窒息人们精神的封建教育。卢梭的《忏悔录》是一部自传,它描写一个出身低微的人怎样反对社会对他的歧视和不平等待遇,维护自己的生存和地位,即维护"人权"。《忏悔录》的特点是坦诚相见,连自己的缺点错误也表露无遗,表现出资产阶级个性解放的强烈愿望。卢梭的本意还在于回击那些攻击诋毁他的封建卫道士,写出自己独立不移、不愿与封建社会同流合污的人格。卢梭鼓吹的自由恋爱、自由发展、个性解放,同束缚人、限制人、压抑人的封建观念是针锋相对的,它对封建阶级的意识形态进行了猛烈的冲击。

　　难能可贵的是,有的启蒙作家运用了辩证法思想,对封建社会作了深入的剖析和批判,这是启蒙文学的一个突出成就。狄德罗的《拉摩的侄子》和卢梭的《论人类不平等的起源》曾被恩格斯誉为"辩证法的杰作"。《拉摩的侄子》的主人公一面取悦权贵,一面对贵族上流社会又有清醒的认识。他尖锐地指出,住在豪华的宫邸、穿着华丽、谈吐风雅的贵族,其实都是些腐化堕落、荒唐淫佚、互相倾轧的卑劣人物。他以不屑的口吻斥骂这个社会是"何等样的鬼制度"。体现在主人公身上和上流社会中的似乎矛盾的现象,非常真实地反映了封建社会没落时期"金玉其外,败絮其中"的典型状况。这种充满辩证思想的分析,把封建社会的腐朽特征深刻地剥露了出来。在《论人类不平等的起源》中,卢梭把不平等的产生看作对野蛮时期的一种进步,但是,他认为文明每前进一步,不平等也前进一步,因而这同时也是一种退步。卢梭看出了社会的发展是对抗的、包含着矛盾的过程。他认为人民有权推翻暴政,"暴力支持它,暴力也推翻它。一切事物都是这样按照自然的顺序进行着"。这样,卢梭运用辩证法的观点,论证了为什么推翻封建暴政是历史的必然。卢梭的思想比前人前进了一大步,它大大动摇了封建统治的根基。

　　启蒙文学还反映了第三等级同封建政权的剧烈冲突,在这种冲击下,封建王朝走向最后的崩溃。博马舍写于大革命前夕的《费加罗的婚姻》是这方面的代表作。剧本主人公费加罗是第三等级的代表,他同荒淫无耻的大贵族阿勒玛维华的冲突很快就发展为阶级之间的冲突。阿勒玛维华不肯轻易放弃封建特权,激起了农民的反抗。在一个封建庄园内情况是这样,在整个王国中,阶级矛盾也已经激化。"人民受着压迫,他们就会诅咒,会怒吼,会行动起来"。剧本结尾,农民们在庆祝胜利的夜晚,举行了盛大的狂欢活动。剧本反映的第三等级的激愤情绪,预示着革命风暴即将到来。

启蒙文学具有强烈的反教会精神。教会是封建社会的支柱。宗教是麻醉人民的鸦片。封建统治者依靠教会对人民实行精神统治,因此,"一般针对封建制度发出的一切攻击必然首先就是对教会的攻击"(恩格斯:《德国农民战争》)。高级僧侣同大贵族一样,也是大地主;修道院拥有大量土地和资产,残酷盘剥农民。法国教会的土地总数不断增长,在18世纪约拥有全国三分之一的土地。教会还大搞特务监视活动。此外,罗马教会是各国封建反动势力的支持者。因此,启蒙作家在反封建的同时,也把斗争锋芒指向教会。

启蒙作家对教会的抨击非常广泛,从宗教信条、宗教礼仪,一直到宗教迫害,都进行了辛辣的、犀利的嘲讽。他们尖锐地指出,宗教信条和宗教教义是荒诞无稽和矛盾百出的。例如,教会说上帝给人安排死后幸福,却又说天堂是只为少数人准备的,而大多数人要入地狱;教会说圣经是受了上帝的启示而写的,但圣经的文字前后矛盾,错误百出;至于所谓的圣画连最起码的画法规则也不遵守;教会说上帝是全知全能,那么上帝又为什么不能阻止使自己不愉快的事情发生;说上帝是一切秩序的根源,为什么世界秩序却这样混乱;说耶稣能显示"奇迹",人们亲眼目睹,本应相信,却又为什么要把耶稣钉在十字架上;上帝其实是人想象出来的,"有人说得妙,如果三角形也要创一个神,它们一定给它们的神三条边"(《波斯人信札》)。启蒙作家愤怒地谴责了宗教迫害:"他们烧死一个活人,和烧稻草一般容易。"(《波斯人信札》)伏尔泰指出,每一世纪约有100万人死于宗教迫害,累计起来已有1700万人丧生。圣经里"不叫人做的事,你们却做了不知多多少少,而书中写着要人做的事,却什么也没有做"(《天真汉》)。那些托钵僧,名为赤足游方,实际上光房租收入,一个修道院就有十万埃巨(《有四十个埃巨的人》)。教皇设立了各式各样可以游手好闲的圣职,危害百姓,因此他是个可恶的"两足兽"。启蒙作家对宗教和教会的抨击,揭露了宗教和教会的虚伪和罪恶面目,对这一封建主义的"神圣"支柱是个沉重的打击。列宁曾经指出,"18世纪老无神论者所写的那些锋利的、生动的、有才华的政论,机智地公开地打击了当时盛行的僧侣主义。"

法国启蒙作家反宗教反教会之所以比较尖锐、比较彻底,就在于有的作家能站在唯物论和无神论的高度。狄德罗是他们当中的杰出代表。他从唯物论的反映论出发,认为世界是个物质体,人类可以通过感觉来认识它;而思想是大脑亦即一定物质的产物。他明确指出"关于在物质的宇宙以外有任何存在物的假设,是不能成立的",由此确认"根本没有上帝","创造世界,这是虚无飘渺的幻想",从而否定了宗教存在的理由。恩格斯在论述法国启蒙运动时说过:"这是第一次完全抛开了宗教外衣,并在毫不掩饰的政治战线上作战。"恩格斯的论断阐明了法国启蒙作家反对宗教的彻底性。狄德罗正是由于具有这种彻底性,所以他在暴露宗教和教会对人们精神的毒害和摧残方面就比较深刻。《修女》是一部揭露修道院黑暗内幕的中篇小说。女主人公向往热烈的外界生活,向往自由和"天赋人权",对自己不由自主地被关在这个禁欲主义的牢笼里感到痛苦万分。她在第一个修道院受到种种惨无人道的折磨和迫害,在另一个修道院又碰上专搞同性恋的修道院长。狄德罗不仅揭露了修道生活违反人类的自然情感,而且揭露了修道院形同监狱,充斥着污秽丑恶之事。狄德罗把修道院写成一种统治人们的不合理设施,揭示了宗教与封建统治的依存关系。他曾指出,拴在人类脖子上的绳索有两股,一股是天国皇帝,另一股是人间皇帝;不解开其中一股,就解不开另一股。这就表明,以狄德罗为代表的一些启蒙思想家是把反教会斗争同反封建斗争紧密联系起来的。

诚然,启蒙作家反封建反教会都离不开理性的准则和自由平等博爱的观念。但从历史唯物主义的观点来看,这一准则和观念在当时无疑具有冲击封建意识形态的巨大进步意义。恩格斯指出:"宗教、自然观、社会、国家制度,一切都受到了最无情的批判;一切都必须在理性的法庭面前为自己的存在作辩护或者放弃存在的权利。思维着的悟性成了衡量一切的唯一尺度。"在理性的衡量下,"以往的一切社会形式和国家形式、一切传统观念,都被当作不合理的东西扔到垃圾堆里去了;到现在为止,世界所遵循的只是一些成见;过去的一切只值得怜悯和鄙视。只是现在阳光才照射出来。从今以后,迷信、偏私、特权和压迫,必将为永恒的真理,为永恒的正义,为基于自然的平等和不可剥夺的人权所排挤"。从历史发展的观点看,启蒙思想家提出的理性比17世纪古典主义崇尚的理性又前进了一步。古典主义崇尚的理性宣扬个人利益服从国家的整体利益,因而是资产阶级同贵族王权妥协的表现。而启蒙主义提出的理性完全排斥了封建观念,它把资产阶级的思想观点贯彻到对一切事物的看法之中,于是这种观念就成为一切领域的最高准则。启蒙作家要以资产阶级的意识形态去取代封建阶级的意识形态,只不过在它上面戴上神圣的光圈,视之为永恒真理罢了。但是,就它对封建阶级没落的意识形态给以彻底否定而论,应该说具有非常革命的意义。至于自由平等博爱的观念,则代表着资产阶级要求政治上的平等,以直接掌握政治权力;要求经济上的自由贸易,以发展生产力和资本主义;要求自由竞争,以取得发财致富的机会。这些都针对着封建社会的政治权利极端不平等,森严的等级制度和等级观念,阻碍生产发展的关税壁垒,等等。18世纪的法国,封建制度的生产关系显然已经处在大大落后于生产力发展的状况之下,自由平等博爱的思想就反映了要求变革这种落后的生产关系的愿望,为建立资本主义的社会经济制度鸣锣开道。自由平等博爱的观念并不是启蒙思想家首创的。文艺复兴时期人文主义者已经提出了类似的口号,鼓吹过相似的内容。但是,人文主义者只温和地提出了开明君主的理想,以适应资产阶级的发展,而启蒙思想家不仅提出建立君主立宪制,还提出建立资产阶级共和国的政治主张,更加直接地威胁着封建贵族的专制统治。法国大革命时期建立的资产阶级历届政府,就在不同时期采用了启蒙主义者的政治主张。由此可见,自由平等博爱观念是反对封建制度的有力思想武器。

  富有战斗性的启蒙文学,启迪了人民群众的头脑,激发了人民群众的革命热情,对行将到来的资产阶级革命起了催化作用,这是启蒙文学的巨大历史功绩。这里举其荦荦大者。《波斯人信札》的出版轰动了整个巴黎,引起人们强烈的共鸣,大家争相购买,以至一时"洛阳纸贵"。伏尔泰曾经为了反对宗教迫害而多次奋战。1762年,图卢兹法庭对无辜的桑·卡拉处以磔刑,伏尔泰对这一残暴行径表示极大愤慨,写了一系列文章,把全欧洲的舆论都吸引到自己这方面来,最后迫使图卢兹当局宣判已死的卡拉无罪。大革命时期还上演过描写卡拉事件的戏剧,可见这一事件影响非常深远。1778年伏尔泰从国外回到阔别的巴黎,受到巴黎人民盛大的欢迎,在上演他最后一个悲剧时,演员把他的胸像搬上舞台,并给他戴上桂冠。这些热烈的场面充分体现了人民群众在启蒙思想激发下革命情绪的高涨。大革命时期,伏尔泰的遗骸被隆重地安葬在先贤祠,灵车上写着"他培养我们热爱自由"。伏尔泰的创作活动激励人民群众挣脱封建主义的枷锁,的确起过巨大的作用。这里还必须提到狄德罗主编的《百科全书》的出版。启蒙思想家通过这部巨著,把他们的学说应用于所有的知识对象,也就是用唯物主义的观点占领各个学科领域。《百科全书》的出版延续了将近三十年,恩格斯指出,《百科全书》使唯物主义"成了法国一切有教养的青年的信条"。它在为资产阶级革命制造舆论方面所起的作用是难以估量的。卢梭由于在自己的作品中抨击了封建制度而受到反动当局的迫害,但他的思想却深入到广大的中下层人民之中,代表小资产阶级激进派的雅各宾党就以卢梭的学说为指针,卢梭的政治主张在雅各宾党专政时得到实施。博马舍的创作活动已接近大革命,他同封建当局的斗争因而也特别激烈。他的《回忆录》揭露了司法制度中的黑幕,动员了广大舆论站在他的一边,迫使当局让步。恩格斯称赞《回忆录》是部"公认的卓越的典范著作"。他的剧本《费加罗的婚礼》更激起了轩然大波。路易十六读完这个剧本后声称:"这真是可憎的东西,永远不准上演。除非拆毁巴士底狱,不然的话,上演这个剧本将有危险的后果。"禁演的命令激怒了观众,经过长期斗争,剧本终于同广大观众见面了。但是博马舍却因此而被捕,人们为此散发传单,国王十分惊慌,被迫释放了博马舍。这场斗争起了动员群众的作用。总之,启蒙文学为法国大革命造了思想舆论,做了意识形态方面的工作。

启蒙文学虽然在历史上起过进步的革命的作用,但它也有明显的局限性。

最突出的一点是,理性、自由、平等、博爱的观念蕴含着很大的欺骗性。不可否认,启蒙作家在鼓吹这些观念时,带着某种真诚的愿望,并愿为实现这些观念而献身。但问题就在这里:自由平等博爱并不是目的,而是手段,是资产阶级为了夺取政权而提出的口号。启蒙作家把这些口号当作最终目的,而且认为它们代表了全人类的愿望和利益,这就不仅混淆了目的与手段,更重要的是掩盖了这些口号的阶级实质。恩格斯指出:"这个理性的王国不过是资产阶级的理想化的王国;永恒的正义在资产阶级的司法中得到实现;平等归结为法律面前的资产阶级的平等;被宣布为最主要的人权之一的是资产阶级的所有权;而理性的国家、卢梭的社会契约在实践中表现为而且也只能表现为资产阶级的民主共和国。"事实就是这样,资产阶级获得政权以后,在司法、政治制度、所有制形式等方面所实施的只代表资产阶级的利益,广大人民群众被排斥在政权之外。所谓理性、自由、平等、博爱就不能不带有很大的欺骗性。实际上,在资产阶级专政之下,只有资产阶级剥削压迫劳动人民的自由,对小资产者和农民来说,则是只有把他们的被大资本和大地产的强大竞争所压垮的小财产出卖给大财主的自由;另一方面,只有不违反资产阶级的法律才能讲平等,而贫穷和富有两者之间的对立却更加尖锐化;最后,资产阶级为了追求最大限度的利润,要榨取劳动者的最后一滴血汗,对劳动者根本谈不上什么博爱。"总之,和启蒙学者的华美约言比起来,由'理性的胜利'建立起来的社会制度和政治制度竟是一幅令人极度失望的讽刺画。"(恩格斯:《社会主义从空想到科学的发展》)

启蒙作家分别代表着不同的社会阶层,思想上也是错综复杂的。在政治理论上,孟德斯鸠、伏尔泰和狄德罗主张君主立宪,他们把幻想寄托在"开明君主"身上,在作品中塑造了哲学家国王的理想人物,认为有了思想开明的君王,社会的一切问题都可以获得解决。在这种思想指导下,伏尔泰和狄德罗都曾经赞赏过俄国女皇叶卡捷琳娜二世。伏尔泰对于下层人民采取鄙视的态度,充分反映他站在大资产阶级立场上的保守观点。在哲学上,卢梭是一个唯心论者,孟德斯鸠、伏尔泰和狄德罗的哲学思想只达到机械唯物论,他们虽然批判了18世纪以前的形而上学,却仍然摆脱不掉形而上学的桎梏,原因在于他们并不理解事物的相互联系和自然界的发展规律。在社会历史观点方面,他们不认识人类历史的真正发展进程,过分强调了思想的作用,认为社会意识可以决定社会存在,因而他们的社会历史观点仍属于唯心论。另外,伏尔泰和卢梭都主张自然神论,伏尔泰曾经说过,如果没有上帝,也要造出一个来;卢梭认为宗教可以约束人们的精神,把宗教看作一种教育手段。凡此种种,都表明资产阶级启蒙作家在反封建反教会上存在着不彻底性。他们同代表劳动群众的另外一些启蒙思想家如梅叶、摩莱里、马布里、巴贝夫比较起来,就有很大的差别。梅叶、摩莱里、马布里、巴贝夫虽然也以理性为标准去批判现存社会,但是,他们都反对私有制,主张财产公有,这就和资产阶级启蒙思想家认为私有财产不可侵犯截然不同。

然而,"四人帮"不是从历史唯物主义的观点去评价启蒙文艺的进步作用及其局限性的。在他们看来,启蒙作家代表资产阶级,而资产阶级是剥削阶级,因此,启蒙作家的作品与人民群众的利益是对立的,所以是"蒙蔽文艺",其作用是反动的,等等。且不说这种推论是多么荒谬,这里牵涉到关于历史唯物主义的一个重要问题:如何评价奴隶主阶级、地主阶级和资产阶级在历史上曾经起过的作用?根据历史唯物主义的观点,人类社会是不断发展的,它经历了原始公社社会、奴隶社会、封建社会、资本主义社会,最终是社会主义社会和共产主义社会。在这当中,每一种社会的替代过程都是一场伟大的革命,是向更高阶段的社会过渡。奴隶主阶级、地主阶级和资产阶级虽则都是剥削阶级,但当它们处于上升发展时期,要同旧势力作斗争,起的是符合历史发展的进步作用和革命作用。关于上升时期资产阶级的作用,《共产党宣言》明确指出:"当基督教思想在18世纪被启蒙思想击败的时候,封建社会正在同当时革命的资产阶级进行殊死的斗争。"《反杜林论》也确认启蒙思想家"本身都是非常革命的"。列宁指出他们是资产阶级的向导,是"先进资产阶级的伟大思想家"。毛泽东同志说得十分精辟:"历史上奴隶主阶级、封建地主阶级和资产阶级,在它们取得统治权力以前和取得统治权力以后的一段时间内,它们是生气勃勃的,是革命者,是先进者,是真老虎。"上升时期的资产阶级在向封建主义作斗争时,不仅不与人民群众的利益相对立,而且代表着人民群众的利益:"它的利益在开始时的确同其余一切非统治阶级的共同利益还有更多的联系。"(马克思、恩格斯:《德意志意识形态》)列宁也指出,启蒙者的特征之一"就是坚持人民群众的利益,主要是农民的利益"。历史唯物主义认为,把走上腐朽没落时期的资产阶级的活动放到它的上升时期去,然后加以否定,是一种庸俗化的卑劣做法。很明显,认为资产阶级古典文艺和真正颓废的文艺"就其阶级本质来看,两者是完全一致的",从而把启蒙文艺说成是"蒙蔽文艺",这是对革命导师的经典论述的肆意践踏,根本违背了历史唯物主义。

"四人帮"从启蒙文艺是"蒙蔽文艺"的观点出发,完全否定启蒙文艺有借鉴继承作用。这种观点完全是反马克思主义的。无产阶级革命导师曾经多次论述过启蒙文学具有借鉴作用。毛泽东同志在论述批判地继承外国和古代文化时,曾特别提到启蒙文艺:"还有外国的古代文化,例如各资本主义国家启蒙时代的文化,凡属我们今天用得着的东西,都应该吸收。"我们认为,启蒙文学在今天至少在下列几个方面可供借鉴继承。

其一,启蒙文艺具有强烈反封建反教会的积极内容,它有助于我们去认识当时处于没落阶段的封建社会以及教会的黑暗统治,即是说,具有帮助我们认识当时社会的巨大价值。

其二,启蒙文艺这种反封建反教会的精神至今仍然具有现实意义。恩格斯在

19世纪末曾经嘱咐过,要把18世纪战斗的无神论的文献翻译出来,在工人中广泛传播。列宁也痛斥过说什么这些文献已经过时、不科学、很幼稚等谬论,指出应该把各种无神论的宣传材料供给人们,唤醒人们"自觉地对待宗教问题,自觉地批判宗教",否则,那是"貌似马克思主义而事实上却在歪曲马克思主义"。可以说,启蒙主义反对蒙昧主义的斗争,对于我们认识"四人帮"推行的文化专制主义和蒙昧主义,对于我们进一步清除封建影响,也是会有直接帮助的。

其三,启蒙文艺虽然还属于发展阶段的资产阶级文艺,但在艺术形式方面,例如哲理小说和感情心理分析等,颇有独创之处。哲理小说运用了对话体、书简体或寓言式的讽刺手法。有的启蒙作家善于进行心理剖白,作品中感情抒发和风景描绘水乳交融,充满浪漫情调。启蒙文学对19世纪的现实主义和浪漫主义曾起过深刻影响。恩格斯指出:"卓越的法国唯物主义文献","迄今为止不仅按形式,而且按内容来说都是法兰西精神的最高成就;如果考虑到当时的科学水平,那么就是今天看来它们的内容仍有极高的价值,它们的形式仍然是不可企及的典范"。应该说,启蒙文学除了有它不可抹煞的认识价值外,在艺术上也有不少值得我们今天借鉴研究的地方。

其四,启蒙文艺在文艺理论上也有很大贡献,狄德罗的美学理论从唯物论的反映论出发,强调文艺要反映现实,要具有真实性,但又不要受自然的束缚,并反对宫廷艺术。狄德罗是资产阶级现实主义美学的先驱之一。他同时又是现实主义的戏剧理论家,他提出要反映第三等级人物的生活,要注意描写环境和人物性格,要关心社会重大问题,要起教育民众的作用。狄德罗还提出了演员表演技巧的理论。所有这些对后来的文艺发展都起过推动作用,在今天仍有一定的参考价值。

1977年1月

# 狄德罗对表演艺术的贡献

狄德罗是现实主义戏剧理论的杰出先驱,他不但在戏剧理论上,而且在表演艺术理论上都有重大建树。他的名篇《演员是非谈》在世界戏剧史上是第一篇关于表演艺术的重要文献,它对现实主义的表演艺术理论作出了极其重要的贡献。狄德罗在这篇对话体的著作中奠定了"表现派"的理论基础。《演员是非谈》一问世,欧洲一些名演员、名导演纷纷著文加以评论,展开了热烈的争论。这一争论一直延续到 20 世纪。有意义的是,60 年代初,狄德罗的《演员是非谈》被介绍到我国,当时也引起了一场热烈的讨论。狄德罗这篇著作为什么会引起人们这样大的兴趣呢?究其原因,是由于这篇著作以十分生动的形式提出了戏剧表演理论的一些重大问题,并进而牵涉到艺术创作的一些根本问题。但同时,这篇著作有机械论的偏向,有的论述过于绝对化。这样,就势所必然地招致一些演员、导演和戏剧理论家的反对,特别是遭到"体验派"的批评。然而,《演员是非谈》具有十分丰富的内容,时至今日仍然没有失去它的宝贵价值。正确地领会它的主导精神,指出其不足之处,这对于我们了解表演艺术乃至一般的艺术创作规律是会大有裨益的。

《演员是非谈》属于狄德罗晚年的作品。1770 年,有一位名叫斯提考提的法国演员把一本《盖利克或者英国演员》的英文小册子译成法文出版,狄德罗不同意这本小册子的观点,对他的挚友格林详述过他对表演艺术的看法。格林把他的见解记录下来,发表在 1770 年 10 月 1 日的《文学通信》杂志上。1773 年,狄德罗把自己的见解写成对话体形式,1778 年又作过改动,但生前一直没有发表。直到 1830 年,这篇著作才得以问世。

狄德罗对表演艺术的见解是他的戏剧改革理论的重要组成部分。这里有必要概述一下狄德罗的戏剧改革理论。18 世纪上半叶,法国古典主义及其变种占据着法国的戏剧舞台,这类戏剧毫无例外都是描写王公贵族,宣扬的是封建意识,以适合封建宫廷的趣味和要求。在经济上已变得十分强大的资产阶级愈来愈不满于这种状况,它要求文艺反映第三等级,提出向封建阶级的意识形态挑战的主张。狄德罗顺应了这个历史的要求,他主编的《百科全书》起到了启迪人们头脑的作用。狄德罗在文艺上特别关心戏剧,就在于戏剧这种文艺形式当时受到封建宫廷的牵制最深,最需要改革。他从17、18世纪之交在英国出现的新剧种"感伤剧"得到启发,这种剧用日常语言描写普通人的生活,情调感伤,法国人称为"泪剧"。狄德罗在"泪剧"的基础上提出了"严肃剧种"的主张,以代替古典主义悲剧和喜剧。狄德罗写了两个"严肃剧"或"市民剧":《私生子》和《家长》,各附有一篇论戏剧的论文,即《关于〈私生子〉的谈话》(1757)和《论诗体剧》(1758)。在这两篇文章中,狄德罗阐明了自己的戏剧理论。他提出新剧种要描写市民和家庭,以代替旧剧种只描写贵族和宫廷。狄德罗还对人物、情节、语言提出了新的要求,主张表现人物的各种社会关系,通过戏剧矛盾去刻画人物性格,要用日常语言——散文,等等。狄德罗提倡的"市民剧"是后来的"正剧"的前身,他的理论为现代戏剧开辟了广阔的道路。

在《论诗体剧》中,狄德罗首次提出了表演问题。他是从剧本创作的角度来谈论的,认为剧作家必须考虑到剧中角色的动作,给出详尽的指示。狄德罗开始认识到戏剧艺术要通过演员的表演才获得更大的生命力的特点,把人物在特定情境下的动作看成剧本创作的一个重要部分。正是从这个角度出发,狄德罗考虑到演员的表演艺术,写出了《演员是非谈》。狄德罗于是进入了一个为历来的文艺批评家所忽视的领域。

《演员是非谈》的第一个重要贡献在于狄德罗把表演艺术建立在唯物主义的反映论的基础上。狄德罗遵奉"艺术要模仿自然"的原则,他把这一原则也运用到表演艺术之中,认为这是表演艺术必须遵循的基本准则。狄德罗曾经说过:"人们去看戏带着这样的信念:这是对某一事件的模仿,而不是要看到事件本身。"既然演戏是模仿某一事件,那么,演员扮演剧中角色,也就是模仿戏剧家塑造的这个形象了。初看起来,狄德罗的"模仿自然"不过是接受前人的文艺观点,并没有什么新鲜的东西。但是,如果我们再深入观察的话,就会看到,狄德罗"模仿自然"的戏剧表演理论有着深刻的现实主义内容。先看看狄德罗反对什么样的表演。狄德罗反对当时以杜麦尼尔为代表的凭灵感和直觉来进行表演,这类演员认为"一个人能有丰富的激情,能呼之则来,并且能在一眨眼就完全忘掉自己投进角色中去——这是一种天赋,任何努力都不能达到的",他们认为这种天赋是"上天的一种特殊恩赐,一种神秘的灵感"。由于他们单凭自己的天赋条件,单凭一时的灵感冲动演戏,他们的演技必然是"有高有低,忽冷忽热,时好时坏",而绝不会"浑然统一"。总之,这类演员的表演相信天赋,相信神秘的灵感,表明他们的观点建立在唯心论的基础上。他们的表演方法无疑是不足取的。狄德罗认为,人们的动作、姿势等是内心感情的表记,换言之,只要准确地抓住并模仿出这些表记,就能表现人物的内心情感,也就能再现艺术形象。伟大的演员就是能够"把这些表记最完善地扮演出来的演员"。因此,狄德罗要求演员"用心模仿自然,在自然门下做一名潜心向学的弟子",要具有"模仿一切的艺术才能","有扮演任何种类性格与角色的无往而不相宜的本领"。以上这些引言抽去了狄德罗的一些偏颇的说法而突出了他的基本观点,这是为了能够抓住他的观点中合理的内核。尤其值得注意的是狄德罗对"情"与"态"的表述。狄德罗认为"态"是"情"的反映,"情"是因,"态"是果,因果互有联系,"模仿越是完美,越是接近于因,我们就会越觉得满意"。所谓"态"就是指动作。手势、面部表情、声音、眼神,等等,这些"表记"确是人物精神的反映。唯物论的反映论认为,人们的思想情感是在同外界接触或在生活实践中产生的,它通过言语动作表现出来,所谓"言为心声""形之于外"就是符合反映论的表述。毫无疑问,狄德罗抓住了形体动作与内在感情之间的这种反映关系(虽然还没有看到它们之间的辩证关系),这样,他的表演艺术理论就同唯心论划清了界线,而符合唯物论的反映论。

狄德罗这样强调形体动作是否符合戏剧舞台的表演规律呢?显然是符合的。说到底,舞台角色的创造,最终是由形体动作来完成的。难以设想,一个演员只会干巴巴地背诵台词,而缺乏生动准确的形体动作,能把角色演活,或者只沉溺于自己所设想的角色的感情中,却无法在形体动作上表现出来,这样也是演不好角色的。戏剧是一种视觉艺术,观众是通过演员形体动作的表演来感知剧中角色的,形体动作就是戏剧形象得到体现的具体形式。

重要的是,狄德罗用了"表记"这一个词。"表记"不是指一般的形体动作,而是指最准确、最真实地反映人物精神特征的形体动作。狄德罗的这个概念包含两方面的意思。其一,演员为了抓住并扮演出这些特定的形体动作,那就必须对角色进行刻苦的钻研和琢磨,领会角色的内在感情,然后才能准确地模仿和表达出来。狄德罗说过,"模仿美的自然的原则要求对自然的一切产物进行最深入和最广泛的研究",指的就是这个意思。不仅在戏剧上演之前要做这一番最深入最广泛的研究工作,而且在演出过程中还要不断摸索,直到尽善尽美的境地。狄德罗指出,演员要准确地抓住戏剧人物的"表记",往往需要经过五六次的演出才能达到。其二,狄德罗实际上是在强调技巧的重要性。他认为演员必须善于表演喜怒哀乐的形体动作,而且不止于掌握一种角色一种性格的喜怒哀乐,这样他才有可能扮演各种特定的角色。狄德罗在《演员是非谈》中举了一个有名的例子:

> 盖利克在两扇门当中,露出他的头来,脸从狂喜变到小喜,从小喜变到平静,从平静变到诧异,从诧异变到惊奇,从惊奇变到忧郁,从忧郁变到消沉,从消沉变到畏惧,从畏惧变到恐怖,从恐怖变到绝望,又从这么一种变化回复到原样,其间也就是四到五秒钟。

狄德罗为了否定表演时不再需要感受角色的情感而举出了这个特殊的例子,他也没有说明盖利克是在演哪一出戏。不过,这个例子是可以设想实有其事的。从狄德罗的叙述可以看出,盖利克是一个演技相当高超的演员,他至少掌握了十来种不同感情的脸部表情,而且能随心所欲地变化。[①] 我们并不赞同狄德罗完全否定表演时需要体验角色情感的观点,但是也不能不承认,在戏剧舞台上,是需要掌握各种各样的演技的,在特定的情境下,需要用纯熟的技巧来表演角色复杂的感情变化。技巧是绝对必要的,因为人的感情的自然形态是各种各样的,生活中每个人的喜怒哀乐的表情不能都原封不动地搬上舞台,舞台上的喜怒哀乐的表情无不经过选择和艺术的加工。表演哭泣,绝不能像实际生活那样,眼泪鼻涕一大把。表演英雄的死,也不能给人以丑恶的感受。"我们希望这个女人倒下去的时候,要端庄、柔

---

[①] 有人认为盖利克这样善于脸部表情变化是"进入角色"的结果,这种观点似乎站不住脚。就盖利克这段表演来看,显然是经过加工的形体动作,盖利克多少有点显露自己的艺术技巧,而在实际生活中却绝少甚至不会出现这种表情的迅速而繁复的变化,很难想象"进入角色"能够表现出来。

和,而这位英雄死的时候,仿佛古代的角斗者,在竞技场上,听着四周的喝彩声,既文雅,又高贵,姿态优美入画。"演员的这种表演,既是对角色的模仿,也是对外部形体动作的艺术加工。演员能否表演得恰到好处,表明演技是否达到高水平。

过去有一个偏向,就是怕谈技巧,似乎一谈技巧就是排斥演员体验生活、改造思想的必要。其实,演技有相对的独立性,演员的演技同作家的写作技巧具有同样的性质。作家要写出成功的作品需要掌握出色的技巧,演员要成功地塑造出舞台形象,也同样需要有优秀的演技。大凡杰出的演员都拥有丰富而高超的演技。如果不讲究演技,而只一味讲体验感情,那必然会流于自然主义,不能塑造出生动准确的舞台形象。技巧是演员借以塑造舞台形象的必不可少的手段,在很多场合还具有决定的意义(上面所引的盖利克脸部变化的例子,技巧的因素就是主要的)。中外古今的一些大演员在演技上精益求精、不断磨砺的成功经验都说明技巧的重要性。狄德罗还指出,一个演员在几十场、上百场的演出中,靠什么来保持表演的一贯完美呢?他认为这就需要靠演技,重复搬演预先设计好的一套动作。不少有经验的演员,甚至反对狄德罗观点的演员也都承认,不可能在戏剧舞台上保持一贯的激情,这时候,就需要用"表演"来代替,这也能达到相当好的效果。例如"体验派"大师意大利名演员萨尔维尼谈到他演自己的拿手好戏《奥赛罗》的一个场面时说:他在美国演《奥赛罗》获得成功。有一次,当他做出惨死的样子倒下去的时候,他对扮演苔丝德蒙娜的女演员低声说:"在这个演出季节里我已经死了一百零三次,但这回是最后一次了!"萨尔维尼显然并没有在体验奥赛罗的感情,否则他不会说出这种玩笑话来的,但这并不妨碍他演好奥赛罗。事实上,不管承认与否,演员大部分时间都在那里复演事先设想好的动作(斯坦尼斯拉夫斯基说过,一场戏中,一个演员"进入角色"的时间只有四五分钟)。既然如此,一切演员就必须把提高演技作为自己的重大课题。

《演员是非谈》的第二个贡献在于狄德罗把艺术典型化的主张运用到表演艺术上,这就是他提出了"理想典范"(或译理想范本)的要求。狄德罗这样说:"最了解和最完美地把根据理想典范设计得惟妙惟肖的外部表记再现出来的人,是最伟大的演员。"以往对于狄德罗提出的"理想典范"的评价是估计不足的,一般的评论者只是从表演方法上去加以考察,而没有从狄德罗的美学观点上去评价,因此未能充分估计"理想典范"的理论意义。

狄德罗对美学研究有重大贡献。他的"美在关系"的论述把美学建立在唯物主义的基础上。他把美的观念同客观的实际生活联系起来，同社会各种关系联系起来，从而把对美的论述大大向前发展了一步。狄德罗的文艺观点贯穿着他的美学思想，"理想典范"就是体现了他的美学思想的一个概念。

在狄德罗看来，什么是"理想典范"呢？所谓"理想典范"，就是演员对角色进行充分研究之后，发挥自己的记忆和想象，创造出一个符合"理想美"的舞台典型形象。

狄德罗要求于演员的，并不是模仿一般的"自然"，创造出平庸的舞台艺术形象，而是模仿经过艺术加工的"自然"，创造出优美的艺术典型。狄德罗并没有用"典型"这个词，但他的"理想典范"的含义却明明白白地指的是"典型"。照狄德罗看来，成功的艺术形象如阿巴贡、达尔杜弗并不等于实际生活中的某一个吝啬鬼和伪君子，"这里有他们最普遍和最显著的特征，而不是任何某一个人的准确画像"。他举出一系列戏剧中的历史人物的名字，然后问道：这"真就是历史人物吗？不是。他们是想象出来的诗的形象"。这就是说，戏剧作品中的形象虽是从现实生活中来的，但又不同于现实生活中的某一个人，他们概括了某一类人最普遍、最显著的特征，意义远远比现实生活中的原型大得多。这些观点难道不是对典型的深刻概括吗？狄德罗还指出，艺术形象应高于"模特儿"，体现出"理想美"，"理想美"是建立在"现实美"的基础之上的。他以雕塑为例子：雕塑家发现有些模特儿比较完美，便作为素材采用了，但在雕塑的时候，他把这些模特儿身上粗糙的缺点改正过来，最后形象完成了，但这雕像已不再是"原人"。狄德罗想说明的意思很清楚："原人"是现实美，雕像是理想美，理想美来自生活，但高于生活。显而易见，"理想典范"指的就是典型，就是理想美。

在狄德罗看来，典型是美的一种体现。狄德罗说过："艺术中有两个重要部分，就是模仿性与理想性"，又说，"最严格的选择势必导致使之变美或者在一个描写对象中聚集大自然在大量事物中分散显现的各种美"。塑造理想典范就是要表现出这种美来：演员要通过对角色的分析研究，捕捉住绘影绘声的外部动作，使之达到艺术美。生活中并不美的事物如哭泣、死亡，甚至于丑的事物，在舞台上都要表现得具有艺术美感，符合艺术典型的要求。总之，"理想典范"的主张是把艺术典型化的要求贯彻于表演艺术之中。

有一点还需要指出,狄德罗在这里把演剧视为一种新的艺术创作,虽然这只不过是根据剧本角色的一种模仿。既然是艺术创作,那当然就有一个创造典型(舞台形象)的问题,只不过演员是在戏剧家创作的典型上进行再创造而已。"诗人(指剧作家)有时候比演员感受更深,有时候(也许更其常见)演员比诗人意会更深。"因为演员从角色出发,进一步体会这个典型的各个方面的特点,使之在舞台上更加形象化。狄德罗举出这样一个例子:名演员克莱隆出色地扮演伏尔泰的一出戏,伏尔泰看后不由得喊道:"这出戏真是我写出来的吗?"狄德罗从而得出这样的结论:克莱隆的"理想典范,在演的时候,至少高过诗人在写的时候所创造的理想典范"。这个论断固然存在着值得商榷的地方,但有一点是值得注意的,即他高度评价演员的创作活动,认为演员创造的舞台形象是更加具体、更真实可感的典型,用狄德罗的话来说,则是戏剧家写出野兽,而演员使野兽发出吼声。狄德罗充分估计到演员的主观能动作用和创作舞台形象的意义。

狄德罗还认识到,艺术典型化的问题是同艺术的真实性问题相结合的。他说:"什么是舞台上的真实?是动作、谈话、容貌、声音、行动、手势与诗人想象出来的一个理想典范的符合,而这种理想典范又往往被演员加以夸张。妙处就在这里。"可以看出,狄德罗把理想典范看成是符合艺术真实的,演员的表演不完全同生活中的实际情境一模一样,而带有夸张的成分,这种夸张是艺术典型所要求的,符合舞台艺术的美。舞台艺术的妙处就在它符合生活真实,而又不同于实际生活。演员必须认识到这一点,才能不囿于个别的、粗糙的实例的束缚,敢于大胆地探索,从舞台表演的要求出发,找出富于表现力、能反映生活真实的形式来。

综上所述,"理想典范"是狄德罗要求演员塑造舞台艺术形象或典型的具有深刻意义的概念。他用"典范"一词来表达后来明确化的"典型"一词的含义,用"理想"这一形容词来加强典范这一概念高于生活、比实际生活更美的内容。这一表述形式体现了现实主义的表演艺术的根本原则,虽然在概念上有点重复,因为"典范"(即典型)本身就包括了"理想"这个形容词的含义。但是,从戏剧表演理论发展史的角度来看,"理想典范"的提出奠定了现实主义的表演艺术理论,对表演艺术的贡献是巨大的。

《演员是非谈》的第三个贡献在于指出了演员创作过程中的矛盾,提出了如何对待的办法。这个问题牵涉到表演艺术的固有特点:演员既要把角色扮演得活灵活现,但又不等于剧中人,这里存在着矛盾,这个矛盾就统一于演员身上。演员怎样解决这个矛盾,关系到他表演的成败,也关系到他表演的风格。

狄德罗认为,演员创造出来的理想典范并不就是演员本人——"假如这个典范只和她(指演员)一样大小的话,她的动作要多软弱、多渺小!"但是,一个身体弱小的演员却可以扮演一个伟大的人物,往往有这样的情形:由于演员成功地扮演了一个伟大人物,观众也觉得她身材高大。狄德罗举出克莱隆为例子,他在舞台下见到克莱隆以后,才发现她是个身材不高的女演员,同自己看她表演得到的印象不相符合。正由于演员不等于角色,他就要保持非常清醒的头脑,要能控制住自己的一切行动,这样,他才能按照自己创造的理想典范毫不走样地复演出来,即使有时遇到了特殊情况,例如演员身上的饰物掉落在舞台上,他也能冷静地把这饰物踢到后台,或者碰到一张椅子摆得不是地方,他能自然而然地把椅子摆好,使戏正常地演下去。

狄德罗进一步指出,演员必然带着自己个人的特点去扮演角色,因此,不同的演员对同一角色的扮演,会塑造出不同风格的舞台形象。指出这一点在于强调演员要有自己的表演风格。狄德罗主张演员在舞台上要排斥敏感的表演,代之以冷静、清醒、有控制力和判断力,即所谓"表现派"的表演风格。这里暂且不谈能不能绝对保持不动感情,但以冷静态度为特色的演员在戏剧史上却不乏其人。表现派大师哥格兰就提出演员的双重人格问题,认为每个演员都分"第一自我"和"第二自我",第一自我是扮演者,即按角色想象出要扮演的人物,第二自我是工具,即由自身去表现这个想象中的人物。第一自我要完全控制第二自我,"即使当深受他的表演所感动的观众以为他已经无法控制自己的感情的时候,他仍然应当能看清自己正在做什么,判断自己的表演效果和控制自己——一句话,在竭尽全力、异常逼真地表现情感的同时,他应当始终保持冷静,不为所动"。哥格兰在这里发挥了狄德罗的理论,虽然他完全排斥情感是不对的,但他的观点仍有合理的因素。在理智与情感这两者中,在表演的大部分时间内起主导作用的是理智,这是我们今天已经明确认识到的。狄德罗和"表现派"强调理智还是符合舞台艺术规律的。

"表现派"虽然宣称排斥感情,实际上是做不到的,只不过这一派的表演内心情感的冲动较少而已。而"体验派"虽更注意内心情感的真实流露,但他们也离不开理智。在戏剧史上始终存在着这两大表演流派。应该说,两派的表演艺术家都曾创造出成功的舞台形象,我们没有必要厚此而薄彼。文艺的百花园里需要百花齐放,在表演艺术的领域里,也可以容许不同风格的表演流派并存。"表现派"是有它的长处的,这就是表演得比较精确,能够反映角色的种种极细微的变化层次,用狄德罗的话来说,是"有发展、有飞跃、有停顿、有开始、有中途、有顶点"。表演效果也比较稳定统一。当然,这是相对而言的。

但是,过去似乎有这样一种倾向,就是演员们更愿意承认自己是"体验派",而不愿意属于"表现派",似乎"表现派"是形式主义的,不能塑造出生动的有血有肉的舞台形象。其实这是对真正意义上的"表现派"的误解。这种倾向并不利于各种不同风格的表演艺术的发展。

在指出《演员是非谈》对表演艺术的贡献的同时,也要指出狄德罗的论述所存在的偏激之处。

狄德罗反对演员在舞台上的一切敏感表现、一切情感的流露,把感情和理智完全对立起来。狄德罗不理解感情和外部形体动作之间的有机联系。对演员来说,一定的思想感情的自然形态固然未必能表现为舞台上所要求的形体动作,但是,思想感情总是可以表现为舞台上的形体动作的,当两者达到一致时,能够使形体动作具有更感人的力量。在舞台上这样的时刻虽然很短暂,却十分宝贵。狄德罗看不到这一点,因而把模仿形体动作置于绝对的地位上,认为演员在舞台上的动作完全是不动感情的模仿,演员的表演是模仿骗取观众感情的外在表记。这样,狄德罗便将感情和外部表现形态割裂开来,他看不到演员在流露真实感情时仍然可以理智地控制自己,在进入角色时仍然受到意志力的控制,否则他就不可能背诵台词,按剧本把戏演下去。必须分清凭灵感和一时冲动随意即兴的表演以及受理智控制的、有一定限度的进入角色的表演,不能因为反对前者而否定后者。

再说,舞台上的表演恐怕也难以做到不让任何感情的真实流露。演员在扮演角色之前长时间对这个角色进行了研究,从各方面去领会角色的思想感情,他对这个角色已经有了某种感情,他怎能在演出时完全抛弃角色的思想感情而像机器人一样复演动作呢?如果说,在一定的场合演员通过模仿外形动作来表演还是可能的话,那并不能说在所有场合都能做到这样,否则演员就表达不出自己深有体会的地方(这正是他对角色带有感情色彩的表露),就会是毫无个人特色的表演,角色就会是毫无血肉的。

狄德罗的偏激思想,其根源来自他的机械唯物论。狄德罗不了解理智和感情、外部动作和思想之间的互相影响、互相作用的辩证关系,而往往强调了它们彼此之间的一定独立性。在思想方法上则是形而上学地观察问题:他看到单凭灵感演戏的弊病,就一股脑儿地否定了舞台情感、进入角色,认为这样必然会"表演本人的性格",表演个人的情感。他的模仿说也有绝对化的弊端:他认为演员要按照理想典范一丝不走样地演戏,或者说,理想典范一创造出来,演员就可以一劳永逸了,以后只是重复而已。事实上,理想典范既没有艺术的止境,也不可能每次演出都达到同一标准。演员的舞台实践是一个永不停止的、不断创造的过程,他总是在不断摸索、不断改进自己的表演。狄德罗也承认演员的表演一般是后面比前面好,原因在于演员是在不断总结自己表演的得失而有所提高。

尽管有以上的偏激观点,狄德罗仍不失为第一个系统性总结表演艺术的戏剧理论家,他奠定了表演艺术的现实主义基础,并为演剧两大流派之一的"表现派"提出了理论依据。《演员是非谈》是关于表演艺术的一份重要文献,它的贡献是巨大的,因而得到后世人们的广泛重视。

# 现代法国小说的演变

众所周知,法国小说在世界小说史上占有数一数二的地位,19世纪如此,20世纪仍然如此。19世纪的法国小说与俄国小说共执世界小说的牛耳,20世纪的法国小说与美国小说共执世界小说的牛耳。这个论点决非武断,而是以事实为根据的。仅以得诺贝尔文学奖的法国小说家为例,一共有8人,他们是罗曼·罗兰、法朗士、马丁·杜伽尔、纪德、莫里亚克、加缪、萨特、克洛德·西蒙(贝克特暂且不算),在世界各国中是最多的。毫无疑问,这8位小说家是世界级的一流作家,但他们并不包括现代法国小说家的全部。我们可以举出普鲁斯特、马尔罗等毫不逊色的小说家,就是有力的佐证。20世纪的法国小说有第二个黄金时代之称,这是完全符合实际的。

## 一、演变的第一阶段

在法国,随着浪漫主义和现实主义的兴起,长篇、中篇和短篇小说获得了迅速发展,在19世纪30年代至40年代,法国小说已达到成熟阶段,涌现了斯丹达尔、巴尔扎克、梅里美、雨果、乔治·桑、缪塞、大仲马等一大批小说家,把法国小说推进到世界小说的高峰。法国小说继续领导世界小说发展潮流的标志是,19世纪中叶,福楼拜率先革新了现实主义的创作原则,他是第一位材料派大师,主张纯客观态度,追求尽可能完善的艺术美。他的小说美学为后世打开了大门,被看作20世纪现代派的鼻祖。在他的影响下,自然主义在19世纪七八十年代占领了文坛。自然主义无疑是现实主义的一种继承和发展,尤其是继承和发展了巴尔扎克和福楼拜的传统。现实主义小说依然有继承者,如写海洋小说的洛蒂,注重批判现实的法朗士。与此同时,还出现了以布尔热、巴雷斯为代表的心理小说。

自然主义在19世纪末已出现了衰落的征象。左拉的5个门徒1887年在《费加罗报》上发表了批评左拉的小说《土地》的文章,他们与左拉产生了裂痕;有的自然主义作家干脆与左拉分道扬镳。自然主义作家的分裂预示了自然主义的衰微。20世纪初,法国小说面临着何去何从的问题。1910年至1912年,批评家蒂博岱和小说家兼批评家布尔热展开了一场辩论,这场论争影响了20世纪法国小说的走向。

布尔热对19世纪的小说美学进行了归纳,他认为有风俗小说和性格小说两种。他指出,小说家面临各种类型和阶层的人,应该提出双重目的:或者力图抓住和再现整个阶层的相似之处,或者被某个阶层的成员的独特性所吸引,千方百计地描绘特殊人物的特点。第一种是风俗小说,第二种是性格小说。风俗小说家描绘社会阶层,在人物周围组织一连串普通事件,因而人物变得平庸,情节逐渐减弱,完全取消戏剧性事件,堆积无意义的细节,等等,这类小说的典范是福楼拜的《情感教育》。而性格小说家却力图寻找特点和例外,典型人物就是聚集了某个阶级的优点和缺点,并推至最高程度。例如,达尔杜弗不是常到教堂去的人的代表,这是通过夸大他的说谎、自私、不达目的不罢休而得到的一个例外。因为一切伪善都体现在这个性格中。同样,于连·索雷尔也不是受过教育、想升迁到社会上层的平民的代表,他不可抑制地反对现存秩序的仇恨,坚决的意志,贪婪的疯狂热情,使他区别于同阶级的人,成为某种社会魔鬼。布尔热反对小说家抱冷漠态度,认为作家不是"无动于衷的镜子,他是会感动的目光"。他还认为,法国小说是复合型的,而俄国小说和英国小说则不是这样。

蒂博岱是柏格森的学生,他把小说分成三类:天然小说、被动小说和积极小说。天然小说"描绘一个时代",被动小说"展开一生",积极小说"突出一次危机"。第一类小说要描绘出"时代的复杂性,给人以时间复杂、力量无穷、社会生活超越了一切个人再现、个人生活的印象",因此,若是限于个人的发展,就会歪曲这种发展。托尔斯泰的描写属于第一类小说,《悲惨世界》也属于同一类。这两部小说对拿破仑的描写是同样成功的。雨果对拿破仑的失败进行了思考,他的结论是,这个人妨碍了天主。《战争与和平》对此没有作出解释,而是通过缓慢的叙述,迂回曲折的情节,再现了被动抗敌,最后摧毁了拿破仑;库图佐夫是个耐心的天才。蒂博岱批驳了布尔热的观点:布尔热认为《战争与和平》《安娜·卡列尼娜》不讲结构,没有开始、中间和结尾,托尔斯泰未能揭示出"事件无政府状态的表面下的稳秘次序",只是一个"未定型的、未成熟的天才"。蒂博岱认为,被动小说如实地再现人类生活的整一性,这是小说中最常见的,《吉尔·布拉斯》《大卫·科波菲尔》《佛洛斯河上的磨坊》都属于这类小说。英国小说家喜欢这种类型的小说。英国小说的主人公是普通人,当他爬了上去,故事也就结束了。有一种被动小说进展缓慢,性格发展,斯丹达尔的小说是其中的杰作。另一种被动小说发生突变,偏爱描写妇女,如《包法利夫人》和乔治·艾略特的《罗莫拉》。蒂博岱还认为,屠格涅夫倒是以法国方式写小说的,但《安娜·卡列尼娜》和《烟》同样是杰作,不能厚此薄彼。积极小说的次序则是由一个时代或一个人生活的一致所赋予的,它抽取出一个有意义的插曲,结构紧密。两个世纪以来,法国人把小说看作社会生活的总和。托尔斯泰的总和式小说能为法国读者所接受。小说美学不同于戏剧,小说在时间和空间上要广阔得多。

  布尔热和蒂博岱的争论涉及小说美学的重大问题。布尔热对小说的艺术感受力是错误的,他没有理解现代小说的叙事艺术。而蒂博岱的观点更符合现代小说的发展要求,但他未能对小说进行科学分类。

  20世纪初,法国小说的发展面临着抉择。当时有4位代表作家,即法朗士、纪德、罗曼·罗兰和普鲁斯特。法朗士接受了法国小说的讽刺传统和批判精神,他对后来的幽默幻想小说有重要影响。纪德擅长探索人物心中恶的观念,影响了后来的莫里亚克等作家。罗曼·罗兰首创了"长河小说",即在一部多卷本小说中,通过一个人的命运去反映一个时代,而不是像巴尔扎克或左拉那样,通过一整套小说去反映一个时代。步其后尘者有马丁·杜伽尔等小说家。这三位小说家都是现实主义作家。普鲁斯特则不同,他以意识流手法创作小说,成为意识流小说的鼻祖,他是20世纪法国最重要的作家。

  20世纪上半叶,严格地说是在第二次世界大战之前,现实主义小说还占据着极其重要的地位,但它力求变革与发展。与创作相配合,现实主义小说家对小说艺术作了深入探讨。他们集中论述了小说如何反映现实的方式。于勒·罗曼认为,传统手法已不足以表现现实的复杂性。他指出,传统小说家描绘世界主要有两种方法。第一种方法是,在分开的小说中处理一定数量的题材,平行地对待,但力图再现总体。人物再现、事件重述能够显示某种联系,不过整体的一致性表现得不够，往往作者是在事后才抽取出这种一致性，而无法让读者感觉到。例如，你在阅读《欧也妮·葛朗台》和《赛查·比罗图盛衰记》时，不会去考虑《人间喜剧》的其他作品；这两部作品的联系，不会超过《包法利夫人》和《情感教育》的关系。《卢贡-马卡尔家族》的各部小说之间的联系，也不像左拉想象的那样。血缘和遗传的关系在他眼里非常重要，却不能说服我们。人们的印象是，这种一致性是外在的、人为的。诚然，这种再现社会图景的方法已值得欣赏。可是，一块块、一个个地区去探索社会，今天看来有点机械。第二种方法是，一部小说分成多卷本展开，构成一致性的是主人公的生平。他遇到的其他人物插入到他的遭遇中，给作者提供了描绘其他领域的机会。这样通过或远或近的方法描绘社会，围绕一个人物组织起来。《悲惨世界》和《约翰·克利斯朵夫》就是这种描绘的典范。中心人物不是一个见证人，而是一个演员，这种方法使普鲁斯特的作品具有回忆录的外貌。有时一致性是通过一个家庭来组织的，对社会的描绘就更加广泛，如《福尔赛世家》和《布登勃洛克一家》。

杜阿梅尔则总结出两种叙述人称。一种是第一人称单数，这是我们每天谈话中最普通、最直接、最灵活的方式，如高尔基的《童年》、纪德的《如果种子不死》、普鲁斯特的作品。有时，作家为了叙述自己的故事，借助于一个想象的人物，让他以第一人称单数说话。这种方法较为复杂，具有戏剧色彩。由于这个说话的人不是一个中立的、不偏不倚的见证人，而是一个富有特点的人物，叙述角度就大大改变了。这个人物在叙述事件所作的改变，投射出新的光线，有助于读者理解其中的意义，如《鹅掌女王烤肉店》、《被侮辱与被损害的》、吉卜林的许多故事就是这样。第二种叙述采取客观的、历史的形式，即第三人称，这是一个隐蔽的见证人，不参与事件，只叙述他所知道或所猜测的事，福楼拜擅长这种方法：叙述者尽可能消失，由人物通过自己的言谈和行动来解释。

莫里亚克叙述了人物与作者的关系。他说，小说家自认为是创造者，天主的竞争者，其实他们是猴子。作家创造的人物是由取之现实的因素组成的。作家通过观察他人，了解自我，将所得综合起来，便创造出人物。小说人物来自小说家与现实缔结的婚姻，但他们不是按照在生活中遇到的原型描摹出来的，而是作家想象的产物。莫里亚克指出，乔伊斯、伍尔夫等运用的内心独白，在于"表达这个总在变动、永不止息、错综复杂的世界，就是人唯一的意识"，但小说家无论如何表达不出生活的复杂性。

现实主义小说正是在这种新的理论观点指导下，才获得了较大的发展。现实主义小说繁荣的标志首先是，出现了一批"长河小说"和心理小说。前者如《约翰·克利斯朵夫》、马丁·杜伽尔的《蒂博一家》、杜阿梅尔的《萨拉万的生平和遭遇》和《帕斯吉埃一家纪事》、于勒·罗曼的《善意的人们》，其中《善意的人们》多达27卷。"长河小说"扩展了长篇小说的功能。《约翰·克利斯朵夫》通过一个人的一生去表现一次大战前的欧洲社会。《蒂博一家》则通过两个家庭去表现一次大战前的法国。《善意的人们》表现的是20世纪初至1933年希特勒上台这一段历史时期的欧洲。这些作家在艺术手法上也力求创新。心理小说家除了纪德和莫里亚克两员主将以外，还有贝尔纳诺斯、朱利安·格林、吉罗杜、拉迪盖、茹昂多等，他们或者描写人的头脑中恶的观念的膨胀，如莫里亚克的《苔蕾丝·德盖鲁》描写妻子为了夺取家产而对丈夫下毒，纪德的《田园交响乐》描写一个牧师出于卑劣的情欲，滥用盲女的感情，贝尔纳诺斯的《在撒旦的阳光下》描写人的灵魂中善与恶的斗争。或者描写人物的变态心理，如格林描写了一系列心理不正常的人。或者描写少年的心理特点，如拉迪盖的《魔鬼附身》描写16岁的少年情窦初开的大胆行为。这些心理小说大大拓展了心理描写的领域。现实主义小说繁荣的另一个标志是，出现了数量众多的其他类型的社会小说和乡土小说。马尔罗是社会小说最杰出的代表。他把握住时代的脉搏，描写了二三十年代国际范围的风云变幻，表现了当时最重要的政治事件，如1925年的省港大罢工，1927年国民党发动的"四一二"大屠杀，1936年的西班牙内战。他的描绘相当准确，堪称大手笔，这样广泛而深入地反映国际政治风云的作家在世界是绝无仅有的。值得一提的还有塞利纳的《茫茫黑夜漫游》。这部小说揭露了战争和殖民主义的罪恶，暴露了美国资本主义生产对劳动者的超额利润盘剥。这部小说堪与19世纪最优秀的批判小说媲美。圣埃克絮佩里的《夜航》等小说描写了人与天空的搏斗，展现了天空的奇景，开辟了小说描绘的新领域。埃梅的短篇小说以幽默和幻想奇特为特色，具有不同于19世纪小说的风格。乡土小说的代表作家是季奥诺和柯莱特。季奥诺的潘神三部曲和《人世之歌》等将描写大自然与恶势力的猖獗结合起来，表现人定胜天，创造了一个幻想的农村，从而深化了乡土文学的写作。他笔下的大自然虽然严酷，却屈服于体格健美、意志顽强的人物手下。自然和人物都具有不同寻常的魅力。柯莱特则具有女性的敏感。她对母亲和自己家庭生活的描绘生动而坦率,真实而自然,有一种清醒的幽默。她是自乔治·桑以来法国最重要的女作家之一。

现实主义的发展是一方面,现代派文学的出现是另一方面,这就是意识流小说和超现实主义小说应运而生。

普鲁斯特从柏格森的"心理时间"出发,运用了"时间心理学"——回忆,抓住不同层次的意识以及意识的自发状态,描写各种感情的细微印象和从味觉、嗅觉、视觉、听觉、触觉产生出来的联想。从普鲁斯特开始,人物的内心才真正成为与外部世界并列的另一个世界。作家的主要任务是倾其全力去表现这个内心世界。这是一种"复调心理"。普鲁斯特将探索人物内心世界的技巧一下子推到几乎无以复加的地步。与此相应,他创造了将繁复的长句与和谐多彩的句子相结合的语言,反映了复杂的思维方式。7大卷的《追忆逝水年华》如同浩浩荡荡的大河,后人难以企及。

超现实主义最早在诗歌领域取得引人注目的成就。超现实主义小说运用奇特意象的堆积,描绘梦境,作品具有黑色幽默的意趣。布勒东的《娜嘉》将梦幻、潜意识、自动写作法混合在一起,思维跳跃,叙事不连贯。这是一种新型小说。鲍里斯·维昂的《流年的飞沫》大量运用了黑色幽默手法,无论情节、细节还是词语,都别出心裁,异乎寻常。朱利安·格拉克的《沙岸》运用超现实主义的虚构手法,小说发生的地域、战争的威胁都是虚无缥缈的,是幻想的产物。雷蒙·格诺在语言上的探索走得相当远:取消标点符号、运用双关语和文字游戏、以图形代替文字、把作品分成行或分成散页,由读者按照不同排列去变换内容、从一个小故事变为上百个故事,等等。这些探索对新小说、荒诞派等产生了毋庸置疑的影响。

20世纪前期法国小说的重大变化至此已经可以一目了然。现实主义出现了新格局,热衷于创新的法国小说家并不满足于现实主义,他们开始摆脱了独尊现实主义文学的格局。现代派的兴起,是对现实主义小说的突破和冲击,这一势头越来越猛烈,由此揭开了法国小说的另一次演变。

## 二、演变的第二阶段

这一演变始于30年代末、40年代初存在主义小说的崛起。其时,萨特发表了

《厌恶》、短篇集《墙》,加缪发表了《局外人》。存在主义文学异军突起,它对现代小说发展的贡献在于:它对时代和社会的变化作出哲学概括,小说内容只是这种哲学思想的形象图解,将观念与形象相结合。萨特的小说把他的几个基本哲学观点如"存在先于本质""自由选择"等进行了形象的解说;他创造了"境遇小说"的概念;他笔下的主人公是反英雄人物,同时他对各种艺术手法进行了实验。加缪的小说阐明了荒诞哲学,创造了人与世界相隔膜的荒诞人,同时加缪也宣扬了对命运的反抗。他擅长第一人称的叙述方法。存在主义在第二次世界大战以后和50年代达到发展的高峰,它给荒诞派戏剧和美国的黑色幽默小说带来重大影响。

对传统小说的彻底否定,由新小说作家来完成。罗布-格里耶明确指出,新小说作家之所以能集合在一起,主要是由于"他们对传统小说共同具有的否定因素或拒绝"所决定的。新小说作家否定传统小说对人物的塑造和对情节的精心安排,反对文学的倾向性,在语言和写作上力求翻出新花样。罗兰·巴特对新小说的肯定助长了这类小说的流行。萨缪尔·贝克特早在30年代和40年代就写作新小说,但直到50年代初他的小说创作才受到人们的注意。贝克特描写人类悲惨的生存状况,主人公都是流浪汉、老人、残废者、奄奄一息的人,他们处于地狱似的生活环境中,面对荒诞的现实,人物往往缩减到只有语言或声音,人物甚至无名无姓,句子晦涩难懂,缺乏逻辑,重复和跳跃,取消标点符号。娜塔丽·萨罗特的"反小说"也取消人物和情节,她描写"潜对话",即人物的自我分析和判断,以表达"心理的阴暗区域"。罗布-格里耶对侦探小说和神话传说的运用具有反讽性质,叙述循环不已。他特别注重对物的中性描写,对事件、人物、世界不作任何评价,被称为"视觉派"。他描写的地域很难构成一个真实的世界,故事像一个幻觉,而不是"生活过的历史"。克洛德·西蒙彻底打破传统小说有头有尾、情节连贯、塑造人物性格、心理描写等手法,将叙事完全打乱,有时不分段落,句子开头不用大写字母,使人很难分清句子,不用删节号就中断句子,不写全一个字,隔开一个很长的插入句之后再重复这个句子或字,以表示思想的继续。他善于运用绘画技巧,将画家的经验放到小说中。米歇尔·布托尔的特点是注意叙述方式,运用第二人称的特殊叙述方式,探索小说结构的多种变化。介于新小说和现实主义小说的玛格丽特·杜拉丝的后期小说如《情人》以自身经历为蓝本,采用多角度、时序颠倒等手法,令读者感到很别致。

事与愿违的是，新小说的流行并没有促进小说的蓬勃发展，反而加速法国小说危机的到来。现实主义小说仍然走着自己的道路，虽然缺乏真正的杰作。因为没有情节的小说总是很难吸引读者的。评论家指出："在这方面，传统小说无疑是不朽的：总是有读者等待和要求作家首先要给他们讲一个故事，在想象中塑造出活生生的人物，通过事件背景和曲折情节的作用，引起兴趣。照这样看来，现实主义不管多么现代化，仍然是基本的规则，而从19世纪继承下来的观念总是很有生命力的。"在读者的兴趣的支配下，除了侦探小说，战争文学和历史小说特别流行。二次大战后，战争小说繁荣起来，但是，这些小说的作者未能把握住第二次世界大战的起因、性质、正义一方的获胜原因、教训及对未来的展望。他们似乎只看到这场战争的残酷、对人类文明带来的空前破坏、个别人物的英雄行为，视野却不够宽广，对历史的把握也缺乏正确思想指导，因而未能写出像《战争与和平》这样的巨著来。至于历史小说，尤瑟纳尔的创作最有特点。她的历史小说分为两类，一类主要以杰出的历史人物或虚构的人文主义者为描写对象，反映某个时期的历史面貌；另一类是家族史，又分为父系和母系两条线索的家族史。她革新和丰富了历史小说的内容和写作方法，反映了作者对历史的独特思考。阿拉贡的《圣周》借历史去观照现在和未来，他在现实主义的手法中掺入超现实主义的手法。亨利·特罗亚的历史小说以新的观点去描写拿破仑火烧莫斯科这个旧题材，或者以俄国历史上的几位皇帝为描写对象，体现了处理题材的独特角度和丰富的想象力。历史小说的繁荣既说明人们对历史题材的兴趣，又表明作家对现实生活缺乏洞察力，感到难以驾驭，无法写出与19世纪甚至20世纪上半叶的现实主义作家相媲美的作品。

第二阶段的现实主义小说家尽管人数众多，可是总给人一种每况愈下的感觉。20世纪前期的现实主义小说成就不及19世纪同类小说，而这一阶段的现实主义小说又比不上前期的小说。总之，当代的现实主义小说家缺乏前辈对现实生活的深入观察和理解，不敢接触重大题材，局限在个人的小天地里；更重要的是，他们对社会的丑恶和黑暗失去批判精神，对爱情等题材的描写格调又不高；他们对现实的把握甚至比不上现代派作家。在新一代作家中，似乎真正杰出的并不多。米歇尔·图尼埃从《鲁滨孙漂流记》中挖掘题材，但他的思想有独到之处，能挖掘出新的含义。勒克莱齐奥善于描写青年题材，表达了现代文明对人们生活的负面影响，以壮美的大自然来衬托现实生活给人们的压抑。莫迪亚诺未经历过第二次世界大战，却总是以这次战争为题材，但他写的不是战争的残酷，而是人们的险恶关系。他的小说虚实相间，充满想象，与史实毫无关联。

综观法国文坛，随着萨特、贝克特、尤瑟纳尔、杜拉斯的去世，一流大作家已所剩不多。法国小说界面临着反思时期，何去何从，将是21世纪小说家要寻找的方向。

# 论法国短篇小说

法国短篇小说在世界文苑中的地位,如果不能说首屈一指,那么也是名列前茅的。就其源远流长,产生年代的古老来说,只有意大利和英国的短篇小说可与之媲美。19世纪是欧洲资产阶级文学的黄金时代,短篇小说也相应发展到高峰。19世纪法国短篇小说的成就在其中占据了重要的一席地位,似乎只有俄国短篇小说能与之并列。20世纪,短篇小说在美国获得了有利的发展条件,形成十分兴盛的局面。20世纪的法国短篇小说依仗着丰富的传统,依然取得了令人瞩目的成就,能与20世纪的美国短篇小说相颉颃。从这个简略的说明来看,法国短篇小说在每一个历史时代都处于世界短篇小说的发展前列,总体来看,确实瑰丽多彩,涌现了数量可观的短篇小说作家,其中就有莫泊桑这样的世界上数一数二的短篇小说大师。因此,法国短篇小说值得人们给予更多的注意。

从这种文学形式的发展史来看,法国短篇小说大致可以分为三个阶段:15世纪至18世纪末,19世纪,20世纪。第一阶段是短篇小说的发展初期,第二阶段为成熟时期,第三阶段的总趋势是向多样化发展。

在法国,短篇小说的起源可追溯到中古时代,第一部用散文写作的短篇小说集是《新故事百篇》(1456—1457)。在这部作品之前,已有故事性质的作品存在,但这是用诗写成的,即《故事诗》(12—14世纪)。《新故事百篇》的题材大多取自《故事诗》,内容多半描写愚笨的丈夫如何受到精明的不贞的妻子捉弄,或者写狡诈的僧侣怎样夺走天真无辜的少女的贞操。《新故事百篇》保留了说话人的口吻,如"请听""你们应该知道""我对你们说""正如你们所听到的"等插入语。可以说,《新故事百篇》是一些口述的故事,或者是用散文写成的故事诗,具有口头文学的性质。

在《新故事百篇》之后，出现了许多同类性质的小说集，但都缺乏独创性，其中，玛格丽特·德·纳瓦尔的《七日谈》(1549)是最著名、艺术水平最高的一本短篇小说集。《七日谈》无疑直接受到意大利文艺复兴时期著名的小说家薄伽丘的《十日谈》的影响。作品的框架结构师承《十日谈》，大部分故事似乎仍然吸取了故事诗的传统题材。但作者的创造性表现在：她避免描写粗鄙的细节，不用生涩的词汇，注意描绘富有戏剧性的故事，着重绘写人物在特殊遭遇中的情感，篇末还有人物评述故事的材料、意义和价值。有的故事插入书信，使行文曲折有致。情节展开了，不像故事诗那样篇幅短小。《七日谈》将短篇小说提高到一个新的水平，使之具有更多的文学性。在某种意义上，《七日谈》是法国第一部真正有文学价值的短篇小说集。

短篇小说在17世纪得到一定的发展。17世纪初，塞万提斯的短篇集传入法国，使人耳目一新，于是模仿之作纷至沓来，有的越写越长，题材则千篇一律，人物千部一腔：两个情人虽遭到家长反对和情敌作梗，但最后终成眷属。与此同时，历史题材的短篇小说也发展起来，这类小说往往描写不同地位的情人由于政治原因导致其中一人死亡而不能结合，但这类历史小说缺乏历史真实性，而更注重传奇性。

在17世纪众多的短篇小说家当中，以斯卡龙和拉法耶特夫人的作品较有价值。斯卡龙的《悲喜短篇小说集》(1655—1657)从西班牙的题材中吸取素材，用以针砭法国的社会现实。《对贪吝的惩戒》塑造了一个悭吝人的形象，作者通过细节的积累来刻画人物的性格。斯卡龙所描写的不同于流行的题材，可见他是独具慧眼的。他还描写过伪善者。这些题材后来为莫里哀、巴尔扎克提供了再创造的基础。

拉法耶特夫人在法国小说史上占有一个特殊的地位：她首先把心理分析引入文学，中篇小说《克莱夫公主》以心理描写细致地刻画了女主人公的感情世界，从而开了心理小说的先河。女作家在短篇小说中同样运用了心理描写，《蒙庞西埃王妃》和《唐特伯爵夫人》都丝丝入扣地描绘了主人公的嫉妒、痛苦、悔恨的心情和曲折反复的爱情纠葛。拉法耶特夫人善于集中描写几个突出的场面，情节逐渐向高潮发展，小说写得紧凑、脉络清楚，较为完整。总之，拉法耶特夫人的短篇已不是口头文学，而是笔头文学，在短篇小说史上迈出了一大步。

18世纪作家为短篇小说达到成熟阶段准备了充分的条件。这一时期的短篇首先当推启蒙作家的作品。伏尔泰的哲理小说是他传播启蒙思想的有力工具,在他的作品中,这是最有生命力的文学形式。他的短篇哲理小说有不少精彩之作。这些作品不以人物形象鲜明或者情节曲折动人取胜。作为法国第一流的散文家和讽刺家,伏尔泰善于将科学知识通俗化,抽取出复杂事物的前因后果,嬉笑怒骂,皆成文章,行文如清泉般流畅自如。《如此世界》对封建社会进行了全面的抨击,笔势恣肆辛辣;《雅诺和科兰》则以隽永的风格讽刺了爱富嫌贫的炎凉世态。短篇小说到了伏尔泰手里,成为批判和针砭现实的武器,无论从内容和形式上都丰富了短篇小说的表现手法。

狄德罗被认为是第一个近代小说家,他的重要性表现在理论和实践上都有重大建树。狄德罗提出小说必须反映现实生活,符合真实,既要严格的准确,又要有虚构成分。同时,狄德罗提出要重视细节,注意人和物的外表描绘,而人物在其中活动的环境也应得到再现。狄德罗还提出小说家应采取客观的态度,但作品的效果要催人泪下。狄德罗的观点已接近19世纪的现实主义小说家。狄德罗能以辩证的观点去观察复杂的社会生活现象,他的小说反映了他对现实生活的深刻观察和理解。《布博纳的两个朋友》以下层人物为描写对象,一改往昔以贵族男女为主角的旧传统,他歌颂了下层人物至死不渝的友谊,反映了他描写第三等级人物的民主主义激情。《这不是一个故事》和《众口铄金》将善与恶糅合在一起描绘,对复杂的社会现象作了深入剖析,抨击了封建社会的法律和风俗,读后令人深思。尤其是这两篇小说采用了对话体,充分表达作者的观点和印象,具有天然粗放、亲切随和的艺术魅力。对话体短篇小说是狄德罗的一种创造,丰富了短篇小说的表现形式。

18世纪下半叶,短篇小说相当盛行,受到伏尔泰影响的马蒙泰尔和卢梭的信徒雷蒂夫·德·拉布勒托纳是其中的佼佼者。马蒙泰尔的《道德故事集》(1761)曾风行一时,其中的《游移不决,或名挑剔的爱情》写得相当别致,作者以几个内容各不相同的故事组成一篇完整的小说,从不同角度绘写人物的面貌,创造了一个三心二意却又讲求实际的女性形象。作者的叙述方式也有多种变化,时而是主人公的内心独白,时而是对话,时而是含讥带讽的评论,时而通过小说人物发表见解。这篇小说反映了马蒙泰尔对短篇小说表现技巧的革新和追求。雷蒂夫则师法卢梭,善于描绘人物情感起伏的波澜,而且将目光投向农民和城市底层人物。《路易丝和苔蕾丝》就以两个弱女子为描写对象。作者从《忏悔录》得到启示,用第一人称的写法,具有抒发感情的浓烈色彩。第一人称的写法用于短篇小说中无疑是一个发展,预示了近代短篇小说的一个重要手段。同样是描绘弱女子的《波莉娜的故事》则偏重揭露法国大革命前夕道德沦丧的社会风貌。这个短篇的内容已接近19世纪现实主义小说的暴露倾向。法国大革命前夕,贵族社会已腐朽透顶,而萨德是从病态的角度去描绘贵族这种荒淫无耻的两性关系的。但《爱情的策略》能以对话写出人物微妙的心理活动,又较得体地借用女扮男装和男扮女装的故事,具有一定的美学价值。它代表了18世纪短篇小说的一个侧面。

从15世纪到18世纪末,短篇小说处在不断发展的状态中,概括起来表现在如下几个方面:其一,从半口头文学向笔头文学过渡,最早的《新故事百篇》是半口头文学,至拉法耶特夫人发展为笔头文学;其二,从平铺直叙发展为多种形式,包括心理分析、哲理小说、对话体、书信体、倒叙、第一人称叙述等;其三,从最初提出表现真实开始,发展到明确提出反映现实生活,《七日谈》的作者表明"没有一篇小说不是真实的小说",狄德罗则主张严格的真实,但可虚构,重视细节和环境,保持客观态度等,已接近19世纪的现实主义文艺理论。一句话,18世纪的短篇小说从内容到形式,从理论到实践,都为即将到来的繁荣局面打下了坚实的基础。

19世纪的法国,是浪漫派率先登上历史舞台的,夏多布里昂作为浪漫派的先驱,是先以短篇小说饮誉文坛的。他的短篇小说《勒内》曾产生过重大影响,熏陶过后来的浪漫派作家雨果、拉马丁、维尼等,甚至给现实主义作家如巴尔扎克以直接影响。《勒内》是浪漫派文学的先声。这个短篇塑造了一个世纪病的典型。勒内的形象也许是有史以来第一个个性鲜明的文学典型了,这个人物所产生的影响之强烈自然并不奇怪。夏多布里昂显示了他擅长刻画人物内心世界的才能,他还善于将人物的情感与大自然的景物紧密结合起来,创造出浓厚的抒情气氛,这一写法确实是别出机杼。

紧随在夏多布里昂之后,相继出现了诺蒂埃、维尼、大仲马、乔治·桑、奈瓦尔、缪塞、戈蒂埃等浪漫派作家。他们的短篇小说各有其特点,展现出浪漫派文学绚丽多姿的异彩。诺迪耶和奈瓦尔有相近之处,他们最早意识到梦幻的作用,将梦幻与现实交织起来描写,这种手法启发了后来的超现实主义者。《一点钟》(或名《幻觉》)将幽灵和活人、现实和幻觉相混杂,写得迷离恍惚,令人如雾中看花。小说对人物的变态心理进行了一些探索。《西尔薇》是奈瓦尔的名篇,主人公在梦和理智之间半下意识地进行回忆,情节若隐若现,朦朦胧胧而又串成一个整体,再加上自然风光和民间风俗的绘写,散发出浓郁的奇异的浪漫情调。这篇小说是浪漫派最富有特色的作品之一,又具有现代文学的内涵和风格。戈蒂埃也写了梦,但在他笔下,梦是与鬼相连的,或者作为人物日间苦索的一种必然反映,它带有神秘的色彩。它与现实结合,又代替了现实。戈蒂埃认为梦具有神话一样的艺术魅力,所以尤为重视。《翁法勒——罗可可故事》《女尸恋爱记》《木乃伊的脚》如同三则聊斋故事,情节离奇,构思精巧。尤其是《女尸恋爱记》刻画了人物的双重人格,他忽而是梦境中的人物,忽而是现实中的自我,竟至分不清哪一个是真我。作者通过这种描写,抨击了宗教对人的情感禁锢所产生的毒害。这篇独特的小说是浪漫派文学的一篇小小杰作。

维尼是个善于作哲理沉思的作家,他出身贵族,为贵族的灭亡唱了一生的挽歌。《红色封印》就反映了维尼对历史发展所感到的沉重情绪。他对法国大革命的某些过头措施发出深沉的悲愤呼喊。不过,小说的结构是巧妙的,"图穷匕首见",结尾具有千钧之力。

大仲马的名字与历史小说分不开,他注重情节的传奇性。短篇小说不是他的特长,《德·冈热侯爵夫人》却能反映他的某些创作特点:以历史人物的秘史作为小说加以铺陈敷衍的情节,传奇性和神秘性相结合,并注意刻画人物性格,写得扣人心弦。人们不妨将这类作品称为通俗短篇小说。

乔治·桑一向标榜追求理想真实,摈弃对风俗的认真描绘。在《侯爵夫人》中,她采用了回忆手法,以便更多地揭示女主人公丰沛激荡的感情世界。她笔下的人物既能洁身自爱,又能将澎湃的激情压抑在心底,这样塑造理想人物的方法正是乔治·桑奉行的理想真实的浪漫手法,但小说写得悲怆动人而又真实可信。一个得不到爱情的贵族妇女只能在古典主义悲剧中找到迷恋的对象,这本身就是一个悲剧;她无法与扮演悲剧主角的演员相爱,阶级界限起着阻碍作用,这个结局符合生活的真实。从这一点来看,《侯爵夫人》比女作家后来描写贵族妇女与平民结合的长篇更为高明。

缪塞的短篇小说带有浓厚的诗意,风格柔和,像童话一般优美。《克鲁瓦齐勒》歌颂了在这个金钱世界纯真爱情的可贵,读来别具一格,在色彩繁丽的浪漫派短篇小说中,这篇小说犹如一朵淡雅的素色小花。

上述作品都写于19世纪上半叶,浪漫派作家对短篇小说的贡献主要表现在对人物的内心世界和精神生活的发掘上,从描绘人物的特定精神个性到运用梦幻和回忆的手法,都作了深入的探索。这不仅丰富了文学描写技巧,而且更重要的是以人为表现主体的文学得到深化的发展,人的形象表现得更复杂、更全面、更丰富。

浪漫派在19世纪下半叶仍然有相当大的影响,巴尔贝·多尔维利、利勒-亚当等作家可以称为后期浪漫派作家,虽然文学史家把他们算作超自然主义派或超现实自然主义派。巴尔贝·多尔维利追求的是恐怖奇特的事件,描绘社会这个地狱里的恶魔故事。利勒-亚当同样描写奇异的,在现实生活中往往不可能发生的故事。他们的小说明显地带上了浪漫气息,同前期浪漫派的创作特点有一脉相通之处。多尔维利的《一个女人的报复》的构思相当奇特,公爵夫人的报复令人难忘,虽然这种报复具有反抗强暴的意义,却是只有在特定条件下才能出现的手段。女主人公的感情汹涌澎湃,谁也无法阻挡她的意愿得以实现。这样的人物完全是浪漫派的典型。而利勒-亚当的《薇拉》描写了爱情的超自然力量能使死者复活,写出了想象力的奇特作用;《陌生女人》中,作者认为情人之间也无法沟通思想,小说通过一个聋子能从别人脸部表情猜度出要表达的话的特殊才具,构想出一个奇特的故事。从艺术上看,巴尔贝运用对话,尤其是由人物讲故事的手法得心应手,引人入胜。利勒-亚当则善用象征手法。他们的小说笼罩着阴郁的悲惨的情调,较之前期浪漫派作家的作品更显沉郁悲切。他们的小说向20世纪的现代小说迈进了一步。

波德莱尔早期创作的《芳法洛》显然受到浪漫派的影响。男主人公性格的复杂(他想象怪诞,有自大狂等),以及女主人公作为纯粹美的化身,都具有浪漫气息。小说虽然写得不够成熟,但作者笔下的形象,他在小说中阐发的文艺见解却有发人深省之处。

把短篇小说推到发展高峰的应是19世纪的现实主义作家;现实主义的短篇小说构成了19世纪短篇的主流。

短篇小说的第一位大师是梅里美,其标志表现在这几个方面:

第一,他在短篇小说中塑造了性格鲜明的典型形象,例如疾恶如仇、刚烈正直的马铁奥,不屈不挠、有勇有谋的塔曼戈。梅里美笔下的人物大多是强者,他们具有坚韧的毅力和不屈服的意志,给人留下难以忘怀的印象。

第二,他把短篇小说写得极为凝练,他说过:"我憎恶无用的细节,另外,我认为不必向读者说出他能想象出的一切。"梅里美善于总结别的作家的经验,例如他这样评价普希金:"我尤其欣赏他的简洁和他善于选择最引人注目的特点,同时又摈弃许多会损害想象的细节这种艺术。"他赞赏普希金写得简洁,同样自己也奉行简洁。为达此目的,他的小说有的只延续几个小时(《马铁奥·法尔科纳》),有的几天,情节单一:《马铁奥·法尔科纳》写父亲杀儿子,《伊尔的维纳斯铜像》写铜像杀新郎,《塔曼戈》写黑奴在船上的起义,情节都非常集中。而且梅里美只在有决定意义的时刻或重要场面上才展开叙述,其他情节一笔带过,以节省笔墨。他往往用有承上启下作用的字句来分阶段,点明这些重要场面的到来。如《塔曼戈》,在高潮到来时作者这样写道:"长时间的等待过去了,复仇和自由的伟大日子终于来临",接着是黑人起义的壮烈场面。有时梅里美用删节号分阶段,略去多余的话:《塔曼戈》的末尾叙述到船上只剩下塔曼戈和艾舍两人后,是一行删节号;艾舍死后又是一行删节号,略去累赘的交代,叙述显得极为简练。不仅简练,而且层次分明,这是梅里美的短篇的显著特点,尤其是《马铁奥·法尔科纳》,发展脉络清楚:第一阶段写巡逻队追逐强盗,故事发生在马铁奥离家"好几个钟头"之后;第二阶段写孩子出卖强盗,从"几分钟后……"开始,第三阶段写马铁奥回家:"兵士们在忙乎……";第四阶段写马铁奥杀子,从"过了将近十分钟……"到结尾。环环相扣,交代清楚,衔接利索,迅速推向高潮。简练、层次分明、紧凑、高潮突出、扣人心弦,这些就是梅里美的短篇在形式上达到的高度。短篇小说顾名思义就是写得短,因而简洁明晰是短篇小说本身所要求的要素之一,梅里美在这方面刻意求工是抓住了根本。

第三,现实主义是梅里美创作的主导方面,他着意搜集准确的材料和真实的细节,有机会就进行调查研究,了解民情风尚,并喜欢保持漠然的语调和客观的态度。与此同时,梅里美善于将浪漫主义与现实主义结合起来。他对奇特事物、特殊的性格、强烈到不可抑制的激情、浓墨重彩的描绘、异国情调和地方色彩都着意追求,甚至爱好神秘因素。他这样评价屠格涅夫:"谁也不如最伟大的俄国小说家那样,善于让心灵掠过朦胧的陌生事物引起的战栗,并在奇异故事的半明半暗中让人看到不安的、不稳定的、咄咄逼人的事物的整个世界。"这段评价适用于他自己。梅里美对神秘事物有特殊的偏爱,在小说中这种神秘性表现为浪漫色彩。《伊尔的维纳斯铜像》的艺术魅力正是将现实主义与浪漫主义结合起来而产生的。作者对比利牛斯山区的婚礼风俗以及人物的刻画无疑是现实主义的笔触,而在这样的框架中梅里美根据中世纪的一则传说插入了一个铜像杀人的故事,使小说充满神秘的奇特的浪漫色彩,给人以艺术美的回味。

第四,梅里美在语言上有深厚的功底,他的语言极为纯粹洗练,常用第一人称娓娓道来,显得亲切随和。这种古典式的语言同具有强烈激情的人物恰成对照,相得益彰。同时他善用方言土语,既烘托出地方色彩,又使人物栩栩如生。梅里美也许是最早将方言土语有意识地运用到短篇小说的作家之一,对后来的作家影响是深远的。

仅就这四个方面来看,梅里美已将短篇小说的写作提高到成熟的地步,难怪评论家蒂博岱说:短篇这种文学样式"在梅里美之前并不存在"。这句话虽然说得有些过分,但把它理解为梅里美是法国第一位真正的短篇小说作家,则有精到之处。

簇拥在梅里美周围的有一大批现实主义作家。在莫泊桑之前和稍后,斯丹达尔、巴尔扎克、戈比诺、鲁马尼尔、福楼拜、埃尔克曼-沙特里昂、凡尔纳、路易丝·米歇尔、左拉、都德、法朗士、布尔热、库特林等,在短篇小说方面都写出过名篇,这批作家形成浩浩荡荡的队伍。

斯丹达尔是同梅里美比较接近、互有影响的作家,作为19世纪的现实主义大师,他擅长心理分析。但他的著名短篇《瓦妮娜·瓦尼尼》以及《箱子和鬼》都写于成熟期前夕,显得似乎是长篇小说主旋律的两支前奏曲。即使如此,瓦妮娜这个受到资产阶级新思潮影响的贵族少女异常任性、充满浪漫想象的形象,仍然是光彩熠熠的。斯丹达尔笔下的女主人公往往具有不同寻常的毅力,令人想起梅里美的小说人物。作为批判现实主义作家,斯丹达尔是站在民主主义的高度去俯视现实、给以评价的,他的作品具有深刻的思想性。同样,作为冷静的观察者,他的行文简朴、明晰,力求用最少的字去交代必要的情节发展,给人以茂林修竹一样的清爽气息。

巴尔扎克写过不少短篇小说,不乏精彩之作。《大望楼》塑造的冷酷无情地把妻子和她的情人禁闭起来活活饿死的贵族形象,是《人间喜剧》典型形象画廊中颇具特色的一个;《刽子手》歌颂了西班牙人反抗拿破仑入侵的大无畏牺牲精神,展示了惊心动魄的一幕惨剧;《不为人知的杰作》讽刺了一个追求绝对美的画家;《长寿药水》描写争夺遗产、儿子杀父的故事,这是《人间喜剧》的典型题材。在艺术上,这几个短篇显示了巴尔扎克多种多样的小说技巧。《大望楼》用叙述套叙述、层层剥笋的方法写成,讲故事人的个性不同,叙述也各有特色;《刽子手》用的是白描手法,逐渐走向高潮,写得扣人心弦;《不为人知的杰作》富有哲理意义,寓现实主义创作原则于生动的故事之中,足见作者的大手笔;《长寿药水》用的是浪漫主义手法,但巴尔扎克的浪漫手法不同于浪漫派作家,它是现实生活的一种变异形式,是社会现实的一种扭曲反映,体现的仍然是具有本质意义的人与人的社会关系。总之,短篇小说到了巴尔扎克手里已达到相当完美的地步,其中的优秀之作可以列入短篇名作而毫不逊色。

戈比诺的创作受到梅里美和斯丹达尔的影响,他喜爱描绘具有坚强意志力的女性形象。《红色手绢》的女主角索菲颇有高龙巴的遗风,为了爱情,她毫不容情地将反对她恋爱的教父杀死,性格强悍而又有心计,是个女中豪杰。《阿黛拉伊德》的同名女主人公热衷于争斗,同母亲争夺情人,即使她早已不爱这个男子。她的性格泼辣骄矜。戈比诺的小说富有异国情调,同时又十分注意绘写形成人物性格的社会教育和环境,使得他的人物有血有肉,真实可信,具有强烈的感染力。

福楼拜是19世纪中叶的重要作家。他本来主张纯客观的描写,但在乔治·桑的影响下,写出了倾注自身同情于其中的《一颗纯朴的心》。福楼拜不愧为现实主义的大师之一,在塑造人物方面有独到之处。他选取人物一生中能反映精神世界的事件去描写,像运用聚光灯一样,展示人物的精神品质,简繁得当。同时,他不专门描写环境,而是着意于时代和环境对人物性格的影响,写出平凡的性格是平庸的环境产物,将典型环境与典型性格作了有机的结合,由此揭露了现实。福楼拜对现实主义的发展表现在此。他的这个短篇也成了不可多得的杰作,闪射出独特的光彩。

在19世纪的现实主义流派中,出现了一批乡土作家,他们的创作丰富和扩大了文学的反映面。鲁马尼尔以法国南方的普罗旺斯方言写作,他的《居居尼昂医生》是篇讽刺小品,它采用冷讽笔法,由人物口中道出大实话,以刻画炎凉世态,写得轻灵而又深邃。埃尔克曼-沙特里昂本是两个写通俗小说的作家,但他们的《莱茵河畔的故事》(1862)和《伏斯日故事集》(1877)属于乡土文学。其中的《拐小孩的女人》描写了偏远小城的传奇风俗,展示了外省的风貌。《蓝色轻骑兵团的司号员》则从刻画敌人的歹毒卑鄙去反映普法战争,不同于这类题材的其他作品。曲折的情节加上地方风情绘写,是埃尔克曼-沙特里昂擅长的方法。都德的短篇创作其实也是乡土文学中的一种,《磨坊文札》(1866)像一支支田园牧歌。其中的《群星》以抒情笔调去写牧童的初恋,普罗旺斯的田园风光展现出一派幽美恬静的景象。《专区区长在田野里》以微温的讽刺口吻刻画一个乡镇官吏。这两篇小说都散发出浓郁的乡土气息。

在描写普法战争的短篇中,都德的《最后一课》和《柏林之围》均属名篇。前者选取了最典型的事例——与祖国分离的前夕面临失去祖国语言,即将成为亡国奴的现实给阿尔萨斯和洛林人民带来无比悲痛。这曲爱国主义的悲歌,以少不更事的孩子的感受写出,更具有震撼人心的强大力量,充分显示了短篇小说以小见大的功能。后一篇用反衬法去塑造一个爱国军人的形象,也感人至深。都德虽然怀有巨大的激情,却不直接流露在笔端,而让情节和叙述自然表现出来,体现了他高超的小说艺术。以极短的篇幅去反映重大题材,而又取得如此的成功,在世界文学中也并不多见。

凡尔纳是科幻小说之父,从创作方法来看,他无疑属于现实主义流派。在《2889年一个美国新闻界巨子的一天》中,作者的科学幻想无一不是建立在一定的科学根据之上的,并非胡乱臆测或无稽之谈。至于风俗小说《让·莫雷纳斯的命运》,则塑造了一个农村木匠忠于爱情的动人形象,是用严格的写实手法叙述的。凡尔纳是一个相当高明的小说家,他以幽默的笔调来叙述科幻故事,令人读来饶有趣味。风俗小说也写得波澜起伏,充满戏剧性,故事逐层展开,插入倒叙,以介绍身世,而不是平铺直叙。在19世纪的法国短篇中,真正的劳动者形象并不多见,让·莫雷纳斯的形象显得尤为可贵。

在为数不少的无产阶级文学的作家中,巴黎公社的参加者、女诗人路易丝·米歇尔写过一些短篇小说,她的《猛禽》揭露了第二帝国黑暗腐败、不法分子横行的社会现象,令人触目惊心。人们感兴趣的地方还在于,这篇写实小说运用了新闻报道式的写作手法,夹叙夹议,作为一种新形式值得重视。

左拉是自然主义的倡导者,但他的优秀短篇却见不到自然主义的痕迹,完全是严格的现实主义作品。《陪衬女》的别致之处在于无曲折情节、无主人公,而且通篇议论,在一般短篇中这种写法本是大忌,而《陪衬女》却处理得妙趣横生,可见这是一篇格局新颖的小说。《磨坊之役》是一篇巴尔扎克式的作品：从环境描写入手,塑造几个爱国者的形象;这里,优美的大自然是主人公产生爱国主义的根由。翁婿两代人之间的感情联系也是真挚动人的,这种情感越发衬托出他们的高尚情操。《苏尔蒂太太》描写一个有才能的画家在糜烂的资产阶级生活方式腐蚀下的毁灭,作家在这个故事中突出了艺术需要独特个性的哲理,深化了小说的内涵。这篇小说更多地反映了左拉的风格：他偏爱于从平凡的生活中去发掘体现时代风貌的事件;从容不迫地展开故事,情节像生活一样慢慢流逝,发展到高潮后戛然而止。左拉的取材和叙事方法随着自然主义在世界上的流行而产生广泛的影响。

19世纪的现实主义继承了古典传统,常常运用讽刺这个武器,上述作家的短篇有的就是讽刺小说。但法朗士的《克兰克比尔》或许是19世纪末20世纪初法国短篇讽刺小说中最有名的一篇了。小说写的是一个小贩无端被判刑和罚款,以致无法谋生的悲惨故事,其实这是在影射轰动一时的德雷福斯冤案。在塑造一个弱小者的典型时,作者运用了多种讽刺手段：或用反语,或罗列事实,或幽默诙谐,或犀利抨击。《克兰克比尔》不愧为讽刺小说的典范之作,克兰比尔已成为无辜受害者的同义语(爱情小说《罗克姗娜小姐》也描写了一个弱女子)。库特林也是一个讽刺小说作家,作品多半取材于军旅生活,他的讽刺小品带有喜剧色彩,谐多于谑,《喉咙痛》就是这样一则写弄假成真的故事。库特林熟悉士兵语言,人物写得活灵活现,富有生活气息,无论在题材还是在表现形式上,都自成一家。

此外,布尔热的《维普尔先生的哥哥》是篇很有特色的小说,它以1814年神圣同盟军队入侵法国为背景,小英雄只身独胆制敌于死地的爱国主义题材可说是凤毛麟角;叙述者假托他人讲述自己的所作所为,更是构思巧妙,却又合情合理。这篇小说反映19世纪的法国作家刻意求新的倾向和成功尝试。

现实主义潮流是如此壮大,就连浪漫派的主将雨果也受到影响。《克洛德·格》完全是一篇现实主义小说,它以真人真事为基础,通过一个穷苦人的遭遇抨击了法律和社会制度的弊端。雨果意犹未尽,后来将这个故事拓展成长篇小说《悲惨世界》。19世纪的现实主义短篇包括《克洛德·格》一篇,可见声势和影响之大。

19世纪后期法国最重要的短篇小说作家自然是莫泊桑,他是和契诃夫并列的世界上两位短篇小说大师之一。莫泊桑在短短十年内创作了300多个短篇,在题材上几乎无所不包,主要表现在写普法战争、小资产阶级生活、农村生活、家庭、婚姻和爱情等方面。

莫泊桑曾得到福楼拜的指点,进行了七年的习作,他还私淑左拉和巴尔扎克的创作方法,在短篇小说的技巧上进行了极富成效的探索,把短篇小说艺术提高到梅里美还不曾达到的高度。

其一,在莫泊桑笔下,短篇小说有各种各样的描写角度,有时截取生活的一个横断面(如《羊脂球》),有时写人物相当长的一段生活(如《项链》),有时在几个小时内进行(如《我的叔叔于勒》),有时从侧面去烘托(如《月光》),一般采用白描手法,但经常进行心理探索(如《小萝克》《绳子》),也有神秘色彩浓厚的短篇(如《奥尔拉》)。既有平铺直叙,也有倒叙、回忆,可以说集19世纪短篇小说写法之大成。在谋篇布局上,莫泊桑不愧为大师。一般而言,莫泊桑比较喜欢这样的结构:先以简练和富有表现力的语言勾画出背景,它们是农庄院子、市场、花园或车厢;然后引出人物,准确有力地勾勒出他们的外貌特征;接着开始正文,故事简单而平凡,或是偶然遇到的渔猎故事,或者是乡村和巴黎生活的一则社会新闻,意料不到的事态使情节急转直下,向悲剧发展,而叙述仍保持冷静、客观。《两个朋友》很能反映莫泊桑的这种写法。小说开头只有三句话:"巴黎被围,忍受饥饿,苟延残喘。屋顶上麻雀变得罕见,阴沟里空无一物。人们不管什么都吃。"寥寥数语,围城中的巴黎的艰难处境完全烘托了出来。随后人物出场,作者三言两语描画出他们的身影和爱好。正文开始后,写他们相约去钓鱼,不料碰到普鲁士人,于是情节骤然转折,惨剧来临。作者无一字评点,但对侵略者的愤怒控诉却力透纸背。这是一篇相当完美的艺术杰作。由此可见莫泊桑在谋篇布局上的精湛功力,在这方面,他比梅里美更为成熟。

其二,表面看来,似乎莫泊桑是随手拈来,取材不费思索,其实他对题材的选择是非常严格的,他认为"艺术是有选择和有表现力的真实",因此,应该力图"提供比现实本身更全面、更鲜明、更使人信服的生活图景"。写普法战争的短篇很多,而《羊脂球》能鹤立鸡群就在于作者对生活的提炼别具只眼。莫泊桑选取了一个处于社会最底层、受人歧视的妓女作为正面人物来描绘,已是与众不同;他将这个妓女同形形色色、道貌岸然的资产阶级人物作对比,后者为了自身利益,不但连普通的爱国心都没有,甚至在人格和礼仪上也相形见绌,这样描写更是别出心裁。从这一精选的场景中,莫泊桑确实提供了比现实更全面、更鲜明、更使人信服的东西。

莫泊桑的大多数短篇由于题材选择的精到而具有强烈的思想性，这一点无疑比梅里美略胜一筹。

其三，莫泊桑的短篇小说写得简洁、紧凑、准确、毫无废话，浓缩到最高度，这些技巧没有谁能运用得比他更娴熟。《项链》在这方面很有代表性，作者将故事分为几个阶段。每个阶段用空一行来表示，省却交代的文字：在开场白之后空了一行，接着便写这对小职员夫妇接到部长邀请参加晚会；第二阶段是女主人公向女友借项链，第三阶段写晚会上丢失了项链；第四阶段写负债还项链，第五阶段写这对夫妇生活在贫困中；第六阶段是结尾，女主人公从女友那里获悉以前借的是一条假项链。语言真是精简到最高程度，但却层次分明，一环紧扣一环，导向高潮，再突然刹住。莫泊桑在划分情节发展的阶段时，往往用一个起连接作用的词串起来，如"可是""一天""随后""就这样"，等等，承上启下，妥帖自然，尽量简约。莫泊桑的短篇小说绝大部分在万字之内，真正做到了"短"。

其四，莫泊桑大大发展了第一人称的叙述方法，他的短篇有一半是用第一人称来写的，细分起来，有如下五种：第一种，叙述者向听故事的人讲述他亲身经历或目睹的遭遇（47篇）；第二种，叙述者遇到一个朋友或相识者，将自己的往事讲给他听（32篇），这两类叙述的结尾，几乎总是回到开头的场面作个交代（如《我的叔叔于勒》）；第三种，叙述者直接诉诸读者，讲述个人回忆（39篇）；第四种，叙述者讲述他听到的一件事，故事正文则用第三人称（24篇）；第五种，用书信的形式来写，口气是第一人称（8篇）。莫泊桑认为，亲口叙述故事能得到直接感动人的效果，这是用第三人称写作的短篇所做不到的。因而在这样的短篇结尾，听故事者往往会泪如雨下或捧腹大笑。据研究，不仅莫泊桑，19世纪的其他作家也酷爱第一人称写法，力求显得更加真实，并同读者直接交流。

其五，莫泊桑是语言大师。他不以纤巧华美的词藻取胜，而是以平易通俗、准确有力、能为所有人接受的文学语言征服读者。很少有作家能写出比他更明晰、更清澈如水、更难以捕捉到的语言了。也很少有读者读不懂莫泊桑的短篇小说，因为其中没有丝毫晦涩的东西，读者只觉得莫泊桑找到了最恰当的文字和描述方式，而无法换一种文字和方式来表达。同时，莫泊桑也使用方言土语，但总是以读者能了解为限度。由于语言的纯粹，莫泊桑的短篇已成为学习法语者的范文。

19世纪的法国短篇其重大成就可以概括为如下几个方面：第一，出现了浪漫主义和现实主义的两大流派,短篇的内容和形式丰富多彩,为以往的短篇所无法比拟。19世纪的短篇小说旗帜鲜明地提出要干预现实,揭露社会的黑暗面;在形式上,浪漫派对感情、梦幻和回忆的描绘令人注目,现实主义尤以塑造典型环境中的典型人物著称,这两种文学流派塑造的众多形象大大丰富了文学宝库;第二,出现了世界上第一流的短篇作家梅里美和莫泊桑,他们将短篇小说的技巧推进到完美境界,除了他们以外,斯丹达尔、巴尔扎克、福楼拜、左拉、都德等都写出了短篇杰作,19世纪的短篇作家确实是群星灿烂;第三,19世纪作家普遍意识到短篇小说要写得简练,篇幅相对要短,短篇小说最终成为独立的文学形式,能同长篇、中篇媲美;第四,小说语言也取得长足的进步,或以华美辞藻取胜,如夏多布里昂,或以平易准确赢得读者,如莫泊桑,不少作家善用方言土语,掌握个性化的人物语言,写景状物能随心所欲。毫无疑问,19世纪的短篇小说达到了前所未有的高峰。

20世纪的法国文坛,形形色色的现代派层出不穷,它们在短篇小说中留下了深深的痕迹。从文学发展史的角度来看,现代派在表现形式和技巧上是有所贡献的,有的加强了对人的内心世界的挖掘,有的将哲理与文学作了更紧密的结合,有的对事物的描绘达到极致地步。它们对当代文学已产生并对未来的文学将产生重大影响。

普鲁斯特是意识流小说的鼻祖,他早年写出的《薇奥朗特》和《一个少女的忏悔》已显示了他的一些基本写作手法。《薇奥朗特》描写一个贵妇人黯淡凄凉的一生,着重刻画她的精神世界。她喜欢沉思凝想和自我欣赏,在冬天寻找怕冷的乐趣,在狩猎中追求秋天的忧郁,这种细微复杂的贵妇心理,得到了纤毫毕现的描绘。《一个少女的忏悔》像《追忆逝水年华》一样,由回忆组成,一个堕落少女弥留之际对自己的一生作了回顾。这不是一般的回忆,而是意识不断涌流的表现:回忆犹如一面魔镜,再现人的内心生活;回忆是往昔和现在之间的一道桥梁,沟通时间与空间。人处在朦胧状态中的感觉,同其他细微感觉一样,是普鲁斯特所偏爱的"细节",他认为转瞬即逝的印象能织成无比丰富的实感,小说家应该捕捉住。因此,普鲁斯特的意识流有别于一般的心理描写,它发掘到人的潜意识和更深一层的精神状态。意识流小说确实丰富了对人的内心世界的探索手段。

存在主义是第二次世界大战前后兴起和流行的一个文学流派。它的特点是在文学作品中表达存在主义观点,两者结合得非常紧密。18世纪的启蒙作家曾经将哲理寓于文学作品中，但他们是在作品中宣扬启蒙思想——揭露和批判不合理的封建制度的弊端和意识形态，这比较易于理解。而存在主义哲学深奥难懂，即使在萨特和加缪的文学作品中只表达了存在主义的一些基本观点，读者还是不易理解。但由于萨特和加缪将他们的哲学思想通俗化和形象化，还是写出了成功的文学作品，从而将哲理性小说提到一个新的高度，这些作品以其独具一格而惹人注目。《墙》一方面揭露了佛朗哥政权残酷镇压人民的暴行，另一方面又阐释了萨特对生与死问题的观点，小说的主人公是一个带有虚无主义思想的硬汉子，性格较为复杂，必须了解萨特的思想，才能正确理解这个形象。小说以其独特的深奥哲理性而具有艺术魅力。《沉默的人》描写工人对自身命运的探索，工人们的希望是朦胧的，但沉默到最后总要爆发。在加缪笔下，这个世界是冷漠和荒诞的，它对人缺乏同情，人生活在这个世界上有流亡者的隔膜之感。加缪善于用浅显简短的语言和淡雅素净的风格去表达自己的哲学思想。这种语言和风格具有古典式的庄重和优美。

二战后兴起的新小说派尤其注重对物的描绘，有的小说甚至排除了人的存在。这种倾向影响了不少作家，勒克莱齐奥就擅长描写大海、沙漠、森林，《未见过大海的人》是他的短篇代表作，小说对大海的描绘真是有声有色，气象万千，令人叹为观止，足见作者驾驭文字、写景状物具有出神入化的功力。这篇小说反映了当今法国部分青少年的精神苦闷。应该说，这类小说只要触及社会题材，还是有发展前途的。

维昂是个黑色幽默派作家。《回忆》写得别出心裁，通篇贯穿了一种令人心酸的幽默意趣。作者运用了荒诞、夸张、意识流等艺术手段，确有独特之处。

20世纪法国短篇小说的另一个发展侧面，是众多不同体裁的形式的出现。散文体小说、幽默幻想式小说、瞬间小说、传记小说、纪实小说、新闻报道体小说，都各有特色。当然，以现实主义传统手法写出的优秀短篇还是数量最多的。两次世界大战提供的题材，对上层人物的揭露、讽刺和抨击，描写小人物等，都有不少佳作。不过，似乎还未出现具有世界影响的短篇小说家，这与法国评论界更为注重长篇小说的倾向不无关系。

# 20世纪法国现实主义文学的发展

众所周知,19世纪的法国文学,尤其是小说,取得了划时代的伟大进展,涌现了巴尔扎克、斯丹达尔、梅里美、雨果、福楼拜、左拉、莫泊桑等一批世界上第一流的小说家,把法国小说推到世界文坛的顶峰。这是法国小说的第一个黄金时代,而这个时代的小说主要是以现实主义为其创作方法的。现实主义的强大潮流不可能在朝夕之间销声匿迹,退居次要地位,它在20世纪继续蓬勃发展,罗曼·罗兰、法朗士、马丹·杜伽尔、于勒·罗曼、杜阿梅、莫里亚克、马尔罗……就是其中的代表。综观20世纪的文学,小说创作形成了法国文学史上第二个黄金时代,其中现实主义小说占据了一个重要地位。

创新是法国文学的一个优异传统,20世纪的法国现实主义小说在继承19世纪优秀传统的同时,也遵循着创新这一原则,不断探索小说的发展道路,毫无疑问,这种探索取得了重要成果。本文就在这方面作一简要分析。

**发展之一**:19世纪小说家如巴尔扎克和左拉,善于以一整套小说去全面地反映一个历史时期的社会风貌。《人间喜剧》《卢贡-马卡尔家族》是这方面的代表作;而从罗曼·罗兰开始,出现了一种新的小说形式——长河小说,亦即多卷本小说。《约翰·克利斯朵夫》通过主人公一生的经历,描绘出法国乃至欧洲在第一次世界大战前夕的社会状况。随后,马丹·杜伽尔进一步发展这种从不同角度和不同方式去描绘社会的手法:《蒂博一家》通过蒂博父子及丰塔南这两家的经历去反映一次大战前后的法国社会。前一部小说从个人的发展史去表现社会变迁,后一部小说则通过家庭演变去描绘社会。无可讳言,这种以多卷本小说去描绘社会的方法是师承列夫·托尔斯泰的《战争与和平》,更早一点,或许可以说受益于雨果的《悲惨世界》。但是，罗曼·罗兰和马丹·杜伽尔的描写角度却是独特的。19世纪的长篇小说虽然也写到个人的经历或发展，但基本上仍是片断式的或阶段式的描写。例如，《人间喜剧》中的重要人物拉斯蒂涅主要表现在《高老头》中，这部小说写他在步入上流社会之前和初期的经历：一个外省贵族子弟在巴黎的名利场中受到"教育"，野心勃勃地要向上爬。在其他小说中，巴尔扎克只简略地提到他志得意满，而省略了他获得成功的过程。《红与黑》中的于连写法略有不同，斯丹达尔也写到他的经历有一番曲折，但这仍然只是写他踏入社会以后的经历，而不是他的一生经历。这两个例子足以代表19世纪法国小说中的主人公在作家笔下的描绘方式。即令是《悲惨世界》中的柯赛特和马利尤斯，虽然雨果写到她和他小时候的经历或思想的变化，但这依然是一种跳跃式的写法，与《约翰·克利斯朵夫》对主人公的塑造存在着很大的差异。如柯赛特，她小时候的经历并不影响她长大后的经历，两者之间缺乏有机的联系。《约翰·克利斯朵夫》则不同：这部小说写的是一个音乐家的成长过程。作家细致地描写了他怎样形成音乐才能，怎样成长为一个音乐家，主人公的一生得到全面而完整的描写，有机地形成一个整体。无疑，在塑造人物上，《约翰·克利斯朵夫》别开生面，有很大的创造和发展。一是罗曼·罗兰能看到人的一生是不可分割的、各个阶段互有联系的整体。这样，他笔下的人物就更符合生活真实，是活生生的、完整无缺的形象，从而避免割裂感和脱节感。二是作家能通过主人公自小到大的几十年历史，自然而然地反映出这一段历史的社会嬗变，将一整套小说所描绘的历史背景融会到一部小说中，这是描绘一整个历史时期社会风貌的有效方式，它充分显示了长篇小说在反映丰富复杂的社会生活方面较之短篇和中篇具有的优裕条件，因而这是充分挖掘和利用了长篇小说功能的手段。

至于《蒂博一家》，与《约翰·克利斯朵夫》又有不同，这部长篇是通过两个家庭的变迁去反映社会的。家庭是社会的基本单位，以家庭变迁去反映社会变迁，较之通过个人去反映社会生活，能写得更为丰富、全面和广阔，描写角度也会多种多样。初看起来，《卢贡-马卡尔家族》也是写家庭，其实，左拉写的是家族，并非家庭。况且这个家族前后延续了五代人，家族成员的联系十分松散，彼此基本上没有来往，他们之间相连通的只是血缘关系和遗传因素。换句话说，这个家族由于成员的社会地位各不相同，实际上是社会各阶级的缩影。《蒂博一家》中的两个家庭都属于资产阶级,只不过蒂博家是富有之家,而丰塔南家是破落户,这部小说写的才是家庭两代人。此外,左拉并不着意描写家族变迁是受社会变迁影响的结果,而马丹·杜伽尔则是这样来表现的:蒂博一家的毁灭正是由于第一次世界大战的社会变动引起的。尽管这两部小说存在着不同,但我们可以认为,《蒂博一家》的描绘手法是对《卢贡-马卡尔家族》的发展。其一,从家庭的角度来反映社会,必然更深入地触及家庭各个成员之间的关系,揭示出人物深层的情感:父子之情、兄弟之情、夫妻之情、母子之情、母女之情,等等,更富于生活气息和人情味。例如《父亲之死》一节就描写了昂图瓦纳和雅克对父亲复杂的情感,他们与父亲之间虽然观点不同或存在鸿沟,但面对父亲临死前的挣扎,仍然流露出深沉的同情和痛惜之感(雅克甚至从瑞士赶回,向父亲诀别,尽管两人已经闹翻)。其二,左拉虽然写了一个家族,但基本上依然是单线式的描绘,即每个家族成员往往只在一部小说中出现,或成为一部小说的主人公。《蒂博一家》则不同,是多层次地去表现的:蒂博父子三人命运不同,蒂博先生雄心勃勃,想扬名后世,希望子继父业,到头来却落得一场空;昂图瓦纳富有才志,但生不逢时,遇上战争,中毒气而死,葬送了锦绣前程;雅克想挽既倒之狂澜,阻止战争爆发,最后死在自己的宣传对象的枪口下。他们的命运写出了资本主义文明的毁灭,三个人的命运就是三个角度,多层次地表现了小说的主题。

概而言之,长河小说是对巴尔扎克开创的以整套小说反映社会这种方式的革新尝试,它对长篇小说的发展起了推动作用,丰富了小说反映社会的艺术手段。这是 20 世纪现实主义文学的一个重大贡献。

**发展之二:注重对人物内心世界的发掘**。19 世纪小说在描绘外部世界方面达到了登峰造极的成就。所谓外部世界,既指社会环境,又指人物的言语行动。20 世纪的小说家认识到,人物的内心世界与外部世界同样,甚至更广阔、丰富、深邃,这是一个内宇宙。随着心理学、精神分析的发展和潜意识理论的开拓,现实主义小说家也运用这些新手段去刻画人物的心灵世界。诚然,19 世纪的现实主义小说家也运用心理描写去刻画人物,如斯丹达尔就是一位心理描写大师。然而,20 世纪的现实主义小说家并不满足于相对简单的心理描写,而是根据科学发展对人的认识深化而提供的新方法去开掘内宇宙。

罗曼·罗兰就善于将人物的天赋通过心理绘写,淋漓尽致地表现出来。《约翰·克利斯朵夫》中有一段著名的描写:小主人公被父亲关在门外的楼梯台上,莱茵河在屋下奔流,水声引起了他的音乐想象,闭上眼的孩子,脑子里耳朵里有特殊的感受,他的想象里随即响起了急促的奔腾的水声,又变为乐器的弹奏声;想象的升华使他的心灵充溢自由欢乐之感,他感受到无穷的幸福。他丰沛的想象力预示了少年音乐家的锦绣前途。这种想象力是一种独特的心理描写,作家并没有描写主人公的思维活动,而是着力描绘主人公的听觉感受——他的天赋在特定条件下的觉醒。这样去表现人物的成长,乃是心理描写的一种发展,它完美地写出了人物的心理和精神素质以及潜在的天赋才能。这就充分揭示了一个音乐家的心灵世界,较之仅仅描写他的音乐成就要有力得多。

《蒂博一家》已经采用了意识流手法。马丹·杜伽尔认为"作家要竭尽全力地反映出一个心灵的心理发展过程",所以他特别注意人物的心理活动。例如昂图瓦纳在给因车祸骨折的小女孩动手术时就用意识流手法来表现。由于他从来没有动过手术,但又要表现得自信和有能耐,给在场的人以安全感。这时他内心不由得涌现出种种复杂的想法:有职业上的同情心,也有掌握了一定医术的自信心;既有被推上手术台的无可奈何,又有担心失败的惶恐。这些心灵活动充分反映了他刚强好胜的性格特征。又如他换了房间和弟弟同住时,心里高兴、得意,对前途充满幻想,同时又生怕弟弟耽误了自己的钻研。他的内心活动进一步展示了这个人物的精神世界。他不仅仅是一个持重、富有同情心、年轻有为的医生,而且十分看重名誉地位,虚荣心很强。《蒂博一家》运用意识流手法去刻画人物是成功的。

法国 20 世纪另一重要作家弗朗索瓦·莫里亚克则擅长描写人性中的恶,如《蝮蛇结》的主人公因怨恨和吝啬而成为家庭中的暴君,《苔蕾丝·德盖鲁》中的女主人公企图毒死丈夫,《母亲》中的母亲出于嫉妒,但愿媳妇死去。莫里亚克描写的是人物心灵的"全部复杂性"[①]。应该指出,莫里亚克笔下的人物并非通常所说的反面人物,他只是力图揭示人性中存在的恶,即展露人们灵魂深处的各种复杂情感,以绘写人的内部世界。莫里亚克显然开拓了写人们灵魂的新领域。这是以往的作家很少或浅层地注意过的方面。莫里亚克并不把注意力放在人物犯罪的行动

---

① 热·格朗达米:《弗·莫里亚克》,见《当代作家》,A. C. G. F. 1961 年,第 118 页。

上面，像侦探小说或某些表现争夺遗产的小说那样，而是深入剖析人物的异常心灵状态，揭示出人物犯罪心理的形成和发展过程。不错，19世纪小说家也曾写过嫉妒心理，如《贝姨》，巴尔扎克笔下的人物出于某种报复心理而把嫉妒推向极端。而在莫里亚克笔下，这是一种近乎变态的心理，人物的嫉妒心是出于母爱，这种母爱排斥一切，她认为夫妻之爱是对她母爱的一种侵犯和剥夺，因而这种母爱是不近情理的，它反映了人性中某些独占欲的弱点。

总之，20世纪现实主义小说家进一步开掘了人物的精神世界，拓展了对内宇宙的描写，它吸取了意识流等新出现的一些描绘手段，丰富了自身的表现能力。

**发展之三：对幽默幻想手法的综合运用**。幽默小说在20世纪以前的法国并不十分流行，虽然滑稽、讽刺的传统古已有之，被称为高卢人风格。需要说明的是，幽默与滑稽、讽刺手法毕竟有所不同。例如，库特林（1859—1929）的小说堪称幽默小说。这位作家擅长写军旅生活题材，对军队中某些不合理现象用幽默诙谐的笔法写出，加以嘲弄。他的作品与所谓讽刺作品的不同之处，在于批判锋芒不那么犀利，或者说，取材较小，不在重大问题、重大事件上进行抨击，这正是以往幽默小说的特点。到了20世纪，幽默手法在某些写实作家手里得到扩展，其特征是与幻想手法相结合。代表作家可推埃梅，他的长篇和短篇小说就属于幽默幻想式小说。如人人熟知的短篇《穿墙记》：主人公具有穿墙过壁本领，这是幻想手法；整篇故事透露出辛酸和幽默意味：一个小公务员捉襟见肘的生活多么悲苦，而当局竟无法捉拿案犯，显得多么无能！这里，作家通过幻想的手法去表达幽默的情趣，能令人回味，在艺术表现上变单纯为复杂，增加了魅力。30年代以来，一些现实主义小说家如莫洛亚（《天国大旅馆》即是一例）、特罗亚都写过这类幽默幻想小说，甚至连女作家尤瑟纳尔的《东方故事集》也具有幽默幻想小说的特色。这类小说无疑具有浪漫色彩，但是现实主义是它的基调，浪漫手法（幻想）在这里只是一种工具，它的着眼点是幽默意味，是对现实某些现象的抨击。再从风格来说，这种幽默幻想手法带有怪诞性，这是现代色彩，与传统的讽刺小说有很大不同。传统的讽刺小说中，人物具有天真憨厚的特点，格调明快，情绪乐观，《巨人传》、伏尔泰的哲理小说莫不如此。而20世纪的幽默幻想小说往往写失意者和下层人物，情调辛酸悲苦，令人读后一掬同情之泪，作品显得较为深沉悲怆。

**发展之四**：如果说，下层人民的生活在 19 世纪的现实主义文学中得到的反映还不够充分的话，那么，这一题材在 20 世纪的现实主义文学中则获得了更广泛的描述。30 年代形成的民众派文学就是以反映下层人民的生活为己任的，这个流派涌现了一批作家：达比（1898—1936）、让·普雷伏斯特（1901—1944）、吉约（1899—1980）等。他们不满于文学作品只表现上层人物的生活，要为下层人民在文学上争得一席之地，他们的作品以工人、农民和贫苦大众的生活为描绘对象，反映人民的疾苦。法共作家与此一脉相承，斯谛、古达德、卡玛拉等都着意描写下层人民的生活和斗争。20 世纪还涌现了一批专门写农村生活的名作家，如季奥诺（1895—1970）、亨利·博斯柯（1888—1976）、莫里斯·热纳伏瓦（1890—1980）等，或写理想化的农民，或写农村风光和田园生活，从不同角度绘写 20 世纪法国的农村风貌。总的说来，这类小说有如下几个特点：（1）比 19 世纪小说所反映的下层人民生活广阔得多，几乎触及各种各样的下层人物，既有工人和大城市的下层人物，也有农村和偏僻地区的被损害与被侮辱者，正如莱翁·勒莫尼埃在《民众主义》一文中所阐述的："一切现实主义艺术在民众场景中都找到它的选材"，"民众主义呼吁一种更为广阔的艺术，胜过近年来人们通常实践的艺术"[①]。例如达比的《人和狗》刻画了一个善良仁慈的石工，《老妪》描写一个冻饿而死的卖报老妇，《会议长凳》塑造了一个"硬汉"性格的老渔民，在下层人物的画廊中增添了不少光彩熠熠的形象。这些人物在社会上毫无地位，往往被作家所忽略，如今得到了描绘，他们同样是富有情感的人，值得小说家去描摹。（2）描写下层人物在 20 世纪已形成一股潮流，不像在 19 世纪，这往往只是个人涉及或偶一为之的领域。这股声势造成较大影响。19 世纪的乡土作家成就不大，在文学史上占据不了什么地位，但像季奥诺这样的作家，显然以其别具一格而跻身于大作家之列。（3）从艺术上说，这类小说也取得了长足进步：吸收一些新手法，如注意心理描写，带有抒情笔调，感情更为深沉凝重，有的善于运用方言土语，充分反映地方或行当色彩，表现手法灵活而丰富多彩。

**发展之五：历史小说异彩纷呈**。19 世纪的历史小说要么像梅里美的《查理

---

[①] 见《法国作家论艺术及其宣言》，进步出版社，1981 年，第 388、390 页。

九世时代轶事》,以简约的笔墨再现16世纪宗教战争期间惨绝人寰的圣巴托罗缪之夜事件;要么如福楼拜的《萨朗波》,再现古代迦太基雇佣军的起义,充满浪漫色彩;要么如大仲马,只撷取历史的轶闻,凭想象铺衍成情节曲折离奇的故事,而不顾对历史人物的评价正确与否;要么像描绘19世纪初农民反抗的《起义者雅各》,以第一人称来叙述。历史小说在19世纪的现实主义文学中占有一席重要地位。

20世纪的历史小说样式更加多种多样。

亨利·特罗亚的几套小说都以俄国历史为背景:《正义者之光》写俄国十二月党人,《只要大地长存》描写1890年以后俄国一个医生的家庭变迁,反映这一历史时期的革命和战争。特罗亚的历史小说其特点是能从新的角度去观照历史,得出与前人不同的结论,赋予历史题材以新意。例如《莫斯科人》以拿破仑1812年入侵俄国为背景,但他通过一个法国人在俄国的经历去目睹这场战争,也就是说,叙述的角度不同于《战争与和平》,因而对历史人物的评价就不同于托尔斯泰。作者既肯定了俄军抗击法军的正义性,又不贬低拿破仑的形象,评价较为客观。

德吕翁享有"今日大仲马"之美称,他的历史系列小说《坏国王》以美男子菲力普(1268—1314)及其后裔(至亨利四世)的宫闱秘史为题材。这一时期属于中世纪和文艺复兴时期,对法国人来说已相当古远,而且留传下来的史料并不多。作家凭借想象和虚构来补充史料与传说的不足,描绘宫廷的淫乱和罪行,令人触目惊心。德吕翁叙事生动,文笔流畅,颇有大仲马的遗风。

尤瑟纳尔是另一类历史小说的代表作家,这类历史小说以家史回忆的形式出现,或者以古希腊罗马的文化为背景。对于尤瑟纳尔来说,"古代是她的祖国。仿佛她是在17世纪长大的,希腊文词根和拉丁句子属于她所受教育的范围"。[①] 尤瑟纳尔的主要作品是写家史:《虔诚的回忆》(1970)写她母亲的家史——一个土地小贵族之家;《北方卷宗》(1977)则写父系家史。这是一种特殊的小说,它把想象(例如尤瑟纳尔并未见过她的生母,她母亲生下她不久便亡故了,她是凭着家史资料和想象来写《虔诚的回忆》的)、历史和家庭纪事熔于一炉,这无疑是一种新的创

---

① 见布瓦德弗:《30年代至80年代法语文学史》,佩兰学院书店,1985年,第432—433页。

造,有别于一般的历史小说。

此外,20世纪的历史小说中值得一提的是,以农民起义和无产者的斗争作为题材的作品数量不少。沙布罗尔就是这样一个善写这类题材的作家,其中,《博爱号大炮》讴歌了巴黎公社的英勇斗争。可见20世纪法国历史小说题材的多样化。

**发展之六**:由于20世纪爆发了两次世界大战,战争题材的文学作品数量空前增多,尤其在两次大战期间及以后,作品如雨后春笋般出现,这类作品基本上都属于现实主义文学。在内容上,除了抨击侵略者的残暴和讴歌爱国主义与1870年普法战争后出现的文学作品相同以外,20世纪的战争文学具有一个明显的特点,就是从人道主义出发,谴责战争的不人道和给人民带来了浩劫。

例如,《约翰·克利斯朵夫》呼吁德法两个民族和睦相处,以此阻挡世界大战的爆发。《蒂博一家》的主人公雅克则力图宣扬和平主义,遏止世界大战的来临,小说通过他和昂图瓦纳的死斥责了战争的惨无人道。马尔罗的《希望》寄希望于西班牙人民用革命来结束非正义。加缪在《鼠疫》中谴责了法西斯的肆虐,主张斗争而不是屈膝投降。这些小说反战、反对非正义、反对法西斯横行,都是从人道主义出发的。应该指出,人道主义是19世纪现实主义文学的思想基础,然而,在战争题材的作品中,爱国主义精神往往上升为主要基调。但20世纪的战争题材作品则不同,原因之一是,两次世界大战的空前规模给人民带来的灾难远非19世纪的历次战争所可比拟。人们在两次世界大战中看到资本主义文明的毁灭、战争的残酷和无比灾祸,因而对战争产生了严正的思考,从人道主义的高度去反思战争,对人生、人类的前途、理想、社会的发展、文明、死亡等一系列重大问题进行了深入的思索,大大拓展了战争文学所包含的内容。

这里说的人道主义,即19世纪末20世纪初开始出现的人道主义思潮,不同于宣扬理性的传统的人道主义。它认识到宇宙的相对性,否认绝对性;它认识到人类面临着大灾难,感到种种文明价值概念的危机;它认识到"上帝死了",世界变得荒诞;它主张和谐、平衡、稳定,以此作为生活准则;它确认人的历史责任感,正如萨特所指出的:"历史责任感涌向我们:在我们接触的一切事物中,在我们呼吸的空气中,在我们阅读的书页中,在我们写下的篇页中,在爱情本身,我们发现一种历史责任感,即是说,由绝对和过渡组成的悲苦而模糊的混合。"①不同作家从各自经历和认识去理解人道主义:马尔罗提倡悲剧人道主义(见《寂静的声音》,1951),加缪主张人道主义应建立在正义和团结友爱之上(《鼠疫》,1947;《致德国友人书简》,1947),萨特认为存在主义是一种人道主义(1947),亨利·勒菲弗尔保卫"辩证的"人道主义(《存在主义》,1946)。这些主张反映了当代作家对生活准则和社会基本精神的探讨和追求,视野显然比 19 世纪作家扩大了,在文学作品中,则加深了思想深度,与 19 世纪战争题材文学不可同日而语。

**发展之七:不少作品中作家自传的成分增加**。评论家布瓦德弗就认为纪德的不少作品都是自传体性质的:纪德在《安德烈·瓦尔泰的笔记》中"创造了一个双重人物",《背德者》是"双重人物的再创造",他进一步认为,"小说家可能而且应该成为自我的分析家"。② 这种以自身经历为蓝本的倾向,可以从一系列作家的作品中看到。马尔罗的小说具有很大的自传成分:《王家之路》根据他在柬埔寨的经历写成,《希望》根据他在西班牙内战的见闻写成,《人的状况》则根据他在中国的经历写成。圣埃克絮佩里的小说也大半按照他的飞行员生涯创作出来:《南方通讯》记录了他在毛里塔尼亚沙漠边缘当航空站长的经历,报道了他在图鲁兹、卡萨布兰卡和达卡之间的飞行往来;《夜航》是他在布宜诺斯艾利斯建立南美邮政航线的实录。女作家科莱特的不少小说写的就是她的生活、感受、爱好。甚至连新小说派作家布托尔也说:"人人皆知,小说家构想他的人物,不管他愿意与否,不管他知道与否,这是从他自身生活的因素出发的,他的主人公是一些假面具,他通过这些假面具在自我叙述、自我梦想。"③可见新小说派作家也将自传体当作一个重要创作手法。

诚然,文学作品中难免不包含作家的个人经历成分。但在 20 世纪的现实主义文学中,这种成分明显增加了,而且作家们往往是有意识这样去做的。因为自传体的形式更便于作家发掘人物的内心世界,他们能驾轻就熟,写得更具体、深入、真

---

① 《文学是什么》,加利玛出版社,1964 年,第 258 页。
② 《法国小说通过自传性的革新》,见《论当代小说》,克兰克西克出版社,1971 年,第 65—66 页。
③ 转引自博雷尔:《自传体问题》,见《论当代小说》,克兰克西克出版社,1971 年,第 80 页。

实。再者,一部分作家只沉迷于自己的个人小天地,只关心和熟悉个人的事和命运,因而他们的创作便只能以个人为中心去构思小说。

人所共知,存在主义文学在创作上依然采用传统的现实主义方法,我们可以进一步认为,存在主义在这一点上发展了现实主义:它将哲理和小说紧密地结合在一起。在法国文学史上,第一次将哲理与小说相结合的是启蒙时期的文学,尤其是伏尔泰的中短篇小说,这种新的文学样式取得了成功。19世纪末20世纪初,法朗士的小说继承了启蒙文学的优秀传统,他的长篇小说寓意深邃,讽刺犀利,富有哲理。存在主义文学显然吸取了前人的经验,它将深奥的哲学观点以较通俗的文艺方式表达出来,即用写实手法去表达存在主义的基本观点,在小说和戏剧方面都创作出成功的作品。例如加缪在《局外人》中塑造了一个对现实异常冷漠,感到与现实格格不入的形象,表达了"世界是荒诞的"这一观点。萨特在《间隔》中通过男女主人公在地狱—密室中的接触,阐明了"他人即地狱"的观点。可以说,在将哲理通俗化和使文学作品哲理化这两方面,存在主义文学都超越了启蒙文学。

以上仅仅是现实主义文学在20世纪获得发展的几个方面,但不管有多少发展,现实主义文学的一些根本特征并没有彻底改变。拿"小说"来说,1873年出版的《利特雷词典》是这样下定义的:"用散文写成的虚构故事,作者力图通过描绘激情、风俗或者通过奇特的冒险故事去引人入胜。"而1964年以后出版的《罗贝尔词典》则这样下定义:"相当长的用散文写成的想象作品,它提供和写活一个环境中特定的真实的人物,使我们认识他们的心理、命运和历险。"这两个定义十分相似,第二个定义无疑更完备些,它们表达了四层意思:① 小说要叙述一个故事;② 这个故事是作者虚构的;③ 这个故事和人物要写得真实,有代表性;④ 小说可分为社会小说、心理小说、历险小说等。不难看出,这两个定义更为符合现实主义小说的特点,它们表明,一个多世纪来,现实主义小说的基本模式虽有发展,但没有发生根本性的变化。

在观察20世纪现实主义文学发展轨迹时,我们还可以看到一个十分明显的现象,就是小说情节的淡化和并不重视人物典型的塑造,这种倾向从左拉已经开始。他在《论小说》一文中指出:"我们的当代小说由于仇视复杂和骗人的情节,越来越淡化了；对历险、传奇性、使人昏昏欲睡的神话存在一种报复。"[①]他的创作体现了这种淡化趋向，小说中的人物典型也有点让位于群像的塑造。在这两方面削弱的同时，小说的思辨倾向却越来越加强。纪德的创作最有代表性，他的作品情节简单，不注重人物性格的塑造，富有哲理意味，语言像散文诗。他的创作仍然保留了现实主义文学的某些基本形式，又带有相当浓厚的现代派色彩。即使如莫里亚克，他的小说情节也是并不复杂的，更注重人物内心的探索。我认为，这种倾向尚需经过更长时间的创作实践，才能看出与传统方法孰优孰劣。当然，这种方法作为小说创作中的一种艺术手法，则是毫无疑义的。

20世纪下半叶并没有出现有重大影响的现实主义作家，这就表明这一潮流发展出现阻遏的现象。随着新小说、荒诞派盛极而衰，人们是否会看到现实主义文学的再度繁荣呢？只能拭目以待。

中国社会科学出版社，1992年10月

---

[①] 《论小说》，见《左拉全集》第32卷，珍本收藏者之社，第195页。

# 法国小说与荒诞意识

荒诞意识是20世纪文学中的一个重要概念,尤其在现代派文学中,它是不可或缺的一个组成部分。不过,这个概念不是突然出现的,它有一个发展过程,在不同的文学样式中有不同的表现方式。

就法国文学而言,追根溯源,荒诞意识至少可以推到17世纪散文家、哲学家和数学家帕斯卡尔那里。帕斯卡尔的名言:"人是会思想的芦苇",把人类看作在现实世界和命运面前弱不禁风的生物。他还进一步说:"可以设想大量的人戴着锁链,统统被判处死刑,其中有的人天天在别人的目睹下被屠杀掉,留下来的人看到自己的状况跟他们的同类一样……这就是人类状况的图像。"①帕斯卡尔虽然还未提出荒诞的概念,但他表达的是人类无可奈何的悲惨境遇,已经包含了荒诞意识。19世纪下半叶是各种思潮迭起的时代,各式各样现代意识露出端倪。有的诗人接触到人类生存状况这个重大问题。例如,兰波的《醉船》写的其实是人的异化:醉船象征着人;醉船在大海中漂流,象征着人的命运飘忽不定。在戏剧方面,雅里(1873—1907)的《于布王》及其系列作品颇具荒诞意味,于布王象征着"人类永恒的愚蠢,永恒的奢侈,永恒的饕餮,发展成暴虐的卑劣本能,饱食终日者的廉耻、德行、爱国心和理想"②。《于布王》的内容滑稽幽默,以嬉笑怒骂的形式表达了有闲者的某些荒诞本质,它与超现实主义和荒诞派戏剧是一脉相通的。

荒诞意识的再次出现是在20世纪二三十年代。超现实主义描绘的梦幻境界和表现的幽默意趣,包含着荒诞意识。30年代,欧洲各国,包括法国,无论在政治

---

① 转自勒梅特尔:《法国文学史》第4卷,博尔达斯–拉封出版社,1972年,第206页。
② 卡蒂尔·孟戴斯语,转自布吕奈尔等:《法国文学史》第2卷,博尔达斯–拉封出版社,1981年,第562页。

还是经济方面都出现了不同寻常的现象。在政治上,法西斯主义的抬头掀起了一股狂热的极右思潮,给欧洲人民带来极大的精神压力。在经济上,30年代初的经济危机席卷欧洲各国,引来空前的灾难。人心惶惶,前途茫茫,人与世界的关系这个老问题又提了出来。一些将目光投向世界的小说家,敏锐地接触到种种难以解释的现象,他们的作品表达了深沉的荒诞意识。

首先要提到的是马尔罗。马尔罗是一个作家,同时又是一位政治活动家。他早年曾在印度支那进行冒险活动,并以自身经历写成小说。由于他见多识广,广泛接触到各个阶层的人物,见到不同制度的国家的风土人情,所以他的思维没有局限在一国一地的小范围,而是能够从世界范围来考虑人类状况。同时,他密切注视着欧洲的风云变幻,嗅到强烈的政治火药味,对人的命运不免深感忧虑。他的小说《征服者》(1930)就渗透了荒诞意识。小说主人公加林虽然投身于社会革命,却不把这种行动当成一种目的,而是当作一种手段。他力图通过参与"伟大行动"来消除生存的空虚。马尔罗笔下的人物不是为了某种崇高目标而斗争,他们只是在反对生活的荒诞。做出英雄行为的时刻,就是要面对威胁生活的种种情况:软弱、痛苦和死亡,拒绝命运的安排。既然上帝抛弃了这个世界,那么,人便不可能追求无限和永恒,只得从暴虐事件加剧的人类危机中抽取出崇高境界。马尔罗在《关于〈征服者〉的演讲》中说:"对加林来说,根本问题不在于了解怎样才能参加一场革命,而在于了解怎样才能摆脱所谓的荒诞……加林是这样一个人:在逃脱人面临的最具有悲剧性的东西,即荒诞的范围内,他作出了一定程度的榜样。"[①]马尔罗将人类状况放在重大政治事件的中心,以便写出它的悲剧性和崇高,这就是1933年问世的《人类状况》的主旨。马尔罗认为这种悲剧性与崇高的结合构成了人的本质。在小说结尾,老吉佐尔陷于孤独,逃到日本,在节日的一天,思考着人类状况,他认为人的悲剧没有消除,也不可能消除,但是人的使命在于控制这种悲剧性和死亡:"人类是迟钝的,笨拙的,因肉体、血液、痛苦而笨拙,永远符合自身,就像一切趋向死亡的东西;但是,连血液、连肉体、连痛苦、连死亡都消失在天上的光辉中,就像音乐消失在寂静的黑夜中一样。"在这部小说中,马尔罗对人的命运的思考还不是消极的。虽然他描写了上海工人起义的失败,充满了悲剧性的意味,但是,这种悲

---

[①] 转自布吕奈尔等:《法国文学史》第2卷,第650页。

剧性又蕴含着事业和行动的崇高,因而主调仍然是高昂的。小说结尾符合历史真实:革命转入低潮,这使主人公陷入沉重的思索,但还没有完全丧失信心,只是处于悲观绝望之中。总之,马尔罗对人类状况的哲理思考并没有得出结论,而只是提出了疑问。

1937年出版的《希望》是根据作者本人在西班牙的亲身经历写成的一部小说。马尔罗探索的是生和死的意义。他认为,悲剧之所以崇高,完全在于人的生命超越了死亡而达到最高峰;由于参与历史事件和积极争取更好的个人命运,马尔罗反对绝望,他认为英雄行动就是反对绝望的证明,小说着重描写绝望心理和英雄主义的对峙。马尔罗在小说中有一段描写的是马纽埃尔倾听音乐:"马纽埃尔第一次听到比人的血液更沉重,比人在大地的存在更令人不安的物质的声音:这就是人的命运无限的可能性。"在马尔罗笔下,人在行动中生与死具有同等的可能性,生与死的流动构成了人的悲剧。不过,马尔罗认为人的命运和英雄行动能紧密结合,这是处于悲剧状态中的人唯一得救的道路。

40年代以后,马尔罗转向艺术史的研究,但是,人的命运问题仍然是他的探索中心。他在《阿尔登堡的胡桃树》(1943)中指出:"死亡是一切问题的中心:迪埃特里赫的自杀、上帝的死、人的死、文明的死、在现代战争的技术中暴死的本能。"在《绝对的货币》(1947)中,他重新提出人的能力无限的主题,以及人的精神由悲剧性和毅力构成的主题:"每一部杰作都是对世界的提炼……每个艺术家对他的奴役状态的胜利,以充分展开的形式,汇合艺术对人类命运所取得的胜利。"[1]他在《寂静之声》(1951)中提出了著名的论题:"艺术是一种反命运。"换句话说,艺术家要在自己的作品中探索人类面对悲剧存在的出路。总起来说,马尔罗是第一个在自己的创作中较多地探索荒诞问题的法国作家,他不仅在小说中表现了荒诞意识,而且力图在艺术史的探索中阐明这种观点。

罗歇·马丹·杜伽尔在写作《蒂博一家》(1922—1940)的最后一部分《尾声》时,第二次世界大战即将爆发,战争乌云笼罩着欧洲上空。马丹·杜伽尔深切地感到战争灾难迫在眉睫,从而把自己的感受融化到小说中。小说末尾由昂图瓦纳的日记组成。他是个军医,中了毒气弹,受了重伤,生命垂危。他临终前的日记表达

---

[1] 转自勒梅特尔:《法国文学史》第4卷,第208页。

了他对战争(第一次世界大战)的看法,对人生和命运发出了深沉的感叹。他写道:"四年战争没有别的结果,除了屠杀和一堆堆废墟。最爱做征服冒险的梦想家大概不得不承认,战争对人类、对各国都变成无法弥补的灾难。……战争的荒谬在各方面已为经验所证实。"他对战争进行思索的结果是:"战争使我看到自己身上最卑劣的本能和人的一切最深层的东西。"随着死亡的逼近,他的怀疑论变得明确了:"对人的完美性不要存有过多的幻想,希望由人类安排的世界变得'纯洁'。"他想到宇宙的无垠和自身的渺小,"我注定撒手尘寰仍然不大明白自己——也不明白世间"。昂图瓦纳原是个富有才华的年轻儿科医生,战争夺走了他的生命,他的悲剧是时代悲剧的写照。他至死仍然不明白命运为什么这样戏弄了他。无疑,他要表达的是一种世界荒诞的意识。

塞利纳是一个怪才,他对社会有独到的观察。《茫茫黑夜漫游》(1932)以无情的笔触披露了现实世界的种种丑恶现象,社会关系、价值标准、传统法规的光华于是被抹去了,黑暗、污浊的景象被揭露无遗。小说卷首的一首歌集中表达了作者的主旨:"我们生活在严寒黑夜,人生好像长途旅行,仰望苍空寻找出路,天际却无指引的明星。"塞利纳把西方社会比作严寒黑夜,他描绘的底特律汽车工厂被形容成一个"巨型的钢盒",人禁锢在里面,变成了机械的无生物,是这个巨大机器的一个部件,像荒诞的噩梦一样可怕。人想在社会中寻找出路则是徒然,"现实是一场无休无止的垂死挣扎。这个世界的现实就是死亡"。塞利纳又写道:"生活就是这样的,这是一缕消失在黑夜中的光芒。也许人们永远不会明白,什么也找不到。死亡就是这样。"在塞利纳的笔下,世界是一片荒诞的图像,人类无望地在其中挣扎,这幅图像入木三分地表现了30年代的西方世界。

虽然马尔罗、马丹·杜伽尔和塞利纳只是三个在小说中表现荒诞意识的作家的代表,但从他们的作品中,已经足以看出,在30年代,荒诞意识确实在法国小说家的头脑中明确地、强烈地存在着,并且成为他们作品中的一个重要观念,反映了他们对现存社会的一种基本概念。

应该说,荒诞意识真正与小说结成一体的,是存在主义小说。尤其在加缪的小说中,荒诞主题几乎成了小说的最强音,它体现在小说的情节中和人物形象之中;荒诞是加缪对现实世界的基本看法。

《局外人》(1942)是加缪的代表作之一,也是存在主义文学的经典作品。小说通过主人公默尔索的生活，写出形成荒诞的社会原因。默尔索是个阿尔及尔的小职员，他对周围事物已经无动于衷，失去一切关心，他身上只留下最基本的需要的冲动：饥渴、睡眠、女人的陪伴、夜晚的凉爽和海水浴带来的休息。总之，只剩下一个年轻而健康的人的肉体需要，只有这些需要才能把他从懒洋洋的习惯中摆脱出来。对他来说，构成他周围人的道德准则的一切义务和美德，只不过是一种令人失望的重负，他干脆统统弃之不顾，甚至连他母亲去世也引不起他多大的痛苦。他的内心非常空虚，平日像掉了魂似的无所适从，毫无愿望，毫无追求，以致在沙滩上盲目地对阿拉伯人开枪，打死了一个阿拉伯人。默尔索是荒诞人的典型。这个典型对社会生活的冷漠，对人与人之间关系的无动于衷，是其显著的外在特点。加缪不仅描绘了荒诞人在日常生活中的表现，而且描写了他对社会司法制度和宗教的态度。默尔索被指控犯了杀人罪而锒铛入狱。司法机构要求默尔索参与到预审法官、律师、公众和报纸在他周围玩弄的、体现了虚伪价值观念的一出闹剧之中。官方的道德由偏见和伪善编织而成，在默尔索那里撞上了一堵由固有的真诚心态组成的墙壁，起不了任何作用。默尔索懒洋洋地，然而干脆地拒绝参与这出由法官们认真而严肃地上演的闹剧。在众人眼里，他因此而变成一个局外人，一个危险的变质分子；在这些人看来，这出闹剧反倒是真正的生活。默尔索被送上绞刑架，并非由于他犯下的罪，而是因为他没有接受法律核定的信条和习俗。他的全部行为就是对这些信条和习俗的否定。于是，强大的正统秩序压碎了这毫无防卫的心灵。他和司法机构之间没有任何和解的可能，因为这种和解是建立在伪善的荒诞联系之上的。

荒诞人的精神特点是与他人的隔膜状态，他无法跟那些按照传统习俗思想的人找到共同语言。在加缪看来，这是僵化的道德和背叛这种道德的人之间产生破裂的直接后果。他在1957年接受诺贝尔文学奖的讲话时，这样评论自己的这部小说："商人的社会可以定名为这样的一个社会：在那里，事物靠了标记而消失……它在本质上是一个人为的社会，在那里，人的肉体存在被蒙蔽了……这个社会……在它的监狱和它的财政庙宇上写下自由和平等的字样，这并不令人惊奇。今日，最受污蔑的价值无疑是自由的价值。"由此看来，加缪在《局外人》中力图对资本主义社会所标榜的自由和平等作出批判性的审查。他得出的结论是，这个社会在空喊自由和平等，或者以这类口号作为欺骗手段；因此，人的自由价值完全被抹杀了，他的生存成了荒诞的存在。

1943年,加缪写出《西绪福斯神话》,对荒诞意识作出哲学上的解释。在加缪看来,现实的荒诞并不是偶然事件引起的结果,也不是政治人物操纵的结果,同时也不是在一定时期内主宰历史进程的阶级的贪婪带来的结果。荒诞是普遍存在的,永恒的,它的根源就在于生活本身的根本荒诞之中。他写道:"荒诞……是有意识的人形而上的状态。"他认为,在历史的进程中,个人淹没在一大堆无意义的事物里,这些无意义的事物就散布在我们每天的生活中。人由于忙于自己的日常事务,一般不会觉察到这些无意义的事物。"起床,有轨电车,四小时办公室或者四小时工厂的工作,吃饭,有轨电车,四小时工作,吃饭,睡觉,星期一、二、三、四、五、六,同样的节奏……"但是,有一天,脑袋精疲力竭,闪过一个想法:这样机械的回旋有什么目的呢?明白过来以后,人突然离开轨道,思索起来,可是他渴望了解的想法到处碰壁。宇宙是永恒的;人是要死的;人设法获得绝对真理,宇宙却只提供骗人的表面现象和相对真理,它反对人各种各样自大的企图,以便越过永恒设置的界限,满足自身的准则。荒诞由此而来,它是我们渴望获得明白无误事物的意愿和宇宙不可探测的秘密之间互相撞击的本质。从另一个角度看,荒诞是在一个离开了原有轨道,盲目地奔向灾难的社会里,个人的孤独。代替四平八稳的秩序的是,长期以来隐藏在内部的混乱,它突然显露出来,变成笼罩世界的普遍现象。没有人能够摸透这部疯狂运转的机器,没有人能够驯服它,没有人能够逃脱无舵、无帆的"茫茫黑夜漫游"。人人都待在"他的时代的苦役船上",他不得不忍耐着,即使他闻到船上有鱼腥味。苦役犯监工在船上是太多了,而且海岬很难绕过。人成了世界的俘虏,这个世界的所有联系都陈旧了,从前的偶像被推翻,习惯的规律是唯一的罗盘,使人能够指导自己的行为。失去这最后的引导线,便等于永远完蛋。这种荒诞观念是加缪企图从一种新的角度,去表现普通人在生活中所遇到的艰难困厄。

加缪着意阐明的是生活中普遍存在的精神现象,这是一曲对现代文明衰落的哀歌。加缪从事小说创作的年代正是第二次世界大战激战方酣的时期,法国沦陷在德国法西斯的铁蹄下,人们对自身的命运、对历史的进程感到茫然无措,陷入了近乎悲观绝望的状态中。这是存在主义,包括加缪表现荒诞意识的社会基础,也是人们社会心理在哲学上的反映。加缪宣称,发现荒诞意识绝不是哲理思考的结果,而仅仅是一个先决条件,一个建立"荒诞道德观"的出发点。《西绪福斯神话》是兑现这个诺言的第一个企图。加缪在思考,生活是否缺乏一切逻辑,希望是否枉然,拒绝逆来顺受是合乎情理的吗?他的回答是:否。"荒诞只有在人们不赞同它的情况下才是有意义的。"人们不能逃避命运的安排,也不能不承认命运;会思考的人的尊严就在于不要离开不可忍受的现实,而是要向混乱投以挑战,要生活下去,在盲目信念的废墟上建立对健全理性的崇拜。

加缪正是把这种崇高的光圈罩在西绪福斯的头上。西绪福斯是古代传说中的永恒苦役工。他把巨石推至山顶,可是石头又重新滚落下来,他只得下山重新推动石头,如此无穷反复。这个"天神的无产者",充分意识到落在他身上的命运完全不合理,这种清醒认识成为他取得胜利的信心。西绪福斯不会自暴自弃,呻吟叹息,乞哀告怜,他蔑视刽子手们。他没有能力消除不公正的天神强加给他的惩罚,他把自己的苦工变成反对天神的愚蠢行为的大声指控,变成拒不低头的强大精神的证明。"西绪福斯教导的是忠诚不贰,否认天神,掀动巨石……这个宇宙今后没有主宰,他觉得宇宙既不贫瘠,也不是毫无价值……向顶峰推进的斗争本身,足以使人心充实。必须设想西绪福斯是幸福的。"西绪福斯的思维方式是三段论法:既然一切是荒诞的,因此一切是有价值的,"一切也是允许的"。西绪福斯完全吸取这一教训:"荒诞的人……没有什么可辩解的。我从他无辜的原则出发。"加缪认为一切人的命运都已注定,唯一绝对的真实是这个世界上没有价值的等级,"重要的不是活得更好,而是活得更长";往者没有提供可供支持的东西,未来也没有指出可遵循的目标;必须学会充分享受每一个掠过的时刻。西绪福斯的观念在默尔索身上得到体现。默尔索屈从于他唯一的愿望:这就是他要向别人的脑袋射进一颗子弹。西绪福斯由于受苦而变得聪明,默尔索在牢狱中也能看清虚伪的"德行"。

1943年至1944年,加缪发表了一组文章,后来结集为《致一个德国友人的书信》。在这些书信里,加缪对人间的不平等现象作了深入一步的思考,他的结论比以往要积极一些:"我们长期以来一致认为这个世界没有更高级的理智,我们都感到失望……但是如今我得出了别的结论……这就是您容许我们的状况不合理,决心增添点什么,相反,我却觉得人应该肯定正义,反对持久的非正义,创造幸福,抗议产生不幸的世界。而我呢,我拒绝容许这种使人绝望和这个受折磨的世界,我仅仅期望人们重新找到他们的团结一致,以便同他们令人厌恶的命运进行斗争……我继续认为这个世界没有更高一层的意义。但是我知道,在这个世界中有某些东西有意义,这就是人,因为只有人才要求有意义。"[1]加缪没有放弃《西绪福斯神话》的基本观点,但是他在该体系中加入了一系列伦理观念。战争的进程使加缪认识到要起来反对荒诞的命运。

这就是《鼠疫》(1947)所描写的内容。鼠疫是法西斯的象征,也是荒诞的现实和存在。然而,小说的主人公们不再像默尔索那样,对现实的丑恶漠然置之;他们起来与之坚决斗争。他们认为"单独幸福会令人羞愧……不管我是不是愿意,我知道我是属于这里的人。这件事关系到我们大家"。每个人对他周围发生的事都负有责任,他的意识在强烈地召唤他。为了共同目的一起进行斗争,大家团结一致,不怕危险,抢救患病的人。《鼠疫》表现了善良人奋不顾身地与邪恶事物斗争的场面,说明加缪的思想前进了一大步。加缪后来对自己的创作思想作了总结:他这一代人"出生于第一次世界大战初期,正当希特勒政权和最初的牵涉革命的案件同时确立的时候,恰好20岁,后来又面对西班牙战争,第二次世界大战,集中营的天地,布满折磨和牢狱的欧洲,才完善了他们的教育。今日他们应当抚育子女,在一个受到核武器毁灭威胁的世界上完成他们的事业。我想,没有人能要求他们乐观。……再说,在我国和欧洲,我们当中的大部分人拒绝了虚无主义,开始寻找一种合理的存在。他们必须在灾难的时代形成一种生活的艺术,为的是第二次再生,然后公开地反对死的本能。"[2]这种不向荒诞现实屈服的思想在《鼠疫》中得到充分体现。

在加缪的作品中,荒诞意识有三重表现。第一,加缪在小说中塑造了荒诞的人。荒诞的人是荒诞意识的集中表现或形象体现。荒诞的人的出现标志着荒诞意识真正与小说融为一体。如果说,荒诞意识在以往的小说中还未能成为主人公的内在思想的话,那么,在加缪的小说中,这已成为事实。这种质的变化说明荒诞意识在文学作品中的表现已达到一个新阶段。第二,加缪不仅在小说(还有戏剧)中深入地表现了荒诞意识,而且从理论上作出了明确的阐述。他论述了荒诞意识的哲学含义,分析了荒诞意识在现实中的存在状况,把荒诞意识作为存在主义文学集中阐发的观念。荒诞意识确实部分反映了当今欧美国家的本质社会现象,就这一点来说,它具有价值是毫无疑问的。第三,荒诞小说从卡夫卡的小说中受益甚多,

---

[1] 加缪:《给一个德国友人的书信》,巴黎,1945年,第69—73页。
[2] 《受奖演说》,可参阅漓江出版社《局外人·鼠疫》译文,第670页。

尤其是《局外人》，与卡夫卡小说绝对悲观的结尾是相似的。不过，加缪的思想并没有完全悲观绝望，随着现实情况的变化，他的思想也在发展。《鼠疫》中积极的、进取的、与荒诞现实对抗的描绘，就反映了加缪思想中较为乐观的一面。

存在主义的另一个代表作家是萨特，他的第一部小说《恶心》（又译《厌恶》）写的就是存在的荒诞。萨特着意写人物对现实的厌恶心理。主人公洛根丁"厌恶存在"，"厌恶……在我身边的一切事物"，因为"我外面的世界那么丑恶……世界的存在本身那么丑恶"。他由此而产生了荒诞的概念，这个概念"虽然没有清楚地阐明什么，我却是懂得找到了'存在'的关键，我的'厌恶'的关键，我的生命的关键"。在萨特笔下，主人公与社会格格不入，万事万物对他来说都毫无意义，他对现实感到完全绝望。他拒绝存在，不管这是什么形式："我找到了同一种愿望：把存在驱逐于我身外。"除了洛根丁，自学者也是现代文明产生的一个奇特人物。他按字母顺序通读市图书馆的藏书，但是他完全是一个可怜的书呆子，似乎是为读书而读书，而不考虑读书是为了什么。萨特以此讽刺了传统的人文主义。至于那些有财产的人，他们趾高气扬，走出教堂或博物馆时耀武扬威。萨特把他们说成是"混蛋"。通过这些人物的描绘，萨特写出了这个荒诞世界的众生相，他们是这个荒诞世界的畸形产物。

萨特在第二次世界大战期间发表的中短篇小说集《墙》（1943）汇集了精神异化的几种形象：有的企图以无意义的行为使自己出名，寻找一些极其无聊而又出奇的事去做，以打发百无聊赖的空虚生活，甚至想杀人，对人类充满仇恨，犯罪以后又没有勇气自杀，只得束手就擒；有的面对死亡感到绝望，这种绝望是等待不到任何上天的援救和没有信念支持而产生的情感，同时他也感到忧虑，这种忧虑是对"完全而深沉的责任感"的意识，绝望和忧虑形成了一种孤单感；有的力求深入到精神病人的世界中，不是将精神病人当作一样东西来看待，而宁愿让精神病人扰乱自己的世界和生活，同时他又怀疑精神病是一种更灵巧的恶意表现；有的对没有性能力的丈夫混合着爱和厌恶，离去后又返回到他身边，内心充满不可解决的矛盾；有的由于家庭和环境的影响，逐渐走上右翼的政治道路，成为一个"混蛋"。《墙》对社会和人类状况的荒诞提供了一幅鲜明而形象的图画，它通过不同的人物写出各种荒诞意识。

在《自由之路》（1945—1949）中，萨特描写了几个人物寻找自由的过程。他们处处走入死胡同,得到的结论是:"自由就是恐怖。"法国评论家米歇尔·泽拉法说:"这部作品展现了一个文明的阶段,主人公意识到他对历史的责任感,但是没有足够的能力去创造历史。"①萨特力图通过个人的命运去展示历史进程,表现人类状况。他的思想是矛盾的:一方面他看到个人为阻止法西斯入侵而奋不顾身,表现了个人的坚强意志;另一方面,他又认为个人的势力难以在一件实事中获得成功,死亡笼罩着人物的心灵,他无法去改变历史进程。这个矛盾他无法解决,小说也就始终没有写完。这个矛盾也存在于萨特的理论之中。根据他的哲学观点,人的孤独是一个基本命题:人不可能指望得到上帝的任何救助,因为人不可能先于自身的实存而存在。结果是,人被抛弃了,不得不独立承担自身的自由。萨特在《存在与虚无》中说:"人被罚作自由之人。"因此,人必须选择一个约束他的本质观念,逃避这个选择是不可能的,"自由是选择的自由,而不是不选择的自由。实际上,不作选择,也就是作出了不作选择的选择"。由此产生自由的荒诞性,它强迫人们承担对世界的责任。在《自由之路》中,萨特就写了这种自由的荒谬性。

萨特有不少地方同加缪相近。例如他们在小说中都塑造了荒诞人的形象,《恶心》中的洛根丁,《墙》中的伊比埃塔,《艾罗斯特拉特》中的希尔拔都是荒诞的人。萨特同样把荒诞意识作为自己的小说最重要问题之一来表现。不过,萨特跟加缪也有不同。第一,萨特更加注重人与人之间关系的描写,"他人就是地狱"这个论题虽是在《禁闭》中提出的,其实贯穿于萨特的小说创作中。在萨特看来,爱和友谊都逃避不了这种严峻的生存规律:"与他人相比,我成了多余的人。"人与人任何真正的沟通都成为不可能:每个人都将自己封闭起来,否则便要"沦为虚无",或者处于屈服的地位。而且在任何情况下,人无法给别人带来任何帮助。萨特从人与人的关系这个角度去写存在是荒诞的,"没有道理,没有原因,也没有必然性"。第二,萨特更加注意描写人的异化。他十分注重人物的心理活动和精神因素。例如,同样面对死亡,默尔索更为坦然没有多少恐惧。而在萨特笔下,面对死亡的人思想是复杂的,他意识到这是一种选择,是命运的安排,只能无可奈何;同时又感到恐惧和求生的欲望,他的精神处于扭曲的状态之中,《艾罗斯特拉特》的主人公的反常行为也是精神异化的结果。荒诞的现实使他的行为变得乖戾,他的心理产生了变

---

① 转自《1945—1968年的法国文学》,博尔达斯-拉封出版社,1982年,第57页。

态,他对妓女的态度以及开枪杀人都是心理变态的表现。第三,在艺术手法上,加缪力求单纯,他的文字具有古典散文质朴的美,而萨特则企求多变。《恶心》继承了福楼拜的小说《布瓦尔和佩居谢》的写法,场面和插曲分散开来写,语调时而讽刺,时而滑稽,时而像梦呓,时而写幻觉,时而作形而上学的思考。在《墙》中,他打破作家对人物加以全部控制的写法,让读者投入自己的思索,"每个人物都是一个陷阱,让读者投入自己的思索";"每个人物都是一个陷阱,让读者陷进去,从一个意识投入到另一个意识之中,就像从一个绝对的、无可挽救的世界投入到另一个同样绝对的世界中,让读者对主人公的疑虑感到疑虑,对人物的不安感到不安,被人物的存在所困扰,屈服于人物的重压之下,被人物的感觉和情感所包围,就像被不可攀登的峭拔悬崖所包围那样。最后,让每一个人物的脾气和每一个精神活动包含全人类……"①在《自由之路》中,叙述角度相继按几个人物的视点来回变换,改变了单一角度的叙述方式。以上这些小说技巧分别从乔伊斯、卡夫卡、福克纳、多斯·帕索斯等外国作家那里撷取而来,因此,萨特的小说技巧具有更多的现代因素。

　　除了存在主义作家以外,表现荒诞意识较多的当代作家是贝克特。他的第一部小说《穆尔菲》的英文版发表于1938年,法文版直至1948年才问世。以后他还出版过《莫洛亚》(1951)、《马洛纳正在死去》(1952)、《瓦特》(1968)。贝克特的小说得益于卡夫卡。不过,在卡夫卡的《城堡》中,主人公向城堡前进,城堡是寻找的对象,可是永远接近不了。而且贝克特的主人公转向回忆,叙述他来自哪里,目前状况如何。他们不是寻找,而是流浪。莫洛亚从一个城市流浪到另一个城市,然后等待死亡。他们不知道自己究竟何去何从。小说叙述的地点越来越小,从《莫洛亚》的荒原和海滩,转到房间、床、餐馆门口的桶。人物也不断变换:流浪汉、病人、残废人、瘫痪者、落魄的人、一只头、一张嘴。人物谈论最多的问题是人面对死亡的境况。莫洛亚是个永恒的流浪汉,他是永恒荒诞的象征。《马洛纳正在死去》写道:"得啦,生活在流逝,必须利用它。再说,我是死了还是仅仅在垂死挣扎,这并不重要。我将像以往一直所做的那样做,并不知道在做什么,我是谁,我来自哪里,我是否存在。"在《莫洛亚》的结尾,连声音也死了。在《无名无姓的人》的结尾,就写得更加可怕,死亡迟迟不来临,只能听到"字句,仅止而已,必须继续下去"。从

---

① 萨特:《境况种种》第2卷,转自《1945—1968年的法国文学》,第56—57页。

内容和表现形式来看,这些小说比萨特和加缪的小说走得更远,不妨把它们也看作是一些荒诞小说,它们是贝克特的荒诞剧的先声。贝克特在小说创作上是存在主义与新小说派之间的一个过渡性作家。他的小说已包含了新小说的主要特点,荒诞意识就是其中一个方面。

本文不准备对新小说派其他作家的荒诞意识进行考察。以上的概述是想见出法国20世纪小说中的荒诞意识。究其实,荒诞意识是现代人面对社会、面对现实、面对世界的一些不合理现象感到无法解释,因而产生困惑,最终以扭曲的方式去评判和表现这些现象而形成的一种思维方式。这种思维方式面对命运存在两种态度:一种态度对命运的突如其来,强大而不合理感到束手无策,成为命运的玩弄对象,人便显得可怜、渺小、弱不禁风,受到命运的摧残;另一种态度面对乖戾的命运敢于抗争,持这种态度的人认为命运的捉弄虽然不可避免,但却是不合理的,它违背自然和正义的社会准则,因而必须与之斗争,也有可能取得斗争的胜利。前一种态度较为消极,从现实情况来看,它产生于社会恶势力猖獗的时期,或者在人们的精神信念处于危机的阶段。后一种态度比较积极,它产生于人们同恶势力进行殊死斗争的时期。

作为对现实世界进行观察的一种方式,持这种态度的作家将现实世界看作无处不存在荒诞不经的现象,因而荒诞意识的归宿点往往是悲观主义的。这类作家认为世界的本质是荒诞的,它无规律可循,无法掌握,不受人的控制,是世界在主宰人。既然一般说来人无法主宰自己的命运,人就必须陷入悲观绝望的境地。即令人在某些情况下能够起来反抗不合理的邪恶事物,而且取得了胜利。但是,从整部作品的情调来看,压抑、沉重的氛围仍然占据主导地位。主人公们虽然战胜了恶势力,可是,在这个世界上,荒诞事物还会随时出现;作家无法指明未来的世界究竟如何,给读者的印象是前景并不乐观。总的说来,荒诞意识是同悲观论密切相连的。

此外,荒诞意识将世界现实看成以非理性形式出现,因而它的表现形态也主要是非理性主义的。荒诞现象本来就是不合常情、不合常规、滑稽突梯的。所以,在事件与事件之间的组接,在文字和对话之间,自然会出现互不连贯、缺乏联系、突兀跳跃的情况,甚至发展到难以理解的地步。在内容与形式之间,荒诞意识的表现倒是相互一致的。诚然,荒诞人也有以理性的方式进行思索的,例如默尔索,他的思考虽然有许多地方跟常人不同,但是理性思维仍然主宰着他的思索。因此,荒诞意识的表现形态是多种多样的,不能说成只有一种。

　　荒诞意识确能表现西方现代社会的一些重大问题,如人的生存环境问题,人与人之间的冷漠关系,物质的丰富与精神贫乏形成的巨大反差,人的精神异化,社会的出路问题,等等,能够相当尖锐地暴露西方社会的一些固有弊病。但是,它的暴露方式与19世纪现实主义文学并不相同,一般较为抽象,不像后者那样通过非常具体细致的描绘,揭露得淋漓尽致。它往往突出表现不合理事物的荒诞形态,对之加以臧否,其揭露锋芒比较隐蔽,需要了解西方社会人的状况才能见出这种描写的积极意义。然而,正由于它比较抽象,也就比较概括,包含着更广泛、甚至更本质的揭露意义。例如《鼠疫》中描写的传染病,既可指法西斯,又可指一切邪恶势力,含义较广。作家对荒诞现象的描写含有一种寓意,这种寓意是对某一种社会现象的提炼,只不过经过艺术加工以后,社会现象的形态有了不同变化而已。这种特征使荒诞意识往往带有哲理意味,尤其是存在主义作家,他们的作品通过荒诞意识的描写来阐发存在主义思想,包含高度的哲理性。这一特点是对以往的哲理性文学、特别是18世纪启蒙文学的重大发展。

湖南教育出版社,1994年

# 雨果小说简论

维克多·雨果是法国浪漫派的领袖,他在小说、诗歌、戏剧、散文和文艺理论上都有重大建树。毋庸置疑,他是法国文学中最负盛名的作家之一,并毫无愧色地跻身于世界大作家之列。

## 一、生平和创作道路

雨果于1802年2月26日诞生在贝尚松。父亲是个共和党人,在拿破仑部下从一个普通士兵擢升为指挥官、将军。母亲信奉保皇党。雨果幼年和少年时,父亲征战疆场,无暇顾及他。他跟随着母亲,在政治上受到母亲的影响,成为保皇党的忠实信徒。他几乎以喜悦的心情迎接拿破仑的下台。雨果从12岁开始写诗。1817年法兰西科学院为了纪念圣路易节,以"研究生活带来的幸福"为题,举行诗歌比赛。雨果得了第一鼓励奖。1819年,他又获得图卢兹的百花诗赛奖。名重一时的浪漫派先驱夏多布里昂将雨果誉为"神童"。雨果也表示:"要么成为夏多布里昂,要么一事无成。"这是雨果为自己立下的第一个雄心壮志:要成为文坛泰斗。1818年到1819年,他连续三次得奖,获得国王路易十八的500法郎奖金。1819年,他同两个兄弟创办《文学保守者》,至1821年为止。1825年,他以《加冕大典》献给查理十世,得到2000法郎的奖赏。

雨果是个早熟的诗人。1822年,他发表了第一部诗集《颂歌集》。随后他与青梅竹马的阿黛尔·富歇结婚。1824年他出版了《新颂歌集》,两部诗集随之合成《颂歌与民谣集》。雨果借取了中世纪行吟诗人喜欢的题材和形式,有的诗篇表现了高超的技巧。1826年,他与维尼、缪塞等浪漫派诗人组成第二文社。1827年,雨果转向政治上的自由主义,他的思想产生了重要变化。《铜柱颂》(1827)缅怀拿破仑时代对封建君主国家的武功就是表征。

1827年10月,雨果发表《〈克伦威尔〉序》,这是浪漫主义文学的宣言书,雨果从此成为浪漫派的领袖。这篇洋洋洒洒的雄文,在文学批评史上具有划时代的意义。雨果提出:"浪漫主义不过是文学上的自由主义而已。"他批评古典主义戏剧的造作和束缚,反对三一律,提倡现代正剧,与古典主义相抗衡。为了反对假古典主义,雨果提出了一条新的美学原则:对照。他认为:"丑怪就存在于美的旁边,畸形靠近优美,滑稽怪诞藏在崇高的背面,恶与善并存,黑暗与光明相伴。"这条对照原则,一直指导着雨果的文学创作。

1829年,雨果发表《东方集》,其中有歌颂希腊独立战争的诗篇,景色描绘十分出色。同年,他发表了剧本《玛丽蓉·德洛尔姆》,由于描写的是波旁王朝统治下发生的事,遭到了禁演。1830年2月25日,《欧那尼》正式上演。演出期间,浪漫派和假古典主义展开了激烈的斗争。首演时,浪漫派占了上风。斗争从第二场演出又重新开始,直至第43场,最后浪漫派的胜利终于确立。雨果名声大振,圣伯夫用两句诗形容他这时的威望:"我们在您面前就像芦苇折腰。您走过的风能将我们掀倒!"雨果成为文坛上升起的一颗灿烂的新星。

早在19世纪20年代,雨果写过两部小说《冰岛魔鬼》和《布格-雅加尔》,受到英国哥特体小说和司各特的影响,具有浪漫主义的特点。1829年他发表中篇《死囚末日记》。1831年,雨果发表了《巴黎圣母院》,这是一曲反封建的悲歌。小说女主人公爱丝梅拉达和钟楼怪人加西莫多代表受欺凌受迫害的下层人民。结局攻打巴黎圣母院的浩大场面,显示了人民的威力,这也是七月革命的一种回响。雨果将对照艺术运用到出神入化的地步。这部小说不愧为浪漫派文学的典范作品之一。

30年代至40年代,雨果主要从事诗歌和戏剧创作。他发表了四部诗集:《秋叶集》(1831)抒写家庭和个人生活,情调忧郁;《晨暮曲》(1835)既抒发忧愁,又憧憬希望的到来;《心声集》(1837)回忆家庭生活,描绘大自然美景;《光与影集》(1840)记录了他与朱丽叶的爱情,扩大了大自然的题材。这一时期,雨果主要从事抒情诗的创作。他以才思敏捷、题材丰富、激情奔放、韵律多变而称雄诗坛。雨果创作了六部戏剧。《国王取乐》(1832)写的是法国文艺复兴时期国王弗朗索瓦一世的轶事。《吕克莱丝·波基亚》(1833)描写一个女下毒犯的故事。《玛丽·都铎》(1833)描写16世纪英国女王的爱情纠葛。《安日洛》(1835)描绘16世纪意大利贵族的复杂感情关系。这些剧本情节离奇,下层人物的作用十分突出。这个倾向在《吕依·布拉斯》(1838)中得到进一步的表现。此剧是雨果戏剧创作的一个总结。主人公最后反抗和杀死了他的主人,他是聪明的下层人民的体现者。这部诗剧具有古典式的纯粹和简洁,形象鲜明,风格高雅。雨果的戏剧创作以《城堡卫戍官》的失败而告终。

雨果是法国戏剧史上的重要作家,他与古典主义戏剧家高乃依、拉辛和莫里哀齐名。他的主要功绩在于使浪漫主义戏剧确立了地位。他的戏剧不同于古典主义,其特点是描写下层人物,颂扬他们的聪明、能干、有理想和反抗精神,体现了深厚的人道主义思想。例如他笔下的绿林好汉欧那尼、小丑特里布莱、仆人吕依·布拉斯都是被社会排斥、被放逐、受侮辱、地位低下的人物,雨果的同情在他们一边。同时,雨果暴露贵族的贪婪、狠毒、好色、狡黠、背信弃义、好吃懒做。雨果的剧作喜欢悲喜混合,人物塑造运用对照手法。总的说来,他的戏剧是向现代剧的过渡。

从40年代开始,雨果力图在政治上有所所为。1841年,雨果经过多次努力之后,进入法兰西学士院。1845年,雨果当上贵族院议员。他为受压迫的波兰大声疾呼,为人民的贫困鸣不平,反对死刑。他属于自由派,但不是共和派;是人道主义者,但不是社会主义者。1851年12月,路易-拿破仑发动政变,雨果企图组织抵制活动。希望幻灭后,他不得不逃到布鲁塞尔。1852年8月,他和家人避居在英国的小岛——泽西岛上,1855年又迁移至根西岛。但他念念不忘祖国,从他的房间可以瞭望法国海岸。

在布鲁塞尔逗留时,雨果已经开始写作《一件罪行的始末》,并写成论战性小册子《小拿破仑》(1852)。雨果对路易-拿破仑的倒行逆施无比愤恨,与之誓不两立,由此又写出《惩罚集》(1853)。讽刺是《惩罚集》的尖锐武器。法国诗人勒贡特·德利尔指出:"仇恨暴政,热爱自由,渴望斗争,争取胜利,勇于献身,一切都在诗集中凝聚、汇合。"雨果以拿破仑一世与拿破仑三世作对比,向政变时的死难者致哀,预言第二帝国的垮台,表示要战斗到底。1859年,雨果轻蔑地拒绝了拿破仑三世的大赦,他看不到这个政权崩溃,是不会踏上法兰西国土的。雨果过了19年的流亡生活,直至1870年9月第二帝国覆灭,第三共和国成立后的第二天,他才返回祖国。

在流亡期间，雨果还写出了《静观集》(1856)。这是雨果对自己的生涯的总结和回顾，它汇总了各种抒情题材，并加以发展和完善，成为抒情诗创作的高峰。诗人咏叹童年、爱情，抒发失女的悲痛，写出哲理的沉思，感情真挚，诗句铿锵。

雨果不仅是个政治诗人和抒情诗人，而且是个史诗诗人。他从1840年起，就开始写作关于"人的诗歌"，这是一部"神秘的伟大史诗"。《历代传奇》(1859、1877、1883)这部人类的诗史，不同于一般历史教科书上所记载的史实，因为雨果既从《圣经》、神话和历史中撷取素材，又发挥诗人的想象。其中贯穿了雨果对人类不断进步的信心，体现了他对历史发展的乐观态度。这是一部诗歌杰作，堪称19世纪最有表现力、最丰富的诗集之一。

雨果晚年还发表了《路与林歌集》(1865)、《凶年集》(1872)、《祖父乐》(1877)、《精神四风集》(1881)，还有不少重要遗诗，如《撒旦的末日》(1886)、《天主》(1891)等。其中，《凶年集》反映了雨果的爱国主义激情和深厚的人道主义精神。这部诗集具有丰富的史料价值：普法战争期间巴黎的被围、饥馑，巴黎公社的诞生、街垒战，公社失败、当局的镇压，都有忠实的记录。

雨果作为一个大诗人，在诗歌艺术上有重大的发展。第一，他开拓了诗歌的领域，无论抒情、讽刺、写景、咏史，还是哲理沉思，他都得心应手，在这方面，没有哪个法国诗人能与他媲美。在抒情诗中，他擅长抒写爱情和个人生活，写出劳动和劳动者的尊严，对大自然的魅力和神秘有深切的感受，对自由和受压迫、求解放的民族充满了同情和支持。讽刺诗善用冷嘲热讽，题材广泛，形式多样，有的短小精悍，有的气势恢宏。他创造了小型史诗，使史诗这种古老形式焕发出新的生命。第二，雨果的想象力丰富。他的视觉非常敏锐，并能将各种意象刻印在自己的脑子里。想象力常常把诗人带出了真实的世界。他的诗歌豪放阔大，雄奇瑰丽，全景观照，气贯长虹。第三，雨果将对照也用于诗歌创作中，崇高与滑稽丑怪配对，黑暗与光明配对，罪行与无辜配对，冬天的阴冷与夏天的明媚对照。结句出人意料，形成强烈反差。第四，雨果在修辞上善用同位语隐喻，如"太阳—思想""狗—撒旦"。这种构词法是将抽象事物与具体意象结合在一起，产生新的含义，对哲理诗、政治讽刺诗、史诗尤其有效。这种手法与后来波德莱尔提出的通感，兰波提出的"语言炼金术"一脉相通。第五，雨果的诗歌语言丰富多彩，韵律运用自如，音节有多种变化。在浪漫派诗人中，雨果也许是最注重艺术的一个。

流亡期间是雨果创作最丰盛的时期。他还出版了论著《威廉·莎士比亚》(1864),特别是发表了《悲惨世界》(1862),达到了他的小说创作的顶峰。《悲惨世界》是人同社会搏斗的一部史诗,而《海上劳工》(1866)则是人同自然搏斗的另一部史诗。《笑面人》(1869)以17世纪和18世纪之交的英国为背景,对贵族特权作了犀利的批判。

雨果的小说创作以《九三年》(1874)煞尾。小说以法国大革命斗争最激烈的年代为背景,对这场革命作出了人道主义的哲理沉思。

雨果是一个精力旺盛、才思过人的作家。他一生著作等身,在小说、诗歌、戏剧、散文(如《莱茵河游记》[1842]、《见闻录》[1887—1900])等方面都成果累累,就多才多艺来说,在法国作家中,他是无与伦比的,而且直到80岁高龄仍然笔耕不辍。

雨果是一个著名的社会活动家。他传奇般的经历,他坚定的斗志,他维护正义的努力,更使他的形象显得高大。在法国人眼中,他是反抗专制暴政的不屈斗士,和平、民主、博爱的鼓吹者和捍卫者。值得注意的是,1861年,他在一封信中义正词严地谴责了西方列强掠夺圆明园的罪行,对中国人民表达了深厚的感情。1881年2月26日,在雨果巴黎寓所的窗外,有60万名仰慕者走过,祝贺他80岁寿辰。1885年5月22日,雨果因患肺充血不治逝世。在昏迷状态中,他吟出一个佳句:"人生便是白昼与黑夜的斗争。"这句话概括了他作为斗士的一生。6月1日,法国政府为他举行国葬,200万人参加了隆重的葬礼,他的灵柩被运送到先贤祠。雨果享受的哀荣,在法国作家中是独一无二的。

## 二、小说创作

雨果的小说在后世影响巨大,即使在法国,当今大部分读者阅读的是他的小说。雨果无疑是法国乃至世界最杰出的浪漫主义小说家。他的小说的思想内容和艺术特点都自成一格。雨果的小说并不多,重要小说只有五部:《巴黎圣母院》《悲惨世界》《海上劳工》《笑面人》和《九三年》。雨果仅以这几部小说奠定了他的小说家地位。如果说他的诗歌写得滥了一点,那么,他的小说倒是写得相对精粹,每部小说无论题材和艺术上都别出机杼。

雨果的小说在内容上的第一个特点是,他能以独特的角度去理解历史,反映他的共和思想。

《巴黎圣母院》写的是15世纪末的法国,但雨果不是写真实的历史事件。小说以一个吉卜赛女郎的经历为中心,展示下层人物的生活。在巴黎的贫困地区,有一个乞丐王国,乞丐们为了他们其中一个的安全,可以奋不顾身地攻打神圣的巴黎圣母院,引发一场暴动,惊动了路易十一国王。这个故事名不见经传,完全是雨果的虚构。一方面,雨果注意描写当时的历史风貌,正如他所指出的:"这是15世纪巴黎的一幅图画,是关于巴黎的15世纪的一幅图画。"在小说中,中世纪的民间节日,上演神秘剧,选丑人之王的古风得到细致的描绘,特殊的流浪人社会、在街头和广场耸立的绞刑架、阴森恐怖的巴士底狱、巫术和炼金术的流行、宗教享有的特权、国王的隐蔽和行踪不定的生活都一一得到再现。雨果在《论司各特》一文中说过,他要创造一种新型的小说,在这种小说中,"想象的情节展开为真实而多变的画面,如同实际生活中事件的发展一样"。他还赞扬这位英国浪漫派小说家"把历史所具有的伟大灿烂、小说所具有的趣味和编年史所具有的那种严格的精确结合了起来"。雨果在《巴黎圣母院》中正是要追求,而且创造出这种类型的历史小说。雨果没有单纯地描绘风俗,他的独特之处在于构想出一场乞丐的暴动。这场暴动是对国王权威的冒犯,是对教会圣地的侵犯。路易十一不由得勃然大怒,"由狐狸变成了狼",狂呼"把平民斩尽杀绝,把女巫绞死"。有两个佛兰德尔的使者提醒他,象征封建主义的巴士底狱将"在喧哗声中倒塌",国王会"很快听到敲响了平民时代的钟声"。这是对封建主义行将崩溃的预言。小说发生在1482年,路易十一是在1483年逝世的。雨果将故事放在路易十一统治的末年,意味深长。路易十一的去世意味着中世纪的结束,继位的弗朗索瓦一世是法国文艺复兴时代的第一位国王。也就是说,1482年正是中世纪即将过去,新时代的曙光开始透露出来的交替时刻,如同1830年七月革命前夕社会动荡、封建制度摇摇欲坠的景况。雨果赋予了这部小说以鲜明的现实意义,他是以历史的折光来反映现实的。

《悲惨世界》倒是描绘了真实的历史事件:滑铁卢战役和1832年6月5日的人民起义。在雨果看来,拿破仑在滑铁卢战役中遭到惨败,既有偶然性,又有必然性。拿破仑虽气数已尽,但封建制要卷土重来。正因如此,拿破仑远比胜利者威灵顿伟大得多。历史的车轮是倒转不了的,法国社会尽管要经历一段曲折发展,但仍要朝共和的方向前进。雨果对这场战役的理解无疑有独到之处。另外,雨果把1832年6月5日的起义看作实现共和制的一个起点。起义领袖昂若拉在街垒覆灭前的一席讲话就体现了雨果的看法。昂若拉指出,这场起义是为了未来而付出的可怕代价,死在街垒上,也就是死在未来的曙光中。雨果对共和国的期待显然是针对第二帝国而言的,他以此去批判拿破仑三世的倒行逆施。

《笑面人》以17世纪末和18世纪初的英国为背景。雨果指出,这段历史"为法国的18世纪作了准备","倘若有人问作者,为什么他要写《笑面人》,作者会回答,作为哲学家,他旨在显示灵魂和良心;作为历史学家,他旨在显示鲜为人知的君主专制的事实以及提供民主政治"。雨果要对这一时期的英国君主立宪制进行批判。雨果采取虚构的方法:"我的方式是通过虚构的人物,描绘真实的事物。"笑面人格温普兰、卖艺人于尔苏斯和盲姑娘蒂是纯粹虚构的人物;女公爵约瑟安娜的怪僻性格也是作者想象的产物。通过虚构人物去反映历史,是雨果的基本方法。雨果站在共和主义的高度来批判君主立宪。小说抨击了贵族阶级享有极不合理的特权:他们的产业大得惊人,一个公爵骑马走了120公里,还没有走出自己的产业;一个爵爷有几万家臣和佃农,有自己的法官、牧师,犯了叛国罪也不能对他加以刑讯,他差不多等于国王和上帝;即使他不识字,依照法律也算是识字的。笑面人斥责贵族:"你们享有权威、财富、不落的太阳、无限的权力、无比的享受。"小说指斥国王查理二世"是个无赖",詹姆士二世"是个坏蛋":他怂恿贩卖儿童,把小孩变成畸形人。笑面人愤怒地说:"国王不过是寄生虫,你们却饲养寄生的君主。本来是蚯蚓,你们把它饲养成蟒蛇;本来是条虫,你们把它饲养成长龙。"安娜女王因为妹妹比自己长得漂亮,而且妹妹的未婚夫也很漂亮,就嫉妒万分。她发现了笑面人是克朗查理的继承人后,便幸灾乐祸地下令让妹妹和这个丑八怪结婚。笑面人感叹:"在这个世界上,有婚姻而没有爱情;有家庭而没有兄弟友爱;有财富而没有良心;有美貌而没有廉耻;有法律而没有公道;有秩序而没有均衡;有权势而没有智慧。"这痛切的语言,是笑面人对一生所见所闻的总结,也是整个社会的缩影。雨果通过他,预言这个罪恶的制度终将崩溃,代之以共和制。

《九三年》则反映了大革命斗争最激烈的年代的风貌。雨果以法国大革命为题材,是因为他对这场人类历史上的重大革命产生新的想法:他基本上赞成这场革命,同时又对革命期间出现的一些现象进行了思考。1793年正是大革命处于生死存亡的一年。在巴黎，雅各宾派取代了吉伦特党，登上了历史舞台，面对得到国外反法联盟支持的保皇党发动的叛乱，以及蠢蠢欲动的各种敌人，雅各宾派实行革命的专政和恐怖政策，毫不留情地镇压敢于反抗的敌对分子；雅各宾派派出共和军前往旺岱等地，平定叛乱，终于使共和国转危为安，巩固了大革命的成果。雨果指出："九三年是欧洲对法兰西的战争，又是法兰西对巴黎的战争。这就是九三年这个恐怖的时刻所以伟大的原因，它比本世纪的其余时刻更伟大。"他又说："九三年是一个紧张的年头。风暴在这时期达到了最猛烈、最壮观的程度。"选取这一年的事件来描写，能充分反映人类历史上最彻底的一次反封建的资产阶级革命。小说在读者面前真实地展示了革命与反革命斗争的残酷性。保皇党叛军平均每天枪杀30个蓝军，纵火焚烧城市，把所有的居民都活活烧死在家里。他们的领袖提出"杀掉，烧掉，绝不饶恕"。保王主义在一些落后地区，如布列塔尼，拥有广泛的基础，农民盲目地跟着领主走。他们愚昧无知：农妇米雪尔·佛莱萨既不知道自己是法国人，又分不清革命和反革命，她的丈夫为贵族卖命，断送了性命；乞丐退尔马克明知政府悬赏6万法郎，捉拿叛军首领朗特纳克，却把他隐藏起来，帮助他逃走。农民的落后是贵族发动叛乱的基础，小说真实地反映了这种社会状况。面对贵族这种残忍的烧杀，共和军以牙还牙，绝不宽大敌人。在雅各宾派内部，三巨头——罗伯斯庇尔、丹东、马拉——虽意见分歧，但都一致同意采取强有力的手段。他们选中主张"恐怖必须用恐怖来还击"的西穆尔登去当共和军的政治委员，颁布用极刑来对付放走敌人的严厉法令。因为要保存革命成果，不得不用暴力来对付暴力。问题的严重性和艰巨性还在于："赶走外敌只要15天就够了，推翻帝制却要1800年。"1800年的封建制度在人们头脑中造成的影响，使得革命经历了曲折反复，要同反革命进行多次较量，才能最后确立资本主义社会。战争、流血、以恐怖对恐怖，这是反革命迫使革命者采取的必要的自卫手段。

这几部小说的描写，都表明雨果鲜明的政治态度，体现了他高昂的为共和制而战斗的激情，这是他的小说值得肯定的进步倾向。

其次，雨果的小说一贯以人道主义去观照历史，批判丑恶事物，赞美崇高品德。在19世纪作家中，雨果这种取向较有代表性。

《巴黎圣母院》主要通过爱丝梅拉达和敲钟人加西莫多来表现主题。爱丝梅拉达是一个善良、纯朴的少女。诗人格兰古瓦误入乞丐巢穴，就要送上绞架。她出于同情,愿与他结为夫妇;根据这里的"法律",他才免于一死。加西莫多曾经遵循克洛德的指使,企图劫走她。但他在广场上遭受鞭刑,口渴难熬时,她又出于恻隐之心,走上前去给他喝水。她被菲比斯的漂亮外表迷惑,对他一往情深,而对她所厌恶的克洛德则坚拒不从,为此种下祸根,受到接二连三的迫害。她因菲比斯被克洛德刺伤而忍受不了"穿铁靴"的酷刑,以致屈打成招。克洛德对她的追逐和迫害,是教会上层人物为了满足兽欲而不惜施展阴谋的表现;法庭只靠酷刑来审问,千古奇冤层出不穷,反映了封建统治的阴森可怖、腐败黑暗,封建官吏的贪赃枉法。雨果对生活在社会底层的善良人民寄予无限的同情。加西莫多外貌奇丑无比,是个弃儿,平日遭人笑骂,乐趣只在于抱住圣母院的大钟不停地撞击,似乎根本没有常人的感情。其实,唯有他的内心燃烧着对爱丝梅拉达纯真的爱情之火。他无法用语言表达对她的爱慕,只能以行动表现出来:他从绞刑架上将爱丝梅拉达救下,藏在圣母院之内;对这个圣地,别人奈何不得。加西莫多想以此来保护自己崇拜的偶像。他设法让她住得舒适一些,自从发现副主教对她有不轨的行为以后,他索性睡在她的门口保护她。乞丐们攻打圣母院,用意是保护她,不让她被绞死在广场上。加西莫多不愿她离开自己,一个人奋战在圣母院的塔楼上。他的行动远远胜过中世纪的骑士为了自己的美人在原野上冲杀的勇气。他的奋激、他的忘我、他的不顾一切,完全表露了他的爱情。最后,他瞥见副主教站在那里观看爱丝梅拉达上绞刑,露出一丝魔鬼的微笑,这微笑反映了黑袍下的恶毒心肠。副主教的卑劣和残忍激起了他正义的愤恨,他毅然将副主教从高处推了下去。雨果以人道主义思想去描写这个畸形人,发掘出他内心情感中美好的思想,认为下层社会中这样受凌辱的人物的内心要比上层人物的心灵高尚得多。

《悲惨世界》也是一曲人道主义的颂歌。小说描绘了社会底层受苦受难、受凌辱受欺侮的穷人,展现了一幅悲惨世界的图景。几个主人公都是挣扎在死亡线上的人物,他们代表了千千万万的穷苦人。让·瓦尔让因饥饿而偷面包,被捉住坐牢,判了5年徒刑,由于几次越狱,竟坐了19年的监牢。刑罚之严到了令人震惊的地步。他想改恶从善,但社会却不让他有一席之地,他被法律紧紧追踪,被打入另册。芳汀的命运比他更悲惨,她因不慎失足而被工厂拒之门外,卖掉一头秀发、两颗门牙,仍然筹不满女儿的赡养费,终于沦为娼妓。曾几何时,一个活泼可爱的少女变得形容枯槁,病入膏肓,不久便离开了人世。她的女儿柯赛特自从流落在泰纳迪埃家,便成了一个小奴隶,受尽折磨。雨果对笔下这三个人物倾注了同情,从人道主义思想出发,哀其不幸。雨果还从另一个角度宣扬人道主义的力量:让·瓦尔让受到米里埃尔主教仁爱之心的感化,重新做人,他广做善事,获悉别人要替他受刑,便挺身而出;看到平时与他作对的割风老爹压在马车下,便不顾一切相救;对于穷追不放他的沙威不但不趁机报复,反而放走。他的仁爱终于结出硕果:沙威被他的行为感化了,也放走了他,自己则投河自尽。通过沙威的死,雨果力图表现人道主义的威力:它能战胜最坚定的信念。

《笑面人》则通过对残疾人的描写,表现人道主义思想。笑面人的丑陋是社会强加给他的,人贩子改变他的脸容,既是秉承国王的旨意,又是为人供人取乐。对此雨果作了鞭辟入里的分析:"降低人的地位,很自然就会引导到改变人的外形,为了使外形和地位相符,就必须改变被降低地位的人的容貌。"为了改变人的地位,竟采取这种非人道的手段,充分暴露了统治者的狠毒。作者通过笑面人的口说,他的笑容表达了人类的痛苦,是肉刑的结果。这象征着人类的权利、正义、理性、智慧都受到了摧残。国王在他心里安放了愤怒和痛苦,却给了他一个欢愉的面具,这是令人毛骨悚然的恶毒行径。蒂是个盲女,她看不见笑面人的丑,只感到笑面人的美。笑面人告诉她,自己长得很丑。她回答:"长得丑,这是什么?这就是做坏事。格温普兰只做好事,他长得挺美。"这富有哲理的回答,道出了符合道德标准的美丑观,也表现了人道主义精神。蒂以为笑面人一去不回后,失去了活下去的精神支柱,身体迅速垮了下去,离开了人世。笑面人赶来晚了一步,他跳海自尽,追随她而去。他们的爱情悲剧,是肉体残缺、心灵美好的一对情侣被社会戕害的一曲悲歌。

《九三年》的结尾又一次表现了雨果的人道主义思想。雨果叙述了一个奇特的故事。朗特纳克本来已逃出古堡,但看到三个小孩被困在火海中,于是又返身回来,冒着危险,救出三个孩子,自己则落入共和军手里。郭文震惊于朗特纳克舍己救人的人道主义精神,认为应该以人道对待人道,便放走了朗特纳克。西穆尔登不顾广大战士的请求,坚决执行法令,将郭文斩了首;就在郭文人头落地的一刹那,他开枪自尽。雨果认为:"慈悲心是人类共同生活的残余,一切人心里都有,连心肠最硬的人也有。"朗特纳克就是这样,"那个母亲的喊声唤醒他内心的过时的慈悲心","他已经走入黑暗之中,再退回到光明里来。在造成罪行之后,他又自动破坏了那罪行"。郭文一贯对敌人宽大,甚至认为路易十六是一只被投到狮子堆里的羊,"打掉王冠,但是要保护人头。革命是和谐,不是恐怖。……'恕'字在我看来是人类语言中最美的一个字……在打仗的时候,我们必须做我们敌人的敌人,胜利以后,我们就要做他们的兄弟"。郭文果然把朗特纳克当作了兄弟,甚至当作了英雄。雨果把西穆尔登写成革命政府的化身。他认识到革命的敌人是旧社会,"革命对这个敌人是毫不仁慈的"。他是一个冷酷无情的人,没有人看到过他流泪。雨果认为他正直而又可怕,虽然崇高,"但这种崇高是和人隔绝的,是在悬崖峭壁上的崇高,是灰色的、不亲近人的崇高"。他向国民公会保证:"假如那委托给我的共和党领袖走错了一步,我也要判处他死刑。"他屡次警告郭文:"在我们所处的时代,仁慈可能成为卖国的一种形式。"他和郭文展开辩论,最后无言以对,但他无法克服心中的矛盾。"他有着箭一样的准确性,只对准目标一直飞去。在革命中没有什么比直线更可怕的了。西穆尔登一往直前,这就注定了他的不幸。"通过他的悲剧,雨果批判了只讲暴力不讲人道,只知道盲目执行不会灵活处置的革命者。《九三年》反映了雨果对法国大革命的思考。雨果对雅各宾派的恐怖政治是颇有微词的,雅各宾派三巨头在雨果笔下,狂热多于理智,只知镇压,不懂仁政。他们所执行的恐怖政治在一定条件下起了作用,可是同时也包含着弊病。郭文认为,对旧世界是要开刀的,然而外科医生需要冷静,而不是激烈,"恐怖政治会损害革命的名誉"。无可讳言,雅各宾派矫枉过正,滥杀的情况是存在的,这就是为什么雅各宾派的专政维持不了多久,连罗伯斯庇尔也上了断头台的原因。据马迪厄的《法国革命史》考证,1794年当局嫌断头机行刑太慢,辅之以炮轰、集体枪毙、沉船,一次就行刑几百人。因此,雨果提出胜利后应实行宽大政策,具有合理因素。只不过如何执行这个政策,倒不见得像雨果所描写的那样,放走敌人。雨果提出:"在绝对正确的革命之上,还有一个绝对正确的人道主义。"似有将革命与人道主义割裂开来之嫌。

总之,人道主义是雨果思想的核心,充分反映在他的小说创作中。虽然19世纪作家都有人道主义思想,但可以说雨果表现得最为强烈、最为鲜明、最为突出。

雨果的小说还有其他一些内容,例如描写人同自然的搏斗。雨果在《海上劳工》的序言中写道:"宗教、社会、自然,是人类三大斗争的对象;这三者同时也是人类的三种需要……有三种宿命压在我们身上:教义的宿命、法律的宿命和物质事物的宿命。"这部小说的主题是:"我旨在歌颂劳动、意志、忠诚以及一切使人变得伟大的东西。"《海上劳工》是人与大自然搏斗的颂歌,是劳动的颂歌,也是人的颂歌。吉里亚特锻造了各种各样的工具,竖起四台起重机,把沉重的机器吊到帆船上。艰巨的劳动创造了难以想象的奇迹。他战胜了暴风雨和巨大的章鱼,完成了常人无法完成的业绩,是个"普罗米修斯式的约伯"。他的劳动被作者升华为一种足以与任何巨大的自然力相颉颃,并战而胜之的伟大力量,他不屈不挠的意志被礼赞为人类不断进取的精神力量。吉里亚特还舍己为人,助人为乐,帮助自己所爱的人逃走,品德高尚。

在艺术上,雨果的小说独具一格,有不少创造。

第一,雨果的小说充满浪漫的想象。在他笔下,巍然壮观的巴黎圣母院被拟人化了。这座象征中世纪文明的大教堂,既是一个人物,又是一个世界:"这个可敬的建筑的每一个面、每一块石头,都不仅是我们国家历史的一页,并且也是科学史和艺术史的一页。"这座建筑是神奇的,里面有丰富的艺术品,"每一块石头都生动地表现出艺术家的天才加以修饰了的、用千百种形式表达出来的劳动者的幻想"。雨果怀着无比热爱与赞赏的心情,称呼这是"巨大的石头交响乐"。更进一步,这座石头建筑与加西莫多联成一体,他对教堂有磁性相吸那样的密切关系,他附着于教堂就像乌龟附着于龟壳一样。一个畸形人,按常理说,连行动也不方便,而加西莫多却能在圣母院高耸峭拔的塔楼爬上爬下,在凸出于建筑物之外的古怪雕像之间跳来跳去,胜过杂技团的小丑。巴黎圣母院这座庄严肃穆的大教堂,在加西莫多手下仿佛有了生命,散布着神秘的气息,它窥测和吞吐着人群,守护着它的石兽不时发出吼叫;这个庞然大物,是俯视着历代生活的见证人,它并非无动于衷,而是与它的主人加西莫多共呼吸。在《海上劳工》中,暴风像一头野兽,有一张"吸液嘴",有时又成为"水龙卷"。七种风形成竖琴上的七个音阶。咆哮的风使天空发出共振。风像吹喇叭一样吹云,有军号、号角、角笛、小喇叭、大喇叭伴奏。"风是一群猎犬的主人,取乐地叫这些猎犬在岩石和波浪中狂吠。风聚集着云雾,又使之四散纷飞。风用一百万只手任意搓揉无边柔软的海面。"暴风雨仿佛有了生命,这是恐怖的、壮观的,它具有吞没一切的力量。小说中吉里亚特同章鱼搏斗的一幕也异常精彩。这只巨大的章鱼是海里的吸血鬼。它有八条腕足,每条腕足有五十个吸盘,可以随意伸出缩进,刺入人体达一英寸多深。它没有血,没有骨,没有肉,肛门就是嘴,浑身都是冰冷的。它时常隐没在暗处,出其不意地扑向猎获物。"这是抽气机对你的攻击,无数的脚爪在用真空压迫着你。这既不是被抓着,也不是被咬着,而是一种难以形容的刺痛。把身上的肉撕裂是可怕的,但还没有像被吸血那样可怕。和这吸血器相比,利爪简直算不了什么。野兽的爪可以抓进你的皮肉,而吸盘则是把你整个身体投进了野兽的嘴里。"这段描写有无科学根据并不重要,读者尽可以把章鱼当作一种极其凶残的海洋生物,当作海洋——大自然的化身,当作浪漫想象的一种怪物。此外,爱丝梅拉达和加西莫多,死后尸骨一分开即成灰烬;吉里亚特和恶魔般的章鱼搏斗并战而胜之,等等,都是浪漫想象的精彩描绘。

第二,雨果是运用对照手法的大师。《巴黎圣母院》把对照手法运用到极致。小说的四个主要人物分成两对:爱丝梅拉达与加西莫多、克洛德与菲比斯之间互为对照。前一对具有心灵美,但爱丝梅拉达的爱情是盲目的,不能分辨美丑,而加西莫多爱憎分明;在形体上,他们更是美丑对照,爱丝梅拉达美若天仙,而加西莫多是丑人之王,外加是聋子。后一对人物的心灵丑各有不同,克洛德奸诈狠毒,而菲比斯快活风流,看重钱财。爱丝梅拉达和克洛德又是一对矛盾,纯洁与阴毒是他们各自的特征;爱丝梅拉达和菲比斯是另一对矛盾,那是纯真与虚假的对比。加西莫多和克洛德又是一对,一个头脑简单,只知道服从,另一个外表威严,发号施令;一个善良,富有同情心,在紧要关头敢作敢为,另一个恶毒,制造阴谋诡计。加西莫多和菲比斯则是一丑一美,加西莫多形体丑心灵美,菲比斯外貌美心灵丑。人物之间的相互对照在艺术上的效果,使得形象特点分明,美的显得更美,丑的显得更丑。人物之间也像有无形的纽带一样联系起来,不可分割,相得益彰。对照方法还应用到人物本身之中。爱丝梅拉达天生丽质,爱情热烈,心地单纯,表里一致,是外在美和心灵美的结合。加西莫多外貌奇丑,而心灵崇高,形成美丑对照。雨果在《吕克莱丝·波基亚》的序言中说:"取一个形体上丑怪得最可厌、最可怕、最彻底的人物,把他安置在最突出的地位上,在社会组织的最低下、最底层、最被人轻蔑的一级上,用阴森的对照的光线从各方面照射这个可怜的灵魂,并且在这灵魂中赋予男人所具有的最纯净的一种感情,即父性的感情。结果怎样?这种高尚的感情根据不同的条件而炽热化,使这卑下的造物在你眼前变换了形状;渺小变成了伟大,畸形变成了美好。"这段话也可以用在加西莫多身上。加西莫多有一颗善良正义的心,有疾恶如仇的高尚品格。于是,外在渺小变成了伟大,畸形并不妨碍美好。加西莫多为了开导爱丝梅拉达,唱了一首曲子,这首曲子提出了衡量人的美的标准:"不要光看脸,姑娘,要看心灵。帅哥的心往往是丑陋的,有些人心中不保存爱情。姑娘,枞树并不美,不像白杨那样好看,但它在寒冬绿叶常青。"

这首歌所阐明的道理是作者的美丑标准,也是加西莫多这个形象的写照和意义所在。加西莫多这个形象的美丑对照不单在美学上具有价值,而且在道德观上也具有启迪人的意义。克洛德外表严峻冷漠,内心凶残歹毒,嘴上标榜禁欲主义,心里欲火炎炎。菲比斯仪表堂堂,像太阳神一样俊美,可是举止轻浮,灵魂空虚,被称为愚蠢的美。人物的自我对照突出了心灵美的价值:内在美与外在美统一固然好,然而最重要的是内在美,即心灵美。心灵美是决定一个人好坏的唯一标准。在美学上,外貌丑心灵美的人物具有显示美与丑的特殊意义,给文学画廊增添了崭新的典型。在雨果之前,还没有一个作家如此生动、充分、深刻地表现了美与丑的统一。这种形式上的丑与内容上的美的结合,为后世文学创作开辟了一条新路。在其他小说中,雨果的对照艺术还有某些发展。

第三,雨果重视心理描写,对人物的内心世界挖掘颇深。《笑面人》的心理描写十分成功。雨果细致入微地刻画了笑面人的纯洁正直,不为美色所动,不受荣华引诱。约瑟安娜公爵小姐是一个复杂的形象,这种复杂性通过她的心理描绘出来。这是一个出身高贵、生活奢华、百无聊赖、追求刺激的贵妇典型。她美艳异常,可是,她的"上身是漂亮的女性,下身却是一条水蛇"。她内心隐秘的思想十分邪恶。她的未婚夫是大卫·迪里-莫伊尔爵士,两人都希望保持若即若离的关系,不愿立即结婚,以便可以自由自在地寻欢作乐。她厌弃了唾手可得的爱情、风度翩翩的男子。出于寻求刺激,她看上了丑八怪笑面人,只见了一面她便向他发出情书:"你是骇人的,我是美丽的。你是丑角,我是公爵小姐。我是第一位,你是最后一个。我要你。我爱你。来吧。"她认为这样的爱情别有风味。她声称:"牙齿下咬的不是天堂而是地狱的苹果,这就是吸引我的东西。"她这种变态心理,使她处于一种矛盾的状态中。一方面,她自卑自贱:"我是女人。女人是渴望变成污泥的黏土。我需要蔑视自己。……卑贱之下的卑贱,多么痛快啊!这是耻辱的双重花朵!我采摘下来。把我践踏在脚下吧。你只会为此更加爱我。"另一方面,她又倨傲地意识到自己的高贵身份:"你知道我为什么崇拜你吗?因为我蔑视你。你远远在我之下,因此我把你放到祭坛上。"她喜欢把高级和低级混合起来的混乱。这不是爱情,这是疯狂,是寻求刺激,是变态,是宫廷中的贵妇在百无聊赖和淫乱放荡的环境中产生的一种极端心理。所以,一旦她接到女王的谕令,要她成为复得爵位的笑面人的妻子时,她马上来了个一百八十度的大转弯,命令笑面人出去,因为这是她的情夫才有权利待下去的地方。"那么是我,我走开。啊!您是我的丈夫!再好没有。我憎恨您。"这种反复无常,是通过心理活动描写出来的,活生生勾画出一个绝妙的贵妇典型,从而有力地抨击了当时的宫廷风尚。此外,《九三年》的结尾,郭文、西穆尔登展开思想斗争,都是大段的心理描写。《悲惨世界》中,让·瓦尔让、沙威、马里于斯、吉尔诺曼的塑造都贯穿了精彩的心理描写。雨果的心理描写已经达到相当成熟的地步,可以和斯丹达尔的心理描写相媲美。

　　第四,雨果擅长以史诗的气魄和规模去再现社会和历史。《巴黎圣母院》描绘了乞丐王国、宫廷、古建筑,特别是人民起义,具有史诗特点。小说描绘的场面浩大,人民的起义敲响了中世纪结束的钟声。这是一部描写中世纪社会风情和生活的史诗。《悲惨世界》是一幅历史壁画。历史重大事件如滑铁卢战役、1832 年 6 月 5 日的人民起义和街垒战,得到正面的描写。雨果以雄浑的笔触描绘出事件的全景图。滑铁卢战役的描绘是粗线条的,大刀阔斧的。共和党人的起义则是具体的分镜头描写,表现得生动细致。社会生活下至强盗窝、苦役监、巴黎下水道,五色斑斓,场景恢宏,采用史诗笔法。《海上劳工》是一部人与大自然搏斗的史诗。雨果说过:"劳动也可以成为史诗。"小说描写人如何征服自然,克服了难以想象的困难,这是一曲赞美人的伟大力量的颂歌,是人征服自然的史诗。《九三年》是再现大革命的史诗。小说描绘了大革命处于关键时刻的形势,共和军和保皇党发动的农民叛军的残酷战斗。雨果从哲理高度去观照革命,悲惨的结局使这部小说具有崇高的史诗意味。总之,雨果力图在一部小说中再现一个历史时期的社会生活,这是使他的小说具有史诗色彩的重要原因。

# 论雨果小说的心理描写

雨果的小说创作十分注重心理描写,可是长期以来,这一重要的艺术特点却被人忽视了。众所周知,浪漫派在心理描写上是有很大贡献的,但是,人们往往只将爱情描写列入浪漫派的心理描写中。这种理解不能说是全面的。不错,斯丹达尔在1830年创作《红与黑》时,雨果也在创作《巴黎圣母院》。在这部小说中,雨果的确很少运用心理描写。他对《红与黑》的心理描写似乎并不理解,颇有微词:"我想阅读这本书,你怎能看到40页以上呢?"但1862年发表的《悲惨世界》有了突变,在这部小说中,心理描写成为塑造主人公的重要手段。需要指出的是,《悲惨世界》创作的时间很长:雨果从40年代开始已经着手写作。诚然,雨果在拿破仑三世发动政变后,精力集中在写作《小拿破仑》《惩罚集》以及《静观集》等随笔集和诗集上,一度将《悲惨世界》的写作搁置一边。他在50年代末重新捡起这部小说以后,可以说另起炉灶,重新改写了旧稿。小说中的心理描写很可能是这时采用的。如果这种设想是合理的话,那么,雨果小说的心理描写可以说进入了第一阶段,也是最重要的阶段。1869年发表的《笑面人》对主要人物的刻画也运用了心理描写。《九三年》是雨果小说创作的煞尾。以往人们对小说结尾雨果表现的人道主义很感兴趣,其实,雨果对人物思想的剖析也是一种心理描写,只不过他采取的手法有所变化而已。《笑面人》和《九三年》的心理描写可以看作第二阶段。

## 一、《悲惨世界》的心理描写

《悲惨世界》是雨果第一部采用心理描写的小说,但却取得了惊人的成就。他在塑造男主人公让·瓦尔让的一个重要手段就是心理描写,其他重要人物如吉尔诺曼老人、沙威和马里于斯也有篇幅可观的心理描写。可以说，心理描写在展示人物的思想变化、揭示人物的精神面貌和性格特点上起到决定性的作用。

让·瓦尔让洗心革面、重新做人以后，遇到的第一次考验是如何对待尚马蒂厄案件。当他从警官沙威口中知得流浪汉尚马蒂厄为他顶替罪名，要受到重判时，他的思想展开了激烈的斗争，这是一场"脑海中的风暴"。雨果在描写这场脑海风暴之前，对人的心理活动的复杂性和重要性议论了一番，他写道："在精神之眼看来，没有什么地方比人心更令人眩目，也更黑暗，它所注视的任何东西，也没有人心那么可怕、复杂、神秘和广袤无边。比海洋更壮伟的景色，这就是天空；比天空更壮伟的景色，这就是人心。"他继续议论说，人的心里既有梦想，也有卑劣思想，这既是诡辩的魔窟，又是激情的战场，其中有荷马史诗中巨人的搏斗，也有弥尔顿诗中龙蛇的混战和但丁诗中幻象的飞腾。这是极其丰富的，也是极其可怖的。作家就像但丁在地狱门口那样，要勇敢地跨进门去，描写人的心理活动。雨果便是据此对让·瓦尔让的内心进行了观察和分析。

在长达一节半的心理分析中，雨果剖析了让·瓦尔让当前所处的状况：他当了滨海蒙特勒伊的市长，积累了一笔财产；他已经痛改前非，可以平静地这样生活下去。可是，现在他能安心待下去吗？他明明知道有一个人在替他服罪，而这个人是无辜的。他置之不顾不是卑劣之极吗？他想道："相反，自首，救出那个蒙了不白之冤的人，恢复真名实姓，出于责任感，重新成为苦役犯让·瓦尔让，这才真正实现复活，永远关闭他脱身的地狱！看似重堕地狱，实则脱离地狱！"否则，他的全部忏悔就付诸东流。他又想到，他已让滨海蒙特勒伊富足起来，可是他一离开，这个地方便缺少灵魂，一切会恢复原状。因此，他不自首是为了大家：他当市长，"工业兴起和繁荣起来，工场和工厂如雨后春笋般增加，幸福的家庭成百成千"，荒无人烟的地方出现农场，贫困消失，恶习和罪行也会随之消灭。所以，自首不是荒谬绝伦吗？让·瓦尔让的头脑里有两种想法在搏斗，他有不自首的理由，而且是相当有理的。然而归根到底这是自欺欺人的理由，"他感到自己接近了良心和命运的又一个决定性时刻：主教标志他的新生活的第一阶段，而这个尚马蒂厄标志第二阶段。在严重的危机之后，是严峻的考验。"他发现命运要他作出选择："要么外美内丑，要么内美外丑。"汗从他的脑门淌下来，他似乎听到一个声音在诅咒他，这声音是从他的良心中升起来的，十分响亮，以至他高声问是不是有人在房间里。可是他还是留恋如今美好的生活。他处在两难推理中:"待在天堂里,还是变成魔鬼!回到地狱中,还是变成天使!"经过五小时的思想斗争以后,他感到非常疲倦,不由得睡着了,做了一个噩梦,直到他事先约好的马车来接他走,才把他惊醒。

他驾马车走了,但他的内心斗争并没有结束。从滨海蒙特勒伊赶到阿拉斯的路途中有几个插曲,这是对他的心理的续写。他的轻便敞篷马车在黑暗中被邮车撞裂了两根轮辐,无法继续赶路,要修车的话,需要一整天工夫,在他停下来休息的地方,又没有车出租。这时,让·瓦尔让感到无比高兴,因为他无法赶到阿拉斯了:问题不出在他身上,是老天爷在帮忙,他可以问心无愧。不料,旁边有一个小伙子听到了他和车匠的谈话,领来了一个老女人,她有一辆车可以租给让·瓦尔让。他不寒而栗起来,只得重新上路。待到小伙子问他要赏钱时,平时很大方的他骂了小伙子一句:"浑小子,你什么也没有!"因为这个小伙子是在帮他的倒忙,让·瓦尔让的反常表现反映了他的内心:他直到如今仍然是不得已而为之。他在圣波尔的旅店中让马休息一下,吃点饲料,他自己也要了面包。他觉得面包很苦,只吃了一口。他的心境使面包都变了味。

让·瓦尔让直到晚上八点钟左右才赶到阿拉斯,并设法找到法院。他原以为审案已经结束,但并不是这样,审案在进行之中。不过他进不去大厅,因为里面坐满了人。守门的执达吏告诉他,庭长后面还有两三个位子,只允许官员落座。他斗争的结果是,写了一张字条,表明自己的市长身份。他要从会议室进入法庭。他在打开门之前,盯住铜把手,禁不住慌乱起来,额角上汗如雨下,他想,是谁在强迫我呢?于是,他又离开了会议室,在走廊里奔逃起来,好像有人在追赶他。随后他止住了脚步,待了一刻钟,然后耷拉着头,忧郁地叹气,像被人抓了回来一样。他望着铜把手,"俨然一头母羊望着一只老虎的眼睛"。

让·瓦尔让就是这样半自愿半不情愿地去自首,他在法庭上听到和看到了审案的进行,终于彻底摆脱了犹豫。雨果通过一系列心理描写,充分而有说服力地写出了让·瓦尔让的内心活动,他并非一下子就做到了常人不易做到的事。

小说对让·瓦尔让的第二处心理描写是他担心柯赛特有了心上人以后会离开他。他把柯赛特从泰纳迪埃的狼窝里救出来,然后又摆脱沙威的追踪,冒着生命危险,把小柯赛特弄到修道院,好不容易安顿下来。待到柯赛特长成亭亭玉立的少女,他更舍不得这个相依为命的姑娘了。他发觉有一个年轻人在卢森堡公园转悠,而且在跟踪他们时,便忙不迭地躲开。最后,他知道马里于斯确实就是柯赛特的情人。他来到街垒,他并没有参加街垒战,而是在监视马里于斯,同时又在保护马里于斯。他的心情是矛盾的。他不希望这个年轻人夺走了他的柯赛特,但是,柯赛特所爱的人他又不能不关心、不保护。及至马里于斯受了重伤,他一把抓起年轻人,扛出街垒,转入下水道,摸黑在下水道走了几小时,险些在下陷的烂泥里遭到没顶之灾。随之而来的是柯赛特和马里于斯结婚。让·瓦尔让把自己的全部财产近60万法郎给了他们,自己只留下500法郎。他不愿以逃犯身份玷污他们的婚礼,借故右手受了伤不能签字,避免自己的名字出现在他们的结婚文件上。出于同样的原因,他不愿同他们住在一起。最后,他终于透露了自己的苦役犯身份,遭到了马里于斯的嫌弃。他从天天去见柯赛特减少到几天一次,甚至永远不去了,只走到街角,从远处观看他们的房子。他内心的痛苦使他迅速衰老,精神的崩溃导致了他不久便撒手人寰。

这一处的心理描写不同于前面的写法,雨果没有采用长篇的心理分析,而大抵是通过简短的心理描写或者反映内心的行动来表现,有时也通过他人的心理如马里于斯的猜想去描写让·瓦尔让的内心活动。如马里于斯对他送给柯赛特的这笔丰厚的财产总是猜疑,不肯动用这笔钱,使他感到痛苦。

吉尔诺曼是《悲惨世界》中心理描写较多的人物之一,雨果把握住这类顽固老贵族的特点:尽管时代在前进,他就是停滞不前。他保持旧贵族的一套习惯,如白天不接待客人,要等到晚上才开放沙龙。他的脾气暴躁,性格轻浮,早年是个花花公子。他敌视法国大革命,容不得别人在他面前颂扬共和国。可是,他的小女儿却爱上了拿破仑麾下的一个上校(后来是将军),他不承认这个蓬梅西,不让蓬梅西照管他的外孙马里于斯。然而,马里于斯后来了解到父亲的光荣业绩,与外祖父决裂了,一走四年。马里于斯为了和柯赛特结婚,不得不征得吉尔诺曼的同意。吉尔诺曼是很爱外孙的,尽管平时对他非常凶。看到外孙回家,他喜出望外。可是,他还保持着长辈的尊严,希望马里于斯请求他原谅,马里于斯却没有想到这一点,这就使老人气愤得很。这是描述,也是心理刻画,写出了他的虚荣心。马里于斯无意中叫了他几声外公,亲情使老人软化了,来了一百八十度的大转弯。他是个外刚内柔的人。不料,他从一个亲戚那里听说过柯赛特,以为这是个轻佻女郎,便随便说了一句："让她做你的情妇吧。"这句话大大刺伤了马里于斯。年轻人也是暴躁脾气,一气之下愤然离开了外祖父。小说至此已将吉尔诺曼的形象刻画出来了,为后来进一步的心理描写做好了铺垫。马里于斯被让·瓦尔让送回家以后,老人心花怒放,把外孙捧在手心里呵护着,生怕再一次得罪外孙。这回,外孙说什么他答应什么,一次,他偶然说出雅各宾派杀死了诗人安德烈·谢尼埃,几乎就要说出雅各宾派是十恶不赦的罪人。话才说了半句,他便赶快煞住,改嘴说杀得对,说是谢尼埃有点碍事,而雅各宾派是些伟人。他实在说不下去了,冲出门去,脸涨得通红,口吐白沫,眼珠几乎鼓出来。他是为了讨好外孙才说出违心的话,其实他心里根本不是这样想的。他在马里于斯婚礼上的长篇讲话再一次展现了老人的内心世界:他憎恨19世纪,憎恨第三等级,憎恨大发横财的资产阶级。但因为他高兴,他并无违拗马里于斯的意思,所以无伤大雅。这篇讲话实是他内心思绪的表露,把这个老古董刻画得更为完整。

沙威的人物塑造在很大程度上也依赖心理描写。沙威像狗一样尽忠守职,他似乎是严厉的法律的化身。如果他的父母犯了罪,他也会毫不犹豫地去告发。在他眼里,穷人和罪犯永远是错的,富人和长官永远是对的。雨果在沙威出现时,对他这种奴才思想进行了剖析。他对让·瓦尔让穷追不舍,只要发现了让·瓦尔让的一点踪迹,他都要深究到底。可是,面对让·瓦尔让的仁慈,他的信仰动摇了。在他生命的最后一刻,雨果对他的内心进行了细致的剖析(整整一节)。本来,他的头脑像水晶一样单纯,如今这块水晶产生了云雾。他居然放走了让·瓦尔让,违反了自己的职责。背叛社会而忠于良心,出现在他身上,是一件荒谬的事。他发现一个"坏人"成了他的救命恩人,让·瓦尔让宽恕了他,而他也宽恕了让·瓦尔让。他最感到惶恐不安的是丧失了信念,他认识到,人世确实存在善良,苦役犯让·瓦尔让是善良的,而他也变得善良了。可是,他也就堕落了。沙威不明白自己的所作所为的合理性:放走一个人有罪,逮捕一个人也有罪,这是怎么搞的?他想:刑罚、法院判决、司法界、政府、监禁、镇压、官方的明智、法律的万无一失、由法典引出的逻辑、社会的绝对重要,等等,全都坍塌了,他这个秩序的守卫者、不可腐蚀的警察、保卫社会的鹰犬,抵挡不住了。他无法解决内心的矛盾,在尽了自己最后一个职责,把自己对司法的改进意见写下来以后,他跳进塞纳河的漩涡中自尽了。

## 二、《笑面人》和《九三年》的心理描写

第二阶段的心理描写有一些变化。《笑面人》的主人公格温普兰、约瑟安娜公爵小姐、女王的人物塑造也与心理描写分不开。

雨果描写格温普兰不为美色所动,不受荣华富贵引诱,是通过心理描写来完成的。面对约瑟安娜诱人的肉体,格温普兰感到一种巨大的吸引力,他虽然觉得其中有阴谋,但是他的意志力慢慢消失了,"肉欲之乐是一个陷阱","夏娃比撒旦更可怕",他觉得神志恍惚,像着了魔一样,"又觉得自己正在黑暗的深渊中倒栽葱地跌下去"。他无法逃走,他的双脚被诱惑钉在地上。公爵小姐醒来以后,格温普兰又想钻到地下。他感到的是"肉体、生命、恐怖、肉欲、闷人的陶醉以及蕴藏在骄傲里的全部羞耻"。他真的被公爵小姐征服了吗?显然没有。他确实一度处境非常危险。这个美女的魅力比豪华生活对笑面人的冲击更大。他对豪华生活嗤之以鼻,而对美女的魅力不免惶惑。但他心里始终想着盲女,况且他并不想成为贵族,而更愿意做一个平民。雨果对他的心理描写较为含蓄。

对约瑟安娜公爵小姐的心理描写更为酣畅、直接。这是一个出身高贵、生活奢华、百无聊赖、追求刺激的贵妇典型。她天生丽质,美艳异常,可是,她的"上身是漂亮的女性,下身却是一条水蛇"。她内心十分隐秘的思想是邪恶的。她的未婚夫是大卫·迪里-莫伊尔爵士,两人都希望保持若即若离的关系,不愿意马上结婚,以便双方可以自由自在地寻欢作乐。她厌弃了唾手可得的爱情、风度翩翩的男子;这些对她来说,得来易如反掌。出于寻求刺激,她看上了丑八怪笑面人。只见了一面她便向他发出情书:"你是骇人的,我是美丽的。你是丑角,我是公爵小姐。我是第一位,你是最后一个。我要你。我爱你。来吧。"她认为这样的爱情别有风味。她声称:"牙齿下咬的不是天堂而是地狱的苹果,这就是吸引我的东西。"她这种变态心理,使她处于一种矛盾的状态中。一方面,她自卑自贱:"我是女人。女人是渴望变成污泥的黏土。我需要蔑视自己。……卑贱之下的卑贱,多么痛快啊!这是耻辱的双重花朵!我采摘下来。把我践踏在脚下吧。你只会为此更加爱我。"另一方面,她又倨傲地意识到自己的高贵身份:"你知道我为什么崇拜你吗?因为我蔑视你。你远远在我之下,因此我把你放到祭坛上。"她喜欢把高级和低级混合起来的

混乱。这不是爱情,这是疯狂,是寻求刺激,是变态,是宫廷中的贵妇在百无聊赖和淫乱放荡的环境中产生的一种极端心理。她并非真的想贬低自己,只是想换一种方式来寻欢作乐,做出常人不敢做的事。所以,一旦她接到女王的谕令,要她成为复得爵位的笑面人的妻子时,她马上来了个一百八十度的大转弯,命令笑面人从她的卧室出去,因为这是她的情夫才有资格待的地方:"那么是我,我走开。啊!您是我的丈夫!再好没有。我憎恨您。"她的多变心理从瞬间的变化中显露出来。她的性格有两面性:白天是女人,晚上变成了食尸鬼。这个特殊女性的变态心理刻画得非常出色。

女王对她的妹妹约瑟安娜公爵小姐十分嫉妒,因为妹妹长得比她美丽,而且是一个女王生的,而安妮身上有下等血统。她非常在意妹妹的婚姻,暗地里派人探听妹妹和大卫爵士的关系。最后她让笑面人同妹妹结婚,把一个丑八怪塞给妹妹,这是一个恶毒女人才做得出的事,在这个决定中她的嫉妒心理暴露得再充分不过了。

雨果最后一部小说《九三年》的心理描写较为特殊。小说结尾雨果对共和军的两个主要人物的思想剖析实是一种心理描写。郭文是人道主义的化身,面对做了好事以后,自己束手就擒的朗德纳克,他的脑海里进行了激烈的思索和斗争。他坚信:"在绝对正确的革命之上,还有一个绝对正确的人道主义。"这是他的一切行动的思想基础。所以,他把保皇党叛军的首领朗德纳克放走了。因为他感到朗德纳克在烈火中救出三个孩子是伟大的行动;通过这个行动,"一个英雄从这个恶魔身上跳了出来",变成了一个"光明的天使";通过这个行动,内战消失了,兄弟自相残杀消失了,"仇恨不存在,黑暗不存在",如果共和国还要对朗特纳克执行死刑,那就是不仁慈。思索的结果是郭文选择了仁慈,这符合他的最高信仰。西穆尔登则是革命政府的化身。他是一个"冷酷无情的人",如果共和党领袖走错一步,他也要判以死刑。雨果分析道:"他有着箭一样的盲目的准确性,只对准目标一直飞去。在革命中没有什么比直线更可怕的了。西穆尔登一往直前,这就注定了他的不幸。"雨果认为他的崇高是与人隔绝的,"不亲近人的崇高"。他在审讯郭文时说:"由于怜悯心发作,我们的祖国又被陷入危险中。"他在处死郭文的同时,开枪自尽了。他在贯彻自己的信念时似乎没有思想斗争,但从他自尽的结局看来,他也是生活在矛盾的状态中:按他的信念的逻辑,他不能不处死放走敌人的司令官,而这一行动又无法使他生活下去,他的行动岂不是成了问题?

## 三、雨果的心理描写的特点

　　从上述论述的雨果小说的心理描写看来,显然,这一手法在雨果的小说艺术中占据十分重要的地位。应该说,雨果从一开始写作,就已经注意到心理描写。他早在《论司各特》(1823)一文中便指出,司各特创作的奥妙有一条:"他在嬉戏之间向读者揭示心灵中最隐秘的皱纹,犹如揭示大自然中最神秘的现象,掀开历史发展中最秘密的篇章。"他将心理描写放在对当时流行的历史小说家司各特的评价的重要位置上,是耐人寻味的,尽管雨果并没有意识到他所指的"揭示心灵中最隐秘的皱纹"即是心理描写。后来,他在《〈克伦威尔〉序》(1827)中也指出,要将滑稽丑怪和崇高优美、灵魂与肉体、悲剧与喜剧相结合,其中第二点也指的是挖掘心灵。在《〈光与影集〉序》(1840)中,雨果说:"自我也许是一个思想家能够创造的最广阔、最普遍、最包罗万象的作品。"总之,雨果一向注重对人的内心挖掘。雨果在小说中重视心理描写并不是偶然的。只要稍微观察一下,就可以看出雨果的心理描写具有自己的特点。

　　第一,他不像斯丹达尔那样,后者的心理分析是随时随地而又十分简短的:雨果的心理描写则是长短结合。长的可以达到一节以上,有一两万字,如《悲惨世界》中的"脑海中的风暴"及其后的半节;《笑面人》中的"夏娃"一章节是对笑面人的心理描写,"撒旦"一章节则是对约瑟安娜公爵小姐内心的刻画;《九三年》中的"沉思的郭文"一章节是对郭文贯彻人道主义准则的心理描写。这些都是长篇幅的心理描写。而让·瓦尔让坐马车赶往阿拉斯的法院,进入法庭之前,穿插了多次心理描写,篇幅则短得多,可以算作短篇幅的心理描写。长篇幅的心理描写起主要作用,充分揭示人物的内心思想:让·瓦尔让虽已改恶从善,但毕竟不愿放弃幸福的生活,重新回到地狱中去忍受煎熬;约瑟安娜公爵小姐身份高贵,但心灵空虚,心灵扭曲,她要追求不可思议的"爱情";郭文放走了头号敌人,这个匪夷所思的行动究竟怎么回事,只有展示了他的内心,才能写出他行动的依据。小说中的这些描写正是作品最精彩的部分。让·瓦尔让从此走上了最艰苦的人生道路,遭受社会的残酷追逐。小说的戏剧性情节由此真正开始。读者第一次看到了让·瓦尔让已改恶从善的心灵,他经受住了这样严酷的考验,表明他已经不是一个属于人类渣滓的苦役犯,而是一个心灵高尚的慈善家。他的灵魂已基本上展露在读者面前,此后他的一系列行动只是对他的改恶从善的补充而已,对他的优异品质并没有增加太多的东西。约瑟安娜公爵小姐对笑面人感兴趣的情节是全书的核心,通过这一段描写,雨果袒露了她的变态心理,同时又写出了笑面人对女性美的欣赏和对心灵丑的厌恶,他对盲女的爱情经受了一次考验。他切身感受到上层贵族的丑恶心灵,更坚定了回到民间的愿望,最后他与盲女同归于尽。约瑟安娜公爵小姐一旦知道女王要她与笑面人结婚,她的优越感马上遭到重大打击,"爱情"随之烟消云散。她的任性又与女王的嫉妒心勾连在一起,从而写出了女王的心态。郭文的情况也是一样。读者对他的认识只有到了这一节才真正完成:他为了捍卫自己的信念,竟敢做出违反革命利益的行动,即使要被共和军判处死刑也罢。郭文的行动导致了西穆尔登的思索,引出了对西穆尔登的心理描写。读者对西穆尔登的认识也是在他的思索之后才完成的:他的思想与郭文恰好相反,只讲革命原则,而不讲人道主义,他对违反革命原则的行动没有通融余地。至此,小说达到了高潮,取得了扣人心弦的效果。三部小说的心理描写,所处的位置不同,《悲惨世界》对让·瓦尔让的心理描写主要放在小说开端,《笑面人》的心理描写,放在小说中间,《九三年》的心理描写放在小说结尾。这种安排也许是雨果对心理描写的一种尝试,他力图通过心理描写在小说发展中的不同阶段来研究这一艺术手法所能达到的效果。从上述的分析可以看到,雨果取得了预期的成效,这是雨果对心理描写的重大贡献。

第二,雨果的心理描写有很大一部分是思想分析。《悲惨世界》中的马里于斯从保王派转到共和派是这个人物最重要的变化,在某种程度上反映了雨果本人青年时代的思想转变历程。小说描写马里于斯在发现父亲是拿破仑手下的军官以后,决心摸清父亲的所作所为。他阅读了大量资料,不仅重新认识了拿破仑的历史作用,而且知道了父亲的丰功伟绩。他的共和思想甚至比信仰共和的"ABC之友社"的成员更彻底、更明晰。雨果对这一转变的描写应该列入心理描写的范围。同样,福来主教的仁慈和宽恕精神给让·瓦尔让以极大的震动,引起了他的思想转变,雨果对这一转变的分析,也是一种心理描写。沙威的思想变化则描写得细致和具体:他被让·瓦尔让的行动感化了。可是,他对政府、法律、上级的绝对服从被自己一时的行为破坏了,他无法调和这个矛盾,也不能原谅自己的过错。他只有走绝路来了结一生。他的思想突变写得较为合情合理。约瑟安娜公爵小姐和女王的心理状态也多半采取了夹叙夹议的写法,不过,她们的心理与思想转变无关。这是她们的内心写照,也是作者对她们的思想剖析,以塑造她们的性格:一个怪异而任性,是贵妇的典型;另一个唯我独尊,容不得他人胜过自己,哪怕这是自己的妹妹,而且这个妹妹即令比她漂亮,也无法取代她的位置。雨果以此展现了女王的歹毒心灵。郭文和西穆尔登的心理状态也就是他们的思想信念,只不过他们的思想面对一件重大的事情展开了激烈的斗争,因此,也就成为心理活动:他们是否贯彻自己的信念?如果回答是肯定的,他们会付出生命的代价。换句话说,他们以生命来证实自己对信念的坚定不移。雨果这种心理描写与斯丹达尔的手法较为接近,不过,仔细分析,雨果对思想的描绘还是更多一些。

第三,雨果的心理描写有时通过人物自己的话语和行动来表现。乍看是人物在说话,其实读者通过这些话语可以看到人物的内心思想。《悲惨世界》中的吉尔诺曼老人在马里于斯和柯赛特的婚礼上的长篇讲话就是一个最好的例子。老人的守旧、轻佻、直来直去的思想和性格得到了淋漓尽致的表现。这篇讲话也是小说对这个人物的再一次刻画和总结性的描绘。在《笑面人》中,约瑟安娜公爵小姐向笑面人吐露了自己为什么看中他的理由。一方面,她袒露了自己爱丑怪的原因;另一方面,她是向对方表明,她的爱情是居高临下的,她在施恩惠于比自己低下的人,让对方不要得意。她这种微妙的心理通过一席话得到了充分的表现。雨果这种心理描写的方法似乎在某些作家的笔下已经出现过,但他显然是自觉地作为一种心理描写的方法运用到小说的人物塑造中,以丰富心理描写的艺术表现力。至于通过人物的行动来表现人物的内心,例子则不胜枚举。如让·瓦尔让在赶往阿拉斯时思想斗争过于激烈,连面包也觉得是苦的;他不愿让自己的苦役犯身份玷污了柯赛特和马里于斯的婚姻,假装自己的右手受了伤,不能写字;婚宴开始后不辞而别。马里于斯怠慢让·瓦尔让,实是嫌弃他。吉尔诺曼与马里于斯分隔几年以后,看到外孙回家,虽然高兴,却希望外孙屈服,极力保持矜持态度,两人一来一往,场面出现戏剧性的变化。又如约瑟安娜对笑面人的大胆追求。这些篇章都没有直接写人物的心理,而人物的心理却昭然若揭。

综上所述,雨果的心理描写是丰富而有鲜明特色的,他的成就应引起人们的重视。可以说,他的心理描写与斯丹达尔相比毫不逊色。

# 雨果的散文

维克多·雨果不仅是世界杰出的诗人、小说家、戏剧家和理论家,而且是文采斐然的散文家。光是散文,他就有300多万字的作品,包括政论、游记、日记、讲演、葬词、回忆录、纪念文章、杂文,等等,形形色色,多姿多彩,令人目不暇接,从中足以看出雨果不愧是一代散文巨匠。

从内容来看,雨果的散文博大精深,牵涉面极广。众所周知,雨果是个不屈不挠的斗士。他和倒行逆施的拿破仑三世是死对头。1851年拿破仑三世发动政变后,雨果被迫流亡,他先辗转到比利时,最后落脚于英吉利海峡的一个小岛上,过了十九年的流亡生活。在这期间,雨果坚贞不屈,不向拿破仑三世低头,而且把自己逃亡的经历和拿破仑三世发动政变时的所见所闻实录下来,作为投枪匕首,指向拿破仑三世。讽刺散文集《小拿破仑》就是这样问世的。从《主子的卑微和局势的恶劣》《拿破仑三世肖像》可以看到雨果对这个独夫民贼真是切齿痛恨,毫不容情地把他同历史上的暴君相比,把他钉在历史的耻辱柱上。拿破仑三世的可耻下场也正好为雨果的论断作了印证。1870年拿破仑三世在色当战役中大败,成了德军的阶下囚,扮演了民族罪人的角色。雨果回顾拿破仑三世的耻辱史,写下了政论专著《一件罪行的始末》,给拿破仑三世的恶行败迹算了一笔总账。作为正义的代言人和受迫害的一方,雨果的谴责是义正词严的,充分表达了他的民主主义思想和爱国主义的高尚情怀。这两篇散文可以同他的讽刺诗集《惩罚集》对照来读。

雨果的爱国主义在普法战争中表现得最为充分。在这期间他所写的散文,既表达了对友邦德国的深厚感情,同时他也没有一味沉浸在争取和平的呼吁中。他清醒地认识到,对付来犯之敌,只有拿起武器,投入战斗。雨果曾经将朗诵自己的诗集的收入去购买大炮,让人民保卫巴黎,他的行动表现了高昂的爱国精神和战斗激情。

　　雨果是一个人道主义者,他的作品渗透了人道主义思想,散文也不例外。雨果追求人的自由和尊严,向往人类的不断进步,凡是符合这种思想的都得到他的赞许,凡是与此相抵触的都受到他的谴责或抨击。他高度评价启蒙思想家,如伏尔泰,流露了他对民主、自由、博爱的理想的憧憬。他对在拿破仑三世政变中无辜的受害者——一个小男孩的死,表示无比的愤慨。他同情受到沙俄侵略的波兰人民,给予道义上的最大支持。同时,他对受侮辱与受损害的妓女抱着满腔同情,对作弄妓女的恶少给予谴责;他曾一再反对死刑,认为死囚也有值得同情之处;他同情上了断头台的路易十六,以怜悯的态度描写退位后潜逃的国王路易-菲利普。总之,雨果是受压迫、受迫害的人民最忠实的朋友,是压迫者、倒行逆施者不共戴天的仇敌。

　　雨果不单具有高洁的政治情怀、充沛的爱国激情、疾恶如仇的正义感,他还是一个具有亲子之爱和热烈情爱的父亲和情人。《我的儿子们》充分表现了他对儿子同样具有一颗慈父之心。《爱情结合周年纪念册》记录了雨果和朱丽叶的爱情史。雨果爱上朱丽叶并非移情别恋。自从雨果发现妻子另有私情后,他的精神受到巨大打击,青梅竹马的爱情从此泯灭了。他和朱丽叶的相遇使他重新燃起了爱情之火,这火焰一直燃烧了半个世纪之久。他们频繁地书信往来,凡是雨果所到之处,朱丽叶都紧紧相随。雨果从他们结合的那一天开始,年年在同一个日子写下一段文字,以资纪念。《爱情结合周年纪念册》不意成为他和朱丽叶的爱情史的忠实记录。就像贺年卡一样,雨果几乎年年写下自己的心迹,但他没有把这些贺年卡寄出去,而是珍藏起来。这本纪念册就放在他的枕头底下,伴随他度过一个个夜晚,年复一年,一页页记录组成一本珍贵的纪念册,这是一封封未曾寄出的情书。

　　雨果一生到过许多地方,他对异国山川的感受尤为独特。早年写下的《阿尔卑斯山游记》再现了这座欧洲最巍峨的大山的英姿,同时也表现出一个浪漫派作家的丰富想象力。《莱茵河游记》是雨果最重要的游记作品,这部散文集以书信体的形式写成,共有39封信,记录了雨果在1838年至1839年在莱茵河地区的见闻。他在描绘这条欧洲的大河的壮丽景色时,插入了在这个地区产生的民间故事和神话传说。在雨果看来,莱茵河是一条孕育了欧洲文明的河流,因此,他感到对这条河流特别亲切、特别向往。雨果的夹叙夹议表现出他具有丰富的历史知识,熟知欧洲的历史变迁和莱茵河流域的文化发展。

雨果的散文除了高度的思想性以外,还具有丰富的文献价值。他的散文记录了19世纪一些重大事件的发生和演变过程。雨果作为一个名作家和政治活动家,居于政治潮流和社会生活的第一线,接触到政界的重要人物和社会名流,他的所见所闻便具有历史资料价值。再者,由于雨果与一些名作家如巴尔扎克、夏多布里昂、乔治·桑、大仲马等人的特殊交往,他对这些作家的生前活动和葬礼的记述,也是弥足珍贵的文献。雨果对一些重要政治人物,如路易十六的处决和拿破仑灵柩的返回的生动记载,对历史作了形象的注释,同样具有不可多得的文献价值。

在艺术上,雨果的散文有着不少令人瞩目的特色,使他成为世界一流的大散文家。

首先,雨果的散文形式自由灵活,丰富多变。每篇的叙述方式互不雷同,有的像新闻记者式的平铺直叙或夹叙夹议,有的采用回忆或倒叙方式,有的以几个阶段的记载组成,有的从几个不同的侧面去写一个题目,有的以日记体来表现,有的以发人深省的结语告终,点出全篇要旨。长的可达几万字,洋洋洒洒,笔锋恣肆;短的只有几百字、百来字,字字珠玑。由此可见雨果写作的功力。法国散文发展到19世纪,已经达到成熟阶段。夏多布里昂的抒情散文字句铿锵,优美华丽,将卢梭开创的描写大自然的散文推进了一步。雨果紧紧步其后尘,而又有较大的发展。抒情散文、哲理散文、政论散文、书信体散文、日记体散文、箴言式散文,等等,不一而足,集各家之大成,体现出雨果作为浪漫派领袖的风采和气度,才能和笔力。

其次,雨果具有独特的叙事方式,他常常将细致的观察与独到的思考相结合,使他的散文大起大落、细腻绵密而又雄健有力。例如他对兰斯大教堂建筑的特点描述得纤毫毕现,令人惊叹其观察的细致和目光的敏锐。随后,雨果笔锋一转,描写一个国王塑像的顶冠筑有燕巢,从而发出深沉的感叹。这感叹流露出雨果对世界和生命的热爱。前面的叙述细致周到,文字严密,结尾的描写则异峰突起,粗犷有力。两者对比鲜明,发人深省。可以看出,雨果的观察与常人迥异,往往以奇取胜,发出诱人的光彩,给人以深刻的感受。在描写人物的短篇散文中,雨果也喜欢运用这种对比手法。譬如,对于塔莱朗这个曾经活跃在法国几个朝代的政治家,雨果从他的大宅和房子旁边一条阴沟来衬托,巍峨、富丽、阴森的建筑就像塔莱朗的身体和为人。他死后被人解剖出的大脑被仆人扔到阴沟里,则象征他可悲的下场以及人们对他的评价。

  雨果是语言大师。他的语言丰富多彩,色彩斑斓,独具一格。他是个诗人,能使用精练的语言描绘出富有诗意的场景。他是个小说家和戏剧家,常常在行文中插入生动的对话,写成一篇篇有声有色的故事。雨果驾驭语言的能力达到了运用自如、得心应手的地步。丰富性是一方面,独特性是另一方面。尤其是修辞造句,他爱用并列的动词去表达见解。法文的动词特别丰富,时态表达细腻而多变化。他并列使用动词,表达的意思便丰富而简洁,层层递进,步步深入,富有力度。对比的修辞是雨果的语言的另一特色。例如这三个句子:"底部是人民。在人民之上,是教会代表的宗教。在宗教旁边,是司法代表的正义。"这三个句子分成三行,对照的思维方式十分醒目。雨果往往通过这样令人意想不到的对比词句,引起读者的注意,收到强烈的效果。

  毫无疑问,雨果的散文具有深刻的思想性和高度的艺术性,散发出独特的光彩。他厕身于世界散文大师之列而毫无愧色。

# "这个人是一个世界"

## ——巴尔扎克生平及创作

巴尔扎克,这个名字不仅在法兰西文学史册上,而且在世界文学史册上,都占据着极其重要的地位。巴尔扎克与莎士比亚、歌德和托尔斯泰这三位世界文学泰斗并列而毫不逊色。他的《人间喜剧》是人类文化宝库中的瑰宝,至今仍受到世界各国人民的喜爱。

巴尔扎克在世上只活了 52 岁,可以说,他的一生是短暂的。然而,他的作品卷帙浩繁,除了大大小小约九十部的《人间喜剧》,他还有近十部青年时期的试作,六部剧本,两卷《笑林》,三大卷杂文集和九卷通信集。他一生呕心沥血,辛勤笔耕。他所取得的巨大成就,永远放射着夺目的光辉,永远为世人所传颂。

## 一、孤独的雏鹰

1799 年 5 月 20 日,巴尔扎克生于法国古城图尔,这一天正是圣奥诺雷(圣徒)节,因此取名奥诺雷·巴尔扎克。他的父亲是南方人,出身农民,有十一个兄弟姐妹,其父是长子。早年他步行来到巴黎,靠个人奋斗逐渐发迹,曾担任过军需处长、税务官、医院主管、市长助理。巴尔扎克的母亲出身于巴黎一个富裕的资产阶级家庭,漂亮而风流,18 岁出嫁(丈夫比她大 22 岁),21 岁时生下巴尔扎克。她并不十分喜欢巴尔扎克,却特别宠爱二儿子亨利——可能是个私生子。

巴尔扎克的童年和青少年时代得不到家庭的温暖,过着孤独的寄宿生活。他出生后不久就被送到卢瓦尔河上的圣西尔村一个警察家里寄养,一直到 4 岁,然后进了一所寄宿学校。从 8 岁到 13 岁近 6 年的时间,他在旺多姆的奥拉托利会的教会学校读书,过着极其严格的幽禁生活,总共只见过两三次父母。巴尔扎克在当时"是个可爱的孩子;他脾气快活,嘴巴线条突出,笑口盈盈,褐色的眼睛既晶莹又柔和,天庭饱满,浓密的黑发,这些使他在散步时引人注目"。巴尔扎克儿时的一幅肖像,显出他是个天真温柔的小男孩,充满羞怯之态。有个神甫认为巴尔扎克"有才能,有思想,记性好,想象力大于判断力,对神奇事物和各种体系有兴趣"。巴尔扎克孩提时的这些特点,以后进一步得到发展,成为这个伟大作家的一些基本素质。巴尔扎克时常躲在树下阅读,为了求得安静,甚至宁愿关禁闭。少年的巴尔扎克爱好思索,他曾这样发问:"上帝从哪里得出这个世界呢?"他不明白:"如果一切都来自上帝,那么为什么这个世界上会有恶呢?"巴尔扎克具有广博的知识,也富有自信心,虽然他的学习成绩平平,但他却断言:"我会成名的!"他的一个女友曾把他这段生活说成"鹅群中孵化的一只鹰蛋"。时代和环境培育着这头雏鹰。巴尔扎克出生的那一年,拿破仑当上了第一执政,从此开始拿破仑当政的时代,鹰是拿破仑帝国的徽号。拿破仑时代涌现了不少叱咤风云的英雄人物,他们往往出身平民,在征战中立下功勋,平步青云,恰如雄鹰翱翔在蓝天。巴尔扎克就是这样一头正待展翅飞翔的雏鹰。

几年后,巴尔扎克变得瘦削了,常常若有所思,答非所问,不得不被母亲领回家里。家里人见了他都大吃一惊,他的外婆痛心地说:"看看我们送去的漂亮孩子,中学把他送回时变成什么样啊!"

1814年,巴尔扎克的父亲被任命为巴黎驻军第一师的军需处长,11月,全家来到巴黎。巴尔扎克在勒皮特尔寄宿学校读书,对他而言不过是换了一个"监狱"生活。随后两年,巴尔扎克又换了两个中学。1814年和1815年是法国在19世纪出现重大事变的两年。先是1814年4月4日拿破仑退位,被流放在厄尔巴岛。可是,1815年3月1日,拿破仑从厄尔巴岛逃出,潜回大陆,召集前来堵截他的旧部,一呼百应,3月20日便返回巴黎的杜依勒里宫。然而,滑铁卢战役的惨败迫使拿破仑在6月22日再次宣布退位。这段时期史称"百日时期"。波旁王朝终于开始了长达15年的统治。其时,16岁的巴尔扎克耳闻目睹政治风云的变幻,对政权的更替留下了深刻的印象。1816年9月,巴尔扎克中学毕业,终于摆脱了严格的寄宿生活。

巴尔扎克童年和青少年时期的孤独生活,对他的一生产生了重要影响。长期离开亲人，独自生活，培养了他独立思考和认真工作的习惯，哪怕环境再艰苦，也不能动摇他坚韧不拔的信心，他能夜以继日地写作，而不被艰辛的劳动所压垮。

巴尔扎克的母亲信奉金钱万能，她说过："财产——巨大的财产——于今就是一切。"因此，她希望大儿子成为一个公证人，因为公证人属于社会的上层。于是她让巴尔扎克到诉讼代理人吉约奈-麦尔维尔的事务所当见习生。几个星期以后，巴尔扎克进法律系攻读。1818年，巴尔扎克在公证人帕塞的事务所工作。他在这两个事务所看到了许多家庭悲剧，这是只有从事法律的人才能知晓但不会说出来的隐秘事实。他明白了家庭中有着隐蔽的惨剧和用欺骗手段进行的窃取，而这些行为是法律阻止不了的。他看到社会上有人用各种手段戕害善良的心灵，从而产生不为人知的痛苦；他看到民法加以保护或者对此无能为力的"不受惩罚的罪行"。应该说，这些发现不是一下子照亮巴尔扎克的思想的。他不能马上看出其中有着写作"新型小说"的材料。但这些发现在他身上引起了好奇和关注，可以说困扰着他，在他青年时期的小说中便可以找到痕迹。所以，这两年司法实践开阔了巴尔扎克的眼界。

据他的妹妹说，巴尔扎克在索邦学院听课，他热切地倾听"维勒曼、基佐、库赞等人的雄辩的即席发挥"，但法国的巴尔扎克专家却找不到证实这一点的材料。唯一可以肯定的是，巴尔扎克热衷于哲学方面的思考和研究，1817年写下《关于哲学和宗教的札记》，1818年写下《论灵魂不朽》，随后又写了《论人》。这些札记显示出巴尔扎克继承了18世纪启蒙学者的思想，是个无神论者。这种对哲学问题具有浓烈兴趣的倾向，在他的一生中得以保持。

1818年，巴尔扎克一家因为经济条件恶化，不得不迁居到维勒帕里齐镇上。8月，巴尔扎克离开帕赛事务所，放弃了家庭要他从事公证人或诉讼代理人的辉煌前途，住到莱第吉耶尔街的一间阁楼里，决心考验自己有无从事文学的才能。在巴尔扎克的一生中，这是个有重要意义的日子。其一，巴尔扎克向父母庄严宣布了自己要成为作家的志愿，因此，从这时起，巴尔扎克实际上开始了一门新的职业。其二，巴尔扎克显示了自己坚强的意志力。他的父母亲每月只供给他60法郎，他只能节衣缩食，正如他在《驴皮记》中描绘的那样："把生活水平压缩到真正最低需要的程度，以严格的必要为界限，我认为365法郎足够我过一年的清苦生活……一个预感到有美好前途的人，当他在艰苦的人生大道上前进时，就像一个无辜的囚徒走向刑场,一点也不用羞愧。"巴尔扎克的确满怀信心,他一再在家书中说:"如果我使巴尔扎克的名字扬名,想想我的幸福吧!""但愿我的悲剧①成为国王和人民的必备书,我初出茅庐,就要写出一部杰作,否则宁肯拧断自己的脖子。"从他的乐观态度和坚定决心中,可以预料,有朝一日,他定会获得成功。

1820年5月,全家和几位朋友相聚在一起,倾听这位踌躇满志的未来作家朗读剧本。读着读着,大家便觉得这部"杰作"枯燥无味。家里特意请来了一位新院士、作家安德烈厄来评判,他的评语十分简短:"令郎可以尝试各种职业,就是不要搞文学。"

这次失败并没有影响巴尔扎克的情绪和决心,恰恰相反,巴尔扎克在阁楼里的生活是幸福的,情绪高昂。他在给妹妹的信中说:"财富并不造就幸福,我向你担保,我在这儿要度过的三年对我来说将是一生幸福和值得回忆的源泉。睡得安稳,随意生活,按自己爱好工作,只要我愿意,什么也不干,在未来之上安睡……啊!这种生活能永远持续下去,那多么好啊!"他怎么会放弃这种自由生活呢!

况且,巴尔扎克不会拧断自己的脖子,因为他不承认自己已经失败,他仍然以百折不挠的勇气,朝着写作这条道路坚定不移地走下去。

## 二、艰苦摸索和债务枷锁

19世纪初期,"黑小说"②在法国十分流行,这股潮流同英国小说的传入有关。例如,安娜·拉德克里夫的《尤道尔夫的秘密》就风行一时。巴尔扎克为生计着想,从1820年至1825年左右,或与别人合作,或独自创作,投入"黑小说"的写作中。巴尔扎克自知这些作品难登大雅之堂,便都化名出版。今天看来,这些创作并非毫无意义。

第一,这表明巴尔扎克的创作力惊人地旺盛。短短的四五年间,他居然写出近十部小说,每一部都不下二十万字。他的写作速度预示了日后他写作《人间喜剧》的过人精力。第二,这些小说对于一个初学者来说无异于练笔。巴尔扎克曾对另

---

① 指他以英国资产阶级革命的领袖人物克伦威尔为题材,写作的一部诗体悲剧。
② 指神怪小说、黑小说等流行的通俗小说,除极少数外,一般难登大雅之堂。

一作家尚弗勒里说过:"我写过七部小说,作为简单的学习研究,一部是为了学写对话,一部是为了学描绘,一部是为了组合人物,一部是为了组织结构。"由此可见,巴尔扎克在这几年中取得了不少小说创作的经验。第三,这些小说中的某些情节和人物在巴尔扎克后来的小说中重新出现,它们是《人间喜剧》中某些作品的情节和人物的雏形。例如《法尔蒂娜》与《塞拉菲塔》情节相似,《阿尔台纳的副主教》与《朗热公爵夫人》的某些情节相同,吝啬鬼、伏脱冷等人的身影也在这些小说中出现。这些小说与《人间喜剧》仍有一脉相承之处,所以巴尔扎克在1836年愿意重版其中的几部。

但是,这些小说未能改善巴尔扎克的经济状况。在他的亲人看来,他是个"无能的人",只能写些卖不掉的小说。因此,巴尔扎克想到做生意。1826年,他出版莫里哀和拉封丹的作品,花费了3万法郎,可是销售情况很差,他的合作者将自己的股份转让给他,为摆脱他而感到庆幸。为了弥补损失,有人建议他自印自销,这个想法打动了他。但买下洛朗印刷厂需要6万法郎,而他手头连600法郎也没有。家庭的女保护人德拉努瓦夫人愿意预支3万法郎,由巴尔扎克的父母作担保。巴尔扎克的女友德·贝尔尼夫人也出资帮助他。1826年6月,巴尔扎克搬进印刷厂居住。他印刷历史回忆录、商业广告、《巴黎招牌辞典》、1828年的浪漫派年鉴、梅里美的《克拉拉·伽聚尔戏剧集》、维尼的小说《散-马尔斯》(第三版)。然而主顾很少,资金不能回笼。巴尔扎克既不会做成本核算,又不会监督生产。1827年,他进而决定浇铸铅字。破产的提前到来使这项工作半途而废。1828年2月,他的合伙人巴比埃眼看破产不可避免,离开了印刷厂,让巴尔扎克独自承担责任。不久,巴尔扎克被债主和拿不到工资的工人所包围,印刷厂被清理,巴尔扎克一无所得,却欠了一大笔债。1847年10月,巴尔扎克的母亲就提到借给他的4万法郎,这笔债一直没有还清。巴尔扎克负债的唯一收获是接触到经商,亲身体会到破产商人的痛苦。

失败并没有使他气馁,他仍然"在暴风雨面前挺直腰杆",他的眼睛像两颗炭火,在凹陷的眉宇下灼灼有光,他只想着未来的胜利。他离开了被债主包围的冯雷-日耳曼街的房子,躲到天文台附近卡西尼街的一套房间里。工作室铺上柔软的厚地毯,书橱摆满了用红色摩洛哥皮做封面的精装书,乌木文件架上摆着一尊拿破仑石膏塑像,在皇帝长剑的剑鞘上写着:"这把长剑所没有完成的,我要用笔来完成。"

这句话表达了巴尔扎克重新回到写作中的心愿,而且这时他已决心摆脱早期创作的倾向。也许是商业上的坎坷经历使他增长了见识,思想上趋于成熟,从此,他走上了正确的创作道路。他立下的宏愿并非狂妄之言和空想。如果说,拿破仑的历史功绩是巩固了资产阶级刚获得的政权,为以后的发展奠定了基础,那么,巴尔扎克的历史功绩则是开创了现实主义流派,成为现代小说之父;如果说,拿破仑在欧洲战场上曾经取得了14次重大胜利,是法国历史上最伟大的统帅,那么,巴尔扎克创作了90部之多的《人间喜剧》,全面而深刻地反映了一个历史时期的面貌,这在法国文学史上也是空前绝后的。然而,至于拿破仑的未竟之业,即弘扬资产阶级的文化艺术,巴尔扎克则是完成这一大业的名副其实的巨匠之一。

## 三、发现和崛起

由于英国小说家司各特的影响,19世纪20年代,法国也流行写历史小说。巴尔扎克显然被这股潮流所吸引,于1829年发表了《舒安党人》。小说写的是1799年布列塔尼地区发生的叛乱事件,事件发生时间距巴尔扎克写作时并不远,一些目击者和参与者还在世。为了写得真实,巴尔扎克前往该地区作了实地调查。这种搜集材料的方法也许出于无意,但却富有开创意义:它符合现实主义的创作要求,即必须建立在细节和事实的准确无误之上的写真实原则。与其说《舒安党人》是一部历史小说,还不如说这是一部描写现代生活的作品,是对布列塔尼地区风俗的研究。巴尔扎克并不着意于重现历史事实。对于蓝军和白军,亦即共和党人和保皇党人的搏斗,巴尔扎克几乎是不偏不倚地作了充分的描写,这是小说得以成功的重要原因。《舒安党人》是巴尔扎克创作道路上的一大转折,它揭开了《人间喜剧》的序幕。

然而,正面描写当代生活才是巴尔扎克的创作带根本意义的转折点。在这之前,巴尔扎克已经相当关心当代的生活现象,他在《小偷》《身影》等刊物上发表的随笔透露了他对各类人物细致观察的心得。1828年开始动手写作的《婚姻心理学》是对家庭生活的剖析,包含了各种长、短篇小说的素材。

30年代初,巴尔扎克创作了一批以当代生活为题材的中短篇小说,辑为《私人生活场景》(1830)。这部中短篇小说集包括《家族复仇》《戈布塞克》《双重家庭》

《苏镇舞会》《玩球猫商店》《家庭的和睦》。这6篇小说以社会风俗及其所反映的人与人的关系为描绘对象,这是一个崭新的描写角度。它们揭示了法国资本主义初期带有根本性的社会现象。

《家族复仇》从科西嘉岛盛行的风俗出发:为了复仇,这一方往往想方设法灭绝另一方,以致世仇一代代延续下去。但是巴尔扎克的描写重点并不放在家族复仇这种风俗上面。他看到,由于拿破仑在法国巩固了资本主义制度,要在法国推行资本主义的法律,而绝不允许这种封建时代没有法制观念的陋习继续存在下去。命运的安排是出人意料的,皮翁博之女吉奈弗拉竟爱上了仇家的遗孤。她同父亲一样,性格刚烈倔强,为了取得自己的幸福,她不惜同父亲闹翻,弃家出走。然而,叛离家庭的一对年轻夫妇却维持不了生计,最后,她同婴儿一起冷饿而死。这出婚姻悲剧说明,封建陋习是可以战胜的,而金钱却具有更大的力量,它能置人于死地。

《戈布塞克》刻画了一个吝啬鬼典型。他像巨蟒一样贪得无厌,对每笔小交易都锱铢必较,什么实物都要贮存,宁肯让贮存物在讨价还价的过程中腐烂发臭,也不肯作出小小的让步。这样的高利贷者如今统治着社会,他是复辟时期资产者的代表。

《苏镇舞会》描写了贵族阶级的衰败和封建门阀观念的破灭。德·封丹纳伯爵是一个顽固的保皇党人,然而他却明智地让三个儿子和两个女儿与资产者联姻,以巩固自己在经济上和政治上摇摇欲坠的地位。他的小女儿却死抱住旧观念,嫁给了72岁的老舅公,因为她在贵族青年中找不到理想人物,而只有一个布店伙计符合她的要求,她却看不起他的低微出身;她万万没有想到,这个伙计日后竟成为她梦寐以求的贵族院议员。巴尔扎克的描写是别具慧眼的,至少还没有一位作家从这些素材中看出这些现象反映了社会发展已发生本质变化。

以上这些场景深入到家庭内部和家庭秘密的底蕴,而这些底蕴至今仍淹没在暗影中,不为人知。但是,巴尔扎克却将强烈的光投射到这些暗陬中,探出它们的奥秘,这不能不说是他的重大发现。

巴尔扎克不仅观察社会现象,而且力图探索其中的动因,由此他撰写了一批哲理小说,诸如《驴皮记》《长寿药水》《红房子旅馆》《不为人知的杰作》《耶稣·基督在佛兰德斯》,等等,汇成《哲理小说集》。其中,《长寿药水》借用了在欧洲家喻户晓的关于唐璜的故事,却赋予了新的内容。长寿药水是争夺遗产的工具。小说通过唐璜父子两代人寻求长生不老的故事,揭示了冷酷的家庭关系。《不为人知的杰作》则探讨了现实主义的艺术原则:艺术的任务不在于摹写自然,而是再现自然;艺术家要做一个富有想象力的诗人;形式和内容要统一;追求绝对美只能导致走入迷途。

  长篇小说《驴皮记》(1831)是这批哲理小说中最重要的一部作品。在巴尔扎克笔下,驴皮是生命活力的象征;巴尔扎克认为每个人都有一个生命活力的储备资本,人的生活表现为他如何运用这个资本。巴尔扎克把这种表述称为"人类生活的公式"。小说中,驴皮能满足人的任何愿望,但满足一次,即缩小一点。在驴皮上用梵文印着这个有象征意义的、越缩越小的题记:"如果你占有了我,你就将会据有一切。但是你的生命将会属于我,上帝本意如此。发愿吧,你的愿望将会满足,但要按你的生命来安排你的愿望。你的生命在那里。满足你每一愿望,我将缩小,这恰如你的生命。你是否需要我?拿去吧,上帝会满足你!是的!"

  小说主人公拉法埃尔·瓦仑丹想追求奢华的生活,却缺乏钱财。他在赌桌上输光了最后一文钱,眼看走投无路,心想跳进塞纳河自杀。他无意识地走进一间古董店,老板给了他这张驴皮。随着他的愿望一个个满足,驴皮迅速缩小。等到他发觉时已来不及了。他把驴皮投入井中,想摆脱它的纠缠,可是,园丁把驴皮冷不防捞了上来。驴皮依然无情地缩小。拉法埃尔病倒了。学者们对符咒的奥秘一窍不通,医生们也无力治愈拉法埃尔。即使他在病中,也不可能不思不想,总有各种愿望冒出来。他终于随着驴皮的消失而离开人世。

  如果说,《驴皮记》这则寓言式的故事仅仅是描写人的生命随着愿望的实现而逐渐走向死亡,那么,这一哲理似乎过于平淡了。巴尔扎克抨击的是过于奢侈纵欲的生活,认为这会加速消耗生命。换句话说,巴尔扎克揭露了19世纪30年代初出现的资产阶级的糜烂生活。当时的七月王朝,是金融资产阶级一统天下,胜利了的大资产阶级过着一掷千金的享乐生活。小说中关于银行家举行盛大宴会,宾客"委身于自由的疯狂享乐"的描写,就是资产阶级奢靡生活的生动写照。《驴皮记》是对1830年革命后出现的上层社会生活的概括,抨击了某些人永无止境的贪欲。

  尽管有关驴皮的描写用的是浪漫手法,但是,小说中仍然充满了现实主义的描绘。主人公涉足的场所有新闻界、赌场、银行家公馆、文学沙龙、科学界和医疗界,一幅幅都是逼真而生动的风俗描绘。

《驴皮记》也是巴尔扎克作品中最早在国外引起反响的一部。晚年的歌德对刚出版的《驴皮记》很感兴趣,认为"这是一部新型的小说"。高尔基也对宴会场面的大手笔赞扬备至:"我不仅听见,而且也看见谁在怎样讲话,看见这些人的眼睛、微笑和姿态,虽然巴尔扎克并没有描写出这位银行家的客人们的脸孔和体态。"可见,《驴皮记》的描写确实栩栩如生。

巴尔扎克找到了自己真正的创作道路,从1830年至1833年,他发表的长篇、中篇和短篇共有30多部。至1834年,他以《风俗研究》为标题,将他的作品组合在一起。一个大作家崛起了,他的出现令世人瞩目。

随着在文坛上声誉日增,巴尔扎克不甘心在政治上寂寞。30年代初,他的政治倾向有了很大的变化。他的早期作品反映出他深受18世纪启蒙作家伏尔泰、卢梭的影响,具有较民主的倾向。后来,他结识了比他约大20岁的德·贝尔尼夫人。通过她的引荐,他涉足贵族沙龙,在熟悉贵族上流社会的同时,他的政治观点也产生了新的变化。他向往封建王权的威势,这种向往是同他对七月王朝的不满和失望相联系的。巴尔扎克幻想建立一个君主立宪王朝,他在1830年11月致女友朱尔玛·卡罗的信中说:"法国应该成为一个君主立宪王朝,应该有一个世袭的王族,有一个异常强大的贵族院,它代表所有制,同时对继承和特权有尽可能多的保证。"这些话表明巴尔扎克的思想基本上站在资产阶级一边。由于他倾向于强权统治,迫切需要一个强有力的人物来统治,无论拿破仑还是查理十世,他都能接受。这就造成了他复杂的政治思想,这是一个大杂烩,很难用哪一个党派的观点来概括。

1831年2、3月间,他终于向正统派靠拢。正统派是以大地主大资产阶级为核心的保王派,亦即七月王朝的主要反对派。不过,巴尔扎克的思想与正统派的观点不尽相同。除了上述所引的话以外,巴尔扎克在1833年发表的小说《乡村医生》中描画了他心目中的乌托邦。他提出用宗教遏止人欲横流,建立宗法式的家长制,然而另一方面也提出了发展竞争、改善人民生活等主张,这些观点与正统派大相径庭。他曾在正统派的《革新者报》上发表过几篇文章,并想娶正统派的马来·德·特吕米利的女儿,这一切的目的是想参政。可是马来·德·特吕米利觉得他的政治观点太自由:他并不留恋查理十世退位,赞成君主立宪。巴尔扎克说过这样的话:"如果我不能生活在专制王朝下,我宁愿要共和国,而不愿要这种没有行动、没有基础、没有原则的杂种政府,这种政府使得人欲横流,却从中得不到利益,由于缺乏权力,使民族停滞不前。"巴尔扎克始终不是一个地道的正统主义者。

1831年春,巴尔扎克想参加竞选。他写道:"未来的议会可能会风云变幻,它孕育着一场革命……如果我有意于议会,那是出于想起一点政治作用。"但他的财产达不到被选举人的要求。随着他娶不成马来·德·特吕米利的女儿,他的从政愿望也成了泡影。

1831年4月,巴尔扎克发表《对两届内阁的调查》,署名"德·巴尔扎克",给自己的名字加上了贵族称号。这个行动既表明了他政治上的态度,也透露了他想跻身贵族的虚荣心。1831年8月,他发表《驴皮记》时正式在自己名字上加上"德"的贵族称号。

## 四、成熟期迅速到来

巴尔扎克创作极其勤奋,他的一天是这样安排的:傍晚6点睡觉,睡到半夜被人叫醒,然后连续写作12—15小时。或者他这样倒过来安排时间:从傍晚6点起床,写作或修改,一直工作到凌晨4点,休息之后才修改晚上所写的东西。他在1831年的一封信中写道:"写作!我已写不动了!精疲力竭。您不知道我在1828年所欠的债超过我所拥有的一切:我只有靠笔杆子生存,支付12万法郎。"他在致女友朱尔玛·卡罗的信中又说:"一个月以来,我不能离开我的桌子,我就像一个炼金术士将金子投入熔炉中一样,将我的生命投到桌子上。""我生活在自我强迫这种最严酷的专制之中。我夜以继日地工作……没有一点乐趣……我是一个使用笔和墨水的苦役犯,一个真正的思想商人。"

所幸巴尔扎克的辛勤劳动并没有白费力气。在这期间,他的优秀作品接二连三地发表在杂志上,或者结集出版。在1832年发表的作品中,以《夏倍上校》和《图尔的本堂神父》最引人注目。

《夏倍上校》无情地揭露了金钱的罪恶。为了金钱和地位,妻子居然不承认自己的丈夫,甚至设下计谋去捉弄他。小说结尾这绝妙的一笔撕破了笼罩在资产阶级家庭关系上温情脉脉的面纱,揭示了人与人之间无情无义的金钱关系。

《图尔的本堂神父》写出了外省生活在平静的表面下隐蔽着阴险的、凶狠的、耐心的斗争,而这场斗争的起因只是庸俗的、狭隘的私欲。在巴尔扎克笔下,这场斗争写得富有戏剧性,三个主要人物活灵活现,这一切显示了巴尔扎克细腻而敏锐的观察力和反映市民生活的出色本领。

1833年对巴尔扎克来说又是一个丰收年。《费拉居斯》似乎受到流行小说的影响,将一个以苦役犯为首的行会组织的活动写进了小说。由于《费拉居斯》获得成功,巴尔扎克又写出续篇《朗热公爵夫人》(1834)和《金眼女郎》(1835),组成《十三人故事》集。

巴尔扎克在1833年最大的收获是撰写了《欧也妮·葛朗台》,这是巴尔扎克"最完美的绘写之一"。小说最大的成就是塑造了一个吝啬鬼典型。巴尔扎克善于选取一系列富有典型意义的细节来表现他的悭吝性格。葛朗台阴森森的老房子年久失修,楼梯踏级都被虫蛀坏了,女仆差点摔了跤,他还怪她不挑结实的地方落脚;每一顿饭的面包、食物,每天要点的蜡烛,葛朗台都亲自分发,一点儿不能多;女儿过生日那天,葛朗台要"大放光明",也不过点了一支蜡烛;有人来了,要拿蜡烛去照亮开门,客厅里的客人便被撇在黑暗里;他不给妻子零用钱,连客人送给他妻子的一点点私房钱,他也要想方设法刮走;来了亲戚,他不让加菜,盼咐佃户打些乌鸦来熬汤;妻子卧床不起,他首先想到的是请医生得花钱。葛朗台的吝啬渗透到他的每一句话、每一个行动中。这种吝啬的可恶之处在于贪得无厌地追逐金钱。在他的心目中,金钱高于一切,"没有钱,什么都完了","看到金子,占有金子,成了他的嗜癖"。他的侄儿沙尔知道父亲破产后自杀,痛哭不已,他便觉得这孩子把死人看得比钱还重,真没出息。他瘫痪之后,坐在手推车上,整天让人推着在卧室与库房之间转来转去,生怕有人来偷盗。直到临死前,他还让女儿把金币铺在桌上,长时间地盯着,这样才感到心里暖和。他说的最后一句话是叫女儿料理好一切,到阴间去向他交账。巴尔扎克把资产者嗜钱如命的本质刻画得淋漓尽致。葛朗台的形象是对资产阶级金钱拜物教的生动写照。正如恩格斯所说:"在资产阶级看来,世界上没有一样东西不是为了金钱而存在的,连他们本身也不例外,因为他们活着就是为了赚钱,除了快快发财,他们不知道还有别的幸福,除了金钱的损失,也不知道还有别的痛苦。"[①]

法国研究巴尔扎克的专家们曾经千方百计寻找葛朗台的原型。卡斯泰认为巴

---

[①] 《马克思恩格斯全集》第2卷,第564页。

尔扎克曾在萨金古堡度假，认识了主人的岳父德·萨瓦里，从中借取了萨瓦里的某些特点。而巴尔德什认为葛朗台的原型是索缪城的吝啬鬼尼韦洛。他放高利贷，经营国家财产的标卖，娶了一个药剂师的女儿，有三个孩子。他穿得很蹩脚，把钱藏在家具的垫板下面。他向游客指点家里的古董，以便得到几个小钱，因为游客以为他是园丁伙计。他发财的经过不为人知晓。他虽然吝啬，但在夏天一家人要去外地避暑。尼韦洛死于1847年，留下200多万法郎，一半是土地，一半是动产。显然，巴尔扎克并没有按照实际生活的吝啬鬼去描写，而是进行了重大的艺术加工，吝啬性格的集中描写就是加工的结果。

　　如果巴尔扎克只是刻画人物的性格，那也只是对莫里哀笔下的吝啬鬼阿巴贡的进一步发挥而已，创造性就很有限了。重要的是，巴尔扎克通过这个人物，写出了法国大革命以后资产阶级暴发户的发家过程，揭示了在新的历史条件下资产阶级聚敛财富的特点。1789年法国大革命爆发时，葛朗台只是一个富裕的箍桶匠。共和政府时期，当局标卖教会产业，他用钱贿赂了标卖监督官，贱价买到了当地最好的葡萄园、一座修道院和几块分租田。有了产业作为后盾以后，他便登上政治舞台，见风使舵，成了共和党人，当上索缪的行政委员。他利用职务的方便，向军队承担制作1000多桶白酒的生意，作为交换，把另一处修道院的产业弄到了手。他当市长时修筑了几条公路，直达他的产业地，大大便利了自家产品的运销。仅仅十几年，他便一跃而为索缪的首富。巴尔扎克说过，法国每个省都有自己的葛朗台。这个通过政权更迭大发横财的暴发户，是大革命后得势的资产阶级的代表。复辟王朝时期，他获得了更快增长财富的机会。他鼓动大家压着酒不卖，自己却偷偷与外国商人洽谈，以高价成交，从而使国内市场酒价下跌，把所有的人都坑害了。他像条巨蟒，"长时间窥视着猎获物，然后扑上去"。他的聚敛财富的历史充满了血腥味。

　　巴尔扎克对吝啬鬼形象的发掘还表现在他写出了人物的时代特征：葛朗台懂得商品流通和投机买卖的诀窍。在必要时他毫不犹豫地抛出黄金，买进公债股票。他看准公债股票落价时买进，等到涨价时再抛出。公债投机是刚刚出现的一种金融投机活动；内地人不相信公债投机会发财，而葛朗台不但弄明白了，而且精于此道，使他的财产成倍增加，达到1700万之多，相当于今日的亿万富翁。他买了公债后，为充实财库起见，把草原上的树木砍掉，准备种植饲草，因为干草收入更大；他在河道浅水处栽种树木,这样可以不用纳税。这些行动说明他懂得资金周转在商业活动中的重要性。他还精通债务关系,利用自己和格拉散的商业信用,骗取了他弟弟的债权人的信任,把他们应付过去。他假装口吃,使愚蠢的银行家格拉散上当,最后格拉散被一脚踢开。他既是大土地所有者,又是个金融资本家,他的得势反映了复辟王朝时期土地、金融资产阶级实际主宰一切的社会现实。

揭露资本主义社会人与人之间的金钱关系是贯穿全书的一个重要内容。小说围绕着葛朗台的女儿欧也妮的婚事,展开了一幕幕钩心斗角的场景。在小说中,克吕绍家为一方,格拉散家为另一方,彼此为争夺欧也妮的巨大家产而明争暗斗。克吕绍是个老奸巨猾的公证人,他的兄弟是当地神甫,他们的侄儿是初级裁判所所长;格拉散则是银行家。这两家都是富户,双方都有势力,旗鼓相当。葛朗台的侄儿沙尔的到来给这场争夺战掀起了波澜。欧也妮爱上了堂弟,临别时以全部金币相赠,演出了一场"没有毒药,没有匕首,没有流血的资产阶级家庭的悲剧":葛朗台勃然大怒,把欧也妮关在房里,只许她吃清水面包。他把平时钟爱女儿的脸面放了下来,一时之间父女关系荡然无存。曾经侈谈"从今以后,应当是感情高于一切"的沙尔,等到发财以后便公然宣称:"我只想为了地位财产而结婚。"欧也妮在爱情的幻想破灭之后,答应同蓬封先生结婚,蓬封激动得哆哆嗦嗦,连声表示:"愿做你的奴隶","赴汤蹈火,在所不辞"。实际上他一心想独吞这份家产,在结婚时订明财产互相遗赠这一条,结果他先死了,弄得人财两空。善良温柔的欧也妮一生也没有得到幸福。这些描绘入木三分地暴露了金钱的罪恶,抨击了资本主义社会人与人之间冷酷无情的金钱关系。

巴尔扎克于1834年发表的《绝对的探求》是"哲理研究"中的一部重要作品。这部小说塑造了一种"科学研究癖"的典型。这个哲理故事的哲理意义在于:在科学上追求不可企及的理想超过了人类的能力;这种幻想家不仅失去了理智,而且造成了家人们的不幸。

从1834年12月至1835年2月,巴尔扎克发表了长篇小说《高老头》,这是巴尔扎克创作的一个高峰。它和《欧也妮·葛朗台》的出现,标志着作家的创作进入了成熟期。

小说开首就是一幅巴黎下层社会的风俗画。巴尔扎克用纤细的笔触勾画了伏盖公寓灰黑和沉闷的外貌、破旧而油腻的内部,最传神的一笔是对这幢下等公寓令人作呕的气味的描写:"这间屋子有股说不出的味道,应当叫作公寓味道。那是一种闭塞的、霉烂的、酸腐的气味,叫人发冷,吸在鼻子里潮腻腻的,直往衣服里钻;那是刚吃过饭的饭厅的气味,酒菜和碗盏的气味,救济院的气味。老老少少的房客特殊的气味,跟他们伤风的气味合成的令人作呕的成分,倘能加以分析,也许这味道还能形容。"

正是在这等环境下,住着三教九流人物,小说的几位主人公就在这里活动。

首先,小说通过高老头和两个女儿的纠葛深刻地揭露了金钱的统治作用和拜金主义的种种罪恶。高老头是个靠饥荒牟取暴利而后发家的面条商,他把自己的全部感情都放在女儿身上。他的大女儿仰慕贵族,他让她成了雷斯托伯爵夫人;他的小女儿喜欢金钱,他让她当了银行家纽沁根的太太。由于他给了两个女儿每人80万法郎的陪嫁,所以,最初他在两个女儿家里受到上宾的待遇,但随着他的钱财日益减少,他的地位也就每况愈下,最后竟被闭门不纳。高老头有钱时,被两个女儿唤作好爸爸,等到他没有钱了,便像挤干了汁水的柠檬一样被她们扔掉。高老头被两个女儿逼得中了风,临终前,他渴望见女儿一面,她们却托词不来。但他们为了参加舞会,"即使踩着父亲的身体走过去也在所不惜"。面对这残酷的现实,高老头似有所悟,痛心地喊出:"唉!倘若我有钱,倘若我留着家私,没有把财产给她们,她们就会来,会用她们的亲吻来舐我的脸!我可以住在一所公馆里,有漂亮的屋子,有我的仆人,生着火;她们都要哭作一团,还有她们的丈夫,她们的孩子。这一切我都可以到手。现在可什么都没有。钱能买到一切,买到女儿。"

高老头对容忍这一切的社会法律提出了抗议。说到底他是拜金主义的牺牲品:他用金钱去笼络两个女儿的感情,结果金钱用尽了,他和两个女儿的感情纽带也就断裂了。巴尔扎克以高老头的父爱,反衬出金钱败坏人心到了触目惊心的地步。高老头死前的长篇独白不啻是一份深沉有力的控诉书。作者通过高老头,喊出了:"把父亲踩在脚下,国家不要亡了吗……不要天翻地覆吗?"对现存社会赤裸裸的金钱关系发出愤怒的谴责。

巴尔扎克进一步描写了在这种土壤上滋生的政治毒菌。他从不同的角度写出了政治野心家的形成过程,揭露了统治阶层的卑鄙丑恶,抨击了资产阶级的道德原则。

拉斯蒂涅是复辟王朝时期青年野心家的典型。拉斯蒂涅是外省小贵族的子弟,来到巴黎不愿埋头读书,渴望走捷径而飞黄腾达。他在鲍赛昂子爵夫人那里接受了社会教育的第一课,明白了"越没有心肝,越高升得快"的卑劣原则。子爵夫人让他去追求纽沁根夫人,以便在上流社会中显露头角。拉斯蒂涅憧憬着糜烂的社交生活,"奢侈的欲望像魔鬼般咬着他的心,攫取财富的狂热煽动他的头脑,黄金的饥渴使他喉干舌燥"。伏脱冷对他的心态了解得一清二楚,指点他"要弄大钱,就该大刀阔斧地干,要不就完事大吉"。涉世未深的拉斯蒂涅在伏脱冷邪恶说教的启发下,又往社会这个名利场的泥坑深陷了一步。鲍赛昂子爵夫人退出上流社会,使拉斯蒂涅更清楚地看到上流社会根本不讲什么感情,只讲金钱和个人利益。高老头之死,完成了拉斯蒂涅的社会教育。他看到两对女儿女婿的无情无义和这个社会寡廉鲜耻的真实面貌。在埋葬高老头的同时,他把剩下的最后一点神圣的感情也一起埋葬了。他欲火炎炎地投入上流社会的罪恶深渊,踏上了资产阶级个人野心家的道路。在《人间喜剧》的其他小说中,他果然靠纽沁根夫人爬了上去,后来却把她抛弃了,竟娶了她的女儿;他利用政治情报,大搞投机买卖;他成为贵族院议员和伯爵,他的弟弟也跟着发迹。他所尊奉的原则就是极端利己主义。

伏脱冷的身份是苦役监逃犯,实际上是政客和野心家的另一种典型。他深谙这个社会的黑暗内幕,用愤愤不平的语言揭露出来:"雄才大略是少有的,遍地风行的是腐化堕落。""凡是浑身污泥而坐在车上的都是正人君子,浑身污泥而搬着两条腿走路的都是小人流氓。扒窃一件随便什么东西,你就给牵到法院广场上去示众,大家拿你当把戏看。偷上100万,交际场中就说你大贤大德。你们花3000万养着宪兵队和司法人员来维持这种道德。妙极了!"这种抨击确也一针见血,道出了真相,但这种愤愤不平并不是站在反对社会的立场上的,而是一个不得意的野心家发自怨恨的言辞。他千方百计要爬上去,当上"正人君子"。他研究法网上哪儿有漏洞可钻,他垂涎欲滴地羡慕那些心毒手狠的奴隶贩子,幻想10年之内挣到300多万,过上小皇帝一样的日子。他信奉不择手段地向上爬的卑劣原则,主张"不像炮弹一般轰进去,就得像瘟疫一般钻进去。清白老实一无用处";"要捞油水不能怕弄脏手,只消事后洗干净"。这些话已把一个野心家的面目和盘托出了。他的处世哲学是:"有人要收买你的主张,不妨出卖。"这就透露了向统治者卖身投靠的信息。在《人间喜剧》的其他作品中,他果然同当局做了一笔肮脏交易,当上了巴黎警察厅的副处长和处长。

《高老头》对复辟时期贵族阶级逐渐被资产阶级所取代的历史现象,也作了深入而生动的描绘。鲍赛昂子爵夫人是"贵族社会的一个领袖"。她的客厅是资产阶级妇女梦寐以求的地方,"能够在那些金碧辉煌的客厅中露面,就等于有了一纸阀阅世家的证书",其他地方便都可以通行无阻。光是她的姓氏就有很大的力量,能像"魔术棒一样",使"周围的人为之改容"。然而,她的情夫阿瞿达侯爵为了娶上暴发户的女儿罗什菲德小姐,得到20万法郎利息的陪嫁,竟然抛弃了她,而且这一举动还得到国王的批准!这个结局是意味深长的,它说明资产阶级暴发户终于打败了世代簪缨的贵族。鲍赛昂子爵夫人告别上流社会的盛大舞会表面上一派繁华景象,府邸周围被照得通明雪亮,府邸内部被布置得花团锦簇。但是,主妇的内心却不胜悲哀,在她看来,"这个地方已经变成一片荒凉"。回到内室,她禁不住流泪发抖,烧毁情书,做诀别准备。这个场面具有象征意义:贵族社会表面的荣华富贵,掩盖不住实力的衰败,正是"无可奈何花落去",贵族阶级的统治已经被资产阶级所取代了。鲍赛昂子爵夫人的遭遇反映了复辟王朝这一最本质的历史变化。

## 五、《人间喜剧》——文学大厦的构想和建造

巴尔扎克接二连三地发表小说集:《私人生活场景》《巴黎生活场景》《外省生活场景》,他还打算出版《政治生活场景》《军旅生活场景》《乡村生活场景》,以及《风俗研究》《哲理研究》。其间,巴尔扎克自然而然想到要把自己的作品组成一个庞大的有机的整体。据巴尔扎克的妹妹罗尔记述,他是在1833年写作《乡村医生》时第一次有了这个想法,要把他笔下的人物组成"一个完整的社会"。他快乐地对妹妹说:"向我致意吧,因为我正轻而易举地成为一个天才。"1834年,达文在巴尔扎克授意下写成的《哲理研究导言》中,指出"从来没有小说家像他这样深入考察细节和琐事,以深刻的观察力把这些东西选择出来,加以表现,以老螺钿工匠的那种耐心和手艺把它们组合起来,使它们构成一个统一、独创、新鲜的整体"。第一次透露了巴尔扎克意欲建造一座文学大厦的消息。同年,巴尔扎克在给韩斯卡夫人的信中这样预言:"我相信,到1838年,这部巨大作品即使没有圆满完成,至少也会重重叠叠,人们可以认为这是座丰碑。

"《风俗研究》将反映一切社会现象,任何生活状况,任何男女的面貌和性格,

任何生活方式,任何职业,任何社会区域,任何法国地域,任何有关童年、老年、壮年、政治、司法、战争的情况,无一遗漏。

"这样假设,人类心灵的历史便纤毫毕现,社会史的各个部分都得到绘写,这就是基础。这不会是想象的事实,这将是处处发生的事。

"第二块基石是《哲理研究》,在现象之后,紧接而来的是原因……

"在现象和原因之后,接着而来的是《分析研究》,《婚姻心理学》属于其中,因为在现象和原因之后,应该研究原则。风俗是场景,原因是后台和机关布景。原则是作者;但是,随着作品螺旋式地达到思想的高度,它便变得紧凑和浓缩。如果说,《风俗研究》需要24卷,《哲理研究》就只需15卷,《分析研究》则只需9卷。这样,人、社会、人类将得到不重复的描绘、评判、分析,而且容纳在一部如同西方的《一千零一夜》的作品里。"

《风俗研究》《哲理研究》《分析研究》这三大部分正是《人间喜剧》的基本结构,这个巨大的工程计划已经拟就,因为这时巴尔扎克已完成了30多部作品,约占《人间喜剧》总体的1/3强。但是,从1835年至1841年巴尔扎克为《人间喜剧》正式定名,并写出前言为止,其间经历六七年的时间。巴尔扎克于1839年在给出版商埃泽尔的信中,第一次提到了《人间喜剧》这个总标题,在此之前,他曾设想用《社会研究》来命名。显然,意大利伟大诗人但丁的《神曲》(直译为《神的喜剧》)给了巴尔扎克以直接启示,他要创作出一部能与《神曲》相媲美的伟大作品。

到1841年,巴尔扎克已写出70多部作品,《人间喜剧》的主体工程已经完成,重要作品相继出版,成果洋洋大观。

长篇小说《幽谷百合》(1836)通过一个爱情故事,描写了百日时期的贵族生活。巴尔扎克采用了故事中套故事的写法,塑造了一个"在纯粹人的形式下出现的人世间完美"的女性形象。

以《竞争》为总标题的两个中篇《老姑娘》(1836)和《古物陈列室》(1838)是两部重要作品。所谓竞争,即指旧贵族和资产阶级的搏斗,胜利者是资产阶级。两部小说互有联系,都发生在阿朗松。在《老姑娘》中,旧贵族的代表是德·瓦卢瓦骑士,资产阶级的代表是自由党人杜·布斯基耶。后者本是个投机商,在执政府时期破了产,来到阿朗松是为了寻找发财机会。他们争夺的对象是一个老姑娘科尔蒙小姐,她是该城嫁资最丰厚的女人之一。他们两人的争夺反映了资产阶级和贵族两大势力之间力量的消长。科尔蒙小姐却看中不期而至的德·特雷维尔子爵,不料他已经结婚,还有了孩子。失望之余,她决定尽早结婚,便嫁给了杜·布斯基耶。可是,她婚后却得不到幸福,杜·布斯基耶只是名义上的丈夫。

《古物陈列室》中描绘的两个阶级的斗争更加曲折和富有戏剧性。埃斯格里荣家以最古老的贵族世家而自豪,这个家庭的代表埃斯格里荣侯爵认为旧贵族掌握着不受时效约束的权力,因为贵族是法兰克人的后裔,他蔑视人民,称之为"高卢人"。作为不妥协的正统主义者,他的沙龙把一切不属于真正的旧贵族的人拒之门外。自由党人把他的沙龙谑称为"古物陈列室"。他的儿子维克杜尼恩虽然也充满父亲的偏见,却认为荒唐放荡无关紧要,为此欠了许多债,幸亏忠于旧贵族的公证人为他付清了,暂时挽救了他的名誉。其时,古瓦西埃决意要报复贵族对他的蔑视。他借钱给维克杜尼恩,并给了后者一封留下很多空白的信。维克杜尼恩利用这空白做了一张30万法郎的假期票。事发后,古瓦西埃提出上诉。古瓦西埃去求情,他提出苛刻的条件,要维克杜尼恩娶他的外甥女杜瓦尔。维克杜尼恩的情人莫夫利涅斯公爵夫人找到法官卡缪索,为不予起诉而进行斡旋。古瓦西埃没想到自己败诉,他同维克杜尼恩进行了一次决斗,年轻的伯爵受了伤。保皇党人指责古瓦西埃的无耻,而自由党人坚持年轻伯爵伪造票据。谢内尔疲于这场斗争,"像只忠实的老狗"死去了。老侯爵看到查理十世的离去,痛苦地承认"高卢人胜利了"。他的儿子在宫廷谋不到差使,只得娶了杜瓦尔小姐,得到她的300万法郎陪嫁。但他蔑视自己的妻子,在巴黎过着单身汉的快乐生活。

《老姑娘》和《古物陈列室》通过两场婚姻纠葛,揭示了复辟时期贵族和资产阶级没有硝烟的战争,最后资产阶级得势的局面。

长篇小说《赛查·皮罗多盛衰记》(1837)转到描写商业竞争的题材,由于巴尔扎克有亲身体验,写来得心应手。巴尔扎克的立足点在于塑造一个以诚实为本的老式商人的形象。赛查·皮罗多出身农民,由于利用一种"治秃发"的药水而越加发迹。具有讽刺意味的是,这种药水其实也是骗人的,根本不能治秃发。因此,赛查·皮罗多的诚实也需要打上引号。这只能说,巴尔扎克忠于现实,写出商人从个体小贩到小店主再到批发商的变化过程与欺骗顾客分不开。皮罗多有进行大买卖的野心,却不具备大商人尔虞我诈、奸猾取巧的本领,在投机买卖中栽了跟头。但是,他不向命运屈服,经过持久与艰苦的努力,三年以后,还清了债务,恢复了名誉,让女儿完了婚,实现了他许下的诺言,然后撒手人寰。巴尔扎克以此表达了他对资本主义商业欺诈手段的谴责。

与赛查·皮罗多这个"为诚实而殉道"的商人形象相对照的,是《纽沁根银行》(1838)中的大银行家纽沁根。比起戈布塞克和葛朗台,他是个更具有现代意识的资产者,对资本主义社会中发财致富的手段和商业信贷、金融投机的秘密了如指掌。他通过三次假破产、假清理,掠夺了千家万户的财产,而受骗者还把他当作最正直的银行家;他被封为男爵,并成为贵族院议员。这个形象的塑造,可以看到巴尔扎克对金融投机现象的敏锐洞察力达到令人惊叹的地步。

长篇小说《公务员》(1838)则把笔触指向政府行政机构的弊端。这幕"官场现形记"写出了复辟时期官僚机构的黑幕,同时触及宗教组织修道会的作用。

长篇小说《于絮尔·弥罗埃》(1841)写的是一个争夺遗产的故事。小说对一伙穷凶极恶的遗产争夺者的嘴脸刻画入微。作者以一个纯洁天真的孤女作为反衬,更突出利欲熏心的强徒们的可恶。争夺遗产本是《人间喜剧》常常涉及的题材,但这部小说写得惊心动魄,耐人寻味。

这一时期巴尔扎克最重要的作品是《幻灭》(1843)。小说共分三部,故事发生在1821年至1823年间。第一部《两个诗人》,叙述了安古兰末的两个青年吕西安和大卫的故事。吕西安是个年轻的野心家。大卫的父亲是印刷厂老板,大卫刚从巴黎毕业归来,与吕西安的妹妹夏娃相爱,专心致力于廉价纸的发明。吕西安设法进入贵族社会巴日东太太的沙龙,并追求巴日东太太,由此遭到贵族社会的排斥和打击。他不顾家庭反对,同巴日东太太一起潜往巴黎。第二部《外省大人物在外省》写吕西安在巴黎的经历。老谋深算的杜·夏特莱施展诡计,使巴日东太太疏远了吕西安。吕西安举目无亲,投身报界,为自由党报纸撰稿。他与女演员高拉莉同居。吕西安渴望跻身于上流社会,转而投靠保皇党。而吕西安一旦失去自由党支持,保皇党便立即下手打击他。吕西安两面受敌,与所有朋友的关系都告破裂,在同共和党人克雷斯蒂安的决斗中受伤。夏特莱等打击高拉莉,使她患病身亡。吕西安身无分文,伪造了大卫签署的3000法郎期票,但转眼也化为乌有。吕西安失魂落魄地返回故乡。第三部《发明家的苦难》写大卫的遭遇。大卫无法偿还吕西安冒名顶替签下的期票,藏匿起来。然而戈安得兄弟把大卫诱骗出来,加以逮捕。

吕西安羞愧难当,想离家自杀,不期遇上化装成西班牙教士的伏脱冷,被他带走。大卫只得屈服,让戈安得兄弟夺去了发明专利,从此心灰意冷,在乡间过着悠闲的生活。

《幻灭》深刻地反映了复辟王朝时期尖锐的阶级对立和党派斗争。安古兰末分为上下两区,形成贵族与资产阶级对抗的局面,彼此剑拔弩张,势不两立。吕西安要进入贵族圈子,便被认为是贱民闯入他们的领域。当时,报纸已成为党派斗争的重要工具,他卷入了报纸相互攻讦的旋涡而不能脱身。由于他没有靠山,只落得身败名裂、走投无路的下场。他本想飞黄腾达,却成了政治斗争的牺牲品,被排斥在上层社会的大门之外。巴尔扎克通过他的经历,写出新闻界是个"不法、欺骗和变节的地狱""贩卖思想的妓院";自由派报纸虽然利用宗教问题抨击教会,利用宪章反对国王,攻击政府和官吏,但这一切只不过表露了资产阶级自由派对贵族政权的觊觎,"它做的投机生意,打的算盘,比最肮脏的买卖还要狠毒";而在保皇党的报馆里,人们"在赃物面前竟像群犬争食一样猖猖狂吠,张牙舞爪,本性毕露",彼此打击倾轧,手段层出不穷。小说对卑鄙无耻的党派斗争和黑暗的社会现实提出了尖锐的谴责。

《幻灭》对当时人与人之间尔虞我诈的关系和卑劣的道德原则也进行了深刻的剖析和揭露。作者通过伏脱冷之口对这种关系和原则作了赤裸裸的阐述。伏脱冷告诉吕西安,要支配社会,先要研究社会,不能相信官方的书上所写的,上面都是骗人的话,其实所有的大人物都是禽兽,"大人先生干的丑事不比穷光蛋少,不过是暗地里干的,他们平时炫耀德行,所以始终是大人先生"。吕西安之所以失败,是由于他把自己的疮口暴露给别人看。这个社会遵循着假冒为善的原则,不这样做,就会从社会阶梯上跌下来,被社会吞没。伏脱冷还说,为了获得成功,要把人看作工具,对上谄媚,等到成功再把他一脚踢开,越是阴险狡猾的人反倒越得到别人尊重,"别爱惜你的人格,别爱惜你的所谓尊严"。伏脱冷宣扬的是资产阶级野心家不顾一切向上爬的秘诀,他也承认,这是一种"强盗逻辑",然而它正是这个社会所遵循的最高准则。巴尔扎克的描写揭示了资产阶级极端利己主义的人生观,无情地撕下了统治阶级虚伪的面纱,还其丑恶的本来面目。

在《幻灭》中,巴尔扎克描写了一个小团体,塑造了自己理想的人物形象,表达了自己的政治倾向。这个小团体由一些最优秀的人物组成,他们博学多才,彼此尊重,重视友情,无私相助,以诚待人,其中最引人注目的是"雄才大略的共和党人"米歇尔·克雷斯蒂安,他的生活信念是:"我们先要献身于人类,再想到个人。"他的政治才干不亚于法国大革命时期的英雄人物圣鞠斯特和丹东。他的政治理想是实现欧洲联邦,这一主张对欧洲贵族威胁极大。他曾经为19世纪30年代的圣西门运动出过不少力。他参加了1832年6月的巴黎起义,资产阶级政府派军队前往镇压,他不幸光荣捐躯。对他的牺牲,作者表示了极大的愤懑,认为认识他的人无不表示惋惜,时常想起这个无名英雄。恩格斯指出,巴尔扎克"经常毫不掩饰地加以赞赏的人物,却正是他政治上的死对头,圣玛丽修道院的共和党英雄们,这些人在那时(1830—1836)的确是代表人民群众的"。[①]

《幻灭》另一个值得注意的地方,在于表现了资本主义自由竞争的吞并现象:戈安得兄弟吞掉了大卫的印刷所。在法国文学史上,巴尔扎克是描绘这个题材的第一个人。大卫是一个不善经营的小业主,一心埋头于科学实验。戈安得兄弟是精明狡猾的资本家,他们在政治上附和保皇党的论调,经常上大教堂,赶印宗教书籍,以绝后顾之忧。他们布下了天罗地网:收买了大卫一手栽培起来的助手和吕西安的同窗、诉讼代理人,然后要大卫还债,把他逼到绝境,他们还利用大卫父亲赛夏的吝啬,使大卫得不到金钱的接济。而商业诉讼和法庭又为他们服务,在短短的两三个月中,大卫的债务从3000法郎上升到1万多法郎,最后只好任凭债主宰割,交出发明秘密。戈安得兄弟假惺惺地让大卫继续实验,偷偷地把他的一些成果用在纸浆生产中,神不知鬼不觉地发了大财。直至最后法官明白地告诉大卫:"戈安得兄弟把你们摆布得够了……此刻明明是欺骗你们,可是你们被他们捏在手里……与其打一场稳赢的官司,不如吃些亏和解。"软弱的大卫无可奈何,说道:"只要让我们太太平平地过日子,无论什么性质的和解我都接受。"这场激烈的斗争,以资本更为雄厚、手段更为狡猾的资产者获胜,是合乎情理的。小说生动而精确地再现了资产阶级资本积累的过程。

1841年,《人间喜剧》即将出版时,出版商埃泽尔要巴尔扎克写一篇总序。巴尔扎克由于写作繁忙,提议用达文写的两篇序言。埃泽尔生气了,说道:"这是您的一部全集,又是您的作品要大胆付诸实现的最重大的事,同读者见面时竟然没有您

---

① 《马克思恩格斯选集》第4卷,第463页。

写的文章放在首篇,那是不行的。"这一逼,巴尔扎克只得让步,于是写出了著名的《前言》。这是19世纪现实主义文学的一篇重要文献,它阐述了巴尔扎克的文学主张,也是对他的创作的一个总结。他提出小说家的任务是要描写被历史家所遗忘的风俗史,像一个书记那样,提出"恶行和德行的清单",搜集"情欲的主要事实",选择"社会的主要事件",刻画性格,塑造典型。同时,巴尔扎克标榜在"宗教和君主政体"这"两种永恒真理的照耀下写作",其实,这种思想在他的实际创作中并不起主要作用。

1845年,巴尔扎克为《人间喜剧》列出了一份清单,包括他计划创作的小说题目,一共是137部(按他的计算方法,《幻灭》要算作3部),其中《风俗研究》是主体,又细分为《私人生活场景》《外省生活场景》《巴黎生活场景》《政治生活场景》《军旅生活场景》《乡村生活场景》6部分。但最后巴尔扎克只完成了这个大计划的3/5,约90部左右,有20多部作品成了未竟之作。

## 六、勤奋的写作和奢侈的享受

十几年来,巴尔扎克持续不断地夜以继日地工作。1834年,他在一封信中说:"席卷我的急流从来也没有这样湍急;从来也没有一部更巍然得可怕的作品这样制约了人的脑袋。我奔赴工作就像赌徒奔赴于赌博;我只睡5个小时;我写作18个小时,作品写完了便要毙命。"诚然,巴尔扎克拼命地写作,部分原因是为了还债,但是,不可否认,他的想象力异常丰富,创作力极其旺盛,正如他所说的:"一切骚动起来,各种思想像大军的营队在战场上开始行动,战斗爆发了。各种回忆像冲锋般纷至沓来……各种对比的轻骑兵扩展开来……逻辑的炮兵伴随着辎重队和弹药筒奔驰而至,俏皮话成散兵线到达;形象耸立而起,白纸写满黑字。"他确实是"下笔如有神",写作速度很快,有时一个夜里写完一个短篇,如《无神论者望弥撒》(1836年1月),有时三个夜里写完一个中篇,如《禁治产》(1836年1月)。"工作!总是工作!灯火通明的夜晚紧接着灯火通明的夜晚,思考的白天紧接着思考的白天!"热爱写作而又极端勤奋,这是巴尔扎克对待创作的态度。巴尔扎克在《贝姨》中写下的一段话再确切不过地适用于他自己:

劳心的工作，在智慧的领域内追奔逐鹿，是人类最大努力之一。在艺术中值得称扬的，——"艺术"二字应当包括一切思想的创造在内——尤其是勇气，俗人想象不到的勇气……艺术家不能因创作生活的磨难而灰心，还得把这些磨难制成生动的杰作……手要时时刻刻地运用，要时时刻刻听头脑指挥……工作是一场累人的战斗，使精壮结实的身体一则以喜一则以惧，往往为之筋疲力尽……如果艺术家不是没头没脑地埋在他的作品里，像罗马传说中的居尔丢斯冲入火山的裂口，像兵士不假思索地冲入堡垒；如果艺术家在火山口内不像地层崩陷而被埋的矿工一般工作；如果他面对困难待着出神，而不是一个一个地去克服，像那些童话中的情人，为了要得到他们的公主，把层出不穷的妖法魔道如数破尽；那么，作品就无法完成，只能搁在工场里腐烂，生产不可能了，艺术家唯有眼看自己的天才夭折。

这是巴尔扎克关于创作的甘苦之谈，也是颠扑不破的真理，他就是这样身体力行的。他的创作过程简直可以用希腊神话中的西绪福斯来比喻：这个神话中的巨人奋力将一块巨石从山下滚到山顶，但一到山顶，巨石又滚落下来，西绪福斯再将巨石滚上山去，如此循环往复，永生永世。巴尔扎克还未写完一部作品，第二部作品就等待着他，有时他甚至不得不同时写作多部小说。这样累人的艰辛的写作生涯却始终压不垮他坚强的意志和毅力。如果说神话中的西绪福斯是被迫的，毫无工作兴趣，那么巴尔扎克则是怀着极大的热情和兴味去从事写作。他百倍的努力带来了丰硕的成果，大大丰富了人类精神文明的宝库。因此有的评论家又把他喻为给人类盗取天火，造福人间，而自身却在受着雷劈鹰啄之苦的普罗米修斯。从这个意义上来说，巴尔扎克确实是一个普罗米修斯式的人物。

巴尔扎克的一生，勤奋工作是主要的一方面，但还有另一方面，这就是追求奢侈享受。他在生活上竭力仿效大贵族，尽量过得豪华舒适，有时一掷千金。他的1831年的一份账单这样记载：613法郎用来定做最时髦的衣服，其中3件是带有金流苏的白色便袍；12副闪光的手套，其中一副是鹿皮的。他有两匹马，一辆紫色车篷的双轮轻便马车，车上嵌着姓氏字母；既然有马车，自然还得有穿蓝色制服的马车夫，他身上还穿上绿色的美国式背心和百褶长裤，气派不凡。巴尔扎克使用一根金头拐杖，家具陈设华丽；他喜欢购买漂亮书籍、油画、稀罕的小物品用作摆设。

1837年，巴尔扎克为了躲避债主追逐，用12000法郎买下一幢小别墅（位于去凡尔赛的路上），称为"雅尔第"，加以扩建，装修费用高达4万法郎。浩大的开支使巴尔扎克入不敷出，源源不断的收入像流水般花掉，以至于在1835年12月，结算差额达到105000法郎，除去欠他的母亲45000法郎，净债务是6万法郎。到1837年，他债务又增加到162000法郎。到1840年6月，他欠债总数已是262000法郎，其中115000法郎是欠亲戚朋友的。

为此，巴尔扎克想方设法摆脱困境。1836年，他联合别人办起《巴黎编年史》刊物。巴尔扎克占6/8的股份，但最后还是办不下去。1838年，他到撒丁岛去勘察废弃的银矿，可是那里交通不便，缺乏供应，他囊中羞涩，无力开采，只得扫兴而归。巴尔扎克不得不卖掉"雅尔第"别墅去应急，只得到17000多法郎，损失巨大。1840年，巴尔扎克办过三期《巴黎杂志》，最后仍以亏损告终。全集出版后，巴尔扎克只得到15000法郎，这不过是杯水车薪。40年代巴尔扎克曾经致力于写作戏剧，因为上演一出戏的收入远远高于小说。可是他的剧本无一获得成功。1845年，他曾收购北方铁路股票（用的是韩斯卡夫人的钱），略有所得。巴尔扎克总想发大财，但这一切就像童话中卖牛奶的小姑娘，幻想着一步步发财致富，到头来落个一场空。

巴尔扎克虽然债务缠身，但只要一有机会他便"旧病复发"，挥霍无度。1846年，韩斯卡夫人给了他10万金法郎，他就大手大脚地用5万法郎买了一幢房子，用12000法郎买家具，用24000法郎买一整套书，这一切为的是准备他和韩斯卡夫人的安乐窝。他写信给她说："所有你认为我发疯的事都是明智之举。"据雨果的回忆，在他和韩斯卡夫人婚后居住的家中，有不少油画，巴尔扎克以此自豪，总要对来客炫耀一番。

## 七、天鹅之歌——晚年的绝唱

巴尔扎克因长年过度劳累，从40年代开始，身体状况明显转坏。然而，他的后期创作仍然异常丰富，与他前期和中期的创作相比，可以说毫不减色。

长篇小说《搅水女人》塑造了一个混世魔王式的恶棍形象——腓力普。他在决斗中杀死了搅水女人佛洛尔的情人吉莱，撺掇病入膏肓的舅舅鲁杰与搅水女人结婚；等到舅舅去世，便娶了搅水女人，霸占了偌大的遗产。他虽来自拿破仑的军队,却背叛了拿破仑党人的事业,投靠了波旁王室,当上了中校,随后被封为伯爵,一心想做上司的女婿。于是他的妻子和慈母都成了他的障碍。他的母亲为他的兄弟向他要钱,遭到粗暴对待,她临死才发现腓力普毫无心肝。搅水女人被他遗弃。幸而天理昭彰,腓力普对经商一窍不通,却自以为是,结果被纽沁根和杜·蒂耶捉弄了,在投机中破了产。他到阿尔及利亚服役,受到上司和士兵的憎恨,在一次战斗中被剁成肉酱。在巴尔扎克笔下,腓力普是卑鄙无耻之徒的象征,他为达目的,不择手段,不讲原则,胡作非为,这是复辟王朝时期产生的社会渣滓。

长篇小说《烟花女荣枯记》可以说是《幻灭》的续篇,《幻灭》中的两个重要人物吕西安·德·吕邦波雷和伏脱冷在这部小说中同样是主角。伏脱冷的身份仍为教士,名叫卡尔洛·德·埃雷拉,在他的保护人支持下,重新来到巴黎活动。他想方设法让吕西安娶上德·葛朗利厄小姐,以便从中渔利。他同时迫使改邪归正的妓女爱丝苔从看上她的纽沁根身上榨取巨额钱财。爱丝苔深深爱着吕西安,她失身于纽沁根的第二天便自杀了。吕西安和伏脱冷为此被捕入狱。吕西安本性懦弱,招出了内幕,然后自缢身亡。伏脱冷面对这一局面,利用几位贵妇的关系,承认了自己的身份,与当局进行了一笔肮脏的交易,摇身一变,成了警探,从此为当局效劳,达15年之久。伏脱冷的原型是一个名叫维多克的苦役监逃犯,警匪合流是当时的一个社会现象,维多克的经历是个突出代表。在巴尔扎克笔下,这个深谙社会道德原则的匪首,最后成了统治阶级的鹰犬,他的野心终于暴露无遗,这个人物的道路也走到了尽头。这部小说既展现了上层社会灯红酒绿、纸醉金迷的糜烂生活,又细致描绘了下层社会和监狱的阴暗场景,颇有通俗小说的兴味,只是巴尔扎克善于描写人物性格,则是一般的通俗小说所望尘莫及的。这部小说不仅出场人物多达270余人,而且巴尔扎克用以串联《人间喜剧》各部小说的重要手法——再现人物(即同一人物在多部小说中出现,因时期不同身份也有所不同)也多达150多人,两者在《人间喜剧》各部小说中都属首屈一指。

巴尔扎克后期的代表作之一是《农民》。这部小说没有写完,作者生前只发表了第一部和第二部的前4章,遗稿经过整理续成较简单的后6章。这是一部直接描写农村阶级斗争的小说,巴尔扎克从解剖一个农村庄园入手,描绘了复辟王朝时期资产阶级如何联合农民,同返回的贵族地主进行了较量,终于把贵族赶跑了。这一过程,深刻地反映了复辟时期法国农村发生的变化,而这个变化也正是整个社会所经历的历史变革。巴尔扎克在卷首提到这部小说"是一篇触目惊心的实录",它记录了"时代的进程",因此,这是自己作品中"极为重要的一种"。马克思高度评价说,巴尔扎克在小说中对现实关系具有深刻了解。

小说再现的这场资产阶级和农民为一方,贵族地主为另一方的生死搏斗,正是复辟王朝时期在农村的一对主要矛盾的反映。在这场斗争中,蒙戈奈伯爵处于极其不利的地位,他的遭遇正代表了贵族阶级的命运。蒙戈奈伯爵是在拿破仑时期发家的新贵族,复辟王朝时期投靠当局,同大贵族联姻,与封建贵族结成一体。在巴黎,他得到大贵族的支持;在外省,他得到省长的保护。他初到艾格庄,威风凛凛,不可一世,刚愎自用,专横愚蠢。他本想重整秩序,振兴家业,但他并不会管理家产和经营土地。他以为禁止农民捡拾麦穗和砍伐树枝就可以增加收入,殊不知这样反而使贫困的农民难以生活下去,激化矛盾。农民把他看成"人民的敌人"。由于地方政权已为资产阶级所把持,省里的行政权力鞭长莫及,他便非常孤立,连生命都受到威胁。他只得拍卖艾格庄,离开了这片庄园,这表明贵族阶级的权势得而复失。

《农民》是资本主义在农村取得统治地位的生动记录。农村商业大资产阶级有三个代表:高贝丹、里谷和苏德利。高贝丹精明狡猾、凶狠毒辣,他靠克扣艾格庄女主人的收入发家,成为当地商业的首脑人物。他掌握巴黎三分之一的木材供应,当地的巨富大族都听他调遣。他又是市长,亲戚遍布政府各部门,连教会都按他的意志行动。里谷是高贝丹的亲家,高利贷者。他收购国家标卖的土地,小块抵押给农民耕种,农民延缓偿付租税要为他无偿劳动,并要把女儿送到他家当女仆,供他蹂躏。苏德利则是一个浑身散发着铜臭气的庸俗资产者,喜欢讲排场。正是这三个资产者左右着农村的经济生活和基层组织,他们联合起来对付贵族,终于完全取代了贵族在农村的地位。

资产阶级的取胜,全仗与农民的联盟;农民在这场斗争中被推到第一线。农民生活贫困,是他们反对地主贵族的根本原因。福尔松老爹一家是农民家庭的代表。福尔松老爹本是佃农,后来经营手工业,他生活贫困,衣衫褴褛,经常露天过夜。他饱经沧桑,仇视贵族。他义正词严地对蒙戈奈伯爵说:

我们刨地、铲土、施肥,我们给你们干活,你们生下来就有钱,我们生下来就穷……你们不肯放弃你们的权利,咱们永远是冤家,30年前是这样,现在还是这样。你们什么都有,我们什么都没有,你们不能指望我们做你们的朋友!"

听到这愤怒的指责,蒙戈奈伯爵惊呼这是一篇宣战书。

《农民》尤为可贵的是,对农村经济制度有精确的描写,这是展示农村复杂的阶级关系的钥匙。法国大革命后,大批小农耕种着小块土地,表面上农民得到了自由,实际上,小块土地并不能改善农民的处境,农民经不起天灾人祸,纷纷破产。小块土地虽使农民得到某种自由,却又成为农民贫困的根源。问题是复辟王朝又把大部分国有土地归还贵族,这就明显地侵犯了农民的利益,在他们心中播下了仇恨的种子,随着资产者的胜利,土地又分成小块,租给农民,小农土地所有制达到了鼎盛时期。这种曲折发展的过程,就是几种力量斗争的广阔背景。

然而就在这个时期,已经隐伏着农民与资产阶级的矛盾。这两者之间是剥削与被剥削的关系,其矛盾本来也是极其尖锐的,只是由于贵族的返回,才退居次要地位。小说描写到资产者对农民敲骨吸髓的剥削,库特克意斯起早摸黑地干活,可是收成却只能偿付地租的利息。他一家人生活极其贫苦,即使女儿在外做工,补贴家里,仍然不能偿还另一半地价,他只好让里谷收回土地,白丢了付出的一半地价。福尔松老爹对农民说:"这30年来,里谷老头吸着你们的骨髓,难道你们还不明白资产者比大老爷还要狠毒吗?"可是,农民同资产者联合,只是做了资产者的工具而已。事实上,农民对资产者的仇恨是暂时压抑着的。东沙曾经表示,如果里谷欺骗农民,"我要用子弹跟他算账"。里谷也知道农民对他的仇恨,天一黑,便不敢在野外走动,怕遭到暗算。小说结尾,蒙戈奈伯爵被赶走后,农民和资产者的斗争便提到日程上来了。

巴尔扎克后期的另一部代表作是《贝姨》(1846)。这部小说的情节发生在1838年至1846年。于洛男爵由于好色,败光了家产,这时又勾引上了淫妇华莱丽太太。为了监视她的行动,他让妻子的堂妹贝姨住到她的新居去。贝姨是个老处女,几年前救了一个波兰流亡者、雕刻家文赛斯拉,并爱上了他,一直供他食宿。但是,于洛的女儿奥当斯也爱上了这个波兰人,在家庭支持下,把他从贝姨那里抢了过去。贝姨本来就嫉妒堂姐,这下便立意报仇。她和华莱丽太太串通一气。华莱丽不仅同于洛同居,而且暗中和于洛的亲家克勒凡来往。在贝姨的指使下,她又勾引文赛斯拉。奥当斯知道丈夫的行径后,和他分居了。于洛也因丑闻和躲债,离家出走。华莱丽成了克勒凡夫人。于洛的儿子维多冷在伏脱冷的帮助下,让克勒凡夫妇得怪病死去。贝姨的报仇计划一一落空。于洛太太终于找到丈夫,把他领回了家。贝姨看到这一家的团圆,懊恼之极,病势加重,离别人间。一天夜里,于洛太太发现丈夫跑到胖女佣房里求爱,气极而死。第二年,于洛就同女佣结了婚。他的儿子感叹说:"祖宗可以反对儿女的婚姻,儿女只能眼看着返老还童的祖宗荒唐。"

《贝姨》深刻地揭露了七月王朝时期大资产阶级腐朽糜烂的生活。暴发户克勒凡是大资产阶级的典型代表。他做花粉生意发了大财,拥有500万法郎,退出商界以后,当上副区长、区长,兼任国民自卫军连长、营长。他平时趾高气扬、不可一世、崇拜金钱、挥霍无度,在几个外室身上花费了几十万法郎,还专门收养十几岁的女孩子,供他日后蹂躏。然而,比起纽沁根在情妇身上花费几百万,他不过是小巫见大巫。这样的穷奢极欲充斥着资产阶级上层。马克思指出:"正是在资产阶级社会的上层,不健康的和不道德的欲望以毫无节制的、甚至每一步都和资产阶级法律抵触的形式表现出来,在这种形式下,投机得来的财富自然要寻求满足,于是享乐变成淫荡,金钱、污秽和鲜血就汇为一流了。"①《贝姨》所揭露的,正是这种丑恶的社会现象。克勒凡奉行的就是这种享乐至上主义。

《贝姨》还着力塑造了另一种资产阶级人物,这是在大革命期间立过功勋的英雄,但时过境迁,到了七月王朝,已蜕变为极端腐朽的人物。于洛男爵就是由资产阶级的英雄变为淫欲享乐的代表。他的堕落,深刻地反映了资产阶级精神上的日益破产。

《贝姨》还描绘了贫富的尖锐对立。土伦港的工人每天只有30个铜子的收入,可是少于40个铜子是很难养活一家人的。贫民区的房客交不出房租,平民中有3/4的人负担不了结婚费用。小公务员生活拮据。刺绣女工贝姨当了一二十年工人,仍然蛰居在冰冷恶浊的房间里,终年受富亲戚的窝囊气。贝姨是一个更值得同情的人物。

面对黑暗的现实,巴尔扎克也感到道德感化是无能为力的。于洛太太是个贤妻良母,对于丈夫的放荡一味忍气吞声,逆来顺受,声称"我们女人天然倾向于牺

---

① 《马克思恩格斯选集》第1卷,第396页。

牲",她以为上帝要以最残酷的痛苦去磨炼她。但是她的一次次容忍并没有使丈夫回心转意,付出的牺牲并不能感动丈夫,她终于受不了打击而死去:仁慈、宽容毕竟敌不过荒唐、淫逸。但她的女儿反其道而行之,丈夫倒回到了她身边。两相对照,意味深长。

《邦斯舅舅》(1847)与《贝姨》同属于《穷亲戚》的标题下。在这部描写争夺遗产的小说中,巴尔扎克刻画了两组人物。第一组是正面形象,主要有邦斯和他的好友许模克,他们是弱小者。邦斯有贪吃的毛病,因收藏艺术品而花光积蓄,只能到亲戚家打打牙祭,不料遭到加缪索庭长太太和女儿的戏弄。他本想做好事,为外甥女找夫婿,却弄巧成拙,加缪索太太以为他存心捣乱,则对他怀恨在心。受了委屈的邦斯积郁成疾。他积几十年心血的收藏被一伙小人发现后,他们连抢带偷,气得他病情加重,卧床不起。接二连三的打击终于使他离开了人世。还有点头脑的邦斯生前想把自己的藏画赠给许模克,他知道这份遗嘱必定会给那帮小人窃走,故而设下迷魂阵。假遗嘱这样写道:

    余素以历代名画聚散无常,卒至澌灭为恨。此等精品往往转辗贩卖,周游列国,从不能集中一地,以饱爱美人士眼福,尤为可叹。窃以为名家杰作均应归国家所有,俾能经常展览,公诸同好,一如上帝创造之光明永远为万民所共享。

    余毕生搜集若干画幅,均系大家手迹,面目完整,绝未经过后人窜改或重修。此项图画为余一生幸福所在,极不愿其在余身后再经拍卖,流散四方,或为俄人所得,或入英人之手,使余过去搜集之功化为乌有。所有画框,均出名工巧匠之手,余亦不忍见其流离失所。

    职是之故,余决将藏画全部遗赠国王,捐入卢浮宫。

这份假遗嘱措辞真切,对名画的珍重及见解均为肺腑之言,从中窥见一个藏画家的高尚境界。谁知许模克过于老实,邦斯死后他一味悲痛,任人宰割,根本不想与那一伙恶狼争个高低,只求获得生存权利。与这对善良而又感情真挚的朋友相对照的,是势利霸道、专横泼辣的加缪索太太,狡黠刁钻、老练圆滑的诉讼代理人弗莱齐埃,贪财庸俗、见利忘义的看门女人西卜,歹毒贪心、诡计多端的旧货商雷蒙诺克,精明心黑、鬼鬼祟祟的古董商玛古斯。他们沆瀣一气,既狼狈为奸,又各怀鬼胎。他们的如愿以偿在邦斯和许模克的悲凉归宿的衬托下,显得越发可恶可恨。这幅群鸦争食图确是这个弱肉强食的社会中真实的风俗写照。

《贝姨》和《邦斯舅舅》并未列入《人间喜剧》的原计划里,这两部新添的小说却构成了巴尔扎克的"天鹅之歌"——据说天鹅濒临死亡时要仰天长鸣,所以被用来形容绝唱。写完了这两部作品,巴尔扎克便基本上没有再发表整部新作品。他要忙于自己一生未了的心愿——与韩斯卡夫人完婚。

## 八、漫长的爱情追求与短暂的婚姻生活

巴尔扎克同韩斯卡夫人的来往从1832年至1850年,长达十七八年,两人的通信出版后有四卷之多。

1832年2月28日,一封署名"外国女人"的信发自敖德萨。巴尔扎克成名后收到不少女人的来信,但这封信格外引起他的注意,从信的笔迹和风格看,它出自一个贵妇人之手。这封信热情赞扬巴尔扎克的《私人生活场景》小说集,但指责他不该遗忘了《驴皮记》,因为这个长篇写得十分成功,以至她决定匿名给小说作者写信。巴尔扎克在《法兰西报》上表示收到了对方的信,但这个神秘的通信女人没有看到这个声明。11月7日,外国女人又来信说:"我想认识您,又认为没有这个必要。心灵的本能使我预感到您的存在,我照自己的方式想象出他,如果我看见您,我会说:这就是他……阅读您的作品时,我的心颤抖不已。您把女人提高到恰当的尊贵高度。女人心中的爱情是一种至上的品德,一种神圣的流露,我赞赏您身上的这种出色的同情心,它使您让人感觉到这一点。"她还是不愿透露真名实姓:"对您来说,我是'外国女人',我在世时永远如此。"她让巴尔扎克在俄国发行的唯一的法文报纸《日报》上用缩写的署名表明他收到了信。

这种神秘方式,这种亲切语调,这种体己话,这种幽雅的文风,都十分吸引巴尔扎克。1832年12月9日,《日报》上登载一则小小的启事:"德·B先生收到了写给他的信,他只能在今天通过报纸发出信息,而且很遗憾不知道回信寄到哪里。"外国女人终于透露了自己的身份:她出身于同俄国人联姻的波兰贵族之家,名叫埃弗琳娜·勒兹夫斯卡伯爵夫人;她在1819年嫁给旺赛斯拉·韩斯卡,丈夫比她大

22岁。她在乌克兰拥有一座古堡维埃兹索夫尼亚,有领地21000公顷,还有3035个农奴。她宣称自己只有27岁,实际上是31岁或33岁。巴尔扎克倾慕她年轻、漂亮、富有。于是两人之间鱼雁往来,书信由她的女管家负责传递。

巴尔扎克的信很快转变为热烈的情书,例如其中的一封这样写道:"噢,我未曾谋面的心上人,我是个孩子,如此而已……像孩子一样纯洁,像孩子一样爱着……女人曾是我的梦幻,我从来只向幻想伸出手臂。"他渴望着与情人见面,韩斯卡夫人终于征得丈夫同意,到女管家的故乡、瑞士的纳沙泰尔旅行。1833年秋天,巴尔扎克赶往那里,但一起只待了5天。10年后,即1844年,巴尔扎克回忆这一段甜蜜的经历时说:"啊!您还不知道我心中的感受,那时,从那个院子深处——院子里的小石子、长木板、车棚都铭刻在我脑海里——我看见一个面孔出现在窗口……我不再感觉到自己的身体,当我对您说话时,我目瞪口呆。这种呆痴,这条在汹涌翻腾中暂停一下,以便更加有力地奔腾的急流,这种状态持续了两天。'她该怎样想我呢?'这个疯子般的句子,我怀着恐惧反复说着。"

传说巴尔扎克在湖边散步时,看到一个女人在看书,发现她手里拿着他的一本作品。这个女人便是韩斯卡夫人。她没有料到他又矮又胖,掉了门牙,头发凌乱,不过面孔聪颖,目光如火,笑容可掬。巴尔扎克则看到一个庄重的大块头女人,额角突出,脖子有点肥胖,嘴巴肉感。

同年的圣诞节,巴尔扎克又赶到日内瓦去会见她,这一次待了6个星期。1835年5月,巴尔扎克来到维也纳与她会面。这次分手直到8年后才重逢,但他们的结合还要等待更久。1841年韩斯卡夫人的丈夫去世后,巴尔扎克已经表示了与她结婚的愿望。但韩斯卡夫人出于种种原因,其中包括要料理丈夫遗产,而一直拖延下去。1843年巴尔扎克从海路赶到圣彼得堡去会见她,从7月底待到10月初,然后经柏林、莱比锡和比利时返回法国。韩斯卡夫人也曾携女儿安娜来到巴黎,巴尔扎克从巴黎陪伴她去意大利旅游。1846年韩斯卡夫人怀了孕,但产下了一个死婴,巴尔扎克空欢喜了一场。1847年,韩斯卡夫人再度来到巴黎,秘密地住在贝里寡妇街,她并不喜欢巴尔扎克在福蒂奈街张罗的房子,5月便返回乌克兰。9月,巴尔扎克来到维埃兹索夫尼亚,直至1848年2月才回到巴黎。同年9月,他又去乌克兰,在那里待了一年半,其间病得不轻。

直至1850年3月14日,他们的婚礼才在贝迪捷夫的圣胡子教堂举行。3月

17日,巴尔扎克在给女友卡罗夫人的信中说:"三天前我娶了我唯一爱过的女人,如今我格外爱她,直至离世。我相信,这个结合是上帝为了那么多的不幸,那么多年的工作、经历和克服的困难而给我保留的报偿。我不曾有过幸福的青春,也不曾有过百花齐放的春天;我会有最辉煌的夏天和最柔美的秋天。"

然而,巴尔扎克是在盲目乐观,他的身体状况很坏,以至直到5月才与妻子一起回到巴黎。5月末,巴尔扎克夫人在信中说:"他既不能看,也不能走路,他不断昏厥。"5月30日,巴尔扎克的老友纳卡尔医生让医学界权威来会诊。不久,他四肢肿胀,出现蛋白尿,伴随水肿和阵阵刺痛。8月5日,他撞在一件家具上,腿部出现坏疽。在病情稍好的日子里,巴尔扎克仍然非常乐观,继续孕育庞大的写作计划。但随后他的病情急转直下,医生们束手无策。据说他临终前曾表示:"只有毕安训[1]能救我。"8月18日夜里,巴尔扎克一直处于昏迷不醒的状态。雨果闻讯后赶去看望他。

就像古代希腊报捷的战士,经过42公里的长途奔跑,到达目的地便倒地而死一样,巴尔扎克结婚以后获得幸福还不到半年,便与世长辞。他在晚上11时半停止呼吸。

8月21日,巴尔扎克被安葬在巴黎的拉雪兹神父公墓。

## 九、伟大成就与巨大影响

巴尔扎克的一生是光辉的一生。正如雨果所说,他的"作品比岁月还多"。

他的鸿篇巨制《人间喜剧》是一座文学丰碑,具有不朽的价值。马克思和恩格斯给予巴尔扎克的作品以极高的评价,认为巴尔扎克对现实关系有深切的了解,《人间喜剧》"汇集了法国社会的全部历史",[2]"在他的富有诗意的裁判中有多么了不起的革命辩证法"。[3] 左拉认为《人间喜剧》"是一个世界,一个人类创造的世界,由一个生前是个艺术家的不可思议的泥瓦匠所建造"。这些评价并不过誉,巴

---

[1] 毕安训为《人间喜剧》中的名医。
[2] 《马克思恩格斯选集》第4卷,第463页。
[3] 《马克思恩格斯全集》第36卷,第77页。

尔扎克确实当之无愧。

世界上从来还没有一个作家,像巴尔扎克那样,将自己生活过的半个世纪的社会完整地反映出来。巴尔扎克的这一丰功伟绩是任何作家难以望其项背的。19世纪上半叶是法国资本主义社会建立的初期,资产阶级与贵族阶级的斗争几经反复,但总的趋势是资产阶级逐渐上升,贵族阶级逐渐败退和衰亡。巴尔扎克几乎是用编年史的方式将资产阶级对贵族社会日甚一日的冲击描写出来;资产阶级的这部上升史是一部罪恶的、充满血腥味的历史。而贵族社会曾经力图重整旗鼓,恢复旧日的生活方式,其中,明智的贵族能顺应历史潮流,与资产阶级联姻来保存自身,顽固的贵族则日薄西山,苟延残喘,有的则为资产阶级暴发户所腐化。这一社会现象是半个世纪以来最具有本质意义的历史发展过程,这个过程在《人间喜剧》中得到淋漓尽致的再现。

当然,文学作品不同于历史著作,它是以形象生动的人物和故事去反映和概括社会生活和社会现象的。巴尔扎克就尤其擅长通过一幕幕家庭、婚姻的悲剧去展示整个社会,特别着重表现金钱在资本主义社会中的作用。《人间喜剧》的绝大部分作品都离不开这个题目。这也是世界上任何作家都达不到巴尔扎克所描绘的深度和广度。而其中包含的极其丰富的经济状况的细节,则是当时所有职业的历史学家、经济学家和统计学家都望尘莫及的。《人间喜剧》的认识价值不言而喻。

作为现代小说的巨匠,巴尔扎克发展和丰富了小说的形式。他擅长塑造典型环境中的典型人物。在《人间喜剧》中,脍炙人口的人物形象可以排成一个几十人的长名单,仅仅吝啬鬼就不下10个,而且个性各异,栩栩如生。《人间喜剧》中出场的人物达到令人惊叹的2400多个,他们不折不扣地组成了一个世界,有"巴尔扎克社会"的美称。生动的、个性化的对话是巴尔扎克的拿手好戏。巴尔扎克对文章结构也颇费心血,力求多变。尽管巴尔扎克写作过快,对语言的推敲显得不够,即令他想弥补,在校样上大加涂改,墨迹斑斑,仍然避免和消除不了种种瑕疵。但是,瑕不掩瑜,与他的成就相比,缺点微不足道。

法国伟大作家雨果,在巴尔扎克逝世时已经敏感地意识到巴尔扎克的重要性,他毫不犹豫地称巴尔扎克为"天才",认为巴尔扎克是"最伟大的作家中第一流的一个,最优秀的作家中地位最高之一"。左拉尊他为自然主义流派之父,以《人间喜剧》为楷模,创作出20卷本的《卢贡-马卡尔家族》。20世纪的法国作家中,儒勒·罗曼和杜阿梅尔也是巴尔扎克的学生,分别著有27卷本的《善意的人们》和10卷本的《帕斯吉埃一家纪事》。巴尔扎克的《人间喜剧》已被公认为19世纪小说创作的顶峰,新小说派作家认为,如果不另辟蹊径,那就无法达到巴尔扎克的高度。今天,巴尔扎克研究在法国是所有作家研究中最吸引研究者的项目,研究成果也最为丰富。据60年代末的一项统计,巴尔扎克的作品在青年人和成年人中拥有最多的读者。巴尔扎克的巨大影响早已越出国界,传遍了全世界。

# 论巴尔扎克

## 巴尔扎克的思想

奥诺雷·德·巴尔扎克(1799—1850)是法国,而且也是西欧前期批判现实主义的代表作家,在整个法国文学史上,他占据着首要地位。他的成就和影响不止于法国,在全世界现实主义文学中间,巴尔扎克是杰出的、光辉的代表。

巴尔扎克的思想十分复杂,而且充满了矛盾。有的人利用巴尔扎克参加了保皇党、宣称自己是在君主政体和宗教的指导下创作的事实,宣扬"世界观越反动,作品越伟大"的谬论。因而,正确地阐述巴尔扎克的思想和世界观,具有十分重要的意义。

总的来说,巴尔扎克的思想尽管十分复杂矛盾,然而却掩盖不住它进步的方面。巴尔扎克对哲学、经济学、政治、宗教、历史、文艺和自然科学无不具有浓厚的兴趣,进行过深入的研究,他的全部著作反映了他对这些方面几乎都有深刻而独到的见解。因此,要了解巴尔扎克的思想,必须多方面地进行分析。

### 1. 巴尔扎克的哲学思想

巴尔扎克主要是一个唯物论者。马克思主义认为,思维对存在、精神对自然界的关系问题,是全部哲学的最高问题。断定精神对自然界来说是本原的,组成唯心主义阵营,"凡是认为自然界是本原的,则属于唯物主义的各种学派"。[①] 巴尔扎克在创作《人间喜剧》的过程中一直在思考这个哲学的根本问题。《路易·朗贝尔》

---

[①] 恩格斯:《路德维希·费尔巴哈和德国古典哲学的终结》,《马克思恩格斯选集》第4卷,第220页。

（1832—1833）的主人公不仅反映了作家的一些个人经历，而且表达了作者的哲学思想。小说主人公路易·朗贝尔深入到宗教的研究中，表面看来，"他是唯灵论者；但是，根据他自己的观察，我敢下相反的结论，因为他认为理智完全是物质的产物"。巴尔扎克又写道："路易不可抗拒地被导致承认思维的物质性"，"他认为思想和观念是人的内部机体的运动和行动"。这表明巴尔扎克认识到物质是第一性的，精神是第二性的。巴尔扎克在晚年写下的《社会解答》中，再一次表露了他的唯物论反映论观点：他重申思维是有机体产生的；认为"我存在。我思维。我说话"；"人在观看、觉察、思索，然后产生一种叫作观念的存在"，"观看、觉察、思索、立意、回忆、演绎与归纳、抽象、想象、区分"，这种从物质到精神的观点是完全符合唯物论的。

巴尔扎克显然接受了当时自然科学某些基本的、最进步的学说。例如，在长篇小说《绝对的探求》中，他正确地指出："化学将自然界分为截然的两部分：有机界和无机界。"这部小说幻想通过分解碳的合成炼出人造钻石。巴尔扎克也懂得物质可以改变，但不能消灭的物质不灭定律。巴尔扎克是内分泌学的预见者。特别是巴尔扎克对物质和运动的理解是完全符合唯物主义的。路易·朗贝尔认为："世间的一切都是通过运动和数量才存在的。"《驴皮记》是巴尔扎克另一部阐述自己的哲学见解的小说。小说主人公为寻求掌握自己命运的奥秘而去询问自然科学家。有个机械学家告诉他："一切都是运动。思维是运动。自然界建立在运动之上。死亡是运动，其结果我们还不甚了然。如果上帝是永恒的，那么请相信，它也永远在运动之中。上帝也许就是运动。"这一观点在巴尔扎克的小说中屡见不鲜。"运动是物质的存在方式。"[①]恩格斯还指出，这一观点以前的一切唯物主义者也是不清楚的。根据恩格斯的论断，可以认为巴尔扎克的唯物论建立在牢固的基础之上。他的唯物论是使他采用现实主义创作方法的思想基础。

巴尔扎克的哲学思想的另一重要方面是对自然界一切事物之间的关系的认识。他认为："自然界是一个密不可分的整体……一切都服从这一法则。每一生物都在自身再生小型的准确的形象，植物液体，人类的血液，星球的运行都是这样"，"自然界是统一体中存在着多样性"，"大自然中没有任何孤立的东西，一切相连，

---

[①] 恩格斯：《反杜林论》，《马克思恩格斯选集》第3卷，第98页。

一切精神现象相连,一切物质现象相连"。正是从这一观点出发,巴尔扎克注意到经济对社会发展的制约作用以及社会环境对人物思想的重要影响。

尽管这样,巴尔扎克的唯物论仍然属于机械唯物论。他并不是一个彻底的唯物主义者。在对待物质与精神的关系问题上,他有时表现为二元论者,认为唯物论和唯灵论可以同时并存:"也许唯物论和唯灵论表达了同一事实的两个方面",这就为唯灵论留下了地盘。当时自然科学发展水平还很低,有许多基本问题不能解决,巴尔扎克把这归之为"人类科学的幼稚",认为物质世界是有限的,他笔下的科学家公然声称相信魔鬼或上帝。巴尔扎克并没有真正了解物质运动的现象,因而认为"运动就像上帝一样不可解释;像上帝一样深邃、无边无际、不可了解、不可捉摸"。巴尔扎克只看到各种事物之间的联系,而不了解事物变化的根本原因,也就是说,不懂得内因是事物变化的主要原因,外因通过内因而起作用。因此巴尔扎克的唯物论没有摆脱形而上学的桎梏。

### 2. 巴尔扎克的经济学思想

巴尔扎克无疑钻研过古典政治经济学家的论著。马克思曾经援引过《乡村本堂神甫》的一个银行家格罗斯泰特的话:"如果工业产品的价格不高出成本一倍,工商业活动就不可能存在",认为这是一句很在行的话①。巴尔扎克对经济学作过深入的研究,不仅作过专门的论述,而且在小说中表达得十分详尽。

巴尔扎克是自由贸易的鼓吹者。他通过《乡村医生》的主人公勃纳西说:"一个国家真正的政策应该致力于解脱对外国的一切纳贡,但并不需要丢脸地求助于关税和禁运。"在《关于劳动的信》中也说:"国家与其致力于规约和组织劳动,远不如效法英国,鼓励出售,给国民生产寻找和开辟出路。这是保护工人和商业的唯一方法。"巴尔扎克要求加速发展工商业,也就是加速发展资本主义。他大声疾呼:"必须有一个工业的波拿巴,给共和国一个组织者。"他认为金融资产阶级统治下的七月王朝压制了其他资产阶级的利益,工商业得不到充分的发展,"法兰西自1830年以来一直停滞不前"。他的自由贸易的主张反映了中小资产阶级的要求。

对资本主义经济规律的探讨构成了巴尔扎克经济观点的重要部分。巴尔扎克

---

① 马克思:《致恩格斯》(1868年12月14日),《马克思恩格斯全集》第32卷,第217页。

接受了西斯蒙第的这一理论：劳动力的低价格一般可使生产者建立优越的商品市场。巴尔扎克的出发点在于要同英国在工业方面竞争,这就需要工业产品价格低廉,而"成品价格决定于成本费和工资"。他还认为"一个国家之富有,不在于它能把许多钱从一个金库调拨到另一金库中,而在于人们可以用很少的钱买到很多的食品"。巴尔扎克认识到这最终必然要同农业联系起来,因为"一切来自土地的东西……都是工资和原料的综合产品"。但是当时的农业状况对社会发展是一个巨大的障碍。要发展资本主义的工商业,就必须发展资本主义的农业,改变当时农村的落后状况。巴尔扎克认为在40多年中,由于农业的关系,光利息就损失了6亿法郎,即少了12亿法郎的农业产品,亦即损失了商品流通可能获得的30亿法郎。巴尔扎克指出,英国的资本由于能够不停地运转,每年有100亿的产值,而法国的产值连它的十分之一都不到。总起来看,巴尔扎克的观点反映了工商业资产阶级、包括农村资产阶级的利益。

　　巴尔扎克自己也意识到要实现他的经济主张是不可能的。他说："工农业之间必然引起冲突,因为工业在竞争的推动下,希望食品低价格,以便压低劳动力价值。可是农业供应食品不能低于成本费。这是现代政治解决不了的问题。"(《社会解答》)巴尔扎克提出要降低三分之一的捐税,改变捐税的分配制度,也纯属改良主义的幻想。巴尔扎克毕竟还没有认识到资本主义经济制度的根本弊病,也没有认识到"物质生活的生产方式制约着整个社会生活、政治生活和精神生活的过程"[①],因此他的经济主张只能是改良主义的。

　　巴尔扎克之所以如此重视经济问题,是因为他认识到经济同社会政治之间存在着一定的关系。"没有流通,也就没有商业、没有思想交流,没有任何类型的财富",这段话包含着经济活动与人们思想之间的制约关系。巴尔扎克很早就看到一定的经济地位导致人们的思想愿望："工匠要把他的儿子送去当法官,商人要把他的儿子培养为公证人,而公证人和法官则希图在议会里扬名。"(《论长子继承权》)巴尔扎克发现经济利益和意识形态的关系："天主教徒是王权、领主和教会的物质利益的体现者。"(《两个梦》)巴尔扎克认识到复辟时期的贵族阶级失去了以往的经济条件,大多都背上了债,"无钱的阀阅世家在法国大贵族中根

---

[①] 马克思：《〈政治经济学批判〉序言》,《马克思恩格斯选集》第2卷,第82页。

本找不到富有的女继承人"(《莫苔丝特·米蓉》),因而只能同大资产阶级联姻。贵族阶级在经济上的没落导致了政治上的灭亡,而资产阶级在经济上的日益得势也不可避免地导向它的上台。巴尔扎克还发现里昂起义和巴黎起义的起因开初纯粹是经济上的,最后转成了政治性的(《关于工人》)。巴尔扎克看到小农经济的落后造成了农民的闭塞、守旧,农村成为封建势力的最后营垒。巴尔扎克已开始注意到大工业对社会的影响。所有这些使《人间喜剧》具有极其丰富的反映社会现实的内容。

### 3. 巴尔扎克的政治思想

阶级斗争的观点是巴尔扎克政治思想的重要部分。巴尔扎克曾经听过基佐的课,后来研究过这一法国资产阶级历史学派的著作。更重要的是,巴尔扎克接受过圣西门和傅立叶空想社会主义的影响。巴尔扎克关于阶级斗争的观点就来自这两个方面。同他们一样,巴尔扎克认识到阶级斗争是了解全部法国历史的钥匙。在复辟王朝后期写成的《婚姻心理学》已经注意各阶级的存在,据他分析,在法国,穷人有1800万,中等阶级有1000万,富人有200万,数字比例相当准确。这时期他曾指出:"生活可被看成穷人和富人之间的一场持久的战斗"(《正直人法典》);"他看到世界分成截然不同的两个阶级:大人物和小人物"(《百岁老人》)。巴尔扎克在《论保皇党状况》(1832)一文中通过历史的回顾,指出自高卢人入侵以后,就形成了压迫者和被压迫者阶级;被压迫者要争取解放,引起了利益之间的冲突,而不同的利益产生不同的思想和原则;随着第三等级的日益强大,产生了派别;1789年以后,资产阶级从第三等级中分化出来。巴尔扎克的描述表明他是以阶级斗争的观点来研究法国历史的。在理解现代史和当代史时,他划分了贵族和高级僧侣、资产者、农民、下层人民和士兵、无产者等几个阶级(《金眼女郎》《耶稣·基督在佛兰德尔》)。就是这样,巴尔扎克把资产阶级与贵族阶级搏斗的历史写进了《人间喜剧》。他从阶级斗争的观点出发,在复辟时期就预言:"革命尚未结束,从社会骚动的情况来看,我预见到将有风暴。"在七月王朝时期,巴尔扎克又断言:"我不相信再过十年,现存制度还会存在……青年将会像蒸汽机的锅炉一样爆炸。"(《兹·马尔卡》)巴尔扎克深知这个道理:"生活悲惨的人达到一定数目,而富人屈指可数时,革命就不远了。"总之,"把历史看作一系列的阶级斗争,比起把历史单单归结为生存斗争的差异极少的阶段,就更有内容和更深刻得多了"。①《人间喜剧》之所以能深刻地反映社会现实,一个重要原因是由于它的作者在相当程度上掌握了阶级斗争的观点。

公开参加正统派反映了巴尔扎克政治思想的另一重要方面。毫无疑问,巴尔扎克从倾向自由派转到参加保皇党,对他的创作产生了消极影响。"他的伟大的作品是对上流社会必然崩溃的一曲无尽的挽歌;他的全部同情都在注定要灭亡的那个阶级方面"。②《人间喜剧》充斥着巴尔扎克心爱的贵族男女,充分流露了巴尔扎克对贵族上流社会的赞赏和留恋,表达了他对失意的贵妇和"正直"的贵族的极大同情。巴尔扎克还发展到对路易十六寄予同情,描写杀死他的刽子手如何内疚,暗中把国王的遗物交给一个藏匿起来的教士,后来处决罗伯斯庇尔的也是他,"全法国没有心肝,而钢刀却有"!(《恐怖时代的一个插曲》)巴尔扎克还在《现代史内幕》中描写一群旧贵族如何组织了一个慈善机构,为首的是一个反对大革命的女贵族,她的女儿上了断头台,而她则被判处20年监禁,但她后来却救助了变得穷困窘迫的那个当年判她刑的法官。

然而,不能因为巴尔扎克参加了保皇党,在作品中流露了对贵族阶级的同情,就把他同贵族等同起来。

其一,马克思曾深刻地指出,当时法国的资产阶级"分裂成为两大集团",即"两大保皇主义集团——联合起来的正统派和奥尔良派"③,前者代表土地资产阶级,后者代表金融资产阶级。奥尔良派在七月王朝掌权,因此,巴尔扎克参加的是一个资产阶级反对派。一方面,大地产阶级"虽然还摆着封建主义的资格,抱着高贵门第的高傲态度,但是在现代社会发展的影响下已经完全资产阶级化了"。另一方面,由于土地资产阶级同贵族有着更多的联系,所以正统派也就带有更多的贵族色彩。法国大革命以后,贵族阶级融合到资产阶级中去的社会现象与日俱增,而资产阶级也乐于带有贵族称号,攀附名贵。巴尔扎克的倾向具有贵族色彩就是这种现象的反映。

---

① 恩格斯:《自然辩证法》,《马克思恩格斯选集》第3卷,第573页。
② 恩格斯:《致玛·哈克奈斯》(1888年4月初),《马克思恩格斯选集》第4卷,第463页。
③ 马克思:《1848年至1850年的法兰西阶级斗争》,《马克思恩格斯选集》第1卷,第451页。

其二，巴尔扎克之所以加入正统派，主要原因是由于不满金融资产阶级独占的统治。巴尔扎克在七月革命后不久就观察到："由七月所产生的伟大准则，没有一条写进立法中去……政府重操复辟时期的旧业。"(《关于巴黎的信》)他在《一年中的两遇》里写到七月革命的参加者如何在法庭和监狱里相遇："整个时代的历史可以用一个词来表达：叛变！"巴尔扎克的思想代表了中小资产阶级，而在七月王朝，"所有阶层的小资产阶级，以及农民阶级，都完全被排斥于政权之外"。[①] 巴尔扎克正是由此而参加反对派的，他甚至宣称："如果我不能生活在绝对君主制之下，我宁愿要共和国，也不愿要这些没有行动、没有基础、没有原则的卑劣的不合法政府。"

其三，巴尔扎克始终保持着中小资产阶级的立场，他并不是一个正统的保皇派。他因观点不同，和保皇党有过不少矛盾。巴尔扎克曾直言不讳地指出："保皇党和自由党都有极大的错误：它们为了稳住党内群众，而屈服于自己的偏见，进行无理的争论。故而最忠实反映保皇党精神的报纸不敢谈论宪章，虽然这份报纸的撰稿者，党内最有头脑的人，孕育了伟大的设想，即在全国范围建立仿效英国托利党的保皇党。"(《论保皇党状况》)巴尔扎克在《乡村医生》中描绘了乌托邦的蓝图：针对金融资产阶级独占的统治，他提出"竞争是实业的生命"；针对大资产阶级对中小资产阶级的排挤，他主张提供"崭露头角"的机会；针对金钱的腐蚀力量，他希望"金钱一方面使人安居乐业，一方面带来健康、富足和快乐"；针对社会的停滞不前，他主张发展资本主义工商业；针对政府的无能，他主张实行强权政治；针对人民的贫苦，他提倡改善人民生活；针对农村的落后，他提出建立资本主义的农场；他还提倡宗教和主张建立宗法式的家长制。小说遭到了保皇党报纸的指责，因为巴尔扎克的种种主张同保皇党的主张相去甚远。然而巴尔扎克没有放弃自己的观点，在《乡村本堂神甫》中，他更进一步发展了建立资本主义农村的理想。巴尔扎克同保皇党始终保持着貌合神离的关系。

其四，巴尔扎克参加保皇党后，并没有改变他对哲学、经济和关于阶级斗争的基本观点。更有甚者，1837年巴尔扎克曾一度对傅立叶的空想社会主义发生了兴趣；他对共和党人表示高度赞赏；直到40年代后期，他仍然把空想社会主义者看作

---

[①] 马克思：《1848年至1850年的法兰西阶级斗争》，《马克思恩格斯选集》第1卷，第394页。

先锋;巴尔扎克把共产主义者也放到这一行列中(《不自知的演员》),认为共产主义是"民主的既生动又活跃的逻辑发展"(《农民》)。这一切说明巴尔扎克始终保持着中小资产阶级的较为民主的观点。

正因为巴尔扎克的政治观点没有离开中小资产阶级的立场,所以他对人民的态度既有同情其疾苦的一面,也有反对人民参与政权的消极一面。如他认为"人民参加政府,等于膂力要作机器","由群众统治的政府,这是唯一不负责任的政府";他认为人民理应永远处于被统治、"被保护"的地位,社会应保持资产阶级统治的局面;他认为阶级是永存的,现代社会的秩序也应该永存。

### 4. 巴尔扎克的宗教思想

巴尔扎克是鼓吹天主教的。他有几部小说专门描写宗教"感化"人的力量。如《乡村本堂神甫》描写一个教士如何把一个偷盗成风的村子淳化成路不拾遗,小说女主人公在他的感化下,作了忏悔,承认曾诱使一个学徒爱上自己,最后她出资改变山村的落后面貌,自己则苦修而死。作者以此说明"基督教是一个对抗人的败坏倾向的完整体系"。

巴尔扎克深深懂得宗教可以作为阶级统治的工具。他说:"来生的教义不单是一种安慰,而且还是一种适于统治的方法";天主教"是稳定社会的最大因素";"宗教感情是唯一能制驭精神的叛逆、野心的算计和形形色色贪婪的";"在政府所能运用的一切方法中,宗教难道不是使人民逆来顺受、一生劳碌的最有效方法吗"?巴尔扎克最后这样剖析宗教:"这也许没有由神祇建立的因素;这或许是人的一种需要。"他还通过人物指出,"宗教是使富人得以安逸地生活的保守原则的纽结"。如此直言不讳地道出宗教的秘密,完全有别于统治阶级和教会;如此清醒地、透辟地分析宗教的性质和作用,更有别于一般的教徒。巴尔扎克说过:"我根本不是正统的教徒,我根本不相信罗马教会。"巴尔扎克既不是真正信教,却又大力鼓吹宗教,原因在于他看到了社会某些不可克服的弊病,而又找不到出路。他认为宗教"是一切社会里,把恶的数量减少,把善的数量增加的唯一手段",认为"基督教告诉穷人容忍富人,告诉富人减轻穷人的困难"。因此,鼓吹宗教是巴尔扎克站在改良主义立场上导致的必然结果。

从上述对巴尔扎克几个方面的思想的分析来看，他的思想的矛盾是有迹可寻的。一方面，他主要是一个唯物论者，这是他能够接受当时进步思想、正确地理解各种事物的基础，而同时又带有唯灵论的成分，甚至相信荒谬绝伦的骨相学、神秘主义、催眠术、占卜术等；一方面他鼓吹发展资本主义工商业和农业，有时又幻想回到宗法式社会里去；一方面他具有阶级斗争的观点，以此去描绘社会生活深刻而广泛的斗争、变化和发展，另一方面则流露了对必然灭亡的贵族的同情；一方面认识到宗教的作用，而这种认识又使他狂热地鼓吹宗教。这个自称要成为"社会医学的普通医生"的作家，其实并没有、也不可能解决社会问题，最后他只能得出："福祉在理论上是可能的，在实践上却是不可能的。"巴尔扎克思想上的这种矛盾现象有着深刻的社会和阶级的根源。这种矛盾是当时极其复杂的阶级矛盾、社会斗争和历史传统的反映，是19世纪上半叶法国社会生活所处的矛盾状况的表现，也是巴尔扎克所处的阶级地位和所代表的阶级利益的表露。

19世纪上半叶是法国资本主义同封建主义继续斗争，取得最终胜利的时期。随着阶级斗争的深入发展和曲折变化，中小资产阶级的政治地位也发生了变化，从而影响到他们政治态度的变化。在拿破仑时期，中小资产阶级在政治上和经济上都获得了利益。巴尔扎克在《赛沙·比罗图盛衰记》中描写了一个中小资产阶级的典型赛沙·比罗图。他的兴盛是同拿破仑帝国的兴盛同时并行的。拿破仑时期，农民分得了土地，成为自由农民。中小资产阶级可以通过入伍的途径往上爬。这一时期，中小资产阶级拥护大革命、拥护拿破仑。巴尔扎克的家庭和他自己都采取这种立场。随着拿破仑的下台和复辟王朝的建立，中小资产阶级的"黄金时代"过去了。在巴尔扎克笔下，赛沙·比罗图是在复辟时期破产的，"在几年里出现的破产，同旧王朝的两个世纪里出现的一样多。"政治上往上爬的途径也断绝了。这一时期的中小资产阶级走投无路，四处碰壁，有的倾向于空想社会主义，有的投靠复辟王朝。巴尔扎克这时期的思想也处于不断变化之中。最后，在七月王朝中，金融资产阶级独霸天下，中小资产阶级为了反对金融资产阶级日甚一日的压迫，采取不同的对抗形式，其中重要的一种就是同反对派的大土地资产阶级联合起来，力争整个资产阶级的共同统治。"农民反对高利贷和反对抵押制的斗争，小资产者反对大商人、银行家和工厂主等即反对破产的斗争,还隐蔽在反对金融贵族的普遍起义外壳下面"①,巴尔扎克参加保皇党正符合这一社会现象。

19世纪上半叶的法国,占统治地位的是农业,农民和小资产阶级占压倒多数。毫无疑问,巴尔扎克在很大程度上反映了他们的情绪、思想和要求。巴尔扎克广泛地描写了农民的悲惨处境。他尖锐地提出了农民的贫困在于不断分割小块土地,《乡村本堂神甫》列举了小块土地的危害,指出法国有4000万公顷土地,却有12500万块地;土地愈分散,农民在经济上愈弱小,生产落后和收入极微的状况也就不能得到改变(有的只有15至25生丁收入),这一切的根源正在拿破仑的《民法》之中。"'拿破仑的'所有制形式,在19世纪初期原是保证法国农村居民解放和富裕的条件,在这个世纪却已变成使他们受奴役和贫穷化的法律了。"②巴尔扎克曾大声疾呼要改革捐税制度,裁减庞大的官僚机构(《职员》),显然,巴尔扎克反映了要求摆脱这种贫困生活条件的农民的愿望。另一方面,由于农村的闭塞落后,一部分农民对封建贵族言听计从,由于"处在依赖自然力的地位并且对保护它的最高权力采取顺从态度"③,一部分农民迷信宗教,这些也都在巴尔扎克的思想里得到反映。可以说,汪洋大海似的农民和小资产阶级的革命要求和弱点、弊病直接影响了巴尔扎克,无疑地这是巴尔扎克思想矛盾的社会根源。

由此看来,巴尔扎克的思想在主导方面是进步的,消极面是次要的。《人间喜剧》之所以能深刻地反映现实,与此密不可分。弄清这一问题,不仅具有极大的理论价值和现实意义,而且直接牵涉到如何评价《人间喜剧》。

## 《人间喜剧》的思想内容

恩格斯在《致玛·哈克奈斯》的信中曾经精辟地论述过《人间喜剧》的深刻意义。

---

① 马克思:《1848年至1850年的法兰西阶级斗争》,《马克思恩格斯选集》第1卷,第403页。
② 马克思:《路易·波拿巴雾月十八日》,《马克思恩格斯选集》第1卷,第695—698页。
③ 同上。

恩格斯指出：巴尔扎克"在《人间喜剧》里给我们提供了一部法国'社会'特别是巴黎'上流社会'的卓越的现实主义历史"，"他汇集了法国社会的全部历史"。这一高度评价正确地反映了《人间喜剧》的思想内容，概括地指出了《人间喜剧》的不朽价值。

巴尔扎克给自己规定的任务也正在于反映整个社会。他在《人间喜剧序言》中写道："法国社会将要作历史家，我只能当它的书记"，"从来小说家就是自己同时代人们的秘书"。在法国文学史上，还没有一个作家给自己提出这样巨大的任务。巴尔扎克要真实地深刻地"再现自己的时代"，不是部分地再现，而是整体地再现，使之构成一部通过形象来表现的历史。他反复地强调，要"完成一部描写19世纪法国的作品"，他要研究"法国史的主要统治时期"，以描绘"构成这个社会的通史"的全部风俗，这部风俗史正是"许多历史家忘记了写的那部历史"。巴尔扎克感到一部作品难以完成这个任务，于是他想到把自己的作品"联系起来，编写成为一篇完整的历史，其中每一章都是一部小说，每一部小说都描写一个时代"，这样集合起来，便构成一部"包罗万象的社会史"。巴尔扎克可以说完成了这个任务。

《人间喜剧》首先反映了资产阶级取代贵族阶级的罪恶发家史。恩格斯指出，巴尔扎克"用编年史的方式几乎逐年地把上升的资产阶级在1816年至1848年这一时期对贵族社会日甚一日的冲击描写出来"。恩格斯强调"用编年史的方式"，也就是说表现得非常细致。1816年至1848年恰是巴尔扎克的青年时期和创作时期，他对这一段历史最熟悉。巴尔扎克并没有孤立地去描写这段历史。为了充分表现资产阶级取代贵族阶级的历史过程，巴尔扎克对资产阶级的兴起作了深入的研究。他发现从中世纪起，资产阶级的前身市民阶级就逐渐强大起来，它"以商业和一切社会联系反对封建主义，以科学、智谋、金钱反对强权，以天赋人权反对强加的法权，以罗马法反对领主司法"（《论保皇党状况》）。小说《柯内留斯老板》的故事发生在15世纪下半叶，作者把国王路易十一写成一个保护资产阶级，为资本主义发展最先开辟道路的贤明君主。在小说《两个梦》中，作者指出封建王朝覆灭的起因要追溯到16世纪的宗教改革运动。在《玛拉娜母女》中，巴尔扎克分析道："法国大革命改变了经过战乱的地方的风俗。"在《婚约》中他进一步指出："自上次法国革命以来，资产阶级的风俗已经渗入贵族世家。"这是波旁王朝返回法国之前的社会状况。这一历史的回顾是极富于意义的,它更清楚地显示了历史发展不可逆转的趋势。事实正是这样,这一发展趋势并不因为波旁王朝的复辟而中止了。"革命在继续,它植根于法律之中,刻写在土地之上,始终存留于精神之中。"(《两个少妇的通信》)在大革命和拿破仑时期发了横财的大资产阶级,复辟时期经济实力不但没有削弱,而且以更快的速度增长着财富。《老姑娘》描写在外省阿朗松地区资产阶级的头面人物杜布斯吉埃如何战胜旧贵族,娶了当地最有钱的老处女,终于完全控制了这个城市,"毫无能耐的共和国最后终于战胜了标榜骁勇的贵族,而且是在复辟王朝的盛期"。这个资产者获胜的原因是:"社会改变了……随着政治变动而来的,是风俗的改变。"巴尔扎克淋漓尽致地描写了这场阶级斗争,它不仅表现在经济领域,而且表现在宗教领域和政治领域。《都尔的本堂神甫》描写依附于贵族的比罗图神甫被与资产阶级和修道会有紧密关系的特鲁贝神甫赶出了都尔城。《比哀兰德》描写以维奈为首的资产者在自由派的支持下,同当地贵族进行党派斗争,其中还纠缠着婚姻的追逐,最后维奈获得完全的胜利。《职员》中描写到高利贷者高布赛克和吉戈奈以债务相逼,让复辟王朝政府中的主任秘书任命他们的人为司长,"胜利归于金钱"。金融资产阶级能够左右高级官员的任命,说明政权已逐渐落入它的手中。七月革命完成了这一权力的过渡。巴尔扎克描写了七月王朝的统治者银行家、高利贷者等金融资产阶级。《纽沁根银行》的主人公——纽沁根的经历是一部典型的资产阶级的罪恶发家史。早在1804年他就借口要作清理,停止支付金币,而发行银行券,用黄金从事他种投机。他利用酒商的困难,用纸币贱买了30万瓶酒,滑铁卢战役后,外国军队进入巴黎,他把酒抛了出去。买进时是每瓶1.5法郎,卖出时6法郎,发了巨额的国难财。1815年纽沁根以40%的价钱买下了破产银行的信用券,然后通过政府官员,让复辟王朝以100%的价值偿付帝国时期留下的债务,赚了一笔钱。同年,他用获得信誉的纸币购买国家发行的证券,再换成黄金,然后再一次停止支付,却用低于原价20%的价钱买进的铅锌股票来偿付。公债正值处于最低价,他用黄金购入。铅锌矿由于不景气,使股票持有者纷纷破产。1827年经济危机爆发,纽沁根掌握1100万资本,他把自己的500万资本投资到美洲,其余的他让别人出面开设一个银号,以高于实际价值20%的价格出售股票。他以这个银号的股票同落价的铅锌矿股票交换,结果使银号股票一下跌到原价值的40%,他又把股票收回。1830年7月公债升到最高价时,纽沁根将公债抛出,七月革命后却以45%的价格收回。纽沁根就是这样以买空卖空的手段大发横财。他的发家史是典型的金融资产阶级的发家史,它建筑在成千成万人的破产和贫困之上。《高利贷者》的主人公高布赛克自称是"无人知晓的国王""命运的主宰",王公侯爵要向他借钱,都得听命于他。他的利息起码是一分二,"我有的是钱,那些左右大臣的人物,我可以收买他们的良心"。七月革命以后,他被任命为管理海地商务的官员。《小资产者》写到高利贷者在七月王朝肆虐的情形,那个在《幻灭》中投靠戈安得兄弟的赛利才更为狠毒,他的借贷每星期是二分利息,"从星期四到星期五他是造物主,是上帝"。《阿尔西的议员》和《夏娃的女儿》都描写了银行家如何把持了议会选举,贵族完全依附于他们。总之,巴尔扎克写出了七月王朝时期金融贵族已取代封建贵族而统治一切的历史面貌。《人间喜剧》鲜明地再现了资产阶级上升发展,逐渐代替贵族阶级的整个过程。

在《人间喜剧》中,与这幅图画紧密联系着的是贵族阶级的没落衰亡史。巴尔扎克描写了"贵族社会在1815年以后又重整旗鼓,尽力重新恢复旧日法国生活方式的标准。他描写了这个在他看来是模范社会的最后残余怎样在庸俗的、满身铜臭的暴发户的逼攻之下逐渐灭亡,或者被这一暴发户所腐化"[1]。虽然"巴尔扎克在政治上是一个正统派;他的伟大的作品是对上流社会必然崩溃的一曲无尽的挽歌;他的全部同情都在注定要灭亡的那个阶级方面。但是,尽管如此,当他让他所深切同情的那些贵族男女行动的时候,他的嘲笑是空前尖刻的,他的讽刺是空前辛辣的"[2]。巴尔扎克注意到,从资产阶级壮大到足以同贵族阶级对抗的时候起,贵族阶级的腐朽已明显地暴露出来了。《受诅咒的孩子》的故事发生在16世纪末、17世纪初,即宗教战争末期及稍后的年代,小说抨击了贵族阶级传宗接代的封建继承观念,把埃鲁德公爵写成一个十分横暴的人物,他象征着没落贵族。《朱安党人》揭露了在1799年煽动暴乱、反对共和国的大贵族和教会,为了恢复封建特权和失去的利益,用天神显灵去欺骗农民,这伙乌合之众终于被共和国的军队镇压下去了。《婚约》写拿破仑帝国后期在外省加斯孔,贵族保尔·德·马奈维尔同一个惯于挥霍的女子结婚,最后破产的经过。《幽谷百

---

[1] 恩格斯:《致玛·哈克奈斯》(1888年4月初),《马克思恩格斯选集》第4卷,第463页。
[2] 同上。

合》的背景是在百日时期前后,作者以极大的同情描写莫尔索夫伯爵夫人企图改革土地管理和租佃制度,以不彻底的资本主义的方式去经营农业,以挽救贵族的没落命运;随着她的死去,这个庄园势必迅速陷于破产。《朗热公爵夫人》写复辟时期巴黎的贵族住宅区圣日耳曼区聚集着"路易十五时代最有诗意的残余""现代的遗迹",因而它"不但没有变得年轻,反而变得衰老了",作者认为这样的贵族"更容易被战胜"。《古物陈列室》写的也是复辟时期。被自由党称为"贵族绿洲""古物陈列室"的贵族沙龙,聚集着以埃斯格里荣侯爵为首的最顽固的贵族老古董,"在那里,皇帝和国王永远是指波拿巴先生;在那里,路易十八才是君主",他们甚至认为保皇党的报纸在宣传愚昧、异教和革命的思想。他们企图恢复旧日的生活方式。同这个集团相对立的是以杜克洛亚齐埃为首的资产者集团,他的沙龙人更多,更年轻,更活跃,实际上对社会起着更大的影响。杜克洛亚齐埃本想娶埃斯格里荣侯爵的妹妹,被拒绝了。然而,侯爵本想把儿子维克杜尼埃送到巴黎,做一番光宗耀祖的事业,不料他反而背了一身债,而且债主就是杜克洛亚齐埃,"可怕的命运等待着没落的贵族"。杜克洛亚齐埃声称要贵族承认资产阶级的存在,提出要维克杜尼埃同他的侄孙女结婚,却被拒绝了。小说中的一个人物说:"眼下我们是在19世纪,你们难道还想停留在15世纪吗?亲爱的孩子们,今天已经没有贵族阶级了,而只有贵族风气。拿破仑的《民法》已经砍倒了爵位,正如大炮已经轰毁了封建主义。只要你有钱,就会比现在显得更高贵","我们比在拿破仑治下更为强大"。侯爵死后八天,他的儿子就同意和杜克洛亚齐埃的侄孙女结婚。这个结局表明了贵族阶级已寿终正寝。《老姑娘》中的瓦鲁亚骑士也是一个旧贵族的代表,奇蠢无比,却自视甚高。阿朗松城最富有的老处女的先辈本来一直同贵族联姻,但她最后选择了资产者,瓦鲁亚终于败在资产者(即杜克洛亚齐埃)手下。巴尔扎克清醒地看到,贵族社会"在复辟时期十五年这一段意外胜利期间,没有能够重建,它在资产阶级用羊角槌撞击下,分崩离析了"(《贝娅特丽克丝》)。复辟王朝的政客"不管如何出色,不但没有帮助我们稳固这座建筑,反而继续着使这个社会毁灭的工作"(《两个少妇的通信》)。在这里,巴尔扎克不得不违反自己的阶级同情和政治偏见;他看到了他心爱的贵族们灭亡的必然性,从而把他们描写成不配有更好命运的人。巴尔扎克注意到,贵族阶级必然灭亡的趋势使得一部分贵族采取了同资产阶级联姻的态度。《苏镇舞会》中的德·封丹纳伯爵就是其中的代表。他是贵族世家出身,对波旁王室效过犬马之劳,但他认识到"一切都完蛋了",因而"识时务地"与资产阶级攀亲。他的大女儿嫁给总收税官,二女儿嫁给富有的法官,大儿子娶了大盐商的女儿,二儿子娶了银行家的女儿,三儿子娶了布尔日总收税官的独生女。他认为这样做"符合19世纪进程和改革君主制的思想"。当时这已经成了一种社会风气:"法国的贵族院议员都在为儿子寻找富有的女继承人。"在《人间喜剧》中,贵族阶级的败落衰亡和被资产阶级融化的社会现象,得到了真实的、充分的反映。

**在巴尔扎克以前和巴尔扎克的同时代,还没有一个作家这样广泛深刻地从政治上来表现资产阶级的发家史和贵族阶级的衰亡史。**这一描绘,确实把资本主义初期的社会概貌反映出来了。在世界文学史上,还没有哪一个作家达到这样高度的成就,即使到后来,有的作家也试图全面地反映他所处的时代阶级的变化,但都远远没有达到巴尔扎克的高度。

上述两个方面,已接触到家庭、婚姻的题目,这是《人间喜剧》的"中心图画"。**巴尔扎克描写了一幕幕惨剧,这些惨剧都围绕着争夺金钱而展开。**《高利贷者》写到做母亲的为了剥夺女儿的财产,烧毁丈夫的遗嘱。《夏倍上校》写一个拿破仑时期的骑兵上校受了重伤,其妻与别人结婚,他归来后,她为了吞没他的财产,不承认他就是夏倍,并企图把他关到监狱里去。《金眼女郎》指出金钱和寻欢作乐是一切感情、信仰和风俗的出发点。《绝对的探求》中的克拉埃斯之所以执着于发明创造,为的是想发大财,以致弄得倾家荡产。《弃妇》《石榴村》等篇写出了贵妇人"怎样让位给专为金钱或衣着而不忠于丈夫的资产阶级妇女"[①]。《改邪归正的梅莫特》指出:"1815年以来,金钱的原则代替了荣誉的原则。"小说叙述一个把灵魂卖给魔鬼可以获得无限权力的故事,贵族或小职员终于厌倦了这种享受,宁愿死去也要把这一权力转让,但交易所的经纪人居然能从这里生出赚钱的办法,他们用买空卖空的方法转手,自身不损分毫,反而捞了一笔。小说对金钱万能的风气和资产阶级的发财手段的抨击非常辛辣。《禁治产》写埃斯巴侯爵要把自己的家产归还给被他祖先吞没财产的新教徒的后代,他的妻子宣布他为白痴,并控告他。《古物陈列室》写到最守旧的贵族的后代终于拜倒在金钱之

---

① 恩格斯:《致玛·哈克奈斯》(1888年4月初),《马克思恩格斯选集》第4卷,第463页。

170

下。《老姑娘》描写的婚姻争夺同时又是阶级对垒。《赛沙·比罗图盛衰记》写一个商人的破产,"金钱是没有心肝的"。《幻灭》通过金钱操纵报纸的描述,指出"一切都是被金钱所决定的";父与子只有金钱关系,彼此好像两个互不相识的买卖人,或者利益相悖的对手。《兹·马尔卡》的主人公因为缺乏金钱,在政治上只能扮演配角,他"忧愤于金钱对思想的影响",最后潦倒死去。《搅水女人》围绕外省一家财主的遗产而展开剧烈争夺,"在生活中,利益置于感情之上"。寡廉鲜耻的菲利普背弃了他的密谋伙伴,气死了他的舅外婆,杀死另一恶棍,不管母亲与弟弟,一个人独占了舅舅的财产。《于絮尔·弥罗埃》写的也是争夺遗产的故事。在外省的纳摩,有钱的医生米诺莱被他的亲戚包围着,"金钱是这个新社会的轴心,独一无二的敲门砖",人们不问你是什么,"只问你纳多少税"。医生的遗嘱被利欲熏心的车行老板偷走后,展开了激烈的争夺。《交际花盛衰记》中的吕西安同拉斯蒂涅一样,也在追逐富有的女继承人,不同的是,他最后失败了,"今日,金钱已经成了社会通行的证书了"。《邦斯舅舅》中,一个"穷"亲戚受到百般侮辱,这些上等人一旦知道他是个富有的收藏家,便抓住不放,他周围的人也个个如狼似虎,连偷带抢,谋财害命,而邦斯的挚友因心地善良,却两手空空,被抛在一边,最后也被气死。那班坏家伙则如愿以偿,步步高升。在描绘这部金钱统治一切的社会风俗史时,巴尔扎克一再声称:"在社会阶梯上你越往上走,就知道获得财产的方法越巧妙";"总而言之,小说家自以为是虚构出来的丑史秽行,都在这事实之下"。《人间喜剧》力图再现的,恰是《共产党宣言》中的这一论断:资产阶级使人和人之间除了赤裸裸的利害关系,除了冷酷无情的"现金交易",就再也没有任何别的联系了。

金钱问题当时有不少作家已接触到了,但是,他们都没有像巴尔扎克那样,在几十部小说中从不同的角度去描绘,而且金钱问题还构成小说情节的中心环节。《人间喜剧》得到的艺术效果,是形象地把金钱渗透到一切角落、一切方面的作用反映出来了:这是资本主义社会在家庭、婚姻、人与人关系中起决定作用的因素。所以,巴尔扎克在这方面的成就也是独一无二的。

**《人间喜剧》的另一重要内容,是真实地反映了当时社会的经济状况**。恩格斯指出:"我从这里,甚至在经济细节方面(如革命以后动产和不动产的重新分配)所学到的东西,也要比从当时所有职业的历史学家、经济学家和统计学家那里学到的全部东西还要多。"①在这方面,《人间喜剧》的描写主要集中在资产阶级如何聚敛财富,并使其他阶级日益贫困或破产的社会现象上。19世纪上半叶的法国农村十分落后。布列塔尼的农民的穿着活像牲畜,荞麦、栗子是他们主要的粮食,他们采用十分原始的施肥和耕作方法(《朱安党人》)。大革命以后,农民分得了土地,然而一遇天灾人祸,便只得出卖土地,并住在兽窝一样的土屋里(《乡村医生》)。渔民的生活也一样悲惨,每天收入是5~12苏(《海滨惨剧》)。小块土地的获得并不能解决农民的问题。他们受到高利贷者或贵族的残酷剥削,最后只得租种农业资本家的土地(《农民》《乡村本堂神甫》)。这一发生在复辟时期的重大社会现象,表明资产阶级在经济上已在农村占统治地位。贵族阶级在经济上的变化同样显著。在拿破仑帝国后期,贵族企图把本钱都放在土地上,同资产阶级对抗(《婚约》),因为贵族如果失去了庄园,也就不能存在了。然而,不事生产的大贵族经过大革命的动乱已经不同于旧王朝时期,他们重新回到法国,也只能得到部分的赔偿,10亿法郎赔款实际上也未如数发放,因而只有部分贵族用这笔钱买回领地(《莫苔丝特·米蓉》)。大贵族由于仍然过着豪华的生活,入不敷出,"王公负债,一切贵族也负债"(《古物陈列室》)。由于取消了长子继承权,遗产平分的结果使得世家旧族维持不了往日的显赫。即使景况较好的,也只有一两万法郎的收入(《幻灭》)。因此,贵族圈子比起资产阶级的圈子,总是一穷一富。资产阶级和贵族在农村进行着殊死的斗争,迫使贵族出卖自己的庄园(《农民》《外省的才女》)。"今天,《民法》的槌子摧毁了贵族的巨大家产。"(《三十岁的女人》)因而大贵族纷纷同资产阶级联姻,摆脱经济困难。另一部分贵族或者企图改革经营方式(《幽谷百合》);或者兴办农场,盖房出租(《绝对的探求》);或者出卖土地,买入公债,因为公债利息远远超过土地收入(《两个少妇的通信》《朗热公爵夫人》)。至于外省小贵族,连门面都难以维持,他们的子弟只能到巴黎另谋生财之道(《高老头》)。而资产阶级本身也经历着兼并的过程,不善经营的(《幻灭》),或囿于老式经营的(《赛沙·比罗图盛衰记》)中小资本家被大资本家吞并了。大资产阶级还利用囤积居奇、哄抬物价、控制市场、买空卖空、弄虚作假、贩卖人口、销售鸦片、放高利贷、杀人灭口等方法聚敛财富,达到触目惊心的程度。巴尔扎克还注意到每个历史阶段都有一些新

---

① 恩格斯:《致玛·哈克奈斯》(1888年4月初),《马克思恩格斯选集》第4卷,第463页。

生的资产阶级暴发户出现。总之,在经济方面,《人间喜剧》的描写提供了丰富的、形象的实例,对认识19世纪上半叶法国资本主义的发展状况显然具有巨大的价值。

从经济角度去反映社会的变迁和阶级的关系,毫无疑问,能够更加深刻地反映现实。"经济关系的领域是决定性的因素"①,它决定着社会、政治、精神生活。巴尔扎克在《人间喜剧》中部分地显示了这种关系。除了托尔斯泰,还很少有作家像他那样熟悉经济问题、注意经济问题,反映经济在社会生活中的作用,以至比专门家提供了更多的东西。这一成就是其他作家望尘莫及的。

**《人间喜剧》最后一个值得注意的内容,就是对人民群众的描述。**恩格斯指出:巴尔扎克经常毫不掩饰地加以赞赏的人物,"正是他政治上的死对头,圣玛丽修道院的共和党英雄们,这些人在那时(1830—1836)的确是代表人民群众的","他在当时唯一能找到未来的真正的人的地方看到了这样的人"②。巴尔扎克笔下的共和党英雄,有参加1832年6月的人民起义,在圣玛丽修道院牺牲的克雷斯蒂安,有保持大革命传统、疾恶如仇的农民尼雪龙老爹。在《不自知的演员》中,巴尔扎克描写了另一个"极端共和党人",他追求这样一个社会,那时,"再也没有缺这缺那的人,再也没有百万富翁、吸血鬼和受害者","人们为国家生产,大家都是法兰西的受益者……人人都像在一艘船上那样有自己的一份口粮,都是各尽其能地工作"。这幅图景和空想社会主义的乌托邦没有什么不同。巴尔扎克敬佩这些人物,正是因为他们代表着人民群众;作家不仅歌颂了他们的高贵品质,而且十分欣赏他们的共和思想。巴尔扎克对拿破仑的赞赏也是从这一点出发的。在《乡村医生》中,他把拿破仑写成"人民的父亲",农民的造福者。在《家族复仇》和《一件无头公案》中,巴尔扎克把拿破仑写成严峻的护法者。巴尔扎克认为,在拿破仑之后,"再也不会有伟大的政治家了"。巴尔扎克对工人的贫困生活十分同情。《法西诺·卡纳》描写工人区的工人穿着破衣烂衫,他们有时不得不愤而反抗虐待他们的工头,小说流露了作者对工人深切的同情。《纽沁根银行》提到里昂丝织工人起义,政府军炮轰了街垒,"没有人说出真相……工人快要饿死了,劳动所得难以糊

---

① 恩格斯:《路德维希·费尔巴哈和德国古典哲学的终结》,《马克思恩格斯选集》第4卷,第247页。
② 恩格斯:《致玛·哈克奈斯》(1888年4月初),《马克思恩格斯选集》第4卷,第463页。

口,苦役犯也要比工人幸福。七月革命之后,贫困使得丝织工人揭竿而起:要面包,否则毋宁死!"巴尔扎克在《论工人》中还说:"工人的起义不是一件孤立的事情,这是一种弊病。"《无神论者做弥撒》写了一个信仰烧炭党的挑水夫,把自己22年的积蓄供给一个有才能的穷大学生上学。《海滨惨剧》也写到盐场工人艰苦的劳动。巴尔扎克还注意到农民暴动:"1830年后,由于法国过于动荡,竟没有注意到伊苏登种葡萄的农民声势浩大的暴动……当局不得不向为首的作出让步,他们有六七千葡萄农的支持";暴动的原因是,他们"日益受到种植费用和捐税的重压"(《搅水女人》)。由此可以看出,巴尔扎克正确地找到了工人和农民起义的真正原因,这是十分难能可贵的。

《人间喜剧》的成就确实是卓绝的。正因为如此,与巴尔扎克同时代和以后的许多作家、评论家,都众口一词地赞赏《人间喜剧》具有对当时社会的认识价值,有的认为他表现了"整个现代文明"(雨果);有的认为他的作品是"风俗史的卷宗,刚过去的半个世纪的回忆录"(乔治·桑);有的认为"今后,不参考巴尔扎克,就不能写出路易·菲力普统治的历史"(福楼拜);有的认为巴尔扎克是"现代法国的伟大历史家"(法朗士)。巴尔扎克是无愧于这些崇高的评价的。

**由于巴尔扎克的阶级立场和同情贵族的政治观点,《人间喜剧》的消极面也表现得十分明显**。其一,巴尔扎克在不少作品中把某些没落贵族写成"优秀人物",他们虽然人数不多,但是却突出于其他庸庸碌碌、目光短浅的贵族之上,作者认为他们是贵族阶级的"精粹"代表;另外,作者对一些在上流社会的情场中被资产阶级妇女打败的贵妇,倾注了无限的同情。其二,巴尔扎克在不少作品中用人性论代替阶级分析,他往往把某种感情当作绝对的东西,如父爱、母爱、嫉妒等,也就是把这些必然打上阶级烙印的情感抽象化,其结果不是美化了资产阶级和贵族阶级,歪曲了真实的形象,就是削弱了对社会罪恶的揭露和批判。其三,巴尔扎克是坚决维护私有制的,是主张现存社会的阶级划分的。他同空想社会主义者分道扬镳的原因就在这里。他反对工人、农民执掌政权的立场也正出之于此。《人间喜剧》未能描写资产阶级对工人的残酷剥削,也正因为巴尔扎克始终维护私有制。巴尔扎克塑造了一些正直的公证人、律师,认为社会以他们为楷模,就可以改变风俗和恶习,其思想基础也在这里。最后,这也导致了巴尔扎克认为"财产就是盗窃"这一庸俗的观点。其四,巴尔扎克从宗教可以遏止人欲横流的观点出发,在不少作品中描写了宗教如何改变人们的罪恶感情,建立了新的社会秩序。

## 《人间喜剧》的艺术成就和特点

恩格斯指出,《人间喜剧》取得的成就"是现实主义的最伟大胜利之一"[①]。**巴尔扎克大大丰富和发展了现实主义的创作方法**。《人间喜剧》在法国乃至欧洲的现实主义发展史上,起着举足轻重的作用,放射着丰富的、独特的、灿烂的异彩,在艺术上无疑是资产阶级文学的一个高峰。巴尔扎克的创作方法和艺术技巧对后世的世界文学起过极其深远的影响,并且还继续发生着影响。

从法国文学的角度看,以巴尔扎克为代表的现实主义发展到了一个新的阶段。16世纪文艺复兴时期,拉伯雷的《巨人传》是法国第一部长篇小说,它在现实主义方面的重要成就是塑造了有血有肉的人物形象,然而在艺术上却存在着不成熟之处:结构松散,描述芜杂。17世纪,以莫里哀为代表的戏剧艺术在现实主义创作上有很大建树。莫里哀塑造了众多的艺术典型,但他笔下的一些形象性格有着单一化的缺点。18世纪的启蒙作家最有成就的文学样式之一是哲理小说,哲理小说以讽刺时弊见长,但缺乏人物性格的描绘,人物多半是作家思想的演绎。总的说来,直到19世纪以前,现实主义小说艺术还未达到完全成熟的阶段。巴尔扎克对法国以及欧洲的文学有过大量的深入的研究,进行了对比分析,探究了以往作家在创作上的优劣。据统计,巴尔扎克对之有过较多论述的作家不下五六十个。同时,他对当代作家的作品也十分注意,如对当时还默默无闻的斯丹达尔的《巴玛修道院》作了极有见地的长篇分析。正是在这个基础上,巴尔扎克对小说艺术进行了大胆的探索。1840年,巴尔扎克在回顾自己的探索经验和当时文坛的收获时说:"25年来,文学经历的变化,改变了诗艺的法则。"巴尔扎克的创作确实取得了开一代新风的巨大艺术成就。

**在理论上,巴尔扎克提出了一系列现实主义的见解**。他发表的文学主张虽然比较分散,但集中起来却十分完整和全面。

---

[①] 恩格斯:《致玛·哈克奈斯》(1888年4月初),《马克思恩格斯选集》第4卷,第463页。

巴尔扎克能正确理解文学艺术的特点："最高的艺术是要把观念纳入形象"，即要形象思维，同时，要把"逻辑和感情，藏在最强烈的色彩之下；一个字要包含无数的思想，一个画面要概括整套的哲理"(《幻灭》)，即形象思维也要蕴含着思想和概括。

巴尔扎克认识到文学艺术典型化的要求。他指出，生活现象只是一堆素材，需要进行艺术加工，"并不是现实生活中发生的一切都得描写成文学中的真实，同样，文学中的全部真实也不就等于现实生活的真实"(《〈古物陈列室〉〈冈巴拉〉初版序言》)，因为"艺术的任务不是摹写自然，而是再现自然"。他认为生活中充满了细小的、偶然的事件，但经过艺术加工，却可以从中谱写一个世界。"艺术家的天才就在于选择能成为文学真实因素的自然生活的种种状况，如果他探索不到，他的材料不能一气铸成一座光彩夺目的塑像，那么他的作品就得失败。"(《关于文学的信》)巴尔扎克关于艺术真实的见解并不完全是以往现实主义文艺理论的重复，这里面还灌注着他自己艺术创作的丰富经验。重要的是，巴尔扎克把艺术真实同塑造典型紧密联系起来："文学真实在于选择事实和性格，使之提高到这一地步：令人看到它们觉得是真实的。每个人都有自己对真实的特殊感觉，应当能在小说家表现的典型的一般色彩中看到自身的色调。"关于典型，巴尔扎克下过这样的界说："'典型'这个概念应该具有这样的意义，'典型'指的是人物，在这个人物身上，包括所有那些在某种程度跟它相似的人们的最鲜明的性格特征；典型是类的样本。"(《〈一件无头公案〉初版序言》)巴尔扎克正确地理解到典型具有概括意义，并必须通过性格特征表现出来，亦即了解典型是共性与个性的统一体。当时的法国文艺评论家还提不出这样深刻的见解。关于如何塑造典型，巴尔扎克指出："为了塑造一个人物，往往必须掌握几个相似的人物"；"文学采用的也是绘画的方法，它为了塑造一个美丽的形象，就取这个模特儿的手，取另一个模特儿的脚，取这个的胸，取那个的肩"(《〈古物陈列室〉〈冈巴拉〉初版序言》)，以此创造出"比真人更真实的人物"。这种综合提炼的手法是现实主义塑造典型的方法。在具体描绘典型时，巴尔扎克十分着重人物的外形，但更强调"不要放过任何本质的东西"。由于"艺术作品就是用最小的面积惊人地集中了最大量的思想"(《论艺术家》)，因此艺术家要反映人物的精神面貌和本质特征。巴尔扎克关于文学和塑造典型的一系列重要观点，无疑是对现实主义创作方法的继承和发展，是《人间喜剧》在艺术上取得辉煌成就的基础。

**《人间喜剧》的成就集中表现在对典型的塑造上**。巴尔扎克明确提出,要"描写一个时代的主要人物,以绘写出这个时代广阔的面貌"。(《〈夏娃的女儿〉和〈玛西米拉·多尼〉初版序言》)他把塑造典型作为再现社会的主要手段。《人间喜剧》素以典型众多著称于世。据统计,在《人间喜剧》中出现的人物达到2400多个,这在世界文学史上是罕见的。《人间喜剧》中出现了社会各阶层的人物,以贵族和资产阶级的人物为最多。而具有典型意义的人物就不下六七十个,包括资产者、贵族、野心家、政治家、司法人员、军人、教士、艺术家、农民、工人、科学家、职员、警探等。巴尔扎克认为描写出两三千个人物,就能反映整个社会。《人间喜剧》的创造已达到这一目的,其中出现的人物群获得了"巴尔扎克社会"的称誉。这个社会其实就是当时的法国社会。当时的法国具有资本主义社会初期最典型的特征,巴尔扎克对比了英国、意大利、德国、俄国、西班牙和法国的国情,认为当时的法国"具有比任何别的地方外表更为繁复的'社会的人'"。19世纪上半叶的法国,由于经过了18世纪末彻底的资产阶级革命,成为欧洲最典型的资本主义社会。这个环境的确提供了数量众多的"社会的人"——各种各样典型的模特儿。

然而,由模特儿转为艺术典型,还需要作家付出艰辛的劳动。巴尔扎克的创作实践具有极大的独创性,至少表现在如下几个方面。

**首先是通过环境描写来刻画人物,以反映社会**。精细入微、生动逼真的环境描写,是《人间喜剧》小说艺术的一个重要特色。《人间喜剧》的绝大多数作品都穿插了大段的环境描写,有的描写城市面貌,有的描写农村风光,有的描写街道楼房,有的描写沙龙内室,有的描写招牌张贴,有的描写家具什物。这些环境描写还伴随着作者有关政治、经济、宗教、法律……的议论。虽然它们有的过于冗长烦琐,妨碍了情节的开展,但在大多数场合下,巴尔扎克笔下的环境描写或者以其叙述的逼真,或者以其观察的细致,或者以其分析的深刻,或者以其安排的得当,紧紧吸引着读者。巴尔扎克的这一手法是别开生面的,它对现实主义小说艺术是一大发展。

巴尔扎克的环境描写服从于再现时代整个面貌的总要求。试以《高老头》为例。它的环境描写颇具代表性,的确起到了再现时代风貌的作用。《高老头》主要描写了两个环境:伏盖公寓和鲍赛昂子爵夫人的府邸,前者是下层社会的缩影,后者是上流社会的写照。小说开卷,就是对伏盖公寓的长篇描绘,酷似一幅精雕细刻的风俗画。这个坐落在偏僻角落里的下等公寓外壳恶俗不堪。作者在夹叙夹议之中,带引读者一直走进公寓,深入到这个下层社会的活动舞台中。随着作者对屋内陈设的绘写,读者仿佛能闻到公寓"闭塞的,霉烂的,酸腐的气味"。这幅图画散发着现实生活的浓烈气息。这是19世纪20年代初巴黎的一隅,是下层社会真实的再现。随着情节进展,读者跟随拉斯蒂涅来到鲍赛昂子爵夫人的府邸,举目所见立时换了一个天地。院子里停着华丽马车,置办这样一部马车至少要3万法郎。连门丁也穿着金镶边大红礼服。楼梯是金漆栏杆,铺着大红地毯,两旁供满鲜花,布置精雅绝伦,别出心裁。复辟王朝时期贵族生活的穷奢极欲跃然纸上。两处环境采取了不同的描写方法,前者由作者介绍,后者借助于人物的所见。巴尔扎克的环境描写是富有变化的。这两处环境描写有长有短,合在一起写出了复辟王朝时期巴黎的概貌,这是一种既概括、又经济的写法。巴尔扎克把环境描写当作细节描写的一部分,认为这种手法构成了"小说作品的价值"的重要所在。他指出,一个典型环境可以反映出整个社会的面貌,正如动物化石反映了一部生物史那样。这个见解指导着他去观察和研究社会环境的变迁,以及随之引起的社会风俗的变化,从而反映出时代的风貌。

从《高老头》的环境描写还可以看到,这类描写是同人物塑造紧密结合的。一种方法是,紧接着环境描写之后,引出在其中活动的人物,小说开卷的描写就是这样,环境描写成为人物描写的先导。先写伏盖公寓,再介绍它的主人伏盖太太,伏盖太太的性格特征——庸俗小气、见钱眼开,便有了非常坚实的基础,令人感到这样的性格确是这样环境的产物,作者出色地写出了"这一个"——典型人物。《高老头》采用的第二种手法,是把环境描写同人物的心理变化和精神状态糅合在一起,一面描写环境,一面塑造人物。例如,作者在描写鲍赛昂子爵府时,也描绘了拉斯蒂涅的心理,随着景物的变换,细腻地刻画了人物渴望能挤入上流社会的心理活动,写出了这个青年野心家成长过程的一个侧面。又如,作者描写鲍赛昂子爵夫人的告别舞会的盛大场面,采用色彩强烈的对照手法,衬托出鲍赛昂子爵夫人表面强颜为欢,私下里黯然神伤的精神状态,勾画出贵族阶级"无可奈何花落去"的衰败处境。

总之,巴尔扎克运用的正是塑造"典型环境中的典型人物"的现实主义原则。

巴尔扎克自觉地、有意识地采用这一原则,是从唯物论的反映论出发的。巴尔扎克懂得环境和人物之间存在着有机的联系,看到社会环境对人物的思想、感情和兴趣爱好产生非常重要的影响。因此,他认为要非常精确地描写环境,才能通过典型环境塑造出典型人物,从而再现社会现实。恩格斯正是从巴尔扎克为首的一批现实主义作家的创作中,总结出"典型环境中的典型人物"这一现实主义原则的。由此可以看到巴尔扎克对世界文学的巨大贡献。

**其次,巴尔扎克善于作精细的外貌描写,擅长性格化的对话,并以夸张的手法刻画性格特征,**取得了在塑造典型上多方面突出的成就。

在巴尔扎克之前,还很少有人像他那样注重人物外形的描绘。他笔下的肖像画往往能使人物像浮雕一样突现出来。巴尔扎克之所以重视人物外形,是因为他发现人物外形很能反映人物的阶级地位、精神面貌、性格特征(当然,他也受到拉瓦特和迦尔骨相学的影响)。以《幽谷百合》的莫尔索夫伯爵为例,这是一个腐朽没落贵族的典型:

> 只有四十五岁,他仿佛已近六十,在结束18世纪的大动乱中,他一下子衰老了……他的脸孔颇像一只白狼,嘴巴红殷殷的,就像生命受到自身原则的影响而消蚀的人一样,他的鼻子火一般红,他的胃十分羸弱,种种旧病使他的脾气变得很坏。他的脸下部尖尖的,因而平板的脑门显得太宽敞了,上面布满了参差不齐的横皱纹,表明他过惯露天生活,而并非是思想的疲惫;表明他经受过长年的不幸,而并非反映控制不幸的努力……他的黄眼睛明彻严峻,活像冬天的阳光一样,虽然明亮,却没有热力,透露出不安,却不包含思想,疑虑不决,却毫无目标……

这幅肖像把一个被资产阶级大革命驱逐出法国,多年过着流亡生活的大贵族的生平、思想、精神状态活生生地呈现在读者面前。像这样成功的外形描绘在《人间喜剧》中比比皆是。巴尔扎克在《法西诺·卡纳》中写道:"在我身上,观察已变成直觉,它深入到灵魂,但又不忽略躯体;或者不如说,它这样出色地抓住了外表细节,一下子就鞭辟入里。"这段话用来说明巴尔扎克如何成功地通过外貌描绘去反映人物的内在心灵,是再恰当不过的了。

巴尔扎克塑造人物的另一特点是非常重视人物对话,认为对话是能否写活人物的重要因素。他说,对话一向被人认为是"最末等的文学形式,最不受人重视,认为最容易;可是请看司各特把对话提高到怎样的地步。他用对话来完成肖像的刻画"。(《关于文学的信》)巴尔扎克认识到人物的语言必须符合身份地位,因此,他把各行各业的行话土语纯熟贴切地写到人物的对话之中,银行家有银行家的语言,杂货商有杂货商的语汇,书商出版商又另有他们的行话,至于沙龙语言、法律用语、军事术语、宗教词汇,甚至小偷强盗的切口,都纷然杂呈。《人间喜剧》人物语言的丰富远远超过以语言丰富著称的《巨人传》和莫里哀的喜剧。巴尔扎克对人物对话还作了如下的研究:有一种对话长篇大论,写来是为展开情节服务的,或者是要点出情节的含义;另一种对话则比较简短,但寥寥数语就能体现出人物的鲜明特征,这样的对话容量其实更大。巴尔扎克更欣赏后一种写法,他认为毫无特点的长篇对话不如用描述来代替。巴尔扎克所主张的是人物对话要个性化。在这方面最符合巴尔扎克主张的莫过于葛朗台的语言。这个人物几乎没有长篇讲话,出口往往只有一两个句子,可是句句都符合人物的吝啬性格。下面这段对话是在葛朗台的侄子从巴黎来拜访他,他的女仆为了款待客人,要上街买肉时进行的,葛朗台对女仆拿侬说:

"不用买了;你慢慢给我们炖个野味汤,佃户不会让你闲着的。不过我得关照高诺阿莱打几只乌鸦,这个东西煮汤再好没有了。"

"先生,乌鸦吃死人可是真的?"

"你真是个傻瓜,拿侬!它们还不是跟大家一样有什么吃什么。难道我们就不吃死人了吗?什么叫作遗产呢?"

这段绝妙的对话,既写出了葛朗台的吝啬,又写出了这个大资产者的歹毒凶狠心理,是非常形象化个性化的语言。不过,巴尔扎克笔下的人物有的也擅长于滔滔不绝的演说。例如伏脱冷,他的长篇讲话不但不显得啰唆冗长,相反,正是刻画这个人物思想面貌、性格特征不可或缺的重要手段。看过《高老头》的人当读到《幻灭》里那个西班牙教士在发表言辞激烈的高论时,马上会认出这就是伏脱冷。可见巴尔扎克对于这一类野心家的思想和言论把握得多么准确。巴尔扎克还善于在一个盛大的场面中写出各类人物的言谈。高尔基曾经赞叹地指出过，巴尔扎克精于用对话描写人物："当我在巴尔扎克的长篇小说《驴皮记》里，读到描写银行家举行盛宴和二十来个人同时讲话因而造成一片喧声的篇章时，我简直惊愕万分，各种不同的声音我仿佛现在还听见，而且也看见谁在怎样讲话，看见这些人的眼睛、微笑和姿势，虽然巴尔扎克并没有描写出这位银行家的客人们的脸孔和体态。"（《谈谈我怎样学习写作》）鲁迅曾转述过高尔基这段话，赞许巴尔扎克写对话的巧妙（《看书琐记》）。对话写得如此出色，是《人间喜剧》在艺术上取得重大成就的标志之一。

巴尔扎克还善用夸张手法去塑造典型性格，他把某一种性格的各种表现都集中在某一个人物身上，不论在什么情况下，这个人物的行动都受某种欲望所支配，这样就形成极为强烈的艺术效果，使形象的典型性格显得非常鲜明突出。他把这种欲望（或称之为情欲）看成典型性格的主要特征。在表现吝啬鬼、好色鬼、野心家等典型时，他是刻画得淋漓尽致的，但在表现嫉妒、父爱、母爱这些所谓情欲时，就暴露出巴尔扎克这种见解的弱点。不过，巴尔扎克在大多数场合下是成功地描写出典型性格的，他这种夸张的，即极度概括集中的手法，建立在他对社会各阶层人物极其细密的观察、分析和研究的基础之上，他实际上是把日常生活中司空见惯的现象提取出来，加以集中表现而已。

巴尔扎克采用这种高度概括集中的手法并不妨碍形象本身的丰富性。巴尔扎克认识到："生活是由千殊万类的偶然事件、交替出现的欢乐和痛苦所组成的。但丁的天堂，这种理想的崇高表现，这种永恒的蔚蓝色彩，在心灵中并不存在，向生活的各种事物去索取它，这种欲望任何时候都是违反自然的。"（《奥诺丽娜》）巴尔扎克在这里认为生活是复杂的，并不存在和谐的境界，所以，作为生活的镜子的文学也应该反映出这种复杂性。巴尔扎克宣称，在他的作品里，"个人、社会、人类都得到描绘、判断、分析，而绝不重复"。**巴尔扎克的高度艺术造诣表现在，即使是同一类型的人物，他也能写出千差万别，彼此绝不雷同。**巴尔扎克笔下的吝啬鬼形象是一个很好的例子。马克思指出，巴尔扎克"曾对贪欲的各种色层，作过彻底的研究"。①《人间喜剧》用夸张的手法描绘了一系列的吝啬鬼形象，但却没有重复的描

---

① 马克思：《资本论》第1卷，第645页。

写。在巴尔扎克的第一部小说《朱安党人》中，就出现一个吝啬鬼高利贷者奥日芒，他三句不离本行，爱用金币来打比喻，对救了他的人还念念不忘要借贷给她。高布赛克是早期资产者的代表，他怕别人知道自己有钱，别人捡到他掉下的金币，他不敢认领，生怕露财。他的储藏室既有古董，也堆满了腐烂生虫的食物，他显然还不懂得商品流通和资本周转。柯内留斯老板由于爱财成癖，患了一种夜游症，晚上要起来把自己的珍贵首饰匿藏别处，事后反认为家中有贼，最后因为找不到财产而自杀。葛朗台则不同，他既过着清苦的生活，爱钱如命，又懂得商业投机和证券交易，精明狡猾，这是一个资本主义社会处于上升时期的资产者形象。《幻灭》中的赛夏年纪大了，按理说应当让儿子来接管印刷厂，但他"只打算跟儿子做一笔好买卖"，而"做买卖根本谈不上父子"，他把小到木夹子之类的东西都列入清单，用三倍的价钱把印刷厂盘给儿子。因儿子付不起房租，盈利还得各半均分。他把妻子的一份遗产也吃没了。儿子欠债，他为了控制儿子，宁愿"让他不得自由，倒霉倒下去"。他甚至要偷看儿子做试验，想知道儿子的秘密。赛夏的吝啬发展到对一切人，包括妻子和儿子在内都是如此。纽沁根则是金融资产阶级的典型。他从1815年起"就明白了我们迟至今日才明白的事情：金钱只有到了其多无比时才具有强大的力量。……他有了500万，就想要1000万！因为他知道，用1000万就能挣到3000万，而500万却只挣到1500万"。他的贪婪不同于老式的剥削者，对别人是穷凶极恶的，连妻子也不例外，而在生活上则穷奢极欲，腐朽透顶。《乡村本堂神甫》写到的一个吝啬鬼则有点像阿巴公，他家里全是破烂，而把金币埋在地下。《搅水女人》中的奥松则另有特点。他连借一段细绳给别人也要提醒归还。招待客人只给一片面包，吃完了再从食橱切下一片，分成两半，教人不敢再要。他比妻子大15岁，却希望能继承她，有朝一日掌握所有的财产。他不同于别的吝啬鬼形象，还特别在于他精通法律，深谙宗教在干预遗产分配方面能起极大的作用。拉博德雷则是个执着于"家族观念的吝啬鬼"。里谷的特点是追求肉欲享受，他狠命盘剥四乡农民，连家里的人也被他尽力克扣。他"像僧侣那样深藏不露，像一个埋头于写历史的本笃会教士那样沉默"。这是当时农村高利贷者的典型，显然有别于其他吝啬鬼的形象。

　　**巴尔扎克塑造人物还有一个独创的手法，就是人物的再现。**巴尔扎克看到，一部小说只能表现人物的一个生活阶段和一个生活侧面。另一方面，巴尔扎克想到要把自己的作品联成一个整体。于是,他别开生面地采用了人物再现的手法。在《高老头》中,巴尔扎克作了第一次尝试。《人间喜剧》的人物再现有多种形式。一种是小说人物在不同作品中反复出现,一些重要人物往往出现过二三十次,在多部小说中反映他们不同的经历,最后构成这个人物的整体,这是主要的一种再现手法。另一种是通过小说人物的叙述,说明小说所发生的事在社会上屡见不鲜,而这些事例都散见于其他小说之中,作者把人物和事件都一一排列出来。还有一种是并列出同一阶层人物的代表,或把小说人物的性格作一对比,而这些人物都是在不同的小说中出现的。《人间喜剧》中出现的再现人物有400多个,分散于75部作品之中,以《交际花盛衰记》为最多,达到155个。巴尔扎克采用这种独创手法,起到了很好的作用:《人间喜剧》中活动的男男女女恰如生活中的人物一样,时隐时现,彼此关联,形象显得更加丰满,全部作品也连成了一个整体。人物再现手法是巴尔扎克的一大创造,大大丰富了人物典型的塑造方法,为不少后世作家所仿效。

巴尔扎克对小说艺术的发展还表现在小说结构方面。巴尔扎克的小说向以情节曲折著称。**《人间喜剧》的结构多种多样,而又具有独特的风格。**大体说来,巴尔扎克的小说开始是陈述部分,介绍本篇故事的背景和环境。但他的写法有很多变化,有时从一场谈话开始(《贝姨》),有时从描写肖像开始(《邦斯舅舅》),有时从叙述家庭的变迁开始(《古物陈列室》),有时从描述住宅的面貌开始(《高老头》),有时从描绘城市的风貌开始(《幻灭》)。他的行文夹叙夹议,有声有色,读来并不令人腻味和觉得沉闷,这是只有巴尔扎克才擅长的一种本领。陈述之后再引出人物,交代故事发生前的种种情势,构成序幕。故事接着转入正文,正文一开始就展开了矛盾斗争,一环紧扣一环,它或者围绕着婚姻问题,或者围绕着遗产问题,或者围绕着商业上的竞争,或者围绕着政治党派的争斗,或者围绕着宗教势力的争夺,加上法律问题的纠葛,如蜘蛛结网,逐层展开,细分密缕。此时,作者不再浪费笔墨,情节非常紧凑,随着高潮突起,故事便急转直下,迅速结束,并且结束得不同一般。可以看出,《人间喜剧》的小说近似剧本,有序幕、开场、矛盾斗争、高潮、结尾等完整的几个部分。他的大多数小说都是以悲剧结束。小说人物往往分成两大集团,彼此之间展开激烈的斗争,而其中大多数人物(包括主人公在内)总是以失败告终,只有狡猾的人物(次要角色)得胜。这种安排和结局完全符合生活的真实,所以,巴尔扎克的小说虽然都出于虚构并情节曲折,但读来却很真实,具有巨大的说服力量。以上是巴尔扎克小说结构的一般规律,而在这规律之中,仍然存在着不同的写法。《驴皮记》是古典式逐层展开的。《高老头》则是巧妙地把几个互相关联的情节交织在一起,头绪繁多而又条理分明。《搅水女人》的序幕几乎占了小说的一半篇幅,而序幕同故事本身是相得益彰的,并不显得头重脚轻。《幻灭》则分成几个部分,在不同的环境中进行,彼此互有联系,采取通过几个部分反映出整体的手法。巴尔扎克的后期作品情节更是跌宕起伏,显示出作家在驾驭材料方面已达到了更为纯熟的境地。巴尔扎克的小说也有情节并不曲折的:《哲理研究》小说与《风俗研究》小说的写法就有显著不同。《哲理研究》的不少小说几乎没有什么情节,要有的话也是为了吸引读者阅读作者的长篇议论。当然,这并不是说,《哲理研究》的小说都写失败了,相反,其中不乏成功之作,巴尔扎克不仅以其深刻独特的见解吸引住读者,而且能把议论安排得恰到好处。

最后一点,**巴尔扎克虽然是批判现实主义作家,但他的作品有不少都带着浓厚的浪漫色彩**,特别是《哲理研究》所收的小说。高尔基曾经指出:"在伟大的艺术家们身上,现实主义和浪漫主义好像永远是结合在一起的。"(《谈谈我怎样学习写作》)高尔基以巴尔扎克为例,认为巴尔扎克是个现实主义者,但他的一些长篇如《驴皮记》却远非现实主义的。巴尔扎克的创作主导方面属于现实主义,《人间喜剧》具有宏大的气魄,充溢着作者严峻深邃的思考,显露出作者犀利尖锐的写实风格;而另一方面,作家有时也爆发出绚丽多彩的想象,虚构出离奇怪诞的情节,显示出浓郁的浪漫风格。巴尔扎克的浪漫手法的特点是把他对现实关系的深刻理解寓于大胆新奇的幻想之中:《驴皮记》的驴皮随着据有者欲望的实现而逐步缩小;《改邪归正的梅莫特》中,与魔鬼作了交易,享有无限权力的人随着欲望的实现,他的生命也趋于枯竭;《长寿药水》中能起死回生的药水成为争夺遗产的工具。这是对资本主义社会无边的贪欲的一种夸张的再现,所以《人间喜剧》中的浪漫手法反映的仍然是具有本质意义的现实。浪漫手法虽在《人间喜剧》中没有占据主导地位,但这一艺术特点不应忽视。在作家如长河滔滔、气势浩瀚的行文中,不时会闪现出瑰丽奇伟的灿烂色彩。这就是为什么巴尔扎克的描绘常给人以欣赏油画的感受的原因所在。《人间喜剧》呈现在读者面前的不是淡素雅致的水彩画,而是一幅浓墨重彩的、浑厚扎实的风俗画画卷。

《人间喜剧》的艺术成就是巨大的，它在各个方面都对小说艺术的发展作出了贡献，不愧为人类文化宝库中的珍贵遗产。它的成功经验值得我们认真总结，以便从中得到有益的借鉴。

1978 年 4 月

# 略论巴尔扎克的中短篇小说

巴尔扎克在世界文学史上的地位早已确定无疑了，这主要是由他的长篇小说取得的伟大成就所奠定的。但是，综观他的创作，不能不看到他的中篇和短篇小说也起着举足轻重的作用，它们组成了他的鸿篇巨制《人间喜剧》不可或缺的一部分，其中不少是翘楚之作，堪称世界中短篇小说中的精品。

巴尔扎克在法国中短篇小说发展史上所起的作用是令人瞩目的。19世纪初，法国中短篇小说正处于发展的转折期。在此之前，中短篇小说应该说还处于萌芽状态，尽管已有不少著名的作品问世。从16世纪开始，玛格丽特·纳瓦尔（1492—1549）的《十日谈》，德·拉法耶特夫人（1634—1693）的《克莱夫王妃》，伏尔泰（1694—1778）的哲理小说《老实人》《天真汉》《查第格》《如此世界》，狄德罗（1713—1784）的《两个朋友》《众口铄金》，萨德侯爵（1760—1814）的《爱情的策略》等，在中短篇小说的发展史上都是不可不提的作品。可是，无论从人物形象的塑造还是结构方面来说，法国中短篇小说在19世纪之前还没有臻于成熟，就短篇而言，只能说这些作家写的是故事，而并非是真正的短篇小说。也许，法国的中短篇小说要从夏多布里昂的《阿达拉》和《勒内》开始。尤其是《勒内》，塑造了所谓"世纪病"的典型——勒内。这个短篇对19世纪的法国文学乃至欧洲文学，都产生过重大影响。法国中短篇小说的转折期直到二十多年后，亦即1830年前后才算到来。法国短篇小说也是世界短篇小说大师梅里美，这个时期写出了《马特奥·法尔戈纳》《塔芒戈》《伊尔的维纳斯铜像》等脍炙人口的佳作。斯丹达尔写于这一时期的《瓦妮娜·瓦尼尼》也是短篇小说杰作。巴尔扎克正是在这时加入到短篇小说和中篇小说的创作中来。他从1829年到1833年主要创作中短篇小说，达到几十篇之多，其中就有《戈布塞克》这个名篇。在中篇小说中，《家族复仇》《玩球猫商店》《苏镇舞会》《夏倍上校》《都尔的本堂神父》《费拉居斯》等都是上乘之作。19世纪三四十年代，法国中短篇小说的创作达到成熟阶段，开出了一朵朵艳丽的奇葩，而巴尔扎克在其中占据了一个重要地位。

巴尔扎克的中短篇小说已经包含了他的长篇小说的基本内容，可以说这是他的创作的一个缩影。正如他的长篇给法国文学注入了新鲜血液那样，他的中短篇小说也给法国的这一文学样式注入了新内容。

首先，巴尔扎克在中短篇小说中深刻地揭露和批判了社会的黑暗面。反映社会的不平等现象在以往的短篇故事中已经屡见不鲜，可是，像巴尔扎克那样入木三分地暴露资本主义社会的弊病，在短篇小说史上则是由他肇始。令人惊叹的是，巴尔扎克在1830年已经清醒地认识到金钱在资本主义社会中的巨大作用。在他的中短篇小说中，金钱的作用得到了淋漓尽致的描绘。《戈布塞克》的主人公说："金钱是你们当今社会的决定因素"，"金钱代表人间的一切力量"，这是一针见血的断语。戈布塞克宣称："我毫不费力就控制了社会，而社会却丝毫不能左右我。"资产者主宰了复辟王朝的经济命脉，进而控制了复辟王朝的权力机构，这是当时历史发展的本质现象，巴尔扎克恰如其分地反映了出来。此外，这个短篇描写的雷斯托伯爵夫妇在财产上引起的龃龉，也是日益频繁出现的社会现象。《长寿药水》描写堂璜为了争夺财产，不惜扼死父亲，这一幕令人惊心动魄。《红房子旅馆》描写银行家靠谋财害命发家；资产阶级的每个毛孔本来就充满了血腥气，他们的财富是建立在残酷榨取劳动者的剩余价值的基础之上的，无异于谋财害命。这篇小说被认为是《人间喜剧》中"安置得最好的基石之一"。[①]《法西诺·卡讷》描绘的是对金钱的追逐，小说主人公在人生的搏斗中败北。但他的失败是由于对金钱的贪婪追求造成的，因为黄金的光彩久而久之损害了他的视力，终于导致他失明，他被情妇骗走了钱财。《皮埃尔·格拉苏》则犀利地讽刺了大腹便便的资产者的愚蠢无知，他们对绘画一窍不通，却附庸风雅，以致被狡猾的画商欺骗，把赝品当作真迹，白白耗费了数以十万计的金钱。主人公格拉苏由于艳羡资产者的财产，甘愿去娶一个丑陋的姑娘做妻子，他的选择暴露了灵魂的丑恶卑劣。这是一出金钱婚姻的小小闹

---

[①] 安娜-玛丽·梅南杰：《〈红房子旅馆〉导言》，《人间喜剧》第11卷，七星丛书，加里玛出版社，1980年，第80页。

剧。《家族复仇》描写了科西嘉岛民固有的一种陋习:一旦两家结仇,便世代沿袭下去,斗个你死我活。梅里美的著名中篇《高龙巴》就写的是家族复仇,他在小说中塑造了一个疾恶如仇、泼辣倔强的女性。似乎是同样的题材,到了巴尔扎克笔下,却具有了不同的意义。巴尔扎克看到,家族复仇乃是封建制度的残余,它是残忍的,同资产阶级法律相抵触,人们有理由反对这种封建意识。然而,作为这种意识的维护者的巴尔托洛梅奥并非一个可恶的人物。在某种意义上,他也是受害者。他的女儿接受了资产阶级思想的熏陶,坚决对这种意识进行了挑战。巴尔托洛梅奥没想到,他的爱女会与他家的仇人之子恋爱结婚,离家出走。他更没有料想到,她会因生活无着,贫病交加而死。对她的死,他有不可推卸的责任,但更大的罪恶在社会方面:一对年轻人即使有反抗封建意识的勇气,可是没有金钱做后盾,最后仍然以悲剧告终。巴尔扎克的观察极为深刻:金钱的力量早已超过了旧传统的作用,它更能置人于死命。法国文学中只有巴尔扎克从这个角度去处理这个题材,从而写出一幕动人的悲剧。如此执着于描写金钱在社会和家庭生活中的作用,又如此力透纸背地写出了人与人的金钱关系,不能不说,这些中短篇确实不同凡响,显示出巴尔扎克敏锐的观察力和深刻的见解,使他凌驾于一般的小说家之上,成为中短篇小说大师。

  同样,巴尔扎克也毫不留情地批判贵族。《大望楼》中的梅雷伯爵为了惩罚妻子,砌起一道墙,把她禁闭起来,活活饿死她,这个情节生动地刻画出一个残酷无情的贵族形象。《萨拉金》暴露了18世纪摧残人性的意大利风俗:阉割少年,让他日后男扮女装出现在舞台上,而一手制造这种现象的红衣主教却依仗权力,把内心痛苦不堪的藏比内拉当作私有财产来霸占,他的保护是一种极为自私的占有欲。《长寿药水》里的堂璜保留传说中荒淫无耻的大贵族特点。《戈布塞克》中的伯爵夫人为了情人而挥霍掉自己的财产,转而觊觎丈夫那一份,她千方百计把丈夫与世人隔绝开来,根本不考虑丈夫的死活。这是一个堕落的贵妇形象。在巴尔扎克笔下,贵族已不再是叱咤风云、不可一世的人物了,而是垂死、没落的阶级,他们的地位正日益为发出铜臭味的资产者所取代。巴尔扎克描写贵族的角度已不同于以往的小说家,他是以高屋建瓴的姿态来刻画贵族不可逆转的灭亡命运的。不过,巴尔扎克对贵族和法国大革命仍然抱有偏见和错误看法,从《恐怖时期的一段插曲》可以看到他对处决路易十六的反对态度。

巴尔扎克并非只有揭露和批判,而没有赞美和褒奖。在他赞颂的人物中,最令人感兴趣的是下层人民。《无神论者望弥撒》着意刻画了一个挑水夫,他为了支持一个穷苦的医科大学生学习,不惜把自己存了一辈子,为了买一匹马和一只水桶的积蓄慷慨地拿出来,而且像一个忠仆那样照顾这个年轻人的起居。他的牺牲精神显示了劳动者的优秀品格。《海滨惨剧》描写了一个疾恶如仇的渔民,他为了家族的尊严,不愿意让堕落的儿子在街头示众而亲手处决了这个不肖之子。这篇小说酷似梅里美的《马特奥·法尔戈纳》。不过,《海滨惨剧》中的渔民似乎更有理由处死儿子:他的儿子偷盗成性,是个孬种,处死他是为民除害;而《马特奥·法尔戈纳》中的山民只因儿子出卖了一个强盗便处死他,未免过于严厉。巴尔扎克还描写了这个渔民处死儿子以后的疯癫状态,写出了这个人物仍然有亲子之爱,进一步描绘了他的纯洁心灵,颇有独到之处。在文学史上,迄今为止,对下层人物的歌颂在短篇小说中并不多见。狄德罗的《两个朋友》歌颂了两个平民的友情,是一篇力作,但这样的作品几乎是凤毛麟角。因此,巴尔扎克能在下层人物身上看到优异品质,加以讴歌,确实难能可贵。另外,《刽子手》歌颂了西班牙人民抗击拿破仑入侵的英勇斗争事迹。《泽·马尔卡斯》写的是复辟王朝和七月王朝时期怀才不遇的一代青年,泽·马尔卡斯是他们的代表。他一再被人利用,最后穷困潦倒,郁闷而死。利用他做工具的政客有着梯也尔的影子,狡猾卑鄙,言而无信,并没有什么才干,却飞黄腾达,历经社会变迁而立于不败之地。这个庸才同马尔卡斯相比照,更衬托出后者的悲剧命运。这是一篇政治小说,它抨击了复辟王朝时期小资产阶级青年前途渺茫,无所作为的状况。它写于巴尔扎克试图涉足政界、遭到失败之后,反映了巴尔扎克对七月王朝政治局面的失望态度。《费拉居斯》在巴尔扎克的中篇小说里是题材颇为特殊的一种。在这篇描写帮工会领袖的小说中,可以看到巴尔扎克对当时的下层社会的关注程度。他对秘密团体藐视当时社会的法律表示了赞赏,他对下层人物因贫穷而犯下过失,便受到社会严厉惩罚,在社会上无立足之地的状况,表示了同情;他对这些外貌粗鄙、言语俚俗的人物内心充满深厚柔和的情感,能为自己所爱的对象献身的高尚情操,表示了赞美。

巴尔扎克是一个思想家。他并不满足于对现实生活的观察和描绘,他还力图洞悉造成这些社会现象的内在原因,挖掘出生活的哲理。他的小说往往由于具有某种哲理性而不同于他人的作品。《人间喜剧》中有不少关于绘画与音乐题材的小说,反映了巴尔扎克在艺术方面深湛的知识。《不为人知的杰作》就融化了狄德罗关于绘画的精辟见解,而又有所发挥,最后将作者自己的艺术观点上升为现实主义的美学原则:"艺术的任务不在于摹写自然,而在于再现自然。"同时,巴尔扎克又十分注重形式,认为应把美与形式联系起来,指出要"经过长期的搏斗",才能抓住形式。全篇的立意在于抨击企图找到"绝对美"的艺术家,他讽刺了这类艺术家的努力是徒劳的,不切实际的。巴尔扎克针砭的是只追求形式美而不顾内容,或者将两者割裂开来的艺术家。有时,巴尔扎克的"哲理"其实是对人物心理的一种解剖和挖掘。《红房子旅馆》中的法国青年普罗斯佩·马尼昂由于有过谋财害命的念头而悔恨不已,认为自己确实有罪,良心极为不安,无法宽解。杀人犯泰伊番也因此而精神受到刺激,始终有负罪感。《长寿药水》中的堂璜头脑中的杀父之念,在巴尔扎克看来是社会中的常见现象。他认为盼望亲人早死,以便夺得遗产的念头是一种普遍存在的社会心理。至于《海滨惨剧》《刽子手》,则探索了亲属观念对人的头脑所起的巨大作用。这两篇小说的主人公即使一时能作出超乎常人的行动,但是到头来依然不免陷入精神危机之中。巴尔扎克列入"哲理研究"中的小说不同于18世纪的启蒙思想家伏尔泰的哲理小说,后者的哲理小说近乎寓言式的小说,它们通过滑稽突梯的形式,貌似童话的内容,拨开不合理的社会现象的迷雾,让人们认清眼前的现实。而巴尔扎克的小说或者直接探索人生哲理(多为长篇),或者提出艺术见解,或者探求人的精神心理现象的特点,已迥异于以往的哲理小说。即使是没有列入"哲理研究"的小说,有的也包含了作家深邃的思索。例如,有的评论家就认为《萨拉金》是"《人间喜剧》中最奇特的故事之一,最复杂的故事之一,也许是能最好地阐明巴尔扎克的心理学最隐蔽的某些领域的故事之一"[①]。这是就小说涉及的雌雄莫辨的问题而言的。结构主义批评家罗朗·巴特曾对此作过深入分析。《沙漠里的爱情》也是一篇能令人无穷回味的隽永之作。作者显然以人兽的爱情来映衬人与人之间冰水般的冷漠关系。总之,巴尔扎克拓宽了中短篇小说的内容,或者说,改造和发展了中短篇小说的内涵,扩大了它所反映的社会生活和社会现象的范围,这是他对中短篇小说的一大贡献。

---

① 皮埃尔·西特龙:《〈萨拉金〉导言》,《人间喜剧》第6卷,七星丛书,加里玛出版社,1987年,第1036页。

从艺术上看,巴尔扎克也作了不少探索,取得了重大成就。

毫无疑问,最突出的一点是巴尔扎克在中短篇小说中塑造了著名的典型。《戈布塞克》的同名主人公是法国文学史上闪光的典型形象之一。他最显著的性格特点是吝啬。他与莫里哀笔下的吝啬鬼阿巴贡有类似之处。他喜欢样样都贮藏起来,别人送来的食品一一照收不误;由于不愿损失三分折扣,宁愿让食品腐烂,也不肯卖给商人。他似乎还不懂得商品流通的诀窍。就其狡猾和洞悉巴黎的商业情况以及各种各样经济情报而言,阿巴贡不能跟他同日而语;他具有丰富的阅历,周游过大半个世界,一直担当分配海地赔款的委员会成员,因而拥有全面的经营管理经验。巴尔扎克把他写成"金钱的化身"或"金钱势力的化身""钞票人"。他确实有无所不知的能耐和左右社会的势力。值得注意的是,巴尔扎克并没有完全否定这个人物,就像对待他后来创造的葛朗台、纽沁根那样,持彻底批判的态度。在小说中,一方面他是"贪得无厌的巨蟒",另一方面他又是"巴黎最高尚和最正直的人",他"既渺小又伟大"。他是德维尔的保护人,他之所以借款给德维尔又收取利息,是为了不让德维尔感谢他,以激励这个诉讼代理人奋发有为。他之所以不肯归还钻石等财产,是为了防止伯爵之子堕落和变得懒惰。因此,戈布塞克是一个远比阿巴贡复杂得多的形象。《柯内留斯老板》以 15 世纪下半叶路易十一时期为背景,刻画了另一个悭吝鬼形象。他有在睡梦中起来藏匿自己的财宝的怪癖。俗话说,日所思,夜所想。他这种怪癖乃是早期守财奴喜爱贮藏自己的金银财宝这种特点的反映。马克思说过,巴尔扎克"曾对贪欲的各种色层,作过彻底的研究"[①]。巴尔扎克笔下的吝啬鬼不下十个,无一雷同。在这些吝啬鬼中,柯内留斯的辈分最大,因而他的吝啬性格也具有最早期资产者的特色——贮藏癖。巴尔扎克十分注意人物性格形成的社会环境,他对大教堂和都尔城王宫的描绘再现了当时的风貌。尤其是路易十一的形象十分符合这个人物的历史地位:他是一个注重扶持高利贷者和商人的国王,曾给法国资本主义的发展开辟过道路。饶有趣味的是,英国小说家司各特的长篇小说《昆丁·达沃德》也写了路易十一和他的宫廷,但司各特笔下的路易十一蒙上了传奇色彩,并不是真正的历史人物。而《柯内留斯老板》在这方面却真实得可以当作历史小说来读。巴尔扎克描写环境和其他历史人物,目的在于刻

---

[①] 马克思:《资本论》第 1 卷,第 645 页。

画主人公性格形成的客观条件,他的描绘确实写出了有贮藏癖的吝啬鬼是在一个"平民化"国王的统治下产生的典型。此外,嗜金成癖的法西诺·卡讷,残忍无情的梅雷伯爵,勤劳正直、助人为乐的挑水夫,平庸而又能随机应变、善于抓住机会、终于志得意满的画家皮埃尔·格拉苏,心狠手辣、竟能下手杀父的堂璜,刚正严厉的西班牙侯爵莱加奈斯,生不逢时、时乖运蹇的泽·马尔卡斯,性格刚烈、激情似火的萨拉金,大义灭亲、铁面无情的老渔夫,能为儿女献身、柔情似水的帮工会首领费拉居斯,都是呼之欲出的生动形象,显示了巴尔扎克精湛的艺术功力。

从叙述学的角度来看,巴尔扎克喜欢采用以小说人物讲故事的方式来引出主要情节。这种方法的优点是能使读者感到亲切和进入故事的氛围中,得到亲临其境的感受。不过,即使都是由人物来讲故事,各篇的写法也不尽相同。在《戈布塞克》中,巴尔扎克第一次运用了在几个人物的谈话之间进行的叙述形式。他通过德维尔之口将戈布塞克的生平事迹讲述出来,写得非常紧凑。唯一令读者不解的是,德维尔何以得知雷斯托伯爵死前家里发生的事,又怎么得知两夫妻的争吵以及孩子和父母之间的对话,而且这样清清楚楚。因为伯爵生前并不认识德维尔,伯爵夫人后来也不可能将家丑外扬,他们的儿子还少不更事,无法述说。很明显,这是小说家的现身说法。这种方法日后巴尔扎克不断运用。与其说这是巴尔扎克的笨拙,还不如说这是他的高明之处:作家以其叙述的生动来掩盖某些漏洞,一般读者会对此毫无感觉。这篇小说被看作是巴尔扎克的"第一篇杰作"和"最完美的作品之一"①。《红房子旅馆》虽然也是由故事中的人物讲故事,但是这次讲的不是自己亲身经历的事,而是听别人转述的。《海滨惨剧》类似《红房子旅馆》,略有不同的是,在公证人家里发生的一幕是让讲故事者的母亲听到的。《萨拉金》先由"我"出场,再由我将萨拉金的生平讲出来,而我是在意大利了解到这个流传甚广的故事的。《泽·马尔卡斯》又不同了,主人公的经历由他本人道出,讲给"我"与另一个同伴听。《无神论者望弥撒》则由德普兰医生讲给他的学生听,为什么他要设立弥撒,再引出挑水夫的故事。《沙漠里的爱情》由"我"将故事写出来,供他的女友阅读,而这个故事是一个老兵告诉他的。《法西诺·卡讷》变成由当事人讲述自己的

---

① 皮埃尔·西特龙:《〈戈布塞克〉导言》,《人间喜剧》第 2 卷,七星丛书,加里玛出版社,1983 年,第 945 页。

生平遭遇,接近《泽·马尔卡斯》,不过是单独对我说出。《大望楼》由"我"讲故事,在这个故事中,引出公证人向"我"讲的另一个故事,这才是正题。这是故事中套故事再套故事。上面八个短篇,叙述方法同中有异,百花竞放,各异其趣。在巴尔扎克之前,似乎还没有哪一个小说家将这种故事套故事的写法运用得这么丰富多彩,也许要到莫泊桑的手里,才能达到并驾齐驱的地步。由此可见巴尔扎克在谋篇布局上是下了苦功的。他并不像一般人认为的那样,并不追求形式多姿多彩,在艺术上并没有令人注目的创新。

法国结构主义学者托多罗夫对叙述语态大体有三种划分:或者叙述者大于人物,这时叙述者具有全知视角,既能看见人物的外部行为,又能知晓人物的内部心理;或者叙述者等于人物,这时叙述者往往是其中一个角色,既可以通过这个角色来观察,也可以让这个角色自我流露心理意识;或者叙述者小于人物,这时只能看见人物的外部言行而无从知道人物的内心。以此来对照巴尔扎克的叙述方式,可以看到他往往采用第一种或第二种叙述语态,只有少数情况采用第三种叙述语态。例如《红房子旅馆》中的青年泰伊番,只有侧面的描写和烘托,没有正面触及他的心态,留有让读者去回味的余地。诚然,巴尔扎克不像福楼拜,他还没到有意识地将作家自身隐去,以第三者的目光去观察和描写人物。但是,就处于短篇小说的初创时期而言,巴尔扎克的建树已经是有目共睹的了。

无可讳言,巴尔扎克的中短篇小说同他的长篇一样,往往具有他喜爱的风格和叙事方式。他乐于在小说开篇详尽地介绍环境或发表长篇议论。这种开场白少则一两千字,多则七八千字以上。譬如,《萨拉金》的开场白就长达10000字,占全篇的2/5;《无神论者望弥撒》的引言部分长达7000余字,超过了一半篇幅。好在巴尔扎克以其观察的敏锐、细致和深刻弥补了这多少有点冗长的开端,不致使读者感到枯燥乏味,不可卒读。

巴尔扎克已经懂得悬念的写法。《无神论者望弥撒》就是一篇出色地运用悬念手法的短篇。小说紧紧抓住无神论者居然会去望弥撒这一矛盾现象来做文章,谜底放到小说末尾去揭示。《费拉居斯》写来有点像惊险小说,这种手法与主人公的秘密身份十分合拍,造成了强烈的悬念,吸引了读者。可是,巴尔扎克远远高于同时代的流行小说家,他通过女主人公的爱情生活和悲剧,把读者从社会下层带往社会上层,提高了作品的品位。有时,巴尔扎克舍弃开头的长篇大论的写法,以开门见山的叙述代替。《刽子手》就采用平铺直叙和白描手法,写得简洁、紧凑、一气呵成;《长寿药水》也是这样,不过这一篇夹叙夹议,摇曳多姿;《不为人知的杰作》则别具一格,将议论放在人物的口中道出,作者不直接表露观点。

  巴尔扎克喜欢追求强烈的效果。他经常改编传奇故事:《长寿药水》撷取了霍夫曼的小说关于起死回生的药水的怪诞故事,写出惊心动魄的场面。巴尔扎克的小说结尾往往非常突兀,例如《恐怖时期的一件插曲》,小说结尾刽子手终于显现了身份,引出人物的这句感叹:"当整个法国忘恩负义的时候,钢刀却有良心!"这句话似有千钧之力,艺术效果非常强烈。《沙漠里的爱情》情节十分奇特,细节却写得真实可信。《柯内留斯老板》对历史背景的描绘力求真实,而藏匿的财宝再也找不到则神秘莫测。以上各篇充满了浪漫色彩,画面或者绚丽斑斓,或者诡谲离奇,或者阴森恐怖,而又与现实生活相通。巴尔扎克将浪漫主义与现实主义熔于一炉,使他的中短篇既有粗犷浑厚的特点,又有雄奇瑰丽的色彩,自成一格。

《巴尔扎克中短篇小说集》序
长江文艺出版社,2006年4月

# 梅里美的传奇小说

梅里美是一个具有独特风格的作家,他的中短篇小说一向被认为是世界文苑中的一朵奇葩。然而,他并不是以多取胜的。他不像世界上著名的中短篇小说家如契诃夫、莫泊桑等,他们创作的中短篇数以百计。梅里美仅仅以二十来个中短篇,便驰名于法国文坛乃至世界文坛上,而且占据了一个十分突出的地位。

梅里美在法国中短篇小说的发展史上具有举足轻重的作用。在他之前,法国中短篇小说还未发展到成熟阶段。15世纪到19世纪初,是法国中短篇小说的发展初期,这一漫长的阶段涌现了玛格丽特·德纳瓦尔(1492—1594)、德·拉法耶特夫人(1634—1693)、伏尔泰(1694—1778)、狄德罗(1713—1784)、马蒙泰尔(1723—1779)、萨德侯爵(1760—1814)等中短篇故事的好手。他们创作的还不能说是真正意义上的中短篇小说,以"故事"名之也许更为恰当。因为,无论从人物形象的塑造还是从结构、叙述等方面来说,这些作品还没有臻于成熟。法国的中短篇小说或许要从夏多布里昂的《勒内》和《阿达拉》(1802)开始,它们塑造了所谓"世纪病"的典型,对19世纪的法国文学以至欧洲文学,都产生了重大影响。可是,法国中短篇小说的转折期直至二十多年以后才算到来。当时出现了一大批中短篇小说作家,如巴尔扎克、斯丹达尔等,梅里美则是其中的代表,他堪称法国中短篇小说的第一位大师。法国20世纪的著名评论家蒂博岱说,短篇小说这种文学样式"在梅里美之前并不存在"。这句话虽然说得有些过分,但把它理解为梅里美是法国第一位真正的短篇小说家,则有精到之处。可以说,从梅里美开始,法国的中短篇小说进入了成熟阶段。

梅里美的中短篇小说的艺术特点和魅力究竟何在?

**首先,梅里美的中短篇小说少而精,尤其是短篇小说**,写得极为凝练。他的小说美学遵循的是逻辑严密和语言简练,且能触动读者;他认为中短篇小说家的主要优点在于简洁、突出、情节发展迅速。他说过:"我憎恶无用的细节,另外,我认为不必向读者说出他能想象出的一切。"同时,梅里美善于总结别的作家的经验,例如他这样评价普希金:"我尤其欣赏他的简洁和他善于选择最引人注目的特点,同时又摈弃许多会损害思想的细节这种艺术。"他赞赏普希金写得简洁,同样自己也奉行简洁。为达此目的,他的小说有的只延续几个小时(如《马特奥·法尔戈纳》),有的几天,情节单一:《马特奥·法尔戈纳》写的是父亲杀死不讲信义的儿子的故事;《伊尔的维纳斯铜像》写的是铜像杀死新郎的故事;《塔芒戈》写的是黑奴在贩卖奴隶的船上的起义。这三篇小说情节都非常集中。但在构思和写作之前,梅里美却做了大量的准备工作,譬如,《马特奥·法尔戈纳》吸取的素材相当广泛,据考证,梅里美很有可能看过戈丹神父撰写的《科西嘉岛纪游》,其中一则传说《科西嘉人的高尚灵魂》讲的是一个牧羊人为了5个路易,出卖了一个逃兵,他的父亲知道后,认为是给家乡和家族丢尽了脸面,便亲自开枪打死了儿子。另外,1827年7月的《季刊》还发表了一篇考察报告,叙述一个牧羊人为了4个路易而出卖了两个逃兵,他的亲属们认为他玷污了民族和家庭的名誉,把他枪决了。从这两则纪事中可以看到梅里美写作《马特奥·法尔戈纳》的基本素材。梅里美紧紧抓住了这两则故事的骨架:被追捕的人的恳求和藏匿,告密者被盘问并且受到物质引诱,最后他招认了自己的告密行为,受到了惩处。但梅里美做了文学加工:除了开头对科西嘉岛的杂木丛林有几百字的描述以外,通篇几乎没有枝蔓的叙述,小说的中心部分以生动的对话构成,再现了当时的情景,这是对素材的艺术再现。结尾戛然而止。马特奥冷冷地回答匆匆赶来的妻子说,他在"伸张正义",吩咐妻子把女婿叫来,大家住在一起。梅里美不作一字评点,让读者自去领会内中的余味。这种写法何等经济!梅里美的短篇往往不长,《攻占炮台》也就3000字左右,却从一个侧面写出了拿破仑进攻莫斯科那场战役的情景,表现了短篇小说以小见大的特点。梅里美的简练还表现在这一点上:他只在有决定意义的时刻或写到重要场面才展开叙述,其他情节一笔带过,节省笔墨。他往往用有承上启下作用的字句来分阶段,点明这些重要场面的到来。例如《塔芒戈》,在高潮到来时,梅里美这样写道:"长时间的等待过去了,复仇和自由的伟大日子终于来临。"接着是黑人起义的壮烈场面。有时梅里美用删节号分阶段,略去多余的话:《塔芒戈》的末尾叙述到船上只剩下塔芒戈和爱歇两人后,是一行删节号;爱歇死后又是一行删节号:略去累赘的交代,叙述显得极为简练。不过在简练中保持层次分明。尤其是《马特奥·法尔戈纳》,发展脉络非常清楚:第一阶段写巡逻队追逐强盗,故事发生在马特奥"离家几个钟头之后";第二阶段写孩子出卖强盗,从"过了几分钟……"开始;第三阶段写马特奥回家:"兵士忙忙碌碌……";第四阶段写马特奥杀子,从"约莫过了十分钟……"到结尾。环环相扣,交代清楚,衔接利索,迅速推向高潮。梅里美的小说虽然简洁,却仍然写得激动人心。他善于表现事件的悲剧性因素:马特奥杀子不动声色,愈加显示了这个结尾的悲壮意味;嘉尔曼之死的场面并没有大段的铺陈文字,梅里美强调的是人物抱有的命运观念,这反而加强了悲剧色彩。总之,简练、层次分明、紧凑、高潮突出、扣人心弦,这些优点就是梅里美的短篇在形式上达到的高度。短篇小说顾名思义就是写得短,因而简洁明晰是短篇小说本身所要求的要素之一,梅里美在这方面刻意求工是抓住了根本。

**其次,梅里美在中短篇小说中塑造了性格鲜明的典型形象,这也是法国中短篇小说上了一个新台阶,达到成熟的标志之一。** 马特奥的性格疾恶如仇,刚烈正直。梅里美的刻画令人想到"原始人"或"自然人",也就是说,他的行为接近于人在原始状态下的行为,并没有因文明的影响而变化,或者不受文明社会的影响,保留着纯正的民风。马特奥的铁石心肠在于他忠于科西嘉的道德观念,他的心里没有其他杂质。在梅里美看来,这种具有原始人的感情是史诗般的英雄的感情。塔芒戈的性格则是不屈不挠、有勇有谋、粗中有细。作为非洲黑人部落的酋长,他孔武有力、刚愎自用,但这只是他性格的一面,而且是并不重要的一面。小说着重刻画的是他成了囚徒之后的性格显现。这时的塔芒戈则是有勇有谋,他以自己的威望成为起义的发起者、组织者和领袖,他精心策划了这场起义,表现了这个粗犷的武士也有心细的另一面。燃烧在他心中的则是不愿沦为奴隶的意志,他要反抗。梅里美把这个人物的愚昧无知和善于行动的特点恰如其分地描写出来,处理得十分细腻,显示了他观察事物的深入和把握描写火候的纯熟。就连《伊尔的维纳斯铜像》中的铜像也具有性格,她凶狠无情,嫉妒心强。梅里美画龙点睛地描写她的神态:一脸"蔑视、嘲讽、残忍"的表情,尤其是那双白银镶嵌的眼睛,流露出"恶毒讥诮的表情"。这尊铜像把挖掘她的工人的腿压断,给予向她投掷石子的人以惩罚,也表明她是凶恶的。这种性格特点与她的嫉妒心一脉相通,构成了这尊铜像活生生的风采。梅里美的两个中篇《高龙巴》和《嘉尔曼》之所以成为世界中篇小说的杰作,主要也是由于这两篇小说塑造了性格突出的典型。高龙巴坚定沉着,复仇心强烈到不可抑制的地步,她工于心计,一切都在她的调度之内。梅里美把她写成科西嘉灵魂的象征:她具有行动感和农民意识,执着于自己的利益,忠于家族荣誉。相比之下,她的哥哥由于受到文明的熏陶,对荣誉具有不同的观念,也就不像她这样忠于科西嘉的风俗。奥尔索的存在是对他的妹妹高龙巴的衬托,更显出这个女性形象的泼辣和大刀阔斧的性格。嘉尔曼的性格虽然也有泼辣的一面,但更多的是酷爱无拘无束、独来独往。她的能干表现在与人交际方面,她充当了强盗和走私贩子的内线和刺探情报的角色。令人印象深刻的是,她动起怒来会在别人脸上用刀划一个十字,野性十足。一句话,她身上集中了波希米亚这个流浪民族的习性:不受任何法律的约束,爱好自由,性格豪放粗犷。在爱情上也是这样:嘉尔曼不愿意受到情人的监视和束缚,她要保持一定的来往自由,宁为这种自由而献出自己的生命。嘉尔曼还有波希米亚人的迷信观念,她喜欢用占卜来预测自己的行动结果和自身的命运,并对某些现象怀有宿命的观念:见到一只兔子从马脚之间穿过,她就认为自己会被杀死,又从咖啡渣中看出自己和情人要同归于尽。她明知情人要杀死她,仍然跟着他走,因为她认为这是她的丈夫,只能服从他的安排。她是一个接近于原始民族的、具有纯粹民风的山野之民,与文明社会的典雅女子迥然有别,这个形象的魅力就在这里。可以看出,在梅里美笔下的人物,往往都是富有激情的、性格强悍、善于决断。梅里美无疑受到斯丹达尔的影响,斯丹达尔也善于塑造具有异常毅力、敢作敢为的人物。梅里美的审美观点显然跟他一样。不过,梅里美不是从文明社会中去寻找这类人物的。在他笔下,这些人物大都是"化外之民",他们或者是科西嘉岛上的山民,或者是非洲大陆的黑人,或者是波希米亚人,都远离文明社会,或者与文明社会格格不入。梅里美认为生活在这种环境中的人具有高于文明社会受到腐蚀的人的品性,他们的性格焕发出令人向往的熠熠光彩,因而把注意力投向他们。

**第三,梅里美的中短篇小说善于将浪漫主义与现实主义熔于一炉。**梅里美生活在浪漫主义盛行的时代,他的创作自然受到浪漫主义的影响。他追求异国情调和地方色彩,他的小说不少都在异国或科西嘉岛,甚至在地狱展开情节;他热衷于描绘外省和异国的风情,这些都是浪漫主义文学的特色。此外,他对奇特事物、特殊的性格、强烈到不可抑制的激情十分爱好,往往敷以浓墨重彩,而同时又憎恶普通的生活,竭力同日常生活的单调决裂。尤其是他爱好神秘因素。他在评价屠格涅夫时说过:"谁也不如这位最伟大的俄国小说家那样,善于让心灵掠过朦胧的陌生事物引起的战栗,并在奇异故事的半明半暗中让人看到不安的、不稳定的、咄咄逼人的事物组成的整个世界。"这段话适用于他自己。梅里美对神秘事物有特殊的偏爱,神秘气氛成为他的多篇小说所追求的目标。尽管浪漫主义是梅里美的中短篇小说的特色之一,然而,现实主义的手法应该说是他的中短篇小说创作的主导方面。梅里美力求描绘"一个时代能够显示风俗与性格的细小事实",因此,他着意搜集准确的材料和写出真实的细节。他孜孜不倦地读书和调查,常常到博物馆和图书馆去搜集材料,了解风俗民情。作为历史文物总监和历史纪念碑的视察员,他游遍各地,凡所经之处,无不了解风尚习惯。在西班牙游历时,他了解瓦伦西亚的迷信风俗,同香烟女工和斗牛士交谈,十分乐意跟大路上的强盗并肩而行。另外,梅里美对现实的批判态度和怀疑精神,使他具有一种客观态度,这种态度表现为一种对笔下人物不断的讥讽。总之,这种对耳闻目睹的现象、对确切的事实、对准确的人情风尚的爱好和客观精神,使他成为名副其实的现实主义作家。梅里美将浪漫主义与现实主义巧妙地结合在一起的典型例子,莫过于《伊尔的维纳斯铜像》了。这篇小说是梅里美在第一次考察旅行的三十个月之后发表的。1834年7月,他前往法国西部考察历史文物,这次旅行最重要的收获,是他亲历了小说的故事情节所发生的那个环境。梅里美自己说过,他之所以有写这部小说的念头,是读了一篇中世纪的传奇故事,有的情节则参考了一些典籍和古希腊作家的作品。他是根据实地考察和以广泛的材料为依据来创作这篇小说的。梅里美十分注意自然风物和风土人情的描写。卡尼古山脉的倩影、塞拉博纳的圣徒像、当地的歌曲《熊熊燃烧的群山》、科利乌尔陈酒、炸玉米糕、乡镇的婚礼,这一切都绘声绘色、色彩斑斓,烘托出比利牛斯山脉一带的特殊风光和风俗。令人更感兴趣的是,梅里美在这篇小说中描绘的神秘和恐怖的气氛,他写得非常惊心动魄。梅里美在评论果戈理的艺术手法时说过:"他知道写好一个怪异故事的诀窍:一开头就要把那些怪诞的、但却是可能存在的人物外部形象牢牢地确定下来,要把他们的相貌特征写得真实、分毫不差,从怪异到神奇,这一过程的转换是在不知不觉中完成的,当读者还没有觉察到现实世界已经远远地离开他们身后的时候,他们已置身于扑朔迷离的神怪世界中了。"梅里美在《伊尔的维纳斯铜像》中正是运用了这种艺术技巧。他描绘铜像就好似在刻画真实的人物，注重写出铜像的外部特征，并叙述一些怪异的现象：石子反弹，戒指套进铜像的手指以后脱不下来，制造恐怖感。当铜像扼死新郎的事实披露出来时，故事已进入尾声，令读者不可思议。20世纪的法国作家拉尔博说得好："他在这部作品中成功地把一桩最不可思议的神奇事物赋予了最大的真实性。"梅里美也深为欣赏自己把浪漫主义与现实主义融合起来的手法，认为"这是一篇杰作"。

**第四，梅里美拥有一种独特的叙述方式。**他喜欢采用第一人称的写法，或者"我"是一个带领读者进入故事主体的工具。第一人称能使小说具有可信性，并且以一种明显的客观性向读者展现故事内容，增加情节的说服力。第一人称的叙述方法在19世纪受到作家们的喜爱，巴尔扎克的短篇小说就很喜欢以第一人称来叙述故事，莫泊桑的短篇有一半是用第一人称来写的。可见，第一人称的写法是标志着短篇小说发展到成熟阶段的一个重要艺术特点：19世纪的作家认识到第一人称能增强故事的真实性和叙述的客观性，所以不厌其烦地使用这种方式。梅里美在采用第一人称的叙述方式时，往往保留了自己的真实身份：他往往以考古学家的事实身份进行考察，对当地的风土人情怀有极大的兴趣，《伊尔的维纳斯铜像》和《嘉尔曼》就是突出的例子。这种真实身份使读者带着信赖去读小说。很明显，考古学家的作用只不过是作为叙述情节的工具。然而，就因为叙述者是考古学家，所以他对风土人情的关注就是十分自然的事，他的身份给地方色彩的描绘提供了方便，真是一举两得。梅里美还不时跟读者进行间接的对话，评判小说人物的行动。他以这种方法与人物和情节保持一定的距离，他是小说情节的目击者或介绍者，叙述的是一个充满戏剧性的浪漫故事，文字轻灵自如，典雅而不流于纤弱，具有古典式的明快，不时闪耀出现实主义的洞察力。此外，梅里美善于安排作品的艺术意境，他不会让读者轻而易举就看透自己的意图和作品的艺术真谛，而是不断以一些富有启示性的描写挑起读者的兴趣，随着情节的进展，作品逐层深入地揭示出作者的真意。掩卷再思，读者会回味作品层出不穷的意蕴，内中的艺术美往往只可意会，难以言传，或者朦朦胧胧，含义因人而异，这正是梅里美的叙述艺术的高明之处。

**第五，梅里美已开始注意心理描写。**在大多数情况下，这种心理描写是简短的，不会长篇累牍，然而梅里美三言两语就抓住了人物的心理活动。例如，《马特奥·法尔戈纳》写到士兵用一块挂表去引诱孩子时，梅里美只用一段话去描写孩子的心理变化：

  弗杜纳托斜睨着眼睛瞧着那只表，就像一只猫看着人家给它送来的一只整鸡似的。它似乎觉得别人在耍弄自己，不敢伸出爪子把它抓过来，它生怕自己抵御不住这样的诱惑，只好时不时地把眼光移到别处，可是它又不断地舔舐着嘴唇，仿佛要对它的主人说："你的玩笑开得太残酷了呀！"

  这段话把孩子受到诱惑，开始动心，却又不敢接受诱惑的心理写得活灵活现。梅里美用的是比喻手法，将孩子的心理用人们常见的猫欲扑食的情景传达出来。这段描写提供了孩子即将改变态度的心理基础，相当自然地写出了孩子的心理变换过程。《古花瓶》被看作是一篇心理小说，这个短篇刻画了一个虽然自我约束，却被人嫉妒中伤的人物。梅里美在开篇介绍主人公时，用的是心理分析方法，描写他尽管有一颗温柔和爱人的心，却遭到同伴们的嘲笑，因此，他只能把自己的心灵情感隐藏起来，这一来，在社交界，他获得了冷漠无情和漫不经心的恶名，使他无比痛苦，而他越是不愿意把心底秘密告诉别人，就越是痛苦得厉害。短短一段话，梅里美就把主人公压抑着的、受伤害的敏感心灵和盘托出。梅里美通过这个人物，剖析了人物的内心痛苦和曲折感受，进而把上层社会无情、自私，甚至险恶的人际关系描绘了出来。《攻占炮台》篇幅虽短，但梅里美与其说在描写具体事件，还不如说在描写人物的心灵活动，揭示出残酷的战争对主人公产生的影响。法国评论家法盖在评论这篇小说时指出："梅里美运用他的全部想象力来揭示出人物的心理状态，把那些明显地展示内心感情层次的事件一一组合在一起。"总而言之，梅里美的心理描写往往通过人物面对具体事件来展现他的内心世界，有时则对人物的思想状态进行层次分明的剖析，这种手法丰富了他的艺术表现技巧。

  综上所述，梅里美成为法国乃至欧洲杰出的中短篇小说家，绝不是偶然的。他继承了法国文学的优秀传统，又得到了发展中的艺术表现手法的启迪，并且吸取了外国作家的成功经验，从而把中短篇小说提高到一个崭新的高度，可以说在这一领域独擅胜场。不过，从严格的意义上来说，梅里美的中短篇小说也还未达到尽善尽美的境界。纪德说过一句颇费思索的话,他认为梅里美的作品有一种"多余的完美"。梅里美的中短篇小说是不是还有一点斧凿痕迹呢?他对现实的反映不够直接、不够敏锐、不够深刻,应该说是他的中短篇小说存在的瑕疵。但这些缺点只不过是白璧微瑕,无损于梅里美所获得的杰出成就。

*《梅里美传奇小说》选本序*
*上海文艺出版社,1995年9月*

# 龚古尔兄弟的小说创作

龚古尔兄弟在19世纪的法国文学史上处于一个特殊的位置,从现实主义到自然主义,他们起着过渡的作用。龚古尔兄弟的小说创作主要在19世纪六七十年代,这期间兄弟俩写了6部小说。于勒去世后,爱德蒙又写了4部小说。他们对小说创作的贡献是在六七十年代确立的,其代表作是《热米妮·拉瑟顿》。这部小说已经具有自然主义小说的雏形,对左拉的创作起了直接影响,左拉认为,这部小说具有"巴尔扎克和福楼拜先生的气息"[1],"让人民进入了小说"[2]。福楼拜认为:"从头至尾严酷而崇高。现实主义的重大问题从来没有这样明确地提出来过。"[3]于勒·龚古尔曾经表示,这是一部典范作品,"它给我们以现实主义、自然主义的名称写出的一切作品作过范例"[4]。龚古尔兄弟主要以这部小说在法国文学史上占有一席之地。

龚古尔兄弟的创作成就和特点体现在四个方面。

## 一

龚古尔兄弟以描绘当代社会为己任。这种兴趣从他们从事18世纪的艺术和人物的研究时已经开始了。有的评论家认为,对他们来说,18世纪以前的社会似乎并不存在,他们感兴趣的只是各种形态下的现代社会。他们力图复活这个社会。

---

[1] 左拉:《我的恨》,公益报,1865-2-24。
[2] 米歇尔·雷蒙:《大革命以来的小说》,阿尔芒·柯兰出版社,1967年,第99页。
[3] 马尔丁诺:《第二帝国时期的现实主义小说》,斯拉特金·雷普兰出版社,1972年,第233页。
[4] 于勒·龚古尔:《谢丽》序,《19世纪法国小说序言选集》,进步出版社,1967年,第280页。

在《日记》中,他们写道:"我们的努力在于力图给后代复活生动、相似的当代人,通过谈话的生动速记,通过从生理上抓住一个姿态,通过显示个性的细小激情,通过造成生活的热烈紧张的无以名之的东西复活当代人。"[1]通过这种见解,他们同浪漫派划清界限,不去描写古代。他们进一步指出:"历史是一部曾经发生过的小说;小说是可能有过的历史。"[2]又说:"历史家是往事的叙述者;小说家是现今的叙述者。"[3]这是他们创作小说的出发点。早在1861年,他们就宣称:"我们的小说的特点之一,将是属于当代最有历史性的小说。"[4]龚古尔兄弟所提出的写当代要具有历史性,要复活当代人,主要通过描绘风俗来完成。他们的每一部小说都以当代社会的一个领域为对象:"我们力图通过这个社会的各阶段的研究写出这个时代的社会史、它的生活方式。主要类别:艺术家、资产者、人民。"[5]这就是他们主张的"现代真实"。《沙尔·德马依》描写文人,《修女菲洛梅娜》描写医院生活,《玛奈特·萨洛蒙》描写艺术家,《勒内·莫普兰》描写"年轻的资产者",《热尔维泽夫人》描写天主教界,《热米妮·拉瑟顿》描写女仆和手工艺人,《妓女爱丽莎》描写妓女,《臧加诺兄弟》描写杂技演员,《福丝坦》描写戏剧界。这种描写各个社会领域和各种社会阶层人物的方法,属于巴尔扎克式的描写当代社会的方法。在这几部小说中,写得较好的是《勒内·莫普兰》。小说中令人注目的形象是女主人公的哥哥亨利。他为了娶上一门好亲事,施展出卑劣的手段,居然先征服未来的岳母,让她成为自己的情人,再迫使她同意把女儿嫁给他。他想通过结婚来发财,他认为:"变得富有是幸福和荣誉,一百万是种享受和获得尊敬。我看到,有一种方法能达到这个,获得金钱,要笔直地和迅速地,毫不疲劳,毫不费力,不要才干,普普通通,自自然然,马上和体面地获得:这个方法就是婚姻。"作者指出,19世纪下半叶,人们崇奉的是讲求实际的精神,"崇拜有用、算计":小说具有揭露社会崇尚金钱风气的意义。不过,这个题材,巴尔扎克早就描写过,龚古尔兄弟没有多少突出的创造。值得注意的应是,龚古尔兄弟对下层人物的描绘。他们在《热米妮·拉瑟顿》的序中指出:

---

[1] 马尔丁诺:《第二帝国时期的现实主义小说》,第235页。
[2] 见1861年11月24日的信。
[3] 米歇尔·雷蒙:《大革命以来的小说》,第98页。
[4] 同上。
[5] 同上。

"生活在19世纪这样一个普选、民主和自由主义的时代,我们曾经考虑过,所谓'下层阶级'是否无权登上小说的大雅之堂?处在社会底层的民众是否就永远不能迈入文学这个禁区,并要备受作家的鄙视?……在一个没有社会等级、没有法定贵族的国度里,弱小者和贫穷者的悲苦是否也能像显赫者和富裕者的不幸一样得到关注,引起激动和怜悯?总之,下层的眼泪是否也能跟上层的哭声一样令人潸然泪下?"他们要为描写下层人民在文学上争得一席之地,这是一份重要的宣言书。在他们看来,下层人民很普通,并不复杂,更接近自然和野蛮状态,无论主题和人物都具有美的价值。龚古尔兄弟将描写下层人民与描写上层人物并列起来,这种主张是对19世纪上半叶现实主义的发展。而龚古尔兄弟对下层人民及其生活环境的描绘,则为自然主义者开辟了道路。

《热米妮·拉瑟顿》体现了龚古尔兄弟的这一主张。小说女主人是个女仆,她经历了不幸和悲惨的一生。热米妮·拉瑟顿出身贫困,14岁来到巴黎谋生。她不仅要受咖啡店老板的气和伙伴们的挑逗,还要受姐姐和姐夫的欺压,最后被人强奸怀孕,生下一个死胎。她来到瓦朗德依小姐家以后,生活总算安定下来,成为一个虔诚的宗教信徒。可是她生性是一个受激情主宰的人,只不过时机未到,没有充分表现出来罢了。她先是热心照顾乳品店女老板的儿子于皮永,不知不觉对他产生了感情。但孩子长大后表现出是个孬种。他流露出对新来女仆阿黛尔的偏爱,热米妮马上生出嫉妒心,"凡是她爱上的人她就要独占,要求对方忠心,专一不二,不许再将一丝一缕的情意转寄他人"。于是她投入了对方的怀抱,她还以为这是为未来的丈夫提前献出了一切。于皮永母子二人串通起来利用她,掏光了她的积蓄。后来于皮永抽中了当兵的签,为了不服兵役,需要凑足2300法郎。热米妮东借西借,"负债累累,永世不得翻身"。因为她的月薪只够偿还利息。然而这时她已发现于皮永另有所爱,在苦闷之中,她开始喝酒,转而酗酒。"她需要和渴求的,是一种沉睡带来的乐趣:昏昏入睡,不再醒来,就像一头就要宰杀的牲口,头部受了重重的一击,失去了记忆,也不会做梦。"她开始走向堕落,成了一个浪荡女人,连情人的长相也不在乎,"失去了最起码的廉耻和感觉,她没有偏爱,不加选择,连妓女身上仅存的那点觉悟和人格,那种厌恶感,她也丧失了"。令人惊讶的是,她只有晚上才过这种鬼一般的生活,而在白天,她还保持着正经女人的模样,她的女主人一点也没有发觉女仆的变化。

龚古尔兄弟把热米妮的堕落过程细致地描写了出来,通过她的经历展示了下层人民不堪入目的生活。在作者笔下,热米妮的堕落有环境造成的因素,也有自身的因素。她既有令人鄙视的一面,也有令人同情的另一面。她的堕落本身是可鄙的,但其中也有不由自主的原因。小说通过瓦朗德依的态度转变写出了作者的本意:这位小姐发现了女仆的秘密后,感到十分愤怒,女仆欠下了一屁股的债,要她来偿还,而且女仆还偷过自己的钱!可是,她逐渐排除了愤怒,她从回忆中,"看到了女仆的痛楚、伤痕和一颗破碎的心,看到了苦闷和悔恨的折磨,看到了内疚的血泪,看到了贱妇一生压抑于心底的悲切。显然,这种羞于见人的激情,只能以沉默来求得宽恕"。她仿佛看到了女仆痛心欲绝,向她恳求宽恕的样子。她终于动了恻隐之心,来到女仆的坟上。她勉强找到热米妮与人合葬的墓,"似乎这个不幸的女子,是那样命途多舛,在这个尘世上,她心灵无所寄托,死后,尸骨也没个觅处"。小说这最后一笔,透露了作者对女主人公的同情。龚古尔兄弟对她是哀其不幸,怒其不争的。

## 二

龚古尔兄弟注重搜集材料。他们认为,小说要"提供最多的真实事件,对历史来说最多的真实的思想"[1]。他们指出:"从巴尔扎克以来的小说与我们先辈对小说的理解已大相径庭。眼下的小说要以叙述出来的材料写成,或者写实地记录下来,就像历史是以书写下来的材料写成的那样。"[2]又说:"小说毕竟是唯一真实的历史"[3];"小说的材料就是生活"。他们像福楼拜一样,属于材料派。他们注意准确的细节,认为复活社会不在于通过人物的思想和行动及总体的社会倾向,而在于通过最细小的动作、生活习惯、家具、房间的布置陈设来完成。下面这段话更加清楚地表达了他们的观点:

---

[1] 马尔丁诺:《第二帝国时期的现实主义小说》,第 235 页。
[2] 米歇尔·雷蒙:《大革命以来的小说》,第 98 页。
[3] 马尔丁诺:《第二帝国时期的现实主义小说》,第 236 页。

为了完全重建一个社会,就必须像历史学家的耐心和勇气所要求的光线、材料、追求一切标志、一切痕迹和时代的一切残余。必须不懈地从各方面搜集作品的因素,这些因素就像作品本身一样五花八门。需要检阅当时的历史书、个人的陈述、史官的书、回忆录。要求助于小说家、戏剧家、故事家、喜剧诗人。要翻阅报纸,甚至寻找昙花一现、随风飘飞的散页,这是好奇者的宝库……印刷品还不够,要寻找新的源泉,了解当时未发表过的忏悔、亲笔信……但是,书籍、信件、图书馆、昔日黑洞洞的书房,对这位历史家来说还根本不够。如果他想活生生地抓住他的时代,热辣辣地描绘出来,那么,超过印刷的书面文件是必要的。每个世纪都有残存的其他工具、手段和不朽的纪念性建筑。为了寻求回忆,眼见为实,就要有木头、铜器、羊毛、丝绸、雕塑家的凿子、画家的画笔、雕刻家的雕刻刀、建筑师的圆规。正是在这个时代的遗物中,在艺术中,在行业中,历史家才能寻找和找到和谐。①

另外,还有这一段:

我们通过这种重建,搜求到各种各样当时的材料、证明和蛛丝马迹……我们在书记室的文件中,在案件的反响中,在司法的回忆录中追寻过去;司法回忆录是人的激情的案卷记录,是家庭的秘事记录。除了历史的常用因素,我们还加上道德史和社会史至今不为人所知的新材料。②

上面这两大段话将龚古尔兄弟的写作方法阐述得非常清楚,他们把搜集材料看成写作的第一位。爱德蒙在《臧加诺兄弟》中指出:"只有人的材料才能构成好书。"③物的材料是为人的材料服务的。他们小说的人物几乎都来自现实:《沙尔·德马依》和《玛奈特·萨洛蒙》写的是真人真事;《修女菲洛梅娜》写的是鲁昂一家医院女护士的故事;《热米妮·拉瑟顿》写的是他们的女仆;《热尔维泽夫人》写的是

---

① 马尔丁诺:《第二帝国时期的现实主义小说》,第230页。
② 同上书,第231页。
③ 曼德蒙:《〈臧加诺兄弟〉序》,朱雯:《文学中的自然主义》,上海:上海文艺出版社,1992年,第300页。

他们一个姑母的故事;而在《勒内·莫普兰》中,他们则回忆童年时代的一个朋友。有时他们把自己的经历融化到小说中,如《臧加诺兄弟》就有他们俩兄弟的身影。为了描写真实,他们总是要进行调查,实地了解医院、监狱,甚至到国外旅行,在医院里过夜,进行观察,到郊外的小旅馆去体验病人和失败者的心态,以搜集第一手的感性材料。他们的旅行"虽然令我们担心,但我们是出于良心,出于对文学的忠诚而做的"。① 因此,他们相当注意环境描写,认为人和他的家就像"居民和他的贝壳"一样不可分割。这些方法都受到巴尔扎克和福楼拜的影响。

## 三

龚古尔兄弟的求新主要在于他们从生理方面去描写和探究人物的行动。他们指出:"小说给自身提出了科学的研究和职责。"②19世纪科学的迅速发展,使龚古尔兄弟注意到一系列生理现象和病例,他们想让小说建立在科学的基础上。由此,他们主张小说要"迈向精确的科学和历史的真实"③。他们表示:"还没有人指出我们的小说家才能的特点。它是一种古怪的、几乎是独一无二的混合,这种混合使我们同时成为生理学家和诗人。"④他们贪婪地寻找新的感受,"感动我们,使我们的神经颤动,使我们的心流血的动人事物"⑤。他们以所谓"科学的"严格态度研究不正常的现象和病象。他们的小说往往是对人的不正常表现形态的专题研究,描绘了人物的体质、病象的征兆和发展,最后疾病造成了死亡。《沙尔·德马依》研究了神经疾病的最初征兆。《修女菲洛梅娜》描写神经官能症,这是对"医院里的真实、活生生的病例和流血的研究"⑥。小说描写了乳房癌手术。在《勒内·莫普兰》中,勒内死于心脏肥大。《热尔维泽夫人》研究精神病和肺病的综合征。《妓女爱丽莎》的女主人公因从小两度患伤寒,心态改变了,不通情理,如疯似狂。她堕落以

---

① 马尔丁诺:《第二帝国时期的现实主义小说》,第244页。
② 于勒·龚古尔:《〈热米妮·拉瑟顿〉序》,《19世纪法国小说序言选集》,第266页。
③ 见1865年致克拉文蒂的信。
④ 米歇尔·雷蒙:《大革命以来的小说》,第103页。
⑤ 拉加德·米沙尔:《十九世纪》,博尔达斯出版社,1969年,第477页。
⑥ 同上。

后,感到不能主宰自己的命运,处于社会最低层,听任当局、鸨母、嫖客摆布,丧失了女人的本性。她杀人入狱以后,更丧失了一切人的尊严,与其他犯人同流合污,伪装信教。最后她面部瘫痪,眼睛失明,呈现脊髓病的可怕症状。

《热米妮·拉瑟顿》对人物的生理特点描写得最详尽。在龚古尔兄弟笔下,热米妮相貌难看,扁平的前额稍稍隆起,小眼睛有点病态,眼珠的颜色非蓝非褐,变幻不定,难以捉摸,"激动时颇似两股炽烈的火焰,兴奋时又会发出陶醉的神采,而一到情欲冲动,它又迸溅出像白磷般灿烂的火花"。她的鼻子又短又尖,鼻翼一侧的眼角下鼓着一根根淡蓝色血管。脸的下部有种猴相,嘴大唇厚,笑起来使人不悦。她虽然难看,但充满野性。脸上"显出一种放荡的肉感","她的嘴唇、眼睛乃至她的丑态,对人都是一种挑逗和勾引。这女人生性淫荡,骚态撩人,让人一见欲念骤起"。作者从她的相貌特征中寻找她堕落的依据,然后进一步写她对情人死心塌地的性格,"为了情人她竟丧失尊严,不能自拔"。到后来,她的智力渐渐退化,变得懒散,不再梳洗,邋邋遢遢,裙子油迹斑斑,衣袖开绽裂缝,围裙破破烂烂,破袜子套一双旧鞋。她竟像一块抹布一样肮脏。肺病也使她从愤怒转向享乐,终于变得歇斯底里和发疯。龚古尔兄弟把她当作一个病人来描写,她的歇斯底里的本性造成了她行动的矛盾和不幸,她的一生可以此来解释。评论家认为,龚古尔兄弟在发出香味和发出臭味的东西之间徘徊,他们对垂死的事物和人物具有美学家的偏爱。

龚古尔兄弟虽是单身汉,却总是描绘女人,但他们不爱女人,也许他们从来没有恋爱过。在《日记》中他们写道:"对女人,对从低层到高层和从高层到低层的女人整个性别的不信任,进入我们的身上。"[1]在他们笔下,这些女人代表着神经方面的病例,准确地说,是妇女的神经病和歇斯底里。但因人而异,因情况而异,龚古尔兄弟喜欢把女人看作是促使男人,尤其是艺术家脑皮层兴奋,并逐渐毁掉他们一生的人。女人利用男人的智力逐渐破坏男人的才能。他们说过:"《沙尔·德马依》和《玛奈特·萨洛蒙》建立在同样的主题上:两个精英被两个女人逐渐毁灭。"[2]如果他们捍卫家庭和母亲,譬如为瓦莱斯的《孩子》辩护,那是因为他们感到家庭和母亲的作用能调整和压抑女人野性的神经系统的功能紊乱。

---

[1] 于勒·龚古尔:《日记(1862年8月21日)》,法斯盖尔·弗拉马里荣出版社,1960年。
[2] 马尔丁诺:《第二帝国时期的现实主义小说》,第238页。

在写作过程中,龚古尔兄弟不断想了解女性的神秘。1880年,爱德华在写作《谢丽》时,曾作过一次调查,了解"女人内心不为人知的女人特性"①。显然,龚古尔兄弟对自己的探索并没有充分的把握,这是由于他们不从社会原因去理解妇女的精神疾病,也不真正了解这种疾病的生理原因,而只能抓住一点皮毛。他们只是蹩脚的生理学家。他们也不是杰出的诗人,因为他们不能站得比生活更高,而只看到生活的表面现象。他们的小说中缺乏出色的爱情描写,甚至没有爱情描写,这个现象也表明他们对女人的感情生活缺乏深入了解。

<h2 style="text-align:center">四</h2>

龚古尔兄弟在小说艺术上采用一种"艺术笔法"。他们对艺术有较高的鉴赏力,趣味高雅。在描绘场景时,他们借助一幅图景或者谈话,情节较为简单,把这些图景和谈话联结起来,以达到创造"真正的人性最强烈的印象"②的理想。对话是以"热烈的速记"写成的,为了达到"生活的紧张程度"③。相反,描写生活场面时,则力图把各种印象结合起来,显得过分堆积而不够自然。他们的敏感能辨别出事物细微的差别,通过精细的印象派的笔法表现出来。这种笔法往往使用罕见的词、新词、字与字的搭配、传统句法的破坏、有启示性的节奏等手法加以表现。这种"艺术笔法"虽然新颖,却很造作,尤其是描写下层环境时,精细的笔触总是不能跟描写的对象相和谐。龚古尔兄弟的趣味和气质是属于贵族化的,他们是精细的艺术家,这使他们和自然主义者区别开来,虽然他们是自然主义者的先驱和启示者。

"艺术笔法"的运用同龚古尔兄弟对艺术的爱好有关。他们从印象派画家那里领悟到明暗对比的关系,并在环境的描写中加以采用。他们喜欢在灰暗的背景中聚光于人物身上。如在《玛奈特·萨洛蒙》里,由柯里奥利看到的犹太教堂,令人想起伦勃朗的油画:"从上面而来的光照亮了黑暗","掩没在黑黝黝中的墙壁多彩的颜色已被抹去,闪闪发光","在黑暗的褐色中这里那里闪烁的蜡烛托盘发出

---

① 马尔丁诺:《第二帝国时期的现实主义小说》,第244页。
② 拉加德·米沙尔:《十九世纪》,第477页。
③ 同上。

的火焰有玫瑰色的反光"。

描绘景物时,他们也常常使用绘画技巧:从植物园观察到的巴黎,消融在"一大片暗影中,酷似一幅粉红底子的中国水墨画"。在介绍画家的作品时,他们更是力求描绘细腻的色彩:"这片天空布满白色的棉花团,间以蓝色,上面似乎颤动着粉红的珠罗纱。"在《热米妮·拉瑟顿》中,女主人公在巴黎市区和郊区散步时所看到的景物也是这样来表现的。作者力图再现人物目中所产生的印象的杂乱无章。郊区"淹没在七点钟的金色浮尘里","在日光投射于绿树,使之消失的微尘中,在投射于房屋上使之变成粉红的微尘中",在"一丛丛被落日透射的树叶中,斜阳把一束束火焰投在铁栅上",呈现出绚丽的画面。又如热米妮在大街上等候戈特吕仆,她精疲力尽,陷入昏昏然之中,看到的东西都很古怪。她的目光望着橱窗的光亮,偶然看到这样那样的事物。她的目光是改变现实的古怪机器,使现实具有奇特的外形。在《热尔维泽夫人》中,女主人公看到罗马是一个"建筑的森林""杂乱的整体",一连串的景象与女主人公产生的印象结合在一起。人物的内心生活化成细小的感觉,像一片浮云,飘荡在外界与内心之间。小说颇有镶嵌画和印象派作品的风格。龚古尔兄弟这种画家和诗人的才能,后来深得阿兰-傅尼埃的赞赏。

龚古尔兄弟的小说在后世反响甚微,究其原因,一是他们虽然鼓吹小说家要像历史学家那样写作,却没有写出他们时代的历史,没有写出各个阶级的面貌;二是他们的小说情节单薄,缺乏吸引力;三是他们只注意搜集表象材料或者真人真事、逸闻趣事,缺乏由表及里的分析,他们对生理病象的描写未能完全写出人物堕落的真正原因,忽略了社会因素;四是他们的艺术笔法精细有余,力量不足,显得纤弱。

《浙江大学学报》(人文社会科学版)1999年第6期

# 百变的短篇小说家：左拉

左拉被认为是19世纪后期最重要的作家。他1840年生于巴黎，母亲是法国人，父亲是意大利人。左拉7岁时，当工程师的父亲去世了，家境艰难。1858年，全家离开南方的埃克斯，来到巴黎。左拉在毕业会考中遭到失败，失去读大学的机会，1862年进入阿歇特书局当雇员，不久当上广告部主任。同年10月，他入了法国籍。1864年开始发表作品，很快受到现实主义的影响。随后开始的长篇创作，展示了新的文学方向：注意从生理学去探索人物的心理活动。从1870年开始，左拉进行《卢贡-马卡尔家族》（1870—1893）长达20卷小说的创作，其中的《小酒店》《萌芽》引起轰动，左拉成为与雨果齐名的大作家。左拉效法巴尔扎克，要反映第二帝国的变迁，包括政治演变、经济发展、罢工斗争、社会状况，规模宏大。左拉是自然主义的理论家和领袖，他的小说观反映在《实验小说》和《自然主义小说家》（1881）等几部著作中。1897年，牵动全国的德雷福斯案件，引起了左拉的注意，他在《震旦报》上发表了致总统的长信《我控诉》，指名道姓地揭露当局指鹿为马、颠倒黑白的卑鄙伎俩，竟然遭到一年监禁和罚款3000法郎的判决。左拉不得不流亡到英国。直到1899年总统去世，左拉才得以回到法国，但到1906年才恢复名誉。1902年，左拉夫妇在家中因煤气中毒身亡。人民记得左拉的功绩，1908年他的骨灰安放在先贤祠。

左拉的第一本书是个故事集《给尼侬的故事》，从此开始他的小说创作。他一生写过80多个中短篇，收入8个集子，约有七八十万字，不可谓不多，在鸿篇巨制《卢贡-马卡尔家族》之外占据了一个重要位置，所以在权威的"七星丛书"的左拉作品集五卷本中，第一卷就收集了他的中短篇小说。其重要性由此可见。

左拉的短篇小说内容广泛，涉及政治、家庭生活、社会风俗、巴黎和各地的人情世故、人物素描、奇特的爱情和画家生活、童话故事、动物故事，等等，展现和影射了19世纪下半叶法国的社会状况和光怪陆离的现实。从第一篇小说到最后一篇小说，前后经历了约30多年，贯穿了左拉一生的创作。在某种程度上，补充和填补了《卢贡-马卡尔家族》缺失的东西，所以说，左拉的短篇在他的创作中是不可或缺的组成部分。

《磨坊之役》是左拉最著名的一个短篇，一般人只知道收入《梅塘之夜》（1880），在这个集子中，除了莫泊桑的《羊脂球》，就是这篇小说脍炙人口了。其实小说最初发表在1877年7月俄文的《欧罗巴信使》上，次年又发表在法国的《改革报》上。左拉的短篇小说中，也只有这一篇直接描写1870年的普法战争。评论家认为左拉在小说中抨击了沙文主义，但不可否认，小说歌颂了民众的爱国情感。磨坊主梅尔利埃和他的女儿弗朗索瓦丝，甚至未过门的女婿、来自比利时的多米尼克都表现出视死如归，不愿为侵略者带路、不向普鲁士人屈服的英雄气概。小说中，农民的平静生活被普鲁士军队的到来破坏了，磨坊在激战中被毁掉了，普鲁士人无情地杀害老百姓的残暴昭然若揭。磨坊主是当地的村长，一个很有主见的人，他的女儿突然提出选中了多米尼克为丈夫，他并没有不问情由地反对，而是默默观察，还和这个小伙子深入谈了一次，确认了年轻人是正直的、信得过的，于是同意了女儿的婚姻。对普鲁士人，他不亢不卑，非常冷静地与敌人周旋。他的女儿同样有主见，毅然地认定自己的意中人，想方设法让多米尼克逃走，支持他不给敌人带路。多米尼克看到她被子弹打伤后，愤怒地向普鲁士人开枪射击，参加了战斗，带来了杀身之祸，但他毫无惧色。他逃跑后，一直担心磨坊主父女的安全，又跑了回来，以致失去了生命。这三个人，属于同仇敌忾的普通的老百姓。小说以法军歼灭敌人，取得一次小小的胜利结束，也无非是要给现实中法军在色当被全歼、皇帝拿破仑三世被活捉的可耻结局挽回一点面子。小说主人公们遭遇到的是猝然而至的悲剧，但是全篇却洋溢着英雄主义的高昂激情，显示了法国人民奋不顾身地保卫家园的优异品质。

在以家庭生活、男女爱情为题材的作品中，《苏尔蒂太太》是常常被人提起的一篇短篇小说。表面看来，这写的是画家的才情和夫妇的关系。第一主人公苏尔蒂太太有绘画才能，虽然是女子，却想扬名于世。她的丈夫苏尔蒂尽管有突出才能却生性慵懒淫荡，成名后疏于作画，他的工作逐渐由妻子代替，最后完全被她取代。

这对画家夫妇的生活相当奇特,小说的魅力也来自于此。可以说,在艺术家之中,这种情况并非绝无仅有。左拉其实取材于小说家都德夫妇的原型。都德类似苏尔蒂,他有创作才能,却很懒散,而且爱追逐女人。他以学校生活的题材取得了第一次成功,即写出了《小东西》。他的妻子受过教育,同丈夫合作。爱德蒙·龚古尔确认过这个事实。1874 年,爱德华·龚古尔开始常常拜访都德,注意到:"妻子在写作,我怀疑她是家中的艺术家。"一个月后,朱丽亚·都德在他面前朗读她起草的几页作品。她受到龚古尔的赞赏。① 至于都德的淫荡,连他都对别人叙述自己如何追逐女人。都德夫妇的情况对同行们已不是秘密。左拉自然知晓这一切,并曾在爱德蒙·龚古尔面前提起过。正因此,左拉虽然在 1880 年已经写出这个短篇,却直到 1900 年 5 月在都德去世以后才在《大杂志》上用法文发表。女主人公阿黛尔,即苏尔蒂太太,不是一个反面角色,她对丈夫有真挚的感情,即使丈夫在外面寻花问柳,或者在家里和女仆调情,她除了给他以无微不至的照顾,或者采取必要的措施,却不做进一步的要挟。她代替丈夫作画,既有应付订货的顾客,按时交货的需要,也有保住丈夫声誉的愿望,同时实现自己绘画的雄心。虽然每幅画到后来几乎都出自她的手,但她始终署上丈夫的名字,并没有真正取而代之。从中可以看到左拉对这个人物的态度。

《娜依丝·米库兰》是应屠格涅夫为俄国杂志写成的一个短篇。1877 年 5 月至 10 月末,左拉在地中海边上度过。他在 1877 年 9 月 2 日给埃尼克的信中说:"景色对我充满了回忆,太阳和天空是我的老朋友,有些草的香味使我记起往昔快乐的日子。"左拉选择了他童年生活的地方,即法国南方的埃克斯附近,这里的景物和生活很能体现法国地中海沿岸的风俗,与法国北方,特别是巴黎的景致是截然不同的,展现了田园风光,并保留了往昔拉丁民族的家庭习俗。小说的女主人公是一个佃农兼渔民的女儿。她的父亲虽然对她十分严厉,动不动就打她。可是这并不能阻止这个漂亮的少女不屑于周围小伙子的追求,爱上童年时的游戏伙伴、她的少东家弗雷德里克。然而这是一个浪荡的少爷,一贯玩弄女人。他确实一时爱上了这个少女。可是他们的交往从一开始就注定了没有好结果,他们由于身份的悬殊不可能结合。况且,弗雷德里克仍然是逢场作戏。娜依丝也清楚这一点,不过她照

---

① 左拉:《中短篇小说集》,伽利玛出版社,1969 年,第 1576—1577 页。

旧我行我素,表现出自由不羁的性格。她出于爱,敢于阻止父亲杀害弗雷德里克。老农的死写得比较隐晦,罗锅图瓦纳成为她暗害老农的工具。可是老农的死也导致了她的悲剧。由于需要有男人维持这个家,她不得不嫁给了罗锅。女人犯罪的题材在左拉那里已经写过,如《苔蕾丝·拉甘》,这里又是一例。

《为了一夜的爱》的女主人公苔蕾丝·德·马尔萨纳也是左拉笔下女罪犯中的一员。这个人物的性格与左拉的自然主义观点十分接近。轻的说她是歇斯底里的,重的说她的神经有毛病,或者说她有虐待男性的嗜癖。"她独自一人时,会猝不及防地爆发出含糊不清的叫声、疯狂地顿足;或者她仰面躺在花园的一条小径中,一直躺在那里,固执地拒绝起来。" 6 岁时,她开始折磨她奶妈的儿子科龙贝尔,把他当马骑,指甲掐进他的肉里,咬他的耳朵,直到出血,想把他砸碎,要知道他身体里有什么东西;并在大庭广众中踢他,用针戳他的胳膊。科龙贝尔的气质也不正常。他在这种虐待中尝到一种辛辣的消遣。他并非毫无反抗,寻思要报复:让自己摔在石头上,拖上苔蕾丝,最后强奸了她。他们的"这种病症是一种疯狂的发作,一种情感的倒错"。左拉在早期的长篇小说,就实验了克洛德·贝尔纳分析人扭曲心理的理论。苔蕾丝·德·马尔萨纳是一个心狠手辣的凶手,她不慎将科龙贝尔杀死后,立即想到要利用钟情于她的小公务员于连,答应以身相许,让他把死尸扔进河里。于连的自杀解脱了她。小说没有细写于连为什么自杀,当然这不是小说要描写的重点。小说是否隐约显示这一点:生活中强者往往是胜利者,而弱者往往是倒霉蛋。

《昂日丽娜》写作于左拉在德雷福斯案件中受到当局的迫害后,不得不逃到英国的时期。1898 年 9、10 月间,他在英国的诺乌德写下了《昂日丽娜》。他的妻子让娜和孩子们也在 8 月 11 日来到他身边,一直到 10 月 15 日。到英国后的头几个星期,左拉感到孤独和烦闷。他开始构思新的长篇。妻子走后,《昂日丽娜》也就写成,结尾是乐观的。左拉当时住在"潘"这幢租来的房子里,经常骑自行车消遣。他注意到一幢被废弃的房子,听到了一个小女孩被继母杀害的故事,孩子父亲的精灵每夜坐车来招魂。左拉很感兴趣,想详细了解情况。[①] 不过,最后他把故事放在了巴黎附近,而且只保留了原有情节的框架,作了不少改动。这是左拉最后一个短

---

[①] 维兹泰利:《同左拉一起在英国》,查托和温德斯出版社,1899 年,第 122—123 页。

篇。由神秘的闹鬼故事,变为一个正常的生活变迁故事;突如其来的悲剧,化为重新生活,开始新的篇章。前面符合左拉避居到英国时的精神阴郁,后面符合左拉回到国内重新开始正常生活的现实状态。

《雅克·达木尔》是左拉涉及巴黎公社的一个短篇。19 世纪 70 年代末,法国社会起了一些变化,对公社社员的态度有所改变。有的著作如费尔南·德利斯勒的《历史回忆:流亡生活》(1879—1880)谈到避居国外的公社社员,泰奥多尔·杜雷的《四年史》(1880)谈到巴黎公社。左拉赞赏杜雷的作品,表明他对公社社员的态度。左拉始终同情下层人物,在多部作品中描绘了他们的生活。在最初写作《巴黎之腹》时,他的手稿(1872)就多处提到巴黎公社:一个流放者,人们以为已经死了,却回到巴黎。即使在后来的长篇《崩溃》中,也写到流血的一周。以上种种,和《雅克·达木尔》是一脉相承的。左拉对工人生活的关注,使他写出像《小酒店》《萌芽》这样轰动一时的长篇。尽管如此,《雅克·达木尔》仍然是独立存在的。左拉认为共和国已经确立,1880 年夏天,他越来越激烈地抨击想延长无谓争论、不让人真正享受共和国好处的小集团。他认为公社是过去的一页、特殊危机已然过去,1871 年的情况不会再出现,革命的威胁并不存在,他的见解和议会中的极左派相同。他不同意泰纳在《当代法国起源》中对公社的观点,认为革命者不是怪物或强盗,这是在大街上每天遇到的普通人。小说就是以这种观点写成的。主人公是个普通人,他被政治席卷而去,不知为什么而战斗,甚至连贝吕也不是一个引人堕落者。当然,我们不能苛求左拉去高度评价巴黎公社,甚至他在小说中通过路易丝贬低公社社员是作为一种遮眼法。总体而言,左拉能够写出一个被流放的公社社员的不幸经历,还是值得称道的。

左拉从同情下层人民发展到对他们赞颂。《铁匠》的产生源于左拉 1868 年住在贝纳库的马蹄铁匠勒瓦塞家里,不过发挥了想象。左拉在贝纳库并没有住上一年,也不是为了康复身体。在叙述者眼前呈现的劳动者具有极其强健的体魄,他巍然挺立,就像一尊米开朗基罗塑造的雕像。他热爱自己的工作,一天要干上 14 个小时。他知道自己不是简单地锻造犁铧,他是在造福于这一带:两百多年来这一带使用的犁全是由这个铁匠铺提供的,一直沿袭到现在。农田作物的丰收应该归功于他。他为此感到骄傲。更进一步,他是在"火与铁中铸造明天的社会"。铁匠不是一个产业工人,对工人阶级的历史使命也并无认识,不像《萌芽》中的艾蒂安那样。但他也不是一个只埋头于干活,浑浑噩噩地度过一生的工人。他的形象的意义在于,他摆脱了周围那些庸俗的甚至卑劣的人,可以说他是一个纯粹的人,他使叙述者治愈了懒惰和多疑的毛病,在精神上进入一个新境界,所以受到叙述者的敬仰。

《穷人的妹妹》尽管是个童话故事,但其内涵也是对穷人纯良品质的赞颂。"穷人的妹妹"是个孤儿,十岁时便父母双亡,来到叔叔和婶婶家里,像《悲惨世界》中的柯赛特那样做最苦最累的活儿,冒着烈日去拾麦穗、下雪天拾柴禾、扫地、洗衣服、收拾屋子。有一天,她甘愿把自己仅有的一个铜板给了一个女乞丐,这个女乞丐其实是圣母玛利亚。圣母给了她一枚能够变出无数钱的铜板。穷人的妹妹施舍了当地所有的穷人,使这一带的人都致富了,而且她使自己的叔叔和婶婶也变得善良起来。"穷人的妹妹"一心只想到穷苦百姓,她确实与自己的绰号名实相符。

左拉也擅长讽刺幽默。《猫的天堂》《陪衬女》《广告受害者》是三篇讽刺小说。《猫的天堂》接近寓言。一只生活在家中的猫厌倦了舒适的生活,它很羡慕那些流浪猫,觉得它们自由自在,生活在广阔的空间里。待到它溜出去,才不过一两天的工夫,就发现没吃的,饿得肚子咕咕叫;没有垫子可以躺下,还要受到雨淋。亲身体验之下,发觉原来的家是天堂,迫不及待要回去,宁愿忍受女主人的一顿鞭打。它一面在忍受打,一面想到就有肉吃了,心里正高兴着呢。正是:"人心不足蛇吞象。"在户外是自由了,在室内好似是在监狱里,可是户外怎么能与室内相比呢?一定的如意是以一定的限制为陪衬的,这是一条生活的哲理,从猫的感受是否可以得出这个道理呢?

《陪衬女》的构思别出心裁。杜朗多竟能想出利用丑女去陪衬美女,以制造出人意料的效果。丑女变成了商品,真是无所不用其极。有钱人为了赚钱,把一切东西都变成了获利的工具。丑女和美女站在一起,确实能够更加衬托美女的魅力。小说中的美女其实指的是交际花,只有她们才会接受以丑女去衬托自己的姿色。她们利用丑女的对比去招揽客人,达到了目的,而丑女回到家里以后,往往会掩面饮泣,因为她们做的是低贱的工作,她们是衬托出身边人的美色了,而也更加显出自身的丑,因而内心有说不出的痛苦。应该说,杜朗多的生意经与奴隶的贩卖是一脉相通的,他也将人肉拿到市场上出售,只不过换了一种方式而已。左拉对杜朗多的独特"本事"似褒实贬,字里行间包含着辛辣的嘲讽和贬斥。

《广告受害者》则更具有现实意义。商品离不开广告,广告有助于商品的销售,但假广告害人不浅,而这类虚假广告满天飞。虚假广告为了吹嘘商品,说得天花乱坠,骗人上当,"今年二十,明年十八"只是一种调侃的说法。假广告的为害令人触目惊心。小说主人公克洛德的家由于使用了广告宣传的产品而弄得关不上门,开不了抽屉,打不开保险箱,厕所成了一个污秽之地,"生活在一个真正的地狱里";自己成了一个秃顶,失去了一头金发;收藏了所有荒谬愚蠢和无耻的书籍,成了一个白痴;身体由强变弱,气喘吁吁,同时服用各种药物,最后死在一个澡盆里;这还不够,他预订的棺材,刚抬到公墓就裂开了,尸体滚到烂泥里,只能草草掩埋了事;坟墓的纤维板和人造大理石经不起雨水淋,变成一堆叫不出名的破烂。这是一个迷信广告的受害者的悲剧下场。小说虽以夸大的笔法写成,但生活中的虚假广告不正是随处可见吗?名副其实的广告不是很有限吗?广告受害者何止千千万万,只不过受害的程度不同而已。在左拉生活的时代,作为曾是出版社广告部主任的他,已经看到广告常常出现的弊病,恨不能口诛笔伐,可想他也曾深受其害。

左拉写作短篇的内容取材多种多样。从自身经历去撷取题材自然是最直接的,《铁匠》《昂日丽娜》就是根据自身经历改写而成的。有的是从身边发生的事,加以观察,改变人物的身份而写成一篇故事,《苏尔蒂太太》属于这一类。有的从历史事件产生的影响去构思,《雅克·达木尔》《磨坊之役》是从自己的观点出发,加以思考,对历史事件作出的反应。有的是看到别人的著述,结合自己的文学主张,从中阐发而成,如《为了一夜的爱》是看了意大利的冒险家卡萨诺瓦(1725—1798)有名的《回忆录》,受到启发。这部回忆录在1833年译成法文,第二帝国时期在比利时重版过好几次。卡萨诺瓦1767年在马德里小住时遇到过类似的事。他受到一个住在自己对面的少妇的召唤。她把他带到自己的房间,要他发誓完成她要求他所做的事,然后撩开床幔,露出她杀死的情人尸体。她要他把尸体扔到河里,卡萨诺瓦服从了。这段叙述给左拉提供了小说第二、第四和第五节的内容。左拉曾向友人(阿莱克西、布尔热)讲过这事,三人决定各写一篇类似的故事。左拉还回忆起14岁时看过一个令他难忘的连载小说,激起了他的想象力。《广告受害者》是看了菲拉雷特·沙斯勒的《旅行、哲学和美术》,里面写到有一个人忠实地按广告去做,用直流电疗法去治风湿病而丧失了生命。此外,有的小说是凭借左拉的想象力构想出来的,《穷人的妹妹》《猫的天堂》《陪衬女》显而易见归入这一类。

左拉有不少短篇首先发表在俄文刊物上。左拉在70年代中期以后，声誉大增，传到国外，俄国读者对他的作品很感兴趣。从1875年至1880年，左拉给《欧罗巴信使》提供作品。《为了一夜的爱情》1876年10月发表在《欧罗巴信使》上，次年7月给了法国的《宇宙回声》。《娜依丝·米库兰》按屠格涅夫的意见，写成一首"田园牧歌"，1877年9月份发表在《欧罗巴信使》上。《苏尔蒂太太》最早发表于1880年4月的《欧罗巴信使》，直至1900年5月才见诸法国的《大杂志》。这四篇小说篇幅都很长，情节较为曲折，内容紧密结合法国的现实和风情，对外国人尤其有吸引力。当然，左拉首先以俄文发表的小说不止这四篇。左拉在《欧罗巴信使》上发表过64篇文章，几乎每月一篇。其中有20篇小说或故事，分别为1875年2篇，1876年4篇，1877年6篇，1878年2篇，1879年3篇，1880年3篇。数量相当惊人。

左拉的短篇有不少在后来写出的长篇中有进一步的发挥和变异。如《雅克·达木尔》对工人的关注在《萌芽》中有所延续，在他后期的小说《崩溃》中更有深入的发展。同样，《磨坊之役》描写的是小规模的战斗，《崩溃》对战争的描写有了更大的发展。《为了一夜的爱情》中的自然主义因素在左拉的早期小说中已见端倪，随后的长篇有更集中的描写，突出的如《小酒店》《家常事》《人兽》等。《铁匠》在《小酒店》《萌芽》描写的工人形象中有很大的变化和发展，虽然观察的角度和对工人的评价已有很大出入，但他们之间的不同表现了工人形象的各个侧面。在某种程度上，短篇的描写引发了左拉对题材更广泛的思考。

19世纪的法国短篇小说，经过梅里美、斯丹达尔、巴尔扎克、福楼拜、巴尔贝·多尔维利（1808—1889，著有中短篇小说集《恶魔故事》，1874）、戈比诺（1816—1882，著有短篇小说集《亚洲故事集》，1876）、维利埃·德·利勒-亚当（1838—1889，著有《残酷的故事》1883，及其续集），以及都德和莫泊桑，已经达到极致的田地。左拉虽然不以短篇小说为代表作品，但是也留下了一些佼佼之作，可以列入优秀的短篇小说家之列。

# 左拉与自然主义

自然主义是世界文学史上最有影响力的文学流派之一，它继古典主义、启蒙文学、浪漫主义、现实主义之后，在19世纪下半叶的法国兴起。如果我们将龚古尔兄弟算作自然主义的先驱，甚至自然主义作家的话，那么自然主义在60年代已经产生了：《修女菲洛梅娜》（出版于1861年）、《勒内·莫普兰》（出版于1864年）、《热米妮·拉瑟顿》（出版于1865年）。这三部以描绘病理学上的实例反映了龚古尔兄弟创作特点的小说，开创了一条与以巴尔扎克为首的现实主义作家不同的创作道路，预示了左拉的自然主义小说的诞生。自然主义得以确立是左拉的功绩。左拉在摸索、吸取自然科学、实证主义哲学和遗传理论的过程中，在向巴尔扎克、斯丹达尔、福楼拜、龚古尔兄弟学习的过程中，逐渐形成自己的一套文艺思想和理论体系，其间约有十多年之久。《卢贡-马卡尔家族》的第七部小说《小酒店》（1877）轰动了文坛，在法国引起强烈反响和争论，左拉一下子成为全国知名作家，他的声誉有追上晚年的雨果之势。《娜娜》（1879）的问世进一步提高他的地位，他成了能与雨果、福楼拜并列的大作家。接着，他的两本论文集《实验小说》（1880）和《自然主义小说家》（1881）提出了他的全面主张。至此，自然主义终于形成和确立。追随左拉的有一批作家，如莫泊桑、于依思芒斯、塞阿尔、埃尼克、阿莱克西等。80年代自然主义达到鼎盛期。随后，自然主义越出法国，到20世纪，自然主义传至世界，包括英国、德国、美国、日本、印度、中国等重要国家的一些大作家多多少少都受到自然主义的影响。自然主义流派的作品长期以来拥有广大读者。从世界文学史来看，像自然主义这样在世界范围产生了重大影响，取得了不可否认的成就的文学流派，是屈指可数的。

但是，一个时期以来，自然主义在我国评论界受到了贬抑，左拉的作品也很少翻译过来。对自然主义的批判大约有如下几个方面：一、认为自然主义的哲学基础是资产阶级的反动理论——实证主义，因此加以否定；二、认为自然主义从生理学——遗传理论、实验科学——去剖析人，而不是从社会观点去理解人；三、认为自然主义的创作方法是照相式的，只能反映表面的肤浅的现实，而不能反映事物的本质；四、认为自然主义热衷于不健康的淫秽描写。结论是：自然主义是对现实主义的一种倒退，甚至是反现实主义的。这些论断过分地否定自然主义，是完全可以商榷的。

这里需要申明的是，我们无意指责有些文章对自然主义提出这样那样的批评。过去的一些经典作家，包括批评家和作家，对自然主义也作过批评。自然主义的理论主张确实存在缺陷，即使左拉，在创作中也未必完全按照自己的理论主张去描写现实。问题是要对自然主义作出符合实际的科学评价，给予相应的历史地位，我们需要详细地占有材料，看看自然主义在理论上有没有现实主义的因素，占据多大的比例，实证主义、实验科学、遗传学等对自然主义究竟有多大影响；在文学史上，自然主义有没有继承优秀的传统，在哪些方面还有所发展，它为 20 世纪文学提供了哪些可资借鉴的技巧。在做这件工作之前，不能不看到，以往翻译过来的自然主义理论文字还是不够全面的，有些左拉的重要文章只有片断的译文，他的大量论述未能与我国读者见面，使人在评论自然主义时有隔雾看花之感，朦朦胧胧，似是而非。

编辑《文学中的自然主义》一书的目的，就在于让国内读者能有一份比较全面的资料，从而能够按本来面目去研究自然主义。本书共分四个部分：一、自然主义文艺理论文献；二、左拉和其他作家论自然主义；三、法国作家、批评家论左拉和自然主义；四、法国以外的欧美作家、批评家论左拉和自然主义。这四部分材料力求较全面地反映自然主义的理论基础和理论本身，而介绍的中心自然是左拉，因为左拉是自然主义理论家和领袖，他的理论著述和创作实践应首先引起我们的注意。

第一部分提供的材料在于展示自然主义的哲学基础、文艺理论和自然科学对它的影响。第一篇是实证主义创始人孔德对实证主义的阐述。引人注目的并不是孔德对人类精神发展三个理论阶段的论述，因为这是明显地不符合历史唯物主义的；引人注目的是孔德将实证主义与科学联系起来，认为"实证主义的基本性质，就是把一切现象看成服从一些不变的自然规律"。他指出要精确地发现这些规律，但是，他认为无须"探索那些所谓始因或目的因"，而只需分析产生现象的环境，用一些合乎常规的先后关系和相似关系把它们互相联系起来。这些论点能直接与左拉的理论对上号,我们可以在《实验小说论》中找到相同的字句。毫无疑问,左拉的自然主义的哲学基础来自实证主义。为了让读者了解孔德的实证主义,我们还选录了诺维科夫的《孔德"社会物理学"中的美学》,以供参考。

第二篇文章是泰纳的《〈英国文学史〉导论》。泰纳是实证主义批评家,他对左拉有过重大影响。左拉不仅接受了他的文艺观点,而且在他的引导下认识了巴尔扎克和斯丹达尔。左拉早在阿舍特出版社工作时已读过泰纳的《英国文学史》。左拉赞扬泰纳把批评变成一门科学,并学习泰纳搜集材料的方法,用在创作上。泰纳在这篇著名的导论中提出了"种族、环境和时代"三要素的命题,种族包含人的先天的、生理的、遗传的和特定民族诸因素,环境包含物质和社会两重因素,也包括地理气候条件,时代包含文化和当时占优势的观念等因素。仔细研究他的论述,不难发现内中包含着深刻的见解和合理的内核。特别是关于环境和时代的论述,泰纳认为人在世界上并不是孤立的,"某种持续的局面,某种周围的环境,某种顽强而巨大的压力在对某一群人起着作用";不同时代有着不同观念,孕育出不同的文学。总之,泰纳注意到要综合研究人所受到的各种影响,要写出特定时代、特定环境和特定类型的人物形象,这是他的理论的可取之处。然而,由于他并不了解人是社会关系的总和,人有自然属性,但更重要的是有社会属性和阶级属性。因此,他机械地、不分主次地去剖析人,而且受到当时自然科学的限制,过分强调人的种族因素。泰纳在其他论著中还有不少重要艺术见解,读者可以从诺维科夫的《泰纳的"植物学美学"》中获得一个概括的了解。总的来说,左拉以实证主义作为自己观察世界的工具,他曾明确表示过:"时代的乐章肯定是现实主义的,不如说是实证主义的。"这句话便是明证。

第三篇是克洛德·贝尔纳的《实验医学研究导论》的选译。众所周知,左拉的《实验小说论》是根据这一著作写成的,左拉几乎全盘接受了克洛德·贝尔纳的观点。克洛德·贝尔纳的这部著作发表于1865年,在文学界颇有声誉,因此他不久后进入了法兰西学士院。他的学说以实验方法来对抗片面的经验论和唯理论。他是个自发的唯物论者,他把自己的世界观方法论称为决定论。他认为在研究任何实物的性质时,必须探讨实物的特性和环境。他承认自然界的客观因果性、必然性、规律性。左拉从他那里获得了启示,甚至给自己的整套小说冠以"实验小说"

之名。这里的实验两字,并非试验之意,而是把医学上的一些实例和理论照搬到小说创作中,像医生解剖生物那样用文学分析的方法去解剖人的机体、心理以及整个社会的机体。左拉在《爱情的一页》的序中,认为克洛德·贝尔纳的理论是《卢贡-马卡尔家族》的脊柱。这句话形象地说明了实验医学理论对左拉小说创作的重要性。

第二部分提供的是自然主义的理论主张,我们选译了左拉、龚古尔兄弟和于依思芒斯的论文、序言和书信若干篇,其中以关于左拉的材料为主。

《〈黛蕾丝·拉甘〉再版序》写于1868年,这是左拉从创作和理论上迈向自然主义的第一步。左拉在序言中回击了批评界的粗暴指责,明确指出他写这部小说力求将生理学纳入文学的意图:"我不过在这两个活的机体上进行了外科医生所做的分析罢了。"因而小说的大胆描写决非淫秽,而是属于科学分析。另外,左拉强调他要研究的是气质而非性格,这个论点道出了自然主义塑造人物的一条基本准则。

在左拉阐述自然主义理论的著作中,《实验小说》一书占有重要地位,这里选译了其中三篇文章。《实验小说论》(1879)一文说明左拉十分崇仰克洛德·贝尔纳的理论。他以这位医生的论述为依据,认为小说家就像医生那样,把观察和实验当作自己应该遵循的职责。为此,他重申要把生理学引入小说领域。他进而认为,要通过人和社会的法则去观察人的行动;小说家如同医生看病一样,要提供治疗人类疾病的方法;这样,某些看来不健康的、应受谴责的作品,其实是运用了有利于救治人们的现实主义方法;小说家所用的法则在于解释激情和情感的生理学渊源;遗传法则有助于使人了解整个社会和每种特殊例证;左拉还强调环境与人之间的相互作用。这些论点既包含着对现实主义原则的理解,又包含着对生理学、遗传理论的过分重视。最后,左拉又回到实证主义所宣扬的不去发掘事物根源这一论点上来,这就束缚了他去探索社会历史原因、了解事物本质,这一点是导致左拉不能像巴尔扎克那样对现实关系有深刻理解的重要原因。

左拉在创作自然主义小说的同时,也在创作自然主义戏剧,他往往把自己的小说改编成戏剧上演,《戏剧中的自然主义》(1879)就在于阐明自然主义戏剧的存在理由。左拉指出:"文学中的自然主义同样是回到人和自然,是直接的观察、精确的解剖以及对世上所存在的事物的接受和描写。"这个论断符合现实主义美学原则。左拉肯定巴尔扎克和斯丹达尔的传统,宣布浪漫主义寿终正寝。左拉提出小说家只是一名记录员,只是陈述事实,对自然不作任何改变和缩减。后半句话给人以主张照相式实录的印象。另外,左拉认为狄德罗和18世纪另一法国作家梅西埃奠定了自然主义戏剧的基础,浪漫主义戏剧虽然曾经取得胜利,但它有虚假之处,当代戏剧也不能与巴尔扎克的成就相提并论,因此自然主义戏剧便应运而生。

《论小说》(1878—1880)一文提出了一系列重要观点。左拉认为作家必须要有真实感,而不是想象力;要有个性表现,不要艳丽文句和柔弱文体;要研究人物的环境和状况,运用实证主义批评家的方法获得人的材料;要像福楼拜一样对人和环境作必不可少的描绘。这四个论点基本上是对现实主义的总结和继承。接着,左拉捍卫了他的追随者埃尼克、于依思芒斯和阿莱克西的作品,与其说他对这三位作家的作品作了过高的评价,还不如说他是在捍卫自然主义小说及其主张,诸如对人物疯狂行动的大胆描写,真实再现下层人民的贫困;自然主义的准确描绘不是摄影,仅是将科学方法运用到创作中。左拉驳斥了所谓自然主义是语言垃圾的论调,宣称他把整个社会当作描绘对象,只不过既剖析美也剖析丑罢了,但他对社会丑闻和罪恶的暴露并没有超过报纸的报道。他认为小说要淡化情节,只向读者提供生活的记录,而且这是平凡的生活。左拉高度评价爱德蒙·德·龚古尔的几部小说运用了"人的材料"。左拉还提到自己所师法的几位作家和批评家。

左拉的文学书信是研究左拉的重要材料。他往往在书信中坦率而详尽地阐述自己的文学见解和创作意图。这里我们选译了五封信。第一封信是研究左拉从浪漫主义转向现实主义必不可少的材料。左拉这个具有决定性意义的转变是他踏入社会之后出现的,有多方面的促成原因,而标志转变完成的就是这封信。左拉在信中把创作方法比作屏幕,认为迄今为止出现过三种屏幕,即古典的、浪漫主义的和现实主义的。他相当准确地分析了这三种创作方法的特点,最后明确表示现实主义屏幕提供的影像最真实,有无限的美,他的全部好感在这方面。这个观点表明左拉与现实主义的联系十分牢固。第二封信解释了他创作《黛蕾丝·拉甘》的意图是符合真实的。第三封信为小说《角逐》辩护,驳斥了所谓描写淫秽的指责,认为自己描画了法兰西深陷其中的可怕泥淖,但还是有节制的。第四封信阐明他创作《小酒店》的主旨在于暴露下层社会的伤口,用烧红的铁去烙弊病。第五封信详细解释了《小酒店》的人物形象,对前一封信作了补充。

《巴尔扎克和我的区别》一文写于左拉酝酿创作《卢贡-马卡尔家族》的时期,

是研究左拉这个庞大构想的有用资料。左拉指出他和巴尔扎克在政治和宗教上观点不一样,至于创作,他是从一个家族入手的,注意生理学和遗传因素。左拉是在力求"创新"。

本书收录了龚古尔兄弟的三篇序言和两封信。《〈热米妮·拉瑟顿〉初版前言》中,龚古尔兄弟提出要描写贫贱阶级;在《〈臧加诺兄弟〉序》中,爱德蒙·德·龚古尔提出要搜集大量人的材料这一符合现实主义原则的重要观点;在《〈亲爱的〉序》中,他概述了自己和弟弟的观点,再次强调准确材料的重要性,认为不应过分注意情节曲折。在龚古尔兄弟的两封信中,他们认为有权写现代的真实,深入挖掘罪恶。透过他们的观点,我们可以看到左拉与他们的思想联系。对于龚古尔兄弟的文艺观,可以参阅《"我们既是生理学家,又是诗人"》一文。

于依思芒斯在创作前期是自然主义的信徒,《试论自然主义的定义》认为"自然主义就是对现实的耐心研究,就是观察细节所得的整体",要探查疮口深处的可怕现象,这一见解与左拉的观点是完全一致的。从1884年起他开始与自然主义分道扬镳。

第二部分的内容,大致包括了自然主义如下几个基本观点:一、主张写真实论;二、主张不仅反映上层社会,又要反映下层社会;三、认为文艺应既反映美,也反映丑;四、注意人的生理特点,并用遗传理论去说明人的气质和行动;五、重视环境的作用;六、提出观察并搜集人的材料;七、提倡淡化小说情节,等等。这里既有对19世纪上半叶现实主义的继承,也有不少创见,有的主张为20世纪文学开辟了道路。正确见解与错误主张混杂在一起,但前者还是主要的。

第三部分是法国作家、批评家对左拉和自然主义的评价,我们选了十位作家和批评家的文字。他们的见解代表了法国批评界对左拉和自然主义的看法。左拉的前辈福楼拜对自然主义的肯定多于批评,从他对《巴黎之腹》中左拉的观察力表示赞赏可以得到证明。他还欣赏《娜娜》和《征服普拉桑》。不过福楼拜不屑于自然主义的理论,对《小酒店》也有保留。泰纳也支持左拉,他认为左拉是处理精神病、谵妄病进展过程的高手,并能处理巴尔扎克式的错综关系。象征派领袖马拉美则认为左拉写得真实、节奏明快。保尔·拉法格指出左拉有勇气接触到巨大的社会现象,试图描写新的经济实体对社会所起的作用,这使左拉成为革新者。比起左拉只作走马观花式的调查而带来的种种缺点,他的创作还是优胜于劣。诚然,拉法格也指出了左拉在许多方面不及巴尔扎克,因为巴尔扎克看到了制约人物行动的复杂原因。莫泊桑对左拉的生活和创作有深入了解,《爱弥尔·左拉》一文认为左拉是个革新者,最注重真实,敢于揭露恶行败德,风格像席卷一切、滔滔滚滚的大河,异常丰沛,势如破竹。文学史家朗松对左拉的评论则相当严厉,他认为左拉在科学方面的奢望是徒劳的,并没有告诉我们任何与遗传规律有关的事情,左拉的整套小说不及《人间喜剧》给人的印象深刻,各部小说不能形成一个总体,另外,心理分析也很少。朗松认为左拉是个浪漫主义作家,才智平凡,但很坚实,有丰富的想象,他的小说可称为"史诗现实主义",或者是提供了社会学的史诗;左拉善于写民众,《萌芽》和《小酒店》是左拉的杰作。20世纪的法国作家和批评家对左拉仍然感到兴趣重大。纪德是左拉的赞赏者,他认为左拉的缺点与优点是不可分的,画面粗俗有力,是大手笔写法,人物说白生动多姿,左拉在文学史上占有很高地位。哲学家和批评家巴歇拉认为左拉在《帕斯卡尔医生》中运用了象征性描写——蓝色的火,这是体内酒精引起的火;左拉用最幼稚的梦幻来树立心目中的科学形象,他的遗传理论服从于简单直感。阿拉贡的文章强调了左拉是个热爱正义的作家,他敢于伸张正义的大无畏精神至今仍有现实意义。弗莱维勒的《自然主义文学大师》对自然主义持批判态度,认为左拉主观地将艺术创造和科学试验等同起来,把小说人物的组合与化学里的化合混淆起来,因此实验小说的理论并不具有重要意义;左拉将资本主义制度和人类身体混淆起来,是对社会历史发展的完全误解;实证主义决定了自然主义对运动着的世界的无知或曲解,导致宿命论和悲观主义,因而自然主义远远低于巴尔扎克和斯丹达尔的现实主义。另外,自然主义崇拜考证,过分强调细节的重要性,要求摄影式的准确表现,作家的创造性被压缩到近乎乌有。左拉只许作家描写平庸现实,必然要插入一些能刺激人的细节,陷入形式主义。不过,左拉做了不少调查工作,在描绘环境时笔调和色调相当正确,最出色的几部小说也看不见遗传理论的痕迹。弗莱维勒的论点在大多数评论的赞扬声中,发出了"不和谐音"。

  第四部分收录了七位著名的法国以外的欧美作家和批评家对左拉和自然主义的评论。列夫·托尔斯泰为《莫泊桑文集》俄译本所作的序言指出,莫泊桑具有见人之所不能见的能力,作品叙述明晰,具有形式的美,但缺乏对事物正确的道德态度和真诚的爱憎感情,而后者却是主要的东西。亨利·詹姆斯对一系列法国小说家有深入研究,《爱弥尔·左拉》一文全面评价了左拉的创作,这里选译的部分论述了左拉善于描绘群众,并认为他的总主题是人的本性。在不朽的小说《小酒店》《萌芽》和《崩溃》中,他巧妙地将搜集到的知识用于作品,并擅长处理宏伟、纷繁的战争场面。德国的马克思主义批评家梅林在《今天的自然主义》中,认为自然主义是越来越猛烈强大的工人运动在艺术上的反照,它在摈弃学院式的呆板的写作方式的同时,却提出一丝不差地再现自然,这是违反艺术本质的。梅林虽然认为自然主义在一定程度上突破了资本主义的思想方式,但总的来说他是持批评态度的。《爱弥尔·左拉》一文指出,左拉是一个缜密异常的观察家,第一流的风俗画家,细致深刻的心理学家,但缺少美学上的鉴赏力,缺少创造新世界的独创形象的力量。普列汉诺夫指出,用实验方法不能从艺术上去研究和描绘伟大的社会运动,因为人的行动、意向、趣味和思想习惯,不能在生理学或病理学中找到充分的说明,这是由社会关系所决定的。卢那察尔斯基则指出左拉有唯物主义倾向,忠于现实,向往正义,是社会主义的盟友和同路人,他的作品能与巴尔扎克媲美,不过他没有巴尔扎克的敏锐性,想不问政治。卢卡契在《左拉诞生百年纪念》中,除了肯定左拉的战斗性以外,着重批判了他的创作方法,认为这是用机械的平均代替了典型与个体的辩证统一,用描写和分析替换了史诗式的场面和情节,他不像巴尔扎克那样处处有"现实主义的胜利",相反,只是由于他无法始终一贯地墨守纲领,并在一些孤立的细节中用真正现实主义的方式去描写,才摆脱了实证主义的束缚。在《叙述与描写》中,卢卡契就《娜娜》和《安娜·卡列尼娜》中对赛马的描写,《娜娜》和《幻灭》中对剧院的描写,区分了现实主义是抓住事物发展的主要内容,通过偶然表现必然,而自然主义则不分层次,抹杀差别,把艺术变成堕落的浮世绘。亨利希·曼的《左拉论》选译部分指出左拉歌颂人生的奋斗,描写了一支人民的雅歌,对第二帝国进行了审判。

第三和第四部分给予了左拉以应有的历史地位:他是新时代的社会史诗作者,在描写下层社会方面有独特成就,善写大场面,是个第一流的风俗画家,有唯物主义倾向。而自然主义的缺陷表现在:从生理和病理角度去描写,不符合社会关系决定人的规律;用机械的平均去代替典型的刻画,不能抓住事物本质;描写过于粗鄙,缺乏美学鉴赏力。正反两面差不多都接触到了,但评价的正确分寸还需我们去鉴别。

由于篇幅和资料的限制,我们只能按如上的内容编辑这本《文学中的自然主义》。有的资料,例如英国实证主义哲学家斯宾塞的理论文字,关于吕卡斯的遗传理论介绍,左拉有关巴尔扎克、斯丹达尔和福楼拜的论文、论战文章和其他书信等,都未能一一收入;至于对自然主义的评论文章更是浩如烟海,只能挂一漏万。因此这本集子不可避免地存在缺点和不足,尚希读者指正。

《文学中的自然主义》前言
上海文艺出版社,1992年6月

# 左拉文艺思想的嬗变及其所受的影响

左拉是公认的自然主义领袖,自然主义理论的创立者。自然主义的形成以《卢贡-马卡尔家族》的创作开始形成规模和以《实验小说》(1880)、《自然主义小说》(1881)这两部论文集的问世作为标志。在此之前,左拉摸索了20年左右,经历了一个曲折的演变过程。毫无疑问,了解左拉的文艺思想的嬗变和所受影响,对于理解他的全部创作和理论,具有十分重要的意义。本文欲提供一些事实材料,理清左拉成为自然主义大师的发展轨迹。

## 一、从浪漫主义转向现实主义的过程

左拉在中学时期接触到雨果、缪塞、拉马丁的诗作,出于穷困生活和令人窒息的环境压抑,他想逃避到想象和理想的世界中去,促成了他对浪漫主义的信奉,这种倾向一直延续到迁居巴黎(1858)之后。他还写作浪漫派风格的诗歌。他说:"我把眼睛从粪堆(按:指丑恶现实)转开,投到玫瑰上","我只在幻想中去爱";他认为文学可以远离科学而生存。总之,他是浪漫派的忠实信徒。

从60年代开始,他的思想起了变化。他感到"我们的世纪是一个过渡的世纪","我们时代的特点是……科学的活动,商业、艺术和到处的活动:铁路、用于电报的电、开动轮船的蒸汽、升上天空的气球"。他指出,来到巴黎的年轻人很快会坚信共和思想。对现实保持清醒的认识,使他开始摆脱浪漫情调。

1862年3月1日他进入阿舍特书店,直至1866年1月31日离开,这四年工作对左拉起到十分有益的影响。阿舍特书店是反教会和言论自由的中心,实证主义的大本营,所出版的科普著作、字典、年鉴,扩展了人们的眼界,进行了"对人的广泛调查",左拉都是先睹为快,这些阅读确定了他的社会政治思想。他因工作关系,结识了泰纳等批评家和作家,了解到当时的文学状况,提高了他的文学修养。这是他的社会大学。

值得一提的是左拉写作通俗小说《马赛的秘密》(1864)的意外收获。这部左拉自称的"低级产品"是应报纸之约而写的,社会给左拉提供历史素材,左拉有可能搜集马赛和埃克斯两地的法院档案材料,抄录近50年来大案的文件。正当他对科学的兴趣觉醒和即将进行对人的生理学探索之际,人们为他提供了下层社会、社会弊端和隐蔽的罪行的准确材料宝库,他从中找到了一个城市资产阶级主要家族的渊源,并通过几代人,跟踪他们的家史,由此看到外省党派斗争,证实了重大政治事件在家庭内部的反响。这是《卢贡-马卡尔家族》前几卷的素材。

1864年8月18日左拉给瓦拉布雷格的长信,全面阐述了他的文学观点,表明他已彻底抛弃了浪漫主义,转向现实主义。左拉把创作方法比作屏幕,认为古典屏幕、浪漫主义屏幕和现实主义屏幕是迄今为止的三大创作方法,他描绘了它们的特点,指出"古典屏幕是一个能增大的玻璃体,它扩张线条,阻挡颜色通过";"浪漫主义屏幕是一个折射力很强的棱镜,它能击碎一切光线,变幻成耀人眼目的光闪闪的幽灵";"现实主义屏幕作为当代艺术中最后产生的一种,是一块完整的玻璃,十分透明而不太清晰,映出一块屏幕尽可能忠实地反映出来的影像"。左拉在分析了这三种屏幕的得失之后,明确地说:"我的全部好感是在现实主义屏幕方面;它满足我陈述的理由,我感到在现实主义屏幕中有坚实和真实的无限的美。……我完全接受它的创作方法,即非常坦率地面对自然,把自然整体还原出来,毫无剔除。"毫无疑义,左拉在1864年已完全转向现实主义,他向自然主义迈出了具有决定性的一步。

## 二、批评家、作家对左拉的影响

左拉在形成自然主义理论的过程中,接受过多方面的影响,从哲学和文学理论方面来说,他接受了孔德的实证主义和泰纳、圣伯夫的实证主义文学批评观点;从小说创作方面来说,他接受了龚古尔兄弟、福楼拜、巴尔扎克、斯丹达尔等作家的写作方法。本文大体按照时间顺序,逐一阐明这些批评家和作家对左拉的影响。

左拉最早受到影响的是龚古尔兄弟。1865年2月24日,左拉撰文赞赏龚古尔兄弟的《热米妮·拉瑟顿》。文中,左拉确定了新文学的特征:描写人的气质,探求"充分的人性",毫不"遮盖人的尸体"。这种观点是他在几个月来的通信中不断提到过的,既是他对龚古尔兄弟创作的概括,也是他遵循的目标。这时他在写作《黛蕾丝·拉甘》,左拉在这部小说的再版序中指出:"我想研究气质而不是性格……但愿读者仔细阅读小说,于是会看到每一章都是一个有趣的生理病例研究。"生理病例正是龚古尔兄弟的小说中着力描绘的内容,这就证明了《黛蕾丝·拉甘》与龚古尔兄弟的渊源关系。难怪爱德蒙·龚古尔后来直言不讳地指出左拉在步他的后尘。另外,左拉有一个重要观点:搜集并描绘"人的材料",这个词来自《少女艾尔莎》的序言,可见左拉从龚古尔兄弟的创作和理论中都汲取了养料。

在《黛蕾丝·拉甘》中,左拉力图通过环境和时代去研究人物,"研究气质和机体在环境及时势的压力下的深刻变化",从中可以看出泰纳"种族、时代、环境"三要素的影响。泰纳是实证主义批评家,而实证主义的创始人是奥古斯特·孔德,左拉直接或间接受到孔德的影响。孔德力图将哲学融化于自然科学中,强调艺术要探索人,认为个人的社会性被宣布为是生理条件所决定的东西,主张以关于人的病理状态的理论作为道德研究的基础;关于艺术虚构,孔德认为应当服从现实,否则形象就会显得薄弱或模糊。孔德指出,实证哲学认为人类不可能探索宇宙的起源和目的,因而不必去探求各种现象的内在原因,即所谓始因或目的因。克洛德·贝尔纳在《实验医学导论》(1865)中照搬了孔德的一些观点,而左拉又原封不动地放进自己的自然主义理论中。例如,他在《实验小说》一文里指出:"当然,我在这里说的是事物的'怎样',而不是'为什么'。对一个做实验的学者来说,他力图还原的理想,即不确定性,永远只在'怎样'之中。他把另一个理想,即'为什么'的理想留给哲学家去做,他对于有朝一日确定这种理想是绝望了。我相信,实验小说家如果不想陷入诗人和哲学家的疯狂行动中,就同样不应去关注这个未知数。"左拉关于艺术虚构的观点也多少受到孔德的影响,他在《论小说》中认为"必须在打乱事实的故事家和从事实出发的自然主义小说家的想象之间作一深入的区分",即是一例。此外,人们也注意到孔德将人文科学与自然科学相糅合、重视生理和病理对左拉的影响。

圣伯夫作为实证主义批评家,对左拉有不少影响。左拉于1867年2月9日著文赞赏圣伯夫的"解剖学方法",由此得出文学应直率和大胆地研究人的心灵,心理应服从于生理研究。左拉在《论小说》中称赞"圣伯夫属于最早明白通过人解释作品的必要性的批评家之一。他将作家重新放到生活环境中,研究作家的家庭、生平、趣味,一句话,将一页作品看成各种各样因素的产物。"左拉所赞赏圣伯夫的,正是他自己身体力行的。

泰纳对左拉的影响更大、更直接。左拉早在 1864 年已十分尊敬泰纳;泰纳发表论斯丹达尔的论文后,左拉"急于吃完饭,为了阅读斯丹达尔的作品"。在 1864 年 8 月 18 日的一封信中,他已谈及泰纳提出种族、环境、时代这"三大影响"的观点,说明左拉仔细读过《〈英国文学史〉导论》。1866 年 11 月 20 日他称赞这部文学史为"科学和博学的真正纪念碑",同年 12 月 10 日他在信中宣称自己"广泛运用了泰纳的方法"。在《论小说》中,左拉写道:"他把批评变成一门科学。他将圣伯夫运用得很高明的方法变为法则。"他称赞泰纳在评论巴尔扎克之前搜集尽可能多的材料,直至"绝对掌握住巴尔扎克,了解作家最隐秘的内心思想,如同解剖学家掌握他刚解剖过的躯体"。左拉认为这也是小说家应该运用的方法,要掌握人物的性格、习惯和种种细节。总的来说,泰纳引导左拉去认识巴尔扎克和斯丹达尔,这是左拉转向现实主义的基础,对左拉的创作转变具有决定性意义;其次,通过泰纳,左拉接受了实证主义,对科学成就产生浓厚兴趣。

应该说,巴尔扎克、斯丹达尔和福楼拜的现实主义创作对左拉的影响是深远的,起主导作用的。他们的创作方法构成了左拉创作方法的核心,远胜过,也早于贝尔纳的实验医学和吕卡斯医生的遗传理论的影响。因此,有必要理清这三位小说家同左拉创作思想上的联系。

左拉在 1864 年就开始看巴尔扎克的作品,当然这是受到泰纳的启发。他在 1867 年 5 月 29 日给瓦拉布雷格的信中说:"你看过巴尔扎克的全部作品吗?多么了不起的人物啊!眼下我正在重读巴尔扎克的作品。他压倒了整个世纪。维克多·雨果和其他作家——对我来说——在他面前便隐去了。我在考虑写一部关于巴尔扎克的作品,一篇有分量的研究,一种真实的小说。"自此以后,左拉在信中频繁地提到巴尔扎克,宣称"我们的史诗是巴尔扎克的《人间喜剧》"。1869 年莱维出版社印行了巴尔扎克的全集,共 24 卷,左拉三次撰文介绍,指出巴尔扎克是个"通灵者",预见到"政变的角逐"(按:指拿破仑三世发动的政变),"大革命不仅把巴尔扎克变成了一个不自觉的民主派,还把他造就成一个通灵者,一个明天的预言家"。1876年底巴尔扎克的书信集出版,左拉写长文加以介绍。在左拉看来,巴尔扎克占据着"我们的自然主义小说之父的光荣位置",他是"自然主义小说的创建者","他创建了现代小说","他敢于使按照他面前展示的社会图景来描画的整个社会活现在他广阔的壁画中",由他所决定的文学运动"肯定将是20世纪的文学运动。人们将沿着他开创的道路前进"。左拉给了巴尔扎克最高的荣誉和评价。1870年5月13日,他著文提出:"他的作品,如今是民主的作品,是革命思想的威力最光辉的明证之一。"巴尔扎克是左拉在创作上的导师,《人间喜剧》启迪了《卢贡-马卡尔家族》的构想:以一整套互有联系的小说来反映一个历史时期的社会生活,其中,互有联系、重复出现的人物作为沟通、联结各部小说的纽带是重要方法之一。巴尔扎克以现实主义的笔触去描绘社会各阶层及其人物,善于表现金钱的作用和两大阶级的斗争。这些都为左拉所继承,从而使《卢贡-马卡尔家族》成为《人间喜剧》之后又一文学丰碑。但左拉并不完全模仿巴尔扎克,因为他意识到完全模仿是没出息的。他描绘的领域较之巴尔扎克更广,例如表现矿工的罢工、交易所金融寡头的斗争,等等。然而,这也是遵循巴尔扎克反映一个时代的创作主旨而获得的成果,既是发展,也是继承传统。

左拉开始读斯丹达尔的作品也是在1864年。他于1880年5月写出评论斯丹达尔的长篇文章。左拉认为正是由于斯丹达尔,"我们才能超越浪漫派,与法兰西的古老天才联接起来。"左拉十分赞赏斯丹达尔的心理描写和暴露社会黑暗面的大无畏精神。他把斯丹达尔也看作自然主义小说之父。在这里,左拉把自然主义与现实主义等同起来,表明他的自然主义与巴尔扎克和斯丹达尔的创作方法在主要方面是一脉相通的。

福楼拜比左拉要早一代人,自然是左拉的前辈。左拉在1866年已在文章中多次论及福楼拜,称《包法利夫人》为"真正的历史",赞美他的分析才能,说他"是一个化学家……他只乐于分析精神和肉体,以及解释气质和环境的作用"。左拉第一次见到福楼拜后有过记叙,认为福楼拜是"本世纪的先驱,我们现代世界的画家和哲学家"。1875年底,左拉写出《福楼拜及其作品》。这篇文章十分重要,因为它以福楼拜的创作为标准去确定什么是自然主义小说。左拉提出了自然主义小说家应遵循的三个法则:1.自然主义小说以《包法利夫人》为典范,是"生活的准确再现和杜绝一切浪漫因素";2."消灭英雄","所谓英雄,我的意思是指无限夸大的人物,变成巨人的木偶……作家要写生活的日常平庸",作品的美"在于人的材料无可争辩的真实,在于一切细节自有位置的绘画的绝对真实";3."自然主义小说家要力求完全消失在他的叙述的情节后面,他是惨剧的不露面的导演……(其中)找不到结论,道德教训和任何从事实得出的教益……作家不是道德家,而是一个解剖学家,他只限于说出他在人的尸体中找到的东西"。左拉总结出来的这三条法则,确实是从福楼拜的创作和观点中撷取的,尽管多少加上了他的发挥。不论怎样,自然主义所反对的浪漫派的夸大描写,所主张的描写平凡生活,反映真实,具有客观性,这些都是福楼拜首先提出的。从这个意义上来说,福楼拜才应当受之无愧地被称作自然主义小说之父。

法国一些重要批评家和作家对左拉的影响,总括起来,起到如下的作用:其一,自然主义的哲学基础乃是实证主义,在文学与现实、文学与虚构等重大问题上,自然主义都师承实证主义的观点。其二,自然主义的基本创作方法沿袭了19世纪前期和中期的法国现实主义,在写真实(暴露社会黑暗面)、客观性、注重心理描写等方面,仍恪守现实主义大师的见解。其三,甚至在形式方面,自然主义也模仿19世纪前期的现实主义文学,《卢贡-马卡尔家族》与《人间喜剧》在结构、意图、表现方法等方面都十分相似。由此可以看出,自然主义是现实主义的延续,或者说,是现实主义在新时期的变种。

## 三、自然科学家对左拉的影响

但是,自然主义毕竟不是原来的现实主义,其中一个重要的事实是,左拉受到当时的自然科学家吕卡斯、克洛德·贝尔纳等的影响,在自然主义中加进了一些科学家的个别观点。自然主义是19世纪前期和中期的现实主义与这些科学家的观点的混合。当然,混合的比例不是对等的。

在开始构思《卢贡-马卡尔家族》时,左拉从"科学的传播,丰富了文学的正确分析的气息"这一观点出发,仔细阅读了沙尔·勒图尔诺的《激情生理学》和吕卡斯医生的《自然遗传论》,并作了详细的摘录和每节概述,后来又整理成笔记的概述。这两部著作,尤其是后一部对左拉的创作产生了重大影响。这些阅读笔记是在1868年至1869年完成的。可以看到,他读书相当认真,能抓住书中的主要思想,笔记的概述条分缕析,表达得十分清楚。显然,他是把这两部著作当作教科书或权威著作来对待的。本文着重介绍左拉对吕卡斯的《自然遗传论》一书的摘录情况。

在导论部分,左拉注意到的部分是"自然遗传在健康和神经系统疾病的状态中哲学的和生理学的专论",牵涉到"头等重要的法则,如世代相传的理论,性的决定原因,人的本性产生的变化和神经系统疾病、精神病的各种形式"。吕卡斯认为,人是大自然的缩影,研究人就是研究自然。在社会方面,遗传牵涉到所有制,政治方面牵涉到主权,世俗方面牵涉到财产。遗传是法则、力量、事实。遗传分先天和后天两种。生育具有先天性,但个体存在独特性和个性,所以兄弟有不同;在罗马,最美的妓女来自人民。有的人血中有老虎和猛兽的脾性,他们的犯罪是无辜的。聪明的父母能生出白痴。遗传可表现在外部相似或内部相似——头脑、神经系统,由血、胆汁、神经、淋巴质传导。一个家族成员的过失可影响整个家族。酗酒的遗传导致发疯。性冲动的遗传,女性会早熟。犯罪也会遗传,如偷窃、杀人,毫无原因地杀人,导致父杀子,或子杀父。技能、体力能遗传。父是天才,母蠢笨,孩子杰出,如歌德与女仆之子。有隔代遗传。父母的遗传有选择性,父生手,母生腿,但可能性应是多种多样的。性交时的情绪也会遗传:路易十四与哭泣的蒙泰斯庞的儿子是忧郁的。家族的疾病要互相传递,等等。

吕卡斯的遗传理论正处于遗传学的初级发展阶段,因而有许多论点是不符合科学的;尤其是吕卡斯把一切肉体的和精神的病例都归结为与遗传有关,他虽然也提到了各家不同的说法,却往往下了过于武断的结论。左拉在《笔记概述》中已设想把这种遗传理论运用到小说创作中:"一部小说或几部小说,其中世代相传将在有趣的病例中得到研究。——肉体和精神上的先天性和遗传。家族的体质由一个人开始。——在写工人的小说中或几部小说中,产生一个漂亮的妓女。在罗马,最漂亮的妓女来自人民(别忘了要年轻漂亮)。——在一部小说中,表现出通奸中的杂交。存在一条规律,这规律指出家族一个成员的过失波及整个家族。——酗酒的父母能生出发疯的孩子。——环境、食物、气候、教育、榜样的效果。——精神疾病尤其来自母亲。——必须经过七代人才能恢复兴盛。"最后,左拉把遗传归结为四类:父母直接遗传、旁系间接遗传、返祖遗传、上几代综合影响的遗传。左拉认为还必须"找到有趣的、富有戏剧性的遗传病例",他将遗传病例作了繁复的分类,设想一部写教士的小说(在普罗旺斯),一部写军事的小说(在意大利),一部写艺术的小说(在巴黎),一部写巴黎大拆除的小说,一部写司法的小说(在普罗旺斯),一部写工人的小说(在巴黎),一部写上流社会的小说(在巴黎),一部写商业上妻子私通的小说(在巴黎),一部写暴发户家庭父亲对子女影响的小说(在巴黎),一部写事业开端的小说(在普罗旺斯)。这是《卢贡-马卡尔家族》最初的设想。左拉的这套巨著无疑直接套用了吕卡斯的遗传理论。他认为遗传"是自然史的全部哲学所在",所以深信不疑。

吕卡斯给左拉的影响应仔细分析。一方面,左拉从中得到启发,认为能以一个家族的命运去反映社会一个历史时期的风貌,吕卡斯的遗传理论是联结两者之间的钥匙。应该说,通过一个家族的繁衍,通过他们之间的血缘关系去联结整套小说,这一方法为前人所没有尝试过,具有独创性。另一方面,吕卡斯的遗传理论在许多方面不能成立,因而左拉所追求的科学性也就落空,从而损害了这套小说的真实性。

吕卡斯的遗传理论在当时并不具有权威性,左拉在深入阐述自然主义理论时已明显感到它的不足。1878年左右,亨利·塞阿尔向他推荐了一部著作,即克洛德·贝尔纳的《实验医学研究导论》。左拉在1875年已部分了解贝尔纳的观点。贝尔纳不仅是个医学权威,而且他的理论超越了医学领域,在哲学上也有很大影响。《实验医学研究导论》发表于1865年,在文学界颇有声誉,因此他不久进入了法兰西学院。他在法兰西学院讲课时吸引了不少社会名流来听讲,克洛德·贝尔纳可说是名噪一时。他的学说以实验方法来对抗片面的经验论和唯理论,他是个自发的唯物论者,他把自己的世界观方法论称为决定论,"决定论不是别的,就是承认随时随地都有规律"(《普通生理学教程》),即指精确决定任何现象发生的条件。他认为在研究任何实物的性质时,必须探讨实物的特性和环境,他承认自然界的客观因果性、必然性、规律性,对决定论作了唯物主义的解释。左拉出于对克洛德·贝尔纳符合科学的理论的崇仰,而决定把实验医学的理论照搬到他的自然主义理论中。在《实验小说》一文里,左拉写道:"我在这里所做的只不过是一件借鉴工作,因为实验方法已由克洛德·贝尔纳在他的《实验医学研究导论》一书中非常有力而明晰地建立起来了。这本由一位拥有绝对权威的学者所撰写的著作将作为我坚实的基础。我觉得整个问题在那部书里都已阐述清楚,所以我仅限于引证我感到必要的内容,当作无可辩驳的论据。我的工作只是对若干原文作一番辑录而已,因为我打算在所有的论点上都把克洛德·贝尔纳作为我的掩护。在大多数情况下,我只需把'医生'两字换成'小说家',就可以把我的想法说清楚,并让它带有科学真理的严密性。"左拉这篇论文是这样论证的：先摘引一段贝尔纳的论述,然后加以说明,这就是他运用在小说创作中的思想。因而他给整套小说冠以"实验小说"之名,这里的实验两字,并非试验之意,而是把医学上的一些实例和理论照搬到文学创作之中,像医生解剖生物那样用文学分析的方法去解剖人的肌体、心理以及整个社会的机体。左拉在《爱情的一页》的序言中说,他把吕卡斯的遗传理论用来建立《卢贡-马卡尔家族》的家谱,而克洛德·贝尔纳的理论则是这套巨著的脊柱。这句话形象地说明了实验医学的理论对左拉小说创作的重要性。这就是用唯物主义观点去对待客观世界,探索它的动因和规律。

至此,左拉的自然主义各种来源已经齐全了。左拉并不是有了完整的理论才开始创作的,他先是有了一些初步设想,然后才产生创作一套反映第二帝国的小说的想法,再然后通过创作进一步深化自己的理论。在这同时,他不断吸收当时的一些科学成果和哲学理论,以充实自己的文学理论。因此,他的自然主义理论是相当庞杂的,只有理清它的来龙去脉,才能准确地理解它。

## 四、《卢贡-马卡尔家族》的设想蓝图

左拉是按照科学方法进行创作的：他总要先制订小说的详细写作大纲。这种大纲起着从理论到实践的过渡或桥梁作用,它可以使人们更深入地理解左拉的自然主义。《卢贡-马卡尔家族》的设想蓝图产生于这套小说和自然主义理论之先,它是自然主义最早的具体体现,要理解自然主义,这是不可忽略的一个方面。

从现存记录看,左拉透露要写作《卢贡-马卡尔家族》是在1868年。龚古尔兄弟于1868年12月14日在家里接待了左拉,然后在日记中作了详细记述："他对我们谈起他生活的困难、愿望和他需要有个出版商同他签订6年付3万法郎的合同,这样,可以保证每年他有6000法郎为他和他母亲挣到面包——并可以给他写《一个家族史》的能力,这是一部8卷本小说。因为他想写出巨著,不再写这些'卑污、

愚蠢'的文章……"这是左拉第一次向外界透露他的庞大创作计划。很可能他这时已酝酿成熟，因为他在1869年初交给了出版商拉克罗瓦一份计划，他自己保存了一份计划手稿，名为《计划。19世纪一个家族的自然史和社会史》。另外，在1868年末和1869年初，左拉还写下了《巴尔扎克和我的区别》《关于作品进展的总体笔记》《关于作品性质的总体笔记》。在给拉克罗瓦的计划中，左拉提到要写10部小说，比起他对龚古尔兄弟透露的计划多出两本。至1872年，这个计划猛增至18本。这表明他的设想不断在修改和发展。

在《关于作品进展的总体笔记》中，左拉写道："一个处于中心的家族，至少有两个家庭对它起作用。这个家庭发展到现代社会和各个阶级。……由于遗传作用，这个家庭发生的惨剧。"左拉指出对家庭发展起作用有两个因素，一是"纯粹人的因素，生理学的因素，对一个家族及其后裔的连接和命运的科学研究"，二是"现时代对这个家族的影响，由于时代的狂热引起的衰落，环境产生的社会和物质的作用"。左拉强调第二帝国的不良作用，认为在另一时代，这个家族就不会这样演变。他进一步指出："我的研究是对世界如实分析的普通一角。这是将人置于社会环境，不作说教的研究。如果我的小说应有结果，这结果将是：说出人的真情实况，拆卸我们的机器，通过遗传指出秘密的动力，让人看到环境的作用。"左拉还提到要写出第二帝国的人欲横流、商业竞争和投机心理。这篇笔记画出了《卢贡-马卡尔家族》的大致蓝图，但还不够具体。

他在《关于作品性质的总体笔记》中，进一步设想如何创作每部小说和人物。关于小说，他写道："应这样理解每部小说：先提出一个人的实例（生理学的）；写出两三个强有力的人（气质）；摆出这些强有力的人之间的斗争；然后通过他们的特殊个性的逻辑，引导人物达到结局，一个强有力的人吞并另一个或其他几个。"他认为场景不必太多，写出12—15个强有力的集体就可以了。至于人物，他认为有两种：福楼拜笔下的爱玛和龚古尔兄弟笔下的翟米尼。福楼拜的分析是冷漠的，典型具有普遍性；龚古尔兄弟不照事实去写，典型是例外的。他自己则要选取灵与肉的特殊实例。他的全部作品要形成一个整体，"最好的整体也许是唯物主义"。

在交给拉克罗瓦的计划中，左拉全面而扼要地提出了自己的总设想、每部小说的写作大纲，言简意赅——这是第二帝国时期一个家族的历史。小说建立在两个想法上面："1. 研究一个家族的血缘和环境问题。一步步把这种秘密工作做下去：

同父的几个孩子由于杂交和特殊的生活方式而形成不同的激情和性格。一句话,在人最激烈的惨剧中,在形成崇高美德和滔天大罪的生活深层之中去翻寻,有条不紊地翻寻,由生理学的新发现的线索去指引。""2. 研究整个第二帝国,从政变直至今日。将当代社会、罪大恶极的人和英雄都体现在典型之中。这样通过事实和情感去描绘整个社会时代,并通过风俗和事件的千百个细节描绘这个时代。"左拉明确地给自己提出了描绘第二帝国的任务,其方法是通过一个家族的特殊演变写出时代与环境,具体说来,"小说建立在这两种研究——生理研究和社会研究——之上,因此,将研究我们整个时代的人。一方面,我要指出隐秘的动力和使人这个傀儡活动的牵引线;另一方面,我要叙述这个傀儡的各种事实和故事。心灵和头脑暴露无遗……"可以看出,左拉的努力是多方面的,他在进行对人的研究时,生理或遗传的因素往往同社会因素结合在一起,甚至让位于后一种因素,因为他要指出"隐秘的动力",人的行动的"牵引线",以哪一种特殊方式活动,等等,这种丰富的内容是左拉能取得成功的根本原因。左拉的雄心是值得赞赏的,他宣称这套小说是对"现代资产阶级的研究",同时又要描绘人民,他所做的工作,"恰如巴尔扎克对路易-菲利普时代所描写的"。为此,10部小说就是10个不同的环境,一部写青年生活,一部写疯狂的投机活动,一部写政界,一部以宗教狂热为背景,一部写军界,一部写工人,一部以工人女儿为风月场中的主角,一部写艺术界,一部写司法界等。左拉力图写尽最有代表性的场景,从而写出一部形象的历史。

从这个蓝图来看,左拉已经成竹在胸,考虑得相当周密。他不但提出了如何构想这部巨著,而且阐明了自然主义的一些基本观点:要真实地再现一个时代;注意描写风俗细节;塑造不同类型的善良和邪恶的人物;将人作为环境与遗传的产物,写出一个完整的人;将家族看成人类本身最内在的一个单位,以这个家族的兴衰去象征整个民族的演变;注意群体的描绘,以反映某个阶级的思想、情绪、生活状况以及在社会中的作用。因此,左拉所写的这几份计划和笔记,是他所受各种影响的综合结晶,人们能从中窥探到他的理论和创作的一些奥秘。

综上所述,左拉的自然主义来源是多方面的,既受到19世纪前期和中期现实主义写真实的影响,也受到福楼拜客观描写和龚古尔兄弟研究生理病例的影响;既受到当时不成熟的遗传理论的影响,也受到唯物主义的实验医学理论的影响,呈现出较为错综复杂的情况,需要仔细地研究和分析,不能笼而统之地斥之为反动没落的流派，又不能全部加以肯定。以往有论者将自然主义说成反现实主义，认为自然主义作家对现实采取照相式的反映方法，不能写出现实的本质，这种论断是不符合实际情况的，因为持这种论点的人没有看到自然主义与现实主义密不可分的关系，只顾一点，不及其余；但是，如果要为自然主义"彻底翻案"，认为自然主义与现实主义没有什么区别，忽略了它所受的假科学的遗传论等影响，那又未免矫枉过正，走到另一个极端。只有看到自然主义的各种渊源并看到这些渊源的表现之后，才能给予自然主义以正确评价。

上述各点我们只是罗列了各种影响，并没有分析这些影响的大小。这是一个复杂的问题。但影响的大致比例还是可以确定的：相对而言，现实主义大师们和实证主义批评家（他们是现实主义的支持者）的影响要大得多，他们的理论和见解组成了自然主义的核心部分，例如写真实论就是自然主义的核心理论。至于龚古尔兄弟所注重的研究生理病例，它具有开拓人的精神心理分析这好的一面，在某种程度上，这种研究有助于过渡到20世纪对人的内宇宙的开掘。所以，这种研究可看作斯丹达尔擅长的心理描写的延续和深化，这里存在着现实主义的发展印迹。同时也应看到，这种研究又导致左拉对病理现象的关注，使他趋向于接受吕卡斯的遗传理论，这是消极的一面。对于这种遗传理论，上文已指出有好坏两种不同影响，但平心而论，坏影响要更大一些，这是毋庸讳言的，因为在《卢贡-马卡尔家族》中出现的遗传现象几乎都缺乏科学根据。不过，左拉对自然科学理论的兴趣并非都导致不良后果，克洛德·贝尔纳的实验医学理论给他提供了正确认识世界的方法论，并使他在深受吕卡斯遗传论影响的同时，又自觉地去描写环境对人的重要作用，不同程度地挽回这些假科学的错误造成的消极影响。

本文并未涉及自然主义理论本身，这需要另外撰文分析；至于这一理论如何在创作中体现，这又是另外一个问题，但都与本文无关了。

《上海师大学报》1989年第3期

# 左拉的文学批评

众所周知,左拉是自然主义的领袖和理论家,其实他还是一个颇有见地的文学批评家,然而后一方面却历来被人所忽视。人们只将注意力放在他对自然主义理论的阐述上,却把他的文学批评放在一边,这显然是失之偏颇的。

诚然,左拉的文学批评建立在他的文学理论的基础之上,或者说,是基于他对以往文学流派的评价上面。左拉原本信奉浪漫主义,甚至创作了一些浪漫主义作品。他的早期作品,如《给尼侬的故事》就可以看到浪漫主义的痕迹。左拉向现实主义的转向大约发生在1864年。他在1864年8月18日给安托尼·瓦拉德布雷的长信中提出了对古典主义、浪漫主义和现实主义的新看法,他指出古典主义"丧失了所有生硬的形体和所有发光的活力;它只保留阴影,在光滑的表面上像浮雕一样再现出来"。他认为浪漫主义"给我们的作品是杂乱的和活跃的",但它是"一个折射力很强的棱镜"。而现实主义"作为当代艺术中最后产生的一种……映出一块屏幕尽可能忠实地反映出来的影像";"我的全部好感是在现实主义屏幕方面……我感到现实主义屏幕中有坚实和真实的无限的美……我完全接受它的创作方法,即非常自然地面对自然,把自然整体地还原出来,毫无剔除"①。自从左拉以现实主义为圭臬,他的创作走上了一条全新的道路。他将龚古尔兄弟开创的、在文学中引进生理现象的主张发展下去,逐渐形成了自然主义的创作特色。

左拉从1868年开始酝酿《卢贡-马卡尔家族》的创作。70年代他写出了《小酒店》《萌芽》《娜娜》等代表作,确立了自然主义流派,可是却遭到了来自各方猛烈的抨击。1880年前后,左拉暂时搁下了《卢贡-马卡尔家族》的创作,集中精力写作阐

---

① 朱雯等编:《文学中的自然主义》,上海文艺出版社,1992年,第267—271页。

述自然主义理论的文章,汇编成《自然主义小说家》《实验小说》《戏剧中的自然主义》等论文集,给反对派以犀利的回击。这几部集子除了阐发自然主义的理论主张以外,另一个重要内容就是对左拉崇尚的现实主义作家,如巴尔扎克、斯丹达尔、福楼拜进行了评论。可以说,他的文学评论也自此真正肇始。

※　※　※

左拉的文学批评最重要的方面自然就是对前辈现实主义作家的评论了。他关于巴尔扎克、福楼拜和斯丹达尔的三篇文章构成了他的文学批评的支柱。不过这三篇文章的写法各有不同。

《巴尔扎克》是一篇长文,这篇文章并非对巴尔扎克全部创作进行细致的分析,而是通过当时出版的一部巴尔扎克的《通信集》去论述巴尔扎克的创作,也即通过巴尔扎克一生的重要通信所展示的生平事件去透视这位作家的创作侧面,而这些侧面集合起来可以构成对巴尔扎克全部创作的总体评价。这种方法显然十分特殊,却别开生面,不同于一般的作家创作论。它既可以展示巴尔扎克的生平经历,又可以扼要地对巴尔扎克的艺术成就作出评价。它不需要对《人间喜剧》的作品进行细致的分析,又可以灵活地评价巴尔扎克的创作特点。其中有的论点达到,甚至超过了前人的评论,至今仍发人深省。

左拉认为巴尔扎克"创造了现代小说"①,这是对巴尔扎克的创作成就的总体评价,应该说是非常准确和公允的。左拉指出:"今日他是几乎所有小说家无可争议的大师。"②在另一篇文章《巴尔扎克和我的区别》中,左拉指出,巴尔扎克"想借助 3000 个人物形象来撰写风俗史……他希望他的作品是当代社会的一面镜子"③。巴尔扎克通过描写风俗来反映社会历史和当代生活,以表现一段历史时期的社会,开创了现代小说的新纪元,这是左拉对巴尔扎克的创作的深刻认识。左拉进一步指出:"巴尔扎克这个金钱悲剧的演员,从金钱中抽取出我们时代所包含的

---

① Zola, *Œuvres complètes*, Fasquelle, 1953, p. 355.
② Zola, *Documents littéraires*, Fasquelle, 1926, p. 238.
③ Zola, *Les Rougon-Macquart*, Gallimard, 1988, p. 1736 – 1737.

全部可怕的动人事例……他出色地描绘了他的时代。"①这句话点明了巴尔扎克以自身经历去观照周围事物,善于通过金钱悲剧去描写社会生活的特点,可谓一语中的。巴尔扎克深刻认识到金钱的作用,在《人间喜剧》90 多部作品中,几乎每一部小说都围绕金钱的争夺去展开矛盾纠葛,力图囊括当时社会的突出现象。左拉还注意到巴尔扎克创造了极其众多的人物,"只有莎士比亚创造出同样广阔和同样生动的一群人物"②。左拉认为巴尔扎克的人物形象是生动的,成功的。而且,"没有人对人性发掘得更深"③。至于对不少人指责巴尔扎克语言粗糙、缺少精细的琢磨,左拉则认为:"如果他有闲暇写得完美,我们就会失去《人间喜剧》中这道冲刷生活的洪流。"④左拉的这个观点,得到了不少批评家的支持。巴尔扎克写得不够完美,指的是文字上不像福楼拜那样,有时间去斟酌;然而,巴尔扎克的成功是与他的缺点共生的。如果他也像福楼拜那样,一生只创作几部小说,那么,他未必能达到福楼拜的成就的高度。

左拉不同凡响地看到:"巴尔扎克是他那时代最惊人的梦幻家。"⑤这个论断和波德莱尔的论断几乎是一样的。波德莱尔指出:巴尔扎克是一个幻想家。今天,波德莱尔的观点已被视为经典的看法。这个观点改变了以往仅仅将巴尔扎克看成是一个如实反映现实的作家,忽略了巴尔扎克也是一个有激情和热烈想象力的幻想家。

左拉论巴尔扎克最有分量的一句话是:"他的才能基本上是民主派的,他写出人们能看到的最革命的作品。"⑥左拉不认为巴尔扎克信奉天主教和君主政体的原则,他的思想就属于反动的,而是相反,左拉认为巴尔扎克基本上属于民主派。可以这样认为:左拉看到,尽管巴尔扎克自己标榜信奉天主教和君主政体,但是,他在小说中表现的思想倾向是站在中小资产阶级一边的,他反对金融资产阶级和大贵族大地主,反对七月王朝,这在当时看来等于民主派。他的作品是当时最革命

---

① Zola, Œuvres complètes, p. 360.
② Ibid., p. 361.
③ Ibid., p. 362.
④ Ibid., p. 360.
⑤ Ibid., p. 408.
⑥ Ibid., p. 356.

的,因为他揭示出法国复辟王朝、七月王朝的本质和历史发展趋向,这在当时几乎没有哪个作家做得到。无疑,左拉的论断清醒、准确、精辟。在他之前没有任何批评家达到这样的高度。泰纳虽然肯定了巴尔扎克,却没有认识到巴尔扎克的作品几乎是独一无二的。根据左拉的论断,巴尔扎克当之无愧地是法国19世纪最伟大的作家。

巴尔扎克被左拉看作自然主义之父,他秉承了巴尔扎克以一整组小说去反映一个历史时代的方法。就这方面而言,左拉确是巴尔扎克的真正继承者,他从巴尔扎克那里吸取得最多,他与巴尔扎克的文学渊源最深。

左拉论述斯丹达尔的文章也很长。正如斯丹达尔自己所估计的那样,他的声名是在他去世后三五十年才会得到人们的赞许。果然,到1880年,斯丹达尔的声誉已经确立:他是一位心理现实主义大师。今天人们认识到,斯丹达尔和巴尔扎克同是19世纪现实主义的奠基人。左拉也把他看作自然主义之父。应该说,左拉的创作路子与斯丹达尔不完全相同,主要是左拉的写作方法不是以心理描写为主的,因此,左拉对斯丹达尔的创作多一些批评。这与通常的批评家就有所不同,不是光说好话,这倒是体现了一个独立的批评家不愿人云亦云的眼光。

在分析斯丹达尔的心理描写方面,左拉有自己的独特看法。他认为:"(斯丹达尔)每时每刻展开他的人物的脑子,让人感到它的最小的皱褶,没有人拥有这样程度的心灵机理。"左拉这句话是从生理方面去看待斯丹达尔的心理描写才能的。这个观点是对斯丹达尔心理描写才能的崭新分析,很有新意。左拉由此得出:"从来没有人这样细腻地挖掘人的头脑",[1]"这是一个一流的心理分析家,以不同寻常的清晰理清一个人头脑里的一团乱麻"。[2] 斯丹达尔看到,人的思维相当复杂,有时难以理清,而他却能以不同寻常的清晰去理清,深入挖掘人的头脑,毫无疑问,他是一个一流的心理分析家。

左拉还指出,斯丹达尔的小说体现了他的爱情观,主要"应用孔狄亚克关于思想表达的体系"[3]。左拉指出了斯丹达尔和18世纪思想家的关系,认为这是斯丹

---

[1] Zola, *Œuvres complètes*, p. 389.
[2] Ibid., p. 405.
[3] Ibid., p. 383.

达尔和巴尔扎克的"巨大差异"。左拉由此认为:"斯丹达尔是联系我们当今的小说和18世纪小说的真正一环。"①在左拉看来,斯丹达尔的作用和地位与巴尔扎克有所不同,他在文学史上的地位,从小说发展史上说,应放在巴尔扎克之前,他的小说中包含了18世纪文学的因素,这个观点是很有道理的。斯丹达尔生于1783年,在18世纪生活了17年,比巴尔扎克大了16岁,他受到18世纪哲学家和文学家的影响是很自然的。能看到这两位现实主义大师的差异点,表明左拉的感受力和判断力的精细和准确。

论述福楼拜的长文实际上包含两个部分,第一部分是对福楼拜生平的叙述,含有左拉与福楼拜的亲身交往经历。就介绍作家的生平而言,这一部分写得生动具体,而且感人,比一般的作家生平介绍更胜一筹。福楼拜从年龄上说是左拉的长辈。从文学因缘上来说,福楼拜对人物生理方面的描写,如爱玛吞服砒霜后的种种表现、对迦太基战争腥风血雨的细致描写,等等,与自然主义的描写直接相通。所以,福楼拜被左拉也称为自然主义之父是理所当然的。

左拉将福楼拜的小说创作概括为三个特点:一是准确地再现生活,排除一切浪漫因素;二是消灭英雄;三是佯装消失在情节后面,表面客观。最后左拉指出:"整个新诗艺就在这里。"②这三点概括,抓住了福楼拜小说创作的特点。第一点符合现实主义的要求,将真实论放在第一位,并与浪漫主义划清界限。第二点是现实主义发展到中期出现的特点,即不再写英雄人物,作品主人公都是平庸的、毫无作为的,甚至卑污的,他们与丑恶、闭塞的现实相适应。第三点是福楼拜一贯所主张的:作者不要在作品中露面,保持一种客观的叙述方式,就像上帝一样不出现在人间。福楼拜对现实主义文学的发展可以说表现在这三方面,左拉称之为"新诗艺"是对这种方法的推崇。左拉认为福楼拜的作品是"将小说改变成和谐的、客观的、依仗自身的美而生存的艺术品"③。对左拉来说,福楼拜在艺术上成为自然主义的楷模,在某种程度上是不可企及的典范。当然,左拉不会像福楼拜那样,每部长篇小说都花上五六年时间去打磨,力求完美无缺。他还得像巴尔扎克那样,在二十三

---

① Zola, *Œuvres complètes*, p. 383.
② Ibid. , p. 414.
③ Ibid. , p. 416.

四年的时间里完成20部作品组成的一组小说,一部长篇甚至花不到一年时间(他还要创作其他东西)。他在文字上不敢与福楼拜媲美,但是可以傲然地面对巴尔扎克。

左拉还注意到,福楼拜是"一个描写人类的愚蠢和卑劣的无情画家"①,"一个有着观察准确的冷静的诗人"②。福楼拜敢于面对社会的丑恶和卑污的事物和现象,而且保持冷静的描写态度。他具有毫不容情的批判现实的精神。这一点与左拉是一脉相通的。不过,福楼拜似乎在小说创作中贯彻得更加彻底,而左拉虽然也大胆地触及煤矿工人的悲惨生活和资产阶级的堕落,但他对社会的不公,如德雷福斯冤案,表现出更加大无畏的精神。左拉尽管把福楼拜看成一个疾恶如仇的作家,却认为他不失为一个诗人,也就是将福楼拜看成对社会生活仍然保留着诗意的想象,或者说还没有对社会完全失望。应该说,这一点用在左拉身上更为合适。他的小说中不乏诗意的描写,与巴尔扎克有着更多相似的地方。

※　　※　　※

左拉对前期现实主义作家抱着几乎赞美备至的态度,而对浪漫派作家则采取另一种看法。自从他转向自然主义创作之后,对浪漫派作家便抱着批判的态度。他论述浪漫派作家的文章不收集在捍卫自然主义的几本集子里,而是收集在单独的集子里(《文学文献集》)。这部集子不被人注意,主要原因怕是对浪漫派作家颇多诟病,含有一些不允之词。

首先是关于浪漫派先驱夏多布里昂。当时正值夏多布里昂诞辰100周年,他的家乡举行隆重的纪念活动,记者做了充分报道。作为一个政治活动家,他的活动受到左右两派的臧否,在整个19世纪他都是一个声名显赫的人物。对于他的政治活动,左拉作为一个左派人士,显然是抱着批判态度的。他认为夏多布里昂"表现出是一个平庸的政治家"③,"这个正统派却是最热烈的自由派,而这个自由派一旦

---

① Zola, *Œuvres complètes*, p. 416.
② Ibid. , p. 421.
③ Zola, *Documents littéraires*, p. 20.

获得自由,却要拒绝自由"①,"没有任何重大的行动显示他的政治生涯堪称杰出:隔开一段时间,它显得平庸、狭隘……(他)无法说服自己,他所捍卫的事业是最好的事业"②。但是,左拉并没有完全否定夏多布里昂的所作所为,他认为夏多布里昂"曾是王权的掘墓人和天主教的最后一位行吟诗人"③。夏多布里昂虽然当过复辟王朝的高官,但是他的不少作品却起到瓦解封建王朝的作用。当然,夏多布里昂算不得是歌颂天主教的最后一位诗人,但他的确是为复兴天主教而不遗余力的一位作家。

左拉认为夏多布里昂的存在是时代造成的:"出生的厄运把他置于过去的营垒中。"④18世纪末至19世纪前期,法国处于从封建社会向资本主义社会过渡的阶段,政治斗争极其激烈。夏多布里昂出身于贵族世家,站在封建王权一边是理所当然的。但是,作为一个有眼光的政治家,随着时代的发展,他对时局的看法会有所变化。例如,他对拿破仑的态度到后来仍能保持较为客观的态度。"本世纪的精神触及他……他的智慧不能拒绝从地平线上升起的巨大光芒。由此产生他一生的摇摆不定和前后不一。"⑤

左拉对夏多布里昂的华丽句子没有好感,认为夏多布里昂"只是一个普通的句子制作匠"⑥。不过,左拉虽然对夏多布里昂前期的代表作《基督教真谛》没有给予好评,对《勒内》等起过历史作用的小说也没有作出应有的评价。可是,他对夏多布里昂的后期代表作《墓中回忆录》(有多种译法)却是给予肯定的,认为"后人会把《墓中回忆录》置于它应有的位置",这部作品会"长存"⑦。夏多布里昂"一只脚踩在过去,另一只脚踩在未来"⑧。历史发展正如左拉所预料的,由于《墓中回忆录》相当客观地记录了19世纪在法国发生的事件,具有文献史料价值,后人确实相当高地评价这部作品。

圣伯夫是19世纪重要的批评家,当时出版了一本蓬斯撰写的回忆录《圣伯夫

---

① Zola, *Documents littéraires*, p. 19.
② Ibid., p. 17.
③ Ibid., p. 19.
④ Ibid., p. 19.
⑤ Ibid., p. 19.
⑥ Ibid., p. 29.
⑦ Ibid., p. 41.
⑧ Ibid., p. 31.

和他不为人知的女人》，写的是圣伯夫的私生活。蓬斯原是圣伯夫的秘书，掌握圣伯夫与多个女人的关系。圣伯夫虽未结婚，却是个色迷，甚至家里养着用钱搜罗来的年轻姑娘，供他玩弄。这本书轰动一时。左拉从评论这本书入手，目的不在于议论圣伯夫的私生活。他要论述的是圣伯夫的批评。左拉承认圣伯夫在文学史上的地位，认为他在近半个世纪中起着"十分重要的作用"，他"建立了科学批评"，也即他是实用主义批评的鼻祖，泰纳和大学派批评家都步他的后尘。"他在法国批评史上标志着一个过渡阶段"，"他留下了对几乎囊括我国全部文学的评论"。① 他的批评著作有厚厚的五六卷，1万多页，包括从古到今的法国作家。而且，"他以灵活的智慧和无与伦比的真诚努力，出色地总结了他那个文学时代。由于他，我们掌握了自1825年至1870年完整的精神活动"②。左拉的评语似乎给圣伯夫最高的评价。且慢！他的赞誉开的是"空头支票"，空话仅仅到此为止。接下来他笔锋一转，指出：如果说是圣伯夫的批评十分正确，那么，"我觉得是完全夸大了"③。

左拉举出圣伯夫对三位现实主义大师的评论完全失之偏颇。圣伯夫对巴尔扎克不公正，而且一直对巴尔扎克的杰出成就视而不见："他不仅没有在巴尔扎克写出头几部杰作时便看出他的才华，而且直至巴尔扎克生命的终结，也拒绝这位小说家对整个时代的压倒性影响。"④总之，他"不公正而且狭隘地评论巴尔扎克"⑤。圣伯夫一生写过几篇评论巴尔扎克的文章，其中也有对巴尔扎克说过一些好话的地方，可是总的说来是基本上否定的，他不喜欢巴尔扎克。相较而言，他更看好通俗小说家欧仁·苏和苏利埃。他更是彻底地否定斯丹达尔，认为斯丹达尔的作品"总是失败的小说，尽管有一些出色的部分，总之却是可憎的……缺乏创造性"⑥。至于福楼拜，他认为这位作家笔下的情侣描写"缺乏精细"，没有"将一个平庸的角色写成一个高贵的、令人同情的形象"⑦，这指的是包法利。一个批评家居然不能领会一位大作家笔下的出色创造，反而给出了相反的愚蠢的建议，他的评论能力也

---

① Zola, *Documents littéraires*, p. 282.
② Ibid., p. 272.
③ Ibid., p. 283.
④ Ibid., p. 296.
⑤ Ibid., p. 297.
⑥ Ibid., p. 301.
⑦ Ibid., p. 302.

就值得怀疑了。为什么会这样？左拉认为，圣伯夫对古典作品有扎实的研究，这是支撑他作为大批评家的重要原因。但是，圣伯夫"有一种对即将产生的新文学明显的厌恶"[1]，因此，他"既没有赞赏过现代的重要小说家，也没有深入了解他们要对未来世纪产生的决定性影响"[2]。读者对圣伯夫"给平庸作家和三流作家的赞扬感到吃惊"[3]！

左拉对圣伯夫深中肯綮的评论超越了同时代人的评价，却与二十几年后普鲁斯特的评论不谋而合。普鲁斯特在《驳圣伯夫》一书中提出了与左拉相同的观点，还增加了圣伯夫对波德莱尔的不公正评价。由于波德莱尔在19世纪80年代并未受到人们的重视，所以左拉没有提及圣伯夫对这位大诗人的评论。普鲁斯特的《驳圣伯夫》是20世纪初期的一部重要文学批评著作，由此看来，左拉对圣伯夫的批判不仅正确，而且十分重要。

左拉早年崇拜雨果，后来立场有了很大改变。雨果晚年发表《历代传说》第二卷时，受到批评界的一致好评。左拉却不以为然。在文章开头，他对雨果的文学成就虽也作了相当充分的肯定，可是，从后文看来，他似乎有点言不由衷。他先是用一句"自然主义运动埋葬了浪漫主义"，否定了浪漫派。然后左拉举出诗集中的两首诗《头盔的鹰》和《小保尔》，分析其中的败笔。例如，左拉认为雨果把一个10岁的孩子写成牢记复仇，16岁便完成复仇大业，这个基本情节不可信。左拉站在现实主义的立场上去看待浪漫派作家的想象，自然不赞成这类描写。这令人想起巴尔扎克也曾指责雨果诗中描写蜥蜴出现在井沿上，说是这种爬行动物喜欢干燥，不喜欢潮湿的地方，因而蜥蜴不可能出现在井沿上。这两位现实主义作家的观点不谋而合。

左拉认为"公众逐渐习惯于真实和现代风俗的描绘，不再喜欢中世纪的传说、卓越而凶狠的英雄、1830年代那种造作的华丽词藻"[4]。左拉的观点显然偏激了。进一步，他认为"巴尔扎克会变得伟大，维克多·雨果将失去他崇高的地位"[5]，这

---

[1] Zola, *Documents littéraires*, p. 320.
[2] Ibid., p. 321.
[3] Ibid., p. 321.
[4] Ibid., p. 85.
[5] Ibid., p. 83.

个判断同样是错误的。今日,雨果的诗歌可能没有当年那样轰动(在文学史上仍占有非常重要的地位),可是,他的小说却在世界上传播开来。雨果的声名并没有失去光辉。

浪漫派女小说家乔治·桑逝世时,左拉写了一篇关于她的文章。左拉对乔治·桑的总体评价不算低,他认为乔治·桑"同现代小说的创造者们并驾齐驱,她给19世纪30年代的这场广阔运动带来了创新性,我们当今的文学就出自这场运动"①。在他看来,她和巴尔扎克"就像两个孕育了今日所有小说家的出色典范"②。乔治·桑的写作继承了传统,"是她的先驱者的自然发展"。但是,就乔治·桑的小说而言,左拉认为她的妇女问题小说并不成功,"根本没有使妇女的解放迈进一步"③。她对婚姻问题的议论,非常不真实,既笨拙又贫乏,只有她的田园小说是出色的。左拉最后给乔治·桑所下的结论非常严厉,认为她"代表了一种死亡的样式"④。缪塞去世以后,他的兄弟发表了一部回忆录式的传记,对缪塞有不少过誉之词。左拉在青年时期曾深受缪塞的影响,随着他与浪漫派分道扬镳,他对缪塞的诗歌不再崇拜了。当时,缪塞的戏剧深受欢迎,左拉也同样十分赞赏缪塞的戏剧,认为他是"所能看到的最有创新性和最有品位的戏剧家"⑤,"缪塞的戏剧今日已经成为经典了"⑥。他还认为缪塞唯一的一部大型戏剧《罗朗萨乔》是能与"莎士比亚媲美的悲剧"。这些论断与今天的人们对缪塞戏剧的评价是一致的,可见左拉的眼光十分精到。

※ ※ ※

左拉对自然主义流派作家也作过评论,如龚古尔兄弟的创作,莱昂·埃尼克、于依斯芒斯、保尔·阿莱克西的创作,以及都德的创作,他都进行过推荐。这些评

---

① Zola, *Documents littéraires*, p. 195—196.
② Ibid., p. 197.
③ Ibid., p. 214.
④ Ibid., p. 239.
⑤ Ibid., p. 122.
⑥ Ibid., p. 128.

论多半是赞赏性的,不是太引人注目。此外,左拉对当时的报纸杂志和出版事业也发表过评论。他的视野不可谓不广。

总的说来,左拉的文学批评有如下几个特点。

第一,左拉的文学批评属于他的自然主义体系的一个组成部分,与他的文学理论紧密相连。关于巴尔扎克、斯丹达尔和福楼拜的三篇文章就收入他的理论集子《自然主义小说家》中,作为他的自然主义理论一个不可分割的部分。在阐述自然主义时,他援引的典范例子就以这三位作家作为最主要的引证材料。他对其他自然主义作家的推荐同样是他阐述自然主义理论的一部分。他把巴尔扎克、斯丹达尔和福楼拜看成自然主义的先驱,认为自然主义是前期现实主义的延续、继承和发展。在左拉看来,文学是随着社会的进步而不断发展的。今天,由于科学技术的发展,生理和遗传的学说对文学能起到指导性的作用。自然主义就是运用了这些学说改变了现实主义,对现实主义起到推动的作用。

第二,他对这三位作家的评论是从自然主义的主张去审视的。左拉把真实论放在文学创作应遵循的首位。他认为现实主义的首要原则就是要写真实:"真实感就是如实地感受自然和再现自然。"[1]巴尔扎克有着"人们见过的最为发达的真实感","他是最先带来并运用真实感的作家之一,这种真实感使他展现了整整一个世界"[2]。而"斯丹达尔之所以真正伟大,正因为他敢于在七八个场景中提供了真实的色调,即带有真实可信成分的生活"[3]。左拉实际上运用的是实证主义的批评方法。他虽然批评圣伯夫没有正确评价同时代的大作家,但是,他赞赏圣伯夫"研究作家的家庭、生平、趣味,一句话,将一页作品看成各种各样因素的产物……由此,他写下了深刻的研究,具有进行绝妙探索的灵活,对人的千百种细微变化和复杂矛盾拥有十分精密的感觉"[4]。他赞赏泰纳"把批评变成一门科学。他将圣伯夫运用得很高明的方法变为法则"[5]。左拉并没有像圣伯夫和泰纳那样去研究被批评者的一切方面,可是,他对批评对象是十分了解的,他也研究他们的生平和尽可

---

[1] 朱雯等编:《文学中的自然主义》,第207页。
[2] 同上书,第210页。
[3] 同上书,第209页。
[4] 同上书,第216页。
[5] 同上。

能多的有关材料,只不过他撰写批评文章的方式与圣伯夫和泰纳有所不同,显得更加灵活。

第三,左拉的评论方法往往是从一部有关作家的著作或一部作品的发表出发,去探索所论作家的创作。他通过巴尔扎克的《通信集》出版的机会,对巴尔扎克的创作活动进行了鸟瞰式的评论,既省去了叙述作家生平的套路,又使行文具有可读性。他通过一本对圣伯夫揭秘的书,对圣伯夫批评的得失进行探讨,尤其指出这位批评家致命的弱点。这篇文章将舆论界的评论从一片赞扬声中引到正道上来,提出自己的真知灼见,以正视听:圣伯夫的问题不在于他对女人的追逐,而在于他的批评存在根本性的缺憾。缪塞去世后他的兄弟的一部回忆录触发了他对这位诗人和戏剧家发表感想。雨果的诗集《历代传说》第二卷出版后受到热烈欢迎,使他觉得有必要发表一点刺耳的批评,逆潮流而动,同时展示自然主义的取舍倾向。有时左拉通过某个作家的逝世或纪念活动,找到论述这位作家的机会。福楼拜的去世使他感到有必要谈谈与这位大作家的交往以及对其创作的评价。夏多布里昂的家乡借这位作家的百年诞辰举行纪念活动时,左拉又借此机会站出来谈谈自己的独特观点,既不参与歌功颂德的大合唱,又指出这位作家值得肯定的作品。从一部通信集、一部回忆录的发表或者借一个纪念活动之机去评价一位现代或当代作家,这种评论方法与一般的批评家不同,是灵活可取的。

# 试析莫泊桑的惊悚小说

莫泊桑素以现实主义短篇小说著称,一般总以为他的短篇小说的题材都是描写普法战争、小资产阶级和公务员、农民、爱情等,其实他的短篇小说还有一个重要方面,就是以惊悚(或奇幻)内容为特点,这方面的小说约占他的短篇的十分之一,有30多篇。国内学者几乎没有触及这个内容,不能不说是一个缺憾。国内学界对莫泊桑的研究早先应该说受到苏联批评界的影响。苏联学者只肯定他们认为属于现实主义的东西,对现实主义有所偏离的内容或加以批判,或避而不谈。我国学者显然受到这种做法的影响,而且至今不变。可是,法国对莫泊桑的评论早已发生了很大变化,提起莫泊桑,对他的短篇中的惊悚(fantastique)内容必定要谈论一番,甚至作为一种主导倾向来论述。

西方惊悚小说不自法国始,最早应追溯至德国小说家霍夫曼和美国小说家爱伦·坡。他们的小说在19世纪初介绍到法国,引起众多作家的注目。法国18世纪作家雅克·卡左特是个先行者。诺蒂埃、巴尔扎克、戈蒂埃、梅里美、奈瓦尔都受其影响,写出了一些著名的惊悚小说,如《一点钟,或各幻觉》、《斯马拉》、《特里尔比》(诺蒂埃)、《红房子旅馆》、《柯内留斯老板》、《长寿药水》、《塞拉菲塔》、《驴皮记》(巴尔扎克)、《翁法勒》、《女尸恋爱记》(戈蒂埃)、《炼狱的灵魂》、《伊尔的维纳斯铜像》、《洛基斯》(梅里美)、《西尔薇》、《奥蕾莉亚》(奈瓦尔),等等。19世纪下半叶,洛特雷阿蒙、维利埃·德·利勒-亚当、巴尔贝·多尔维利、莫泊桑步其后尘,其中,利勒-亚当的《残酷的故事》多半是惊悚小说,巴尔贝·多尔维利的《恶魔故事》中的《一个女人的报复》也可以说是一篇惊悚小说。当然还不只这些,雨果、乔治·桑、欧仁·苏、大仲马、都德等名作家也写过惊悚小说,这里不一一列出。如此看来,至莫泊桑,惊悚小说在法国已经流行了半个世纪。惊悚小说与20世纪文学有密切的渊源关系,不仅影响到20世纪的现实主义文学,尤其影响到现代派文学。爱伦·坡的小说引起国内较多重视,但对其他作家尚缺乏深入研究,填补这一空白是很有必要的。

可以说,莫泊桑一生都很重视写作惊悚小说,从他开始写短篇,直至他的后期,他都在不断写作这类小说。他的第一个和第二个短篇《剥皮的手》和《划船》就是惊悚小说。《剥皮的手》发表于1875年,故事对这只剥了皮的手是这样描绘的:"这只手很可怕,黑乎乎的,干枯,很长,收缩了;肌肉异常发达,里外被一块干瘪多皱的皮肤收束定住;指甲黄色,狭窄,留在指尖上;这一切让人闻到一法里开外的歹徒的气味。"此处对这只剥皮的手的描写是一个伏笔,因为这是一只要杀人的手,它是1763年被处死的一个出了名的杀人犯的手,他曾作恶多端。这只手后来落到一个老巫师手里,被拍卖出来。这次它又扼死了一个法科大学生,在埋葬大学生的时候,从墓地里挖出一个尸首,这个尸首正好少了一只手。这则故事令人想起爱伦·坡的《黑猫》,黑猫是邪恶力量的化身或象征,对人构成极大的威胁。这只剥皮的手继承了它的主人的杀人本性,一有机会便要杀人。这类惊悚故事带有恶魔意味,具有阴森恐怖的特点,能给人以刺激。莫泊桑于1864年在诺曼底认识了一个诗人,从这位诗人那里了解到一个英国人拥有一只剥皮的手:"它的皮干枯了,黑色的肌肉裸露在外,骨头像雪一样白,上面留有血迹。"(1879年12月26日莫泊桑给福楼拜的信)在诗人的帮助下,莫泊桑获得了这只剥皮的手。他曾长期挂在巴黎自己寓所卧室的门上。可见,莫泊桑并非完全凭空杜撰这个故事,他是根据实物来幻想的。

《划船》更是根据作家的实感来创作。莫泊桑喜欢在太阳落山后到塞纳河边散步和划船。小说中,一个自杀的老女人的尸体拖住了叙述者的船,直到渔夫来救他。莫泊桑在雾气浓重的夜晚,自然会"设想有人企图爬上我的小船,我再也分辨不清,河流被浓雾覆盖住,大约充满了在我周围游动的奇异生物"。这篇小说显示了莫泊桑精神上已有不安的前兆。他对超自然的事物特别敏感,丰富而活跃的想象时常给他带来奇幻事物的显现。

从80年代初开始,莫泊桑忍受着眼疾之苦,需要放上水蛭来吸血。他还有神经痛,朝着精神病的方向发展:"我感到一切事物的极度迷乱和虚空的压力。在这种一切处于混乱之中,我的头脑在运作,明晰而准确,以永恒的虚无使我目眩神迷。"(《给母亲的信》,1881年1月)他会突然感到无名的强烈的恐惧。应该说,他的神经病在80年代初已有预兆,被认为是遗传性的疾病:他的母亲有严重的精神分裂症,他的弟弟也是因神经病去世的。在21~26岁之间,莫泊桑染上了梅毒,加剧了他的神经系统的疾病。莫泊桑在1880年发表的一首诗《恐怖》中写到"我"感到背后有一个人,笑声残忍、神经质,"我""惊吓得发狂,发出极其可怕的喊叫,这是活人胸中从未发出过的喊声,我失去知觉,直挺挺仰面跌倒"。莫泊桑的小说中,常常写到这种恐惧感。如在《恐惧》这篇小说中,他认为:"我们只是对我们不了解的东西才会真正地感到恐惧。看得见的危险使人紧张,使人不安,使人害怕!但是和我们将要遇到一个游荡的幽灵时,想到我们将要被一个死人抱紧时,想到我们将要看见由人类的恐怖臆测出来的那些可怕的怪物奔来时,心灵里所产生的抽搐相比,那又算得了什么?"这种恐惧也是对"表面生活后面的未知世界的隐隐约约的恐惧",其中掺进了"过去多少世纪中具有迷信性质的恐怖"。莫泊桑感到的恐惧不完全是一种正常人对可怕事物生出的恐惧感,这里有着他的神经系统紊乱而产生的幻觉,包含着特殊的内容。从80年代中期开始,莫泊桑已患上精神病,屡次进入精神病院治疗。每次治愈出院后,他把自己在患病期间出现的幻象写成小说。学者们指出,在莫泊桑的小说中,对精神病的描绘是在上升的、发展的。《他?》这篇小说写于1883年,只描绘神经官能症患者的幻觉,而到了1890年创作的《谁知道呢?》写的就是真正的疯狂。"莫泊桑越往奇幻方向前进,他便越是往非真实前进……他的故事越来越由十分准确地对自己的观察组成。"(保尔·莫朗语)

《夜晚》的主人公在巴黎漫步,迷路了,发现街上的煤气灯已经熄灭,一个行人也没有,他不由得呼喊救命;中央菜市场是空的,来到河堤边,沿着阶梯走下去,"我大概永远也没有力气走上岸去了"。《旅馆》的主人公在同伴消失以后,和他的狗单独待在高山上,夜里,他以为死人在召唤他,他担心遇到这个幽灵,他将自己关闭起来却不能恢复镇静;他装狗叫,仍未能摆脱恐惧,陷入动物般的生存状态中。旅馆主人发现他发头变白,失去理智。人物受到自己的幻觉和想象的折磨而不能自制。《他?》的主人公也是这样:"我坐立不安,我感到我的惊惶在扩大;我关在自己房里;我钻到床上,藏在被窝里;我缩成一团,像一只球那样滚动,绝望地闭上双眼,这样无休无止地待着,惦记着床头柜上还点着蜡烛,最好熄灭。而我不敢。"一次他外出回来,发现有一个人背着他坐在他的椅子上,他想拍拍这个人的肩膀,可是椅子上没有人,"那是一种天真的人相信有鬼神出现的幻视"。他觉得房间里有人,但什么也没有看到,可是那个人在房里的意念总是纠缠着他。这个人物的幻觉和意识是一个有癔病的人或者是精神分裂症患者的表现。《谁知道呢?》干脆就是精神病院的病人在自述。他觉得自己的房子里有人,甚至好像听见火车开过,钟当当敲响,或者一群人走过,突然响起枪声和爆炸声。他猛然看到家具排成纵队从门口走出来,包括钢琴和书桌,他想去拦阻,家具却把他的大腿踩伤了。他逃到城里。他的仆人向他报告,他的家具都被人偷走了。于是他去旅行,却在鲁昂的一个旧货店里发现了自己的衣橱、扶手椅、桌子,惊得目瞪口呆。他去报案,但店主和家具找不到了。他的仆人写信告诉他,家具又都回来了。这是一个精神病人脑子中出现的幻觉。上面几个故事毕竟还是属于幻觉,而《幽灵出现》则神秘莫测,与聊斋故事差不多了。这是一个八十二岁的老侯爵讲述的一个故事,五十六年来他一直难以忘怀。当年,他是个军官,在街上遇到一个朋友,朋友要他帮忙到一个小城堡去取有关亡妻的两包信件和一扎文件。别人阻止他进去,但阻挡不住。正当他打开桌子抽屉时,他发现背后有人,回过身来,看到一个身材高大的女人,穿着白衣裳,望着他。他惊得魂飞魄散:"我不相信有鬼魂;唉!我却在对死人的极端恐惧中瘫软了,我感到难受,噢!在超自然的恐怖无法抗拒的不安中一时感到的难受,超过了我余生所感到的。"这个女人居然说话了,要他医治她:帮她梳头。随后从一扇半开的门逃走了。这扇门再也打不开。"我有过那种不可理解的神经震荡,那种产生出奇迹的大脑的狂乱,超自然现象正是由此而具有威力的。"这句话表明莫泊桑把小说人物的经历看作大脑的狂乱,由此产生超自然的现象,即幻觉。然而他的朋友找不到了,小城堡里也没有发现什么可疑之处,没有任何迹象说明有一个女人曾经被藏在里面。这不是一个鬼故事。莫泊桑是个无神论者,他当然不相信有鬼神存在。那么,这只能归于精神病患者在发病时的幻觉表现。《死去的女人》也是一个"鬼故事"。叙述者坐在一块墓石上,突然墓石被一种墓中的力量移开了,露出一具尸骨。这死尸捡起一块石子,刮掉墓碑上的字,用发光的字体将自己一生为了继承父亲遗产,促成父亲早死,折磨妻子,虐待孩子的行为写下来。这时墓葬地里的尸首全都爬了起来模仿他的行动,将亲人们刻在石碑上的那些赞扬的谎话全都抹去,重新刻上真话。"他们全都是自己亲人的迫害者,充满仇恨,无耻,虚伪,说谎,狡猾,造谣中伤,嫉妒成性,盗窃,欺骗,干尽了各种可耻的事和各种可恶的事。"

这篇故事表达了莫泊桑对世事人情的否定。法国评论家加斯泰克斯认为:"故事的思想过于奇特,以致我们感到真正的战栗。"这也许是在他精神失常时头脑中幻现的一幅情景,是他头脑深处的想法在特写情况下的显现。

名作《奥尔拉》在莫泊桑的惊悚小说中最为有名,这篇小说最早发表于1886年10月26日的《吉尔·布拉斯报》上,1887年莫泊桑加以改写,重新发表在同名短篇小说集中。小说改成日记体,由原来的6000余字扩写成2.2万字,增加了不少内容。在这期间,莫泊桑多次进精神病院,他利用一切机会了解催眠术、磁性,长期询问精神病科医生,由此获得新材料。小说主人公在一天早上发现有人在夜里喝掉他放在床头柜上的长颈瓶中的水,第二天,他将房门锁上,但醒来时发现水瓶还是空了。他以为自己有夜游症,可是事实证明水不是他喝的。随后,又发生了其他古怪的事:花园里一朵花的茎折断了,然后消失;屋子里的玻璃杯自动碎裂,门自动打开,牛奶消失,书自动翻页。主人公于是认为家里有一个看不见的人,他给这个看不见的人取名为奥尔拉。这个名字引来许多解释,一种说法是,由"Horslà"变化而来,意思是"在外面"、"超出现实范围之外"、"彼岸世界"(笼罩着主人公的奇幻氛围);另一种说法是来自"horzain"这个词,在诺曼底的土语中,这是"外人"的意思。总之,这是不可知、看不见的东西。一天晚上,主人公恐惧地发现,房间里的镜子反映不出他的映像,只看到面前雾蒙蒙的一片,像屏幕一样挡住了他的映像,他决定躲到精神病疗养院里。但是他不认为自己出现幻觉,他要证实一下这个现象。这时,他的三个邻居也出现了同样的情况。他想把奥尔拉当作看不见的力量,像风和电。在改写的小说中,人物开始不在精神病院里,然后他开始和自己的病状作斗争,长达四个月。小说描写了他的病状和如何克制自己。主人公最后摆脱了奥尔拉,设想把奥尔拉诱进陷阱,锁上了自己的房间,让仆人待在里面,放火烧掉自己的家。这个结尾比原来故事恐怖。莫泊桑在小说中对人的幻觉进行了研究,认为人"感到身边有一个就自己粗糙的、不完善的感官来说是难以理解的秘密,于是力图靠自己的智力方面来弥补自己的器官方面的力量不足"。幻觉与精神病存在关系,幻觉一接触到"疯病的暗礁,就会一下子撞得粉碎,散开,沉入被人们叫作'精神错乱'的这片充满了巨浪、大雾和狂风的,可怕的,狂暴的海洋"。这篇"狂人日记"与果戈理和鲁迅的两篇同类作品的不同之处在于,它是一个患有精神病的作家将自己的发病体验转化成小说,因而在描写精神病症时更显真实和细致,小说没有对社会进行抨击,而纯粹是奇幻类型的惊悚小说,虽然《奥尔拉》的主人公最后做出了激烈的行动。《奥尔拉》描写的是一种外力和不可知的力量对人物的精神压迫,这不是社会力量,而是幻觉造成的"人物",在某种情况下这是对人的精神的一种探索。另外,莫泊桑的悲观主义和对世人的贬抑在小说中有所流露,这与果戈理和鲁迅也不同。

莫泊桑的惊悚小说对前人的创作有所继承,也有较大的发展。在恐怖这一点上,莫泊桑与前人的小说创作的内容是继承的。无论是变幻莫测的人生经历、鬼怪现象的出现、神秘诡异的内容,前人都已描写过,但是,莫泊桑的惊悚小说不是霍夫曼、爱伦·坡等作家作品的重复,在内容上已有很大不同,关键就在于莫泊桑是根据自身的经验创作的,不是纯粹的艺术创作。而且随着时间的推移,他越来越多地融入自己的经验。他说自己拥有"第二视觉",就是在描绘迷乱的幻觉时,像在描绘风俗场景一样,突出有启示性的东西。读者分不清他描绘双重的人格是由于再现这些场景的技能获得的,还是从精神病院观察到的情况获得的,或者是表明已经受到疾病损害的意识最初的迷乱。这种复杂性构成这些惊悚小说的价值和魅力。托多罗夫认为,莫泊桑的惊悚小说并没有写魔鬼,而是写感官的幻觉、想象的产物,完全是属于现实的,"只不过这现实受到我们所不知的规律制约","它碎裂成上千块;镜子碎裂了,反映在里面的面孔解构了"(《奇幻文学导论》)。

这些惊悚小说的人物较之爱伦·坡的人物更加精神紊乱。爱伦·坡是个嗜酒的作家,但他总是能够控制自己,而莫泊桑则常常陷入错失理智和痴呆状态中。这种与自身生活经历相结合的特点与法国另一作家奈瓦尔有相同之处,奈瓦尔也患有精神病,《奥蕾莉亚》对自我精神分裂现象有精细的描写,他也将自己在精神病发病期间出现的幻象写进了小说中。应该说,奇幻小说是浪漫主义小说的一个重要分支,它是在描绘梦境、迷信、恐惧、悔恨、精神的极度冲动、迷醉状态、各种病态的情况下产生的,充满了幻觉、恐怖、迷乱。因而莫泊桑的惊悚小说与浪漫主义是一脉相承的。如果我们将莫泊桑的惊悚小说看作他的短篇小说创作的一个重要方面,我们就必须改变将莫泊桑看作完全属于现实主义或自然主义的作家,而应把他看作以现实主义为主,兼有浪漫主义倾向的作家。雨果的小说创作延续至60、70年代,而诗歌创作延续至80年代中期(他逝世于1885年)。莫泊桑的短篇小说创作处于19世纪80年代,一直到90年代初,与之几乎处于同一时期。法国浪漫主义文学的确延续至19世纪下半叶,利尔-亚当的《残酷的故事》和多尔维利的《恶魔故事》都创作于70年代。以往将浪漫主义文学截止于1850年是不对的。当下人们将现代派文学与浪漫派挂起钩来,其实19世纪下半叶上述这些作家的创作就是中介,浪漫主义文学的发展在整个19世纪一直并未中止。

  莫泊桑创作惊悚小说不完全是由于精神病造成的,这里有着他的自觉探索。法国的莫泊桑研究者就指出:"莫泊桑的作品中的奇幻不是疯狂的驱动。这是一种严酷的事物、一种像我们生活中的矿藏一样持续显现的命运的不可抗拒发展到顶点。"莫泊桑从最常见的生活现象去探索人的内心活动。莫泊桑在1883年分析过屠格涅夫小说中的描写:"他处在可能的界限上,将心灵投入到迟疑中和惊惶中,找到了可怕的效果……让人猜测到他心灵的混乱、面对他不明白的东西感到的不安,还有掠过的不可解释的强烈恐惧感。"莫泊桑的惊悚小说在心理描写上有新的发展:人物对幻觉的自述应属于内心描写,这是对人的心理的另一种开掘。莫泊桑十分擅长心理描写,他的现实主义短篇小说就有不少心理描写的佳作,如《绳子》对捡到一段绳子的农民不安定的心理刻画入微。《月光》描写神父在月夜面对情侣的柔情而产生对自己反对爱情的怀疑。莫泊桑的长篇《两兄弟》是一部杰出的心理小说,被看作19世纪下半叶法国最优秀的心理小说之一。这部小说已经开掘了人物的深层意识和潜意识。莫泊桑的惊悚小说更是将笔触放在心理描写上。例如,《小萝克》在莫泊桑的短篇中是较引人注目的一篇,它既反映了当时的农村生活,同时也是一篇惊悚小说。小说描绘村长强奸了十二岁的小姑娘,然后扼死了她,他内心无法平静,总是感到女孩就在他的房间里,于是心神不宁,"似乎有一只看不见的、不可捉摸的手卡住了他的脖子";他要砍倒整片树林,因为正是在这里他犯下了罪行;他想让倒下的大树压死自己;他在夜晚看到河边的一片亮光中赤身露体、血迹斑斑的小萝克躺在地上;他看到女孩的身体发出磷光,他徒劳地与"自己记忆中无情的迫害"作斗争;他写出一封自首信,投了出去,却又后悔,要向邮差讨回这封信,可是邮差不肯,导致他终于自杀。这篇小说与其说是暴露人物的兽行,还不如说是研究人物在犯罪后无法面对世人,思想逐渐解体,导致精神崩溃的过程。其间人物头脑中不断出现幻象,使得他的精神骚乱达到无以复加的地步,再也无法生存下去。幻象可以说是潜意识酿成的,人物日思夜想,总摆脱不掉被害人的印象,到一定程度便幻化为令人物惊惧不已的形象,出现在他的眼前。又如,《头发》

的主人公在一个古老家具中发现了一束女人的头发,想象出这是一个美丽的女人的头发,以为拥有这头金发,就是拥有了这个女人。这是一个近乎变态的人物,他以想象当作现实,追求在现实中得不到的爱情。不难看出,这也是对人物心理的挖掘。

再者,莫泊桑的惊悚小说基本上都是以第一人称来叙述,有时以日记体写出,力求更真实地表达人物的感受、想法和惊惧,写出人物思想活动的整个流程。这些人物的精神往往处于不正常状态,因此,莫泊桑的心理描写偏于研究人物的变态心理:人格和精神分裂、负罪感、妄想症、恐惧感、厌世感。这是一些非理性的心理活动。

西方学者认为,恐惧是一切时代的人都具有的心理。读者对侦探小说的兴趣也多半来自这种恐惧心理。今日的不少电影(包括鬼怪题材和星际战争题材)更是将语言难以表述的恐怖情景和画面展示出来。人性中蕴含着的这种心理是使得惊悚文学得以存在的依据。其实从童话、鬼神故事起,文学已经给予描写惊悚内容以一定的位置,而直至19世纪才以惊悚小说的形式蓬勃发展起来。"文学中的奇幻是神奇采取的崭新形式","特别适应现代兴趣"。莫泊桑创作惊悚小说的缘由和意义正在于此。

# 朗松的文学史研究方法简析

朗松(1857—1934)是19世纪末20世纪初杰出的文学史专家。他的名著《法国文学史》发表于1894年,奠定了他的文学史家地位。同年他代替了著名批评家布吕纳介在巴黎高等师范学校的教师位置,表明他的声誉得到确认。1927年他以高师校长的职务退休,当时他的学术地位达到顶峰,他的名声早已越出了国界。从学术上看,朗松革新了文学史的研究方法,他不仅以自己的研究成果震动了文坛,而且提出了一套编写文学史的研究方法,这套方法至今仍有参考价值,特别在文学史教材的编写上有广泛影响。朗松对编写文学史的论述主要反映在《〈文学与人〉前言》(1895)、在巴黎大学讲座的首次讲话、《文学史方法的科学精神》等文章中。其中,在巴黎大学讲座的首次讲话是朗松1904年1月在接替拉鲁梅的法国雄辩术讲座时第一堂课的内容,《文学史方法的科学精神》是朗松1909年在布鲁塞尔大学的演讲,曾发表在《布鲁塞尔大学杂志》上。这两篇文字的长篇摘要均于1925年刊载在美国的法国教授协会主办的《法国研究》第一期上。这期的编者在按语中指出,在巴黎大学的"讲话"是对"从圣伯夫到朗松的文学研究史必要而活生生的文献";而《文学史方法的科学精神》是"朗松关于这个问题最简洁和最生动的表述"。这一评语准确地表达了20世纪30年代朗松在美国的影响以及70年代末的重印者的赞许态度。毫无疑问,在长达半个世纪中,朗松的文学史研究方法在欧美仍然具有影响力。

※　※　※

朗松在形成自己的文学史研究方法之前,对前人的研究方法作了批判性的分析，然后才作出自己的选择。他尊重的批评家主要有三位：圣伯夫、泰纳和布吕纳介，对这三位批评家的看法主要体现在《〈人和书〉前言》一文中。

首先是评论圣伯夫。朗松这样论述圣伯夫的地位和批评方法："维勒曼[①]把文学看作社会的表现，建立了在重大的社会潮流和伟大的文学作品之间有点不确定和松懈的关系；在他仍然模糊的研究之后，圣伯夫给以批评坚实的基础，将批评建立在传记研究的基础之上；在活生生的个体身上，他找到真正的和必要的中介；通过这个中介，各种社会影响触及、激发和改变诗歌或雄辩类作品。"他又指出："圣伯夫竟至于将传记几乎看作批评的一切。"圣伯夫的方法不是通过作家生平去解释作品，而是通过作品去确立作家生平。朗松认为这样做会取消作品的文学价值。如在圣伯夫的《波尔-罗亚尔》一书中，大作家的作品只是作为一项调查的文件，圣伯夫用来阐明作家的精神状态；"让森主义"从属于帕斯卡尔，帕斯卡尔又从属于《致外省人书简》和《思想录》。圣伯夫的全部历史的和心理的研究，是为了获得对这两个作家更完备的解释。同样，在《星期一漫谈》中，圣伯夫尽量避免正面接触作品，迂回曲折地描绘作家的肖像，"将选择属于家庭生活和作家艺术创作的次要作品拿来研究作为主要方法"。朗松认为圣伯夫的传记研究方法并不可取，因此，"不应该把他的方法推而广之，尤其不应该将这种方法推崇为获得文学知识完全而充分的方法"。

至于泰纳，朗松认为他比较有分寸。一方面，泰纳"将他的研究推进到个人之外，通过种族、环境、时代，确定个人，说实在的这就消灭了个人，个人只不过是三个总原因的合力偶然地形成的一组现象"。另一方面，在《艺术哲学》中，泰纳指出，只从伦勃朗和米开朗基罗的真实生平去分析这两位画家的油画是荒谬的，但他不是固守于这一观点，他同时又从莎士比亚和拉辛的生平去解释这两位剧作家的剧本。泰纳将批评对象、艺术作品置于前列，认为作品与作家生平有关，但又是独立存在的东西。

朗松认为布吕纳介也重视研究对象，不过他对泰纳的方法有所改变。首先，布吕纳介不同意泰纳以时代这个因素去混淆其他原因；泰纳没有注意到已存在的作

---

[①] 维勒曼（1790—1870），法国政治家、文学教授，著有《法国文学教程》（1828—1829），是较早的文学史批评家。

品、已有的潮流对作家的影响以及文学种类的发展。其次,布吕纳介认为一切艺术作品都受到以往条件的影响,同时还存在难以解释的后继影响,有的东西是教育、环境的压力都消灭不了或改变不了的。作家个人具有难以解释的作用,作家的个性标志着文学作品的特点,批评家应通过文学、历史、社会、传记、心理等原因去解释,找出作家的独创性。第三,布吕纳介认为有必要从各个角度评论作品,有的文学类型几百年也出现不了一部杰作,而有些杰作却集中在几年之中出现,要了解在一部作品之前和之后出现的作品,找出这部作品存在的魅力。批评家要指出作品的艺术价值,作出美学判断。第四,文学类型没有高低之分。在17世纪,悲剧并非是比史诗和小说更高级的文学种类,而是高乃依和拉辛比另一作家斯居戴利小姐更高明。但布吕纳介从进化论的观点去分析文学类型,在政治上较保守,属于反德雷福斯派,反对自然主义、现实主义、象征派,崇尚古典主义,文学趣味落后于时代的发展。

朗松吸取了这三位著名批评家的可取之处,又批评了他们存在的缺憾,在此基础上加以综合和提高,从而形成了自己创新的文学史研究方法。

※　※　※

除了上文提及的三位批评家,朗松还注意到同时代的批评家的成就,并加以总结,他对当时有名的批评家拉鲁梅的态度就是一例。朗松《在巴黎大学讲座的首次讲话》对拉鲁梅的研究方法作出了很有见地的评价,而且通过这一评价阐明了自己的文学史研究方法。

朗松首先提出了怎样研究古典作家的问题。这似乎是一个不需深究的问题了,但并非每个研究者都能对此遵循正确的方法,因为当时的研究者不是采取传记式的批评,就是仅仅作印象式的评论,这是很不够的。朗松肯定了拉鲁梅研究18世纪作家马里沃时认真地搜集材料的方法,他指出:"拉鲁梅不满足于愉快的方法,这就是阅读一部作品,而且发挥阅读的印象。他采取更艰苦和更缓慢的方法,这就是搜集各种各样有用的文献,以阐明著作,并确定其性质,限制和控制受到阅读趣味约束的主观反应。文学材料包括先行者、当代人和后来者的作品、回忆录、书信、讽刺作品、18世纪的报纸;还包括非文学的文献,即户籍证件、法兰西喜剧院的档案,从意大利喜剧院到新歌剧院的档案,法兰西学士院当时不公开的记录本,在这种广泛而细致的材料搜集中,什么也没有被忽视。"朗松赞许的研究方法是充分搜集材料,搜集材料的范围几乎无所不包,既包括文学材料,也包括非文学材料,不仅研究作品本身,还要研究与这部作品和作家有关的作品和作家。可以说,这是对一个文学史专家的严格要求,一般人是难以做到的。朗松提出的要求明显超过了圣伯夫专注于作家的生平材料的研究方法,或者说,他是将圣伯夫的研究方法加以发展,以求更全面地研究一个作家。

显然,朗松上述的论述有过于笼统之嫌,于是他紧接着指出在搜集材料的过程中如何对待浩如烟海的文献。"拉鲁梅更喜欢缓慢地归纳各种材料,平静地接纳他认为真实的前人的判断,而不是投以未加证实的一瞥,或者展示光耀夺目的想象。他有规律地研究各种见解,自由地抛弃他有理由抛弃的东西。"朗松注意到,拉鲁梅大量引用活着的批评家、名不见经传的新闻记者的话,他还喜欢引用无名的年轻人的著作,以求信息更为广泛和准确。这就是说,拉鲁梅在阅读材料时是有所取舍的,只要其中包含着真知灼见,他都乐于接受,并引用出来。同时,朗松还指出,研究者必须"在一大堆材料中作出选择,这是巴黎或外省的研究成果长期积累起来的,还要选择确定的和重要的材料,抛弃无意义的和不确实的材料",再从这些材料中得出自己的结论。朗松从拉鲁梅的研究方法中归纳出,一个批评家必须熟悉前代和当代批评家的见解,吸取有益的营养。他不应囿于著名批评家的看法,也不应该忽视无名之辈的见解,而是根据自己的判断,择优而取,这就保证了他能够作出较准确、较精辟的分析。

朗松将拉鲁梅的研究方法称为"历史方法",即全面搜集历史材料并尊重事实的方法;研究者的任务在于"提供一切事实,一切材料,一切讨论情况,一切对全面而准确地了解对象有用的解决办法";采用"一种客观的和严格的方法,尊重文本和事实,有耐心而细致地调查的习惯,不信任华丽的思想和成体系的思想"。朗松承认,正是拉鲁梅向他指出了这种研究方法,使他能够用于研究18世纪的戏剧。这种历史方法就是根据材料说话。材料要求研究者具有广阔的视野,凡是缺乏材料的地方,研究者就只能停止考察。研究者还必须研究作家和作品"在一个文学种类、一个圈子、一场运动中的地位",研究"社会环境"和"文学环境",即将作家作品的历史作用了解清楚。历史方法也要求"审慎和节制",例如,拉鲁梅是喜欢拉辛和莫里哀的,但他即使喜爱,却服从真理。例如,关于玛德莱娜·贝雅尔是不是莫里哀的情妇,关于阿尔芒德是不是玛德莱娜的女儿,拉鲁梅都没有下断语,因为玛德莱娜·贝雅尔有不止一个情人,阿尔芒德的户籍册上的文字写得不清楚。如此等等,拉鲁梅都抱着谨慎从事的态度,"拉鲁梅拒绝对莫里哀作出最浪漫的和最不好的推测"。并非拉鲁梅想掩盖或否认丑恶的事实,喜欢看好他所论的作家。"拉鲁梅的节制来自准确的方法,这种方法十分注意在文本中包含的大量可靠信息。"他对人性既不看好也不看坏,既不抱幻想又深思熟虑。拉鲁梅尊重事实的研究方法是值得赞同的。

历史方法是朗松遵循的研究文学史的基本方法,这是他综合圣伯夫的传记批评方法和泰纳、布吕纳介的实证主义研究方法,再加以发展而形成的批评观念。其要点在于,一是重视历史材料,这包括作家的历史背景、生平和创作经历。因为他看到文学与生活的关系,他指出:"文学与生活的相互关系可以在每一时刻和每个国家以特殊事实加以解决,这些事实不能通过一个共同规律来确定,而是来自多种规律作用的结果。必须逐个抓住这些规律,因此,在一系列特殊问题中分解出总的问题。"同时他提出要描绘"文学生活在民族中、文化史和默默无闻的读者群的活动史中,以及名作家的生平中显示的图景",并力图确定文学作品产生的条件,包括作品产生的历史材料和其他相关作品的情况,包括历史上的批评家的各种观点。由此,朗松主张做大量的积累材料的工作,并出版了《现代法国文学书目指南(1909—1914)》(五卷本)等著作。不过,他郑重指出:"博学不是目的,而是一个方法。卡片是工具,用来扩展知识,获得避免记忆不准确的保证。"朗松的文学史研究方法的第二个要点是须持客观慎重的批评态度,不要人云亦云,也不要凭空想象,不要夸大和缩小,要根据作品和事实说话,追求达到真理。抛弃似是而非的印象,"将个人情感在我们的认识中的部分缩小到必不可少的、合理的最低程度,给予研究对象全部价值"。与此同时,朗松注意对文学作品渊源的研究,例如,他通过对伏尔泰的《哲学通信》的研究去发现"震动伏尔泰的悟性和想象力的事实、文本和话语"。很明显,朗松的"历史批评方法"力求把握住作家和作品在文学史上的真正地位,这就不能从一个方面去分析,而是要从多方面去探索。毫无疑问,他的文学史研究主张体现了历史意识。从历史意义、历史状况、文学地位的高度去审察作家作品,这便改变了以往孤立地、狭隘地研究作家和作品的方法,从而将文学史的批评方法推进了一大步。正如朗松所说，这是一种"有建设性的批评体系"。朗松的文学史研究方法显然与当时兴起的历史年鉴学派和社会学研究存在联系，从中得到有益的养料。

朗松对自己提出的历史方法与一般的历史研究作了对比。他在布鲁塞尔大学所做的演讲中说："我们的研究是历史的。我们的方法因而将是历史研究的方法；我们的结果只会是历史这种'预测小科学'的信念。但我们有一点不同于历史学家的条件。他们研究过去的、消逝的事实，它们以存续下来的为标志，重新构成事实。我们呢，当我们竭力重新找到18世纪的感情生活，或者文艺复兴的思想方式时，我们追寻的是一个已不存在的过去的形象。但这过去，我们在如今呈现的现实即文学作品中又抓住了它：在这一点上，我们只与艺术史家相似。无疑有许多死去的作品；可是杰作摆在我们面前，不像档案材料那样，不是处于僵死冰冷的化石状态，与今日的生活无关；而是像鲁本斯或伦勃朗的油画，总是积极的，活生生的，还能够对我们时代的心灵产生印象，如同它们在当时那样，并能确定它们产生的深刻变化。对文明人类来说，它们能够持久产生精神或者情感上的激动。"朗松的区分划清了文学史的历史方法（包括文学研究）与历史研究的不同所在，对两者的性质也是一个很好的说明。

不过，仅从上述方面去研究作家作品，并未完成批评家的任务，因为作品的优秀与文学性是密切相关的。所谓文学性即作品的艺术性，朗松自然不会忽略这一点，他将美学倾向与社会倾向并列，说明了他对作家和作品的艺术成就是十分重视的。他在布鲁塞尔大学的讲话中指出："文学杰作之所以得以流传，就在于个人美好的形式，作家的创新在这种形式中确立。如果你愿意，我们说的是风格。这就承认，任何外在尺度，甚至任何逻辑，都不能抓住美，什么也不能代替美感的反应。"朗松在这里提到形式、风格和美感，并没有展开论述，但他的思想中考虑的是艺术形式问题。他的《法国文学史》特别注重艺术性的分析，为他的主张树立了典范。诚然，印象主义的评论方法在朗松的文艺观中仍有影响，他认为这是接触美的一种有效途径。

※　　※　　※

朗松提出文学史的历史批评方法以后，力图将自己的思想建立在更坚实的基础之上。他在布鲁塞尔大学的演讲中作出了这种尝试。他开门见山地说:"我仅仅非常谨慎和有保留地并大胆地将科学方法的概念运用于文学史。"以往实用主义批评也根据19世纪科学取得巨大进展而提出将文学批评建立在科学的基础之上,可是,泰纳等批评家并未解释或者区分过文学批评与科学研究之间有何差异,左拉甚至将生物学的一套观点和方法直接搬到自己的文学论文中。由此产生的偏颇是不言自明的。朗松显然意识到这一点,他准确地提出了在文学批评中运用科学方法的概念,这就与一般的实证主义批评家划清了界线。当然,他看到了自己是第一次提出这个概念,所以表示自己"仅仅非常谨慎和有保留地",而且是"大胆地"这样提出主张的。朗松指出,科学这个词已经有点用滥了,泰纳和布吕纳介等批评家提供了"错误和科学企图的失败教训"。"大人物的坠落向我们表明了存在悬崖:谁还敢自诩在泰纳和布吕纳介滑落的地方稳步前进呢?"

朗松首先区别了自然科学运用的研究方法与他倡导的文学史批评方法。他指出,实验室的科学其操作方法是实在性的,而文学史中运用的方法是隐喻性的或者是理想的,"分析诗歌天才与分析,除了分析这个词以外,两者毫无共同之处……对科学家来说作为一种观察方法的东西,在文学家手里不再是观察方式"。朗松意在说明,科学研究与文学研究存在不同,前者是实验性的,后者是用文字记录的,前者用实验方法,后者用考察方法。朗松进一步引用了心理分析家弗烈德里克·罗的话来阐明文学批评和科学研究的异同:"必须借自科学的并不是这样那样的方法,而是它的精神……确实,在我们看来,没有科学,没有普遍的方法,而只有一种普遍的科学态度。共同的精神状态在不同的研究中能够将同样是科学的精神引导到恰好相反的方法中。人们长期以来将某一种科学运用的、根据它引导到的准确结果的方法与科学精神本身混淆起来。研究外界的科学因此变成科学的唯一典范……但物理学和精神科学的统一只是一个公设。可是它并没有得到证明,因为这种统一是假设的或者近似的,人们不能将同样的科学精神运用于两种不同方法的科学中……"据此,朗松正确地区分了科学研究与文学批评的不同性质。朗松指出:"我们不能做实验。我们只能观察。我们观察既不能衡量也没有重量的事实,而且是永远不会重复的事实。每一事实都是这一种中唯一的,不是由于偶然产生的,而是由本质产生的:这就构成了文学文本与档案材料的不同即使在历史领域,人们也可以依附于一般,对个体的不同作出概括。我们呢,即使寻找一般,也要记住个体的不同……我们想抓住唯一的现象,找出个体的特点"。朗松认为科学研究的是一般事实,或者是事实的本质,而文学描写的是特殊(个体),虽然也接触到一般,但这一般要体现出特殊。朗松抓住了科学与文学两者的基本特点,从而对之作出了真正的区别。在《文学与科学》一文中,朗松进一步分清了文学与科学的区别,朗松指出:"我们要首先避免真理①这个词的模棱两可,分清科学真理和艺术真实。只有前者是真正的真理;后者是隐喻式的真理,从前这是以一个非常出色的词来表明的,即逼真、相似或真实意象。"他还在这篇文章中强调:"文学不以只表现真正的科学思想为使命;它应该避免表现错误的科学思想。"他认为:"科学并非恰好是文学的材料,但它给文学提供材料,这材料是所有科学不去利用或者达不到的东西。"这一区分深中肯綮。朗松以自然主义为例,认为自然主义是庸俗地将文学与科学混淆为一体,"自然主义同时是科学和文学最极端和最低级的形式","科学方法运用于文学,压缩到使用一小套方法,其确定的效果是贬低文学,将它最好的作用抽取出来"。朗松对自然主义机械地将(假)科学运用于文学的指责是正确的。

然而,文学批评与科学在某些方面也有共同之处,朗松指出:"对待现实采取的精神态度,这是我们能够从学者那里获取的东西;我们要将无私的好奇心、严格的正直、勤奋的耐心、服从事实、不轻易相信、既相信自己也相信别人、不断需要批评、控制和证实等移植过来。"他还说:"我们从对科学方法的思考中,首先得出审慎态度,需要有证据,需要知识,不要轻易满足于想象,不要轻信。"文学批评需要科学精神,即科学家严肃对待自然学科的态度。朗松提倡文学批评要有科学精神,与当时流行的印象派批评有很大不同:印象派批评注重感觉和个人感受,不需要依据各种事实来下结论;朗松的观点与正统的实证主义批评也有不同:正统的实证主义批评其实没有遵循科学精神,虽然它也注重事实,可是它对科学精神的理解是相当笼统而且有偏颇的,不像朗松那样对科学精神提出了具体的严格的要求。

朗松又从哲理的高度对"文学史的科学方法"进行了解说:"要分清'知'和'感',分清能知道的东西和应该感到的东西,凡是能知道的东西就不去感觉,知道要去感觉就不去相信;我确信,文学史的科学方法就归结于此。"这句话的含义是

---

① 在法语中,"真理"与"真实"是同一个词。

对印象派批评和实证主义批评的一种纠正,朗松既不完全同意印象派批评的唯感觉去判断,又不完全同意实证主义只靠某些事实、排斥感受的做法。他宁愿采取一种灵活的批评方法,即注重科学家的科学精神,但事实固然重要,文学同时又是宣泄感情的,批评家也应表达自己和他人的感受,这样才能充分阐明文学作品的意义和艺术成就。

朗松明确意识到文学史批评包括文学批评要受到一定的约束。他虽然主张要给文学史批评以自由,但这是有一定限度的自由。

> 批评和文学史不能忍受限制自由,更不能忍受过度自由。这种过度自由是将科学屈从于个人的任性;我们只有在规则、正确方法的神圣规则中才找到真正的、充分的自由。我们过于相信只要有思想就够了,而不够相信文学像其他学科一样,需要得到证实的思想、真正的思想。我们过于相信有权以我们的同情和反感,以我们的偏爱和信条,以我们的愿望和梦想便获得了文学的真相。我们过于设想事实与我们的结论相一致,过于将自然和生活之美、人类天才的力量局限在我们的成见中……

朗松指出了一般的文学史批评家和文学批评家易犯的弊病,认为批评家要约束自己的自由,接受一定规则的限制,这一见解也包括在科学方法之内。

朗松有一段话比较言简意赅地阐明了他的科学方法的含义:"我们的任务就在于处处区分主观因素和客观认识,区分美学印象和有偏见的激情、信仰,在于取消一切只会产生错误和武断的见解,在于保留、检查、估计一切能够有助于正确再现一个作家天才或者一个时代的灵魂的东西。"为了达到这个目标,文学批评或文学史家应该研究手稿,搜集各种版本,讨论真实性和作家的贡献,了解生平、书目和传记,研究渊源,勾画出影响,写出传播史,穷究档案材料和统计,进行语言、艺术魅力和风格的系统研究。这些研究方法是"非常缓慢和非常细致的",对急于下结论的人来说有限制作用。朗松指出,科学的研究方法是普遍适用的,因为科学不分党派,科学不分国别,科学是全人类的。正如科学趋向于将人类的知识结为一体,科学也有助于保持和建立各民族的精神统一。

※ ※ ※

朗松的文学史研究方法最成功的运用,无疑是他的《法国文学史》。在《〈法国文学史〉序》中,他总结了自己的研究心得,同时也进一步阐明了自己的文学史研究方法。

朗松在这篇序言中批驳了勒南[①]认为研究文学不需要阅读文学作品的说法。勒南说:"文学史的研究在于大部分代替直接阅读人类精神的作品。"朗松认为这句话否定了文学批评,将文学史研究变成历史的一个分支。他指出:"人们不会明白,艺术史能免去观看油画和塑像。文学和艺术一样,人们不能取消作品,作品是个性的保存者和显示者。如果阅读原文并非是持续阐明文学史及其最终目的,那么文学史就只能获得贫乏的和无价值的知识。"他重申文学史研究要注重博学,要有准确的知识,以指导正确的判断。其次,要运用科学方法,将我们的思想、印象连贯起来,系统地反映出文学的进程、发展和变化。同时不应忽略两点:文学史的对象一是描绘个性,一是以个人的直觉为基础。作家因人而异,得出的研究结果也应不同。不过,朗松认为,文学知识的对象和方法从严格意义上来说不像科学那样,文学不是认知的对象,"它是练习、趣味、娱乐",正如笛卡尔所说,阅读好书就像同往昔最有教养的人谈话,在谈话中,他们只会把他们最好的想法告诉我们。朗松认为文学是与"我们的智力游戏相关的精神娱乐","文学是内在文化的工具"。他还认为,文学是哲学的普及化,因为决定进步和社会变化的伟大哲学潮流是通过文学来传达的,保持在人们的心灵里。

《法国文学史》把上述观点付诸实践。书中对中世纪和19世纪的论述较多,因为自19世纪以来,对中世纪的重新评价和重视带来了许多成果,有必要加以总结。19世纪即将过去,其辉煌的文学成就自然值得详加分析。朗松并不想写文明史、思想史、语言史,但书中提及有关情况,表明他具有广博知识。以书中对中世纪的论述为例。朗松首先研究了中世纪文学多样化的原因,他指出:"有三种主要的影响造成了法国精神在文学作品中的共同本质多样化,即社会阶级、外省的起源、历

---

[①] 勒南(1823—1892),法国批评家、宗教史家、散文家,著有《耶稣传》。

史时刻。"朗松分析了教会即僧侣的作用,认为中世纪文学只打上了教会的间接作用,而贵族在文学中则得到充分的表现,贵族和市民一起组成了"法国文学的大合唱"。朗松分析了法国各省的特点及其产生的文学,指出:"封建社会原始的和暴烈的热情与战争和基督教的史诗相适应,封建社会变得缓和的细腻与传奇诗歌或抒情诗歌相适应。"中世纪虽然总体说来是贫乏的,但它是"伟大的,尤其是丰富的"。朗松在分析英雄史诗时,较精辟地看到了这是描写封建社会的一个个插曲,英雄史诗的系别是描写古代的家族史。朗松对中世纪文学的分析与评价,总结了19世纪初以来学术界所取得的丰硕成果,并以他提倡的科学的历史方法进行研究,至今看来,他的观点基本上还是准确的。书中也提到其他批评家的见解和重要书目。作家生平放在注释中,较为简略,这也许是有意与圣伯夫的方法相区别。他表明,以往对法国文学的发展论述简单化了,一般只重视一流作家。这部文学史则对二三流作家也有一定分量的分析。朗松尤其在书中较详尽地分析作家的艺术特点,既有对代表作的评价,又有总体的概括性的分析,常有精辟的见解,《法国文学史》至今还有一定的参考价值,或许主要表现于此。可以说,重视对艺术性的分析,是朗松的文学史批评方法的具体体现和精华所在,值得后人借鉴。至于这部文学史存在的缺点,则不在本文讨论的范围之内。

# 独创的艺术手法

## ——普鲁斯特意识流手法剖析

普鲁斯特曾在他的一封信中说,他要"让读者接受一部作品,说实话,这部作品根本不同于古典小说"。① 这部新型小说就是《追忆逝水年华》。普鲁斯特之所以成为20世纪最伟大的法国作家,就在于他创作了这种新型小说。《追忆逝水年华》的独创性首先表现在意识流手法的运用上。可以说,普鲁斯特是第一个大量使用意识流手法的作家。乔伊斯、伍尔夫和福克纳都出现在他之后。

在普鲁斯特之前,意识流手法基本上还是未被开发的领域。意识流手法跟心理分析有关联,但两者有质的不同。就法国而言,心理分析最早可追溯到拉法耶特夫人的心理小说《克莱夫王妃》,17世纪的古典主义悲剧家拉辛和18世纪的小说家拉克洛,也擅长对人物内心情感的分析。但是,这些作家着重描绘的是人物心理的起伏变化,换句话说,是在理性支配下的情感活动。

卢梭及其后继者——浪漫派作家也擅长心理描写,表现人物汹涌澎湃的感情活动。有的作家如夏多布里昂,善于以自然萧瑟的景色去衬托主人公内心的悲苦,做到情景结合;有的作家如奈瓦尔,已深入到梦幻中去,挖掘人物的朦胧感觉。② 奈瓦尔已接近现代表现手法,但他的尝试还是初步的,而且篇幅不大。

斯丹达尔是心理描写大师,他展示了人物完整的内心世界。斯丹达尔已经意识到,内心世界是现实不可分割的一部分,它是揭示人物灵魂的重要手段。从斯丹达尔开始,现实主义流派逐渐形成,并发展成以内倾性为描写特点的一批作家。19

---

① 转自米歇尔·雷蒙:《大革命以来的小说》,阿尔芒·柯兰出版社,1967年,第148页。
② 见短篇《西尔薇》。

世纪文学的一大贡献就在于此。福楼拜断言:"人心的解剖还没有完成……开始这类研究将是19世纪的唯一荣耀。"①福楼拜的论断虽然有点言过其实,然而从描绘人物的崭新角度来看,自有他的道理。

普鲁斯特对上述作家都作过研究,显然十分推崇他们的艺术手法。例如,他把奈瓦尔的《西尔薇》看作"法国文学的杰作之一",认为夏多布里昂的《墓中回忆录》具有同等价值②;他指出:"拉辛在心理发现方面更为丰富。波德莱尔关于模糊回忆的规律比夏多布里昂和奈瓦尔展示得更为生动。"③他不仅熟悉法国作家,而且熟悉外国作家,尤其是以掌握"心灵辩证法"著称的托尔斯泰和写出"复调小说"的陀思妥耶夫斯基。不过,他认为托尔斯泰是模仿陀思妥耶夫斯基的:陀氏的手法集中、浓缩,"很多方面在托尔斯泰的作品中充分发展了"。④ 不难看出,普鲁斯特十分注意前人在心理描写上有哪些创造。

正是在博采众长的基础上,他开创了意识流手法。

简言之,普鲁斯特的意识流手法表现为回忆。整部《追忆逝水年华》就是由回忆组成的。柏格森在《物质与回忆》(1898)中,区分出两种回忆,一种是"习惯回忆",另一种是"真实回忆",前者是"头脑的残余",后者是意识所固有的,与现实不可分割。后来他进一步指出,回忆是"一种纯粹的抽象,一种精神视野","回忆不需要解释。或者更确切地说,不存在这样的特殊官能,它的作用是留住过去,再倾注到现在。过去是自动保存下来的……在现在保存过去不是别的,就是现实的不可分割"。⑤ 柏格森对回忆的论述是对笛卡尔观点的阐发。笛卡尔说:"我相信,对物质事物的回忆取决于积聚在头脑中的残余,在这之前,某种意象已刻印在那里……头脑的残余使之能活动心灵……回忆起某件事。"⑥普鲁斯特对回忆的运用更多是受到了哲学家的启发,而与一般小说中的回忆有所区别。

回忆或普鲁斯特所说的模糊回忆,是一个总的表现形式;这种回忆同以往文学

---

① 见1859年2月18日的信,《福楼拜通信集》第4卷,第314页。
② 见《普鲁斯特书信选》,拉鲁斯出版社,1973年,第104页。
③ 见《普鲁斯特书信选》,第74页。
④ 见乔治·卡托伊:《失去和重新找到的普鲁斯特》,普龙出版社,1950年,第135页。
⑤ 柏格森:《现实的感知》,收入《思维与变化》,法国大学出版社,1934年,第190—196页。
⑥ 笛卡尔:《1644年5月2日给梅朗的信》,全集第4卷,亚当和塔纳里出版社,第114—115页。

中的倒叙手法已不可同日而语,它有极其丰富的内涵,只有对它进行条分缕析,才能看出普鲁斯特的创造和巨大发展,为什么在他笔下回忆会成为意识流手法。

首先,普鲁斯特往往从一些似乎微不足道的细节中勾起回忆。《追忆逝水年华》中关于玛德兰点心勾起童年回忆的叙述,是小说中脍炙人口的一段文字,因为这段文字颇能代表普鲁斯特的特殊手法。"带着点心渣的那一勺茶碰到我的上颚,顿时使我浑身一震,我注意到我身上发生了非同小可的变化。"这种茶点是主人公小时到他姨妈房内请安时吃过的,尝到味道,往事便浮上心头:"茶味和滋味却会在形销之后长期存在,即使人亡物毁,久远的往事了无陈迹,唯独气味和滋味虽说更脆弱却更有生命力","它们以几乎无从辨认的蛛丝马迹,坚强不屈地支撑起整座回忆的大厦"。于是,贡布雷的大街小巷、花园和往事都从茶杯中脱颖而出,引起了主人公丰沛的回忆。此外,还可以举出其他一些例子:一缕阳光照射在教堂钟楼上,引起主人公的一系列感受、联想和回忆;一个乐句使他忆起了站在荆棘篱笆前的少女;一个雷雨的傍晚传来了丁香的香味,使主人公回忆起故乡的山楂花树篱的美景;主人公走进盖尔芒特府的院子,踏在高低不平的石子上时,他回忆起威尼斯的一段往事;随后,他走进小客厅,听到勺子碰击盆子的声音,这使他想起火车的刹车;不久,他用餐巾擦嘴,又使他想起孔雀尾巴那样蓝绿两色羽毛……普鲁斯特在小说中写道:"人的记忆最美好的部分存在于带雨点的一丝微风的吹拂之中,存在于卧房发霉的气味中,存在于火苗的气味中。"他将自然事物给人的感受与回忆连接起来。

普鲁斯特认为:"微不足道的小事具有这种(勾起往事的)能力。"[①]以往听到的一种声音,闻到的一股气味,吃过的一种味道,都能同时存在于过去和现在之中,只要具备一定条件,"事物长存的、一般隐而不露的本质就会解放出来"。许多往事因为并不重要而被遗忘了,但我们的身体如同一只瓷瓶,我们的精神记忆都封存在里面,我们的内心幸福,过去的欢乐和痛苦仍然为我们所掌握。一直到往事显现,这段时间就称之为"心灵的间歇"。

不难看出,普鲁斯特的这种意识流手法是从味觉、嗅觉、视觉、听觉、触觉出发的,先是各种感觉产生联想:茶味能勾起多少往事的生动形象;"氤氲中悬凝着一

---

[①] 见《普鲁斯特书信选》,第103页。

个人内心深处隐而不露、丰富至极的全部精神生活";主人公从花瓣的黄斑点想到蛋黄的香味和凡德伊小姐的雀斑和双颊的异香。进一步,各种感觉互相交换,茶味变为香味,地名散发出各种香味,具有色彩和味道;眼睛的颜色会转换,连人也变色。各种感官的连通、转换并与记忆相连,这正是波德莱尔首创,而后象征派广泛应用的"通感"手法。普鲁斯特将通感手法运用到小说创作中,无疑是一种创新。普鲁斯特与象征派诗人是同时代人,他受到象征派影响是不足为奇的。他说过:"使我们感受到的一首曲子、一幅画,不可能不与精神现实相呼应。"[①]这是承认通感的存在。由于小说与诗歌在体裁上不同,《追忆逝水年华》中的通感手法也就不同于象征派诗歌中的通感手法。普鲁斯特不一定采用象征,而往往只是借用各种感官与精神意识连通的手段而已。与其说他在借鉴前人的经验,还不如说这是他的新探索。这种新探索使他的意识流手法具有个人独特的色彩。

既然是回忆,就必然与时间相连。普鲁斯特创造了一种"时间心理学"。他在小说中写道:"正如有空间的几何学,也就有时间的心理学。"他对人的内心世界的描绘确实同时间概念密不可分。普鲁斯特力图抓住情感的无限丰富性,将各种感觉、回忆、意念的网络所产生的无比丰富的实感捕捉住。为了将人的一生的感受记录下来,小说必须具有一定的时间跨度。这不是一时一地的感受记录,而是"不同时刻的普通积聚",就是说,由无数个不同时刻的心理活动组成人的一生。

这种时间心理学与普鲁斯特的第二种意识流手法相连:《追忆逝水年华》采用了时序颠倒的手法。在叙述不同时间呈现的现实时,普鲁斯特没有采用按时间顺序发展的方式,相反,他采用了不同于传统小说的手法。他认为传统小说运用的是"平板的心理学",这种心理学已"不再正确,因为没有考虑到时间"。

斯万的恋爱本来是主人公听说的事,发生在他出生之前,但这个故事叙述在前,而主人公长大后与斯万家来往,并与斯万的女儿恋爱,后来才知道斯万的往事,这却放到后面去叙述。因此,小说故事在内容上时序是颠倒的。在叙述过程中,主人公时而讲述盖尔芒特夫人家的事,时而跳到别的无关的事上去,然后又回到正文上来。这种反复交叉的叙述方法反映了无逻辑的回忆,亦即下意识的回忆。普鲁

---

[①] 见《作家词典》第3卷,拉封出版社,第795页。

斯特说:"时间难道不就是它向我们显现的那样,是一系列没有联系的事件吗?"①在他看来,回忆一个人、一件事,不是一下子能完成的,而是交叉反复、颠倒错乱地进行的,在事件之间的衔接中,看不出什么必然的联系,但从整体来看,这并不妨碍小说是一个有机的整体。②

普鲁斯特在描写人物时,采用了反复观照的手法,不断变换时间去描写人物。例如阿尔贝蒂娜就是在不同时间中显现的。她在巴黎去拜访主人公时,主人公想起,他先是在海滩遇见她,后来两人结识,但他不敢拥抱她,最后,他才感到她是真实的。小说中间隔地多次叙述阿尔贝蒂娜,每次出现的阿尔贝蒂娜都各不相同,就像舞蹈女演员,"随着舞台灯光的千变万化,她的色彩、身影和性格也不断变化,每次出场都互不相同一样";但综合起来则是一个完整的阿尔贝蒂娜。盖尔芒特夫人在叙述者的眼里先是具有神圣的品格,随后才显露她的精神特点和心灵的贫乏。夏尔吕斯具有无情的洞察力,却行为乖张,原来是个同性恋者,被叙述者偶然发现他的秘密。在普鲁斯特看来,观察者在一时一地会受到限制,只有从多角度去看人和事,才能得到确切而完整的印象。时间和空间孤立起来会妨碍人们认识事物的本质,正如观察者变换角度可以看到景物的全貌那样,变换时间和空间也能反映出人的全貌。

普鲁斯特用了一个比喻来解释这种"时间心理学":"对我来说,我喜爱的工具宁可说是望远镜,而不是显微镜。"③后来他又进一步加以说明:"也许这就是用来对准时间的望远镜的意象,因为望远镜使肉眼看不见的星星显现出来,而我力图……使下意识的现象呈现于意识中;这些现象已被完全忘却,有时处于非常遥远的往昔。这个特殊的含义使我有机会遇到——既然人们这样说——柏格森。"④所谓运用望远镜,是指隔开一段距离去遥望,而且是一点一点地进行,在茫茫的宇宙中,有时遇到的一颗星辰较远,有时遇到的一颗星辰较近,它们彼此似乎没有联系,其实共处于一个整体中。至于这种概念与柏格森的理论相似,则是指柏格森的"心理时间"概

---

① 见马尼:《1918年以来的法国小说史》,瑟伊出版社,1950年,第157页。
② 关于叙述方式与时间可参阅本书的有关章节。
③ 见《普鲁斯特书信选》,第112页。
④ 同上,第120页。

念,即指"各个时刻相互渗透的表现强度的质量概念"。①《追忆逝水年华》的时序颠倒和交叉重复的叙述方式,就是"互相渗透"概念在文学创作中的体现。

普鲁斯特的意识流手法的第三个特点是,能抓住不同层次的意识。普鲁斯特为了让读者看到人物在强烈激动中产生的内心斗争,常常借用自身的体验。他发现,情感的冲突往往突然照亮我们内心的愿望。小说中斯万对奥黛特的迷恋就是这样。有一天,他从"小核心"成员泄露的神秘的话中明白了,维尔迪兰夫妇企图让少女同他脱离关系。维尔迪兰夫人阻止他去送奥黛特,斯万回家时愤慨异常。他小声地长久地咒骂维尔迪兰夫妇,认为这个小圈子属于最低级的社会阶层,决意不再见到这些人。但他在痛骂时,他的内心却下意识地想着别的事,一回到家里,他拍着额角叫道:"我想我找到了办法,明天能应邀参加夏园的晚餐(按,维尔迪兰家想把他排除出去)。"在这段描写中,普鲁斯特写出了斯万不同层次的意识的两个方面。当斯万被受到侮辱的情感控制时,他忘了他对奥黛特的迷恋超过了自尊心受到伤害的情绪。尽管他确实一时性起,对维尔迪兰家采取敌视态度,但他的爱情继续在他的意识的深层中起作用,直至这种感情突然显现出来,并变为行动,驱逐了仇恨的想法。这种想法刚才强烈地表现出来,妨碍斯万去认识,他要再见奥黛特的念头仍然存在。

在《追忆逝水年华》中,普鲁斯特不仅描写了人的意识常常会起一种表面看来虚假的作用,而且描绘了心灵存在各种细微的变化,人的判断往往受到隐蔽的爱与恨的左右。有时,正当一个人以为对别人无动于衷时,其实他的愿望不知不觉却在接近这个受冷落的人。例如,小说主人公起先是怀疑,随后怀疑转成激情,他突然决定要娶阿尔贝蒂娜,而在几分钟以前,他却认为与她完全隔绝。这个例子表明人的意识中存在着两种或多种截然相反的情感,由前者到后者的过渡虽然是突然的,却有着可以变化的基础。普鲁斯特力求表现的是人的精神生活的丰富性。

从这里可以看到普鲁斯特的写法不同于传统小说。传统小说注意人物的性格,至多注意到这种性格的变化发展,或者刻画复杂的性格;普鲁斯特则注重人物意识的复杂丰富性,就像平静的大河底下有着回流、旋涡、暗流……他认为不能被表面现象所蒙蔽,小说家应该发掘出深层的东西。普鲁斯特在小说中一再指出:

---

① 见《外国现代派作品选》A卷,北京燕山出版社,2006年,第13页。

"我们的内心世界之所以多姿多彩,绚丽斑斓,正是由于这些丰富的精神财富","在我们原以为空无一物的心灵这个未被探索、令人望而生畏的黑暗中,却蕴藏着何等丰富多彩的宝藏而未为我们所知"。要发现和表现丰富多彩的深层情感并非易事,然而,"艺术能使我们做到的这种发现,说到底,难道不是最值得我们珍视的东西吗?难道不是我们一般地说从来不知晓,却是我们真正的生活,就像我们感受到的现实,而且截然不同于我们以为的样子吗"?可见他对精神意识的复杂变化具有深刻的认识,明确地作为自己创作的重要目标去进行探索。

柏格森曾指出:"我们阅读一部小说时,明白某些联想是真实的,它们大约被经历过;另外一些联想令我们抵触,或者不给我们真实的印象,因为我们从中感到一种机械地将精神的不同层次连接起来的努力,仿佛作者不善于连贯他选择的精神生活。"①普鲁斯特为了避免这个缺点,写出了表面看来并不沟通的意识的两个层面在一定的条件下是能够共存的。普鲁斯特对深层次丰富意识的发掘,无疑扩展了对内心世界的描绘。

更进一步,普鲁斯特能抓住意识的自发状态,发现难以表达的心理活动,这是第四种意识流手法。他指出:"我相信,艺术家惟有在不由自主的回忆中才能要求获得他的作品的素材。首先,正是因为这些回忆是不由自主的,它们是自动形成的,像相同的分秒那样互相吸引,惟有它们具有真实性的印记。"②普鲁斯特所说的"不由自主的回忆",是指那种微妙的、难以叙述的、复杂的心理现象。

这里试举两例。例一,主人公年轻时有一次在贡布雷的郊野散步,黄昏降临,在平原尽头可以看到马丹维尔的钟楼;随着越走越近,这些钟楼变换着位置,聚拢又分开,互相替换着;建筑物的各个点在庄严而又呆板地跳动着,这幅景象深深吸引了孩子;他无法阻止自己给予这幅景象神秘意义的解释。他不愿相信自己面对普通的景观,他觉得钟楼在逃遁,观看这种舞蹈是一种消遣,能给他以享受。他进而想到,现实也许只是超现实的外壳,人们有时能预感到这种超现实,而一个作家有责任通过字句去理解它。

例二,几年后,主人公坐在德·维勒帕里齐夫人的马车里,来到巴尔贝克的郊

---

① 见《普鲁斯特书信选》,第103页。
② 见乔治·卡托伊:《失去和重新找到的普鲁斯特》,第8页。

外。傍晚,在通往于迪梅斯尼尔的路上,迎面矗立着三棵树,并朝后退去。他心里感到见过这三棵树,有一种重逢的迷醉,但无法确定重逢的是什么。在他警觉的精神中,没有掠过什么东西,在他的脑袋里没有任何生活酵母存在,不过有着嗅盐似的不紧不慢的刺激。主人公回顾以往的生活,想从中挖掘出某些往事。他觉得事物的外表好像一个能穿墙越壁的神灵的外壳,可是如今这神灵失去了能耐,在它经过时无法不被人看见和脱身。他发现现实的本质藏在背景后面,或者就在我们的感觉之中。他只要独自沉浸在思索里,集中精力,也许能重建与失去的记忆的联系。

在第一例中,钟楼呈现的奇特景象给主人公特殊的感受,使他想到现实与超现实的关系。这种感觉是玄妙的,难以觉察,也难以言传。然而作家应该把这种感觉捕捉住,因为"凡是有助于发现规律,有助于将亮光投射到不为人知的东西上,有助于使人更深刻地认识生活的,都一样有价值……达·芬奇关于绘画所说的'精神的事'可以适用于一切艺术作品"。[①] 在第二例中,巴尔贝克郊外的三棵树使主人公产生了联想,他发现外界事物的本质是隐藏着的,重见某些外界事物能引起记忆中储存的印象。普鲁斯特认为"我们周围的生活"有着"神秘的融合",了解到这种融合,便能使"我们摆脱自我,粉碎我们的外壳"。[②] 因此,普鲁斯特要找到并写出这种神秘的融合,这是一般人所不清楚的心理现象,而"真正的文学让人了解到心灵尚不为人知的部分"。[③] 诚然,普鲁斯特所捕捉的不为人知的感觉,有的已带上他的主观色彩,并不能看作常人都可能有的意识。只能说,外界事物给予人的感受是因人而异的。

这种不为人知的感受虽然也是深层次的意识,但不同于第三种意识流手法所描绘的意识,因为它带有哲理的、宗教的色彩,是一种抽象的感受,从人物所受教育和生活经历中经过升华而产生出来,也是客观事物在一定情景和条件下引起人们头脑联想和思维的产物。它经常不由自主地产生,却转瞬即逝,不易抓住,需要感觉非常敏锐的小说家才能把它记录下来。

---

① 见《普鲁斯特书信选》,第 103 页。
② 见乔治·卡托伊:《失去和重新找到的普鲁斯特》,第 19 页。
③ 见《普鲁斯特书信选》,第 114 页。

普鲁斯特的意识流手法第五个特点是,他善于描写某些感情表现出来的极其细微的印象,诸如爱情心理和失恋、半睡半醒、孤独、离别、等待……这些感情和印象在以往的文学作品中已被大量描写过,而普鲁斯特则独辟蹊径,他描绘的角度完全有别于前人。

《斯万之恋》写的是斯万迷恋奥黛特的心理表现。全文约 17 万字。普鲁斯特根本不写斯万如何追求奥黛特,因此这一卷小说毫无情节可言,作者只字不提斯万是否追求成功,甚至不提有什么进展。作者的笔墨完全花在刻画斯万迷恋奥黛特的各种心理上。写他如何爱屋及乌,喜欢奥黛特周围的一切,喜欢能看到她、跟她谈话的一切场合;写他经常想到送礼给她,体会她得到这些礼物时的乐趣,有时怀疑这是否现实,但他为此付出的代价越多,就越是觉得它的价值高昂;写他怀疑她在他走后接待别人,因此返回侦察,由于想到她说过她讨厌醋心重的人,又害怕和羞愧起来;写他的猜疑像章鱼的触手一样,闹得他神不守舍;写他听到她说一个男人的名字,便以为是她的情人,要花几个星期才能消除这种假设;写他常常被怀疑弄醒,昨天的痛苦印象似乎消失,其实并没有转移;写他多么愿意把所有的亲友来换一个能常见到她的人;写他把头低下去,免得别人看到他俩热泪盈眶的情景,而这个别人就是他自己;写他嫉妒她曾经爱过的另一个自己,嫉妒她也许爱着的人们;写他盼望她在意外事故中死去,不过没有痛苦;写他认为自己爱着一个他并不喜欢、跟自己不一路的女人;写他的醋意像一个邪恶的鬼怪给他以启示。斯万之恋如同一个万花筒,普鲁斯特把一个人的恋爱心理真是写得淋漓尽致,可以说是全方位、多角度的描绘手法。

普鲁斯特对半睡半醒状态的描写也是非常著名的。小说开卷,主人公从睡梦中醒来,一时感到睡前从书中获得的念头像眼罩似的蒙住他的眼睛,感觉不到烛火早已熄灭;随后他又睡着,偶尔醒来片刻,听到家具纤维的开裂声,看到光影的变幻;有时他似乎回到生命之初的往昔,体验到幼时的恐惧;有时在一秒钟之间,他飞越过人类文明的十几个世纪;有时醒来又感到同梦中女子热吻的余温和她的肢体的重量;有时又以为自己躺在别处,躺在几个月前去过的地方;有时则徒劳地要弄清睡在什么地方,一切在他周围旋转起来,他的身子麻木得无法动弹,只能根据疲劳的情状来确定四肢和周围物象的位置;在睡意蒙眬中,他回忆起贡布雷,外祖父母的家里。每换一个姿势便产生新的回忆,这是旋转不已、模糊一片的回忆,思路从这个房间转到另一个房间,直至追忆起种种往事。普鲁斯特将人的意识处于半清醒状态中的心理刻画得惟妙惟肖,它们连接在一起,形成涌流般出现的意识。

再以主人公每晚临睡之前期待母亲一吻的焦急心情为例。作者先写这是主人公唯一的安慰,但由于道晚安的时间过于短促,所以听到母亲上楼的声响时,他反倒感到阵阵的痛苦。因为这一时刻预告母亲就会离开他,结果他竟然盼望他满心喜欢的那声晚安来得越晚越好,但愿母亲即将上来那段时间越长越好。随后作者再描写主人公在有客人来吃晚饭时的心理。他在就要开晚饭时,已经选定母亲脸上的某一部位,作为他晚上吻她的落点,以便在母亲把脸凑过来的刹那间,能充分地感受到嘴唇贴着她肌肤的温存。但他不得不提前上楼睡觉,这时他等于连盘缠都没有领到就得上路,是心揪着登上楼梯的。他咒骂楼梯,怆然若失,油漆味凝聚了他每天晚上都要感到的特殊悲哀。他突然想到要给母亲写信,说有要紧事当面禀告。待女仆答应把信转交以后,他的焦虑顿时冰释,他母亲就要读信的关注,像蜜汁一般流出来,滋润他陶醉的心房;他与母亲不再相隔异处,屏障倒塌了,柔情的丝丝缕缕又把他系到一起。他钻进被窝,决意等母亲上楼时不顾一切地同她亲一亲,哪怕惹得她生气几天。他知道,倘若母亲在过道遇见他在等候,就会把他送去住校,那他宁可跳楼。然而他还是在过道里等候,心怦怦地乱跳,激动得几乎寸步难移。普鲁斯特将一个孩子依恋母亲的心理通过一个特定的细节描写出来,可以说达到极致的地步。

普鲁斯特在小说中有一段话可以帮助我们了解他捕捉细微印象的用意:

>   不管印象的材料显得多么微不足道,不管印象的痕迹显得多么不可靠,可是惟有印象才是真实的一种选材,正因如此,惟有印象才值得让精神去理解,因为倘能从印象中抽取出这真实,惟有印象才能使真实导致尽善尽美,这可以比之于学者的实验,不同的是,在学者那里,理解的事在前,而在作家那里则是在后。我们不需要通过个人的努力去辨识,去探明,我们事先明白的东西不是属于我们的。这只能来自我们内心晦暗不明的东西,而别人并不了解。由于艺术是由这些周围的真实生活组成的,而且在自己内心才能达到这些真实,所以浮动着一种诗意的氛围,一种神秘的温馨;这种神秘只是我们穿越而过的半明半暗。

普鲁斯特认为,细微的印象能导致生活的真实,因为它们是从生活中来的,只不过深埋在人们的思想深处,晦暗不明,只有把它们描绘出来,才能使真实达到尽善尽美。这个观点符合艺术规律,是站得住脚的。

普鲁斯特描绘这类情愫和心理状态有几个值得注意的特征。其一是多角度:恋人的焦灼、热切、嫉妒、痛苦,直至不大正常的表现都抓住不放;孩子追求一样东西的执着、稚嫩、委屈、畏缩,甚至不顾一切地行动的表现也纤毫毕现。半睡半醒的恍惚与清醒相交织,梦境与现实相混同,置身于一地与多处同时并存,身在当今意识却飞至远古和往昔,时空交错,镜头摇曳多姿。其二是能运用生动的比喻来描写抽象的情感:写猜疑用章鱼的触手来比喻方面之多和敏感,又用邪恶的鬼怪来比喻醋意,写固有的念头用眼罩来形容如何妨碍新的思路,写母亲的关注用涌流的蜜汁滋润心田来衬托甜蜜,可谓生动确切,多姿多彩。其三是常有独到的观察和分析。斯万嫉恨交加,竟盼望奥黛特在意外事故中死去,但又不愿她受苦,保留着情意;写斯万低下头去,惟恐别人看见他和情人流泪的情景,而这个"别人"竟是他本人。这真是惊人之笔,写出了情人极为隐蔽的意识。有时主人公产生一种幻觉,墙会对他诚恳地说话,地毯也告诉他可以赤脚踏上去,窗户则保证彻夜不眠,不必把它吵醒。这种幻觉在于写主人公对住宅的亲切之感,它在某种特定情境下是可能出现在人的意识之中的。普鲁斯特观察的敏锐和细致由此可见一斑。

普鲁斯特的意识流手法第六个特点是写梦境。他在《追忆逝水年华》第二卷中写道:"如果不把人的生活沉浸在它进入的、一夜又一夜绕着它、如同半岛被大海包围的睡眠中,那么就不能很好地描绘它。"(第 85 页)叙述者这句话说出了描写梦境的重要性:梦与生活是相连的,是生活必不可少的一部分。在小说中,梦境有时牵涉到小说的结构,如第一卷中这一段:"我觉得我自己是这部作品(当他入睡时,他正在看这部作品)所说的东西:一座教堂,一个四重奏,弗朗索瓦一世和查理五世的对抗。"教堂和四重奏这两个意象牵涉到作品的结构观。就像叙述者后来所说的:"作家应该将这一点当作他的准则,即把作品构造成一座教堂那样。"(第1032 页)而四重奏通过凡德伊的作品在叙述者的想象世界中起着重要作用:它伴随着他的艺术创作的几个阶段,直到他抓住了创作的本质观念。其次,梦境有时是回忆一个忘却的时代,具有象征意义,如第一卷中这一段:"睡眠时我毫不费力就回到我童年时代永远过去的岁月,重新看到我童年时的恐惧,还有我的舅公揪住我的扣子拽我,那天——对我来说这是新时代的开始,别人把我的扣子割掉了,这一天也消失了。"梦中这个意象引来了同性恋的题材。再次,梦境有时是在生理刺激下产生的,表现了女性对人物的吸引,如第一卷这一段:"有时,如同夏娃从亚当的一根肋骨中产生那样,一个女人在我的睡眠中从大腿不对头的位置产生。我正要品味这个快感,这时我想象出,是她给我呈献这个快感。我的身体在她的身上感到自己的热量,想与她的热量结合在一起,我醒了过来……对她的回忆逐渐消失了,我忘却了我梦中的姑娘。"梦境表现了人物心中的欲望,它积淀在人物的脑子深处,最后转化为梦。从上述的三个例子中,梦境起到象征、回忆和再现欲望的三重作用。在小说第三卷,普鲁斯特对梦的这些作用作了总结,他说:

  梦仍然是我的生活事件之一,总是给我最强烈的印象,最能用来让我相信现实纯粹的精神性质,在我的作品的创作中,我不会不屑于它的帮助。当我以有点偏向的方式为了某种爱而生活时,一个梦会奇异地接近我,梦使我的外婆、阿尔贝蒂娜越过失去时间的广大距离,我重新开始爱她,因为她在我的睡眠中提供了洗衣妇经历的新说法,虽然这种说法有点减弱。我想,梦有时这样使我重新接近真相、印象,仅有我的努力,或者即使接触到本性,都不能使我呈现出这些印象:让梦唤醒我身上的愿望,唤醒对某些已不存在事物的留恋,这就促使人做出努力,摆脱习惯,脱离具体。我不嫌弃这第二个缪斯,这个黑夜缪斯,她有时代替另一个。

这段话点明了梦在小说创作中的重要作用:它是重新找到失去时间的一个工具;它阐明了真相和隐蔽的印象;它是第二个缪斯,能唤醒愿望和留恋,这是两个摆脱习惯和现实的必要条件,以发挥想象力。

在《重现的时光》中,还有另一段话,这段话揭示了梦的本质:

  如果我总是对睡眠中做梦感兴趣,难道不是因为,为了弥补潜能造成的时间。梦能帮助你更好地理解主观的东西,例如爱情,事实很简单——不过速度惊人——梦能实现通常所说的将一个女人放入你的皮肤中,直至使我们在几分钟的睡眠里热烈地爱上一个丑女人,在现实生活中,这要求付出几年习惯、姘居……梦反复灌输给我们的爱情暗示以同样速度消失了,不仅黑夜和爱神对我们来说不再像原来那样,重新变成非常熟悉的丑女人,而且某些更宝贵的东西也消失了。这就是整幅温情、欲望、隐约地显现出留恋的迷人图画,最后到达激情的西泰尔……也许就是这样,随着时间梦起到出色的作用,吸引了我。我不是经常在一个夜里,在夜里的一刻,看到了遥远的时间,那时我们无法分辨曾经感到的情感。此刻这时间飞快地猛扑向我们,它的光芒使我们炫目,仿佛是巨大的飞机,而不是我们曾经以为的苍白星星,使我们重新看到其中包含的一切,给我们激动、撞击、星星迅速接近时产生的光芒——人一旦苏醒过来,便重新恢复奇迹般地穿越的距离,直至使我们错误地以为这只是重新找到失去时间的一种方式。

在这段话里,梦所包含的内在动力可以分为两个明显分开的时刻:一是梦以神奇的力量和速度产生一种有创造力的暗示,在真实的水平上再现想象中的愿望;但是,这"迷人图画"虽然消失,却恢复了属于它的虚幻性和幻觉性。二是梦随着时间起作用,突然使遥远的时代复活,以其光芒使我们炫目,这种综合作用会自行消失。因为一旦醒过来,梦便恢复穿越过的距离。照普鲁斯特看来,梦实现了现实与想象之间的综合,包括认识、回忆、创造三种作用,代表了灵感女神。关于第一种作用,小说第一卷写道:"我突然睡着了,我陷入深沉的睡眠中,对我们来说,睡眠中揭示出一切我们以为不了解的秘密,其实我们几乎每夜都要了解。"关于第二种作用,梦能以惊人的速度和力量再现整个世界,梦通过难以理解的文字向我们揭示出我们潜意识中深埋着的东西。过去的事情的深刻含义起初不为我们所知,但通过梦揭示出来。睡着的人"在他周围牵着时间之线、岁月和社会圈子的次序",因为梦是"一张魔椅,它使梦在时间和空间中全速旅行"。通过梦,人可以汇合"另一个"世界和"另一个"时间。人进入睡眠,如同进入"另一套房间";在这个房间里,流逝的时间绝对不同于睡前的时间:"也许超过另一种时间:另一种生活。"(第二卷第989页)这另一个天地通过空间和时间的移位,向我们打开,有时却具有认识的明晰。叙述者思索,认识会有梦的非现实性吗?回答是模棱两可的:"既然梦境不是睡前的世界,因此睡前的世界并非不真实;恰恰相反。"(第三卷第122页)梦既非完全想象性的,也并非完全真实的;现实既非真实的,也并非虚假的;在这两个世界中，没有分界线。不过，梦是"完全不同于人们看到的一般事物的纯粹物质"（第三卷第 876 页）。

照普鲁斯特看来，通过梦，主人公能够看到他与他人关系的虚假性，接触到被遗忘的真相；客观上被认为是真实的东西，只不过是由于潜意识的投射作用而产生的主观变形；通过梦，人物逐渐了解真相。外界只是我们掌握了被遗忘的意象的现实外表；人们将认识的愿望推进到内心深渊的极限，然后再现出在心灵深处体现过和重新找到的现实。普鲁斯特在自己的笔记本中有一段话，从另一个角度阐明梦与现实的关系："问题是要最终了解现实……逐渐从相反方向瓦解一切使我们远离生活的东西，艺术主要是全面地成为生活。"总之，梦是了解和再现现实的一个重要途径，就像《追忆逝水年华》中所举出的一个例子：日本人喜欢在一个装满水的瓷碗里放入一些小纸片，随后，这些纸片会显出颜色，变成花朵、房子、人物。梦的作用有类似之处，它使隐藏在人的头脑中的现实逐渐显露出来。普鲁斯特无疑从柏格森对梦的论述中获得启发，柏格森认为："梦是整个精神生活……我们还在感知，我们还在回忆，我们还在推理：感知、回忆、推理可以大量存在于做梦者身上……在几秒钟之间，梦能给我们呈现一系列事件，这些事件会占据人醒时几个整天……需要指出，梦的意象尤其是可见的；做梦者以为听到的谈话，大部分时间在梦醒时可以重建、补充和扩大……做梦的我是一个漫不经心的、放松的我。最好地与他协调的回忆，是漫不经心的回忆。"[①]柏格森对梦与人的精神生活的关系、梦的实质和形态、做梦者的状态、梦与回忆的联系等所下的论断，给普鲁斯特的小说创作提供了理论依据。

从上述普鲁斯特的意识流手法的六个特点可以看出，这种手法明显法有别于传统小说的心理分析。不过，也可以认为，这种意识流手法是心理分析的发展，虽然两者有质的区别。

在普鲁斯特之前的心理小说家，还没有全力去研究、分析和描绘人的内心世界，换句话说，他们至多只以同样的注意力去描绘外部世界和内心世界。比如斯丹达尔，他在《红与黑》中，既注意描述外省小城维利叶尔和巴黎，同时也去挖掘人物的内心活动；从篇幅上来说，后者并没有超过前者。即使托尔斯泰和陀思妥耶夫斯

---

[①] 柏格森：《梦》(1901)，收入《精神能量》，法国大学出版社，1949 年，第 104—108 页。

基也是如此。托尔斯泰虽然有大段的心理描写,但总的说来这方面的描写并没有超过对现实世界的描写。陀思妥耶夫斯基注意到人物的变态心理,在描绘人物的内心世界时形成多层次的结构,被称为"复调小说"。但是,也不能说他的小说是全力刻画人物的内心的。也许只是从普鲁斯特开始,人物的内心才真正成为与外部世界并列的另一世界,作家的主要任务是倾其全力去表现这个内心世界。有位评论家称普鲁斯特的句子为"工具的复调",其实也可以借用来把普鲁斯特的意识流手法称为"复调心理",因为这种手法不是单一的、平板的心理描写,而是多声部的、繁复的心理描写,它深入到人物内心世界的最深层、最隐蔽之处。正如乔治·卡托伊所说,普鲁斯特"深入到最内部、最混乱、最不自在的心灵,这心灵如同搁浅在海滩上的水母一样"变化多端,对普鲁斯特来说,"艺术变成了表达'自我无法表达的部分'的唯一方法"。[1] 或者用另一个评论家马尼的话说,普鲁斯特在"探索自我的尚且不为人知的领域"。[2] 库尔蒂乌斯则说:"他向情感、本能、自动性的生物学投以心理小说从来没有达到的强烈光芒。"[3]这些评价准确地指出了普鲁斯特的小说的艺术特征以及他在创作上的突出贡献。

普鲁斯特向内心世界的深层次探索时,必然遇到自觉和不自觉的意识和非理性意识的心理现象。在他的描绘中,理性的意识和非理性意识纷然杂呈,甚至有时难以分辨。一般说,关于人物的行动及事件主干多半是理性的回忆,而一旦牵涉到细腻的心理活动以及回忆呈现不规则的连接时,则多半是非理性的。普鲁斯特说过:"我的小说可能就像一系列关于无意识的随笔。"[4]就小说的衔接而言,这个论断是恰当的。上述六种意识流手法显然都有无意识的思维活动,通感、时序颠倒、无逻辑的回忆、隐蔽思想的突现、意识的自发状态、半睡半醒状态和梦中呈现的心理,等等,无不都是潜意识或下意识。正如克洛德·莫里亚克所说:"他的探索无意识的注意力,像探测水底的潜水者一样去寻找、撞击、使之变形。"[5]在普鲁斯特看来,他之所以要描绘无意识活动,是因为:"要参观一个古城的遗迹光长途跋涉是不

---

[1] 见乔治·卡托伊:《失去和重新找到的普鲁斯特》,第13页。
[2] 马尼:《1918年以来的法国小说史》,瑟伊出版社,1950年,第157页。
[3] 见《普鲁斯特书信选》,第138—139页。
[4] 见《普鲁斯特书信选》,第104页。
[5] 克洛德·莫里亚克:《普鲁斯特》,瑟伊出版社,1979年,第175页。

够的,还应在地下发掘……有时候某些偶然的瞬间的印象……更容易使我们回忆起往事,使往事好像长了翅膀在我们眼前掠过,形象更加逼真……令人终身难忘。"

根据唯物主义的观点,思维永远不能从自身中,而只能从外部世界中汲取和引出这些形式,我们的感觉,我们的意识只是外部世界的影像。无论理性的或非理性的意识,都是存在的反映,因此,在描绘人的内心活动和内心世界时,可以而且有必要表现这两种形式的思维活动,这样才能更完整地揭示人的内心活动和内心世界的丰富性和奥秘。正是在这个意义上,《追忆逝水年华》具有不可磨灭的艺术价值和认识意义。

诚然,理性思维在认识世界和把握世界中起着主导作用。文学作品在反映和描绘现实世界时不能放弃理性思维,这是毫无疑义的。综观《追忆逝水年华》,可以看到它的主体是作者对人物理性思维的写照,因而在阅读这部作品时、读者不存在理解的困难。就每一个细节段落而言,这部小说与传统小说并无多大差别。而且大量穿插于小说之中的下意识或潜意识的描写也并没有喧宾夺主,相反,只起到补充主体——理性思维的作用。表面看来,小说中的无意识描写好像是杂乱无章的,其实组织得井井有条,处于"一种令人迷醉的逻辑之中"。[①] 也就是说,经过理性思维的组织安排。因此,无意识的描写中包含着理性的因素。

---

[①] 见《普鲁斯特书信选》,第94页。

# 独树一帜的风格

## ——普鲁斯特的语言特色

一

风格是一个作家存在的标志之一。大作家总是以其独特的风格跻身于世界文学之林。因此,研究一个作家的风格,是了解这位作家必不可少的途径。正如雨果所说:"拿走这件简单而微小的东西:风格,那么从伏尔泰、帕斯卡尔、拉封丹、莫里哀这些大师身上,还将剩下什么呢?"[1]一句话,有无独特的风格,是衡量一位作家是否取得重大成就的条件之一。

普鲁斯特极为重视风格问题。他援引过布封的两段话:"存在于优异风格中的一切智力的美,构成风格的一切关系,都具有一样的实在性……也许比可能构成文字内容的实在性更为可贵";"思想内容在一个作家身上总是表面的,而形式是实在的。"这两段话强调属于形式的风格能体现作家的思想的美,与内容相比更为实在。他后来重申这一观点:风格"是天才最真实的表现,远远超过作品本身的内容"。[2]

什么是风格?普鲁斯特指出:"风格,对作家来说,就像色彩对画家那样,不是一个技巧问题,而是一个观察的问题。它是世界向我们显现的方式中存在的质量差异的显示,这种显示不可能通过直接的、意识到的方法实现。"[3]风格不是一个技

---

[1] 转引自拉法格:《雨果传说》,《文论集》,人民文学出版社,1979 年,第 104 页。
[2] 《追忆逝水年华》第三卷,第 376 页。
[3] 同上,第 895 页。

巧问题,这是他一再重复的观点。① 他把风格与色彩相比,突出其重要性。画家如何运用色彩,这与他对客观世界的感受有关,同样,作家对如何表现自己的风格,与他对客观世界的感受相关。他在这次访问记中还说:"风格……是观察的品质,是我们每个人看到的、而别人看不到的特殊世界的显现。"这里有一个艺术家的天赋问题。普鲁斯特认为世界向艺术家呈现,艺术家理解世界时,不是通过直接的方法,也不被艺术家意识到,其中有着复杂的过程。普鲁斯特意识到,风格同作家的思想有密切关系,他说:风格表明"智力和精神的劳动所达到的程度",②"只有表达的美……才能衡量它在诗人的头脑中形成的深度"。③ 普鲁斯特意识到,风格不是外在于作品的,它深深地扎根于作家的创作本质中,作家的作用是要服从自己内在的需要,忠实地体现自己对世界的观察,不掺杂不纯粹的因素,诗人就像"一种抄写人,在自然的口授下,记录它的秘密或多或少重要的一部分,艺术家的首要责任就是不能自说自话地对这神圣的使命添加任何东西"。④ 诚然,所谓要服从这神圣的使命,并不是完全抛弃作家的自主性,作家还得有所选择。普鲁斯特在一封信中说:"至于风格,我竭力抛弃纯粹智力口授的一切,抛弃一切修饰、装饰以及几乎是故意寻找的意象……以表达我深刻的、真实的印象,尊重我的思想的自然进程。"⑤ 这句话的意思是,作家的风格是通过他表达自己从外界获得的深刻而真实的印象,按照他思想的自然轨迹,并排除一切造作的、不属于他本人的习惯用语而体现出来的。这句话也表明了风格同作家的思想有着不可分割的关系。普鲁斯特还指出:"风格的美是思想提升、发现和结合意外分开的事物之间的必然关系的可靠标志。"⑥

风格与作家使用的语言也有紧密关系。他赞成罗斯金的话:"一个大作家……应该彻底了解他的词典,能够紧紧抓住某个词,这个词经过多少岁月,所有大作家

---

① 见 1913 年 11 月 13 日的《时代报》发表的于勒·布瓦的采访记,罗贝尔·德雷福斯收入《回忆马塞尔·普鲁斯特》,格拉塞出版社,1926 年,第 292 页。
② 《追忆逝水年华》第三卷,第 882 页。
③ 《驳圣伯夫》,第 355 页。
④ 《芝麻与百合》序,第 56 页。
⑤ 《通信集》第三卷,第 195 页。
⑥ 《温柔的储存》,第 11 页。

也运用过。"①普鲁斯特举出雨果的例子,认为"阅读维克多·雨果的作品,给人这个印象,他是一个出色地了解他的语言的作家。随时随地,每种艺术的技术词汇都运用准确的意义"。②他以《致凯旋门》一诗以及《静观集》的诗歌作说明。罗斯金表达思想的层次反映了这位美学家的思维方式,也显示了他的语言风格和独特的个性。普鲁斯特有深切的感受,并作出了细致的分析:"我相信可以在最后一个句子中列出多至七种安排。事实上,罗斯金将一个句子排列在另一个句子旁边,使所有的主要思想——或者意象——活动起来,发出光辉,它们在他的讲演中有点混乱地出现。这是他的方法。他从一个思想过渡到另一个思想,表面上没有任何秩序。但是,实际上,引导着他的想象遵循着他深深的亲缘关系,这种关系由不得他,强迫他接受一种高级的逻辑,以至最后他处于服从一种秘密的安排。这种安排最终显露出来,回过来给整体强加一种秩序,使他出色地一层层达到最后这个光辉顶点。"③他欣赏罗斯金层层递进的分析性句子,这种句子能显现细腻的、丰富的、富有逻辑性的语言风格。

## 二

普鲁斯特就是一个具有特殊风格的大作家。可以说,他的风格完全迥异于其他法国作家。在他之前和在他之后,还没有哪一个法国作家像他那样去驾驭文字和表达思想。普鲁斯特的鸿篇巨著《追忆逝水年华》问世前后,起初人们不理解,继而人们对普鲁斯特的风格感到惊异和不习惯,被他的长句所困扰,被他的意识流手法所迷惑。但不久,批评界就给予普鲁斯特以应得的地位。随着时间的流逝,人们几乎众口一辞地赞叹普鲁斯特所特有的风格。归根结底,普鲁斯特在文学上取得重大成就与他独树一帜的风格密不可分。换句话说,普鲁斯特在风格上所焕发出的光彩,正是他的文学成就的一部分。普鲁斯特的风格早已成为普鲁斯特研究者所注目的论题。

---

① 《芝麻与百合》,第94页。
② 《芝麻与百合》,第95页。
③ 《芝麻与百合》,第62—63页注。

简言之,构成普鲁斯特的语言风格的基本要素是:繁复重叠的长句,和谐多彩的句型。前者为主要特色,后者如众星拱月,起着平衡和多变化的辅助作用。两者相得益彰,不可或缺。繁复重叠的长句与细腻曲折的感情宣泄相适应,而和谐多彩的句子与优美、柔和、自然、机智的表达方式相合拍,这正是普鲁斯特的文字在感情色彩上表现出来的风格特点。

《追忆逝水年华》中有大量繁复重叠的长句,它们往往长达十余行。繁复是指结构而言,或者是副句有好几个:条件副句、原因副句、状语副句,等等,不一而足;或者连接穿插着关系从句;或者有插入句,并用破折号、冒号、分号来延长句子。重叠是指表达的意思而言。普鲁斯特经常从一个想法引申到其他想法上去,有时分几个句子来表达,有时在一个长句中涵盖一切。这就像一棵树的主干伸出众多的枝柯一样,形成繁茂的枝叶,蔚为大观。与此相应的是,普鲁斯特喜欢采用长段落,几页不分段是常见的。

为了叙述的方便,这里只举一例。我们不打算引用过长的句子,以免占据过多篇幅,而是举出能说明普鲁斯特的长句特点的句子,作一剖析,以阐明这种长句的作用。

忽然,我止住脚步,惊得无法动弹了,仿佛眼前的景象不仅呈现于我们的视觉,还要求更深入的感应,支配我们的整个身心。一位头发黄得发红的少女,神态像刚散步回来,手里拿着一把花铲,仰着布满雀斑的脸在看我们。她的黑眼珠炯炯闪亮,由于我当时不会、后来也没有学会把一个强烈的印象进行客观的归纳,由于我如同人们所说的,没有足够的"观察力"以得出眼珠颜色的概念,以致在很长一段时间内,每当我一想到她,因为她既然是金黄头发,我便把记忆中的那双闪亮的眼睛想当然地记成了深蓝色;结果,也许她倘若没有那样一双黑眼睛——这使人乍一见便印象强烈——我恐怕还不至于像当年那样的特别钟情于她的那双被我想成是蓝色的黑眼睛呢。

我望着她,我的目光起先不是代替眼睛说话,而只是为我的惊呆而惶惑的感官提供一个伏栏观望的窗口,那目光简直想扑上去抚摸、捕捉所看到的躯体,并把它和灵魂一起掠走;接着,我非常担心我的外祖父和我的父亲随时都可能发现这个姑娘,会叫我到他们那边,让我离开她,于是我的目光不自觉地变得乞哀告怜,竭力迫使她注意我,认识我!

这是小说中著名的一段文字。主人公回忆起在花木丛中希尔贝特的倩影,这个少女深深吸引住情窦初开的少年。这是一幅美丽的图画:山茶花的疏篱中,夹杂着茉莉、三色堇、韭菜兰和紫罗兰,色彩缤纷的花卉令人目不暇接,可是,主人公并没有止住脚步。突然,一个少女出现在眼前,一种从未有过的力量使他止住了脚步。紧接着,主人公在复活这个眼前景象时,竭力恢复原有的感受。他第一次有"爱情的惊讶"的感觉,他感到一种欢悦,他的意志被解除了武装。这段经历具有普鲁斯特的特殊方式:作家的支撑点落在直接的眼前现实上,并竭力进行合乎科学的分析思考。但他需要超过理性的观察。一个双重含义的词"视觉"透露出他的思维的本能活动。这是心理学的词汇,又带有神秘色彩;这种含混和朦胧是普鲁斯特所喜欢的。由此而过渡到"更深入的感应",这关系到"我们的整个身心"。这正如玛德莱娜小点心碰到上颚以后引起主人公对童年、贡布雷、斯万的爱情等的回忆一样,视觉引起了人物深入一层的思索。随后,作家进一步写出视觉看到的客观事物的细部。"头发黄得发红的少女"同她父亲有关,斯万也是这种头发;希尔贝特像"刚散步回来",手里拿着花铲,一副纯真少女的模样。至此,主人公的观察十分细致而准确。然而,少女纯真只是表面的,小说其后作了相反的描写,主人公得出这种印象只说明了他本人的纯朴而已。

上面几个句子为下面的长句做好了铺垫。这个长句不算标点符号,约180个汉字。句子由"她的黑眼珠炯炯闪亮"开始,紧接着提出了几个理由,以证实观察者的观点;句子中有两个"由于"、一个"因为"(法文中是同一个字),并写出条件;"每当"和提出一个解释,"结果……";最后,原文以一个不谐和音"金黄的"结束前半句。可见,这个长句的前半句逻辑性是很强的;用"足够……以致"的句型沟通下文,使句子获得平衡,又减弱了给人过长的感觉。这样,"每当"这一从句成分便不致过于累赘。虽然句子富于逻辑性,但是主人公的观察仍然建立在错觉之上。这种正反的比照行文具有跌宕起伏、引人思索的兴味,让读者忘却长句的啰唆。至于突然用了一个不谐和音,则是为了与结尾"蓝色的"相呼应,造成一种对称。古典散文家拉布吕耶尔、圣西蒙以及福楼拜都擅长这种方法,目的是使文字具有对称美。令人注目的是,后半句使用了一个冒号和两个破折号。冒号起连接作用,将长句的意思往深入推进一步,补充说明那双黑眼睛。破折号中的文字属于插入语,表示对一般人起作用的印象,而这种印象对主人公却起不了作用。

仔细琢磨,这个长句有一种淡淡的揶揄意味。观察者好像在自我解嘲地叙述自己的错觉。问题就在于他没有获得眼珠的颜色的概念,却对眼珠的闪光产生深刻的印象,将黑色幻化成深蓝色。作家强调的是主观感受,而不是客观事实。这是一种下意识的感觉,然而却能起到改变事实的作用。主人公之所以产生错觉,也有一定根据,因为有金黄头发的人往往眼睛是蓝色的,所以他的错觉并非荒诞不经。想当然固然不对,也是情有可原。诚然,这种错误有点可笑,因为"既然"并不是颠扑不破的真理,主人公的推理并不符合事实。在普鲁斯特笔下,意思的表达非常委婉,令人感到一种幽默意趣。普鲁斯特充分利用了法语结构严密、表达清晰的特点,在严密安排各种句子成分的基础上,将思想感情的微妙变化,曲里拐弯表达出来,达到淋漓尽致的地步。

第二个长句不是纯概念的分析,而是主人公的感情的描画。前半句运用了两个意象。第一个意象将目光写成观望的窗口,第二个意象将目光拟人化,去抚摸和捕捉少女的身躯,要把她的灵魂也一起掠走。显然,这是少年钟情的目光,那种急切、入迷、想占有她的心态写得跃然纸上;意象是新颖的,表达方式也不同寻常。两个意象是用同位语的形式并列写出来的,保持均衡,后半句用分号连接起来,写出主人公微妙的心理活动:他很想多看看希尔贝特,于是不由得担心他的外祖父和父亲把他叫走,而且他还想发挥主观努力,用目光示意,希望希尔贝特注意他,记住他。这种曲折的心理运用了别致的句法来表达;从句中又夹着两个分词从句,末尾用副词结构("于是我的目光")再引出一个关系从句,就像层层开花似的,向上绽开一个又一个花蕾。

这两个长句是逐层递进,向纵深发展的。第一个长句在心理的层次上分解,句子结构注意逻辑因果关系;第二个长句在心理的层次上开掘,句子结构或用排比,或层叠累积。它们虽有不同,却构成一个整体。这是在一个具体的场景中展示的人物内心世界。无数个这样的内心世界便组成了《追忆逝水年华》的整个大厦。

这种层层叠叠、曲曲折折、枝蔓丛生、结构严密的长句不是偶然产生的。其一,它适合于对内宇宙的描绘。人的观念和感情千变万化、细腻曲折;人的思路往往不是单一的,而是复杂的,有时从一个主要想法会派生出各种想法,有时各种想法会纷然杂陈,有时会同时出现矛盾的两种想法,有时会突然悟出道理,思想获得升华……要恰如其分地表现出这种种现象,长句恐怕是一种有效的表达方式。它优于短句的地方是它的容量大,能表达出思维的复杂层次。应该指出,前人的心理描写多半采用短句,其特点是从不同的角度、不同的侧面去描写人的内心活动。而普鲁斯特则力求在一两个长句中写出完整的心理活动过程,他在文字上的创新很大程度表现在这里。其二,长句适宜于意识流的表现手法。这种手法往往表现为意识的涌流,其中有理智的意识,也有潜意识或无意识。这些意识有的互有联系,有的是跳跃式的,互不连贯,但它们结合在一起,就像大树的千枝万叶,既杂乱无章,又有一定的比例和平衡关系。长句就能起到兼容并蓄、杂而不乱、丰富多彩的作用,很好地承担这一任务。况且,普鲁斯特的意识流手法首先与回忆相连,他记叙的是以往发生过的事在他头脑和感官中产生的印象、感觉、意念等,而且这些现象是经常性的,因而作者要进行归纳、对照、组织,这不是一时一地偶然产生的一次印象、感觉和意念,故而普鲁斯特要常常采用长句,以求充分而全面地表达自己的思想。

长句带来的势必是缓慢的节奏,缓慢到令一般不习惯的读者难以忍受。法国批评家沙尔·杜博斯曾以普鲁斯特的缓慢节奏与托尔斯泰的快速节奏作一比较,说得深中肯綮:

> 对矛盾的复杂性的感觉构成托尔斯泰根本的先天性特征;而且正是这种矛盾的不断存在令他意识到极快的内心活动,在托尔斯泰本人和他的人物身上,感觉的相继而来,形象的排列而过,都是以这种速度进行的。为了使这种内心活动发展迅速,就必须同时感知这种复杂和矛盾,必须一眼就抓住这两种特性,托尔斯泰正是在这方面迥异于普鲁斯特。在普鲁斯特身上,对复杂性的感觉确实是出色的,对矛盾的感觉也属于敏锐之列;但第一种感觉在他身上是完全自发的,而第二种感觉用他的说法来讲是"次生"的,这是推理,或者至少是思索的结果;因此,倘若在这些领域普鲁斯特是最伟大的作家之一,那么在伟大作家之中,他无疑是节奏最慢的。正如奥尔特加·伊·加塞正确地指出的那样:"阅读普鲁斯特的作品时,我们不断地感到要止步,仿佛他不让我们随心所欲地往前,仿佛作者的节奏不如我产的轻快,要在我们的匆忙中加进持久的渐慢速度。"这是因为这渐慢速度就是普鲁斯特的节奏,根据维尔农·李

普对我指出的见解,正是这一点,我们觉得普鲁斯特是一只"冷血动物"。相反,可以看出,托尔斯泰的天生节奏是渐速;在他的作品中,——他能得心应手地掌握自己的方法,这不是其中一个微不足道的特点——为了写出生活,他本能地采用生活的节奏:这种轻快的节奏虽然并非一直走向加速,却就是我们大多数人的节奏。然而,托尔斯泰的节奏天生是渐速的,而普鲁斯特和他在这方面构成理想的对照之一,经过强光投射到不同形态的天才之上,这些对照对批评家来说是宝贵的。[1]

慢节奏是普鲁斯特的风格特征凝聚而成的。他同托尔斯泰在心理描绘方面形成慢与快的对照,固然在于这两位作家的心理素质有所不同。托尔斯泰是一个感情容易冲动的作家,他也这样明快地去表现人物的心理活动。而普鲁斯特是个喜欢沉思,经常蛰居于内室之中的作家,他乐于周密而详尽地刻画人物的内心活动,往往围绕某种情感长篇累牍地加以分析。另一方面,从创作方法来看,托尔斯泰和普鲁斯特也是迥然不同的。托尔斯泰是现实主义大师,他对人物的心理活动的描绘服从于人物性格的塑造和情节发展的需要,心理描写只是他塑造人物的一个重要手段。普鲁斯特是意识流巨匠,他把全部注意力都放到描写人物的内心世界上,他的小说不注重情节发展,这就造成他的小说发展缓慢,停滞不前,在描写人物情感上兜圈子。所以,慢节奏同他的创作方法密切相关。

有的评论家认为,他的慢节奏就像天鹅在水中闲逸地游弋,又像肖邦的长乐句和贝多芬的《第五交响乐》结尾的"崇高而无尽的乐句",是异常优美的。[2]

## 三

运用长句是普鲁斯特在语言中的显著特点。然而,《追忆逝水年华》并非都由长句组成,这部长篇的句型丰富多彩。普鲁斯特对历代作家的语言下过一番苦功夫去研究,分别写过许多仿作,力图探索表达的奥秘。

---

[1] 沙尔·杜博斯:《近似集》第4卷,柯雷亚出版社,1937年,第56页。
[2] 让·穆通:《普鲁斯特的风格》,尼泽出版社,1973年,第128、231页。

他喜欢夏多布里昂,模仿其风格的轻灵自如。他认为梅特林克的句法"很可怜",于勒·勒梅特尔的文字太"松散",法朗士"写得好,但思考差",布尔热的形式"蹩脚得令人难受",亨利·德·雷尼埃的句子平衡、对称,形容词之间联系紧密,圣伯夫的鉴赏力和描写都很精细,圣西蒙观察细致、材料织织紧凑,勒南句法单纯,而米什莱爱用讲演句子。巴尔扎克对普鲁斯特有很大影响,普鲁斯特在《人间喜剧》的启发下,力求表现广阔的社会图景。他高度评价巴尔扎克的天才,又与巴尔扎克保持距离,注意文字的纯正。龚古尔兄弟出于对艺术品和花卉的爱好,喜欢插入长句,重复某些字句的写法,对普鲁斯特都产生了直接影响。普鲁斯特曾写过《福楼拜的风格》一文,对福楼拜在语言上的创新和成就进行了深入的分析,指出福楼拜对动词、对未完成过去时、现在分词及副动词创造性理解都是值得赞赏的。他还从福楼拜的《固有思想词典》中搜集切口、某些社会圈子的特殊语言和新创造的特殊表达方式,运用于自己的小说描写中。上述他对罗斯金的句子的分析也反映了他对语言的研究。可以说,普鲁斯特是博采众长,以丰富自己的语言艺术。

普鲁斯特的修辞手段及句子结构在继承传统的基础上,有不少创新,他的成就是令人瞩目的。下列几点只是荦荦大端。

第一,大量运用未完成过去时。普鲁斯特已注意到福楼拜爱用未完成时,这种时态表示行动的延续。而普鲁斯特的运用未完成过去时,则往往表示重复性的状态。他的回忆经常不是指一次性发生的事,而是常常发生的事,或者表示综合性的叙述。有时他用"长期以来""每当""平时"这样的限定性词汇来表示,有时则以未完成过去时本身来表明这是重复性的事情。普鲁斯特这样写的目的之一,是要避免对一次性事件的回忆可能带来的失实,他认为只有多次发生过的事才能在头脑中留下准确的、不可磨灭的印象。但有的事件显然只发生过一次,这时,普鲁斯特就用综合性的叙述来描写,表明事件的进展一般说是如此的。例如上文引用的两段文字中,"我望着她……我担心……竭力"以及紧接着的下文"他们超过了我","我只能解释",都用的是未完成过去时。这个场面显然是偶然发生的,而普鲁斯特一反常规,不用简单过去时表示一个个动作,却用未完成过去时,普鲁斯特扩大了未完成过去时,以表示他记录的是可能这样经过的情况。

第二,普鲁斯特喜欢将三个名词、形容词或动词并列使用,这种方法在小说中几乎随处可见。例如:"一个**屋顶**;反照在石头上的一点**阳光**,一条小路的**气息**……

使我驻步流连。"这是三个名词并列。小说这样写风吹栗树叶引起的颤动："但它的颤动**小心翼翼**,**不折不扣**,动作那么**细密有致**,却并不**涉及**其他部分,同其他部分并不**融合**,它**独行其是**。"前面三个形容词并列,后面三个动词并列。这样并列产生一种节奏美,根据夏多布里昂和福楼拜的经验,为了使散文能具有诗歌美,这是一种有效的修辞手段。在普鲁斯特笔下,这种手法符合细致的观察和表达内心活动的需要。而且,三个名词、形容词和动词足以代表和概括这种节奏和感受。"他们**看到**、**原谅**、**支持**我的梦想",写的是主人公的双亲逐渐赞同斯万的名字产生的魅力,表达的则是主人公内心的激动,循序渐进,写出叙述者内心情感的节奏和细微感受,三个动词足以写出这种逐层深入的变化过程。这是一种简洁有力的表达方式。

第三,普鲁斯特常常改变正常的词序,将关键性的词置于意料不到的地方;它是句子的中心成分,整个句子的含义逐渐趋向这个顶点。"一秒钟之前,我还觉得餐桌上的冰冻甜食——'核桃冰淇淋'以及漱口盅之类的享受无聊透顶,邋遢可憎,因为我的妈妈是在我不在场时享受的;可现在,那间原来对我极不友好,禁止入内的餐厅,忽然**向我敞开大门**,就像一只熟得裂开表皮的水果,马上就要让妈妈读到我的便条时所给予我的亲切关注,像蜜汁一样从那里流出来,滋润我陶醉的心房。"这个句子的中心词语是"向我敞开大门",它位于句子中间,或者说在最高处。它表达了主人公对母亲依恋的感情,前半句像一道怀有敌意的屏障立在那里,随着后半句在母爱的温存下逐渐缩减和倒塌。动词能置于句子中间,形容词也可以放在句子中间:"他还站在我们面前,**高大魁梧**;穿着白色睡袍,缠着粉红和紫色的印度羊绒头巾。"这是写主人公的父亲,"高大魁梧"这个形容词虽然有点突兀,却十分醒目,起到了不同寻常的效果。布封说过:"风格只不过是人们在自己的思想中安排的次序和起伏。"次序和起伏在句中的位置直接关系到语言风格,普鲁斯特深悉此中奥妙。他把中心词置于句子中央,两边的句子成分则有各种变化,这种句型是他独特的创造,能产生一种舒缓起伏、回荡不已的效果。

第四,普鲁斯特常常选用严格对称的词组,以造成一处平衡、匀称的语言美。"我强烈地体会到若能成为她的朋友该有多么**美妙**而又**不可能**,因此我在满怀**期望**的同时又充满**绝望**。"美妙和不可能,期望和绝望近似于反义词,能够表达出矛盾复杂的心理状态。有时,普鲁斯特在并列的形容词中也安排这种对称的词:在贡布雷的花园中,"**不干的、冰冻的、含铁质的水果**",与"**椭圆形的、金色的胆怯铃声**"相呼应。有时,普鲁斯特交叉使用词语,制造装饰性效果:"我之所以难过,是因为她虽然有些可笑之处,但毕竟是个**好心肠的女人**,并不是因为她是**我的姨妈**,即使她是**我的姨妈**,但我觉得她很讨厌,那么她死了我也不会难过。"这种重复因为有交叉,不仅不显得啰唆,反而显得很和谐。再如:"盼望有**姑娘**出现的念头对于我来说固然给妖娆的自然增添回肠荡气的魅力,反之,**大自然**的魅力也让**姑娘**过于局限的魅力得到了扩展。"这种重复就像建筑中的某种装饰相隔一段距离重新出现那样,具有某种形式美,从音节效果来看,也起到和谐动听的作用。

第五,普鲁斯特对某些情节的开头和结尾精心构造了一些句子。例如,"那天晚上我的母亲就在我的卧室里过夜",由此开始关于阅读乔治·桑作品的叙述。"不久,维福纳河的水流被水生植物堵塞了",于是开始介绍这条河,像当向导一样;"流出花园之后,维福纳河又滔滔转急"。这些句子非常普通,毫无雕凿痕迹。尤其是小说开卷第一句:"在很长一段时期里,我都是早早就躺下了。"在法文中,这个句子一共10个音节。它预示了带点儿忧郁意味的,像乐器慢悠悠地吹奏出喁喁私语的序曲。这种平淡朴实的短句其实与华丽多彩的长句相互衬托,能产生出色的效果。至于结束句的用语也往往很讲究。如开篇第一段的结尾是一连串的摹写:"陌生的环境,不寻常的行止,在这静谧之夜仍萦绕在他耳畔的异乡灯下的话别,还有回家后即将享受到的温暖。"前面是游子的孤独感受,最后突然转至回家,效果十分强烈。主人公夜里在当松维尔的花园里散步,归来时远望他居住的房间,只见里面灯火明亮,作者用"简直像黑夜中独有的一座灯塔"来收尾,十分警醒有力。有时,普鲁斯特为了制造某种气氛或效果,句子拖得很长,主语有一连串的附加语,而结尾戛然而止:"那是她真正的女主人,她在世时,尽打让人无法预料的主意,施加让人难以抵挡的花招,但她天生的慈悲心肠,容易动情,如今,这样的女王,这样神秘莫测、至高无上的君主离开了人世。"这句话隐含一点讥讽,原文的效果十分强烈。这样头重脚轻的安排引人注目,令人揣摩。全书结尾是个长句,在这个句子中,大写的时间出现了三次,仿佛在敲警钟,警钟发出回响一样:"倘若至少让我有足够的时间来完成我的作品,我不会错过给它打上'时间'的印记,现今,时间的观念非常强有力的令我心悦诚服,我要在小说里描写人物,哪怕要让他们酷似鬼怪,在'时间'中占据一个位置,这个位置较之在空间保留给他们的如此有限的位置更为重要,相反,既然他们像巨人一样,投身于往昔,同时接触到他们生活过的,如此遥远的年代——其间过去了多少日子——这个位置无限地延续到'时间'之中。"时间的概念在《追忆逝水年华》中占有特殊地位,已见前述,现在它成为小说最后一句话的主要成分,而且最后一个词就是时间,真可谓鬼斧神工,令人叹赏。

  在回答"你最喜欢的女人的品质是什么"这个问题时,普鲁斯特说:"柔美、自然、机智。"①这些品质也可用于他对风格的要求。普鲁斯特的句子结构精美,意义明确,其中流露出柔和、自然、机智的特点,这正是他所追求的至境。他在给友人的信中说:"至于风格,我竭力拒绝纯粹智力支配的一切,所有浮夸的华丽辞藻、美化修饰和矫揉造作、设法觅到的形象……以便表达我的深刻而真实的印象,尊重我的思路的自然轨迹。"②普鲁斯特在这里反对的是矫饰,主张表达要自然,但要反映出深邃的思想,容量要大,从而表达出睿智。从以上五个方面的归纳,可以看到普鲁斯特在《追忆逝水年华》中力求达到这个目标。同时,他也并非不注意语法,为了追求和达到语言美,他也是遵循某些语法准则的。但他反对以严格的语法规则去挑剔文学作品,认为达到"语法上的美"不等于毫无语法错误。即使是福楼拜也罢,尽管他在风格上花费了"艰辛的劳动和狂热的、坚执的不懈努力",③还是存在语法错误。因为有时为了表达的需要,可能出现某些违反语法规则的排列和现象,但这并不妨碍行文的柔美、自然、多变化、大容量。总之,普鲁斯特的语言继承了夏多布里昂的优美,巴尔扎克的丰富驳杂,福楼拜的精练和多变化,从而创造出一种具有无限表现力的、繁丽、柔美、自然、机智的语言,自成一格,独领风骚。

  这种繁丽、柔美、自然、机智的语言风格具有深刻的文化内涵。首先,它反映了20世纪人们复杂的思维方式。19世纪末20世纪初,非理性主义的哲学思潮获得发展,唯意志论、象征主义、神秘主义、直觉主义泛滥开来。非理性主义的特点之一是强调人的感情的自发性,而上述流派则从不同的角度去阐发精神的作用。唯意志论强调永不满足的冲动;象征主义重视主观和感性,要发掘内心状态;神秘主义宣扬与神冥会,强调静态;直觉主义提出内心的绵延时间,依靠直觉进入意识深处。

---

① 见沙尔·杜博斯《近似集》第4卷,柯雷亚出版社,1937年,第56页。
② 《普鲁斯特通信集》第3卷,《给卡米尔·维塔尔的信》,普龙出版社,1932年,第195页。
③ 见福楼拜给路易丝·柯莱的信,转自让·穆通《普鲁斯特的风格》,第52页。

这些理论在某种程度上主张深入到人的精神世界中,虽然在认识论上存在谬误,却促使文艺去发掘人的内心世界。各个流派的思维方式给文艺以深刻影响,过去那种单一而明晰的风格于是被繁复而深奥的风格所取代,《追忆逝水年华》就代表了这种现象。

其次,随着人们认识到人类情感的复杂性,也就要求相应的表现方式。德国心理学家和美学家里普斯在其代表作中曾指出情感的复杂性:"我也许还不只是感到欣喜或愉快,而且还感到不同寻常的刺激……我感觉到自己在抵抗或克服某些障碍,或许也屈服于某些障碍;我觉得仿佛在达到一个目标,满足我的追求和意志,我感到我的努力在成功,总之,我感到一种复杂的'内心活动'。"① 柏格森在《时间与自由意志》中,则反复强调要表现感觉的丰富性:"衡量一件艺术作品的价值,主要不是依据启示的感觉对我们控制的力量,而是依据这种感觉的丰富性。换句话说,除了不同的强度以外,我们还本能地区别深度或高度……大多数的激情都充满着千百种感受、感觉和观念;每一种状态都是独特的……艺术家的目的在于使我们和他共享这种如此丰富、如此具有个性、如此新颖的感情,并使我们也能领受他所无法使我们理解的那种经验……艺术家在感觉的范围内带给我们的观念越丰富,孕育的感受和感情越多,这样表现出来的美就越深刻、越高尚。"② 詹姆斯也指出:"必须去想象、创造、选择、组织对所创造的人物本身的感觉最为有用、最为有利的场面,那些他们最可能制造出并感受到的复杂情况。"③ 柏格森和詹姆斯论述了文艺作品必须写出感受的丰富性,并以此衡量作品的价值。他们提出了一条新的艺术准则,据此,艺术家的注意力不在于描写客观世界,而在于描摹这个世界在人们内心产生的各种感情和印象。应该说,人的内心世界直至19世纪末还是一个尚未得到充分探索的领域,这个任务落到了20世纪的作家身上。而普鲁斯特创造出繁复重叠的长句以及丰富多彩的句型,正是为了达到这一目的。

再有,普鲁斯特的语言风格符合知识阶层对高雅、闲适的趣味要求。人类社会发展到20世纪,物质文明已达到一个新阶段。随着科学技术的发展以及物质生活

---

① 见《现代西方文论选》,上海译文出版社,1983年,第3页。
② 见《现代西方文论选》,第93页。
③ 见《现代西方文论选》,第98—99页。

的改善，人们对高雅、闲适的趣味也产生了一种爱好。尤其是知识阶层，已经领略过各种朴素、平易或者单纯而华丽的文风，他们自然而然地企求一种与时代气息合拍的新风格的出现。这就是为什么当今的法国知识阶层都已习惯、并且极为欣赏普鲁斯特的语言风格，而且，《追忆逝水年华》译为西方各国语言后，也获得广大的读者，他们极易理解和赞赏普鲁斯特的语言，往往把他列入世界十大作家之列。普鲁斯特的语言风格符合20世纪西方读者的趣味，这便是明证。

《外国文学评论》1992年第2期

# 一针见血的批评

## ——普鲁斯特对圣伯夫的有力批驳

  法国 19 世纪上半叶首屈一指的批评家圣伯夫(1804—1869)是第一位实证主义文学评论家,随后出现的泰纳(1828—1893)以及 19 世纪末 20 世纪初的法盖(1847—1916)、布吕纳介(1849—1906)、朗松(1857—1934)等,也都属于实证主义批评家。他们之间有一脉相承之处。20 世纪初,实证主义批评仍然占据着重要地位,圣伯夫声誉日隆。在圣伯夫一百周年诞辰之际,对他的赞誉更是达到新的高度。普鲁斯特对这位"享有盛誉的大批评家"很不以为然。他对圣伯夫的批评方法和文艺观点早就有自己独立的见解,约从 1905 年起,他便酝酿写作一组文章,批驳圣伯夫的观点。1908 至 1909 年,他的这组文章已经写成。这些文章写在白纸和笔记本上;在写作过程中,普鲁斯特的想法产生了变化,他曾经试图将自己的见解写成小说形式,因此,他将自己的观点放在小说人物身上。后来,普鲁斯特的写作意图又有了变化,于是他中止了自己的写作,开始创作《追忆逝水年华》,并将这组文章改写到这部巨著中。普鲁斯特留下了 75 页手稿和许多笔记本,经过后人(主要是贝尔纳·德·法洛瓦、皮埃尔·克拉拉克和安德烈·费雷)的整理,编成一本《驳圣伯夫》,于 1954 年和 1971 年两度出版。普鲁斯特的真知灼见得以面世,他对圣伯夫的批评方法和见解的反驳打中了圣伯夫的弱点,受到了批评界的重视。从普鲁斯特的批驳中也可以看出他的文学观点。这组文章无疑是普鲁斯特重要的文学批评和美学著述。他在 1909 年 4 月致《法兰西的默居尔》的主编的信中表示:"这本书以关于圣伯夫和美学的长篇谈话结束。"①他在书中实践了自己的"艺术原则"②。

《驳圣伯夫》中的文字并非都是评论圣伯夫的,关系到圣伯夫的文章有《圣伯夫的方法》《热拉尔·德·奈瓦尔》《圣伯夫与波德莱尔》《圣伯夫与巴尔扎克》《德·盖尔芒特先生的巴尔扎克》等五篇。它们组成了《驳圣伯夫》的核心,充分表达了普鲁斯特的文学观点,有力地批驳了圣伯夫的实证主义批评方法和厚古薄今的基本立场。这组文章表明普鲁斯特文艺观点的基本确立,并逐步过渡到从事自己的小说创作。

《圣伯夫的方法》一文指出了这位批评家的批评方法的谬误所在,是提纲挈领的一篇文章。普鲁斯特指出:"我觉得,我有必要谈论一下圣伯夫,随之远远地越过他,谈论一些也许很重要的问题;我要指出,在我看来,他作为作家和批评家,在哪些地方大错特错,也许我要谈谈批评家应该是怎样的,艺术是什么,以及我经常思考的一些问题。"③普鲁斯特试图以圣伯夫为例,分析他的批评方法错在哪里,并进而提出自己的文学主张。大体说来,普鲁斯特从两个方面来批评圣伯夫的方法。

首先,他认为圣伯夫运用的方法正好外在于作家的创作,不是从作家的作品入手去评论作家,而是大谈特谈作家的生活、交往、轶事等次要方面。普鲁斯特先援引圣伯夫的两个赞颂者的言论。一是保尔·布尔热的话:"他引用轶事多多益善,为的是让观点层出不穷……他让美学规则的某种'理想'凌驾于精细入微的材料搜集之上,他依仗这理想下结论,并迫使我们下结论。"二是泰纳的话:"他将博物史的方法搬用到精神史中……为了了解人,必须轮番观察:首先是种族和血统,往往可以通过研究父母和兄弟姐妹加以辨明;其次是最初的教育、家庭环境、家庭影响和决定幼年、青少年成长的一切;然后是人在获得发展的环境中与之相处的第一群杰出人物,他所属的文学阶层。接着而来的是研究这样形成的人,探索能揭示他的真正本质的标志,从好抬杠和好相与中得出他的主导激情和特殊精神气质,总之,从他的一切行为后果中去追索;文学态度或公众偏见绝不会放过在我们眼前和

---

① 见 Jean-Pierre de Beaumarchais et Daniel Gouty: *Dictionnaire des-Grandes œuvres de la littérature française*, Contre Sainte-Beuve, 301, Larousse, 1997。

② 同上。

③ 见 Marvcel Proust: *Contre Sainte-Beuve*, idées, Gallimard,1954 年版,后文所引普鲁斯特的论述,均出自此书,不再一一注明。

真面目之间设置的假象,而我们却要撇开这些假象,分析人的本身。"上面两段引文十分准确地阐明了圣伯夫的批评方法,具有代表性,普鲁斯特把这种方法总结为:"写出精神的博物史,从人的传记、家庭史和一切个人特点去领会作品,得出作家天才的性质,这正是大家承认他(按,指圣伯夫)的独创性所在,他自己也表示承认。"普鲁斯特认为这是一种"文学植物学"。普鲁斯特的断言是有根据的,圣伯夫就曾经提到过植物学家朱西厄(1688—1765)和动物学家居维埃(1769—1832),认为文学批评可以从他们的方法中找到"一些关系、一些联系"。这就是为什么圣伯夫的作家评论写得包罗万象,甚至包括作家的摄生法、日常生活方式、恶习、弱点等。他认为批评家需要掌握尽可能多的有关作家的生活琐事、兴趣爱好、恶癖陋习等。他的批评方法接近于写作家传记,虽然这也能勾画出作家的面貌和某些特点,但是并不能深入到作家的创作底蕴中,也不能深入分析作品的内容与形式,无法剖析作家的创作特点,指不出作家取得了何种艺术成就。圣伯夫还认为,理解一位诗人、一位作家,必须不厌其烦地征询认识诗人、作家并有交往的那些人,他们可能告诉我们,他怎样对待女人等,就是说正好是对诗人真正的自我毫不相干的一切方面。这样写出来的作家评论必然与作品很少关联。因此,圣伯夫的作家评论尽管卷帙浩繁,今日却大多失去了价值,只能提供作家的某些有关材料,在个别地方或许还闪耀出论述精辟的光芒,其余都淹没在各种材料的汪洋大海中,这样的批评著作不可能是"深刻的作品"。普鲁斯特毫不客气地宣称,圣伯夫"不可思议的、规模宏大的、热情奔放的全部批评作品缺乏意义"。毫不奇怪,圣伯夫虽然是一个批评大家,他却从来没有提出过理论体系,或者说今天看成能成为理论体系的构架和观点。因为他的理论化为上述他所运用的方法,而这是谈不上什么体系的。

普鲁斯特进一步分析了圣伯夫为何会运用这种批评方法。他指出:"圣伯夫似乎根本不了解灵感和文学创作的特殊性,也不了解其他人的工作与作家工作根本不同之所在。"对于作家的工作,普鲁斯特有自己独特的看法。他说:"一本书是另一个'自我'的产物,而不是我们表现在我们的习惯、社会、我们的恶习中的'自我'的产物。这个'自我',如果我们想了解它,就要力图在我们的内心再创造出来,正是在我们的内心,我们才能达到它。"又说:"作家的自我只能在他的作品中体现。"他认为作家从事个体劳动,他要处在孤独状态中思索和写作,他写作时处于一个"封闭的世界"中。作家与别人的交往和其他活动不是最重要的,不能给人提供对他的作品作深入的分析;而那些"骗人的外表","给人最外在和最模糊的东西"却是"最深入和积聚在内心的东西"。普鲁斯特认为:"事实上,展示给读者的是个人独自为自身写下的,完全是属于自身的作品。"作家的生活和社交活动自然也能透露出他的创作的某些方面,但这些事实并不能完全解释作家所写的作品达到何种高度,取得何种成就。作家如何将生活化为作品,化为怎样的作品,则是他的生活和社交活动等不能完全解释清楚的。而圣伯夫则认为,如果没有布瓦洛和路易十四,拉辛就只能写出《贝蕾尼斯》等次要作品,拉封丹写不出《寓言诗》,莫里哀也只能写出《司卡班的诡计》;天才作家写不出"最坚实的光辉遗产"。这样的论断与历史事实显然不符,《诗的艺术》于1674年发表,而莫里哀的《伪君子》《吝啬鬼》,拉辛的《安德洛马克》,拉封丹的《寓言诗》(第一卷)此时早已问世。圣伯夫的观点根本站不住脚。普鲁斯特认为作家与一般人不同,写作是一种精神劳动,作家要经过自己的大脑将现实生活来一番概括、融合、改造的工作,提升为不完全与他的生活相同的情节或故事;作家还有如何处理题材的方法,这牵涉到他的风格。凡此种种,都要批评家对作品内容和体现在作品中的艺术进行具体分析。普鲁斯特有点挖苦地说:"要是认为有一天早上,在我们的邮件里,在我们朋友的藏书里发现的一封未发表的书信中,或者在我们从某个作者的熟人的口中,搜集到创作的真相,那就过于轻信了。"但这种方法正是圣伯夫的基本研究方法。圣伯夫以斯丹达尔为例,认为对于这样一位"相当复杂的人物作出明晰的判断",避免言过其实,他宁愿求助于熟悉斯丹达尔美好的岁月、他的出身的人所说的话,求助于梅里美、昂培(1800—1864,法国作家、历史学家)、雅克蒙(1801—1832,法国植物学家、旅行家,与斯丹达尔频繁通信)所说的话,因为这些人见过和领略过最初状态的斯丹达尔。圣伯夫的论据令人不可思议,评论一个作家怎么能根据这个作家的某些朋友的话作为基本依据呢? 这两者之间几乎是关系甚微的,甚至会风马牛不相及。而且作家的早年与他进入写作的时期已经发生了重大变化,所以不应以早年状态作为衡量这位作家的唯一依据,否则至少会以偏概全。普鲁斯特持之有据地问道:"为什么斯丹达尔的朋友才能最好地判断他呢? 产生作品的'自我'由于这些朋友而被另一个人感到不满,这另一个人很可能低于许多人的外在自我。""这另一个人"包括圣伯夫,他评价斯丹达尔比许多人还不如。圣伯夫是认识斯丹达尔的,他就搜集了梅里美、昂培的话,用来贬低斯丹达尔,作出了极其错误的评价。

圣伯夫的实证主义方法是将文学批评简单化和庸俗化，他离开了文学的文体——作品，因而他往往以自己的好恶来判定一个当代作家。这里牵涉到一个文学批评的标准问题。是以与作家有关的一切情况来评论一个作家呢，还是主要根据作品本身来衡量一个作家？回答是：与作家有关的一切情况只能作为理解作品的参考材料，并非这类材料都是必不可少的。作家表现在作品里的思想不一定都能从他的经历和活动中找到解释和答案。作品中描写的广阔的社会生活作家并非都亲自经历过，他可以从各种途径获得必要的知识，这是在他的通信和言论中未必都找得到的；不同的作家可以信奉同一种思想，可是表现在作品中却存在反映现实的不同深度，这需要批评家进行深入细致的分析，才能说明作品表达了多少思想意义；艺术上也是这样，不同的作家可以站在同一流派的旗帜下，但他们所达到的艺术成就却是不一样的，而且他们作品的艺术特色也不尽相同，往往还会迥然不同。普鲁斯特在这里提出了作家创作的一个重要特点：作家从事创作是一种精神劳动，他在书斋中写作时处于孤独状态，因为他要安心思索、构思；创作需要灵感，所谓灵感，简单说来就是作家的脑子达到兴奋状态，他的精神活动爆发出最佳的创造力，不断闪现出睿智或天才的火花，饱绽出华美的词句、出色的构思或深刻的思想。作家这种创作特点和灵感的触发与圣伯夫所主张和运用的批评方法不是相距很远吗？不可否认这两者之间有一点联系，但文学批评完全撇开作品本身，毫无疑问是绝对错误的。普鲁斯特确实抓住了圣伯夫的批评方法的弊端，切中要害。可以说，他的观点胜过了当时奉行实证主义的许多批评家。话说回来，对圣伯夫极口称赞的实证主义批评家也并不都采用圣伯夫的这种批评方法，例如泰纳就十分重视对作品的分析，他对巴尔扎克、斯丹达尔作出了与圣伯夫完全不同的评价，可谓慧眼识英雄。他扭转了文坛对这两位大作家的偏见。应该说，他的文学批评方法比圣伯夫高明得多。

其次，普鲁斯特认为圣伯夫否定了"几乎所有的真正具有独创性的当代大作家"，这是由于他的文学批评标准是极端错误的。《圣伯夫的方法》一文已经提到圣伯夫对某些当代作家的判断错误。例如对斯丹达尔，圣伯夫是这样说的："我刚刚重读，或者说检验了斯丹达尔的几部小说；坦率地说，它们是令人厌恶的。"《红与黑》的第一卷虽然"还有点意思"，小说算是"有情节"的，但不知为什么斯丹达尔要采用《红与黑》这样一个需要猜测含义的书名。圣伯夫还说，小说人物"不是活生生的人,而是制作精巧的木偶"。另外,他绝不会"分享巴尔扎克对《巴马修道院》的热情"。巴尔扎克曾经对这部小说写过长篇评论,十分赞赏,圣伯夫指的就是这篇文章。圣伯夫认为斯丹达尔的短篇写得还可以,至多是一个"正直的人"。圣伯夫对斯丹达尔的评价相当低,只把他看成一个连三流甚至连四流都不如的作家,因为他比不上今日已被人遗忘的沙尔·德·贝尔纳、维奈·莫莱、德·维尔德兰夫人、拉蒙、塞纳克·德·梅朗、维克·达齐尔等末流作家(今日的文学词典已经查不到这些作家的名字)。圣伯夫对斯丹达尔的评价之低真是令人吃惊!

  普鲁斯特随后对圣伯夫的批评标准和文艺观点进行了更深入的思索,他发现圣伯夫对19世纪另外三位大作家,即奈瓦尔、波德莱尔和巴尔扎克的评价同样存在极端错误的判断。奈瓦尔(1808—1855)是20世纪现代派的先驱,他对梦的挖掘启迪了后来人,而圣伯夫无法理解奈瓦尔的独创性所在。《热拉尔·德·奈瓦尔》一文既展示了圣伯夫的错误看法,又分析了奈瓦尔的巨大贡献。圣伯夫对奈瓦尔的总体印象是:"热拉尔·德·奈瓦尔,像是往来于巴黎、慕尼黑之间的旅行推销员。"这一古怪的论断令人难以理解,大概圣伯夫看到奈瓦尔曾经到国外旅行的经历,认为他并没有写出什么有分量的小说和诗歌。其实情况完全不是这样。普鲁斯特以奈瓦尔的代表作之一、短篇小说《西尔薇》为例,认为奈瓦尔是一位不同凡响的作家。普鲁斯特指出:"现在人们一致宣称《西尔薇》是一部杰作。"《西尔薇》以梦幻式的回忆手法来表现,他给法国的瓦卢瓦地区以"梦一般的气氛"。小说第二章写的是梦境:"我回到床上,却无法休息。我沉浸在半睡眠状态中,我的整个青年时代又掠过我的记忆之中。理智还在抵制梦的古怪组合,这种状态往往在几分钟内让人看到一长段生活时期最令人触目的景象。"这是奈瓦尔对人进入梦境的描写。普鲁斯特深刻地断言,奈瓦尔在小说中"竭力艰辛地给自身确定、抓住和阐明人类心灵紊乱的细微变化、深刻的规律和几乎把握不住的印象"。奈瓦尔写的是回忆过去的梦,回忆他过去爱过的女人。这种将梦与回忆结合起来的写法,给普鲁斯特作出了榜样。奈瓦尔是一个诗人,他的小说也充满了诗意。梦、梦幻的气氛充溢着抒情的色彩。小说对色调的描写同样值得人们注意。普鲁斯特认为:"在落日时分,白丁香让它的白色歌唱,人们感到自身充溢着美……《西尔薇》的色彩是一种紫红色,一种紫红或淡紫色天鹅绒的红玫瑰色彩。"奈瓦尔对色彩的敏感也给普鲁斯特带来启示,虽然奈瓦尔还没有达到通感的感悟,但他对色彩的描绘无疑加强了小说的诗意。毫无疑问,《西尔薇》这篇诗化的小说从艺术上说来,是一种新创造。它已被列入法国的优秀短篇小说。对于这样富于独创性的作品,圣伯夫居然一无所感,不能不说是重大的失误,这与他的批评家声名很不相称,至少表明他对新技巧无动于衷。

《圣伯夫与波德莱尔》是一篇更为重要的文章。波德莱尔在生前受到社会的攻讦,他的诗集《恶之花》曾被法院起诉,判处罚款。波德莱尔的地位今天已经确定了,他是现代派的鼻祖。法国诗歌越出国界,在世界上产生重大影响,应从波德莱尔开始。所以普鲁斯特认为波德莱尔是"19世纪最伟大的诗人",普鲁斯特敢于把波德莱尔置于雨果之上,不仅反映了他的爱好所在,而且表现了他独到的批评家眼光。普鲁斯特与波德莱尔有一脉相承之处,他的偏爱是可以理解的。在这篇文章中,普鲁斯特抓住了一点,就是波德莱尔是圣伯夫的朋友,两人之间有通信关系。波德莱尔比圣伯夫的辈分小,对于这位大批评家怀有十分崇敬的心情。他一直期望圣伯夫能为《恶之花》写一篇评论文章,加以推荐,而且波德莱尔还写过赞扬圣伯夫的文章。但是他的期望落空了。且不说圣伯夫不愿为波德莱尔的官司提供说明,不愿让波德莱尔进入学士院,根本没有提携年轻人的长者风度。圣伯夫在提到波德莱尔时总是带上很大的保留,甚至玩弄文字游戏,模棱两可地说《恶之花》"是一座诗人建筑在文学堪察加尽头的小亭子,我称之为'波德莱尔游乐场'"。这句断语与其说是赞语,不如说是贬语。所谓文学堪察加指的是文学园地最边远地区,不属于文学的主流,是不起眼的小玩意儿——小亭子。所谓游乐场,是指诗人在那里玩游戏,这连试验也谈不上;这是个人的一种消遣之作,不登大雅之堂。普鲁斯特为了证明自己的论点,具体分析了波德莱尔的多首诗歌,然后指出:"看来,波德莱尔是通过语言前所未有的非凡力量(无论人们怎么说,比雨果的语言强有力百倍),将感情永恒化……他给各种痛苦、各种温柔一种前所未有的形式,这是适合他的精神世界特有的形式,在别人那里根本找不到,是只有他一个人居住,与我们所知全不相同的星球的形式。"普鲁斯特显然明了波德莱尔的诗歌创作具有里程碑式的意义,深刻认识到《恶之花》中的诗篇不同凡响,波德莱尔在表达感情方面达到一个新高度。他深知波德莱尔在形式(其实指的是艺术手法)上的独特性、无与伦比性。普鲁斯特接着指出波德莱尔运用了"有热量、有色彩的形式",他所写的一切混合成"幽暗而深邃的统一体",香味、颜色和声音"在交相呼应",即指波德莱尔运用了通感。圣伯夫显然没有发现波德莱尔的创新性,不理解他的描写开辟了描写城市和精神现象的新领域,不理解他的象征和通感手法,因而只把波德莱尔看成一个蹩脚诗人。

《驳圣伯夫》中有两篇文章论及巴尔扎克,即《圣伯夫与巴尔扎克》和《德·盖尔芒特先生的巴尔扎克》。普鲁斯特对巴尔扎克的作品非常熟悉,从青少年时期起他就不断地阅读巴尔扎克的作品。当时,他对巴尔扎克的一些写作方法虽然是赞赏的,但批评多于赞扬。普鲁斯特认为巴尔扎克的语言粗俗、不讲究风格等,直至后来写作《追忆逝水年华》,普鲁斯特的态度才产生了很大变化。然而,在写作这两篇文章时,他对圣伯夫评论巴尔扎克的观点仍有许多意见。普鲁斯特指出:"圣伯夫不了解的同时代人之一是巴尔扎克。"圣伯夫写过几篇评论巴尔扎克的文章,以批评为主,只有在巴尔扎克逝世以后所写的文章中说了一些好话,但依然不够公允。普鲁斯特认为,巴尔扎克笔下的上流社会女性具有"深刻的社会真实性",他研究过诉讼代理人和外省生活。普鲁斯特尤其赞赏巴尔扎克采用了人物再现的手法,而这两方面都是圣伯夫看不到的。圣伯夫指责巴尔扎克拔高了特鲁贝尔神父,把这个神父写成黎塞留式的人物;又认为把伏脱冷、毕安训、德普兰等人物写得过于高大,但"环境缺乏伟大性"。普鲁斯特反驳说:"实际上,这正是他的小说家的目标:写作一个匿名的故事,研究某些历史人物的性格,就像他们在历史因素之外所表现的那样,其实正是历史因素使他们变得伟大。巴尔扎克的观点就是这样,这并不令人反感。"至于人物再现手法,圣伯夫指责说:"这样的意图最终使他导向最错误的、最与兴趣背道而驰的观念,我的意思是说,让同一个人物像人们已经熟知的哑角一样不断地在几部小说中反复出现。这样就极大地有损于读者对新出现人物的好奇心,有损于对产生小说魅力的意外因素的吸引力。读者经常面对着一些老面孔。"普鲁斯特则认为再现人物手法是巴尔扎克的天才的表现,而这一点"圣伯夫并不理解"。普鲁斯特还指出圣伯夫"指责巴尔扎克的意图广阔、描绘的丰富繁复,称之为可怕的杂乱无章"。圣伯夫武断地要拿掉《三十岁的女人》《弃妇》《新兵》《石榴园》《单身汉的家事》《路易·朗贝尔》,甚至巴尔扎克的杰作《欧也妮·葛朗台》,对巴尔扎克的《笑林》故事、"经济小说、哲理小说、磁性感应小说、神智学小说"嗤之以鼻。圣伯夫对巴尔扎克的《人间喜剧》包容了极其广泛的内容很不以为然。普鲁斯特再次反驳说:"但是,这正是巴尔扎克的作品的伟大所在。"巴尔扎克在《人间喜剧》中反映了19世纪上半叶法国社会的历史变迁,这是以往的作家没有做到的,具有划时代的意义。《人间喜剧》描绘的图景的真实性和广阔性深深吸引了普鲁斯特,而作为一代批评家代表的圣伯夫对此却视而不见,岂不是咄咄怪事?

圣伯夫无视当代重要作家并不限于对奈瓦尔、波德莱尔和巴尔扎克的贬低。譬如,他认为"福楼拜介乎巴里埃尔(此人在文学词典中也查不到)和小仲马之间","福楼拜、斯丹达尔等蹩脚作家"。由于只是片言只语,普鲁斯特只引用出来,未加详尽地批驳。

法国批评家贝尔纳·德·法洛瓦正确地指出:"如果普鲁斯特满怀热情地探索巴尔扎克、奈瓦尔、波德莱尔的作品,实际上与其说是为了找到反驳圣伯夫的论据,还不如说是为了替自己找到鼓舞,仿佛是对他自己的作品作预示的工作。"[①]普鲁斯特对这三位作家特别感兴趣,因为他从他们的作品中发现了对精神的挖掘,这正是他即将要进行的工作。法洛瓦又指出:"要是奈瓦尔教会普鲁斯特想象的作用,那么巴尔扎克却教会他真实的重要性。"[②]奈瓦尔对普鲁斯特的启示在于以梦幻的手法去描写乡村,《追忆逝水年华》中的贡布雷村就像《西尔薇》中的瓦洛瓦;奈瓦尔笔下的梦有强烈色彩;他从记忆中得出"感觉的个人素质"。普鲁斯特在《西尔薇》中还发现了欢乐与痛苦的交织,白天欢乐,晚上悲伤。《追忆逝水年华》的《在斯万家那边》和《在盖尔芒特家那边》也描写这两种情感。普鲁斯特对梦的描写、对爱情的分析,也部分受益于奈瓦尔的作品《西尔薇》和《奥蕾丽亚》。普鲁斯特认为奈瓦尔力图"阐明人类心灵说不清的细微差别、深刻的法则、几乎抓不住的印象"。至于巴尔扎克,他的人物重现手法给以普鲁斯特重大启示。人物反复出现,除了使小说家描写社会前后统一以外,还让人感受到时间的绵延、人的衰老变化,时间使人成长变化。普鲁斯特随后发展为在对时间的追忆中去表现社会。尽管此时普鲁斯特对巴尔扎克还有很多保留,但他对圣伯夫无视巴尔扎克的成功大感不满。至于波德莱尔,普鲁斯特赞赏这位诗人嘲弄自己痛苦时明晰的冷漠,并运用最普通的事物去象征他的精神世界的各个侧面。圣伯夫却对这三位极有成就的作家

---

① 见 Prèface de Fallois, *Contra Sainte-Beuve*, idées, Gallimard, 1954年, 第43页。
② 同上。

大加挞伐,不能不激起普鲁斯特的愤慨,于是他情不自禁地提笔加以批驳。

奈瓦尔、波德莱尔、巴尔扎克,再加上斯丹达尔、福楼拜(普鲁斯特后来写过一篇《论福楼拜的风格》),构成了普鲁斯特对19世纪大作家的鸟瞰式评论。可以说,这也是普鲁斯特对19世纪法国文学的一次巡礼和概括性的总结。普鲁斯特看到了19世纪法国文学的突出贡献所在。第一,他敏感地发现了19世纪几个最重要的作家的创新成就:巴尔扎克描写社会广阔而真实,波德莱尔以象征和通感手法表现精神世界,奈瓦尔以特殊手法表现梦幻,斯丹达尔擅长心理描写,福楼拜对语言和风格精心锤炼;也即从内容到形式,普鲁斯特对19世纪文学加以总结,而这些正是19世纪文学取得重大突破的几个方面。第二,普鲁斯特更注重19世纪法国作家如何描写精神世界,认为这是20世纪文学的发展方向。有人指出普鲁斯特喜爱的是描写非理性的作家,包括巴尔扎克,因为巴尔扎克也描写非理性现象,例如磁性感应、神怪故事、浪漫想象。19世纪作家虽然对现实世界的描绘达到了空前的真实高度,然而他们已经开始对人的内心进行挖掘。这是几乎同时并进的。不仅浪漫派作家,而且现实主义作家也可以分为以描写现实为主的外倾性作家和以描写内心世界为重要特点的内倾性作家。相较而言,前者得到更充分的发展,而后者要到20世纪才获得更大发展。普鲁斯特在《驳圣伯夫》中抓住了这一文学发展的现象,他的文学批评和美学观点的特点也表现在这里。第三,与此相关,《驳圣伯夫》写于20世纪初,这正符合20世纪文学发展的趋势。这本书的重要价值由此可见。20世纪的法国文学批评有两个方面,一是学院派文学批评,受到实证主义的影响;二是受到柏格森影响的文学批评,注重精神分析。普鲁斯特属于后一派别。今日看来,普鲁斯特是这一派别的重要批评家之一。无论就他的批评观点的明确与正确而言,还是就他的批评对象的重要性来说,都体现了他的批评举足轻重的地位。正因如此,《驳圣伯夫》已成为20世纪法国的重要文学批评论著。

《外国文学评论》2003年第2期

# 论纪德的小说

## 一、小说内容

纪德因为"内容广博和艺术意味深长的作品——这些作品以对真理的大无畏的热爱和敏锐的洞察力，表现了人类的问题和处境"，而获得诺贝尔文学奖。这个评价的落脚点是"表现了人类的问题和处境"，似有溢美之嫌，但多少也表明了纪德对人的现状十分关注，他的作品确实表达了20世纪上半叶的某些重大问题，因而引起了强烈的社会反响。就小说创作而言，纪德至少触及三个重要问题，一是家庭和社会对青年思想发展的束缚，二是宗教对人的精神束缚，三是社会上盛行的伪善风气。

纪德的早期小说和20世纪初的小说都与第一个问题有关。他的第一部重要小说《地粮》的主题就是鼓吹冲破家庭的束缚。《地粮》的作者，自称师承梅纳尔克，要向想象中的弟子纳塔纳埃尔展示一种与大自然和谐一致的"真正生活"。梅纳尔克是借用古罗马诗人维吉尔的牧歌中一位牧羊人的名字，在纪德的作品中成了"自由地发现自我"这种精神的化身。纪德在小说中宣扬的第一个思想是"自我解放"，摆脱道德和宗教的禁忌，回到生活、大自然、物质和感觉的世界中。主人公要"通过一切空间"，"寻找一切欲望"。他这种想法好像饥渴一样，然而这又是非常自然的："鹰沉醉于它的飞翔。黄莺沉醉于夏夜。平原因炎热而颤抖。一切激动都会使你变成一种迷醉。"纪德在1927年的序言中写道："我写这部小说时正值文学狂热地感受到造作和封闭，我觉得当务之急是重新使文学接触大地，将赤裸的脚简简单单地踏在土地上。"这就是要摆脱传统的羁绊，返回到本原中：生活、世界、本来的人性。纪德一面召唤弟子勇敢地挣脱一切羁绊，离开家庭去追求无拘无束的自由生活,在冒险中激发生活的热情,发现生命的价值;一面热烈地赞美森林、大地、鲜花、野果、阳光雨露,向弟子显示人能够在自由自在的生活中获得的种种心理上的满足和感官上的愉快:"纳塔纳埃尔,我教给你激情……宁要悲壮的生活,纳塔纳埃尔,不要生活的安宁……纳塔纳埃尔,你须在心中焚毁一切书籍……我的愿望延伸到哪儿,哪儿就有我的足迹……纳塔纳埃尔,我不再相信罪孽……纳塔纳埃尔,把你的幸福跟天主视为一体。"在小说中,家庭成为强制的象征,虚伪狭隘的化身,阻挠个人自由发展的障碍,主人公喊道:"家庭,我憎恨你们!封闭的家园;重新关上的房门;对幸福强烈的占有。——有时,在黑夜,我不被人看见,俯向一扇玻璃,长久地注视一个家的习俗。父亲坐在灯旁;母亲在缝纫;老祖宗的位置空着;一个孩子在父亲旁边学习;——我的心多么渴望把他带往大路啊。"家庭的形象是封闭的、压抑人的、束缚思想的,因此必须冲破它的罗网。与此相对应,纪德在《地粮》中力图恢复人与大自然的本来联系,自由地发展和完善自身的人格与个性,认为这是人的天赋权利;他指出认识一切和体验一切是人的神圣责任;传统的宗教和道德观念被一种崇尚自然的本能和崇尚人自身的新伦理学所代替。总之,纪德在《地粮》中宣扬了"不受约束"的思想,这种不受约束性主张什么也不必拒绝,准备迎接新的感受、新的思想和新的价值。纪德这种价值观宣告了西方文明价值的危机,被认为"最直率地提出了我们时代的问题"。[①]

　　20世纪初,《地粮》在青年中的影响是这样广泛,以至马丁·杜伽尔的《蒂博一家》的主人公雅克·蒂博被《地粮》迷上了,他说:"这是一本阅读时感到灼手的书。"他身体力行,逃离家庭,跑到马赛。雅克的看法在当时的青年中是有代表性的。"一战"前后,青年们刚刚走上社会,便接触到严酷的现实。童年和少年时代的理想与社会现实的巨大差异和尖锐矛盾,使他们对传统的道德观念的价值产生怀疑。他们不满现实,但对前途又感到迷茫。《地粮》所宣扬的摆脱家庭束缚、冲破传统伦理道德规范,崇尚人的自然本能,把自由视为通向天主的真正道路,主张在冒险中激发生活热情,发现生活美好的思想,使它成为一本关于生活真谛的"启示录",正好迎合青年的精神需要,在他们心中引起强烈的共鸣。青年们在纪德的小说中寻找自己,发现自己。纪德由此博得他们的喜爱,被他们称为导师。

---

[①] 见《法国文学》下卷,拉鲁斯出版社,1968年,第258页。

《未被缚住的普罗米修斯》通过古代神话故事,从另一个角度表现这种反对束缚的思想。普罗米修斯千百年来一直被锁在高加索的山峰上,后来却发现其实只要自己愿意,便可以挣脱铁链而获得自由。于是他带着看守他的鹰来到巴黎漫游。他不断地用自己的肝脏喂养那只鹰,使它变得美丽强壮,而自己却日渐消瘦虚弱。在新月大厅,他作了一次演讲,为他的鹰辩护说:任何人都有一只"鹰",即自觉或不自觉地给自己确定的生活目的或生存理由——"邪恶或者德行,责任或者爱情"所吞食;为了使自己的"鹰"变得美丽强健,人们应该牺牲自己。后来普罗米修斯目睹一个受其影响的人被"鹰"吞噬至死的过程,改变了原先的想法,杀死并吃掉了自己的鹰,只留下鹰的羽毛做笔,写下这段故事。在这里,以人的血肉为生的"鹰",象征一切可以从内部束缚人的东西,人若不杀死它,就不能获得自由,而最终只能成为它的牺牲品。有的批评家认为《未被缚住的普罗米修斯》可以看作《地粮》的注解。

随后,纪德的不受约束的思想在《背德者》中得到充分的阐发。小说展现的前提是,主人公米歇尔遵从母命,和一个自己不爱的女子结婚。尽管妻子在他生病时无微不至地照顾过他,但他觉得自己还是有行动的自由。他要"自由地发现自我",他要解放自己的活力和本能,充分享受欲望的冲动,他要拒绝一切肉体或精神的禁忌。他要获得充分自由的愿望,将他心中升起的一点对妻子的爱淹没了,他甚至希望她死掉,因为这样一来他便得到解脱了。这种"解放"发展到要体验同性恋。应该说,在这样做的过程中,这种自私自利的幸福观与残存的道德意识之间是有冲突的,而且这种冲突在不断进行中。纪德在小说中并没有作出明确的解答,但是,小说的描写是倾向于人可以任凭本能的驱使自由行动的,尽管小说的名字将米歇尔称为背德者,而且在小说结尾作者写道:"我自由了,是的,可这又有什么用呢?这种无所事事的自由使我痛苦。"这句话只写出主人公的惶惑心情,他带着一种多少有点忏悔的心情叙述往事。然而作者并没有对这个背德者给以谴责,相反,他谴责的是家庭、社会和宗教的约束给人性带来的损害。主人公的所作所为是对一切束缚和禁忌的冲破。有的论者认为纪德描写了人性的沉沦,即是说他对此持反对态度。也许小说客观上描写了这种社会现象,可是,纪德丝毫不认为这是一种人性的沉沦,这也是显而易见的。纪德对不可约束性的鼓吹至此似乎已经走到了极端地步。

纪德在这部小说中也提出了道德问题。纪德反对传统的道德观念,认为传统道德是束缚人的、虚伪的。纪德在抨击传统道德时运用的观点多少接受了尼采的理论。尼采认为人必须进入天真的状态中,这样他的意志才是自由的。尼采强调的是人的精神的任意性,以此去破坏人们赋予道德的神圣权威。然而,当尼采力图将极端的意志赋予人时,却把道德标准导向虚幻之中。尼采只是破坏了对传统道德的信仰,而没有树立起对理想的信念。纪德从尼采的观点出发,认为每个人的道德行为都是为了自己的利益,每个人都要经历自我估价的危机,在这一危机中,他要摧毁旧的价值观念;每个人都要采取一种新的生活态度,它将构成新的价值尺度。在这个过程中,他先要制造混乱,让每种感情,每种思想以及每个行动接受新价值观的考验。无论尼采还是纪德,他们的观点都包含了走向极端利己主义和极端个人主义的危险,因此不少论者都从这个角度去批评纪德。

《背德者》这部小说相当充分地表达了纪德关于个人幸福的看法。米歇尔把人分为强者和弱者两类,他说:"强者有强者的快乐,弱者有弱者的快乐,强者的快乐会伤害弱者。她冒着烈火,爬上楼房,救出两个孩子,又悄然走掉。"这个插曲在于表明他做好事也是没有什么动机的。这种前后矛盾的描写很难令人信服。可以说,纪德宣扬的不受约束的行为缺乏现实基础,很难断言这是对传统道德的挑战。道德有阶级性,但是,不可否认,道德也有继承性,有的社会公德能为不同阶级和不同制度的社会所遵守,这是毋庸置疑的。在阶级社会中,不受约束的行为也只是一种空想而已。纪德后来显然也感到没有动机的行为难以成立,他在1929年的一封信里转圜说:"我一点也不相信有一种没有动机的行为。我认为没有动机的行为是无法想象的。什么事情总有一个动机;但我设想中的'没有动机的行为'是一种动机并不明显,具有无私心的特征的行为,一种不是为了得到某种利益或报酬,而是受一个秘密的原因所驱使的行为,在这种行为中暴露出个人所具有的最独特的品质。"[①]但是,这种修正并不能改变小说的描写所宣扬的思想。

纪德的小说的第二个重要内容是对宗教给人的束缚的大胆批判。在纪德的前期小说中,宗教问题往往同家庭问题结合在一起,构成双重的束缚,对人的个性造成摧残。例如《地粮》就是这样表现的。但从《窄门》开始,批判的锋芒有所深化。

---

① 转自陈占元:《纪德和他的小说》,《蔑视道德的人》,湖南人民出版社,1986年,第9页。

小说以《圣经》的一条训诫作为女主人翁对待爱情的指导思想。这条训诫是："你们要努力进窄门。"因为宽敞的门和路通向堕落。什么是窄门？女主人公阿莉萨对待爱情的态度作出了自己的诠释：一方面，她不屑于自己母亲的无行私奔，觉得要约束自己的言行；另一方面，她发觉妹妹也在暗中热恋着自己的情人热罗姆，一心想为了妹妹的幸福而牺牲自己。于是她从《圣经》的这条训诫中吸取力量，错误地把情欲视为对上帝的亵渎。她要献身给上帝，在祈祷中去获得精神上的满足。她的乖戾行为令热罗姆无法解释，直至她抑郁死去之后才在她的日记中发现了她内心悲苦的秘密。她不无怨恨地写道："上帝啊，你给我们指引的道路是一条狭窄得不允许两人并肩而行的道路。"小说写出了宗教教义对人们精神的戕害。比起米歇尔过度放纵自己，阿莉萨的牺牲是更加可怕的，因为这种牺牲是对她的智慧、文化、美貌和她赖以生存的一切理由的摧残。她的悲剧是对宗教信条的一份控诉书。她愈是纯洁、真诚、热爱生活、谦让、情感热烈，就愈是激发读者对这朵鲜花的凋谢感到悲哀。

纪德曾经指出《窄门》是"对某种信仰狂热倾向的批评"。基督教教义中向来存在苦修和禁欲的主张，从而形成不同的教派。新教原本就是对天主教僧侣腐化堕落感到不满而提出改革主张的，新教的教规较为严厉，这些改革和主张在历史上曾经起过进步作用。但是无可否认，基督教对人们精神的束缚与它对人们精神的安慰和麻醉强度是一样的。宗教狂热是人类给自身制造的最缺乏理性的行动之一，它往往将人的意志压缩到最低限度，造成盲目顺从与绝对压抑个性。在文学史上，表现教会对男女青年爱情的干预的作品不胜枚举。而《窄门》的表现角度却不一样。小说中，教会并没有对女主人公的思想施加什么压力，作者只描写牧师的布道对女主人公的思想所产生的影响，然而这种影响足以扼杀她的爱情。至于男主人公，他也一样。在宗教的影响下，他压抑着自己的正常感情。他不敢正眼去看阿莉萨；该和她接近的时候，他却认为"配得上她的最好的行动就是马上离开她"；该向她提出求婚的时候，他一再拖延；该亲她拥抱她的时候，他克制着自己的热情。他力求在道德上自我完善，作为与阿莉萨结合的条件，最后终于失去了获得幸福的机会。文艺复兴以来，对宗教禁欲主义已经造成了巨大的冲击，但是，却始终未能摧毁它的根基；宗教对人们精神的束缚一如既往，《窄门》只不过是又一次冲击而已。

《梵蒂冈的地窖》中也有不少抨击教会的内容。小说前半部对昂蒂姆夫妇的刻画是对天主教的绝妙讽刺。昂蒂姆起初并不信教,一头扎在科学实验之中。他的爱好是不停地解剖动物,自以为总能发现什么,其实一事无成。他的夫人讥刺他说:"它们(指动物)是一种荒唐可笑的好奇心的牺牲品。"就其结果来看,她确实一语中的。如果他坚持自己一贯的观点,认为妻子的虔诚一无所用,那么他还算是一个憨厚得有点迂腐的人物。然而,他却因在梦中见到圣母而完全改变了思想,成为一个信徒。通过这个假无神论者的刻画,纪德嘲笑了宗教的神圣。昂蒂姆本来是个共济会员,他信奉天主教以后也就失去了共济会的支持,他在埃及的财产便拿不到手。教会先是答应要赔偿他的损失,可是始终没有兑现。昂蒂姆实际上破产了,他受到了教会的愚弄。教会的言而无信暴露无遗。

小说的另一个情节是,描写以普罗托斯为首的诈骗集团,用教皇被劫的谎言,到教徒中募集钱财,以组织"解救教皇十字军"。居依·德·圣普里伯爵夫人受了骗,导致弗勒里舒瓦不辞辛劳,坐火车到意大利去,半路上被害。普罗托斯作为诈骗犯,最终被逮捕归案,这完全是罪有应得。然而,普罗托斯之流靠诈骗为生,教会在某种程度上也不是在诈骗吗?只不过形式不同罢了,而前者有罪,为社会所不容,但后者却无人过问,甚至容不得指责。纪德对此显然愤愤不平,他将两者并列在一起,让读者自去评论。

《田园交响乐》从另一个角度对教会进行了抨击。小说的男主人公是一个新教牧师,他收养了一个双目失明、遭人遗弃的女孩瑞特丽德。几年后,女孩出落成一个美丽的姑娘。当他妻子对此有所觉察而婉转地提醒他时,他不以为然,反而认为妻子心胸狭隘,不通情理。他得知大儿子雅克爱上瑞特丽德并表示要娶她为妻后,一时恼羞成怒,同时心里明白如果姑娘看见雅克,一定会喜欢这个漂亮的年轻人。在嫉妒心的驱使下,他千方百计加以阻挠,一面却找出各种理由来使自己相信这样做完全是为了姑娘好。当他最后意识到自己对瑞特丽德怀有的感情实际上是爱情,并且这种爱情为社会所不容时,他非但没有约束自己,反而用《圣经》所倡导的爱德来为自己辩护:"倘若爱情是有限制的,那么这种限制不是来自你,我的上帝,而是来自人类。虽然我的爱情在世人眼里是罪恶的,噢!告诉我,在你的眼里它是圣洁的。"牧师在这样不断地自欺欺人的同时,滥用了瑞特丽德的信任和残疾,终于不可避免地酿成一场悲剧:瑞特丽德治愈眼睛复明后,发觉自己跟牧师的恋

317

爱关系造成了他妻子的痛苦，自己所爱的人实际上是雅克而不是牧师，而此时雅克因对父亲不满已经皈依天主教并担任神职，不能结婚，绝望之下她投河自尽。纪德虽然认为这篇小说是"对自我苦难的批评"，其实它的含义要深刻得多。

不错，表面看来，小说写的是牧师自欺欺人的一个故事。他对自己的所作所为，都用冠冕堂皇的话做挡箭牌，以显示自己行为的高尚，但骨子里他却隐藏着不可告人的目的。开始时他可能是无意识的，不甚明了自己的行动，但其后他意识到自己爱上了瑞特丽德，却仍然不改初衷，我行我素，这就无法抵赖他的险恶用心了。更为可恶的是，他得知儿子也爱上了瑞特丽德以后，竟然拆散这对情人，但他依然用堂而皇之的理由去反对儿子去爱这个姑娘。牧师伪善的面目不是昭然若揭吗？再有，作为信徒的精神导师，他却心有二爱，这更是与他的神职完全抵触的。教会中人士偷鸡摸狗的事不可谓不多，《十日谈》中已有过淋漓尽致的披露。而纪德的描写却有所不同，他仍然从道德角度着手，以刻画牧师的丑恶灵魂为己任。无一字抨击之语，但锋芒却同样犀利，甚至更为辛辣有力。

纪德对教会和宗教的揭露与抨击激起了教会的恐惧，纪德遭到一系列文章的攻击，尤其有一个叫亨利·马西斯的，可以看作教会的代言人，他发表了连篇累牍的文章。他集中攻讦的是，纪德描绘了丑恶的人心，专门描写"卑劣的、野蛮的、狂热的、不干净的领域"，"他认为错误比真实更为丰富，因为真实是一种，而错误是无数种：他对恶的偏爱由此而来"。马西斯指责纪德"反叛神学"，诋毁宗教，而且他谴责纪德"损害了人的一致性"，"重新责难我们赖以存在的人的概念"。他紧紧抓住纪德集中描写人心丑恶这一点加以评论，应该说没有抓错，而且他的分析也十分准确，只是立场不同，得出的结论也不同。他嗤之以鼻的描写，却正是值得肯定的地方，也正是纪德对前人的超越之处和创新之处。所以纪德嘲弄地说："我高兴地说，我没有比马西斯更好的门徒了。"因为马西斯从相反方面深得纪德创作的此中三昧。

纪德对家庭和宗教给予人的精神束缚所作的批判，同他自身的感受密切相关。压迫愈甚，反抗愈烈。纪德的家庭（主要是他母亲）对他的严格管教以及新教对他精神的束缚，使他在20岁之前深受其苦。家庭教育强调的是服从，是约束；从言行到服饰，一切都必须严格遵守一定的道德规范，以符合家庭的社会地位；感官愉悦被视为与宗教信仰相对立的"魔鬼"。纪德常常由于自己对感官的愉快要求跟家庭教育发生冲突,陷入痛苦的精神矛盾之中。纪德把自己的切身感受融化到小说中去,所以写得尤为真切和强烈。

纪德小说创作的第三个重要内容是对社会虚假现象的犀利抨击。早年的《沼泽地》已经写到文人圈子的虚伪习气。《梵蒂冈的地窖》对教会的伪善极尽嘲讽之能事。《田园交响乐》对牧师的虚伪也有入木三分的暴露。纪德对社会虚假现象的揭露,主要表现在《伪币制造者》中。这部小说内容复杂,枝节丛生,与他的其他小说迥然不同。但是还可以分出几条线索,第一条是"教育小说"。主人公贝尔纳是个快要毕业的中学生。一次偶然的机会,他发觉自己原来是个私生子,于是离家出走。他从事过两项职业,先后爱过两个女人,经历了一场精神危机。他在耳闻目睹和亲身经历的一连串事件中逐渐认识自己,最后返回家中。第二条线索是"爱情小说"。作家爱德华爱上侄儿奥利维埃,却录用了奥利维埃的朋友贝尔纳做秘书,而奥利维埃则替他并不喜欢的投机作家帕萨旺效劳。经过一系列的事变,奥利维埃离开帕萨旺回到爱德华身边。相形之下,萝拉的爱情十分不幸。她对爱德华的爱情遭到拒绝后,嫁给她不爱的男人杜维埃,婚后与奥利维埃的哥哥文桑私通。被文桑遗弃后,跟贝尔纳保持过一段时间的柏拉图式的爱情关系,最终还是违心地回到丈夫身边。此外,还有文桑与亚格里菲斯夫人、贝尔纳和萝拉的妹妹的爱情纠葛。第三条线索是"黑小说"。以斯托洛维鲁为首的一伙伪币制造者,利用弗台尔补习学校的一些学生使用假币。奥利维埃的弟弟也在其中。警方发觉后,预审法官为避免牵连体面人家子弟,请爱德华奉劝乔治赶快洗手不干。这帮学生不得不放弃贩卖伪币后,精力无处发泄,转而借成立"壮士同盟"之机变本加厉地折磨同校寄宿生小波利,终于导致小波利自杀。还有一条线索是爱德华的文学创作。他试图写作一部"纯小说",取名《伪币制造者》。虽然小说始终没有写成,但他的写作日记和计划却几乎形成一篇关于小说创作方法的论文。此外,《伪币制造者》还有不少插曲,如弗台尔-阿扎伊斯家族的兴衰,阿曼-弗台尔的故事,等等。

首先,"伪币制造者"的所指范围,扩展到以专横、偏执、刻板、虚伪为特征的新教家庭。这种家庭把阻挠个人自由发展的观念强加于每个成员,使他们不得不常常变作虚伪,正如幼苗的生长受到压制后会造成扭曲一样。弗台尔-阿扎伊斯补习学校的创办人阿扎伊斯及其女婿弗台尔牧师就是新教家庭的化身。他们因为一贯装成有信仰、有德行,久而久之便自以为真的有信仰、有德行;为了避免现实的对照，维持自己的信念，他们在生活中塞满事务，使自己无暇反躬自问；他们终生的目的和职责便是向周围的人灌输信仰和德行。于是，人人在他们面前都被迫演出虚伪的一出出喜剧。萝拉跟人私通怀孕，却让别人认为这是上帝给她和丈夫的恩赐；乔治参与贩卖伪币，却让人们相信他参加了一个光荣的组织；阿曼为了替妹妹拉皮条，教唆她堕落。仿佛有一张巨网包裹着学校、家庭；宗教信仰和伦理道德实际上已经"贬值"，而变成一钱不值的"伪币"。纪德敏锐的眼光分辨出社会到处存在人间喜剧，在家庭、社会、宗教和文学界都是这样。比如，法官莫利尼埃表面上是一个完美的丈夫，其实多年来他同奥林匹亚的一个舞女保持关系。最令人厌恶的是，他把自己"垮台的责任"归之于自己妻子的过分正直。他感叹说："当我们年轻的时候，我们都期望有贞洁的妻子，而不知道她们的德行要我们付出多大的代价。"奥利维埃在贝尔纳通过业士学位那天，对他说出一句意味深长的话："人身上最深沉的东西就是皮肤。"这句话是奥利维埃从帕萨旺那里听来的，用意在于抨击人们以虚伪的外表掩盖肮脏的内心。小说还指责虔诚使人丧失"感觉、趣味、需要、对现实的爱"。牧师弗台尔的儿子这样揶揄地介绍他的父亲："他相信上帝，这更加方便了。每遇到困难，他便让米歇尔自己解决。他所要求的是，不要看清楚。"这句话点出了牧师的虚伪本质。

在小说的中心人物爱德华的心目中，文学已变成一家"伪币"制造厂，而以帕萨旺为代表的趋附时尚、剽窃他人思想的投机作家则是最大的"伪币制造者"，因为他们传递"既定的情感，而读者出于对一切印成白纸黑字的东西的信赖，自以为体验到这些情感"。换言之，文学通过语词传达给读者一些虚幻的意象，而读者却用这些意象来理解现实并代替现实，于是，文学家使语词变成了"伪币"。文学家都一心想成功和荣耀。他们在"先锋"的旗号下，制造一些引人注目的杂志，或者乔装打扮，开一些毫无意义的玩笑。帕萨旺就是这样一个"使舆论屈服，而不是使之清醒"的文学制造商。小说中的一个人物说，生活"只不过是一场喜剧"，小说家是新的造物主，他代替上帝或撒旦，牵着木偶的线。这句话是对社会这个大舞台上演出的一幕幕喜剧的形象说法。

根据纪德的日记，他写作《伪币制造者》的第一个意图就是要阐明，为什么在青年眼里，前辈人显得如此僵化、逆来顺受，好像他们在自己的青春年华从未被愿望和热情困扰过；为什么新一代人在批评了老一代人的态度和行为之后，仍会重蹈他们的覆辙。为此,纪德塑造了以贝尔纳为代表的一批青年知识分子。贝尔纳是一个"私生子"、一个"浪子",他本能地反对家庭和社会,以自然和真诚的本性去反对普遍的虚伪。作为"伪币"的解毒剂,他表达了作家的精神理想:"我愿意在整个一生,一有碰撞便发出纯粹的、诚实的、真实的响声。几乎我所认识的人都发出虚假的声音。本来怎样,就如实地值多少;不要千方百计显得超过原来所值。"小说中的青年其主要特点是:憎恶虚伪,要求绝对真实,具有反抗精神,崇尚个人主义。这些青年常常用词语跟现实作比较,看它们是否已经"贬值",看它们所携带的"价值"在生活中是否还在流通。然而,在资产阶级社会这样"一个人人欺蒙的世界"里,他们无论在何处,甚至在自己身上也找不到词语所表达的纯真感情、崇高德行、健全理性。因为这些社会价值已经名存实亡,变作"伪币"了。他们永远达不到真实,他们的反抗无济于事,无不以失败告终:贝尔纳、萝拉和乔治只能返回各自家中,文桑神经错乱了,格里菲斯夫人命归黄泉,阿曼堕落,爱德华没有写成小说……于是"伪币"最后成了现代西方社会价值观念的同义语,"伪币制造者"成了每个利用这些价值观念的自欺欺人者。

纪德通过这个主题,抨击了理性在一个自诩为思维健全的社会里是如何解体崩溃的。《伪币制造者》也因此成为对西方社会价值观念的反思。当然,他的目的也仅仅在于把个人从社会强加于人的荒诞模式中解放出来,既不可能对这个社会的根基发出抗议,也不可能看到出路。

## 二、艺术特色

纪德在艺术上是一个承上启下的作家,一方面他保留了传统小说的不少写法,另一方面他又汲取20世纪出现的新手法,同时自己也创造了一些小说技巧。他在小说艺术上的特色和创新是令人瞩目的。他的成功经验表现在如下四个方面。

首先,纪德接受了象征派的影响,他的小说具有散文诗化的特点,同时大量运用了象征手法。纪德刚踏上文学道路时,聆听过象征派领袖马拉美的教导,他的早期小说(包括后期的一些小说,如《新地粮》)采用一种新的叙述方式,这就是将散文诗的形式引入小说中。最有代表性的是《地粮》。这部小说用诗的语言写成,或者说,小说可以分成一篇篇散文诗,或者小说由一篇篇散文诗组成,其中甚至穿插了一些诗篇。有些小节还有小标题，表明叙述的地方，仿佛散文诗的标题。这就改变了情节小说的写法：他的小说没有曲折的情节，而是由主人公的感想、回忆所组成。呈现在读者面前的是一幅幅画景，先是诺曼底农家和农村的景象，后来又是北非的风光。散文诗是在19世纪出现的一种文学形式，在波德莱尔、兰波、拉福格、马拉美的手里获得充分发展。散文诗兼有诗和散文的特点，即既有诗的精炼和音乐节奏，又有散文的故事内容。但散文诗的篇幅较短，一般几百字，长的两千来字。在纪德之前，还没有人尝试过用散文诗的形式去写小说。纪德的试验开始也没有获得成功，因为《地粮》的印数十几年中只有500册，直到纪德后来成名，这部小说才引起人们的重视。然而，它的影响与日俱增，纪德由于这部小说而成为一位语言大师和小说革新者。小说语言的诗化在纪德手里达到一个新的高度。诗人写小说，他的小说语言未必是诗的语言，19世纪的诗人—小说家已经作出了证明。即以雨果的小说来说，他的语言甚至显得有些啰唆（当然并不排除有的章节写得富有诗意）。他的小说风格主要是雄奇瑰丽。而纪德的《地粮》的风格则不同，这是一部抒情性浓郁的小说，文笔娟秀。可以说，在法国文学史上，这是迄今为止独一无二的抒情小说。这种抒情小说的独立存在，表明无情节小说在文学园地中也应有一席之地。

纪德受象征派的影响，甚至表现在以"写作"为题这一点上。马拉美的诗歌常常以写作为题，叙写诗人自己如何写不出诗来，如《海风》《蓝天》《天鹅》《一个农牧神的午后》等都是这样。《伪币制造者》也以爱德华写作小说而未果作为一个重要情节，这一点自然而然令人想起马拉美偏爱的题材。

象征手法在纪德的小说中运用得相当普遍。"地粮"象征的是精神养料，小说阐明大自然的召唤是极其强烈的，它吸引人们摆脱家庭的封闭氛围与束缚。因此，"地粮"也象征着大自然的魅力，它是人们须臾不可缺少的。这种深刻的象征含义是《地粮》的思想核心。"沼泽地"喻指文艺界的污浊和丑恶，人们一踏进去就会陷入其中，甚至有灭顶之灾。普罗米修斯的那头鹰象征着束缚人们的精神枷锁，愈迁就它便愈变得日益虚弱，只有摆脱它才能获得自由。"窄门"象征着不合理的清规戒律，它限制人们的行动，扼杀人们的正常情感，它的存在既是不人道的，又是荒唐的。《田园交响乐》本是贝多芬的一首名作，它给人以优美的感受，能陶冶人们的情趣，它比喻一切甜言蜜语，表面美好、实际上包藏着叵测居心的东西。"伪币"象征一切虚假伪善的言行,它能一时蒙骗人,但是它的真面目迟早要暴露出来。扩而言之,"伪币"象征社会的虚伪事物和现象,这几乎是现代社会的本质特点之一。纪德认为:"每种现象都是某种真实的象征","每一种完美的形式都在表现观念……作家用形式表现观念时,他是在用确定的东西再现难以理解的东西,赋予前者一种象征符号的价值"(《纳喀西斯解说》)。纪德的美学观与象征派诗人的美学观相似,他们都把文学作品看作某一深层现实的象征,任何一个艺术家如果不借助象征,就不可能表达这种丰富的然而却难以表述的现实。

象征手法的运用,使纪德的小说具有深刻的哲理意义,这同18世纪的哲理小说不同。纪德改造了中世纪的"傻子剧"。"傻子剧"是中世纪"愚人节"时上演的一种戏剧,它以滑稽而诙谐的形式模仿宗教仪式,以喻黑白混淆、是非颠倒的世界。纪德借鉴了"傻子剧"的人物、形式和象征含义的手法,加以改造。他的人物在某种程度上带有"傻子"的特点。《田园交响乐》中的牧师,《窄门》中的男女主人公,《梵蒂冈的地窖》中的拉夫卡迪奥、弗勒里舒瓦、昂蒂姆,《伪币制造者》中的众多人物,在纪德看来,都是"傻子"式的人物。他们或者不理解这个社会的生存法则,行动傻里傻气,盲目无主;或者自认为是这个社会的智者,自以为是,自欺欺人,干出一些荒唐可恶的事来,甚至酿成悲剧;或者糊里糊涂过日子,随风摆动,很容易就改变自己的思想;或者身处污浊的社会,必然干出各种各样的"傻事"或"蠢事"来。形形色色,不一而足。"傻子"式的人物就是象征性的人物,他们都具有一定的象征意义,并融化在小说的象征意义中。概括起来,纪德的小说的哲理意义贯穿于人物和情节中,较之伏尔泰的哲理小说的哲理意义同作品结合得更为紧密。伏尔泰笔下的"老实人""天真汉"本身并无多深的含义,只是作为作者的传声筒而出现的;而纪德笔下的人物是有血有肉的,有一定的典型意义,它们不是理念的化身,它们的哲理意义是多层次的,耐人寻味。

纪德小说的第二个艺术特色是精湛的心理分析。在这方面,他从陀思妥耶夫斯基那里受益甚多,他说:"陀思妥耶夫斯基……是唯一在心理学上给过我教益的人。"他从这位俄国作家那里学到心理学的奥秘,这就是"矛盾情感共处一体",换言之,就是人的心理的复杂性。纪德认为,人的内心深处都潜藏着一些相互矛盾的感情,人对它们不能认识,不能预料,不能控制。为之驱使而做出的行为往往是非理性的,为传统的逻辑学和心理学所不可解释,具有神秘性。他甚至认为人格具有多种可能性;"卑劣、野蛮、狂热、不干净的领域"给艺术家提供了"难以形容的源泉",而"崇高的领域则是贫乏的"。在这种主张的指导下,他在《背德者》中描写了米歇尔怎样从循规蹈矩发展成为一个蔑视道德规范的人的心理过程。《田园交响乐》的心理描写也是十分出色的,纪德写出了牧师心中罪恶的爱情的产生由不知到觉察出,再到自我辩解的微妙过程。牧师知道自己的儿子爱上盲女以后,把儿子斥责了一顿,希望儿子不要"扰乱瑞特丽德的心灵",又说:"滥用她的天真和残疾是可耻的。"最后下结论说:"你的情感是有罪的。"牧师的话说得振振有词,其实隐藏着自己的卑劣目的。这还不算,他找到盲女,说是雅克要出外旅行一次,问她是否悲伤。盲女反问牧师:"您认为爱是恶么?"牧师回答她:"爱里面是从来没有恶的。"这句似是而非的话是对牧师的行为的一种反讽。然而牧师心里总感到不踏实,他企图从《福音书》中寻找行动的根据。他问自己:"把《福音书》主要当作追求幸福生活的途径,是否就意味着对基督的背叛,是否就意味着对《福音书》的贬低和亵渎?"在月色溶溶的夜晚,他询问上帝:"我的爱情在人们眼里是有罪的,但,请您说,我的爱情在您的眼里是神圣的。"这句话放在他儿子的口中会是强有力的,而对一个牧师来说则是伪善的。一个伪君子的真面目至此完全衬托出来了。

  在纪德的小说中,描写拉夫卡迪奥的"无动机心理"十分著名,这是纪德描写复杂心理的典型。在从罗马开往那不勒斯的火车上,拉夫卡迪奥刚好同弗勒里舒瓦坐在同一个隔间里。拉夫卡迪奥一直观察着对方。在一道斜坡处,拉夫卡迪奥看到弗勒里舒瓦的身影在车窗外沿着道路不停地跳动,随着地形变化而改变形状。突然,他想搦一下打开车门的装置,把弗勒里舒瓦推下车去。他认为这桩没有动机的犯罪行为,会使警察局束手无策。"我的好奇心不仅是要知道事件如何发生,而且要知道我自己敢不敢干。……不能退缩,就像下象棋没有权利悔子一样。呸!如果一切危险都预见到,那行动还有什么乐趣!"他决定不慌不忙地数到12,"还看不到田野里有任何灯火,这只獏就得救了"。但是,待他数到10的时候,田野里出现了灯火。他打开了车门,把弗勒里舒瓦推下火车去。纪德力图写出一个"可以拥抱全人类,或者把全人类扼死"的双重性格的人。他可以冲进烈火中去救火,又可以无端地害人,在这样做的时候,既没有高尚的念头,也没有阴暗的心理,这样一个能干出极端行为的人的心理刻画得相当细腻。

  纪德对心理的探索多半是分析恶。他反对西方关于人的传统观念,即认为人的内心是不变的,出类拔萃的,能自我调节。他以多元化代替这种统一性。他认为路德、陀思妥耶夫斯基都是狂热的,苏格拉底心中有他的魔鬼,圣保罗有神秘的"肉中刺",帕斯卡尔感到深渊存在,尼采和卢梭也有疯狂。总之,天才人物都不是正常人,他们"摆脱了约定俗成的法则"。纪德对人性恶的探索沿袭了波德莱尔开创的道路,继续发展。

纪德的小说创作的第三个艺术特色是客观态度。自福楼拜以来,作家在小说中保持客观态度的主张日益得到重视,这一主张是符合现实主义的基本原则的。综观纪德的小说创作,可以发现他从来不在作品中现身说法,大发议论。相反,他尽量采取不偏不倚的态度,保持客观的叙述。即使他的小说有不少个人的亲身体验和自传成分,但在他的笔下,体现他的思想和经历的人物却是以完全客观的笔法写出来的。《背德者》被认为是以他与妻子的经历写成的一部小说,男主人公米歇尔则是他的写照。当然,小说不能等同于作者的经历。可是,不可否认,《背德者》是纪德对自己以往的思想的一次剖析。纪德对主人公的所作所为是否定还是肯定呢?从小说的描写来看,是难以得出结论的。纪德只是客观地写出米歇尔的行动和心理变化,虽有同情的成分在内,但很难说完全加以肯定。同样,《梵蒂冈的地窖》中作者对拉夫卡迪奥这个人物无褒贬可言,因为他既能干出不可思议的坏事,也可以做出惊心动魄的英勇行为。至于其他人物,如昂蒂姆及其妻子、朱里斯·德·巴拉利乌伯爵、弗勒里舒瓦等,虽然作者满含讥刺地描写他们的宗教虔诚,但是,似乎也没有完全否定他们。弗勒里舒瓦尚有天真和老实的一面,昂蒂姆受到罗马天主教会的愚弄是值得同情的,朱里斯虽然摆脱不了爱慕虚荣的文人习气,千方百计要跻身于学士院,但他对同父异母兄弟也无太大的恶感,并不因拉夫卡迪奥分去了他的一部分遗产而加以防范和敌视。《窄门》的写法一样高明。男女主人公对待爱情的态度作者未置一词,小说以客观的态度叙述他们的迟疑不决和反常行为。结尾阿莉萨的日记透露了她的心扉,可是,她的语言仍然是闪闪烁烁的,只表明她是出于对上帝的信仰才弃绝人间的欢乐,她只不过感到孤独而已。她对自己的所作所为并没有更多的怨恨。男女主人公的悲剧以平实的笔法写出,更显控诉的力度。《田园交响乐》是以牧师本人的日记写成的。牧师对自己平生的这段经历的回忆似乎是痛定思痛,但他是实录,将本人的行动和思想如实地记录下来,因此,这是十分客观的。纪德对这个反面人物并没有一句谴责的话。当然,日记这种体裁已大体决定了这种中立的态度。《伪币制造者》也是这样,每个重要人物正反两面都写到。

纪德在《纳喀西斯解说》中阐述了自己的文学观点,包括他对待小说描写的客观态度。他认为艺术家表现现实犹如古希腊神话中纳喀西斯的故事:他在水中看到了自己的倒影,迷恋上它而跳水自杀。艺术家"悄悄地深入到事物的内部,一旦发生幻觉,就会变成观念,自身存在所蕴含的那种内在和谐——把它抓住"。也就是说,要理解现实,然后化为作家自己的观念,客观地表达出来。这不是作家自己在作品中现身说法,而是要通过人物表达作家的观念,虽然这人物就像是作家在水中的倒影。然而,也必须分清这一点:纪德小说中的人物并不等于作家自己,作家的思想只隐含在人物身上。由于作家持客观态度,他的褒贬不流露出来,所以,他笔下的人物大多思想忽明忽暗,需要读者去仔细分辨。

纪德的小说艺术的第四个特点是对小说观念和写法的革新。纪德的小说一般篇幅不长,除了《伪币制造者》,都只能说是中篇小说。纪德说过,按照马拉美的观点,长篇小说是与文学观念相悖的,正如《沼泽地》中所指出的:"我的美学原则反对孕育出一部长篇小说",因为它总是不能写得精练。所以纪德写小说一直只限于写中篇小说。为了写这部他唯一的长篇《伪币制造者》,他必须改变技巧。法国评论家认为,这部长篇的创新之处,首先在于它写了一个小说家,他正在创作一部长篇,名字也叫作《伪币制造者》。这就等于"小说中的小说",如同纹章学中的概念:有的纹章在图案中央再镌刻一个较小的同样图案,内中再镌刻一个更小的同样图案,如此无穷地下去。纪德认为这就是"纯小说",如同马拉美主张的"纯诗"一样。他要"排除一切不专门属于小说的成分。通过综合得不到什么好东西"。但他认为法国小说家中最杰出的巴尔扎克"把最多的异质和小说所特别不能接受的因素掺杂在小说中,混合并融合在一起"。① 因而纯小说实际上是写不出来的,爱德华的写作结果就是一个例子。他只会一味地评论自己的小说(也是一般的小说)如何如何写,最后却落空了。《伪币制造者》也是这样:它"其实超过了一部真正的小说,是许多可能写成的小说的草图"。② 这部小说包含了五六部小说的成分,如萝

---

① 见《伪币制造者日记》,伽里玛出版社,1927年,第62—64页。
② 见《大革命以来的小说》,阿尔芒·柯兰出版社,1967年,第171页。

拉、贝尔纳、阿尔芒、文桑、拉佩鲁斯的故事都可以独立成篇。纪德说过:"长篇小说就像我承认或设想的那样,包含着多种多样的角度,适用于小说搬上舞台的各种各样人物。"① 与此相应,作者描写的角度也是多变化的,正如纪德自己所说的:"我力图决不让事件由作者直接叙述出来,而由事件对之产生影响的演员自己从不同角度并分好几次陈述出来。"

在《伪币制造者》里,背景是抽象的,它的描写几乎只限于交代事件发生地的名称,如非洲、英国、巴黎六区、卢森堡公园等;时间是抽象的,它不再遵循理性文学中过去、现在、未来的三段式单线发展,而是从不同角度对事物作同时性再现,常常留下大段大段的时间空白,使人产生零散和不连贯的印象。作者把小说分成43章,也是为了加强这种印象。每一章提出一个问题,成为一个新的开始,围绕一个人物和一个观点,局限在特定的时间和环境内,形成一个独立的单位。于是,小说中的生活不再是富有秩序的,因果层次有意编排起来的,而成了一幕幕不连贯的生活场景。

同背景和时间一样,《伪币制造者》中的人物形象也是抽象的。纪德始终坚持刻画主要人物的精神状态:"从作品的第一行起,我就寻找人物精神状态的直接表达形式——可以直接暴露他内心状态的一句话,而不是设法描绘这种状态。"② 纪德还主张"不要让重要人物太靠近前景——或者至少不要过早地使他们靠近前景;相反,要使他们退后,让读者期待他们,不要描绘他们,而是强迫读者适当地去想象他们。相反,准确地描绘并有力地突出无关紧要的配角;为使重要人物保持一定距离而让配角靠近前景"。③ 读者可以根据外貌描写的明晰程度来给纪德的人物分类。那些外形描写细致鲜明的人物往往是无足轻重的角色,如雅利、杜尔美。其他人物则没有什么细节描写可以反映他们的相貌特征,比如读者只能知道奥利维埃和爱德华身材相仿,莎拉跟萝拉唇与额相似。

纪德反对传统小说家如巴尔扎克那样,与户籍簿比高低;他也反对描绘过去,如大战前的精神状态,他对现在和未来更感兴趣。在他笔下,对环境和人物那种巴

---

① 见纪德:《小说集》,伽里玛出版社,第1080页。
② 见《伪币制造者日记》,第890页。
③ 见《伪币制造者日记》,第62页。

尔扎克式的细腻逼真的描写不见了，传统小说中时间的连贯性也没有了，代之以抽象的背景、模糊的人物和不连贯的生活断片。但是这种艺术处理同样可以造成特殊的审美心理效果，在读者心中激起一种追求完整、统一、和谐的愿望，力图把它们补充和恢复到应有的完整状态。

这样写是否会使小说变得缺乏厚度呢？纪德运用"透视"手法解决了这个问题。小说有三个层次的"反映"：首先是某些事变在亲身经历了这些事变的人物身上的反映，其次是这些事变在爱德华日记里的反映，最后是小说叙述者对这一切不无嘲讽的议论。纪德不让小说叙述者直接铺陈事件，而让受事件影响的人物从不同角度同时再现事件，并使它们在人物的讲述中略微变形。因此，大多数人物或者通过谈话，或者通过信件，轮番充当讲述人。譬如，读者对文桑两次艳遇的了解，是通过奥利维埃对贝尔纳的讲述、格里菲斯夫人对帕萨旺的讲述、贝纳尔写给奥利维埃的信、格里菲斯夫人写给帕萨旺的信和亚历山大写给阿曼的信获得的。这种间接表现法有三重功能：一是它在描写被谈论的对象的同时，又描写了讲话的人；二是它使真实性变成相对性，因为人物的叙述往往带有主观色彩，他们所反映的事件便不可能绝对真实；三是读者需要通过自己的努力和判断去恢复事实真相，促使读者更多地参与小说的再创作。

爱德华的日记也是一种迂回表现法。一方面，它可以像其他重要人物的对话和信件一样反映事件；另一方面，也是最重要的方面，它能够使爱德华的文学理论自然而然地成为小说的重要主题。既然爱德华正准备写作一本取名为《伪币制造者》的小说，他的日记便理所当然地要反映这本小说的构思和创作过程。起初，爱德华在日记里记录耳闻目睹的各种事变和人物，而在笔记本里记录自己的文学观点和创作设想。后来，他把两方面的内容统统纳入日记里，在叙述事件之后常常添上几笔，注明自己在小说中将如何使用这些材料。纪德重新使用这种在《沼泽地》里用过的"小说中的小说"的创作手法，目的在于表现现实生活与小说家描写现实的努力这两者之间的冲突，即爱德华所说的"现实所提供的事实与理想的现实之间的一种斗争"。爱德华的日记（约占全书三分之一）便记载了这种斗争，记载了小说家捕捉现实、描写现实的努力。然而，尽管爱德华跟纪德有许多明显的相似之处，但纪德始终反对某些批评家把爱德华视为他的自画像。爱德华的一些文学观点，如认为小说的主要部分是小说对自身的思考，比纪德走得更远,陷于极端,以至于小说的写作过程比小说本身更使他感兴趣,因此他永远写不成他的小说。

纪德在1924年的日记中写道:"令我感兴趣的并非我自己,而是某些思想的冲突,我的心灵即是冲突的场所,我在冲突中扮演的不是演员,而是观众和证人。"[①]纪德对思想比对人物更感兴趣。但是,正如小说中所说的,"思想须借人才能存在",而且,"让人物代言,显然比我以自己的名义来表达思想要方便得多",[②]小说人物在某种程度上成了作者的代言人,并代替作者去实现他在现实生活中没有实现的各种可能性。所以,小说人物几乎都是善于辞令的知识分子,如作家、律师、教师、法官、牧师、精神分析家等。纪德巧妙地借众人之口把他所感兴趣的各种思想观念汇集书中,而不管它们是否相互矛盾,于是小说成了一幅五颜六色、鲜明生动,但看起来并不那么协调的拼贴画。

纪德在运用上述反传统的写作手法的同时,在《伪币制造者》里滑稽地模仿传统小说惯用的一些技巧,目的在于对之讽刺和批评。这部不算很长的小说包罗了大部分传统小说的情节俗套:赌场失意、自杀情杀、碧海沉船、决斗讹诈、情妇被抛弃、少年见义勇为、丈夫戴绿帽子、私生子弃家出走、老人见独生女先己而去悲痛欲绝……其次,人物形象构成鲜明的对称关系:两个小说家、两个祖父、两个英国女孩、两个前往非洲的长子;在同龄人中,贝尔纳、阿曼、奥利维埃代表自我教育和反抗的三种形式;在女性里,蕾雪是淑德的典范,莎拉是争取自由的叛逆。在巴尔扎克和福楼拜的小说里,人物名字经常是某种性格的象征,但在《伪币制造者》里,作者故意颠倒或夸张地使用这类严肃小说的手法。譬如帕萨旺(Passavant)的名字在法语中跟"非学者"(pas savant)谐音;濒临破产的牧师名叫普洛斯佩(Prosper),拉丁语意为"兴隆昌盛"。此外,作者还借用通俗笑剧的某些手法,例如贝尔纳给养父写诀别信时,一粒汗珠从鼻尖滚落在信纸上,留下"泪珠"的痕迹;萝拉绝望之际跌坐在一把椅子上,而跛腿椅子应声散架。小说笔调从严肃突然变为诙谐幽默,令人同情的场面一下子变得滑稽可笑,具有讽刺意味。

《伪币制造者》问世之时,正值法国小说创作面临新的转折点。1924年,布勒

---

[①] 见《日记》第1卷,伽里玛出版社,1939年,第787页。

[②] 见《伪币制造者日记》,第75页。

东发表《超现实主义宣言》,挑起一场关于小说的论战。翌年的文学报刊上,诸如《打倒小说》《保卫小说》《小说的罪过》《为小说辩护》《小说濒临危险》之类的标题屡见不鲜;人们对传统小说的题材和写作方法纷纷提出质疑和批评。纪德此时推出《伪币制造者》,对于小说体裁的演变无疑起了推波助澜的作用。这部小说对小说技巧的革新,使它得以跻身于"反小说"之列①,可是,虽然批评界普遍将此书看作新小说的先驱,但新小说派作家如布托尔、萨罗特、罗伯-格里耶和索莱尔却异口同声地否认曾受其影响。其实《伪币制造者》跟新小说派的作品存在明显的共同点:拒绝传统小说描写外部现实的方法;用"生活混乱而丰富"取代传统小说结构的逻辑性;对语词的价值提出质疑;把小说对自身的反思和否定作为小说的重要手段;真实性相对化;要求读者参与小说的再创作。所不同的是,新小说在这些方面比纪德走得更远罢了。

综观纪德的小说创作,从《安德烈·瓦尔特的笔记本》到《伪币制造者》,无论是在题材、人物方面,还是在方法、结构方面,大体上经历了一个由单一到多样,由简单到复杂的演变过程。但可以说,贯穿纪德小说创作的主线,是一种对西方社会价值和伦理观念不妥协的精神,是一种对西方现代文明的痛苦的反思。正因如此,他的小说能够在经历了第一次世界大战的悲剧以后,对西方文化传统价值丧失信心,对个人、社会和人类的前途感到迷惘的法国青年产生巨大影响。按照马尔罗的说法,纪德是1920年至1935年间法国知识分子"最重要的同代人"。

虽然纪德在他唯一的长篇小说中对传统小说技巧进行了大胆的革新,但他的艺术风格总的来说还是倾向于古典主义的。他不喜欢浪漫主义艳丽夸张、色彩斑斓的文笔,而推崇古典主义严谨朴实、简洁明晰、用词精当的表达方法。他注重对主要人物心理和感情的描写,而忽略他们的外形特征;注重通过细腻的心理刻画来展露人物内心深处的情愫,从而提出他所关心的各种问题,如宗教、道德、家庭、自由等,使作品具有相当深刻的哲理性。此外,纪德的小说不乏机智的讽刺,尤其在他的"蠢事小说"中表现得最充分。至于《地粮》和《新地粮》,则显示出他作为散文大师的才华。

---

① 见萨特:《〈无名氏的肖像画〉序》。

早在1891年,年仅22岁的纪德便在日记中写下了他终生追求的理想:"敢于成为自己。"①对于纪德,这三个法文字意味着敢于承认并表现自己的独特个性,敢于正视自己的精神矛盾,敢于蔑视一切传统价值和舆论的责难。社会现实与这个理想两者之间的冲突,便构成他丰富而充满矛盾的一生。他临终前留下的一句话对此作了意味深长的概括:"永远是理性和非理性之间的斗争。"

---

① 见《日记》,1891年6月10日。

# 史实和虚构的结合
## ——试论尤瑟纳尔的历史小说

玛格丽特·尤瑟纳尔(1903—1987)是法兰西学院成立以来近350年的第一个女院士。她的创作不能不引起世界文坛的注意。

玛格丽特·尤瑟纳尔是一个颇有创造性的历史小说家。20世纪涌现的历史小说不可谓不多，但大多数历史小说都受到19世纪历史小说的影响，在形式上没有多少创新——它们往往以虚构为主，不重历史事实，就像大仲马的小说那样。尤瑟纳尔则别出机杼，试图走出新路子。评论家注意到，尤瑟纳尔从不写自己的经历，她把目光投向历史："总而言之，玛格丽特·尤瑟纳尔似乎对除了玛格丽特·尤瑟纳尔之外的一切、除了她的生活之外的全部生活、除了为她安排的环境之外的所有的环境都感兴趣。"[1]这种异乎寻常的特点，表明尤瑟纳尔是一个相当纯粹的历史小说家，也是一个与众不同的历史小说家。

从她的历史小说的内容来看，大致可以分为两种类型：一是写历史题材，一是写她的家族史。

写历史题材有这样几部小说：《哈德良回忆录》《苦炼》《一弹解千愁》《一枚传经九人的银币》，以及其他中短篇小说。它们在尤瑟纳尔的创作中占据较大的分量。《哈德良回忆录》写的是公元2世纪罗马皇帝的经历，《苦炼》以16世纪上半叶法国和欧洲为背景，《一弹解千愁》转到20世纪初的俄国，《一枚传经九人的银币》发生在墨索里尼统治下的意大利，此外，《东方故事集》写到中国、阿尔巴尼亚、希腊、印度、土耳其、荷兰，但时代不详。她的小说涉及意大利、佛兰德尔、英国、美

---

[1] 让·勃洛特：《尤瑟纳尔论》，见《尤瑟纳尔研究》，漓江出版社，1987年，第560页。

国、古希腊、基督教初期的希腊、现代希腊、中国、巴尔干半岛、奥匈帝国、东波罗的海沿岸、德国……时间包括公元前5世纪、2世纪、中世纪、文艺复兴、18世纪、19世纪、20世纪初、第一次世界大战、20世纪30年代……可以看出,尤瑟纳尔力图在她的历史小说中囊括整个世界,从古代一直写到现代。

这类小说,只有《哈德良回忆录》的主人公实有其人,其余几部小说的主人公名字基本上都是虚构的。尤瑟纳尔选取了公元2世纪的罗马帝国,是有深意的。这时期的罗马帝国正处于鼎盛时期,随后逐渐走向衰落。尤瑟纳尔想通过哈德良皇帝的命运,探索人类历史发展的症结所在。哈德良前后几个皇帝的产生,都是以一种较为民主的方式进行的。这几个皇帝都没有后嗣,因此,他们只能通过实践去物色接班人。图拉真就是这样当上皇帝的。而他也是通过这种办法,在病重时把皇位传给了哈德良。哈德良也没有后嗣,他先选定了安蒂诺乌斯,但安蒂诺乌斯体质太弱而夭折。哈德良又果断地选中了安东尼。这种不是父传子的皇位继承法,也许是保证罗马帝国在相当长的时期内不致迅速衰败的原因。就哈德良来说,他不但是一个英勇善战的军事家,屡建奇功,而且是一个出色的政治家,他懂得与邻邦和睦相处的必要性,同时他实行了一系列有利于发展社会和安定民心的措施:让无地的农民耕种荒芜的土地,给予妇女在婚姻、家族和财产方面的权利,对商人实行监督政策,军队地方化,以减轻国家负担,又能加强防卫,建造城市,发展艺术,等等。他统治的宗旨是"人道、自由、幸福",重道德而不重法律。这些政策果然使得社会安定繁荣,人民安居乐业,实现了斯巴达式的统治理想。而对于犹太人的反抗,他则采取了坚决的镇压手段,荡平巴勒斯坦,处决了九名叛乱的首领。这场战争夺去了几百万人的生命,毁灭了九百多座城市和村庄。战争虽以帝国的胜利告终,但也大大削弱了它的力量,种下了它衰落的根源,哈德良后来意识到这是他的一大失策。罗马帝国终于由盛而衰,它当时横跨欧亚非,是欧洲历史上最繁荣最强大的帝国。它实行的是奴隶制,对人民的统治是极其残酷的,但是,它为什么会达到这样强盛的地步? 尤瑟纳尔对哈德良的描写显然有夸大之处,甚至是以今人的意识去理解和表现这个罗马皇帝。因为一个奴隶主的头子不可能信奉"人道、自由、幸福"的宗旨,而应该说正好相反,他实行的政策是不人道、无自由、不考虑人民幸福的。我们不排除哈德良会实施一些利国利民的政策,否则他不可能坐稳二十年的皇位,上述措施都属于符合历史发展潮流,有利于罗马帝国存在的良策,就是证明。但是,他也不可能超越时代,实施资产阶级提出的一套原则。不过总的说来,尤瑟纳尔对哈德良的描绘大体上是符合历史真实的。

《苦炼》描写的时代则处于法国历史发展的重要阶段。16世纪的法国属于文艺复兴时期。小说题名取自炼金术的术语,"它指的是物质分解和融化的那个阶段",那是大功告成前最难以攻克的一道关口;它的引申意为"象征摆脱了陈规陋习和狭隘偏见的哲人所经受的考验"。小说主人公泽农是个炼金术士,同时又是一个医生和哲学家,他掌握了最先进的知识。炼金术士懂得一定的自然科学,他们做的是化学实验。泽农就对自然现象如北极光等很感兴趣。泽农懂得解剖,深入研究过心脏功能和构造,处于当时医学的最前沿。他是个无神论者,反对宗教信条,因此受到教会的迫害和追捕。他还是个哲学家,力图探索世界的真谛、人类历史的过去和未来图景。作者在《〈苦炼〉后记》中说:"在思想方面,泽农还带有经院哲学的烙印,他起而反对经院哲学,处于炼金术士的颠覆动力论向取代经院哲学的机械论哲学过渡的中途,介乎认为万物内部有一个潜在的上帝的神秘主义和还不敢为自己正名的无神论之间,既有实践者的唯物经验主义,又有犹太经学学生近似幻觉的想象力,同时,他也从当时名副其实的哲学家或科学家的著述中寻求依据。"[①]泽农的一生都在探索,这是人文主义者的主要特点。尤瑟纳尔虽然没有运用人文主义者这个词来指泽农,但泽农无疑是一个人文主义者,他甚至超越了人文主义者的思想,因为他几乎是个无神论者。他在法庭上直言不讳地宣称自己是个叛逆分子。后来他集中研究人体,改变了以前认为人在宇宙中是至高无上、完美无瑕的观点,发现人有很多生理和心理上的缺陷;他对人的本质认识得越深入,便越是对人产生厌恶。《苦炼》所描绘的时代正好与《哈德良回忆录》描绘的时代相反,后者写的是盛极而衰,而前者写的是一个社会大变动时期,资本主义正孕育在这个大变动中,新社会出现之前要有"阵痛"。作者曾经作过这样的解释:"在坩埚里进行炼金,包括三个阶段:最长最困难的熔至黑色,与物质的分解相应。从中炼出黑色的残留物,它变成偏见与毁灭的象征。摆脱这些偏见,这是不容易的。然后,如果炼金术士办得到,他就继续炼下去。熔至白色,从寓意的角度看,与苦行阶段相应。最后是第三阶段——但是否已经达到呢?——这时物质重新返回,达到具有神奇力量

---

[①] 柳鸣九、罗新璋编选:《尤瑟纳尔研究》,漓江出版社,1987年,第338—339页。

这一步。"①由此看来,《苦炼》的描写具有象征意义,尤瑟纳尔将泽农的探索看成是一种苦炼,他的一生在同社会偏见作斗争,他在肉体上被消灭了,但他在科学和精神方面的探索成果,就像炼金术士进行熔炼那样,最后在坩埚里留下的物质却是最宝贵的东西。

在这两部小说中,尤瑟纳尔选取了杰出人物作为主人公。在《〈哈德良回忆录〉创作笔记》中,她指出:"我很快就发现我是在写一个伟人的传记。"②她还认为自己是在探索皇帝的伟大历史。泽农则属于"思想先进"的人士,他的所作所为像著名的人文主义者多雷,又有伽利略、康帕涅拉、布鲁诺的学问和胆识。通过一个杰出人物来表现一个重要的历史时期,是尤瑟纳尔创作历史小说的一个重要方法。

尤瑟纳尔的另外几部历史小说都没有上述两部小说重要,但多多少少也反映了她对历史的思考。其中,《一枚传经九人的银币》以墨索里尼统治下的意大利为背景,通过普通人的生活,描写法西斯的猖獗。作者并没有正面接触法西斯的罪恶,但是,法西斯势力却像阴云一样笼罩在每个人的头上,敢于指责墨索里尼的人自然被杀害了,企图谋杀墨索里尼的玛尔赛拉也死去了。大多数人,包括工人都以为墨索里尼会在下一次大战中把意大利变成一个举足轻重的大国。尤瑟纳尔写出了法西斯意识存在的社会基础,再现了第二次世界大战前夕山雨欲来风满楼的社会状况。《一弹解千愁》据作者在序中的介绍,"具有文献资料的价值",而不是为了它的政治意义。这部小说写的是第一次世界大战和俄国十月革命期间的事,按理说牵涉到红军和白军的斗争,难以回避两个阶级的生死搏斗。但尤瑟纳尔却从爱情纠葛入手,小说集中描写了两个主要人物埃里克和索菲,他们同属于特权阶层。索菲爱上了埃里克,而埃里克无意于她,索菲于是自暴自弃,走向堕落。作者描写索菲的政治倾向与埃里克不同,埃里克是个白军军官,而索菲同情红军,最后还加入了红军。命运仿佛在捉弄他们,埃里克俘虏了一批红军士兵,其中就有索菲,索菲不仅不要埃里克赦免她,反而要埃里克亲手打死她,以便让埃里克终生内疚。她确实达到了目的。作者声称这是一部根据真人真事写成的小说。从内容来看,这是一个异乎寻常的爱情故事。尤瑟纳尔将贵族青年面对本阶级毁灭的到来

---

① 亨利·勒梅特尔:《法国文学史》第5卷,博尔达斯-拉封出版社,1972年,第177页。
② 柳鸣九、罗新璋编选:《尤瑟纳尔研究》,第328页。

而感到苦闷,行动乖戾,走向沉沦,描写得相当真实,并如实记录了他们在时局的影响下产生了分化,朋友可以变为敌对分子,然而他们的内心情感还不能完全割断。他们不能结合,便会产生怨恨,这是20世纪初贵族青年中出现的一种特殊现象。尤瑟纳尔试图以此来表现20世纪初的社会变化。

尤瑟纳尔的历史小说的第二个,同时也具有特殊性的内容,是以她的家族史为描写对象。她力图通过自己的家族史,反映两个家庭的变迁,进而从一个侧面表现社会的变化。《虔诚的回忆》写的是她母系的家族。小说先写作者母亲费尔南德的婚姻,后来她得了产褥热和腹膜炎而去世。随后,小说追述了费尔南德的家庭和她本人的情况,从她的外曾祖父叙述起。1830年革命后,他当上马尔西那市市长。因此,作者的母系属于新贵。这个市长的大儿子阿尔蒂尔两夫妇是虔诚的天主教徒,一心照顾田庄。主妇玛蒂尔特有个得力助手弗洛依琳小姐。玛蒂尔特生下十个儿女,存活八个,作者的母亲费尔南德是最小的女儿,玛蒂尔特在生下她十四个月后死去。小说插入了对表舅奥克塔夫·皮尔麦茨和雷莫的叙述,扩大了对母系家族描写的范围。雷莫从小同情弱小者,对1871年凡尔赛人的残暴行为十分愤慨,后来他接受了达尔文主义,放弃了信仰基督教,终于自杀。奥克塔夫也和弟弟雷莫一样,寻求一个与他所处的资本主义社会不同的制度,但他不是改革家,也不是战斗者。晚年他大量施舍,他的死众说纷纭。小说最后一部分回到关于费尔南德的叙述上来。她在修道院办的女子寄宿学校读书,本来成绩优异,却因一个美丽的荷兰姑娘的到来,改变了这种状况。她迷上了这个荷兰姑娘,为了让她得到第一,竟然不再用功,成绩急转直下,被父亲叫回了家。阿尔蒂尔留下八个孩子,遗产一分,每个孩子所得便不多,费尔南德的婚姻就成了问题。尽管她长得漂亮,可是没有人向她求婚,因为她无法使丈夫飞黄腾达。好不容易她才找到46岁、妻子去世的法国人德·C先生,他比她大18岁。作者的母系仅仅经过三代人,便走了下坡路,到了她母亲那里,可以说已经败落了。幸好德·C先生还有点财产。作者的母系是比利时人,这一世系的变迁是一个比利时的贵族之家由盛而衰的写照。尤其是她的母亲,费尔南德本来对姐姐们的包办婚姻很反感,从中看到她们不幸的家庭生活。可是,她的爱情追求却一再落空。她先迷上一个金融新贵的儿子,他们对音乐有共同的爱好,然而,他怎么会去爱这个没有家庭做坚强后盾的姑娘呢?在爱情失意中,她出国旅游,多次望着那些英俊的小伙子出神。这时她才发现罗曼蒂克的爱情和婚姻是不存在的。《虔诚的回忆》是叙述中上阶层人物之家的一部家史，它反映了19世纪比利时列日地区的社会风貌。

《北方档案》则是写父系的家族史。他的家族最早可以追溯到16世纪初。比作者早十三代的克利纳维克，是个小领主——历史学家认为是暴发的商人，有自封纹章，住在佛兰德尔。作者的祖父米歇尔-沙尔到巴黎学法律，这是在19世纪40年代。他娶了一个有钱的法官的女儿，过上了优裕的生活。他的儿子小米歇尔在中学时同情巴黎公社社员，差点被开除。在大学时，他放荡无度，酷爱自由的生活使他离家出走，但却来到军队。他因赌博输了钱还不起而逃到英国，又与房主之妻私奔。如此过着不安定的生活，直到他父亲为他安排了一门婚事，他才有了一个安定的归宿。可是好景不长，五年以后，即1899年，他的妻子贝尔特去世了。过了一年，他娶了费尔南德。他在自己的手臂上刺了一个希腊词"命中注定"。作者认为这很符合她父亲碰运气的一生。从作者的祖辈起，她家已经厕身法国北部城市里尔的上流社会。尤瑟纳尔的父系与母系在社会地位方面几乎相当，只是她的父亲的经济地位还没有败落。她的祖父和父亲经历了19世纪动荡的年代，而且不同程度地受到影响。20世纪初史称"美好时代"，但尤瑟纳尔却认为这是一个充满人类的愚蠢、暴力和贪欲的时代。《北方档案》反映了400年来法国北部地区的历史的一个侧面，构成法国近代编年史的一个组成部分。

不难看出，尤瑟纳尔的历史小说或者通过在历史上起过重要作用的政治家和代表了先进思想的人物（作为历史先进人物的体现）来表现历史，或者通过自己的家族的历史演变来表现历史进程，这是她写历史小说的两种主要方法，并且取得了很大的成就。前者在于探索历史发展的本质，既不排除历史人物的重要作用，又描写历史发展面临关键时刻人物和事件所构成的阻遏作用或推进作用。至于后者，尤瑟纳尔显然认为自己的家族具有代表性，其变迁体现了资产阶级在近代，特别是自19世纪以来的发展轨迹，她是以点去反映面。她的目的和意图十分明确，较之把历史小说写成通俗小说，无疑高出一筹。

从艺术上来看，尤瑟纳尔的历史小说也有一些成功的经验和创新之处。

首先，她以第一人称去写历史小说，这是别开生面的。这种写法在她之前已经出现过，如让·施伦贝热（Jean Schlumberger, 1877—1968）的《变老的狮子》（*Le Lion devenu vieux*, 1924）。但尤瑟纳尔有自己的创造。哈德良确实写过回忆录，虽然至今只留下三行字,这是他的政治遗言。尤瑟纳尔想象他在晚年为后代着想,把自己的生平和治国策略写下来。尤瑟纳尔指出:"用第一人称是为了避免任何中介,即使这个中介是我自己。由哈德良来讲自己的生平一定比我讲得实在,比我讲得有声有色。"第一人称的写法在某种程度上缩短了读者与历史人物的距离,读者仿佛有阅读真人真事的感觉,随着人物的思索去判断发生的事件。当人物自我反省时,读者便确实觉得这是人物会有的想法:"我不否认这一点:犹太省的战争是我的一次失败。西蒙的罪孽、阿基巴的疯狂当然并非因我而起,但是我自责在耶路撒冷耳目闭塞,在亚历山大心不在焉,在罗马缺乏耐性。我没能对百姓好言安抚,即使不能防患于未然,至少可以延缓这种过火行动的爆发……"能承认自己失策说明他是清醒的。同样,他对政敌的分析又令人觉得他十分明智:"我言谈稍有不慎,他(指塞尔维亚努斯)便添枝加叶,行动稍有失误他便加以利用,使皇帝对我越来越不满。这样一个敌人实在是教人谨慎处世的好先生,我受教于塞尔维亚努斯之处多矣!"尤瑟纳尔尤其注意对人物心理的刻画,她明确指出:"现代历史小说以及通常图方便称为历史小说的作品,必须深入到一个被重新发现的时代中去,并以此去把握一个人的内心世界。"上述两个例子就能表现哈德良的性格的重要方面:他有自知之明,十分清醒,不是一个暴君。小说着重描写哈德良在政治上的考虑,通过内心思索,写出他的政治抱负和各种作为。他对皇位的继承特别花费心思。作者不仅写出他选人的标准,还写出了他考虑问题的细致和处事的果断。尤瑟纳尔还根据现存材料,写出他在统帅外表下流露出知识分子的气质。他喜欢最难懂的诗人,但他自己写诗的时候,却仿照民间诗歌。他留下的三封信中,一封是写给岳母的,活泼诙谐;一封是写给姐夫兼政敌的,潇洒从容;第三封是写给他的继承人的,高雅不凡。史书记录的他的话,有的巧妙,有的直率,有的细腻。尤瑟纳尔一一加以吸收,写进小说,力图再现他的复杂个性。这一点是《哈德良回忆录》取得成功的重要原因。

其次,尤瑟纳尔运用综合手法去塑造人物。《苦炼》的主人公泽农就是综合了当时最先进的人物的学识和见解写成的。以综合的手法去塑造人物早已有之,但尤瑟纳尔的手法稍有不同,她是把真实的人物综合起来,去写一个虚构人物。她在《〈苦炼〉后记》中指出:"虚构'历史'人物和根据真人真事再创造,这两种方法在许多方面是不相上下的。对历史人物再创造,为了全面表现那个人物的历史面貌,小说家必须潜心研究由历史传说所形成的那个人物的有关文献,用心之细是永无止境的;而虚构一个历史人物,小说家只有求助于过去的史实和日期,也就是说,乞灵于历史,才能给这个虚构人物创造出一个特定的、由时间和地点所决定的真实环境。"在她笔下,泽农与当时有过类似曲折经历、不懈地探索的人,有着千丝万缕的联系。他进过修道院、发明机器,与伊拉斯谟相同;他的暴烈,使人想到多雷;他身兼炼金术士、医生和哲学家,同传说的帕拉塞尔斯的生平几乎一样;他施行外科手术,套用了昂布洛瓦兹·帕雷的记载;他的科学研究,根据的是达·芬奇的《手记》以及其他科学家的实验;他在近东的经历,同炼金术士的传记如出一辙;甚至他的鸡奸嫌疑,也与某些著名历史人物的行为相似。尤瑟纳尔写道:"在某些情况下,甚至一种感情或一种思想的表达,也参照泽农这个人物所处时代的真实历史人物,以便使这些角度恰如其分,符合16世纪的真实。"作者参考了大量的文献,以求有根有据,当然,在时间的先后上略有出入,例如,作者也参考了蒙田的著作,把布鲁日的两起风化案提前了几年。有时,则把两件史实糅合在一起。尤瑟纳尔这样描写的目的,是为了反映历史的真实。以真人真事为根据去塑造虚构人物,确能使这个虚构的历史人物写活,而不致违反历史真实。

尤瑟纳尔又以另一种方式去写家族史:她完全是写真人真事。小说虽然是以第一人称去写的,但行文的大部分实际上仍然是第三人称,"我"只不过在小说中做插入的叙述或评论,她是以历史家、小说家、道德家或诗人的面目出现的。作者力求对自己的先辈保持客观态度。例如,她对两个表舅的评价是:"我对雷莫十分尊敬。至于奥克塔夫,他有时使我感动,有时使我愤怒。"她母亲的座右铭是:"深刻认识事物,为的是从中得到解脱。"作者表示不同意这个观点。她的父母举行婚礼时,费尔南德让漂亮的莫妮克当伴娘。作者不无讽刺地写道:那个荷兰姑娘的美貌使德·C先生赞叹不已,可是已经太晚了;莫妮克已经订婚。这种揶揄口吻是建立在对人物品性的了解之上的,能够深化对人物的描绘。然而,尤瑟纳尔的家族史是小说,其中大量情节是虚构的。作者根据一些基本事实,加以铺陈,因为许多细节她无法知晓。尤瑟纳尔是个严谨的小说家,她的小说往往都是经过长年累月的材料积累和思索然后写出来的,她从18岁起就酝酿写作历史小说;对于家族史也一样,她尽量搜集祖先的材料,"以克服不真实感"。尤瑟纳尔创作历史小说取得成功,绝不是偶然的。

# 加缪的文学之路

## 第一部分 生平和创作道路

### 一、早年生活

阿尔贝·加缪(Albert Camus, 1913—1960),法国小说家、戏剧家、哲学家和评论家,存在主义的代表作家之一。1913年11月7日,加缪生于阿尔及利亚君士坦丁省的蒙多维。他父亲是农业工人,1914年在第一次世界大战的马恩河战役中牺牲。母亲原籍是西班牙,先在橡胶厂工作,后当女仆,带着两个孩子,于是只能搬到阿尔及利亚的贝尔库贫民区。1918年,他进小学,获得奖学金;1923年入中级班;次年进入阿尔及尔中学。1930年,他患肺病,被迫辍学。肺病对他的一生和创作都产生了重要影响。1932年,他在《南方》杂志上发表了几篇文章,谈论音乐、柏格森等。1933年,他进入阿尔及尔大学,主修哲学,在让·格勒尼埃的指导下接触到古今哲学家和文学家。1934年,他与西蒙娜·伊艾结婚,1936年离婚。由于生活困难,他很早就踏入社会,当过雇员和职员。1935年,他加入阿尔及利亚共产党,创建"劳动剧团",既编剧,又当演员和导演。1936年,他完成毕业论文《基督教思辨和新柏拉图主义》,但由于身体原因,未能参加教师资格会考。

### 二、早期创作

1937年,加缪在阿尔及尔建立文化之家,并在阿尔及尔电台的剧团中当演员。他肺病复发,在萨伏瓦治疗,后到法国和意大利旅行,发表散文集《反与正》。这部散文集叙述了他的童年生活。同年,由于他在对阿拉伯人的政策上意见不合,被开除出共产党。1938 年,他在《阿尔及尔共和报》当记者,负责社会新闻、案件和文学报道,发表了评论纪德、尼赞、萨特的文章。1939 年,该报变成《共和晚报》,他任总编辑,发表了关于北非人在法国的状况和卡比利地区贫困的报道。次年 1 月 10 日,该报停刊。5 月,他发表《婚礼集》。这部散文集分为《蒂巴萨的婚礼》《捷米拉之风》《阿尔及尔之夏》《沙漠》四篇。第一篇歌颂阿尔及利亚海岸罗马废墟的景致,那里的苦艾酒呛喉咙;虽然这是天神居住的地方,却根本用不着爱神就能品味自然界的欢乐。第二篇描写捷米拉是一座死城,给人们展示了摆脱一切物质烦恼和思虑的世界。第三篇描写阿尔及尔是一座面向大海和太阳的城市,能令人感受到肉体的快乐。第四篇回忆到意大利的托斯卡纳的旅行。这个地方让他知道了幸福不是同乐观,而是同爱情相连的;在这美的大地上,人也是要死的。这部散文集表述了他对生活的热爱,但又有对死亡的恐惧,具有浓烈的抒情色彩。6 月,他来到巴黎,担任《巴黎晚报》的编辑部秘书。12 月,他同弗朗西娜·富尔结婚。

### 三、成熟期

第二次世界大战的爆发对加缪产生了重大影响,加深了他对现实荒诞的认识。他的创作开始进入成熟期。1941 年,他住在奥兰。1942 年在当地的私立中学教书,肺病复发;6 月中旬发表中篇小说《局外人》;10 月发表随笔集《西绪福斯神话》,阐述他的荒诞哲学。《局外人》的情节如下:默尔索的母亲去世了,但第二天他遇到了玛丽,同她游泳、睡觉。他的邻居雷蒙因得到他的帮助,邀请他和玛丽到海滩去野餐,却遇到了几个阿拉伯人找雷蒙算账。默尔索在泉边遇到一个阿拉伯人,阿拉伯人掏出刀子,默尔索开枪打死了他。他在狱中同预审法官会见时,觉得像玩把戏一样;他感觉不到自己是罪人。检察官指责他在母亲死后第二天就谈情说爱云云,法庭判决他死刑。他不愿上诉,认为判决和生活都是荒谬的。

### 四、戏剧创作之一

1942 年,加缪参加抵抗运动的组织"战斗"。这个组织把他派到巴黎,他进入伽里玛出版社。他在《苍蝇》彩排时认识了萨特。1944 年 5 月,加缪发表剧本《卡利古拉》和《误会》。前者是五幕剧,也以生活荒诞为主题。加缪主要根据古罗马作家苏埃托尼乌斯(约 70—128)的《十二君主传》写成。主人公是古罗马皇帝,他在自己所爱的妹妹死后，发现世界是荒诞的，决定也玩弄荒诞的游戏，滥施淫威。对此，有人喝彩，而贵族在酝酿反抗。卡利古拉终于发现自己走错了路：毁掉一切，也会毁掉自己；战胜荒诞会采用暴力和杀人。于是，他自暴自弃，不想揭穿反对自己的阴谋，最后死于密谋者的刀下。《误会》是三幕剧，据一则社会新闻写成。母女二人在一个荒僻的村庄开旅店，杀害住宿的客人。她的儿子发财后还乡，未被认出，也遭毒手。做母亲的发现后，欲随儿子而去。她的女儿玛尔塔上了吊。

**五、长篇创作**

在此期间，加缪发表了四封《致一位德国友人的信》，要"阐明一下我们进行的盲目战斗，以便使这场战斗变得更有效"。1944年8月巴黎解放那一天，《战斗报》出版第一期，他任该报总编辑。1946年，他到美国旅行，受到纽约大学生的热烈欢迎。1947年，他发表小说《鼠疫》。小说故事发生在奥兰。4月，城里开始流行淋巴腺鼠疫，市长做出预防措施：往阴沟里灌毒瓦斯，有跳蚤的人要去检查，病人要隔离。医生里厄遇到一些怪事：柯塔尔在上吊之前，用粉笔在房门上写上"请进，我上吊了"。他被邻居救了下来。市政府职员格朗花了好多年写小说，只完成头一句。鼠疫无法控制，当局下令，封闭城市。电影院生意兴隆，咖啡店也一样，橱窗上贴着广告"纯酒杀菌"。公墓挤满了，火葬场不够用，人们在野外挖了两个大坑，一个放男尸，一个放女尸，后来连男尸女尸也不分了。帕纳鲁神父祈求鼠疫神施恩，但是无效，他也染上鼠疫死去。记者朗贝尔曾想回巴黎同爱人相聚，后来也加入战斗。来年1月，鼠疫渐渐缓和下来。里厄接到电报，妻子病逝。奥兰终于解除了鼠疫威胁，但里厄知道，鼠疫并没有消失，它潜伏起来，几十年后会给一个幸福的城市带来死亡。这部小说在20世纪90年代初已发行了500万册。

**六、戏剧创作之二**

1948年10月，加缪的剧本《戒严》上演。这是一个三幕剧，发生在加的斯。鼠疫以人的面目进入该城，他的秘书是死神，他迫使总督让位。城门关闭，荒谬、恐惧、专制笼罩全城。无政府主义者纳达幸灾乐祸，大学生迪埃戈则组织反抗，鼠疫节节败退。这时鼠疫抬来迪埃戈的未婚妻，若要救她，他必须放弃斗争，离开城市。迪埃戈因拒绝而死去。他的死却使未婚妻再生，城市获得自由。1949年，加缪从南美回来后肺病复发,休息两年。1949年12月,他的《正义者》上演。这是一个五幕剧,故事发生在20世纪初的俄国。"社会革命党"决定谋杀皇叔谢尔盖大公。三个恐怖分子是卡利亚耶夫、费多罗夫和杜勒波夫。卡利亚耶夫负责扔炸弹,但最后一刻放弃了打算,因为大公由两个侄子陪伴着。两天后,卡利亚耶夫杀死了大公。在狱中,大公夫人来看他,表示要救他,他拒绝了。警察局长发布大公夫人来访的新闻,让人以为卡利亚耶夫忏悔了。但从宣布判处他死刑来看,他的朋友们知道他没有动摇。

### 七、随笔与中短篇创作

1950年,加缪发表《时文集》第一卷。1951年发表随笔集《反抗者》,论述面对荒诞的世界,反抗者的各种方式和利弊。次年,他因萨特对这部作品的责难而与之关系破裂,同时与左翼报纸展开论战。1952年,他因联合国教科文组织接纳佛朗哥政府,辞去了在该组织的职务。1953年,他发表《时文集》第二卷。1954年,他发表散文集《夏天》。这段时间,他对阿尔及利亚战争十分关注。1956年,他发表中篇小说《堕落》。故事发生在阿姆斯特丹。让-巴蒂斯特·克拉芒斯本是巴黎的律师,专办大案。一天晚上,他在塞纳河听到一阵笑声,回想起一个年轻女人在河里淹死的事。他感到自己的伪善和罪恶,无法再演戏了。他开始堕落,丧失了声誉。他换了个城市,改名换姓,变成了阿姆斯特丹下层社会的"忏悔法官"、盗贼的法律顾问。他是寡妇和孤儿的保护者,又是个诱惑者,力图把他的受害者拖向地狱。

1957年,加缪发表短篇小说集《流亡与王国》,共收入六个短篇。《不贞的妻子》描写一个女人发现生活的领域比天空和星辰给她展示的更广阔。《叛教者》是一个天主教传教士的长篇独白,他最终抛弃了天主。《沉默的人》描写制桶工人罢工失败。《客人》描写一个法国小学教师不被阿尔及利亚起义者理解,在异国感到孤独。《约拿》描写一个画家在亲友的逼迫下慢慢地堕落。《生长的石头》写一个巴西土著发誓要将一块巨石扛到教堂。一个法国工程师却把巨石运到土著家里。

1957年10月,"因为他的重要文学创作以明彻的认真态度阐明我们同时代人的意识问题",加缪获得诺贝尔文学奖。在接受奖金时,他发表了论艺术家在当代世界中的作用的演讲:《艺术家和他的时代》。1958年,他发表了《时文集》第三卷。

1960年1月4日，他在从桑斯到巴黎的路上，因车祸去世，遗著有《记事册》《第一个人》等。《第一个人》是部半自传体小说。第一部《寻父》描写亨利·高麦利用马车把将要分娩的妻子拉到医生那里。他后来死于第一次世界大战的马恩河战役。四十年后，他的儿子雅克来拜谒他的墓，然后又回到家里，了解父亲生前的情况。第二部《儿子或第一个人》叙述雅克的中学时代、家庭生活和假期活动。他要探索世界，内心却感到困惑。

## 第二部分　小说创作

加缪在小说创作上取得重大成就，虽然他的小说只有一部长篇、两部中篇和一部短篇小说集，但每部作品都很有分量。他的小说提出了西方社会的两个重大问题，即对荒诞的认识和对命运的反抗。

### 一、荒诞意识

荒诞的概念并非加缪第一次提出。帕斯卡尔在《思想录》中已经提到这个问题，但直至20世纪，荒诞这个哲学概念才引起作家们的注意。马尔罗的小说曾经一再提及人生的荒诞。不过在加缪之前，荒诞并未成为小说作品的唯一主题。只有从《局外人》开始，荒诞才成为作家集中关注的对象。《西绪福斯神话》对荒诞的概念作出了最详尽的解释，这部随笔集的副标题是"论荒诞"。加缪以古希腊神话为例，对荒诞概念作了最通俗的阐释。巨人西绪福斯从山谷之底将一块巨石推到山顶，但巨石一旦推到了山顶，便会滚落下来，如此无穷地反复。西绪福斯在下山途中，意识到他的工作的荒诞性，但是他平静而执着的个性表明了荒诞人物的自由和明智，他从超越自然的希望中摆脱出来，同意生活在荒诞的世界中。西绪福斯的行动体现了主与仆的关系：西绪福斯是奴隶，巨石是主人。奴隶西绪福斯意识到荒诞，由于他能思索，显示了他略胜一筹。巨石以其偌大的体积，压迫着西绪福斯，但弱小的人却以其精神的优势战胜并超越了它。

### 二、荒诞人形象

《局外人》塑造了荒诞人的形象。首先，小说通过主人公默尔索的经历，写出形成荒诞的社会原因。默尔索是"面对荒诞的赤裸裸的人",他是阿尔及尔的小职员,他对周围事物已经无动于衷,不再关心,他只有最基本的需要的冲动:饥渴、睡眠、女人的陪伴、夜晚的凉爽和海水浴带来的舒坦。对他来说,构成周围人的道德准则的一切义务和美德,只不过是一种令人失望的重负,他统统弃之不顾;甚至连他母亲去世也引不起他多大的痛苦。他的内心非常空虚,平日像掉了魂似的无所适从,毫无愿望,毫无追求,以致在沙滩上盲目地对阿拉伯人开枪。他对社会生活的冷漠和对人与人之间关系的无动于衷,是这个荒诞人典型、显著的外在特点。萨特正确地指出,小说对"荒诞的证明",亦是对西方法律的有力抨击。司法机构要求默尔索参与到预审法官、律师和报纸玩弄的、体现了虚伪价值观念的一出闹剧中。官方的道德由偏见和伪善编织而成,但在默尔索那里撞上了一堵由固有的真诚心态组成的墙壁,起不了任何作用。默尔索拒绝参与这出闹剧。在众人眼里,他变成了一个局外人,一个危险的变质分子。默尔索被送上绞刑架,并非因他犯下的罪,而是因为他没有接受法律核定的信条和习俗。他的全部行动就是对这些信条和习俗的否定。于是强大的正统秩序压碎了这毫无防卫能力的心灵。加缪在《局外人》的美国版序言中说,默尔索"远非麻木不仁,他怀有一种执着而深沉的激情,对于绝对和真诚的激情"。默尔索是用沉默、无所谓和蔑视来对抗这个荒诞的社会和世界的,他身上有着激情,只不过这种激情隐藏在表面上显得麻木的态度中。他向阿拉伯人开枪好像是在烈日下的盲目行动,其实是他在荒诞现实的压抑下一种不由自主的发泄,是他愤恨于荒诞现实的一种激情流露。他对劝说他忏悔的教士和司法机构的推拒,也是不满于现实的自觉或不自觉的行动。他是无神论者,至死也不愿改变自己的信念。他对司法以可笑的逻辑推理来定罪也不作反驳,以一种无畏的态度迎接死亡。这个荒诞人具有一种批判现实的意识。

荒诞人的精神特点是与他人的隔膜状态,他无法与那些按照传统习俗思考的人找到共同语言。加缪认为这是僵化的道德和背叛这些道德的人之间产生破裂的直接后果。他在接受诺贝尔文学奖的讲话中说:"这个社会……在它的监狱和它的财政庙宇上写下自由和平等的字样,这并不令人惊奇。今日,最受蔑视的价值无疑是自由的价值。"加缪力图在《局外人》中对西方社会所标榜的自由和平等作出批判性的审察。他得出的结论是,这个社会在空喊自由和平等,或者以这类口号作为欺骗手段。因此,人的自由价值完全被抹杀了,人的生存成了荒诞的存在。

在《西绪福斯神话》中,加缪认为,荒诞是普遍存在的,永恒的,它的根源就在于生活本身的根本荒诞中。人由于忙于自己的日常事务,一般不会觉察到这是些无意义的事物。"起床,有轨电车,四小时工作,吃饭,睡觉,星期一、二、三、四、五、六,同样的节奏……"但是有一天,他思索起来,发现人没法获得绝对真理,宇宙只提供骗人的表面现象和相对真理,并不让人满足自身。荒诞由此而来,它是我们渴望获得明白无误的事物的意愿和宇宙不可探测的秘密之间互相撞击的结果。加缪写小说时正值第二次世界大战激战方酣,法国沦陷在德国法西斯的铁蹄下,人们对自身的命运、对历史的进程感到茫然无措,陷入近乎悲观绝望的境地。这是存在主义及其阐明的荒诞意识产生的社会基础。

**三、反抗意识**

但是,战争的进程使加缪认识到要起来反抗荒诞的命运。这就是《鼠疫》所描写的内容。这是一部寓言式小说。鼠疫是法西斯的象征,也是荒诞的现实和存在。然而,小说的主人公们不再像默尔索那样,对现实的丑恶漠然置之;他们起来与之坚决斗争。他们认为"单独幸福会令人羞愧……不管我是不是愿意,我知道我是属于这里的人。这件事关系到我们大家"。每个人对他周围发生的事都负有责任,他的意识在召唤他。为了共同目的,一起进行斗争,大家团结一致,不怕危险,抢救患病的人。《鼠疫》表现了善良之人奋不顾身地与邪恶事物作斗争的场面。加缪指出,他的同时代人出生于第一次世界大战初期,经历了30年代希特勒上台后制造的事件、西班牙内战、第二次世界大战,完成了社会教育;今日又受到核武器的威胁;但他们"拒绝了虚无主义,开始寻找一种合理的存在……公开地反对死的本能"(《受奖演说》)。这种不向荒诞现实屈服的思想在《鼠疫》中得到充分体现。

加缪曾在《反抗者》中明确提出了反抗荒诞世界的思想。反抗者意识到荒诞的本质,终于起来反抗。这种反抗是"一个人起来反抗他的生存状况和全部自然界的行动"。加缪指出:"反抗来自发生在非正义的、不可理解的状况面前非理智的景象。"一方面,人受到物质的压迫(鼠疫或岩石),另一方面,反抗者不是沉迷在无行动的状态中,而是起来与压迫他的东西作斗争。加缪认为要通过人的联合行动才能战胜荒诞。《鼠疫》中的里厄医生、柯塔尔和朗贝尔都不顾自身安危,投入同鼠疫的斗争中,他们具有为他人服务的精神,通过共同反对非正义,达到服务于人类的目的。加缪说:"对于人的状况,我是悲观的,而对于人,我是乐观的。"第二次世界大战反法西斯的胜利,使加缪对人类抱着乐观的态度。加缪对新的战争威胁,新的势力卷土重来是抱着警惕的,在《鼠疫》结尾,他写道:"也许有朝一日,人们又遭厄运,或是再来一次教训,瘟神会再度发动它的鼠群,驱使它们选中某一座幸福的城市作为它们的葬身之地。"这是加缪对现实的清醒认识。

### 四、人道精神

加缪在《鼠疫》中表现出他是一个人道主义者。他认为,最大的不义是无辜者的痛苦和死亡,尤其是孩子的死。在《鼠疫》中,里厄向帕纳鲁神父挑战,要证明面对小孩奥通之死的神圣。人不能再把道德建立在天主身上,而要建立在人自身之上,否则就会陷入虚无主义,接受荒诞,增加人类的苦难。加缪在第四封《致一位德国友人的信》中说:"人应该肯定正义,以便反对漫长的非正义;应该创造幸福,以便抗议制造不幸的世界。"在世界非理性的沉默中,只有人的呼吁才能与别人的呼吁相响应。人只有通过回答,给予别人的呼吁以意义,才能战胜荒诞。在《鼠疫》结尾,里厄发现:"如果有一样东西是人们能够始终渴望和有时获得的,那就是人类的温情。"道德的首要责任是承认人类生活的神圣性,对无辜者、弱小者的同情和尊重。加缪认为,要实现人类温情的最大障碍之一是遍布世界的各种各样的极权主义、政治宗教案件。它们总是以绝对的抽象的思想对人类提出控告,暴力和非正义将人分隔开。

### 五、探索人性

20世纪40年代末50年代初,随着国际政治舞台的风云变幻,加缪的思想发生了变化。《反抗者》已初露端倪。在创作上,《堕落》和《流亡与王国》显示出主题的转移。《堕落》表现了加缪对人性的探求。如果说,默尔索是一个普通人,具有真诚的一面,里厄医生具有高尚的自我牺牲品德,那么,《堕落》的主人公克拉芒斯则同他们不一样,他体现了人性中邪恶的一面。他自称为"法官-忏悔者",他进行自我解剖,对自己的所作所为毫不隐瞒。但他的特点是伪善:他平时乐于助人,如帮盲人过马路,助推车的人一臂之力,推抛锚的汽车,买救世军的报纸,乐善好施,冒着大雪安葬办事员,等等。其实他非常爱虚荣,爱待在高处;他不认为要主持正义,在辩护中却继续使用这个词;他通过公然污蔑人类精神来解心头之恨;他不相信人类的事务是严肃的,觉得世上没有好人。这样的人不可避免要走向堕落。他经常获得女人青睐,却从来不爱她们,竭力主宰她们。加缪在描绘这个人物时,把他的伪善当作普遍的人性,认为每个人身上多少有一点克拉芒斯的影子。但他并非一切都坏,他因未能去救一个呼救的女人而受到良心折磨。评论家认为,这个有双重人格的人物,与狄德罗笔下的拉摩的侄儿十分相像。加缪将克拉芒斯的无耻意识袒露出来,剥露出隐藏在假面具之下的真相。黑格尔指出:"有一种对自我和别人的万能的欺骗,陈述这种欺骗的无耻正好是最高的真实。"这句话适用于克拉芒斯。

《堕落》本来属于《流亡与王国》,只因加缪将《堕落》铺陈开来,才单独发表。可见《堕落》和《流亡与王国》是有联系的。何谓流亡?何谓王国?在加缪看来,罢工失败,生活不能满足个人的愿望,感到孤独,被人误解,都属于流亡。《沉默的人》鲜明地表现了加缪的思想。这篇小说描写制桶工人罢工失败,前途渺茫。主人公渴望"跑到大海的那一边去",这是指的哪里?作者没有明确道出。王国在哪里?加缪同样茫无所知。《不贞的妻子》的女主人公对环境不满,不适应阿尔及利亚南部的沙漠气候,她在夜晚冒着寒冷跑到高台,似乎要寻找什么:"这个王国随时都向她开放,但从此不属于她。"《客人》描写一个欧洲人,帮助阿尔及利亚人获得自由,却被他们指责出卖阿尔及利亚人,最后被处以死刑。《叛教者》描写一个传教士在沙漠中被土著割掉舌头,却仍然盼望着王国。加缪心目中的王国,虽然很抽象,但包含着精神的向往和更美好的现实生活。这部短篇小说集反映了加缪面对20世纪50年代激烈变动的现实所处的无所适从的状态。

加缪的小说风格简洁而明晰。他追求为广大读者所理解的词汇和句子,语言具有古典文学风格,严谨而准确。但是,这并不妨碍他的文字具有浓郁的抒情色彩,表达复杂的感情。下面三点尤其值得注意。

第一,叙述方式。加缪喜欢使用第一人称的叙述方式。在《局外人》中,加缪用的是复合过去时,而不是一般常用的简单过去时(全文只出现过四次)。但是,这个"我"具有一般的自传体作品所不同的特点。叙述者的"我"只不过是一个乔装的"他"。布朗肖指出:"这个局外人与自身相比,仿佛是他人在看着他和谈到他那样……他完全是外在的。"阿布也指出:"叙述者都以为像一个'他'那样理解自我,他辨别自己的思想、矛盾和错误。"巴里埃在《〈局外人〉的叙述艺术中》指出,这部小说的文字是中性化的,口语只不过是用来抹去另一种语言。在小说的第二部分中,加缪运用越来越"典雅"的文体,但并不放弃口语。小说结尾重新使用文学性较强的语言。这种"我"与"他"的人称的微妙变化,口语与文学语言的交替使用,复合过去时与简单过去时的主次之分,形成了多变的效果,避免了单调,在平实中隐含丰富。《堕落》中的"我"为自己辩解,内心情感汹涌激荡,滔滔不绝地讲话,与默尔索形成对照;但他的语言也是平易通俗的。他也是将回忆与眼前现实交织起来,造成不单调的叙述效果。

第二,神话原型。结构主义和精神分析学者认为,《局外人》采用了神话原型的模式,即俄狄浦斯情结。默尔索和他的父母构成三角关系。他的母亲虽然死了,却在小说中一直存在,是她使默尔索被判处死刑。他的父亲虽然也死了,而且只提到过一次,但这是在关键的时刻:默尔索试图设想自我了结。在这个三角关系的中心,死神像一个看不见的人物,向三个人伸出了手。《局外人》的人物有两种类型:一种是母亲及其女性代替者玛丽、摩尔女人,另一种是不出现的父亲及其男性代替者佩雷兹、法官和律师。这两种类型的人物分别以海(与玛丽和欢情相连)和太阳(三次在小说中打上死亡印记:母亲下葬、打死阿拉伯人和审判)为象征。根据弗洛伊德的理论,在"反常的"哀痛中,主体不能放弃所爱对象。默尔索选择了这种方式。他不能转化哀痛,便把它压抑下去。默尔索即使想忘记他的母亲,也是十分困难的。母亲的形象不仅在审判中出现,而且在其他时刻也出现。至于父亲,他与替代形象和绞刑架联系在一起,儿子在和他争夺妻子。默尔索认为自己犯了弑父之罪,所根据的是,凡在精神上杀害了母亲的人,也能犯最可怕的弑父之罪,理应受到惩罚。他被判处死刑,因为他不想放弃"夺得母亲"这个愿望。对他的处决标志着父亲的胜利。

第三,象征性。加缪在《鼠疫》中大量运用了象征手法。奥兰与世界其他地方隔绝,象征着占领时期的法国;鼠疫将情人和家属分隔开,朗贝尔不惜一切要离开城市,这是封锁在占领区的法国人的写照和象征,他们参加抵抗运动,最终把不幸变成英雄行为。加缪在1942年春再次咯血,只得离开妻子,到上卢瓦尔河去疗养,这时北非的同盟国军队登陆,他和妻子一直分开到解放为止。在《鼠疫》中,加缪写的都是男人的故事,在这块阿尔及利亚的土地上,女人代表着别的地方、缺乏、愿望不能满足;隔离可以产生同战争和监狱一样的效果。

此外，加缪喜欢日记体的写法。他的小说往往以阿尔及利亚或非洲为背景，描写法国人在非洲的生活。

## 第三部分　戏剧创作

加缪十分重视戏剧创作。他在1959年指出："我知道，人们将我这方面的活动看作次要的和令人遗憾的。这不是我的意见。"他逝世前几个月又重申：对他来说，戏剧是"最高的文学样式，无论如何是最普遍的样式"。加缪只写过四个剧本，还改编过几个剧本，他来不及发挥自己的戏剧创作才能，便不幸去世了。

一般认为，加缪最成功的剧作是《卡利古拉》，其次是《正义者》。有人认为，加缪的戏剧与萨特的戏剧有某些相似之处，例如《误会》使人想起《禁闭》中的地狱密室。《卡利古拉》接近《苍蝇》和《魔鬼与上帝》，《正义者》和《肮脏的手》的情境和人物相似。这两位作家有共同的研究方向，都是无神论者。其实，他们的相异处更多。加缪的戏剧同他的小说和随笔一样，阐明同一种思想：世界荒诞，人要起来反抗。

### 一、荒诞意识

先是关于世界荒诞。《卡利古拉》是对《西绪福斯神话》的阐释，卡利古拉像西绪福斯一样，象征"荒诞的人"，也即头脑清醒的人。他意识到世界的荒诞。卡利古拉在他所爱的姐妹死去后，感到"人死了并不幸福"，这个事实"非常简单和明白"，别人对这种生活十分适应，他却做不到。既然他拥有极大权力，他就要充分利用。他要滥杀，颠倒一切价值观念；他否认友谊和爱情、人类友爱团结、善与恶。他"想要月亮"，却得不到。他衣服肮脏，没有皇帝的高贵与尊严。他杀戮王公贵族，将他们的妻女抓进宫内，任人糟践，甚至当着她们丈夫的面，强奸她们。他作恶多端，亲手勒死自己的情妇。但他最后意识到，他把荒诞推到极点是走错了路："我没有走必须走的路，我什么也没有达到。我的自由并不好。"事实上，想毁灭一切的人不可能不毁灭自己。卡利古拉想以荒诞的行动来对抗世界的荒诞，结果只能毁了自己，而丝毫改变不了这个荒诞的世界，这是卡利古拉的悲剧。加缪通过剧中人舍雷阿说，卡利古拉"促使人思索"。这是加缪所能得出的结论。《误会》也是一出阐明荒诞的剧作。这出戏充满了象征：罪行累累的旅店是我们的世界,封闭而荒诞,不受上天的监视。老母亲,更有甚者,玛尔塔,抱着绝对的虚无主义,追逐不为人知的犯罪。面对哥哥的死,玛尔塔无情地说:"即使我认出他来,事情也不会有丝毫的改变。"她怨恨哥哥把她抛下不管,而一回来就夺走了母亲对她的爱,她感到人与世界的分离,心灵异化。她不承认有爱情和欢乐。她是荒诞世界产生的人物。而坚持不懈地追求幸福的人,却在不可知和无情的命运所组成的墙壁上撞得粉身碎骨。"误会"不是偶然产生的,而是人类状况不可避免的法则。正如玛尔塔所说:"如今我们处在秩序之中。"剧中人待在罪恶和命运所组成的捕鼠笼里,无法脱身。

**二、反抗意识**

加缪认为,人经历了荒诞的经验之后,要摆脱偏见和障碍,势必要起来反抗世界和生存状况,从而超越荒诞。《戒严》所描写的鼠疫,指一切形式的暴虐和人的被毁和堕落,荒诞的专制规律剥夺了人的一切生存理由。但是,"必须竭尽所能不再受鼠疫所害"。为此,人们应该起来反抗鼠疫,要像剧中人迪埃戈那样,拒绝承认被鼠疫打败,让加的斯城重获自由和生存的乐趣。但反抗意识也要受到限制,因为暴力行动要同个人责任联系在一起。《正义者》确定了反抗的这种限制。狂热的斯特潘认为两个孩子与未来死去的几百万孩子相比,算不了什么,"当我们决定忘掉孩子时,那一天,我们就是世界的主人,革命就会获得胜利"。卡利亚耶夫不同意这种观点,他认为这是以建立明天正义的借口去做非正义的事:"今天我正是为了活着的人去斗争,同意去牺牲。我不会为了一座我不甚了然的遥远的城市,而去打兄弟的脸。"对他来说,正义事业所采用的方法和结果都应是正确的。然而,杀死孩子并不光彩,应该扭转否认本意宽宏的革命行动。被捕后,他拒绝宽恕,接受死亡,承担自己的行动的全部责任。对加缪来说,正确的反抗在于有时为了建立正义而不得不杀人,但随后要为自身纯洁而死去。

加缪要描写的是"现代悲剧性"。他表现压在现代人身上的各种各样的威胁和会毁掉现代人脆弱的幸福的灾难,并加以限制和预防。《正义者》中的革命者认为世界是荒诞的,非正义的,他们以人与人的友谊和合作去反对这种荒诞和非正义。

### 三、内心挖掘

加缪塑造的戏剧人物以挖掘其内心为特点。他认为戏剧应表现"人心的秘密和人隐藏的真相"。卡利古拉内心充满矛盾,既头脑清晰又幻觉重重,既有理想又十分凶横,对人既充满蔑视又充满了爱。卡利亚耶夫是个纯粹的恐怖分子,又是个人道的革命者,面对最无情的任务,压制不住内心的呼喊。

但加缪的剧作哲理意味未免过强,《误会》有点直统统地阐明作者的哲学观点,《戒严》像在解一道代数方程式,《正义者》像一张几何图表,《卡利古拉》也有阐述定理的味道,这是加缪的戏剧未能获得更大成功的原因。

2014 年 2 月

# 法国散文概述

散文古已有之。古希腊古罗马就有不少杰出的散文家。就法国而言,中世纪已经出现了散文作品,其中有四个代表作家:维尔阿杜安、儒安维尔、傅华萨和科米纳。他们的作品是历史纪事或传记。有的章节描绘生动,人物刻画传神,类似司马迁的《史记》,虽然艺术成就稍逊一筹。

法国散文真正登堂入室,步入文坛,功绩归于蒙田。16世纪下半叶,随着宗教战争的兴起,散文作品如雨后春笋般出现,涌现了一大批散文作家,蒙田是其中的佼佼者。蒙田的《随笔集》是人文主义思想经过长期发展的产物。他开创了"杂谈式"的散文,形式不拘一格,自然亲切,却又寓意深邃。另一优点是旁征博引,知识渊博,又善用比喻,富有形象性。蒙田的散文不仅在法国,而且对欧洲的散文发展产生了良好影响。

17世纪的古典主义散文有不少引人注目之处。种类有书简、箴言录、杂感、随笔、回忆录、诔词、演讲词、对话录、历史政治读物,等等,不一而足,散文领域扩大了。这些散文常常运用在日常生活和人际交往中,实用性很强。

18世纪的启蒙思想家则利用散文作为传播思想的工具,甚至用作斗争的武器。他们的小说也有散文化倾向,他们往往用书信体、对话体或回忆录的方式写小说。就小说而言,这是一种新创造,但是否也可以看作散文的一种发展呢?

法国大革命期间,演说词和政论获得了长足发展,比之16世纪,这类散文在语言方面有明显进展,雄辩性、鼓动性、逻辑性都大大加强。

法国散文发展至18世纪末,属于第一个阶段。这一时期各种体裁的散文作品大体具备了,而且不乏优秀作品。它们为19世纪散文的繁荣准备了条件。

19世纪是法国文学乃至欧美文学发展到高峰的时期,散文也不例外,出现了欣欣向荣的局面。19世纪法国散文的繁荣有如下几个特点。

第一，散文作为一个独立的文学体裁已经得到了确认。不少作家有意识地撰写散文作品，他们重视写札记、日记和书信，等等，不是纯粹为了记录、交往的需要而写，而是当作一种文学创作来对待。他们认为即使一时不能发表，日后总是要面世的，这种明确的意识无疑超过了前人的写作目的。因此，一些大作家的散文作品往往不止一两本，多的有十余本，例如雨果的散文就有数百万字，数量惊人。

第二，有的体裁得到蓬勃发展，譬如游记、报刊随笔。19世纪以前很少有游记，卢梭的小说《新爱洛依丝》和《忏悔录》包含了不少游记成分，但毕竟不是游记。而从夏多布里昂开始，游记大为盛行。他的《基督教真谛》展示了美洲风光，吸引了许多作家。此后，斯丹达尔、雨果、乔治·桑、戈蒂埃、莫泊桑、都德等都步其后尘，发表过一本或数本游记。游记之多，蔚为大观。报纸是19世纪风行起来的，它能容纳各种各样类型的散文，小品文、杂文、随笔、议论文、散论、人物速写、回忆、游记、艺术欣赏、动植物素描……无所不包。报纸促使散文向多样化发展，并把这种文学样式普及到广大读者之中。

第三，19世纪的法国作家力求在散文的内容和形式上有所发展。比如，勒纳尔对动物的描绘就不同于布封，前者以猎人的眼光去观察动物，传达出动物和大自然生机盎然的气息，而后者则以博物学家的眼光去观察动物，喜爱从动物的习性和动物之间的差异去描写。显然，勒纳尔的散文更具文学色彩。19世纪散文的一大发展是散文诗的出现，散文诗是散文与诗的结合，它兼具诗歌的音乐节奏和散文的叙述自由的优点，可以说是一种更精炼的散文，文字更加优美而且富于抒情意味。

第四，在法国，一般将史学家的著述列入散文范畴。19世纪上半叶的史学家如米什莱等，他们的史学著作颇具个性，观点鲜明，灌注了自己的感情，不失为优秀的散文。况且他们之中有的以历史典籍中的某些篇章写成故事，如米什莱对贞德事迹的描述，又如奥古斯丁·蒂埃里的《墨洛温时代的故事》，甚至夏多布里昂的《殉教者》，都可列入这一类。这是中世纪历史散文的延续和发展。

第五，19世纪法国散文百花齐放，各个作家风格迥异。散文可以用来衡量一个作家的语言功底和风格，夏多布里昂的华丽多彩、斯丹达尔的简洁流畅、雨果的热情澎湃、大仲马的轻快风趣、乔治·桑的感情洋溢、莫泊桑的准确平实、都德的优美抒情、波德莱尔的含蓄精粹、马拉美的朦胧不定、魏尔伦的飘忽柔和、兰波的诡奇怪异,都各有特色,自成一家,他们跻身于散文大家之林而毫无愧色。

20世纪的法国散文是19世纪散文的赓续,但也有其特点。

其一是传记文学的兴盛。斯丹达尔写过一些艺术家、音乐家和政治家的传记,成就不算很高。莫洛亚则将传记文学提高到一个新水平,他的成功引起法国乃至欧美传记文学的繁荣。《雪莱传》等几部传记已成为经典之作,至今还没有出其右者。他善于利用传记对象的生平轶事,写出其音容笑貌、性格特点。

其二是哲理散文的开拓。启蒙思想家的散文倒不一定是哲理散文,而往往是哲学思想的通俗阐释。蒙田的随笔包含着哲理,帕斯卡尔的《思想录》、苏利·普吕多姆的《沉思录》均是哲理散文,但屈指可数。20世纪法国作家则不同,他们更加热衷于这种哲理散文。阿兰是哲理散文的大家,他并不酷爱过于高深的哲学,相反,他喜欢从日常生活的琐事或人们习以为常的现象入手,"见微而知著",一层层深入挖掘和推论,给人以生活品行的启迪。克洛岱尔的《认识东方》等散文集,罗曼·罗兰的《内心旅程》,甚至马尔罗的《反回忆录》,等等,都力图归结到哲理的高度。可以看到,20世纪的法国作家大多对人的命运进行思索。两次世界大战的浩劫和物质世界对人类精神的压迫,都促使作家考虑人的处境,他们不仅在小说、诗歌、戏剧中表现这种思考的结果,而且在散文中加以归纳和阐述,因而哲理散文受到了青睐。

其三是散文诗的空前繁荣。几乎没有一个诗人不写散文诗。20世纪散文诗的几大家是:克洛岱尔、圣琼-佩斯、沙尔、米绍、蓬热等。如上所述,散文诗可以列入散文范畴。20世纪散文诗多半抒写作者对大自然的感慨或者描绘大自然的一草一木、一山一石、物体人体,描写对象是扩大了,但作家的思想更深藏不露。他们要么在大自然面前自感渺小悲哀,要么对西方文明表示失望,对东方,尤其对中国感到极大的兴趣,要么描绘自己的内心世界。由于散文诗的盛行,散文诗的文风对散文产生了影响。

# 法国诗歌概述

中国读者大半只知法兰西是个小说王国，殊不知它也是个诗歌王国，在欧美各国中，就其丰富性、成就和影响来说，均是数一数二的。尤其近代，法国诗歌曾经在相当长一段时期里独领风骚，执世界诗坛之牛耳。

雨果曾经说过，中世纪的文学领域是"诗歌的海洋"，真是一语中的。诗歌在中世纪占了绝对优势，诗行的全部总数要以七位数来计算。现今发现的英雄史诗有100部左右，传唱英雄史诗的行吟诗人约有400人。其后出现的骑士抒情诗和叙事诗也数量惊人。随着城市的出现，12世纪，市民文学问世。小故事诗、列那狐故事诗、玫瑰传奇和市民抒情诗应运而生。市民抒情诗最为引人注目，其代表人物是维庸。市民抒情诗之所以重要，是因为它开了法国近代文学的先河。市民抒情诗注重个人内心情感的抒发，突破了英雄史诗、骑士叙事诗以他人为描绘对象的格式。而这一点正是近代意识，因为重视个人情感乃是对人性的探索，直接导向文艺复兴的人道主义思潮。维庸的近代意识十分强烈：他的个人剖白大胆无情，含有个性解放的因素；他敢于面对死亡，从对死的恐惧中流露出对生的渴望，且带有幽默和揶揄的意味，向近代诗所重视的幽默感靠近；他还能化丑为美，丑中见美，体现了近代文学揭橥的一条艺术准则。在艺术上，他运用谣曲体裁得心应手。这种形式虽来自民间，但经过几个世纪的发展，已成为要求极严的一种体裁。而在维庸手里，它既能咏史，又能用来自感自叹，灵活多变，毫无拘束，显示了他的才能确实不同凡响。

文艺复兴时期是法国诗歌的一个重要发展阶段。16世纪中叶出现的七星诗社有两个历史功绩。一是提倡完善法语，以创造出光辉的民族文学；二是在抒情诗的领域成绩斐然。七星诗社的主将是龙沙和杜贝莱。龙沙是写爱情诗的圣手，对大自然也充满热爱之情。他的爱情诗写法多种多样,有赞颂式、启发式和感伤式,后两种见出他的匠心独运之处:思维方式趋于复杂,能以诗人心中的火花去点燃读者心中的火花;不用平铺直叙,而是运用间接叙述和颠倒回忆的笔法,颇为别致。杜贝莱的眼界比龙沙要开阔一些。他对祖国忆念之深沉,他对教廷佞臣讥讽之犀利,跟龙沙和其他七星诗社的诗人相比都是独树一帜的。杜贝莱擅长十四行诗,这种从意大利借鉴来的诗体在他手里经过改造而法国化了:他将十四行诗分为四节、后六行的押韵创造了几种变化。十四行诗是一种短小精悍的诗体,韵律要求很严,不易驾驭。可是,正因如此,它受到诗人们的欢迎。在杜贝莱之后,德·拉博埃西、左岱尔、帕斯拉、德波特、德·斯蓬德都在十四行诗中各显神通。此后一直到20世纪,诗人们仍然不断尝试,在音节和押韵方式上加以翻新,以求有新的创造。追根溯源,不能不首先看到杜贝莱的贡献。此外,七星诗社大力推广亚历山大体（十二音节）,使这种诗体成为法国诗歌的重要诗句形式。

此后,法国诗歌经历了巴洛克诗歌、马莱布及其弟子们追求辞藻美的发展阶段,直至古典主义时期到来。古典主义的悲剧和喜剧不少都运用诗体,作为诗剧,达到了最高成就。但我们要论述的是短诗。斯卡隆和布瓦洛对现实的描绘和嘲讽留下了17世纪的市民生活写照,令人兴味盎然。高乃依文笔的老练和机智令人赞叹,拉辛对矛盾的内心情感的剖析显示了他固有的才能。毫无疑问,寓言诗人拉封丹的成就最令人瞩目。他的不少诗歌写得完美无缺。和谐丰富的韵律、自由多变的诗行与风趣巧妙的思路紧密结合,这是他的寓言诗的一大特点,迥异于伊索寓言等较为直白的抨击和平铺直叙的散文。他的创造还表现在将一首寓言诗写成一幕短剧,人物或动物的对话成为诗篇的主体,从而使整首诗显得生动活泼,跌宕起伏。难能可贵的是,拉封丹的寓言诗不再只着眼于普通的道德教训,它们反映了17世纪下半叶的法国社会,他笔下的动物是各种阶层人物的写照。拉封丹的成就后人望尘莫及,除了18世纪下半叶的弗洛里昂还算写出一些较优秀的寓言诗以外,在这个领域中,拉封丹高踞其上,地位不可动摇。

18世纪的诗坛相对冷落。伏尔泰的哲理诗缺乏强大的生命力,已无人问津。唯有世纪末的安德烈·谢尼埃还写出一些隽永的抒情诗。他的异国题材的诗歌使他成为浪漫派的先行者。这一世纪的诗歌如果有什么与众不同的话,应该指出具有爱国精神和反封建思想的民歌或民谣。大革命风暴的酝酿和到来给这类诗歌准备了土壤和条件。《马赛曲》和《出征歌》洋溢着充沛的战斗激情和为国捐躯的大无畏精神，它们是法国人民推翻封建制度和维护新秩序的思想记录。至于《卡玛纽勒》《一切都会好》和《自由帽》，则是对封建贵族的有力抨击和对自由的美好向往，表达了人民对进步事业的坚定信念。在这方面，三十多年以后出现的歌谣诗人贝朗瑞的作品是与此一脉相承的，只不过贝朗瑞的讽刺更为机智，技巧更为纯熟。在嘲讽社会现实方面，还可举出巴比埃、阿尔塔罗舍等诗人。他们的诗歌能抓住嘲弄对象的形体和思想特点，加以夸张，甚至不惜漫画化，勾勒出滑稽可笑的形象，给予致命的一击。雨果的《皇袍》也有异曲同工之妙，这首诗抓住拿破仑三世的皇袍上所绣的蜜蜂大做文章，攻其一点，加以引申，揭穿其丑态。这些诗章都是讽刺诗的典范。

法国诗歌发展到19世纪达到鼎盛时期：群星灿烂，大放异彩，越出本国，影响世界；这十六个字便是概括。

首先是浪漫派异峰突起。法国浪漫派兴起在德国和英国的浪漫主义运动之后，显然受到外国的影响。政治动荡产生了强烈的思想冲突。新的一代诗人摒弃了伪古典主义，重新发现了古典主义时代所抛弃的民族遗产。中世纪成为热门题材，东方和《圣经》《可兰经》中提到的阿拉伯世界具有巨大的魅力，对异国文明渴望了解。无论神话或历史，还是人类的童年或当代，都吸引他们的注意。但是历史材料十分缺乏，只能依靠想象来补充，于是想象被看成"才具的女王"。给想象以头等重要地位的主张在创作中注入了新的生命，引发了大量作品的问世。此其一。新的一代作家十分注重内心的发掘，他们的作品有对孤独苦闷等心境的描绘，有对内心世界神秘活动的探索，有对沉思的爱好，有对回忆的抒写，有对与大自然沟通的写照，有对梦境的发掘，有对自省的描摹。由于创造了一种能表达内心活动的语言，浪漫派打开了诗歌创作的现代之路，展示了一个新的天地。此其二。浪漫派诗人注重意象，诸如拉马丁将自然景物拟人化，维尼强调寓意和象征，雨果擅长隐喻，奈尔瓦追求梦境显现。他们的诗歌具有视觉的、有启发性的、优美的和怪诞的艺术特点。此其三。浪漫派并非不注意日常现实和环境。穷人的困苦生活、新兴工业或意外事件使儿童遭殃、妇女的失足，甚至巴黎公社社员的被镇压，全都在他们的视野之内。至于大自然，他们感受到它的无穷变幻和魅力，认为诗人应当分辨出大自然蕴含的信息。他们要找到人与世界之间失去的统一，诗歌在他们手里成为寻找美好生活的工具。此其四。浪漫派企图革新史诗,拉马丁的《天使谪凡》和《若瑟兰》从神话中撷取题材,维尼改造英雄史诗或咏唱东方故事,雨果的《历代传说》成功地创造出"小型史诗",勾画了人类的历史。这种新型史诗较为简短精练,是现代史诗,扩大了诗歌的表现力。此其五。有的浪漫派诗人过分追求形式美,例如戈蒂埃,认为"不要思索,不要废话,不要思想",美就是一切。这种"为艺术而艺术"的观点直接影响了巴那斯派。

巴那斯派虽然一度在它的旗帜下聚集了63位诗人,实际上并没有形成一个真正的文学流派。它只不过是一个松散的运动,持续时间不长。巴那斯派的领袖勒贡特·德利尔强调形式重于内容,反对浪漫派的雄辩滔滔和一泻千里,提倡冷漠态度和科学精神,乐于漫游古代和动物世界。在描绘事物的缓慢进展与静止状态上,勒贡特·德利尔是准确而目光敏锐的,他的诗确实较为简洁,具有雕塑的凝重和分明的轮廓。苏利·普吕多姆的《天鹅》、埃雷迪亚的十四行诗、邦维尔和柯佩等诗人的作品都体现了类似特点,他们力图"寻觅一块完美的大理石,凿出彩瓶一只"。

然而,巴那斯派并没有找到这块完美的大理石,因而也未能对浪漫派构成有力的冲击。这个任务要由波德莱尔来完成。他发现了语言中的通感现象,认为色、香、味能互相交流。这个观点给后来人打开了一条新路,它就像一把万能钥匙一样,打开了通向现代派的所有大门。波德莱尔擅长用象征手法去表达抽象的精神心理状态,借有形寓无形,显示出复杂的、丰富的、深邃的、哲理的内涵。同以往的诗人相反,他不从大自然中去寻找意象,而是用日常实物去喻指自然景物,以奇取胜。波德莱尔运用全新的艺术手法革新了诗歌,又以精美绝伦的形式使浪漫派诗歌显露了拖沓的缺陷。他还拓展了丑中见美的美学观。这颗新星的出现震动了世界诗坛。随后,魏尔伦和兰波承袭了波德莱尔的诗歌主张。魏尔伦将诗画结合,注重音乐性,他善于将自我美妙的、但不安的情感消融在景物描绘中,写出极其明快、柔和、轻灵、抑扬顿挫的诗句,情调极为忧郁悲怆。他喜爱短促的诗行,这能产生跳荡的节奏感,加以他运用了大量的谐韵和叠韵,给人十分优美动听的感受。兰波则提出诗人是"通灵者",要探索不为人知的领域。为此,诗人要运用"语言炼金术",将色、香、味熔于一炉,发现"有朝一日为一切感官所接受的诗歌语言"。他从字母中看到色彩和各种意象。作为通灵者,他感受到并写出了人的异化现象,探索了许多非理性的下意识感觉(《醉船》)。他怪诞的想象激起了现代派作家的共鸣。在他之后的拉福格、雅里及超现实主义诗人无不以怪诞为其诗歌特色。

波德莱尔、魏尔伦和兰波的创作为象征派的崛起铺平了道路。1880年以来，马拉美每个星期二都在他的住宅接待一批年轻诗人。1886年9月18日，《费加罗报》发表了莫雷亚斯的文学宣言。从1886年起，《象征诗人》杂志将一批诗人聚集在它的大纛下。象征派终于成为一股潮流。法国象征派有前期和后期之分，前期象征派以马拉美为代表，包括莫雷亚斯、苏利·普吕多姆、萨曼、雷尼埃等诗人；后期象征派以瓦莱里为代表。马拉美等诗人师承波德莱尔的方法，用具体的象征来表白抽象的内心情感，即所谓"象征派诗歌力图使观念具有可感的形式"（《文学宣言》），也就是马拉美所说的给人以"暗示"。不过，马拉美更强调诗歌的神秘性，认为诗要写得朦朦胧胧，晦涩难懂，有多层含义，这是他与波德莱尔的不同之处。其次，马拉美等诗人更加着意追求形式美，认为"诗人应该使人们注意到隐藏在不完美的生活的过渡形式下美的永恒观念"。马拉美为了达到这种形式美，不惜从罕见字和罕见韵中寻找诗歌素材，置内容于不顾，以便创造出"形式纯粹"的作品。瓦莱里的诗作较之马拉美的作品要更为明快些：脚步象征灵感，石榴象征思考的大脑，鸽子象征大海上的白帆，形象优美而明晰。但瓦莱里的诗歌更有哲理，他认为："真正的诗人，其正确辩理与抽象思维的能力，比一般人所想象的要强得多，'诗人'有他的哲学。"这种哲理性又与抒情相结合，深邃的哲理使他的诗篇具有恢宏的气度，而浓郁的抒情气息又使他的诗歌带上华美的色彩，两者结合，意趣无穷。瓦莱里同马拉美一样，十分注意作品的形式和结构，而且他力求创新，例如用五音节和八音节诗来写十四行诗，用十音节诗来写长诗，在形式上有所突破。

20世纪法国诗歌最强大的潮流是超现实主义，它延续了半个多世纪。在某种意义上，超现实主义是象征派的发展。两者之间承上启下的诗人是阿波利奈尔。他的作品反映了现代生活的快速进行和复杂性。他注意吸收传统手法，包括民歌、浪漫派和象征派的艺术技巧，同时提倡"新精神"，认为应该允许进行文学试验，博采众长。在这种思想指导下，他把立体派绘画的拼贴方法引进诗歌，创造楼梯式诗行，取消标点符号，以诗歌的内在节奏来代替，创作以诗行组成图画线条的图像诗，最后，正是他第一个使用"超现实主义"这个词。超现实主义经历了达达主义的过渡，在20年代初形成，聚集了一大批诗人：布勒东、艾吕雅、阿拉贡、德思诺斯、维尔德拉克、米肖、沙尔、普雷维尔、格诺，等等。超现实主义着意于发现下意识，描写梦幻,力图探索前人所不曾注意或注意得不够的领域。从艺术上来看,超现实主义偏爱意象的堆积,在他们的诗中,意象杂乱地呈现出来,包括具体可感的意象和抽象的不可触摸的意象。意象的集中出现能产生始料不及的强烈效果。超现实主义者喜爱写自由诗,就是为了让意象如同烟火一样爆发开来。有些诗人虽然后来脱离了超现实主义,但仍保留爱用意象的艺术手法。从艾吕雅、阿拉贡、普雷维尔的后期诗作中,都可以明显地看到这一点。但他们摒弃了超现实主义的晦涩怪异,换以比较明白晓畅的内容。那些触及社会现实和反对法西斯的诗篇有不少一直脍炙人口。超现实主义影响很大,曾波及南斯拉夫、比利时、秘鲁、捷克、美国、德国、英国和墨西哥,成为国际性的文学潮流。

20世纪的散文诗在19世纪散文诗的基础上有了较大发展。19世纪上半叶的莫里斯·德·盖兰和阿路易修·贝特朗以及下半叶的波德莱尔、兰波等诗人都写出过优秀的散文诗。20世纪的散文诗大家为:克洛岱尔、福尔、圣琼·佩斯、亨利·米肖、勒内·沙尔等诗人。其中,福尔的散文诗形式较为短小精粹,而克洛岱尔、圣琼·佩斯和亨利·米肖擅长宏大的构思,咏唱自然界的风雪,对人类命运进行思考,写出鸿篇巨制。他们的诗篇将哲理与抒情相糅合,力图创造一种空灵、博大、高远的意境。

当代法国诗人数量庞大,可是,翘楚之作如凤毛麟角。他们尽管不断花样翻新,却很难说这是有价值的新创造。

《法国诗选》序
河北教育出版社,2004年1月

# 失恋者之歌

## ——法国爱情诗一瞥

优秀爱情诗几乎半数是"失恋者之歌",阿波利奈尔这首名诗的标题道出了爱情诗的一个奥秘;至少从法国爱情诗来看,这个立论是断然不错的。谓予不信,请看事实:

玛丽·德·法兰西的《金银花》是描写特里斯坦和王后伊瑟的爱情悲歌,抒发失恋者的幽怨和激情。

佩奈特·杜·吉耶与莫里斯·塞夫相恋,却未能结合,由此产生了诉说失恋痛苦的一系列爱情诗。

马罗爱上他的保护者的侄女安娜·德·阿朗松,但无法与她结合,他写下一组给"高贵朋友"的爱情诗。

龙沙曾爱过意大利银行家的女儿卡桑德尔·萨尔维亚蒂,这是柏拉图式的恋爱,卡桑德尔并不知晓,龙沙自作多情,写出了《颂歌集》《爱情集》,将卡桑德尔看作彼特拉克笔下的劳拉;龙沙后来又爱上了在内战中失去未婚夫的爱伦娜·德·苏热尔,后者比他小得多,自然这也是不能实现的爱情,龙沙却写出了《致爱伦娜十四行诗》。

拉马丁于1816年布尔谢湖边结识了朱丽·沙尔,两人相爱,相约来年在湖边再见面,但朱丽因患严重肺病,濒临死亡边缘,不能赴会,名诗《湖》便是拉马丁触景生情,思念垂危中的恋人而写下的。

雨果发现妻子与圣伯夫的暧昧关系以后,痛苦万分,他和妻子的爱情难以破镜重圆,在这种情况下,雨果爱上了演员朱丽叶·德鲁埃,他俩有时秘密出游;1837年10月,雨果一家来到拉比埃弗尔山谷的农家小住,雨果将朱丽叶安顿在别的地方暂居；雨果的感情生活处于一种极其复杂和矛盾的状态中，面对他和恋人游历过的一切，他不由得感情汹涌起伏，写下了《奥林匹欧之愁》。

1835年缪塞同乔治·桑相恋了两年后关系破裂，胸中块垒不吐不快，他在两夜和一个白天中写出了长诗《五月之夜》，心情才平静下来，卸下了心头重负，心灵的创伤愈合了。

费利克斯·阿维尔对玛丽·诺蒂埃怀着胆怯的爱情，写出《我心灵有秘密》这首著名的十四行诗。

《恶之花》中收入了波德莱尔的三组爱情诗，第一组是他同让娜·杜瓦尔相爱后他对这个冰冷的美人的赞颂与谋求和解的呼吁，第二组是他对高等交际花萨巴蒂埃夫人单相思的表露，第三组歌咏玛丽·杜布伦（她拒绝了诗人的追求）。显而易见，这些爱情诗要么是诗人在一厢情愿地表白爱情，要么是表白失恋之痛苦，要么是同情人争吵后心情苦闷的产物。

魏尔伦的爱情生活很短暂，他和妻子的关系在婚后不久便冷淡下来。随后，他悔恨自己有酗酒的毛病，这是他与妻子不和的起因。他想弥补同妻子的关系，于是写出《无言的情歌》。

阿波利奈尔短暂的一生有过五次恋爱，前四次都只有失败的记录：1899年他在阿尔登纳地区遇见玛丽，留下了美好的记忆；1901年他爱上在新格鲁克古堡当教师的英国小姐安妮·普莱登，后来到英国去向她求婚，被她拒绝，《失恋者之歌》是在这次失恋后写出的；1908—1912年他与玛丽·洛朗散交往，感情破裂后写出《米拉波桥》；第一次世界大战前夕他认识露·德·柯利尼，产生组诗《给露的诗》，失恋是阿波利奈尔爱情诗的主旋律。

克洛岱尔在中国遇到一个叫伊瑟的女人，分手之际写下了一组爱情诗。

上述诗人的爱情诗几乎包括了最优秀的法国爱情诗，还不说尚未提及有的诗人在某种不为人知的失恋状态下写出的爱情诗，我们只不过将诗史上人人皆知的事实罗列一下而已。这些事实足以说明，失恋诗在爱情诗中的比例和分量是很大的。如果再加上写爱情折磨的诗，这个比例就更大了。受爱情折磨在某种意义上也是一种失恋状态——要么是受到恋人的轻慢，要么是竭力争取爱情而又未能获得，这时便流露出烦恼、痛苦。这类爱情诗，我想不必一一列举，那是为数不少的。至于失恋诗在爱情诗中所具有的重要性，则可以从下列几方面来看。

从爱情诗的发展史来看,失恋诗在内容和艺术技巧上起了重大的推进作用。这里可以龙沙的爱情诗为例。龙沙的爱情诗有三类:赞颂式、启迪式和感伤式。第一类是对情人的赞美,爱用最高级的形容词来歌颂情人,充分反映了诗人丰富的想象力。例如这几句:"你眼睛是如此可爱,眨一眨就可以使我丧命,再一眨又突然使我活命,两下子能使我死去活来。"这首诗采用避实就虚的写法,不描绘情人如何美丽,而是写自身的感情如何炽烈,以此衬托情人之美。但这样形容毕竟属于"豪言壮语",以致所歌颂的女子成了高不可攀的女性,不像凡人。龙沙的第二、第三类爱情诗在技巧上有了提高,他不是这样直露地写爱情。启迪式的爱情诗(如《宝贝,咱们去看玫瑰》)将青春比作玫瑰,呼吁情人珍惜年华,接受爱情,投身爱情。诗人虽是失恋者,却与诗中人是平等的,这是现实生活中的恋人,诗人与她进行思想交流,以自己心中的火花去点燃恋人心中的火花,这种表现方式给读者的感染力更强烈、更直接。龙沙后期的爱情诗以《待你到垂暮之年》为代表,诗中渗透了深深的感伤情调,这种情调形成了浓郁的诗意,对后来的爱情诗产生巨大影响,拉马丁、缪塞等都步他的后尘。总之,从龙沙的爱情诗来看,失恋诗在内容和艺术上都比以前的赞颂式爱情诗迈进了一步。

写失恋无疑是在抒写真情实感。失恋是爱情遭到挫折后所呈现的最突出最尖锐的失望状态,在这种状态下写出的诗歌也就最集中地表现了失恋者——诗人的复杂心绪,它们由痛苦、烦闷、苦恼、悲哀、悔恨以及回忆美好的往昔、眷念、对情人的呼吁等情愫交织而成,感情的丰富为一般的歌颂、赞美爱情的诗歌所不及。试以拉马丁的《湖》为例。这首诗以感情真挚著称,诗人对自己的情感毫无掩饰,诗歌细腻地表达了诗人的惆怅、失望、悲哀、对恋人的向往、对幸福的无限怀念、对人生的哲理沉思等复杂的心境。诗人将湖拟人化,向它尽情表白,这一诗意的处理是出于诗人感情澎湃,无法自制,力求向别人宣泄内心积忧所产生的一种需要。诗人在极度亢奋中甚至出现了一种幻觉,他似乎听到了恋人的话语声在湖上回荡。这是对恋人极端思念而引起的感觉,生动而真实地表现了诗人的精神状态。最后,诗人的痛苦自然而然升华为对人生幸福的思索,它使诗人的感情变得更为深沉。《湖》中折射出来的诗人情感是异常丰富的,与一般的爱情诗不可同日而语。

俗话说,愤怒出诗人。其实,痛苦也出诗人,尤其是爱情诗人。失恋往往生出极其强烈的,乃至痛不欲生的情感,用缪塞的话来说,"最绝望的歌才是最优美的歌,我所知不朽的歌是呜咽痛彻"(《五月之夜》)。至少,失恋诗的特点是有感而发,它避免了造作、矫饰或虚假,它嫌恶夸张、无病呻吟和空泛的辞藻,相反,它要挖掘诗人的心理状态,并用诗歌语言和特殊手段表述出来。例如阿波利奈尔的《失恋者之歌》中,将耶稣心中的七种痛苦将化为:忍让、怀念、自怜、肉欲、幸福的觉醒、自暴自弃、背叛,其中有真实的感觉,也有象征的成分。因而从艺术上来说,失恋诗在描画心理活动方面丰富了诗歌的表现内容和形式,具有很大的美学价值。

处在幸福状态中写出的爱情诗之所以一般不如在失恋状态中写出的爱情诗动人,原因在于美满的爱情使人处于一种满足、平静的心境中,感受不如失恋时那样情感冲突强烈、尖锐、丰富,也缺乏那种感人至深的冲动。因而赞颂幸福美满爱情的诗歌在感情上往往会显得平淡、单调,表达上也会随之变得单纯而缺少变化,只能产生令人赞赏的心理,却不能产生动人心魄的力量。所以,前者的优秀诗作不及后者多也就不足为怪了。

法国爱情诗的产生,几乎与诗歌的产生是同步的。织布歌是最古老的法国诗歌之一,也是最古老的爱情诗。顾名思义,织布歌是用来取悦于刺绣或织布的贵妇或妇女的,它似乎介于"破晓歌"(写两个情侣在天亮时由担任警戒的人唤醒)和田园牧歌之间。如《盖叶特和奥莉娥》就以农村为背景,却将一对情侣的相会放在白天。但这是民歌,具有民歌的质朴美。

随后,爱情诗由于骑士文学的产生而得到发展。骑士文学中的长篇叙事诗都是描写爱情的:写骑士对贵妇忠贞不渝的爱情。骑士之爱同宗教所宣扬的禁欲主义格格不入,具有进步意义。在艺术上,骑士文学创造了标准语言,为当时的欧洲各国所望尘莫及。《金银花》文字表达的精确和叙事的简繁得当便可见一斑。

14—15世纪,爱情诗仍为诗人们所喜爱,但他们运用短小精悍的形式:回旋曲、谣曲,等等。马肖注重比喻和韵律。傅华萨擅长语义双关和联想。德尚从民歌中汲取养料,用词大胆,节奏跳荡而和谐。夏尔·德·奥尔良的爱情诗典雅而真诚。他们的爱情诗各有特色。

总的来说,中世纪的爱情诗在内容和形式表现上还处于初级阶段。中世纪爱情诗多半与民歌有联系,内容比较简单,稍为复杂一点也只是采用语义相关。表达的情感也比较单纯,无非是渴求、思念、痛苦等,而且大多只写其中一种。

文艺复兴时期,爱情诗得到很大发展。马罗从意大利诗歌中汲取营养,形式轻巧而自由，感情真挚，善于借物比兴。龙沙的出现是爱情诗发展史上的里程碑，他是写爱情诗的圣手。他的诗歌精巧优美，意象鲜明，节奏和谐。他和七星诗社其他诗人一起，从意大利引进十四行诗，手法娴熟；他们提倡亚历山大体，发扬了法国诗歌中的一种主要形式；龙沙还创造了不同类型的爱情诗，丰富了这种诗歌的内容和表现形式。自龙沙开始，短小的爱情诗成了人们喜爱的诗歌形式，而他的诗也达到了家喻户晓的程度。龙沙倚仗爱情诗成为法国的大诗人。16世纪的其他诗人中，吉耶的诗纯朴热烈、明白流畅，拉贝的十四行诗真诚坦率，心理活动用确切的比喻描画出来，这两个女诗人有着女性的细腻和纯真。拉博埃蒂具有人文主义者的书卷气，以古希腊传说中的人物作铺垫；若岱尔巧妙运用自然景象来畅叙心怀；帕斯拉的对月吟唱不落俗套，别有新意，结尾含蓄；伏克兰·德·拉弗雷奈能抓住生活中刹那间的感受；德波特善于雅致地委婉表白。16世纪的爱情诗在表现形式上显然大大发展了以往的爱情诗，留下了不少优秀篇章。这一时期的爱情诗由于吸收了古希腊罗马的诗歌形式，种类有了不少增加，尤其是十四行诗这一韵律严格的诗体运用得十分纯熟，而且有创造性，成为诗人们最喜爱的诗体之一。16世纪的诗人在表达情感方面较之中世纪的诗人要细腻得多，有启发、回忆、对物吟唱、运用典故等多种方式。更重要的是，爱情被真正当作人类的自然情感来抒发，它不再是贵族的典雅情趣，而是"返璞归真"，被当作高尚优美的人类本性来歌咏。

　　17世纪和18世纪爱情诗的发展势头有所低落，好诗不多。马莱布的风格是抒情中带有雄辩。特里斯坦·莱尔米特描写死前的一吻有感人至深的力量。高乃依以有力的议论去说服对方，与马莱布的风格相近，但高乃依显然更为振振有词。莫里哀则以缓解的口吻，体贴的话语去劝说恋人，议论方式又略有不同。伏尔泰仍然沿着这条路子走下去，不过他表达得更为轻巧、妩媚，语气自然灵活，略带忧郁。法布尔·代格朗丁用民歌体去写爱情诗，亲切柔美，稚拙可爱。安德烈·谢尼埃喜爱古希腊罗马的传说题材，有一种幽渺、旷远、忧郁的意味，或者在甜蜜的回忆中带上淡淡的哀愁，在艺术上较为精致，能令人回味。这两个世纪爱情诗的发展，表现在善于采用议论，这是龙沙启发式爱情诗的一种延伸。

　　19世纪，法国在爱情诗发展史上达到高峰。诗人层出不穷，形式丰富多彩。女诗人德博尔德-瓦尔莫善于描画蛰居家中的女性焦思苦虑、等待情人、孤独苦闷、依依惜别、甜蜜约会的场景。她既采用古代波斯的诗歌形式，又爱运用民歌的节奏和韵律,写得自然亲切,缠绵悱恻。拉马丁是最早产生重大影响的浪漫派诗人,《湖》是爱情诗名篇,除了上述的优点以外,这首诗大量采用了小舌音,全诗共十六节,诗人一共用了十次小舌音来押韵。小舌音发出柔和的颤声,起到如诉如怨的效果,回环往复,和谐动听。雨果既善于运用滔滔不绝的诗行去表达喷涌而出的感情,又能创作短小精美的爱情小诗。布里泽写出了青梅竹马式的天真美好的爱情。圣伯夫的十四行诗似在表白失恋痛苦,又似在追忆早年的爱情,朦朦胧胧,让人琢磨。阿维尔写出单相思的心灵酸甜苦辣的种种滋味。奈瓦尔的爱情诗写得像梦幻一样,少女的娇姿在诗人心头留下了不可磨灭的剪影,她们在公园的小径一闪而过,或者只存在于冥冥之中,令人有凄冷、渺茫之感。缪塞才华横溢,既能押出奇僻的韵和写出精警之句,又能注入瑰丽浪漫的诗情。在所有浪漫派诗人中,他是最不加修饰地袒露心灵的一个;他反对在诗中发议论,主张保持情感的原始自发性。他擅长难度较大的对话体诗。戈蒂埃喜用比喻手法来映照爱情的盲目、不知不觉、难以实现,风格清淡而隽永。勒贡特·德利尔显示了运用和谐韵律的高超本领,他的诗爱用异国题材,对民歌也表示出同样浓厚的兴趣。波德莱尔的《恶之花》使法国诗歌在世界文坛产生了前所未有的影响。他深厚的功力在爱情诗中同样得到了体现。无论《黄昏的和声》运用马来诗体产生的和谐音响效果,还是《起舞的蛇》用词大胆、形象精确、诗句节奏起伏,或者《遨游》的异国情调和斑斓色彩,都是极有艺术魅力的。众所周知,波德莱尔是运用通感的大师,这种具有独创性的艺术手法在他的爱情诗中比比皆是,它们表明了波德莱尔对词与词之间奇异组合的极端敏感。诗人以通感手法扩大了语言的表现力,为现代派的产生提供了有力的手段。苏利·普吕多姆善于刻画爱情易于破裂的特点和幸福美好的感受,有时则带点神秘意味,对心理状态有独到的写照。他的象征手法十分细腻,如能抓住眼睛与星光的相似,从而发出对人生的感叹。科佩写出对恋人殷切期待以及对爱情惶恐不安的心情。克罗斯向往典雅、高贵或纯真美好的爱情生活,愿在爱情中忘却一切。马拉美的爱情诗不多。他的诗歌特点是朦胧晦涩,这在爱情诗中也不例外。从字面看他似乎在写爱情,然而其中包含着更深一层的哲理,这要由读者去细细思索。魏尔伦能写出温柔动人的情思,也能写作凄清、冷峻的爱情诗篇。他既善于创造出情景交融、幽雅而富于诗情画意的场面,又善于刻画幽怨惆怅的心理状态。他喜用短句、奇数音节、叠韵、谐韵、多变的节奏,等等,产生富有魅力的音乐效果。他以不同色彩来表达感情的欢快或阴郁,这种心灵写照具有创造性。魏尔伦在诗艺上的创新和对通感的成功运用(在某种程度上,他是将波德莱尔的通感手段通俗化),使他拥有广大的读者。科比埃尔通过母亲对睡着孩子的独语,语义双关地吐露自己的情怀。里什潘用民歌形式写出母亲对儿子过分的溺爱,她为满足狠心姑娘的无理要求而甘愿献出自己的心,诗歌写得悲怆感人。努沃追求幻想中的美好爱情,有时也描写傲视一切、要取得爱情的大无畏决心,有时则描写富于肉感的爱情。萨曼将自己的心灵比作公主,让人进入梦幻般的仙境,沉醉在爱的温馨中。古尔蒙以诗集《西蒙娜》闻名诗坛,《雪》足以代表他善于将民歌体和象征手法熔于一炉的技巧。拉福格在忧郁的情调中带上幽默意味,幻想离奇的不可企及的爱情,这种幻想新颖,并具有真诚的动人之处。

19世纪的爱情诗在艺术上有较大的创新。浪漫派大量吸收外国诗歌形式,在对话体、长短句混合、韵律节奏多变等方面都有新的发现。尤其是浪漫派对心理描画更加细致入微,采用了回忆、幻觉等多种手段,将爱情诗写得曲折动人。象征派诗歌一改浪漫派诗歌不够精练的缺点,更加讲究形式的工整和简约,并从通感的艺术理论出发,运用了象征手段,将色、香、味熔于一炉,并用叠韵、谐韵等手段,尽力捕捉词语的音乐性,充分显示语言的组合功能的丰富性。象征派爱情诗在这个基础上提高了描摹人的心理的能力,将本来难以描述的抽象情感用具体可感的意象表达出来,使爱情心理得到淋漓尽致的描摹。同时,有的象征派爱情诗又写得扑朔迷离、朦胧晦涩、隐隐约约,创造出另一种意境。浪漫派和象征派的创新为20世纪诗歌开辟了发展道路。

19世纪和20世纪之交出现的几位诗人继承了象征派的传统。雷尼埃早期善写自由诗,但随后又回复到格律诗上来。他对大自然有特殊的感受力,从中发掘出爱情的温馨。图莱擅长短诗,在令人心碎的愁苦中,在大自然的殷红景色中,抒发绵绵情思。克洛岱尔早年写出的爱情诗也受到象征派影响,他描写初恋的羞涩和爱情不可抗拒的力量,抒写情侣分手的痛苦和担心,另有一番新意。亨利·巴塔伊继承浪漫派的传统,对光与景色有特殊爱好。雅各布通过希腊神话传说追寻神秘莫测的爱情。阿波利奈尔是20世纪爱情诗人中的佼佼者,他最著名的作品都属于爱情诗之列。他注重民歌形式;一面倚重传统,一面又大力宣扬和运用新形式:他将立体派、未来派的理论在诗歌创作中进行实践;他取消标点符号,代之以内在节奏;他创造楼梯式诗歌,还创作图像诗(即以诗行为线条,勾画出标题所命名的诗篇的实物形体)。毫无疑问,他是20世纪现代派的先驱之一。例如《失恋者之歌》就运用了象征手法,并包含了未来派、立体派的特点,写成了"一篇爱情得胜和被背叛的纪事,它丰富、复杂、多姿多彩,达到纯情和浓郁抒情性的几个高峰"[①]。诗人把神话、《圣经》传说、民间故事、史实和自身经历融合在一起,写成一首内容丰富的诗篇,堪称杰作。维尔德拉克将格律诗与自由诗混合起来,节奏轻快。女诗人诺埃尔爱用民歌体写爱情诗,《圆舞曲》塑造了一个反抗强迫婚姻的女子形象。卡尔科描写了特定情景中幽会的甜蜜,情景交融。艾吕雅的爱情诗运用超现实主义手法,用各种不同的意象去写爱情,不时闪现出警句。布勒东的《我的妻子》更是一连用了60个意象去写"我的妻子",想象丰富、奇特甚至不可思议,确实有点"自动写作法"随手拈来的味道。阿拉贡的爱情诗同样具有意象丰富的特点,但他汲取了民歌的形式和节奏,写得清新、热烈、奔放,韵律也异常优美,他的句法始终保持现代派特点,例如《元旦的玫瑰》就巧妙地运用词语的重叠,或颠倒或跳跃,创造出特殊的韵味,结尾笔锋一转,点出赞美对象,是画龙点睛之笔,手法新颖独特。普雷维尔的爱情诗有点像一则小故事,谜底直至最后才显现,令人拍案叫绝。他往往写的是生活中平凡的场景,但这场景抽取出来却显得异常独特,富有诗意。他的诗句不拘一格,或长或短,而大多是自由诗。

20世纪的法国爱情诗有三个特点:第一,自由诗居多,这一点同自由诗在20世纪诗歌中占据优势是相应的。自由诗在19世纪已经出现,但当时格律诗仍占据统治地位。随着现代派诗歌的兴起,诗歌格律首当其冲,受到挑战,自由诗于是便占领了诗坛。第二,民歌体在爱情诗中重新受到重视,也许这是由于诗人们发现民歌体易于表达爱情的纯朴、缠绵和淳厚的缘故。第三,意象的大量运用,这种手法从象征派开始注重,经过阿波利奈尔和超现实主义的大力提倡,在爱情诗中运用得十分普遍。与以往诗歌中出现的意象不同,20世纪的诗歌中出现的意象往往彼此缺乏表面联系,千奇百怪,从而产生奇妙的幽默效果。这是在潜意识和幻觉中出现的意念,它们不可能是互相连贯的,但却有内在的统一。这个特点构成了20世纪爱情诗现代性的主要因素之一。

---

[①] 贝尔纳·勒歇博尼埃:《阿波利奈尔的〈醇酒集〉》,费尔南·纳唐出版社,1983年,第43页。

# 寓言诗的翘楚

## ——论拉封丹的寓言创作

拉封丹(1621—1695)是以短小的寓言诗而达到与法国古典主义剧作家莫里哀、高乃依、拉辛齐名的诗人。他的寓言创作不仅在法国文学史上占有独特的地位,而且对欧洲各国的寓言作家产生过重大影响,具有世界声誉。伟大的作家歌德和巴尔扎克都曾高度评价过他的寓言创作,歌德肯定他的寓言具有很高的"诗歌价值",巴尔扎克认为"不幸的经历丝毫没有泯灭他的天才禀赋"。歌德和巴尔扎克的评价代表了后世作家对拉封丹的充分肯定。拉封丹的成就值得我们重视和研究。

寓言是一种古老的文学体裁,它以其短小精悍,富有教育和启发意义而深得群众的喜爱。如我国先秦诸子散文中的寓言历来是脍炙人口的。优秀的寓言保持着经久不衰的魅力,往往会从中产生出一些谚语和成语,从而丰富民族语言。文艺需要各种各样的体裁,不同的体裁都可以产生优秀的作品;寓言是文艺百花园里一个不可忽视的品种,拉封丹的寓言创作就证明了这一点。

## 一、生平和思想

拉封丹出生在一个小官吏的家庭里,他父亲是沙托-蒂埃里的水泽森林管理和狩猎官,母亲出身于家境富裕的医生家庭。拉封丹的家庭属于中小资产阶级。拉封丹是长子,得到较好的教育,从小就熟读希腊罗马作家的作品以及16世纪马罗、拉伯雷、蒙泰涅和七星诗社诗人的作品,受到人文主义的熏陶。一直到中学毕业,拉封丹都有机会同农村的大自然接触,陶醉在大自然的旖旎风光之中,这对他日后的创作起了十分重要的作用。1641年拉封丹进入巴黎的一所祈祷派的神学院,一年半后他转攻法律,毕业后任巴黎法院的咨询律师。他耳闻目睹法院的腐败内幕,深感不满,他自小形成的自由不羁的性格使他决然离职回家。这时期他同一个诗人小团体来往密切,对诗歌发生浓厚兴趣。他曾试译过罗马喜剧家泰伦斯的《阉奴》。1652年,他继任其父的职位,但他既不胜任这个官职,又不善于理财,家境迅速败落。1656年或1657年,他被介绍给财政总监富凯,他献给富凯一首牧歌《阿多尼斯》,富凯给他赏赐,他为富凯作诗,赞美富凯府邸的华美。1661年9月富凯被捕,拉封丹写了一首诗《献给沃镇林神的哀歌》,为富凯说情,后又写了一首颂歌,继续为富凯辩护,这些诗竟得罪了朝廷,甚至有人告状告到国王那里,使他不得不出奔至里摩日。这一事件在拉封丹的生活中起了极大的波澜,自此他对朝廷十分不满,从而开始冷眼观察现实。60年代初,他开始撰写故事诗,1664年出版了《故事诗》第一集。《故事诗》的内容是从家庭生活的角度去描写教士、法官的丑态的,虽然有些不健康的地方,但《故事诗》的写作表明作家的创作倾向产生了重要的变化。拉封丹在这之前还只写些不着人间烟火的作品,或者是按神话传说敷衍故事,或者是写些庆贺应酬之作。而《故事诗》则是直接描写社会生活,尽管题材仍然是从薄伽丘等人的作品中撷取而来的。这是拉封丹转向注意观察封建朝廷和社会现实的结果。

这种结果更多地反映在寓言诗的创作上。他写寓言诗也始于60年代初,有的诗先在民间流传。1668年拉封丹出版了《寓言诗》第一集,共六卷,获得了很大成功。《寓言诗》第二集共五卷,于1678年出版,最后一卷发表于1694年。

拉封丹从事寓言诗创作时已经四十多岁,他的世界观已基本形成。在古典主义作家中,拉封丹的思想同莫里哀较为接近,具有唯物主义和反宗教的倾向。但与高乃依、拉辛等作家不同,拉封丹对笛卡尔唯理主义的某些论点是颇不以为然的,他在寓言诗中多次指出,他不同意笛卡尔认为动物是简单的机器的观点。他明确反对把笛卡尔尊为神(《致拉萨布利埃尔夫人》)。拉封丹信奉的是伽桑狄。他同拉萨布利埃尔夫人来往了二十年,她家的沙龙经常谈论伽桑狄的哲学,有个名叫贝尼埃的甚至为她撰写了一部《伽桑狄哲学简论》,拉封丹颇受影响。在《寓言诗》中,拉封丹对古希腊罗马的唯物论哲学家伊壁鸠鲁和卢克莱修有不少论述,而伽桑狄正是这两个哲学家的继承者。伊壁鸠鲁的学说发展了具有朴素唯物主义的原子论,提出了否认宗教的进步论点,并认为人生的目的是寻求快乐或幸福。在《德谟克利特和阿布德人》一诗中,拉封丹认为"伊壁鸠鲁的老师"德谟克利特指出存在原子,强调过要解剖大脑,因此应看作一个哲人。从拉封丹对德谟克利特的赞赏中,可以看到他对伊壁鸠鲁主义的推崇。事实上,拉封丹在唯物论、反宗教和幸福主义等这几方面都接受了伊壁鸠鲁的主张。至于古罗马哲学家卢克莱修,他进一步发展了伊壁鸠鲁的朴素唯物论。拉封丹曾经仔细研读过卢克莱修的著作,有不少段落还能背诵出来。他在《金鸡纳霜》一诗中承认自己是"卢克莱修的门徒"。据研究,《寓言诗》中有上百处能同卢克莱修的观点衔接起来。拉封丹的唯物论思想比较集中地反映在《星占术》这首诗中。拉封丹反对星占迷信,否认"在天上就注定了我们的命运"的荒谬说法,指出星占术士鼓吹的人类命运决定于"两星在天空的相遇"是站不住脚的。他讥讽地说,这些星占术士为什么没有一个人能道出目前欧洲局势的发展呢?可见他们并没有预卜的本领。拉封丹进一步阐明,木星、太阳和火星都是没有知觉的物体,另外,宇宙中存在无限的真空。这些观点表明拉封丹接受了当时自然科学得出的先进结论,是个唯物论者,同时,他对无限真空的认识也说明他反宗教的思想有相当牢靠的基础。

但是,拉封丹的世界观具有两重性,他的思想存在着唯心论的地盘。他十分推崇唯心主义哲学家柏拉图,他有时也承认上帝的存在,说什么"人的一举一动都逃不过神明的眼睛"(《神谕和轻慢神的人》)。因此,他在晚年皈依宗教并不是偶然的。拉封丹的思想的两重性还表现在他一方面对宫廷和权贵不满,另一方面又常常接近大贵族,如有可能也极力想获得宫廷和国王的青睐。

然而,在60、70年代,拉封丹的思想主要还是属于较激进的一面,《寓言诗》第一集和第二集就是在这种思想指导下写成的。

## 二、《寓言诗》的内容

《寓言诗》共有239首。表面看来,绝大多数诗篇都不满百行,编排也缺乏系统性,题材多半也取自前人,但是,《寓言诗》这种松散的结构却包含着极其丰富的内容。

拉封丹在《寓言诗》中力图描绘的是17世纪下半叶的法国社会。他在《老人和他的孩子们》一诗中写道,他的寓言诗多数取材于《伊索寓言》,如果说他增加了一些什么,那就是"描绘我们的风俗"。在另一首诗中他又说,寓言诗的主题"都能在当今现实中碰到"。寓言诗描写的大部分是动物,而其实写的是人间社会:"这些寓言是一幅画卷,我们每个人都在其中得到描绘。"(《寓言诗序》)拉封丹明确地把反映社会现实当作寓言诗创作的根本目的,从而使《寓言诗》具有丰富的社会内容。在这方面,当时只有莫里哀才能与之比美。

第一,《寓言诗》大胆地对封建王朝的黑暗腐败进行了有力的揭露和抨击。第二集第一首《患瘟疫的野兽》是封建王朝的一幅缩影,诗人以形象的描绘无情地揭露了封建社会的阶级关系。诗歌开篇写群兽中流行瘟疫,因为上天要惩罚"人间的罪行",群兽的生活于是失去了正常秩序。狮王召集群臣开会,由他最先发言。他说,为了平息老天爷的愤怒,需要把"我们之中罪恶最大的"拿去祭献。那么,罪恶最大的是谁呢?狮王无论如何不能回避自己的罪恶,但他自有办法洗刷自己,他假惺惺地说:

> 我们不要自我吹嘘;要毫不留情
> 察看我们自己良心。
> 至于我,为了满足贪婪的胃口,
> 吞噬过绵羊许多头。
> 得罪过我?绝没冲撞;
> 有时候我甚而至于要去生吞
> 牧羊人。
> 如果需要,我就献身;但是我想,
> 人人都像我这样来认罪才好。
> 因为应这样希望:办事须公正,
> 罪最大的要做牺牲。

狮王的话锋一转,就把自己排除在祭献者之外。群臣马上接过他的话头。狐狸最狡猾,他谄媚狮子说,国王审慎深虑,无微不至,羊是坏蛋,是贱民,吃羊根本算不了什么罪恶,这反而是给了羊很大的面子。这番话博得了喝彩。狮子不能冒犯,老虎、熊等大野兽也同样不能触动,连普通猎犬也把自己说成圣徒。轮到老实弱小的驴子说话,它承认自己啃了舌头那么大一块青草。群兽于是起而攻之,狼主张把这该死的兽类拿去祭献,认为驴子犯下"可恶的罪行",该上绞刑。这首诗中,狮王的虚伪阴险,他的大臣的逢迎拍马、蛮横凶恶,小民的无辜和受宰割,都写得栩栩如生。它显示了封建王朝层层统治机构的暗无天日,表达了作者对统治人物丑恶嘴脸的谴责和对被压迫者的同情。它所反映的正是封建专制制度下的社会现实。当时,国王同群臣的关系,统治者和人民的关系,就处在这样极端专制的状态中。拉封丹笔下的狮王有很多路易十四的特点:他是臣民的主宰,臣民的人身和财产都属于他;他凌驾于法律之上,法律不是为他而设的,或者说,法律只有靠他的权威才具有力量;他是一个十足的专制君主,处于封建金字塔的顶端。在《牝狮的葬礼》中,狮王是一个暴虐的统治者,谁要是不对狮后的去世表示哀悼,就要把他拿去祭奠狮后。在《狮子的朝廷》里,拉封丹指出狮王是用"壮丽堂皇的场面,向他的臣民摆出自己的力量"。而他的卢浮宫是个真正的藏尸所,有谁嗅到扑鼻的臭气而喜形于色,便会受到严酷的处罚。这些描写用在路易十四身上,是颇为合适的。同时,拉封丹也写到这个君主虚弱的一面:他到了年老体衰的时候,悲怆、忧郁,廷臣中这个踢他一脚,那个咬他一口(《老了的狮子》),也就是说,豪华显赫的宫廷总有败落的一天,那时,国君就会面临众叛亲离的局面。拉封丹曾明确声称:"人们不能过于颂扬三种人:天神、情人和国王。"拉封丹不仅不过于颂扬国王,反而颇多针砭。把国王的暴虐和他的虚弱揭示得如此鲜明,在法国古典主义文学中,拉封丹是较为突出的作家。

除了国王,《寓言诗》对廷臣的抨击也十分犀利。狮王之下,凶恶的野兽逐级而下,他们也是丛林中的统治者,同时也是人间各级官吏的写照。拉封丹把他们说成是一群"变色的蜥蜴,听话的猴子"。他们为了趋奉求荣,互相之间陷害倾轧:狼在生病的狮王面前毁谤狐狸不来觐见,想给狐狸背后插一刀;狡猾的狐狸见机行事,怂恿病狮用生剥下来的狼皮裹在身上治病,把他的对手置于死地(《狮子、狼和狐狸》)。拉封丹特别揭露了封建官僚机构的徇私舞弊、榨取民脂民膏的黑暗内幕。《颈上挂着主人膳食的狗》描写一只狗带着主人的膳食回家,途中遇到别的狗都来抢食,他眼看保不住这份食物,便首先咬去一大块,于是猛狗、野狗一起来争食,个个都捞了一把。这些狗就是"议员、市长,大家都在贪污,本事最大的给别人作表率"。《走进谷仓的黄鼠狼》描写一只黄鼠狼从小洞钻进谷仓,大享盛馔,过了一个星期,吃得脸孔浑圆,两颊丰满,浑身肥胖,再想从小洞出去已经不可能了。这是对贪污成风、中饱私囊的官吏的辛辣讽刺。至于法院,作者通过蜜蜂和大黄蜂相争认领无主蜂巢的故事,指出在法院案子往往悬而不决,一放就是半年,目的是"鱼肉我们,宰割我们,用拖延的办法来剥夺我们"。(《大黄蜂和蜜蜂》)拉封丹在《狐狸、苍蝇和箭猪》中,直接指责法官和宦官是剥削者。诗人还往往把法官描写成假慈悲的猫,养得又肥又胖,小兔和黄鼠狼到他那里去争讼,却被假仁假义的猫伸出脚爪,抓住他们,吃得咔嚓作响。(《猫、黄鼠狼和小兔》)《牡蛎和诉讼者》描写两个旅客在海滩拾到一只牡蛎,请第三者来评判牡蛎属于谁,却被第三者吞吃了去,作者愤愤地说:"试把今日的诉讼费统计一下,再把很多家里所剩下的钱计算一下,你就可以看出,法官是在那里刮钱,只将空钱袋留给诉讼的人。"路易十四时期,法院的贪赃枉法达到空前未有的程度。拉封丹当过最高法院的律师,深谙此种情况,《寓言诗》表达了他对这种腐败制度深恶痛绝的鲜明态度。

拉封丹笔下这幅封建朝廷和统治机构的图画,在同现实繁华辉煌的外表相互对照之下,显得十分刺目,但这却是十分真实地反映了现实本质的描绘。17世纪60、70年代法国确实走上了封建社会鼎盛的时期,但这是以进一步实施君主绝对专制为代价的:1661年马扎兰病逝,路易十四亲政掌权,他大批撤换官员,起用自己的亲信,财政总监富凯的被捕就是这一行动的先声。路易十四终于达到集政治、经济、军事大权于一身的目的,宣布"朕即国家"。拉封丹从自身经历出发,对这种专制统治心怀不满。60、70年代路易十四自恃国力强盛,发动了一系列对外战争,耗费了大量资财,已经开始隐伏着国内的危机。他的庞大的官僚机构已成为封建制度的一种弊病,卖官鬻爵的制度日益盛行,而终于成为封建机体不治的赘瘤。路易十四的宫廷穷奢极欲,开支浩大,也助长了贪污的风气。这些都是专制制度的痼疾。《寓言诗》对之加以暴露具有十分重要的现实意义。

第二,《寓言诗》还对封建制度的支柱——贵族和僧侣进行了入木三分的揭露和愤怒的鞭挞。《狼和羔羊》是其中揭露性较强的一篇:

    一头羔羊饮水解渴,
    就在清澈的溪水里。

一只饿狼四处觅食,猝然而至,
把他引到这儿的是饥饿。
这头野兽狂怒说道:
"谁让你大胆到搅混我的饮料?
这样胆大要受惩罚。"
"皇上,"羔羊赶忙回答,"国王陛下
不必如此大发雷霆;
但愿陛下体察下情:
我来到这条小溪流
饮上几口,
在您下游二十步还多,
因此,不管怎么样,我绝对不会
搅混了陛下的饮水。"
"你搅混了,"残暴的野兽回答说,
"而且我知道去年你骂过我。"
"当时我没生出来,怎会这样做?"
羔羊说道,"我还在吃奶呢。"
"如不是你,是你哥哥。"
"我没哥哥。"
"他在你们里头:
因为你们不放过我,
你们,牧羊人,还有狗。
人家对我说:此仇非得报。"
说完,狼把羔羊拖走,
在森林的深处吃掉,
任何审判全都没有。

作者一针见血地指出,在这个社会里,"强者的理由总是最好的理由"。拉封丹的这则寓言通过生动形象的描绘,揭露了这条"理由"的荒谬;在狼和羔羊的对话中,恶狼的面目一层层地剥露出来,他杜撰的一个个"理由"都被羔羊批驳了,便索性什么理由也不要,用强力和牙齿来满足自己的欲望;强力和牙齿就是他最后的理由。这篇寓言是对"强权即公理"的豺狼逻辑的生动绘写。在《小母牛、山羊和绵羊跟狮子合伙》中,山羊网到了一只鹿,狮子把鹿分成四份,然后说:"第一份应该是我的,理由是我叫作狮子,这是不容有异议的。第二份,根据权利,也应该归我;这个权利,你们知道,就是强权。我最勇敢,因此我要第三份。如果你们之中有谁敢去动第四份,我就立即把他扼死。"在中世纪,这则寓言本是狼、狐狸跟狮子合伙,拉封丹改为弱小动物与狮子合伙,改造了这则寓言,突出和暴露了强权的横暴。这正是现实生活中封建权贵欺压人民、掠夺人民、为所欲为、作威作福的形象写照。

《寓言诗》还揭露了封建权贵的寄生性和腐朽性。17世纪的封建大贵族享有很多特权,他们可以在自己的领地上称王称霸,讲究排场,过着荒淫无耻的生活,他们是一股落后的保守的势力。在《想变成像牛一样大的青蛙》中,作者借不自量力,企图与牛比试谁的个儿更大,结果胀破肚皮的青蛙,指责封建大老爷讲求威势,也要像国王一样有侍从少年,甚至派出自己的"大使"。《园丁和贵族》抨击了大贵族在自己领地打猎的特权:一个农民有块园地,发现有只兔子在园里偷吃菜蔬,他没有权利打猎,只能请求贵族来猎取兔子,这样一来便遭了殃。贵族带了一班人马,除了大吃一顿,调戏主人的女儿,还把园地踩得一塌糊涂,"猎犬和猎人在一小时内所造成的损失比全国所有兔子一百年可能造成的损失还要大"。这幅情景在夸张中隐含真实,当时,贵族常常打猎自娱,农民要忍受他们对农田的糟蹋,有如忍受一场飞来横祸。《人和蛇》对贵族的寄生生活也有深刻的揭露,诗中写道:显贵人物"老是以为一切都为他们而生",所以他们吃了母牛的乳,出卖小牛,母牛老了,便被甩到一边;公牛为他们辛勤耕作,到头来却被当作祭牲;树木给他们避暑挡风御雨,还给他们以果实,最后成了他们炉中的炭薪。他们的寄生性是如此可憎可恶,通过寓言的描写,使人一目了然。封建权贵在精神上是非常空虚的。《狐狸和半身像》一开篇就说:"高贵人物大部分都是舞台上的假面具;他们的外表吓倒了庸俗的偶像崇拜者。"大贵族恰好像半身像,有"很美的人头,可是没有脑子"。《猴子和豹》讽刺封建权贵"只有衣服是他们的一切才华"。这是对行尸走肉的封建权贵的深刻揭露。

僧侣同贵族一样是特权阶级,过着寄生生活,他们不同于贵族的地方,在于更加虚伪,可以披着宗教外衣,无恶不作。《背神像的驴子》的结论似乎在指责不学无术的法官,而寓言本身其实是抨击僧侣:一头驴子背了神像,以为旁人是在礼拜他,所以就傲步而行,架子十足地接受香火和圣歌。这难道不是靠宗教迷信享受特权的僧侣的写照吗?同样,《老鼠会议》似乎是嘲讽朝廷里空谈的议士,最后则直接点出教士会和牧师会。拉封丹的手法十分巧妙,他似乎在针对比较便于批评的法官和议士,其实这是一种遮眼法。看起来,内容和结论是矛盾的,实际上却完全可以一致:僧侣、教会、法官和朝廷议士虽然职责不同,却都起着维护封建统治的作用。《小公鸡、猫和小鼠》把僧侣比作外貌温和、谦逊、仁慈、文雅的猫,其实是伪装的凶恶的敌人,"他的饭餐是建立在吞噬我们的基础之上的",一语道破了天主教会的伪善和压榨人民的本质。

第三,在《寓言诗》中,反映劳动人民悲惨生活的内容占有重要地位。拉封丹总是同情生活在社会底层的人们,站在弱小者一边。《死神和樵夫》是他直接描写农民困苦生活的杰出诗篇:

> 一个穷樵夫,全身被枝叶盖住,
> 不堪柴捆重负和岁月的磨难,
> 呻吟叹息,弯腰曲背,步履维艰,
> 吃力地走回烟火熏黑的茅屋。
> 他终于辛酸难熬和精疲力竭,
> 放下了柴禾,寻思自己的不幸。
> 自从来到人间,可曾享过快乐?
> 比他更穷的人,世上何曾有过?
> 往往没有面包,从来没有休息,
> 他的妻子,他的儿女,捐税、兵痞、
> 债主、徭役,各种重压,
> 完整地构成一幅穷人的图画。

这首诗真实地描绘出17世纪下半叶的法国贫苦农民的悲惨处境,他们既要交纳多如牛毛的捐税,又要去服繁重的徭役,一方面要遭受高利贷者驴打滚的经济剥削,另一方面还要忍受兵痞的骚扰滋事,更有妻子儿女的拖累,因此缺吃少穿,终年得不到休息,生来没有享受过人间欢乐。从这首诗可以看到拉封丹对挣扎在死亡线上的农民抱有深挚的同情。《老妇和两个女工》反映了手工工人所受的沉重压榨。诗中写道,每天天不亮公鸡一啼叫,可恶的女主人就"点着了灯,一直跑到那两个可怜的女工还在沉睡的床边",催她们上工。她们忍受不了这牛马般的生活,开始进行反抗,把公鸡杀死。但是,女主人代替了公鸡,她怕错过时辰,像夜游神一样半夜就起来活动。拉封丹注意到手工工人的生活处境,并描写到她们的初步反抗,这在当时来说,是十分难能可贵的。《多瑙河的农民》塑造了一个敢于貌视强暴的农民形象。诗歌叙述一个来自受罗马人蹂躏的多瑙河畔的农民代表,他到罗马后向罗马帝国的掌权者们发表滔滔讲话,要求罗马人撤离。他的雄辩使罗马统治者不得不折服。《鹰和甲虫》是弱小者战胜强暴者的一曲小小的颂歌。甲虫因为鹰不肯放过自己邻居兔子约翰的性命,将鹰卵打得粉碎。鹰在更高的山岩筑巢,甲虫再次报复成功。鹰求天王保护,将卵置于天王膝头。甲虫把兽粪落在天王衣服上,天王起身拂拭,鹰卵又落地而碎。出庭辩论,甲虫有理,天王只得息事宁人。在这首诗里,弱小者的智慧和胆量得到了歌颂,弱小者的正义得到了伸张。这首诗同《狮子和小蚊虫》比较起来就有力得多了,后面这首诗先写小蚊虫逗惹狮子,使狮子狂怒却无可奈何,终至筋疲力尽。可是作者笔锋一转,让小蚊虫落入蜘网,这个转折不免大煞风景,虽然作者想说明别的问题,但对小蚊虫的形象塑造不够理想。小蚊虫不像小甲虫那样,小甲虫是个完整的小斗士的形象。《寓言诗》还赞扬了劳动者的一些美德。《补鞋匠和银行家》描写一个以唱歌为乐的补鞋匠自从得了银行家的一百块银币以后,就失去了歌声,失去了欢乐和安宁,他终于不要这些银币,要恢复过去的生活,这则寓言写出穷人对"人们日夜为之辛劳的那样东西"——金钱的鄙弃。《樵夫和默居尔》也赞扬了樵夫不贪财的可贵品质。正是在这些生活在社会底层的劳动者身上,作者看到了他们诚实勤劳的美德。

第四,《寓言诗》中大量的诗篇是关于生活经验的,涉及面相当广泛。作者总结出许多有意义的生活哲理,有些是直接继承以往寓言家的结论,有的则是作者从当时社会生活中提取的有益见解。较有价值的首先是对劳动的赞颂。《农民和他的孩子们》写道:"要工作,要勤劳;劳动是最可靠的财富。"作者叙述了这样一个故事:一个农夫觉得自己不久于人世,把他的孩子们都叫来说:千万不要变卖遗产,因为有一宗财宝藏在里面,你们一找就会找着的:秋收之后,去犁一犁田,到处都要翻遍。农夫一死,儿子们把田好好翻了一遍,一年以后获得丰收。田里其实并无所藏,"父亲真是明智,在临终时告诉他们,劳作就是宝藏"。这则寓言古已有之,拉封丹从中抽出的教训进一步赞美了劳动创造一切的生活真理。拉封丹对劳动的看法并非孤立地只有这一篇。在《商人、贵族、牧人和王子》这则似乎完全是他构想出来的寓言中,他叙述了四种不同阶层的人遇难流落到新大陆,沦为乞丐。商人想以替人补习算术来谋生,王子表示要教授政治,贵族说要讲授徽章学,牧人则认为他们都是纸上谈兵,无以济急,解决不了当天的饭餐。他马上到树林里去砍了好几捆柴,解决了生计。作者的结论是:"由于天赐的才能,手的劳动是最可靠和最迅速的援助。"这则寓言比前面那则更进了一步,作者甚至将劳动者的作用置于商人、贵族、王子这些高贵人物之上,认为劳动者掌握了劳动的本领,在特定条件下要比这些高贵人物更有用,另外也说明了直接解决人们生活问题的首先是劳动这一平凡的真理。从这种观点出发,拉封丹在《寓言诗》中贬斥了好逸恶劳的思想。有名的一篇寓言《知了和蚂蚁》写道:

> 知了整个夏天
> 都在唱歌消闲,
> 北风终于来到,
> 她可样样缺少,
> 没有一点苍蝇,
> 小虫更不见影。
> 她找邻居蚂蚁,
> 前去叫饿喊饥,
> 恳求蚂蚁宽容,
> 借给几粒麦种,
> 挨到春天来临:
> "动物一言为定,
> 明年秋收以前,
> 连本带利还清。"
> 蚂蚁不爱出借,

多少算是欠缺。
她对借债者说:
"热天你没干活?"
"请您不要见怪,
逢人唱个痛快。"
"唱歌?真是舒服:
何不现在跳舞!"

这首诗是对游手好闲的懒汉的绝妙讽刺。知了被写成只知玩乐、不事劳动的反面形象,她受到勤劳的蚂蚁理所当然的拒绝借贷。这首诗放在诗集的第一首,固然是因为写得别致,但也说明拉封丹对其内容的重视。这与他同情劳动人民的悲惨命运、赞赏劳动者的优秀品质是一脉相通的。

《寓言诗》有不少诗篇是总结斗争经验的。《乡下人和蛇》是《伊索寓言》中著名的一篇,拉封丹改变了结尾,描写乡下人发现蛇苏醒后要咬他,愤怒地用斧头将蛇砍为三段:"慈善本来是好的:但对谁讲慈善?问题就在这里。至于忘恩负义之徒,结果没有一个不惨死的。"这个乡下人十分机警,他能当机立断,将蛇杀死,才幸免于难。他不同于《伊索寓言》中那个农夫的地方,就在于他具有农民迅速适应实际生活的本领,能从斗争中学习斗争方法。作者的结论也颇能发人深省。《狼和绵羊》描写绵羊和狼彼此议和,狼以小狼作押,绵羊以狗作押。小狼长大后把肥羊咬死拖走,而老狼也把高枕无忧地睡着的狗统统扼死:"对于坏人必须继续战斗下去。和平本身是极好的,这点我同意;但是遇到不守信用的敌人,和平又有什么用处呢?"这首寓言诗谈的也是对敌人要保持警惕性,不可松懈战斗意志。同上篇对慈善的看法一样,作者的见解包含着一点辩证的思想:我们既需要和平,但又要认清敌人的本性,做好两手准备。这不能不说是从人民的斗争中总结出来的相当深刻的哲理。在《寓言诗》中,拉封丹对欺骗、奸诈尤为痛恨:"阴险的口舌,用了它那恶毒的手法,什么阴谋干不出来!从潘多拉[①]的盒子里散布出来的许多罪恶之中,最

---

[①] 潘多拉,希腊神话中火神之女,丘比特为了惩罚普罗米修斯盗取天火给予人类,命令她下凡,并送给她一只盒子,打开以后,里面所藏的一切灾害都散布人间。

令宇宙痛恨的,在我看来,就是奸诈。"(《鹰、野母猪和牝猫》)《变成牧人的狼》写道:"骗子的诡计始终要给人拆穿的。"豺狼的本性不会因为披上了人皮而有丝毫改变,它的本性会暴露自己。《公鸡和狐狸》中,狐狸想把公鸡骗下树来,公鸡以其人之道还治其人之身,谎说看见猎犬来了,把狐狸吓跑,"对骗子施行欺骗是加倍的痛快"。拉封丹指出:"世界上从没有缺少过骗子:自古至今,以行骗为业的人多不胜数"(《骗子》),然而,"计划得最周密的诡计可以危害诡计的制造者;缺乏信义的行为往往害了自己"(《青蛙和老鼠》)。除了对欺骗行为的谴责以外,《寓言诗》还强调团结互助的必要(《老人和他的孩子们》《驴子和狗》等),认为实用胜于美观(《望见水影的鹿》等),向往自由的生活(《城里老鼠和乡下老鼠》《狼和狗》等),凡此种种,都是从生活中撷取的经验,有的至今仍然保持它们的价值。

综上所述,《寓言诗》的内容反映的是17世纪下半叶的法国封建社会,从它所揭露的专制王朝的黑暗腐败、贵族和僧侣阶级的横行霸道、劳动人民的悲惨生活,以及充斥当时社会的种种恶习,可以看到法国封建社会开始趋向没落的历史现实。上文已经提到,拉封丹写作《寓言诗》的年代,法国封建王朝正达到极盛时期。但这一阶段十分短暂,它一到达顶峰便开始走下坡路,转向衰落的过程。《寓言诗》所描绘的,正是封建社会所呈现的种种败象。这种败象从社会的上层到社会的底层都有所表现。拉封丹由于自身的经历对现实有着比较清醒的认识,又由于有着唯物论的指导,对问题分析得比较深刻,能做到由表及里。归根结底,拉封丹是站在中小资产阶级的立场上来观察现实的。这一阶层的地位很不稳固,他们受到大贵族和大资产阶级的压迫和排挤,常常入不敷出,经济拮据,稍有风波,便濒于破产。因此他们对统治阶级怀有不满,对下层人民又有一定的同情。拉封丹自己就是日渐贫困,以致只能仰人鼻息,寄人篱下的。从《寓言诗》也可以看出他的中小资产阶级的立场。《牧人与海》是影射法国东印度公司的,该公司于1664年建立,1667年开始衰败,1672年宣告破产倒闭,这一事件轰动了当时的社会。在这个过程中,极少数大资产者发了横财,而无数中小资产者却破了产。拉封丹不由得发出"一人致富,万人荡产"的感叹。他正是站在破了产的中小资产阶级的立场上抨击封建社会的黑暗,而对劳动人民表示同情的。

《寓言诗》揭露和抨击现实的锋芒激怒了封建朝廷,拉封丹自此以后受到宫廷的冷落。古典主义理论家布瓦洛的重要著作《诗艺》出版于《寓言诗》第一集之后

(1674),但布瓦洛却把寓言排除在各种文艺形式之外,悲剧和喜剧不用说,寓言的地位连牧歌、颂歌等形式都比不上——布瓦洛根本没有列举寓言。这究竟是什么原因?布瓦洛和拉封丹有忘年之交,就在1664年拉封丹发表了两篇故事诗,遭到攻击时,布瓦洛曾经撰文对其中一篇表示赞赏,说它出自阿里奥斯托的思想,写得朴实自然。布瓦洛和拉封丹的友谊一直没有出现什么挫折,这里面不可能有个人恩怨的关系。布瓦洛是接近宫廷和国王的,他的《诗艺》是在宫廷许可的范围内阐述古典主义的理论。他没有把寓言列入文学样式之内,应该说反映了当时宫廷的态度。还有一件事实:1683年拉封丹与布瓦洛同为学士院的候选人,在预选时拉封丹的票数遥遥领先,但在路易十四的干预下,竟让布瓦洛入了学士院,国王的态度反映了宫廷对拉封丹的创作的不满。后来拉封丹入学士院,还当众宣布了国王的圣旨,说拉封丹承认了自己的"过错",表示要有所改变云云。

然而,宫廷的冷眼对待以及《诗艺》的贬抑都不能抹杀《寓言诗》的价值,《寓言诗》在古典主义文学中占据着独特的地位。从寓言的发展史来看,拉封丹的《寓言诗》正是由于深刻揭露和抨击了丑恶现实、反映了时代面貌,而发展了这一文学体裁。寓言在古代可分成两个系统,一是东方寓言,一是古希腊罗马寓言。东方寓言较流行的国家是印度(我国古代寓言对欧洲寓言影响较小),东方最有名的一部寓言约写于公元前10世纪,后传至中亚和西亚,以《五卷书》的形式留传于世。这部书在13世纪被译成拉丁文,16世纪译成西班牙语、意大利语和法语。拉封丹仔细研读过这部东方寓言集。至于寓言的另一个系统,情况是这样:在古希腊,荷马史诗中已有寓言存在(写老鼠和青蛙的战争),历史家希罗多德以及普鲁塔克等人的作品中也夹有寓言。《伊索寓言》约写于公元前6世纪,集古希腊寓言之大成。古罗马时期,最有名的寓言家是菲德罗斯,他的寓言基本上是对《伊索寓言》的改写。在罗马帝国之后,寓言同古希腊罗马文化一起湮没无闻了几百年。但在中世纪的骑士传奇中,已有人引用过《伊索寓言》,从15世纪末开始,人文主义者比较深入地发掘和研究《伊索寓言》。16世纪的法国,希腊罗马寓言已经翻译得相当多,17世纪上半叶出版了几个较完整的译本。从思想内容来看,最早的两部寓言集《伊索寓言》和《五卷书》绝大多数是总结生活经验,得出指导人们行为的教训。寓言这种体裁到了古罗马的菲德罗斯手里有了发展。他把《伊索寓言》改写成拉丁诗,但他往往同时改写了寓言的经验教训,使之具有政治讽刺的内容,为此,他被流放了好几年。菲德罗斯的贡献在于扩大了寓言反映现实的范围：能直接干预现实。拉封丹从菲德罗斯那里得到很大的启发(菲德罗斯的寓言在1643年有了一个比较完善的法文译本)。在形式上他还吸取了将寓言写成诗体的经验。拉封丹从东方寓言中也得益匪浅。东方寓言中直接写人的较多，带政治内容的也较多，拉封丹在写作《寓言诗》第二集时从中撷取的东方题材数量大为增加，诗集的揭露锋芒也比第一集激烈得多。

　　拉封丹的创造性发展表现在这里：在拉封丹之前，寓言要么只是总结生活经验，要么只是对某些政治事件进行讽刺，不管前者和后者，都比较零碎，在反映现实方面视野不够宽广，往往只针对某一点而有所感、有所发；拉封丹则不同，《寓言诗》力图反映作者生活时代的整个社会面貌。拉封丹说过："为说故事而说故事，一钱不值。"他提出要描绘当时的社会风俗，要把寓言写成"一部巨型喜剧，幕数上百，宇宙是它的舞台，人、神、兽，一切都在其中扮演某种角色"。(《樵夫和默居尔》)他列举了其中的主要角色是暴君、大坏蛋、欺诈者、忘恩负义者、谄媚者，等等。(《不忠实的受托人》)拉封丹认识到寓言也能反映广阔的社会现实的功能，因而不满意宫廷把寓言置于毫不足道的地位，他在序言中据理争辩说："自古以来，在一切崇尚诗歌创作的民族中，文艺之神都认为这(指寓言)属于他管辖的领域。"他在《寓言的力量》中叙述了古希腊的一个故事：有个演说家为了挽救垂危的民族，登台演说，但他用尽钩心斗魄的口才，足以激发顽石的慷慨陈词，都不能使人感动，于是他讲起一则寓言，马上吸引了听众的好奇心，终于使他们注意到国家危急存亡的现实。作者说，这就是寓言的光荣。寓言能用新奇的故事使人把注意力投向社会现实，这就是拉封丹所要指出的寓言的作用，同时也是他对寓言的特殊功能和地位的看法。由于寓言具有别的文学样式所没有的魅力，它对社会现实的反映就有其独到的地方。但有一点，寓言也能像别的文学样式一样，广泛地反映社会各阶级的状况。拉封丹的观点是对寓言创作的一次大的总结，他的创作则是对寓言的一次大的发展。在法国古典主义文学领域内，寓言已同喜剧和悲剧并列而毫无愧色。《寓言诗》能达到这样的成就是同它的作者对寓言的发展，使之运用来反映法国封建社会盛极而衰的现实分不开的。

　　如果仔细分析一下拉封丹对寓言创作的发展，那么就会发现，除了寓言反映的社会生活范围扩大了以外，拉封丹对寓言的道德教训的作用也给予了更多的重视。

拉封丹在序言中说:"寓言是身体,道德教训是灵魂。"整篇寓言的意义都集中在短短两三行的道德教训上。莱辛在拉封丹之后也曾强调过:"谁要是想在寓言里面不说道德教训,而说别的什么教训,那他就滥用了寓言。"他又说:"创作寓言的目的,就是一句道德教训。"道德教训对寓言确实是非常重要的。顾名思义,寓言即是寓有道德教训的小故事,或者说,它通过动物故事(也可以直接是人物出场)来表达某种具有深刻意义的哲理教训。由于它的篇幅一般来说非常短小,它要说明的道德教训不被点明的话,读者未必都能领会;作者加以点明,则起着画龙点睛的作用(不点明道德教训的寓言,应该含意相当明确)。再者,同一则寓言,作者立意不同,则会得出不尽相同的结论。菲德罗斯的寓言大多取自《伊索寓言》,而其道德教训并不相同;拉封丹的寓言有不少取自这两位寓言家,但他得出的道德教训也多半不同于原来的寓言。从这里可以看出,道德教训确是寓言的灵魂。拉封丹重视寓言的道德教训同他认识到寓言的教育作用有关。他说:"在我的作品里,动物是人的教师。"他又说,寓言包含着用作教训的真理,"我利用动物来教育人"。他同意柏拉图的见解,认为儿童从小需要学习寓言,以形成智慧和道德。同样,大人也可以从中获得有益的东西,并通过他们自身的经验去印证寓言的教训,进而移风易俗,干出大事业来。拉封丹的观点比前人都提得更为明确,可以说抓住了寓言的特点,所以《寓言诗》的道德教训往往写得更加精辟。

总之,寓言创作到了拉封丹手里,在内容上有了较大的突破;《寓言诗》的产生标志着寓言创作发展到一个新阶段。就它反映了当时社会概貌这一点来说,在世界上除了俄国的克雷洛夫以外,还没有别的寓言作家达到了这样的成就。

## 三、《寓言诗》的艺术成就

《寓言诗》的成就不仅表现在思想内容方面,而且表现在高度的艺术水平上。不少评论家都认为拉封丹是17世纪最杰出的诗人,这是不无道理的。拉封丹在诗歌形式上很有独创性,他的不少寓言诗都是完美的艺术品。拉封丹虽然推崇古人的作品是不可企及的典范,但同时也宣称:"我的模仿绝不是盲从。"事实上他对古人的寓言从内容到形式都进行了改造,使之成为一件新的艺术品,在艺术上大大超越了前人,获得了杰出的成就。

首先应该提到《寓言诗》的诗的形式。《寓言诗》采用自由体。自16世纪七星诗社提倡亚历山大诗体(即每行诗有十二个音节)以来，法国诗歌纷纷加以采用，高乃依和拉辛的悲剧，莫里哀的诗体喜剧用的都是亚历山大诗体。在《寓言诗》中，既有十二音节的诗句，也有十音节、八音节的诗句，甚至两三个音节(一个字)就算一行的诗句。以诗体来说，这是一种很大的革新，从此开创了自由诗的形式。《寓言诗》的音节虽然变化万千，却遵循着押韵这一原则。寓言诗的韵律也是千变万化，丰富异常，而且极其和谐。拉封丹开创了法国的自由诗体，一下子就达到了成熟的阶段：正是由于它富于变化，所以读来显得极其顺畅自然，毫无雕琢痕迹；又因为做到押韵并注意诗行的节奏停顿，所以朗朗上口，优美动听，极适宜于朗诵。诗歌的体裁要求简洁凝练，这就多少弥补了寓言这种体裁的短小所带来的某种局限，但诗句并没有束缚住拉封丹去表达自己的思想，拉封丹善于用极精练的语言去叙述故事，使寓言诗具有精巧的形式。

在克服寓言篇幅短小的局限而写得曲折有致时，拉封丹的一个重要的手法是运用对话。在他手里一篇寓言诗仿佛是一出小小的戏剧，主要篇幅由对话组成："我的作品里一切都能说话"，"宇宙中一切都能说话，样样东西都有自己的语言"。既是寓言，动物、植物当然都能说人的语言，这是寓言的特点。拉封丹喜用对话是充分运用了这个特点。拉封丹的艺术造诣表现在他不仅能把对话写得生动活泼，而且能在短短的对话中，通过富于心理活动的语言写出动植物(其实是人的写照)的思想性格。下面试举《橡树和芦苇》为例：

  一天，橡树对芦苇讲：
  "你很有理由指责自然的过错；
  一只戴菊莺对你来说是重担；
  一阵微风偶尔掠过，
  吹皱了那一片湖面，
  迫使你把脑袋垂低；
  然而我的头颅好像高加索山，
  不但可以阻挡住太阳的光线，
  又能对抗风暴威力。

一切对你是狂飙,对我是和风。
　　如果你生来在我的叶下避居,
　　让我覆盖周围地区,
　　就不会受这些苦痛:
　　我会为你抵御风雨。
　　可是你通常却生长
　　在狂风的王国潮湿的边缘上。
　　我觉得大自然对你真不公平。"
　　芦苇于是回答他说:"你的同情,
　　出自诚心好意;但别为我担心;
　　狂风对我不像对你那么可怕;
　　我弯曲而不会折断。直至如今
　　你抵挡住狂风吹打,
　　你的腰并没有弯低;
　　但是且看结局。"在他说话之际,
　　北风至今在他怀抱里所产生
　　最可怕、凶暴的孩子。
　　从那天边疯狂地往这里奔腾。
　　芦苇弯曲;橡树挺直。
　　风将他的威力加剧,
　　越刮越猛,无法硬顶,
　　那头部高耸,与云天并肩为邻,
　　脚踩黄泉的橡树被连根拔去。

这首寓言诗取自《伊索寓言》中的《芦苇和橄榄树》。橡树普通代表力量,用来代替橄榄树显然要好得多。这首诗里橡树成了活生生的人,体现拥有力量者的骄傲。这种骄傲隐藏在对表面柔弱的芦苇的怜悯之中。他甚至越过了怜悯,似乎要表现出宽宏:他要保护他的邻居。然而这是表面的怜悯,廉价的宽宏。橡树的心理表现得很曲折,他的傲慢和虚情假意的性格烘托得很鲜明。另一方面,芦苇虽是个弱者,却知道自己的力量所在,不为橡树的傲慢所辱没,甚至反唇相讥,预见到橡树的结局。他的凛然不可侵犯的气概也跃然纸上。这篇寓言通过对话塑造了两个生动的形象,像一出小小的独幕剧。

对话在拉封丹的寓言中不但构成故事的主体,而且活跃了行文,避免了平铺直叙之嫌。在寓言中这样有意识地运用对话,是拉封丹对寓言创作的一个重要发展。拉封丹以前的寓言创作虽然已经出现了对话的形式,但并不普遍,而且不作为主要的艺术表现方式之一。对话的普遍运用无疑使寓言这种短小的体裁也能写得跌宕起伏,迂回曲折,其文学价值显然提高了一步。对话还有一种作用,就是使寓言这样一种以动物为主要登场人物的文学样式具有浓厚的生活气息,因为在这里动物已经拟人化了,某种动物就是某种类型的人物,例如通常狮子代表国王,狐狸代表奸猾者,猫代表法官或阴险的角色,驴代表愚蠢的人,等等。动物或植物之间的对话,往往是不同思想的交锋,故事结局则是矛盾的解决,这样,富有哲理意义的生活场面便得到了集中的表现。由于对话,寓言具有了生活的真实感,充满着生活的情趣。拉封丹强调寓言要有趣味和魅力,他就是以动植物之间或他们与人类之间生动的、戏剧性的对话表达出某种生活情趣,从而达到这种效果的。

《寓言诗》中的动物固然是拟人化了,但还保持着动物的特点。寓言不需要细致描绘动物的外形,因而拉封丹一般只用极简洁的一两个形容词来描写,例如,他用修长、细瘦这两个词来形容黄鼠狼,"轻巧的动物"指的是兔子。他更善于描绘动物的神态:乌龟像议员那样迈着方步;遭到报复吃了亏的狐狸"夹着尾巴,两耳下垂",灰溜溜地走了;小兔子"吃吃草,溜达溜达,到处转悠";老鼠以为捕捉他们的猫死了,"往空中露出鼻尖,把头伸出一点,然后又缩回洞里,以后又出来走了几步,最后才开始觅食"。动物的不同神态都写得活灵活现,颇为有趣。拉封丹对各种动物做过细密的观察,所以他对动物的描绘十分逼真。当然,在寓言中用不着严格按照动物的习性来写,如乌鸦不会吃烙饼却可以写它吃烙饼,知了不吃苍蝇却可以写它吃苍蝇。因为寓言毕竟不是动物志,它要表现的是人间社会,是"我们或好或坏的缩影",可以容许有较多的自由。

拉封丹十分喜爱大自然。他说自己常常远离城市和喧嚣,整个身心沉浸在大自然之中,"我只爱歌唱树荫、植物、回声、和风,它温柔的呼吸、绿草坪、银白的喷泉"。又说,"森林、水泽、草地,是甜蜜的梦幻之母"。在《寓言诗》中,拉封丹并没有像小说家那样大段描绘风景,他往往只用一两句诗来描写大自然,然而从整体来看,《寓言诗》对大自然的描绘还是很多的。在法国古典主义作家中,拉封丹在描绘大自然方面独占鳌头。他描绘大自然的手法相当高妙。《百灵鸟和她的小鸟和麦田主人》就是一幅非常出色的农村风景画。这个寓言的背景是一片麦田。百灵鸟本应在世界万物如海底的鲨鱼、林中的老虎从事恋爱与繁殖之际在麦田里筑巢的,可是有一只百灵鸟时至春深还没有享受过春情之乐。等她孵出小鸟,麦子已开始成熟。麦田主人几次三番要来收割麦子,都因各种原因没有来。小鸟们非常着急不安。百灵鸟问明情况,一再安慰小鸟。直到麦田主人真要动手收割,百灵鸟才带领着扑棱扑棱的小鸟跟跄离去。这篇寓言富于抒情意味,具有浓郁的农村气息。开首几句对大自然优美的抒写同后面描绘的农田里庄稼的成熟、生物的繁殖和谐地结合起来,给我们揭开了大自然的一角,让我们看到自然界万物生长的一个剖面:到处是生机勃勃、活跃紧张,大自然的美就寓于其中。这是一幅充满诗情画意的写生。这首寓言历来为人们所称道,是拉封丹描绘自然的一篇力作。

《寓言诗》的语言极其富丽多彩,内中既运用了上流社会社交场合的辞藻,也插入了司法方面的习惯用语;既用了古字,也有民间语言,甚至农民的村言土语;既采用日常用语,也有从拉伯雷等作家的作品中取来的语言。这些语言都同诗中人物的身份或所写的题材相符,用得十分确切自然。《寓言诗》中不少的诗句至今已成为谚语和成语。

拉封丹的《寓言诗》也存在着局限性。由于作者出身于中小资产阶级,因而《寓言诗》也反映了这个阶层易于接受的安分守己、逆来顺受的保守思想。如《要有国王的青蛙》通过青蛙不要"一声不响"的橡木做国王,结果被鹤大嚼一顿的故事,劝告人们应当知足,保留在位的国王,以免碰到更坏的君主。在描写劳动人民悲惨命运的诗篇中,作者也往往宣扬了这种消极思想,如《死神和樵夫》的结语是:"与其受苦,也不愿死,这就是人们的箴言。"这则箴语似乎是乐观的(要生活下去),其实仍然是消极的(安贫知命)。拉封丹毕竟生活在法国封建王朝的盛世,他还不可能完全否定当时的社会,也不可能去反抗这个社会的恶势力,所以《寓言诗》中表现以弱胜强的诗篇极少,而较多地宣扬了顺从命运的观点。《寓言诗》的另一局限表现在作者寄希望于统治阶级的上层人物,他把《寓言诗》献给王太子,劝说国王要借助于身份低于自己的人,不要运用暴力与激怒,要考虑积德防怨,以免将来受到臣民的攻击。《寓言诗》的最后一卷反映了更多的消极倾向,这一卷赠给权贵名媛的诗大为增加,有的吹捧肉麻。拉封丹自己也承认在晚年"岁月削弱了"他的想象,"我的精神减退了"。在最后的十几年里,他的寓言诗写得很少,质量也大大降低。

  《寓言诗》虽有不足之处,然而它的成就却是主要的。在17世纪,《寓言诗》曾再版20多次。在18世纪,《寓言诗》再版了125次,19世纪更是猛增至1200多版。《寓言诗》早已收入教科书之中。在法国,几乎人人都能背诵拉封丹的几句寓言诗,拉封丹早已有"民族诗人"的尊称。他的影响远远超出了法国,《寓言诗》出版以后,欧洲各国也开始流行起这种形式来了。

# 沙漠与绿洲

## ——18世纪法国诗歌

当今的法国评论家众口一词地把18世纪的法国诗歌领域称之为一片沙漠。例如:"对于喜爱诗歌的现代人来说,法国的18世纪是一个沙漠。"①"人们有权把安德烈·谢尼埃出现之前的时期称为'法国诗歌沙漠'。"②"概括地标志了这个时期的特征的表述方式,就是'诗歌的沙漠'。"③"由于不能摆脱影响,又不能革新灵感,18世纪呈现出诗歌沙漠的景象。"④"启蒙时代经历了一次真正的诗歌危机。"⑤"直至安德烈·谢尼埃之前,我们根本碰不到一个伟大的诗歌天才。"⑥"诗歌从来不像18世纪那样有着更为凶恶的敌人。诗人和散文家联合起来扼杀它。……18世纪面向一片非诗意化的原野。"⑦上引数例足以说明评论家的一致看法。18世纪的法国诗歌创作是不是非常贫乏呢?倒也不是。这一世纪的诗歌创作还是数量众多的。根据一般的区分,至少有如下几种:

史诗:伏尔泰的《亨利亚德》(1728);

描绘性诗歌:圣郎贝(Saint-Lambert,1716—1803)的《季节》(1769),卢歇(Roucher,1745—1794)的《月份》(1779),德利尔(Delille,1738—1813)的《花园》

---

① 布吕奈尔等:《法国文学史》第1卷,第363页。
② 让·罗斯洛:《法国诗歌史》第57页。
③ 莫里斯·纳陀:《法国诗歌选》,《18世纪》,转引自《18世纪法国诗歌》,拉罗斯古典丛书版,巴黎,1985年,第153页。
④ 乔治·蓬皮杜:《法国诗歌选》。
⑤ 拉加德和米沙尔:《18世纪》,第353页。
⑥ 亨利·勒梅特尔:《法国文学史》第2卷,第473页。
⑦ 保尔·古特:《法国文学史》,转自《18世纪法国诗歌》,第154页。

(1780)；

颂歌：让-巴蒂斯特·卢梭（Jean-Baptiste Rousseau,1671—1741）、勒弗郎·德·蓬皮尼昂（Lefranc de Pompignan,1709—1784）、勒布伦-潘达尔（Lebrun-Pindare,1729—1807）、吉贝尔（Gilbert,1751—1780）的作品；

哀歌：贝尔坦（Bertin,1715—1794）、莱奥纳尔（Léonard,1744—1793）、帕尔尼（Parny,1753—1814）、米勒伏瓦（Millevoye）的作品；

寓言诗：弗洛里昂（Florian,1755—1794）的作品；

神话诗歌：马尔菲拉特尔（Malfilatre,1731—1763）的作品；

荒诞与诙谐诗歌：格雷塞（Gresset,1709—1777）的《维尔-维尔》（1734），等等。

可是，所有这些诗歌或者充满说教气息，或者内容贫乏、肤浅，它们多半拘泥于形式，显得过时；感情的表达冲不破樊篱，而且找不到合适的表达语言。其中大部分作品已经被人们忘却了，只有个别作品还能在诗选中找到。从今天的观点看来，伏尔泰（Voltaire,1694—1778）是他们之中最重要的诗人。他运用过各种诗体来表达他的思想和感情。除了史诗《亨利亚德》以外，他还写过诗体悲剧多部，以及大量的颂歌、书信体诗和短节诗。《亨利亚德》是他的青年时期的作品，分为10歌，描述亨利四世登基前的宗教纷争，诗人对待历史十分自由，哲学议论占有重要位置：史诗讽刺宗教狂热，宣扬容忍，批判封建制度。但是这部史诗过分模仿维吉尔、塔索等诗人的作品，而且滥用寓意、梦幻、神奇现象和预言，读来丝毫不能感动人。虽然这部史诗当时获得了成功，如今却被认为是一部失败的作品。伏尔泰的悲剧受到拉辛的影响，较重要的有《查依尔》（1732）等，他认为古典主义戏剧缺乏情节，便寻找各种手段去丰富剧情，如喜欢异国题材：《查依尔》在耶路撒冷进行，《赵氏孤儿》取材于中国故事。他还采用恐怖的场面、奇特的显现。但是他的诗句却缺乏高乃依的雄浑有力和拉辛的和谐，他过于强调偶然因素，从而破坏了悲剧激动人心的魅力。他也不善于描绘女性心灵，而是以情节的曲折去弥补心理分析的不足，以人为的场面效果来引起观众激动。评论家认为，总的说来，"诗歌并不真正符合伏尔泰的气质：他不得不屈从于严格的规则，而不能充分发挥他的热情"。[①] 他最有活力的诗歌作品是较为轻灵活泼的一种，也就是符合他的机智幽默的气质的一种：

---

[①] 布吕奈尔：《法国文学史》第1卷，第332页。

讽刺诗、短诗。他的爱情短诗写得委婉、俏皮。他的讽刺诗则写得十分诙谐、犀利，例如他讥讽死对头、诗人勒弗朗·德·蓬皮尼昂的一首诗写道：

> 你知道耶律米为什么
> 一生之中哭得那么多？
> 因为他是一个预言家，
> 知道勒弗朗会出卖他。

(《虚荣心》,1760)

另一首诗讽刺反对启蒙哲学思想的报人弗雷龙：

> 那一天，在深谷之中，
> 一条蛇咬了弗雷龙。
> 你知道出了什么事？
> 那条蛇却倒地而死！

(《可怜虫》,1758)

18世纪的法国诗歌为什么会出现这种一片沙漠的景象呢？这个问题使人不由得要作一番认真的思索。

首先，在18世纪初，文学创作的观念产生了变化。诗歌创作受到了批评家的种种攻击，他们提出要以散文来代替诗歌创作。在17世纪末、18世纪初的"古今之争"中的崇今派是这种主张的发难者。其中的乌达尔·德·拉木特试图创作一首散文颂歌，以证明散文优越于诗歌。在他看来，诗歌语言只不过是一种艰难的、无用的、甚至危险的"杂技"。他说："由于说话的目的只是让人听见，因此强加这样一种约束就好像是不合理的：这种约束往往有碍于让人听见的意图，而且需要更多的时间把自己的思想硬插进去，因为必须按照自己思想的本来次序普普通通地道出，才能创作出好作品。"①他曾经用散文来改写拉辛的一部悲剧的第一幕，以

---

① 《论诗》转自拉加德和米沙尔《18世纪》，第353页。

显示散文的优越性,结果当然是失败的。他的朋友、批评家封特奈尔也响应他说:"如果人们终于发现……仅仅为了取悦耳朵而约束自己的语言,甚至弄到自己想说的话说不出来,有时还会说出别的话来,那是很幼稚的,到这一步要作何感想呢?"①德·蓬斯神父宣称:"我认为,诗艺是一种无聊的艺术,如果人们同意摒弃它,不仅我们一无所失,而且我们还会所得甚多。"②他们的观点是不如写作散文。乌达尔·德·拉木尔认为:"如果人们把拉辛的悲剧改写成散文,那么它们丝毫不会失去这些美。"③他确实改写过拉辛的《米特里达德》的第一场。他认为这样改写拉辛的悲剧的美原封不动,其实他的改写是大煞风景,拉辛悲剧的美都消失不见了。这种观点并不是独一无二的。伏尔泰也说过,要衡量诗歌的好坏,就必须把它们改写成散文④。认为诗歌语言是一种无用的装饰,那是十分幼稚可笑的;同样,以散文代替诗歌不仅徒劳无益,而且直接导致了诗歌的式微。但可悲的是,18世纪散文的发展确实取得了优势,从而导致诗歌创作的不景气。18世纪中叶,一些批评家已经意识到诗歌的这种境况,狄德罗在《论诗体戏剧》中写道:"一个民族越是文明,它的风俗便越是缺少诗意……诗歌需要某种巨大的、野蛮的和粗野的东西。……什么时候能看到诗人出现?那是在经历了灾难和巨大的不幸之后,疲乏不堪的人民开始喘口气的时候。于是想象力在可怕的景象震动之下,给那些没有见过这些景象的人描绘出闻所未闻的事物。"他设想过一种诗歌解放的理论,但是他想用一种辞藻热烈的散文来创造这种新诗,而且他没有写过一部诗歌作品。他把诗人的狂热和哲学家的才能看作对立的东西,因为哲学家是理智的,极其明晰的,而且能压抑情感和敏感。卢梭也主张散文可以用声音的变化来表达激情。⑤ 同样,伏尔泰并没有意识到诗歌需要另一种语言,却自以为是一个杰出的诗人。同18世纪的诗歌出现散文化的倾向并行发展的是,这一时期的散文具有诗意化的特点。

其次,18世纪是宣扬理性的时代,启蒙作家往往都是哲学家,他们更善于用哲学头脑去思索,他们的作品也往往是他们的哲学思想的通俗化。这种现象就导致

---

① 参见《论诗》,转自拉加德和米沙尔:《18世纪》,第353页。
② 《论史诗》,出处同上。
③ 转引自勒梅特尔:《法国文学史》第2卷,第474页。
④ 参见《评波利厄克特》。
⑤ 参见《论语言的起源》第一章。

了议论的增加和诗意的消失。18世纪启蒙作家宣扬的理性与17世纪作家崇奉的理性有所不同。后者是一种精神的、道德的、法律的准则,它以封建国家利益或者家庭荣誉观念为指归。前者以资产阶级的政治、经济、道德、法律等方面的理想为核心,作为批判封建制度的思想武器。因此,它是包容更广的一种思想体系,触及社会生活的各个领域。在文学创作中,古典主义作家并没有、也不需要用理性去代替感情的抒发。而在启蒙作家那里,已发展到用理性去代替感情的阐发。达朗贝在《百科全书引言》中说:"这种哲学精神,今日如此流行,它要达到无所不见的地步,它丝毫不作假设;如今它已经一直渗透到文艺领域。有人认为这对文艺的发展是有害的,我们很难回避这一点。"伏尔泰在一首诗中也有意无意地认识到这个事实:"在理性制约下,被压抑的美感使我们的心感到平淡无味。"他认为真正的诗人要善于在一种"理智的热情"中进行创作。他觉得"法国人没有史诗头脑"。[①]"在所有民族中,法国人最缺乏诗意。"[②]在世纪之初,不是没有批评家指出感情抒发对诗歌创作的重要性。费纳龙在《致学士院的信》(1714)中就指出过:"必须抓住心灵,使它面向一首诗的正当目标。"对费纳龙来说,诗歌只有作为沟通心灵的语言,才能生存下去。他认为从马莱布开始,诗歌创作已变成一种纯粹的技巧卖弄,走向僵化。同样,杜博斯在《关于诗歌和绘画的批评性思考》(1719)中,也有相似的见解。狄德罗也认识到感情对诗歌的作用。《百科全书》中的"天才"条目如果不是他撰写的,至少也是受他的启发写成的。这一条目写道:"力量和丰沛,难以形容的粗犷,不规则,崇高,动人,这些就是天才表现在艺术中的品格。"可是,18世纪的诗人却缺乏这些条件。

第三,18世纪的诗歌创作墨守成规,极力模仿17世纪的诗歌,少有创造。有的评论家把这种现象称之为"学院派"倾向。这种倾向是"由于普遍模仿古典典范、绝对崇尚规则与准则,对题材、样式和形式的老一套的僵化的结果"。[③] 这种学院派倾向是一种假古典主义,它在形式模仿中凝固了,停滞不前。这种倾向一直延续到19世纪浪漫主义兴盛时期。以伏尔泰为例,他在文学上的保守性特别表现在诗

---

① 《论史诗》,1728年。
② 《论诗体戏剧》,1759年。
③ 勒梅特尔:《法国文学史》第2卷,第476页。

歌创作方面。他遵守古典主义悲剧的规则，认为这些规则是"美"的，并用诗体来写悲剧，其结果不是有助于悲剧的延续发展，而是加速悲剧的衰落。他试图写作史诗，模仿古人，形式上毫无创造，便遭到失败。《论人》是一首议论诗，受到蒲伯的启发，今天看来充满说教意味。他的哲理诗在形式上没有什么创造性，并不成功，原因在于他没有摆脱前人的窠臼。其他诗人的诗作也多半是颂歌、宗教题材诗歌、圣诗、田园诗、神话题材诗歌，等等，因袭陈规，缺乏创造。从内容上来说，这些诗人的作品不大涉及重大的社会问题，相反，大多抒发个人情感、宗教观念、不着人间烟火的神话故事、田园情趣，视野狭隘，内容浅薄，谈不上有多大的社会意义。比起17世纪的诗歌，18世纪的诗歌明显地后退了一步。就以善写寓言诗的弗洛里昂来说，他写过一些不错的寓言诗，但都是涉及一般的道德问题，缺乏深刻犀利的社会讽刺，较之拉封丹的寓言诗自然略逊一等。他只是步拉封丹的后尘，根本无法与拉封丹比肩。

　　从上述三点看来，18世纪的法国诗歌未能取得重大建树就不是偶然的了。但是在18世纪末叶，情况有了变化。在这片诗歌沙漠中，终于出现了一片绿洲。这片绿洲就是安德烈·谢尼埃（André Chénier, 1762—1794）的诗歌创作。这位诗人只活了短短的32岁。他在生前仅仅发表了几篇不起眼的诗歌。他的全部诗作直至1819年才得以问世。1815年，他的弟弟马利-约瑟夫去世了，由后人整理他家的遗产，这才发现了安德烈·谢尼埃的全部诗歌手稿。他的全部诗稿问世引起了很大的反响，自此以后，他被确认为一位诗歌天才。

　　安德烈·谢尼埃提出了自己的一套诗歌主张，这些主张包含在《致勒布伦的书简诗》①（1785）、《论艺术的完美与衰落的原因》，尤其是在《创造》一诗中。他的观点有如下几个方面：

　　第一，他主张诗歌要继承古代文学的传统，诗人要利用古希腊古罗马诗人的经验，要毫不犹豫地"掠夺古代作家的财富"，模仿他们的作品的内容和形式、感情和表现方式，无须理会别人指责这是抄袭。他受到古希腊文化的深刻影响，熟读古希腊作家的作品；他出生在希腊，母亲有希腊人的血统。从时代风气的影响来看，当时掀起了对考古的兴趣热，在文艺上，新古典主义流行一时，对古希腊古罗马艺术

---

① 其内容主要是论述自己的作品。

的爱好方兴未艾。这些就是谢尼埃热衷于古代传统的社会背景和个人原因。但他并非泥古不化,他认为要将创造与这种"剽窃"结合起来,这种结合要天衣无缝。诗人要通过不断吸收"内在营养",把他借取的各种材料熔于一炉。他的见解令人想起拉封丹的话:"我的模仿绝不是盲从。"谢尼埃也明白表示:"盲从的模仿者刚生即灭!"显然,他的模仿说并不是要全盘照搬古代诗人的作品,他认为模仿要走新的道路;正如17世纪的古典主义作家主要是借取古人的题材,他在古人那里寻找的是形式美的典范。他特别看重的是古代诗歌的音乐美和雕塑美。为此,他注意语言的美,认为"语言拥有难以驯服的障碍,它在抗拒,只肯屈服在灵巧的手下"。

第二,他主张要创造出跟时代合拍的新作品。他认为当今的诗人不应该再满足于按照维吉尔和荷马的轨迹进行创作。古人在他们的作品中也是从他们的时代吸取灵感的:德谟克利特的狭窄世界如今已经变成牛顿的广阔宇宙,因此必须革新文学创作的材料,从古人那里学习到表现世界的方式。他的名言是:"为了描绘我们的思想,请借取他们的色彩;用他们诗歌的火焰,点燃我们的火炬;要以新思想写出古朴的诗句。"尤其是最后一句诗,表达了他的一个重要见解。"新思想"是什么呢?诗人认为他周围的世界都是他的作品的题材,他在"不断地一再翻阅他的心灵和生活"。这就是说,诗人既要面对物质世界,也要转向心灵世界。这个物质世界是社会生活和时代的变化,它既包括个人的生活经历,又涉及当时的大事。至于心灵世界,则是指发掘人的情感和内心,由此形成了他的诗歌对抒情性的重视。他在诗中说:热情是"伟大的品性,噢,天才之母"。他又说:"诗艺只创造诗句,唯有心灵才创造诗人。"他描绘创作中的诗人是这样的:"一个真正的魔鬼压抑着他,主宰着他,使他热情澎湃,他不知道这样的折磨:他思索,他想象。一种意想不到的语言在他的头脑中产生,同他的想法一起出现,拥抱着他,跟随着他。天才孕育的形象和字句,整个宇宙都在里面活动着、呼吸着,这是广阔的、崇高的源泉,永不枯竭,急迫地在诗人的头脑中如潮般奔腾。"这些话充分道出了诗人对激情的重视。浓郁的抒情性是他的诗歌的一个极其重要的特点,也是他与18世纪其他诗人的重要分水岭。他的同行缺乏的正是这一点。他的诗歌之所以熠熠生辉,主要原因也在这里。同时这也是他与19世纪诗人相通的一个重要特征。

第三,作为现代诗人,谢尼埃对科学的发展十分重视。他认为科学的题材不至于严肃到不能入诗。"所有艺术都是结合的,人类科学不同时扩展诗歌的领域,就不能扩大它的帝国的范围。艺术要征服宇宙是多么漫长的工作啊!"他对科学的重视无疑是受到启蒙作家的影响。百科全书派对科学成果的普及和宣传,对诗人起了重要作用。诗人要发现掩藏在科学的严格真实之中的美,他要诗人展开幻想的翅膀:"我常常用布封的翅膀武装起来,在牛顿的火炬照亮下,同卢克莱修一起飞越地球之上伸展的蓝带";"为了穿越天空,请抓住风和闪电的翅膀,抓住有火焰长发的彗星的跳跃。从我的心灵蹦出急促的诗句,要对天神诉说。"他认为思想平庸的诗人才会感到表达科学新天地的困难,诗歌的大门便会向他们关闭。

综上所述,谢尼埃的诗歌主张比18世纪的其他诗人是向前迈进了一步。他并没有完全脱离18世纪,尊重古代传统和模仿的意识在他的头脑中还相当强烈。但是他并不囿于模仿,而是同时注意有所创造。他比18世纪的诗人视野更为广阔。最重要的是他意识到诗的本质在于表达诗人的内心感情,从而导向了19世纪的诗歌获得充分发展的天地。

安德烈·谢尼埃的诗歌创作十分丰富,大致可以分为三个阶段。

第一阶段是从1785年至1787年,其诗作收入《田园诗》中。这部诗集贯彻他的模仿理论,是一幅幅小型的风俗画,如《年轻的洛克丽爱娜》《塔兰托少女》《尼埃尔》等。其中《塔兰托少女》是一首优秀的短诗,以细节的精细和感情的真挚而令人触目。诗人深深地感受到一个妙龄少女的夭折的可悲命运多么令人忧伤,尤其引起诗人的内心感应:"林神、泉水之神和山岳之神/一齐捶胸顿足,拖着丧服长衣,/围着她的棺椁不断唉声叹气。"异国题材、鲜艳色彩、情感强烈,使这首诗带有浓厚的浪漫情调。《田园诗》中还有一些长诗,属于叙事抒情诗。《盲诗人》写的是荷马这个民间的行吟诗人,向人们讲述他的不幸经历和神话传说。《年轻的病人》叙述一个母亲祈求阿波罗怜悯她的儿子,这个孩子在失恋之中。母亲终于把少妇带到儿子跟前,治愈了儿子的心病。《乞丐》写一个乞丐曾经救过豪富的利库斯,利库斯终于认出恩人的故事。这些诗歌都大量穿插了神话和古代传说。

第二阶段是谢尼埃到伦敦当大使馆秘书的时期(1787—1789)。他在伦敦十分苦闷,远离朋友,考虑写作长篇诗歌,同时受到当时科学发现的巨大震动,动手写作科学题材诗歌:《埃尔梅斯》和《美洲》,《创造》一诗可以看作是这两首诗的序言。这两首科学题材的长诗都未写完。《埃尔梅斯》分为三部分。第一歌写物质的产生、地球的形成、动物的出现和四季的变化。第二歌写人类从野蛮状态到社会产生的进步以及宗教的起源。第三歌写社会：政治、道德、科学发明；人类的未来；永久和平。《美洲》原来打算要写到12000行。诗人试图再现种种探险,直到美洲的发现,他要写出新大陆的气候、环境、风俗、习惯和文化。浪漫虚构无疑会使这首长诗具有史诗的特点。

第三阶段是大革命时期(1789—1794)。谢尼埃在伦敦密切注视着大革命的进程。他受到新思想的鼓舞,离开了外交岗位,同朋友们组织了"八九社",于1790年发表了《关于真正的敌人致法国人民书》。但是,谢尼埃的思想属于稳健派,他不赞成过激的革命行动,反对雅各宾派专政。处决路易十六以后,他被看成可疑人物,1794年3月7日遭到逮捕。在监狱里,他写出了《颂歌集》和《讽刺诗》。这时期写的诗歌可以分为两类诗：爱情诗和讽刺诗。《致法尼》是一组爱情诗。法尼指勒库特夫人,她是诗人在凡尔赛认识的。在这些爱情诗中,他已经摆脱以前在《哀歌集》中的模仿痕迹,带上朦胧的忧郁色彩,咏唱自己的缱绻情怀。讽刺诗是他"在绞刑架下,我再试弹我的琴弦"而写成的,带上了阴沉的悲剧色彩。他要磨快"讽刺诗的锐利雕刻刀",给那些滥杀无辜的"卑劣罪人"以永不磨灭的伤痕；他指责朋友们的怯懦以及那些意气消沉或者无忧无虑的囚犯。所有激动着他的感情,从反抗到绝望,从倨傲到讽刺,都以坦直而有力的口吻表达出来。

谢尼埃的诗歌创作成就和特点表现在如下几个方面：

首先,他重新给诗歌注入了个人抒发情感的灵魂。以《年轻的女囚》为例,表面上他是在同情同狱的一个女囚、美丽的艾梅·德·库瓦尼,即德·弗勒里公爵夫人。其实,她比他更为幸运,没有上断头台。谢尼埃把一首哀诗写成了一首对生活和希望的颂歌。尤其是他在诗中灌注了自己的切身感受：对女囚命运的同情和哀叹,也就是对自己面临死亡的厄运的感叹。

> 我美丽如麦穗,而年轻如葡萄,
> 不管眼前多少祸患,多少烦恼,
> 我还不愿摒弃生命。

不愿离开人生是这首诗反复吟唱的主旋律。诗人对女囚命运的感叹是真挚的、动人的,他对自己命运的真情流露也是真实的、感人的。同样,《塔兰托少女》对溺死的少女的哀叹，也表达了诗人对青春的赞美，甚至有一种面临厄运的预感。浓郁的抒情色彩是谢尼埃的诗歌放射异彩的一大特点。

其次，谢尼埃的诗歌富于雕塑美和音乐美。他像古希腊诗人一样，欣赏艺术作品优美的动作和造型美的姿态。他指出："必须描绘走向一尊天神塑像的行走姿势，她们一只手扶住花篮，顶在头上，另一只手提着长裙的裙裾……还有其他姿态，是从石雕、石像和古代绘画中抽取出来的。"他的一些诗歌是围绕着一种姿态、一种手势写成的，具有一种视觉的美。如他描写拉皮特人和半人半马怪物的搏斗，这是一种活生生的浮雕。站在船头的米尔托和睡着的狄亚娜，旁边坐着她的狗，这幅画面具有雕塑美。他的诗色彩并不斑斓，而是常常向描写对象投以时而明亮时而柔和的光，更具雕塑美。谢尼埃还十分注意诗句的和谐。他喜欢古希腊诗歌的柔美、响亮的音节，将古代诗人的音乐美移植到法语之中。他最喜欢的是柔和纯洁的节奏。他常常运用大胆的跨行、句首字和富有表现力的停顿，使得亚历山大诗行变得灵活，适于表达各种各样优美的动作。他的某些最优秀的诗歌是真正的歌曲，具有拨动人们心弦的力量。

再有，谢尼埃的诗歌具有不少浪漫派诗歌的因素。他在乡村的宁静中感受到一种柔和的忧郁："一本书捧在手，在小树林里穿行，/毫无遗憾、担心和愿望，享受/宁静，什么也比不上这种乐趣。/柔和的忧郁啊！……"黄昏和山谷也产生这样使人惆怅的心绪："傍晚时分，从偏僻的山洞出来，/他在山坡上漫步徜徉，/望见天空落日余晖色彩万千，/远方群峰之上，晴日已消失不见。"(《田野的宁静》)这些诗句使人想起拉马丁的《山谷》《黄昏》等诗和忧郁的情调。大自然紧密地同他的感情联结在一起："噢，天空，大地，海洋，草坪，山岳，河岸，/鲜花，簌簌响的树林，山谷，荒僻的岩洞，/请时常记起她，请永远记着她。"(《尼埃尔》)这几行诗使人想起拉马丁的《湖》情景交融的写法。他对神话和传说的运用，使人想起雨果的《历代传说》。他的讽刺诗同巴比埃的《讽刺诗集》和雨果的《惩罚集》息息相通。巴那斯派就把他视作先驱，试看这几句诗："肚腹宽大，布满斑点的老虎，/凶猛的豹子，目光灼灼的眼睛"，"岩石的声响重复他们的歌曲，/暗哑的长鼓，响亮的铙钹，/弯曲的双簧管和双重的响板。"(《酒神》)这些诗行使人想起勒贡特甚至波德莱尔的诗句。更不用说他的富有音乐节奏、哀歌式的叙事抒情诗直接影响了维尼、雨果(《东方集》)和缪塞(《五月之夜》)。

诚然,谢尼埃的诗歌创作也存在一些缺憾。他有时过于模仿古人,还不善于融化借取的材料,给人一种精细的镶嵌画的印象(如《年轻的病人》)。他也有当时诗人的弊病:滥用神话题材,笔调往往有点程式化和造作,个别句子有矫饰、平淡之嫌。过于相信迂回说法,隐喻过于崇高,这些缺点使他的哀歌显得有点过时,与其他18世纪诗人区别不大。他写诗还过于随便:他写得过多,有时不够精练,也不太注意题材的选择,形式也有不够严谨之处。他的早逝使这个天才还未达到成熟的阶段。

然而,谢尼埃仍然是"哲学家世纪的天生诗人"。[1] 法国诗人亨利·德·雷尼埃认为法国诗史有三位鼎足而立的诗人,他们是龙沙、谢尼埃和雨果。就19世纪上半叶以前的法国诗歌而言,这个评语还是有一定的正确性的。

---

[1] 卡斯泰等:《法国文学史》,阿舍特出版社,1981年,第507页。

# 浪漫派诗歌的第一声号角

## ——拉马丁的诗歌创作

1820年,阿尔封斯·德·拉马丁(Alphonse de Lamartine,1790—1869)的《沉思集》问世,标志着法国浪漫派诗歌的开端。不仅当时人们这样认为,过了一个半世纪,当代人仍然没有必要改变这个判断。这个外省人,在巴黎不为人知,与所有的文学团体没有来往,这本诗集也只有短短的24首诗,它究竟给文坛带来了什么新东西呢?

一

自从夏多布里昂和斯塔尔夫人在理论上提出了浪漫派的主张以来,法国文坛并没有出现真正像样的浪漫派作品。1819年,革新文学创作的呼声已为大多数文学团体和外省的科学院所接受。著名的图鲁兹百花诗赛科学院提出了这样一个竞赛题目:"所谓'浪漫主义'的文学特征是什么,它能给古典文学带来什么源泉?"浪漫主义这个名词的内容还相当模糊,人们感到有必要判明和了解这个外来的概念,它可能是别种东西,不是古典主义这种文学形式的扩大。同年,这个科学院在接纳年轻诗人苏梅时,他在接受仪式上的讲话中指出了年轻作家的任务:他们应该从激情中汲取才能,以了解激情和反映各种情绪,从而启迪和迸发情感的诗歌,去代替理智所主宰的冷冰冰的诗歌。

但是,这些希望出现新变化的人,也担心这种新文学的某些方面。他们不愿意看到它像沙尔·诺蒂埃试图引进的拜伦式的"吸血鬼迷信",或者像大街上流行的民间情节剧。他们期望循序渐进,一步步得到已经建立的文学团体和固守传统的科学院的认可。因此,像文社一样的团体组织起来了。1820年,雨果和他的两个哥哥以及几个朋友创办了《文学保守者》杂志，在他的朋友戴尚的沙龙里聚集了第一个文社的成员，雨果则是文社最积极的鼓动者。成员中有维尼、亨利·德·拉图什、苏梅、于勒·德·勒塞吉埃等。不过，他们的政治观点和文学观点都很不一致。雨果基本上持骑墙态度。杰作等待了多年而迟迟不出现，使得理论上的争论变得空泛无用。

文坛终于迎来了《沉思集》，这部诗集获得了巨大的成功。因为它正好适应了读者的要求，以至于《沉思集》的诗歌形式很快得到确认，人们以为未来的诗歌可能与拉马丁的作品相类似。拉马丁的诗形式较为朴素，没有任何矫揉造作，而且直接表达心灵的忧思，这种诗歌带上淡淡的宗教精神，情感激荡而纯粹；另外，大自然得到充分的描绘，同内心激动的细微变化相结合，这些特点正适应了时代的气氛和读者的口味。

一个时期以来，评论家普遍认为，拉马丁的抒情诗并没有带来多少革新，因此，从诗歌内容来看，他仍然属于新古典主义的范围。但是，《沉思集》主要抒发的是爱情，这一题材在七星诗社之后被冷落了两百多年。17世纪古典主义文学热衷于悲剧、喜剧和寓言诗创作，太阳王路易十四喜爱崇高、悲壮、宏阔的文学形式，篇幅较短小的爱情诗似乎不登大雅之堂，同当时严谨、庄重的宫廷气派和华赡瑰丽的时代潮流不相合拍；而18世纪是理性思维的时代，文学家往往同时是哲学家，从事爱情诗创作的人寥若晨星。只有随着浪漫主义的兴起，注重宣泄感情的主张占据文坛，爱情诗才焕发出光彩。《沉思集》正是得了时代风气之先。

《沉思集》中的爱情诗同以往的爱情诗相比，还是有很大发展的。这种发展主要来自拉马丁对自我感情的抒发更为大胆、更为丰沛、更为热烈。朗松的评价是有代表性的，他说：《沉思集》"无论语言、诗句还是题材，都没有什么新颖的东西。新颖的是这种感情的极端自发性和真诚"。① 另一部文学史写道："如果说拉马丁使诗歌有了生气，或者不如说改变了诗歌，那么正是因为他在自己的作品中注入了自己的生活……给文学作品注入了广阔的创造气息。"②拉马丁的爱情诗的创新之处就在于：他能直抒胸臆，把心灵中的所思所想袒露出来。龙沙的爱情诗往往是自

---

① 《法国文学史》，阿舍特出版社，1906年，第936页。
② 勒梅特尔等：《法国文学》第3卷，博尔达斯-拉封出版社，1972年，第59页。

我表白,还没有做到心灵的抒发。而拉马丁的爱情诗正如他自己所说的,是"心灵的叹息",是爱情破灭后痛苦的心发出的哀诉,因而是"心灵的诗篇",是"被自己的呜咽摇荡的心的表白"。按拉马丁看来,"诗歌尤其是内心的、个人的、沉思的和沉重的……这是人本身……是真诚的完整的人",他的诗要表现"感情最隐秘和最难以捕捉的细微之处"。《沉思集》就是这种诗歌主张的体现。

拉马丁的爱情诗来自他和朱丽·沙尔的爱情经历。1818年秋,拉马丁在南方的"埃克斯温泉"治疗神经紊乱症,遇到一个生肺病的少妇朱丽·沙尔,她又叫艾尔薇。她是一个著名物理学家的妻子,这位物理学家比她大近40岁。在布尔谢湖边,拉马丁和朱丽产生了爱情。朱丽有不少关系,使拉马丁能接触政界。他们打算来年夏天在埃克斯重逢。可是拉马丁只能独自去赴会了,因为朱丽重病沉疴,离不开巴黎,不幸在12月辞世。拉马丁独自来到布尔谢湖边,意识到他的恋人即将离世,触景生情,萌生出要把这短暂的爱情记录下来,以资永久纪念的想法,于是写出了《湖》及其他诗篇。《沉思集》、《新沉思集》(1823)大半写的是他怀念朱丽的爱情诗。

《湖》是拉马丁最优秀的一首诗,也是他的爱情诗的代表作。诗人将爱情比作航船,同湖的背景相吻合,用形象的比喻表白自己要挽留住爱情的航船的心声,感情强烈而富有诗意。随后,他把湖光山色拟人化,诗人的内心与景致沟通,达到情景交融。他进一步将个人感情与幻觉相交织,创造出一种神奇的气氛。诗中插入了恋人的深情呼喊:"时间啊,暂停飞逝!美妙的时刻,/暂停奔流不息!/让我们回味转瞬即过的欢乐,/在那美好日子!……"她的咏唱把一个理想恋人的形象呈现出来。《湖》虽然是首爱情诗,却包含着哲理沉思。面对不可捉摸的命运,诗人感到极大的困惑和不安,他不禁同无生命的山崖洞穴作比较,提出了诘问:"永恒、虚无、往昔——黑洞洞的深渊!/你们吞没光阴,派作什么用场?/说呀:你们夺走我们迷醉缱绻,/何时能够归还!……"拉马丁认为,诗歌"是悟性最崇高的观念和心灵最神秘表现的深刻、真实和真诚的回声"。把爱情诗和哲理思考结合起来,便在思想意境上拓展了爱情诗的视野。评论家认为:"拉马丁找到了非常深沉的人性和非常动人的真诚的语调,以至使《湖》成为人面对命运感到不安、追求幸福的冲动和渴望永恒的短暂爱情的不朽诗篇。"[①]《湖》这首诗包含了拉马丁爱情诗的各种优点。

---

① 拉加德和米沙尔:《19世纪》,博尔达斯出版社,1969年,第88页。

拉马丁的抒情诗的第二个内容是描绘大自然。七星诗社开拓了描写大自然的新路,而拉马丁的描绘则另有特点。七星诗社诗人歌颂大自然的美丽,以此表达人生的乐趣。拉马丁则不同,大自然与诗人是情感相通的,是有灵性的。《湖》这首诗就与大自然的描写紧密结合在一起,大自然的山石草木成了诗人活生生的见证人,整首诗是诗人向"湖"作倾心诉说。诗人在诗的结尾喊出:"愿飒飒响的风,叹息着的芦花,/愿你芬芳空气的一阵阵清香,/愿能听、能见、能吸的一切讲话:/他俩热恋一场!"拉马丁在《沉思集》的序中说:"我是第一个这样做的人:把巴那斯山上的诗歌请下来,并且不是用老生常谈的七弦琴,而是把心灵和大自然的无数颤动所感奋和激动的人心纤维本身,献给人们称之为缪斯的女神。"拉马丁的《湖》写的正是他见景生情后的咏叹。通过与大自然景色的结合来挖掘人的心灵,是浪漫派诗歌的特征之一,《湖》提供了一个范例。《秋》描画枯叶飘落的瑟瑟秋景,"在自然行将衰亡的秋日",诗人愿将苦酒一饮而尽,他也感到自己行将就木,"灵魂正消失空中,像忧郁动听的乐声徐徐飘荡"。《山谷》是一首描写自然景色的佳作。诗中写道:"这是那幽暗山谷的狭窄小径:/从两边山腰垂下茂密的树木,/在我的额角投下交织的阴影,/给我的全身覆盖宁静与静穆。/两条溪水掩蔽在成拱绿树下,/蜿蜒曲折勾画出山谷的形状。"诗人回忆这幅自然美景,并不是作为一个对线条、景物、色彩十分敏感的艺术家,而是作为一个被忧思折磨的人,他在竭力恢复内心平静,诗人的内心和景色在作着交流。《黄昏》这样描写:"黄昏恢复寂静无声。/坐在无人的岩石上,/我在天空中紧跟/冉冉上升的月亮。/金星正在天际升起;/在我脚旁,爱情之星/以神秘的闪光熠熠/染白地毯般的草坪。"在这幅美丽的夜景中,诗人心里想的是"把宁静与爱情带回/我耗尽的心灵之中,/正如夜雾的珠泪,/在旭日初升时消融"。他从黄昏中寻求心境的平静。拉马丁描写大自然的诗歌中,有的则像田园牧歌,如《新沉思集》的《序曲》:"孩子,我爱像他们在原野步步跟随/直到黄昏迷了路的羔羊一只只;/又像他们混在雪白的羊毛中返回/洗衣的流水里。"《宗教和谐诗集》(1830)中有一首长诗《密利或家乡》,充满了怀念故乡一草一木的深厚感情:"为什么要说出这个名字——家乡?/我的心在异乡的荣华中震惊;/它从远方回响在我震动的心房,像个朋友熟悉的脚步和声音。"在长篇叙事诗《若瑟兰》(1836)中,有一节写到劳动的景象:"一种劳作结束,另一种马上开始。/到处大地都向播种张开手臂;/在灯芯草的篮子里满把抓起,/女人抛撒种子,像粉末的云霓。"这些诗篇颇有16世纪诗人怀念家乡的名篇的韵味,所不同的是,大自然是诗人在感情遇到挫折,或者不满于现实时所找到的一种寄托,它是诗人心境的一种写照。

无论抒写爱情,还是描绘大自然,拉马丁的诗都笼罩着忧郁的情调。《湖》表达诗人爱情失落的苦楚、百般折磨人的愁闷、孤身独处的失落意识。《山谷》写道:"我的心厌弃一切,希求也淡漠",他认为自己的生命像泉水一样流淌,"无声无息,不留名字,一去不返"。在《秋》中,诗人向残败的秋景致意,他爱迈着迷惘的脚步,踏上冷僻小径,他感到人生混杂着玉液琼浆与胆汁。在《孤独》一诗中,诗人抒写自己爱"在夕阳下,忧郁地独坐消闲",遥望晚景,"面对这幅美景,/我淡漠的心灵既感不到魅力,/也感不到冲动,我凝望大地,/仿佛游荡的幽灵,活人的太阳再也不能使人热烘烘"。诗人放眼四望,"哪儿幸福都不在等待我",他呼吁:"像树叶一样把我带走吧,狂飙!"《黄昏》描画了无限美妙的晚景,诗人感到内中隐藏着宇宙的神圣秘密,阴魂似乎出没其间,眼看黑夜来临,把一切都吞没。在这些诗篇中,希望与哀伤相混杂,欢乐与痛苦相混同,幸福与悲哀相连接,怀念与诀别相并存,总之,忧郁情调贯穿其中。

这种忧郁情调的产生有个人原因和社会原因。个人方面,拉马丁出身于外省贵族。他的父亲是一个大家庭的小儿子,因此只分到密利的一幢房子。他小时生活在外省。1803年至1807年在贝莱的耶稣会士举办的中学里读书。拉马丁早年(1814年第一次复辟时期)入过伍,时间很短,毫无作为;政治上的变动使他产生忧虑。后来他得了病,心绪不佳。他很想发财和成名;他想行动独立,但不能实现,他仍然是个默默无闻的人和经济拮据的小贵族,因此而产生愁闷、自暴自弃和其他感伤情绪。从社会范围来说,忧伤情绪正是浪漫派文人的共同倾向。浪漫派先驱夏多布里昂在《基督教真谛》中早就描绘过中世纪哥特式教堂的壮丽和神秘,废墟令人忧郁的魅力。收在此书中的中篇《阿达拉》叙述了一个缠绵悱恻的爱情悲剧,另一个短篇《勒内》则塑造了一个世纪病的典型,小说主人公怀有不可治愈的忧郁症,他的内心如同被风追逐的片片枯叶,无限悲凉。勒内是第一个世纪病的典型。随后,塞南古(1770—1846)的《奥贝曼》(1804)的同名主人公,贡斯当(1767—1830)的《阿道尔夫》的同名主人公,缪塞的《一个世纪儿的忏悔》(1836)的主人公沃达夫都是勒内的精神兄弟。

如何分析这种忧郁情调呢？浪漫派先驱斯塔尔夫人指出："忧郁的诗歌是最能与哲理相一致的诗歌。忧郁较之其他心灵状态更深入地进入人的性格的命运。"这位批评家强调了忧郁这种感情的几个优点：最能与哲理相一致，更深地进入人的性格和命运。换句话说，忧郁如能与哲理相结合，就不至于过分虚空；忧郁要反映诗人的性格和命运。斯塔尔夫人注重的是忧郁蕴含的内容，它既要有个人特点，又要反映有普遍意义的哲理。斯塔尔夫人的论述深得忧郁在诗篇中的奥妙。拉马丁熟读过夏多布里昂和斯塔尔夫人的作品，无疑受到他们的影响，他在《诗歌的命运》中这样评论斯塔尔夫人："一个精力过旺的人，爱活动，有热情，很大胆……仿佛有一种磁性的本能，她把一切在自身感到一种抗拒……奴性和平庸的情感正在孕育之中的东西吸引过来。"可见他对斯塔尔夫人十分推崇，熟读她的著作。

总之，在拉马丁诗作中的忧郁，是打上了他个人气质的忧郁，也是具有特殊魅力的忧郁，正如他在 1849 年《沉思集》再版序中所说的："我不再模仿别人，我为自身表达。这不再是一种艺术，这是因自身的呜咽而摇晃不定的心的松弛……这些诗句是呻吟或心灵的呐喊。我赋予这种呻吟或呐喊以韵律。"这就是赋予忧郁的情调以诗的形式。

## 二

1830 年革命给了拉马丁很大震动，他的政治观点起了变化，转向了资产阶级自由派。他的诗歌视野也早就出现了变化，"拉马丁的灵感从早先的狭窄的抒情，逐渐地扩展，力图囊括和浓缩对世界的经验"。[①] 早在《苏格拉底之死》(1823) 和《哈罗尔德朝圣的绝唱》(1825) 中，他已经把诗歌导向了哲理。诗歌题材的扩大主要表现在他的两部叙事长诗里：《若瑟兰》(1836) 和《天使谪凡》(1838)。叙事长诗或者说诗体小说是英国大诗人拜伦的创造，在文学史上具有重要意义。在法国诗史上，这种体裁的作品大约只有拉马丁尝试过，就这点来说，这两部叙事长诗是有一定价值的。

相对而言，《若瑟兰》更为成功一些。这部叙事长诗以法国大革命时期为背

---

[①] 布吕奈尔等：《法国文学史》第 2 卷，博尔达斯–拉封出版社，1981 年，第 421 页。

景。主人公若瑟兰把父亲留下的遗产给了他的姐妹,决心去当教士。他在神学院时正好是雅各宾党专政的恐怖时期。他逃到阿尔卑斯山的岩洞里躲藏起来,并收留了一个受了致命伤的逃亡者。一天,他发现这个逃亡者留下的孩子是个女儿身,她名叫洛朗丝。他的友谊变成了圣洁的爱情。随后他们分手,有一次,他重新见到洛朗丝,她已经堕落了。后来,有人叫他去为一个垂危的女子赦罪,她就是洛朗丝。他在照料传染病人中死去。若瑟兰这个人物据说是根据杜蒙神父的经历写成的,但神学院、教士的故乡、岩洞、瓦尔内日村子等充满了诗人的个人回忆;自然景色的描绘也是真实的;洛朗丝身上可以看到诗人早年认识的意大利姑娘朱丽亚和朱丽·沙尔的影子。全诗的抒情色彩十分浓郁。《若瑟兰》富于传奇色彩,故事曲折,诗句流畅,因此很能吸引读者。从内容来看,有两点是值得注意的。其一是拉马丁对法国大革命中雅各宾党专政的不满,这跟他后来撰写的《吉伦特党史》(1847)对吉伦特党人的赞扬是一致的,他主张实行较为平稳的措施。其二是他对社会问题的关注,在第九章中,他赞美了田野上的劳动景象,并指出要脚踏实地来解决社会问题。

《天使谪凡》带有神话色彩,因而具有史诗性质。故事讲的是,天使塞达尔对该隐的后代达伊达产生了爱情,他因而被贬至人间,经历人间的种种磨难。他在沙漠失去了女伴,在火刑堆上差点被烧死,经过九次变形才恢复原形。叙事诗有一些出色的篇章:塞达尔和达伊达在空中飞行、大洪水之前的地球景象、对黎巴嫩雪松的赞美、男女主人公穿越原始森林的逃遁。但是这部史诗的基本线索过于平淡,与现实也没有什么联系,因此遭到读者的冷淡对待。

总的说来,拉马丁的叙事诗创作成就不大,关键在于他并没有拜伦那种广阔的视野,也不像拜伦那样犀利地抨击不合理的社会现象。他基本上仍然是个抒情诗人,不是一个出色的史诗诗人或讽刺诗人。叙事诗和史诗只有到了雨果手上,才有了新的变化和创造,确立了新的形式。

## 三

拉马丁的诗歌在艺术上有两点值得一提,这就是他的诗歌的音乐性和象征性。第一点他的同时代人已经注意到了,而第二点是后人的发现。

拉马丁的诗歌以流畅明丽和音节和谐闻名于世。虽然他声称他的诗歌往往

"一气呵成",其实大半经过长期孕育和仔细修改。他的诗显得浑然天成,流丽柔美,明晰易懂,绝无晦涩之处,也无佶屈聱牙的词句。画面形象清晰,诗节衔接紧凑而自然。例如,《湖》的音乐美也是有代表性的。这首诗每一节的前三行用的是亚历山大体,即十二个音节,第四句为半行亚历山大体,即六个音节。但朱丽的话改为第一、三行是亚历山大体,第三、四行是九个音节。整首诗的形式一改以往的写法(即全部用亚历山大体),而且多变化,显得形式较为丰富而不呆板。至于音韵,则像歌一样回环往复。为了表达痛苦,节奏是摇摆、单纯的。诗人有意采用小舌音(颤音)的反复押韵,其中有 our、oir、re、ere、ore、eur、ure、ir、ire,一共有10次之多,全诗共16节,可见运用之频繁;小舌音发出柔和的颤声,起到如怨如诉的效果,极为和谐动听。拉马丁在给诗歌下定义时这样说:"这些半句亚历山大体立足于声音之上,然后使声音更快地迸发出来,诗歌结尾押同韵,就像回声响起,韵的整齐对称事实上与隐藏在我们本性之中追求精神对称的难以形容的本能相协调,而且很可能是一种宇宙中神圣秩序和内在固有的节奏的反拨。"可见他对诗句的长短、韵律的安排是非常重视的,认为诗歌的声音效果与人的精神世界以及宇宙的结构是吻合的。因此,在他的诗中,水波的运动、黄昏的平静、太阳的起落都用节奏表现出来。在他的笔下,声音的和谐是富有启示性的。"明晰的"元音表现光和欢乐;微弱的元音表现暗影和衰竭;而"柔和的"辅音令人想起呼唤的柔情、和风的轻柔或者看不见的运动的缓慢。诗歌的动听流转与意象的明晰相一致。最后,拉马丁喜欢使用重复出现的词句或意象。如在《孤独》的开头,"夜的女后驾驭雾气腾腾的战车[①]"这一句诗的意象显示诗人的忧愁,而在末尾,"清晨的轻车"则把诗人的热情和希望具体化。与这个世界上不能带给人任何欢乐的太阳相对照的是,能给他所梦想的东西的"真正的太阳",诗人由此强调他的心灵状态的发展。有时,这种重复相隔很短,突现出主要景物,赞美一种感情,如《湖》的最后一节就是这样的。总之,拉马丁创造出一种能表现最亲切和最难以捕捉的情感变化的诗句。

  拉马丁描绘的景致同原来的景物并不相同,他笔下的景物不仅仅是背景,他的具体描绘也不仅仅是一种装饰,它们都是被选择出来给读者以启示的。例如他对水的描绘:河流代表流逝的时间和消逝的生活;不动的湖代表永恒;大海代表时间

---

[①] 这里是指月亮——作者注。

的无限或变化多端的命运；易碎的小舟代表个人生存；岸是冒险的终点、休憩或死亡，拍打岸边的水波表现温存或接吻。拉马丁常常运用光的意象：星星代表神圣的存在，天主的手指引着它们，它们激发人们祈祷和沉思，就像大自然这个神庙的明灯一样。月亮代表忧愁、回忆，有时它的柔和显得多情，激发人去追求爱情。太阳给人生命，是神圣光辉的反映；天主是真正的太阳。白日是天主的目光，而光辉代表信念的真理、纯真和圣洁的爱。拉马丁的意象由于它们重新创造的感受和象征的价值而显得十分吸引人。它们让读者发现诗人主要关心的东西：天主、爱情、人类的命运。它们使诗人的视野具有个人特点。这两个方面是不可分割的，在诗人对无限的追求和他的视线的明亮之中，有着相通之处。

长期以来，拉马丁的诗歌被评论家越来越看得不那么重要，认为他的诗只有《湖》《孤独》《山谷》《秋》等几首诗还可以一读①。兰波就曾经认为他采用的是旧形式。有的评论家则认为他仍然是个"18世纪的诗人"（维勒曼语）。但今人发现，情况并不完全是这样。当代著名评论家乔治·普莱认为："拉马丁的无可奈何跟马拉美的乍看写作艰难并非有天渊之别。他们的痛苦是一样的。"②拉马丁所表达的人类不安超出了他个人的范畴，他渴求真理和幸福，被恶的问题所困扰。他在帕斯卡尔之后，在加缪之前，把流亡看作内在于人的生存条件。从形式上来看，拉马丁似乎并没有什么革新，但是由于他把音乐性和象征带进了诗歌中。"这个用传统语言写作的诗人于是摆脱了新古典主义，表面看来，他的一切得之于此。……在他最优秀的诗歌中，大自然、欣赏它的人和通过诗人在自己身上激发的情感，感觉并想象出一幅景象的读者之间，获得了完美的融合。"③比较文学专家梵第根也认为，拉马丁在语言、文体、情感、句法等方面都没有什么革新，"但是，他的诗根据和谐表达的法则，把这些因素融合起来，谁也做不到这样，而且他的诗善于纯真地把艺术消失在激动后面"。④ 这些评价表明拉马丁的诗歌创作在今天仍有现实和借鉴意义。

---

① 参见蒂博岱：《1789年至今日的法国文学史》，1936年。
② 参见《法兰西新评论》1961年8月号。
③ 马里尤斯·弗朗索瓦·吉亚尔：《拉马丁〈诗集〉导言》，1963年。
④ 《法国浪漫主义》，法国大学出版社，1968年，第34页。

# 试论普吕多姆的诗歌创作

一个作家的地位会随着时间的推移而变化不定,苏利·普吕多姆的升沉就是一个明证。瑞典科学院为什么将第一届诺贝尔文学奖授予他呢?

第一个原因是,斯德哥尔摩的评审委员会决定将这一选择给予一位法国作家。不错,19世纪末北欧和俄国的文学欣欣向荣,在国际上产生了巨大影响,易卜生、斯特林堡、契诃夫、托尔斯泰等大作家都具有崇高的国际声誉。然而,自波德莱尔以来,巴那斯派,继而是象征派诗歌风靡一时,在诗歌创作上起到振聋发聩的作用,革新了诗歌的内容和形式,其影响是世界性的。因此,诺贝尔文学奖评审委员会将自己的选择投向一位法国巴那斯派的诗人是毫不足怪的,而且理由相当充分。

第二个原因是,诺贝尔文学奖评审委员会根据诺贝尔的遗嘱,将追求理想作为评选的一条重要准则。这个委员会的成员排斥现实主义文学,因此,易卜生、比昂逊,甚至斯特林堡都无法加以考虑,左拉、法朗士也因此而落选。当时英国提不出候选人,德国和波兰提出的作家甚至不入流,无法参与竞争。

第三个原因是,苏利·普吕多姆在当时具有很高的声誉。在同辈诗人亨利·德·雷尼埃、勒内·吉尔、莫雷亚斯、埃雷迪亚之中,他的排名并不落后。朗松具有权威的《法国文学史》把他列在巴那斯派的领袖勒贡特·德利尔之后,而且在其他巴那斯派诗人中,只重点评价他的诗歌的特点和成就。朗松给他相当高的赞誉,认为他思想明晰,表达的哲理符合时代潮流,手法灵活,诗意朦胧而不晦涩,精确而不抽象,尤其是一些小诗,没有什么比它们"更完美、更新颖的了","这些精美的诗歌陈述了难以形容的、细腻的、微小的印象,显示出难以形容的精神力量"。朗松的评价代表了当时学术界的一致意见,可见苏利·普吕多姆的地位是相当高的。20世纪初,这种情况丝毫未变。1909年出版、作为教科书的一部《法国文学史》贬低波德莱尔，而推崇苏利·普吕多姆。这本书这样评价波德莱尔："如同左拉一样，但他不能提出同样的借口，他将奇异、复杂、丑恶、令人讨厌的事物当作诗歌的对象，他的诗一出版，便有一种轰动的成功，今天，《恶之花》只能引起厌恶，尤其人们在其中很难找到真诚的音调，而每时每刻却显示出装腔作势。"这部文学史将苏利·普吕多姆说成"无可辩驳地是第一位现代法国诗人，既由于哲理的高超，也由于表达的典雅、往往富有诗意的准确"。这一贬一褒两种评价，今天看来不免滑稽可笑，离事实相距太远，表明了这位作者的无知和缺乏判断力，但却反映了一代人的兴趣爱好、思想方式、艺术标准和鉴赏力，反映了这两个诗人在当时的实际地位。这部教科书并非表达了作者的个人观点，在序言中，作者指出："这部简史不奢求新颖的独到看法；它只包含批评大师们上百次说过并且说得恰到好处的观点。"这就表明，苏利·普吕多姆在20世纪初仍然享有极高的声誉。

第四个原因是，苏利·普吕多姆得到许多法国作家和批评家的支持。当时有个名叫勒内·瓦莱里-拉多的作家，写了一本《巴斯德传》，得到不少人的拥护，但加斯东·帕里斯、勒梅特尔、法盖、布尔热、科佩、埃雷迪亚等著名批评家和作家联名推荐苏利·普吕多姆。这个行动给诺贝尔评审委员会以重大影响。苏利·普吕多姆成为第一届诺贝尔文学奖得主就顺理成章了。

## 一、生平简介

苏利·普吕多姆（Sully Prudhomme）1839年3月16日生于巴黎，原名为勒内·弗朗索瓦·阿尔芒·普吕多姆。其母克洛蒂德·卜雅非常虔诚，深居简出。其父是个十分富裕的商人，周围的人称他为"苏利"。诗人在给友人的一封信中写道："我的父亲在童年时从周围的人那里得到这个名字，我不知什么缘故；他的近亲中有个人脱口而出，他觉得这个名字很漂亮。不管怎样，我的母亲像全家人和朋友们一样，也这样称呼我的父亲。他逝世时，她把这个名字给了我，以便总能叫这个名字。我的假名因此具有这种从摇篮起便给予我的特殊性质，可以说久而久之也就转成我的名字。"（加斯东《思想家和诗人》，1896）普吕多姆这个名字由于亨利·莫尼埃在1830年创造的同名人物，而具有"狭隘的自我满足的小市民"的含义，如今加上"苏利"，便减轻了贬意，这是诗人愿意用这个名字的原因之一。

诗人三岁时(一说两岁),他的父亲死于脊髓炎。他母亲的痛苦影响到诗人的心灵,他童年似乎没有别的孩子那么欢快、幸福:

在阴森的学校只看到
总在哭泣的小东西;
其他孩子正在蹦跳;
他们待在院子尽里。

诗人在寄宿学校读书,失去家庭温暖在他幼小的心灵留下难以磨灭的创伤。他在波拿巴特中学——后来叫孔多塞中学读书,尽管有仇视学校的思想,却对老师十分尊敬,学业成绩优良。从三年级起,虽然他被文学所吸引,却仍然选择了理科。他的数学成绩突出。1857年他获得理科业士,随后进了综合工科学校的科学系。在准备考试时,他一度受到母亲的影响,想成为多明我会修士。由于眼炎,他中断了学习。他的这段学业加强了他对方法、次序的感受力以及对事物精确的看法。1858年,他获得文学业士,然后蛰居里昂母亲家中,这短暂的居留期间,他产生了一种神秘主义的观点,日后在他的诗作中找到回响。回到巴黎之后,他受到神学、哲学和科学的吸引,又接受理性主义,不过心中充满矛盾,于是想到找工作。他以工程师的资格进了克勒佐的施奈德企业中,当了个小职员。这时他开始写诗。他在工厂待了一年半,又回到巴黎,进了法律学校。为了生存,他在一个公证人事务所当见习生。他获得一笔遗产,使他能全力投入到文学创作中,"使他用不着同可恶的障碍作斗争,他既没有了解这些障碍的不幸,也没有战胜它们的荣幸"。20年后,他成为法兰西学院院士时,即1882年3月23日的会议上,马克西姆·杜冈两次看到诗人早年既要写作,又过着清贫生活的困难:"保护诗人的天主使您摆脱生活的烦扰,让您能前程似锦。我赞赏您摆脱了许多危险:科学、工业、公证事务;其中有令人发抖的东西。"诗人过起安定的生活,有时间从容地进行诗歌创作。

在感情方面,人们仅仅知道苏利·普吕多姆从小爱上了一个比他小两岁的表妹,可是他认为婚姻会有碍于他实现梦想,于是他把自己无法得到幸福的痛苦散发到他的诗歌中。他曾对友人诉说过自己这种内心痛苦:"这激情使我明白柏拉图式精神恋爱的可能性,我可以说,我是一个活生生的证明;因为它孕育在最完美的纯

413

洁无邪中,但它是这样具有排他性,这样强烈,今天我一想起它,就觉得我此后所感受过的任何感情都没有这种全部占有心灵的特性。"也许是为了忠于自己的初恋,他始终保持独身。

在朋友的推荐下,苏利·普吕多姆把他的第一部诗集《长短诗集》交给出版商出版(1865)。这部诗集随后加上《考验集》,在出版商勒梅尔那里出版;勒梅尔专门出版年轻诗人的作品,此后他成为苏利·普吕多姆唯一的出版商。《长短诗集》充满庄重而细腻的激情,一下子征服了读者和批评界。圣伯夫撰文赞扬说:"这样,我们同一个有才能、有思想的诗人打交道,他对科学、哲学、工业、激情、敏感性、色彩、旋律、自由、现代文明都不说'不'字。"他取得的成功使他有可能参与巴那斯派的活动,成为其中的一名骁将。苏利·普吕多姆一直利用空闲时间翻译拉丁语诗人卢克莱修的《物性论》,于1869年出版了第一卷。同年他还发表了《孤独集》,这是他的内心悲剧的诗意化,其中有爱情的失意、哲学沉思、宗教信仰危机的痛苦后果。普法战争期间,他进了机动保安队,这时除了他的姐姐,他失去了所有的亲人。他参加了保卫首都的活动,寒冷、疲倦、缺吃少穿使他受到下肢瘫痪的打击,影响到他余生。在战争中的体验和思索,成为他的一部作品的内容:《战争印象》。哲理诗在《命运集》(1872)中得到发展。1874年他发表十四行诗集《法兰西》,表达他的爱国情怀。随后他又回到抒发个人的内心《徒劳的温存》(1875)。长诗《正义》(1878)分析人心中的善与恶,善指对人的信任,它不肯定、不证实、也不否定正义的存在;人在大自然中找不到正义,正义只存在于人心之中。这首长诗反映了他的人道精神,深得当时知识界的好评。他曾经雄心勃勃,想写一首能与卢克莱修相比肩的诗篇,然而卢克莱修作品的形式和风格与他的思想是相抵触的。典雅风格和华丽辞藻反映在他的另外两部诗集中:《花卉的反叛》(1884)和《棱镜集》(1886)。他的诗作还有长诗《幸福》(1888)、《荣耀与祖国》(1900)、《沉船集》(1908)。

苏利·普吕多姆也写作散文作品,阐明他的思想,如《论美术的表现》(1883)。《诗意的遗嘱》(1901)在1904年再版时增加了三篇社会学研究。《因果问题》(1902)是同沙尔·里舍合作完成的;《帕斯卡尔心目中真正的宗教》(1905)、《自由意志心理学》(1906)则是纯粹的哲学著作。此外,他的遗著有《私人日记》《书信集》和《思想录》(1922)。

苏利·普吕多姆于1881年12月8日当选为法兰西学院院士,1901年12月10日获得诺贝尔文学奖。颁奖词称苏利·普吕多姆为"诗人兼思想家",认为他在发表《长短诗集》时"一下子就显示出是个完美的诗人","如果别的诗人的想象力主要转向外部,反映我们周围的生活和世界,那么苏利·普吕多姆则具有更为转向内心的特质,这一特质既敏感又细腻。他的诗歌很少关注外界形象和外部处境",他的创作主题是"他的精神的爱、怀疑、内心骚乱",他的诗"形式完美,具有雕塑美,不能忍受无用的词","他的诗没有丰富色彩,但是具有动听的音乐性"。苏利·普吕多姆"是我们时代最杰出的诗人之一,他的诗是具有不朽价值的珍珠"。瑞典科学院并不赞赏他的哲理长诗,而是赞赏"他的抒情短诗创作,它们充满情感和沉思"。一句话,"特别感谢他的诗作,他的诗作显示了崇高的理想主义、艺术的完美、心灵和精神的优异品质罕见的结合"。苏利·普吕多姆因身体原因无法参加颁奖仪式,他表示:"我感到既高兴又骄傲,想到我认为高于我的作家争夺的这一如此崇高声誉的荣耀要惠及我的祖国,我欣喜异常,这一荣耀给予我的作品的报偿完全归功于我的祖国。"他将这笔接近21万法郎(超过他的诗歌稿费总收入的四倍)的奖金用来建立诗歌奖,奖给年轻诗人:"我想到我年轻的同行们,他们没有办法出版他们的处女作。我有意给他们保留一笔款子,使他们出版最初的诗作。"这个奖由文学家协会来颁发。他的身体越来越衰弱,经常失眠,只得离开巴黎,蛰居到"狼谷"中。他于1907年9月7日死在书桌边。

※　　※　　※

苏利·普吕多姆的哲学思想集中反映在《物性论》第一卷的序言中(1869)。他表明要探索"两种根本体系"——唯物论与唯灵论,但毫无结果;他要了解人类认识的过程,认为在人类的思想发展史上,获得每一进步,对于事物的观点便得到更深入的分析,使原有意义改变了;他认识到人类对世界的探索得到的见解会多么不同,"在探索真理中,令人泄气的最严峻的原因,显而易见是人类见解惊人的各式各样;如此多和如此惊人的矛盾似乎证实了对理智一致和真实性的一切怀疑";他尤其想穷究人类精神的奥秘:"问题是要知道,在显示我的同时,意识是否导致了解一个与已经显露给外部经验的存在截然不同的存在,通过不同的变化显示给我

们。"苏利·普吕多姆提出了不少问题,可是却找不到正确的答案。他在《内心生活》(1865)中写道:

>真理,你从深渊向我们说话吧!
>请对受害者的呼吁作出回答,
>　　他们执着地哀求你。
>爱猜疑的真理,脱下你的面纱;
>告诉我们最老星星的年龄、在哪,
>　　它看到意念的奋起!
>
>给我们在远处显示最初意念,
>显示把它投入荒凉、黑暗和无限
>　　那最初的原动力吧,
>显示唯一原因:爱情、必要、任性,
>显示盲目的全能或创造理性,
>　　我们看不到却要说出它。
>
>一切似崩溃;告诉我们谁能长存;
>形式是表面,表面像圈套很诱人,
>　　内容一触就烟消云散,
>我们若找心灵,虽感体内存在,
>我们亲切的目光却徒劳期待,
>　　我们身上和别处都是黑暗!

这三节诗形象地阐明了苏利·普吕多姆的哲学思想:"真理"在这里代表了诗人对宇宙的总观念和奥秘,它是掌握人类的意识和情感的钥匙,但是,人类却无法获得它,而只看到茫茫的一片混沌的黑暗。这说明,苏利·普吕多姆的哲学探求毫无结果,几乎可以说导致不可知论和悲观主义。他说过:"不管西方世界的人的发现多么重大,火炬还只照亮一片表面,处于它的光决定的局限中。我知道存在是不可洞悉的……我丝毫不了解我所感知的事物的起源。"晚年他转向了让森派(帕斯卡尔)的思想,从中寻求出路。

在苏利·普吕多姆的短诗中,哲理的表达往往是含蓄的,这并不妨碍他对人的内心意识的发掘,相反,有时还有助于内容变得深沉浑厚,这同他细腻的绘写相得益彰,因而使他的不少短诗获得成功。对内心感情的独到刻画和细致分析是苏利·普吕多姆的抒情诗的主要特色,他主张表达"心灵的隐晦而细小的情感"。诗人继承了拉马丁、缪塞,尤其是波德莱尔的传统,更确切地说,他继承了拉马丁、缪塞发自内心咏叹的特点,而继承了波德莱尔用象征手法描写内心情感的手法,再融合了巴那斯派某些冷漠的客观的叙述方法,使他在巴那斯派诗人中独树一帜。他的抒情短诗风格冷峻峭拔,善于捕捉微小的感触,显示出诗人感受的细腻;在形式上则韵律和谐,诗行整齐而诗节颇多变化,既讲求格律又避免单调划一,反映了诗人的匠心。

按理说,在诗歌中追求科学性本是巴那斯派的主张之一。苏利·普吕多姆早年学的是理科,在这方面具有扎实的知识,同其他诗人比较起来,他无疑拥有优越的条件。但是,诗与哲理或者与科学的结合是有条件的,诗歌毕竟不是哲学或科学,过分的议论或大谈特谈哲学与科学必然会走到反面。他提出要致力于"将科学的杰出成就和现代思辨的高度综合进入诗歌领域"。随着对哲学探讨的兴趣加强,他甚至发展到写长诗,大段地发议论。但他在哲学上并无真知灼见,其结果是使他的长诗晦涩难懂,难以卒读,完全破坏了原有的风格。随着时间的推移,他的大部分作品逐渐失去了读者。

苏利·普吕多姆主张写真实:"在文学上,如果人们善于写真实,那就足以创新。优质的创新不是别的,就是在心灵的口授下手中笔的完全真诚。因为真实只有一个,所以唯有心灵是新颖的。文学上的创新简而言之可以这样下定义:通过人心的各式各样使之变得生动活泼的不变的真实。"苏利·普吕多姆主张的是,要写出内心的真实感情,由于内心感情因人而异,丰富多彩,因此按照这个原则写出的诗也就显得与众不同,具有独创性。

其次,苏利·普吕多姆主张具有以情动人的风格:"忧郁和欢乐的细微差别无以名之,但这些细腻的和深刻的感情,却是绣花底布,思想就绣在上面;这些感情像光与影一样形成效果。因此,不应写得像说话一样,因为文学不具备手势和声调的方法去表达感情——手段显得很不够;书面语言由于被剥夺了这种对心灵的描摹,就需要人为的生动去加以补充。这种来自手中笔的激情的秘密被称为风格,因此不冲动而又灵巧的人能写出催人泪下的小说。"

## 二、诗歌特色

苏利·普吕多姆的诗歌从内容来看,可以分为两大类,一类是抒情短诗,往往抒写爱情的失意、内心感触、孤独惆怅;另一类是哲理长诗,阐发哲理见解、对科学新成就的赞美、对社会现象或人生奥秘的哲学思考。诚然,这两类诗歌互有渗透,但就基本特征来看,还是可以区分开来的。

苏利·普吕多姆描绘爱情有独到之处。他最著名的诗篇之一是《破裂的花瓶》:

扇子一下微微敲裂
马鞭草枯萎的花瓶;
这只不过轻轻碰击:
并没发出什么声音。

可是这轻微的裂痕
每天蚕食水晶容器,
隐蔽而切实地延伸,
慢慢绕圈裂开瓶壁。

清凉的水滴滴外渗,
花儿的汁液全枯竭,
发觉此事还没有人;
别碰花瓶,花瓶已裂。

情人的手往往如此,

碰伤心灵，留下痕迹；
随后心儿自行开裂，
爱情之花凋谢而死；

表面看它原封不动；
感到伤痕深深扩大，
心儿低声饮泣哀痛；
它已破裂，别去碰它。

这首诗细腻而形象地写出失恋的微妙感受。诗人运用了贴切的象征手法,他将怀有爱情的心灵比作一只质地精细而脆弱的花瓶,它经不起轻轻的碰击;碰击产生的裂痕会逐渐自行扩大,最终使花瓶完全破裂而成为废物,使得瓶中的花卉也枯竭而死。心灵也是这样娇贵,一旦受到情人的打击便会留下痕迹,最后开裂,心灵之中的爱情之花也会凋谢。在诗人看来,爱情是高尚的、纯洁的感情,情人之间应当像爱护眼珠一样来对待它,彼此不能有伤害对方之处,否则会带来严重后果。爱情的美好、神圣由此得到了衬托。这首诗的成功之处在于运用了"借物比兴"的手法,它先给读者提供一幅日常生活的画面：这发生在一个幽雅的客厅里;诗人并没有描写客人们的谈天,他们也许就在一只花瓶的旁边,其中一个女士正在摇着扇子,她不经意的一击敲在花瓶上面,连声音也没有发出。这是寻常而又寻常的事,可是,花瓶却被敲裂了。客厅中这普通的交际场面过去之后,诗人再转到花瓶本身的描绘,写花瓶不为人们注意的细微变化,这变化却有根本性的意义,因为它使花瓶在慢慢经历彻底毁坏的过程。这个过程的隐蔽性是诗人所强调的,它同花瓶一样,具有象征意义。爱情的象征物在这首诗中是优美的,由于这象征,难以言传的爱情及其变化具有可以感触到的外形,并被刻画得准确而细致。最后,诗人通过这象征手法,委婉地表达了珍重爱情的呼吁,爱情由此得到崇高的赞颂。这是一首八音节诗,隔行押韵,整齐的形式更增加了典雅的情趣。

从《破裂的花瓶》中,可以看到苏利·普吕多姆力求捕捉情侣心中细微的感受,这种描写也反映在《爱情最美好的时刻》中。诗人指出,爱情最美好的时刻不是在说"我爱你"时,而是存在于暂时的沉默里,存在于心灵短暂的闪光中,存在于假装严厉和暗暗的原谅宽容之中，在手臂的颤动中，在翻开看书却目无所见中，在紧闭着嘴、羞羞答答之中，在互相敬重中。这是纯粹的爱情，是诗人憧憬的理想境界。在《水边》中，他描写一对情侣观看河水流淌，云彩飘荡、炊烟袅袅，芬芳缭绕，果子甜蜜，鸟语欢悦，"对世间的争吵烦嚣毫不挂虑"，充耳不闻，万物虽然悄然逝去，但他俩的爱情却永驻长存。这种世外桃源般的爱情生活反映了诗人对世上的金钱婚姻的厌弃和对爱情悲剧的同情，他的诗中所描写的正是他所追求的幸福。他的爱情诗篇贯穿着理想的探求。

作为巴那斯派诗人，苏利·普吕多姆写了不少歌唱大自然景物和动物的诗篇，其中著名的一首是《天鹅》。这是一幅美丽的油画：在得天独厚的水光潋滟、暗林掩映中，曲线优美的天鹅时而游弋，时而振翼飞上蓝天，当夜晚降临时，它沉睡在泛出满天繁星的湖面上，宛如钻石闪烁之间的一只银瓶。大自然的宁静、幽雅、华美得到了尽情的赞颂。诗人笔下的天鹅是自由自在的，没有任何烦扰侵袭它。它又是美的象征。天鹅是历代诗人喜欢描绘的对象。波德莱尔在此之前也写过一首《天鹅》，这是流亡者、生活中的受戕害者、怀念理想故国的人的象征。马拉美稍后也写过一首十四行诗《天鹅》，他笔下的天鹅有多种象征含义，其中一种是象征诗人枯涩的写作时期，被冻在湖面上的天鹅无法飞上自由的蓝天。波德莱尔和马拉美的天鹅形象各有其美，然而它们是不幸者的代表，受到命运的捉弄，无法摆脱束缚。苏利·普吕多姆笔下的天鹅则是幸福的，无忧无虑的，是大自然的骄子。它的美与大自然的美相协调、相统一。苏利·普吕多姆追求的是宁静、安详、自由、纯粹、优美的理想境界，这种境界与周围的社会现实形成了鲜明的对比。但诗人的观点没有明白地道出，而是隐藏在他的描绘后面。诗人是不动声色的，以客观的笔法去表达，这种手法与波德莱尔和马拉美有相通之处。这首诗在艺术上也是相当杰出的：原诗采用十二音节的亚历山大体，两行一韵，整首诗不分节，在格律之中保持一点自由，以求变化。

苏利·普吕多姆不仅仅热爱静谧、清新，仿佛给人以凉爽之感的大自然，他也歌颂给万物以生命的太阳。在《太阳》一诗中，他描写夏日炎炎的景象，大地渴望甘露，唯有蜜蜂振翼奋飞，仿佛传来幽幽的竖琴声；一只鸢鹰张开宽翼在空中停住，洗个火浴；一大群小昆虫飞来飞去；太阳的烈焰映红了石子的尖刃；野兽龟缩在密林下面，而人躺在阴影下，凝望着，不去思索，"心灵消融在万物里"。这幅夏日图，与勒贡特·德利尔的名作《正午》有点相似,《正午》写的是烈日暴晒下成熟的麦田景象,暑气逼人,诗人虽然以冷漠的手法去表现,但这幅画面仍然给人强烈感受,读者似乎就沐浴在烈日中。《太阳》给予读者的也是同样的感受:欣欣向荣的大自然具有严酷的、无情的威力,然而万物正是在这种环境中以各自的方式生存。《祈春》一诗则赞美春天:春天所触到的都会开花,老树根也恢复活力;春使人的嘴漾出微笑,心里感到充实;春把烂泥地变成牧场,连坟墓的外表都变样了,让逝世的萌生出复苏的神圣希冀。这首诗透露的是欢快、乐观的情绪,结尾的描写略带哲理意味,将全诗的描绘提高了一步:春给万物以光芒、苏醒和复活。

将哲理与抒情相结合本是苏利·普吕多姆着意追求的特色,《眼睛》最能体现这一点:

可爱、漂亮、蓝或黑的
无数眼睛凝视破晓;
它们睡在坟墓深底,
太阳正在节节升高。

黑夜比白天更柔情,
迷惑了无数的眼睛;
满天繁星闪烁不停,
眼睛却充满了阴影。

噢!愿它们失去视力,
不,不,这是非分之想!
它们已经转向某地,
朝着不可见的方向;

好似在倾落的星辰,
离开我们,仍留天穹,
眼睛也有入睡时分,

但决不消逝冥府中。

在坟墓的另外一侧,
向无边的黎明大张,
可爱、漂亮、蓝或黑的
眼睛,合上仍在凝望。

这首诗首先表现出诗人敏锐的观察力。他将星星的闪烁与眼睛的张合相类比,因为两者之间存在某种相似之处:它们都闪射光芒。然而夜空中的星星又酷似冥冥之中的眼睛,后者在坟墓中一眨一眨。后面一点尤其反映了诗人观察的细致和深入,反映了他独特的感受力。整首诗在实写与虚写之间,创造了一种扑朔迷离的意境。开首第一行似在实写眼睛,因为"蓝或黑的"一般只能指人的眼睛,但第二行"无数""凝视破晓",又在写星星。第三行是实与虚的结合,诗人认为这是眼睛睡在坟墓之底,但这只不过是对星星的一种拟人化描写。第二节的开头两行虽在写眼睛,实乃写星星,诗人找出一个原因,认为黑夜柔美,胜过白日,迷惑了无数眼睛,使它们在黑夜中闪烁,表达得优美、富有诗意。第三行写星星,而第四行把浮云遮蔽形容为眼睛入睡,这是虚与实合写。最后一节将重点移至眼睛,认为这些可爱漂亮的眼睛在坟墓那边虽然合上,仍在凝望,因为星星不会消失光芒,它们在地球的另一边还在闪烁。这种实与虚的交织与结合,使这首诗具有一种神秘的诗意。诗人寓于其中的哲理也是只可意会不可言传的。评论家认为,诗人的心不能容忍虚无,他相信灵魂不朽,相信存在来世。不过读者也可以从另外的角度去领会诗人的寓意:宇宙中的一切都是生命体,你只要给予它们灵性,就能得出新的意义。

在《夜的印象》中,同样可以看到苏利·普吕多姆的感受力和富有哲理的思索。这首诗叙述"我"独自旅行,在一个小旅馆过夜。我躺在大木床上,听到喃喃声和窸窣声,好似指甲在摩挲丝绸,又像远处的谷仓隐约传来轻微快速的连枷声,又可以说樵夫在挥斧;随后传来辚辚车声,像一条冒着热气、疲乏的龙在驾辕;突然,一下尖厉的惨叫远逝在无垠的夜中,如同绝望的灵魂凄厉呼喊,逃向虚空;平原上有一列火车飞速而过,使窗户砰然震响,屋内陈设也在震颤;然后寂静笼罩一切,我的心受到震动,这样沉思:这发狂的奔驰,这刺耳的叹息,是世纪掠过的形象。

诗人将种种夜的声响归结为一个印象:诗人的听觉是敏感的,想象力是丰富的,他的抽象概括十分准确。他的哲理思索和结论虽是简短的,却建立在许多事实和细节之上,因而很有说服力,而又避免生拉硬扯和长篇大论的说教。

苏利·普吕多姆的诗往往染上一种隐约的愁闷。诗人的心灵过于细腻和正直,因此会受到丑恶现实的伤害。他在爱情上的失意,以及亲人的故世,更增加了他的孤独感。在《银河》中,诗人抒写道:

> 有一夜我对繁星说:
> "你们看来不像幸福;
> 星光在黑茫茫天幕
> 显出的情怀很痛苦;
>
> 我似乎在天穹看见
> 室女座手执白尸布,
> 她们擎着无数蜡烛,
> 懒洋洋地相随后面。
>
> 你们莫非总在祈祷?
> 你们是受伤的星体?
> 这并不是光芒普照,
> 而是光在流泪饮泣。
>
> 繁星,你们就是生物
> 以及天神们的祖先,
> 你们有双盈盈泪眼……"
> 繁星说:"我们很孤独……
>
> 我们相距都很遥远,
> 却被看作近邻姐妹;

> 温柔和细腻的光辉
> 在故土却无物相伴;
>
> 火焰发出柔光阵阵,
> 消失在长空的混沌。"
> 我说:"我很了解你们!
> 因为你们酷似灵魂:
>
> 灵魂似你们般闪耀,
> 远看像近处的姐妹。
> 而这长存的孤独者
> 默默在黑夜里燃烧。"

在诗人看来,宇宙中的星星彼此相隔遥远,它们在无垠的天宇中显得十分孤独,换句话说,星星是孤独者的象征。诗人采用与星星对话的方式,将星星拟人化,使得行文生动有致,避免平铺直叙。结尾点出星星是永世长存的孤独者,道出主题。诗歌巧妙地运用了天文学知识,为孤独的主题找到"科学"根据。孤独是诗人真切的心声,他的一部诗集就以此为名,说明他在一段时期内的精神状态处于苦闷、寂寞之中。孤独本是浪漫派诗人歌咏的一个题材,而在苏利·普吕多姆笔下,则带上了科学的色彩,即将抒情与哲理相融合。苏利·普吕多姆说过:"诗歌是满溢的心灵的叹息。"他在大自然中看到了这种忧愁、孤独:夜包含着忧愁,露水犹如泪水,等等(《忧愁》)。更进一步,他认为自己天然地具有这种思想状态:"天生兼作诗人和哲学家是非常不幸的;他最温柔的遐思转变成痛苦的沉思;他注视着一切事物的两面,这样哭泣他所赞赏的事物的虚无。"因为诗人往往歌颂美好的事物和感情,而哲学家则往往用严峻的目光去观察世界,他们所看到的东西和得出的结论经常相反,从感到矛盾发展到产生痛苦,再从痛苦到产生孤独、厌世。

综观苏利·普吕多姆的短诗创作,可以看到他确实创作了一些成功的作品。他的诗歌特色在于观察敏锐、细腻,情与理紧密结合。应该说,在这方面他有别于善写哲理诗的维尼。维尼的哲理诗较为深沉,常常沉思人生的意义,宣扬孤高傲世,而苏利·普吕多姆喜欢恬淡、幽深的境界,他的着眼点较小,思索的仅仅是爱情、友谊、生活情趣,诗中隐含淡淡的哲理。其优点是:这些小诗不同于风花雪月、艳情风雅之作,情调较为高尚,因而他被看作巴那斯派的佼佼者。

苏利·普吕多姆的长诗虽然数量不少,但有价值的却寥寥无几。今天人们往往只提及《绝顶》一诗,其余的长诗几乎都被遗忘了。《绝顶》发表于1876年。1875年4月,三位气球驾驶员西维尔、克罗齐-斯皮内利和蒂桑迪埃驾驶"绝顶号"气球从巴黎起飞,进行科学观察。气球升至8600米高,几小时后在安德尔河附近着陆,但是只有蒂桑迪埃一人幸存。对苏利·普吕多姆来说,这次科学试验及其取得的成就是人们忠于科学的象征,"绝顶号"气球的飞上天空代表着"上升的人类"的史诗。他认为无论学者还是诗人,都只能以自己的作品及其榜样,表明自身的不朽:

> 死在世代的眼光仰望的地方,
> 那里,思索、梦想的头颅在瞻仰!
> 光阴得到调节,刻上对他的怀念!
> 在天空建立他的荣耀,在向大地
> 播下的种子中传播最纯分子,
> 也许这是死亡,但是并非全完:
>
> 不!他的生命给大家留下事业、榜样,
> 将更深广的生命复活他们身上,
> 在一切时间、地方和空间延伸,
> 他停止生存的空中,时间打鸣,
> 他化作了束缚人的细小幽灵,
> 但这是为了以神的方式生存!
>
> 哲人的永恒在于他达到的规律;
> 诗人所感受到的永恒的乐趣,
> 就是恋人心中那永存的晚上!

> 因为不朽,即受爱戴者的灵魂,
> 就是真善美的本质,天主本身,
> 一无所留的人才会真正死亡。

这首诗之所以为后人所记得,是由于诗人对科学探险者、为科学而献身的人的歌颂,并充满了激情。气球升上高空在当时是轰动的新闻,它标志着人类征服天空的开端,反映了科学技术新发展的一个侧面。这次试验部分失败,但却是成功阶梯上的一个环节。诗人看到了这一点,认为这是为后人造福的行动;死去的气球驾驶员为人们树立了榜样,他们是不朽的开拓者,达到了真善美的标准,升到了人类行为的绝顶。

然而,《绝顶》虽然也叙述了气球的升空过程,但这并不是一首叙事诗,可以想见,这首长诗的大半篇幅都在发议论,不管这些议论如何精辟,也是很难强烈吸引读者的,这也正是苏利·普吕多姆的长诗的通病和致命弱点。

# 超现实主义的发展过程和理论主张

超现实主义是20世纪法国最重要的诗歌流派,这个流派涌现了一批大诗人,他们有的是这个流派的主将,有的曾经起过重要作用,但随后另辟蹊径。超现实主义的影响一直延续到20世纪下半叶。它早已超出国界,成为国际性的思潮,尤其在拉丁美洲产生极其深远的影响。例如魔幻现实主义就奉超现实主义为圭臬,从中吸取了各种表现手法。

超现实主义的产生有其深刻的社会根源。第一次世界大战标志着法国精神生活的一次深刻的破裂,"美好的时代"结束了。在这之前,社会上一片升平气象,大街上车水马龙,骏马昂首阔步,车上坐着身穿长裙的妇女和衣着笔挺的绅士。经济繁荣,人们在交往中彬彬有礼。这种表面的繁华掩盖了深刻的社会矛盾和危机。大战的灾难突然而至,一场大屠杀打破了人们的幻想,导致了精神危机的爆发。

超现实主义运动就是在这样的背景下产生的。

## 一、产生和发展过程

首先要提到达达主义的产生。1916年2月,在瑞士的苏黎世,以罗马尼亚人特里斯唐·查拉(Tristan Tzara, 1896—1963)为核心,成立一个团体,起名达达,这是随便翻开词典找到的一个字。查拉后来这样说明:"这是要提供一个证明,表示诗歌在各个方面,甚至在反诗歌方面都是一股活跃的力量,文字只不过是诗歌的一种偶然的工具,绝不是必不可少的工具,而且由于缺乏合适的名称,我们就将这种自发产生的表现形式称之为达达主义。"①这些年轻人经常在伏尔泰小酒店聚会。他们发表了大量传单和宣言,组织挑衅性的演出。乔治·于涅在1932—1934年的《艺术笔记》的一节《绘画中的达达精神》中这样描述:"在舞台上敲打钥匙和盒子,算是奏乐,直到听众提出抗议,都要发狂了。塞尔纳不是朗诵诗歌,而是将一束花放在一个制衣人体模型的脚下。在一顶甜面包形状的巨大帽子下,有个声音念出阿尔普的诗歌。于埃尔森贝克声音越来越高地吼着他的诗,而查拉接着同样节奏,也越来越高地敲打一只大箱子。于埃尔森贝克和查拉一面跳舞,一面发出小熊的喊叫声,或者头上顶着一根管子,装在一只口袋里扭来扭去,这样练习名为'卡卡杜黑人舞'。查拉创造了化学诗和静力诗……"达达主义彻底否定当代世界、传统价值、理性和有规则的语言,表现出一种虚无主义的倾向。1918年的达达主义宣言这样写道:"自由:达达,达达,达达,痉挛的色彩的嚎叫,各种对立、矛盾、滑稽和非逻辑事物的交错:即生活。"这个定义颇能说明达达主义的宗旨。

  首先,它要追求自由。达达主义产生于第一次世界大战之后,这次大战给人们带来的不仅是物质上的巨大破坏,还有精神上的创伤。它引起了知识分子对资本主义文明的幻灭感,一部分作家对资本主义的传统文化产生了强烈的排斥心理。查拉就表达了这种心理状态,他说:"让每个人都高呼:需要完成毁灭的、否定的巨大工作,打扫、清洗。"又说:"达达将双目紧闭,将怀疑置于行动之先和一切之上。达达怀疑一切。"在怀疑一切的思想指导下,达达主义发展到否定一切。阿拉贡在一次聚会中这样宣称:"不再有画家,不再有文学家,不再有音乐家,不再有雕塑家,不再有宗教,不再有共和派,不再有保皇派,不再有帝国主义者,不再有无政府主义者,不再有社会主义者,不再有布尔什维克,不再有政治家,不再有无产者,不再有民主派,不再有资产者,不再有贵族,不再有军队,不再有警察,不再有祖国,最后,这一切蠢事够了,什么也不再有,什么也不再有,一无所存,一无所存,一无所存,一无所存。"结尾的六个否定充分表达了达达主义横扫一切的极端态度。

  达达主义的定义的第二句指出了它的基本写作手法,即将各种矛盾对立事物,

---

① 参见《1950年5月的法国无线电台访问》。

甚至不合逻辑的东西组合在一起,并追求奇异和光怪陆离的特色。为达此目的,达达主义者采用了如下的创作方式:

> 拿一份报纸
> 拿起剪刀
> 在这份报纸中选择一篇文章,长短恰如你打算给你的诗歌的篇幅
> 剪下文章
> 然后细心剪下这篇文章的每一个字并放进一只口袋里
> 轻轻摇晃
> 然后依次从口袋里取出剪下的每一个字
> 认真抄写下来
> 这就是你所要写的诗。

达达主义者认为这样毫无意识作用的混乱字句的组合,便是生活的形式,便是生活,便能写成诗歌。总的说来,达达主义并没有留下什么有价值的文学作品,可是,它的探索却对后来的文学创作产生了深远影响:对语言的结构、对意识的连贯提出了疑问,从而启发了超现实主义者。从今以后,生活方式、精神生活的表现形式,成为诗歌创作的基本问题。精神问题越来越引起诗人和艺术家的注意。阿波利奈尔在《图像诗》中已经提到:"无比深邃的意识啊/明天人们要探索你/谁知道从这深渊中/会挖出什么样的活人/连同一个个完整的天地。"正是他首先在《蒂蕾齐亚的乳房》的序言中使用了"超现实主义"这个词。

超现实主义的理论家和创立者是安德烈·布勒东（André Breton, 1896—1966）。他在 1916 至 1921 年间的三次遭遇,对他的思想产生了重大影响。第一次是同诗人雅克·瓦歇（Jacques Vaché）相遇。布勒东当时是南特的医生。瓦歇是个反传统主义者,正在探索自己混乱的内心,擅长黑色幽默,布勒东把他看成超现实主义的典型人物。第二次是同阿波利奈尔的接触。《蒂蕾齐亚的乳房》中的演员身穿英国军官服装,"他走进大厅时握着手枪,而且说是要向观众开枪"。在布勒东看来,这是绝好的超现实主义行为:"超现实主义最普通的行为就在于握着手枪,下楼来到街上,随便四处向人群开枪。"阿波利奈尔启迪了他把自己在心理学上的

发展同探索新诗的过程结合起来。第三次是发现了弗洛伊德,他在 1921 年同弗洛伊德见了面。弗洛依德正在进行精神病治疗和潜意识的研究,对他是个巨大的启示。

布勒东原来是马拉美的信徒,后来成为达达主义者。但他不满于达达主义排斥一切的宗旨。1919 年,布勒东、阿拉贡和菲利普·苏波(Philipe Soupault, 1897—1988)创办《文学》杂志。1920 年,布勒东和苏波合写的《磁场》出版,这是第一部纯粹超现实主义的作品。1921 年,布勒东和他的追随者同查拉决裂。在 5 月 13 日组织的一次审判作家巴雷斯的会上,查拉作为证人这样说:"庭长先生,您会同意我的看法。我们大家只不过是一群混蛋,因此只有小小的不同:更大一点的混蛋还是更小一点的混蛋,是毫无意义的。"布勒东作为庭长这样回答他:"证人坚持认为是个十足的笨蛋,还是试图让人囚禁起来呢?"他们扮演的似乎是一场滑稽戏。布勒东和达达主义最终决裂是在 1922 年。

1924 年,《文学》变成《超现实主义革命》(1924 年 12 月至 1925 年 4 月由佩雷和纳维尔主持,此后由布勒东主持,直到 1929 年 12 月),同时成立了"超现实主义研究局"。同年布勒东发表了《超现实主义宣言》。至此,这个诗歌流派有了自己的领袖、理论和进行实验和创作的刊物。超现实主义的全盛期是在 30 年代。1930 至 1933 年,布勒东主持了《为革命服务的超现实主义》;1933 至 1937 年又创办了《人身牛头怪物》。除了布勒东、阿拉贡和艾吕雅以外,聚集在超现实主义旗帜下的有如下一些诗人:

菲利普·苏波。他于 1917 年战地医院的病床上接触到诗歌:"我不知道为什么有个句子在我的脑子里转悠。它发出昆虫的声音。它坚持响下去……这样持续了两天。我拿起一支铅笔,把它写下来。于是有样我并不认识的东西爆发出来。"(《一个白人的故事》)他赞赏兰波和洛特雷阿蒙。不久,他遇到了勒维尔迪和阿波利奈尔,后者让他结识了布勒东、查拉和其他诗人。他成为超现实主义的创始人之一。但从 1923 年起,他与超现实主义保持一定距离,寻找自己的道路。《诗歌全集》(1937)搜集了 1917 年以来出版的诗集合在一起。

邦雅曼·佩雷(Benjamin Péret, 1899—1959)。1920 年参加达达主义运动,也是超现实主义创始人之一,一生态度不变。1926 年加入共产党,随后转到托洛茨基派,1931 年因参加革命活动被逐出巴西,1936 年会合西班牙的无政府主义者,

1940年因反军国主义而被捕,直到法军溃败时才得以释放,大战期间在墨西哥。他的诗集有《不朽的病》(1924)、《睡觉,在石头中睡觉》(1927)、《崇高的我》(1936)、《墨西哥的空气》(1952)等。他的诗歌语言绝对自由,从语言和意象的自由组合中产生诗意的奇特,用词大胆,表意滑稽。

罗贝尔·德斯诺斯(Robert Desnos,1900—1945)。生于巴黎,父亲是巴黎菜市场内的合法中间商。1922年经佩雷介绍,认识布勒东。他以表现梦境和实验自动写作法而惊世骇俗。1930年与布勒东分道扬镳。他对新闻、电台工作感兴趣,创造了第一首广播诗《方托马斯之歌》,还写作电影剧本。他的诗将奇特和自然相结合,将自然和超现实相结合,民间语言和民间趣味伴随着超现实主义的意象和渊博的传统知识。他在1942年给《幸运集》写的序言中说:"如今我想,能使灵感、语言和想象相配合的艺术(或者不如说魔术),给作家提供了高级的活动领域。"1940年他参加抵抗运动,1944年2月被捕,1945年6月8日死于泰雷辛纳集中营。《明天》一诗表达了他对未来的希望:"即使我活到十万岁,仍有力量/等待你,啊,希望预感到的明天。"

此外还有夏勒·维尔特拉克(Charles Viltrac,1882—1971),他著有《失望者之歌》(1920);雷蒙·格诺(Raymond Queneau,1903—1976);雅克·普列维尔(Jacques Prévert);米歇尔·莱里斯(Michel Leiris,1901—?)等。

超现实主义对其他艺术产生了深刻影响。超现实主义画家有马克斯·埃尔恩斯特、弗朗西斯·皮卡比亚、米罗、唐吉、路易·布纽埃尔、达利、马松、希里柯等人。30年代在巴黎、德国、美国、比利时、布拉格、伦敦等地举办了超现实主义画展。

超现实主义对音乐和电影也产生了影响。埃里克·萨迪(1866—1925)同让·柯克托、毕加索合作,在俄国芭蕾舞的演出中进行了探索。马塞尔·莱尔比埃的电影同画家费尔南·莱热合作。1924年,勒内·克莱尔的《幕间休息》是同埃里克·萨迪合作的。

20年代中期,超现实主义已传到国外,1926年在塞尔维亚组织了超现实主义团体,随后是1927年在比利时,1933年在秘鲁,1934年在捷克都出现了超现实主义团体。1940年,布勒东侨居美国,在纽约建立了一个超现实主义团体。

从20年代后期开始,超现实主义经历了大分化。1926年,苏波和阿尔托被开除出去,1929年,被开除的有德斯诺斯、勒里斯、巴隆、马松、普列维尔、格诺、维尔特拉克,1932年轮到阿拉贡,最后是艾吕雅。有的是因为艺术观点产生了变化,有的则是因政治态度转变而引起艺术观的转变。但是,布勒东始终坚持超现实主义。第二次世界大战以后,又创办了一些超现实主义刊物,如《中性气》《超现实主义者本身》《引水渠》《突破口》《过长的手臂》接二连三地出现,它们采取的立场都是反殖民主义的。脱离了超现实主义的诗人,有的虽然转向了现实主义,但是,他们仍然保留着超现实主义的创作手法,有的在晚年不同程度地复归于超现实主义的写作。然而时至今日,超现实主义作为一个流派已经消亡,虽然超现实主义的精神还具有活力,"人们看到它在1968年的5月事件中以各种各样的形式和方兴未艾的激情表现出来"。①

## 二、理论主张

超现实主义者拒绝一切成规。在诗人中,瓦莱里和克洛岱尔比他们年长30岁,在他们看来,这两位诗人的作品建立在一连串的偏见和错误之上。他们对克洛岱尔的因循守旧特别反感,认为"不能既是法国大使又是诗人"。至于瓦莱里,他由于对古希腊文化具有丰富知识,品位高雅而被他们摒弃。1924年,法朗士逝世,他们发表了《一具僵尸》,对传统文化发起攻击。但是,超现实主义与达达主义还有所不同,超现实主义并没有完全否定一切传统,他们还有推崇的作家。他们特别赞赏兰波和洛特雷阿蒙,甚至奈瓦尔的经验。他们通过奈瓦尔,重新发现德国浪漫派。他们还上溯到18世纪,发现了英国的浪漫派诗人威廉·布莱克,苏波翻译和介绍了他的作品。在当代诗人中,他们推崇阿波利奈尔和桑德拉尔,后者是《黑人诗选》的编纂者。还要提到的一个诗人是圣保尔-卢(Saint-Pol-Roux,1861—1940)。这个诗人生于马赛,1893年倡导"理想现实主义"。他认为诗歌"是表现在人性中的天主,是还未表现的世界的全部混沌,只有诗人—中介人才能使这混沌变得清晰"。他给予原始魔术和潜意识以显示精神的功能。1933年,他的《向基督祈求》揭露了纳粹的迫害罪行。1940年6月,德国士兵打伤了老人,强奸了他的女儿,毁了他的手稿。他的作品有《迎圣体的临时祭坛》(1893)、《玫瑰和路上的荆

---

① 阿斯特尔、柯尔梅兹:《法国诗歌》,第404页。

棘》(1885—1890)、《从鸽子经过孔雀到乌鸦》(1885—1904)等。这个诗人的作品的真正意义直到超现实主义出现,才得到发掘。他作为一个极端的象征派,要将梦的意象完全解放出来,这种梦的意象有时是语言的巧合,有时是有意的语言安排,已经向自动写作法靠拢。例如这一首:"真正的水波,/第一道水波,/天真的水波,/百合和天鹅的水波,/阴影之汗的水波,/草地的肩带的水波,/走过的无辜的水波……"诗人一连写了40种水波,最后写道:"这水溪,我早就知道,是我的'幼年回忆'。/噢,湍急和潺湲的、活泼的、天真的、平滑的水波。"水波的40种意象已具有超现实主义的手法,不同的意象组合像随意地自动地流出,既凌乱又经过一定的安排。艾吕雅认为他"是这样一个人,他不惮加入他狂乱涌现的思绪,不惮完全沉浸在他的梦幻的完美世界中"。布勒东认为他是伟大的诗人。

超现实主义的理论家是布勒东,他发表过三篇《超现实主义宣言》(1924、1930、1945),此外还写过不少阐述超现实主义的文章。超现实主义的理论主张是由他提出的。布勒东在第一篇《超现实主义宣言》中写道:

> 超现实主义:名词。纯粹心理的自动化,通过它,或者在口头上,或者以文字,或者以别的其他方式,人们打算表达思维的真正功能。不在理智的一切控制下,排除一切美学和伦理的考虑,实录思想。
>
> 哲学百科全书。超现实主义建立在如下的基础之上:相信至今某些被忽视的思维联想形式的高度真实,相信梦幻万能和无利害关系的思想活动。它倾向于摧毁其他一切心理技巧,并取而代之,解决生活中的主要问题。

这个定义包括了超现实主义的基本原则。它首先强调表现潜意识。布勒东认为潜意识是一种纯粹的心理活动,是自动产生的;它反映了人的灵魂和世界的内在秘密。表达了潜意识,才能达到人对自我的完全意识,才能解释现实世界的动因。他说:"潜意识生活的探索提供了有价值地评价人类行动的动机唯一可靠的基础。"可以看出,布勒东强调的是人的某种生理现象,无可怀疑,潜意识这种生理现象是存在的,它的出现往往属于偶然,找不到任何确切的解释。既然它是一种生理现象,也就往往不包含深刻的社会内容,所以布勒东明确指出要排除美学和道德的思考,表达无利害关系的思想活动。这一反传统文学的主张对后来的现代派文学起了重要影响。与潜意识相联系的是梦幻，梦也可以说是一种潜意识活动，它的特点是扑朔迷离，既有现实中曾经发生过的东西，也有反映人的愿望的内容，更多的是稀奇古怪、无可解释的现象。超现实主义认为，没有什么领域比梦境更丰富，梦把人秘而不宣的东西完全剥露出来，既显示了过去和现在，也预示着未来，即所谓"梦幻万能"。无论潜意识还是梦幻，都属于非理性活动，这本是奥地利的精神病医生、心理学家弗洛伊德在20世纪初[①]提出来的，与精神病有关的生理现象。布勒东吸收过来运用到文学创作中，突出"精神的本能"，认为这才是"高度真实"，亦即超现实。由此出发，超现实主义者热衷于对原始人的神话、疯子的幻觉、神经官能症患者的幻象、催眠状态、双重人格和歇斯底里的分析。再进一步，为了忠实于潜意识，超现实主义认为语言应该是自发产生的，由此它提出了实行"自动写作法"，后来发展为催眠法，它把这称为"实录思想"。艾吕雅这样为"自动写作法"辩解："有人认为自动写作法使诗歌变得无法卒读。不，它丰富了诗歌意识观察领域，从而提高和扩展了这个领域。如果诗歌意识是完整的，那么自动写作法从内心世界抽取出来的成分和外界成分就会处于平衡。它们一旦平分秋色，就互相糅合和混同，形成诗歌的统一。"自动写作法不完全是无意识的字句的混乱组合，其实超现实主义诗人在自动写作法中仍然进行了一定的语言组合和安排，只不过它打破了习惯的语言思维方式罢了。超现实主义注重艺术对人的精神和心理活动——人的内心世界的挖掘，这是它的可取之处。它对想象技巧的革新，对语言的多层次功能的运用，以及对这些技巧和功能的结合，深刻影响了20世纪的诗歌创作，而且扩展到其他艺术领域，对艺术的表现功能是有所拓展的。

其次，超现实主义倡导意象的大量使用和堆积，这是超现实主义使用的主要诗歌表现手法之一，这不是发现了两种事物之间的关系而产生的合理意象，而是完全自由的、"撞击产生的意象"，它近似于一种心理的综合缩影。布勒东在《超现实主义简明词典》中说："最强有力的超现实主义意象是表现出最高抽象程度的意象，是花了最长时间表达成实际语言的意象，它或者显示了极大量的表面矛盾，或者表现它的一个词语从中古怪地抽取出来，或者它表明是可以感觉的，似乎稍为松开一点（它突然截止了圆规画出的角），或者它从自身抽取出可笑的确

---

[①] 《释梦》(1899)、《关于性的理论的三篇论文》(1905)等。

切理由,或者它属于幻觉,或者它自然而然地给抽象戴上具体的假面具,反之亦然,或者它导致对某些基本的物理特性的否定,或者它带来了笑。"事实上,对超现实主义来说,在意象中,重要的是,它们在事物之间带来的关系;同时,它们可能是一些"母意象",它们能触动读者,在读者身上唤起潜意识深处的重要印象。在布勒东看来,意象越是使远离的事物产生关系,这种意象便越是具有诗意。他说:诗歌要"违反抽象的规律,以便使精神理解位于不同方面的两种思想对象的相互依赖,而思维的逻辑作用无法在这不同方面之间架设任何桥梁,并且先验地反对架设任何种类的桥梁"。[1] 因此,这些意象是跳跃式地连接起来的,它们之间似乎并没有必然的联系。意象的混乱排列表明思维的混乱和不受约束。超现实主义者只求表达呈现在他们解放的意识中的各种句子,而不顾是否合适,是否荒唐。超现实主义者力图表现意象和文字并列出现而获得的启示功能,这种罗列给人偶然组合的表面印象,其实体现了一种必然性。阿拉贡说:"在超现实主义那里,一切都是严格的。不可避免的严格。意义由不得你而形成。"运用大量意象这种手法在象征派先驱兰波、洛特雷阿蒙等诗人的作品中已经出现了,只不过超现实主义更为强调和加以充分发展罢了。

第三,超现实主义的艺术上要产生使人惊奇的效果,这种主张导致超现实主义诗歌的幽默意趣。超现实主义者把这种使人惊奇的手法称之为"事实的偶然性",这种偶然性是"预感、奇特的相遇、使人吃惊的偶合的全部,它们不时地反映在人类生活中"。像"美味的尸体"这样的语言游戏能表明对这种偶然性的追求:"折纸的游戏在于使数人创作出一个句子或者一幅画,而不致使任何人意识到在合作,或者事前有过合作。这个例子变得具有经典性,它使这个游戏得以命名,从这个材料中获得第一个句子:要喝—新—酒的—美味—尸体。"[2]超现实主义者在日常生活中搜集所有有利于表现事物偶然性的东西,如在跳蚤市场漫步,在巴黎和地铁里长时间闲逛。他们从中得到不少发现和出现奇遇,正如布勒东那样,有一天,他在地铁里看到一个少妇娜佳,他见到她几次,她使他发现了事物偶然性的多种表现;如果没有她,他可能不知道这些表现。布勒东在小说《娜佳》中叙述了他长时间在巴黎

---

[1] 《上升符号》,《尼龙》第一期,1948年。
[2] 参见《超现实主义简明词典》。

漫步,奇特的巧合和交谈,在这些交谈中,他大半时间在倾听。布勒东关于巧合的解释相当玄奥,他在1945年发表的《两次大战间超现实主义的状况》中指出:"事实上,一切使人相信,存在某种精神之点,在那里,生与死、真实和想象、过去和未来、可沟通的和不可沟通的、高和低,不再矛盾地出现。在超现实主义的活动中,只能找到确定此点的希望,力图找寻另一个动机那是徒劳的。"他认为秘术的传统提供了"广阔的兴趣,那就是让人所拥有的比较和无限领域的系统保持活跃状态,这个系统使人了解能够联结表面相距十万八千里的事物之间的联系,并使人部分发现普遍象征的原理"。① 超现实主义追求奇特事物的结果,是产生一种黑色幽默。幽默意趣是超现实主义作品的重要艺术特色。它是从事物的不规则排列和意想不到的组合中产生的,因为它不符合普通的生活现象和司空见惯的语言规则,于是产生一种滑稽突梯、隐含讽刺的意味,它体现了诗人对生活现实的无可奈何和玩世不恭的态度,含有一种挑战精神。

总起来说,超现实主义的理论主张是对传统文学的一种反叛。它力图发掘人的内心活动,将肉体与精神、真实与想象这两对矛盾结合在一起。它从潜意识发展到探索人的"黑夜之面",即人在梦中的所思所想,以及疯狂等不正常的精神现象。为达此目的,它力图找到一种表现人的内心活动的语言。这不是日常的、符合逻辑的、传统的规范语言,而是一种不规则的、非理性的、非逻辑的文字组合。

超现实主义是反对以现实生活的面目出现的,它否定资本主义的文明和价值,否定戕害个人、束缚个人的社会。布勒东说过:"我们尤其致力于全面、激烈地拒绝现时代我们被迫生活的条件。……这种拒绝指向……一系列知识的、精神的和社会的职责,长久以来我们看到这些职责从各个方面极其沉重地压在人的身上。"② 超现实主义的定义中已提到要"解决生活中的主要问题"。超现实主义者不断提到要"革命","为革命服务",自我标榜是"精神的反叛者",对现存的一切都感到绝望。这种态度为他们多数诗人日后的演变提供了基础。

超现实主义在方法论上存在偏颇之处。例如,布勒东认为唯有对潜意识的探

---

① 参见《秘术17》。
② 参见《什么是超现实主义》,1934年。

索才能对促使人类行动的原因作出有效分析。这就过分绝对了。人类行动的原因主要是在理性思维的主宰下进行的,潜意识只不过是人的思维的一个方面,而且绝不是人类行动的主要基础,这是不言而喻的。再如,超现实主义认为理性违反抽象法则,而抽象法则能使人领会不同领域之间思维对象的相互依赖。这样贬斥理性并不符合科学,也是毫无根据的。

# 罗兰·巴特论布莱希特的戏剧

罗兰·巴特是个戏剧爱好者,他说过:"我始终非常喜爱戏剧。"(Barthes, "J'ai toujours beaucoup aimé le théâtre" 19)[①]他从 14 岁起,就常常到剧院去看戏,观看当时的大牌导演,如皮托埃夫、杜兰、茹韦、巴蒂、维拉尔的戏。随后,他参加创建《人民戏剧》杂志。柏林剧团在 20 世纪 40 年代末 50 年代中期到巴黎演出时,他更是欣喜不已。他说:"布莱希特使我改掉了对一切不完美戏剧的趣味。"("J'ai toujours beaucoup aimé le théâtre" 20)罗兰·巴特对古希腊戏剧、法国古典主义戏剧,直至荒诞派戏剧都发表过评论,而他最喜欢的是布莱希特的戏剧。关于布莱希特,他发表过十篇文章,还不算在其他文章中反复提到布莱希特。当时布莱希特的戏剧在法国、英国、比利时热过一阵,而尤以法国最为红火。关于布莱希特的戏剧,反对者有之,当然赞成者更多。罗兰·巴特虽然在那时接受了马克思主义,但是他和左派的观点并不一致,而是有自己独立的见解。他的观点至今看来仍然是有启发性的。诚然,他的观点有一些地方十分艰涩,不好理解,因为他后来转向结构主义和符号学。在关于布莱希特的一系列文章中,罗兰·巴特高度赞扬布莱希特在戏剧创作上别树一帜,又有崭新的戏剧理论,不愧是个一流的戏剧家。

## 对布莱希特戏剧的总体评价

罗兰·巴特对布莱希特的戏剧有一个总体看法。他认为,20 世纪中叶,欧洲的戏剧创作并没有什么特别令人注目的新成就。在法国的舞台上,上演的戏剧很

---

[①] 本文以下的引用均出自 Roland Barthes 的著述,引用时只随文注明出处,不再一一说明。

难说是一流的剧本,新戏尤其缺乏批判性,甚至到了夜晚找不到可去的剧院看戏。剧本写的往往是"通奸问题或者个人意识问题"("Pourquoi Brecht"162),走进了死胡同。而布莱希特的戏剧活动是在进行一场"戏剧革命"("La révolution brechtienne"134),"重新质疑我们的习惯、趣味、本能反应"。布莱希特属于"我们时代杰出的戏剧家",能"提供一个强有力的、严密的、稳定的、也许很难实施的体系"("La révolution brechtienne"135)。在他远离希特勒德国的十四年流亡期间,他形成了一个"成熟的体系"("Pourquoi Brecht"163)。这个体系可以概括为三个方面:

首先,艺术创作应该"建立在对社会强有力的批判上",要"和最高的政治意识相融合"("Pourquoi Brecht"162)把观众带往历史的更广的意识。他提出"艺术可以而且应该干预历史"("La révolution brechtienne"134),戏剧应该有助于历史的发展,揭露历史中的事件。重视戏剧的批判性和思想内容是布莱希特对戏剧提出的首要任务,这就与当时占据戏剧舞台内容无聊的戏剧截然不同。其次,他不是把革命的内容注入旧形式中,为了适应他的改革意志,他创造了一种戏剧工具,即史诗剧,其手法是运用间离效果。他要在"舞台和剧场、演员和他的角色、个人和社会之间建立辩证关系"①。例如,观众在看《大胆妈妈和她和孩子们》的时候,"同时是大胆妈妈和那些解释她的人"("Sur La Mère de Brecht"256);观众看到演员行动愚蠢,既很惊讶和不安,又感到很愤怒,大声呼喊怎么回事,并提出解决的办法。就是说观众既投入演出,又与演出清醒地保持一段距离。布莱希特这种新颖的戏剧理论与他在创作上的成功是密不可分的。第三,他解放了戏剧技巧,认为技巧中也能体现政治行为。布莱希特创作了不少杰出的戏剧,实现了在严格的政治意图和戏剧艺术的完全自由之间的真正融合,把观众带向对历史的更宽广和更深的意识中,"达到了历史的高度"("Théâtre capital"91),可以说他是一个"新的莎士比亚"("Pourquoi Brecht"163)。

一般人认为,布莱希特的戏剧大部分是历史剧。罗兰·巴特却持有不同看法,他指出,虽然布莱希特的戏剧都以历史为背景,但是没有哪一部能算是历史剧。他认为历史剧是把重大历史事件或者昔日的重要人物搬上舞台的戏剧。而布莱希特的戏剧不是这样的,如《大胆妈妈和她的孩子们》甚至故意违反历史剧的传统思

---

① 参见 *Dictionnaire du Théâtre*, Paris: Albin Michel, 2000, 134。

想,大胆妈妈嘲弄国王和将军。布莱希特写的不是真实的历史事件。罗兰·巴特举出马克思和恩格斯论述历史剧的例子。他们对费迪南·拉萨尔的历史悲剧《弗兰兹·冯·西金根》分别有过一封信。马克思和恩格斯没有交换过意见,可是他们在回信中意见却是一致的,认为这个剧本没有反映社会力量,对人物的描写不符合历史。他们的意见是:对历史必须像巴尔扎克那样在小说中放入真实,即以现实主义去解释社会关系。布莱希特的戏剧对人物的安排总是正确的,但他从来不是写成"对阶级冲突开放的历史解释"("Brecht, Marx et l'histoire"231)。不错,布莱希特的人物都属于一个特定阶级,但却不像代数符号一样体现这个阶级,也就是说,不代表这个阶级。而且,三十年战争不是《大胆妈妈和她的孩子们》的主题,"布莱希特没有广泛地展现进入到这场欧洲冲突中的历史和社会的利害关系"。布莱希特的戏剧尖锐地提出历史问题,不过没有解决这个历史问题,是"一种诱发历史的戏剧"("Brecht, Marx et l'histoire"231)。罗兰·巴特认为,在布莱希特的作品中,"历史到处存在,不过是作为一种基础,而不是作为一个主题"("Brecht, Marx et l'histoire"231)。历史是真实的基础,阐明的是上层建筑。这是人物活动的场所和时间,但是人物并不理解这段历史,例如大胆妈妈就并不理解三十年战争。而且,布莱希特的大部分戏剧写的是 1900 年至 1940 年之间的事,是一种"现时的戏剧",虽然接触到这个历史时期的一些重大事件,例如俄国革命、德国左派社会民主党人卡尔·李卜克内西和卢森堡领导的斯巴达克团运动、纳粹、西班牙内战、希特勒入侵法国,等等。可是,布莱希特没有进入到描写这些事件的历史性内容,这些事件只不过是作为一种背景出现。历史虽然存在,"不过是以散漫的方式,而不是以分析的方式"存在的。布莱希特"不把历史看成一个对象",只是表现往昔的真正结构而已。因此,他的作品中既没有战斗、杰出人物、重大场景,也没有命运。可是"这种戏剧却是我们时代最具有历史性的"("Brecht, Marx et l'histoire"232-233)。罗兰·巴特对布莱希特的戏剧属于何种类型戏剧的归类与分析,应该说还是有道理的。

## 对布莱希特戏剧研究状况的分析

罗兰·巴特将布莱希特批评的状况分为四大类。第一类是社会学批评,包括右翼、左翼的批评。右翼认为布莱希特的戏剧是一种平庸的戏剧,因为这是一种共产党人的戏剧。他们把作家和作品分割开来,强调布莱希特对共产党的顺从而否定作品。但是,他们不得不承认布莱希特的作品有独立性,是不由自主地反对作家本人意愿地伟大。左翼从人道主义出发,将布莱希特人道化,贬低或者极力缩小希莱希特的理论作品的重要性(因为与日丹诺夫的观点背道而驰),认为除去布莱希特关于史诗剧、间离论,他的作品还是杰出的。他们是从小资产阶级文化的教条出发过左地去看待布莱希特的创作。法国共产党对布莱希特的戏剧持保留态度,因为布莱希特反对写正面英雄,主张写史诗剧,有讲究形式的倾向。

第二类是从思想意识上去批评布莱希特的戏剧。罗兰·巴特认为布莱希特的戏剧"有准确的、一致的、稳定的、出色的思想意识内容"("Les tâches de la critique brechtienne"208)。对于理论文本,应看作这是"有创造性的作品的机智附属部分,所以不应该将布莱希特的戏剧和理论基础割裂开来。谁没有看过马克思的《共产党宣言》,就不能理解马克思的行动;谁没有看过列宁的《国家与革命》,就不能理解列宁的政策"("Les tâches de la critique brechtienne"208)。布莱希特的系统理论著述极其重要,因而将他的作品看作思考的戏剧,并非削弱它的创造性。在布莱希特的剧作中,思想意识的题材是事件发生的原动力:"每个题材根据马克思主义的深刻教导,同时是人的意愿与存在以及事物存在的表现"("Les tâches de la critique brechtienne"209),具有揭露和解释的作用。

第三类是符号学批评。罗兰·巴特认为布莱希特的戏剧艺术、史诗剧理论、柏林剧团在背景和服装方面的实践,提出了一个公开的符号学问题。在罗兰·巴特看来,戏剧艺术不在于表现真实,而在于"申明真实",应在语言的所指和能指之间保持一定的距离。"革命艺术应该接受符号的某种抽象,应该参与一定的'形式主义'"("Les tâches de la critique brechtienne"209-210)。这就与符号学的方法有关。罗兰·巴特指出,布莱希特的全部艺术反对日丹诺夫的思想,日丹诺夫将美学引向了死胡同。在日丹诺夫那里,艺术是假自然、伪自然。布莱希特的形式主义是一种对资产阶级和小资产阶级的虚假自然的彻底抗议。在一个异化的社会中,艺术应该是批判的;符号应该是部分抽象的,否则就会沦为"幻想的艺术"("Les tâches de la critique brechtienne"210)。

第四类是伦理方面的批评。罗兰·巴特认为:"布莱希特的戏剧是一种伦理戏剧,就是说与观众互问的戏剧。"布莱希特的戏剧阐述的是:"在一个不好的社会中怎样才能洁身自好?"("Les tâches de la critique brechtienne"210)批评家应该抽取出布莱希特戏剧的伦理结构。马克思主义虽然有比个人品行的问题更为紧迫的任务,但是由于资本主义的存在和共产主义的发展,革命行动几乎以制度化的方式和资产阶级和小资产阶级的伦理规范混在一起,品行问题随之而来。布莱希特的戏剧目的在于提高人们的教养,使之更聪明。布莱希特的伦理没有"教理成分",它是以询问的方式出现的。他的剧本往往以对观众一字一句的询问结束,作家让观众去找到对问题的解答。布莱希特戏剧的伦理作用是将问题插入事实中,问题的出路取决于对具体局面更为正确的分析,主题就存在于这局面中,由此表现出这种局面的历史特点。布莱希特的伦理基本上就在对历史的正确阅读中。

## 对布莱希特戏剧的具体分析

罗兰·巴特曾经对《大胆妈妈和她的孩子们》《高加索灰阑记》和《母亲》进行过专门的评论。自然,他最看重的是《大胆妈妈和她的孩子们》。

罗兰·巴特认为《大胆妈妈和她的孩子们》是最能体现布莱希特创造性的一部戏剧,因而在法国受到广泛的注意。他对这部戏的主题提出了自己的见解。他认为这部戏不是针对想在战争中发财的人,这样看是一种误解。这部戏写的是受到战争之害却毫无所得的人。大胆妈妈是一个随军女商贩,做的是小买卖。她在16世纪欧洲的三十年战争中和两个儿子、一个女儿拉着大篷车,四处游荡。依靠由于战争而商品匮乏做点生意,她的生意和生活"是战争的可怜果实"("Mère Courage aveugle"183),显然赚不了多少钱。可是她的两个儿子和一个女儿一个接一个被害。其实,她根本不明白这场战争是怎么回事,对战争的毁灭性质一无所知。她是盲目的,要忍受战争的蹂躏,却不明白战争的实质。布莱希特并没有向观众宣传什么,但通过他的描写,观众看到的是由于战争,一切,包括事物、人和情感都失去了价值。戏剧展开的场面是史诗性的,产生的效果则是悲剧性的。观众看到了大胆妈妈没有看到的东西,明白大胆妈妈是她没有看到的东西的受害者。布莱希特对大胆妈妈这个人物用的是非英雄化手法,大胆妈妈不缺乏理智,也不缺少勇敢和魅力,甚至对社会等级制不缺少某种批判能力。她有小商贩的特征:会计价还价,用嘴去咬钱币,看是不是真的。她不是一个英雄,是一个非常普通的平民,其至在某些方面并不光彩:她的三个孩子是她跟三个男人生的,这三个男人不知去向。她的家庭是拼凑起来的。罗兰·巴特认为布莱希特的人物的丰富性不在于塑造性格。这是他的戏剧不同于以往现实主义戏剧的地方。

　　罗兰·巴特仔细研究了《大胆妈妈和她的孩子们》的细节。他通过摄影家罗歇·皮克为这部戏剧的演出所拍摄的照片,详尽地分析了第一场戏中的七个场面。第一个场面是一个招聘员竖起一根手指,他在对另一个招聘员诉说这种差使的困难,表现了他的烦恼。招聘员做的是"代理人"的工作,他是被动的,又是主动的,表现了双重的异化:"奴隶的异化(客观上这是小人物)和主人的异化(他们对于比自己弱小的人实施主人权力)"("Sept photos modèles de Mère Courage"251)。但是这种人既没有奴隶的觉悟,又没有主人的玩世不恭。他们喜欢议论和喋喋不休,谈论荣誉、自由和秩序。在他们看来,战争是秩序,因为人们要保持生命和商品的平衡;和平倒是混乱,因为平衡谈不上了。第二个场面是拉大篷车。随军女商贩本是法国人非常喜爱的传说中的女性形象:性情粗暴但乐善好施。大胆妈妈有些不同。她的利润是微薄的,不稳定的。她压低价钱从农民那里买入面包,再高价卖给士兵,既被人剥削,又剥削别人。但她只是战争中的一个玩偶,她受到伤害。她的家庭是一个联合体,一个合作社,人人分工明确:母亲买与卖,做领导,两个儿子拉车,女儿料理家务,做点跑腿的事。失去一个儿子时,又得重新分工。她没有时间流泪,她要重新振作起来。观众既不能把她看作一个像希腊神话中失去六子六女的尼俄柏,也不能把她看作因贪婪而牺牲家庭、歪曲了人性的母亲。经商可以说也是她的一个孩子,她从一个孩子跑到另一个孩子身边,犹如一只母鸡在保护她的小鸡。第三个场面:大胆妈妈在战争后面追赶,像一头野兽寻找食物那样,而旅行是她的休息。她的神态幸福,她的微笑属于她的天真和无知。她不知道靠战争生活是要付出代价的。她以为不管献身于何种职业,用她的时间、她的力量和她的才能,就能和这种职业两清了。其实,战争只能在一段时间里稳定,这种平静是要打破的。她是一个自由幻想的受害者,不得不逐个地把她的三个孩子舍弃给战争。因此,"最好是不要战争,胜过在战争中微笑"("Sept photos modèles de Mère Courage" 256)。第四个场面显示招聘员登记大胆妈妈的家庭成员。她的儿子女儿有不同的父亲,一个父亲给了他的孩子姓名,另一个给了他的性格,第三个给了他的脸容。

大胆妈妈把家庭文件放在一只锌板盒里,意在保护家庭的等级。大胆妈妈设想世界是幸福的,这是她的乌托邦。她的这个不按等级去确定的社会,是一个摆脱了名字戏弄的,没有符号的世界。第五个场面是招聘员要夺走她的儿子,她挺身而出,她在完成母性的任务,要保护孩子。她的行动是一种客观语言——元语言。她像母狮保护幼狮那样保护孩子,她的行为是把行动变为存在,把史诗变为悲剧。与此相关的是第六个场面:大胆妈妈为了救她的儿子,说了一个大谎:预见到他们的死亡。然而大胆妈妈果然不久就像她所预见的那样,失去了她的每一个孩子,谎言变成了事实,仿佛有某种超人的力量决定了事情的演变,像古典戏剧表现的命运那样,"命运所行使的命令就是悲剧。悲剧被定义为一种严格的二律背反……你做这个是为了自救,你失去的正是这个"("Sept photos modèles de Mère Courage" 263)。但是小瑞士人的正直和他的死之间,不是偶然因素起作用,不是天意,其中有合理的联系:在这个社会中,美德是有害的。(又如,阿兹达克为了作出正确的判决,使用了诡计。)哀里夫虽然受到极力恭维,却是因抢劫而被枪毙的。大胆妈妈似乎相信基本的美德,她在某种意义上说是个悲剧人物,可是命运却戏弄了她。剧本以大胆妈妈出于人性的无知去表现命运观。接下去是第七个场面:大胆妈妈几乎要救出她被招聘的儿子,这时,下士要买她的一只腰带环扣,她不拒绝做生意,讨价还价,尽可能贵地出售商品,咬钱币以验证真假。在她不注意的时候,儿子被带走了。经营有时使她盲目,争利使她忘却了重要的东西,战争是能够让她付出代价的。通过这七个细节,《大胆妈妈和她的孩子们》的现实主义真实性得到了充分的揭示。

《高加索灰阑记》有特殊意义,罗兰·巴特认为它体现了布莱希特的双重意愿:既唤醒和培育观众的政治意识,又保证了剧本的娱乐性。布莱希特将"所罗门传说"加以改造,添进了中国的一个故事。"所罗门传说"讲的是所罗门王怎样判决一个争执:两个女人争夺一个孩子,他下令将孩子一分为二,于是真正的母亲放弃了权利,却获得了权利。同样,剧本中也是两个女人争夺一个孩子。在一场宫廷革命中,总督夫人不顾孩子落荒而逃,孩子由帮厨女佣格鲁雪带走抚养。后来,又一场宫廷革命把权力还给了总督夫人。但总督已死,为了争回遗产,总督夫人要求领回孩子。法官阿兹达克定下一计:他要两个女人在一个白粉圈里争夺孩子,谁抢到孩子,孩子就归谁。格鲁雪不愿意伤害孩子而松手。结果阿兹达克把孩子判给了格鲁雪。罗兰·巴特把阿兹达克的设计称为诓骗,因为他的做法按理说是不合法的。但在一个不合理的社会中，也只有这样才能解决问题。罗兰·巴特认为剧本有几个富有戏剧性的插曲，包括滑稽的、温馨的、报复性的和狡黠的几种手法，感人的是真正的人道，而不是所谓血缘关系。格鲁雪的柔情动人，毫不夸张造作，感情纯粹，她与未婚夫相会时露出的羞赧激动人心。假结婚的场面又获得观众会意的笑声。格鲁雪虽然向女主人的可怕意愿让步，但她有阿兹达克的支持，否则会被女主人的权力所压垮。在这个不合理的社会中，"唯有弄虚作假的法官才能行使正义"("Le Cercle de craie caucasien"178)。剧本的寓意并没有到此为止，它给予争地的农民一个启示："是劳动，而不是权力建立产业；土地属于耕种土地最好的人；大自然应该服从人的需要。"("Sept photos modèles de Mère Courage"179)

　　罗兰·巴特将布莱希特改编的《母亲》的主题看成写母性，认为马克思主义仅是它的对象，而不是它的主题；布莱希特的作品总是写真实的，人物是有思想的。换句话说，布莱希特将两种意象：马克思主义的意象和母亲的意象汇合起来，"重新创作了一种惊人的戏剧"("Sur La Mère de Brecht"293)。她不宣传马克思主义，也没有反对人剥削人，她并不是母性本能所期待的形象。罗兰·巴特认为，《母亲》提出的问题是带普遍性的、根本的问题，对全社会有价值，这就是政治意识的问题。政治意识是政治行动的第一个对象。这是布莱希特的全部戏剧所追求的目的。这是它的美学丰富性之所在，能够触动非常广泛的观众，布莱希特在西方越来越大的成功证明了这一点。意识既是社会的又是个人的，意识通过个人才能使人感受到历史。觉醒是《母亲》的真正主题。罗兰·巴特指出，母亲是一个有纯粹本能的人，她的职能社会化，就是培育孩子，她第一次是生孩子，第二次是培育孩子的精神，教育孩子，给孩子打开精神世界的意识。基督教的家庭观就建立在从母亲出发走向孩子的单一关系上，即使这种家庭观不能指引孩子；母亲总是为孩子祈祷，为孩子哭泣。而在《母亲》中，关系颠倒过来，是儿子在精神上培育母亲。"这种颠倒是布莱希特的一个重大题材。颠倒而不是毁灭：布莱希特的作品不是一个相对的教训"("Sur La Mère de Brecht"295)。巴威尔唤醒了尼洛夫娜的社会意识。在异教的古老意象中，例如在荷马史诗中，儿子的意象代替父母的意象，就像树木的新叶那样，新芽代替旧芽，但这是机械的。如今情况改变了，世事星移物换，从质上向前发展，一代代人在替换中。布莱希特笔下的母亲没有被抛弃，她不仅在给予之后又接受，她接受的不同于她给予的东西：她产生生命，给予意识。在平民社会中，遗产远远超出《民法》的范围，人们继承思想、价值等。而在布莱希特那里，没有遗产，只有颠倒：儿子死了，是母亲抱起他，继续他的事业，就像新芽、新叶是她。接替的古老题材产生了那么多的资产阶级壮烈的剧本，却丝毫没有人类学的东西，并没有阐明自然的根本法则。而在《母亲》中是在最自由的人类关系，也即母与子的关系中流动的。罗兰·巴特对《母亲》的解释给予了新的意义。

　　罗兰·巴特的评论有几个特点。一是从本国和当时欧洲戏剧的现状出发去看待布莱希特戏剧的意义和价值。二是从布莱希特戏剧的创新点去评价，由此得出布莱希特戏剧之所以值得重视的原因。三是抓住布莱希特戏剧的细节，通过详细的解说，让读者领会布莱希特戏剧的特点与创造性。四是运用自己对欧洲古典文学和文化的深厚知识去理解布莱希特戏剧，得出人们未能悟出的内在含义。罗兰·巴特对布莱希特戏剧的阐释，是深入浅出地探索戏剧创作蕴涵意义的范例。

## 引用作品【Works Cited】

Roland Barthes. "Brecht, Marx et l'histoire." *Cahiers Renaud-Barrault*, décembre 1957.

—. "Le Cercle de craie caucasien." *Europe*, août-septembre 1955.

—. "J'ai toujours beaucoup aimé le theater." *Esprit*, mai 1965.

—. "Mère Courage aveugle." *Théâtre populaire*, juillet-août 1955.

—. "Pourquoi Brecht." *Tribune étudiante*, avril 1955.

—. "La révolution brechtienne." *Théâtre populaire*, janvier-février 1955.

—. "Sept photos modèles de Mère Courage." *Théâtre populaire*, 3$^e$ trimestre, 1959.

—. "Sur La Mère de Brecht, Théâtre populaire." 3$^e$ trimestre, 1960.

—. "Les tâches de la critique brechtienne." *Arguments*, décembre 1956.

—. "Théâtre capital, France-Observateur." 8 juillet 1954.

《外国文学研究》2015 年第 6 期

# 第二部分 作品分析

# 法国第一位抒情诗怪才

## ——维庸及其《绞刑犯谣曲》

法国诗史上有不少怪才,他们之中有的青春年少便写出才华卓绝的诗篇,彪炳于后世,但刚刚显露出异乎寻常的才思,便像倏忽而过的陨星,或者停止了创作,或者过早地夭折;有的身世离奇,过的不是正常人的生活,却写出了风格怪异、内容别开生面的诗作;有的生前几乎默默无闻,死后才被发现,而成为某一流派的先驱。弗朗索瓦·维庸在这些怪才中,可说是第一个。他怪在哪里?

首先他的身世不同寻常。作为中古时代法国最伟大的诗人,维庸一生的经历似乎同他的诗人桂冠极不相称:他是个惯偷、斗殴者、杀人犯。在法国文学史上,做过小偷,进过牢狱,而后成为作家的,并不止一个,例如当代的荒诞派剧作家让·谢奈,谢奈因受到存在主义作家萨特的赏识和保举,才脱离了与社会渣滓为伍的地位,跻身于作家之列。但综观法国文学史,像维庸那样,作为惯偷和杀人犯,被判过死刑又被赦免的名作家,恐怕是独一无二的了。不过,还应该具体分析维庸的这种犯罪经历。维庸是个孤儿,他生于1431年末或1432年初,出身贫贱,"我从青年时代起就一直贫穷,出身贫贱低微"(《大遗言集》)。他原名叫弗朗索瓦·德·蒙柯比埃或弗朗索瓦·德·洛日。不要以为这个姓氏中有一"德"字,便以为维庸是贵族出身,这只是表明家庭出身的地方而已。维庸很早丧父,由巴黎地区的一名神父吉约姆·德·维庸过继抚养,维庸的姓得之于此。长大后,他在巴黎大学的艺术系(即文学系)攻读,于1452年获艺术"大师"学位(分学士、硕士、大师三级),因而他的文化修养相当广泛扎实。但是,当时的大学生很不规矩,经常惹是生非,甚至为非作歹。维庸看来生性喜欢玩乐,是个落拓不羁的青年。他认识一些名声不好的人物,光顾一些见不得人的场所,参与闹事行动。无独有偶,拉伯雷在《巨人传》中塑造过一个爱闹事的大学生巴汝奇,他机智狡黠,酷爱恶作剧,可见大学生的滋事生非直至16世纪上半叶依然尚未断绝。不过维庸不止恶作剧或斗殴,他发展到杀人。1455年,他在一次斗殴中杀死一个教士,不得不离开巴黎,稍后获得赦免,但并没有洗手不干,1456年又牵涉到一桩偷盗案中,同年写出《小遗言集》。1456年12月底,他又离开巴黎,足迹遍及安杰尔、布尔日、布洛瓦,在布洛瓦受到诗人沙尔·德·奥尔良公爵的保护。1461年,人们在司法档案中发现他被奥尔良主教关在卢瓦尔河上的墨恩。恰值刚登位的路易十一途经此地,赦免了他。维庸于是隐藏在巴黎郊区。1461年冬至1462年他写出《大遗言集》。他重新接二连三地犯罪,1462年他被关在巴黎的监狱,11月获释,由于斗殴再次入狱,被判处死刑,他在狱中写出杰作《绞刑犯谣曲》,又名《维庸的墓志铭》。经他上诉,大法院取消了这一判决,但认为他犯有前科,禁止他十年之内不得住在巴黎。从此,维庸杳无音信,不知所踪。他的结局很可能是悲惨的。如果他被处决,那么判决的档案应该保存下来。他是否可能弃恶从善呢?拉伯雷搜集了两个传说。其一说是维庸可能移居英国;其二说是维庸到了晚年曾在波瓦图地区组织过宗教剧的演出。维庸改邪归正的形象固然很吸引人,但缺乏任何根据,并不足信,也许这是后人对这位大诗人的一种美好愿望吧。这种美好传说的不足信也可以从1463年以后再也见不到维庸的新作这一事实得到证明。惯偷、杀人犯兼诗人是统一在维庸身上的,这是后世人们按照事实对维庸作出的认识。维庸的偷盗带有恶作剧性质,他的杀人也不可与当今的杀人罪同日而语,其情节恐怕令人也难以弄清,他的是非同样难以评说,否则大法院又为何改判死刑为逐出巴黎?无论如何,维庸的一生是在动乱、流浪,甚至无家可归之中度过的,他的这种经历倒是对他的创作产生了直接影响,他的不同寻常的一生使他的诗作的内容也不同一般。

  维庸的怪也指的是他的诗歌内容的怪异。这从他的杰作《绞刑犯谣曲》中得到鲜明的体现。这首诗是维庸的"天鹅之歌"——绝唱。据说天鹅临死之前要对天长鸣,以绝尘世。因而,"天鹅之歌"是哀歌,是悲歌,凄切哀婉,动人心魄,既悲壮而又优美。这首诗表达了诗人临终之前的内心情感,像绝命书一样令人震动。全诗如下:

    在我们之后存世的人类兄弟,

请不要对我们铁石心肠,
只要我们受到你的怜惜,
上帝就会提前对你们恩赏。
你们看到我们五六个相依傍:
我们的皮肉,曾保养得多鲜活,
早就被吃光和烂掉剥落,
我们的骨头成了灰烬和齑粉。
没有人嘲笑我们的罪恶;
请祈求上帝,让大家宽恕我们!

我们兄弟般呼喊你们,你们对此
不要不理,尽管我们被判上了法场
一命归阴。但你们深知
凡是人理智都要热狂;
请原谅我们,既然我们已死亡,
来到圣母玛丽亚之子面前悔过,
但愿他的恩泽不要所剩不多,
让我们免受可怕雷霆的劈分。
我们已经离世,不受心灵折磨;
请祈求上帝,让大家宽恕我们!

雨水将我们湿透和淋洗,
晒干和晒黑我们的是太阳;
喜鹊、乌鸦啄食我们的眼珠子,
把胡须和眉毛也都拔光。
我们任何时候都在摇晃;
风向忽东忽西,随意变化交错,
不停地把我们吹得忽右忽左,
鸟啄食我们就像戳顶针。

>　　因此，不要加入我们一伙，
>　　请祈求上帝，让大家宽恕我们！

>　　圣子耶稣，我们都受他掌握，
>　　你不要让地狱成为我们安身之所：
>　　我们不需要它，也不用对它报恩。
>　　人们啊，快不要对此加以奚落；
>　　请祈求上帝，让大家宽恕我们！

作为抒情诗，这首诗以全新的意象呈现读者面前。诗中刻画的不是贵族男女谈情说爱的温馨场面，也不是风花雪月的大自然优美景致，既不是对爱情的咏唱，也不是对日常生活的吟诵，这些都是以往抒情诗常见的题材。这首诗甚至不同于维庸以前写过的抒情诗，不是对历史现象的感叹追怀，也不是对个人生活的咏叹描写。诗中出现的是几个在风中摇曳的绞刑犯尸体，而且它们受到日晒雨淋，昔日光洁鲜活的皮肉不是被乌鸦啄光，就是腐烂剥蚀掉，眼珠子、胡须和眉毛也都被啄掉了。这些意象与其说是可怕的，不如说是可怜巴巴的，它们给读者的印象是令人难堪、震动，十分强烈。不要以为维庸是故作惊人之笔，以生活中难得见到的景象摄入诗中。须知维庸生活的时代，英法百年战争刚刚结束，人们记忆犹新，战场上尸体成堆，旷野或广场上绞刑架耸立，吊在上面的尸体令人触目惊心。即使在百年战争之后，上绞刑也是常见的刑罚。所以说，《绞刑犯谣曲》呈现的是一幅生活画面，而且是颇具典型性的一幅画面，它是百年战争之后人民生活在水深火热之中的一种概括而形象的写照。读者从中可以想见当时的法国满目疮痍、生灵涂炭的景象。维庸呼吁后人去同情这些绞刑犯，他满怀激情地在开篇第一句喊出："在我们之后存世的人类兄弟"，他要唤起人们心中的人道情感（人道情感虽然在16世纪的法国才得以发扬，但在维庸的这首诗中已见端倪），呼吁人们对绞刑犯不要铁石心肠，不要嘲笑他们犯有罪恶，相反，要向上帝祈祷，让大家宽恕他们。为什么要同情和宽恕他们？因为他们也是人，是人类兄弟中的一分子。生在这多灾多难，生活极不稳定的时代，犯有一些罪恶，难道不可原谅吗？

维庸在处理这个新题材时是匠心独运的。他不是以白描的手法去勾画一幅绞刑犯陈尸旷野的景象。他是设身处地,作为绞刑犯,而且是已死的绞刑犯的一员,在向活人诉说,这种别出心裁的叙述方式使整首诗变得轻灵自如,颇有趣味,而不是呆板乏味。正因诗的叙述方式不是白描,而是第一人称(诗中的第一人称多数是第一人称的婉转用法)的口吻,因而显出了抒情色彩。第一人称的口吻热烈奔放,既有坦然的分析,也有恳切的呼喊("请不要对我们铁石心肠","我们兄弟般呼喊你们");既有诚挚的恳求("请祈求上帝,让大家宽恕我们","但愿他的恩泽不要所剩不多,让我们免受雷霆的劈分","你不要让地狱成为我们安身之所","人们啊,绝不要对此加以奚落"),也有直率的表白("凡是人理智都要热狂");既有诚心的忏悔("来到圣母玛丽亚之子面前悔过"),也有对现状的无可奈何的认可——自作自受。

叙述者的口吻虽然是第一人称的,可是观照的角度却似乎有两个:一是全景式的描绘,把整幅绞刑图展示在读者面前;一是聚光式的描绘,从叙述者的目光去透视每一个局部细节。这三节半诗是一种交叉式的描述:第一节中,在发出感叹和呼吁之后,是全景式的描绘("你们看到我们五六个相依傍"),把绞刑犯吊死在绞架上的景象勾勒出来。接下去是作补充,描绘绞刑犯死后的惨状:皮肉不存,骨头松脆成灰。第二节中,在再次发出呼吁之后,回到自己身上,进行反思,为自己的行为寻找遁词,要求耶稣给以轻一点的惩罚。第三节又回到外表的描绘;但这不是第一节描绘的重复,这一节的描绘更为具体,写的是大自然对死尸的摧残和鸟兽啄食的痛苦,画出了绞刑犯只剩下骨架。这幅画面既有色彩,又有动感(风吹引起尸体摆动)和活人才有的感觉(鸟的啄食像受顶针戳)。至此,把绞刑犯自身的叙述写活了,就像但丁的《神曲》中,炼狱里的灵魂在受煎熬的情景。维庸可说是在但丁之后以非人间的事物来象征人间事物的第一个法国大诗人。

如同但丁是意大利最后一位诗人,同时也是文艺复兴的第一位诗人一样,维庸也是法国中世纪的最后一位诗人,同时预示着文艺复兴的精神的诞生。至少这首《绞刑犯谣曲》便可看出这一点。维庸的现代性则表现在这几方面:

第一,维庸的个人剖白已经预示着资产阶级的个性解放。应该说,个人剖白并不自维庸始,早在13世纪的吕特博夫也是个巴黎人,他的诗歌也注重"个人抒情",

他抒写自己的悲苦生活、婚姻和怨言,如《吕特博夫的贫困》《吕特博夫的婚姻》《吕特博夫的诉怨》等,以自己的身世作为抒情诗的题材,开创了个人抒情的先例。吕特博夫的诉怨虽然描画了自己的悲惨处境,但他的心境并不是"凄凄惨惨戚戚"的,多少带点自我调侃意味,显示出对生活的乐观情调。但吕特博夫的抒情诗基本上用的是白描手法,叙述贫困的状态多,而个人内心的思绪流露少。维庸与他的不同之点主要在此,这也是维庸对吕特博夫的"个人抒情"的发展。《绞刑犯谣曲》的抒情特点是将个人内心与悲惨现状结合起来描绘。其一,他把自己内心的愿望直接表露出来:希望世人不要铁石心肠,表现出怜悯之心;祈求上帝和耶稣开恩,不要让罪人们忍受酷刑。其二,他展示自己和绞刑犯的惨状,以博得世人的同情,将自己微妙的心理巧妙地述说出来(单单描写这种惨状就没有这样的心理效果)。其三,他为自己的过错辩白,认为凡是人理智都要狂热,因而这类过错也应得到谅解,这也是曲折的心理描写。最后,维庸的复杂心理展露无遗:他在死前想到死后的状况,不免发怵、恐惧、忏悔、辩解、要人原谅的心情一齐涌现出来,酸甜苦辣,五味俱全,一个有文化的走上邪路的绞刑犯死前的内心思绪活生生地被勾画了出来。这是前人没有写过的,作为人的这种复杂心理,只有到18世纪卢梭写出《忏悔录》以后才更鲜明地得到描画。至于诗歌方面,则只有到了19世纪才有人这样剖析自己的复杂(包括错误的、见不得人的)情感。《绞刑犯谣曲》确实开了个性解放的风气之先河。

第二,维庸以死亡题材入诗,这是一种近代意识。所谓以死亡题材入诗,并非指诗人提到一两句关于死的思索,而是整首诗以正面描写死亡为特点。维庸一生中有几次面对死亡的来临,正是在这样的时刻,他写下了《小遗言集》《大遗言集》和这首《绞刑犯谣曲》。他对死亡的感受比一般人来得丰富。在《大遗言集》中有一首《死亡的幽灵》,可以说是以死亡为题材的抒情诗。在诗中,维庸回顾了自己低贱的身世和贫穷的遭遇,无法与豪富和皇亲国戚的命运相比,即使这样,维庸得出的结论依然是追求生的欢乐,而且是贫穷地生活的欢乐:"与其当老爷和在豪华的坟墓下腐烂,还不如穿着粗布衫,一贫如洗地生活。"追求生的欢乐是文艺复兴时期高扬的人文主义精神之一,而维庸已经敏锐地捕捉住这种精神意识了。《绞刑犯谣曲》的写法较为曲折,生的欢乐这种意识没有明白道出,但包含在字里行间。首先,整首诗的出发点便是对死的恐惧,对生的渴望。死亡的形象越是可怕和惨不忍睹，便越发衬托出生的欢乐。《绞刑犯谣曲》的独特之处是以具体形象写出死亡的恐怖，这种反衬法是对死亡发出感叹的一种发展。

面对死亡题材，维庸继承了中世纪时期法国优秀抒情诗人的现实主义传统。在《死亡的幽灵》中，维庸描写死亡的困扰时，既憎恨死神，又被死亡所吸引，因为他看到死亡的强大，它对帝王和小人物一视同仁："我知道，穷人和富人，/圣者和疯子，教士和在俗教徒，/贵族和平民，大方和吝啬的人，/瘦小和高大，漂亮和丑陋，/穿翻领的贵妇，/不管什么地位状况，/穿着贵族或平民的衣服，/死神都毫无例外抓住不放。"但这种命运的平等并不减少垂危的可怕痛苦和肉体的变形。在《绞刑犯谣曲》中，维庸进一步刻画了死者的种种惨状，绞刑犯死后仍不得安宁，按照基督教的说法，他们的灵魂在地狱还要忍受永恒的煎熬。对绞刑犯来说，死亡不是一种解脱，一种摆脱世上困苦和不公平命运的安稳的归宿之地，而是另一种苦难，千百倍超过人间苦难的另一开端。《绞刑犯谣曲》具有深沉的悲剧色彩，给人以巨大的压抑感，促使人们对绞刑犯的命运，对死亡进行深入思索。

人生的意义和变化无常，命运的不合理安排，这些是维庸诗作中不断思索的问题。在《往日贵妇的谣曲》中，维庸列举历史上的名媛贵妇无不灰飞烟灭，不禁发出深沉的感叹："往日的白雪如今安在？"或者在另一首诗中发出："英勇的查理大帝如今安在？"在怀古之情中插入对生活和命运的思索，对不可捉摸的命运和眼前渺茫的现实提出委婉的疑问。维庸描绘的虽是个人感受，其实却表达了百年战争结束后混乱的社会状况和人们无所适从的心理状态。当时，社会笼罩着虚幻和希望相混合的情绪：一方面对满目废墟感到泄气，另一方面对新生活又产生希冀。维庸内心的迷茫，对美好生活的眷恋就是这种情绪的反映。维庸表达了中世纪后期人们精神的危机感，而这种危机感又透露出文艺复兴的曙光。

第三，维庸化丑为美，丑中见美的描绘和艺术观，最早体现了近代资产阶级文学揭示的一条艺术准则。呈现在读者面前的是一幅陈列绞刑犯尸体的形象丑陋不堪的图画，大约这是中世纪文学中形象最丑的画幅了。但是，艺术美的规律却起着相反的作用，在生活中显得丑的东西，在文学艺术作品中却改变了性质。早在15世纪的手抄本中，就已出现了《绞刑犯谣曲》的木刻插图，可见当时的人们就认为这是一幅具有艺术欣赏价值的图画。饶有趣味的是，这幅木刻笔触稚拙可爱，风格沉凝浑厚，相当出色地表现出《绞刑犯谣曲》的意境。对于生活中丑陋的事物，维庸的艺术观与同时代人一般的审美观显然不同，或者说具有更高明之处。这样说绝非武断。无独有偶，维庸另有一首名作《美丽的制盔女》。这首诗叙述一个昔日佳人到了暮年顾影自怜。诗歌先是叙述这个年迈的制盔女回忆自己当年的风韵：金发白肤，黛眉弯弯，面露酒窝，嘴唇艳红，双乳娇小，腰股丰满；如今呢，额头起皱，头发灰白，眉毛脱尽，眼睛昏花，面如死灰，唇如皮革：

> 人的美就这样终止！
> 背已驼，双肩已佝偻，
> 玉臂僵缩，手成爪子，
> 双乳瘪到一无所有，
> 臀部也像乳房干瘦，
> 迷人的宝藏全凋残！
> 玉腿萎缩得多丑陋，
> 就像腊肠污迹斑斑……

老妇人最后哀叹："啊，我们曾那么娇美！但这条路谁人能免？" 19世纪的大雕塑家罗丹从中得到启发，塑造了一尊同名塑像（日译《欧米哀尔》，即制盔女的译音）。这尊塑像把维庸笔下的形象具体化了，但更突出了丑的形象，确有动人心魄的效果。除了罗丹的雕塑和小说家如雨果、巴尔扎克等人的描绘，在诗歌上以丑为美作为描写对象的，自然首推波德莱尔的《恶之花》，里面描写到女尸、乞丐、妓女等形象，与维庸笔下的绞刑犯尸体和制盔女有异曲同工之妙。如《女尸》写道："苍蝇嗡嗡地聚在腐臭的肚上，/黑压压一大群蛆虫/从肚子钻出来，沿着臭皮囊/像稠脓一样地流动"，真是极尽写丑之能事。维庸领悟到丑中之美比后人早了三百年。维庸对此的发现同他的经历有关，他一生接触的几乎全是下层社会，不断目睹社会底层的现象，对人世沧桑深有体会。他见过妓女、坏女人、乞丐、伪币制造者、小偷、逗乐者、小丑、演员、卖艺者、农民、马夫，等等，无奇不有，无疑，绞刑犯、憔悴的制盔女他见到的不会少。他的艺术感受力是从生活中耳濡目染，最后得到升华而形成的。维庸在社会生活中看到丑或丑恶事物远比美或美好事物要多得多，丑更能反映社会生活的本质方面。而且,从理论上说,丑的确具有巨大的认识价值,同时也具有崇高的美学价值,因为丑的形象已成为一种蕴含着丰富的社会意义的典型。制盔女的人老珠黄和形体的变异,反映了一部深刻的下层妇女的生活史,绞刑犯的尸体丑态则反映了特定社会时期动乱的生活的产物。他们都具有代表性,体现了"这一个"。到下层社会中寻找丑的形象是19世纪资产阶级文学获得的重要艺术成就之一,维庸在这方面是个先行者。

第四,维庸诗作中谑而不虐、亦庄亦谐的风格表明他的艺术和技巧比前人跨进了一大步,向着近代诗所重视的幽默感靠近,这是维庸作为近代第一位诗人在艺术上的一大特征。维庸在诗歌形式上不是一个革新者,但他善于运用已有诗歌形式,尤其善于运用民歌形式,例如谣曲。谣曲出现于14世纪,它包含三节半诗,如果是八音节诗,则由三个八行诗节和一个四行诗节组成;如果是十音节诗,则由三个十行诗节和一个五行诗节组成(《绞刑犯谣曲》属于后者)。每一诗节押韵相同。这种诗歌形式在16世纪至18世纪消失了,直至浪漫派才重新发现谣曲。维庸一般喜爱写八音节的八行诗和十音节的十行诗,前者押韵方式为 ababbcbc,后者为 ababbccdcd(《绞刑犯谣曲》属于后者),最后一节由半节诗组成,韵从后半节诗。谣曲的技巧相当困难,但维庸运用得十分娴熟,韵律丰富和谐。每节诗的最后一行往往重复,这能增加感叹的力量,如"请祈求上帝……","往日的白雪如今安在"等。有时他在诗中大量引用古今人名,既显示他的学识,也表明他敢于以难以入诗的词写入诗中的技巧。有时他的行文有点散文化,表现出古法语的特点。有时他用"半行诗体"的写法(如"我深知奶中的苍蝇,我深知穿长袍的人,我深知好天和坏天",前半行"我深知"每行诗相同),有时他模仿谚语,有时他采用矛盾对称的表达法(如"我在泉边渴得要命")。在他笔下,谣曲的表现方法大大丰富了,抒情的格式也灵活多变。但更值得人们重视的是,维庸将严肃的情调与讽刺相结合,以细腻的感情与粗鲁的用词或粗俗画面相调和,而不是唯有哀怨而无调侃,唯有悲惨而无戏谑,唯有绝望而无希望,唯有叹息而无隽语。这种谑而不虐、亦庄亦谐的写法被称为"令人毛骨悚然的幽默",反映了维庸没有被不幸压垮的精神状态,在艺术上则反映了他敏锐的感受力,喜爱多样化而不是单一化,把谣曲这种民歌体改造成较为高雅的艺术形式。描写的强劲有力、风格的朴实崇高、韵律的柔美、音节的响亮、感情的细腻,这些因素造就了一个第一流的抒情诗人。这些优点都能在《绞刑犯谣曲》中找到。面对死亡，诗人的悲切与调侃语调同时可见；面对死亡，诗人的严峻和嘲讽态度也见诸笔端；面对死亡，诗人的恐惧与希望同时呈现。押韵的严格，节奏的平稳，几次反复同一行诗好像一唱三叹，深沉有力而又隽永婉转，耐人寻味，这首诗不愧是维庸最成熟、最有代表性的作品。

《名作欣赏》1988年第6期

# 心灵真诚的叹息

## ——拉马丁的爱情诗《湖》

在七星诗社之后,爱情诗被冷落了两百多年,原因不难理解:17世纪古典主义文学热衷于悲剧、喜剧和寓言诗创作,太阳王路易十四喜爱崇高、悲壮、宏阔的文学形式,篇幅较短小的爱情诗似乎不登大雅之堂,同当时严谨、庄重的宫廷气派和华瞻瑰丽的时代潮流不相合拍;而18世纪是理性思维的时代,文学家往往同时是哲学家,诗歌领域冷冷清清,从事爱情诗创作的更是寥若晨星。只有随着浪漫主义的兴起,注重宣泄感情的主张占据文坛,爱情诗才重新焕发出光彩。第一个以爱情诗蜚声文坛的诗人是拉马丁。他于1820年发表了《沉思集》,集子中尤以《湖》脍炙人口。《湖》足以和龙沙的爱情诗比肩而毫不逊色,在法国诗史上,这是一篇诗作精品。

《湖》以感情真挚而著称。法国文学史家朗松认为,这首诗"无论语言、诗句还是题材,都没有什么新颖的东西。新颖的是这种感情的极端自发性和真诚"(《法国文学史》)。这句话指的是,《湖》并不以题材、诗句新奇或别出机杼而取胜,它的可取之处在于感情自然和真挚。为了说明这点,有必要把这首诗的创作经过介绍一下。1816年秋,拉马丁在"埃克斯温泉"治疗神经官能症,遇到一个生肺病的少妇朱丽·沙尔,她又叫艾尔薇。她是一个著名物理学家的妻子,这位物理学家比她大三十多岁。在布尔谢湖边,拉马丁和朱丽产生了爱情。1817年冬,他们在巴黎相会,打算来年夏天在埃克斯重逢。可是拉马丁只能独自去赴会了,因为朱丽到时重病沉疴,离不开巴黎,不幸在12月辞世。拉马丁来到布尔谢湖边,意识到他的恋人即将离世,触景生情,萌生出要把这短暂的爱情记录下来,以资永久纪念的想法,《湖》就是这样产生的。诗人着重把自己内心的感情抒发出来,"这是心灵的叹息",是爱情破灭后痛苦的心发出的哀诉,因而这是一首"心灵的诗篇",是"被自己的呜咽摇荡的心的表白"。按拉马丁看来,诗歌尤其是"内心的、个人的、沉思的和沉重的……这是人本身……是真诚的完整的人",他的诗要表达"感情最隐秘和最难以捕捉的细微之处"。《湖》就是这些将诗人自己的惆怅、失望、悲哀、对恋人的向往、对幸福的无限怀念等内心情感都充分描写出来。诗人一开篇便感情爆发,情不自禁地发出感喟:

> 就这样一直被带往新的岸旁,
> 推向茫茫黑夜,只能始终向前,
> 我们永远不能在岁月的汪洋
> 　　抛锚,歇上一天?

诗人将爱情的经历比作航船,同湖的背景相吻合,用形象的比喻表白自己要挽留住爱情的航船的心声,感情强烈而富有诗意。面对无可改变的现实,诗人抑制不住自己的感情,对湖发出动人心弦的倾诉,提醒湖见到当年朱丽来到湖边的情景。诗人以为时间爱嫉妒,在他和恋人沉醉于幸福之际,却飞离他们而去,永不复返,他不由得向永远、虚无、往昔、悬崖、洞穴和暗林呼吁,因为这些湖边的景物都是当年情景的见证人。这时,情景交融,诗人的内心与景致相通了,或者说,诗人把湖光山色拟人化了,他要求美丽的大自然永远保存这对恋人相爱的良辰美景。他在诗篇结尾喊出:

> 愿飒飒响的风,叹息着的芦花,
> 愿你芬芳空气的一阵阵清香,
> 愿能听、听见、能吸的一切讲话:
> 　　他俩热恋一场!

拉马丁在《沉思集》的序中说:"我是第一个这样做的人:把巴那斯山上的诗歌请下来,并且不是用老生常谈的七弦琴,而是把被心灵和大自然的无数颤动所感奋和激动的人心纤维本身,献给人们称之为缪斯的女神。"拉马丁的《湖》写的正是现实生活中人的情感,正是人的内心激情,这种激情是心灵和大自然交融产生的震动所激发出来的。通过与大自然景色的结合来挖掘人的心灵,是浪漫派诗歌的特征之一,拉马丁的《湖》提供了一个范例。

这首诗的另一特点是将个人感情与幻觉相交织,创造出一种神奇的气氛,增加诗歌的艺术魅力。诗人的感叹是为着追索爱情的踪迹,怀念爱情而发的。他站在当年相会的地点,只见物是人非,不胜悲凉。由于他爱得深切,竟把湖当作有生命的存在,对它诉说衷肠。由于他爱得深切,竟至于要在景物中寻找爱情的一丝一毫痕迹,但愿在秀丽的山坡旁、在苍松翠柏和荒野的悬崖上,在微风和天籁中,在闪光的星星里,在平静的气氛和风暴的肆虐中留下他们爱情的印迹。由于爱得深切,诗人的视觉和听觉产生了幻象,仿佛听到水波声中传来了恋人话语的回声:她也在呼吁时间暂停飞逝,让人回味转瞬即逝的欢乐。可是,韶光毫不容情地依然离去,她不由得喊道:

> 相爱吧!相爱吧!这易逝的时间,
> 　　我们赶快享受!
> 人无停泊之港,光阴没有彼岸,
> 　　我们随它远走!

这恋人之歌共四节,她的咏唱与诗人的感叹互为补充。诗人呼吁在"岁月的汪洋抛锚",她则呼吁赶快享受良辰美景,因为"人无停泊之港,光阴没有彼岸"。通过她的咏唱,一个理想恋人的形象呈现出来:她对爱情忠贞不渝,她珍惜美好的时光,懂得享受生活提供给自己的机会。当然,拉马丁的爱情似乎是柏拉图式的,保持着纯洁的光辉,排除了肉欲成分。尤其是诗中所描绘的爱情,同现实生活中的实际情形不一样,仅仅是诗人对情侣的怀念,而不提这个情侣的身份,因而可以说这是一个理想恋人的象征。在诗人眼中,垂危的朱丽由于痛苦和临近死亡而显得崇高。他在歌咏现实中的某一个人,但这爱情具有更普遍的意义。朱丽之于拉马丁,就像贝娅特丽丝之于但丁,劳拉之于彼特拉克,卡桑德尔和爱伦娜之于龙沙。这是超越真实个人的形象,是理想的人格化,是崇高美的写照。

《湖》虽然是首爱情诗,却包含着哲理沉思。拉马丁认为,诗歌"是悟性最崇高的观念和心灵最神秘表现的深刻、真实和真诚的回声"。诗人面对短暂的爱情,面对年纪轻轻,却得了重病、不久于人世的美丽女子,面对不可捉摸的命运,感到极大的困惑和不安,他不禁同无生命的山崖洞穴和森林作比较,大自然能使它们"恢复青春",珍惜它们,是何道理?永恒、虚无、往昔这些无形的东西和概念,为什么要夺走情侣的幸福,吞没光阴?时间又为什么一去永不复返,不会再把良辰归还给恋人们?拉马丁提出了诘问,并没有作出回答,留给人们以想象和思索的余地。拉马丁写这首诗时只有27岁,思想上并未定型,他对人生和世界基本上还茫无所知,理解不深,他的思索为他日后从宗教、上帝那里去寻求答案铺平了道路。但在这首诗中,拉马丁的哲理沉思还不能说与通向宗教等同,因此,这些沉思以其虚幻、迷离的色彩而带上抒情意味,增添了感人的力量。正因为拉马丁追求纯洁的、不朽的、神圣的事物和思想,他自然而然偏向于哲理,这不是为了争论和说服别人,而是为了具有信心和去爱恋。在《沉思集》的另一篇诗作《人》中,诗人这样来确定人的状况:

> 局限于本性中,他的欲望无限,
> 人是谪凡的神,对天国很留恋。

他把人崇高和理想化,认为人的欲望是本性,是合理的,因此,爱情应该得到满足。在另一首诗《永恒》中,拉马丁写道:"我在爱恋,我必须去希望",他把希望获得爱情看作是天经地义的。基于对爱情的这种看法,他想到朱丽死后的情景:

> 我独自伫立;孤零零,尽管凄惶,
> 我善良,不可动摇,对你抱希望,
> 对永恒曙光的返回坚信不移,
> 在毁灭的众星球上还等着你!

可见拉马丁对爱情的信念是多么坚定,他的哲理沉思并非是悲观绝望的。同是浪漫派诗人,维尼的哲理沉思就要悲观得多,维尼宣扬的是孤傲坚忍的精神。在《狼之死》中,他通过一只老狼为了保护一窝狼崽,同猎人和猎狗搏斗,即使子弹穿过它的皮肉,猎刀戳进它的内脏,它仍然咬住最大胆的猎狗的咽喉,死不松口,死时不哼一声,"不屑知道它怎么会丧生"。维尼从这个故事中得出结论:"呻吟、哭泣、祈求,同样都是怯弱。要尽力去做你那冗长的苦活,走在命运决意召你去的路上,然后默默受苦死去,像我一样。"维尼从狼之死中看到的正是贵族灭亡的悲哀,因此,《狼之死》是对封建制度的一曲挽歌。拉马丁则不同,他虽然出身贵族,受过耶稣会士的教育,1814年拿破仑帝国崩溃后,也曾进入路易十八的禁卫军(滑铁卢战役之后便离开),但他的思想并不像维尼那样,坚持贵族立场。1830年7月革命以后,他在政治上逐渐演变,最后终于站在资产阶级一边,在1848年2月革命后当上了临时政府的外交部长,亦即实际首脑。拉马丁的政治演变从他早年的诗作中已有反映。从《沉思集》(包括《湖》)的哲理思想中可以看出拉马丁这种演变的某些因素。总起来说,《湖》这首爱情诗由于有哲理沉思,在思想意境上拓展了爱情诗的视野,以更高的姿态去观照个人的情感思绪,使得这首爱情诗在深沉的意境上超越了以往的爱情诗。

虽然这首诗不是悲观绝望的,但忧郁的情调却笼罩着全诗。《湖》是一首爱情哀歌:诗人痛感爱情破灭的苦楚,百般折磨人的愁闷,孤身独处的失落意识,他的寂寞惆怅像黑夜般浓重压人。忧郁情调不仅存在于《湖》中,而且存在于《沉思集》的各篇。如《山谷》中诗人向往山谷这幽静的处所,"我的心厌弃一切,希求也淡漠",他认为自己的生命像泉水一样流淌,"无声无息,不留名字,一去不返"。在《秋》一诗中,诗人向残败的秋景致意,他爱迈着迷惘的脚步,踏上冷僻小径,他感到人生像杯苦酒,混杂着琼浆玉液与胆汁,"我行将就木;灵魂正消失空中,像忧郁动听的乐声徐徐飘荡"。在《孤独》一诗中,诗人抒写自己爱"在夕阳下,忧郁地独坐消闲",遥望晚景;"面对这幅美景,我淡漠的心灵既感不到魅力,也感不到冲动,我凝望大地,仿佛游荡的幽灵,活人的太阳再也不能使人热烘烘"。诗人放眼四看,"哪儿幸福都不在等待我",他感到一切与己无干,对周围也一无所求,他呼叫:"像树叶一样把我带走吧,狂飙!"《黄昏》一诗描画了无限美妙的晚景,诗人感到内中隐藏着宇宙的神圣秘密,阴魂似乎出没其间,眼看黑夜来临,把一切都吞没。在这些诗篇中,希望与哀伤相混杂,欢乐与痛苦相混同,幸福与悲哀相连接,怀念与诀别相并存,总之,忧郁情调贯穿其中。在忧郁情调影响下,《湖》所描绘的风景也是朦朦胧胧、神幻莫测、苍凉凄戚的,与诗人惆怅的心灵相配合。这种忧郁情调的产生有个人原因和社会原因。个人方面,拉马丁这时期身上有病,心绪不佳。他很想发财和成名;他想结婚和行动独立,但不能实现;他仍然是个默默无闻的人和经济拮据的贵族。因此而产生愁闷、自暴自弃和其他感伤情绪。而从社会范围来说,忧伤情绪正是浪漫派文人的共同倾向。浪漫派先驱夏多布里昂在《基督教真谛》中早就描绘过中世纪哥特式教堂的壮丽和神秘,废墟令人忧郁的魅力。收在此书中的《阿达拉》叙述了一个缠绵悱恻的爱情悲剧,而另一个短篇《勒内》则塑造了一个"世纪病"的典型,主人公怀有不可治愈的忧郁症,内心如同被风追逐的片片枯叶,无限悲凉。勒内是第一个"世纪病"的形象。随后,塞南古的《奥贝曼》(1804)的同名主人公,贡斯当的《阿道尔夫》(1816)的同名主人公,缪塞的《一个世纪儿的忏悔》(1836)的主人公沃达夫都是勒内精神上的兄弟。浪漫派诗人维尼也描写孤独、冷漠、无法主宰自己的命运。忧郁、悲观的情绪同大革命后贵族阶级面对没落和不济命运而产生的心绪有着必然联系。如何分析这种忧郁情调呢?浪漫派先驱斯塔尔夫人指出:"忧郁的诗歌是最能与哲理相一致的诗歌。忧郁较之其他心灵状态更深地进入人的性格和命运。"这位批评家强调了忧郁的几个优点:最能与哲理相一致,更深地进入人的性格和命运。换句话说,忧郁如能与哲理相结合,就不至于过分虚空;忧郁要反映诗人的性格和命运。斯塔尔夫人注重的是忧郁蕴含的内容,它既要有个人特点,又要反映有普遍意义的哲理。斯塔尔夫人的论述深得忧郁在诗篇中的奥妙。《湖》流露的忧郁正是与爱情的短暂、人生的不可捉摸这些哲理相结合的,反映诗人善于情景交融、能捕捉幻觉的特点,以及能在沉郁境况中寻找希望和出路的个性。换言之,这是打上拉马丁气质的忧郁,是具有特殊魅力的忧郁。正如拉马丁在1849年《沉思集》再版的序中所说:"我不再模仿别人,我为自身表达。这不再是一种艺术,这是因自身的呜咽而摇晃不定的心的松弛……这些诗句是呻吟或心灵的呐喊。我赋予这呐喊或呻吟以韵律。"这就是说赋予忧郁的情感以诗的形式。

  拉马丁的诗歌以流畅明丽和音节和谐闻名于世。虽然他声称他的诗歌往往"一气呵成",其实大半经过长期孕育和仔细修改。他的诗显得浑然天成,流丽柔美、明晰易懂,绝无晦涩之处,也无诘屈聱牙的词句,画面形象清晰,诗节衔接紧凑而自然,《湖》完全具有这些方面的优点。这首诗以诗人来到布尔谢湖边,见景生情,向苍天发出诘问开始,继而回忆起去年在湖边与恋人相会,泛舟湖上的情景,把读者带进诗中。接着传来朱丽的话语声,使全诗突起波澜,显得跌宕起伏。然后诗人发出哲理的感叹,激情使他忘却了自我,把大自然的山石草木都当作活生生的见证人,要求它们保留这一爱情的记忆。全诗一唱三叹,令人有荡气回肠之感。这首诗每一节的前三行用的是亚历山大体,即 12 音节,第四句为半行亚历山大体,即 6 个音节。但朱丽的话改为一、三行是亚历山大体,二、四行是 9 个音节。整首诗形式上一改以往的写法(即全部用亚历山大体),而且多变化,显得形式较为丰富而不呆板。至于音韵,则像歌一样回环往复,为了表达痛苦,节奏是摇摆、单纯的。诗人有意采用小舌音(颤音)反复押韵,一共有 10 次之多,全诗共 16 节,可见运用之频繁;小舌音发出柔和的颤声,起到如诉如怨的效果,极为和谐动听。拉马丁诗歌创作浩如烟海,《沉思集》是其重要作品,而《湖》又是拉马丁最重要的代表作。这首诗成为人们历来传诵的名作之一,形式上的成功也起到重要作用。

*《名作欣赏》1989 年第 3 期*

# 痛苦的心声

## ——缪塞的《五月之夜》

阿尔弗雷德·德·缪塞是法国浪漫派的一名"神童",又是该流派的"捣蛋鬼"。他18岁左右结识了雨果,涉足浪漫派组织的文社和聚会,以其思想的独立吸引维尼,以其富有洞察力和思路精巧吸引圣伯夫。他兴趣广泛,绘画出众,音乐感很强,学过法律和医学,他最后选择了写诗。他早期的习作已显示了罕见的早熟,文字流畅自如,典雅灵活,毫无笨拙之处,不像是试笔。1829年12月,他的第一部诗集《西班牙和意大利故事诗》问世,震动了诗坛。这部诗集是浪漫派手法的集大成:异国情调、鲜明的地方色彩、强烈到要犯罪的激情、不规则的句法、撩拨人的韵脚,囊括了这个新流派的一切新颖手段。缪塞显然被雨果的《颂歌和民谣集》和《东方集》所迷惑,例如《威尼斯》一诗以色彩和线条的繁丽作为描绘手法。

在红色的威尼斯[①],
没有一只船游弋,
水上没一个渔夫,
　　风灯全无。

独自坐在广场上,
朝平静天际方向,

---

[①] 威尼斯的许多房屋是赭石色的,故称红色的威尼斯。

痛苦的心声

  巨大的狮子①抬高
    它的铜脚。

  威尼斯的异国风光生动地呈现出来,色彩鲜丽,韵律跳荡,节奏短促,富有生气。他像雨果一样,喜欢追求大胆的韵脚,不乏高超的技巧,如《给月亮的谣曲》:

  在深褐色之夜,
  染黄钟楼上面,
    明月
  像 i 上的一点。

  绝妙的联想把一幅夜景写活了。原诗 i 放在句末,押韵方法新奇,令人回味。这部诗集虽然语调活泼,口吻轻松,却只是为了掩盖诗人内心的激荡情感。诙谐而机敏的诗人大有孤寂之感。从1833年起,他与浪漫派诗人开始疏远,原因在于缪塞回到对古典诗人让·雷尼埃(1639—1699)、高乃依、拉辛的欣赏中去。他指责社会题材诗歌的创作,而拉马丁、维尼和雨果在创作这方面的诗歌,他认为诗歌要反映人的内心搏动。最后一点预示了缪塞的新起点。早在1831年,他在写给兄弟的信中就说过:"对艺术家或诗人来说,首要的是激动。每当我写诗感到我所熟悉的某种心跳时,我有把握,这诗歌属于我所能孕育的上乘之作。"一年之后,他在《纳慕娜》中又说:"要知道这一点——当年在书写时,是心在说话和叹息——是心在结合。"长诗《罗拉》(1833)标志着缪塞抒情诗创作的转折点。这首诗是一个患了"世纪病"的人物,面对自己不可回避和不可解释的放浪的写照,这幅写照是绝望的,富有悲剧意味的。缪塞已走到抒发痛苦的心声的门口,他以前诗歌中玩世不恭的语调或多或少是他放浪生活的反光,他笔下的花花公子也多半是他的化身。他在情感生活中并未受过真正剧烈的冲击,但这种时刻终于来临了。

  1833年初,缪塞认识了乔治·桑,这位女作家当时发表了《印第安娜》《莱莉亚》等妇女问题小说,声誉鹊起。她比缪塞大6岁。缪塞被她吸引住了,他觉得乔

---

① 马可广场上的狮子是威尼斯的城徽。

467

治·桑是一个有刚劲美的女性,聪明机智。乔治·桑性格活跃,颇多奇想,举止随便,敢于跳出顽劣的乡绅丈夫的束缚的行动具有浪漫色彩,这些都能吸引爱享受、好幻想、充满青春活力的诗人。再者,缪塞以为在她身上能找到热烈的爱情,使他摆脱那种放浪生活。他们于1833年7月成了一对情侣。8月中旬,他们移居枫丹白露。缪塞神经系统的疾病时常发作,于是在12月12日他们前往意大利,经热那亚和比萨,于30日来到威尼斯。1834年2月初,缪塞病得很重——可能是伤寒。乔治·桑同他的关系其实在旅行之初便已松弛,友谊代替了爱情,但缪塞不能容忍女伴自由行动,可他自己却不认为与别的女人逢场作戏是错误。当他发现乔治·桑和年轻的意大利医生帕热洛的关系后,痛苦异常,于3月29日病愈后离开了威尼斯。可是他同乔治·桑继续鱼雁往来,言辞相当热烈。缪塞在巴黎过着孤独的百无聊赖的生活,他在信中告诉乔治·桑,他始终爱着她,而且这爱情相当"无私",能够容忍帕热洛的恋情。于是乔治·桑回到他身边,但两人无法待在一起,缪塞在8月末前往德国的巴登。他在前一个月发表了剧本《勿以爱情为戏》。这出戏描写一对情人闹别扭,男的假装追求村姑,等到村姑知道真情,刺激太大而死去,一对情人也永不相见。这个情节似有作者刚经历的爱情遭遇的影子,尤其能看到作者的心态。此外,缪塞还出版了戏剧集《椅中观戏集》和莎士比亚式的悲剧《罗朗萨丘》。看来,爱情上的挫折使缪塞的创作力达到了顶峰。1834年10月至11月,这对情人又结合在一起,随之产生争执,1835年3月关系终于最后破裂。5月,缪塞写出《五月之夜》,这是他和乔治·桑分手后的回响。随后他在30个月中又写出《十二月之夜》《八月之夜》和《十月之夜》,统称为《四夜组诗》,但《五月之夜》是其中最优秀的一篇。

据缪塞的兄弟保尔·德·缪塞回忆,1835年5月的一个傍晚,缪塞的好友阿尔弗雷德·塔泰问缪塞,他这样沉默寡言,会导致什么结果。缪塞回答:"今天,我亲手已将我的早期青春、我的怠惰和我的虚荣心钉进棺材。我相信终于感到,我的思想像一棵长期受到浇灌的植物那样,在泥土中汲取了汁液,在阳光下生长。我觉得我不久就要开口,我的心灵中有某种东西要求冒出来。"保尔·德·缪塞说,这"要求冒出来"的东西就是《五月之夜》:"一个春天的傍晚,阿尔弗雷德给人朗诵他刚在杜依勒里宫的栗树下写成的缪斯和诗人之间对话的前面两节诗……晚上,他又投入工作,像去赴情人约会那样……第二天早上,诗篇写成了,缪斯飞走了……诗人吹灭蜡烛,一直睡到傍晚。他醒来以后,重读这首诗,觉得没有什么要修饰的。"保尔·德·缪塞还写道:"写出了《五月之夜》以后,仿佛他在缪斯的第一吻中痊愈了似的,他对我表示,他的创伤已完全封口了。我问他,这是严肃的话吗,这个伤口永远不再打开吗?他回答我:'或许会再打开,不过这只会在诗歌中。'"写出《五月之夜》,缪塞似乎把心头的重负卸下了。当初,缪塞是带着"一个病体、一颗颓唐的心灵,一颗流血的心"回国的。"我发觉一切已经改变。过去的一切已不复存在,至少毫不相像。新世界出现在我面前,仿佛我昨天刚诞生似的。"这是因为他心中的痛苦使他观看周围世界时,在情绪的影响下产生了变化。

《五月之夜》确是诗人痛苦的心声。诗歌采用诗神——缪斯同诗人对话的形式,缪斯在鼓动诗人拿起竖琴歌唱,诗人回答:他心里感到惊慌不安,以为有人在敲门,又觉得半灭的灯忽然大放光明,使人目眩,他全身颤栗,感到孤独和可怜;诗人是在忍受失恋之痛。缪斯看到诗人这种情景,提出要诗人同她一起去游历古代有过光荣战史的名城胜地,到海底采集珍珠,在陡峭的山岭紧跟猎人,观看猎人如何杀死牝鹿,或者倾听滑铁卢巨人讲述他歼敌的生涯……但诗人对缪斯充满热情、滔滔不绝的鼓励置若罔闻,他回答:

> 我既不想歌唱希望,
> 也不歌唱光荣、幸福,
> 唉!连痛苦也不歌唱,
> 嘴巴保持一声不响,
> 为了谛听心灵倾诉。

缪斯反驳说,她不认为"痛苦不过是泪一滴",但是"没有什么比巨痛更使人高尚"。

> 诗人啊,不要以为你受了打击,
> 你在人间的声音就应该沉寂。
> 最绝望的歌才是最优美的歌,
> 我所知不朽的歌是呜咽痛彻。

最后两行诗是缪塞的名句,这是《五月之夜》的主题,也是对这首诗本身最好的评论。法国不少评论家都认为,缪塞比任何一个同时代的诗人更加体现了浪漫主义的灵魂。因为他的个性本质是浪漫派的,他利用自己的这种气质和浪漫派艺术给他的全部自由去表现内心,而抛弃一切不能表达他的忧郁或痛苦的闲文。作为一个胜过别人能直达内心本质的诗人,他蔑视一切艺术上的矫饰,一切寻求技巧或效果的手段,他信奉的是"呜咽痛彻"(直译是纯粹的呜咽),是"最绝望的歌"。可以说,一半浪漫派的作品都能以这句诗作为座右铭,而只有缪塞在最大限度上合乎这个要求。缪塞在《五月之夜》中借缪斯之口,认为真正的诗人都是将血泪和着诗句来写作的:

> 他们这样谈论着受骗的希望
> 忧愁和遗忘,还有爱情和不幸,
> 这不是能使人开心怀的齐鸣。
> 他们铿锵的辞句像长剑一样:
> 它们在空中划出耀眼的光圈,
> 但光圈上总是带上鲜血点点。

这是以诗歌语言形容心灵受到刺激而痛苦,而流血,但这样写出的诗句却铿锵有力。缪塞在《十月之夜》中这样写道:"人是个学徒,痛苦是他的老师,没有经历过痛苦,就一无所知";"为了生活和感受,人需要哭泣;欢乐以折断的植物作为象征"。出于这样的认识,缪塞比拉马丁、雨果、维尼更了解内心精神痛苦。拉马丁的忧郁带着朦胧色彩,他的梦幻是温情的而不是火热的,也没有心灵的混乱,不是因痛苦而失去理智;雨果在内心保持着不可动摇的信心,生活并不使他烦恼,只有死亡这个问题才使他深深不安;维尼在坚持不懈的原则支持下,内心和脑海里能忍受痛苦。而缪塞虽然表面上保持雄辩和轻巧的形式,却是不断地忍受痛苦,不断地同自我搏斗,或者在内心进行着善与恶、理想与放浪生活的斗争。他无能为力地看到自己纯洁的毁灭,为此而呻吟。他明白,放浪形骸的生活和庸俗的爱情,赌博和酗酒,他本以为没有什么了不起,却毁了他虚弱的心脏和敏感的心灵。对缪塞说来,确实是痛苦出诗人。这正如圣伯夫所评论的:《五月之夜》是"一颗满溢而出的年轻的心最动人和最崇高的呼喊之一"。

我们还可以进一步分析缪塞抒发心灵痛苦的特点。缪塞反对在诗中进行议论:"我首要之点是必须不发议论。"就是说,必须保持情感的原始自发性,不以分析去解剖它,不以艺术的设计去伪造它。对他来说,诗歌应是:在最隐秘、最亲切的激情处于震颤的危机时刻,最直接和最真诚的反映。因此,他要发现自己内心微妙的心理真实,他的雄辩表白如同心灵情感的喷射,他表达的是个人的激动,同时也唤起我们深深的共鸣。在《五月之夜》中,缪斯像母亲般温柔,诗人则被失恋的痛苦所折磨,他们之间的对话不是议论,不是这一方去说服另一方,其实都是诗人的内心表白,只不过分作两个角色来道出罢了。另外,缪塞的不发议论是同他不加修饰地袒露自己的内心相适应的。缪塞不惮把自己失去理智的心灵暴露出来,这一点他不同于其他浪漫派文人之处。诚然,抒发悲哀,夏多布里昂、拉马丁、雨果莫不如此,然而夏多布里昂是有意把自己写成忧郁而崇高的形象,这不是真正的夏多布里昂,而是他力图塑造成高大形象的夏多布里昂;拉马丁是在力图达到一种理想,铸造一个解脱人类苦难的虔诚心灵;雨果的诗往往令人意识到,这是凌驾于普通人之上的预言家。总之,他们在真诚方面是有所安排的,他们不让激情牵着自己走,或者说,他们的茫无所措只是表面的。而缪塞则不同,他的诗没有哲理,没有庄重的沉思,没有理想,没有骄矜,没有誓言,没有豪言壮语。这是一个可怜人,不惮自惭形秽,不作违心之言,笔直走向不安的心灵推着自身走去的地方。诗人像是在一条没有罗盘,没有航舵的船上还算清醒的舵手。诗歌表达的是痛苦的心声,充满平凡的令人心碎的真实,这是缪塞诗歌的可贵处。泰纳在评论缪塞时说得好:"还有比他更真实的曲调吗? 他至少从不说假话。他只说他的所感。他是在自言自语。他在向大家作忏悔。人们绝不是欣赏他,而是爱他;他不止是个诗人,他是一个人。"另一位评论家布吕纳介也赞赏缪塞说:"爱情在这个花花公子的心里找到了通路! 他在诗里'高喊'的正是这种酷刑。这是真诚,他发出的喊声是雄辩有力的,这是完全真实的诗歌,这种真实保证了从《致拉马丁的诗》《四夜组诗》到《回忆》的延续。"

当然,诗人虽然是急不可耐地要抒发自己痛苦的心声,但是,他仍然寻求形象的表现手法。《五月之夜》为了说明"最绝望的歌才是最优美的歌",引用了鹈鹕用自己的血肉喂养幼雏的传说(事实上它是从肉囊中吐出鱼来喂幼雏的)。作父亲的鹈鹕搜遍了大洋的深底也找不到鱼儿，它来到岩石上，剖开自己的胸膛，给孩子们分食五脏，陶醉于快感、温情和恐怖之中，有时它迎风张开双翅，发出凄厉的叫声，吓得成群海鸟纷纷飞离海滨，流连忘返的游客也吃惊，感到死神掠过：

> 诗人啊，伟大的诗人都这么办，
> 他们让暂居尘世的人能欢欣，
> 他们给节庆奉献的人类欢宴，
> 大半都酷似鹈鹕献出的饭食。

虽然当今有的评论认为鹈鹕以自己的内脏喂养雏鸟的图画有点令人不快，但是，应该说，这个传说恰到好处地把诗人内心的痛苦形象化了。鹈鹕是诗人的象征，诗人为了写出诗来给读者看，不得不把自己的内心掏出来，忍受着极端痛苦。这段故事的落脚点是在上述四行诗。由于比喻和象征的生动，历来的评论家大都赞赏这幅图画，画家也以此配上插图，可见这段插曲是《五月之夜》画龙点睛之笔。再说，鹈鹕的故事是从缪斯的口中道出，也就是从神仙的口中道出，这个传说便获得了合理性，而并不显得荒诞。浪漫派文艺向来主张诡谲奇丽，幽深繁富，鹈鹕的故事使《五月之夜》具有一种沉郁悲怆的浪漫色彩。这一点正是与缪塞前期诗作的迥异之处，一反他轻松中略带俏皮、揶揄的明快风格，而更具有缪塞的真正风格——出于"巨大痛苦"的"纯粹呜咽"。

与抒发内心痛苦的内容相适应，《五月之夜》写得流转自如，典雅之中有妩媚，情感激荡中有亲切。它采用了对话形式，既有借鉴，也有创造。《四夜组诗》的形式显然是从英国诗人爱德华·扬格的《九夜组诗》得到启发的，《九夜组诗》在18世纪和19世纪初流行一时，在形式上介于蒲伯的古典主义和格雷的浪漫主义之间。但扬格探讨的是灵魂不朽、生死友谊、信仰等问题。诗人与他的导师——罗伦佐进行对话。由此可见，缪塞在形式上有所借鉴，但他把对话人改为诗神，诗人仿佛在睡梦中与从天而降的缪斯展开对话，这样，浪漫的抒情色彩就更为浓郁。对话式的抒情诗，以前的法国诗人并未运用过，以后的诗人也很少运用，看来这种形式并非完全适合抒情诗。但在缪塞手里，对话体抒情诗却是他写得最好的诗体，原因在于他能利用这种形式畅快淋漓地表达内心感情，正如狄德罗善用对话体小说，充分摆出正反两面的见解,体现出他的辩证法思想,缪塞也是用这种形式来表达矛盾的、交织在一起的、因狂热而变得纷乱的心绪。评论家都指出,缪塞的诗歌不太注意写作的结构,有太多的离题发挥,韵律有点随心所欲。确实,缪塞的诗歌比之其他诗人有更多的自由,缺乏规整的、精雕细作的形式美。然而,须知缪塞的这些"缺点"也正是他的优点所带来的。他要不加矫饰地表达内心感情,就不可避免出现芜杂凌乱;他采用对话体,就容易流于段落长短不一,令人有粗率之感。即使这样,《五月之夜》还是瑕不掩瑜的。正如一位评论家所说的:"材料的不完备,细节的疏忽,不够完美的韵律,都消失在诗意的情感中和理想美之中。"

《名作欣赏》1989年第4期

# 《恶之花》的主旋律

## ——波德莱尔的《忧郁之四》

沙尔·波德莱尔在世界诗歌史上是一位举足轻重的人物：他扩大了诗歌的内容，大量描写了丑和城市景象，把象征手法和通感引入了诗歌，从而开了一系列现代派诗歌的先河，可以说他是现代派文学的鼻祖。雨果、拉马丁、维尼等浪漫派诗人确也写出了不少杰作，在欧洲产生了影响，然而，英国和德国同样有一些闻名世界的大诗人，如雪莱、拜伦、歌德、海涅等。在这种文化背景下，雨果等法国浪漫派诗人的影响就减色不少。波德莱尔的情况则不同。在欧洲，波德莱尔现象是独一无二的。再说，波德莱尔虽然与浪漫派有千丝万缕的联系，但他对浪漫派的某些手法起了反拨的作用：他以精炼的诗歌形式去反对浪漫派长而散漫的段落和结构。波德莱尔在诗歌上的革新令人耳目一新，给诗坛的震动异常巨大。法国诗人中，他在世界上的影响是空前的。

一石激起千层浪。波德莱尔用以震动世界文坛的，并非大量丰富的诗作，而只是一部《恶之花》(1857—1861)。这部诗集共收入157首诗，可见《恶之花》的精粹和每首诗的分量。

《恶之花》不是一部诗歌散集，诗歌之间毫无关联。恰恰相反，《恶之花》编排的次序有一定目的，按照一定系统来安排(除了增补的25首诗)。波德莱尔说过："我对这部作品可期待的唯一颂扬，是希望人们承认这不是一本纯粹的合集，它有头有尾。"(《1861年给维尼的信》)诗集共分六个部分，以第一部分《忧郁和理想》为最长，这是诗集的核心部分：它叙述人在忧郁的压抑与对理想的追求中徘徊，最后忧郁取得胜利。第二部分《巴黎风光》展示了巴黎各种不堪入目的场景，诗人在其中找不到摆脱自己痛苦的地方，于是沉醉在酒之中(《酒》)，但仍然徒劳。第四部分《恶之花》写诗人深入到罪恶之中去体验生活,可是摆脱不了精神压抑。在第五部分《叛逆》中,诗人对天主发出反抗的呼喊,但天主毫不理睬。诗人只有一条路:死亡(《死亡》)。贯穿于诗集中的,是描写巨大的精神压抑,高潮落在第一部分收尾的五首诗上:《破钟》(原名为《忧郁》)和《忧郁一至四》,写的就是"忧郁"这个主题。因此可以说,忧郁是《恶之花》要表达的最强音。在直接抒写忧郁的五首诗中,尤以《忧郁之四》写得最成功,全诗如下:

低垂沉重的天幕像锅盖,压在
忍受长久烦闷、呻吟的精神上;
它容纳地平线的整个儿圆盖,
向我们倾泻比夜更悲的黑光;

大地变成了一座潮湿的牢狱,
希望在那里像一只蝙蝠飞翔;
用胆怯的翅膀向着墙壁拍击,
又把头向腐烂的天花板乱撞;

雨水拖着那长而又长的水珠,
宛如一座大监狱的护条那样;
有一大群无声的卑污的蜘蛛,
在我们的脑壳深处张开蛛网;

这时大钟突然疯狂暴跳起来,
向天空投以一阵可怕的吼叫,
如同无家可归的游荡的鬼怪,
开始顽固而执拗地呻吟哀号。

——长列柩车没有鼓乐作为前导,
从我的心灵缓慢地经过;希望

战败而哭泣,残忍专制的烦恼
　　把黑旗插在我低垂的脑壳上。

全诗只有两个句子,前四节为第一句,而前三节为表示时间或条件的副句,一共六个。第一节写天空景象,"低垂沉重的天幕"产生令人压抑和窒息的感觉;第二节写大地,希望在这个牢狱中乱碰乱撞,寻找出路;第三节写环境,这时正在下着淫雨,人的脑壳深处像被蛛网封住一样。这几个副句写的是外部情景,它们产生了浓重的精神压抑感。副句的拖长也能产生一种沉重感;原诗采用了大量鼻音和二合元音的字,同样能产生这种沉重感。此外,锅盖、牢狱、蝙蝠、腐烂的天花板、铁窗护条等字眼效果令人不快,像幽暗的压抑人的黄昏一样令人烦闷。这时,受压抑的精神像大钟一样暴跳起来;是实写大钟,同样也在写精神。这个主句写痛苦的感觉:疯狂、暴跳、发出吼叫、像鬼怪游荡、呻吟哀号。最后一节用破折号分开,写最后精神爆发危机:如同丧葬一般,这是没有鼓乐相伴的长列柩车,沉默使人更加难受,诗人的心灵失去了希望,有如心中笼罩着死亡。诗人耷拉着脑袋,默默忍受着痛苦,烦恼得胜,竖起了黑旗。

　　忧郁这个词本是英文,18世纪传入法国,但在波德莱尔之前用得很少。在《恶之花》中,波德莱尔还用了不少"忧郁"的同义词或近义词,反复描绘这种精神心理状态。诗人用的词有无聊、烦恼、痛苦、晦气、悔恨,等等。就以专写忧郁的那几首诗来说,《破钟》这样写道:

　　而我,灵魂已破裂,在无聊之时,
　　它想用歌声充斥夜间的寒气,
　　可是它的声音常常变得很轻,

　　仿佛被遗弃的伤兵,喘息不停,
　　躺在大堆尸体之下,血泊之旁,
　　拼命挣扎,却动弹不得而死亡。

诗人把自己的精神状态——忧郁形容为破钟那样,嘶哑的声音活像要咽气的伤兵。

《忧郁之一》则把这种心境比作阴雨连绵的冬季：

> 雨月①，整个城市使它感到气恼，
> 它从瓮中把大量阴暗的寒冷
> 洒向附近墓地的苍白的亡魂，
> 把一片死气罩住了多雾的市郊。

阴暗的寒冷、亡魂、墓地、死气、雾，这些就是诗人心境的形象写照，给人以阴森恐怖的巨大压抑感。《忧郁之二》写道，我像活了一千年那样疲倦和厌倦，脑子像大坟场、万人冢，"还有什么比跛行的岁月更长"。《忧郁之三》写道：

> 我像一个多雨之国的王者，
> 豪富而衰弱，年轻却已经衰竭。

他百无聊赖，对万物厌弃，像个活尸一样，血管里流着忘川的绿水，而不是血液。这几首诗分别从物件、季节和人的角度去写忧郁，形成了一曲曲痛苦不堪的"呻吟哀号"。《忧郁之四》则把外界景物与诗人内心的绘写更加紧密地结合起来。有的评论家认为这首诗像交响乐一样，有序曲、发展部、高潮、奏出最强音，然后经过慢板结束。在波德莱尔笔下，忧郁不单纯是诗人精神心态的写照，这还是生活中各种苦恼不安的表现。这不再是拉马丁慵倦的忧愁，不是缪塞的"巨大痛苦"，这是对现存秩序、生活现实的一种反照。诗人深受自身的精神孤独、物质生活的困厄、职业的失望和身染疾病之苦，所有这些合在一起造成了他的忧郁之深。这种忧郁是对现实生活、对"人类状况"不满而产生的病态情感，正如有的评论家所说，是诗歌中出现的一种世纪病。对此，有必要作一较为详尽的补充说明。

  忧郁确是诗人身世经历的产物。他的一生是一系列悲剧的组合。波德莱尔6岁丧父，母亲为生活所迫，改嫁给一个名叫奥皮克的军官。波德莱尔反对母亲再

---

① 雨月为1793年制定的法兰西共和历的第五月，相当于公历1月20、22日至2月19、21日。这时期巴黎多雨。

嫁,与继父关系一直不好。奥皮克是个极为严厉和狭隘的人,使这个敏感的孩子陷入深深的忧郁之中。无论在里昂的皇家中学住读还是在巴黎的路易大帝中学就读,波德莱尔都忍受着忧愁和孤独之苦。他上大学以后,在巴黎过着放纵的生活,以示反抗家庭的管束。为此,他的继父和母亲硬要他到印度去旅行(1841),摆脱这种不正常的生活。但波德莱尔只到达留尼汪岛,由于思乡而半途返回。回到巴黎后,他获得了父亲的遗产,过着花花公子的生活,很快就把遗产挥霍得所剩无几。1844年,他在继父和母亲的干预下,受到法律的约束,每月只有可怜巴巴的一点生活费(200法郎),迫使他自食其力,另谋生路。他拿起了笔杆,写作文学、艺术评论和诗歌。以文为生是十分艰苦的,自此以后,波德莱尔一直生活拮据。忧虑、债务、从青年时代起就染上的疾病的复发,这些都摧残着他的肉体和精神。《恶之花》就打上了这浪荡的、悲苦的、艰难的生活的悲剧烙印。波德莱尔从不隐瞒,这部诗集写的就是他的生活、他的梦想、他的反感、他的欢乐和他的痛苦。他在1866年给昂塞尔的信中说:"在这部残酷的作品里,我放进了我整个的心,我所有的温情,我的全部宗教(经过乔装打扮),我的所有仇恨。"

　　如果波德莱尔在《恶之花》中仅仅着眼于自己的经历感受,那么意义是有限的。他写的不仅是自己,这正是当时的社会状况。在波德莱尔笔下,巴黎城充满了污秽不堪的景象,充斥着妓女、乞丐、盲人、盗贼、赌棍、垂死的病人、浪荡子、拾荒者、凶手、同性恋者,他们组成了巴黎的居民。面对这样的现实,有才华的人只能像落在甲板上的信天翁:

> 诗人恰好跟这云天之王相同,
> 它出没于风暴中,嘲笑弓箭手,
> 一旦流落在地上,在嘲弄声中,
> 它巨人的翅膀却妨碍它行走。

(《信天翁》)

波德莱尔用形象化的诗句表明,有才能的诗人处于这浊世上是无能为力的,因为日常生活的卑污平庸窒息了诗人的才具,他无法获得日常生活的权利。诗人并不是没有追求理想,他也想"远远地飞离这种致病的瘴气",认为抛弃这迷雾般的压抑人的烦恼和巨大的忧伤,"真是幸福无穷"(《高翔》)。可是,在现实生活中,理想事物、希望只是短暂存在的,而忧郁却是长期的、与时间同在的。所以,波德莱尔认为时间是人的大敌,它吞噬生命,咬啮人心。正如《忧郁之四》中所写的,面对生活,希望像只蝙蝠在大地的牢狱中乱飞乱撞,而且胆怯地扇动着翅膀,最后战败而哭泣。

《忧郁之四》不单在内容上是《恶之花》带关键性的一首诗,而且在艺术上颇有特色。这些特色代表着波德莱尔的艺术成就。波德莱尔主张运用"艺术包含的一切手段",这句话强调的并非指已有的、为大家所熟悉的艺术手段,恰恰相反,他的意思是要发掘出不为人知的,或不为人们所熟悉的技巧。

象征手法就是波德莱尔所力求创造的、丰富艺术表现力的主要手段之一。波德莱尔怎样表达和描绘忧郁这种精神心理状态呢?这是一种难以捉摸的、十分抽象的、只可意会难以言传的心态。波德莱尔首先运用了大量的意象:他把天空写成锅盖扣在地平线上,这就立即造成一种压抑感;既然是锅盖,那就不会发出白光,而只能是黑光。这里写的是自然,又写的是脑壳(圆锅形)和精神;所谓黑光者,同忧郁的精神感受密切相连,黑同阴郁的、悲伤的、沉闷的概念是相连的。第二和第三个意象,诗人把大地形容为一个牢狱,而把人的希望写成一只蝙蝠,关在这牢狱中,无法飞出去,只能困顿在里面。第四个意象,写雨水如同铁窗护条,与前面的牢狱意象相呼应。第五个意象,一群无声的卑污的蜘蛛在我们的脑壳深处结网,蜘蛛为何物?没有确指,既然这里是监狱,蜘蛛结网就是常事;网能产生封闭的感觉,加强忧郁之感。第六个意象,大钟吼叫起来,像游荡的鬼怪在呻吟哀号。大钟为何物?也无确指,可看作形容精神的紧张。第七个意象,一长列枢车没有鼓乐作为前导,从诗人心灵上缓慢经过。丧仪车队是哀伤的象征,且是没有鼓乐相伴的枢车,更显悲哀,写出了诗人心头悲戚感,沉重而更深切。第八和第九个意象,希望因战败而哭泣,而烦恼得意地插上胜利的黑旗,不是插在地上,是插在诗人低垂的脑壳上,多么残忍专制!这幅图像又多么凄惨!这一连串意象从各个角度来刻画忧郁,使难以捉摸的情感获得了具象的形态,以实写虚,以有形写无形,但又不是实实在在的有形,这能使读者再发挥想象,加以思索,去理解作者的良苦用心。这些意象所起的作用不是一般的简单的比喻或图解,它们的含意是丰富的、复杂的、深邃的,具有哲理性,这就是象征手法。正如梁宗岱先生在《象征主义》一文中所论述的:"借有形寓无形,借有限表无限,借刹那抓住永恒……正如一个蓓蕾蓄着炫熳芳菲的春信,一张落叶预奏那弥天漫地的秋声一样。所以它所赋形的,蕴藏的,不是兴味索然的抽象观念,而是丰富、复杂、深邃、真实的灵境。"《忧郁之四》可以对此论断作出印证。

这首诗的象征手法还有几个特点值得人们注意。

一是将抽象概念拟人化或寓意化。希望本是抽象概念,但在诗中时而化为蝙蝠,时而干脆就是"人",因战败而哭泣。烦恼也是抽象概念,在诗中则化为"人"残忍而专制。心境是一种难以捉摸的抽象情绪,在诗中变为大钟;思绪也是抽象而混沌的,在诗中变为蜘蛛。波德莱尔认为拟人化或寓意化"这种非常风趣的样式,笨拙的画家给我们堆积得令人蔑视,其实却真正是诗歌最原始的和最自然的形式之一"。在波德莱尔笔下,时间、爱情、美、死亡、偶然、羞耻、愤怒、仇恨、错误、罪恶、呜咽、复仇、寒热、光明、黑夜、骄傲、永恒、友爱、不朽、不洁、能力、人道、乐趣、德行、悔恨、工作、忠诚、愚笨、放浪、痛苦、岁月、怀念、虚无……都拟人化了,"对我来说一切都拟人化"(《天鹅》)。有时这些抽象名词罗列在一起,有时整首诗都由拟人化的意象组成,《忧郁之四》便是其中之一。《恶之花》中抽象名词随处可见,由于拟人化或寓意化而改变了抽象名词本身的功能,使之变得具体、丰富,赋予了新的含义,这种手法使《恶之花》具有崭新的独特的色彩。以《忧郁之四》来说,由于多处把抽象概念拟人化和寓意化而显得隽永、深邃、别具一格,奇特而不荒唐,新颖而能令人接受。有人认为,波德莱尔把抽象概念拟人化和寓意化,所得的意象具有"冷光",给人阴冷、幽冥的感觉。《忧郁之四》确实使人具有这种印象。

大部分诗人都是从大自然去寻找意象的,波德莱尔则相反,他很少从大自然中去寻找意象,而是常常颠倒这种比喻次序。例如,"低垂沉重的天幕像锅盖",不是锅盖像天空,而是天空像锅盖;"大地变成了一座潮湿的牢狱",雨水"宛如一座大监狱的护条那样",都是意象颠倒运用的例证。这种手法的美学效果令人惊奇,显得别致,以奇取胜。它能产生一种压抑感,因为在这种比喻中,由大变小,而且这是锅盖倒扣;牢狱则代表着不自由,读者很容易获得一种局促、憋闷、不舒服的感觉。

波德莱尔是写丑的大师。他不像以往的诗人和作家,他们虽然也写到丑,但这是为了点缀,充其量也是作为对照的另一方。波德莱尔则不同,他几乎是专写丑。当然,他写丑是为了"发掘恶中之美",是为了"表现恶中精神的骚动",他还说:"忧愁可以说是美的有名的伴侣,以致我不能设想(我的头脑会是一面受魔法蛊惑的镜子吗?)美的典型中会没有不幸",他"很难不下这样的结论:雄壮的美最完美的典型是撒旦,——按照密尔顿的方式"。在《笑的本质》一文中,他又说:"这种古怪的事确实值得注意:将美这种难以捕捉的因素引入在于表现人的灵与肉固有的丑的作品中。"波德莱尔善于描绘病态的社会现象和自然现象,如巴黎下层社会藏污纳垢的处所,又善于描绘人们精神的忧郁苦闷、颓唐消沉和不正常的生活,这是丑的事物。同时,波德莱尔擅长用丑的意象来表现丑的事物。在《忧郁之四》中出现的意象全部是丑的:锅盖、黑光、潮湿的牢狱、胆怯的蝙蝠、腐烂的天花板、铁窗护条、卑污的蜘蛛、蛛网、游荡的鬼怪、长列柩车、黑旗,这些令人恶心的、丑陋的、具有不祥意味的意象纷至沓来,充塞全诗,它们显示了"精神的骚动",陷于"不幸"中的心态。这种以丑的意象来表现精神、心境的艺术手法,较之直接描绘丑的事物、丑的形象又前进了一步,以往的诗人和作家的描写只属于后者。波德莱尔大约是第一位有意识地大量以丑的意象来描绘人的精神和心态的作家。诚然,《恶之花》中也有许多诗篇直接描写丑的事物,如乞丐、盲人、腐尸,等等,虽然有的也属于文学中首次得到描绘的题材,但毕竟在艺术表现上这是前人已经捷足先登的领域,因此,我认为《忧郁之四》的写丑更具有美学价值,因为它推进了对人的内心的发掘和研究,运用了新的表现手法。需要进一步指出的是:波德莱尔不是为了写丑而写丑,他有明确的暴露现实的目的,他说过:"为人所知的恶比不为人所知的恶显得不那么可怕,而且接近于得到疗救。"据此,波德莱尔并不排除文学的认识价值和功利目的。

《忧郁之四》也运用了"通感"手法。关于通感,将在研究波德莱尔的爱情诗时加以较详细的论述,这里只谈这首诗是如何运用通感的。上文说过,波德莱尔是以具体的意象来抒写内心的,也就是说,以外界景致来表达内心感受,用可以言传的东西来表现难以言传、而只可感觉的东西,这是通感的一种形式。这首诗的前两节半用"像""变成了""宛如"来表示某种比喻,但随后取消了这些比喻性字眼,直接用暗喻来描写,蜘蛛、大钟、柩车……相继出现,因为感受已经通连,无须乎再用明喻,这时已从幻觉逐渐变为真实的场景。用词的大胆跳跃和省略比喻性字眼,是诗人有意识地运用通感手法的结果。

波德莱尔的创新是划时代的。那么,是否一切现代派手法都从波德莱尔开始呢？法国20世纪诗人让·卡苏回答得好："一切，不！而是某些方面"；"波德莱尔在一定数量方面是有代表性的,这些方面是法国人的精神领域所缺乏的,在我们看来,这些方面今后应该保持下去,而且要以战斗的,不断更新的活力去加以肯定和保卫。"魏尔伦则说得更为深刻："沙尔·波德莱尔深刻的独创性,依我看来,就在于强有力地和基本上体现了现代人……正如过度文明造成的精细讲究那样：这种现代人具有锐利的和敏捷的感觉,被烟草熏透的脑袋,被烧酒燃烧的血液,总之,像伊波利特·泰纳所说的,暴躁易怒加神经质的极致。"我们从《忧郁之四》中不是可以看到这种现代人的各类特点吗？

《名作欣赏》1990年第2期

# 人的异化

## ——兰波的《醉船》

**甲**：听说你对法国象征派诗歌颇有研究。前不久我看到兰波的一首诗《醉船》，据说兰波是个神童，很早就会写诗，你能给我介绍一下他的情况吗？

**乙**：对法国象征派诗歌我谈不上有什么研究，只不过比较爱好罢了。兰波（1854—1891）是我喜爱的诗人之一，他确是个不同凡响的诗人，青少年时期就显露出写诗才能。他在中学念拉丁语时，热衷于维吉尔的诗，不久，拉丁诗歌的韵律学对他已不存在什么秘密。1868年，他14岁时，曾给接受第一次圣餐的皇太子写过一封用拉丁语写成的诗简，皇太子的家庭教师通过学校领导向他致谢。1869年，他的三首拉丁诗在《中学教育通报》上发表，使教师们惊讶不已，其中一首还得了科学院的一等奖。他的法文诗也大约写于同期，其中《孤儿们的新年礼物》发表在1870年1月2日的《大众杂志》上。但兰波脾气固执，性格执拗，大多数教师对他并无好感，认为他的聪明要"转坏"。他阅读的诗作和著作很广泛，包括卢克莱修、米歇莱、拉伯雷、维庸、波德莱尔、邦维尔、雨果、圣西门、蒲鲁东、梯也尔、路易·布朗的作品。1870年，他的修辞课老师乔治·伊藏巴尔引导他去阅读现当代文学作品。其间，兰波写出了《感觉》《奥菲莉娅》等名篇，这些诗歌受到浪漫派和巴那斯派的影响，当时他的雄心壮志是让巴那斯派认可。例如《奥菲莉娅》，以莎士比亚的悲剧《哈姆雷特》中的人物为题，写她淹死后平躺在水面上，像"巨大百合花"，她的痴情越过一千多年，"在晚风中低吟她的情歌"，像"一首神秘的歌从金色繁星上飘落"，她是为了追求爱情和自由才发了疯，"诗人说，迎着夜晚灿烂的星光，你来寻找鲜花，一一摘下"，幻觉使她失足落水。这首诗从题材到形式，都可以看到浪漫派和巴那斯派对中古事物的爱好倾向。诗歌写得富有抒情意味。《感觉》和《奥菲莉娅》都写于1870年5月中旬,这时兰波还不到16岁!可是诗选中一般都收入这两首诗。《醉船》则写于次年下半年,与另一首名诗《元音字母》创作时间差不多,兰波当时可能还不到17岁呢!所以,要说他是神童是一点也不过分的。

甲:刚才你提到兰波早年曾受过浪漫派和巴那斯派的影响,据我看到的一些评论,《元音字母》《醉船》都属于象征派诗歌。时隔一年,怎么兰波转变得这么快?诗歌的风格竟会有天渊之别,你能讲一讲其中的奥妙吗?

乙:要说清这个问题,先得从兰波一以贯之的叛逆性格说起。兰波的父亲在儿子出生后便到克里木打仗,他与桀骜不驯的妻子合不来,于1860年关系彻底破裂。兰波的母亲带着孩子住到商业小城沙尔维尔。母亲的不肯通融经常引起母子冲突,促使少年的兰波叛逆性格的形成,故而他热衷于社会主义著作的阅读(如圣西门、蒲鲁东、路易·布朗的作品),他在诗作中呼吁圣鞠斯特出现,责备拿破仑,认为他延迟了社会主义的到来。1870年8月29日,兰波卖掉自己值钱的书,买了一张到莫翁的火车票,却一直坐到巴黎。巴黎在戒严,兰波因车票欠13法郎而被拘留,直至他的老师伊藏巴尔汇款并来信,他才得以返回。可是10天后,他又逃离了家,步行来到比利时,他希望在那里做新闻工作。他来到布鲁塞尔,但计划落了空。伊藏巴尔的朋友在那里迎接他,让他坐车回到杜埃,伊藏巴尔正等着他。他母亲让他返回沙尔维尔。在这次旅行中,他写下了《山谷沉睡者》等十来首诗。两次逃走不成,只能等待时机。于是他在藏书丰富的市图书馆大量阅读社会主义者的著作、18世纪作家的作品和著述。这些作品更孕育了他的反抗情绪。1871年2月25日,兰波卖掉了自己的表,坐火车来到巴黎。巴黎正值围城期间,而且十分寒冷,他只能在大街小巷游荡,十分孤独。半个月后,他步行回到沙尔维尔;穿过普鲁士人的封锁线时,被农民当作义勇队员来接待;回家后,他写了一份《共产主义政体草案》,曾向朋友朗读过,但未保存下来。5月13日,他给伊藏巴尔写了一封信,陈述他的诗歌观点;5月15日,他又给友人德默尼去信,进一步发挥自己的诗歌主张。这两封信以《通灵人书信》的标题而闻名诗史。兰波的转变终于完成。从1870年9月至1871年5月,兰波创作的诗歌都带上了反叛的痕迹:他宣称蔑视皇帝(《凯撒的颠狂》);为战争的受害者鸣不平,鞭挞战争的罪恶(《山谷沉睡者》);他描写五个可怜的孩子围在面包房的气窗上取暖,冻饿而死的悲惨景象,谴责贫困和社会不义(《惊呆的孩子》);他痛斥那些永远不劳而获的寄生虫,指斥宗教(《教堂的穷人》

《第一次领圣餐》)。巴黎公社期间,他同情地指出:"疯狂的愤怒把我推向巴黎的战斗,那么多的劳动者死在那里。"公社失败后,他描绘这个大城市遭受的灾难。总之,在当时的社会中,他看到的是令人愤慨的景象,他感到的是与这个社会的格格不入,这种心态在《醉船》中得到总爆发。

甲:我看过《醉船》这首诗。它讲的好像是一只船顺流而下,来到大海,途中见到各种各样、千奇百怪的景象,却看不到任何愤怒的表示,而且写的几乎都是人间见不到的东西。但是,你却说兰波反叛的心态在《醉船》中得到爆发,这怎么联系起来?

乙:刚才我已经提到,兰波写作《醉船》时感到与社会格格不入,这促使他去寻找一个新世界,而不是只限于批判他所生活的社会的贫困景象,并从形式上冲破《恶之花》的樊篱,追索"尚不可知"的东西。他把自己这种愿望和大胆梦想放到长诗《醉船》之中。一个最重要的表现就是兰波将自己化作一条"醉船",让它经历最异想天开的航程。这样将人化作醉船,其实是异化的一种艺术表现。20世纪的卡夫卡(1883—1924)在《变形记》(1915)中描绘"我"变成一只大甲虫,这是对人的异化的小说描绘。算起来,兰波在文学作品中反映人的异化,要比卡夫卡早了四十多年。兰波在给好友德默西的信中宣称:"我是另一个。"这是他要在诗中表现异化的宣言。这句话的原文,动词"是"用的是第三人称,而不是第一人称。这样写即表示"我"是第三者——另一个,这另一个可以是人,也可以是物。从《醉船》来看,应看作是物,即人被物化了。《变形记》描写的是"我"如何在环境的压抑下心态逐渐变化,终于变成甲虫的过程;《醉船》则不同,诗歌开篇第一句"正当我从无情之河顺流而下",已经完成了这个异化过程:我早成了一条醉船。诗人直接把醉船写成有思维的人物,用醉船说话的口吻自我表白。这样一省略,一般读者会忽略了人的异化这一实质。其实,醉船乃是诗人心态的物化。这里,兰波已超越了波德莱尔。波德莱尔善用实物来写心态,但往往只是用一两句诗来表现一种心态。兰波则不同,他用长达100行的整首诗来写一种实物——一种心态。这种质的不同表明兰波已接触到人的异化现象。

兰波在生活中得不到自由,便幻想在诗歌中得到自由。诗篇开首就描写醉船如何摆脱一切羁绊,顺流而下,"无情之河"让他随意漂泊天涯。醉船要摆脱的是庸俗丑恶的现实,航向自由的天地。但是醉船所见的景象不时出现恐怖场面:风暴将海水灌进船体,把舵和四爪锚冲得七零八落;被神秘的恐怖玷黑的夕阳;醉船摇荡着满船纷争;他又被飓风掷到飞鸟不到的太空里;七月用棍棒把青天打落在炽热的漏斗之中;醉船感到50法里处的振动,留恋有古老护墙的欧洲;醉船所向往的欧洲之水,"只是黑而冷一水坑";醉船浸透了波浪的颓丧萎靡,最后无法航行。看来,在醉船漫游的这个新世界中,一切都是变幻无常,脆弱易衰的。随着时间推移,令人炫目的幻景转瞬即逝,摆脱缆绳的安全自由也慢慢消失。醉船感到一切都令人愁闷、悲哀、昏沉,他愿龙骨折断,葬身大海。看来,必须返回旧地,忍受屈辱,否则就彻底毁灭。醉船的经历表明追求自由碰了壁,他在新世界中找不到理想的归宿。这个新世界,实际上仍然是现实的某种变形,它就像一场噩梦一样,从四面八方向醉船——诗人的心态——袭来,不断增强它的压抑感、不安感、恐怖感和毁灭感。但是,诗人对未来还抱着幻想和希望,在诗篇末尾,醉船憧憬道:

> 我见过恒星群岛!有的岛上
> 说谵语的天穹向航行者开启:
> 你是否在这无底黑夜安睡和流亡,
> 百万金鸟,啊,未来的活力?

百万金鸟何所指?有人认为指征服力与创造力,有人认为是指电。不管实指还是虚指,都代表了有巨大能量的美好事物和理想,这是诗人对未来社会的向往。

甲:你的分析使我对《醉船》的内容有了新的理解。我看惯了用传统手法写成的诗歌,对《醉船》的艺术手法不太习惯。你是否能讲一讲这首诗在艺术上的特点?

乙:这首诗在艺术上的特点是大量运用通感手法。兰波在给伊藏巴尔的信中说:"现在,我尽可能陷于荒唐生活之中。为什么?我要成为诗人,我致力于使自己成为通灵者……这就要通过所有感官的紊乱,达到不为人知的领域。"在给德默尼的信中,他说得更加清楚,指出了目标和运用的方法:"问题要使心灵变得可怕……我说的是要成为通灵者。诗人要通过所有感官长期、广泛而有理性的紊乱,成为通灵者。一切爱情、痛苦和疯狂的形态,他自我探寻,他在自身汲取一切毒素,只保留其精髓……他达到不为人知的领域,待他最终疯狂地失去视觉理解力时,他便看到这些精髓!"他还说:"想成为诗人的人,首要的课题是完全认识自我;他探索自己的心灵,观察它,体验它,研究它。"兰波想从荒唐生活之中寻找灵感的方法是不足取的,但这几段话的中心意思却有值得人们注意的地方。他强调的是挖掘心灵,尤其是指出要成为通灵者。这里包含着他的创作主张。所谓通灵者,实质上是指掌握通感能力的人。下面这段话是对通灵者的极好阐明:"因此,诗人确实是盗火者……如果他从那边带回来的东西具有某种形式,他就给予这形式;如果这是不成形的,他就给予这不成形……这种语言将是属于心灵对心灵的,概括一切,香味、声音、色彩,属于能攀住思想的、有拉拽力的观念。"这一段话把通感手段说得非常明白,兰波显然受到波德莱尔的影响。他在同时期写成的《元音字母》就将视觉与听觉、嗅觉连通起来,并将元音字母赋予色彩和各种形象的象征:A 是黑色,E 是白色,I 是红色,U 是绿色,O 是蓝色;A 又是闪光苍蝇毛茸茸的黑紧身衣,幽暗的海湾,E 又是蒸汽和帐篷的纯真,冰川的冰棱,白衣国王,小白花,I 又是咯出的血,愤怒或忏悔中的笑声,U 又是周期,海的振幅,牧场的平安,O 又是喇叭的尖音,像希腊文最后一个字母奥美加眼睛中的紫色光线。兰波这个通灵者诗人,从元音字母中看到别人看不到的东西,从中窥见色、香、声俱全的形态。他把这些形态偷运出来,像普罗米修斯为人类盗火那样,传达给别人,以自己的心灵去拨动别人的心灵,以自己的思想去感应别人的思想。同样,在《醉船》中,通感手法运用得相当普遍,至少可以举出如下例子:

1. 海浪俗称海难者永恒的摇动工,
   我十夜没留恋信号灯的傻眼睛!
2. 爱情愁苦的橙红色霉斑在发酵,
   比酒神更强烈,比竖琴声更广,
3. ……一具凝想的尸体
   像苍白而欢快的吃水线,时而漂来;
4. 会唱歌的磷黄色与蓝色的苏醒!
5. 彩虹像海平面下的马笼头,
   把海蓝色的群马套得很紧!
6. 黎明,它像一大群鸽子那样升空,

487

7. 一只像五月蝴蝶般脆弱的小船。

8. 也不能在趸船可怕的眼睛下划行。

第一例中将海浪称作摇动工,把信号灯称作傻眼睛,是一种拟人化,将无生命的东西与生命体沟通;第二例将爱情这一概念转化为霉斑,又说成比酒神更强烈,比竖琴声声域更广,也就是把概念与色、味、声相结合;第三例将尸体与吃水线混同,将视感与触感合一;第四例写磷会唱歌,且会苏醒又是黄色与蓝色的苏醒,将视感与听觉交叉结合;第五例至第八例都是写视觉的变化,把无生命的物体变为有生命。这些都是不同形式的通感手法。上文已提到,醉船象征诗人的心态,这本身就是一种通感。兰波说过:"这样说是错误的:我思。应该说,人们思我。请原谅这文字游戏。"法国批评家让·皮埃尔·里沙认为这是"一种新的'我思则我在'的奇谈……它构成了兰波一切冒险追求的钥匙"。另一批评家乔治·布莱进一步分析:"兰波这第一个'我思则我在',归根结底导致将思索的我看作这样的人:他的存在由于一种超人的运用创作思维而暂时中止,而诗人无法想象这个人如何,但兰波还有第二个截然相反的'我思则我在'。这就是他能成为这样一个人:他非但不把自己看成'被思想'或被创作出来,而是相反,把自己看作在自我想象,同时也在自我创作。"这两位法国批评家的分析强调了兰波这段话是理解他创作思想的钥匙:表面上看,是诗人在思索,但与此同时却产生了变化,创作的主体已转化为他人,这时是他人在思索——思索着"我"的心态。这种转化是通感手法的一种运用。

甲:你举的例子似乎大半都还可以想象和理解,但是,这首诗里有不少意象令人丈二和尚摸不着头脑,例如"像古代惨剧的演员一样的潮水""歇斯底里的牛圈""向我升起有黄色吸盘的暗影之花"等,含义难以想象和不可理解。我想请教一下你的看法。

乙:《醉船》中确实有大量奇特的意象。有的虽然奇特,还是可以理解的,例如:海洋落满了星影,"一片乳白"、患哮喘的大洋、鲜花具有人皮豹之眼、半岛挣脱缆绳、沼泽发酵、海中怪兽在灯芯草中腐烂、风平浪静中竟有大水倾落、远景像瀑布般注入深渊、银白太阳、珠色浪、淹死者倒退下去睡眠、马头鱼尾怪兽,等等。有的只要略加思索,还可理解。可以说,这些意象属于理性思维的范畴。而另一方面,《醉船》中也存在着像你所举的非理性意象,我还可以加上几个例子:白雪中的绿色夜晚、臭虫吞噬巨蛇、太阳苔藓、蓝天鼻涕、放电的污点、说谵语的天穹等。须知，诗人是在做梦，梦境可以是有理性的，也可以是无理性的。况且，兰波说过，他要创造一种"有朝一日触及一切感官的诗歌语言"，他要"记下不可表达的东西"，"用词句的幻觉解释我的有魔法的诡辩"。《醉船》中这种痴人说梦式的意象，即非理性的意象在某种程度上表现了周围现实的荒诞性、恐怖性，所以20世纪的超现实主义和其他现代派把《醉船》等诗奉为圭臬。从这点来说，兰波不仅是象征派的先行者，还是20世纪现代派文学的先驱。据兰波的朋友埃内斯特·德拉阿伊记叙，兰波于1871年9月底在沙尔维尔曾向他朗读过《醉船》，然后忧郁地说："是的，没有人写过类似的东西，我很清楚这一点……然而，这个文学界、艺术界啊！沙龙啊！典雅啊！……"兰波很明白他的"诗歌炼金术"超过了前人的试验，包括他所称颂的"诗王"波德莱尔，因而他担心得不到人们的理解。他的担心不是多余的。不过，超现实主义理论家安德烈·布勒东却充分理解兰波，认为他的作品"革新了诗歌，堪称我们道路上的瞭望岗"。

甲：谢谢你的指教，我得益匪浅。

乙：别客气。我的看法不一定对，聊供参考。

《名作欣赏》1990年第5期

# 浪漫派先驱卢梭和《新爱洛依丝》

## 一、生平与创作

让-雅克·卢梭(1712—1778),法国启蒙思想家和文学家。他是古典自然法学派和法国启蒙运动的代表,其文学创作是浪漫主义文学的先声。1712年6月28日,他生于日内瓦,父亲是钟表匠,母亲因难产去世,他从小由姑母抚养。1727年,他在零件镂刻师那里当学徒,经常挨打受骂。1728年3月的一个星期日,他因游玩误了时辰,城门关上了,他担心挨打而逃走,华伦夫人收留了他。此后他一直颠沛流离,受过教育,学会作曲,当过音乐教师和仆人。30年代初,他自学社会科学和自然科学,发明了新的记谱法。这期间他写过两部喜剧和一部芭蕾舞剧。1742年他成为狄德罗的朋友,为《百科全书》写稿。

1749年夏,卢梭在探望狱中的狄德罗时,看到第戎科学院的设奖征文启事,心中激起波澜:"我感到脑子被千百道光芒照亮了;生动的思想纷至沓来","我看到了另一个世界,我变成了另一个人"(《忏悔录》)。在狄德罗的鼓励下,他写出《论科学与艺术》(1750),一举成名。该文第一部分指出风俗的堕落总是伴随着智慧的进步,第二部分论述文明的进步是风俗衰败的逻辑结果。他的歌剧《乡村卜师》(1752)大获成功,他拒绝觐见国王,认为领取国王的年金会失去自由。他第二次应征第戎科学院的论文《论不平等的根源》(1755)分两部分,分别论述了原始人和社会人。他对私有制提出了疑问,辨析了社会各阶级存在利益冲突,认为立法的推行和各种经济力量的作用又加剧了这种冲突。恩格斯称赞卢梭对专制君主用暴力进行统治的批判是:"几乎堂而皇之地把自己的辩证起源的印记展示出来。"①1756年，卢梭接受德·埃皮奈夫人的邀请，住到"退隐庐"，与百科全书派产生矛盾。1757年冬他又住到卢森堡元帅家。《致达朗贝尔论戏剧的信》(1758)反对看戏，认为戏剧不利于道德，悲剧不会使人做出豪侠的行动，喜剧将风俗漫画化，只有腐朽的城市如日内瓦才建立剧院。卢梭因观点分歧，终至与百科全书派反目成仇。

1761年，卢梭发表了《新爱洛依丝》，获得巨大成功，收到来自欧洲各地的许多信件。1762年，他出版了《社会契约论》，共分四卷，论述了专制、最高权力和法律、政府及其形式、特殊建制。卢梭在书中明确提出："人生而自由，却无往而不在枷锁之中。"这是反封建的最强音。这部著作提出了"人民主权"的思想，对法国大革命起了推动作用，成为雅各宾党信奉的经典，并影响了以后的民主政体。1762年，卢梭发表了《爱弥儿》，共分五卷，论述儿童教育。他主张让孩子自由发展，反对过早的书本教育，认为要按孩子的智力分阶段进行，从经验获得知识，接触自然和社会，了解科学，获得技能。作品开宗明义第一句是："凡是出自造物主之手的东西都是好的，而到了人的手上一切都变坏了。"这句话把卢梭的教育学和他的全部哲学、对文明的批判联系起来。卢梭意在培养体魄健康、知识全面、热爱自由平等和正义的"新人"，这种"新人"对康德、歌德等哲人和作家产生了重大影响。《爱弥儿》成为后世教育学的经典名著。但是，卢梭因宣扬有神论得罪了百科全书派，又因自然神论得罪了教会和政府。巴黎最高法院下令烧毁它，并通缉卢梭，欧洲的反动势力掀起了反卢梭的浪潮。

1764年，卢梭发表了九封《山中来信》，表白自己受到日内瓦政府粗暴对待的愤慨。1765年9月初，卢梭的住宅受到石块的袭击，他不得不避居到比埃纳湖的圣彼得岛，但伯尔尼参议院对他下了逐客令，于是卢梭接受了休谟的邀请，来到英国，先在伦敦，后在武通，住了十三个月。不久，他同休谟闹翻，1767年回到法国，到处流浪，直至1770年才定居巴黎。

卢梭在1765年3月至1767年8月撰写《忏悔录》前六卷，叙述他的童年时代和青年时期，直到1740年前往巴黎为止。后六卷写于1769年至1770年，从1741年叙述到1765年离开圣彼得岛为止。他希望这部回忆录在他死后二十年再发表，却发表于1782年和1789年。卢梭在《忏悔录》的开卷中说："我造就一件前无古

---

① 恩格斯：《反杜林论》，《马克思恩格斯选集》第3卷，人民出版社，1995年，第179页。

人,后无来者的事业。"他在日内瓦的手稿扉页中也写道:"这是绝无仅有的一幅人像,按照本来面目和全部事实准确地描绘出来,它是存在的,但也许将来不会再有了。"卢梭的断言没有夸大。历史上的回忆录数以百计,可是任何一部都对自己有所保留,只忏悔作者认为可以透露的事。卢梭坦白了自己当学徒时养成了偷窃的习惯,诬陷女仆玛丽永偷了丝带。在卢梭看来,"一切人的内心,不管如何纯洁,都包含着某些可憎的恶习",而他要让人们看到"我的心像水晶一样透明"。自然,卢梭说出自己身上的弱点,并非要否定自己,相反,他要表明自己在这个混浊的社会中是一个纯真的、诚挚的、追求自由的公民。在书中,卢梭的自画像非常生动真实:"我有非常炽烈的激情,一旦它们使我激动起来,什么也比不上我的暴烈;我再也不知分寸、尊重、害怕、礼仪;我放肆、激烈、无耻、大胆;没有什么危险和羞怯拖住我。"他极其敏感,富有想象力,自觉地被幻觉牵着走。作品中的"我"是一个平民的形象,他生来具有"倔强、豪迈以及不肯受束缚、受奴役的性格",不惜万死也要把暴君除掉的愤慨,"在巴黎成为专制君主政体的反对者和坚定的共和派"。他受到迫害时不肯屈服,仍然我行我素,表现出平民的本色。这样一个来自下层,取得了卓越成就的平民知识分子,是第三等级的杰出代表。他的高傲、不安,头脑里总是被别人的阴谋所折磨,常常感到自尊心受伤害,别人很难同他相处,这些描写又刻画出了一个病态的天才。他相当彻底地暴露自己的灵魂,正是资产阶级要求个性解放最突出最形象的表现。

从1770年至1778年,卢梭四面受敌。为了争取同情,他甚至在街上散发为自己辩护的简介。1776年至1778年,卢梭写出《孤独漫步者的遐想》,叙述他被社会抛弃,在孤独的散步中遐想,作出精神和宗教思考;他回忆在圣彼得岛的生活,在采集植物中感受到自然的美;他表白自己是热爱孩子的,虽然他把他们一个个都送进了育婴堂;他还回想起同华伦夫人在一起的幸福日子。这部散文集是他晚年的重要作品,感伤情调浓重,"像一只衰老的、悲鸣的夜莺在寂寥的林中发出低低的哀鸣"(罗曼·罗兰语),但不屈不挠的精神仍然响彻全篇。1778年7月2日他逝世于埃姆农维尔古堡。1794年,他的遗体迁至先贤祠。

卢梭的思想在启蒙作家中是最激进的。他猛烈地抨击封建社会。他从人类的原始状态和大自然出发,认为自然状态优于社会状态:人的一切优点来自自然,而所有的恶来自社会。人本来是自由的,社会使他成为奴隶;人本来是品德高尚的,社会却使他变得丑恶;人本来是幸福的,社会却使他变得悲惨。文明的进步伴随着不平等和腐败,戏剧的创建也许是最明显的标志。他的敌人诬指他主张必须摧毁一切社会生活。他说:"人类不会倒退……一旦远离,便决不会回到天真和平等的时代。"他驳斥指责他想毁灭科学、艺术、剧院、科学院,要回到野蛮状态中的论调,认为有必要建立接近自然状态的社会秩序,让文明人的条件接近自然,这也许能改善社会状态。卢梭将上述观点运用到政治、教育、道德、宗教等方面。他认为,在自然状态中,人是自由和平等的,社会契约取消了天然的自由。在自然状态中,人按照自身的本能行动,这样就能避免以约束的办法培养孩子。在自然状态中,人在自身找到怜悯感,使他对别人做善事。人性本善,社会却败坏了它。在自然状态中,人不知道现有宗教的律条;天主存在于自然中,让我们瞻仰他的显灵,在全身心冲动时发现他。

卢梭的文艺创作,有如下的艺术特色:

1. 卢梭在返回自然的思想指导下,讴歌大自然,把千姿百态的自然景色写进作品,大大开拓了人们的审美视野。无论是日内瓦湖和瓦莱山区,还是蒙莫朗西森林和布洛涅树林的优美景色,都得到绘声绘色的描绘。大自然的美是同现实生活的丑恶相对照而出现的,因而具有理想美的特质。

2. 卢梭对人性作了深入的挖掘,他认为古希腊神庙前"你要认识你自己"的箴言,应是哲学家和文学家首要关注的问题。他改变了自画像的写法,不是在列举人物的德行和恶习,而是从根源去阐明行动和情感。他特别喜欢在孤独中对人生进行思索,总结自己的生活经验,挖掘自我。卢梭的性格是复杂的,他不适应社会生活,有自然人的冲动,又有社会人的弱点,孤僻和喜爱离群独居。这是一个活生生的人。

3. 卢梭的作品充满激情,他像一个辩证学家那样将自己的思想融进议论之中。《孤独漫步者的遐想》插入对谎言加以尖锐批驳的篇页;《论科学与艺术》第二部分反驳流行的舆论,力图建立文明的进步与风俗的败坏之间的联系;《致达朗贝论戏剧的信》几乎是对戏剧的控诉书。他还致力于心理分析,像明晰的心理学家那样研究自己的心灵状态,《孤独漫步者的遐想》描绘了昏迷醒来后和植物研究中连续发生的意念;《新爱洛依丝》往往将自己的心灵状态赋予他的人物。他的散文富有小说家的想象,《爱弥儿》有"教育小说"之称,他的自传作品往往有小说的兴味。

4. 卢梭具有演说家的风格,他善于以定义的方式有力地表达自己的思想,如

"因此我将合法施行行政权称为政府",或者以警句来表达,如"对老人的研究在于学会死"。同时他的风格又往往具有笔战家的愤怒,如《论科学与艺术》中法布里西乌斯面对新罗马的混乱发出的痛苦和羞愧的喊声:"疯狂的人,你们干了些什么?你们,民族的主宰,你们把自己变成了战败的浅薄者的奴隶。"

5. 卢梭的文笔细腻准确,如他在《忏悔录》第三部中将他"思索的缓慢"与"感受的热烈"相对照,在《孤独漫步者的遐想》中分析心灵状态:"遐想令我消除疲劳和快活;思索令我疲倦和忧愁。"卢梭的描绘朴实清新,如《忏悔录》中关于采摘樱桃和《孤独漫步者的遐想》中在布洛涅树林里遇到小姑娘的故事。这种清新的文笔又富有诗意。他经常作抒情的倾诉。卢梭开启了浪漫主义的先声。

## 二、《新爱洛依丝》

卢梭一生只写过一部小说《新爱洛依丝》,这部书信体小说被誉为18世纪最重要的小说。小说情节从1732年至1745年,由172封信组成。书名借自12世纪少女爱洛依丝和她的老师阿贝拉尔的爱情悲剧,小说的女主人公朱丽也与她的老师圣普乐相恋而未能如愿。这个书名正如卢梭所说,令人一看便知,这是一部描写爱情悲剧的小说。

故事发生在阿尔卑斯山脚下的小城克拉朗,平民圣普乐当了贵族小姐朱丽和她的表妹克莱尔的家庭教师。朱丽和圣普乐相爱了,但遭到她父亲的反对,他已经将她许给了俄国贵族沃尔玛。圣普乐甘愿自动消失。朱丽在父亲恳求下结了婚,成为贤妻良母,她把自己与圣普乐的关系坦诚地告诉了丈夫,得到沃尔玛的理解,他邀请圣普乐回到克拉朗。圣普乐周游了世界,六年后重新见到了朱丽,他虽然想同朱丽鸳梦重温,但朱丽没有越雷池一步。后来,朱丽因跳入湖中救落水的儿子,染病不起,临死时希望圣普乐照顾好她的孩子,并与克莱尔结婚。

《新爱洛依丝》的爱情描写有别于以前的爱情小说,这首先是由于它的反封建意义。这是一曲争取不到爱情自由,被封建门第观念葬送爱情理想的悲歌。在卢梭笔下,朱丽和圣普乐的爱情是纯洁和美好的,但是,朱丽出身贵族,而圣普乐出身平民。朱丽的父亲断然反对这门户不当的婚姻,而把她许配给救过他性命的俄国贵族德·沃尔玛。朱丽知道自己要遵从封建的婚姻观念;爱情从她口中吐出,就会名誉扫地；但是她感到爱情的甜蜜，认为爱情和纯洁无邪是可以一致的，爱情是人能感受到的最大乐趣。是她首先给了圣普乐一吻；面对父亲的勃然大怒，她做出了强烈的反抗：她直截了当地说，德·沃尔玛先生对她来说永远一文不值，她决心保持女儿身死去，父亲只是她生命的主宰，却支配不了她的心，什么也不能使她回心转意。看到女儿誓死不从，男爵泪如雨下，扑在朱丽脚下，要求她尊重他的苍苍白发，别让他像她的母亲一样痛苦地进入坟墓（她的母亲因女儿的行为不轨而得病死去）。父亲的眼泪使她手足无措，这时，她所受的教育起了作用，履行责任像枷锁一样压在她身上。她既为了履行责任，又为了不让父亲落下忘恩负义、背信弃义的恶名，只得嫁给了德·沃尔玛。但她对圣普乐的爱情之火并没有熄灭，所以当多年之后，圣普乐重新出现在她眼前时，还有她和圣普乐同游当年两人萌生爱情的旧地时，她冲动起来，几乎要重温旧情。她死前表示，她一生都没有爱过德·沃尔玛，她一生中唯一的一次爱情永远不会从她的心中排除出去。她的生命之花永远不会在她的记忆中凋谢。她要在天国等待圣普乐，到那时，把他们分开的人间的道德标准就不会成为障碍，她以自己的生命为代价，换取无罪地永远爱他的权利。朱丽的爱情悲剧是对封建门第观念和等级观念的有力控诉。

　　圣普乐的爱情和朱丽一样强烈和坚贞不渝。他在情人的要求下，离开了她的家，但他待在湖的对岸，从这里可以看到他们谈情说爱的地方。在朱丽结婚以后，他的希望破灭了，于是周游世界，但是，他一刻也摆脱不了朱丽的形象，他说："爱情使我们产生非常高尚的感情。"朱丽死前写信给他，要他娶上爱着他的克莱尔。可是他仍然念念不忘朱丽，只愿意负起教育朱丽的两个孩子的责任，而不肯与克莱尔结合。圣普乐的形象中揉进了卢梭的身世和遭遇，不过作了相当大的改动。卢梭在写作《新爱洛依丝》的过程中，恋上了德·乌德托夫人。这是一次无望的爱情，问题倒不在于卢梭比她大十几岁，上流社会这样的男女关系司空见惯。卢梭出身平民，而对方是一个贵族妇女；即使卢梭已经成名，但阶级地位不同是阻止对方给他青睐的最大障碍。卢梭以前在贵妇沙龙中就不敢把追求贵妇当作成名的敲门砖。眼前这次经历更加证实了他的判断是正确的，于是加深了他对森严的等级观念给予人们思想束缚的感受。在塑造圣普乐这个形象时，他对这个平民出身的人物寄予了无限同情。他和朱丽一样，都是社会等级制度的牺牲品，卢梭对不公平的道德准则发出了愤怒的抗议。

　　卢梭在小说中对爱情的热烈讴歌，是以往的小说中未曾有过的。他赞扬激情，指出激情不可抗拒的特点,描绘出爱情的欢乐与痛苦。由于卢梭贯注了自己的感情,这种描写能深深感染读者。卢梭另一个革新之处在于,他将爱情和道德准则调和起来。在古典主义时期,爱情受到无情的道德责难。在《新爱洛依丝》中,爱情虽然是被禁止的,但它并不熄灭爱情的火焰。卢梭甚至暗示激情和道德之间存在不可分割的联系:两者都同样是敏感的形式。惟独有激情的人才能真正看重道德:朱丽"生来是为了了解和尝试一切乐趣的,长久以来她非常珍惜道德本身,仅仅把它看作最温馨的精神上的满足"。男女主人公以道德的名义同自己的爱情作斗争,朱丽心里很明白,她这样分析自己的混乱:"当我想到那些心里有通奸思想的人胆敢谈论德行时,我不禁颤抖起来。你知道一个这样可尊敬而又世俗的字眼对我们意味着什么吗?……我们俩都被狂热的爱情燃烧着,正是它将冲动乔装成圣洁的热情,让我们感觉冲动更加宝贵,让我们更久地受愚弄。"于是她宁可死去,也不愿受到诱惑。激情不会在敏感的心灵中熄灭,但对道德和责任的尊重使她能够抵御自己的冲动。这样描写符合人物的身份,她不可能完全冲破传统思想的樊篱,但比起完全听从父母摆布的封建女子,已经大不相同了。

对大自然的赞颂是《新爱洛依丝》的又一个重大特点。卢梭在《忏悔录》第九卷中写道:"为了让我的人物居住在一个合适的地方,我依次回想我旅行过的风光最为旖旎的地点。可我找不到阴凉的小树林和令我赏心悦目的风景……必须有一个湖,我终于选择了我的心流连忘返的那个湖泊。"这就是日内瓦湖和它旁边的瓦莱山。在卢梭之前,还没有人认识到山峰的壮美。卢梭描绘了日内瓦湖迷人的湖光山色,瓦莱山陡峭的山岭,还有梅叶里的粗犷和幽静,收获葡萄的欢乐,冬天守夜的肃穆,田园生活的平静和乐趣。阿尔卑斯山怀抱下的湖面浩淼广阔,雪水形成的急流奔腾着浑浊的水,山上是巨大的冰峰,覆盖着黑森森的枞树和橡树,而山脚下流淌着小溪,在绿树丛中形成水晶般的网状,一幅幅奇景令人心旷神怡。在瓦莱山上,倾斜的巨石高悬,瀑布以浓密的雾气令人浑身湿透。东面是春天的花卉,南面是秋天的果实,北部是冬天的冰雪,"大自然在同一时刻汇集了四季,在同一地点汇集了各种气候,在同一块地上汇集了相反的土壤,把平原的物产与阿尔卑斯山的物产协调一致,在任何别的地方真是见所未见。此外,还要加上视力的幻觉,被光怪陆离地照亮的峰峦,阳光与阴影交织的半明半暗,以及晨夕所产生的光的千变万化"。山景的奇妙描绘得令人神往。收获葡萄时节是欢乐的节日,人们享受着丰收的喜悦，酿造出各种葡萄酒，晚上，主人、仆人、日工都坐在一起。饭后打麻、守夜、唱歌，围绕着火堆跳跃、欢笑。农村生活的甜美达到了最高限度。朱丽开辟了一块"乐土"。这是一片果园，形成花丛和巨大的绿廊，种上了各种各样的芳香花卉和树木，这是一个植物世界。人工引来的水渠使水从四面八方冒出来，得到充分利用，毫不浪费。朱丽改造了大自然，使一片荒野成为人间乐园。

卢梭进而写出了大自然对人们心灵的影响。他指出："田园和乡村生活的简朴总有某些动人的东西。"主人公在瓦莱山区感到心境平静悠闲，摆脱了烦恼："人们忘却了这个世纪和同时代人。"卢梭赞颂大自然，是对丑恶的现实生活的否定。由于描绘大自然的成功，小说发表后，人们纷纷到瑞士旅行，寻找主人公生活的痕迹，一时之间到瑞士旅游成了时髦和乐趣。

卢梭把小说看成是对受到腐蚀的民众最根本的教育手段，他将《新爱洛依丝》写成一部哲理小说，它包含了卢梭的主要思想，无论是教育观点、文艺观点、农村经济、社会平等的理想、宗教观点，还是园艺、决斗、自杀，小说都有所触及，甚至进行长篇议论。卢梭在写作这部小说时，也同时写作《给达朗贝尔的信》（文艺问题）、《爱弥儿》（教育和宗教问题）和《社会契约论》（政治问题）。他的各种观点在《新爱洛依丝》中杂然并存就不奇怪了。卢梭在小说中通过圣普乐对巴黎社会的观察，抨击了当时的恶浊风气："自然情感的全部次序在这里都被颠倒了……通奸决不使人愤慨，人们感到其中没有什么与礼仪相抵触：大家读来受教育的最得体的小说都充满通奸的描写，放荡只要同不忠结合，便不再受到指责……一个竟敢在这里约束妻子败德秽行的丈夫，比起我们那里忍受妻子公开放荡的丈夫，引起的不满指责要更多。至于妻子，对丈夫也并不严厉，还没有见到她们因丈夫仿效她们的不贞而让别人惩罚他们。"看到这一切，圣普乐回到家里时灰心丧气，内心感到人性在堕落，厌恶又难受。巴黎的景象和克拉朗的小社会形成截然对比。卢梭从社会、政治、经济等角度去丰富小说的内容，扩大了小说的容量。小说的中心内容——爱情描写便获得了赖以存在的社会背景，从而更深刻地揭露了封建意识的根深蒂固和它对人们精神的危害。

本文原为《外国文学史》（第二版，马克思主义理论研究与建设工程重点教材）上册第五章第二节《卢梭》，高等教育出版社，2018年8月

# 论雨果的《悲惨世界》

《悲惨世界》是继《巴黎圣母院》之后,在法国小说乃至世界小说创作史上的又一座丰碑,而且可以说是更加巍然耸立的丰碑。雨果作为世界杰出小说家的声誉从此稳固确立了。说它较之《巴黎圣母院》更为重要,是基于这样的事实:《巴黎圣母院》以中世纪末期为故事背景,通过曲折的手法反映当时的法国社会,而《悲惨世界》则直接描绘了19世纪初期,即复辟王朝时期和七月王朝初期的法国社会,因此更具有现实感;《巴黎圣母院》集中描绘流浪者、乞丐、孤儿等下层人民,而《悲惨世界》则把视角从穷人扩展到社会渣滓和共和派,视野远为扩大,内容更为丰富,意蕴厚实得多。从《巴黎圣母院》到《悲惨世界》,相隔了三十多年,《悲惨世界》写作时间很长,毕竟是雨果呕心沥血之作!

从19世纪20年代开始,雨果便对社会问题产生浓厚兴趣。他为死刑所困扰,参观了一些监狱和苦役场:1827年参观了比塞特尔的监狱,1834年参观了布列斯特的苦役监,1839年参观了土伦的趸船。在这种关注社会问题的思想指导下,雨果写出了一系列互有关联的小说:用自叙体写成的《死囚末日记》(1829)反对死刑,随后,《克洛德·格》(1834)描写一个找不到工作的穷工人,不得已行窃,被判五年监禁;由于典狱长故意将他与狱中伙伴拆开,并无端禁闭了他二十四小时,他一怒之下,杀死了典狱长。故事简洁而动人。这两篇小说反映了雨果对犯罪问题与社会状况之间的关系的思索。早在1828年,雨果就知道一个真实故事:1806年,有个出狱的苦役犯,名叫皮埃尔·莫兰,他受到狄涅的主教米奥利的接待,主教把他交托给自己的兄弟赛克斯丢斯·德·米奥利将军。莫兰品行端正,以赎前愆,最后在滑铁卢英勇牺牲。这个故事就是《悲惨世界》的雏形。

30年代,雨果不断积累工人艰辛劳动却食不果腹的资料。1841年1月,他目睹宵小之徒向妓女投掷雪球的场面，写下了记载这一场面的散文。当时有位作家于勒·雅南写过一篇风俗研究《她零售自身》(1832)，记述一个女子为穷困所迫，出卖自己的头发和一颗牙齿。这个故事雨果有可能知道。雨果为自己起草了这样一个故事的梗概："一个圣人的故事——一个男子的故事——一个女子的故事——一个娃娃的故事。"这里已经预示了《悲惨世界》的四个主要人物：米里埃尔主教、让·瓦尔让、芳汀、柯赛特。从1845年11月起至1848年2月12日，在两年多的时间里，雨果断断续续在构思和写作小说《贫困》。1848年的事件打断了他的创作。流亡的前十年，诗歌创作的激情占据了他整个身心，直到《历代传奇》付梓问世之后，他才重新回到这部小说的创作上来。从1860年5月26日至12月30日，他花了七个月，"对出现在我脑海里的整部作品反复思考，融会贯通，使十二年前写的一部分和今后将写出的另一部分完全一致"。从1861年1月1日至1861年5月，他以惊人的毅力写作《悲惨世界》，直至精疲力竭。于是他到比利时旅行，从5月22日起，到滑铁卢战场凭吊，随即写作关于这场战役的篇章。6月30日，他写完了全书。9月，他回到盖纳西岛以后，复看手稿，从12月至次年5月，补写了第五部。小说在1862年上半年陆续出版。

　　《悲惨世界》不仅是雨果篇幅最长的小说，而且是写作时间最长、花费精力最多的作品。它被看作雨果的小说代表作，享有崇高的世界声誉。但是，小说出版时，虽然受到读者的热烈欢迎，却不为评论家所充分了解。拉马丁认为"这部小说是危险的"，就是一例。另外有人认为，倘若《悲惨世界》早问世二十年，也许会受到更加热烈的欢迎，同欧仁·苏的《巴黎的秘密》相媲美。历史是最公正的评判人。《悲惨世界》刚出版时，并没有获得《巴黎的秘密》当初人人争睹为快，排队等候刊载这部小说的报纸出售那种轰动一时的情形。雨果并不稀罕这种一时的成功，因为他不愿《悲惨世界》以报纸连载的形式问世，认为这有损于艺术品："轻快而肤浅的剧作只能取得十二个月的成功，深刻的剧作会获得十二年的成功。"雨果的断言是正确的。《悲惨世界》在20世纪受到长盛不衰的欢迎，流传于世界各国，它的读者远远超过了《巴黎的秘密》的读者。

　　《悲惨世界》具有持久的震撼人心的力量，原因首先在于小说以社会底层受苦受难、为生存而挣扎、受凌辱受欺侮、受迫害受压迫的穷苦人为对象，描绘了一幅悲惨世界的图景。《悲惨世界》的几个主人公都是生活在死亡线上的人物，他们代表

了千千万万的穷人。雨果的写作主旨是很明确的,他要为这些穷人鸣不平。他在序言中说:

> 在文明鼎盛时期,只要还存在社会压迫,只要依仗法律和习俗人为地把人间变成地狱,给人类的神圣命运制造苦难;只要本世纪的三个问题:贫穷使男子沉沦,饥饿使妇女堕落,黑暗使儿童羸弱,还得不到解决;只要在一些地区还可能产生社会压制,换言之,也是从更广泛的意义来说,只要世界上还有愚昧和困苦,那么,这一类作品就不会是无用的。

这几句话言简意赅,充分表达了雨果对当时社会的基本看法。第一句话最为重要,道出了造成这个悲惨世界的根本原因。也就是说,雨果认为,由于存在社会压迫,所以在文明鼎盛时期造成了地狱般的生活;人生来本该幸福,却不可避免遭受灾祸。小说正是通过这三个人物——让·瓦尔让、芳汀、柯赛特——的遭遇,淋漓尽致地再现了这个人间地狱。

让·瓦尔让本是个善良纯朴的工人,有一年冬天,他失了业,七个外甥嗷嗷待哺,他不得已打破橱窗偷面包,结果被抓住并判了五年苦役。由于一再越狱,他坐了十九年的监狱。他的命运从此便决定了。他走出牢狱时,身上只有一丁点钱;找工作吧,他的黄色身份证会把所有雇主吓退。摆在他面前的只能是继续行窃。他连住宿的地方都找不到。只有米里埃尔主教款待了他,但他反而偷了主教的一套银器。他被抓住扭送到主教家里,不料主教说这套银器是送给他的,而且多送给他一对银烛台。他深受主教的感化,力求做好事。命运给了他机会,让他在制造黑玻璃小工艺品上有所发明而发达起来。他改了名字,办起了企业,为滨海蒙特勒伊城和穷人花了一百多万,创办托儿所,创设工人救济金,开设免费药房,等等,最后当了市长。出门时他往往衣袋装满了钱,回来时却囊空如洗,钱都散发给了穷人。他确已改恶从善,可是,社会不能容忍一个曾经是罪犯的人改变身份,甚至跻入上层。他一再受到官府的追捕。在得知一个叫尚马蒂厄的流浪汉长得像他而蒙受冤屈时,他挺身而出,承认了自己的身份。再次从狱中逃出后,他继续行善,又一次引起警方注意。他只得过着东躲西藏的生活。他认为这个世道实在不平等。他责问社会凭什么使一个穷人永远陷入一种不是缺乏工作,就是刑罚过量的苦海中。让·

瓦尔让因偷了一个面包而判了那么重的刑罚,坐了那么长时间的监牢,一点点过错就成为累犯,要判终身监禁,真是秋荼密网啊。社会对于让·瓦尔让这样的穷人的惩罚达到如此残酷的地步,不能不令人发指。可悲的是,当让·瓦尔让向马里于斯透露了自己的身份时,竟遭到了马里于斯的鄙视。这种态度反映了人们的道德观念,而这种观念恰恰是社会对穷人施以不平等的一部分。小说结尾,让·瓦尔让在一对年轻夫妇的怀里溘然长逝,诚然是出自作家的善良愿望,好比一朵苍白的小花,点缀在荒凉的原野上,更显悲怆而已。

如果说让·瓦尔让还有一个圆满的结局,那么,芳汀的命运则是彻底的悲惨。她有美发皓齿,多情而又幼稚无知,爱上了一个逢场作戏的轻薄儿,失身怀孕,生下了女儿柯赛特。有个长舌妇告发了芳汀的隐私。具有讽刺意味的是,尊重社会习俗的马德兰市长(让·瓦尔让)解雇了她,从此开始了她悲惨的经历。这个被解雇的女工,再也没有人肯雇用她。她靠自己的劳动养活不了自己和寄养在泰纳迪埃那里的女儿。十法郎卖掉了一头秀发,四十法郎出售了两颗门牙,最后沦为娼妓,变为社会的奴隶。曾几何时,一个活泼泼的年轻少女,变得形容枯槁,病入膏肓了。社会对她这种人还加以歧视,她受到恶少把雪团塞进衣衫的捉弄,反而要被警察监禁。她看到自己的恩人让·瓦尔让遭到沙威逮捕,惊吓而死。芳汀是这个黑暗社会中劳动妇女的真实写照。同让·瓦尔让相比,就显出妇女比男人的命运更为悲惨,因为妇女是弱者中的弱者,更容易受到摧折。雨果描绘芳汀的笔墨不多,但却非常真实。芳汀与生活中的原型相差不大,这就说明生活在水深火热中的女子何止千万,小说家无需作大量的加工,便能再现一个受损害受侮辱者。在处理这个人物的结局时,雨果同样归咎于社会压迫:造成芳汀堕落和走投无路的不止一两个人,既有花花公子,也有乐善好施的让·瓦尔让;既有心毒手狠的泰纳迪埃夫妇,也有"维护社会治安"的警察,他们构成了残害像芳汀这样穷苦的单身女子的罗网。芳汀从踏上社会的第一天起,就注定了要遭受纷至沓来的灾祸,在人间地狱里受尽煎熬。及至让·瓦尔让醒悟过来,看到自己也参与了这种压迫时,想补救已经来不及了。尊重现实的复杂性,更加显得真实,这就是芳汀这个形象能动人心弦、令人深思的原因所在。

柯赛特给人留下的深刻印象,主要是儿童时代在泰纳迪埃家受到非人待遇:她随时随地受到辱骂、虐待、殴打;小小年纪便要干杂事,打扫房间、院子和街道,洗杯盘碗盏，甚至搬运重东西。让·瓦尔让去寻找她的时候，正是圣诞节之夜，而柯赛特却要提心吊胆地到树林的泉边去打水。

  柯赛特又瘦又苍白；她将近八岁，看上去只有六岁。她的大眼睛由于哭泣，深陷下去一圈。她的嘴角因为经常恐惧，耷拉下来，在犯人和绝望的病人身上可以观察到这种现象。她的手就像她的母亲所猜测的那样，"给冻疮毁了"。这时，照亮了她的火光使她显得瘦骨嶙峋，明显地十分吓人。她始终瑟瑟发抖，习惯了并紧双膝。她穿着破衣烂衫，夏天令人怜悯，冬天令人吃惊。她身上的衣服尽是窟窿；与毛料无缘。可以看到她身上青一块紫一块，表明泰纳迪埃的女人拧过的地方。她的光腿红通通，十分细弱。锁骨凹下去，令人伤心。这个孩子整个人，她的举止，她的姿势，她的声音，她说话的不连贯，她的目光，她的沉默，她细小的动作，都反映和表达一种想法：恐惧。

童年的柯赛特比童话中的灰姑娘还要可怜，她无亲无故，干的粗活不是孩子所能胜任的，更不用说挨打受骂，缺吃少穿。资本主义社会中的童工，不就是像柯赛特那样，要干过量的沉重活计吗？雨果并没有杜撰柯赛特的故事，他举出社会中确实存在这类五岁童工的事例。勾画出童年的柯赛特的可怜形象，《悲惨世界》这幅穷人受难图也就画全了：男人、女人、儿童，三个人物代表了所有的穷苦人，代表了这个悲惨世界。

  雨果之所以要描绘这个悲惨世界，目的在于要消灭这种现象。他的小说试图唤起人们思索，起来铲除愚昧和困苦。早在 1848 年，他在议会就曾大声宣称："诸位，我不属于那些认为可以消灭世间痛苦的人之列；痛苦是一个神圣的法则，但是，我属于那些认为和断言可以消灭贫困的人之列。"虽然他提不出多少消灭贫困的方案，但他努力探索造成社会压迫的根源。正如他在序言中所说，这是由于法律和习俗造成的。他尤其通过警探沙威来阐发自己的主张。沙威在小说中是法律的化身。他身上有两种感情："尊敬权力，仇视反叛。"他对有一官半职的人有一种盲目的尊敬和信任，而认为偷盗、谋杀和一切罪行，都是反叛的不同形式。他认为官吏不会搞错，法官从不犯错误，而犯过罪的人不可救药，从此不会做出什么好事来。他不承认有例外。他尽忠职守，铁石心肠，对发现了的目标穷追到底，恰如一条警犬那样,四处搜索,不达目的不甘罢休。不要说让·瓦尔让,就是"他父亲越狱,他会逮捕归案,他母亲违反放逐令,他会告发"。雨果认为他对自己的信条"做得过分,就变得近乎恶劣了"。沙威没有想到,他对让·瓦尔让紧追不舍,是对一个愿意改恶从善的人的迫害,执行的是不合理的法律条文的意志,他成了统治者的鹰犬。他的冷酷、刻板、严峻、对穷人的鄙薄,代表法律直接施以穷人的社会压迫。

作为人道主义者的雨果,力图以仁爱精神去对抗社会的恶。小说开卷,雨果便塑造了一个仁爱的化身——米里埃尔主教。他把自己宽敞的主教府让出来做医院,救治穷人。他将自己的薪俸一万五千利弗尔中的一万四千利弗尔捐助给慈善教育事业,至于车马费和巡视津贴则全部捐出,自己的生活俭朴清苦。由于他的善行义举,人们十分感激他,像迎接阳光一样接待他。他的仁爱居然达到这样的地步:一天,他为了不肯踏死一只蚂蚁,竟扭伤了筋骨。让·瓦尔让忘恩负义地偷走了他的银器,他不但不斥责让·瓦尔让,反而以心爱的银烛台相赠,说道:"让·瓦尔让,我的兄弟,您不再属于恶,而是属于善。我赎买的是您的灵魂;我消除了肮脏的思想和沉沦的意愿,把您的灵魂给了天主。"从此,让·瓦尔让醒悟了。小说描写让·瓦尔让赎罪的一个又一个行动:拯救芳汀,保护和扶养柯赛特,为地方做善事,救济穷人,感化沙威,终于成了另一个宣扬仁爱的"使徒"。在这些行动中,最突出的是感化沙威。在雨果笔下,沙威并不是恶的化身,他还有善的一面,他虽然凶狠却很正直,而且刻苦、克己、节欲、纯朴,有高贵品质。只因他以为自己的信条是绝对正确的,决不能放过罪犯,他才那样死盯住让·瓦尔让。可是让·瓦尔让并不记恨他,相反,当起义者抓住了沙威,将沙威交给让·瓦尔让处死时,让·瓦尔让却放走了他。沙威的信仰至此破灭了,精神防线也随之崩溃,终于投塞纳河自尽。雨果以此描写仁爱精神的胜利。沙威之所以能转变,是因为身上有善的因素,经过点化,终于醒悟过来。而小说中作为恶的代表的泰纳迪埃,从他在滑铁卢战场上盗尸开始,继而虐待柯赛特,把柯赛特当作摇钱树,破产后他流窜到巴黎,以行骗、盗窃为生,与城狐社鼠结成一伙,企图敲诈让·瓦尔让,被马里于斯告发,警方将他逮捕,他潜逃后又企图勒索马里于斯,从头至尾他根本没有一丝一毫的向善之心,让·瓦尔让的高尚行为也丝毫触动不了他,仁爱精神对他起不了任何作用。雨果似乎意识到仁爱精神的局限性。

毫无疑问,雨果认为除了仁爱,还需要实现共和。他怀着巨大的热情,描绘了

1832年6月5日的人民起义和共和主义的英雄们。这场起义的起因是,共和派的拉马克将军的出殡队伍受到政府军的阻遏,酿成冲突,共和派筑起街垒,与政府军对峙。这是共和主义与君主立宪的一次冲突。雨果鲜明地站在共和派一边,赞扬起义是"真理的发怒",街垒是"英雄主义的聚会地",他通过人物之口说:"只要人类没有进入大同世界,战争就可能是必要的,至少抓紧时机的未来反对拖延滞后的往昔那种战争是必要的。……唯有用来扼杀权力、进步、理性、文明、真理的时候,战争才变得可耻。"雨果对正义战争的肯定,实际上与仁爱济世的思想是相抵触的。换言之,雨果在一定程度上超越了仁爱济世的观点。雨果赞美斗争,同他自身的行动——反对拿破仑三世——完全合拍,他思想上的升华是实际斗争的结果。他在小说中塑造了一组英雄群像。他笔下的昂若拉是罗伯斯比尔的信徒,"ABC之友社"的核心人物。他认识到未来将消灭饥荒、剥削、随着失业而来的穷困、随着穷困而来的卖淫,目前的斗争"是为了未来必须付出的可怕代价。一次革命是一笔通行税。……兄弟们,在这儿牺牲的人,是死在未来的光辉里,我们要进入一座充满曙光的坟墓"。即通过斗争改变黑暗的社会,争取未来的太平盛世,这是充满民主激情的话语。他坚定沉着,临危不惧。雨果有可能根据法国大革命的领袖之一的圣鞠斯特来塑造他。马伯夫是个八旬老翁,平时侍弄花草,生活清贫,但起义爆发后,便赶到街垒,街垒上的红旗被击落时,他视死如归,攀登到街垒的最高处,把红旗牢牢地竖起,壮烈地牺牲了。加弗罗什是个巴黎的流浪儿(泰纳迪埃把他遗弃了),虽然生活无着,却总是快活乐观,自由自在,爱哼幽默小调。他很狡黠,又很成熟,是贫困和谋生的需要把他造就成这样的。他有金子般的心肠,对比他小的流浪儿慷慨解囊,侠义相助,关怀保护。这个"世上最好的孩子"是法国文学中最生动传神、机灵可爱的儿童形象之一。他参加过1830年7月革命,如今又是一马当先,出入于街垒的枪林弹雨之中,如入无人之境。最后,起义者即将弹尽无援,他跑出街垒去搜集子弹,一面还唱起调侃的小曲嘲弄政府军,不幸饮弹而亡。这一青一老一小,代表了敢于起来斗争的人民,在他们身上,体现了新时代的曙光,寄托了雨果的共和思想。英雄群像的塑造,多少减弱了雨果人道主义的说教。

  在起义的参加者中,还应该提到马里于斯。雨果笔下的人物很少表现出思想的曲折变化,而马里于斯是个例外。他原先受到外祖父吉尔诺曼的影响,是个保皇派。他父亲蓬梅西是拿破仑手下的战将,在滑铁卢战役中立了战功,受封为男爵。

吉尔诺曼敌视他，不让他与马里于斯见面，否则要剥夺马里于斯的继承权。蓬梅西为儿子的前途着想，只得忍气吞声，只能趁儿子上教堂之际，偷偷去看儿子。他死时给儿子留下遗嘱。马里于斯受到震动，暗地里查阅书报，了解到父亲的英勇事迹，终于改变了立场，与外祖父决裂，离家出走，接触到"ABC之友社"的共和派青年。不过，他心底里还残留着旧观念：他对于自己的姓氏上加上一个"德"字表示贵族身份，还是相当看重的；他得知匪首泰纳迪埃是他父亲的"救命恩人"后，不忍开枪报警；泰纳迪埃入狱后，他每星期哪怕借钱，也要送给这个恶棍五法郎。后来他又赠给泰纳迪埃一大笔钱，帮他逃往美洲。他参加街垒战起初是因为失恋，想一死了之，但经过街垒战的洗礼，马里于斯最终成为共和主义者。他的变化反映了整整一代青年的思想转变历程。雨果并不讳言，这个人物有着他自身的影子。雨果青年时代由保皇派转向共和派，从母系观点转向父系观点，与马里于斯相似。甚至马里于斯和柯赛特的爱情也有雨果和朱丽叶的爱情投影：柯赛特的教育近似朱丽叶所受的教育，柯赛特和马里于斯的婚礼在1833年2月16日举行，这一夜雨果就是在朱丽叶家度过良宵的。由于马里于斯的形象糅合了作者的个人经历，因此他的思想转变过程写得层次分明，细致含蓄，较有深度。雨果把他放到起义中接受洗礼，表明他对共和理想的追求和向往。

《悲惨世界》在艺术上也取得了重大成就。

从《巴黎圣母院》到《悲惨世界》，雨果的小说艺术有很大变化。《巴黎圣母院》纯粹是浪漫主义的，而在《悲惨世界》中，现实主义占有不小比例，这部小说是现实主义和浪漫主义相结合的作品。用法国的雨果研究专家让-贝特朗·巴雷尔的话来说，《悲惨世界》的现实主义，"是以巴尔扎克的方式使人相信一个浪漫的故事"。雨果在1862年给阿尔贝·拉克罗瓦的信中说："这部作品，是掺杂戏剧的历史，是从人生的广阔生活的特定角度，去反映如实捕捉住的人类的一面巨大镜子。"这句话强调的是真实地再现人生，十分注重现实主义的写作方法。雨果还说过："但丁用诗歌造出一个地狱，而我呢，我试图用现实造出一个地狱。"在这种观点的指导下，《悲惨世界》成了一幅历史壁画：基本上从滑铁卢战役揭开序幕，而以复辟时期和七月王朝初期为主要时代背景，战场、贫民窟、修道院、法庭、监狱、贼窟、新兴的工业城市、巴黎大学生聚集的拉丁区、硝烟弥漫的街垒，等等，构成了一幅广阔的19世纪初期法国社会生活的绚丽画面。雨果以史诗的雄浑笔力、鲜明色彩和抒情气氛来再现这幅时代壁画。滑铁卢战役是一篇惊天动地、惨烈壮观的史诗;让·瓦尔让的受苦受难,挣扎奋斗,为在社会上取得立足之地而历尽坎坷,这也是一篇动人心魄、感人肺腑的史诗;1832年6月的人民起义,更是一篇英勇壮丽、响彻云霄的史诗。雨果的史诗笔法本身已包含了现实主义和浪漫主义。滑铁卢的每一个重要细节、事件的发展顺序,雨果都不违背史实,力求准确。雨果认为拿破仑的惨败是符合规律的,他早已无立足之地,败机早已隐伏。这无疑是现实主义的观点。然而,战争那种阴惨不祥的气氛,沉寂了的战场恐怖的夜景,雨果对命运注定的渲染:"一只巨大的右手在滑铁卢投下了阴影。这是决定命运的一天,超人的力量确定了这一天……冥冥中有一种可怕的存在。"这些都带上了浪漫主义色彩。小说中的场景大半是写实的,但有的篇章,如巴黎下水道的奇景纷呈和藏污纳垢,让·瓦尔让身背受伤的马里于斯长途跋涉,遇到下陷的泥坑而免于一死,在出口处又遇上泰纳迪埃和沙威,真是无奇不有。在人物塑造方面,让·瓦尔让基本上是通过现实主义的方法描绘的,但他能扛起陷在泥沙里的马车;冒险在高空救出跌落在半空中的水手,随后又摔下去,落在两艘大船中间,潜水逃脱;在大批警察包围中,他不仅自己翻过高高的围墙,而且把柯赛特也弄进修道院;他毫无惧色地将烧红的烙铁按在赤裸的手臂上,然后又神不知鬼不觉地从窗口逃走;他几次都能死里逃生,令人扼腕称奇。让·瓦尔让几乎是一个半神半人的人物。雨果宣称,小说写的是他"从恶走向善,从错误走向正确,从假走向真,从黑夜走向白天,从欲望走向良知,从腐朽走向生命,从兽性走向责任,从地狱走向天堂……起始是七头蛇,结尾是天使"。雨果是通过浓厚的浪漫主义手法去描写他的经历的。

《悲惨世界》在艺术上的一个重要特色是精细的心理描写。浪漫派素来对心理描写十分重视。但在《巴黎圣母院》中,心理描写还没有大量采用,这一艺术手法在《悲惨世界》中则放出异彩。雨果在描绘让·瓦尔让、沙威、马里于斯和吉尔诺曼时,充分运用了心理描写。对让·瓦尔让的思想分析,贯穿这个人物的始终。小说开卷,他刚刚出狱,对社会加于他的残害感到愤怒和敌视。随后,他重新做人,面对尚马蒂厄的冤案,他的脑海里掀起了风暴。他完全可以不理这个案件:他好不容易当了市长,为百姓造福,如果承认了自己的身份,就要重新坐牢,变成不齿于人的狗屎,滨海蒙特勒伊城就要毁于一旦。可是这样做违反了良心,要对得起良心,这才是他一生最重要的追求。他窃取了另一个人在阳光下的位置、生活和安宁,置别人于死地,这样他就会虚度一生,白白地苦行赎罪了。他斗争了一夜,总算想清楚一点,于是毅然赶往开庭审判的地方。他曾庆幸找不到马车,当马车的辕木折断时,他又欣喜地感到去不成了;待到听见案子审完了,他又松了一口气;走不走进审判大厅,又斗争了许久,他一度往回走,最后还是返回。这一连串描写,淋漓尽致地写出了他要克服自己的杂念,苦苦挣扎的心理状态。自从他与柯赛特相依为命以后,他生怕失掉了她。一旦发现马里于斯的异常表现以后,马上带上柯赛特离开武人街,搬回普吕梅街。及至从镜子上看到吸墨纸上柯赛特写给马里于斯的字条,真是如雷轰顶,陷入惊慌失措、惶惶不可终日之中。但他对柯赛特的爱仍然起着作用,这使他关心马里于斯的下落和安全。他恨马里于斯要夺走他的心头肉,却又在马里于斯受伤倒下时把他救走,历尽艰难,把马里于斯送到吉尔诺曼家里。这种爱与恨混杂的微妙心理写得活灵活现、真实感人。他不愿因自己的苦役犯身份,有碍于柯赛特的婚姻和幸福,想方设法不在婚约上签字,不参加婚宴。他也不愿意对马里于斯永远隐瞒自己的身份,及时地向马里于斯和盘托出,宁愿受到鄙视,可是却无法克制想看到柯赛特的心愿。至此,一个脱胎换骨、无比正直的人物终于塑造出来了。

雨果对沙威也依仗心理描写来刻画,其难度不下于描绘让·瓦尔让。这样一个死心塌地为官府效力的警探,源于他有一套深信不疑的信条,他要严厉执法,毫无同情之心,凡是犯过罪的人,他认为永远不可救药;在他看来,沦为妓女必然下贱,而公子哥儿的所作所为必定是对的。他脑子里似乎没有思想斗争。但是,奇迹在他身上发生了。让·瓦尔让不仅没有利用机会报复,把他枪决,反而将自己的住址告诉了他,让他去捉拿。面对这样的宽厚、人道,他无地自容,他的信条动摇了,他"偏离正道",居然放走了让·瓦尔让。这时,他展开了激烈的思想斗争:"交出让·瓦尔让,这样做不好;给让·瓦尔让自由,这样做也不好。第一种情况,执法的人堕落得比苦役犯还低贱;第二种情况,苦役犯比法律还高,将脚踩在法律上面。这两种情况都有损于沙威,采取哪种决定都要堕落。"他不能容忍存在"一个神圣的苦役犯,一个不受法律制裁的苦役犯"。他失去了信念之后,感到惶恐不安,认为自己出于怜悯而违犯法纪。他发现自己面前升起一颗"陌生的美德太阳",这个"秩序的监守者、不可腐蚀的警察、保卫社会的看门狗",是"在法律的模子里整块铸成的惩罚塑像",如今发现自己有一颗讲人道的心。他对自己的变化无法解释,他对自己的行为无法调和,于是只有一条出路:跳下塞纳河自尽。雨果对这个人物的最后转变是描写得合情合理的,他的心理状态把握得十分准确。

马里于斯的转变过程和所思所想,同样描写得细致入微。他从保皇派转到共和派是在查阅了报纸和战报之后,他"又怕又喜地看到群星璀璨……还有升起一颗太阳"。他发觉至今对拿破仑和其他事态发展都搞错了,认识到拿破仑策划了"旧世界崩溃",是一个"负有天命的人"。他从崇拜拿破仑转到站在共和派一边,他的观点甚至比共和派有过之而无不及。他觉得自己有负于父亲,便念念不忘执行父亲的遗嘱。可是,他找不到泰纳迪埃。他想不到泰纳迪埃是个歹徒,他委决不下:如果他开枪报警,那个白发先生就会得救,而泰纳迪埃却要完蛋;如果他不开枪,白发先生就会牺牲,他无法向柯赛特交代,而泰纳迪埃就会逃之夭夭。要么违背父亲的遗嘱,要么让罪恶得逞!他处于两难境地。这是爱情与报恩遇到了矛盾,他无法解决,其实他是怂恿了罪恶,要执行父亲的遗嘱办事略占上风。后来,他得知割风先生是苦役犯以后,设法要同他划清界线,把他从家里赶走,直到发现让·瓦尔让是自己的救命恩人,他给柯赛特的巨款是他自己的钱以后,才醒悟过来,感到让·瓦尔让行为崇高。而他对泰纳迪埃的勒索虽然气愤,却仍然慷慨地送给他钱,并出了一大笔钱让泰纳迪埃逃到美洲去,而不是报警,对这个坏蛋绳之以法。两相对照,仍能看出他思想深处的偏袒心理。

吉尔诺曼是一个顽固的老古董,坚定不移的保皇派。他发现了马里于斯怀念自己的父亲以后,两人剑拔弩张,互不相让。他一怒之下,把马里于斯赶出了家门。可是,他是真心喜欢这个外孙,几年下来,他的防线渐渐守不住了:他要求别人不再向他提起马里于斯的名字,又暗暗抱怨别人对他俯首帖耳;他从不打听马里于斯的情况,可是总在想他;他的自尊心对他说要赶走马里于斯,但他默默地摇着老迈的头,忧郁地回答不。他非常希望马里于斯能回到身边,但他嘴上还是很硬的,而且浪荡的习性不改,见到马里于斯以后,无意中贬低了柯赛特,得罪了马里于斯,马里于斯再次愤然离去。这一次终于把他打垮了,最后他向马里于斯彻底屈服,答应让马里于斯娶柯赛特,甚至在马里于斯面前赞扬雅各宾党,但他实在说不下去,跑出房间,把真心话吐出来。这个老人的特殊心态刻画得惟妙惟肖。

应该指出,对照艺术在《悲惨世界》中也有所体现。作为对照艺术大师,雨果善于作人物的对比。让·瓦尔让与沙威是一对矛盾体,互为对照。一个虽是罪犯,但要改恶从善;另一个虽是警察,但执法过严。一个不断做善事,却屡屡碰壁,另一个不断做错事,也未见得步步高升。一个平安死去,另一个以自杀告终。让·瓦尔让与福来主教是彼此有关的另一对。让·瓦尔让由恶至善,而福来主教是善的化身;后者是善的本源,前者是善的扩散。沙威与泰纳迪埃又是互有关联的另一对。沙威是一条看门狗,不管什么人都乱吠一气,本质上并不能说很坏;而泰纳迪埃是恶的化身,狡猾、阴险、恶毒、工于心计(他的妻子与他构成夫唱妻随的又一对,形体上一胖一瘦,一大一小,精神上虽是同样歹毒,妻子只是他的跟屁虫)。芳汀和柯赛特的身世形成对照,芳汀悲惨,而柯赛特是先苦后甜,她享受到母亲得不到的幸福。马里于斯和吉尔诺曼老人是一对。他们都是犟脾气,一个年轻气盛,决不让步,爱情热烈专一;另一个年老体衰,出于爱后代不得不让步,性格轻薄,爱寻花问柳。雨果已不再仅仅限于美丑对照,像在《巴黎圣母院》中所做的那样,而是以不同类型的性格、经历、精神特点、点与面等的差异,作为对照物,使对照艺术得到更充分的运用。人物对照艺术有助于人物形象显得更为鲜明,避免雷同;而在叙述上也更为曲折有致,增加兴味。

从全书的结构来看,描写起义的第四卷是高潮。前三卷的人物都朝着街垒战发展,经过三重的准备,一下子将所有的人物都集中在一起,熔铸于一炉;包括沙威的感化都是在这一事件的过程中发生的。小说至此,已达到最高点,随后便通向结局。结构上取得了均衡的效果。有序幕:米里埃尔主教感化让·瓦尔让;有发展:让·瓦尔让做善事、芳汀的故事、柯赛特的故事、让·瓦尔让与沙威的周旋;循序渐进,一步步达到高潮;最后是大团圆的结局。就像一出戏剧,安排得当,情节虽大起大落,却错落有致,显示了雨果的小说艺术达到了炉火纯青的地步。

2002年2月1日于上海寓中

# 对法国大革命的独特眼光

## ——雨果的《九三年》

《九三年》是雨果晚年的重要作品,这是他的最后一部小说。

他在《笑面人》(1869)的序中说过,他还要写两部续集:《君主政治》和《九三年》。前者始终没有写成,后者写于1872年12月至1873年6月,1874年出版。这时,雨果已经流亡归来;他在芒什海峡的泽西岛和根西岛度过了漫长的十九年,始终采取与倒行逆施的拿破仑三世势不两立的态度,直到第二帝国崩溃,他才凯旋般返回巴黎。可是,一波未平一波又起:他要面对普法战争的悲惨战祸和巴黎公社社员的浴血斗争,眼前的现实给他留下难以忘怀的印象,再一次激发了他的人道主义思想。他早就有心通过大革命时期旺代地区保皇党人的叛乱事件,阐发自己的思想。这个念头早在1862年底至1863年初已经出现,如今写作时机成熟了。

雨果在致友人的信中说:"天主会给我生命和力量,完成我的敌人称之为庞大得出奇的巨大计划吗?我年迈了一点,不能移动这些大山,而且是多么高耸的大山啊!《九三年》就是这样一座大山!"显而易见,在雨果的心目中,《九三年》分量很重,他轻易不肯动笔,因而酝酿的时间有十多年之久。

雨果在写作之前阅读了尽可能多的材料,做了充分的了解历史背景的工作。关于大革命时期布列塔尼地区的叛乱,他看了皮伊才伯爵的《回忆录》(1803—1807),杜什曼-德斯波的《关于舒安党叛乱起源的通信》(1825),从中借用了人物、名字、方言土语、服装和生活方式的细节,还有各个事件。关于公安委员会的活动,他参阅了加拉、戈伊埃、兰盖、赛纳尔等人的回忆录。关于国民公会,他参阅了《旧通报》汇编。他研读了米什莱、路易·布朗、梯也尔、博南的著作;博南的《法国大革命史》里还保留了他写的一条书签,上写:"1793年5月31日,关键局势。"这一天成为小说的出发点。他还使用过拉马丁的《吉伦特党史》、阿梅尔的《罗伯斯比尔史》和他的朋友克拉尔蒂的《最后的几个山岳党人史实》。另外,赛巴斯蒂安·梅尔西埃的《新巴黎》给他提供了1793年的法国生活和堡垒建筑的宝贵材料。雨果并没有被这一大堆材料所左右,而是驾驭这些材料,创作出一部生动而紧张和历史小说。应该说,雨果对法国大革命并不陌生,他生于1802年,父亲是拿破仑手下的一个将军,而母亲持有保皇党观点。雨果的童年和青少年时期经历了大革命的变迁。对于这场人类历史上翻天覆地的社会变革,他有切身的感受。不过这时雨果早已改变了早年的保王派观点,他从19世纪20年代末开始逐渐成为共和派,他是以共和派的观点去看待这场革命的。

雨果不想写一部通俗的历史小说,他不满足于描写法国大革命的一般进程,而是想总结出某些历史经验。《九三年》这部历史小说的切入角度是独具慧眼的。雨果选取了大革命斗争最激烈的年代作为小说的背景。1793年是大革命生死存亡的一年：在巴黎,雅各宾派取代了吉伦特党,登上了历史舞台；面对得到国外反法联盟支持的保皇党发动的叛乱,以及蠢蠢欲动的各种敌人；雅各宾党实行恐怖政策,毫不留情地镇压敢于反抗的敌对分子；派出共和军前往旺代等地,平定叛乱,终于使共和国转危为安。雨果在小说中指出："九三年是欧洲反对法国和法国反对巴黎的战争。大革命是什么？它是法国对欧洲和巴黎对法国的胜利。因此,九三年,这可怕的一刻震古烁今,比这个世纪的其他时刻都更加伟大。"

他又说："九三年是紧张的一年。暴风雨来临,那样怒不可遏,那样气势磅礴。"以这一年发生的事件来描写大革命,确实能充分反映人类历史中最彻底的一次反封建的资产阶级革命。雨果尊重历史,如实地展现了革命与反革命斗争的残酷性,描写出这场斗争激烈而壮伟的场面。在小说中,保皇派叛军平均每天枪杀三十个蓝军,纵火焚烧城市,把所有的居民活活烧死在家里。他们的领袖提出"杀掉,烧掉,绝不宽恕"。保皇主义在一些地区,如布列塔尼,拥有广泛的基础,农民盲目地跟着领主走。他们愚昧无知,如农妇米雪尔·弗莱沙尔不知道自己是法国人,又分不清革命和反革命；她的丈夫为贵族卖命,断送了性命；乞丐泰尔马什明知政府悬赏六万,捉拿叛军首领朗特纳克,却把他隐藏起来,帮助他逃走。农民的落后是发动叛乱的基础,小说真实地反映了这种社会状况。面对贵族残忍的烧杀,共和军以牙还牙,绝不宽恕敌人。在雅各宾派内部,三巨头——罗伯斯比尔、丹东、马拉,虽然政见有分歧,但都一致同意采取强有力的手段。他们选中主张"恐怖必须用恐怖来还击"的西穆尔登为特派代表,颁布用极刑来对待放走敌人的严厉法令。因为要保存革命成果,就不得不用暴力来对付暴力。

其次,雨果正确评价了雅各宾党专政时期实行的一系列政策。

他把国民公会喻为酿酒桶,桶里"虽然沸腾着恐怖,也酝酿着进步"。国民公会宣布了信仰自由,认为贫穷应受尊敬,残疾应受尊敬,母亲和儿童也应受尊敬;盲人和聋哑人成为受国家监护的人;谴责贩卖黑奴的罪恶行为;废除了奴隶制度;颁布了义务教育制;创立了工艺陈列馆和博物院;统一了法典和度量衡;创办了电报、老年人救济院、医院;创建了气象局、研究院。这一切措施都放射出灿烂的思想光芒,造福于人民。进行大革命乃是启蒙思想家的理想,是以先进的资产阶级文明代替愚昧落后的封建体制。

至今,上述各项措施继续起着良好作用,并普及到世界各国。

对法国大革命和一七九三年的阶级生死搏斗的正确描写,是这部小说的基本价值所在。雨果捍卫法国大革命,包括雅各宾派一系列正确政策的立场,鲜明地表现了他的民主主义思想,体现出真知灼见。《九三年》以雄浑的笔触真实地再现了18世纪末的法国历史面貌,既有描写英国舰队对法国的虎视眈眈和对叛乱的支持,又有对流离失所的农民悲惨生活的反映,既有对雅各宾派首脑唇枪舌剑争论不休的再现,又有对血肉横飞的两派军队你死我活的战争描述,总之,不愧为描绘法国大革命的一部史诗。

不过,对于雅各宾派的所作所为,雨果并没有完全加以肯定。

雅各宾派为什么会失败?人们有各种各样的看法。雨果也进行了哲理的沉思。在他看来,尽管一方面是刀光剑影,以暴力对付暴力,但另一方面应有仁慈,要以人道对人道或非人道。他认为,雅各宾派滥杀无辜,没有实行人道主义政策,以致垮台。这一沉思再现在小说结尾。人们历来对这个结尾争论不休,难以得出结论,小说的魅力却很大程度来自于此。从艺术上看,《九三年》的结尾是出人意料的,同时写得扣人心弦。

叛军首领、布列塔尼亲王朗特纳克被围困在拉图尔格城堡,他让副手出面,要求以被他们劫走的三个小孩作为人质来交换,请蓝军放了他们,遭到拒绝。可是朗特纳克得到帮助,竟然从地道逃了出来。突然,他听到三个孩子的母亲痛苦的喊声:三个孩子快要被大火吞没了。朗特纳克毅然折回来,冒着危险,救出三个小孩,他自己则落在共和军手里。远征军司令郭文震惊于朗特纳克舍己救人的人道主义精神,思想激烈斗争,认为应以人道对待人道,放走了朗特纳克。

特派员西穆尔登是郭文小时候的老师,他不顾广大共和军战士的哀求,坚决执行"凡是放走被俘首领,任其逃走者,处以死刑"的法令,铁面无情地将郭文送上断头台。就在郭文人头落地的一刹那,他也开枪自杀了。

西穆尔登、郭文和朗特纳克是小说中的三个主要人物,他们之间的纠葛从政治观点的敌对,转化为是否实施人道主义的尖锐冲突。

雨果认为:"人类古老的怜悯心,这是一种普世的积淀,存在于所有人的心灵里,甚至在最冷酷无情的心灵里。"朗特纳克的情况就是这样,那个母亲的喊声唤醒了他的慈悲心,"他从堕入的黑暗中又回到了光明。他策划了罪恶行动,又消除了行动。他值得称道的地方在于:没有坚持到底当恶魔"。朗特纳克不再是杀人者,而是救人者;不再是恶魔,这个拿着屠刀的人变成了"光明的天使";他赎回了种种野蛮行为,救了自己的灵魂,变成无罪的人。

小说这种戏剧性的变化像异峰突起,使矛盾达到白热化。如何处置与评价朗特纳克和郭文的行为,构成了人物之间的冲突,也引起读者不同的看法。毫无疑问,与其说是郭文在沉思,不如说这是雨果的想法。倘若朗特纳克是个一般的保皇党人或一般的叛军指挥官,他舍身去救三个处在大火包围中的小孩,那么这还是可以想象的。令人费解的是,朗特纳克是个异常冷酷的人,他曾经毫不怜悯地枪杀蓝军中随军的女小贩,是他劫走了三个尚不懂事的孩子,作为向共和军要挟的人质;也正是他主使放火烧死他们。试问,这样铁石心肠的人,内心怎么还能容纳得下人道主义思想?他怎么会在一时之间改变本性,产生人道主义?

雨果并没有描绘在这一瞬间他内心的思想活动,因而读者也无从理解这一行动的可信性。不能不说,雨果没有拿出充分的依据去证明这个恶贯满盈的人(或者说恶魔),怎么会放下屠刀,立地成佛。所以,朗特纳克返回去救三个孩子的行动,只是作者的怜悯心"存在于所有人的心灵里"这一观点十分概念化的图解。其实,雨果也并没有完全说服自己。西穆尔登虽然执行了政府的无情法令,却也感到自己无法在处决郭文之后生活下去,因而开枪自尽。这几乎是否定的自己的行为是绝对正确的。而且雨果通过郭文的沉思,想到"还给他(指朗特纳克)生命,他会用来制人死命","救出朗特纳克,就是要牺牲法国;朗特纳克的生命,要换来一大批无辜者的死"。这从一个侧面表明了郭文放走朗特纳克的行动包含了谬误。

郭文的行动是描写得有根有据的。雨果早有交代,说他在打仗时很坚强,可是过后很软弱;他待人慈悲为怀,宽恕敌人,保护修女,营救贵族的妻女,释放俘虏,给教士自由。但他的宽大不是无原则的,他曾对西穆尔登说,他赦免了战败后被俘获的三百个农民,因为这些农民是无知的,但他不会赦免朗特纳克,因为朗特纳克罪大恶极,即使是他的叔祖也罢。法兰西才是他最亲的,而朗特纳克是祖国的叛徒,他要把英国人引狼入室。他和朗特纳克势不两立,只能你死我活。

然而,他又有一些想法,与他的司令官身份很不相称。例如,他认为路易十六是一只被投到狮子堆里的羊,想逃命和防卫是很自然的,虽然一有可能便会咬人,最主要的是,他认为:推翻帝制不是要用断头台来代替它,打掉王冠,但是要保护人头,革命是和谐,"对我来说,赦免是人类语言中最美好的字眼"。这些观点为他后来的行动埋下了伏笔,虽然这是雨果的观点,但与人物的思想是融合在一起的。

郭文的行动和雨果对雅各宾派的看法有关。雨果对雅各宾派的恐怖政治是颇有微词的。在他的笔下。雅各派三巨头狂热多于理智,只知镇压,不懂仁政,语言充满火药味,浑身散发出平民的粗俗气息。他们所执行的恐怖政治在一定条件下起了作用,但同时也包含着弊病。郭文认为对旧世界是要开刀的,然而外科医生需要冷静,而不是激烈,"恐怖政治损害革命的名誉",共和国不需要一个"令人害怕的外表"。从这种观点出发,郭文放走朗特纳克是顺理成章的。应该说,雨果在小说里发表的见解既非全对,亦非全错。对于保皇党人的武装叛乱和屠杀平民的行为,革命政权只有以眼还眼,这样才能保存自身。但也无可讳言,雅各宾派矫枉过正,存在滥杀现象,这就是雅各宾派的专政维持不了多久,连罗伯斯比尔也上了断头台的原因。据马迪厄的《法国革命史》考证,1794年,当局嫌断头机行刑太慢,便辅之以炮轰、集体枪毙、沉船,一次就处死几百人。因此,雨果提出胜利后应实施宽大政策,是针对革命政权的极端政策而发的,具有合理、正确的因素。《九三年》是较早对雅各宾的极左政策提出异议的小说。19世纪末法朗士的代表作《诸神渴了》就进一步描写了雅各宾派杀人太多,以致监狱人满为患,出现了不仅罗伯斯比尔而且他的忠实信徒也上了断头台的悲剧。

郭文之所以放走朗特纳克,是基于这样的考虑:敌人也能实行人道主义,共和军就不能实行人道主义吗?这里雨果走向了另一个极端。他的观点集中表现为这样一句话:"在革命的绝对之上,有着人道的绝对。"雨果将革命和人道主义割裂开来是错误的。革命和人道主义可以统一,而且应该统一起来。

就拿资产阶级革命来说,这是对罪恶的、不人道的封建制度的清算,而代之以更人道的社会制度;自由、平等、博爱,就是以人道主义为基础的,比起封建主义的人身依附关系、贵族特权、森严的等级制度要前进一大步。然而,在有敌对阶级存在的社会中,尤其在尚未取得最终胜利的紧急关头,不可能也不应该实行宽大无边的、绝对的人道主义,否则就是对人民的不人道。以朗特纳克来说,就算他救出三个孩子,自己束手就擒,对于革命的一方来说,完全可以根据他的情况做出合理的符合人民利益的判决,而不一定处以极刑。当然,共和军不会这样处理,这就反映了雅各宾党的政策过于绝对,过于严厉。但是,放走了他,后果会怎样呢?正如郭文自己意识到的那样,他必然与革命政府为敌,再次纠集叛军,攻打共和军,屠杀无辜的百姓,犯下非人道的罪行。从效果看,郭文放走朗特纳克的行动,对人民是不符合人道原则的。以上分析说明,无论雅各宾党,还是雨果本人,都未能处理好革命与人道的问题。

西穆尔登是作为郭文的对立面而出现的,虽然他也是一个革命者。小说中,他是革命政府的化身。尽管他早先是教士,但他爱憎分明。他可以用嘴去吸一个病人喉部的脓疮,可他不会给国王干这件事。他认识到革命的敌人是旧社会,革命对这个敌人是毫不仁慈的。然而,他是一个冷酷无情的人,没有人看见他流过眼泪,他自认为自己不会犯错误,别人对他无可指摘。他既正直又可怕。他虽然崇高,但这"是在孤立,在悬崖,在冷淡的苍白中的崇高,是在峭壁环绕中的崇高"。

他忠于雅各宾党的信条和各项恐怖政策。他向委任他的国民公会保证:"假如那委托给我的共和党领袖走错了一步,我也要判处他死刑。"他屡次警告郭文:"在我们所处的时代,仁慈可能成为卖国的一种形式。"他的誓言都成了事实。在判处郭文死刑之后,他再一次和郭文交锋。郭文纵横捭阖,畅谈他的理想,西穆尔登无言以对,败退下来。他承认郭文的话有道理,但是他不可能改变自己的观点,内心处于不可克服的矛盾之中。"他盲目自信,像箭一样只见目标,直奔而去。在革命中,没有什么像直线那样可怕。"他亲手处死了自己"精神上的儿子"和学生、他的战友,最后在痛苦和惶惑中开枪自尽。通过他的悲剧,雨果批判了只讲暴力,不讲人道,只知盲目执行,不会灵活处置的革命者。西穆尔登是有代表意义的、相当真实的一个形象。

作为浪漫派的领袖,雨果的浪漫手法在《九三年》中得到了充分的表现。雨果的一个重要的浪漫手法是将无生命的或非人的事物,描绘得如同有生命的物体一样神奇,动人心魄,令人惊叹,小说第二章对战舰上大炮的描写是一个很好的例证。在这艘名为克莱摩尔号的军舰上,一尊大炮从炮座上滑脱了,它变成了一头怪物,在舰上滚来滚去,旋转、冲撞、杀害、毁灭,又像撞城锤撞击城门:

> 物质进入了自由状态;好像永恒的奴隶在复仇;仿佛我们称之为无生命的物体中的恶意逃逸出来,骤然爆发;它像是失去了耐心,在暗暗地进行一场奇怪的报复;没有什么比无生命的东西愤怒起来更加毫不留情。这狂暴的庞然大物像豹子一样跳跃,像大象一样沉重,像老鼠一样灵活,像斧头一样不屈不挠,像波涛一样出其不意,像闪电一样猛击,像坟墓一样没有听觉。它重一万斤,像孩子的球一样弹跳。它在旋转中突然直角拐弯。怎么办呢?怎样让它停下来?让一场风暴停息,一场飓风过去,一阵狂风降落,替换一根折断的桅杆,将进水窟窿堵住,将一场火灾扑灭;但同这个青铜的庞然大物打交道会变得怎样?有什么办法控制住它?你可以让一条看门狗听话,让一头公牛惊呆,让一条蟒蛇迷惑,唬住一头老虎,让一头狮子温顺;但对付这个怪物,这门离座的大炮却束手无策。你不能杀死它,它是死的;而同时它又活着。它靠来自无限的不祥的生命。它下面有摇晃它的甲板。它被船晃动,船被大海晃动,大海被风晃动。这毁灭者是一个玩具。船、浪、风,这一切掌握它;它可怕的生命由此而来。拿这个齿轮机械怎么办呢?

这门大炮完全解除了军舰的战斗力。雨果丰富的想象力将这个场面描绘得令人叹为观止。就是在这样一个悲壮的场面中,朗特纳克出场了,显出他的严厉、冷峻和刚毅。这个阴森森的场面给小说定下了悲剧的调子。雨果以这样的笔法,营造出残酷的、命运捉摸不定的气氛,具有浓郁的浪漫色彩。雨果认为这种浪漫手法同样能达到真实。他在小说中说:"历史有真实性,传奇也有真实性。传奇的真实和历史的真实有不同的性质。传奇的真实是以现实为结果的虚构。"浪漫手法与写实手法殊途同归。

众所周知,雨果是运用对照手法的大师。他在《克伦威尔·序》中曾经指出:"丑怪就存在于美的旁边,畸形靠近优美,滑稽怪诞藏在崇高的背面,恶与善并存,黑暗与光明相伴。"这条准则始终指导着雨果的创作。《九三年》同样运用对照手法,不过,这部小说不像《巴黎圣母院》那样,运用人物形体的对照或形体与心灵的对照,又不像《悲惨世界》那样,以成对人物作对比。《九三年》中三个主要人物的对比表现在思想上。朗特纳克残酷无情,顽固不化,具有不达目的不罢休的坚定,也具有成为领袖的威严和果敢。他心中并无一丝人道感情,只是最后才人性复现。西穆尔登同样坚定不移,朗特纳克坚信保皇主义,他则坚信共和主义,特别是坚信恐怖政治。他反对实施仁慈,不相信人道主义是放之四海而皆准的原则。应该说,他比朗特纳克心肠更硬,对维护自己的信念更加一丝不苟。这两个人物都受到雨果的批判。郭文既有革命的坚定性,又有面对复杂现实的灵活性。他是雨果心目中人道主义的化身;他为了人道主义不惜牺牲自己的生命。这三个人物思想上的对照与矛盾,有力地推动了情节的发展。

此外,心理描写以哲理沉思来替代,并不显得沉闷,反而显得酣畅。加以小说情节的进展异常紧凑,看不到多少闲笔和题外话,不像《巴黎圣母院》和《悲惨世界》那样,常常出现大段的议论或枝蔓的情节。作者的议论融合到人物的思想中,成为不可或缺的部分。从结构上说,小说环环相扣,一步步推向高潮。高潮以三个小孩的遭遇为核心,以三个主要人物的思想交锋为冲突,写得紧张而动人心魄。这部小说虽然篇幅不大,却堪与卷帙浩繁的历史小说相媲美,成为不可多得的上乘之作。

《九三年》译序
商务印书馆,2018 年 1 月

# 通俗小说的典范

## ——大仲马的《基督山恩仇记》

古往今来,世界上的通俗小说多如恒河沙数,但优秀作品寥寥无几,其中大仲马(1802—1870)的《基督山恩仇记》可说是数一数二的佳作。这不仅是就其拥有的读者数量之多,就其历久不衰的时间之长而言,而且是就其艺术上的精湛和技巧的完美才下此论断的。毋庸置疑,《基督山恩仇记》是通俗小说的典范作品之一。

以通俗小说而跻身于重要作家之列,在文学史上占有一席之地的作家为数不多,大仲马就是其中之一,由此可见,他在小说创作中的成就绝不可低估。但大仲马在小说史中的地位,只是到了20世纪才日见上升的。19世纪的评论家对大仲马的小说创作是颇有微词的。朗松的《法国文学史》就无视大仲马的小说创作。然而,大仲马的小说毕竟经受了时间考验,文学史家们不得不重新估价大仲马的小说家地位。20世纪60年代以后出版的几部有权威性的法国文学史,都不同程度地给予大仲马的小说创作以一定篇幅和肯定的评价,认为"大仲马的长篇故事始终受到喜欢历史的神奇性的读者所赞赏"[1],"作为司各特的热情赞赏者,他把传奇性的历史变为生动的别致的现实,为广大读者所接受"[2]。在这两句评语中,文学史家们指出了读者广泛接受和赞扬的事实,归因于大仲马把历史变为生动的现实的艺术才能。而法国评论家亨利·勒梅特尔则更进一步,认为在巴尔扎克从事《人间喜剧》这一构成社会学总和的小说创作时,在乔治·桑从事空想社会主义的小说创作

---

[1] P. 布吕奈尔等:《法国文学史》第2卷,博尔达斯-拉封出版社,1972年,第476—477页。
[2] 卡斯泰等:《法国文学史》,阿金特出版社,1981年,第665页。

时,在雨果构思《悲惨世界》时,大仲马也在写作"一种整体小说"①。所谓整体小说,是指广泛描写一整段历史时期的小说。大仲马的历史小说从16世纪宗教战争写到19世纪的七月王朝时期②,包揽的历史画面是广阔的,就这一点而言,称之为整体小说也未尝不可。诚然,并不是说大仲马的小说在思想意义上可以跟巴尔扎克和雨果等一流大作家的小说相媲美。然而从大仲马的历史小说的某些方面来看,它们应该占有不低的地位,这并不是过高的评价。

《基督山恩仇记》是大仲马的代表作之一,属于当时的"报刊连载小说"。19世纪初期,报纸如雨后春笋般发展起来,随之报刊连载小说也应运而生,这是报纸吸引读者订户的重要手段。一部吸引人的报刊连载小说有时能使报纸的订数激增,数以十万计。写报刊连载小说的作家有大仲马、欧仁·苏(1804—1857)、苏利埃(1800—1847)、费瓦尔(1817—1887)等一大批,他们获得了极大的成功,直接影响了巴尔扎克、雨果、乔治·桑等作家,这些大作家汲取了大仲马等人的艺术手法,以丰富自己的创作。更重要的是,报刊连载小说"在这一革命中起了重大作用:它在整个浪漫主义时代深深地改变了文学与读者之间的关系,也极大地促使19世纪成为小说的黄金时代"③。报刊连载小说为19世纪法国小说的空前繁荣并达到发展顶峰作出了贡献,具有不可磨灭的历史功绩。只有从这个大背景来考察《基督山恩仇记》,才能给这部小说以恰如其分的地位。

把《基督山恩仇记》看作通俗小说的典范作品是确当的,因为这部小说具备了优秀的通俗小说的一些基本特点,这些特点对于一般的小说创作无疑也有借鉴作用。

**《基督山恩仇记》的第一个艺术特点是:情节曲折、安排合理。**

大凡成功的通俗小说,无不是情节曲折,波澜起伏的。《基督山恩仇记》在这一点上堪称典范。小说一开卷就紧紧吸引住读者。主人公唐泰斯远航归来,准备

---

① 勒梅特尔:《法国文学史》第3卷,博尔达斯-拉封出版社,1972年,第241页。
② 如写宗教战争时期的小说:《马戈王后》《蒙梭罗夫人》《四十五人》;写路易十三时期的小说:《三个火枪手》《二十年后》《布拉日洛纳子爵》;写路易十五至大革命时期的小说:《约瑟夫·巴尔萨莫》《王后的项链》《昂日·皮图》《沙尔尼伯爵夫人》。
③ 勒梅特尔:《法国文学史》第3卷,第239页。

结婚；他年轻有为，做了代理船长，前程似锦。可是，他的才干受到船上会计唐格拉尔的嫉恨，在唐格拉尔的策划下，他的情敌费尔南向当局告了密，诬陷他是拿破仑党人。于是飞来一场横祸——在他举行订婚仪式时，他被当局逮捕。恰巧他的案件牵连到检察官维勒福的父亲，维勒福为了保护其父，将唐泰斯毫不留情地打入死牢。这一富于戏剧性的开场正是"一石激起千重浪"，为下文跌宕起伏的情节打下了合理的基础。紧接着唐泰斯在黑牢里的经历更是写得有声有色，这是全书最精彩的部分之一。唐泰斯在狱中一度满怀希望，以为维勒福会公正地释放他，随后希望破灭，他起了轻生的念头。他在牢里巧遇法里亚神甫，通过地道互相往来，这段奇遇极富传奇意味。法里亚不幸中风死去，唐泰斯计上心来，钻进包裹法里亚尸体的麻袋，终于逃出虎口。看到这里，谁都会屏住呼吸，为作者的巧妙构思拍案叫绝。这只是小说的序幕。小说正文是写唐泰斯的报恩和复仇经过。唐泰斯根据法里亚的指点，发现了宝库，成了亿万富翁，改名为基督山伯爵。他得知摩雷尔船主曾为营救他出狱真心实意地出过力，并资助过他父亲，是他的恩人。在船主处于破产境地、准备开枪自尽时，他及时地伸出了援救之手，给船主还清债务，并送给船主一条崭新的帆船。小说着重写基督山伯爵的复仇经过，大仲马匠心独运之处，在于把三次复仇写得互不相同，各异其趣，但又与三个仇人的职业和罪恶性质互有关联。莫尔赛夫夺人之妻，出卖恩人，结局是妻子离他而去；他身败名裂，儿子为他感到羞耻，不愿为他而决斗，他只得以自杀告终。维勒福落井下石，害人利己，又企图活埋私生子，结局是自己的犯罪面目被揭露，妻子和儿子双双服毒死去，面对穷途末路他发了疯。唐格拉尔是陷害唐泰斯的主谋，又逼得唐泰斯的父亲贫病饿死，他靠投机发家；基督山以其人之道还治其人之身，让他受骗，终至破产，并让他忍受饥饿之苦，他被迫把拐骗的钱如数退出。这样不同的结果使复仇情节不致呆板，而是富有变化。读者料想不到会是如此结局，读完之后，掩卷再思，又会觉得这样的结局再好不过，不能不击节叹赏作者的巧于安排。

　　大仲马并不满足于基本情节的离奇曲折，因为小说篇幅很长，只有这样单纯的情节仍会显得单调。于是他在其中穿插了不少惊险紧张的场面，例如：卡德鲁斯在风雨之夜谋财害命，杀死首饰商，夺取了五万法郎；在罗马近郊神出鬼没的绿林好汉，利用狂欢节进行绑架活动；维勒福的私生子安德烈亚从苦役监踏入上流社会，最后事情败露，再次被捕入狱；卡德鲁斯夜入基督山伯爵府邸偷盗，竟被安德烈亚刺杀;维勒福夫人为了夺取遗产,下毒害人,但基督山伯爵暗中保护瓦朗蒂娜,先让她假死,然后转移……这些次要情节险象环生,具有奇峰突起、迂回曲折、大起大落的艺术效果,而又不游离于主要情节之外。这种大故事套小故事的写法运用得恰到好处:每一个小插曲都写得很紧凑、很精彩,但又没有喧宾夺主,相反,是为主要情节服务的,或者说,是主要情节中的一环。因为它们都与主人公有关,大多数还是他直接操纵的,所以小说情节繁复而不散漫,读来只觉得描写精彩纷呈,而无冗长拖沓之感。

从小说的产生经过,也可以看出大仲马这种善于编织故事的杰出才能。大仲马在一次到地中海作狩猎航行时,在厄尔巴岛附近发现了基督山这个小岛,他被岛名所吸引,产生了要以此作为他下一部小说的书名。机会来了:1843年,出版商要他写一部《巴黎游览印象》。大仲马从一则真实的社会新闻得到启发。这则新闻的材料来自巴黎警察局档案(1830—1838),由珀金写成《被揭露的警方:钻石与复仇》。大仲马从中发现了F·皮科的故事。皮科被错判为英国奸细,关押了七年,于1814年出狱。一个名叫法里亚的神甫遗赠给他一笔财产,他依靠这笔财产来复仇,杀死了三个仇人,最后,那个给他提供内情的揭露者又把他暗杀了,揭露者临死前作了忏悔。[①] 皮科是唐泰斯的原型。这个真实的故事与《基督山恩仇记》只能说大致相似;经过了大仲马的艺术加工后(据研究,小说由马盖和菲奥朗蒂写出初稿,再由大仲马加工和定稿),小说才成为真正的艺术品。大仲马对原来这个真实故事的改动,有几处是值得注意的。其一是时代的改动,原来发生在1807年至1814年之间,即在第一帝国时期。小说改为1815年之后,也就是说在复辟王朝时期(关在黑牢里)和七月王朝时期,把揭露的矛头对准了复辟王朝的黑暗腐败,而不是去抨击拿破仑政权。其二,小说主人公在狱中待了十四年而不是七年,用以加强主人公遭遇的悲惨,为他的复仇的合理性增加分量。其三,小说主人公不是刑满释放,而是逃出来的,潜逃过程显示了作家的丰富想象力。其四,基督山伯爵的财产不是由法里亚神甫遗赠的,而是在神甫指点下发现的,而且数目大得不可比拟,这样写能增加小说的传奇性。其五,基督山是根据法里亚神甫的分析了解到自己的仇人是谁,并经过自己的核实,他的复

---

[①] 见J.P.德·博马舍等:《文学辞典》第1卷,博尔达斯-拉封出版社,1984年,第688页。

仇经过完全是作家杜撰出来的,最后,他根本没有亲手杀死仇人,否则难以脱身;其他次要情节也是作家虚构的。上述几个方面的改动能给人以启迪,显示了大仲马如何成功地将生活中的原型和故事进行艺术加工,《基督山恩仇记》是一个出色的范例。

可是,在进行艺术虚构时决不能违反生活真实,否则就会流于荒唐无稽,导致艺术上的失败。大仲马是非常注意情节安排的合理可信的。以唐泰斯在黑牢中的经历为例:这座紫杉堡监狱阴森可怕,作者的描述异常具体细致,读者仿佛身临其境,看到主人公如何在他的牢房里生活。为了描写这一环境,大仲马曾经去游历过这个地方。他说过:"有一件事我是不会贸然去做的,这就是我没有见过的地方,我不会写到我的小说和戏剧里……为了写作《基督山恩仇记》,我又到卡塔卢尼亚和紫杉堡去过。"从这句话可以看出大仲马的严谨的写作态度。黑牢的环境写得如此真实,是同作者的实地观察分不开的。

环境的真实是艺术真实的第一步。艺术需要虚构,但虚构也要符合真实。后者似乎需要更多的艺术匠心。这里面,细节的真实具有举足轻重的意义。一个细节的疏忽往往导致整个情节的失真。《基督山恩仇记》在描写挖地道这个细节上就处理得非常妥帖。试想,挖地道所出的土是相当可观的,这些土倒在一个废置不用的小房间里,等填满了,就搞碎土块,一点点从窗口抛洒出去,随风送到远处,洒落在海里,不留下任何痕迹。这两处交代是颇有说服力的,足以打消读者心里的疑问。另外一个细节也写得很有分寸:唐泰斯要经过长途游泳才能逃离监狱,然而,他在牢里待了十四年,一个没有活动的人不可能有足够的体力游完这段距离。作者当然考虑到这一点,他留下了几处伏笔,写唐泰斯平时如何锻炼体力,其中挖地道也是一种方式,加之他是一个熟练的水手,深谙水性。这样,当写到他在海里游泳逃脱时,就顺情合理,使读者感到真实可信。再一个例子:唐泰斯成为基督山伯爵以后,他需要具有教养,否则就不能出入于交际场所。作者也事先交代了他向法里亚学习各种知识的细节,并把他复仇的时机推迟到若干年之后,这时基督山已完全摆脱了下层人物的谈吐举止,并掌握了各种复仇本领,如他是个击剑和射击能手。这样就避免了不合理的描写。大仲马对细节的处理大半是相当巧妙的,毫不令人感到勉强。

高尔基说过:"虚构就是从既定的现实的总体中抽出它的基本意义而且用形象

体现出来。"①这就是说,虚构是从现实中来,符合现实的基本特点,而且要生动形象。《基督山恩仇记》中的艺术虚构正是体现了这些要求,做到了离奇曲折而又安排合理。

**《基督山恩仇记》的第二个艺术特点是:光怪陆离,熔于一炉。**

这部小说触及的社会生活面极其广阔,上至路易十八的宫廷、上流社会的灯红酒绿,下至监狱的阴森可怕和犯人的阴暗心理、绿林强盗的绑架和仗义疏财,也有市民清贫的生活,这些全都得到了精细的描绘。

小说对各个社会阶层的描写具有绚丽的色彩,不是浮光掠影式的扫描,而是有一定深度的写照。在描写宫廷时,作者用揶揄的笔触去对待路易十八。这个经历了二十多年流亡生活,如今登上宝座的国王,处在风雨飘摇的地位中。虽然他竭力保持国王的威严,但一遇突发事件便惊慌失措。平时他手捧古典著作,以显示博学和有哲学头脑,其实他相当麻木不仁,不知脚下的火山即将爆发,十分昏聩。作者寥寥几笔就写出了路易十八本人的特点和他的宫廷风尚。小说对上流社会的描绘是丰富多彩的。大型舞会和豪华婚礼场面令人炫目,尤其婚礼仪式上的签名透露了时代的风习;宴会上"水陆罗八珍",其奢华和耗费异常惊人;价格高昂的骏马在贵族生活中占有举足轻重的地位,往往用来炫耀主人的富有,而游山玩水、观看歌剧演出又是公子哥儿不可或缺的消遣活动;金碧辉煌的客厅和名画的陈设是显露财富的一种手段,实际上他们缺乏慧眼,艺术鉴赏力庸俗不堪;为了争夺财产,连检察官的夫人也不惜屡次下毒,以谋财害命;最具特色的是关于金融投机的描写,这方面的刻画似乎在同时代的作家中也不多见。唐格拉尔的金融投机活动以及唐格拉尔夫人和德布雷的合伙金融投机,揭示了银行家跟政府当局暗中勾结的内幕。他们窃取了重要的政治情报,及时购买或抛出公债券和国库券,从而赚取了数十万法郎乃至百万法郎的巨款。他们之间是彼此利用的关系,必要时可以妻子为钓饵,丈夫容忍妻子的偷情行为;合作的一方到了无利可图时,也就毫不留情地与情妇一刀两断,各奔东西。小说对上流社会的描绘是淋漓尽致的。

小说在描绘下层社会方面,同样有独到之处。小说对牢狱生活的描写精细

---

① 高尔基:《苏联的文学》,见《文学论文选》,人民文学出版社,1960年,第337页。

入微,将一般读者一无所知的犯人生活展示出来;从对犯人的切口恰如其分的运用,可见作者对这些社会渣滓的生活也是了解的。小说关于苦役犯摇身一变,企图通过婚姻改变社会地位的描写,也不是毫无根据的。巴尔扎克笔下的伏脱冷当上了公安机关的处长,确实是一种社会现象,拿破仑三世就依靠一批地痞流氓和社会渣滓爬了上去。值得注意的是,大仲马把绿林大盗跟一般盗贼严格区分开来。罗马近郊绿林好汉的首领瓦姆帕是牧童出身,善恶分明,往往只打劫为富不仁的豪绅。他平时喜爱阅读恺撒的《回忆录》和普卢塔克的《希腊罗马名人传》,表明他有高尚的志趣和较高的文化修养。同是下层人物,他和他的手下跟安德烈亚、卡德鲁斯等苦役监逃犯迥然不同。此外,小说对一般老百姓和公务员也有入木三分的描绘。诸如失去了儿子之后宁愿饿死的唐泰斯的老父亲,快报站中热衷于园艺的发报老头,知足常乐的马克西米利安夫妇,收养安德烈亚的科西嘉人贝尔图乔及其善良的嫂子,等等,都是有代表性的小人物。《基督山恩仇记》虽然说不上对社会百态有全面的写照,却也是关于复辟王朝,尤其是七月王朝时期的一幅社会风俗画卷。

还应指出,《基督山恩仇记》富有地方色彩和异国情调。作为浪漫派作家,大仲马异常热衷于描写法国和外国的风土人情。地中海沿岸的走私船和走私贩子东躲西藏的生活,他们以大海和小岛作为活动据点,与沿岸各地有密如丝网的联系,他们甚至与绿林好汉也有联系,他们豪爽的性格是与漂泊不定的生活分不开的。科西嘉岛民强悍的复仇意识与善良品质的奇异融合,也构成了地方色彩中具有魅力的方面之一:贝尔图乔为哥哥复仇,一路追杀维勒福,而他的嫂子像爱亲儿子一样抚养安德烈亚,百依百顺,就是一例。另外,保持西班牙风俗的卡塔卢尼亚人以渔业为生的宁静日子,展示了这个少数民族与法兰西人民不同的生活风貌。至于异国情调,在这部小说中更是突出。罗马狂欢节车水马龙、万头攒动的疯狂场面;假面具和奇装异服的大展览更是五彩缤纷,令人目不暇接。狂欢节开始前的处决犯人则不可思议,富有神秘色彩。罗马竞技场上的优美夜景和绿林好汉古怪的接头方式也令人神往和不可捉摸。再如希腊战争中这一段富有浪漫色彩的插曲:阿里-泰贝林的被出卖和惨遭杀害,他的妻子和幼女被叛徒费尔南卖给了奴隶贩子。这段插曲把当时吸引欧洲人注意的希腊战争写进小说之中。此外,基督山伯爵的仆人阿里曾因触犯苏丹禁令被割去舌头的残酷刑罚,把北非的风俗也勾勒了一笔。

五光十色的社会生活和斑斓夺目的地方色彩、异国情调有机地结合在一起,表现出大仲马能将广阔的视野与浪漫主义的艺术趣味熔于一炉的杰出技巧,这种特点是与小说的传奇性紧密相连的。将上层社会生活与下层社会生活结合起来描写,目的之一是为了制造传奇性,在欧仁·苏的小说《巴黎的秘密》(1842—1843)中已经有过尝试,获得了巨大成功。但在《巴黎的秘密》中,对社会底层的描写很难说是暴露社会的黑暗面,小说中对流氓、匪徒、妓女、苦役监犯人的描写带上了浓厚的猎奇意味,作者明显地站在维护社会秩序的上流人士的立场上,居高临下、鄙夷不屑地对待处于社会底层的人。大仲马则不同,他对绿林好汉、走私者有好感,因此,他对下层人物的描写比较符合生活真实。更不用说他插入了对政治仇恨和金钱作用的描写,在思想上略高一筹。更重要的是,大仲马这种全景式的描写以丰富多彩的色调作为点缀,能满足不同阶层的读者的兴趣,这是《基督山恩仇记》能赢得广大读者的一个重要原因。

**《基督山恩仇记》的第三个艺术特点是:结构完整,一气呵成。**
　　多卷本的长篇小说有各种各样的写法。有的头绪繁多,像一棵大树一样,枝繁叶茂,又如一座花园一样,曲径通幽,四通八达。在那些力图反映一个历史时期的社会生活的长篇小说中,往往采用这种手法,如《红楼梦》和《战争与和平》就是这样。但这种手法如果处理不当,就会显得枝蔓太多,七零八碎,而导致结构上的失败。还有一种是先写主要人物,随着他的经历逐渐引出其他人物,其他人物的活动与主要人物的活动密切相关,构成了一个整体。这种写法颇为常见,其优点是脉络清楚,重点突出,叙述自然。如《约翰·克利斯朵夫》、挪威女作家温塞特的《克丽丝丁》就属于这一类。近代有的多卷本长篇小说,则采用倒叙式的回忆手法,如普鲁斯特的《追忆逝水年华》长达三百多万字,由主人公醒来后躺在床上回忆的往事所组成。《基督山恩仇记》的结构类似第二种,但又不尽相同。它一开卷就引出几个主要人物,他们之间的矛盾斗争构成了小说的全部内容:前面四分之一的篇幅写主人公被陷害的经过,后面四分之三写主人公如何复仇。
　　这种结构非常清楚明晰。前面部分只能算是个楔子。正是这个楔子引出了后来的复仇情节,前者为后者的基础,因而两者是紧紧衔接在一起的。至于复仇情节,虽然分成三条线索,但彼此交叉进行,并且交叉而不乱,叙述有条不紊:每条线索保持一定的独立性,最后才汇合到一起,写来环环相扣,步步深入。

问题在于,作者在组织基本情节的时候,是怎样处理大量的插入情节的?因为处理不好的话,基本情节就会被插入情节所淹没。尤其《基督山恩仇记》是一部报刊连载小说,这类小说往往会为了吸引读者而插入一些游离于主题和基本情节之外的枝节,从而破坏了作品的完整性。难能可贵的是,《基督山恩仇记》避免了这种弊病。在大仲马笔下,大量的次要情节都同主要情节有密不可分的联系,或者说,次要情节被有机地组织到主要情节的基干之中。例如,从三十一章到三十八章,小说突然变换了环境,转到意大利的罗马,描写利用狂欢节进行活动的绿林好汉。乍看似乎小说离开了基本情节,再看下去,小说引出了基督山伯爵的仇人莫尔赛夫的儿子阿尔贝。阿尔贝被绑架的事件成为基督山伯爵返回巴黎,进入上流社会的一条导引线。仅此一点,这段情节还不能说是十分必要的。直到故事末尾,唐格拉尔席卷巨款潜逃到意大利,落到了这伙绿林好汉之手,他们用一餐饭付十万法郎的办法迫使唐格拉尔吐出全部赃款。至此,前面那段插曲便成为不可缺少的情节,与基本情节有机地结合起来了。再举一个插入情节的例子:唐泰斯出狱并寻得大宗财宝以后,曾去寻访卡德鲁斯以证实唐格拉尔和莫尔赛夫怎样写密信的经过。卡德鲁斯这时是小酒店老板,他的再出现起到了沟通上下情节的作用,并通过他的口,介绍了一些人物的经历,简化了交代过程。从卡德鲁斯那里又引出一个人物——安德烈亚。基督山把他从苦役监弄出来,作为他复仇的工具。安德烈亚成了意大利的贵族子弟,出入巴黎上流社会。处于拮据状态的唐格拉尔想招他为女婿,以摆脱困境。他身份败露后,在法庭上揭露了维勒福正人君子的丑恶面目。卡德鲁斯和安德烈亚的故事写得很吸引人,同时与唐格拉尔、维勒福等主要人物的经历紧密交织在一起,成为主要情节发展的纽带。由于次要情节安排得当,所以这部小说能保持酣畅始终、首尾连贯。

文学作品的结构在艺术上是一个不可忽视的问题。一个短篇、一个中篇,常常要讲究结构的严谨。长篇小说同样需要在结构上下功夫。小说的结构就像人的形体一样,是决定作品在艺术上优劣的重要因素。但不是所有写作多卷本长篇小说的作家都能给作品结构以足够的重视,因而有的作品写得枝蔓芜杂、冗长啰唆。尽管长篇小说可以更充分地、更广阔地去描绘社会生活,但这并不等于可以漫无止境地去描绘社会现实,它仍然必须服从集中概括的艺术原则。作品结构关系到作家对现实生活作出怎样的集中概括,并用何种形式表现出来。《基督山恩仇记》由于做到了结构的严密、紧凑、清晰,而产生了一气呵成的艺术效果。

**《基督山恩仇记》的第四个艺术特点是:善写对话,戏剧性强。**

大仲马十分擅长写人物对话,全书十分之八的篇幅都由对话组成,其余部分的叙述多半是每章开头的介绍或过渡性的交代。对话写得流畅、自然、生动自不必说,仔细琢磨,还有如下几个值得注意的地方。

其一,小说人物的思想和性格往往是通过对话加以表现的。维勒福审问唐泰斯的场面是一个很好的例证。当时,维勒福志得意满,他攀上了一门高亲,前程似锦。他的未婚妻得知他要审理一个紧急案件时,嘱咐他要仁慈宽宏,他也正准备满足未婚妻的愿望。他初见唐泰斯,先询问唐泰斯是什么政见。唐泰斯回答,他从来没有什么政见,只是代替老船长到厄尔巴岛去过一次,给巴黎的一个人托带一封信,维勒福便问他这是封什么信。当维勒福看到信是写给他父亲的时候,他大吃一惊,脸色转成苍白。唐泰斯问他是不是认识收信的人,他这样回答:"一个王上的忠仆是不认识叛徒的。"叛徒指他的父亲努瓦蒂埃,因为努瓦蒂埃信奉共和,是拿破仑党人;他为了忠于王室,把他的父亲斥为叛徒。这句答话将维勒福的丑恶嘴脸暴露得相当清楚。维勒福虽然脸色发白,额角出汗,但他并没有慌张。他问过唐泰斯,知道唐泰斯并不了解信的内容,而且谁也不知道这封信以后,马上作出了决定。他佯称唐泰斯有严重嫌疑,不能马上恢复自由,然而他自称对唐泰斯是友好的,要设法缩短拘留他的时间。维勒福把这封信投到壁炉里烧掉,说是给唐泰斯消灭主要的罪证,并吩咐唐泰斯关于这封信不要泄露一个字。唐泰斯真以为他是个好心人,发誓答应了。这一场面全是用对话写出的,维勒福的奸猾阴险、随机应变跃然纸上。唐泰斯被警官带出去以后,维勒福因力竭神疲,支持不住,倒在椅子里。突然,他脑子里闪过一个念头,嘴角浮上了微笑:他要把唐泰斯打入死牢,然后星夜赶到巴黎,向路易十八告密——拿破仑即将返回大陆。他自言自语,要从这封本来会使他完蛋的信,得到飞黄腾达的机会。这个人物恶毒卑劣的心灵和盘托出了。维勒福的思想和性格在这场短短的对话里已经基本上塑造出来。

再举一段两个反面人物的对话,看看作者是怎样塑造他们的思想和性格的。

唐格拉尔在酒店里挑起费尔南的嫉妒心,费尔南问他有没有办法把唐泰斯抓起来,唐格拉尔回答:

"好好寻找,"唐格拉尔说,"就能找到。不过,"他继续说,"我见鬼才插手呢,这跟我有什么相干?"

"我不知道这是否与您相干,"费尔南抓住他的手臂说,"但我所知的是,您对唐泰斯有某种私怨;怀恨在心的人不会搞错别人的情感。"

"我对唐泰斯有某种私怨?绝没有,我发誓。我看到您遭逢不幸,您的不幸令我关心,如此而已;只要您以为我是在谋私利,那么再会,我亲爱的朋友,您自己尽力摆脱困境吧。"唐格拉尔也佯装站起来要走。

"不,"费尔南拉住他说,"别走!说到底,您恨不恨唐泰斯与我关系不大。我恨他,我大声承认。您找到办法,我来干,只要不死人,因为梅尔塞苔丝说过,如要有人杀死唐泰斯,她就会自杀。"

这段对话把唐格拉尔的刁猾诡诈描写得栩栩如生。他利用费尔南企图抢夺唐泰斯的未婚妻的心理,诱使费尔南上钩,达到借他人之手置唐泰斯于死地的目的。同唐格拉尔的狡诈相映衬的,是费尔南的凶悍强蛮,他害人之心的急切情态历历如在眼前。这两个人物的心理面貌、性格特征都在对话中展现出来了。

其二,《基督山恩仇记》几乎不用叙述的方法,而是用人物对话的手法来展开情节甚至交代往事的。比如,维勒福企图在夜深人静的时刻埋掉他同唐格拉尔夫人的私生子,这是维勒福的隐私,也是导致他身败名裂的一桩罪行。这一情节是由贝尔图乔叙述出来的。贝尔图乔虽然很不愿意,还是按照基督山伯爵的吩咐,买下了一座无人居住的郊区住宅。他陪基督山伯爵来到花园的一棵大树下。基督山伯爵指出这儿曾经发生过一件罪案。原来,当年贝尔图乔为了复仇,曾企图在这里刺杀维勒福。他亲眼看到了维勒福活埋私生子的情景。贝尔图乔把事情本末都讲给基督山伯爵听了。看到这里,读者明白了基督山伯爵种种安排的用意,这一情节又为后面的描写埋下了伏笔。作者省去了另辟章节补叙维勒福过去的这段经历,小说情节的发展也不致突然中断;插入的这一段既起着解释的作用,又起着推动情节发展的作用。大仲马十分喜爱这种相当经济的手法,努瓦蒂埃与政敌的决斗、海蒂公主的身世、基督山宝藏的发现,等等,都是这样口述出来的。

大仲马有时还采用了颇为别致的对话写法:努瓦蒂埃后来全身瘫痪,不能说话,只能以眼睛来表达思想。他闭上右眼表示要他的孙女瓦朗蒂娜过来,闭上左眼要他的仆人过来,眼睛眨几下表示拒绝和不同意,眼睛眨一下表示许可。他想表达思想时就举目望天。为了表达更复杂的思想,可以拿一本字典来帮助。他看到所要表达的词的字母时,就用眼睛示意,使人明白他要做什么。他眼睛的动作与别人的理解配合成一场巧妙的无言的"对答"。这种对话既增加了情节的趣味,也丰富了行文的变化。

与这种对话体相配合的,是大仲马采用了短段落的写法,有时一句话就是一段,小说中几乎找不到超过一个印刷页的段落。短段落能起到易于阅读、行文流畅的效果。因此,如果翻译时认为叙述的段落过多,显得零碎,而把数段合并成一个大段,那么就会有损于原文如滔滔流水的气势和阅读效果,违背了作者的原意。这种短段落的写法已为金庸、古龙、梁羽生等当代通俗小说家所承袭,可见这是一种行之有效的叙述手段。

从上述可以看到,《基督山恩仇记》中的对话写得富有戏剧性。读者如果稍加注意就会发现,无论两个人、三个人,还是许多人的对话,都写得像戏剧场面那样,其中充满了矛盾冲突,起伏变化。大仲马最初是作为浪漫派剧作家而登上文坛的,他在二三十年代创作了一系列剧作,其中的《亨利三世及其宫廷》(1829)获得很大成功,预示了以雨果为首的新一代浪漫派的胜利。他的小说引起轰动后,他还陆续改编成戏剧上演。毫无疑问,他将戏剧创作的经验也搬到小说中来,因而有的评论家说,大仲马在写作小说时仍然是一个戏剧家。这个评语颇有道理。大仲马确实是把小说写成无数个连接起来的戏剧场面,所以对话在他的小说中占据了大部分篇幅,而且充满了戏剧性。这是大仲马的小说的一个相当重要的特点。他的小说的魅力在很大程度上也得之于此。这就是在平易顺畅的对话中展现激烈动荡的感情、尖锐曲折的冲突。对话近乎日常生活的口语,便通俗晓畅;而激烈动荡的感情和尖锐曲折的冲突是对现实生活的提炼和概括,使内容变得复杂而生动。这两方面的成功结合也是堪称范例的。

**《基督山恩仇记》的第五个艺术特点是:形象鲜明、个性突出。**

诚然,在人物形象的塑造方面,《基督山恩仇记》虽然不能说非常出色,但在同类小说中还是属于佼佼者之列。

首先,作者能从时代的变迁去刻画人物思想的变化和性格的形成。唐泰斯一开始是一个正直单纯的水手,对生活的复杂性十分无知。他获得财富以后,阅历渐深,便变得老谋深算。虽然他疾恶如仇,保持着早年正直的品质,但他已失去单纯的一面,变得铁面无情,手段凶狠。作为大富豪,他的变化是很合乎逻辑的。唐格拉尔和莫尔赛夫在小说开头一个是阴鸷之徒,一个是无赖小人。后来,唐格拉尔靠钻营有方,当上了银行家,他的不择手段、唯利是图的本质得到充分的表露;而莫尔赛夫的背信弃义,卑鄙无耻又有进一步的发展。他们的变化从一个侧面反映了七月王朝的"精华"人物的发家过程,具有一定的典型意义。

在《基督山恩仇记》中,不但主要人物,而且次要人物也写得相当生动。爱钱贪财的卡德鲁斯夫妇、作恶成性的安德烈亚、淫荡无行的唐格拉尔夫人、毒辣阴险的维勒福夫人、坚定高尚的努瓦蒂埃、热情善良的摩雷尔、正直纯真的马克西米利安、热烈诚挚的瓦朗蒂娜、软弱和善的梅尔塞苔丝、耿直单纯的阿尔贝、博学多识的法里亚,都给读者留下鲜明的印象。还有那个我行我素、厌恶男人、个性强硬的欧也妮,她把父亲叫到客厅中谈判那一个场面,真是把一个高傲、任性的少女写得呼之欲出。但她毕竟不如唐格拉尔那么老辣,在唐格拉尔把即将宣告破产的底牌亮出来以后,她只能委曲求全。一部长篇小说,连次要人物也写得活灵活现,这是它在艺术上成功的鲜明标志。

大仲马塑造人物的功力还表现在他对同类人物的思想和性格作出细致的区分。三个主要的反面人物莫尔赛夫、唐格拉尔和维勒福,分别代表七月王朝时期政界、金融界和司法界的头面人物,在身份上明显不同。同样丑恶的灵魂,也各有不同的特点,而且这不同之处写得比较细腻。唐格拉尔和维勒福同是狡猾阴险,但唐格拉尔稍微显露一些,维勒福则老奸巨猾。在陷害唐泰斯这一点上,唐格拉尔虽然假手于人,但毕竟还是亲手动笔,在场的人还有第三者,容易落下把柄。维勒福则烧掉罪证,摆脱干系,而且让唐泰斯存有幻想,陷害了别人还让被害人感激自己。另外,他明明知道自己的妻子下毒,却佯装不知,直至可能危及自身,才露出凶相,要妻子自尽,把她甩掉。他的毒如蛇蝎写得何等出色!莫尔赛夫比起他们来则较为赤裸裸,具有流氓习气。他的发迹与这种习气不无联系。再拿维勒福夫人和唐格拉尔夫人来说，两人都很贪财。维勒福夫人心狠手毒，不惜连续下毒，而唐格拉尔夫人卑琐猥亵，以出卖色相来谋取钱财。又如摩雷尔船主和努瓦蒂埃，两人有相近的政治信仰，而且都心地正直，但两人性格颇不相同。摩雷尔热诚，而努瓦蒂埃刚烈。这种细微的不同使读者不致把同类人物混同起来。故而评论家认为大仲马塑造了"令人难忘的人物"[1]，这是深中肯綮的评语。

注重人物性格的刻画是在法国19世纪初期兴起的，以巴尔扎克、斯丹达尔为代表的批判现实主义作家，在现实主义文学传统的基础上加以发展的艺术主张，由恩格斯总结为"典型环境中的典型人物"的现实主义原则。这一主张推动法国文学发展到新的阶段。批判现实主义的潮流不能不影响到浪漫派剧作家大仲马。他在人物塑造上也注意从社会环境的角度去刻画人物性格特点。大仲马这种写法，给"斗篷加长剑""黑小说"等极尽诡谲怪诞、离奇恐怖内容的流行小说注入了新的生命。过去的流行小说只注意情节的奇诡，甚至到了荒诞的地步，而不着意去描绘人物性格，因此，长期以来不登大雅之堂。大仲马则开始注意刻画人物性格，这无异于对流行小说进行了革新，使之在艺术上大大提高了一步，终于使流行小说登堂入室，进入文学领域，这是大仲马在法国小说史上的一大贡献。

《基督山恩仇记》在艺术上并非尽善尽美。例如，善写对话固然是一大优点，但描述自有它的功能，完全用对话来代替描述总不免要对环境和人物的勾画都有所影响。较之同时代的大作家，大仲马笔下的人物描写还嫌不足，谈不上塑造了杰出的典型。在心理描写方面，大仲马运用得还不够纯熟。然而瑕不掩瑜，这些缺点无损于《基督山恩仇记》成为世界上通俗小说中的扛鼎之作。

《基督山恩仇记》译序<br>译林出版社,1992年

---

[1] 《作家辞典》第2卷,罗贝尔-拉丰出版社,1952年,第69页。

# 传奇与历史壁画的巧妙结合

## ——简析大仲马的《二十年后》

《三个火枪手》于1844年出版后获得巨大成功,大仲马自然而然便想到写作一部续集。怎样写作这部续集倒是颇费思量的:沿着《三个火枪手》的故事发生的年代写下去似乎不是上策,因为续写这四位火枪手为王后效劳的事迹,只会是画蛇添足,令读者感到重复,必须另辟蹊径,找到新的内容,并变换手法,才不致失败。再者,《三个火枪手》多少取材于库尔蒂兹·德·盖拉尔的《达尔大尼央回忆录》,大仲马不愿再走老路,他要构思出全新的情节、不同的故事框架和更加深刻的内涵。将传奇与历史事件相结合,便是大仲马力图将《二十年后》写成一部杰作的思考结果和匠心所在。无疑,他取得了成功。

顾名思义,《二十年后》的故事情节发生在《三个火枪手》之后二十年,即1648年。当时,路易十三和首相、红衣主教黎世留都已去世;路易十四只有十岁,因尚未成年,还没有当政,权力掌握在母后安娜·德·奥地利和首相、红衣主教马扎兰手中,而他们的所作所为不得人心。本来,封建王权在前任首相黎世留手里已经获得巩固,他在1628年摧毁了新教徒的据点——拉罗歇尔,朝君主专制迈进了一大步。但路易十三和他相继去世后,封建王权处于不稳定状态中:投石党运动的爆发基于政治、社会和经济等多种原因,是当时政权不稳定的明显反映。它的导火线是议会反对政府的财政措施。大贵族伺机要恢复昔日权力,在助理主教贡迪和布卢塞尔的影响下,一些有权势的人物纠合在一起,发表了包括27个条款的声明,企图限制王权。政府逮捕了布卢塞尔等人,贵族利用老百姓对现实和财政措施的不满,鼓动民众起来闹事,他们筑起街垒,甚至深入到王宫,来到路易十四的床前。母后和红衣主教不得已带着国王,躲避到圣日耳曼,以避开暴乱的锋芒。是时,贡迪控制了巴黎达一个星期之久。1649年他准备向政府让步,签订和约。他并未获得红衣主教的职务,又与孔蒂亲王、隆格维尔公爵夫人、博福尔公爵等会合。但最后他被监禁起来,贡迪后来同马扎兰做了一笔秘密交易,当上了雷兹红衣主教。他在自己的《回忆录》中详细记述了投石党运动的前前后后,以其叙述的真实和对历史人物刻画的生动和准确而成为17世纪有代表性的散文作品之一。

大仲马在写作《二十年后》的过程中,自然多处得益于雷兹红衣主教的《回忆录》。投石党运动组成了《二十年后》的历史背景和基本框架。作者对当时的法国作出了恰如其分的分析,小说开卷就指出:"如今,法国变得衰弱了,国王的权力不受尊重了,贵族又强大起来,纷纷闹事,进攻的敌人已经越过边界(按,指三十年战争)。"阿多斯是作者的代言人,他指出:"目前在法国,人人穷苦不堪,但又鼠目寸光。我们有一位年方十岁的国王,他还不知道今后如何打算。我们有一位沉迷于迟来情欲的母后,她丧失了理智。我们有一位统治法国的首相,他统治国家就像管理一个大农场,也就是说,他关心的只是如何使用意大利式的阴谋诡计深耕田地,让它能长出黄金来。我们那些亲王反对首相,完全从个人私心出发,他们除了从马扎兰手上得到一些金条和零零碎碎的权力以外,什么也捞不到。"这是对17世纪中叶的法国,尤其是上层社会和投石党运动前后社会状况的一个概括:国家权力掌握在两个滥施淫威的人物手中,大贵族的行为无非是争权夺利和谋取钱财;法国需要一个能控制局面的国王来治理朝政,才能推进历史的进程。

从内容来看,历史事件在小说中的确占据很大比重:投石党运动的一些重要场合以及大致过程,都在小说中得到描绘或交代,如布卢塞尔的被捕,群众筑起街垒、冲进王宫、同母后的直接交锋,母后、国王和首相马扎兰逃往圣日耳曼,最后被迫在协定上签字,等等,构成了小说的主干脉络。小说再现了17世纪中期法国政治风云在人们生活中掀起的巨大波澜。在这样的背景上,小说准确地刻画了一些历史人物,如马扎兰、安娜·德·奥地利、贡迪、博福尔等。红衣主教马扎兰虽是一个意大利人,却凭借他与母后的亲密关系,大权独揽。他是一个贪图钱财而又吝啬的人物,十分诡诈,"用苛捐杂税使百姓喘不过气来"。他在自己的私宅有一个大金库,显然是他搜刮和非法获取的民脂民膏。小说多次以黎世留和他作比较,认为黎世留是个"才智非凡的人",虽然他"使国王变得渺小,却使王权变得强大了"。而马扎兰的作为正好相反,他有黎世留的权力欲,却无黎世留治理国家的才干和控制局面的铁血手腕。安娜·德·奥地利在二十年前爱上英国首相白金汉公爵,因路易十三是个庸碌无能之辈,似乎还可以理解;如今她又迷恋上年近五旬的马扎兰,便显出她的性格轻佻。她颐指气使,喜欢发号施令,心高气傲,爱听奉承。从她对暴动的民众以及对达尔大尼央的态度来看,她又是一个色厉内荏的女人:一旦遇到了强烈的反抗,威胁到自身安全时,她便乖乖地做出让步。她还是一个忘恩负义的王后:二十年前,四个火枪手为她出生入死,取回国王送给她的钻石坠子,让她能安然地出现在舞会上,保住了名誉,而她在事后却根本没有想到酬谢这些为她效劳的火枪手,直至达尔大尼央亲口对她提出要求,她还是一再置之不理。她的品格令人不齿。至于贡迪和博福尔,一个是善于在上层人士和国家首脑之间周旋,能把握发动暴动的时间,频频向母后和首相施加压力,时刻觊觎红衣主教的野心家;另一个是不甘心被排挤于权力核心之外,一心要恢复权势的大贵族,他们两人是对投石党领头人物的写照。投石党运动中这些人物的表演,简直是一场闹剧:他们之间的斗争充分暴露了他们的肮脏内心和丑恶灵魂。

大仲马并不满足于描绘17世纪中期的法国政局,他还把目光投向了英国。当时的英国正处于贵族和资产阶级搏斗的重要时刻:克伦威尔夺取了政权,将国王查理一世斩首(1649),然后建立了共和国。大仲马为描写这一惊心动魄的历史事件,便构想出法国有人企图干预英国政局的情节。英国王后昂利埃特是亨利四世的女儿,1625年嫁给查理一世;国王被推翻后,她逃到法国避难。由于这种关系,法国有不少人对英国发生的事件当然是十分关注的,而且同情是在查理一世方面。小说中,克伦威尔写信给马扎兰,要求法国政府不要干预英国政局。否则,英国就要和西班牙结盟,共同对付法国。而昂利埃特王后也去求见马扎兰,请求他能收留英国国王。马扎兰收到克伦威尔的信在先,自然不肯答应这样做。大仲马将达尔大尼央和波尔多斯写成受马扎兰的派遣,前往英国去见克伦威尔,而英国王后则靠了某种关系,找到阿多斯和阿拉密斯,请他们到英国去协助查理一世。于是,在小说中,克伦威尔与查理一世的军队进行决战,国王被俘,最后被斩首的过程得到了再现。

《二十年后》的独特之处在于,大仲马不是让上述人物作为主角出场的。主角仍然是达尔大尼央和他的三个好伙伴,换句话说,这四个人物起着穿针引线的作用。投石党运动要通过他们的活动,来展现这些政治舞台上的主要人物。小说开卷就描写当局强行颁布与执行征收新税的措施,遭到大贵族和百姓的反对,双方剑拔弩张,局势一触即发。红衣主教马扎兰想到起用火枪队副队长达尔大尼央,并知道他有三个朋友。马扎兰让达尔大尼央去找分别了二十年的朋友,为自己服务。不料,有两个火枪手已同意为英国王后效劳。暴动爆发后,达尔大尼央到王宫去接受任务,在那里遇到了贡迪代表投石党人向母后和马扎兰提出要求。正是达尔大尼央护送母后、国王和首相到圣日耳曼去避风头。达尔大尼央在王宫里看到暴动的人聚集在宫门外,甚至冲了进来。最后是他发现了马扎兰藏宝的秘密,迫使他就范,让他同意暴动者提出的协定;同样,也是他去见母后,开始,他试图以情理去感动她,对她说:"您清楚地知道,我的天主啊,我们曾经无数次为陛下出生入死。陛下的仆人二十年来过着默默无闻的生活,从来没有在一声叹息里泄露出那些庄严神圣的秘密,今天难道您就对他们毫无怜悯之心吗?"可是母后仍然犹豫不决。达尔大尼央于是晓以利害,指出她若要拒绝,红衣主教就岌岌可危了,这才使她同意提升他为火枪队队长和其他要求。一场暴动终于暂告结束。显然,这是以传奇手法去表现历史事件。大仲马的原则是,在不违背历史事实的前提下,加进了虚构的内容,以达到生动地描绘历史事件的目的。同样,在描写达尔大尼央等四人去援救查理一世时,使用的也是这种笔法。一次是他们想救出被俘的英国国王,眼看就要成功,不料克伦威尔下令立即将查理一世连夜押送回伦敦,使他们的计划落空了。一次是他们企图援救囚禁中的查理一世,就要挖穿地道,通到牢狱的房间,这时斩首的判决书下达了,国王没有能够越狱。小说在不违背历史事实——国王被斩首——的前提下,成功地插入了传奇故事。这些传奇故事非但没有歪曲历史事实,反而能生动地再现历史事实:传奇和历史壁画巧妙地结合起来。《二十年后》是大仲马的历史小说中较为符合历史本来面目的一部作品。

　　大仲马编织故事的才能在《二十年后》又有新的发展。他不想运用与《三个火枪手》同样的套路,而是有意加以改变。这里可举出荦荦大端。在《三个火枪手》中,火枪手们虽然不期而遇,却同心协力,为王后卖命,克服重重阻拦,取回了钻石坠子。而在《二十年后》,火枪手们分成了两派,一派为马扎兰效劳,另一派替英国王后效劳。达尔大尼央说:"我感到遗憾的是看到我们之间彼此对抗,而我们本来一直是十分团结的;我感到遗憾的是我们各自处在两个敌对阵营的时候相遇了。"火枪手们同去英国,任务却不相同。此其一。在《三个火枪手》中,达尔大尼央到达英国后完成了任务。而在《二十年后》，火枪手们未能救出查理一世，阿多斯只能给英国王后带回她的丈夫的遗物：结婚戒指。他说："为了拯救国王能够做的事，我们在英国的土地上都做过了。"达尔大尼央和波尔朵斯回国后，马扎兰以"不服从命令"的罪名，将他们逮捕了。因为他也参与了营救查理一世的行动，违反了红衣主教的指令。火枪手们回国后脸上并没有光彩，还受到了惩罚。此其二。在《三个火枪手》中，只有达尔大尼央到达英国，单枪匹马与敌人周旋。而在《二十年后》，火枪手们都到了英国，尽管他们为不同的主子效劳，但还是能够同心协力，为营救查理一世而努力。此其三。在《三个火枪手》中，火枪手们忠心耿耿地为王后效劳，却得不到王后的赏赐，相反，黎世留看中了达尔大尼央的才干，最后让他当了火枪队副队长。而在《二十年后》，达尔大尼央并没有忠心耿耿地为王室效劳，回国后受到监禁，他设法逃出了监禁之地，反将马扎兰控制在自己手中，迫使他同意和投石党人签订协议。他又迫使母后让自己升官。此其四。在《三个火枪手》中，黎世留派出女间谍米莱狄，让她挫败火枪手的行动，她企图给几个火枪手下毒，最后让人杀死了白金汉公爵；她最终被火枪手处决。而在《二十年后》，米莱狄的儿子长大成人，以摩尔东特的名字出现。他做了克伦威尔的秘书，克伦威尔派他到法国给马扎兰送信；他以蒙面人出现，当了刽子手，给查理一世行刑。他一心要为母亲复仇，追杀火枪手们，布置好要将他们炸死在海上，谁知被火枪手们发现了炸药，他们坐上小帆船离开，反将大船炸掉。在最后一刻，摩尔东特跳下海去，追上小帆船，最后被阿多斯用匕首刺中心脏死去。他和母亲都是被火枪手杀死，但死法不同。此其五。这些不同避免了情节相似，又能各异其趣，给读者以回味的余地。

另外，《二十年后》的主要人物的性格与《三个火枪手》相比，也有所不同。达尔大尼央是"勇敢、机智和忠诚的典范"，他仍然是四个火枪手的核心。唯一与《三个火枪手》不同的是，他十分看重地位，因为他做了二十年的火枪队副队长，还是看不到升官的前景；他始终没有多少钱。因此，虽然他明知马扎兰的为人，可他是在别人的屋檐下，也只能听命于别人的调遣，要履行军人的职责，达到升迁的目的。他最后亲自去见母后，由于掌握了主动权，终于如愿以偿。阿多斯有独到的政治见解，他比早先更为成熟，对政局的分析十分透彻，他说过："国王只有依靠贵族才能强大，可贵族也是由于国王才有权势。让我们支持君主政体吧，这也是支持我们本身。"他的话道出了君主专制与贵族是互相依存的紧密关系，两者虽有矛盾，却是彼此不可分离的。波尔多斯尽管生活很舒适,拥有多处牧场、森林,收入丰厚,但是他在自己的城堡里待腻了,他对自己的婚姻并不满意,感到十分孤单,渴望再建功勋,获得男爵称号,所以乐意重新出山。阿拉密斯虽是教士,却做了隆格维尔夫人的情人,已属于投石党人一边。不过,他口头上表示并不想再卷入政治中,因为他的生活十分自在如意,对大人物的忘恩负义还记忆犹新。他认为马扎兰"品德恶劣""结党营私",是个"坏得无法形容的家伙",老百姓都不支持他。他不愿意跟达尔大尼央再次合作,然而命运使他和达尔大尼央又走到了一起。这几个人物纵然比不上《三个火枪手》中的刻画来得生动多姿,却也富有特色。

《二十年后》因为将传奇与历史壁画巧妙地结合,因此它不失为一部优秀的历史小说,同时又是一部精彩的通俗小说。

# 科学与幻想的紧密结合

## ——凡尔纳的《八十天环游地球》

凡尔纳也许是世界上最受读者青睐的科幻小说家,被称为"科幻小说之父"。他创作了约80部科幻小说,使这一文学样式在世界上流行起来,因此这一称号他是当之无愧的。

他的作品大致可以分为三个方面:在地球上的漫游和冒险,星际旅行和空中历险,在一地的科学发现。第一方面包括的作品最多,《八十天环游地球》就属于这一类。然而这部小说又有特殊性,它的科幻成分不在于对未来科技的预测,如《环月旅行》,或者大胆的冒险和想象,如《地心游记》。它的科幻建立在一个科学知识上,这一知识就像谜底一样,到最后才揭晓,令人意想不到。这就是:从地球的某地向东在陆地和海洋上跋涉,环球一周,所用去的天数应减去一天,因为地球自转是自西向东的,这样跋涉和地球的自转方向一致,当然就可以省掉一天。这一科学知识在凡尔纳写作《八十天环游地球》时,知道的人并不多,即便在今天,一般读者也没有意识到这一点。当然,在作者点明了这个道理之后,读者也就恍然大悟了,一面深感作者构思的巧妙。特别对青少年来说,看完小说后,会感到自己增加了一点知识。《八十天环游地球》与众不同之处也体现在这里。

诚然,小说光靠这一点是远远不够的,无法吸引广大读者。作者运用了他擅长的手法:以沿途在各国遇到的奇闻轶事、特殊风俗的内容来组织曲折的情节,让主人公们历尽千难万险,终于在预定期限内环球一周。菲利斯·福格一行来到印度后,开始遇到了一连串的困难和阻碍:先是他的仆人万事通乱闯寺庙,冒犯了当地宗教习俗,好不容易逃走,差一点赶不上火车;继而,横贯印度的铁路其实并没有全线修通,当中有一段需要旅客们徒步或者利用其他交通工具,赶到下一站。眼看无计可施时,菲利斯·福格抓住了利用大象来走完这一段路的机会。途中又遇到了"寡妇殉葬"的一幕,福格决意要救出殉葬的阿乌达夫人。万事通既大胆又睿智,装成去世的老王公复活,救出阿乌达夫人。一波刚平,一波又起。到了加尔各答以后,万事通乱闯寺庙事发了,他们主仆二人受到法院传讯,亏得福格愿意花钱保释,他们才得以继续前行。在香港,万事通再次闯祸,在大烟馆被人灌醉,与主人分开了。福格也因得不到仆人本该告诉他的消息:邮船要提前启程,因而错过了坐上开往横滨的船。可是天无绝人之路,福格用高价坐上了一条领港船,由此经历了暴风的袭击,与狂风恶浪搏斗,幸好还是安全到达了横滨。主仆在横滨的杂技场上相遇,二人惊喜交集。在美国,阻遏接踵而来:印第安人袭击火车,发生战斗,万事通冒着生命危险,从车厢底下爬到火车前面,将火车头和列车的保险链解开,挽救了整列火车和乘客。可是万事通被印第安人劫走了。福格不能弃仆人和其他被劫走的乘客于不顾,一定要去救他们,最后终于如愿以偿。但是,福格一行虽然到了纽约,却坐不上开往英国的邮船。福格幸运地找到了一条商船,强行把船主关起来,半路上煤烧光了,福格索性把整艘船买了下来,将船上的木质结构全部拆下来当燃料,船总算开到了爱尔兰的昆斯顿,他们再坐火车到了利物浦。不料这时一路跟踪的侦探拿出了逮捕证,把他当作盗窃犯抓了起来。显然逮捕是没有根据的,因为真正的盗窃犯这时抓到了,福格才得以脱身。可是,待福格回到伦敦,预定的时间却刚刚超过了五分钟。万事通根据主人吩咐去找牧师,准备与阿乌达大人结婚时,发现其实他们是提前一天到达伦敦的。福格就在约定时间的八点四十五分即将满了那一刻来到改革俱乐部,他赢了。整个旅程一波三折,波澜迭起,始终抓住读者的阅读兴趣。在故事展开的过程中,凡尔纳也将印度、中国香港、日本、美国等地的风俗民情展现在读者面前,这些内容不仅对当时的读者是新颖的,就是对当今的读者来说,也是富有魅力的。

  19世纪60年代,最快的交通工具莫过于火车和轮船。大画家克洛德·莫奈(1840—1926)对火车极感兴趣,曾在70年代画过一组以火车为题材的作品。左拉在评价这组作品时说:"我们的艺术家应该找到火车站的诗意,与他们的父辈找到森林和花朵的诗意一样。"[①]主人公利用这两种交通工具环游地球,在八十天之内

---

[①] 见《八十天环游地球》,福里奥古典版,2006年,第268页。

完成旅程,可以说是相当快的。这在当时甚至可以看作奇迹。因此,评论家认为:"于勒·凡尔纳的小说是对现代性和他的时代技术进步的一曲乐观主义的赞歌。"①这个评价恰如其分,小说的描写与凡尔纳对气球、潜艇、飞船等已实现和未实现的科学技术进步的描绘是一样的。

  在小说的主线周围,作者安排了一些人物和次要情节,给小说增加了魅力。一是侦探菲克斯。从苏伊士开始他就认定英国银行失窃的55000英镑是菲利斯·福格盗窃的,一路跟踪他,只是由于伦敦警察局开出的逮捕证未能及时寄到他手里,他只能干着急。于是一次次伪装自己的身份,有时躲藏起来,不让福格主仆二人看到;有时向印度当局报告万事通曾侵犯寺庙圣地,意欲把福格等人拖住,留在印度走不了;有时设计阴谋,把万事通灌醉,使他不能向主人报告邮船要提前开走,让福格错失坐上邮船的机会,并让主仆分离,使福格失去有力的助手。但是他出于自己的利益,希望福格能快些返回英国,少花掉一些手中的钱,这样他可以从追回的赃款中多得提成,又可以在英国本土逮捕福格。所以他得到信息后,提议坐雪橇赶到美国东海岸,实际上帮了福格一个大忙。最后他在利物浦把福格关起来,险些误了福格的大事,他的可恶行径令人痛恨。不过这不是一个被作者完全否定的人物。福格事成之后还把手中剩下的1000英镑分给他和万事通,以酬谢他帮过自己的忙。这个人物是不可或缺的,他的存在使读者替主人公担心,生怕他给福格造成麻烦。福格一路上遇到了重重困难,这种人为的障碍却避免了平铺直叙的枯燥。菲克斯多少有点像个小丑,他的屡屡失败使人觉得可笑,却给整出戏平添了色彩。同样,普罗克托上校在旧金山的群众集会中,不期然地和福格产生龃龉,后来在火车上再次相遇,两人几乎要进行决斗。幸亏这时印第安人来劫车,在与这帮劫匪的枪战中,上校受了伤,无法再和福格决斗了。否则,福格在决斗中就有生命危险。这个人物在小说中也多少增加了一点阅读趣味。在某种程度上,阿乌达夫人险些被殉葬,她的被救,她对福格由感恩逐渐发展到倾慕和爱情,也给小说增加了一点阅读调料。上校,尤其是她的出现,不仅是作者用来介绍异国风俗的一只棋子,而且她与福格组成了美女和英雄的一对,则是科幻小说中常见的套路。

  上述人物都是配角,主角是福格和万事通,他们在性格上互为对照。福格生性

---

①  见《八十天环游地球》,福里奥古典版,2006年,第264页。

极为冷静沉着,富有决断力,慷慨大方。他往往出高价去租船或卖船,不惜掏钱去付保释金,随身携带的2万英镑几乎用光。他显然具有丰富的知识,特别是了解当时火车和轮船的运行情况,知道各地火车和轮船的时刻表,精确地计算环球旅行一周究竟需要多少时间,所以敢于毅然决然地打赌,在八十天之内环球一周。同时他具有深厚的人道精神。听说和看到殉葬的陋习以后,坚决要去搭救这个不幸的女人,哪怕耽误了行程,造成自己倾家荡产。和万事通失去联络后,他不是一味怪罪仆人,而是安排好怎样让万事通有钱返回英国。万事通被劫匪劫走后,他同样不顾会耽误赶路,而是不怕危险,坚决要去追赶劫匪,把万事通等人救回来,不让他们失去性命。福格并非要赚取一大笔赌金,因为他把自己的2万英镑都几乎花光了,输赢几乎相抵。与其说他想赚一笔,还不如说他要完成一项无人能完成的业绩,福格称得上是一个有理想、有能耐的行动英雄。他的仆人万事通对主人忠心耿耿,不过这个小伙子贪玩,每到一地,总想饱览当地的名胜古迹,以致犯下几乎不可弥补的错误。他虽然容易轻信,但是粗中有细,终于发现侦探行动诡异,存了戒心。他尽管并不成熟,可是也会动脑筋。在眼看无法救出阿乌达夫人时,他居然想到装成死去的老王公,仗着自己身强力壮,抱着阿乌达夫人从柴堆上走下来,救出这个不幸的女人。在这个行动中,显出了英雄本色。特别是他敢于在火车行驶时从车厢底下爬到火车头,使火车头和列车脱离。这不是一般人能够做到的。缺少了他,福格断然无法如期回到伦敦。总之,主仆二人在环球旅行中克服的困难,决不亚于探险活动所遇到的艰难困阻。

这部小说1872年在报纸上连载时,美国记者每天都要用电报发回纽约,美国人急于知道菲利斯·福格的行程到底如何。横渡大西洋的轮船公司纷纷向作者提出建议,倘若安排福格先生乘坐他们公司的轮船返回英国,会送给作者一大笔钱。《八十天环游地球》取得了轰动一时的成功,而且这成功历久不衰,它不愧为凡尔纳的代表作之一。

《八十天环游地球》译序
商务印书馆,2018年1月

# 乔治·桑和《康素爱萝》

乔治·桑是法国最杰出的女小说家,也是世界上最著名的女小说家之一。在这个多产的女作家的作品中,《康素爱萝》占据着特殊地位,越来越多的评论家都认为这是乔治·桑的代表作,也是19世纪最出色的小说之一。

《康素爱萝》发表于1842—1843年,在《独立杂志》上连载,始终吸引着读者。最初乔治·桑只打算写一个10万字左右的中篇小说,仅仅写到康素爱萝离开负心的情人安卓莱托,辞别了威尼斯为止。小说得到读者的热烈欢迎,但许多人认为这部小说没有写完,纷纷询问作者,康素爱萝的命运如何。在读者的催促下,乔治·桑把目光投向欧洲大陆,写出了约70万字的长篇小说《康素爱萝》,若将续集《罗道斯塔特伯爵夫人》计算在内,有100多万字。这部小说在国外,尤其在德国引起很大反响。丹麦著名批评家勃兰兑斯认为,在乔治·桑的作品中,"《康素爱萝》是最长也最有名的一部小说"(《十九世纪文学主潮》)。然而在法国,曾有一段时期这部小说未受到足够的重视,直到20世纪初,法国著名评论家阿兰开始极力推崇《康素爱萝》。阿兰1913年在《漫谈集》中曾指出"这部强有力的作品人们阅读得太少了"。1928年他再次提到希望《康素爱萝》"最后获得荣誉",他认为这部作品是乔治·桑用毕生精力创作出来的,阅读这部作品就像倾听肖邦的《序曲》一样。阿兰看到,《康素爱萝》是一部"教育小说",同歌德的《威廉·麦斯特》属于同一类型,但比《威廉·麦斯特》写得更有魅力,他认为乔治·桑"由于写出了《康素爱萝》而成为不朽"。阿兰卓有见识的评论引起了人们的注意。近半个世纪以来,欧美各国已把《康素爱萝》看作乔治·桑的代表作,在法国更是如此。例如,阿兰主编的《法国文学》认为这是"乔治·桑唯一的杰作"。阿布拉罕和德斯奈主编的《法国文学史》中则认为"《康素爱萝》是乔治·桑内容最丰富的作品"。这两部有权威性的著作的评价是较为符合实际的。恩格斯曾经指出,19世纪上半叶,欧洲出现了一批描写穷人的生活和命运、欢乐和痛苦的作家。乔治·桑就属于这个新流派,他们无疑是时代的旗帜。(恩格斯《大陆上的运动》)乔治·桑的社会小说显然比田园小说更多地反映了下层人民的生活和命运、欢乐和痛苦,并且为人民争取权利,要求社会正义,充满革命民主主义的激情。而在她的社会小说中,《康素爱萝》不仅篇幅最大,涉及面最广,而且写得最为成功。

※　※　※

乔治·桑在《康素爱萝》中灌注了自己的生平、经验和思想,她自己就认为其中有"足以写三四部好小说的素材","有不止一个矿藏可以开采"。(《〈康素爱萝〉出版说明》)因此,要了解这部丰富的小说,必须知道乔治·桑的身世和创作道路。

乔治·桑生于1804年,原名阿芒丁娜·吕西·奥罗尔·杜班。父亲是第一帝国时期的军官。乔治·桑从小由祖母抚养。她的祖母虽然倾向保皇党,但很喜爱阅读卢梭的《爱弥儿》。祖母爱阅读的习惯给幼小的孙女带来了影响,乔治·桑后来说:"对于我,一本书总是一个朋友,一个劝告,一个雄辩而平静的安慰者。"(乔治·桑《一个旅行者的书信》)她通过阅读激发起热烈的想象,祖母感到管束不住这个得不到父母慈爱的小姑娘,于是在1817年把她送到巴黎的一个修道院。幸福的无忧无虑的童年时代结束了。

乔治·桑在修道院中的生活是孤寂的,但宗教教义并不能改变这个情感丰富的少女。1820年2月她离开修道院回到老家诺昂时,是何等欣喜啊:"植物的芬芳、青春、生命、茫无所知的未来的独立生活,在我面前展开了,使我感到忐忑不安和深深的忧郁。"(乔治·桑《我的自传》)乔治·桑如饥似渴地读书,她喜欢阅读洛克、孔第亚克、孟德斯鸠、巴孔、亚里士多德、莱布尼茨、帕斯卡尔、蒙田等人的著作,同时她对但丁、莎士比亚、彼特拉克、弥尔顿、维吉尔、拜伦等诗人的作品也爱不释手。这些书籍给她贫乏的心灵带来丰富的营养和无限的喜悦。她尤其爱读卢梭的《忏悔录》:"让-雅克的语言和他的推理形式就像庄严的、闪射着光芒的音乐那样抓住了我……在政治上,我成了这个大师的狂热信徒,我长期毫无保留地保持这种状态。"(《我的自传》)毫无疑问,卢梭对乔治·桑的影响是巨大的,她不仅在政治信念上受卢梭的民主思想的影响,而且她的创作风格也直接师承卢梭的感伤主义。

1822年乔治·桑同杜德望男爵结婚。这个乡绅酗酒,搞女人,挥霍钱财。1830年底乔治·桑发现了丈夫给情妇的一份遗嘱,对他的荒唐行为忍无可忍,于是在1831年1月初愤然离家,来到巴黎。

她在巴黎住在阁楼里,生活艰苦。她认识了巴尔扎克和于勒·桑多。她和桑多合作写了一部小说《萝丝和布朗什》(1831)。她从桑多那里学到了一些写作技巧,很快就超过了这个平庸的作家。1832年,她独自用乔治·桑的笔名发表了小说《安蒂亚娜》,这部小说揭开了"妇女问题"小说的创作序幕。

《安蒂亚娜》显然带有作者自身经历的某些痕迹。乔治·桑来到巴黎,一开始就寻求过独立不羁的生活,追求妇女解放。她穿上男装,抽起烟斗,以示与众不同。由于她把自己的切身感受写到小说中,因而小说显得热烈奔放。乔治·桑曾经指出,女主人公代表"弱者"和受社会法律"压抑的情感",她敢于面对"文明的一切障碍"。(乔治·桑《〈安蒂亚娜〉序》)安蒂亚娜的经历写得令人同情,小说获得了成功,乔治·桑一举成名。

30年代,乔治·桑还写了好几部妇女问题小说。其中,《莱莉亚》(1833)带有哲理性,描写一个上层阶级妇女追求个人幸福的经历。《莫普拉》(1836)的问世标志着作家对现实的观察和分析深入了一步。乔治·桑以成熟得多的手法描写了一个曲折的爱情故事。男女主人公莫普拉和爱德梅同属于一个封建家族,他们战胜了闭塞迂腐的封建观念,结成一对互敬互爱的夫妻。小说不仅提出妇女幸福的问题,而且把目光转向更广泛的现实生活,揭露了外省贵族和教会互相勾结、横行乡里的情形。

乔治·桑在这个阶段的创作带有盲目追求的倾向。她从自身经历出发,认为爱情和婚姻是妇女解放的关键问题。她反对妇女在家庭中处于从属地位,主张妇女有权选择自己的配偶,宣扬浪漫的热情。但是,在乔治·桑的思想中,"人从对人的暴虐统治中解放出来,妇女从对妇女的暴虐统治中解放出来,男人对女子施以爱情的卫护,政治起咨询作用而不是实行统治,起说服作用而不是实施强权"(乔治·桑《书信集》),达到这一理想就意味着光辉灿烂日子的到来。这是一种朦胧的不切实际的憧憬。因此,妇女问题小说的女主人公的争取独立往往只归结为"美满的"婚姻。这些小说只不过是乔治·桑在摸索前进中的产物。

1834年乔治·桑同缪塞认识,到意大利游历,同时期又结识音乐家李斯特。1837年她与肖邦相会,互相倾慕。她的爱情生活同她的小说一样充满浪漫色彩,可是她的思想并无寄托。巴尔扎克在1838年初拜访乔治·桑时看到她常常待在一个孤寂的大房间的角落里,"她在诺昂已有一年,非常忧郁,写作勤奋……她过着隐居生活,既谴责婚姻,又谴责爱情,因为无论对哪一种情况她都只有失望"(莫里斯·托斯卡《乔治·桑最深的爱》)。正是在这种情况下她接触到空想社会主义。她和皮埃尔·勒鲁等认识,自此勒鲁成了她的精神导师。勒鲁的空想社会主义反对人剥削人,认为世界上分成两大阶级,才造成贫困现象,但他看不见革命暴力是改造社会的方式,只希望无产者参加政府,和平地结束资本主义的统治。他还认为天主教已过时,但人仍应有宗教信念。通过他,乔治·桑认识到存在着比解放妇女更为严重、更为迫切的问题。她开始注意到工人、女工、童工的悲惨生活,憧憬建立一个没有奴役的社会。她说过:"共产主义是我个人信仰的学说;但我在风暴来临的时期从没有宣扬过它,我只说过它的确立是遥远的事,目前还不应该考虑如何实施。"(《书信集》)因为乔治·桑信仰的是勒鲁以人道主义为基础的空想社会主义,并不是真正的共产主义理想,但她的眼界无疑是扩展了,所以她说:"是勒鲁挽救了我。"她要把老师的哲学表现在小说里。自此,乔治·桑的小说产生了深刻变化。从40年代开始,她发表了一系列"社会问题"小说。

《木工小史》(1840)是社会问题小说的发端。这部小说描绘了一个细木工皮埃尔的形象,展现了复辟时期的工人生活和斗争状况。

同时期,乔治·桑成了工人出身的诗人的热烈赞助者。她为泥瓦匠蓬西、纺织工人马居、锁匠吉朗、鞋匠拉普安特的诗集写序或撰文介绍,鼓励他们"在内心成为人民之子",描写工人的生活。乔治·桑对推动无产阶级文学的发展是有贡献的。

1841年,乔治·桑发表了《奥拉斯》。《安吉堡的磨工》(1845)是另一部有名的社会问题小说,描写金钱和婚姻的关系。小说中的贵族妇女玛赛尔在火灾中失去了财产,终于与相爱的工人消除了结婚的障碍。而磨工路易得到玛赛尔的保护,又获得一笔意外之财,终于同自己心爱的姑娘结了婚。作家通过小说中的人物,谴责了金钱支配一切的罪恶作用,但作家又依靠金钱来解决矛盾。这样的结局反映了乔治·桑无力解决社会的贫富问题。

在乔治·桑的社会小说里,工人、农民和贫民成为小说的主人公,打破了历来的文学传统,这在文学上具有十分重要的意义。她描写的现实生活超出了上流社会的框架,转向工人和农民的生活,反映工人和农民在政治上的要求,有的小说还描写建立了空想社会主义的"公社"。在这些小说中,乔治·桑表现了深切同情劳动人民的民主主义立场。另外,共和党人的英勇起义也得到较充分的描绘,封建主义及其残余受到猛烈抨击。尤其是乔治·桑看到金钱在人与人之间的支配作用,在她笔下,财产是罪恶,正面人物总是力图摆脱财产的束缚,他们大抵一方是贵族上层人物,另一方是工人或贫民,最后双方平等地结合,而资产者则以反面角色出现。乔治·桑认为只有在农村才能实现这种不同阶级结合的理想,但1848年革命打破了乔治·桑的幻想。

革命刚开始时,乔治·桑满怀热情,写了好几封致各阶层人民的信,希望人民团结起来,"找到社会真理",建立新的生活。她创办《人民事业周刊》,鼓吹实现平等、博爱和阶级合作。她起草过好几期《共和国通报》,认为共产主义是要"消除极度富有和极端贫困的不平等,让位于真正平等的开始"。她还参加了五月的游行。她的行动遭到资产阶级的攻击。六月工人起义及工人被屠杀镇压这一血腥的阶级斗争现实给她泼了一头冷水,她的幻想彻底破灭了,于是回到自己的庄园隐居起来。1846年她曾写过一个中篇《魔沼》,此后便完全沉醉在这类田园小说的创作中。

《魔沼》是田园小说中写得最成功的一篇。这个故事像一泓池水那样朴素和不假雕饰。热尔曼是个勤劳正直的青年农民,他根本看不上有钱而卖弄风骚的寡妇,却爱上能干温柔但贫穷的农村姑娘玛丽。热尔曼的爱情是通过在魔沼中同玛丽的接触以后油然而生的,他的爱情真挚而热烈。小说歌颂了这对青年男女的自由结合。恬静而充满神秘色彩的农村风光以及古老的农村结婚风俗都增加了小说的魅力。

《弃儿弗朗索瓦》(1848)继续着《魔沼》的抒情风格。小说描写一个磨坊的年轻女主人玛德莱同一个弃儿出身的磨工弗朗索瓦由相互怜爱发展到爱情的故事。《小法岱特》(1849)描绘了一个聪明伶俐的农村小姑娘,她爱上了同村一对双胞胎中的弟弟朗德里。法岱特的祖母死后,给她留下一大笔钱,把朗德里的父亲说服了。可是朗德里的哥哥西尔维奈暗中也爱着法岱特,阻碍着弟弟的婚事。法岱特在给他治病时点穿了他的幻想。西尔维奈参了军,法岱特同朗德里成了亲。法岱特是能干可爱的农村姑娘的写照。此外,1853年发表的《笛师》反映了农村音乐家的帮工会活动和派别中的矛盾。

乔治·桑的田园小说具有较高的艺术性。它们没有复杂的情节,故事简单而不失之于单调,轻巧而富有韵味。田园小说之所以达到这样的效果,首先在于乔治·桑把农村理想化了:大自然的风光旖旎多彩,充满生机勃勃的醉人气息,这是作者家乡贝里的景色,字里行间流露了作者热爱这块土地的真挚感情。小说里的正面人物纯朴可爱,像秋天田野里的白杨树,他们是土生土长的具有高尚品质的农民,他们的命运自然而然博得读者的同情。再加上小说具有梦幻般的情调,令人感受到早春或初秋森林中雾气缭绕的意境。法国评论家泰纳曾经较准确地概括过乔治·桑田园小说的特点,他说:"这是一个理想世界,为了保持这个世界的幻想,作家抹去、减弱或往往只勾画出一个轮廓,而不是描绘人物的个性形象。作家不强调细节,只顺便地简单点一点,避免深入描写;她主张情感的冲动,循着情感流露或者循着描绘的情景的诗意轨迹前进,不在杂乱的破坏和谐的情节上停留,这种描绘的简约方式是一切理想主义艺术的本质所在。用巴尔扎克的话来说,这不能给户籍册带来新的人物……但它们属于一个更为缥缈、更为灿烂的世界,这是愿望和梦幻的世界。"这个世界显然具有艺术魅力,乔治·桑的田园小说虽不及她的社会小说那样具有较深刻广泛的思想内容,但具有鲜明的艺术特色,所以长久以来深受人们的喜爱。

乔治·桑在晚年主要撰写回忆录《我的自传》,也写过几部小说,如《金林的爵爷》(1858)、《祖母的故事》(1873、1876)。

※　　※　　※

如果说,乔治·桑的社会小说是以空想社会主义的观点去观察和反映现实的话,那么,《康素爱萝》就最充分地体现了她的这种思想。

《康素爱萝》并不是一部简单的传记体小说。康素爱萝虽然实有其人(乔治·桑为了写这部小说,翻阅了大量文献),小说中康素爱萝的经历也有一定的史实根据,但乔治·桑并不是为了专门写出这个女歌唱家的生平,小说的意义远远超过了传记的范围。也有不少评论家指出,康素爱萝的原型是与乔治·桑同时代的女歌星波莉娜·维亚尔多。诚然,乔治·桑把这部小说题献给她,小说女主人公反映了这个女歌星的不少特点,但康素爱萝的形象也远远超过了现实生活中的某一个女歌唱家。

《康素爱萝》中的男女主人公是具有革命民主主义思想的先进人物。康素爱萝出身于社会底层,母亲是波希米亚的卖唱女人,带着她走遍了欧洲各地,最后从西班牙来到意大利的威尼斯,住在一个破旧的房间里。起初,康素爱萝并不是美貌出众的少女,但心灵纯洁优美。小说开卷,这个穷得没有正式资格读音乐学校的小姑娘,同那一群闹闹嚷嚷、好争强斗胜、沾染了不良习气的唱诗班少女就已经形成一个鲜明的对照,博得了读者的好感。后来,她的未婚夫安卓莱托急于登台演出,一举成名,而她却深谙一上舞台就等于踏入名利场,从此便要忍受钩心斗角、不得安宁的倾轧,她流着眼泪做初次演唱的准备。两相对比,又是多么令人触目,更显出康素爱萝光彩照人。她所预料的事情终于发生了,安卓莱托背叛了她,竟然同剧院的头牌歌女高丽拉鬼混。康素爱萝愤然离开了威尼斯,"康素爱萝的出走不是逃跑,而是选择,也是往前更进一步"(赛利埃《〈康素爱萝〉序》)。康素爱萝经历过这次惨痛的遭遇,接受了深刻的教训,她来到波希米亚的巨人宫堡时思想成熟多了。这个崇山峻岭环抱的地方,连亲人们都捉摸不透宫堡的继承人阿尔贝伯爵的"胡言乱语",但康素爱萝一下子就了解了他的思想。在他"失踪"的时候,她不顾生命危险,通过泄水道找到了阿尔贝,并打消了他的精神幻觉。康素爱萝为此累得病倒,阿尔贝日夜照料她。他们相爱了。他们的相爱首先是感情上的相通,从思想上来说,阿尔贝对康素爱萝起了启迪作用。

阿尔贝虽然是个贵族,但他从小同情穷人的命运,常常倾囊相助,他说:"成千上万不幸的人都头顶严寒冰冷的青天","生活极端贫困",自己这样施舍是理所当然的,因此对自私自利的人不胜厌恶。他反对虐待农民,认为人间的法律穷凶极恶,君主在肆意屠杀人民。他憎恨教皇,谴责主教的奢侈和神职人员的野心。在他眼里,生活中充满偏见和陈规陋习,"充满欺骗和不公平"。他周游过欧洲以后,这种看法越加坚定。阿尔贝对历史上宗教改革的看法在小说中占有重要篇幅。他从侥幸保留下来的古籍、文件中获悉14、15世纪时以胡斯和杰式卡为首的宗教改革家的起义。这场宗教改革不仅反对顽固保守的罗马教会的暴虐统治,而且反抗异族压迫,它具有爱国的性质,是进步的、革命的历史潮流。阿尔贝看到,"宗教上的自由就是政治上的自由"。他赞赏这场运动的领袖坚韧不拔的品德,认为他们建立了丰功伟绩。阿尔贝的先辈是杰式卡的后裔,可是后来向哈布斯堡王朝的统治者低头屈服,甚至改名换姓。阿尔贝了解到这些史实以后,受到很大震动。因此,他一提起这段往事,讲起话来就很像精神错乱。实际上,阿尔贝是个叛逆形象,他是哈布斯堡王朝的逆民、贵族世家的逆子,他是封建主义不共戴天的敌人。正是在这一点上,康素爱萝与他志同道合。阿尔贝让她开阔了眼界,了解到农民在历史上可歌可泣的斗争,坚定了她不与污浊的社会同流合污的决心。

康素爱萝终于从一个有正义感的女子发展到一个有理想的艺术家的形象。以前,她出于正直的本能,对朱斯蒂尼亚尼伯爵用金钱、宠爱和舒适生活引诱她的行动嗤之以鼻。来到维也纳,当统治者以同样的条件引诱她时,她已能从这种现象看到统治者的卑劣。她不想跻身于上层阶级,因此最初不愿同伯爵结婚,成为伯爵夫人;她不愿接受伯爵巨大的遗产,宁愿分发给穷人,把平等思想贯彻到底。她不仅歌喉完美,而且品质高尚。

总之,康素爱萝的每一个遭遇都是一场新的诱惑,她冲破这个诱惑就是摆脱一种束缚,精神上获得了新的进展,虽然每一次都更加艰巨。乔治·桑要描绘的是人物精神的解放:无论是强烈的情感要求、社会上逆来顺受的主张、豪华的宫廷生活、舞台和艺术家的生涯,这些可能禁锢她的东西都束缚不住她。她要挣脱传统观念、封建制度的枷锁,她的思想是空想社会主义的艺术再现。

在小说结尾,康素爱萝的道路似乎还没有走完。在《康素爱萝》的续集《罗道斯塔特伯爵夫人》中,乔治·桑描写康素爱萝终于参加了一个秘密的小团体。这个秘密组织号召砸碎一切现存的社会禁锢,解放人民。这是康素爱萝必然会达到的归宿,是她的思想合乎逻辑的发展结果。

《康素爱萝》是一部通过主人公在欧洲几个地区的经历来反映现实的小说,它描绘的社会生活画面是广阔的。

首先,小说通过艺术舞台的一隅,尖锐抨击了18世纪欧洲宫廷生活的糜烂风气。当时,剧院完全掌握在最高统治者手中,无论是威尼斯,还是维也纳,艺术是统治者茶余饭后消遣娱乐的工具,既是他们(或她们)卖弄风雅、表示对艺术家施以恩典的一种方式,又是他们发泄情欲、寻求刺激的有利场所。朱斯蒂尼亚尼伯爵就是这样的人物。他挖空心思去搜罗漂亮的女演员,以保持他控制的歌剧院兴旺的局面,显示他的统治取得了繁荣成就。漂亮的女歌星往往成了他的情妇。她们还没有完成学业就登上舞台,由于演唱低级庸俗的音乐而走上邪路,在舞台上不会维持长久的魅力,艺术生命很快就会凋谢,继之而来的是被朱斯蒂尼亚尼抛弃。在豪华的宫廷生活的背面,是龌龊卑污的生活场景。

其次,小说展示了哈布斯堡王朝统治下的农村景象。康素爱萝离开巨人宫堡前往维也纳的途中,目睹中欧农村的贫困生活。修道院拥有广大的田产,要收取很重的捐税。这里连年战祸,民不聊生。为普鲁士国王拉夫的职业打手居然流窜到这里。不愿当兵的农民冒着生命危险,千方百计逃跑出来(他们在普鲁士的军队里也随时有送命的可能)。那帮职业打手会追踪而来,抓住逃兵以后把他打得皮开肉绽,五花大绑,藏匿在马车特制的暗厢之中。由于一家之主被抓走,本来以农为生的小康之家失去了主要劳动力,于是陷入绝境。在广大的农村,"男人被锁在土地上,是犁刀和牲口的仆人;女人被锁在主人身边,也就是男人身边,禁锢在家里,永远是奴仆,注定不停地干活,忍受做母亲的苦难。一方面,土地的占有者压榨盘剥劳动者,直到剥夺他们用以获得艰苦劳动果实的必需品;另一方面,在地主和佃农之间交互作用的吝啬和恐惧,使得前者专制跋扈,精明地治理自己的家和自己的生活。"乔治·桑这一概括的叙述写出了欧洲农民的悲惨处境。

小说对哈布斯堡王朝的暴虐统治也有所揭露。在维也纳,别动队横行无忌。别动队头子特朗克是个淫棍,他一直在追逐康素爱萝,遭到康素爱萝的坚拒。幸亏阿尔贝暗中保护,在特朗克要对康素爱萝施以无礼时挺身而出,把特朗克打倒在地。别动队的行动闹得人心惶惶,女皇为平息民愤,不得不拿他开刀,把他关了起来。女皇是个专横的统治者,但康素爱萝不肯巴结她,因而始终得不到重用。

小说交叉描绘上层社会和下层社会,情节大起大落,对比强烈。在描绘威尼斯时,朱斯蒂尼亚尼的宫殿与康素爱萝寒碜的住地形成鲜明的对比;受兵燹战乱蹂躏、满目疮痍的农村同豪华的维也纳上流社会相比,更是令人触目惊心。《康素爱萝》可谓18世纪欧洲风俗的画卷。在反映18世纪法国大革命以前欧洲社会的小说中,《康素爱萝》可以毫无愧色地属于最优秀的作品之列。

《康素爱萝》是一部描写女歌唱家的小说,关于音乐,小说进行了许多精彩的叙述。可以说,《康素爱萝》也是一部杰出的"音乐小说",堪与《约翰·克利斯朵夫》等小说媲美。

小说成功地塑造了好几个音乐家的形象。严肃正派并不得志的波尔波拉是一个出色的音乐教师。他热衷于正统的音乐,反对哗众取宠的靡靡之音;他主张唱歌应以平易自然为主,以华丽的装饰音为辅;他要求学生按部就班地学完所有的课程,不赞同中途辍学,过早地登台演出;他耿直不阿,不愿向邪门歪道低头屈服;他像慈父一样培养、关怀康素爱萝。这个音乐老教师慈祥宽厚。海顿是个有名的作曲家,在小说中他还是个青少年。他富有朝气,天真纯朴,甚至有点幼稚,不能辨别真假好歹,但他已露出爱财重名的端倪,预示着将来要向贵族大老爷折腰侍奉,表现出奴性的弱点。这个形象衬托出康素爱萝的纯洁无瑕。安卓莱托从小流浪街头,养成不良习气,时候一到,他就本性毕露;而且他爱沽名钓誉,不愿刻苦努力。他是个不堪造就的二流歌唱家。高丽拉轻浮爱俏,喜出风头,一味迎合庸俗趣味,企图以色相来掩盖自己声音的弱点。这是受社会风气败坏了的歌女的写照。此外,阿尔贝也是一个出色的小提琴手,而茨当柯则是民间音乐家,他能即兴演唱各种民间曲调。

毫无疑问,塑造得最成功的音乐家形象是康素爱萝。小说开头就生动地写出她与众不同的才华:在教堂的第一次演唱,她的歌喉压倒群芳。在乔治·桑笔下,康素爱萝不单是个高明的歌唱家,而且热爱音乐,懂得音乐的美妙和神奇的作用。小说中有这样一段话:

> 任何别的艺术都不能这样崇高地在人的内心唤起人的感情;任何别的艺术都不能给心灵的眼睛描绘出大自然的壮丽、沉思的欢欣、人民的性格、激情的骚动和痛苦的抑郁。悔恨、希望、恐惧、凝思、惶恐、热烈、依赖、怀疑、荣耀、平静,这一切再加上别的情感,音乐都能按我们的能力所及得心应手地给予我们,又加以收回。它甚至创造出事物的外貌,而不会陷于幼稚的音响效果之中,也不会陷于对真实声音的狭隘模仿之中,它通过使外界事物变得崇高和神圣的薄雾般的纱幕,让我们看到这些事物,并使我们的想象转移到事物之中。

这是对音乐的功能精妙的概括,也是对音乐的礼赞。乔治·桑认为通过音乐能汲取"生活的本质"。音乐能使人在极度的激动中升华,达到崇高的境界,或者摆脱人间的烦扰,抒发心中的块垒。康素爱萝在地下岩洞倾听阿尔贝的提琴演奏时,就作如是感受。阿尔贝在精神迷乱中的演奏是排遣胸臆忧思的不自觉的举动,康素爱萝听了觉得这是出神入化的音乐,使她顿悟人生的奥秘。音乐是康素爱萝了解世界的媒介和工具。

乔治·桑对音乐有深入的了解。她同音乐界人士交往密切,尤其是她跟肖邦同居以后,对音乐有了进一步的了解。她曾经帮助肖邦创作出他的一些重要作品。乔治·桑对音乐的精湛修养是她能写出《康素爱萝》的基础。她对18世纪意大利的各个音乐流派都相当熟识,意大利是音乐之乡,产生了众多的第一流歌唱家。《康素爱萝》在这方面能帮助我们领略18世纪意大利音乐流派的风采和特色。1979年11月至1980年1月,法国广播电台结合《康素爱萝》中有关音乐的故事情节,配上波尔波拉、哈斯的歌剧,加卢皮、海顿的乐曲以及民歌等,进行连播,深受听众的欢迎。

《康素爱萝》是一部现实主义和浪漫主义相结合的作品。小说的人物塑造具有这个特点。康素爱萝这个形象基本上通过实描塑造而成。小说里的许多人物也多半采用这种手法。例如,阿尔贝伯爵的父亲是一个精雕细刻的人物,他看似糊涂,实则很有主见,关键时候凛然不可侵犯。他了解儿子的心思,同意儿子与康素爱萝结合,这表明他还是一个相当开明的贵族。他的弟弟弗雷德里克男爵则是一个糊涂虫,终日沉迷在打猎之中,可是他心眼不坏,只不过像孩子一般没有头脑罢了。汪赛丝拉娃思想较为古板保守,心胸狭窄,却受人驱使,常常做出愚蠢可笑的事来。宫堡里的老教士专靠搬弄是非、暗中操纵女主人的手段来保持自己的地位,以便能在宫堡长期待下去。作者运用现实主义的笔触把这个内地贵族之家的各种人物刻画得生动真实,惟妙惟肖。另一方面,乔治·桑塑造人物又与巴尔扎克等现实主义作家不同,她是"按我所希望的那样、按我认为应该的那样去描绘人物"的(《〈木工小史〉序》)。康素爱萝就是这样一个按理想塑造的形象。她的品德和才能尽善尽美,而且胆略过人,虽然她体质羸弱,却在崎岖坎坷的地下穴道彳亍而行。这些描写使她具有浪漫色彩。阿尔贝伯爵的形象就更具浪漫特点。他似疯非疯,在疯话中隐藏着真知灼见;他的言论显示出他是一个有高度智慧的人物;他膂力过人。这些描写使他成为一个传奇式的人物。

小说对生活场景的描绘是写实的,但人物的遭遇则很离奇。尽管乔治·桑曾经争辩说,她描绘的世界全部是真实的,"我可以说,我的小说里最不可能发生的事,恰好是现实世界中发生过的"(乔治·桑《〈康素爱萝〉出版说明》),但仍不能排除小说中运用了似真似假等浪漫手法。乔治·桑设想的给池子灌水和放水的方法就纯属虚构,从科学上来说很不严密,虽然从理论上说这是可以实现的,但在当时似乎缺乏实施的手段。至于对康素爱萝没有走上正确的方向,误入泄水道,千钧一发之际侥幸脱险的描写,则纯粹是浪漫主义的。小说在描写威尼斯、巨人宫堡、乡村、维也纳的场景时,笔锋犀利,翔实地反映了时代的风貌,具有现实主义的格调,而其中插入的威尼斯的水乡风光、波希米亚的葱郁森林、多瑙河的秀丽景致,则又五光十色,斑斓夺目,极富于地方色彩和异国情调。《康素爱萝》同乔治·桑的许多小说一样,具有神秘主义的倾向,这种神秘主义是同离奇的情节相结合的,神秘色彩也增加了小说的浪漫成分。

乔治·桑的浪漫主义同雨果的浪漫主义并不相同。雨果的小说具有豪放的风格,有如暴风雨一般,气势浩瀚,而且奇谲诡秘,常常异峰突起。他善用对比反衬,以截然不同的感情、性格来状物写人,收到异常鲜明的效果。而乔治·桑的小说具有更多的抒情意味。她的小说也常常出现紧张和令人激动的场面,但宛如一场骤雨,紧张过后能给人以清凉舒适之感,这种感觉就来自小说的抒情场面。可以《康素爱萝》中对地道的描绘和《悲惨世界》中让·瓦尔让穿越下水道的描写为例。在雨果笔下,巴黎下水道阴森可怖,是藏污纳垢之地。让·瓦尔让背着受伤的马里于斯从这里逃走,他冒着危险,摸索前进,不料在塞纳河的出口处又遇上他的死对头之一泰纳迪埃。一波未平,一波又起,读者始终处于紧张的心理状态中。而《康素爱萝》的描写却不同。康素爱萝所冒的危险开始似乎更大,山洞熔岩处处隐伏着使人葬身的险境,但这里的景色自有瑰奇之处,洞穴里的人工斧迹令人赞叹。女主人公一步步走向安全,越过茨当柯的阻拦之后,她沿着潺潺的水流走去,这儿的景致又别是一番天地:从地表缝隙里透进来的空气拂动着丛生的水草,透过缝隙能看到满天繁星。这幅奇景令人心旷神怡。最后,康素爱萝来到阿尔贝居住的地方。正是在这儿,两人的心沟通了。雨后复斜阳,风景分外好,紧张的情节同抒情的笔触交融一体。乔治·桑的浪漫主义就具有这种热烈奔放而又委婉清丽的特点,恰是这种风格使乔治·桑成为独树一帜的作家。

综上所述,《康素爱萝》在思想内容和艺术上都充分反映了乔治·桑所取得的杰出成就,堪称她的代表作品和古典文学中的名著,值得我们加倍珍视和认真研究。

# 乔治·桑《莫普拉》简论

《莫普拉》是乔治·桑处于创作转折时期的一部重要作品：她正从第一阶段的妇女问题小说转向第二阶段的社会问题小说。《莫普拉》于1835年3月动笔，但不久乔治·桑便停止了写作。她原定这是一篇"乡村小说"，且是个中篇，故事的背景放在农村，与《瓦朗蒂娜》相似。这篇小说是否仍然以妇女婚姻问题作为主旨呢？这正是症结所在。乔治·桑对此进行了反复的思索，可以断言，至少在写作过程中，她的思想产生了变化。乔治·桑在这期间开始接触到皮埃尔·勒鲁、巴贝斯、阿拉戈、拉莫奈等人的著作，[①]她认识到妇女的解放并不能仅仅归结于婚姻，她的目光投向了更为广泛的社会问题。乔治·桑曾多次指出："《莫普拉》的主题就一个中篇来说是过于丰富了"，这部小说"由不得我而变得复杂"。乔治·桑要把小说的内容大大扩充，冲破妇女问题小说的框架。在这种情况下，她终止了《莫普拉》的写作，一直等到1836年她考虑成熟以后，才重新捡起这部小说。因此，《莫普拉》是乔治·桑转向社会问题小说之前的试笔，从下列五个方面便可以看到这种变化。

第一，《莫普拉》的主题已经与妇女婚姻问题无关。在《安蒂亚娜》《瓦朗蒂娜》《莱莉亚》等妇女问题小说中，中心问题是女主人公的婚姻悲剧，换句话说，这些小说的女主人公为了冲破封建婚姻或不合理的婚姻结合而对社会提出了强烈的抗议。在乔治·桑看来，妇女的解放取决于婚姻的自由和美满。在这些小说中，女主

---

① 皮埃尔·勒鲁(1791—1871)，圣西门的信徒，1848年曾任市长；巴贝斯(1809—1870)，革命家，被拿破仑三世流放；阿拉戈(1786—1853)，学者和政治家，1848年二月革命后任临时政府成员；拉莫奈(1782—1854)，思想家，主张政教分离，宣扬人道主义。

人公往往竭力追求理想的婚姻,可是到头来都未能如愿以偿。但在《莫普拉》中,小说内容完全改变了,女主人公虽然受到口头上把终身许诺给别人的约束,事实上却掌握着自己的命运。正是由她来挑选自己中意的终身伴侣,由她来考验情人的忠诚——这段考验时间长达七年,甚至在婚后,她仍然掌握着丈夫的行动,让他参加志愿军抗击敌人入侵共和国,胜利后又立即召他回到自己身边。女主人公爱德梅是完全独立的,不受丈夫主宰。妇女的婚姻问题已经不复存在了。

第二,《莫普拉》展示了相当广阔的社会背景,虽然这并不能说是一部历史小说,却触及了法国大革命之前中部地区的农村状况和阶级矛盾,这正是后来的社会问题小说,如《康素爱萝》《安吉堡的磨工》等所描绘的社会背景。按小说的叙述,男主人公生于1757年,故事正式展开是在1774年,当时男女主人公均为17岁。贝尔纳·德·莫普拉7岁成了孤儿,由祖父特里斯当收养。特里斯当和他的八个儿子是封建制度下最落后、最野蛮、最凶残的代表。他们是一伙强盗、土匪,烧杀奸淫,无恶不作。他们是"封建小暴君这一类人的最后残余",甚至连封建王国的司法制度都不遵守,因为他们负债累累,无力偿还,只能以这种劫掠手段来苟延残喘。他们的存在是封建制度的腐朽和趋于灭亡的象征;他们固守的城堡是封建的顽固堡垒。这个城堡的覆灭是封建顽固势力败退的写照。

这个家族并不是乔治·桑凭空杜撰的。乔治·桑说过:"我在我们黑谷的茅屋中部分搜集到这个故事。"乔治·桑不仅采用了贝里地区的一些传说和事迹,而且以当地的土豪劣绅作为小说人物的原型。小说第六章提到的普勒马丁就是特里斯当式的人物,两者如此相似,以致1853年,普勒马丁的后代要求乔治·桑取消小说中的那个注解(注解指出普勒马丁"淫邪凶残","把贝里地区封建的强盗传统延续到旧王朝的末日")!女小说家还注意到,不但像特里斯当这样的社会渣滓在千方百计地对抗时代潮流的发展,即令是骑士于贝尔·德·莫普拉这样较开明的绅士,"在他身上,如同在大多数贵族身上,基督教忍辱负重的信条,却在血统高傲感面前碰壁";"骑士满脑子尽是偏见。他受到他那个时代对乡下贵族来说良好的教育,可是时代比他前进得更快"。这是洞察入微的剖析。作为贵族阶级的一员,骑士摆脱不了本阶级的偏见;时代在飞速前进,尤其在18世纪下半叶,随着封建王国的日益衰弱以及启蒙思想的迅速传播,人们的观念发生了巨大的变化:"文明大踏步迈向革命的大动荡……教育的光芒,作为典雅宫廷的遥远反映的高雅趣味,或许还有对民众行将到来的可怕觉醒的预感,这些都渗透到古堡中,直到小贵族半带乡土气的庄园里。即使在中部境况最落后的省份,社会平等的思想也已经战胜了野蛮的习俗。"社会矛盾已发展到一触即发的地步,直至家庭内部、每间小屋,无不孕育着激烈的动荡,唯有一次大革命才能重新组织起新的社会秩序。新观念的传播超过了骑士思想上接受新事物的程度,他不能不落伍于时代发展。小说的描写可说是十分深刻而准确的。

围绕着这个封建家族的命运,作者把目光扫向周围发生的一些重大事件。1776年末骑士一家来到巴黎过冬,这时,美国的独立战争爆发了,富兰克林给法国宫廷内部带来了自由的种子,拉斐特秘密准备远征,伏尔泰在巴黎获得最高荣誉(小说的描写比实际情况提早一年),在巴黎的沙龙里,伏尔泰和富兰克林分别得到最高赞赏和最热烈的好感。这些事件接二连三地被提到,从而烘托出当时的革命形势。另外,爱德梅曾坐在庇护启蒙运动哲学家的马莱塞尔伯身旁,事实上,这位政治家确于1776年被任命为王家国务秘书而回到巴黎。男主人公更是前往美洲参加了美国的独立战争。小说提到了这场战争的一些重大事件,如萨凡纳的争夺战、格林和盖茨的行动、阿诺德的通敌。至于法国大革命,小说虽然一笔带过,但也作了不可缺少的交代。贝尔纳讲述生涯的这80年,几乎是一部风云变幻的法国历史。乔治·桑并不追求历史事件的准确性,而是以粗线条勾画出18世纪末的法国社会生活。她的视野显然扩大了,使一部爱情小说具有了较丰富、较坚实的内容;她对社会矛盾的剖析也避免了早期小说的偏颇观点,变得比较符合实际。

第三,《莫普拉》中出现了一个农民哲学家的形象帕希昂斯,这个人物可以说是《康素爱萝》中的茨当柯,他是这类人物形象中的第一个。帕希昂斯信仰"自然哲学",身上体现了卢梭以及拉莫奈等人的思想。他反对贵族,认为:"人民胜过贵族,因为贵族压榨人民,让人民受苦!"他还认为:"穷人受够了苦,将会起而反对富人,官堡纷纷倒塌,土地将被分掉……再没有仆人、主人,也没有农奴、领主。"他主张平等自由,他热切盼望"普遍平均化和恢复黄金时代的平等"。他是农村中的哲学家和法律家,实行卢梭返回自然的生活准则,过着苦行僧式的生活。贝尔纳案件最后是由于他的侦访,听到了若望和安托万的一场谈话才真相大白的。在作者笔下,他是农村中纯朴、睿智、正直的农民的化身,是在封建时代污浊现实中闪光的一颗珍珠。这样的理想人物是乔治·桑接受了新思想以后的产物,是她的空想社会主义的萌芽的表现。

第四,《莫普拉》加强了对封建制度的讽刺和抨击。小说末尾尖锐地揭露了18世纪末法国的司法制度:司法机构不问青红皂白,只依据个别人的"揭发"就逮捕了无辜的贝尔纳,尤其是法庭上法官不做缜密的调查,在有些重要案情未经核实,存在着极大疑点的情况下,居然判处了贝尔纳死刑!小说没有遗漏提及证人和法官受到了贿赂,所以才敢于作伪证和仓促地作出如此荒唐的判决。等到要复审案件时,法院又任意拖延,手续慢得要命,与以前仓促从事恰成对照。通过这些描写,法官的贪赃枉法、草菅人命相当形象地得到了再现。这场审判是对封建司法制度的一份控诉书,它如同一出风俗喜剧,各种人物在其中都进行了充分的表演,袒露了自己的灵魂或嘴脸。

小说对教会的抨击也是毫不留情的。小说第十九章集中了对这个"可怕的敌人"的针砭和暴露。贝尔纳为了同若望直接会面,来到加尔默罗会隐修院。这座隐修院"表面上制度森严,实际上却十分富裕,纵情享乐",里面的僧侣"过着前所未有的最舒适、最懒散的生活;他们穷奢极欲,摆脱了舆论的监督"。院长出面同贝尔纳交谈,目的是要贝尔纳让步,拱手奉送一大笔财产,否则,院长威胁"要做出疯狂的举动"。这个面目可憎的院长一方面假惺惺地表示:"一个虔诚的人能从掌握尘世的财产中获得莫大的安慰吗?"另一方面却又话锋一转,说什么"过眼烟云似的财富代表无谓的取乐越应当受到蔑视,遵守教规的人就越应当坚决要求收回它们,因为这些财富为他确保了做好事的手段"。这番话充分暴露了这个宗教团体奉行"义行善举",无非是为了享乐和扬名的私利。为了达此目的,他不惜软硬兼施,不择手段。这个团体收留了一些作恶多端的歹徒,例如若望·德·莫普拉。这个瘸腿贵族令人想起莎士比亚笔下的理查三世,他诡计多端,常常虐待童年时的贝尔纳;在特里斯当的八个儿子中,他最会出鬼点子;他逃脱骑警的追击以后,隐姓埋名,当了隐修士,但仍出没于老家,觊觎着他的叔叔骑士于贝尔的财产。乔治·桑把这样一个恶棍写成隐修士的一员,表明她对这类宗教团体是深恶痛绝的。

《莫普拉》对司法制度和教会的抨击,涉及她以往的小说所不曾有过的内容,说明她在关注社会弊端方面前进了一大步。

第五，《莫普拉》的主要情节是描写在爱情的感召下，一个从小受到不良习俗熏陶的贵族青年，如何在获得文化知识的基础上，改掉了丑恶、卑劣的行为和思想，成为新人的故事。这个故事发展了卢梭的教育思想，也是乔治·桑民主主义思想的一种表露。女主人公爱德梅在小说中是美和善的象征，她具有强烈的共和主义信念，并以这种信念感染了帕希昂斯，得到后者的敬重；她支持贝尔纳参加美国独立战争，后来又让他去抗击入侵者，但她并不要贝尔纳混入官场，战争结束后及时把他召了回来。她受到贝尔纳善良本性的吸引，深深爱上了他，然而她不能容忍这个小伙子野性未驯的种种恶习，她说：“但我不爱恶，我不能爱恶，如果您在自己身上培养恶，而不是拔除恶，我就不能爱您。"她坚持这条原则，绝不肯向贝尔纳的哀求让步，她深知终有一天贝尔纳会改变成另一个人，符合她的理想要求，跟着时代潮流前进。另一方面，她认识到自己的未婚夫德·拉马尔什是个没有慈善心的贵族，他"会让穷人饿死在他的官堡门口"，他们俩之间没有共同语言，不存在爱情结合的基础，她于是毅然决然丢下他，选择了贝尔纳。这个富有眼力和心计的姑娘终于获得了幸福。乔治·桑曾在自己的笔记中写下这样的句子："你受到诱惑，出于忠诚向情人让步。须知，当你的偶像不符合可作楷模的牺牲时，这种忠诚并不美……灵魂在放错位置的激情中会变得衰竭，并被毁掉。"爱德梅正是按照这一准则去行动的。至于贝尔纳，这个青年本质不坏。他始终看不惯他的叔叔们的恶行："我从童年起就听到邪恶的信条，但我没有接受。我从不认为允许犯下恶行，或者我从不感到这样做是快事。我作恶时是被武力强迫的。"他本性有善良的一面，这是他能改恶从善的基础，而不像他的叔叔们都是怙恶不悛的恶棍。但这个改变过程相当漫长，绝不是一朝一夕就能功德圆满的："为了从狼变成人，必须斗争四五十年，而为了享受自己的胜利，则必须活过一百岁。"贝尔纳终于经受住了考验，获得了新生。卢梭在《爱弥儿》中写道："心灵只能自动接受法则；人们企图束缚它，是为了解救它；人们让它自由自在，则会束缚它。"爱德梅正是按照这一原则去改变贝尔纳的。支持着贝尔纳行动的是他对爱德梅的爱情，这爱情从爱德梅误入盗贼老巢时就开始了："她是我终生唯一所爱的女子；从来没有别的女子吸引过我的目光，感受过我的搂抱。我生性如此；我爱什么，就永恒地爱，无论是过去、现在，或者将来，都始终不渝。"贝尔纳在爱情专一方面堪称楷模，这是作者力图再现的忠于爱情的理想人物。贝尔纳的一生表明，教育在改变人的习性，进而使某些落伍的人跟上文明发展的过程中,起着巨大的作用。乔治·桑认为,人是能接受新时代的文化知识的,教育能促进人们之间新关系的形成,如果这个人受到爱情的驱使,这一改变就更易实现。

从上述五个方面来看,《莫普拉》明显地超越了妇女问题小说的框架,在内容上成为乔治·桑最丰富的小说之一。从它问世以来,一直受到读者和评论家的重视和赞赏。当然,这同《莫普拉》在艺术上所取得的成功也是分不开的。

《莫普拉》被称为一部"斗篷加长剑"式的小说,如同我国的武侠小说那样,注重情节的复杂曲折,波澜起伏。乔治·桑早年受到19世纪初流行的"黑小说"的影响,从《莫普拉》中就可以看到传奇小说的痕迹。尤其是小说开头,在风雨交加的夜晚,一个迷了路的美丽姑娘来到魔窟,外面是骑警队在猛攻,这个少女则在宫堡里为保持自己的清白展开一场斗智。这样的场面颇能看到"斗篷加长剑",即英雄加美人的故事构想。但是,《莫普拉》的传奇色彩仅到此为止。与其说乔治·桑是在模仿"黑小说",还不如说她是采用这类小说的一些有效手段来增添小说的魅力。这样的描写确能一下子吸引住读者。

《莫普拉》在情节安排上是相当引人入胜的。紧接在爱德梅误入魔窟之后,是贝尔纳对她的一场爱情追逐,最后他俩从地道安全逃出。他俩来到帕希昂斯在森林中的塔楼里。碰巧的是,城堡在夜里被攻破,两个莫普拉逃到这里,与贝尔纳和爱德梅不期而遇,其中一个叫洛朗的受了致命伤,另外一个叫莱奥纳的为了拒捕,免得受辱,趁宪兵不注意,夺枪自尽。戏剧性的场面一个接着一个:来到骑士家里以后,贝尔纳展开了对爱德梅的爱情攻坚战,而爱德梅的未婚夫拉马尔什是他们之间的障碍。这不是一场司空见惯的三角恋爱描写。爱德梅力图改变贝尔纳的习性,这一点是独特的,摆脱了庸俗趣味和雷同的描绘。贝尔纳并没有轻而易举就接受爱德梅的安排,潜心学习,他的思想转变过程写得细腻而合乎情理;随后,为了能配得上爱德梅,他准备参加美国的独立战争,赢得荣誉。可是,贝尔纳从美国凯旋后,并未能实现与爱德梅结合的梦想。一波未平,一波又起:爱德梅遭到枪击,而且是在贝尔纳和她发生一次口角之后,表面看来这是贝尔纳出于嫉恨而干的蠢事,或者如同他的朋友们想为他开脱的那样,是他的枪走火,误伤了爱德梅。审判贝尔纳达到小说发展的高潮,这个高潮写得精彩纷呈,跌宕起伏。作者先介绍了贝尔纳所面对的严峻形势,他处于极端不利的地位,因为几乎没有任何于他有利的证据。公审场面写得有声有色,特别是爱德梅的贴身女仆勒布朗的出场和作证出人意料,她把印象和表面现象当作事实并串联起来的证词几乎无懈可击,她提供的一封贝尔纳写给爱德梅的信更是置贝尔纳于不利的境地。正当法庭宣判贝尔纳死刑之际又突起波澜。神秘的、出没无常的帕希昂斯忽然出现,要求推迟死刑执行期限,因为他有重要的证词。于是贝尔纳的案子出现了转机。经过他的战友阿瑟的斡旋奔走,爱德梅复原后的出庭作证,帕希昂斯的揭发,案情才水落石出,小说自然而然和令人信服地走向结局。这场审案写得扣人心弦。综观全书,整部小说写得一气呵成。尤其难能可贵的是,小说是由年届八旬的贝尔纳口述出来的,读来却没有生硬和脱节之感,相反,小说酣畅自如地写出了人物的所思所想。这一切显示了乔治·桑娴熟的写作技巧。

　　乔治·桑还善于运用通过某些地点的反复出现来贯穿情节始终的小说手法。例如帕希昂斯寄居的加佐塔楼(这个塔楼确实存在于作者的家乡)曾出现过三次:第一次是贝尔纳13岁时在那里用弹弓打死了帕希昂斯心爱的一只猫头鹰,激起了帕希昂斯的愤怒,他惩罚了这个恶作剧的孩子;第二次是在贝尔纳17岁时,他同爱德梅逃到这里歇脚;第三次是贝尔纳在二十四五岁时,爱德梅在这里受到枪击。这三次构成了男主人公一生的三个重要阶段,加佐塔楼仿佛是个见证人,目睹了贝尔纳的一生经历。这是将小说情节有机地糅合在一起的有效方法。

　　最后还要提到小说中优美的风景描绘。无论是雷雨之夜贝尔纳居住的那个城堡的阴森、地道和机关的巧妙、宫堡废墟的荒凉恐怖,还是骑士于贝尔的宫堡里夜晚月下一对情人的交锋,面对初秋多雾之夜的田野人物内心的感受,都写得富于抒情和浪漫的色彩,这是对法国中部地区农村风景的一曲颂歌。

　　总之,《莫普拉》在内容上很难归入哪一类小说,而在艺术上又完全具备乔治·桑流畅自然、温婉亲切、情感炽热、优美抒情的风格,无疑属于她写得最优秀的作品之列。乔治·桑在写作时已意识到这点,她在1837年3月30日写完《莫普拉》的第二部分时,曾写信给出版商说:"我相信能确保这部小作品的成功。"乔治·桑并没有言过其实,她兑现了自己的诺言。

# 乔治·桑《瓦朗蒂娜》简论

乔治·桑从尝试写作,到蜚声文坛,可以说异乎寻常的迅速。1832年初,她用六个星期写出了第一部小说《安蒂亚娜》。她将手稿拿给自己的情人和初期文学创作的指导者于勒·桑多去看,建议他跟她共同署名发表。但桑多阅后感到异常吃惊和难堪。他的女合作者文风大变,今非昔比,水平远远高出于他。他拒绝了这慷慨的好意。

《安蒂亚娜》的作者署名乔治·桑。桑是女作家和桑多两人名字混合以后产生的笔名;至于乔治,同通常人们采用的乔治略有不同,末尾少了一个"s"。在女作家的思想中,乔治既是个男性名字,又是她的故乡"贝里人"的同义词。这个笔名具有双重的意义:女作家表现了她对故乡的热爱之情,同时又流露了她作为新女性要在这个男性占统治地位的社会中争一席之地的强烈愿望。乔治·桑的愿望在某种程度上似乎是达到了。

《安蒂亚娜》获得了相当大的成功。她的文学老师昂利·德·拉都什写信给她:"啊,我的孩子,我对你非常满意。"有的批评家认为她比大名鼎鼎的女小说家和评论家斯达尔夫人更高一等。巴尔扎克也撰文表示赞赏:"此书的成功是确定无疑的。"比较起来,乔治·桑从事文学创作不到一年半工夫,便跻身于文坛前列。而巴尔扎克在成名之前写了十部小说,磨砺了十年之久;斯丹达尔此时仍然默默无闻。无疑,乔治·桑的步入文坛要顺利得多。

其实,一个作家的成名有各种因素促成。单就乔治·桑来说,至少可以找到下列三个原因。

首先,是由于作家的创作意识觉醒和成熟得较早,艺术技巧成长过程较快。乔治·桑在《我的自传》回忆道,她来到巴黎以后不久,"不由自主感到自己是个艺术家,虽然还从来没想到过我会成为艺术家"。乔治·桑有一天走进了绘画博物馆,被历代大师的名画吸引住了。第二天、第三天,她又去看画,从博物馆一开门便进去,直至博物馆关门。她如醉如痴,站在提香、鲁本斯等大画家的名作前,像钉住了一样。她从中领悟到为什么意大利文艺复兴时期的绘画会受到人们赞赏,而佛兰芒画派之所以吸引她,是因为这些绘画表达了现实中的诗意,她进而悟出了什么是美。她感到自己来到了一个新世界中。离开博物馆后,大师们创作的形象在她眼前再现,她在这些杰作中感受到什么是生活;在现实中,人和事物往往笼罩上一层纱幕,艺术作品就是要找到出色的形式,去表现裹在纱幕中的人和事物的本质。她的头脑里涌现出一大堆人物的名字,心情兴奋至极,在街上游荡,忘了吃饭(《我的自传》)。乔治·桑无疑是个感情极为丰富、极为敏感的作家,同艺术大师的杰作接触,触发了她头脑中的艺术神经系统;同时,这些杰作给了她正确的指导,指引她如何去描绘人生,启迪她艺术的奥秘是什么。无可讳言,乔治·桑在同于勒·桑多的合作中,初步学会了一些创作手法。即使桑多连二流作家也算不上,创作手法多半是当时流行的通俗作品的写法,追求古怪离奇的情节,但乔治·桑从中还是学到一点布局谋篇的诀窍。自然,她并不满足于去编造一些毫不接触重大生活题材的故事。这种思想状态一旦同艺术博物馆中大师们的杰作给予她的启发相结合,便诱发了她的想象激情,使她走上正确的创作道路。

其次,乔治·桑是个孜孜不倦的小说家,她能整夜接连不断地工作,只在修削鹅毛笔、给炉火添柴和装满烟斗(她像男子一样抽烟)时才停歇一下。缪塞曾经这样描述过乔治·桑忘我的写作热情,他对乔治·桑说:"我不能像你那样,脑子里有一根钢丝小弹簧,只消按一下按钮,意志便会运转起来。"她能一口气写作8小时,有时12小时。诗人和小说家泰奥菲勒·戈蒂埃到诺昂访问时,看到乔治·桑在半夜写完了一本书,睡觉之前又开始写作另一本书!1845年,她用了四夜写出了《魔沼》。乔治·桑为什么要这样拼命工作,以至养成了习惯?就在她走上文学创作道路的时候,她过的是独立生活,需要挣钱来抚养两个孩子:"离开他们,我会难受,问题不是要抱怨不迭,我必须工作。我从此决定从事文学生涯。我用笔比用主妇的针,对我的孩子们更为有用。"(盖特·皮罗特《乔治·桑》)她的生活条件相当艰苦:躲在马拉盖沿河大街附近的一间阁楼里,房间热得要命。白天她到一个木匠间写作,很少出来,也没有人打扰她,只有蜘蛛和老鼠与她做伴。晚上,她下楼去呼吸新鲜空气,坐在石阶上沉思(《我的自传》)。这一切为的是争取到她的自由和尊严。在19世纪,需要工作的妇女是受人蔑视的,而乔治·桑却敢于同这种传统观念相抗衡。她说:"我愿意成为艺术家,为的是能自我安慰:我不能无所事事,一无用处,像压在劳动者肩上的主人那样令人无法忍受。从兴趣来讲,我宁愿自食其力。"(《我的自传》)在明确、坚定的思想支持下,她才能奋笔疾书,勤于写作,笔耕不辍。这股动力保证了她旺盛的创作精力和不断进取的顽强探索,也是她迅速在文坛站稳脚跟和成为多产作家的原因之一。

最后,乔治·桑步入文坛时选取的主题具有特殊的意义。乔治·桑敢于蔑视传统的夫权主义,冲破了封建婚姻观念的樊篱,竭力追求妇女与男子的平等,甚至不惜标新立异,例如穿上男子服装,手握拐杖,在大街上目无旁人地行走。她从自身经历出发,将妇女的婚姻问题作为自己前期小说的压倒主题,她要"反对男人在婚姻中的暴虐,反对风俗在约定俗成原则的名义下的虚伪,通过妇女的自由和平等,要求爱情享有作为唯一主宰的特权,要求人格的独立,人格高于其他价值标准,人类法则要在这种价值标准面前弯腰屈膝,正如其他价值标准要在爱情面前弯腰屈膝那样"(罗什布拉夫《乔治·桑作品选》)。乔治·桑要追求妇女的解放,这无疑是大胆的、具有不同寻常意义的举动。因为"在任何社会中,妇女解放的程度是衡量普遍解放的天然尺度"(恩格斯《反杜林论》,《马克思恩格斯选集》)。所以,提出妇女解放问题是对封建意识的有力冲击。七月王朝初期,封建意识在风俗中和人们的头脑中还牢固地存在着。妇女是男子的附属品,在家庭生活和社会生活中,妇女实际上毫无地位和自由。乔治·桑是启蒙思想家卢梭的崇拜者,她从资产阶级民主主义思想出发,向往妇女得到民主自由的生活地位。另外,毋庸置疑,她受到傅立叶、圣西门的空想社会主义关于妇女问题的论述的影响。在这样的思想基础上,她才敢于挺身而出,向传统观念发起挑战。因此,乔治·桑早期关于妇女问题的小说反响很大,在社会上起到振聋发聩的作用,也就不是偶然的结果。

※　　※　　※

历史上也曾有过描写妇女问题的小说,但反映的内容不同。卢梭的《新爱洛依丝》抨击了不合理的婚姻制度,描写了受到封建意识束缚的妇女的内心痛苦。19

世纪初,斯达尔夫人写过两部小说:《苔尔芬》和《柯丽娜》,都是描述单身女人追求个人幸福的故事,但提出的问题和接触的症结都不够尖锐,既受到卢梭的影响,又达不到卢梭的高度,基本上没触及妇女解放的问题。诚然,斯丹达尔的《红与黑》也抨击了不合理的封建婚姻,但小说不是专门描绘这一主题的,而且由于别的原因,这部小说当时没有得到世人的理解。乔治·桑则不同,她的妇女问题小说是以妇女解放为前提的,她站在19世纪的高度要求妇女在社会上享有平等地位。因此,乔治·桑的妇女问题小说在文学史上,主题是崭新的。

  无论如何,一颗新星已在法国文坛上闪耀出光彩。1832年秋,乔治·桑的第二部小说《瓦朗蒂娜》问世了。浪漫主义的前驱夏多布里昂不禁赞叹说:"你将是法国的拜伦爵士。"这句话虽然言过其实,不够中肯,却也反映了人们对这个有着不同凡响的才能、驾驭独特题材的女作家是刮目相看的。

  问题就在于,《瓦朗蒂娜》确实不比《安蒂亚娜》逊色。

  从主题来看,《瓦朗蒂娜》也是从婚姻问题入手,去探求妇女的解放和争取社会地位平等。小说仍然采用多角恋爱的方式:男主人公贝内蒂克特是这些爱情纠葛的关键人物,他爱上贵族小姐瓦朗蒂娜,而她是朗萨克伯爵的未婚妻;贝内蒂克特与瓦朗蒂娜的姐姐路易丝有过恋情,路易丝开初拒绝,后来却爱上了他;贝内蒂克特被他的表妹阿泰娜伊丝热恋着,而后者有不止一个追求者。这种多角恋爱的情节也许是通俗小说给乔治·桑留下的不良影响,在某种程度上削弱了小说主题的集中表现,例如路易丝与贝内蒂克特的瓜葛是画蛇添足,显得多余。不过,乔治·桑通过这多角恋爱的情节,力图反映的思想还是脉络清楚的:小说中的几对婚姻都导致悲剧。瓦朗蒂娜在母亲的逼迫下与自己不爱的朗萨克结了婚,新婚之夜就是她的不幸的开始,因为朗萨克本是个浪荡公子,一身是债,他企图通过婚姻,获得妻子的房地产,用来还债。因此,他对瓦朗蒂娜只有虚情假意,丝毫没有爱情。婚后两人从未同房,始终分居。瓦朗蒂娜虽然同贝内蒂克特相爱,但他是个农民,又没有财产,无法跟一个贵族小姐结合。瓦朗蒂娜之所以不能冲破传统的枷锁,跟自己相爱的人结婚,是因为她有前车之鉴:她的异母同父的姐姐路易丝,就因为偷偷同一个花花公子相爱而遭到家庭的驱逐,在外流亡了十多年。姐姐的遭遇和严母的约束使她不敢越雷池一步,只能听任命运的宰割。乔治·桑力求写出这种不合理的、违反人情的现象是造成人间痛苦的罪恶渊薮。一方面作家通过主人公之口,道出"纯洁的爱就是这个宇宙的纽带和原则……我们创造出来是为了彼此相属的,我们之间缔结的非物质联系,胜过一切人间联系",歌颂了爱情的神圣;另一方面,乔治·桑又通过男主人公,指出财富和地位是他们结合的障碍,愤怒指责:"婚姻社会、机构、可憎恨的东西!对此我只有刻骨的仇恨!"瓦朗蒂娜也提出了控诉:

> 我想把婚姻变成双方都视作神圣的一种约束。但他们嘲笑我的单纯;这一个对我谈论金钱(指朗萨克),那一个对我谈论自尊心(指伯爵夫人),第三个对我谈论礼仪(指侯爵夫人)……他们怂恿我失足,鼓动我只知宣扬表面的德行。如果您不是一个农民的儿子,而是公爵和贵族院议员,我可怜的贝内蒂克特,他们就会吹捧我取得胜利!

男女主人公对不合理的婚姻制度的谴责,是一种叛逆思想。他们指出了这种婚姻制度扼杀了人们的天然感情,而且是以通奸来作为补充的。封建的卫道者只注重金钱、表面上的德行、礼仪,不许同下层阶级结合,只许向上攀亲,这种婚姻准则的虚伪实质暴露无遗。小说中,乔治·桑进一步用事实来证明不以自由恋爱为基础的婚姻所产生的恶果:瓦朗蒂娜被丈夫发现她同贝内蒂克特的柏拉图式的爱情关系,不得不被丈夫任意宰割,失去了偌大的蓝博宫堡和附属的地产,然后又被丈夫无情地抛弃;贝内蒂克特在幸福即将来临之际被情敌杀死;阿泰娜伊丝一气之下与自己不爱的人结了婚,享受不到家庭的欢乐,直至丈夫跌入河中淹死。乔治·桑在小说前言中说:"我指出了不幸结合的危险和痛苦……不知不觉在宣扬圣西门主义。"这句话是恰如其分的。乔治·桑抨击了不合理的婚姻,也指出了造成婚姻悲剧的部分原因。有人指责乔治·桑的思想"反婚姻",这是毫无根据的。这种指责没有看到乔治·桑的用意在于披露封建婚姻给妇女带来的不幸和痛苦,她主张排除金钱和物质考虑的自由结合,仅仅是反对封建婚姻。然而,乔治·桑在当时也没有意识到,她正在宣扬空想社会主义。但正是在这一点上,《瓦朗蒂娜》具有不可忽视的进步意义。总之《瓦朗蒂娜》在反映妇女成为封建婚姻制度的牺牲品方面,完全可以同《印第安娜》媲美。

话说回来,如果《瓦朗蒂娜》只是重复《安蒂亚娜》的主题,那么,它就不会得到后人的重视。事实上,《瓦朗蒂娜》还反映了其他问题,在某种意义上,这是一部承上启下的小说,从中可以看到乔治·桑第二和第三阶段创作的端倪。

众所周知,乔治·桑第二阶段的倾向是创作社会问题小说。《瓦朗蒂娜》已牵涉到这方面的内容。

小说描绘了农民与贵族尖锐对立的情绪。一方面,是贵族对农民的鄙视,以蓝博伯爵夫人为代表。她"厌恶下等人","深深蔑视下等人",认为必须对下等人保持距离。她觉得女儿在舞会上当众被一个农民抱吻,是受到了侮辱。她看到女儿同贝内蒂克特接触便火冒三丈,认为有失体统。她的婆母由于出身和经历不同,对农民的态度则不一样,虽然骨子里她也是憎恨农民的。侯爵夫人经历过大革命,深谙"礼贤下士一些,为的是在未来的革命中拯救你的头颅"的道理,因而她乐于对农民笑脸相迎,装出和蔼可亲的模样。她的行动反映了旧贵族对农民的恐惧和戒备心理。农民对伯爵夫人和侯爵夫人的为人可是看得一清二楚,知道前者鄙视他们,但有时也想炫耀一下自己的阔绰,招待他们一顿,而后者虽然平易近人,却不会给他们美餐一次。农民是仇恨贵族的,认为贵族"只有过出生时的艰难,我们则不同,我们是历尽艰险才挣到家产的"。农民和贵族平日很少接触,宫堡和田庄彼此分隔,但对立情绪却隐伏着,农民随时都准备同贵族摊牌,尤其是富裕农民,更是跃跃欲试。莱里家借女儿结婚之机,大摆宴席,要跟伯爵小姐的婚礼相颉颃,压倒贵族的气焰。在小说结尾,蓝博家败落了,阿泰娜伊丝由于继承了一大笔遗产,成了蓝博宫堡的业主,但她不以此为满足,"她心痒难熬,很想有蓝博伯爵夫人的头衔,在贵族沙龙中得到仆人的禀报"。她终于如愿以偿,在丈夫死后,与取得蓝博伯爵头衔的路易丝的儿子成婚。资产阶级化的农民成为新贵,这是复辟时期农村阶级关系产生变化的一个侧面,反映了农村中阶级力量的消长情况。这是外省一个角落的社会变迁史。就整个社会而言,"巨资集中在几个人手里……没有廉耻,到处是贫困,充满弊端",社会腐朽到根部,这是对复辟王朝准确的概括。由此可以看到乔治·桑对社会问题的关注,表明她的视野正在扩大。

乔治·桑第三阶段的创作题材是田园小说,同样,《瓦朗蒂娜》已经令人看到这类小说的萌芽。小说开卷便是对法国中部地区贝里农村绮丽风光的描画和对当地风俗人情的细腻绘写,这些描写给小说带来一股前所未有的清新气息。农民淳朴简单的生活,殷实农户的宽大房舍,尤其是热烈、别致、盛大的乡村舞会,把读者带到一个农家乐的新天地。在这样富有诗情画意的环境中,乔治·桑安置了不同阶级的男女的爱情故事,使小说具有田园牧歌的意味。小说描写男女主人公在河边垂钓,彼此之间萌生出不由自主的爱情的场景,就是这类田园牧歌式的故事最有代表性的篇章。这时贝内蒂克特在欣赏心上人水中的倒影,神不守舍,而瓦朗蒂娜也在偷窥着这个受过教育的农民:"一个在田野上和大自然中的男子汉,他健美的胸膛可能因为强烈的爱情而乱跳,他忘怀在瞻仰上帝所创造的最美的事物中。难以描述的气息飘荡在他周围火热的空气中;难以形容的、说不清的、不由自主的神秘激动,一下子使年轻的伯爵夫人朴实纯洁的心扑扑乱跳起来。"这样的田园牧歌与沙龙中的谈情说爱相比,自有它的异趣。在乔治·桑笔下,这类描写摆脱了庸俗意味,无论男女主人公在乡村舞会上的初遇,夏夜在山谷的相逢和坦率交谈,还是在宫堡小楼的消闲聚会,纵然都是良辰美景、佳人相会的一幅幅图画,却也透出俊逸秀美、洒脱自然的气息。这种田园情趣与富有浪漫色彩的爱情描写的融合,已预示了乔治·桑后来的创作基调。

从艺术上看,《瓦朗蒂娜》塑造了几个性格鲜明的形象,这是乔治·桑在创作上逐渐走向成熟的标志。瓦朗蒂娜是个具有民主主义思想的女性形象,这是乔治·桑创造的"女性画廊"中有独特光彩的人物之一。瓦朗蒂娜不会假作谦虚,诚实坦率而又气质高贵,"善于让人敬畏,又从不伤人自尊心",但她没有贵族偏见,相反,她厌恶贵族的伪善和烦嚣的城市生活,渴望成为一个农家女:"我多么热爱这纯朴的生活和每天平静的活计!我会像莱里大妈一样,样样亲自动手;我会养一群当地最好看的牲口;我会有羽毛漂亮的母鸡和山羊,带到灌木丛中去吃草!"她十分关切农民的苦痛和欢乐,农民见过她为他们的不幸哭泣,因此农民和她之间没有什么隔阂。她不断地同自己心里的传统观念——不能与农民结合——作斗争,直到最后,命运和社会环境把她降到同农民一样的地位,她不得不寄居在农民家里,才打消了她最后的顾虑。不管怎样,她摒弃阶级偏见,与农民接近的思想和行动,已经是对封建门第观念的大胆挑战。正是这样,乔治·桑才将她看作一个理想的女性形象。她性格温柔却并不懦弱,在平静的外表下隐藏着果敢的、毫不退缩的意志,正是柔中有刚。贝内蒂克特则性情暴烈,易于激动,富有反抗精神。他蔑视金钱,憎恨贵族的自命不凡,看不惯暴发户的倨傲,对暴发户的吝啬与挥霍加以无情的讽刺。他宁愿放弃一门女方嫁妆十分可观的婚姻,不顾一切地追求瓦朗蒂娜;达不到目的时诅天咒地,指责上帝不去扶持弱者,企图开枪自杀,了结一生。这一行动同他的厌世思想是合拍的。早年在巴黎求学时,他虽然兴趣广泛,轮番爱上艺术和科学,可是,由于他并不想利用知识去谋取私利,正当他要取得成果时,他却止步不前,半途而废。这种与世无争的举动其实是愤世嫉俗的表现。所以,他拒绝了阿泰娜伊丝以后,回到自己狭小的屋子,清茶淡饭;他追求瓦朗蒂娜也不是看中她的财产地位,而是在爱情的驱使下不由自主的行动。

蓝博伯爵夫人是一个相当生动、真实的形象。她本是资产阶级出身,帝国时期嫁给贵族,实现了朝思暮想想得到贵族的荣耀和头衔的心愿。随着拿破仑帝国的覆灭,她的好日子也就一去不复返了。她庸俗、狭隘、爱慕虚荣,发现丈夫前妻之女越来越漂亮以后,便千方百计要把继女赶走。继女的情人竟是她的情人,这一点使她更加怨恨继女。甚至她要嫉妒自己女儿的美貌,想方设法把女儿留在家里,自己一个人去参加社交活动,免得自己相形见绌。"她空虚高傲的心从未尝过家庭的温暖。"她本想利用贵族身份炫耀自己的财富,后来又匍匐在王权面前,但这一切都幻灭以后,"热衷于阴谋诡计就成了唯一的精神食粮,她在其中倾注了逆境在她身上积聚的怨气"。她一手包办了女儿的婚姻,葬送了女儿的一生;她倚仗掌握钱财,控制婆母的行动;她热衷于争讼,以发泄自己的精力和显示自己的活动才干。这个专横跋扈、猥琐促狭的贵妇,是19世纪初叶法国社会产生的精神畸形儿。侯爵夫人是另一种贵妇的写照。她性格软弱、轻率、喜爱奢华而又自私,她本来最喜爱大孙女路易丝,可是慑于儿媳的淫威,"完全抛弃了路易丝,免得自己陷入贫困"。这是一个在经济上败落,不得不依附他人,而且经历过法国大革命,懂得怎样保存自己、委曲求全的旧贵族形象。不过,死前她还是要报复一下,揭露蓝博夫人的平民出身,表明这是伯爵夫人最大的缺陷。她这样说:"对于一个出身低微的女人来说,总而言之,她待我还是不错的。"这种隐含讥讽、似褒实贬的口吻,只有贵族阶层的人物才说得出来。

此外,阿泰娜伊丝也写得相当生动传神。她出身农民,却不欣赏农民的纯朴品质;不愿做活计,生怕动手干活会重新下跌到摆脱了的地位。她"爱虚荣、野心勃勃、爱嫉妒、狭隘"。当她在床上醒来时,看到身旁的丈夫是个粗鲁、缺乏优雅潇洒举止的农民,她便泪水盈眶。她"一直喜欢贵族;高级的语言,即使超出她的智力和能力,她也觉得具有最强的吸引力",正是这样,她才爱慕贝内蒂克特。她最后终于成为伯爵夫人。她的心理和性格,体现了暴发户农民想跻身贵族和上层阶级的社会现象。

　　塑造人物的成功与否,是衡量一个作家的艺术功力的重要标准,由此看来,乔治·桑之所以脱颖而出,几乎是一鸣惊人,就不是奇怪的了。她对现实生活的观察和感受相当敏感、深刻,而且能够形象地再现出来。乔治·桑尽管是个浪漫派作家,但塑造人物时她并不仅仅使用浪漫手法,而且也善于采用现实主义手法。男女主人公瓦朗蒂娜和贝内蒂克特具有更多的浪漫色彩,而伯爵夫人、侯爵夫人和阿泰娜伊丝则具有更多的现实气息。乔治·桑塑造人物时是交替使用浪漫主义和现实主义手法的,显示了轻灵而又稳健的创作特色,这是她一贯的风格。

　　此外,《瓦朗蒂娜》的结构一气呵成,十分紧凑;乔治·桑温婉柔和,富于抒情色彩的笔调也给人留下深刻的印象。凡此种种,都是《瓦朗蒂娜》至今仍然拥有众多读者的原因。

# 论斯丹达尔的《红与黑》

《红与黑》是根据真人真事经过艺术加工而写成的。1827年末,斯丹达尔在《法院公报》上看到安托万·贝尔泰的案件。贝尔泰是格勒诺布尔的神学院学生,他先后有两个情妇。他本是马蹄铁匠的儿子,20岁时当了公证人米舒家的家庭教师,成了女主人的情人。随后他进了贝莱的神学院,又来到德·科尔东家,与后者的女儿产生恋情,但他和米舒太太仍然通信,并指责她换了一个情人,发展到在教堂枪击她。

斯丹达尔保留了贝尔泰与两个女人的爱情关系的基本线索。故事改在1825年弗朗什-孔泰省的维里埃尔小城。锯木厂老板的儿子于连·索雷尔做家庭教师。于连获得市长夫人的好感,她没有享受过爱情,逐渐爱上了这个漂亮的小伙子,成了他的情妇。他们的关系终于隐瞒不住。在西朗神父的安排下,于连来到贝尚松的神学院,很快获得院长彼拉尔神父的信任。院长为他谋得德·拉莫尔侯爵秘书的职务。他的高傲唤起了侯爵女儿玛蒂尔德的好奇心,他设法把她勾引到手。侯爵似乎无路可走,给了他称号、军阶并应允他和自己女儿的婚事。这时,德·雷纳尔夫人在教士的唆使下揭露了于连。于连愤怒之极,回到维里埃尔,开枪打伤了她。于连被捕之后,万念俱灰,在法庭上怒斥统治阶级,被判处上了断头台。三天后,德·雷纳尔夫人也离开了人世。

《红与黑》的第一个层面表现为爱情小说。斯丹达尔从批判封建婚姻的角度去描写于连的两次爱情。德·雷纳尔夫人是个纯朴、真诚、不会做作的女子,她与市长之间并无爱情。德·雷纳尔先生是个大男子主义者,在他眼里只有金钱、贵族门第,妻子是丈夫的附属品。他和妻子没有感情交流。德·雷纳尔夫人在于连身上发现了平民阶级的优异品质:具有进取心、自尊心强、不愿屈服于贵族之下、聪明能干、感情炽烈、一旦尝到了爱情便投身其中。她爱上于连是对封建婚姻的反叛。玛蒂尔德的情况有所不同,斯丹达尔曾经解释过自己的创作意图:"作者敢于描绘巴黎妇女的性格,她之所以爱上别人,是自以为天天早上即将要失去他……她同德·雷纳尔真正的朴实的爱情形成出色的对比。"但不管怎样,玛蒂尔德是一个蔑视贵族婚姻观点的侯门小姐,她看不起德·克罗瓦兹努瓦侯爵和德·吕兹等有身份、有财产的贵族青年,厌倦了贵族圈子封闭的、保守的风气。别人越是对她低声下气,她越是不屑一顾。她欣赏于连之处,正是他没有奴颜媚骨、受到19世纪启蒙思想的熏陶而表现出自由思想,又有才识胆略。不可否认,她愿意放弃贵族门第与于连结合,不顾自己的名誉跑到维里埃尔四处活动,为搭救于连而不遗余力,即使她的行动中有着矫情的成分,但她的表现是违反贵族阶级的道德准则和行为规范的。至于于连,斯丹达尔描写了他的平民反抗意识。他把自己的行动看作"战斗",要完成自己的"责任",以报复市长对他的蔑视。他受到德·雷纳尔夫人热烈纯真的爱情感染,产生了相应的爱情。他对平等的意识非常强烈:"如果事关孩子们的教育,她可以说我命令;但要回答我的爱情,她该认为我们是平等的。没有平等就不能爱。"因此,他十分警惕她的贵族意识的流露。于连对玛蒂尔德的爱情羼杂了较多的理智成分和目的,他企图对那些贵族青年挑战,并通过玛蒂尔德向上爬。他的内心对玛蒂尔德缺乏真正的爱情,因为他并不喜欢她的性格。他的野心支配了他的行动。在德·拉莫尔侯爵的策划下,炮制了德·雷纳尔夫人的告发信:贵族阶级坚决反对平民跟他们平起平坐。

《红与黑》不是一部单纯的爱情小说,它"从头至尾是一部政治小说",是"最强烈的现实小说"。对于《红与黑》书名的含义,一向众说纷纭。红色最有可能是军服的象征,即对第一帝国的向往,而黑色代表教士黑袍,即教会及复辟时期的反动统治。于连就在这两种职业中作选择。红色也可以指于连所进入的教堂的窗帘,他在教堂里看到了路易·让雷尔(于连的名字打乱次序的拼写)的判决。他从窗帘的反光中看到血,这预示了小说的结尾。他不喜欢虚伪的黑色,而喜欢牺牲的红色。当然还有别的解释。

《红与黑》确实是一部具有强烈政治倾向的小说,表现在三个方面。

首先,作者揭露了复辟王朝时期的腐败、黑暗以及贵族和平民之间的尖锐矛盾。德·雷纳尔市长这个新贵族是外省贵族的代表,兼有贵族的狂妄和资产者的贪婪。他因镇压革命有功,当上了市长。他意识到办实业的重要,在拿破仑时代就办起了工厂。他本想与夫人离异,但妻子是富有的女继承人,他便忍气吞声,甘愿戴绿帽子。斯丹达尔通过收容所和神学院的描写暴露当时各种机构的腐败钩心斗角和金钱的罪恶。乞丐收容所所长瓦勒诺贪污穷人的钱款,克扣囚犯的口粮。他的家散发出偷来的钱的气味和俗不可耐的奢华。他靠管理穷人的福利把财产增加了两三倍,飞黄腾达,步步高升,做到省长。人人都想着如何捞钱,卖官鬻爵;没有人不腐蚀别人,又被别人腐蚀。从法官到狱卒,莫不如此。钱能打通各种关节。于连的父亲获得这一点,他在同市长谈判时就精明得很,捞到了便宜;于连入狱后,他来探监,指责于连的行为,但当于连提起他攒了些钱时,老木匠马上改变了态度,他竟然要于连还给他预支的伙食费和教育费。于连不禁感叹这就是"父爱"。同样,教士也收受贿赂,教会权力极大,连治安法官也怕得罪年轻的副本堂神父;圣会可以随意指挥拍卖,分配职位和烟草局,代理主教势力很大,了解家庭的秘密,以颁发奖章的办法取得案件的胜诉。对神学院的描写是小说最有揭露性的篇章之一。于连是院长的宠儿,因此受到院长死对头的打击,考试中了圈套,居然落到第 198 名。学生之间钩心斗角,信奉金钱第一。他们知道教士有宽裕的收入,被培养成维护政权的工具。于连就认识到不能像在拿破时代那样靠军功在 30 岁左右做到上校或将军,他看到 40 岁的主教有 10 万年薪,相当于拿破仑的著名将领的三倍收入。在这样的社会背景下,贵族与平民的矛盾异常尖锐。贵族总是害怕罗伯斯比尔会卷土重来,这种可能性主要出现在像于连这样的下层阶级人物身上。连德·雷纳尔夫人都觉得,如果发生革命,所有贵族会被平民绞死。斯丹达尔在给友人的信中说:"您怎能不认为,遍布法国的二十万个于连,以贝吕纳的鼓手长、下级军官奥热罗、成为帝国参议员的伯爵的检察官办事员的升迁为榜样,推翻上述的傻瓜呢?"他认为小资产阶级青年的不满情绪到了一触即发的地步。于连在法庭上慷慨陈词:"你们在我身上看到的是一个农民,一个起来反抗他卑贱命运的农民。"于连的死表现了贵族阶级与平民的尖锐对立。

其次,《红与黑》描绘了复辟王朝时期激烈的政治斗争。当时,党派斗争剑拔弩张:极端保皇党不满于君主立宪,妄想把法国拉回到绝对君主时代;自由党中不少人成为百万富翁,渴望着权力;君主立宪派遭到来自各方的攻击;教会各派联合各个党派,兴风作浪。在维里埃尔,德·雷纳尔、瓦勒诺和马斯龙形成三角势力,主宰着政治。瓦勒诺与德·雷纳尔明争暗斗，最后终于取得了胜利；德·拉莫尔是个狡猾的政治家，与各派都保持着良好关系，然而他和代理主教德·福利莱为了一块地产斗了6年，只打了个平手；福利莱、马斯隆和卡斯奈塔德都属于圣会。圣会在复辟王朝的返回中起过重要作用；它暗中支持右翼极端分子，德·雷纳尔夫人的信就是在圣会的唆使下写出来的。1830年初，查理十世到布雷-勒·奥，向圣徒遗物祈祷，以扩大宗教影响。小说在《国王在维里埃尔》中描绘了这个浩大场面，对国王朝圣隐含辛辣的讽刺。当时的一个改革家阿佩尔曾受到极右分子的指责，说他在1827年利用视察监狱的机会，放跑了两个政治犯；小说描写他来到维里埃尔的监狱和乞丐收容所活动。于连在前往巴黎的途中，听到法尔科兹和圣吉罗的对话，他们对复辟王朝怀着强烈的不满。前者对拿破仑的统治十分怀念，后者原是个印刷厂主，认为自己的厄运是拿破仑造成的。这是复辟王朝时期一般人矛盾心理的再现：他们既怀念拿破仑时期的辉煌战功，又觉得是他为复辟王朝的卷土重来创造了条件。统治者则把有关拿破仑的一切视作洪水猛兽，连他的《回忆录》也不许阅读。正统派思想被看作一切行动的指针，不容许表达真知灼见。德·拉莫尔侯爵的沙龙是一个典范的贵族聚会场所，人们不触及任何重大事件，只谈论罗西尼的音乐或贺拉斯的作品。另外，小说大量提到保皇派报纸《日报》《法兰西报》和反对派报纸《宪政报》。当时报纸盛行，是党派活动的晴雨表。这一幅幅复杂的政治斗争的图景，形象地反映了形势的混乱，预示了山雨欲来风满楼的局势。

第三，《红与黑》对现实抨击最尖锐的描写，是在第21至23章中对贵族政权企图依靠外国势力干预政局的揭露。《秘密记录》一章是对1818年"秘密备忘录"事件的影射。当局感到局面难以控制，便想向国外求援，考虑由英国出钱，召集外国军队入侵。极端保皇党人商议，要求列强对路易十八政府施加压力，特别是反对通过宪章。1818年夏天，极端保皇党策划的"水边阴谋"，目的在于迫使国王改变内阁成员，或者强迫国王让位给阿尔都瓦伯爵——未来的查理十世。斯丹达尔将历史事实融化到小说中，改变日期，放到1830年，使暴露的矛头更为尖锐。当时的内阁首相波利涅克在小说中成为与会者奈瓦尔。他们提出用暗杀或大屠杀的手段来维持政权。德·拉莫尔侯爵提出要在各省组织忠于皇权的队伍，反对新闻自由；他认为新闻自由和贵族之间，是生死存亡的殊死斗争。他警告说，欧洲将只存在共和国总统而没有国王了，"随着国王这两个字的消失，僧侣和贵族也将消失"。最后他们一致同意让神圣同盟进行军事干预。与会者面目可憎,矛盾重重,钩心斗角,写出这些保皇党分子的外强中干。这几章将复辟王朝狗急跳墙的卖国企图暴露无遗。

斯丹达尔通过人物说出政治内容在小说中的重要性,但他把自己的主张让出版商来说,自己则提出反对的论据:"在妙趣横生的想象中有了政治,就好比音乐会中放了一枪。声音不大,却很刺耳。它和任何一种乐器都不协调。这种政治必然惹恼一半读者,并使另一半读者生厌。"出版商反驳说:"如果您的人物不谈政治,那他们就不是1830年的法国人了,您的书也就不像您要求的那样是一面镜子了。"出版商以现实主义的镜子说为根据,显然代表了斯丹达尔的见解。斯丹达尔的镜子说继承了现实主义的传统主张,而又有所发展。他在小说中说:"小说是人们在路边来回移动的一面镜子。"这个定义有三层意思:既是镜子,人物和他们所生活、在其中成长的社会便得到毋庸置疑的真实反映;"来回移动"表明作者不断的活动,为的是表现得鲜明,感觉要敏锐;"大路边"表明视野宽广,作者并不局限在室内,而是接触社会的实际活动。镜子说是斯丹达尔反映政治内容的依据。

《红与黑》还是一部风俗小说。小说故事发生在三个地方:汝拉山区的小城维里埃尔、贝尚松的神学院和巴黎的德·拉莫尔侯爵府。这三个地方概括了当时法国的风貌。维里埃尔是外省城市的写照,它虽然位于偏僻山区,可是已经受到现代社会的熏染,兴起了小型工业:市长的钉子厂,他靠它赚到了一幢大宅;于连家的锯木厂是另一景观。随着工业的兴起,唯利是图也就成了人们的行动准则。乞丐收容所这个福利机构却成了瓦勒诺发财致富的工具。神学院是社会的另一个缩影。它像监狱一样阴森可怖,行李要经过仔细搜查,信件往往被扣压。神父、学生都互相倾轧,虚伪做作笼罩着一切。由于院长和副院长有矛盾,选择谁做自己的忏悔神父就成了重要抉择,关系到依附哪一派。德·拉莫尔侯爵府是上层社会的写照。这里是巴黎上流社会的活动中心之一,也是"阴谋和伪善的中心"。侯爵是个精明干练的政治家,复辟王朝的红人。这个贵族府第在灯烛辉煌的外表下,不免露出了衰败的征兆。贵族们敌视自由思想,深怕再出现罗伯斯比尔和拿破仑式的人物,表现了他们的虚弱和反动。《红与黑》的风俗描写广泛而深入,提供了复辟王朝时期法国社会的一幅真实画卷。

《红与黑》的突出成就也表现在塑造了于连这个形象。这个个人奋斗者是世界文学中一个不朽的艺术典型。于连的性格是多元多层次的。强烈的自我意识则是他性格中核心成分；自我意识在环境的作用下，产生出平等观念、反抗意识和个人野心。于连个性刚强，充满激情，富有毅力。他虽然表面长得文弱，但是"心里竟藏着宁可死一千次也要飞黄腾达的不可动摇的决心"。外表和内心的强烈反差，是于连形象的一大特点。但有毅力，敢于行动，是他的主导方面，犹豫不决是暂时的，最终要被他的决心所克服。在他的思想深处，他具有强烈的平民意识，对贵族的趾高气扬怀着深深的抵触情绪。于连不堪忍受父兄的打骂，几次想离家出走，表现出对独立人格的渴求。他父亲让他到市长家当家庭教师时，他回答："我不愿当奴仆"，"要我和奴仆一起吃饭，我宁肯死掉"。当市长把他当仆人一样训斥时，于连眼里露出复仇的目光，愤然回答说："先生，没有你我也不会饿死。"为了报复市长，他在夜晚乘凉时，握住了市长夫人的手。他占有市长夫人以及后来要征服玛蒂尔德的行动也有着这种报复和反抗意识。在于连看来，这是他应做的"责任"，这种"责任"意识正是复辟王朝时期小资产阶级青年受到压制后不满情绪的流露。拿破仑给予平民以飞黄腾达的机会，如今这种机会一去不复返了。但是，像于连这样有才能的平民青年如同种子要发芽一样，仍然要寻找向上爬的机会。他看到主教的丰厚收入，便想到当教士，于是背诵《圣经》，愿到神学院去，忍气吞声地想适应那里的生活。他看到侯爵能让他改变平民的命运，便甘心为他效劳，不再反抗了。个人野心支配着他的一切行动。直到他发现贵族阶级对平民存在根本的敌视以后，又恢复了反抗精神，宁死也不肯妥协。于连的多变是复辟王朝时期谋求个人奋斗的平民青年所导致的一种结果。于连的个人奋斗往往被看作是一个野心家。一方面，他要向上爬像泰纳所说的"并非他想炫耀奢华和享受，而是他想摆脱屈辱和穷困带来的附属地位"；另一方面，既然是野心家，他是没有什么政治准则的。虚伪是他改变命运的手段："虚伪是我争取面包的唯一武器。"为达目的，他可以给极端保皇派充当秘密信使，虽然他明白自己愈来愈是怎么回事。这时，他与自己所反对的贵族阶级同流合污了。于连是一个具有双重人格和双重精神的人物：他既有反抗精神，又很容易屈服；他既憎恨贵族的卑劣，又不惮玷污自己的双手；他既看重别人的善良正直，又信奉虚伪的道德观；他既崇拜拿破仑，又能随意改变自己的奋斗方向，走一条截然相反的道路；他既热衷于向上爬，又愤然选择了死亡，不肯向卑污的现实让步。这种双重性构成了于连性格和思想的复杂性。这个形象的丰富性标志着斯丹达尔的小说艺术所达到的高度成就。

《红与黑》的心理描写开创了现实主义内倾性的方向。斯丹达尔的心理描写通常十分简短，却是多种多样的。有时作者是以客观的态度表现人物对环境压迫的直接反应。如于连受到市长的侮辱，德·雷纳尔夫人为了安慰他，对他特别照顾，他却想："嘿，这些有钱人就是这样：他们侮辱了人，然后又以为用些手段，可以弥补过来！"于连的思索反映了他对贵族产生本能的反感。有时是作者的分析。如于连捏住德·雷纳尔夫人的手以后，小说这样写道："但这种激动是一种快感，而不是一种激情。"因为于连当时心中并没有产生爱情。有时人物在代表作者说话。如玛蒂尔德听到于连对皮拉尔神父说，他同侯爵一家吃饭实在难受，宁愿在一家小饭馆吃饭，她便对于连产生一点敬意，心想，这个人不是跪着求生的，像这个老神父那样。又如于连这样审视玛蒂尔德："这件黑袍更能衬托出她身材的美。她有女后的姿态。"这句话其实是作者的看法。有时作者干脆现身说法，如小说这样写道："'虚伪'这个词使您感到惊讶吗？在到达这个可怕的词之前，这个年轻农民的心灵走过很长一段路呢！"这是于连内心的一种分析。又如于连同德·雷纳尔夫人初次见面时，他的内心活动与作者的议论交叉进行。小说一面描写于连想吻市长夫人的手，不想当懦夫，一面又分析他知道自己是个漂亮的小伙子，感到气足胆壮起来。这种既深入到人物内心，又始终待在他们身边，是斯丹达尔最拿手的笔法。它显示出惊人的客观性，与浪漫派作家强烈的主观性截然不同。左拉正确地指出："必须看到他从一个思想出发，然后表现一连串思想的展开，彼此依附和纠缠在一起。没有什么比这种连续的分析更精细、更深入、更令人意料不到的了。人物沉浸在其中，他的头脑时刻进行着思索，显现出最隐蔽的思想。没有人能这样好地掌握心灵的机制了。"斯丹达尔的心理描写既不是全能的叙述者，也不是无动于衷的观察家。他与人物的眼睛一起观看，与人物一起感觉，即使不是与人物的想法完全一样，但他通过同人物身份一致，尽可能地表现出人物的思路发展过程。批评家斯塔罗班斯基在《活眼睛》中认为，斯丹达尔的人物随着小说的发展在不断地自我认识，真正的自我显露要到最后才完成，如于连的虚伪心态就是这样；斯丹达尔懂得"从内部观察到的心灵，抒情的心灵与现实的厚壁"相对照的艺术，正如黑格尔所说，现代小说的基础在于"心灵的诗意与社会关系、外部环境的偶然性所造成的相对应的散文之间存在的冲突"。心理独白正是在这个意义上成为现代小说的基本技巧之一。"需要指出的是,斯丹达尔在《红与黑》中大半采用了间接引语的方式进行心理描写,也就是说,小说中的心理描写不打引号,这种手法直到20世纪才被许多作家所模仿,但在阅读时需要读者稍作分辨。译者想在这次重译中保留这种手法,以新的面貌呈献给读者。

《红与黑》塑造了众多的人物形象。除了于连,德·雷纳尔夫人和玛蒂尔德小姐是一组相对照的女性形象。前者纯洁,热烈而不矫饰,虽充满母爱,又保存着少女般的天真,在产生爱情之后有过一番挣扎,但终究受到宗教的束缚而听人摆布;后者也敢于冲破门当户对的婚姻观念,但她的性格喜欢标新立异,与众不同,既不能容忍别人驾驭,反复无常,又拜倒在"英雄"的脚下,是一个新型的贵族少女。此外,市长、瓦勒里、老索雷尔同是拜金主义者,市侩气十足,但市长多一分高傲和愚蠢,瓦勒里多一点飞扬跋扈,老索雷尔更显狡黠和锱铢必较。同类人物的个性显出不同,表现了斯丹达尔的艺术功力不同寻常。

最后,《红与黑》是从传统的封闭结构向现代开放结构过渡,作品继承了《汤姆·琼斯》的布局手法,以于连的爱情、仕途为发展线索,重点描写了他在小城、省城、巴黎和监狱4个场景;又克服了《汤姆·琼斯》拖沓的弊病,主干明显,疏密得当。《红与黑》摆脱了纯粹按照时间延续安排情节的格局,向着"空间"长篇小说过渡。作品表现的是1830年这样一个特定时代的空间的心灵变化,时间、地点的迅速变换,人物的忽隐忽现,呈现出现代因素。于连得知德·雷纳尔夫人的揭发信后,从巴黎赶到小城,至少三四天,甚至一周。亢奋情绪很难持续。这一情节形成的时空上多层化,使小说平添现代小说"心理结构"的特征。

《红与黑》译序

商务印书馆,2018年1月

# 金钱的罪恶

## ——论巴尔扎克的《高老头》

《高老头》(1834—1835)是巴尔扎克的著名作品。这部小说深刻地反映了复辟时期的法国社会,暴露了金钱的罪恶作用,在艺术上也是他的作品的一个高峰。

故事发生在1819年末至1820年初的巴黎。在偏僻街区的伏盖公寓,聚集了各种人物。落魄的高老头为两个女儿还债而被榨干了。穷大学生拉斯蒂涅羡慕上流社会的奢侈生活,一心想向上爬。苦役监逃犯伏脱冷企图利用泰伊番小姐的婚姻大赚一笔,他的秘密被老小姐米旭诺和波阿莱使计探知,由警察逮捕归案。此时,拉斯蒂涅的表姐鲍赛昂子爵夫人情场失意,举行了告别上流社会的盛大舞会。高老头受到女儿的催逼而中风,在痛苦中死去,只有拉斯蒂涅为他料理后事。

《高老头》淋漓尽致地揭露了金钱的统治作用和拜金主义的种种罪恶。这在高老头和他的两个女儿的故事中得到集中的表现。高老头是个靠饥荒牟取暴利而后发家的面条商,他把自己的全部感情都放在女儿身上。大女儿仰慕贵族,他让她成了雷斯托伯爵夫人;小女儿喜欢金钱,他让她当了银行家纽沁根的太太。最初他在女儿家里受到上宾待遇,随着他的钱财日益减少,他的地位也就每况愈下,最后竟被闭门不纳。他的遭遇表现了社会的世态炎凉。社会教育和社会风气败坏了高老头两个女儿的心灵,他有钱的时候,她们喊他好爸爸;他没有多少钱了,她们便怕别人看出父女关系;等到榨干了他的钱袋,他便像被挤干了汁水的柠檬一样被她们扔掉。高老头临终时渴望见到女儿一面,她们却推托不来。高老头终于明白过来,她们爱的只是他的钱。他悲愤地喊出:"钱能买到一切,买到女儿。"高老头是拜金主义的牺牲品。巴尔扎克以高老头的父爱,衬托出金钱败坏人心到了触目惊心的地步。他死前的长篇独白是一份深沉有力的控诉书:"把父亲踩在脚下,国家不要亡了吗?"这是对现实社会赤裸裸的金钱关系发出的愤怒谴责。

金钱还腐蚀了大大小小的人物:整个社会从上到下都以不同的方式向金钱顶礼膜拜。伏盖太太看中高老头的钱财,做起了黄金梦;伏脱冷手面阔绰,她又生再醮的念头;她连死人也不放过,高老头入殓时,她狠狠地敲了拉斯蒂涅一笔竹杠。这个人物就像她经营的包饭公寓一样,浑身发出庸俗酸腐的臭气。米旭诺和波阿莱为了得到3000法郎,当了官方密探的走狗。银行家泰伊番为了使自己的产业世代相传,不认他的亲生女儿,怕她带走一笔陪嫁,把她赶出家门。雷斯托伯爵设下圈套,让妻子为情人还债,卖掉钻石项链,然后限制她的行动,逼迫她把全部财产交给他。纽沁根则借口经营地产,要挪用妻子的陪嫁,最后占有了这笔财产。高老头死后,两个女婿不闻不问,只派出两辆有爵徽的空车跟随柩车到公墓。对此,作家深有感慨地说:"没有一个讽刺作家能写尽隐藏在金银珠宝底下的丑恶。"

《高老头》还从不同角度写出政治野心家的成长过程,揭露了统治阶层的卑鄙丑恶,抨击了资产阶级的道德原则,从而揭示了物欲横流的社会现实。

拉斯蒂涅是复辟时期青年野心家的典型。他是外省小贵族的子弟,不愿埋头读书,更不愿顺着社会阶梯一步步攀登,而是羡慕挥金如土的生活。他在鲍赛昂子爵夫人那里接受了社会教育的第一课:"你越没有心肝,越高升得快。你得不留情地打击人家,叫人家怕你。只能把男男女女当作驿马,把它们骑得筋疲力尽,到了站上丢下来;这样你就能达到欲望的最高峰。"她还指点他要把自己的真实感情隐藏起来,以追求一个贵妇作为踏入上流社会的钥匙。伏脱冷给他上了第二课:"要弄大钱,就要大刀阔斧地干,要不就完事大吉。"伏脱冷的邪恶说教在他心里留下难以磨灭的印象,涉世不深的拉斯蒂涅经过伏脱冷的启发,又往社会这个名利场的泥坑深陷了一步。鲍赛昂子爵夫人退出上流社会,使他看到上流社会根本不讲什么感情,只讲金钱和个人利益。高老头之死完成了他的社会教育。他看到两对女儿女婿的无情无义和这个社会寡廉鲜耻的真实面貌。在埋葬高老头的同时,他把剩下的一点神圣感情也一起埋葬了,欲火炎炎地投入社会的罪恶深渊,踏上了野心家的道路。在《人间喜剧》的其他作品中他多次出场:他靠纽沁根夫人爬了上去,娶了她的女儿,被封为伯爵,成为贵族院议员、副国务秘书,大搞投机买卖。他信奉的是极端利己主义。

伏脱冷的身份是苦役监逃犯,实际上是政客和野心家的另一种典型。他深谙这个社会的黑暗内幕,用愤愤不平的语言揭露出来:"雄才大略是少有的,遍地风行的是腐化堕落";"凡是浑身污泥而坐在车上的都是正人君子,浑身污泥而搬着两条腿走路的都是小人流氓。扒窃随便一件什么东西,你就给牵到法院广场上去示众,大家拿你当把戏看。偷上一百万,交际场中就说你大贤大德。你们花三千万养着宪兵队和司法人员来维持这种道德。妙极了!"这种抨击确也一针见血,道出了真相,但这种愤愤不平不是站在反对社会的立场上的,而是一个不得意的野心家发自怨恨的言辞。他千方百计要爬上去,他研究了法网上哪儿有漏洞可钻,利用自己对这个社会政治经济关系的了解,干的是大买卖。他馋涎欲滴地羡慕那些心毒手狠的奴隶贩子,幻想十年之内能挣到三四百万。他信奉的是不择手段向上爬的原则,认为清白老实一无用处,要不怕弄脏手,为了达到目的,哪怕出卖自己。他的哲学体现了占统治地位的恶的观念;这个恶魔般的人物的道德观和他所使用的无耻手段,同当权者并无二致。他在《幻灭》和《烟花女荣枯记》中扮演了同样的恶的教唆者角色。后来,他同当局作了一笔肮脏交易,先后当上了巴黎警察厅的副处长和处长。

《高老头》还反映了巴尔扎克对现实关系的深刻了解。小说通过鲍赛昂子爵夫人情场失意的描写,显示了复辟时期贵族被资产阶级取代的历史过程。鲍赛昂子爵夫人是"贵族社会的一个领袖"。她的客厅是资产阶级妇女梦寐以求的地方,能够在那里露面,其他地方都可以通行无阻。然而,她的情夫阿瞿达侯爵为了娶上暴发户的女儿,得到20万法郎利息的陪嫁,竟然抛弃了她。这个意味深长的结局说明资产阶级暴发户终于打败了世代簪缨的贵族。

《高老头》在人物塑造、心理描写、情节结构等方面达到了很高成就。

为了塑造人物,巴尔扎克首先描写下层人物的活动舞台——伏盖公寓,它坐落在偏僻角落,外表恶俗不堪,屋内陈设和周围氛围阴森逼人,各层居室分出等级,如同一个小社会。这些环境描写属于风俗描写的一部分,是巴黎下层生活的缩影,它与小说人物的生活、思想、行动有着密切的联系。

小说的几个主要人物性格鲜明。伏脱冷是《人间喜剧》中最有性格魅力的人物之一。这个人物根据大盗维多克的原型塑造而成,他具有强盗首领的那种蛮横、气势逼人和坚强的毅力。小说中的一段肖像描写栩栩如生:

金钱的罪恶

在两个青年和其余的房客之间,那四十上下,颊髯染色的伏脱冷,正好是个中间人物。老百姓看到他那种人都会喊一声"好家伙"。肩头很宽,胸部很发达,肌肉暴突,方方的手非常厚实,手指中节生着一簇簇茶红色的浓毛。没有到年纪就打皱的脸似乎是性格冷酷的标志;但是看他软和亲热的态度,又不像冷酷的人。他的低中音嗓子,跟他嘻嘻哈哈的快活脾气刚刚配合,绝对不讨厌。他很殷勤,老堆着笑脸,什么锁钥坏了,他立刻拆下来,粗枝大叶地修理,上油,锉一阵磨一阵,装配起来,说:"这一套我是懂的。"而且他什么都懂:帆船、海洋、法国、外国、买卖、人物、时事、法律、旅馆、监狱。

"四十上下"和"颊髯染色"的特殊细节引人好奇:他是不是想显得更年轻,不让人认出?"好家伙"的感叹令人回味。他的身体的细节描写给人健壮和粗野的印象。由此可以想到老百姓的感叹是对他大力士的体格出自本能的赞赏。手指中节的浓毛给了他一种野性和可怕的特点。随后的描写由生理特点转向人物的灵魂,画出一个令人不安的人物。早熟的皱纹怎么会出现在这个达观的力士身上呢?这不像是病或忧郁引起的,说不定他有心事或者生活动荡。他的脸有冷酷的标志,却又软和亲热,看来这个人物擅长使用危险的手段,要用亲热软和去引诱人。低中音嗓子与快活脾气相配合,说明了为什么他是饭桌上引人快乐的人。他为何对人殷勤和堆着笑脸呢?底下的描写透露了他是个神秘人物。他会拆锁是为了献殷勤吗?后面的一组动词似乎在模仿这个人物的匆忙、灵活和富有社会经验。"这一套我是懂的"含有深意。最后一个句子透露了他丰富的阅历:他游历过许多地方,无所不知,既有实际知识,又是一个善于观察的人。他怎么会懂法律?他是个警探还是个强盗?他既然了解旅馆,大约是个隐姓埋名、躲躲藏藏的人,再联想到他颊髯染色,又了解监狱,使人心生疑窦:莫非他是大盗或杀人犯?这段描写非常简洁准确,将伏脱冷的性格内涵写了出来。他确实是个胆大包天的"鬼上当"。伏脱冷在其他小说中一再改头换面,以不同的角色出现,但他解剖这个社会黑幕的犀利言辞能使读者一下子便认出他来。

拉斯蒂涅这个典型的刻画方法与伏脱冷不同,巴尔扎克写的是他作为野心家的形成过程,运用了心理描写。他同社会接触的过程中,接受的是罪恶的教育。高老头的悲剧命运是对他的第一次冲击。他认识到他所欣赏的贵族妇女都隶属于金

581

钱关系。她们或者受到丈夫的算计，或者受到债务的催逼，或者情人被人夺走。于是他迈出了第一步，夺去了他的姑母和妹妹们的积蓄。拉斯蒂涅一开始企图抗拒伏脱冷的引诱，他受到高老头无私奉献的爱的影响，不齿于伏脱冷和这个非人道的社会。他内心作着斗争："想成为大人物或者发财致富，难道不是先得说谎、屈膝、爬行、再挺起身来、谄媚吗？难道不是先得成为那些说谎、屈膝、爬行的人的奴仆吗？跟他们沆瀣一气之前，必须为他们效劳。不！我想正直地问心无愧地工作。"伏脱冷的被捕使他的幻想暂时占据上风。他无私地照顾垂危的高老头。但在埋葬高老头的路上，死者女儿女婿的无情无义使他变得冷静了，他终于向社会发出挑战。巴尔扎克不断描绘这个从外省来到巴黎的青年在与新环境接触时的所思所想，以精细的心理描写刻画了这个年轻野心家的心理变化。巴尔扎克对年轻人的命运十分关注，《人间喜剧》写到一系列年轻人的奋斗史，拉斯蒂涅是作为成功者来刻画的。

　　高老头的塑造手法又有不同。巴尔扎克用倒叙的方法介绍了他的发家史。在高老头身上有着不择手段牟取暴利的一面；然而，他并没有认识到自己成功的奥秘，直到临终前他才领悟到金钱在维系家庭关系上的重要作用。这个形象存在两重性。用倒叙来刻画人物能全面地表现人物的整体面貌，这是巴尔扎克塑造人物的重要方法。高老头的故事令人想起莎士比亚的《李尔王》，巴尔扎克无疑借鉴了李尔王对两个女儿的深情和她们对父亲的无情无义的情节；两人都年老体弱，后来都呼天抢地咒骂女儿。所不同的是，李尔王的形象是悲惨的帝王，而高老头是愚蠢的资产者；巴尔扎克更为强调金钱的罪恶。

　　作品中不仅主要人物性格突出，而且次要人物也跃然纸上。伏盖太太的见钱眼开和猥琐浅薄，米旭诺的阴险和鬼鬼祟祟，写得都很生动，各有特色。

　　《高老头》通过高里奥、拉斯蒂涅、伏脱冷和德·鲍赛昂子爵夫人这四条线索的交叉穿插来组织情节，其中拉斯蒂涅起着穿针引线的作用，全书跌宕起伏，一气呵成，十分紧凑。另外，这部小说第一次运用了人物再现的手法，具有特殊意义。

# 论巴尔扎克的《幻灭》

《幻灭》是法国伟大的批判现实主义作家巴尔扎克的代表作之一。如果说,写于1833年的《欧也妮·葛朗台》和写于1835年的《高老头》标志着作家的创作达到了成熟阶段,那么,《幻灭》就是他力图通过更广阔的社会背景去反映现实的一次有力尝试,是他的创作的另一个重要里程碑。巴尔扎克在为《幻灭》第三部作序时说,这部作品是"迄今为止'风俗研究'中规模最大的作品"。马克思把它誉为一部"脍炙人口的小说"[①]。

这部小说的写作经历了一个曲折漫长的过程。巴尔扎克在写作中不断对题材进行深入的开掘,大大丰富了原先的构思,终于写成一部内容浩瀚的巨著。早在1832—1833年间,巴尔扎克的脑海里就出现了《幻灭》的题材,特别是关于发明家苦难遭遇的故事。1834年6月,他在《致外国女人》的信中写到,这部未来的小说写的是一个"巨大的、美好的、壮观的题材"。1836年6月20日,巴尔扎克从巴黎来到安古兰末小憩,在这里开始写作《幻灭》的第一部分。最初,巴尔扎克只想写成一个中篇:"这是一个中篇,它会受到欢迎的。篇幅不长不短。"(《致外国女人》)当时,巴尔扎克只想描写外省一个家庭和一个印刷厂的变迁。但当动笔的时候,巴尔扎克感到有必要扩大环境和时代风貌的描写,于是描绘了外省这个十分典型的城市安古兰末和它的上层社会。第一部的第二、三、四节就是这样产生的。接着,巴尔扎克又看到,小说第一部并不能构成画面的中心,而仅仅是一个序幕,这样,他描写的"领域不由自主地扩大了",他产生了要把"外省风俗同巴黎生活的风尚作一比较"的想法,试图通过巴黎同外省的关系以及巴黎生活对外省生活的影响,

---

[①] 马克思:《伏格特先生》,《马克思恩格斯论艺术》第2卷,第397页。

"从一个新的角度去表现19世纪的年轻人",并进而反映当时的政治生活。"在把外省生活和巴黎生活作了对比之后,整个作品就会变得更加完美。"(《〈幻灭〉第一部序》)小说第二部就这样在作家的头脑中慢慢酝酿成熟了。他力图通过新闻界和文坛的内幕反映复辟王朝的一个侧面。原先构思的发明家的遭遇在第三部也大为扩充了,使之具有更加深广的社会意义。

从这一创作过程可以看到巴尔扎克的一个写作特点:他的一些重要作品往往都是按照题材的需要,从实际生活出发,打破原来构思的框框,深化了主题,从而更全面更深刻地反映了现实。

※　　※　　※

在《幻灭》中,首先展现在读者面前的,是一幅外省生活的场景。巴尔扎克认为外省生活富于特点,一切行动都是在静悄悄中完成的,人人的心机都极其巧妙地隐蔽起来,什么都要斤斤计较和经过细密分析,这一切都是为了攫取更多的利益(《〈欧也妮·葛朗台〉序》)。在《幻灭》的第一部里,巴尔扎克从政治角度来反映外省生活,描绘贵族阶级和资产阶级的尖锐对立。巴尔扎克的突出成就在于写出了这两个阶级对立的根由和发展过程,以反映贵族阶级的败退和资产阶级的得势这一历史发展趋势。

巴尔扎克对安古兰末的描绘就是别具慧眼的。他清楚地看到这个工商业发达的古城在历史发展的过程中已分成两个区域:上城是贵族居住的禁地和政权的所在地,下城则是资产阶级的势力范围。上城死气沉沉,衰败凋零;下城兴旺富庶,欣欣向荣。上下城是两个对立的阵营。在拿破仑时期,由于资产阶级掌权,这种矛盾"还算缓和"。但在复辟时期,冲突"变得严重了"。因为贵族重新掌握了政权,而资产阶级掌握着经济命脉,彼此之间势不两立,剑拔弩张,要进行最后的较量。这幅出色的社会风俗画真实地再现了复辟时期外省最本质的现实。

对于贵族阶级,巴尔扎克进行了毫不容情的抨击。他以最尖刻不过的口吻为贵族社会的"精华"人物画下了一幅幅鲜明生动的肖像:从躯体到灵魂都衰朽的巴日东先生,矫饰庸俗、装腔作势的杜乡夫妇,不学无术、惯于招摇撞骗的桑多先生,生活糜烂的巴尔大先生和布勒皮安先生等。这个贵族社会极其闭塞保守,它不遗余力地维护等级观念,贵族的社交场合门禁森严,不仅排斥资产阶级,甚至官方人士也被拒之门外。他们拒绝接受一切新思想,死死抱住"落后的风俗习惯"。这个贵族社会就像颜色发黑的老式银器,看来分量挺重,实际早已过时。毫不奇怪,它是极端保皇思想的大本营,贵族们竟认为保皇党报纸《每日新闻》太温和,国王路易十八同雅各宾党相去不远。但这个贵族社会在经济上已经完全败落了。这些贵族虽然极力讲究衣着,仍然掩盖不了寒酸相。他们收入微薄,境况最好的巴日东先生年收入也只有1万多法郎,远远比不上那些有钱的资产阶级。在经济上,他们是资产阶级不堪一击的对手。

在这样的背景下,巴尔扎克描写了这两个阶级一触即发的斗争。令人惊叹的是,巴尔扎克在主人公吕西安和巴日东太太的一段恋爱中窥见了阶级对立的内容。巴日东太太是当地贵族上流社会的领袖。这是一个抑郁寡欢、百无聊赖、浮夸造作的贵妇人形象。她在婚姻中得不到爱情的欢乐,便一味追求有刺激性的东西,在这花残叶落的时节,还想最后荒唐一下。她对文学表现出兴趣,接纳一个药剂师的儿子进入她的沙龙,同吕西安谈情说爱,故意让人非议。这无非是逢场作戏,想给精神以新的刺激。这个行动果然激起了贵族社会的愤怒。一个小资产阶级出身的人物,居然能同贵族平起平坐,在贵族眼中,这简直是"一次小小的革命",由此掀起了一场风波。夏德莱这个老奸巨猾的野心家本来就在追求巴日东太太,认为她可以成为他飞黄腾达的帮手。他制造了阴谋,演成一场决斗,逼使巴日东太太不能再和吕西安见面。这场闹得满城风雨的滑稽剧透露了贵族同资产阶级不可调和的利益冲突。

现实主义的创作原则要求作家通过典型细节和事件去反映社会现实。所谓典型细节和事件,就是指能够反映历史本质和历史真实的日常生活的场面。巴尔扎克是非常善于捕捉现实生活中的典型细节和事件的。他从吕西安踏入巴日东太太的沙龙,受到贵族社会侧目敌视,最后竟无立足之地的一段插曲,看到了丰富而复杂的社会内容。这个插曲反映了贵族对其他阶级的排斥:贵族严格恪守等级观念,不让其他阶级的人物踏入他们的任何领域。社交场合尚且如此,他们的政治权力就更不容其他阶级问津和分享了。复辟王朝时期虽是贵族阶级和资产阶级实现妥协的局面,但这两个阶级之间充满着尖锐激烈的斗争。吕西安这一段经历就鲜明地表现了贵族和资产阶级的紧张关系。能透过社会现象看到现实的阶级关系，正是巴尔扎克创作的深刻之处。

※　※　※

如果说，在安古兰末贵族和资产阶级的对立还比较隐蔽的话，那么在巴黎这种对立就是公开的、短兵相接的。小说第二部是全书的中心部分，它通过青年野心家吕西安的遭遇，揭露了这种对立的内幕，巴尔扎克改变原来创作构思的地方主要就在这里。他在第一部的序中说，他在写作过程中想到要描绘那些有才能、却不能明辨方向，以致走上邪路的青年野心家，以表现"这个世纪的巨大创疤"，特别是新闻界的黑幕。

青年野心家吕西安是《人间喜剧》中的一个重要人物。他在《幻灭》中是主角，在《烟花女荣枯记》中也是主角之一。在后一部小说中，他被人利用去争夺遗产，事败后在监狱里自杀。他的遭遇代表了复辟王朝时期一部分寻找出路、怀才不遇的小资产阶级青年的命运。

吕西安在《幻灭》里的经历自成段落。巴尔扎克起先曾想把他写成有坚强意志的人物，但在写作过程中改变了他的性格特征（贝拉尔《巴尔扎克的长篇小说〈幻灭〉的渊源》）。吕西安在小说中是个意志飘忽不定、浮躁轻率、看重虚名、渴慕荣华的小资产阶级典型。巴尔扎克塑造这个典型性格时，笔触细腻，脉络清楚。在《幻灭》中，他的经历分为三个阶段。第一阶段在安古兰末，他为了实现个人主义野心，不顾妹妹的婚礼在即，匆促地跟着巴日东太太出奔。他的轻浮性格已经相当鲜明地显现出来。第二阶段在巴黎，他忍受不了贫苦清寒的生活，却如醉如痴地欣赏巴黎腐败糜烂的生活。"他的筋骨受不住巴黎的压力"，放弃了写作，不择手段地往上爬，从自由派报馆投入保皇党怀抱。这个"缺乏意志而欲望不小的野心家"终于名誉扫地，并得罪了朝廷，在巴黎无立锥之地。在小说第三部，他只听了伏脱冷的一席话就把身体和灵魂都出卖了。这个出乎意料的结局完全符合人物的性格发展。

巴尔扎克并没有孤立地去描写吕西安的性格，而是写出了这种性格如何是时代的产物，换言之，是吕西安所代表的社会阶层在社会环境熏染下的产物。吕西安作为小资产阶级青年,他的向上爬欲望反映了当时一部分小资产阶级青年寻找出路的要求。巴尔扎克看到,小资产阶级野心家的出现是复辟时期突出的社会现象。小说中的新闻记者罗斯多对吕西安说:"你的经历就是我的经历,也是一般年轻人的经历;他们每年从外省到巴黎来,数目有一千到一千二。"这么多人拥到巴黎来反映了一个尖锐的社会问题:小资产阶级青年的生活日益变得毫无保障,他们要为生存而奔波挣扎,其中一部分青年受到社会风气的腐蚀走上了野心家的道路:"今日之下,社会……叫他们年纪轻轻就有野心。"正是"复辟政府把青年逼上腐化堕落的路"。对于这种社会现象,巴尔扎克是怀着愤怒的心情加以抨击的。他对吕西安的文学才能被湮没的遭遇寄予了同情。

巴尔扎克深入一步进行了剖析,指出吕西安的遭遇反映了小资产阶级受到排挤、走投无路的命运。这种状况是在复辟时期出现的。自18世纪末法国资产阶级大革命以来,社会的剧烈变动给小资产阶级提供了改变自己地位、得以步步高升的机会。特别是在拿破仑时代,小资产阶级青年可以通过参加征战,一跃而为高级军官,有不少人还得到拿破仑的封号晋爵,成为新贵族。但到了复辟王朝,这种机会便消失了。复辟王朝重新恢复了森严的等级制度,严格限制人们社会身份的变动。小资产阶级青年失去了通过参军和征战爬上去的机会。另一方面,资产阶级同贵族阶级在各个领域展开争夺,根本不容许小资产阶级分沾利益;这两个阶级虽有矛盾,却是共同排斥小资产阶级的。社会对于小资产阶级青年每一个崭露头角的机会都给予凶狠无情的打击。他们无依无靠,缺乏雄厚的社会力量的支持,因此他们的个人奋斗往往以失败告终。《幻灭》就描写了"三十年来青年一代的惨史"(《〈幻灭〉第三部序》)。

吕西安不仅是个失败者,而且还是政治斗争的牺牲品。他进入新闻界之后,卷入了政党斗争的旋涡之中。小说对新闻界的描写,同第一部资产阶级和贵族之间的对立紧相呼应,是对第一部描绘的题材的深化。巴黎是法国文化的中心,也是政治中心。复辟王朝时期贵族和资产阶级的斗争在巴黎得到集中的反映。而报业是在复辟王朝时期才有了迅速发展的。拿破仑时期曾对新闻实行严格的管制,在巴黎只允许四家报纸存在,它们只能刊登官方审定的文章,外省的报纸则只能转载首都报纸的文章。拿破仑垮台后,这种局面完全改变了。当时,各种报纸如雨后春笋般出现。1830年,法国有近151种报纸。资产阶级自由派十分注重这一舆论工具,大量创办了自己的报纸；极端保皇党和政府党也分别有自己控制的报纸。当时报纸的发行量虽然远远不及现在，但同过去相比，已经不可同日而语。发行量最大的报纸有4万多份，一般在几千份上下，有的只有几百份。当时一般小说只发行几百本或一两千本。相形之下报纸的发行量相当不少了，而且报纸具有极大的宣传鼓动力量，成为当时激烈的党派斗争和政治斗争的重要工具。只要指出下面这一点就够了：1822年，政府曾慑于自由派报刊的威力，颁布了监督报纸的条例，资产阶级自由派的代表人物贡斯当等曾就当局对新闻自由的限制在议会发表多次演讲，成为轰动当时政界的重大事件；1826年，当局再次企图钳制报纸，又遭到失败；1830年7月革命就是因为当局签署了限制新闻出版自由等法令，以此为导火线而爆发的。可见报纸是资产阶级和贵族斗争最激烈的领域之一。巴尔扎克把吕西安放到这一领域中，既能充分展示主人公的性格，写出这个形象的社会意义，又能绘写现实的阶级斗争，深刻暴露丑恶的现实。

巴尔扎克通过吕西安的经历，对自由派、极端保皇党和政府党的报纸，统统进行了揭露。他指出，当年战场上的血腥斗争如今已经转到思想领域，"变成议会中的舌战和报上的笔战"。报纸之间的谩骂都是为了争权夺利。自由派报纸利用宗教问题抨击教会，利用宪章反对国王、抨击政府和官吏，表面上冠冕堂皇，但这一切只不过表露了自由派对贵族政权的觊觎。保皇党和政府党内部漆黑一团，彼此打击倾轧，阴谋迭出。幼稚无知的吕西安先是站在自由派立场上，得罪了贵族；等到他想转移阵地，实际上已经不可能了，贵族除了把他当作一个打手以外，不会更宽待他。两派都利用吕西安来打击对方，然后一脚把他踩了下去，最后身败名裂的是吕西安。巴尔扎克对这种卑鄙的手腕深恶痛绝，他通过小说人物抨击"报界是一个地狱"，报馆是"贩卖思想的妓院"，报上的文章是捧是骂要根据政党需要，没有是非曲直，报纸所做的投机生意"比最肮脏的买卖还要狠毒"。《幻灭》对新闻界淋漓尽致的揭露招来了帮闲文人的詈骂。当时有个批评家雅南带头指责巴尔扎克的描绘"太漆黑一团"（《幻灭》序）。巴尔扎克同右翼的《费加罗报》等早已打过交道，他知道自己这部小说会引起什么效果，在第二部的序中他先发制人地指出："作者在此只描绘了这种弊病的开端，今日这种弊病已经充分发展了。较之1839年的情况，1821年的报界还处在幼稚的状态中呢。"他严正地表示，他不顾代价如何高昂，也要正视"这种可能吞没法国的癌症"，因为"新闻事业在当代风俗史中所起的作用如此之大,如果作者在法国搬演的规模巨大的戏剧中遗漏了这一场景,今后就会被人指责为胆怯"。这些话表明了巴尔扎克敢于针砭时弊的极大勇气。

然而,巴尔扎克在描写吕西安"失败的野心"(《〈幻灭〉第三部序》)时是极有分寸的。他既指出这是社会环境造成的,又写出吕西安本身性格所起的作用。吕西安的软弱和缺乏意志力完全符合小资产阶级的不稳定性,这一阶层在不同的情况下,既可能同情劳动人民,向往民主主义思想和空想社会主义,又可能依附于资产阶级或贵族阶级,在政治上摇摆不定。巴尔扎克对吕西安的刻画,正如恩格斯所赞赏的那样,在"富有诗意的裁判"中,包含着"了不起的革命辩证法"①。

小说结尾巴尔扎克对吕西安向上爬的经历作了总结,这一总结是对尔虞我诈、损人利己的社会关系和道德原则的深刻剖析和揭露。那个装扮成西班牙教士的野心家伏脱冷对吕西安进行了一番"教导",他的话揭开了巴黎社会的内幕。伏脱冷是《人间喜剧》的一个重要人物,他最早的身份是苦役监逃犯,诈骗犯集团"万字帮"的出纳,1819 年重新被捕(见《高老头》),后来他再次逃跑,潜入西班牙打扮成教士返回法国。这个人虽是罪犯,却是一个典型的野心家,他深谙统治阶级的内幕和这个社会奉行的准则,愤愤不平于自己不能挤入上层社会,以分享特权阶级的既得利益。他分析吕西安的所作所为,向吕西安传授野心家的处世之道。他告诉吕西安:要支配社会,先要研究社会;不能相信官方的书所写的,那上面都是骗人的话;其实所有的大人物都是禽兽,"大人先生干的丑事不比穷光蛋少,不过是暗地里干的,他们平时炫耀德行,所以始终是大人先生"。伏脱冷振振有词、慷慨激昂的分析确也一针见血,鞭辟入里。但他对社会的分析并不是要批判社会,而是为了顺着社会所信奉的一套爬上去。他指出吕西安不懂得这一套,所以失败了。吕西安公开自己同女戏子高拉莉的关系,等于把自己的疮口暴露给别人看。如果他像那些老于世故、熟悉上层社会假冒为善原则的人,一面暗中保持与女戏子的关系,一面追求和娶上巴日东太太,那就可以成为伯爵和州长。伏脱冷这一番议论也言之成"理",这个"理"就是资产阶级的道德伦理。吕西安的行事违背了资产阶级社会的准则,所以他不但没有爬上去,反而做了别人的垫脚石。吕西安的经历确实给伏脱冷的议论做了印证。作者通过这种手法,巧妙地对吕西安的经历加以概括,提到揭

---

① 恩格斯:《致劳拉·拉法格》(1883 年 12 月 13 日),《马克思恩格斯全集》第 36 卷,第 77 页。

露当时社会人与人关系和道德原则的高度,把批判矛头对准了统治阶级。伏脱冷最后给吕西安拉开了上层社会的内幕,让他看到政治野心家所采用的卑鄙手段。伏脱冷告诉吕西安,野心家的秘诀就在于把人当作工具,对上要采取谄媚奉迎的办法,等到事成之后再毫不留情地把他一脚踢开,"为着权势也要不择手段"。既然这个社会不讲什么道德原则,那么,越是阴险狡猾就越得到别人尊重,因为社会承认既成事实。所以,要像猎人耐心等待猎物一样埋伏着,等待时机扑向猎获物,"别爱惜你的人格,别爱惜你的尊严"。伏脱冷所宣扬的,正是野心家不顾一切向上爬的诀窍,同时这也是当时尔虞我诈、损人利己的社会关系的真实写照。伏脱冷也承认,这是一种"强盗理论",然而它正是这个社会所遵循的最高准则。伏脱冷的"道德课"以毫不掩饰的语言道出了上层社会寡廉鲜耻、卑劣丑恶的黑幕。这一情节反映了巴尔扎克对当时的社会关系具有深刻的理解,并说明他透彻地了解伏脱冷这一类亡命之徒出身的野心家。从思想上说,这也深化了作品的揭露意义,它精辟地揭示了资产阶级极端利己主义的人生观,无情地撕下了统治阶级虚伪的面纱,使这部小说突破了两个青年人悲凉身世的狭小框框,而具有尖锐地批判社会的思想、伦理、政治等方面的广阔、深刻的内容。

※　　※　　※

《幻灭》不仅揭露和批判了现实,而且塑造了当时社会的英雄人物,这是小说取得的另一个突出成就。

巴尔扎克在小说第二部描写了一个小团体,刻画了理想中的人物形象,并表达了自己钦羡的政治倾向。在巴尔扎克笔下,这个小团体的成员都是当时最优秀的人物。当时社会有很多类似的小团体,较著名的有圣西门派小团体和法国烧炭党等。《幻灭》中的小团体是根据现实生活中的某些进步的、革命的小团体塑造的。巴尔扎克固然企图以此与黑暗的新闻界和文坛相对照,但它的实际意义却大得多。这个小团体的领袖本来是哲学家路易·朗贝尔,据巴尔扎克在同名小说中的描写,朗贝尔"不可抗拒地被导致承认思维的物质性",认为"理智完全是物质的产物",可见朗贝尔是唯物论者,虽然他又承认唯灵论。朗贝尔是一个表达巴尔扎克思想的人物,被巴尔扎克称为"当代最了不起的一个思想家"。小团体当前的领袖是大丹士,他后来成为"当代最杰出的作家之一"。这个团体还有杰出政治学家、医生、生物学家等。他们互相尊重,休戚相关,有难同当,有福共享,把他们联结起来的原则体现了朴素的平等思想。这一思想无论是在复辟时期还是在七月王朝都具有十分进步的意义。

这个小团体最引人注目的人物是"雄才大略的共和党人"米歇尔·克雷斯蒂安。巴尔扎克以极大的热情歌颂了这个人物。他生活穷困,处于社会底层,平时替大部头的著作编目,代出版商写说明书,所得甚微,但他非常旷达,显得快活而落拓。他多才多艺,特别喜爱革命民主主义诗人贝朗瑞的诗歌,这说明他的思想同革命民主主义非常接近。他的生活信念是:"我们先要献身于人类,再想到个人。"他的政治才具不亚于法国大革命时期的英雄人物圣鞠斯特和丹东。他的政治理想是实现欧洲联邦,作者认为,这一主张对欧洲贵族威胁极大。巴尔扎克并没有详细介绍"欧洲联邦"的构想,但无疑这是要在欧洲全面实现共和制。由此看来,克雷斯蒂安的思想是十分激进的。巴尔扎克认为,那些自命为法国大革命期间产生的国民议会的继承者,他们提倡的自由观念毫不可取,"克雷斯蒂安的理想可不像他们的荒唐,要合理得多"。这里,巴尔扎克明确地表示了自己对共和党人政治理想的赞赏态度。他还注意到,克雷斯蒂安抱着实现欧洲联邦的理想,后来为19世纪30年代的"圣西门运动出过不少力",这个共和党人同空想社会主义者有过非常密切的联系。30年代的圣西门主义者是小资产阶级的一个激进的政治派别,他们批判资本主义社会,对工人阶级表示同情。当时,共和派在反对路易-菲利普的斗争中,也支持工人的请愿罢工斗争;出庭为工人辩护的往往是共和派律师;共和派甚至还参加了工人起义。这并不奇怪,因为共和派也代表着小资产阶级的利益。反对七月王朝金融资产阶级的统治是圣西门派和共和派共同的目标。因此,克雷斯蒂安接近圣西门运动,同这一派有过合作关系是完全符合历史状况的,这一点反映了巴尔扎克对现实的观察非常深入。巴尔扎克以赞美的口吻写道:他"或许还是一个会改变世界面目的大政治家,后来像小兵一般死在圣玛丽修道院"。他参加了1832年6月起义,资产阶级政府来镇压军队射出的子弹打中了他——"法兰西最高尚的一个人物"。巴尔扎克把他当作能对人类社会作出重大贡献的大政治家来歌颂,对这个人物的政治信念作了毫无保留的高度评价。对于他的牺牲,巴尔扎克表示了极大的愤懑,强烈谴责了七月王朝统治者的暴虐。他饱含着激情写道:认识克雷斯蒂安的人无不惋惜他,时常想起这个无名英雄。

巴尔扎克在小说中对克雷斯蒂安虽然着墨不多,却还是写出了他的性格。他对于朋友有火一样的热情,但对卑劣不义的行为却又疾恶如仇。他性好冲动,襟怀磊落。吕西安要踏入新闻界之前,他指责报纸是拿思想做交易的地方,他对吕西安说:"你要是做了奸细,我就痛心疾首,跟你断绝来往。"吕西安昧着良心写文章诋毁大丹士的小说,克雷斯蒂安气愤已极,同吕西安进行了决斗。克雷斯蒂安这种火爆脾气和个性,通过这些细节表现得十分鲜明。当然,《幻灭》对这个形象并没有充分展开描写。但这个人物同小说中卑鄙无耻的资产阶级人物相对照,形象显得相当高大突出。在《人间喜剧》中,克雷斯蒂安是最有代表性的共和党人物,占有非常重要的地位。

这个形象的意义十分重大。巴尔扎克能创造出这个人物,雄辩地说明了他矛盾复杂的世界观中存在着进步的一面,而且这一面起着主导的作用。恩格斯曾经指出,巴尔扎克"经常毫不掩饰地加以赞赏的人物,却正是他政治上的死对头,圣玛丽修道院的共和党英雄们,这些人在那时(1830—1836)的确是代表人民群众的"[①]。恩格斯这段著名论断指出了一个事实,那就是,巴尔扎克所赞赏的共和党英雄在19世纪30年代初代表着人民群众。这是根据历史唯物主义得出的结论。前面已经说过,共和派同工人在这一时期接触很多,他们同情和帮助工人的斗争,1832年6月起义就是共和派同工人一起并肩战斗的一次事件。1832年6月5日,反对波旁王朝和路易-菲利普的拉马克将军出殡,大批工人,包括印染工人、印刷工人、啤酒工人、制帽工人参加了游行。第二天,政府军队前来干涉,在圣玛丽修道院发生了战斗,工人和共和派筑起了街垒,同政府军展开了激烈的对攻,不少工人和共和党人壮烈地牺牲了。共和派和工人行动一致,是因为他们目标相同,他们的斗争"还隐蔽在反对金融贵族的普遍起义外壳下面"[②]。当时,无产阶级力量还很弱小,未能提出明确的政治主张。取消金融资产阶级统治的政治要求是由共和派明确提出来的,在这一点上,共和派正代表着人民群众的利益。

但是,巴尔扎克所赞赏的共和党人却又正是他政治上的死对头,这应该怎样来

---

[①] 恩格斯:《致玛·哈克奈斯的信》(1888年4月初),《马克思恩格斯选集》第4卷,第463页。
[②] 马克思:《1848年至1850年的法兰西阶级斗争》,《马克思恩格斯选集》第1卷,第403页。

解释呢？巴尔扎克于1831年下半年参加了保皇党，保皇党同共和党在政治上南辕北辙，大相径庭。但要看到，保皇党其实是带有贵族色彩的一个资产阶级反对派，它代表着大土地资产阶级的利益[①]。巴尔扎克之所以参加保皇党，主要是由于他不满金融资产阶级的独霸统治。写于1830年七月革命后不久的《关于巴黎的信》这样指出："由七月所产生的伟大准则，没有一条写进立法中去……政府重操复辟时期的旧业。"他认为七月革命的成果落入了几个"小人物之手"。他在《一年中的两遇》里描写七月革命的参加者被逮捕了，"整个时代的历史可以用一个词来表达：叛变！"他清醒地看到，"以为我们的代表在代表着我们，那就是一个大错误"（《圣西门的门徒和圣西门主义者》）。同时，七月王朝时期，自由竞争激烈，不仅中小资产阶级破产的数目激增，而且可以看到"成百家银号像风吹纸牌一样纷纷倒闭的凄惨景象"（巴尔扎克《杂文集》）。1832年1月14日的《环球报》这样写道："在各个阶层中失望日益全面扩展。幸福的梦想消失了，在许多人的心中，留恋让位于仇恨。有多少工商业者认识到，七月革命的后果不就是带来了他们自己的破产吗？"（《〈人间喜剧〉中的社会经济现实》）巴尔扎克就是对七月王朝的统治者感到失望的一个代表。巴尔扎克还意识到，七月王朝的统治者只是大资产阶级中的一部分："梯也尔先生是只愿由自己来统治的资产阶级的体现"，"梯也尔先生不是单个人，而是一个体系，资产阶级政府的体系"。（巴尔扎克《杂文集》）梯也尔当时是议会主席。由此看来，巴尔扎克是不满于七月王朝金融资产阶级的统治才加入反对派的。但是，巴尔扎克并不是一个正统的保皇派。他与保皇党有过不少矛盾。1832年他在《革新者报》上发表《论保皇党状况》一文，指出"保皇党和自由党都有极大的错误，它们为了稳住党内群众，而屈服于各自的偏见，进行无理的争论"。他认为，"企图反对1789年的物质成果，反对大革命在人们思想中、在事物和利益中产生的结果，那将是用政治语言无法表达的一个错误，因为这样做既很荒谬，又不可能；既是犯罪，又是发狂。这是世界上最不符合理性的行为"。他提出要给"保皇党人一种更适合我们所处时代的思想"。巴尔扎克发表的小说《乡村医生》，描绘了一个乌托邦的蓝图，这部小说用巴尔扎克的话来说，受到保皇党三份报纸"最

---

① 马克思：《1848年至1850年的法兰西阶级斗争》，《马克思恩格斯选集》第1卷，第451页。

深的蔑视"①。保皇党还对他的《幽谷百合》不满,因为这部小说的女主人公莫尔索夫伯爵夫人试图用资本主义的方式管理庄园。保皇党甚至把巴尔扎克同雨果、大仲马等一起并列,当作政敌看待。巴尔扎克早在《关于巴黎的信》中就渴望出现"一个年轻而强有力的人物",他要具有"高深的教养、明达的智慧、一套道德和政治理论、开明的爱国主义",是个"善于争取自由的天才"。巴尔扎克在20年代末接触过圣西门主义,30年代中期又对傅立叶主义发生了浓厚兴趣。这一阶段正是共和党人十分活跃的时期,巴尔扎克同共和派领袖如阿尔芒·卡雷尔有过不少的接触,对共和党人十分敬佩。他在空想社会主义者尤其是共和党人身上看到未来社会的希望,认为他们是能领导社会的强有力人物。巴尔扎克的中小资产阶级立场在他加入保皇党后并没有改变,这是他同空想社会主义者和共和党人能彼此接近的基础。巴尔扎克塑造了克雷斯蒂安的形象,把他作为人民群众的代表而加以毫不掩饰的赞赏绝不是偶然的,完全符合他当时的思想状况和阶级立场。

诚然,这里也还有着现实主义艺术的伟大胜利。巴尔扎克能够按照现实生活的真实去再现人物形象。他把自己所看到的、所熟悉的人物不加歪曲地描写出来,严格地遵循现实主义的创作方法去塑造人物,这无疑有助于克服他的某些保皇党观点。

事实上,巴尔扎克并没有完全放弃这种观点,这在描写小团体和克雷斯蒂安时就有所流露。例如,他笔下的大丹士"对君主政体的信念同米歇尔·克雷斯蒂安对欧罗巴联邦的信念一样坚定";而克雷斯蒂安还"笃信基督教,认为基督是平等的奠基人",坚持灵魂不死的荒谬说教。这种描写只能说明,作家在描绘小团体和克雷斯蒂安时,是受到他的思想和艺术观的制约的。小团体里的人物思想相当复杂,这恰恰反映了巴尔扎克的思想和世界观的矛盾。巴尔扎克并没有完全离开自己的思想立场去刻画当时社会的一群优秀人物。在巴尔扎克看来,主张共和的人物同主张君主立宪的人物可以共处一体,信仰唯物论的人物同信仰唯灵论的人物也可以结合在一起,小团体就是这样一个混合物。初看起来这是很荒谬的,但是,这不正好说明巴尔扎克的世界观既有保守因素也有进步因素吗?不正好说明他的思想不同于正统的保皇党人、仍然保持着中小资产阶级的立场吗?

---

① 例如,保皇党报纸《年轻法兰西回声报》认为这部小说是"所有乌托邦的赝品"。

在《幻灭》里所表现的巴尔扎克思想的矛盾并不是对半分的,而是进步的思想倾向占了主导地位。在克雷斯蒂安身上,他的性格、他的政治理想,是作者着力描写的方面,给人以具体的、鲜明的印象,他的高大形象从这些描写中树立了起来;而关于他的信仰基督教,作者只简单化地提上一笔,一般不细心的读者甚至会忽略过去。大丹士的情况也是这样。这个小团体的领袖热情友善、胸襟坦荡的思想性格和杰出的文学才能,作者花费了许多笔墨,通过他帮助吕西安,宽恕了吕西安对他的攻击中伤,得到了生动的再现;而他对君主政体的信念作者只是一笔带过,读者并不能知悉他的政治信仰的具体内容。这两个例子就足以说明,巴尔扎克在创作这部小说时,他的世界观中的进步倾向得到了充分的表现。

《幻灭》关于克雷斯蒂安和小团体的描写具有重要意义,它展示了巴尔扎克思想中的进步因素和保守因素,他的思想和创作的联系,从而可以作为批判"世界观越反动,作品越伟大"的修正主义谬论的一个有力佐证。

※　※　※

《幻灭》值得注意的地方,还在于描写了资本主义自由竞争的吞并现象。在法国文学史上,巴尔扎克是描绘这个题材的第一个人。他在《赛查·皮罗多盛衰记》(1837)里描绘了一个老式商人的破产经过,这部小说已写到自由竞争,提到银行家在背后作祟,但皮罗多的破产主要由于公证人把他的资金拐走了。《幻灭》则是直接描写大资本家和小资本家的竞争,大鱼如何吞掉小鱼的斗争过程,《幻灭》的内容毫无疑问更有典型意义。

巴尔扎克在小说中接触到大工业生产,这在当时是绝无仅有的。所谓大工业,只是相对而言。19世纪20、30年代法国还没有大规模的重工业。规模大一点的只有轻工业。印刷、造纸业是在复辟时期得到较大发展的大工业之一。资本主义文明的发展,是促使印刷造纸业发生现代变革,即采用更先进的印刷机器和改良纸张的主要原因。报纸的大量出现,书籍的需求增加,加上印刷时间需要缩短,这就要求造出连续快速印刷的机器和廉价轻薄的纸张。在欧洲的一些国家,如英国已经出现了印刷机器改革的热潮,并开始传入法国。机器的改革和纸张的改良必然引起激烈的商业竞争。对现实的观察极其敏锐的巴尔扎克看到了这一现象,小说对印刷机器和纸张的叙述，反映了作家对这个题材的强烈兴趣和深入研究。巴尔扎克在这个领域中看到了重大的社会现象。自由竞争是资本主义生产方式的内在规律。资本主义的发展，从某个方面来说，就是更为狡猾凶狠和实力更为雄厚的资本家吞噬了其他资本家的资本的历史，这是一部罪恶的发家史。《幻灭》形象地通过发明家大卫的印刷厂被戈安得兄弟所吞并，揭示了资本集中过程的内幕，反映了资本主义自由竞争的一个剖面。

戈安得兄弟吞并大卫的印刷厂的过程，是一场非常激烈的、惊心动魄的斗争。资本家戈安得兄弟的形象刻画得非常成功。他们不像不善经营、诚实可欺的大卫，而是十分注意政治对买卖的影响。他们附和政府党的论调，经常到大教堂望弥撒，故意让人知道他们也在守斋。社会上需要宗教书籍时，他们赶紧重印，这样，既占得了优厚利润，又给人以他们重视宗教的印象。果然，州公署和主教公署把本来由大卫承担的印刷业务，都转给了戈安得兄弟。当着贵族的面，他们低声下气，弯腰曲背，其实心里痛恨贵族。做买卖时，哥哥和颜悦色，弟弟则扮演大炮的角色，两人一唱一和，配合默契。对于大卫，他们布下了天罗地网。先是收买了大卫一手栽培起来的助手赛利才，让他监视大卫的活动。他们同诉讼代理人柏蒂-格劳做了一笔交易，指使他横生枝节，让大卫背上还不清的债。巴尔扎克描写了商业诉讼和法庭是怎样为大资产阶级服务的。负债的大卫由于商务追索而不断增加债务，在短短的两三个月中，债务竟从3000法郎上升到1万多法郎。种种极其烦琐的手续费和无奇不有的诉讼费居然比驴打滚的利息还要厉害，以致负债一方只好束手就擒，任凭债主宰割。司法制度的这种弊端有利于资本更为雄厚的资本家，使他们能轻而易举地吞并其他中小资本家的资财。至此，戈安得兄弟的狡诈阴险已经和盘托出。巴尔扎克最后又添加了一笔，使他们的性格显得更加突出。戈安得兄弟并不以挤垮大卫为满足，他们还要利用大卫的发明大获其利。大卫还有一些难题未获解决，但他找到了一些不值钱的原料。戈安得兄弟一面让大卫继续做试验，一面扬言降低纸浆成本的办法毫无价值。实际上他们偷偷地采用了大卫的发明，发了大财。他们暗地里却散布流言，说是戈安得兄弟被大卫拖累，损失不赀。别的厂商不明底细，不敢采用大卫发明的新方法，而大卫试验一再失败，也感到对不住戈安得兄弟，只得罢手不干，一无所得。等到大卫知道自己被耍弄，他也无可奈何，因为如果要上诉，恐怕要再打十年官司，而大卫宁愿"太太平平地过日子"。戈安得兄弟在经济上发了大财,在政治上也大显身手,七月王朝时期,兄弟俩分别当了议员和进了贵族院。他们的经历正是大资产阶级日益得势的真实写照。

这段描写相当完整地表现了自由竞争的过程,马克思在《资本论》中曾说过:"竞争的结果总是许多较小的资本家垮台,他们的资本一部分转入胜利者手中,一部分归于消灭。"《幻灭》为马克思的论断提供了十分生动的实例。这部小说不失为资本主义自由竞争现象的一份翔实纪录,它提供了极其丰富的经济细节,具有弥足珍贵的历史价值和认识价值。

资产阶级自由竞争现象是复辟王朝时期阶级斗争的一个重要侧面。大资产阶级在这一时期经济实力获得很大发展,这是它战胜贵族的根本条件。这方面的描写有助于更深入地发掘主题,它表现了掌握着经济命脉、越来越强大的资产阶级必然要重新夺回政权,而经济上到了穷途末路的贵族阶级终于不堪一击这一历史发展趋势。这就是复辟王朝时期发生的最根本的历史变化。巴尔扎克认识到经济因素对政治局面的巨大影响,这是他能深刻地反映现实的重要原因。

对自由竞争的描写在当时也具有极大的现实意义。七月王朝是法国资本主义处于逐步巩固的时期,当时,自由竞争加剧了,大资产阶级吞并中小资本家的社会现象变得极为频繁。仅在七月王朝时期,破产的中小业主的数目就大大超过了整个复辟王朝时期。当时还出现了不少大企业的联合,如1836年10月大运输公司的联合就是一个突出的例子。据当时报纸报道,这家公司的联合是为了"压垮第三者";资本家通过联合,采用降低价格的手段,以"消灭竞争的对方",一俟竞争结束,便又立刻提高价格。(《〈人间喜剧〉中的社会经济现实》)巴尔扎克曾亲身经历过商业竞争、企业倒闭,以致破产的遭遇,他把自己的感受融化到小说中去,这既表达了他对大资产阶级穷凶极恶地积聚财富的愤懑,同时也表现了他对七月王朝现实的批判。

※　　※　　※

巴尔扎克在《幻灭》中发表了不少关于文学创作、特别是小说创作的精辟见解。巴尔扎克在创作《人间喜剧》的过程中不断地对小说艺术进行探讨,《幻灭》中就部分记录了他所取得的丰富经验。

巴尔扎克对小说的开展作了一些回顾。他认为，"小说是近代最了不起的创造"。18世纪法国启蒙文学以及司各特的小说都是很有成就的，但启蒙小说有一个缺陷，就是偏于用来图解或阐发某种哲学思想，在形象塑造方面显得不够生动丰满，在情节的连贯、铺叙等方面也显得不够紧凑有力。至于司各特，巴尔扎克批评他描写的人物，如女主人公，过于一模一样，人物性格不够突出。19世纪的小说比起它们就有很大进步，主要表现在能广泛描绘社会生活，突出性格的刻画，善写对话，情节曲折，吸收了其他体裁如戏剧的优点，等等。在这个基础上，巴尔扎克提出了小说创作的一些带根本性的问题，阐明了自己的现实主义文艺观点。

首先是小说的反映对象问题，巴尔扎克提出了需要反映时代的整个面貌的艰巨任务。他谈到历史小说的写作时说："从查理曼起，每个名副其实的朝代至少需要一部作品来描写，有的还需要四五部……你可以写出一部生动的法国史。"这里谈的虽是历史小说的写作，但同样适用于当代题材的小说。巴尔扎克在《人间喜剧》的前言中说过，法国社会好比是历史家，而他要担当它的秘书。在《幻灭》第一部的序里，巴尔扎克提出要"从各方面去观察，把握住各个阶段，全面地描绘社会"。《幻灭》就是这样一部小说，它描绘了一个历史阶段的社会情况。《人间喜剧》的许多小说都是这样力图通过一个侧面反映整个社会。正因为如此，巴尔扎克的作品具有浩瀚广阔的内容，反映的社会生活丰富多彩。

巴尔扎克指出了小说和文艺创作的特点是运用形象来表现社会生活，他在《幻灭》中说："最高的艺术是要把观念纳入形象。"这句话明确地把形象的创作看作小说艺术的基本特征。巴尔扎克曾多次指出，小说要塑造形象和典型。在他看来，所谓形象或典型，就是"包括所有那些在某种程度跟它相似的人们的最鲜明的性格特征"（《〈一件无头公案〉初版序言》）。巴尔扎克认识到，艺术要"再现自然"，要真实地反映现实生活；艺术不等于普通生活，而要对现实生活进行加工、提炼和概括："什么叫作艺术，还不是经过凝练的自然！"为了做到这一步，就必须通过人物典型或人物形象来反映社会。在《幻灭》中，巴尔扎克指出，形象或典型要反映"本质的东西"；形象或典型具有共性，是一个"社会的人"，但又有个性，要具备独特的性格特征。一方面，巴尔扎克提出要进行"生理方面的观察"，对人物外貌加以细致入微的描绘，另一方面，他又提出要描写各种人物和奇奇怪怪的社会现象的关系，"描绘最微妙的情欲"，赋予人物以生命，只有这样，才能"创造出一些比真人更真实的人物"。所谓"更真实",就是要具有典型意义。巴尔扎克所说的要描写"情欲",是他的一个重要观点。在他笔下,"情欲"往往就是人物的性格特征,是经过凝练和集中的某种思想特点,在这种场合下,巴尔扎克的描写总是取得了良好的效果(如对吝啬的描写)。但是,巴尔扎克的这个观点又往往抽掉了"社会的人"的阶级属性,其结果影响了人物的典型意义,这是同作家的主观愿望恰好相反的。

"最高的艺术是要把观念纳入形象"还有第二层意思,这句话强调的是形象应蕴含着思想。可见巴尔扎克非常重视人物形象的社会意义,他的所谓"观念"指的就是形象本身所体现的社会内容和思想意义;这观念不应笼统地由作者道出,而应"纳入形象",即通过形象表现出来。恩格斯曾经指出:"作者的见解愈隐蔽,对艺术作品来说就愈好。"[1]巴尔扎克的见解是符合这一现实主义原则的。巴尔扎克把纯熟地运用这一原则看作"最高的艺术",表明他掌握了艺术创作的奥秘。

在巴尔扎克的许多长篇小说中都出现了众多鲜明的艺术典型。《幻灭》也不例外,除了小说的主要人物以外,一些次要人物都性格突出,栩栩如生。他们包括各个阶层的人物,如贵族、资产者、新闻记者、演员、司法人员,等等。有的着墨不多,在小说中甚至只出现过一次,但却给人留下难忘的印象。关键就在于巴尔扎克能够抓住人物的思想性格特征。以出版商道格罗为例,这个人物在小说中的地位并不重要,但写得十分生动。他去看吕西安。想收下吕西安的小说的场面写出了商人唯利是图的本质。开始,道格罗决定用1000法郎买下吕西安的小说,一看见吕西安住的旅馆,这个老狐狸马上改变了主意,心想:"住这种地方的青年欲望不大……给他800法郎就行了。"一打听,吕西安住在五楼,他便想:"这个年轻人……钱太多了会心猿意马……给他600法郎吧。"进了房门,看到屋里空无所有,便想最好让吕西安这样保持下去,开口只给他400法郎。这段描写将一个狠毒的出版商的形象十分鲜明地呈现在读者面前。

在怎样把人物写活这点上,巴尔扎克强调了人物对话的重要性。他指出,对话要写得"充实、紧凑、简练、有力"。他笔下的人物对话非常富于个性。赛夏老头的语言就是一例。他同大卫的一段对话活脱脱地显露了他的吝啬性格。赛夏老头要以3万法郎把印刷厂出让给儿子,大卫听到这个数目后惊呼这是要他性命,赛夏老

---

[1] 恩格斯:《致玛·哈克奈斯的信》(1888年4月初),《马克思恩格斯选集》第4卷,第462页。

头说:"我生你出来的人要你的命?"这句巧妙的答话写出了他的精明狠毒。当大卫提起还没清理母亲的遗产时,赛夏回答:"你娘的财产吗?她的财产是她的聪明和相貌。"在狡诈之中透露了他的蛮横和无赖作风。他还补充了一句,说是给儿子留下一件宝贝,大卫问什么宝贝,他说:"玛利红。"这是他家的女工兼女仆。把一个工人当作物件看待,恰如其分地反映了他的资本家心理。伏脱冷的语言是另一个实例。读过《高老头》的人可以从他尖锐泼辣、愤愤不平的议论中认出他来,而不会被他的教士外衣所迷惑。巴尔扎克对这一类野心家的言行确实是观察得十分到家的。高尔基和鲁迅曾称赞巴尔扎克的对话写得如闻其声,如见其人,从《幻灭》也可以看到巴尔扎克在小说创作上的这一突出成就。

众所周知,巴尔扎克十分注重风俗环境的描绘。在《幻灭》中,他再次提出了这一主张。他认为反映时代和社会必须"描写各个时期的服装、家具、屋子、室内景象",等等,只有这样才能再现社会生活,反映"时代的精神",塑造出典型人物。巴尔扎克确信,大至一处环境,小至一件家具,都可以从中反映一个时代的面貌,正如一块化石可以反映一部生物史一样。从这一观点出发,他十分注意风俗的变化和环境的变迁,通过这些表现出对人物精神面貌所产生的影响。巴尔扎克的观点反映了他对社会物质生活给予人们思想精神的决定性影响具有一定的了解。这是巴尔扎克超越前人的地方,也是他对小说艺术的一个重大贡献。恩格斯曾经指出,现实主义的创作原则要求"除细节的真实外,还要真实地再现典型环境中的典型人物"[1]。恩格斯的著名论断正是从一些杰出的现实主义作家,特别是从巴尔扎克的创作中总结出来的。巴尔扎克是最早认识到描写典型环境的重要意义的作家之一,他的小说确是这一现实主义创作方法的典型范例。

此外,巴尔扎克对小说的情节和结构也十分重视。他提出"要有莎士比亚式的伟大的结构"。他反对司各特一开始用长篇谈话引进人物,然后才展开描写和情节。巴尔扎克的小说结构颇多变化。有时采用倒叙写法,有时采用逐层展开的写法,有时把几条线索交织在一起,《幻灭》则用了一种新的结构:小说分成两个环境,通过主人公的往返活动,构成一个整体。《幻灭》的情节具有巴尔扎克小说的一般特点:戏剧性强,像剧本一样有序幕、进展、高潮和结尾。巴尔扎克的小说创

---

[1] 恩格斯:《致玛·哈克奈斯的信》(1888年4月初),《马克思恩格斯选集》第4卷,第462页。

作获得成功,情节结构的丰富多彩是一个重要原因。

最后,巴尔扎克提出作家需要深入研究社会,积累丰富的生活经验。他说,创作"伟大的作品需要长期的社会经验";作家要研究人们之间的利害关系,"在社会和思想的广阔天地中,千辛万苦地跋涉过"。巴尔扎克从唯物论的反映论出发,认为作家要反映现实,必须先"感受一切",而且"头脑需要长期的酝酿"。马克思在《资本论》中曾经指出,巴尔扎克对现实的阶级关系有"深刻的理解",这是因为巴尔扎克确实对19世纪上半叶的法国社会状况和人们的阶级关系作过深入的研究。具有丰富的社会生活经验,对社会又有深刻的理解,这是巴尔扎克在小说创作上取得伟大成就的根本所在。

以上是巴尔扎克在《幻灭》里谈到的关于小说创作的一些精辟见解,这是他从自身创作中总结出来的经验之谈,虽然还不足以概括他所有的文艺观点,但基本上已经可以窥见他的创作纲领,因而值得我们重视。巴尔扎克的上述主张无疑建立在现实主义的原则基础之上,闪现着深刻的思想火花,对于我们了解巴尔扎克给予小说艺术的重大发展和贡献会有重要的帮助。

# 资产阶级暴发户的典型

## ——巴尔扎克《欧也妮·葛朗台》简析

《欧也妮·葛朗台》是19世纪法国批判现实主义的杰出作家巴尔扎克的代表作之一。这部小说真实而生动地再现了19世纪初期法国的内地生活,刻画了形形色色的人物,特别是塑造了一个狡诈、贪婪、吝啬的资产阶级暴发户的典型形象,暴露了当时社会人与人之间的金钱关系,在思想上和艺术上都有很高的成就,是巴尔扎克"最完美的绘写之一"。

巴尔扎克创作这部小说的经过富有启发意义。1833年,巴尔扎克在都尔城附近一个老朋友的家里听到沃纳先生谈起,在索漠城有一个吝啬鬼,名叫尼韦洛。巴尔扎克听得入了神,几天之后,他到索漠去了一趟,住了半个月,触动了他的思想和创作欲望,他写出了小说的开头部分。以后巴尔扎克又到索漠去了几次,亲自同尼韦洛接触。关于尼韦洛的情况有两种说法。一说他在法国大革命前在卖旧衫的迪普伊太太家当伙计,或者在咖啡店当弹子计分员。他可能靠赌博起家。他先放高利贷,经营国家财产的标卖,娶了一个药剂师的女儿,有三个孩子。复辟时期据有几处可观的地产。他长得瘦小,难看,穿得很蹩脚,他的吝啬特点成为城里人们的话题。他把钱币藏在家具的垫板下面,向游客指点家里的古董,以便得到几个小钱,因为游客以为他是个园丁伙计。另一种说法是,他生于1767年,1797年结婚时已是个银行经纪人,1810年买下了一座宫堡,他可能在执政府时期发了财,做的是土地委托生意。他发财的经过不为人知。他从没做过箍桶匠,也不是索漠市长。他的名字只在地方档案上出现过一次。他从1817年起放弃经商,经营土地,找不到材料说他砍伐白杨。他的女儿在巴黎长大,进入了最贵族化的修道院。她的闺房是整幢房子中最漂亮的一间,有架钢琴,陈设华丽古雅。他虽然吝啬,但夏天一家人要到瓦洛尔宫堡等地避暑。尼韦洛太太有首饰。她的女儿的嫁资不满 30 万,在 1829 年嫁给一个军官。尼韦洛死于 1847 年,留下 200 多万法郎,一半是土地,一半是动产。①

巴尔扎克显然没有按照实际生活中的吝啬鬼去描写,他进行了重大的艺术加工,终于创造出一个脍炙人口的艺术典型。

小说的中心人物葛朗台也是法国西部小城市索漠城的巨富。1789 年法国大革命爆发时,他只是一个富裕的箍桶匠。但他善于钻营,共和政府时期,贱价买到了当地最好的葡萄园、一座修道院和几块分种田。有了产业作为后盾以后,他便在政治舞台上出现,见风使舵,成了共和党人,当上索漠区的行政委员,并利用职务的方便大发其财,成为索漠城拥有几百万资财的首富。复辟王朝时期,葛朗台虽然丢了官,但并没有停止积聚财富。他狡诈地制造骗局,让索漠城附近的葡萄农和中小业主压着酒不卖,自己却偷偷找到着了急的外国商人,以高价成交,从而使酒价下跌,坑害了所有的人。他像老虎、巨蟒一样地"躺着、蹲着,长时间窥测着猎获物,然后扑上去;他打开钱袋的口,倒进大量的钱币,然后安安宁宁地睡觉,像蛇一样不动声色,冷漠无情,按部就班,慢慢消化"。葛朗台通过控制市场、哄抬物价等卑鄙手段,损人利己,使他人破产,从中致富的过程,正是当时大资产阶级发家致富的缩影。但是,资产阶级这种罪恶的发家史,一向未被文学家所注意。巴尔扎克注意到这一重要的社会现象,并以他深刻的观察、分析,在《欧也妮·葛朗台》这部小说中揭示了这一内幕,无疑具有重要的意义。

小说最突出的成就是,在描写资产阶级发家的过程中,着力去塑造这个人物的吝啬性格,从而暴露了资产阶级的一些本质特征。马克思指出,"巴尔扎克曾对各色各样的贪婪作了透彻的研究"。② 葛朗台是巴尔扎克刻画得最成功的吝啬形象之一,在法国文学史上这是一个著名的典型,早已脍炙人口。作者选取了一系列富有典型意义的细节来表现他的悭吝性格:葛朗台家阴森森的老房子连楼梯踏级都被虫蛀坏了,也舍不得花钱修理;每顿饭的面包和其他食品、每天要点的蜡烛,葛朗台都亲自分发,一点儿不能多;他不想给妻子零用钱,让买主掏出

---

① 以上材料见莫里斯·巴尔德什:《评〈欧也妮·葛朗台〉》一文。
② 马克思:《资本论》,《马克思恩格斯全集》第 23 卷,第 646 页。

额外的钱来付给她,反过来一切家用支出便都要她代付,一直到刮光为止;来了亲戚,他不让加菜,最后竟叫佃户打些乌鸦来熬汤;妻子卧床不起,他首先想到的是请医生得破费钱钞。葛朗台的吝啬是同贪得无厌地追逐金钱紧密联系在一起的。在他的心目中,金钱高于一切,"没有钱,什么都完了"。他半夜里关在密室中瞧着累累的黄金,连眼睛都变得黄澄澄的像带上金子的光泽。他的侄儿查理知道父亲死后痛哭不已,他便觉得这孩子把死人看得比钱还重,真没出息。他以为别人一见钱就高兴,即使生病也会立即痊愈,因此,当妻子被他吓得病倒以后,他便拿了一把金洋撒在她床上。妻子死后,葛朗台十分害怕有一部分财产要被女儿分走,赶紧同女儿和好,使她不要继承母亲的遗产。他疯瘫之后,坐在手推车上,整天让人在卧室与库房之间推来推去,生怕有人来偷盗。直到临死前,他还让女儿把金币铺在桌子上,长时间地盯着,这样才感到心里温暖。他最后一句话是叫女儿料理好一切,到阴间去向他交账。巴尔扎克把资产者嗜钱如命的本质真是揭露得淋漓尽致。恩格斯指出:"在资产阶级看来,世界上没有一样东西不是为了金钱而存在的,连他们本身也不例外,因为他们活着就是为了赚钱,除了快快发财,他们不知道还有别的幸福,除了金钱的损失,也不知道还有别的痛苦。"[①]葛朗台就是这样一个资产者的典型。

巴尔扎克不仅摄取了葛朗台日常生活中的一个个镜头,塑造了一个活生生的吝啬鬼形象,而且,还写出了葛朗台懂得商品流通和投机买卖的诀窍,突出了人物的时代特征。例如,公债投机是刚刚出现的一种金融投机活动,在法国内地,一般人比较闭塞保守,还不相信公债投机可以发大财,而葛朗台不但弄明白了,而且非常精通此道。公债投机成了他在复辟王朝时期主要的活动,他的财产成倍增加,到他死时,竟达到1700万之多(折成今天的货币,他是一个亿万富翁)。他还深知"债券是一种商品,也有市场涨落",然而却装糊涂,不自己出面,而利用别人的口和手去捞取他的利益。葛朗台既是大土地资产者,同时又是个金融资产者。他在索漠城的日益得势,反映了法国19世纪20年代土地、金融资产阶级实际主宰一切的社会现实,葛朗台这个典型的意义正在这里。

揭露资本主义社会人与人之间的金钱关系是贯穿全书的一个重要内容,这方

---

[①] 恩格斯:《英国工人阶级的状况》,《马克思恩格斯全集》第2卷,564页。

面的描绘也是相当出色的。小说围绕着葛朗台的女儿欧也妮的婚事,展开了一幕幕钩心斗角的场景。在小说中,克罗旭家为一方,格拉桑家为另一方,彼此为争夺欧也妮的巨大家私而明争暗斗。这两家都是当地的富户,彼此都有势力,而且旗鼓相当。在欧也妮生日那天,两家都预备了礼物登门拜访,比试一番。这时来了个不速之客:欧也妮的堂弟。克罗旭家和格拉桑家对这个年轻巴黎人的光临深感不安,怕他把欧也妮夺走。格拉桑太太仗着她常去巴黎,熟悉巴黎的风气,便故作媚态,吸引查理的注意,和查理谈话时尽量毁谤欧也妮。克罗旭家一时插不上手,对格拉桑太太的所作所为报之以冷言冷语。这里,克罗旭和格拉桑两家的丑态被写得惟妙惟肖。欧也妮把父亲给她的金币送给查理,查理也送给她一个金梳妆盒。于是引起了一场轩然大波,演出了一场"没有毒药、没有匕首、没有流血的资产阶级家庭的悲剧":葛朗台发现女儿把金币送了人,勃然大怒,把欧也妮关在房里,只许她吃冷水面包,一时之间父女关系荡然无存;而当葛朗台看到那只金梳妆盒时,便像老虎一样扑了过去。《共产党宣言》指出:"资产阶级撕下了罩在家庭关系上的温情脉脉的面纱,把这种关系变成了纯粹的金钱关系。"①这一论断在这里得到了生动的体现。葛朗台死后,欧也妮继承了全部财产,克罗旭家把她包围得更紧了。她家每天晚上高朋满座,备受赞颂,简直像个女王。至于查理,他在外混了七八年,贩卖黑人、华人和儿童,变得狠心刻薄,贪婪到了极点,"只想为了地位财产而结婚"。他想起了葛朗台家里的寒伧景象,以为葛朗台没有多少钱财,竟然毁了约。在这种情况下,欧也妮答应同蓬风先生结婚,蓬风先生跪在她的面前听着她的宣布,一迭连声地表示:"我一定做你的奴隶","赴汤蹈火都可以"。他想通过结婚独吞这份家产,因此和欧也妮订明死后财产互相遗赠,结果弄巧成拙:他先死去,落了个人财两空。他死后,又有新的一家像当年的克罗旭家一样,开始包围这个有钱的寡妇。巴尔扎克在小说中一针见血地指出:"金钱控制法律,控制政治,控制风俗,到了前所未有的程度。"小说通过这些描绘,入木三分地暴露了金钱的罪恶,抨击了资本主义社会人与人之间冷酷无情的金钱关系。它就像《共产党宣言》所指出的,资产阶级"使人和人之间除了赤裸裸的利害关系,除了冷酷无情的'现金交

---

① 《共产党宣言》,《马克思恩格斯选集》第 1 卷,254 页。

易',就再也没有任何别的联系了"。①

《欧也妮·葛朗台》的问世,具有巨大的现实意义。像这样深刻地揭露了资产阶级的发家过程、本质特征和金钱的罪恶作用的小说,在当时是绝无仅有的。七月王朝是金融资产阶级独霸统治的天下。巴尔扎克发现,七月革命被大资产阶级叛卖了,中小资产阶级连革命成果的一杯羹也分不到,从而对七月王朝的现实感到极大的失望。他对七月王朝的阶级实质认识得相当清楚。他对从上到下充塞着糜烂污秽风气的社会表示深恶痛绝。《欧也妮·葛朗台》揭露和批判的锋芒显然也指向了现实,表达了作家对金融资产阶级统治的愤懑情绪。小说出版以后,引起很大反响,紧接着他又写出了《高老头》。巴尔扎克的声誉迅速传遍了欧洲。

从艺术上看,《欧也妮·葛朗台》显示了巴尔扎克在描写环境、叙述故事、塑造人物等方面的精湛技巧。巴尔扎克小说创作的风格在这部小说中已经基本形成。

巴尔扎克小说创作的一个特点是,精细入微地描写环境,以反映出时代的风貌。《欧也妮·葛朗台》一开卷,索漠城的风光历历如在眼前。葛朗台住宅破败寒酸的景象,更像它那吝啬的主人一样。小说的环境描写,生动地再现了法国19世纪20年代的外省生活:那里虽然比较保守,但资本主义的风气早已渗透到生活的各个角落。小说成功地反映了"整部法兰西历史"的一个断面,再现了典型人物借以活动的舞台。巴尔扎克历来强调注重细节的真实,认为细节构成了"小说作品的价值"。巴尔扎克所谓的细节,一个重要方面就是环境描写。他认为一个典型环境可以反映整个社会的面貌,正如动物的化石反映了一部生物史一样。巴尔扎克懂得环境同人物之间存在着有机的联系,看到社会环境对人物的思想、感情、兴趣爱好等能产生非常重要的影响。所以巴尔扎克非常注意环境的变迁,以及随之引起的社会风习的变化和各个阶级相互关系的改变,这就能比较深刻地反映时代的本质面貌,达到真实地再现现实。

《欧也妮·葛朗台》在艺术上的另一特点是,结构紧凑,步步深入,一气呵成。小说从欧也妮的生日叙述起,引入了一场争夺女继承人的斗争;查理的来临引起新的风波,出现了第二条线索;葛朗台在这复杂的环境中的活动是第三条线。这三条

---

① 《共产党宣言》,《马克思恩格斯选集》第1卷,253页。

线索彼此交叉，互有联系，显得跌宕有致。以上描写约占小说三分之二的篇幅，但组织紧密，毫无枝蔓，作者夹叙夹议，行文有如滔滔不绝的大河，直泻而下，笔势酣畅，带有浓烈的抒情意味。紧接着家庭的纠葛是小说的高潮，然后很快写到查理背信弃义，急转直下，小说收尾，留有余味。整部小说取材非常精炼，始终能把读者紧紧抓住。

人物语言非常个性化，是小说又一鲜明的特点。最精彩的是葛朗台的语言，他的话完全符合他的性格，例子不胜枚举。比如，女仆拿侬在被虫蛀的楼梯上几乎摔了一大跤，差点儿把酒瓶打碎，葛朗台见她脸色发白，便说："好，既然是欧也妮的生日，你又几乎跌跤，就请你喝一杯果子酒压压惊吧。"看来他好像很慷慨，其实正说明他平时一贯的吝啬。至于他埋怨家里人"不会拣结实的地方落脚"这句话，更是绝妙地活现出一个吝啬鬼的嘴脸。又如，查理在房中哀伤父亲的死，不想吃饭，拿侬说这样会伤身体，葛朗台回答："省省我的粮食也好。"葛朗台太太提出要戴孝，他说："你只晓得想出花钱的玩意儿。戴孝在乎心，不在乎衣服。"寥寥几句，吝啬鬼的口吻被描画得活灵活现。不仅葛朗台的语言非常性格化，其他人物的语言也各各不同，非常符合人物的身份和性格特点。葛朗台太太一辈子生活在丈夫的淫威之下，说起话来总是畏畏缩缩。欧也妮则带着天真无邪的口吻说话。查理的语言反映了他是一个阅历很浅的花花公子。公证人克罗旭是一个刀笔吏，说话老奸巨猾。克罗旭神甫三句不离他的神学本行。格拉桑是一个并不精明却自以为是的银行家，他的太太善于周旋，急切之情露形于色。这些人物的语言是这样富于个性，读来仿佛如见其人，如闻其声。

当然，《欧也妮·葛朗台》也反映了巴尔扎克对欧也妮这个人物充满了同情。早年的欧也妮是个善良、天真的姑娘，对爱情充满幻想。父亲对她似乎没有什么影响，相反，她的行动往往不能同葛朗台的思想合拍，而且一再引起冲突。欧也妮这个人物在衬托葛朗台的吝啬上起到相当重要的作用。在小说的结尾，巴尔扎克也描写到欧也妮继承了父亲精明的经营本领，"逃不了人间利益的算盘"，金钱不免把它冷冰冰的光彩，沾染到她的身上。但是，巴尔扎克却又把这样一个豪富的女继承人说成有一颗"只知有温情而不知有其他的高尚的心"，她"超脱一切"，资助了很多家庭，做了很多善事，"挟着一连串善行义举向天国前进。心灵的伟大，抵销了她教育的鄙陋和早年的习惯"。这些描写流露了作者企图以宗教去克服物欲横流的错误观点。小说中的女仆拿侬则被写成对主人感恩戴德的奴才,"她像一条忠心的狗一样"为葛朗台卖命,而没有任何不满和反抗。之所以这样,是和巴尔扎克站在资产阶级的立场上看待主仆关系分不开的。

1977 年 4 月

# 批判深刻　形象动人

——读巴尔扎克的剧本《做纸花的姑娘》

上演巴尔扎克的剧本？只看过巴尔扎克的小说而没有看过他的戏剧的人，也许会有这个想法。这也难怪：会写小说的作家未必会写戏剧。德国伟大诗人海涅在巴尔扎克的第一个剧本《伏脱冷》上演之前，曾对这位《人间喜剧》的作者说："还是写你的小说吧。习惯待在布列斯特的人不会习惯待在土伦。待在你的苦役监里吧。"①巴尔扎克没有听从这句玩笑话，接二连三又写了几个剧本，总共六个，《做纸花的姑娘》是其中较优秀的剧本，充满了现实主义的批判精神。

这个剧原名《巴梅拉·纪罗》，改编后取女主人公的身份为剧名倒也合适，显得别致。此剧于1843年9月28日在法国的"快乐剧院"上演时就是一个改编本。1980年曾由我国中央戏剧学院导演系、舞台美术系七七级搬上舞台，整个演出获得了成功。

《做纸花的姑娘》的故事发生在法国复辟王朝(1814年至1830年)初期。法国封建王朝依靠欧洲反动势力返回本国以后，赔偿贵族的损失，从农民手中夺回土地，颁布有严格限制的选举法。人民群众中酝酿着严重的敌对情绪，尤其在军队盛行着拥护拿破仑的信念，拿破仑党人的密谋活动十分活跃。复辟王朝对此的镇压也极其严厉，动辄判以死刑。然而，复辟王朝乃是贵族阶级和资产阶级实现妥协的一种政治局面，这一时期，资本主义并未停止发展，社会上崇奉拜金主义，正如剧中所说的，在上层人物中，情感算不了什么，他们围着金钱旋转、跳舞。《做纸花的姑

---

① 布列斯特是法国北部的港口，面临英吉利海峡；而土伦是法国南部的港口，面临地中海，此地为苦役犯集中地。

娘》把复辟王朝动乱而黑暗的局面鲜明地深刻地反映了出来，表现了作家惊人的洞察力。

巴尔扎克就是在这样的背景上创造了一个动人的女性形象。巴梅拉·纪罗是个善良、正直、多情的女工。她爱上儒勒完全不是看上他有钱，而是出自纯真的爱情。当她知道儒勒参加密谋活动而受到追捕时，她同情他，担心他的生命安全。待到需要自己出庭作证，为了爱情她毅然牺牲自己的名节，以救出自己的情人。面对那些虚情假义、自私自利、忘恩负义的资产者老爷太太，她高尚的情操和纯洁的心灵显得格外分明。巴尔扎克能在社会底层中发现这样心地崇高的形象，确是难能可贵。

在他的笔下，这是一个柔中有刚的形象。巴梅拉跟随父母从内地来到巴黎，原先只想平平静静嫁个木匠，过上自食其力的日子。不料生活中起了波澜，对于一个涉世未深、温柔单纯的少女来说，这是一个严峻的考验。维尔贝将军和布罗加太太提出用金钱来收买她的名誉。她正言厉色地说："一个女人的名誉就是她的一切！在你们家里，你们那样重视，可是在这儿，在这间顶楼上，你们却拿钱买它……我还知道尊重自己。"这掷地有声的言语显露了她柔中有刚的性格。及至在法庭作证，她虽然很刚强，但情感的波动对于这样一个柔和的少女是太强烈了，她终于昏了过去。巴尔扎克没有脱离人物的生活经验和性格去描写，巴梅拉的形象就显得比较真实自然。巴尔扎克曾经指出戏剧对话要"符合人物身份"，指的就是这种现实主义的写作方法。

马克思曾经说过，巴尔扎克"在深刻理解现实关系上总是极其出色的"。巴尔扎克往往把这种理解紧密结合到人物身上。在《做纸花的姑娘》中，人物的身份地位和特点就非常清晰，观众一目了然。例如，维尔贝将军是拿破仑党人密谋活动的主使人。巴尔扎克看到，这种高级军官只是为了谋取更大的权力才从事政治阴谋活动，他千方百计避免暴露自己的身份，别人只能成为他向上爬的垫脚石和牺牲品，他的言词的堂而皇之同他内心的自私卑污恰成对照。资产者洛叟先生在虚伪方面也有异曲同工之妙。他起先为了搭救儿子而漫天许愿，表示要拿出自己的一半家当，待到儿子得到释放，便马上翻脸不认账，把答应的报偿减少到最低数字。资产者的假仁假义、爱财如命的本质被作家揭露得入木三分。

律师杜卜雷是剧作家笔下的理想人物。他是个愤世嫉俗者：二十多年来他在法院没有碰见过一个不为自己打算的人,因而觉得没有一个值得爱的人。他对现实的观察是清醒的,看到金钱在这个社会里主宰一切的作用。从一开始他就琢磨出维尔贝将军的狡诈和洛叟的铜臭气息。他对作出牺牲的巴梅拉伸出了同情之手,促成了一对有情人的结合。他对社会的犀利分析闪耀着智慧的光芒,代表了巴尔扎克的思想。莫里哀的戏剧中往往也有代表剧作家本人的角色出现,但大抵是中庸思想的化身。杜卜雷则不同,他的思想大大超越于资产阶级庸人的水平。美中不足的是,这个人物毕竟是作家思想的传声筒,描写得不够生动丰满。

《做纸花的姑娘》基本上属于所谓的轻松喜剧。特别是最后一幕,让反面人物躲在窗帘后亲耳听到对自己的咒骂,喜剧效果较为强烈。剧中正面人物和反面人物的思想交锋也写得颇为含蓄辛辣。如杜卜雷和维尔贝之间的对话,当杜卜雷对维尔贝透露儒勒可能会供出主使人时,出现了如下这个场面:

德·维尔贝　我宁愿失掉生命,也不愿丧失人格。

杜卜雷　那要看什么情形了!如果人格不需要用脑袋去换的话。

德·维尔贝　您倒有些独到的看法……

杜卜雷　这是大多数人的看法。我见得多了,为了救自己的脑袋什么事做不出来……有些人把别人放在前面,自己不冒任何危险,等到成功以后,却把一切的功绩都据为己有,这样的人也有人格吗?他们有什么值得尊敬的地方吗?

德·维尔贝　根本没有,这是一些没有廉耻的东西。

这段对话不仅写出了两人的思想对立,而且巧妙的是,维尔贝无形中是在骂自己,这种讽刺手法取得很好的喜剧效果。巴尔扎克描写这种喜剧场面是用了严肃态度的,剧本的格调明显地高于那些靠庸俗的噱头来招徕观众的轻松喜剧。

1980 年 5 月

# 论福楼拜的《包法利夫人》

居斯塔夫·福楼拜(1821—1880)是19世纪中期法国重要作家,他起着承前启后的作用,对自然主义和20世纪作家产生过重大影响。

※　　※　　※

1821年12月21日,福楼拜生于鲁昂一个医生的家庭里,父亲是当地市立医院的外科主任大夫,母亲的家庭也是从医的。他从父亲那里获得了细密的分析方法和注重科学的准确性,从母亲那里获得了高大的体格、执着和独立精神。中学时期他阅读浪漫派作品,受到歌德、拜伦和雨果的影响。1836年夏天他认识爱莉莎·施莱赞热,两人的友情持续了六年,她在他的作品《情感教育》里留下了身影。1841年,福楼拜按照家庭的愿望到巴黎攻读法律,但在1844年1至2月,他两次犯病,不得不中途辍学,自此他定居在鲁昂郊区的克罗瓦塞府中。据他的好友马克西姆·杜冈说,他得的是癫病,但后人认为这是神经性疾病,当时来势凶猛,一直到1849年经常发作,以致他终生不得结婚。

福楼拜从1832年起就开始写作,至1842年写成的小说《十一月》,都打上了浪漫派的烙印。1846年他认识了女诗人路易丝·柯莱,两人来往密切,她曾力图说服福楼拜夫人让儿子和她结婚。1847年春,福楼拜和杜冈步行游历了图兰纳、布列塔尼和诺曼底,从卢瓦尔河一直走到塞纳河口。1849年10月,他遵医嘱到近东去旅行,游历过埃及、小亚细亚、土耳其、希腊,再从意大利返回法国。这次旅行给他后来的创作提供了背景和素材。

在这之前,1849年9月,福楼拜召集友人来听他朗读自己的作品《圣安东尼的诱惑》。路易·布耶和杜冈宣称:"我们认为必须把它扔到火里,不再提起。"福楼拜感到震惊,继而吓呆了,"你本想奏乐,但是你只发出噪音"。他们建议福楼拜要像巴尔扎克写作《贝姨》和《邦斯舅舅》那样,以平民生活为题材。1851年9月,福楼拜回到法国后,开始创作《包法利夫人》,踏上了成功的道路。

1856年4月,《包法利夫人》问世,引起了轩然大波。法院控告他有伤风化、侮辱宗教和公众道德。福楼拜十分泄气,于是转向古代题材的写作,他表示要"复活迦太基"。《萨朗波》(1862)是一部新型的史诗小说,福楼拜通过一场特殊的战争去再现古代迦太基社会矛盾达到白热化的一段历史,小说描写了迦太基的贫富悬殊,展示了残忍的战争场面,写出人与人之间的险恶关系;他认为这种关系古今一样。这部小说以其雄奇壮观、五光十色的绚丽画面,以及富有传奇色彩的女主人公的悲剧命运,吸引了读者,获得了成功。第三部小说《情感教育》(1869)重新以当代生活为题材,它围绕1848年革命中各种人物的表现,提供了一部形象的编年史,揭露了七月王朝的丑恶现实。自然主义者把这部小说奉为典范。随后,福楼拜修改旧稿《圣安东尼的诱惑》(1874),它再现了公元4世纪埃及的各种教派,对主人公的种种诱惑代表了人类的各种幻想。福楼拜在晚年曾同乔治·桑发生文学论争,乔治·桑指责他写作过于冷漠。福楼拜在短篇小说集《三故事》(1877)中力图改变自己的态度,其中《一颗纯朴的心》塑造了一个平凡而朴实的女仆形象。遗著《布瓦尔和佩居谢》通过两个主人公寻求各种人类知识,从农业到先验哲学都一无所获,最后回到原来的抄写职业的故事,抨击了资产阶级的文明和理想。

福楼拜继承了巴尔扎克描写当代生活的现实主义传统,《包法利夫人》《情感教育》《布瓦尔和佩居谢》分别以小镇、巴黎和农村为背景,但写的都是作家生活的时代,即主要发生在七月王朝时期和第二帝国时期外省和巴黎的生活。福楼拜甚至以重大的政治事件为中心去展开情节,1848年革命在他的几部小说中都成为影响人物思想的决定性事件。乔治·桑说过:"一个想了解政变之前那个时代的历史家,不能忽视《情感教育》。"诚然,福楼拜也描写古代生活,表明他受到浪漫派的影响。不过,他笔下的古代题材明显影射当时的社会现实,《萨朗波》中贫富的鲜明对比就是对第二帝国外强中干的抨击。无论描写当代生活还是描写古代的小说,福楼拜都力图表达他对世界的看法,他把自己的小说分为"哲理"小说和"纯粹而简单的"小说。贯穿于他的小说中的哲理,其实是对人类前途的一种悲观看法。虽然他不像巴尔扎克那样,是个思想深刻的社会学家;也不像斯丹达尔那样,是个政治上非常敏感的观察家;同时也不像雨果那样,力图成为一个社会的改革家,但是他的小说和书信仍然透露了他对社会问题有一套独特的观点。他认为,人对自由、正义、幸福、爱情、宗教、科学的渴望,都是无法满足的,人类的欲望都要归于失败。他说:"寻找最好的宗教或最好的政府是愚蠢和疯狂的行动。"他对宗教信条感到厌烦,认为现今存在的政府没有一个是完善的。他从自由派的立场出发,认为当时的党派都"同样狭隘、虚伪、幼稚,谋求昙花一现"。在他看来,资产阶级社会虽然有了长足的发展,但是,社会生活的特点是新时代的人物或者平庸无能,或者充斥卑劣龌龊的欲望。包法利、莫罗、布瓦尔和佩居谢是前者突出的代表,罗道耳弗、郝麦、勒乐、戴楼芮耶、赛耐喀、哈农、史本迪于斯则是后者的生动写照。有进取心的英雄人物从福楼拜的小说中消失了,这种变化是现实主义发展到中期引人注目的特点之一。

在艺术上,福楼拜提出和实践了一套新主张。**一是追求真实性**。为此,他特别重视对材料的搜集。在他以前的作家,尽管也注意搜集材料,但不像他那样把这看作是一种科学的方法。他认为:"美学就是真实……现实并不屈从于理想,而是适合于理想。"他又说:"只有在真实的情况下才是理想的,只有进行概括才能真实。"因此,他认为材料是作家写作压倒一切的条件。为了达到逼真,他查阅数以千计的各种专业书籍;他甚至出国旅行,实地考察。福楼拜使小说创作向极端准确的方向发展,可以说是材料派的第一位大师。**二是追求客观态度**。他指出:"伟大的艺术是科学的和客观的。"又说:"精神科学必须……像物理学一样,从客观开始进行。"他认为作家要像天主一样隐身不见,不在作品中露面,"一个小说家没有权力对任何事物发表自己的见解"。这并不是说,作家的态度绝对不能投注到人物身上,相反,作家在写作时要设身处地想象人物的活动。福楼拜在写作爱玛自杀时就产生过吃毒药的感觉,于是禁不住呕吐起来。这种作家在作品中不要让自己的思想直接表露出来的文学观点,符合现实主义的创作原则。**三是追求艺术美**。他认为:"艺术的目的,首先是美。"因此他对形式美极为重视。然而,他能正确认识形式与内容的关系。他指出:"形式和思想就像身体和灵魂;在我看来,这是一个整体,不可分割……思想越是美好,词句就越是铿锵,思想的准确会造成语言的准确。"他强调形式与内容的统一:"没有美好的形式就没有美好的思想,反之亦然","思想要找到最适合于它的形式,这就是创造出杰作的奥秘"。福楼拜把自己比喻成一个珍珠采集者,他一再潜入海底,寻找贝壳和珍珠。他就是这样一丝不苟、不厌其烦地锤炼句子,采集语言的珍珠。他不惜把写好的东西整页删去,以致每部长篇都要花费他四五年时间。他甘心忍受这种酷刑和创造"文体的痛苦",因而有的评论家把福楼拜说成"文字的基督"。屠格涅夫说:"在任何语言的任何作家身上,都没有这样精益求精。"福楼拜如此刻意求工,是对艺术美的一种献身,不求取得什么荣誉。他在《包法利夫人》问世之前说过:"出名不是我主要考虑的事。我有更高的目标:让自己愉悦,这是更困难的……成功在我看来是一种结果,而不是目的……我呀,我寻找的不是港口,而是大海。如果我遇难了,你用不着给我举丧!"福楼拜的探索并没有落空,他在语言、句子、叙述角度上所下的功夫是卓有成效的,给后世作家开辟了广阔的道路。

※　※　※

居斯塔夫·福楼拜是世界小说史上独树一帜的大作家。如果说,巴尔扎克卷帙浩繁的《人间喜剧》犹如矗立在地平线上的喜马拉雅山,雄伟壮观,那么,福楼拜屈指可数的作品,尤其是他的代表作《包法利夫人》,就像群峰环绕下的湖泊一样,湖光山色,将天然美与人工美熔于一炉。

福楼拜上承巴尔扎克,下接左拉、莫泊桑。与他同时代的小说家,没有一个能与他比肩的。《包法利夫人》一问世,批评家圣伯夫就马上慧眼识英雄,敏锐地指出:"在许多地方,在不同的形式之下,我似乎发现新的文学标志:科学、观察精神、老练、力量、有点冷酷,这似乎是未来几代人的领袖们所追求的特征。"[①]圣伯夫确实抓住了福楼拜的创作特点,认为这是他对前辈作家的发展,因此,福楼拜是未来文学流派的先驱。

左拉在《自然主义小说家》中说得更明确:"《包法利夫人》问世后,产生了文学上的整整一场革命。现代小说的格式在巴尔扎克的巨型小说中是分散存在的,似

---

[①] 见发表于1857年3月4日《世界导报》上的文章,转引自福楼拜:《包法利夫人》,拉罗斯出版社,1987年,第174页。

乎刚刚经过压缩,明确地在这部四百页的小说中提了出来。新艺术的法典写成了。《包法利夫人》具有一种明晰和完美。这种完美使这部小说成为典范小说和小说的最终典范。"左拉的评价虽然有溢美之嫌,然而他的判断大体还是正确的。左拉认为巴尔扎克在《人间喜剧》中所散见的现实主义手法,都在《包法利夫人》这部小说里得到集中的体现;但是福楼拜具有巴尔扎克所缺乏的明晰和完美,而这是新的艺术法典。从某种意义上来说,福楼拜开创了新的流派。

福楼拜在小说发展史上的地位,也得到欧美批评家的承认。亨利·詹姆斯认为《包法利夫人》具有"完美的、无与伦比的形式"。英国批评家珀西·卢博克认为《包法利夫人》是部"杰出的小说,文学批评无法驾驭它;只要我们一谈论艺术原则,我们就得准备跟福楼拜作斗争"。[1] 卢卡契认为福楼拜是"描写现代生活非人道化最重要的先驱者之一"。[2]

福楼拜还被20世纪的现代派小说家奉为鼻祖。例如,新小说派女作家娜塔莉·萨罗特以《先驱者福楼拜》为题,提出福楼拜是一位现代小说家,《包法利夫人》开创了新的心理学。[3]

福楼拜和巴尔扎克、斯丹达尔同为现实主义作家,但是他与这两位作家存在着明显的差异。研究这些差异,能更清楚地显示福楼拜的创作特点和思想艺术成就。

首先,从题材的选择、取舍和加工来看,福楼拜属于更加严格意义上的现实主义。因为他更尊重事实的本来面目,不从戏剧性着眼去安排故事,从真实事件中所撷取的思想意义也迥然不同。众所周知,《包法利夫人》的故事主要来自一则真实的事件。1851年,福楼拜的朋友路易·布耶和马克西姆·杜冈向他提出建议:"必须放弃散漫的题材和本身极其模棱两可的题材,你无法包揽全局、也无法加以集中的题材。一旦你要不可抑制地倾向于抒情,你就必须选择这样一种题材,抒情在其中会显得非常可笑……你要选取一个平凡的主题,选取这样一个插曲:资产阶级生活就充满这种插曲。要选取像巴尔扎克的《贝姨》或《邦斯舅舅》这样的题材。"[4]福楼拜的这两个朋友于是说出了欧仁·德拉马尔和他的第二个妻子的故

---

[1] 珀西·卢博克:《虚构的技巧》,海盗出版社,1957年,第60页。
[2] 转引自德布雷-热奈特编:《福楼拜》,马塞尔·迪迪埃书局,1970年,第32页。
[3] 参阅《见证》杂志,1965年2月号。
[4] 马克西姆·杜冈:《文学回忆录》,第1卷,阿歇特出版社,1882年,第433页。

事。这个德拉马尔原来是福楼拜的父亲的学生,他是个没有获得医学博士学位的医生。他的第一个妻子比他年纪大得多,她去世后,德拉马尔娶了一个年轻姑娘阿丽丝-德尔菲娜·库蒂里埃,她并不漂亮,却患有"女性求偶狂"。他们住在鲁昂附近的里镇。少妇不久就落入村里一个唐璜式人物的魔掌中,然后又投入一个事务所书记的怀里,这个书记后来当了公证人。少妇供养情人,负债累累。她死于1848年,留下一个女儿;死时她大约二十七岁。德拉马尔死于次年。在里镇,他们一家跟药剂师儒昂纳来往密切。显而易见,德拉马尔和阿丽丝-德尔菲娜的故事构成了《包法利夫人》的蓝本。斯丹达尔的《红与黑》是根据法院《通报》的一则报道写成的,但是斯丹达尔糅进了尖锐的政治内容,完全改变了情杀案和桃色新闻的色彩。巴尔扎克也常常从周围现实发生的事件中选取创作素材。不过,他更多的是注意阶级关系的变化,阶级力量的消长和经济利益的冲突,而且往往将原来故事写得更加集中和使之具有戏剧性。福楼拜则不同,他更注重事件发生的可能性,他认为生活中没有那么多的巧合、那么多的戏剧性。评论家莫里斯·巴尔德什曾经在《巴尔扎克和福楼拜》中指出,小说开卷描写包法利的第一次婚姻似乎是多余的,至少可以简化一下。"但这个开场白是德拉马尔的故事本来就有的,福楼拜着力叙述的正是这个故事。出于尊重真实,他保留了这个讨厌的、用处不大的开端,而巴尔扎克必然会去掉它。"巴尔德什的结论是:福楼拜在选择事件时是一丝不苟的,甚至过分认真,他不会以剧情突变来改变原有材料,他"虽然牺牲了'戏剧性',却很少脱离逼真,但必须承认,巴尔扎克有时忽略了逼真"。巴尔德什贬低巴尔扎克的论点尚可商榷,然而他指出福楼拜更加注意小说的逼真性却言之有理。

福楼拜并非反对加工生活素材,他只不过反对任何方式的美化现实。他认为现实本身是平凡、庸俗、丑恶的,作家就应该如实反映出来。他在德拉马尔夫妇的故事中所看到的,正是平凡、庸俗、丑恶的现实对人物精神的扼杀。

其次,福楼拜创造了与巴尔扎克和斯丹达尔笔下人物不同的典型。巴尔扎克善于创造精力旺盛的个人野心家和富于激情的各类人物形象。斯丹达尔也热衷于描绘意志力坚定的顽强的典型。福楼拜则不同,他笔下的女主人公爱玛不是强者,而是弱者。

爱玛在法国文学的人物画廊中是一个闪光的形象。福楼拜的匠心独运之处,首先在于揭示了爱玛一生悲剧的根源,细致地描写了她成长的过程和精神上受到的毒害。在这方面，他的观察似乎比巴尔扎克和斯丹达尔更为细密。她出生在一个富裕的农庄主的家庭里，她的父亲想让她接受上等教育，把她送到修道院去，由此造成了她的悲剧的起因。因为她生活在闭塞的农村和小镇上，如果接受的是一般教育，做一个安于现状的贤妻良母，倒是这一阶层的女子的正常命运。可是，如今她接触到的这种教育却产生了不良影响。宗教布道和宗教音乐刺激了她想入非非的心灵，夏多布里昂和拉马丁的浪漫主义文学作品，使她沉湎于虚无缥缈的爱情遐想之中。这种教育的后果是使爱玛向往上流社会的糜烂生活，而她却以为这才是幸福的所在。她从侯爵的舞会中看到了巴黎社交生活的缩影：寻欢作乐的上流人士、荒淫无度的老贵族、传情递信的贵妇，都令她羡慕不已。这个舞会在她的脑海里打下了不可磨灭的烙印。不幸的是，爱玛在生活中并没有找到美满的婚姻。她的丈夫是一个庸碌无能的医生，爱玛对他没有爱情。在小说中，作者刻意描写了平庸、卑劣、污浊的现实与她的浪漫幻想的矛盾。道特是个毫无生气的村庄，不可能给她提供欢歌燕舞的场面。到了稍大一点的永镇，情况有所不同了。情场老手罗道耳弗来往于大城市和荣维之间，是个见过世面的人物。他看穿了爱玛渴望的是什么，便乘虚而入。失足的爱玛从此不可遏止地走向堕落和毁灭的道路。在这个过程中，爱幻想的习惯也变本加厉地发展起来。她把爱情想象为"一只披满粉红色羽毛、在富有诗情画意的瑰丽天空中翱翔的大鸟，藏在她心里"，认为爱情"应该突然而降，伴随着巨大的轰鸣和闪电——就如同猛然扑向人间的暴风雨，让人世间感到震惊；犹如狂风扫落叶，把意志夺走，把整个心灵带往深渊"。这种不切实际、想入非非的品性被称为"包法利主义"。它与爱玛这个形象结成一体，成为文学上的一个专有名词。**"包法利主义"是平庸卑污的现实和渴望理想爱情、超越实际可能的幻想相冲突的产物。**作为一种精神现象，它是七月王朝和第二帝国时期享乐生活盛行的恶浊风气孕育而成的。福楼拜对此持谴责态度。小说写到爱玛在同赖昂的通奸中感到腻味，一面仍然把他当作理想伴侣，给他写情书，情愫十分低下，就是明显的一例。不过，作者对爱玛的悲剧命运仍然抱有深切的同情。她死后被世人指责，但那些无耻之徒——勒乐、罗道耳弗、赖昂、郝麦，却左右逢源，步步高升，位高誉满。这个结局饱含了作者对现存社会愤怒的斥责。福楼拜说过："就在此刻，同时在这个村庄中，我的可怜的包法利夫人在那里忍受苦难，伤心饮泣。"显然，福楼拜基本上把爱玛看作受侮辱受损害的女性。

平庸恶浊的社会风气也产生平庸的人物,包法利就是代表。七月革命以后,金融资产阶级夺取了政权,从经济上来说,法国取得了空前的发展。正如《农业展览会》这一章所描绘的:"处处商业繁盛,百业俱兴,处处兴修新的道路,仿佛国家添了许多新的动脉,构成新的联系,我们伟大的工业中心又活跃起来。"资产阶级高奏凯歌的时代到来,却预示了拿破仑时代叱咤风云的英雄人物一去不复返,连野心勃勃的人物也销声匿迹,取而代之的是庸碌无能之辈。包法利思想平庸,生活浑浑噩噩,举止毫无风度,医术平常,但在郝麦的鼓动下,居然想名满天下,可见虚荣心相当强烈。他根本不懂复杂的手术,却要给金狮饭店的跛脚伙计开刀,到头来束手无策,只得另请高明,把受害者的脚锯掉。他不是药剂师的对手,生意逐渐被郝麦抢走。爱玛死后,他偶然发现了妻子和罗道耳弗的奸情,不仅不想报复,反而表示不生对方的气,把过错归于命运。这种逆来顺受的窝囊人物,是平庸的社会风气产生的新典型,也是福楼拜敏锐的发现,这不能不说是对当时社会的深刻揭露。

  平庸恶浊的社会风气还产生了一系列卑劣的角色,他们本是资产阶级的"精华人物"。其中刻画得最出色的是郝麦。他是一个没有开业执照的药剂师,所以包法利刚来到永镇时,他拍马奉承,想拉好关系,免得对自己不利。平时他口若悬河,三句不离科学,卖弄学到的一点知识。他不懂医术,却想医好瞎子,扬名天下,但医不好瞎子时,瞎子就成了他不共戴天的仇敌;他利用报纸,制造舆论,终于把瞎子关进收容所。他善于钻营,跻身于各种科学研究机构和委员会之中。他经常向报纸投稿,混淆视听,或者借以向当局和权贵献媚。他以民主自由相标榜,一个孩子取名拿破仑,代表光荣,另一个取名富兰克林,代表自由,他想以此表明自己具有开明的政治信念。最后,他卖身求荣,参加竞选,排挤同行;但当局宽容他,舆论保护他,他获得了十字勋章。郝麦是自由资产阶级的代表。勒乐作为商人兼高利贷者,把销售商品和放高利贷结合起来,先不收款,到时候大大提高商品价钱,迫使买方接受,要买方用不动产来抵押,最后倾家荡产;他还借债给小店主,最终加以吞并,或者依仗自己强大的财力同别人竞争,挤垮对方。他终于主宰了永镇的经济命脉。地主罗道耳弗收入丰裕,是个寻欢作乐的老手,精明而讲求实际。他时而在巴黎、鲁昂享乐,时而回到乡间寻花问柳。他对爱玛只是逢场作戏,一旦要他做出牺牲,他便断然拒绝,诀别信的语气是假惺惺的,还洒上几滴水表示流过眼泪。赖昂有些不同,他未见世面时行动畏缩,到了鲁昂以后,见多识广,才变得大胆无耻起来。及至影响到他的前程,他便要顾全自己,摆脱爱玛。教士布尔尼贤身为教徒的精神导师,却十分迟钝。爱玛几次想向他吐露自己的心事,他都没有觉察,爱玛只得欲言又止。在为爱玛的灵堂守夜时,他同郝麦因观点不合,有过交锋,但不久却同郝麦碰杯饮酒,像老朋友一样和解。国民自卫军队长毕耐生活空虚,百无聊赖,整天关在屋子里开动机床,不停切削,消磨时光。这些都是外省闭塞的环境产生的人物。《包法利夫人》的副标题是《外省风俗》,福楼拜通过这幅人物画卷,淋漓尽致地暴露了外省卑污的现实。

为了揭露现实,小说展现了两幅对照鲜明的画面。在官方大事张扬的农业展览会上,出现了一个老农妇勒鲁。她劳动了整整五十四年,几乎相当于法国资本主义的发展年限。她衣服褴褛,脸上满是皱纹,尤其一双手,长着一层厚皮,积上了谷仓的灰尘、碱水和油脂,而且全是裂缝,指节发僵,这双手像"千辛万苦的卑微的凭证一样"。这个老农妇形体的枯槁,形象地反映了精力的衰竭:她被农场主榨干了。她的存在本身是对这幅经济繁荣景象活生生的控诉!法国农村资本主义的发展,正是建立在对老农妇勒鲁这样的劳动者残酷剥削之上的。她几十年的辛劳,只换得一枚值二十五法郎的银质奖章,这真是莫大的讽刺!她最后把这枚奖章交给本堂神甫去做弥撒。她精神的麻木、愚昧跃然纸上。当局之所以炫耀农业展览会,在于显示政绩和拿破仑三世的统治才干。省行政委员会颂扬最高当局:"让人们如同重视战争那样,重视和平、工业、商业、农业和艺术。"其实这句话是对现实的一种讽刺。所谓"如同重视战争那样,重视和平",是在影射第二帝国政府多次发动战争,扩大殖民地。当时社会危机重重,隐伏着尖锐的社会矛盾。小说里描写当局提出"政治风暴与大自然的骚乱相比,确实更为可怕",含蓄地反映了当时的政治气氛。总之,小说写出了金玉其外、败絮其中的社会现实。

在艺术上,《包法利夫人》一向被看作是一部典范作品。乔治·桑精辟地指出:"居斯塔夫·福楼拜是一个伟大的探索者。"[①]福楼拜确实对小说艺术进行了孜孜不倦的探索,取得了重大的成就。

在典型的塑造上,福楼拜更注重精神气质的描绘,而不是性格特点的刻画。爱玛的耽于幻想,包法利的浑浑噩噩,郝麦的讲求实利,都是从人物的精神状态和特

---

① 乔治·桑:《文学艺术问题》,卡尔曼-莱维出版社,1878年,第415页。

点去表现的。这种精神气质的形成同环境存在密切关系,换言之,这是环境的产物。因此,福楼拜刻画的仍然是典型环境中的典型人物,只不过这种人物与巴尔扎克的人物有所不同罢了。在描写环境方面,福楼拜不像巴尔扎克那样往往独立成章,大段描写,而是将环境描写融汇到情节的叙述中,与人物塑造有机地结合起来。永镇的面貌是随着人物的活动而逐渐变得清晰的,它分成若干次来描绘。"农业展览会"一章是环境与人物塑造紧密结合的成功范例。福楼拜将大会的进行与罗道耳弗引诱爱玛的场面交替描写,把爱玛的堕落放在社会繁荣的背景上,构思何等巧妙! 为了塑造爱玛,福楼拜还让她从道特迁到永镇,这两个地方是同样的封闭、庸俗,说明法国的小城镇都是一样的令人窒息。人物在不同的地方活动,经历了不同的历史时期,但整个社会环境没有多大变化,这种环境自然而然对人物的精神和命运产生决定性影响。福楼拜的写法较之巴尔扎克无疑更为高明。

在遣词造句上,福楼拜不愧为大师。《包法利夫人》文字的精美在法国小说中可以说首屈一指。名句不胜枚举。福楼拜用"像人行道一样平板"来形容包法利谈话的平庸乏味;写他的第一个妻子瘦削得"骨头一把,套上袍子,就像剑入了鞘一样";爱玛渴望爱情,"就像厨房桌子上一条鲤鱼巴望水";镇子"就像一个放牛人躺在河边睡午觉"。上述各句,比喻贴切,声音铿锵,都是不易之句。此外,郝麦的夸张用语,罗道耳弗的甜言蜜语,女掌柜的生动词汇,都符合人物身份,极见功力。福楼拜还十分重视段落的安排和前后文的搭配关系,例如这一段:

> 爱玛一进门道,就觉得冰冷的石灰,好像湿布一样,落在她的肩头。墙是新刷的,木头楼梯嘎吱直响。窗户没有挂窗帘,一道淡淡的白光射进二楼房间。她影影绰绰望见树梢,再往远去,还望见有一半没在雾里的草原,月光皎洁,雾顺着河道冒汽。房间里面,横七竖八,随地放着五斗柜的抽屉、瓶子、帐杆、镀金小棒,椅子上搁着褥垫,地板上搁着脸盆——搬家具的男人,漫不经心,信手扔了一地。

这是描写爱玛迁到永镇的新居进门时的感受。一进前厅,她便有冷的感觉,这种感觉是刚刷石灰的新墙给她的,"湿布"这个比喻简洁准确,给人以真实的印象。木板楼梯点出了乡居的典型细节。在法文中,还有时态的讲究:未完成过去时指示

621

墙的状态,而简单过去时表达短暂的感觉。进入二楼房间后,她看到的是窗户没有窗帘,因为还没有布置家具;白光表示黄昏。随后是看景,由近及远,先是普通的景致:树顶、草原,然后,薄雾和月光令人沉思,为下文铺好伏笔。爱玛回过头来细察房间,诗意的描绘同物体的罗列恰成对照:这是一个还没有人住的房间。这幅新景勾起爱玛的回忆,几个短句概括了爱玛生活的三个阶段。她但愿这是个新阶段,希望事物不会重复出现,未来的生活会更好一些。从这两段描写中,可以看到福楼拜用词极其讲究,描写层次分明,情景交融。虽是散文,却有诗歌一字千金的分量,而这样的段落在《包法利夫人》中比比皆是。

　　后人发现,福楼拜在叙述角度上也力求变化。第一部第九章有一段写包法利夫妇用餐。这对夫妇用餐的场面表现得较为特殊,读者只面对爱玛一个人,仅仅通过她的眼睛才看到这个场面。读者看到爱玛的心灵,并进而看到餐桌上所发生的情况。这一段叙述不同于一般的第三人称的写法。"壁炉直冒烟……石板地潮湿。"这不是爱玛在说话,而是作者在白描,但这也是爱玛的感觉,虽然她不一定能这样简洁地表达出来。"她觉得人生的辛酸统统盛在她的盘子里。"这无疑是她所感受到的,尽管她不会用这样的词汇来表达。可是,包法利对妻子的想法一无所感,这表明他们之间毫无共同语言,十分隔膜,甚至他们没有争论,思想上无法交流。这段文字从白描转到人物在感受,再回到白描,叙述角度几经变换。这样描写非常客观,作者隐没不见,只是描写角度不断变换而已。评论家将这种角度变换称之为电影手法。"农业展览会"一章中,全景镜头与摇扫镜头的交替使用,特写镜头与中心场面的轮流变换,都是典型的电影手法。福楼拜无论对二人相处的小场面还是对热闹的大场面的处理,都较之前人大大发展了一步。

　　最后,在小说结构上,《包法利夫人》也有新的创造。全书分成基本对称的两部分,按女主人公的经历来安排,她的发展至农业促进会形成高潮,然后走下坡路,直到结尾。这种十分均衡的配置使得全书的结构非常稳固,有别于其他小说。

　　朗松指出,《包法利夫人》"是一部观察细致而紧凑,形式辉煌而简洁的作品"①。福楼拜研究专家蒂博岱认为:"就小说而言,《包法利夫人》的技巧,几乎就

---

① 居斯塔夫·朗松:《法国文学史》,阿歇特出版社,1906年,第1056—1057页。

像《安德洛玛克》在悲剧中的地位那样,是部典范作品。"[1]沙尔·杜博斯指出:"《包法利夫人》不仅是小说中的经典作品,也许这是从严格、紧凑和狭隘意义上来说成为艺术品的唯一小说。"[2]当代评论家巴尔德什认为:"必须重读《包法利夫人》:它达到人为的完美境地,人们不会倦于欣赏它。"[3]这些作家和批评家从不同角度对《包法利夫人》的艺术性作了高度评价。

《包法利夫人》无疑会作为艺术珍品存留后世。

---

[1] 阿尔贝·蒂博岱:《福楼拜》,伽利玛出版社,1935年,第93页。
[2] 沙尔·杜博斯:《近似集》,法亚尔出版社,1965年,第181页。
[3] 莫里斯·巴尔德什:《福楼拜的作品》,七色出版社,1974年,第204页。

# 福楼拜的史诗小说《萨朗波》

《萨朗波》是一代文豪福楼拜的重要作品。福楼拜的创作大体可分为两类小说,一类以描绘现实生活为题材,《包法利夫人》是其代表;另一类以描绘古代生活或传说为题材,《萨朗波》则是其代表。作为承上启下的作家,福楼拜的小说,有的完全贯穿现实主义的传统,有的则着眼于创造与发展,成为后世小说的一种过渡形式而载入史册,《萨朗波》就属于后一种作品。卢卡契认为,历史小说是19世纪初产生的一种文学样式,《萨朗波》堪称历史小说发展新阶段的一部重要代表作[①]。因此,《萨朗波》的重要性是毋庸置疑的。

《萨朗波》确实是一种新型的历史小说,当代的法国批评家都称之为"史诗小说"。这个称谓有别于具有史诗性内容的作品,而是指卷帙浩繁、场面和人物众多,记录了某一时代社会生活的长篇小说。《萨朗波》被称为史诗小说,指的是它的内容与形式与希腊史诗《伊利亚特》十分相似,是名副其实的史诗小说。

※ ※ ※

从内容来看,《萨朗波》的史诗特征十分明显,它描绘的是战争。只不过《伊利亚特》描绘的是一场虚构的战争,而《萨朗波》描写的则是公元前3世纪确曾发生过的一场战争。

正如荷马选取了特洛伊城下的战事去表现希腊的英雄人物那样,福楼拜选取了一场特殊的战争去再现古代迦太基社会矛盾达到白热化的一段历史。

---

[①] 卢卡契:《历史小说》,帕纹出版社,1965年,第250页。

根据传说,迦太基城建于公元前814至前813年,据维吉尔的叙述,是由狄东建立的,取名为"新城"。它位于突尼斯海湾的半岛之上,与突尼斯相距16公里。至公元前332年,迦太基取得独立,实行扩张政策。随着商业的兴盛,它在西地中海取得统治地位,占据了撒丁岛和一部分西西里岛,并在西班牙海岸和巴利河里群岛落脚。从公元前5世纪起,迦太基就由两个执政官掌权,300个贵族组成的元老院和104人组成的大法院是两大统治机构。公元前3世纪,两执政官由迦太基两大家族哈农和巴尔卡的成员担任,哈农家族在战争中代表主和派,巴尔卡家族代表主战派。在实行霸权政策的过程中,迦太基遇到罗马的抵制,为了争夺自由运输西西里的小麦,两霸终于在梅西纳海峡发生冲突,由此演成第一次布匿战争(公元前264—前241)。公元前241年,罗马的200艘战船歼灭了迦太基舰队。迦太基不得不跟罗马议和,放弃西西里岛,并支付巨额赔款。在这种情况下,迦太基共和国无力发给雇佣军军饷。于是雇佣军占据了迦太基,吉斯孔将军曾进行调停,可是这样做不合雇佣军首领马托和史本迪于斯之意。他们把吉斯孔抓起来,并发动利比亚农民一同起义。哈农在于蒂克曾小胜史本迪于斯,但不能阻止雇佣军前进。民众要求召回汉米加尔·巴尔卡。经过多次较量,汉米加尔将雇佣军诱入斧头隘,歼灭了史本迪于斯的军队。随后汉米加尔和哈农的军队又将马托的部队逼至绝境。最后,马托被俘,在酷刑中死去。这就是史籍的记载。

雇佣军起义发生在迦太基的霸权受到重大打击,国内社会矛盾空前激烈,处于内外交困的严峻时刻。福楼拜选取这一历史时刻来表现迦太基各种社会势力的斗争,委实独具慧眼。

小说入木三分地反映了迦太基处于盛极而衰的社会状况。在外政方面,它不断扩张,"那个强大的迦太基,海上的霸王,像太阳一样辉煌,像神灵一样令人生畏"。但它刚受到罗马的强有力打击,扩展势头受到阻遏。由于它对周围部落大肆搜括,使得那些部落民不聊生。它一味横征暴敛,谁稍有延误或口出怨言,则惩以铁镣、斧钺、十字架等酷刑。老百姓必须种植共和国所需的庄稼,提供共和国所要的物资;任何人都无权拥有武器;如果有村庄敢于反抗,就把村民卖为奴隶。这种掠夺、压榨政策使迦太基失去了周围部落的支持。在内政方面,贫富悬殊日益加剧。富人锦衣美食,享有特权。两个执政官哈农和汉米加尔的生活更是穷奢极欲,他们的住宅美轮美奂,家中奴仆成群。汉米加尔的家里藏满麦子,密室中,金币、银币、铜币"沿着四面的墙壁一直堆到搁天花板的横梁";一堆堆辅币像一座座小山,还有无数古币;庞大的金盾和硕大无朋的银瓶相互辉映;各种宝石"像飞溅的牛奶、像蓝色的冰碴、像灿烂的银粉,发出成片的、辐射状的或星星点点的光芒";小地下室也藏满珍珠、琥珀及无价之宝;各种建筑材料、造船器材、食品、布匹存放在仓库里,他还有各种工场。他的财富是"取之不竭、无穷无尽"的。他搜刮了多少民脂民膏啊!富人愈富,则穷人愈穷。在迦太基,随处可见衣衫褴褛的贫民。债户们几乎一丝不挂,被迫为债主耕地;农民被捐税弄得倾家荡产;作为贱民的仆役,被热病折磨得面黄肌瘦,长着一身虱子,他们喜欢蛮族人,成为迦太基潜在的反对力量。为汉米加尔干活的奴隶,身上磨出带脓的血痂,脚下铁索锒铛,套着嘴套,无法偷吃面粉;奴隶主有各种刑具对付他们,鞭梢都带着青铜尖爪。贫富的极端悬殊必然引起动荡不安,一旦条件成熟,便会爆发严重的社会危机。加之战争已使迦太基民穷财尽,无力支付雇佣军的饷银,于是便成为一场新的战争的导火线。小说展现了古代迦太基异常真实的生活画面,写出了历史的本质现象。

  对于战争双方,福楼拜的描绘也是恰如其分的。雇佣军由外来民族组成,他们的人数虽然超过迦太基的军队,但成分复杂,彼此语言不通,是一群乌合之众。迦太基的居民感到雇佣军像一群蝗虫一样,本能地要抗拒他们,因而在战争中众志成城,全力支持抗击雇佣军。从某种意义上说,这场战争是第一次布匿战争的继续。迦太基唯有取胜,才有一线生机。

  《萨朗波》对古代战争场面的描绘是相当精彩的:有全景式的鸟瞰图,也有局部战斗的特写;写到战略战术的具体运用,也写到各种兵器的交锋,特别写到象群这一特殊兵种的参战。这些描写生动多姿地再现了古代北非的战争场面。福楼拜指出:"我力图将现代小说的方法用于古代,确定一个幻景。"[①]所谓现代小说的方法,就是以一个个历史画面来再现古代。体现在《萨朗波》中,首先就是一个个战争场面。福楼拜善于以雄浑而崇高的笔法与细密而精确的绘写相结合,前者体现了古代史诗的风格,后者体现了现代小说的方法,两者有机的结合便形成了史诗小说的特征。例如,福楼拜在一场激战中插入这个细节描写:"伤兵在血泊里转过身来咬住敌人的脚跟。人群那么稠密,尘土那么浓厚,喧声震耳欲聋,什么都分辨不

---

[①] 福楼拜:《福楼拜全集》第2卷,巴黎"有教养者俱乐部"出版社,1971年,第444页。

清,连懦夫乞降的喊叫也没人听见。"这仿佛是一个生动的电影特写镜头,十分传神地再现了当时战场上混战的情景。小说末尾对斧头隘的描写尤为出色:雇佣军被困在峡谷中,像笼中兽一样。他们最后大半饿死。这个场面令人想起英雄史诗《罗兰之歌》,罗兰是在荆棘谷奋战而死的。但《萨朗波》避免了英雄史诗那种千篇一律的战斗描写,斧头隘也不同于荆棘谷,雇佣军的败北也没有受到歌颂。福楼拜只是借鉴了史诗的某些形式和对场面气氛的点染手法。

《萨朗波》的史诗特点不仅表现在对战争场面的描写上,根据法国当代批评家巴尔德什的见解,小说对迦太基周围的海湾、海滩、海峡、平原、河流、沼泽的描写是朦胧而不是确指的,就像史诗中虚构的地点那样;小说还具有史诗的神奇和雄辩性,等等①,这里不一一详述。

福楼拜对史诗描绘手法最引人注目的发展,就是对残酷的战争手段的渲染。在希腊史诗中,对手被杀死了,还要拖着他的尸体在战场上走一圈。往往刀光剑影,杀得血肉横飞。然而这类描写比起《萨朗波》,只是小巫见大巫。迦太基人用石头去砸死俘虏,像砸死疯狗一样;对两千名俘虏,则用箭慢条斯理地射杀,故意延长他们的痛苦;大象乱踩尸首,雇佣兵的胸膛像踏碎的箱子一样爆裂开来;他们的额头垂下暗绿色的皮肉碎片,甚至压出了骨髓,或者被象牙挑出一个大洞。为了报复,雇佣军的女人们则用指甲抓破俘虏的皮肉,用插在发髻上的长针刺瞎他们的眼睛;雇佣军也从头到脚细细折磨囚徒,齐脚踝砍掉他们的双脚,在额头上揭下一圈头皮戴在自己头上,甚至在囚徒的伤口上撒灰、浇醋、塞进陶器的碎碴。小说结尾处死马托的场面更是惨绝人寰:人们一把把拔下他的头发,一点点抠掉他的肉,用绑着海绵的棍子沾上秽物往他脸上拍打,用烧红的铁条按在他的伤口上。他昏倒在地,但每次总被一种新的酷刑逼迫着重新站起来。有人把沸油滴到他身上,还有人把碎玻璃撒在他脚下。最后,一刀剖开了他的胸脯,挖出心来。司祭把他的心高举起,献给太阳。

古代迦太基人在战争中手段残酷是有史籍记载的,并不完全是福楼拜的杜撰。福楼拜不厌其烦地加以描写,只是表现了他对古代人的一种看法。他在当代现实生活中看到的是平庸和卑劣,丑恶的现实使他转向了古代,他说:"我正致力于古代

---

① 莫里斯·巴尔德什:《福楼拜的作品》,第250—264页。

最不为人所知的时代的一件考古工作,这个工作是另一部小说的准备……小说情节发生在公元前3世纪,因为我感到需要走出现代世界,我的笔泡在里面太久了,再说,现代世界既令我厌倦于再创作,也令我看了生厌。"①但在古代社会中,他看到的是残忍的虐杀手段:"在这个亚历山大的后继者们的血腥世界中,在这个兵戎相见的时代,雇佣军的战争使一切希腊人和蛮族人都恐惧。"②福楼拜继而深入研究古代人,他要从中发现一幅人类社会从古到今的图景。他毫不隐讳地承认:"我大量地剖开人的肚子,我使人流血,我不断写出残忍的场面。"②他这样写感到非常难受:"人们根本不会知道,要复活迦太基该多么令人悲哀!"③

不少批评家指出,福楼拜对古代战争的残忍手段的描写,是出于对人类社会的悲观看法,他认为这是人性中丑恶一面的表现,正如平庸是另外一面一样。这种观点说明福楼拜对人性的看法流于偏颇,虽然在暴露社会的丑恶方面尚有积极意义。

其实,福楼拜描写残忍的战争手段,同暴露古代社会的贫富悬殊一样,目的还是为了抨击第二帝国的社会现实。19世纪60年代的法国,工商业获得了长足的发展,但是贫富的两极分化日益严重,社会矛盾异常激烈,正是金玉其外,败絮其中,隐伏着人民起义的火种。这种局面与公元前3世纪中叶的迦太基何其相似!因此,福楼拜愤愤地说:"让我们残忍一些,让我们将生活之水泼在这甜水世纪之上。让我们把资产者淹没在一万一千度的掺热糖水的烈酒里,让资产者痛苦得吼叫!"④然而福楼拜这一主旨表现得比较隐晦,并不为人们所充分了解。从圣伯夫开始,不少批评家都认为福楼拜这样热衷于残忍场面的描绘是一种萨德的想象力或萨德主义的表现。实际上,福楼拜只是力求说明,在古代社会中,人与人之间居然这样缺乏人性和同情心,可见人与人之间的关系是多么险恶。其实,战争的残酷历来如此,现代战争包括从拿破仑时期以来的战争都是这样。再说,正如战争是内政的继续一样,战争的残酷也是社会生活的残酷现象的继续。阶级剥削所产生的贫困现象与战争造成的景象同样惨不忍睹。所以,福楼拜认为:"我甚至相信,在

---

①② 福楼拜:《萨朗波》,拉罗斯出版社,1972年,第10、11、14页。
② 转引自德布雷-热奈特编:《福楼拜》,第99页。
③ 转引自杜梅斯尼尔:《居斯塔夫·福楼拜,人与作品》,德克莱·德·布鲁维公司出版,1947年,第401页。
④ 转引自舒费尔:《福楼拜》,巴黎大学出版社,1958年,第52—53页。

《萨朗波》中比起在《包法利夫人》中对待人类并不那么残酷。"①这是说得很中肯的!

在人物刻画方面,《萨朗波》也跟史诗十分相似。史诗往往擅长群众场面的绘写,而不注重人物性格的刻画。《萨朗波》也是一样,群众场面的描画成为福楼拜最着力的部分。除了战争场面,小说开卷雇佣军的欢宴、迦太基人群起追赶窃取了纱帔的马托、祭献童男童女给莫罗赫神、祈求下雨,卷末迦太基人沿途虐待马托至死等浩大的场面,都十分壮观和绚丽多彩,显示了福楼拜的大手笔。但这部小说的人物描写却不同于《包法利夫人》,几个主要人物都算不上个性突出的典型。女主人公萨朗波正如作者所说,跟包法利夫人有别,是个单纯的、思想固定的人物。她像个圣女,也是一个象征:她是迦太基的守护神,是迦太基亡魂的化身。她如同月神一样洁白无瑕,光彩照人,美丽无比。她被圣洁的灵光罩住,同周围恶浊的环境格格不入。她一旦委身于马托,思想中就无法摆脱开他,看到他忍受酷刑而受到极大的刺激,以致倒地而死。在福楼拜笔下,这是一个神秘的东方女人,但说不上是一个活生生的、有血有肉的典型。在《萨朗波》中,引人注目的是汉米加尔和史本迪于斯,他们还具有一点现代典型人物的复杂性和丰富性。汉米加尔一方面极其贪婪:他家中储藏了无数金银财宝,他甚至要把迦太基的麦子全部据为己有,而且他残暴至极,硬要战败的蛮族人相互格斗致死;为了不让自己的儿子被祭献,他不惜以奴隶的孩子去代替,表现出心狠手辣。另一方面,他又是一个精明干练的政治家和军事家;他早就设想靠女儿萨朗波缔结一门在政治上于他有利的婚姻;为了对抗蛮族人,他在必要时能动员全迦太基的力量,不惜用强暴的手段使全体迦太基人服从他的调遣;但在全城陷于饥馑时,他又能开仓赈济,把麦子分给老百姓,或者施舍衣服、鞋子和酒,以笼络百姓,稳定人心;在外交上,他懂得四处寻求支持;在军事上他也足智多谋,屡次击退蛮族人的进攻,最后诱使蛮族人进入斧头隘,重创蛮族人,为最后胜利打下基础。他是强大的迦太基的象征。史本迪于斯有着复杂的经历:他是希腊雄辩术大师和一个妓女的儿子,早年靠贩卖神女发财,后因沉船而破产,在同罗马人打仗中当了俘虏,先在采石场做苦工,后在浴室伺候人,最后从战舰跳进海里,被俘获后带到迦太基。他虽是蛮族人首领马托的奴隶,但由于他诡计多

---

① 福楼拜:《福楼拜全集》第2卷,第449页。

端，实际上成为马托的军师。他协助马托潜入迦太基城内，窃得纱帔。他献计破坏引水渡槽，使迦太基人一时陷入恐慌之中。他在军事上其实没有多大能耐，终于被困在斧头隘，导致全军覆没。在斧头隘中，他让人放风说他已死去，免得矛盾集中在他身上；在干渴时他发现了一种植物充满汁液，却宣布这种植物有毒，把别人骗开，独自享用。这是一个卑鄙奸猾之徒。他是古代战乱生活产生的一种能随机应变、处处逢源的人物。至于另一个执政官哈农，则是一个贪婪好色之徒，他象征着迦太基的丑恶的一面。他在军事上极为无能，因患麻风病肉体丑陋不堪，一举一动显得滑稽可笑。马托有勇无谋，他为了爱情而不顾一切。但他能忍受酷刑而毫无愧色，表现了大无畏的气概。游牧民族的国王纳哈伐斯是马托的衬托，他狡猾善变，不可捉摸，在强大的邻邦面前应付裕如。小说中这几个主要人物尽管不是性格非常突出的典型，却轮廓分明，特点各异，相互映衬，分成好几对人物，如马托与纳哈伐斯，哈农与汉米加尔，史本迪于斯与吉斯孔，各方面都互为对照。再加上他们都有一定的象征性，这些特征与史诗中的人物十分相似。

不过，福楼拜描绘人物的手法带上了现代小说的特点，最主要的是运用不断照射、逐渐显露的方法。以萨朗波为例。她先是在雇佣军的注视下出现的，他们看到她的长发、珍珠钻石，被她艳若石榴红的嘴巴、赤裸的手臂、联结双脚的金链所吸引。她在周围散发出神秘的气息。继而她唱起了歌，迷住了马托和纳哈伐斯。但在马托的心目中，她始终是个梦幻。当马托潜入她的内室时，他注意到她的白色长袍和大眼睛，她的神圣外表由马托的眼睛反映出来。随后，汉米加尔发现女儿成了马托的情人。萨朗波在马托的营帐将这种预感变为事实。最后，她走出宫殿，显露在全体迦太基人面前。她的倒地而死泄露了她心中的秘密。萨朗波的形象是通过小说中人物的所见所感而逐步绘写出来的。这种逐层显现的手法不仅是对史诗塑造人物的发展，同时也是对现代小说描绘人物的一种新创造。作者不是从一个角度一次完成人物描写的，而是从多角度，像油画一样逐层描绘，或像电影一样多镜头拍摄而成。

即使福楼拜在描绘人物方面有新的发展，但不可否认，《萨朗波》的人物不能跟《包法利夫人》中的形象同日而语。《包法利夫人》塑造的是一个个生动丰满的典型，而《萨朗波》中的人物只能称为有象征性的形象。但就群众性场面在小说中占据极为重要的地位以及象征性的人物形象而言，《萨朗波》是朝 19 世纪末和 20

世纪的小说迈进了一步。左拉的《萌芽》及其他小说难道不是《萨朗波》的继续吗?左拉也擅长群众场面的描写而不注重人物典型的塑造,《萌芽》就是一部史诗小说。左拉将福楼拜尊为"自然主义小说之父",确实从福楼拜那里学习到写小说的方法。他曾在《自然主义小说家》中赞扬《萨朗波》"结构紧密,具有无限的艺术性和惊人的准确性……使整个古代……活动起来"。至于20世纪的小说,大多同《萨朗波》有着或多或少的联系,无论《约翰·克利斯朵夫》《蒂博一家》,还是存在主义、新小说派的小说,都可以找到《萨朗波》或强或弱的影响。这些小说分别在群众场面、战争场面的描写,注重人物精神气质的刻画,甚至忽略人物的存在等方面,与《萨朗波》是一脉相承的。

福楼拜创作这部史诗小说,仍然遵循写作《包法利夫人》所采取的创作态度,这就是真实性、客观性和对艺术美的执着追求。正是这些原则使他成为新的一代文学巨匠和语言大师。

在再现古代社会时,福楼拜首先追求的是真实性。他认为:"美学就是真实……现实并不屈从于理想,而是适合于理想。"①他又说:"只有在真实的情况下才是理想的,只有进行概括才能真实。"②"成为理想的方法就是使之真实,只有通过选择与和谐地……加以夸张才能达到真实。"③可见,真实是福楼拜所追求的创作原则,并且他提出只有进行选材、概括和适当的夸张才能达到真实,小说家不能美化现实。

为此,福楼拜十分注意对现实和材料的研究,尤其对待古代社会,更应研究材料。关于迦太基,史籍记载不多,除了米歇莱的《罗马史》第4章以外,就只有希腊历史学家波鲁比奥斯(约公元前202年—前120年)的《史记》以及《圣经》中的部分材料。关于这场战争的情况后人只知道基本框架,其他都需要福楼拜发挥想象力加以补充。写完《包法利夫人》之后,他在巴黎神庙街42号租了一个套间,在那里过了四五个月,每天工作八至十个小时,"有时我一星期足不出户",全部时间用来看各种材料。他在1857年9月开始动手写作,但开头部分反复修改了十来次,

---

① 《通信集》第4卷,柯纳尔书店,1933—1954年。
② 同上书,第5卷,第56页。
③ 同上书,第2卷(补),第118页。

仍感不满意。他觉得自己"进入了一座迷宫,啊！迦太基,要是我把握住你就好了！"①他无法以浪漫派作家的虚构来对待历史,他反对夏多布里昂以理想的观点去写历史题材的作品。他不能直接观察当时社会,便想到故事发生地点去游历一番。从1858年4月16日至6月6日,他游览了君士坦丁、突尼斯,并在迦太基废墟待了四天。6月20日,他在信中说:"我要告诉你,《迦太基》这部小说②要完全重写,或者说得更确切一点,需要另起炉灶。我拆毁一切。以前所写的是荒唐的！不可能的！虚假的！我认为我会达到准确的调子。我开始明白我的人物,对此产生兴趣。"③实地游历收获很大,但对他来说不是一劳永逸,从此可以免去对材料的搜集和考证。作为材料派的第一位大师,他对于史实和古代风俗、战争诸种情况总是力求掌握尽可能多的材料。例如,他读过4世纪拜占庭历史学家普罗柯普的《秘史》,其中记叙了努米第亚人的战争。他有一本400页的笔记,写满了东方学家菲利克斯·拉加尔对金字塔形柏树的崇拜及各种宗教的情况。他搜集《考古杂志》有关腓尼基人的神祇埃斯姆恩的材料。他研究布匿诗人西留斯·伊塔利库斯的17首歌。他参考哈农的《航海记》。他阅读古代学者阿皮安、迪奥多文、柯内留斯·奈波斯、普利纳、普鲁塔克、利维乌斯、圣奥古斯丁、色诺芬的著作。他从柯里普斯的《约哈尼德》了解当时北非的家具、服装、首饰和游牧部落的风俗。他看过53部军事著作。关于饥渴问题,他阅读了萨维尼医生的著述;关于麻风病,他参考了《医学辞典》;关于雇佣军的覆灭,他参阅了科雷亚尔的《三桅战舰的沉没》,等等。1857年8月他在给友人费陀的信中说:"为了写出一部建立在真实之上的作品,必须埋在它的材料之中,材料没到他的耳朵之上",④"每次阅读之后,上千种其他的阅读接踵而至"。⑤正如朗松所说:"他力图通过扎实的和深广的博览群书,确定他的视野,通过凡是能有助于形成迦太基生活的准确认识的东西,去引导和限制他的想象力；这就是游览当地、观看布匿艺术的一切残存物,研究古今文献,审阅一切

---

① 《通信集》,第2卷,第634页。
② 福楼拜曾设想这部小说的题名为《迦太基》《雇佣军》,最后才定名《萨朗波》。
③ 《通信集》,第2卷,第634页。
④ 同上书,第600页。
⑤ 转引自杜梅斯尼尔:《居斯塔夫·福楼拜,人与作品》,第236页。

相似或相近的文明形式。"①因此,当圣伯夫批评他杜撰词汇,怀疑福楼拜是否如实描绘迦太基的风俗时,福楼拜立即复以长信,逐一加以反驳,列举他所依据的著作,证明关于风俗、家具、首饰、酷刑、肢解敌人躯体、祭献孩子等描写,无不都是有根有据的。至于他把迦太基军队写成拥有11396人,那是为了产生准确的效果。

福楼拜所追求的真实性,几乎达到科学的严整性。为了达到这一点,福楼拜往往研究生理学、医学。在《萨朗波》中,这种科学的严整性更多的是表现在福楼拜对社会风俗和客观世界的准确把握上面。就以《包法利夫人》与《萨朗波》所描绘的画面色彩来说,虽然《包法利夫人》的调子是灰色的,《萨朗波》则是"鲜红色的"——这符合五光十色的古代迦太基的生活和战争场面,但是,鲜红色只是表面的,古代社会生活的实质仍是灰色的,由于福楼拜描绘了"完整的画面,描绘了外表与底里"②,以科学的严整性去对待,从而反映出生活的本质真实。

诚然,坚持真实性并非要丝毫不差地照录现实,现实主义并非要求完全屈从于史实或史籍材料。福楼拜说过:"我憎恨照相,与我喜爱创新成正比例:我感到照相不真实。"③为了写作的需要,他认为可以改变某些史实。例如引水渡槽本是罗马人的发明,福楼拜却移植至北非,利用这种建筑让马托潜入城中。又如对哈农的描写与史实也是相悖的,这个人物纯属福楼拜的创造,用以塑造出另一种类型的统治者。至于萨朗波则更是福楼拜虚构的人物。福楼拜的原则是,如果色彩不一致、细节不协调、风俗背离宗教规范、事实背离感情、性格不连贯、服装不符合习俗、建筑与气候不适应,总之,没有和谐,那就会虚假,否则,"一切都站住脚了"。福楼拜主张的真实性应该说具有很大的灵活性。一方面,小说对武器、物品、衣服、服饰、古怪的风俗(神庙中豢养狮子,这也是妓女开业的场所,家中饲养蟒蛇,沙漠中的十字架钉着狮子,祭献孩子)、奇特的建筑,等等,描写得巨细无遗,使人领略到古代北非的特殊风貌,创造出真实的氛围。另一方面,某些重要人物和某些建筑又是杜撰的,他并不拘泥于史实。这样写的目的是为了使小说显得更生动,不但不违背生活的真实,反而达到更高水平的真实,正如福楼拜所说,现实有时"只应是块跳板,为

---

① 居斯塔夫·朗松:《法国文学史》,第1058页。
② 《通信集》第2卷,第600页。
③ 同上书,第323页。

了升得更高",①才借助于它。

其次,福楼拜力图以客观的态度去对待所描绘的对象。他指出:"伟大的艺术是科学的和客观的。"②又说:"客观是力量的标志。"③"我对于将心里的想法落在纸上的做法感到一种不可抑制的厌恶;我甚至感到,一个小说家没有权利对任何事物发表自己的见解。上帝难道口述过他的见解吗?"④"精神科学必须……像物理学一样,从客观开始进行。"⑤

这种客观态度明显地表现在《萨朗波》中。在福楼拜笔下,迦太基军队和雇佣军一样残酷和虐杀俘虏,萨朗波的单纯、马托的钟情、汉米加尔的老练、哈农的贪婪、史本迪于斯的狡黠,都是以冷漠客观的笔触描绘出来的,读者很难看出作者的态度。跟以往的作家不同,福楼拜从来不在小说中发表议论,夹叙夹议的笔法与他无缘。恩格斯指出:"作者的见解愈隐蔽,对艺术作品来说就愈好。"⑥因此,从艺术创作的标准来看,福楼拜将自己的观点隐蔽起来无疑是正确的。

这并不是说,作者的态度绝对不能融化到人物身上。福楼拜认为,要"通过精神的努力,将自己设想到人物身上,而不是将人物拉向自己一边";⑦"必须让外界现实进入我们心中,直至使我们呼喊出来,以便再现这现实"。⑧他写作《萨朗波》时,常常设身处地想象人物的活动:"我在肩上扛着整整两支军队,一支有三万人,另一支有一万一千人",⑨"我在书房的静寂中沉浸于大声叫喊和哑剧里,以致我终于酷似杜巴尔塔斯(按:杜巴尔塔斯是 16 世纪法国诗人),为了描绘一匹马,他在地上爬、奔跑、嘶鸣、趵蹄。这该是多美啊!"⑩这就像他写作爱玛吞下砒霜以后那样,他也呕吐起来。这是小说家借助想象力进行创作的有效方法,特别是以古代为

---

① 《通信集》第 8 卷,第 374 页。
② 转引自卡斯泰等:《法国文学史·19 世纪》,阿歇特出版社,1966 年,第 228 页。
③ 转引自米歇尔·雷蒙:《大革命以来的小说》,阿尔芒·柯林出版社,1967 年,第 84、85 页。
④ 《通信集》第 2 卷,第 617 页。
⑤ 转引自米歇尔·雷蒙:《大革命以来的小说》,阿尔芒·柯林出版社,1967 年,第 84、85 页。
⑥ 《马克思恩格斯选集》第 4 卷,人民出版社,1972 年,第 462 页。
⑦ 《通信集》第 3 卷,第 38 页。
⑧ 转引自卡斯泰等:《法国文学史·19 世纪》,第 228 页。
⑨ 《通信集》第 3 卷,第 38 页,第 49 页;第 2 卷,第 527 页。
⑩ 《通信集》第 3 卷,第 38 页。

题材的作品,更需要作家设身处地,展开想象的翅膀。

　　福楼拜是艺术美的孜孜不倦的追求者。虽然他有为艺术而艺术的倾向,但他关于作品的形式和内容有一些正确的见解,诸如:"形式和思想就像身体和灵魂;在我看来,这是一个整体,不可分割,我不知道没有这一个,另一个会变成什么。思想越是美好,词句就越是铿锵,思想的准确会造成语言的准确。""没有美好的形式就没有美好的思想,反之亦然。美从艺术世界的形式中渗出。"[1]"思想要找到最适合于它的形式,这就是创造出杰作的奥秘。"[2]他强调的是形式与内容的统一。他的学生莫泊桑指出:"对他来说,作品的内容必然决定唯一正确的表达方式、大小限度、节奏和形式的各个方面。"[3]因此,他在句子结构、词汇节奏、音响效果、表达准确上苦心经营。他说:"我是一个默默无闻的采集珍珠者,潜入海底后,上来时两手空空,脸色发紫。有种不可抗拒的吸引力把我拖向思想的深渊,这种内心深渊对强者来说永远不会枯竭。我一生都用来观看艺术的大洋,别人在那里航行或搏斗,而我往往乐于去海底寻找没有人要的绿色或黄色的贝壳;我要为自己保留下来,装饰自己的木板屋。"[4]福楼拜在写作《萨朗波》时,就是这样一丝不苟地、不厌其烦地锤炼句子,采集语言的珍珠。他常常因找不到合适的表达方式而苦恼:"我越是在艺术中获得经验,这艺术对我来说就越变成一种酷刑……我相信,很少有人像我那样为文学而忍受那么大的苦痛。"[5]《萨朗波》有不少章节重写了十次之多,而《包法利夫人》中的"农业展览会"一章只改写了七次。所以法国批评家蒂博代认为,这部小说的"观念并不复杂,而写作却非常复杂"[6]。《萨朗波》中不乏精美的句子,诸如写人的疲倦时用"四肢仿佛在游泳时融化到了水里"来形容,写纳哈伐斯觊觎萨朗波用"蹲伏在竹林中的豹子"来比喻。小说第一句"在迦太基城厢的梅加拉,汉米加尔府的花园里",原文音调铿锵,安排妥帖;"拉丁民族因没有在骨灰瓮里搜集骨灰而懊恼,游牧民族留恋沙土的温热,他们的身体在沙中变成木乃伊,而凯尔特人

---

[1] 《通信集》第3卷,第49页。
[2] 同上书,第2卷(补),第97页。
[3] 莫泊桑:《〈福楼拜给乔治·桑的信〉序》,《专栏文章集》第3卷,第87页。
[4] 《通信集》第1卷,第36页。
[5] 福楼拜:《萨朗波》,第14页。
[6] 阿尔贝·蒂博代:《福楼拜》,第178页。

留恋小岛环抱的海湾深处多雨天空下那三块天然的石头",这个排比句也写得比例均匀而变化多姿。至于日神庙和月神庙的奇特景象,月夜下宁谧幽美的原野,萨朗波卧房的华丽芬芳……都仿佛一幅幅瑰丽的油画,又像一篇篇散文诗,历来脍炙人口。亨利·詹姆斯将《萨朗波》的风格比作"水晶盒",确实道出了这部小说玲珑剔透、色彩鲜艳的特征。

1861年5月,小说已基本完稿,福楼拜向别人朗读小说,以期进一步完善。直至1862年4月24日,小说才算最后定稿,前后花费近五年的写作时间。小说出版后得到当时名作家的一致赞赏。波德莱尔在信中说:"福楼拜所写的作品,唯有他才能写出来。"[1]乔治·桑认为《萨朗波》是惊人的,极为有力的作品。这是一个巨大的世界,它在不朽的人物周围成群结队地活动和怒吼"。[2] 莫泊桑认为"这部巨大的作品,在造型艺术上是他写出的小说中最美的,给人以瑰奇的梦的印象"。[3] 莫泊桑还认为这是部散文歌剧,《萨朗波》后来确实多次被改编成歌剧上演。此外,雨果、勒贡特·德利尔也给予好评。

总之,《萨朗波》以雄奇壮观、五彩缤纷的画面,以匀称完整的结构和华美精确的句子为其特色,成为别具一格的史诗小说,开辟了历史小说的新领域,因而在法国小说史上占有令人瞩目的地位。至今,它依然保持着艺术精品的不朽价值。

---

[1] 《通信集》,第2卷,第611—612页。
[2] 乔治·桑:《文学与艺术问题》,第417页。
[3] 莫泊桑:《〈福楼拜给乔治·桑的信〉序》,《专栏文章集》第3卷,第87页。

# 小仲马《茶花女》简析

古往今来,描绘妓女悲欢离合的爱情故事不胜枚举,唯独《茶花女》获得了世界声誉,在亿万读者中流传。这部小说自1848年发表后,即获得巨大成功,小仲马于1852年改编成剧本上演,再次引起轰动,人人交口称赞。意大利著名作曲家威尔第于1853年把它改编成歌剧,歌剧《茶花女》风靡一时,流行欧美,乃至世界各国,成为世界著名歌剧之一。《茶花女》的影响由此进一步扩大。从小说到剧本再到歌剧,三者都有不朽的艺术价值,这恐怕是世界上独一无二的文艺现象。

饶有兴味的是,《茶花女》在我国是第一部被翻译过来的外国小说。近代著名的翻译家林纾于1898年译出这本小说,以《茶花女遗事》为名发表,开创了近代的翻译文学史。林纾选取了《茶花女》作为第一部译作发表,绝不是偶然的。这至少是因为,在19世纪末,《茶花女》在欧美各国已获得盛誉,使千千万万读者和观众一掬同情之泪。这一传奇色彩极浓的作品不仅以情动人,而且篇幅不大,完全适合不懂外文的林纾介绍到中国来。况且,描写妓女的小说和戏曲在中国古已有之,但似乎没有一部写得如此声情并茂,人物内心的感情抒发得如此充沛奔放,对读者的感染力如此催人泪下,因此,《茶花女》的翻译也必然会获得令人耳目一新的魅力和效果。近一个世纪以来,这本小说在我国受到的热烈欢迎,充分证明了这一点。

小仲马的身世和经历同《茶花女》的产生有直接关系。小仲马是个私生子。他的父亲是《基督山恩仇记》《三个火枪手》的作者大仲马。19世纪20年代初,大仲马尚未成名,他在德·奥尔良公爵那里担任秘书,同时写作剧本。他住在意大利广场的一间陋屋里,他的邻居是个漂亮的洗衣女工,名叫卡特琳娜·拉贝。她已经30岁,但大仲马只有21岁,两人来往密切。1824年7月27日,小仲马诞生,但是孩子出生登记册上"没有父亲姓名"。大仲马给儿子起了名,不过直到1831年才承认小仲马。小仲马的童年过得并不幸福,据他后来回忆,大仲马在房里写作,小仲马由于长牙不舒服,大叫大嚷;大仲马提起孩子,扔在房间的另一头。他的母亲把孩子保护起来,才使小仲马少受许多打骂,后来小仲马在他的作品中这样写道:"母爱就是女人的爱国心。"这句话表达了他对母亲的感激之情。大仲马承认儿子之后,由法院判决,把儿子送到寄宿学校。他的同学们辱骂他为私生子,洗衣女工的儿子,有受人供养的母亲、没有父亲的孩子,黑人面孔(按:他的曾祖母是黑人,他本人皮肤黝黑,头发卷曲,有黑人特征),一文不名,等等。不过,由于大仲马的原因,他从小就踏入了戏剧界和文人聚集的咖啡馆,认识了钢琴家李斯特、诗人兼戏剧家缪塞、巴尔扎克等名人。耳濡目染,培养了小仲马的文学兴趣,这对他后来选择的道路不无影响。

大仲马一向过着浪荡生活,小仲马对父亲颇有微词。可是,大仲马幽默地说:"他真心实意地嘲笑我,但他也真心实意地爱我……我们不时地发生争吵:那一天,我买了一头小牛,我把他养肥了。"大仲马的言传身教对小仲马还是起了潜移默化的作用。从1842年起,他脱离父亲,过起独立的生活。他寻找情妇,追逐姑娘。一天,他看到一个神秘的女郎,她穿一身白,头戴意大利草帽,地点是在离沃德维尔剧场不远的交易所广场上。她的名字叫玛丽·迪普莱西,真名为阿尔丰西娜·普莱西。她对富人和社会名流的自由不羁的态度,她散发的光彩和神秘气息,给小仲马留下了深刻印象。1844年的一个晚上,小仲马又在杂耍剧院遇到她,她由一个老富翁德·斯塔凯贝格陪伴着。很快小仲马就成为她的情人,他为她负上了债。在小仲马成年那一天,他的债务高达5万法郎,在当时,这是一笔巨款,尤其他没有任何接受遗产的机会。1845年夏天,小仲马和玛丽·迪普莱西发生争吵,断绝了来往。玛丽找上了李斯特。小仲马为了忘却旧情,埋头创作,由大仲马出资发表了诗集《青春之罪》,在这之前他还写了一本小说《四个女人和一只鹦鹉的故事》。1846年2月,玛丽·迪普莱西到伦敦,秘密嫁给德·佩雷戈伯爵,但她的身体已经非常虚弱,不得不到巴登去疗养。而大仲马父子则到西班牙的加的斯去旅行。玛丽于1847年2月3日病逝于巴黎,时年23岁。德·斯塔凯贝格伯爵和德·佩雷戈伯爵给她扶灵,送到蒙马特尔公墓,她的棺柩上撒满了茶花。2月10日,小仲马在南方的马赛得知了噩耗。他回来以后躲在圣日耳曼的白马客栈里,花了一个月的工夫,一口气写成了《茶花女》。无疑,玛丽·迪普莱西就是小说女主人公的生活原型。

由于这部小说获得意料不到的成功,在此后的三年中,小仲马又接二连三地写出十来部小说,其中有:《塞尔旺医生》(1849)、《塞查丽娜》(1849)、《棕红头发的特里斯唐》(1850)、《缪斯泰尔摄政》(1850)、《百合女神》(1851)等,都没有得到期待的反响。在他父亲的熟人的建议下,他转向了戏剧。他首先将《茶花女》改编成剧本,但是当时的内政部长认为此剧太不道德,禁止上演。经过一番斡旋,1852年2月10日,《茶花女》获准上演。大仲马此时流亡在布鲁塞尔,小仲马给他发去报喜的电报:"巨大成功,以至我以为看到了你的一部作品的首演。"大仲马欣喜地复电说:"我最好的作品就是你,我的孩子。"后来,有人问起大仲马是否参与了《茶花女》的写作,他仍然诙谐地回答说:"当然啰,我创造了作者。"《茶花女》被认为是开创了"风俗剧"。小仲马随后写出了《半上流社会》(1855)、《金钱问题》(1857)、《私生子》(1858)、《挥霍的父亲》(1859)。小仲马十分关注社会问题,以道德家的面目出现。他的剧作虽然对社会的罪恶和黑暗批判得不够深刻,但多少触及一些社会弊病,因此他成为当时最重要的剧作家之一。

然而,小仲马的地位还是与《茶花女》紧密相连。亨利·巴塔伊认为:"茶花女将是我们的世纪之女,就像玛侬是18世纪之女一样。"[1]左拉指出:"小仲马先生给我们再现的不是日常生活的一角,而是富有哲理意味的狂欢节……只有《茶花女》是永存的。"[2]龚古尔在日记中写道:"小仲马拥有出色的才华,他擅长向读者谈论缝纫工厂的女工头、妓女、有劣迹阶层的男女——他是他们的诗人,他用的是他们理解的语言,把他们心中的老生常谈理想化。"[3]连列夫·托尔斯泰也十分欣赏小仲马:"小仲马先生不属于任何派别,不信仰任何宗教;他对过去和现在的迷信都不太偏好,正因如此,他进行观察、思索,他不仅看到现在,而且看到未来。"[4]上述作家从不同角度指出了小仲马的人生态度、作品内容和艺术倾向,这些方面特别鲜明地体现在《茶花女》中。

---

[1] 转自《茶花女》,巴黎袖珍丛书版,1991年,第347页。
[2] 左拉:《接受小仲马先生入士院的演说词》,《文学材料集》,巴黎沙邦蒂埃图书馆出版,1926年,第466—467页。
[3] 《茶花女》,巴黎袖珍丛书版,1991年,第349页。
[4] 《作家词典》第2卷,罗贝-拉封出版社,1952年版,第70页。

小仲马并没有对资本主义社会的丑恶现象作出深刻的揭露,《茶花女》也不以批判深刻而见长。法国评论家雅克·沃特兰从两方面分析了《茶花女》的成功奥秘,他指出:一、"这部小说如此突出的反响,必须同时从一个女子肖像的真实和一个男子爱情的逼真中,寻找深刻的根由";二、"这位小说家通过行文的简洁和不事雕凿,获得叙述的逼真"。[①] 他的见解是十分剀切的,不过还不够全面。

毫无疑问,《茶花女》是一部爱情小说。应该说,它从生活中来,又经过了作者的提炼,比生活来得更高,或者说被作者诗意化了。在作者笔下,男女主人公都有真挚的爱情。一个甘于牺牲自己向往的豪华生活,处处替情人着想,不肯多花情人一分钱,宁愿卖掉自己的马车、首饰、披巾,也不愿情人去借债;甚至面对着是要自己的幸福呢,还是替情人的前途着想,替情人妹妹的婚事考虑,这时,她毅然决然地牺牲自己,成全情人。作者通过人物感叹道:"她像最高尚的女人一样冰清玉洁。别人有多么贪婪,她就有多么无私。"又说:"真正的爱情总是使人变得美好,不管激起这种爱情的女人是什么样的人。"作者高度赞美了玛格丽特的爱情。另一个则一见钟情,听不进任何人的劝阻,哪怕倾家荡产也在所不惜,又暗中将母亲给他的遗产赠送给情人,此外,他强烈的嫉妒心也是他的爱情的深切表现,直至情人死后埋入地下,他仍然设法将她挖掘出来,见上最后一面。他的爱情到了无以复加的地步。值得注意的是,玛格丽特尤其看中阿尔芒的真诚和同情心。她对他说:"因为你看到我咯血时握住了我的手,因为你哭泣了,因为世间只有你真正同情我",而且,"您爱我是为了我,不是为了您自己,而别人爱我从来只是为了他们自己"。这样写,一个妓女信任和迷恋一个男子就毫不牵强附会了,他们的爱情不仅有了可靠的基础,而且真实可信。

比较而言,玛格丽特是更为丰满的形象。一方面,小仲马并不忌讳她身上的妓女习性:爱过豪华、放荡的生活,经常狂饮滥喝,羡慕漂亮衣衫、马车和钻石,因而愿意往火坑里跳。另一方面,小仲马深入到这类人物的内心,认为玛格丽特自暴自弃是"一种忘却现实的需要",她过寻欢作乐的生活是不打算治好她的肺病,以便快些舍弃人生。但她对社会也有反抗,例如她喜欢戏弄初次见面的人,因为"她们不得不忍受每天跟她们见面的人的侮辱,这无疑是对那些侮辱的一种报复"。她还

---

[①] 转自《茶花女》,巴黎袖珍丛书版,1991年,第341页。

愤愤不平地说:"我们不再属于自己,我们不再是人,而是物。他们讲自尊心的时候,我们排在前面,要他们尊敬的时候,我们却降到末座。"这是对妓女悲惨命运的血泪控诉。尽管她为了维持浩大的开销,需要同三四个大贵族来往,但是她仍然有所选择,例如对待德·N伯爵就是坚决推拒的,表现得非常粗暴和不留情面。因此,阿尔芒认为在这个女人身上有着某些单纯的东西,她"虽然过着放纵的生活,但仍然保持纯真","这个妓女很容易又会成为最多情、最纯洁的处女"。归根结底,巴黎生活燃烧不起她的热情,反而使她厌倦,因此,她一直想寻找真正的爱情归宿。总之,玛格丽特的复杂心理写得极其合乎情理。对于这种受侮辱受损害的人,作者要求人们给予无限宽容,自然也能够得到读者的共鸣。小仲马匠心独运之处还在于他描写女主人公死后,社会舆论对这类妓女的态度。他通过公墓的园丁揭露那些正人君子的丑恶嘴脸。"他们在亲人的墓碑上写得悲痛万分,却从来不流眼泪。"他们不愿看到亲人旁边埋着一个妓女!更可恨的是那些买卖人,他们本来在玛格丽特的卖笑生涯中搞过投机,在她身上大赚了一笔。在她临终时,他们拿了贴着印花的借据来纠缠不休,要她还债。她死后他们马上来催收账款和利息,急于拍卖她的物品。玛格丽特生前红得发紫,身后却非常寂寞:"这些女人讲究的生活越是引起街谈巷议,她们的过世便越是无声无息。"这些笔墨非但不是多余的赘写,反而是最切实的风俗描绘,是这部爱情小说不可多得的神来之笔。

阿尔芒·迪瓦尔的形象也写得相当真实、生动。首先,在人物的名字上,小仲马颇费了一番心思:仲马(Dumas)和迪瓦尔(Duval),亚历山大(Alexandre)和阿尔芒(Armand)的第一个字母都是相同的。作者似乎要表明男主人公和自己的经历既有相同之处,又有某些区别。迪瓦尔的爱冲动、豪爽、毫无保留,甚至提出令人难以忍受的要求、嫉妒、庸俗举动、动辄易怒及其带来的严重后果、不假思索的行为,这一切都在于加强效果,却把一个涉世未深的热血青年写得活灵活现。还有阿尔芒爱流泪,这也同当时的风气十分吻合。这种男性的软弱还表现在他受不了玛格丽特去世的打击,悲痛得病倒。这与玛格丽特死前的大胆自我剖白恰成对照,显得未免可笑,但却是真实的。

在次要人物中,阿尔芒·迪瓦尔的父亲和普吕珰丝值得一提。迪瓦尔先生体现了当时的资产阶级道德观念。他认为儿子走入了歧途,作为父亲,有责任去挽救他。而且他儿子的行为已经直接影响到他女儿的出嫁,问题变得特别严重,刻不容缓地需要妥善解决。他显然不是庸碌无能之辈,这从他谋得了C城总税务长的职务就可以看出。他比儿子老练得多,在严词开导儿子未获成功之后,他改变了策略。他采用调虎离山计,把儿子支开,单独跟玛格丽特交谈,晓之以利害:"你们两人套上了一条锁链,你们怎样也砸不碎……我儿子的前程被断送了。一个女孩子的前途掌握在你手里,可她丝毫没有伤害过您。"这番话句句"在理",使玛格丽特无法坚持己见。应该指出,小仲马并没有把他当作反面人物来描写,小说反复写到"他为人正直,闻名遐迩……是天底下最值得尊敬的人"。因为任何一个资产阶级家庭做长辈的,都会像迪瓦尔先生一样行动。但是,小仲马遵循现实主义的原则,将迪瓦尔先生的务实写到近乎冷酷的程度,跟他儿子阿尔芒的热情、冲动、不计利害关系形成强烈的对照。此外,迪瓦尔先生认为妓女是没有心肝、没有理智的人,是一种榨钱机器,这种看法与阿尔芒的见解大相径庭。小仲马的褒贬在不言之中,要由读者自己去判断。

至于普吕珰丝,这个昔日的妓女,如今是时装店老板娘,她也是女主人公的陪衬人物。小仲马对她的贬斥则是显而易见的。她由于人老珠黄,已不能出卖色相,便攀附正在发红的妓女,从中谋利。她对玛格丽特的友谊到了奴颜婢膝的地步,但她每做一件事都要收取酬金。她表面上在开导阿尔芒不要独占玛格丽特,说得头头是道,实际上她是担心玛格丽特从此失去公爵和德·N伯爵的接济,也就断送了她自己的财路。待到玛格丽特奄奄一息的时候,她便毫不留情地离开了玛格丽特。小仲马还写她不放过机会去调情。凡此种种,都写出了她与玛格丽特有云泥之别,不是同一类人物。

从结构上来说,《茶花女》写得环环紧扣,衔接自然。作者采用倒叙的形式,用第一人称去写这个爱情故事。男女主人公的相遇、爱情的产生写得一波三折。突变的到来安排合理。悲剧来临之前的交恶再起波澜。故事写得并不单调,但是正如小说中所写的,细节朴实无华,发展过程单纯自然,这是《茶花女》最明显的艺术特点。小说几乎没有枝蔓,写得十分紧凑,这更加强了它的朴实的优点。

此外,在人物外形的描绘上,小仲马也相当老到。他是这样介绍玛格丽特的:

在一张艳若桃李的鹅蛋脸上,嵌着两只黑眼睛,黛眉弯弯,活像画就一般;这双眼睛罩上了浓密的睫毛,当睫毛低垂的时候,仿佛在艳红的脸颊上投下了阴影；鼻子细巧、挺秀、充满灵气，由于对肉欲生活的强烈渴望，鼻翼有点向外张开；嘴巴匀称，柔唇优雅地微启时，便露出一口乳白色的皓齿；皮肤上有一层绒毛而显出颜色，犹如未经人的手触摸过的桃子上的绒衣一样。

小仲马的观察细致，描写准确。一个耽于肉欲和享乐生活的妓女的面孔跃然纸上。这段描写表现出一个烟花女子的打扮和气质，是颇有力度的。

在其他艺术手段的运用上，则可以看出小仲马受到18世纪启蒙作家孟德斯鸠和伏尔泰的影响。例如他在介绍上层社会的各类人物时，运用了罗列式的讽刺笔调，一句话勾勒出一个人的丑态。此外，小说结尾玛格丽特的日记，是一种变化了的书信体小说的写法，同18世纪的文学传统有着密切的联系。《茶花女》的主要篇幅由对话组成，这无疑深受大仲马的影响。小仲马的对话同样写得流畅自然，十分生动传神。然而，他并不满足于大仲马的拿手好戏，他已经十分注意人物的心理刻画。阿尔芒等待幽会时的焦急心情和种种思虑，玛格丽特内心情感的倾诉，都是对人物心理的探索。而普吕珰丝和迪瓦尔先生的长篇开导和说理，又有着巴尔扎克笔下人物的精彩议论的影子。小仲马显然在吸取众家之长，熔于一炉。他对各种艺术手段的运用无疑是成功的。

小说《茶花女》出版的那一年，巴尔扎克已经搁笔了，法国小说出现了一段冷落时期。《茶花女》的出现在某种程度上填补了这一真空。可惜的是，小仲马未能再进一步写出更深刻的作品。60至80年代，他有一些作品问世，如小说《克勒蒙梭事件》（1866）、戏剧《婚礼拜访》（1871）、《阿尔封斯先生》（1874）、《弗朗西荣》（1887）等。1875年，小仲马进入法兰西学士院。后期他的思想产生了变化，曾致力于修改《茶花女》。他把1872年的版本中一些字句改得平和一点，去掉锋芒，这纯属画蛇添足，后人并不理会他这种思想倒退。小仲马于1895年11月27日在马尔利勒鲁瓦去世。

《茶花女》序
译林出版社，1994年6月

# 又一个敢作敢为的女性形象

## ——论戈比诺的《红色手绢》

梅里美、斯丹达尔的名字已为我国读者所熟知了,他们的中短篇小说脍炙人口。尤其是梅里美,他作为世界上具有独特魅力的中短篇小说大师,其名作《高龙巴》《嘉尔曼》等令人难忘;而斯丹达尔的《瓦妮娜·瓦尼尼》也是世界文苑中的翘楚之作。这几篇作品的魅力之一,是塑造了性格鲜明突出的女性形象。她们不是柔美型的女子,而是刚烈的、意志坚定的女性,即所谓体现了"力"的形象。她们与那些反抗封建婚姻而体现出叛逆性格的女性形象有所不同,她们不是以其思想的反传统、反封建为特征,而是以刚烈坚定的意志成为她们的性格特点,她们更是性格的典型。正因为这种性格的不同凡响,她们的形象就具有异常的吸引力和感染力。从产生这类形象的社会条件来看,法国资本主义处于发展初期,妇女在社会上仍得不到平等的对待,换句话说,妇女的受奴役地位无论在家庭或社会上都没有得到根本的改变。因而,刚烈型和意志坚定型——也就是独来独往,藐视周围势力,才能往往高于男子——的女性也就显得格外引人瞩目。这种形象在文学史中并不多见,却具有异常突出的地位。我们只要指出这一点就够了:综观现实主义大师巴尔扎克的作品,找不到一个这种类型的女性。例如,欧也妮·葛朗台尽管反抗过父亲的专横,但总的说来仍然顺从葛朗台的意志;在父亲死后,她在宗教中寻求精神归宿,她属于柔美型形象。这个形象似乎缺乏吸引人的光彩。巴尔扎克的后期杰作《贝姨》刻画了几个颇有性格特点的女性:贝姨和瓦莱丽。贝姨是嫉妒的化身,瓦莱丽以勾引男人为能事,她们都很狡黠,又很有心机,但她们对男人也只能曲意逢迎,并不是那种叱咤风云、宁折不弯的形象。由此可见,梅里美和斯丹达尔塑造的女性形象确实不同一般,具有不同寻常的异彩,这是她们令人难以忘怀的奥秘所在。

这两位作家的继承者难得见到。约瑟夫·阿瑟·德·戈比诺(1816—1882)是我们所知的最成功的一位。他有两个中短篇小说集：《旅行回忆》(1872)和《亚洲故事集》(1874)。他也以塑造强悍性格的女性而闻名,他所师承的是梅里美和斯丹达尔的创作风格。短篇《红色手绢》是戈比诺的佳作,从中可以看到梅里美的深刻影响。

首先,《红色手绢》描绘了一个敢作敢为的女性形象索菲·帕拉齐。索菲颇有高龙巴的遗风：高龙巴为了报杀父之仇,怂恿并促使其兄与仇人采取敌对态度,最后导致其兄只身在枪战中杀死仇人之子；而索菲则暗中指使情人去找强盗作为帮手,用匕首和大棒将反对她和他成为夫妻的教父朗查伯爵击伤致死。索菲同高龙巴一样,工于心计。她面对这一突发局面——母亲转达教父要把她的情人赛拉齐姆从她家的沙龙赶走,不让她和赛拉齐姆相好的决定,表面上毫不反抗,甚至没有流露出自己已爱上了赛拉齐姆,相反,她默然地接受这个决定,不动声色地继续绣她的绿毛狗。当第二次朗查伯爵拿了赛拉齐姆写给她的信,颠倒事实,诋毁赛拉齐姆,要索菲的母亲卡罗琳娜搬到安柯纳去居住,以避开赛拉齐姆时,她再一次不理会母亲的话,答非所问地对母亲说,是否把狗的舌头绣成绿色更好？她的镇定自若表明了她能深藏不露、城府很深,决不是等闲之辈。她私下里派厨娘交给情人一包东西：里面是一块红色手绢、一把小匕首、一束紫罗兰。紫罗兰原是他送给她的礼物,她答应要永远保留,这就像签名一样表明这包东西的主人是谁。匕首是工具,红色手绢则表示必须用匕首去干的事,这就是,去杀人。她做得滴水不漏,别人抓不到她的把柄,而她用这种方法却表达了自己的用意和目的。她简直像一个老谋深算的外交家或密探头子。然后,她抓住从教堂做完弥撒出来与情人打照面的机会,向他下达无言的指令。她目不旁视地庄重走着,不向他致意还礼,以避免别人的注意,泄露天机。但是,她盯住他的目光,再突然将自己的目光转到朗查伯爵身上,接着又凝视情人,显出在等待。她的用意再清楚不过了,这是表明他要刺杀的对象。与此同时,旁边有人趁人多之机,同赛拉齐姆接上了关系。她暗地里已安排妥当,她的情人只有服从的份儿,一切都按她的计划行事而万无一失。赛拉齐姆下手之前,先离开当地一个月,这就使得事后警察局无从侦查,不致怀疑是赛拉齐姆所为。她考虑的周密和行动的果断大有政治家的风度和组织才干。最后,她抓住了母亲情感生活中的难言之隐,即她早年与赛拉齐姆之父的一段旧情,迫使母亲一步步同意这个结论：赛拉齐姆不像朗查伯爵临终前所透露的那样，是谋杀他的凶手，然后让母亲同意她与赛拉齐姆成婚。通过这一个个场面，她的精明与机敏跃然纸上。至此，一个胆大心细、玩弄阴谋得心应手的"女强人"形象呼之欲出。

索菲的性格还在与其他人物的斗争和对照中显现出来。她的对手朗查不是无用之辈，他也是个心狠手辣的角色。他将帕拉齐夫妇掌握在股掌之上。他与卡罗琳娜显然有私情，帕拉齐不仅不敢反对，而且对他唯命是从，因为朗查曾为他还过两次债。朗查一旦发现年轻军官扎拉与卡罗琳娜眉来眼去，似有情意，便毫不留情地从肉体上消灭他：扎拉突然失踪。具有讽刺意味的是，这个杀人凶手在政治上十分得意，无论法国人、俄国人还是英国人统治的时期，他都处处逢源，接二连三获得勋章。在他死后举行的葬礼上，他受到与会者在政治、宗教，甚至于在经济学、文学等方面的颂扬。然而这只不过是表面的受到爱戴，司法机构在深入的追查下，发现他受到普遍的憎恶。这说明民众对这个老狐狸的真面目还是了解的。他的所作所为虽然貌似巧妙，终究是为了一己之利而暴露了自己的面目。他对索菲的爱也同样超过了正常情感的限度。他口口声声表示要把遗产全部赠给她，其实是想以此获得主宰她的命运的权力。他不允许有人追求索菲，正如他不允许有人追求卡罗琳娜那样，如果说后者是出于嫉妒心尚可理解的话，那么，前者就毫无道理可言了。索菲似乎了解到这位教父以前的历史，以其人之道还治其人之身，用同样的方法对付他。事实证明，他成了索菲的手下败将，至死也不知晓是索菲置他于死地。强中还有强中手，索菲在同朗查伯爵的较量中显出了她的英雄本色。朗查杀死情敌的做法是罪恶的，而索菲的做法在这种特定的情境下能博得读者的同情。索菲同她的母亲也构成互相映照的一对。她的母亲卡罗琳娜软弱而善良，是个普普通通的贵妇人。她和女儿比较，恰如黑白图片与彩色图片相比，显得黯淡无光。索菲的老练成熟、不露声色、毫不手软被映照得十分突出。赛拉齐姆是个十分机警的青年，他从朗查伯爵的一个鬼脸中，发觉有一丁点揶揄意味，马上警惕起来，于是巧妙地与朗查伯爵周旋，没有露出真实情况，终使朗查伯爵败北。然而，他毕竟是索菲手中的一个工具，要听从索菲更高一层智慧的调遣。无论他还是卡罗琳娜，都显不出独特的性格，他们仅仅是配角而已，其作用是衬托主角——索菲。

我们说索菲是高龙巴式的女性形象，这并非说她就是高龙巴的翻版。《红色手绢》不是一个家族复仇故事，虽然多少带有一点替赛拉齐姆报杀父之仇的意味,但小说只字未提赛拉齐姆意识到或知道这一点。戈比诺对索菲着墨不多,可是描写简洁有力,十分含蓄。更重要的是,高龙巴和索菲的行动有一个显著的不同:高龙巴仅仅是为了复仇,而索菲是为了争取自己的爱情。因此,高龙巴的强悍有一点冷峻的味道,而索菲的强悍却仍有柔情色彩。索菲毕竟不是科西嘉岛上的村姑,而是贵族出身的城里人,只是由于希腊的塞法洛尼岛与科西嘉岛有某些相似之处,才会产生这类性格相同的人物。贵族出身而且又是城里人,自然带上一点文明色调,这就是她懂得爱情的价值,敢于为之而奋斗。戈比诺没有正面描写索菲的爱情,一是他只通过塞拉齐姆表达爱情的长信去描写他的爱情之热烈,写出这是一个索菲值得信赖的男子,为她的爱情追求作好铺垫;二是戈比诺直到结局才正面表现索菲的执着追求。尽管这样,读者从这不落俗套的描写中仍能看到索菲是个多情女子。

梅里美十分偏爱异国情调,戈比诺在这方面也奉为圭臬。戈比诺是个职业外交家,他到过瑞士、波斯(现今为伊朗)、希腊、巴西、俄国,这些国家就成为他的作品中故事发生的环境。戈比诺钻研过"东方"文化,这主要指的是东地中海地区的文化,并对之十分欣赏。他的爱好和知识构成了他的小说中异国情调的基础。在《红色手绢》的开头,戈比诺描绘了一幅希腊的海岛风光,介绍了希腊的近代变迁,如同《嘉尔曼》开头梅里美对西班牙风俗的描绘。戈比诺非常热爱这个曾经产生过灿烂文化的国家,他说:"我在那里(按,指雅典)度过了非常幸福的四年,如果不能说幸福,至少是非常充实的四年,这个时期在我一生中是最可宝贵的。"之所以是最可宝贵的,就因为"希腊在我身上产生了使我能充分发展的这种效果,这是我从未有过的,而且给了我从未有过的心灵、印象和表现的青春活力。在我至今发表的作品中,只有对力量的欣赏……而没有动之以情的成分。我在希腊却获得了这种成分"。戈比诺确实在《红色手绢》中融入了自己的感情,这种感情可以从他对塞法洛尼岛的描绘中显示出来,也从他对女主人公同情的态度中流露出来。此外,小说的素材可能是他访问这个岛时搜集到的,也有可能是他的一个希腊朋友讲给他听的一个故事,当然经过了他的艺术加工。不管怎样,这几乎是一个真实的故事,它取之于希腊本土,自然而然具有希腊民族的风采,因此毫不奇怪,这种异国情调和地方色彩表现得十分强烈。在这方面,应该说戈比诺比梅里美等作家又有所发展,即以异国的真人真事为蓝本,以求更真实地再现异国的风情。当然,这不是报告文学,其中仍以艺术虚构为主,只不过比一般的小说有更多的事实根据。

《红色手绢》的成功经验能给人以启示:古典作家留下了光彩夺目的形象和杰出的篇章,后人可以在这个基础上加以继承、发扬和创造,同样可以写出令人难以忘怀的作品。

# 工人运动的第一部悲壮史诗

## ——左拉的《萌芽》

埃米尔·左拉是19世纪后期法国最重要的作家,而且也是这一时期世界上影响最大的作家之一:自然主义一时风靡了全球,竞相效颦、趋之若鹜的作家一直延续到20世纪上半叶。至今,左拉仍然是拥有最多读者的法国作家之一。

《萌芽》是左拉当之无愧的代表作。长期以来,读者已经给他的作品作出公允的评价:在读者最多的25部法国小说中,左拉的小说占了4部,而《萌芽》在这4部小说中名列首位。这种情况毫不奇怪,因为《萌芽》在文学上第一次生动地描写了资本主义社会的主要矛盾——劳资双方你死我活的斗争;在艺术上,《萌芽》充分表现了左拉的风格和特色,属于左拉最出色的作品。

《萌芽》的产生似乎出于偶然。1884年2月19日,法国北部的采煤区昂赞发生大罢工,报纸迅速作了报道。左拉闻讯赶往现场,于2月23日到达罢工地点,进行了一系列调查和访问,至3月3日返回巴黎。4月2日他开始动笔创作《萌芽》,1885年1月23日写毕。1884年11月,小说在《吉尔·布拉斯报》上连载,至1885年2月载完。3月出单行本。

实际上,左拉写出自己的高峰作品有着多方面的原因。

《萌芽》属于《卢贡-马卡尔家族》的第十三部作品。《卢贡-马卡尔家族》是"第二帝国一个家族的自然史和社会史"①。帝国的统治年代从1851年11月12日拿破仑三世发动政变开始,至1870年色当战役法军全部覆没、拿破仑三世被俘为止。这正是左拉的青少年时期。1868—1869年,左拉看过勒图尔诺的《激情生理学》和

---

① 这是《卢贡-马卡尔家族》的副标题。

吕卡斯医生的《自然遗传论》①，又从泰纳的实证主义评论中得到启发，他决心仿效巴尔扎克，而又不同于巴尔扎克。在《巴尔扎克和我的不同》一文中，他说明自己想写一套更注重"科学"方面而不是社会方面的小说。这就是后来的《卢贡-马卡尔家族》。左拉在《卢贡-马卡尔家族》写作计划中提出，一方面，他要"研究一个家族中血缘和环境的问题"，另一方面，要"研究第二帝国……描绘一整个社会时期"。但在他列出的十部小说中，还没有《萌芽》。从1870年发表《卢贡家的发迹》至1884年2月发表《生之欢乐》，左拉写出了几部轰动一时的作品：1876年的《小酒店》使左拉成为举国瞩目的作家，报刊对这部小说展开了激烈的评论；1880年的《娜娜》出版的第一天就售出5万多册；同年左拉把他的文艺论文搜集成册，出版了《实验小说》。一句话，至1884年，左拉已经写出了《卢贡-马卡尔家族》这组自《人间喜剧》以来最大型的多卷体长篇小说集中的几部重要作品，艺术上已进入成熟阶段。而且，他的艺术思想和自然主义的纲领都已明确提出。

左拉在创作《卢贡-马卡尔家族》的过程中，曾提到过要"描绘我们时代的一个工人家庭"。写完《小酒店》之后，他有了写第二部关于工人的小说的计划，他想到的是"巴黎的劳动者"，这是"作为起义的革命工具的工人，巴黎公社的工人"。左拉并没有写出这个长篇，只在1883年发表了一篇2万多字的小说《雅克·达木尔》，描写一个巴黎公社社员的悲惨命运：公社失败后他被判流放美洲，但在流放期间逃走，当局误认为他已淹死，妻子因而改嫁，他回法国后和妻子不能团圆，过着隐居的生活。小说表达了左拉对巴黎公社社员的深切同情。1883年7月，左拉有了写作工人罢工的打算，在秋天开始搜集材料。左拉阅读了大量有关工人的著作。例如路易-罗朗·西莫南的《地下生活》(1867)，这部作品叙述女工生活、矿工的迷信、运煤事故等；多尔穆瓦的《瓦朗西埃纳的煤矿盆地》，这本书介绍地层、矿脉和工资情况；伊夫·基约的《社会地狱》(1881)，这是政治经济学方面的著述；还有博安-布瓦索的《煤矿工人的疾病、事故和畸形》。他还翻阅了《法国矿工的陈情书》(1883)和《法院通报》。左拉关于矿工生活的材料本有4卷，每卷有500页之多。他曾访问矿工，下到矿井，亲身体验工人的艰苦工作环境。不仅如此，他还进一步

---

① 据左拉的信徒阿莱克西斯回忆，左拉当时并未读过克洛德·贝尔纳的《实验医学研究导论》，而是1878年才读到。

阅读了拉弗莱的《现代社会主义》(1881),勒罗瓦-博利厄的《十九世纪工人问题》,力图了解社会主义的理论和工人运动情况。1884年3月他去听取法国社会主义者的领袖盖德和龙格(马克思的女婿)在工人党会议上的讲话。关于国际工人联合会,左拉曾在笔记中记下了这个组织"建立于1864年9月28日,在圣马丁大厅,在马克思组织的会议之后……由卡尔·马克思起草宣言和纲领",并记录了纲领中的话:"劳动者的解放,应是劳动者自己的事业……"左拉的评语是:"这是新的《社会契约论》!可是天啊,还没有一本历史教科书谈到这个!"①尽管左拉并不真正了解社会主义的理论,他在1884年3月16日给友人的信中却非常自信地说:"我有着写一部社会主义小说的一切必要资料。"由此看来,1884年昂赞煤矿工人大罢工只不过是一个触发左拉创作《萌芽》的客观因素,因为他在各个方面都已做了充分准备,写作条件早已成熟。

※　※　※

《萌芽》在世界文学史上,是第一部正面描写产业工人罢工的小说。它成功地再现了罢工的过程,从而展现了当代资本主义社会的重大社会现象,提出了令人振聋发聩的社会问题。

在19世纪下半叶的法国,随着资本主义的发展,罢工越来越变得频繁。法国资本主义在七月王朝时期(1830—1848)和第二帝国时期有长足的发展,工业革命是在第二帝国时期完成的。马克思指出:法国"资产阶级社会免除了各种政治牵挂,得到了甚至它自己也梦想不到的高度发展。工商业扩展到极大的规模"②。第二帝国时期的工业产值比七月王朝时期增加了约两倍。其中,石炭和褐煤的开采量增加了两倍多,这是由于采矿业实现了许多改进,矿井挖得更深了。但结果是煤炭价格下跌,生产出现过剩。资本主义得到发展的同时,工人却日益贫困化。第二帝国时期,工人的工资增加了8%—10%,而食品和房租却上涨了50%左右。因而罢工彼伏此起。在拉里卡马里、奥班和勒克雷佐等矿区都曾爆发过罢工。仅昂赞

---

① 阿尔芒·拉努:《你好,左拉先生》,阿歇特出版社,1952年,第305页。
② 马克思:《法兰西内战》,《马克思恩格斯选集》第2卷,人民出版社,1972年,第374页。

一地,1866年、1872年、1877年、1880年相继举行过罢工。正是工人生活的贫困化和罢工的浪潮引起了左拉的注意。左拉较深入地接触到工人的生活状况后,对工人的认识有了很大的变化。在《小酒店》中,他在很大程度上把工人生活的贫困归咎于酗酒等生理上的原因,而且并没有看到工人和老板之间的尖锐矛盾。后来他初步接触到社会主义的理论和工人运动,思想上有了一个飞跃,他给自己的小说定下的基调便远远高出于他以往的作品。

《萌芽》的主题不仅是崭新的,而且左拉意识到它的重要性。他在小说草稿本中提纲挈领地写道:"我的小说描写工资劳动者的起义,这是对社会的冲击,使它为之震动;一句话,描写资本和劳动的斗争。小说的重要性就在这里:我希望它预告未来,它提出的问题将是20世纪最重要的问题。"列宁指出:"无产阶级特有的斗争手段即罢工,是发动群众的主要方法,是有决定意义的事件波浪式地增长中的最突出的现象。"又说:"任何一次罢工不是资本主义社会的小危机又是什么呢?普鲁士内务大臣冯·普特卡默先生说过一句有名的话:'在每一次罢工中都潜伏着革命的九头怪蛇。'他说得难道不对吗?"①罢工集中地反映了资本主义社会的两大阶级——资产阶级和无产阶级在经济和社会领域上的斗争,有时还体现了尖锐的政治斗争,它往往是经济危机所促成的,又加深了这个社会所固有的矛盾和危机,因而成为令人瞩目的社会现象。

《萌芽》确实把资本和劳动的斗争气势磅礴地描写出来了。

小说首先写出了罢工的根本原因。《萌芽》描绘了矿工极其触目惊心的工作条件,小说不啻是煤矿工人的一份控诉书。资本家只顾追求利润,不顾工人死活,矿巷里的设备年久失修,极不完备,遇到松软的地层,会有塌陷危险。有时瓦斯骤然增多,会将矿工熏死。有的煤层较薄,矿工必须爬在那里挖掘,他们"活像夹在两页书中的一只虫子,受到被活活压扁的威胁"。矿工一身漆黑,只有眼睛和牙齿闪出亮光。他们像畜生一样,身上一丝不挂,浑身给煤和汗水弄得污秽不堪,四肢累得要散架,"简直是一幅地狱的景象"。这样艰苦的劳动一天只得到三个法郎,连普通的手工业工人的收入还不如。因此井下多的是女工和童工,他们推着沉重的

---

① 列宁:《关于1905年革命的报告》,《列宁全集》第23卷,人民出版社,1955—1963年,第245、252页。

斗车，累得汗如雨下。即使因工伤残废，也得用大锤子打碎煤块，继续干活。老矿工马赫一家九口有四个人劳动，却仍然入不敷出。老祖父在煤矿生活了50年，就有45年在矿井里度过，而养老金不到10苏。等待着矿工的是贫血、矽肺、关节瘫痪。他们的住屋拥挤不堪，一天劳累下来，需要洗澡也只能当着客人的面去洗。一边是矿工非人的生活，另一边是公司经理格雷古瓦家豪华的住宅，他一个人所得抵得上50个矿工家庭的血汗收入，连最不值钱的陈设也够工人们吃一个月，"千万饥寒交迫的人们拿血肉供养了一尊肥胖的神"。经理的女儿赛西儿容光焕发，而马赫的七个孩子不是病弱就是残废。赛西儿即使日上三竿，依然慵倦不起，而卡特琳半夜就得上工。工人们高喊要面包，资产者却在欢宴。矿工们饥肠辘辘和赛西儿订婚的晚宴适成对照。无产者和资产者之间的生活鸿沟隐伏着深刻的矛盾和危机，他们的冲突总有一天要爆发。《萌芽》并非第一部描写工人悲惨生活的小说，发表在《萌芽》之前的有：埃克托·马洛的《无家可归》(1878)，莫里斯·塔尔梅的《瓦斯爆炸》(1880)，等等，它们对矿工生活都有不同程度的描写，但并没有写到贫富的强烈对比，更没有指出资产阶级的财富是建立在榨取无产阶级的血汗劳动基础之上的事实。《萌芽》则不同，左拉认识到这是工人罢工的症结所在，他不是单纯地描写工人的地狱般生活，而是透过事实看到本质的社会现象，这就大大胜过别的作家。

矿工生活只不过是小说中的背景描写，小说的中心情节是罢工。这场轰轰烈烈的罢工，是有了阶级觉悟的工人的集体行动。罢工有较正确的思想指导，是在国际工人联合会领导和支持下进行的；在罢工中，工人们同无政府主义者和工贼作了一系列的斗争。虽然这次罢工仍带有工人运动初期捣毁机器等泄愤的性质，但它不仅仅提出了经济要求，还接触到政治权利：要求废止镇压和束缚工人行动的里卡多法案。《萌芽》对这场罢工的描绘是符合现实的。当时，马克思主义在法国的传播还处于初期阶段，第一国际法国支部成立于1864年9月，但工人运动受到蒲鲁东主义的影响，无政府主义思潮十分流行。主人公艾蒂安的思想中混杂着空想社会主义甚至达尔文主义是毫不奇怪的。但他是国际工人联合会的代表，工人们正是在艾蒂安的启发下觉悟起来。以前，矿工们像牲口一样生活在矿井里，像采煤的机器一样在地下转动，对外界事物不闻不问，因此有权有势的富人们才能为所欲为。艾蒂安向他们指出了资本是剥削的结果，劳动者有权力和义务收回这笔掠去的财富。他说资产者每逢经济危机就不惜饿死工人,以保证他们自己的利润,"难道这不伤天害理吗?"他还向工人们描述了未来世界按劳付酬的图景。于是工人们闭塞的小天地打开了,"一束强光照亮了这些穷苦人的黑暗生活"。在初步觉悟的工人身上,一代代累积的愤怒和仇恨爆发了。2500个矿工像大海的波涛,席卷而来,锁闭了所有的矿井。罢工浪潮蔓延开去,上万个工人参加了行动。他们大公无私,团结一致,英勇斗争。矿工的生活本来就很艰难,罢工后断绝了经济来源,大家却毫无怨言,甘愿变卖家中的一切实物。尤其是矿工们面对军队的刺刀,毫无畏惧,有的献出了自己的生命。这是一曲无产阶级同资产阶级英勇搏斗的赞歌。左拉写出了工人罢工的巨大力量,显示了产业工人的组织性和坚定性。小说描写的不是19世纪上半叶从事个体劳动或作坊里的工人,而是自1848年以来意识到自身力量的工人群众,是从手工业过渡到大工业的无产阶级。他们在反对取得统治地位的资产阶级、反对寡头政治、反对剥削压迫中站到了历史的前台。这是无产阶级作为整体力量第一次出现在文学作品中。这就是《萌芽》的重要意义所在。

《萌芽》并没有用低沉的调子去表现罢工斗争以失败告终,它充满对未来的憧憬和乐观的情调,应该说,这是一部悲壮的史诗。左拉在创作这部小说时,曾经反复推敲过作品的基调。他想到法国大革命时期共和三年芽月12日,饥饿的民众拥入国民公会,高呼要"面包和九三年的宪法"。左拉在1889年10月6日致冯·桑登·科尔夫的信中说:"我一直在寻找一个名字,表达新人的成长和劳动者为了摆脱至今仍在挣扎的艰苦劳动环境,甚至是不自觉地做出的努力。有一天,我偶然说出了'萌芽'这个字。起先我不想要这个名字,觉得它太神秘,太有象征性,但它包含了我所要寻找的东西:革命的四月,老朽的社会在春天里焕然一新……倘使它对某些读者有点隐晦,对我来说却像一柱阳光,照亮了整个作品。""萌芽"这个孕育希望和前途的象征在情节中时隐时现,贯穿始终。在小说第三部分,随着春天到来,这个象征出现了,主人公望着麦浪,"当人们在地下为受苦受累而悲叹的时候,一片生机正在地面上萌芽和迸发"。在深夜聊天时,他又想起来,"如今矿工们彻底觉悟了,他们像埋在地下的一颗良种,开始萌芽了"。在罢工中,小说写道,"在矿井深处,一支大军正在成长,这代新人就像是正在萌芽的种子,不久将在温暖的阳光下破土而出,茁壮成长"。直到最后,主人公怀着希望离开矿区,踏上新的征途,小说以这样一句话结束:"人们一天一天壮大,黑色的复仇大军正在田野里慢慢地生长,要使未来的世纪获得丰收。这支队伍的萌芽就要冲破大地活跃于世界之上了。"左拉的作品往往以悲剧结局,情调较低沉;《萌芽》虽以悲剧结尾,但情调却是轻快乐观。左拉以洋溢着激情的兴奋笔调写道:矿工们已经检阅了自己的队伍和力量,以他们的正义呼声唤醒了全法国的工人;资产阶级已经听到脚下的震动一下接着一下,直到把这个摇摇欲坠的腐朽社会彻底摧毁。这种带有预示性的乐观情调赋予这场罢工斗争高昂的战斗气息,使小说具有史诗的悲壮气势,画面雄浑而又富有抒情意味。这是左拉对工人阶级本身孕育的力量、对未来社会的远景抱有充分信心的表现,也是对社会现实进行了深刻的洞察分析,对普通的日常生活进行了概括提炼,看到了事物本质的结果。毫无疑问,这已经摆脱了在现实之上爬行的自然主义描写方法,不能不说是左拉遵循现实主义的一个重大胜利。

在这场绘影绘声的罢工斗争中出现的工人形象是塑造得较为成功的。

在法国文学史上,艾蒂安是第一个有阶级觉悟的工人形象。他本是个正直善良的机械工人,来到蒙苏煤矿后,做了一个采煤工。他是工人运动的组织者,作为国际工人联合会的会员,在蒙苏矿区大力发展新会员,组成了一个支部。他刻苦钻研社会主义的理论著作,虽然他对马克思的学说了解不深,受到蒲鲁东的理论的迷惑,但他毕竟与无政府主义者迥然不同。他主张在经济问题上据理同公司进行斗争,不主张采用破坏机器以致危及工人生命的行动。他同无政府主义者苏瓦林和非暴力主义者展开了面对面斗争。通过罢工,他进行了一次革命的洗礼,在政治上更加成熟起来。他认识到工人是最伟大的,"唯有他们才是最高尚的阶级和能够使人类自强不息的力量",确信"新的社会将从新的血液中诞生"。这是一个在基层涌现出来的工人领袖的形象。他的成长过程写得十分自然。左拉曾计划让他在一部描写巴黎公社的小说中再度出现。

《萌芽》花了不少笔墨描写老矿工马赫一家,这是一个典型的煤矿工人家庭。马赫的老祖宗发现了煤矿和参加了煤矿的初建工程,他一家世世代代在煤矿干活已有一百年的历史。他们为矿主卖命,曾经有六口人在矿井里丧了命。马赫的父亲为煤矿卖了一辈子的苦力,如今病魔缠身,等于废人,连吐出来的痰都是黑的。马赫是个受人尊敬的正直矿工,他在艾蒂安的启发下参加了国际工人联合会,罢工中带领工人去请愿,直对军警面无惧色,终于饮弹而亡。马赫的妻子是个有血有肉、形象丰满的人物。左拉在草稿中认为应"让全部光亮集中在母亲身上"。她原是推煤车的女工，如今为了维持九口之家，日夜操劳。罢工时家里一无所有，她仍然鼓动矿工坚持下去。她对艾蒂安说："我们挨了两个月的饿，把家当都卖光了，孩子们也病了，难道就这样白白地算了？还要叫我们过那不合理的日子吗？"她鼓励丈夫去斗争，解救被关进监狱的伙伴。丈夫死后，她不得不顶替丈夫的工作，下到矿井，干十小时的累活。通过眼前发生的事，她逐渐明白，复仇的一天总会到来，吞噬他们血肉的偶像将会倒塌。这个善良的妇女在生活的逼迫下终于爆发出愤怒的呼喊，她体现了矿工们逐步觉悟的形象。这是个真实的劳动妇女，平凡而又伟大。她具有工人勤劳、朴实、坚韧、勇于牺牲的优秀品质。

在艺术上，《萌芽》也代表了左拉的风格。左拉的创作受到自然主义的影响，但不少作品基本上还是遵循现实主义的创作方法。《萌芽》从主要方面来看，是一部现实主义的小说。毋庸置疑，巴尔扎克给予了左拉良好的影响。巴尔扎克细密地观察事物、善于鸟瞰全局、注重事件的社会意义、关心矛盾冲突的发展和人物形象的塑造等，左拉都有所师承。在《萌芽》中，煤矿工人的生活、矿井的构造和非人的劳动条件，还有资产者的奢华，都得到真实的再现——用的是现实主义的笔触。这是《萌芽》的主体部分，完全值得肯定。左拉的描绘具有粗犷、扎实、浑厚、巨细无遗的特色，这些地方同巴尔扎克的现实主义风格较为接近。但是，左拉的小说还是明显地有别于巴尔扎克小说的风格。

巴尔扎克的小说往往开首是对环境的长篇描述，然后才引入正文，人物出场。左拉的写法则不一样，他的小说总是一开始主人公就登场露面，马上进入情节，以求一下子吸引住读者的兴趣。《萌芽》的开篇是一个有名的画面：在原野上有一个人踽踽独行，这就是失了业的艾蒂安，他来到了煤矿区。随着主人公的足迹，作家把读者带到一个他们不熟悉的新天地里。这种开场避免了拖沓的描写，笔墨简练而生动。

在结构上，左拉比巴尔扎克更注重有机联系和安排得当。《萌芽》的结构尤为严密。小说共分七部分。开头四个部分是引子、开场、发展、深入，一步步描写矿工反抗情绪的产生、扩大和高涨，第五部分是全书的高潮——罢工，后两部分描写罢工的失败经过和尾声，全书形成一个整体。情节的进展井然有序，节奏沉稳有力，气势雄健遒劲，具有古代史诗的特点。与左拉同时代的大批评家儒勒·勒梅特尔说得很对："《萌芽》的风格由于强有力的缓缓进展、广阔的潮流、细节的累积和作者手法的直率而具有古代史诗的风格。"左拉在1885年3月22日致亨利·塞阿尔的信中也认为《萌芽》是"一幅巨大的壁画"。这种从容、稳当的节奏同均衡、比例得当的结构密不可分,既是左拉小说的优点,也是其特点。

在写景状物方面,左拉一向不以辞藻华丽取胜,他的文字甚至同巴尔扎克相比也显得呆板一些。最明显的手法是,他喜欢重复运用有特征意义的形容词去描写环境。《萌芽》最常用的形容词是"黑的"。煤矿地区的特点就是一片黑色。矿区外面是黑色的煤炭和煤灰,矿井里面是黑洞洞的,矿工浑身是黑乎乎的,他们吐出的痰是黑的,死时流出的血也是黑的。小说共四十章,只有十章是在阳光下进行。这个天地仿佛是"一种物质构成的黑夜"。只有在下雪时,村庄才变成白色,但"像包裹在尸布里一样"。如果说白色是死寂、虚无的标志的话,黑色就是忧郁、恐惧、压迫的象征。这黑沉沉的天地就是矿工们生活着的现实世界。这富有象征意义的环境描写具有版画一般的严峻苍凉的力量,增添了小说悲壮的色彩。

然而,《萌芽》仍然受到自然主义的明显影响。在描写男女矿工的私生活时,左拉往往运用自然主义的笔法。现实主义要求一个作家有选择地提取生活现象,描写具有本质意义的社会生活,而自然主义则主张实录生活现象,甚至实录污秽的不堪入目的场景。这种描写往往既不反映人物的思想特征,又不能表现多少社会内容,甚至起到相反的作用。在某种程度上这也反映了作家对描写对象的错误看法。《萌芽》中的自然主义描写就是如此。在左拉看来,矿工的无知、粗鲁和不文明使他们做出一些纵欲行动或下流动作。左拉这种看法使他笔下的工人形象减色不少。

另外,左拉对资产阶级也是存有幻想的。他不认为资产阶级摧残人性,他在草稿中一再写下资产者"甚至有善良感情",要在小说中"写出老板们追求利润也有人性"。左拉认为并不需要使用暴力,"合法斗争将来有一天也许更为有力"。他幻想通过工人平静地参加工会,把政权夺取过来,就会变成主人。所以他以责备的态度描写罢工中出现的混乱行动:赛西儿被扼死,暗杀掉哨兵,等等。而埃纳博不怨恨矿工,原谅了他们;德纳林也认为工人们不明底细,才贸然行动。左拉多次表白过:"我所愿意的,就是对这个世界的幸运者即当主人的人高呼:你们小心……看看这些劳动和受苦的悲惨的人们吧。或许还来得及避免最后的灾难。但要赶快变得正义一些,否则就会毁灭。"又说:"我唯有一个愿望:引起怜悯和正义的呼声,让法国最终不会被一小撮政客葬送。""是的,发出怜悯的呼吁,正义的呼吁,我没有更多的愿意。"左拉这种改良主义思想削弱了小说的批判力量。左拉毕竟是个资产阶级作家,他还不可能完全否定自己所属的阶级以及资产阶级社会,他的揭露和批判必然是有限度的。

尽管如此,《萌芽》仍不失为一部正确表现工人运动的小说。它出版后受到了普遍的赞赏。莫泊桑指出:"毫无疑问,没有一部书包含了那么多的生活和运动。"巴比塞在自己的专著《左拉》中也认为《萌芽》等小说"就像流星一样降落在描写现代工人的苍白或矫揉造作的小说中间"。还有的作家正确地指出,今天的社会条件虽然改变了,但《萌芽》依然具有现实意义,因为劳资的对抗并未完结。一句话,《萌芽》的价值就在于它形象地记录了早期工人运动的一曲战歌,表明工业无产阶级已登上了历史舞台。《萌芽》是在高尔基的《母亲》问世之前写得最成功的反映工人运动的长篇小说,它在世界文学史上的重要地位是无可争议的。

# 论莫泊桑的《漂亮朋友》

居伊·德·莫泊桑(1850—1893)是世界上数一数二的短篇小说大师,他与契诃夫齐名,是名副其实的短篇之王。他在十年时间左右,创作了大约300篇短篇小说,其中杰作不下数十篇。在他手里,短篇小说的思想内容和艺术技巧都达到了一个崭新的高度。由于莫泊桑在短篇小说的创作上成就过于璀璨夺目,人们往往忽略了他的长篇小说。其实,莫泊桑的长篇也是别开生面,颇有建树的,他在法国的长篇小说发展史上具有不可忽视的地位。据20世纪初的一项统计,莫泊桑的短篇小说集总共出版了16.9万册,而他的长篇小说却出版了18万册[①],可见莫泊桑的长篇小说对读者的吸引力并不亚于他的短篇小说。

莫泊桑写过6部长篇,大致可以分两类,一类是风俗小说,以《漂亮朋友》为代表;另一类是心理小说,《两兄弟》(又译《皮埃尔和让》)可说是典范之作(当然也包含风俗描写)。这两部长篇在法国的小说史上都占有一席之地。就《漂亮朋友》而言,"近半个世纪以来,这部小说的成功无论在法国还是在世界上,都没有中止过"[②]。1887年,即小说出版后两年,已重印到51版。小说的大获成功使莫泊桑买了一艘游艇,取名"漂亮朋友号"。

莫泊桑继承了福楼拜、巴尔扎克、斯丹达尔等现实主义大师的写实传统。如果说,《一生》与《包法利夫人》有许多相似之处,表明了莫泊桑确实是福楼拜的私淑弟子的话,那么,《漂亮朋友》的内容则近似巴尔扎克和斯丹达尔的作品。莫泊桑对巴尔扎克深为赞赏,认为巴尔扎克"具有天才的直觉,他创造了极其逼真的整个

---

① 安德烈·维亚尔:《居伊·德·莫泊桑与小说艺术》,尼泽书局,1971年,第11页。
② 雅克·洛朗:《〈漂亮朋友〉序》,联合出版社,1983年,第13页。

人物(典型),以致人人都相信这是存在的和真实的……巴尔扎克的人物虽然在他之前并不存在,却似乎从他的作品中走了出来,进入生活,他对人物、激情和事件具有多么全面的想象啊"[1]。他把巴尔扎克称为"法国文学之父"[2]。同时,他把斯丹达尔看成"描绘风俗的先驱者"[3]。莫泊桑继承了福楼拜、巴尔扎克和斯丹达尔揭露现实的优秀传统。《漂亮朋友》是一部揭露性很强的小说。

揭露内容之一是针对当时新闻界的黑幕。报纸从它诞生之日起,就是阶级和党派斗争的工具和喉舌。巴尔扎克在半个世纪以前写出的《幻灭》,已经揭露过报纸内部的倾轧以及报纸在制造公众舆论方面的巨大作用。《漂亮朋友》对报界黑幕的揭露有不少发展。首先,莫泊桑写出了报纸是操纵在财阀和政客手中的工具:"《法兰西生活报》的真正编辑和后台老板是半打左右的、与经理经营或支持的各种投机事业有关的众议员。在众议院里人们把他们叫作'瓦尔特帮'。"瓦尔特是小说中的一个重要人物,他深谙经营之道,同时又插手政治。他既是金融家、"一个实力雄厚的南方犹太富商",同时又是众议院议员,在议院形成一股强大的势力。他懂得报纸的作用,创办了《法兰西生活报》。用他的话来说,他的报纸是"半官方性质的"。他巧妙地让这份报纸容纳各种思想,让包括天主教的、自由主义的、共和派的、奥尔良派的思想都同时并存,并非他没有任何政治主张,他只是以此来掩盖自己的真正目的。"他创办这份报纸的目的,只是为了支持他的投机事业和他的各种企业。"他终于使《法兰西生活报》身价大增,巴黎和外省的所有报纸都从它那里寻找消息,引用它的文章,"由惧怕它发展到对它刮目相看。它已经不再是一伙政治投机者的暧昧的工具,而正式成为内阁的喉舌了"。莫泊桑细致地描写了报纸怎样成为瓦尔特帮操纵政局的重要工具。为了让他们当中的一个重要人物拉罗舍-马蒂厄上台,瓦尔特帮利用报纸制造舆论,实现了倒阁阴谋,拉罗舍-马蒂厄终于当上了外交部部长。这个人物是当时典型的政客,他"既无政治信仰,也无多大本领,没有胆略,也没有真才实学……伪装拥护共和,其实是个本质可疑的自由主义分子。这些人如同兽粪堆上生长出来的毒蕈,在民众普选中成百上千地冒出来"。他的政治手腕的特点是不择手段,因而在那些失意的众议员中,"俨然是个强者"。

---

[1][2][3] 莫泊桑:《十九世纪小说的发展》,《专栏文章集》第3卷,联合出版社,1980年,第381页、第380页。

实际上,他只是瓦尔特帮在政治上出头露面的代表而已,一旦他的生活丑闻暴露以后,瓦尔特帮可以毫不容情地把他一脚踢开。总之,由财阀操纵报纸在政治和投机事业上大显身手,这就是《漂亮朋友》所揭示的,第三共和国的报界黑幕。拉法格对莫泊桑"敢于揭开帷幕的一角,暴露巴黎资产阶级报界的贪污和无耻"[①],表示了由衷的赞赏。

《漂亮朋友》的尖锐揭露立即引起了强烈反应,有人攻击莫泊桑在影射某份报纸。莫泊桑给出了针锋相对的回答,指出"报界是一种领域广大的共和国,它伸展到四面八方,在那里可以找到一切,也可以利用它无所不为,在报界既可以成为一个非常正直的人,也可以成为一个骗子"。他认为《法兰西生活报》由一帮政治投机者和掠夺钱财的人所把持,"不幸的是现实生活中就有几份这样的报纸"[②]。莫泊桑对报界的揭露确实是一针见血的,《法兰西生活报》无疑是一个缩影,真实地反映了当时报界的种种黑幕。

小说的揭露内容之二是针对当时法国政府的殖民地政策。从 1880 年到 1885 年,法国公众对殖民地的注意力增长了,因为在 1881 年、1882 年和 1883 年,法国政府在非洲和亚洲地区采取了一系列军事行动,尤其是于勒·费里对突尼斯的干预最引人注目。费里借口克卢米尔部族在阿尔及利亚的东部边境骚扰,而突尼斯摄政却给他们提供了栖身处所,于是蓄意挑衅,采取军事行动。紧接着在 1881 年 4 月 1 日,他向众议院提出阿尔及利亚边境的局势问题,要求"惩罚不顺从的居民",终于迫使突尼斯的贝伊签订了巴尔多条约,将突尼斯置于法国的保护之下。在这些政治和军事行动的背后,是尖锐的经济问题在起作用。突尼斯的经济情况一直不佳,无法清偿对法国的债务。1883 年至 1884 年间,两国政府进行了一系列斡旋活动。1884 年 5 月 27 日,贝伊以法令形式批准了利息为四厘的 1.4255 亿法郎的新借贷。在这期间,巴黎交易所的行情出现极大波动。例如 500 法郎一股的联合债券从 1881 年 4 月的 360 法郎涨至 1884 年 4 月的 506.5 法郎。由此引发的财政投机活动异常活跃,这些投机活动与政客、政府成员、参议员或众议员密切相关。比如于勒·费里的兄弟沙尔·费里在法国的埃及银行中拥有股份,而这家银行在

---

① 拉法格:《左拉的〈金钱〉》,《文论集》,人民文学出版社,1979 年,第 146 页。
② 莫泊桑:《给〈漂亮朋友〉的批评者》,《专栏文章集》第 3 卷,第 165—166 页。

突尼斯开设了分号,参与了创立突尼斯的土地信贷,大发横财。又如参议员古安,在西格弗里德银行的支持下制造火车头,参加建设突尼斯的博纳-盖尔玛铁路。(《〈漂亮朋友〉序》)

莫泊桑对当时的政局十分关注,他在《高卢人报》和《吉尔·布拉斯报》上发表了不少文章,揭露远征突尼斯的计划、殖民者在阿尔及利亚的敲诈勒索、政治家的贪婪,等等。例如他在《共和国的国王们》一文中指出:"必须在积聚于他们(犹太金融家)手中的千百万财富里,寻找国际报界某些表现的奥秘;国际报界时而鼓吹同英国,时而鼓吹同德国打仗……拥有千百万法郎的人染指各种报纸,诱使某个拙劣作家写文章……这篇文章在爱国的表面词句下,迷惑舆论,鼓起人们的想象力,使人们头脑发热,然后促使这一民族去反对另一民族。"[1]莫泊桑指出当局打着爱国的旗号从事殖民扩张政策,这是十分深刻的见解。他在1885年4月7日的一篇文章中这样说:"如果我是当局,就像所有那些对如何拯救法国抱有种种想法的人一样,我知道该怎么做。我会把所有的殖民地:塞内加尔、加蓬、突尼斯、圭亚那、瓜特罗普、刚果、东京湾(越南)和其他地方,装进一只手提箱中,而且我会找到俾斯麦先生。我将对他说:先生,您在寻找殖民地,这里有一批存货,有一大堆,有一整套。有各种各样,形形色色的。居民有阿拉伯人、黑人、印第安人、中国人、安南人,等等。我要求以每一块殖民地换一公里阿尔萨斯和一公里洛林的土地。如果德国首相同意,我就做了一笔好买卖。"[2]莫泊桑用讽刺的笔法抨击了当局的对外政策,既指出了法德两国对殖民地的争夺,又痛切地点出法国政府腐败无能,以致在普法战争中割让国土的惨痛现实。

诚然,莫泊桑并没有简单地把现实问题搬进小说中。他以摩洛哥来代替突尼斯,但是读者却非常清楚写的是何处。莫泊桑的高明之处还在于把法国政府对突尼斯内政的干涉,以致将突尼斯变为保护国的行动当作背景来写,而突出这一军事行动跟公债行情涨落所造成的结果。小说描写瓦尔特在报上散布政府不会采取军事行动的烟幕,大量收购公债,一夜之间赚了三四千万法郎。另外他还在铜矿、铁矿和土地交易中捞到了大约1000万法郎。"几天之内,他就成了世界主宰之一,万

---

[1] 安德烈·维亚尔:《居伊·德·莫泊桑与小说艺术》,第321页。
[2] 同上书,第323页。

能的金融寡头之一,比国王的力量还要大。"这一描写揭示了资产者利用政治局势大发横财的现象,这在法国文学史上似乎还是第一次。斯丹达尔认识到"银行家处于国家的中心。资产阶级取代了贵族在圣日耳曼区的位置,银行家就是资产阶级的贵族"。他在《吕西安·娄万》中曾经写到银行家与政治的关系,不过,他还没有像《漂亮朋友》那样生动而具体地描写金融家利用政治局势激增财产的事例。巴尔扎克也曾在小说中写道:"在我看来,大路上的谋财害命,比起某些金融手段,不过是仁慈的行动。"他在《戈布塞克》《纽沁根银行》等小说中写过金融家对政局的操纵,但也只是一笔带过。因此,《漂亮朋友》在这方面的描绘,无疑是对19世纪上半叶现实主义作家反映重大社会现象的一大发展。

历来的批评家都认为莫泊桑的作品(主要指短篇小说),在思想内容上还缺乏深刻性。他的其余五部长篇似乎也有这个缺陷。可是《漂亮朋友》就其涉及的政治内容之广,就其揭露政治和金融之间关系的内幕之深,就其对报纸作为党派斗争工具(以及记者如何炮制新闻,利用报道做广告,能自由进出剧院和游乐场所等)抨击之激烈而言,明显地突破了莫泊桑不触及重大政治问题和重要社会现象的一贯写法。在思想内容上,《漂亮朋友》完全可以跟斯丹达尔、巴尔扎克和福楼拜的作品相媲美。评论家认为"《漂亮朋友》产生在标志着第三共和国历史特点的投机活动第一个重要时期最辉煌的时刻,堪称是这一时期重大事件所孕育的杰作"[1]。这句话指出《漂亮朋友》反映了具有时代特点的投机活动,因而是部杰作,这个评价是恰如其分的。正因这部小说具有巨大的认识价值,所以恩格斯表示要向莫泊桑"脱帽致敬"[2]。

小说的揭露内容之三在于塑造了一个现代冒险家的典型。这个冒险家不是在东方的殖民地进行投机活动的人物,而是不择手段爬上去,在短时期内飞黄腾达,获得巨额财产和令人注目的社会地位的无耻之徒,用莫泊桑的话来说,这是"一个冒险家的生平,他就像我们每天在巴黎擦肩而过,在现今的各种职业中遇到的那种人"[3]。莫泊桑写出了这类人物是如何产生的:这是在当时的历史条件下,人物的

---

[1] 安德烈·维亚尔:《居伊·德·莫泊桑与小说艺术》,第316页。

[2] 《1887年2月2日致劳拉·拉法格的信》,《马克思恩格斯全集》第36卷,人民出版社,1974年,第588页。

[3] 莫泊桑:《给〈漂亮朋友〉的批评者》,《专栏文章集》第3卷,第165页。

特殊经历和他的性格相结合的产物,杜洛瓦在北非的殖民军里待过,练就了残酷杀人的硬心肠。有一次去抢劫,他和同伴断送了三个乌莱德·阿拉纳部族人的性命,抢到了二十只母鸡、两头绵羊和一些金子。他在巴黎回想起这段经历时还"露出一丝残忍而得意的微笑"。他觉得自己心里存有在殖民地肆意妄为的士官的"全部本能"。另一方面杜洛瓦是"一个机灵鬼,一个滑头,一个随机应变的人"。残忍而邪恶的经验与他狡黠的个性相结合,在巴黎这个冒险家的乐园里便滋生出这一个毒菌。

　　杜洛瓦的成功,在于他抓住了两个机会。第一个机会是报馆。莫泊桑认为,这个家伙"进入新闻界,可以轻而易举地利用特殊手段,他要用来爬上去","他利用报纸,就像小偷利用一架梯子那样"①。如果说,他以自身经历为内容的《非洲从军回忆录》碰巧适应了当时的政治需要,那么,待他熟悉了报社业务,便直接参与倒阁阴谋,舞文弄墨,大打出手,成为"瓦尔特帮"中重要的笔杆子,受到了老板的赏识与提拔,当上了"社会新闻栏"的主编。然而,他在报馆的青云直上还直接得益于女人的关系,利用女人发迹是杜洛瓦的第二个,也是他用以爬上去的最具有特色的手段。他的本钱是有一副漂亮的外表,在女人眼中,他是个"漂亮朋友"。他敏感地发现原政治主编、病入膏肓的弗雷斯蒂埃的妻子玛德莱娜与政界人物交往频繁,文笔老练,抓住她便可在报馆站稳脚跟。于是他大胆地向她表示,他愿意在她丈夫死后接替弗雷斯蒂埃的位置。他果然如愿以偿,当上了政治主编,成为新闻界的知名人物。其间瓦尔特的妻子成了他的情妇,他在瓦尔特身边有了一个人替他说好话。接着,由于倒阁成功,他获得十字勋章,他的姓氏变成了有贵族标记的杜·洛瓦。但当他得知瓦尔特和拉罗舍-马蒂厄发了大财,自己只分得一点残羹以后,顿时勃然大怒,一个计划在他心里酝酿成熟了,他毅然地抛弃了瓦尔特的妻子。随后他侦察到自己妻子的诡秘行动,导演了一场捉奸的闹剧,一下子把拉罗舍-马蒂厄打倒了,又与妻子离了婚。最后,他一步步接近瓦尔特的小女儿苏珊,把她拐跑,威逼瓦尔特夫妇同意他娶苏珊。老奸巨猾的瓦尔特虽然气恼,却仍然保持清醒头脑。他认识到杜洛瓦并非等闲之辈,此人将来一定能当上议员和部长;他宁可息事宁人,顺从杜洛瓦的意愿。因此不顾妻子的坚决反对,应允了杜洛瓦提出的要求。在

---

①　莫泊桑:《给〈漂亮朋友〉的批评者》,《专栏文章集》第3卷,第165—166页。

杜洛瓦盛大的婚礼上，教士用近乎谄媚的词句向他祝福："您是一个最幸福的人，您是一个最富有、最受尊敬的人，您，先生，您的才华出众，您用您的笔，教育、启发、引导着世人，您负有崇高的使命，您要为世人做出光辉的榜样。"教士的话代表社会、官方对这个流氓恶棍式的冒险家的成功表示赞许，但从中也透露出作者无情的辛辣的讽刺与抨击！

莫泊桑在描写男女私情上虽然非常露骨，但他的批判倾向却占据主导地位。例如，他在描写杜洛瓦勾引瓦尔特夫人的时候，安排了这样一个情节，他让杜洛瓦和瓦尔特夫人在教堂里幽会，然后发了一通议论："教堂又是她会见情人的隐蔽所，这就是人们通常把教堂当作一把万能伞的道理……遇有机会还要让天主给他们拉皮条。如果有人对她们提出到旅馆里去开房间，她们会认为这种事下流无耻，而在祭坛下面谈情说爱，她们则又觉得是一件再平常不过的事。"莫泊桑是反教会的，他不信教："如果我相信您所信仰的上帝，我对他会有无限的厌恶！""如果有一个上帝创造了这个世界，我可不喜欢成为这个上帝：世界的苦难会撕碎我的心。请想象出一个创造世界的魔鬼，人们有权向他指着他的创造，大声说道：你怎么竟然中止虚无的神圣休息的状态，使这么多的不幸和苦恼出现呢？"[①]这两段话与上文所引的小说中的一段话，都表明了作者对宗教和教会大不敬的态度。而莫泊桑着意用这个场面来描写主人公追逐女性，不能不说是他对笔下人物行为的否定。

杜洛瓦的形象不禁令人想起巴尔扎克在《幻灭》中描写的青年野心家吕西安。吕西安是个失败者，因为他缺乏的正是杜洛瓦的无耻和不择手段。同样被美色所迷醉，吕西安却不能自拔，以致被敌人利用，终于身败名裂，而杜洛瓦则能驾驭其上，一旦他的情欲得到满足，即使将情妇抛弃也在所不惜：女人只是他寻欢作乐和向上爬的工具。吕西安对女人的追求公之于众，而杜洛瓦则在暗地里进行，既大胆又无耻，他对瓦尔特夫人的追求从跪求、表白、软硬兼施到突然征服的过程就体现了这一点。他同时和几个女人保持通奸关系，更写出了他灵魂的卑污。他得知妻子接受了一大笔遗产以后，起先闷闷不乐，然后又厚颜无耻地要分享一半。他对金钱的胃口越来越大，这一点又是吕西安无可比拟的。杜洛瓦看到社会上充斥弱肉强食的现象，上流社会的人物道貌岸然，骨子里却是男盗女娼，外交部部长拉罗舍—

---

[①] 安德烈·维亚尔：《居伊·德·莫泊桑与小说艺术》，第244页。

马蒂厄就是一个代表。杜洛瓦于是也奉行这种强盗与伪君子的哲学,他认为:"世界是属于强者的。必须成为强者。必须凌驾一切。"这是他的座右铭。在小说结尾,"他正在成为一个主宰世界的人",他和瓦尔特等金融大亨结成了更为紧密的关系,爬到了社会的上层。杜洛瓦无疑是资产阶级政客的典型,他的寡廉鲜耻达到了无以复加的地步。莫泊桑把法国文学中常见的"戴绿帽子"的描写与资产阶级人物的发迹结合起来,以刻画资产阶级政客的丑恶灵魂。在资产阶级的上层,这种人物比比皆是。《漂亮朋友》的描绘确实是现实的真实写照。

莫泊桑在《论小说》一文中指出,一个优秀的艺术家要写出"感情和情欲是怎样发展的,在各个社会阶层里人是怎样相爱、怎样结仇、怎样斗争的;资产阶级利益、金钱利益、家庭利益、政治利益,是怎样相互交战的"。他在《漂亮朋友》中就是这样描写的。他通过一个冒险家发迹的经历,深刻揭示了第三共和国的政治经济的复杂现象,《漂亮朋友》不愧为19世纪末法国社会的一幅历史画卷,完全可以列入19世纪末法国优秀小说之林。

# 论莫泊桑的《一生》和《两兄弟》

居伊·德·莫泊桑是世界文坛上有名的"短篇小说之王"。他创作了大约 300 篇短篇小说,其中像《羊脂球》《两个朋友》《米隆老爹》等世界名篇不下数十篇。其实,莫泊桑的长篇在法国文学史上也具有不可磨灭的地位。他一共写过 6 部长篇小说,即《一生》《漂亮朋友》《温泉》《两兄弟》《如死一般强》《我们的心》,其中以《一生》《漂亮朋友》《两兄弟》最为出色。

本文介绍的是《一生》和《两兄弟》。

※　※　※

《一生》是莫泊桑的第一部长篇,发表于 1883 年。这是一部描绘诺曼底农村的风俗小说。众所周知,莫泊桑是福楼拜的弟子,《一生》就颇有点像《包法利夫人》,因为《一生》写的也是一个女人的一生,而且是悲苦的一生。扩而言之,《一生》与《情感教育》和《一颗纯朴的心》也有不少类似之处。例如,《一颗纯朴的心》描写一个女仆的一生,女主人公全福是一个平凡而纯朴的女仆,在这一点上这篇小说与《一生》更相像。话说回来,如果《一生》只是模仿福楼拜的小说,那么它的价值就不大了。恰恰相反,《一生》仅仅在上述方面与福楼拜的小说相似,其实这是一部有创新意义的小说。它以别开生面的描写,成为 19 世纪末叶出类拔萃的长篇,也是莫泊桑最优秀、最有生命力的小说之一。

《一生》描写的是一个贵族女子追求幸福而不可得的一生。她与包法利夫人不同,包法利夫人虽然也追求更美好的生活,憧憬幸福的爱情,但却一步步走向堕落,挥霍掉家产,最后因走投无路而自尽。《一生》的女主人公让娜则完全不一样。

不错,她也爱幻想,早先她在修道院白天百无聊赖,夜晚难以入眠时,就曾经渴望过上幸福的生活。她走出修道院以后,便急切地想尝一尝人生的欢乐和幸福,盼望有甜蜜的奇遇,但现实却一次又一次使她的希望幻灭。面对残酷的现实,她并没有堕落,而是一次又一次与命运抗争。最后,纵然她的家产被儿子败光了,可是天无绝人之路,她得到以前的使女萝莎丽的帮助,让她的儿子最后回到身边,她也还能维持简朴的生活。更重要的是,让娜的本性与包法利夫人不同,她是一个善良纯朴、洁身自好的女子。她生活在风俗败坏的诺曼底农村:在莫泊桑笔下,这里不仅贵族阶层,而且农民中也两性关系混乱。女孩子往往未婚先孕,有钱人家的使女与男主人有染的情况司空见惯。不说别人,就是让娜的双亲也不例外。她的父亲早年风流过,有外遇也不是一次两次。在他得知女婿德·拉马尔子爵与使女通奸,让使女有了私生子的丑事之后,一时之间勃然大怒。可是,当地神父只消几句话就说得他哑口无言,变愤怒为平静。神父说:"您难道没有碰过这样的小使女吗?我对您说吧,大家都是这样的,而您的夫人既没有因此少得到幸福,也没有因此少得到爱情,对不对?"这番话打中了他的要害。他与女婿不过是半斤与八两,彼此彼此。神父言下之意是不要对子爵苛求了。让娜的母亲同样有情人,她甚至将情人写给她的情书保留至死,不时还拿出来欣赏和怀念一番!她去世之后,让娜在翻看母亲视若至宝的书信时惊得目瞪口呆。她感到非常痛苦,心头对亲人的一点信任都失去了。面对周围的人的无行,让娜依然一以贯之,保持纯洁,出淤泥而不染。对于这样一个被命运所抛弃的女子,莫泊桑把同情的笔墨都倾注在她身上,并通过萝莎丽之口,把她悲苦的身世归结为尚未了解对方,就轻率地结婚,导致一生的不幸。莫泊桑很有可能根据切身经验去塑造这个形象:他的母亲因丈夫浪荡,很早两人就分居,然后离婚。无疑,莫泊桑的母亲的经历启迪了他塑造出让娜的形象。

让娜的纯洁形象是独特的,在莫泊桑的作品中几乎独一无二。然而,《一生》的描写如果只停留在这一点上,还不足以全部显示这部小说的成功。值得注意的是,莫泊桑力图通过女主人公的一生,表达自己对人生的理解。法国评论家认为,莫泊桑是在写人生的虚无:"《一生》是叙述不能忍受的生活,也许应该说是'难以生活'。仿佛通过小说试图向我们叙述的生活中,我们只能得到否定的东西……人生的空虚。"①这样说并非指在让娜的生活中什么也没有发生,远非如此:她的生活充满了可怕的不幸,她从来不得安宁。一开始她拥有一切:受过教育、富有、美丽,又是父母的掌上明珠。她本应得到幸福,看来前程似锦。从修道院出来不到四个月之后,她同德·拉马尔子爵结婚,以为要实现自己的梦想了。子爵通过婚姻获得了偌大的财产,按理说应该保证妻子一生的幸福。但事实不是这样。到科西嘉岛的蜜月旅行,让娜感到第一次,也是最后一次的幸福。回到白杨山庄的老家以后,她的厄运也就开始了。她的丈夫一再欺骗她。她怀孕后发现了丈夫与使女的不正当关系。1821年5月7日,她发现了丈夫朱利安与德·福尔维勒夫人的奸情。当年夏天,母亲的去世给她沉重的打击。1822年春天,朱利安与情妇偷情被德·福尔维勒伯爵发现,愤怒之极的伯爵将关在牧人小屋中的一对男女推下山谷。最后轮到让娜的儿子保尔的堕落:1841年,他和一个妓女跑到伦敦。同年,让娜的父亲因料理外孙的债务,受到极大的打击而死去。三年后,她的姨妈莉松离世。让娜的儿子商业投机失败,这个败家子负债累累。为了还债,让娜不得不卖掉祖传的产业白杨山庄,蛰居于普通的农家。综观她的一生,她似乎白白地度过了。这一生虽然动荡不安,却是无情地陷于日常生活的单调和平庸之中。婚后第二天,她原以为新的一天开始了,其实她搞错了:"这一天过得和平常一模一样,好像没有任何变化,只是家里多了一个男人。"莫泊桑以这样的现实主义的描写来否定现实:事件发生的结果是销蚀一切,每种情势都只表明失落的预兆,事实的相继到来导致空无的结局。因此,她的一生是一系列虚空的总和。莫泊桑对平庸现实的批判令人想起福楼拜的描写,但莫泊桑选取的角度与福楼拜有所不同。福楼拜通过丑恶的社会现象、人物的庸碌无能和精神的麻木去揭露现实的平庸,而莫泊桑则是通过女主人公的悲苦命运和虚度年华去抨击现实的平庸。

在表现人生虚空的哲理时,莫泊桑经常使用"空洞"这个词。从"空洞"在不同场合的运用,可以看到莫泊桑的良苦用心。他在小说中多次用这个词来描写风景:"突然一束斜阳通过一个看不见的空洞投射到牧场上。"让娜只有以回忆过去的美好日子来聊以自慰时,这个意象又出现了:"小树林的浓荫中的那个充满阳光的空洞在眼前一闪而过。"在表现她的双亲的大方造成入不敷出时,作者也是用"空洞"

---

① 莫泊桑:《一生》(法文版),亨利·密特朗评析,联合出版社,1983年,第301—302页。

这个词:"他们家里有个永远填不满的无底洞,这就是乐善好施。"在婚礼那天,让娜"觉得全身空空洞洞",她的婚礼本身也就变成了一个空洞:"为什么这么快就跌入婚姻的空洞呢?""她跌入婚姻中,跌入这无底洞。"空洞也是她的生活所消磨的时间:"12月份,这个像阴暗的黑洞似的,一年当中最难熬的月份过得很慢。"空洞有时也表明记忆的失败:"她艰难地思考着,寻找着离她而去的东西,仿佛她的记忆中有过空洞,有过大片的空白,事件一点也没有留下印痕。"她生孩子是让体内排出东西:"突然,她觉得好像整个肚子一下子空了。"她所珍视的儿子离开了她以后,她感到精神无所寄托,在空中写着儿子的名字,同时轻声念着:"布莱,我的小布莱。"她好像在对儿子说话。她凝想着独生子的名字,有时好几个小时在空中用手指写着他的名字。她面对炉火一笔一画地写着,想象看到这些字母出现,然后发觉自己搞错了,于是又重新用疲倦得发抖的手写出儿子名字的第一个字母,竭力将整个名字写出来,如此反复不断。她的生活极为空虚,所以更加盼望见不到的东西、失去的东西和逸去的东西。空洞的意象构成了让娜的生活象征。虚空的意念的出现和形成,就是女主人公的精神由充实变为空无的过程,也就是她的精神解体的过程。19世纪的小说大多描写人物的成长过程,而《一生》却是一部描写人物精神解体的小说。

  小说中有一个次要人物往往被读者所忽略,但这个人物对于表现作家的思想却是至关重要的,这就是让娜的姨妈莉松。这个人物在莫泊桑最初构思小说时已经出现了。1881年5月7日莫泊桑在《高卢人报》上发表了短篇《在一个春夜》,主人公就是莉松姨妈。这个形象早就出现在莫泊桑的脑子里。不过,在《一生》的初稿中,起先并没有这个人物。1881年莫泊桑大加修改初稿时,莉松姨妈就有可能出现了。由此可见,莉松姨妈是一个具有特殊性的人物。她是《一生》否定现存生活的浓缩形象。她无声无息,无足轻重,可有可无,别人根本不注意她:"这是一个矮小的女人,寡言少语,处处避着人,只是在吃饭的时候才露一下面,随后又上楼把自己关在房间里。""这是一样东西,就像一个影子或一件日常用品,一件活的家具,大家习惯天天见到,可是从来没有注意过它。""她根本不占地方;她这样的人连亲人也感到陌生,仿佛不值得研究,他们的死既不会在家中造成空洞,也不会造成空缺。"她属于乔伊斯在《尤利西斯》中所说的"不存在的存在",这种人没有存在的理由,可说是人物的零度。她的存在毫无意义,她只作为否定的意义才存在,是虚空的存在。她完全独自生活,她的死显然不被人注意,无意义的东西消失了自然会如此。她原来叫莉丝,仿佛嫌这个名字太漂亮了,听上去不舒服,而且她再没有结婚的可能,大家便把她的名字改成莉松,也就是在她的名字后面加上了无人称的"on",她的名字变成了一种无人称。莉松姨妈于是成为人的身份解体的最完全的表现。莉松可以说象征着推至极点的让娜的形象,因为在小说中,让娜这个形象的意义与其说在于她后来变成什么样,还不如说她变成了几乎什么也不是。从这个角度看,书名的平凡就具有了意义,而小说卷首的题词"平凡的真实"则更加强了这个书名。莫泊桑一反 19 世纪作家爱用人名作书名的倾向,在某种程度上,《一生》的书名是将女主人公的名字隐去,以书名来代替她。莫泊桑甚至不像福楼拜那样,用了不定冠词,还用形容词,如《一颗纯朴的心》,"一颗"是不定冠词,"纯朴的"是形容词。《一生》只有"一"这个不定冠词。评论家诺埃米·索尔由此引申出:人名排除出书名,"产生了一系列的丧失:失去亲人,失去故居……《一生》叙述从有到无,从空到充满的过程"①。《一生》是一部描写失去一切的小说。

从这个意义上来说,《一生》是一部描写女人异化的小说,是一部描写"女性状况"的小说。妇女不能主宰自己的命运,她们的财产、社会地位和希望的丧失,不能归咎于她们本身,有某种更为强大的力量使妇女无法摆脱厄运。让娜结婚时,她的父亲教导她说:"不论从人类的法律,或是从自然的法则来说,这都是丈夫应有的绝对权利……你完全是属于你丈夫的。"这是让娜所没有想到的,因为她原以为结婚是她获得幸福的第一步,不料一结婚,她却成了男人的附属品,失去了主宰自我的权利。她的期望不幸落空了,子爵根本不爱她。她发觉,她和丈夫永远不能从灵魂深处达到相互了解;他们可以并肩同行,有时拥抱在一起,但并非真正的合而为一,彼此精神上是孤独的。夫妻生活的不协调使她感到前途茫茫,生活中会出现数不尽的烦恼。她感到奇怪,为什么自己的家和可爱的故乡,以及当初使她心弦为之激动的一切,今天她却觉得十分凄凉。于是她沉浸在忧伤、消沉、无止境的绝望中。她知道自己要做母亲以后,毫无兴致地等待着孩子的降生,内心沉重地怀着要遇到不可知的灾难的预感。由于她在爱情中受了骗,她的希望幻灭了,她的母爱就特别强烈。但事与愿违,她的母爱反而助长了儿子的败家,她最后不得不变卖财产,沦

---

① 莫泊桑:《一生》,第 309 页。

为平民。她的社会地位已经改变,从社会角度看,她已经异化了。虽然小说结尾作者留了一条光明尾巴:她的儿子不日要回来,她有了一个孙女,其实她心中的希望是真正到了零的地步了。她在精神上也实现了异化。

《一生》还相当深入地描写了19世纪上半叶诺曼底农村的社会状况。一是通过贵族的破落和演变去反映,一是描写农民和渔民的贫苦生活。德·拉马尔子爵在小说开始时已是个破落贵族,他追求让娜的根本目的是看中她的财产。在莫泊桑笔下,这是第一个以色相去勾引妇女,摆脱自身困境的人物形象,这类形象在《漂亮朋友》中达到登峰造极的地步。德·拉马尔子爵是个寻花问柳的老手,他到白杨山庄来本是要追求让娜的,但第一天就把使女搞到手。小说描写他就像演员一样,一旦娶到让娜,满足了肉欲要求,便把她抛在一边,恢复本来面目。他对下人的吝啬与他对金钱的贪婪是并行不悖的。他自己在花钱方面则大肆挥霍,喝酒越来越多。让娜的父母决定赠给萝莎丽一处价值2万法郎的地产,以弥补他所做的丑事。他知道后像割了他一块肉一样心痛,认为给萝莎丽1500法郎足矣,表现出十分冷酷、自私和卑劣。莫泊桑给他安排了与情妇摔死山崖下的结局,是对这类贵族人物的否定。让娜家即代沃男爵家本来是相当富足的贵族,拥有几十万法郎的家产,但在短短几年中就败落得几乎一无所有。代沃男爵家的败落是这一时期诺曼底的一部分贵族走向没落的真实写照。小说还写到省里最知名的贵族库特利埃侯爵和福尔维勒伯爵,前者装腔作势,言谈居高临下,以显示自己高贵的身份,大摆臭架子。后者整天打猎,优哉游哉,一旦发现妻子与人私通,报复手段极为残酷。他的外表也十分粗野,表里倒是一致。贵族是外省的大地主,他们的生活与农民有天渊之别。小说写到,渔民为饥饿所迫,每夜要出海捕鱼,冒着生命危险,可是他们仍然非常贫困,从来吃不上肉。不过,总的说来,社会状况是作为主人公的生活背景来描写的。莫泊桑对现实生活的评价处于矛盾状态,他在小说结尾通过萝莎丽之口说:"生活永远既不像意想的那么好,也不像意想的那么坏。"就让娜最后所存的微弱希望来看,这句话似乎勉强说得过去,但就让娜的经历来说,就很难符合这句带哲理性的话了。

在艺术上,《一生》表现了莫泊桑相当纯熟的写作技巧。《一生》虽然是一部风俗小说,但女主人公的塑造主要还是通过心理描写来完成的。莫泊桑通过她的目光去观察周围的一切和生活,描写她的所思所想。莫泊桑遵循福楼拜主张的客观和冷漠态度,在小说中不发表一句评论的话,不从故事中挖掘出任何教训。像莫泊桑的短篇小说一样,《一生》的文字简洁、准确、明晰。除了这些莫泊桑的作品中具有的特点以外,《一生》在人物描写、情节的安排和结构上是别出心裁、独具匠心的,值得作更详细的分析。

在人物描写方面,莫泊桑运用了几种与众不同的方法。第一种是双重描写法。对于同一个人物,莫泊桑往往描写不同时期的相同情景或相似情景,由于时间相隔很长,情势就根本不同,表明人物受到了"情感教育"。这个方法并非莫泊桑首创。巴尔扎克在《幻灭》中描写吕西安时,就两次写他来到香榭丽舍,但他的地位有了变化;福楼拜在《情感教育》中也两次让莫罗来到同一条大街上,但他的情感已然不同。莫泊桑在借鉴这种方法时有自己的创造和较大的发展。在《一生》中,让娜有两次从外地回到白杨山庄,一次在离开修道院之后,一次在蜜月旅行回来之后;两次坐车经过去诺曼底的道路,一次从鲁昂回到庄园,冒着滂沱大雨,一次是婚后秋天最初的失意期间;两次沿着悬崖到伊波村去散步,一次是刚出修道院,一次是在双亲离开前夕,两次都由父亲陪伴。这三次双重的描写都发生在婚前与婚后。还有两次到一个小树林,一次在结婚那天,一次在几个月以后;两次拜访附近的贵族,一次在婚后不久,一次在多年之后。最后,还有两夜:一次在让娜从修道院回到白杨山庄,她面对大海眺望,另一次在母亲逝世守灵时。这六次双重描写有助于使整体结合紧密,它们促使人物勾起生动的、有切身体验的回忆。第二种手法是为次要人物起到连接作用。莉松姨妈总是出现在有危机的时候:让娜得知丈夫与使女的关系后精神出现紊乱;让娜生孩子和孩子行洗礼;让娜的母亲去世;子爵惨死。她的出现像一个乐句、一个小调,能保证整部交响乐完整,启发人理解作品的深刻含义。另一个人物是萝莎丽,她在小说开始时出现,随后消失,直到莉松姨妈去世,她又重新出现,直至小说结束,并说出半点题的话。她和莉松姨妈起到串联小说情节的作用。此外,在小说开头和结尾,让娜从修道院带回来的日历两次出现,标志女主人公从走上新生活直至老年到来,过着孤独的生活;梧桐树下的长凳最后腐烂了;让娜的母亲生前常走的小路,在她死后不久就长满了野草,埋没了路径;给布莱量身高的护墙板,在让娜最后拜访故居时又出现在她的眼前。以上这些细节的描写手法起到前后呼应和勾连小说情节的作用。

《一生》还以几组故事的连接,构成小说的主体,衔接自如,脉络清楚,十分紧凑。这就是"朱利安-萝莎丽的故事""朱利安-福尔维勒夫人的故事""让娜-布莱的故事"。这三个故事是前后衔接的。前面两个故事似乎没有女主人公在内,其实与她密切相关。让娜对朱利安和萝莎丽的关系反应十分强烈,而对朱利安和福尔维勒夫人的关系则不愿过问,这与她的感情变换和当时的处境有关。通过这两个故事,次要人物与女主人公的命运结合在一起;次要人物的生活事件成了女主人公精神生活中的一个事件,彼此不可分割。及至朱利安死去,便只剩下让娜和她的儿子,开始了第三组人物的故事。其间还穿插了让娜的父亲和莉松姨妈之死,紧接着作者让萝莎丽再度出场。《一生》之所以令读者有一气呵成之感,这与小说的情节安排有条不紊,衔接自然密不可分。

综上所述,无论是双重描写法,还是故事组接法,都"保证了他的作品的连续性、整体性和进展"①。这是《一生》在艺术上取得成功的重要原因。

※　※　※

《两兄弟》(又译《皮埃尔和让》)发表于1888年,是莫泊桑的第四部长篇小说,它在莫泊桑的长篇创作中占据着一个特殊位置。这是一部风俗小说,如同《漂亮朋友》和《一生》那样;同时这又是一部心理小说,反映了莫泊桑后期创作中的一个重要倾向,因此理应引起人们的重视。

莫泊桑只花了两个月就写成了这部小说,几乎可以看作是"急就章"。莫泊桑是根据一件实事构思出这部小说的,据了解内情的艾尔米娜1887年6月22日的日记,有如下的记载:"莫泊桑给我朗读了他的新小说《两兄弟》的开头几页。情节开展看来很不错:一件真事给了他写这部书的念头。他的一个朋友刚得到800万法郎遗产。这份遗产是家里的一位常客留给他的。看来年轻人的父亲是个老头,而母亲却年轻漂亮。居伊寻思这样一笔财产的赠予该怎样来解释……"②如此看来,莫泊桑是经过充分思索去酝酿这部小说,考虑成熟后才开始动笔的,所以创作速度很快。

---

① 安德烈·维亚尔:《居伊·德·莫泊桑与小说艺术》,第510页。
② 阿尔芒·拉努:《漂亮朋友莫泊桑》,格拉赛出版社,1979年,第279页。

从篇幅来说,这部小说不如看作是个中篇。它的情节并不复杂,作家着墨较多的人物也屈指可数。然而,这并不妨碍作家匠心独运,开掘较深。梅塘集团成员之一的亨利·塞亚尔就说:"对于这部小说,人们可以毫不夸张地冠以'杰作'这个词。"①左拉也说,这是"奇迹、罕见的珍宝,无法超过的真实与崇高的作品"②。这种看法并非出于个人友好关系的逢迎之词,持有这种看法的人不是个别的。即使在20世纪,有的评论家也认为:"根据许多人的评价,这是居伊·德·莫泊桑最好的长篇小说。作者在这部作品中,尽管囿于有意写得更狭小的范围,却成功地做到了能与他最强有力的短篇那种紧凑效果相媲美。"③他们的评价或许有过誉之处,但《两兄弟》确实有它独到的优点,至少可以说,具有莫泊桑创作上的一些基本特点:叙述明快,笔调优美,表达准确,文字流畅,生动简洁,等等。

《两兄弟》写的是莫泊桑所擅长的题材之一:一笔遗产的赠予给一个平静的家庭带来的风波。莫泊桑不同于巴尔扎克,他并不关注人们对遗产的争夺,由此写出各种人的金钱贪欲和精神特征。莫泊桑关注的是,面对既成事实,家庭各个成员的反应,从而勾画出一幅社会风俗图。

在莫泊桑的长篇小说中,这是唯一描写小资产阶级家庭的作品。罗朗是个退休的首饰商,他的商店本钱不大,从退休后的生活可以看出,他一年只有1万多法郎的入息,相当于小资产阶级的生活水平。他有两个儿子:皮埃尔和让,都已长大成人,刚刚步入社会,他们苦于家庭并不富裕,不能资助他们获得体面的职业和地位。就总体而言,这个家庭基本上是和睦的,夫妻之间看不出任何裂痕和争吵,孩子们也敬爱他们的父母,两兄弟之间虽有微妙的争强斗胜,关系也大体融洽。这样的小资产阶级家庭在中等城市如勒阿弗尔是相当常见和典型的。

然而,一石激起千层浪。罗朗家的一个富有的旧友马雷夏尔去世了,把自己的遗产全部赠给了罗朗的小儿子让。罗朗、他的妻子和让自然欣喜万分,这飞来的好运正是他们梦寐以求的,自然抓住不放。奢侈和舒适的生活是小资产阶级家庭渴慕而远不可及的,如今竟然实现了。可是,为什么这笔遗产独独给了小儿子让,而

---

① 阿尔芒·拉努:《漂亮朋友莫泊桑》,格拉赛出版社,1979年,第279页。
② 同上书,第280页。
③ 《作品辞典》第5卷,罗贝尔·拉封出版社,1980年,第295页。

完全遗忘了大儿子皮埃尔呢？于是矛盾产生了。皮埃尔不由得嫉妒万分，抑郁不乐。他在体力上不如弟弟，这已经从划船比赛中又一次得到了证实。如今，弟弟有钱，租下了一间像样的房子——这正是他看中的、准备租下开诊所的那一套，只是苦于无钱——作为律师事务所。弟弟越高兴，他就越扫兴。一个偶然的机会，他的旧情人、一个啤酒店的女招待启迪了他：莫非让是这个遗产赠予人的儿子吧？他从怀疑到猜测到确信，一步步发现问题。他先是拿话去刺激母亲，继而向弟弟公开了自己的怀疑。家庭风波愈演愈烈。平静的家庭变得不平静了，从而揭开了这个家庭的隐秘内幕，原来似乎是幸福的家庭实际上并不幸福！

罗朗这个小商人精神生活贫乏，思想平庸到愚蠢的地步。他唯一的嗜好是钓鱼，除此以外，什么都不关心，也不留心。这样的人不可能给妻子以真挚的爱情和丰富的情感。他对妻子的偷情一无所知，直至这场家庭风波平息下去，他还蒙在鼓中，似乎从来未曾出现过任何事情。他儿子的婚姻只消最后通知他一声就行了，他只会表示赞同。这是一个行尸走肉般的小商人，活像福楼拜笔下的包法利先生。而他的妻子却是一个感情细腻的女子，她从婚姻中得不到半点人生的乐趣。她不满足于这种呆板乏味的生活，感叹周围的生活是多么丑恶，多么卑劣，多么虚假。所以，当她遇到心目中的理想对象时，便毫不犹豫地投身于他。她的大儿子皮埃尔发现了她的秘密以后，她内心是痛苦的，似乎无地自容。但是，她对于自己的选择和行为从没有后悔过，她毫不掩饰地对小儿子让宣称："如果我没有遇见过他，那么我的一生中什么也没有了，没有一点柔情，没有一点乐趣，没有一点那种可以使我们对自己的衰老感到极为遗憾的时刻，什么都没有！"她的长篇独白像打开了闸门以后，江水汹涌奔腾而出那样，抑制不住，感情澎湃。在莫泊桑笔下，这个女人的一生是令人同情的，她并不是一个荡妇，而是平庸的社会、平庸的家庭生活的牺牲品——她最后也被情人疏远和抛弃了。她有着和包法利夫人类似的家庭生活和情感生活，只不过不像包法利夫人那样走向悲剧。在法国的中等城市里，这样的女子又何止她一个呢？她们被平庸的社会现实所扼杀，大多数只能忍气吞声、毫无乐趣地度过自己的一生。

这只是家庭风波使之泛起的生活沉渣。这场风波的直接交锋者则在对阵中显示了各自的性格和精神面貌。在皮埃尔和让这两兄弟当中，弟弟让较有心计，性格沉着稳健，处事谨慎而有条理，这同他的律师职业有关。在比赛划船这场明争暗斗中,他后发制人,凭自己的健壮体魄将皮埃尔比下去,从这个插曲已能看出他的沉稳性格。他听到皮埃尔说出自己的身世奥秘并得到母亲的证实后,陷入激烈的思想斗争中。这时作家进一步刻画了他性格中的另一面:他是个得过且过、随遇而安的人,"面对这场灾难,他就像一个从来没有游过泳的人突然掉进了水里一样",他不是一个性格坚强的人,本来就不喜欢同别人斗争。他先是想到把这笔遗产捐给穷人,但这样做他"很心痛","在他的头脑里,自私自利的念头蒙上了公正无私的面具;所有隐藏着的利益都在他的灵魂里斗争着"。于是他又从另一个角度去想:既然他是马雷夏尔的儿子,那么,"接受他的遗产不也是天经地义的吗"?然而,为了显得公正和良心安定,他觉得自己既然不是罗朗的儿子,就不能再接受他的财产,准备把自己本来可以得到的那一部分让给皮埃尔。他想出了一个办法,准备把皮埃尔打发走,以平息这场家庭风波。可是,当他重新看到皮埃尔时,发现皮埃尔愿意息事宁人,接受他的安排,到远洋邮船上去当医生,于是便将自己让出财产的计划缩了回去。他的狡黠和颇有心计在这里充分暴露出来,至此,他的复杂性格也塑造完成了。至于皮埃尔,表面看来,他争强好胜,实际上,他身上有着父亲罗朗的性格影子——懦弱的一面。他一旦把心里郁结的话倾吐出来,又生怕伤害了母亲,终于走上了妥协的道路。在这场小小的斗争中,莫泊桑写出了金钱在小资产阶级家庭中的重要性。没有金钱,两兄弟在大学里所学到的本事就不能充分发挥,无法施展才能。为了金钱,两兄弟的关系急剧恶化。让为什么不肯放弃自己的继承权利?因为他认识到,没有钱他将失去自己漂亮的律师事务所和罗塞米利太太的爱情。小说中关于让和她的爱情的描写富有讽刺意味:他向罗塞米利太太表示要娶她时,出现了一个干巴巴的对白场面。其时,他们俩在美丽如画的海边捕捉长臂海虾,大自然美景迷人,正是谈情说爱的好地方。不料罗塞米利太太心中早已盘算过利害得失,没有丝毫忸怩腼腆,一口表示同意。而让在开口之前也考虑过他俩"财产基本相等",娶她是合算的。在他们之间,金钱的铜臭味代替了含情脉脉的情感交流,爱情的诗意荡然无存。

小说结尾以远洋邮船上的景象来衬托主题,是画龙点睛之笔。这条华丽的邮船上,餐厅专供百万富翁享受美味佳肴。"它的豪华堪与世界各大饭店、各大剧院和任何公共场所相匹敌,那是一种可以使大财主们赏心悦目的庸俗的纸醉金迷的豪华",而在底舱,"那些像矿里的坑道一样的又黑又低的地道似的夹弄里,有好几百个男人、女人和孩子躺在那一层层的木板上,或是一堆一堆地在地上乱钻乱动"。他们准备到海外谋生,希望在那儿也许不至于饿死。这条邮船好比社会的一幅缩影,贫富悬殊如此明显地并列在一起!皮埃尔为了谋生,也乘上了这条航船,与他们风雨同舟。他此举也是毅然决然的,他这一走意味着依赖他的穷苦药剂师、波兰老头马洛斯科的末路,买卖难以为继,但皮埃尔已顾不得这许多了。生活就是这样残酷无情!至此,这幅社会风俗画给添上了最后的一笔。

然而,《两兄弟》最引人注目的还是心理描写。19世纪下半叶,心理小说开始流行,例如布尔热就善写心理小说,而龚古尔兄弟对精神病理学一些特例的研究和描绘也理应属于心理小说的一个分支。莫泊桑在80年代下半期开始对心理分析产生兴趣。他在小说的序言《论小说》中就十分重视心理描写,指出"心理学应该隐藏在书里,就像它实际上隐藏在生活的各项事件中一样"。他将心理描写看作小说的基本技巧之一,甚至认为应"把心理活动作为作品的骨骼"。基于这种认识,他在《两兄弟》中大量运用了心理描写。这一特色使《两兄弟》在艺术上明显地不同于他以前的三部长篇小说。这部小说的心理描写相当成功,显示了莫泊桑在这方面的杰出才能,也表明他不满足于已取得的艺术成就,在创作上能不断创新和勇于汲取其他表现手法。《两兄弟》在下列五个方面对心理描写进行了深入探索。

其一,心理描写成为作品情节进展的有机因素。莫泊桑在小说中着力于对皮埃尔嫉妒心的绘写。最初皮埃尔的嫉妒仅仅是由于弟弟体格上比他强而引起的。让得到大笔遗产后,他的嫉妒陡然大增,由此导致怀疑母亲。从童年起,他那么熟悉而亲切的母亲的脸庞、微笑、声音,突然之间让他觉得陌生,和以前完全不一样了,他感到自己"不再有母亲了,因为他不可能再爱她,不可能怀着儿子们心里必须有的温柔、虔诚和绝对的崇敬心情去尊敬她了;他不再有弟弟了,因为这个弟弟是一个陌生人的儿子;他只剩下了一个父亲,这个他无论如何也爱不起来的胖子"。随着他的嫉妒心的膨胀,这种情感从他"全身的皮肤里钻出来",小说情节也一步一步深入发展:家庭秘密暴露了出来。换句话说,组成小说主体的事件只是他的心理推测和分析变为事实的经过,一旦他不再竭力去掩饰嫉妒心,他不再进行心理推测和分析,他的嫉妒平息下来,小说也就接近结尾了。而当皮埃尔的心理分析告一段落时,小说又将重点转到了让这方面。这时候,让的内心思考便成为小说发展的关键,决定着小说的结局。总之,在《两兄弟》中,心理描写是小说情节进展的重要因素,这样,心理描写并不是孤立的艺术手段,只用来揭示人物的精神世界,而具有更为重要的作用。

其二,心理描写是塑造主要人物性格的重要手段。皮埃尔是个心胸狭窄,表面上气壮如牛,其实色厉内荏,外强中干的人物。莫泊桑在剖析他的内心时,着重写他的愤慨、不平、仇视通奸等情绪,与他的行动相对照,便显出他是个阴沉、易怒、懒散、狭隘、懦弱的人物。至于让,则是一个稳健而有主见的人,他对待自己的婚姻,对待遗产无不是经过反复掂量,才下决心的,其中贯彻了两个字:求实;这是资产阶级重利务实的思想,已成为他行动和思考的准则。因此,虽然他也"想用他朴实而自信的情趣去征服那些有才识的人士",事实上他却颇为狡黠,各个方面考虑得滴水不漏,待人处事十分圆滑。这些,都通过心理描写暴露得淋漓尽致。与刻画皮埃尔不同,作者对他的心理描写篇幅不多,但写得十分简洁有力,足以塑造出他的老练圆通的性格特征。

其三,莫泊桑的创新之处还在于,作家本人并不现身说法,进行心理分析的是人物本身。人物是自我剖析的唯一见证人,他自我观察的结果,由读者去评判,就如同他是在展示意识中活动最强烈的思绪,这些是主宰人物行动的内在原因,它们让读者明了人物的内心世界。人物的思索与行动之间的矛盾和出入,读者一目了然。例如,作者通过皮埃尔的观察和内心活动去写罗朗太太的举止:"她肯定早就在偷偷地观察那种相似之处了(按:指马雷夏尔的肖像与让相似)……于是她在某个晚上把那张可怕的小肖像取走,藏起来了,因为她不敢销毁它。"莫泊桑没有直接写罗朗太太藏肖像,也没有去"分析"皮埃尔的思想活动,而是让人物去观察,进而去思考,去判断。莫泊桑不仅遵循他的老师福楼拜教导的不在作品中露面,而且在进行心理描写时也做到了以人物本身为出发点。这样,读者也就进入到小说的境界中,同人物一起去观察,去思索,去猜测,去判断。读者看到上述那段引文,也会将信将疑,罗朗太太是否这样做要随着情节进展才能由自己最后下结论。这确能启发读者的思路,具有耐人寻味的积极效果。

其四,莫泊桑有时反过来用外部动作和富有含义的言辞去表达人物的内心活动,这是一种别致的心理描写手法。莫泊桑在《论小说》中写道,小说家应"寻求具有这种精神状态的人在某种特定情况下必然会做出的行动和姿态"。他在《两兄弟》中就力求达到这种要求。例如,皮埃尔在公证人宣布让要接受大笔遗产以后,忍不住这样问他的父亲："那么您过去和这位马雷夏尔是相当熟悉的啰？"这句话暗藏他的嫉妒，令人意会。及至一家人从公证人那里回来，为了庆贺让接受了遗产而设宴时，皮埃尔再一次问："这个马雷夏尔，你们是怎么认识他的呢？"这句问话的潜台词又进了一步，这时他已怀疑到母亲与马雷夏尔有不正当关系，因此这是一句旁敲侧击的话，用意与前一次问话已大不相同，不怀好意。又如，他听到马洛斯科责备他的话以后，晚上入睡前喝了两杯水，这个举动为的是镇定自己。此时无声胜有声，作者不去写他的心理，而他也确实没有更多的意念，但读者却对他的举动一目了然，从中悟出他这时的心境。

其五，莫泊桑的兴趣扩展到对思绪困扰现象、朦胧状态和潜意识的研究。在皮埃尔身上，可以看到冲动、狂热、不安、躁动、变态、下意识的思考和动作，幻觉出现前后的心理状态，时而痛苦（"陷在痛苦的想象里不能自拔"），时而竭力克制它，时而要离开家到海堤上、啤酒店去发泄自己的苦闷，时而待在家里做着可怜的思想斗争，时而处于清醒的状态，时而朦朦胧胧，无法摆脱固执的念头缠扰。这里试举一例：他意识到自己的母亲与马雷夏尔的暧昧关系后，脑子像一锅煮开的粥，乱糟糟的，不祥的意念纠缠着他。他于是离开了使他憋气的家，来到防波堤。莫泊桑写道：

> 虽然他的嘴没有说出来，可是他的脑子里一直在重复默念着这个名字，就像在呼喊他，召唤他，并引来他的亡灵一样："马雷夏尔……马雷夏尔。"在他漆黑的闭合起来的眼皮里面，他突然看到了那个人，就像他过去看到他时一样。那是一个六十岁的男人，留着白色的山羊胡髭，眉毛很浓，也是白的。他个子不高不矮，面貌和蔼可亲，灰色的眼睛很温和，态度谦虚，从外表上看是一个朴实、慈祥的老实人。他把皮埃尔和让叫作"我亲爱的孩子"，从来也没有显得对他们哪一个有偏爱，总是请他们两人一起上他家去吃晚饭。
>
> 这时候，皮埃尔像一只追踪模糊的足迹的狗一样固执地开始搜索这个已经消失在地下的人的话语、姿态、音调和眼色。他慢慢地完全回忆起马雷夏尔在特龙谢大街的套房里接待他的弟弟和他吃饭时的情况。

这里，皮埃尔随着执着的念头——这个念头是下意识的思绪表现——出现了幻觉,幻觉越来越清晰,随之又转化为回忆,种种往事呈现在脑际。这个过程写得非常细致而脉络分明。读者不难发现,皮埃尔是个非常敏感的人,他的内心活动异常丰富,有时甚至到了神经质的地步。有的评论家认为,这是莫泊桑本人在意识清醒时对他自己的精神病态现象所做的探索、观察和记录。[①] 众所周知,莫泊桑的精神病态现象从1884年已开始出现,逐渐发展,病状表现为:出现幻觉,感到自己身边有神秘的敌意的东西存在,死的念头常纠缠着他。病状终于在1889年变得严重:目光呆滞、语无伦次、性格易怒、认为他的影子夜间来找他、爱折磨人、把失眠归之于房东和医生。1891年年末他最终发疯。由此看来,莫泊桑对精神的种种超常活动深有体验,他在小说中加以描写是很自然的。

综观莫泊桑在《两兄弟》中的心理描写,可以看到他的探索已经相当深入,较之前人取得了长足的进步。这是莫泊桑对小说创作的一个重要贡献。

※　　※　　※

或许莫泊桑觉得这部小说篇幅不大,所以在正文之前加了一篇长序,冠以《论小说》的题名。这篇文章与小说本身并无必然的联系,但对于了解莫泊桑的创作思想,进而言之,对于了解现实主义文学,确是一篇重要的文献。

我们可以看到,莫泊桑关于小说创作的观点所受影响主要来自福楼拜,而不是左拉。他援引的几乎都是福楼拜的教导和见解,也就是说,他主张的并非自然主义的理论,而是真正的现实主义观点:"现实主义者,如果他是一个艺术家,那么他孜孜以求的,将不会是给我们看一张平淡无奇的生活照片,而是要给我们看一幅比现实更加充实、更加动人、更加能使人信服的图像。"他认为生活原是非常粗糙的,充满了偶然事件,没有次序,不合逻辑,五花八门,这就需要艺术家做提炼工作,提取一些对主题有用的细节,而把其余一切扔在一边,即是说要做典型化工作,情节要有典型意义,人物个性也要典型化。

作家如何对待自己的题材和写作呢?莫泊桑按照福楼拜的观点,主张"一定得用一种非常巧妙、非常隐蔽,可是形式又非常简单的方法来写他的作品,使人不可

---

① 安德烈·维亚尔:《居伊·德·莫泊桑与小说艺术》,第405—406页。

能觉察并指出他的用意,发现他的企图"。这是指作家要隐没在情节和人物背后,而不要现身说法;他的创作意图不能直白道出,而是消融在情节之中。这是符合现实主义创作原则的。

为了能把"生活惟妙惟肖地"再现出来,小说家必须掌握高超的技巧,这也正像福楼拜所教导的,由于世界上没有两样完全相同的东西,就要把任何事物的不同和特征一下子抓住,并用最简洁的语言表达出来,要找到叙事状物最确切的形容词和动词,而绝不能满足于差不多的低要求。不仅如此,作家要认识到在任何东西里面,总还有尚未被人挖掘出来的东西,包含着不为人知的东西,因此要把它找出来。这个观点反对创作上的模仿和雷同,为的是鼓励作家另辟蹊径。这是一条宝贵的创作原则。

所以,《论小说》一文已成为 19 世纪现实主义文学遗产中一篇极有价值的文献。

# 初露锋芒的试作

## ——简析普鲁斯特的《欢乐与时日》

1896年6月12日,《欢乐与时日》(*Les Plaisirs et les jours*)在书店发行,这是普鲁斯特的第一部作品集。它包括七个短篇、八首诗和两组散文与散文诗。这种短篇、诗歌与散文诗的组合较为奇特,在以往的作家集子中很少见。普鲁斯特将他中学时期(他自己说,他最早写作时只有14岁)在《宴会》以及在《白色杂志》(1892—1893)、《每周评论》上发表的质量不等的习作,还有在1896年6月以前在《费加罗报》《新法兰西杂志》等报刊上发表的作品,也就是说,主要写于1892至1895年的作品汇集在一起。书名从希西俄德的《工作与时日》中得到启发。这是他第一个创作阶段的总结(其中1893年12月发表于《白色杂志》上的《夜晚之前》[①]没有收入集子中),虽然这些作品并不成熟,但却预示了他的创作素质和特点。今天看来,有的作品还具有一定的质量,无论短篇、诗歌还是散文诗,都不时被收入各种法国文学选集中。这固然是因为普鲁斯特是一位大作家,他的各种文体的作品不可忽视,另一方面,这些表现出普鲁斯特特殊风格的作品,可以代表这位作家某一类作品的特色,因而吸引了选家的注意。纪德在普鲁斯特逝世后的纪念文章中说:"当我今天重读《欢乐与时日》的时候,这本出版于1896年的精致的书所具有的优点,在我看来这样光辉夺目,以至我很惊讶,当初人们没有感到目眩。可是,今天我们的目光富有经验了,从今以后,我们在普鲁斯特的作品中所能欣赏的一切,在我们

---

[①] 《夜晚之前》写一个少妇临死前的忏悔,明确写到同性恋:"一个女人与其同一个男人,还不如同一个女人一起得到快乐。这种爱情的起因在于神经的变质……"也许是由于这个原因,这个短篇没有收入《欢乐与时日》。

以前没能发现的地方重新确认了。"①纪德的话代表了后世评论界对《欢乐与时日》的重新评价,甚至有人认为这是普鲁斯特"第一次钻石商的陈列"②,也就是说,这是一些精品。

## 一、法朗士的序言

法朗士(Anatole France,1844—1924)为这部结集写了一篇短短的序言。法朗士是普鲁斯特青年时代所敬重的作家,尽管这两位作家在创作风格上迥然不同,但这并不妨碍普鲁斯特从法朗士的幽默风格中吸取了有益的养料。法朗士确实也注意到普鲁斯特的作品充满"罕见的魅力和精细的雅致"。这一评语相当确切地抓住了普鲁斯特正在形成的创作特色。普鲁斯特的文风显然具有与众不同的地方,"精细的雅致"也许是刚刚显露出来的一种创作倾向。普鲁斯特的句子和叙述方式具有古典式的优雅和贵族沙龙的典雅气质,明显地不同于19世纪的各个作家。龚古尔兄弟虽然也注重艺术风格,可是他们的注意力放在下层人物和精神病理现象上,这种艺术爱好与描写对象的巨大差异,使两者之间存在着某种不和谐之处,而普鲁斯特的长句和曲折的表达方式更具有精细的艺术气质。他所描写的内容是贵族生活或上层人士的生活感受,内容与形式是吻合的。法朗士的艺术感受力十分准确,他看出这个年轻作家对"年代久远的世界阅历老到","这是一座百年老林的老枝上萌生出嫩叶的春天。似乎嫩芽染上了树林古老的过去,穿上以往千百年历史的丧服"。法朗士看到的是一个少年老成的作家对贵族阶层带上忧郁的描写,这一评价只接触到普鲁斯特这部集子的部分内容,从总体来说还不是十分准确。同样,法朗士认为普鲁斯特描写的是"典雅的痛苦、人为的痛苦"③,却并不明白这个年轻作家的真正立意所在。面对大自然的景色,普鲁斯特的心境是忧郁的吗?是附庸风雅者的虚荣吗?这同浪漫派的忧郁情调是一样的吗?应该说截然不同。法朗士并没有理解普鲁斯特的描写的着

---

① André Gide: *En relisant les Plaisirs et les Jours*, Hommage à Marcel Proust, 1927(《新法兰西杂志》1923年1月1日的重印本)。

② Maurice Bardèche: *Marcel Proust romancier*, Les Sept Couleurs, 1971, p.46.

③ 引文均见《欢乐与时日》,袖珍丛书版,第6页,加里玛出版社,1971年。

意之处和"创新"所在。不仅法朗士,而且恐怕其他作家和评论家在相当长一个时期内并不认为这是一个大作家出现的前兆。毕竟普鲁斯特的创作特色还未形成,他的创新自然得不到人们的认可。

法朗士有一点倒是很有见地的,就是他看到了普鲁斯特像一个德国医生那样,能看透人体:"诗人一下子就穿透了隐秘的思想,没有吐露出来的愿望。"这指的是普鲁斯特对人物心理的剖析。尤其是普鲁斯特的短篇,多数是在刻画人物的心理。法朗士没有作更多发挥,他还看不出普鲁斯特的小说与当时流行的心理小说,如布尔热和巴雷斯的小说有什么不同之处,虽然普鲁斯特与这两位心理小说家走着不同的道路,但的确分界线还不明朗,毕竟这些小说篇幅太短,意识流与心理分析的差别难以划分。

应该指出,法朗士后来也并没有看出普鲁斯特的天才。据别人的见证,法朗士曾经说过:"我认识他,我相信,我为他的早期作品之一写过序……我丝毫不了解他的作品。他是令人愉快的,充满了才智。他有敏锐的观察感。"[1]事实确实如此。

## 二、短篇小说

《欢乐与时日》中的七个短篇是这部集子中最值得注意的部分。这七个短篇是:《巴尔达萨尔·西尔旺德,即德·西尔瓦尼子爵之死》(*La Mort de Baldassare Silvande, vicomte de Sylvanie*)、《薇奥朗特,或名迷恋社交生活》(*Violante ou la mondanité*)、《布瓦尔和佩居谢的贪图名利和音乐迷》(*Mondanité et mélomanie de Bouvard et Pécuchet*)、《德·布雷弗夫人忧郁的度假》(*Mélancolique villégiature de Mme de Breyves*)、《一个少女的忏悔》(*La Confession d'une jeune fille*)、《城里的一次晚宴》(*Un dîner en ville*)、《嫉妒的结束》(*La Fin de la jalousie*)。这七篇小说都各有特点,分别显示了普鲁斯特的摸索努力和预示了他的探索方向,从中可以看到普鲁斯特受到都德、莫泊桑、甚至王尔德的影响。它们大致可分为三种类型。

第一种类型是回忆写法,如《一个少女的忏悔》。这篇小说以前没有发表过。

---

[1] 转自勒内·德尚塔尔:《马塞尔·普鲁斯特——文学批评》第569页,蒙特利尔大学出版社,加拿大,蒙特利尔,1967年。

小说以女主人公临终前对自己堕落的悔恨形式写出,与《追忆逝水年华》的叙述方式相似,虽然规模不可同日而语。这个短篇描写主人公用手枪自杀,她没有立即死去,可是子弹取不出来,她在苟延残喘,能拖上一个星期。在这期间,她回忆起往事。最早是她14岁到乌布利去避暑那一次。每年她的母亲都带她到那里去,从4月待到6月末。那一年,她遇到一个15岁的小表兄。他已经十分放荡,他告诉她一些事情,一面讲一面抚摸她的手。她感到"一种彻底毒化了的快感",但"在快乐的同时,我似乎感到我已犯了过错,而必要的力量和支持却离我而去"。一次次相遇使得她感到"极度自卑,万分痛苦羞耻"。她产生了在母亲去世后便立即自尽的想法。另一方面,乌布利的自然景色吸引着她,使她憧憬未来。16岁时她开始涉足上流社会。她爱上了一个淫邪、恶毒的年轻人,他引诱她做坏事,以致他们分手的时候,她已养成了坏习惯。20岁时她有了一个未婚夫,她向听她忏悔的神父询问,是否要向未婚夫承认自己以往的过错,神父制止了她。以她的德行去打赌,看她是否向别的男人屈服。奥诺雷到教堂去,向天主祈祷,让他始终爱弗朗索瓦丝,又祈祷天主让他不再爱弗朗索瓦丝。弗朗索瓦丝即索纳夫人,原来是个公主,同索纳先生结婚后失去了贵族称号。她家的沙龙是巴黎最考究的沙龙之一。奥诺雷的精神恢复正常后两个月,他在布洛涅园林的大道上被马踩断了双腿,这是在5月的第一个星期二。他被送到医院包扎。他知道弗朗索瓦丝越来越爱他,大家都接受他们的关系。可是他想,她怎能爱一个断腿的人呢?他希望她快点结婚。最后他在矛盾的心境中去世。

　　这篇小说不是成熟之作。普鲁斯特试图写奥诺雷的嫉妒心理,但是他嫉妒的对象却并不统一。小说第二节写的是奥诺雷虽然和弗朗索瓦丝相好,却又见异思迁,看上了长得更加漂亮的德·阿莱里乌弗尔王妃。这时他希望弗朗索瓦丝欺骗他,这样他就有理由去追求王妃了。这种情感很难说是嫉妒。小说第三节才是真正描写嫉妒心理。奥诺雷被马踩断了双腿,奄奄一息。这时他失去了与任何女人相爱的可能。他似乎希望弗朗索瓦丝快点结婚,他想:"希望别人给她幸福,我希望别人给她爱情。"好像他十分宽容大度,其实他这种想法隐含着想看到弗朗索瓦丝是一个无情无义的女人,因为她一看到情人残废,便改变了对他的态度,这暴露了她内心并不是真的爱他。奥诺雷心中其实有嫉妒,他同时又想道:"我不希望别人刺激她的感官,别人给她的欢乐超过我给她的欢乐……我嫉妒别人的欢乐,嫉妒她的欢乐。"这是他的真实想法,希望弗朗索瓦丝与别人结婚是嫉妒引起的一种愿望。当弗朗索瓦丝对他说,他会活下来的时候,他感到她说的是心里话。不过他想:"我死了就不会嫉妒了;但是在死之前呢?……既然我只嫉妒欢乐,我所嫉妒的不是她的心,不是她的幸福,我希望她幸福,通过最能使她幸福的人得到幸福;当我的身体消失了,当灵魂战胜了身体,当我逐渐摆脱了物质的东西,就像有一晚我病得很重那样,我不再狂热地渴望肉体,我更加热爱心灵,我就不再嫉妒了。"同时他又想到自己虽然断了双腿,却想追踪她,看看她是否在他梦想的地方。他深深感到:"这一大团以世界所有的力量压在他身上的东西,他明白这是他的爱情。"他自问:"这是我的爱情压在我身上吗?如果不是我的爱情,这又是什么呢?……我快死的时候,还是不能摆脱我的爱情,而是死于我的肉体欲望,我的肉体渴望,我的嫉妒……天主,让我认识真正的爱情吧。"普鲁斯特对奥诺雷的嫉妒心理,或者说爱情的描绘已不同于一般的爱情描写,他集中笔墨去写人物的心理,而不是一对情侣相爱的经过。他力图探索嫉妒这种心理在情人身上如何表现,特别在一个失去恋爱能力的人的身上如何表现。这种描写已接近《追忆逝水年华》中对斯万的爱情描写的意识流手法。

《巴尔达萨尔·西尔旺德,即德·西尔瓦尼子爵之死》也是描写一个上流社会人物之死,但内容迥异。小说先描写子爵的侄子,一个13岁的小男孩阿莱克西去探望他,知道子爵只有三年的寿命了,虽然子爵只有36岁。小说第二节才转到对子爵的叙述上来。一个有夫之妇陪伴着他,他们虽然拥抱、接吻,但他不想把她引向堕落。第三节重新写阿莱克西去看望叔叔,子爵这时已经不出城堡,行动不便,却爱着锡拉库萨小公主皮娅。全身麻痹性痴呆症逐渐征服他。他热爱的嫂子来看望他时从马上摔下来,被另一匹奔马踩了过去,受了重伤。子爵非常悲伤,他觉得自己的生命远没有嫂子的生命重要。子爵的病情迅速恶化,他要求皮娅不去参加舞会,她感到非常为难。子爵发起高烧,不断说胡话。他让人将床挪到窗前,让他能看到海港的景象和牧场、森林。不久,他的心脏停止了跳动。

这篇小说写于1894年10月,留下了试作的明显痕迹。小说的叙述对象时而落在子爵的侄子阿莱克西身上,时而落在子爵身上。这不是视角的转换,而是作者对叙述方式的把握缺乏技巧而造成的。除了这两个人物以外,小说中出现的女子时而是一个无名无姓的年轻女郎,时而是"最亲密的精神女友"奥利维亚娜公爵夫人,时而是他的未婚妻(?)锡拉库萨小公主皮娅,时而是他敬重的嫂子。子爵与这些女人的关系只是一笔带过,面目不清。短短一万五千字,出现了如许的女性,她们必然像走马灯一样掠过。她们在小说中,甚至在子爵的生活中所起的作用并不显著。至于子爵,看来是一个正直的贵族,他不愿引诱别人的妻子,尽管已经发展到同她热烈接吻的地步;他对奥利维亚娜公爵夫人的"爱是纯洁的,不指望任何肉体的快乐",两人只是从这个角度去描写贵妇生活的作品并不多见,这是《欢乐与时日》中一篇较成功的作品。

《德·布雷弗夫人忧郁的度假》探索的是贵族寡妇的爱情心态。这篇小说写于1893年7月。女主人公弗朗索瓦丝·德·布雷弗的丈夫已去世四年,她在王妃的晚会上见到了雅克·德·拉莱昂德,他在衣帽间约她上他家去,她不敢前往。直到6月底,她才再次见到他。这时她很想认识他,可是他却离开了。她常常在夜里醒来,设想见到他的方法。她的女友热纳薇艾芙给德·拉莱昂德先生写信,请他来演奏大提琴。可是德·拉莱昂德出门了,他一月份之前不会回来。她的房间里有一帧大幅照片,其中一个散步的人有点像德·拉莱昂德先生。她的脑子里始终出现德·拉莱昂德先生的形象,对她来说,这是一个可望而不可即的人物。

普鲁斯特十分细腻地刻画了德·布雷弗夫人的爱情心理。与一般的爱情小说不同,这篇小说可以说描写的是一位贵妇虚幻的爱情。德·拉莱昂德先生长得并不漂亮,甚至可以说长得丑,他只不过在王妃家的衣帽间有意用手肘撞了德·布雷弗夫人一下,并且大胆地邀请她到他家里去,这一邀请相当露骨,但却挑起了这个寡妇的激情。她越是见不到他,便越是挑起她的热望。她忍不住托女友给德·拉莱昂德先生的朋友写信约会,随后又亲自写信去约会,但就是见不到他。她的脑子里构思出见到他和认识他的种种情境,深信只要见到他便能实现这些情境,"这种欲望植根于她身上,通过千百条根须,深入到她幸福或忧郁的最下意识的时刻之中,让新的汁液在这些根须里流动,而她不知道汁液是从哪里来的"。她的生活中失去了一切乐趣,无论在听音乐、阅读或散步时,她的心都被忧郁、嫉妒占据了,这些情感一刻也不离开她。她关在自己的房间里,让人把钢琴移过来,弹奏钢琴,闭着眼睛想更好地看到他:"这是她唯一沉醉的快乐,带着失望的目的,这成了她不可缺少的鸦片。"她排斥不了这痛苦,这痛苦像不能忍受的毒药,难以摆脱。她设想他的脸容有不可抗拒的魅力,能给她注射吗啡一样的效果。随后她又诅咒自己的想象力。她听到自己的心情在夜晚呻吟:"她咒骂这不可表达的事物的神秘感,我们的精神就深陷在它的美的光辉中,仿佛落日沉入大海一样,以深化她的爱情,使之不朽、扩大、无边无际,却更加折磨人。"普鲁斯特对这位贵妇的爱情的刻画所用的比喻新奇而贴切,很有独到之处。

小说最后一节插入了"我",这种叙述方式似乎并不协调。普鲁斯特的本意是在加强对女主人公的心理分析,但效果并不明显。这表现了普鲁斯特对第一人称叙述方式的浓厚兴趣。另外,小说第四节几乎不分段落,长达四千字左右。这种写法在普鲁斯特后来的小说中更经常地出现。

《城里的一次晚宴》描写上流社会银行家举行晚宴的场面。作者一一介绍参加晚宴的宾客。其中,一个年轻人是女主人弗勒梅夫人看中的,她不时向他投以热烈的目光。这位银行家太太做慈善事业,向上流社会的女士介绍大作家。勒努瓦尔太太把话题引向德·布伊弗尔亲王所取得的胜利,她和这一家有亲戚关系。年轻的 D 公爵夫人美丽的眼睛总是带着忧郁的目光。奥诺雷在晚宴后离开了,沿着香榭丽舍大街往前走时,思绪在游荡。他想到自己认识的人,想到生活及其神秘性,想到自己的欢乐和悔恨,想到自己可以写作。这篇小说似乎没有写完,至少前后两节有点脱节。普鲁斯特从上流社会的一次晚宴转到主人公的思考,从内容上说联系并不紧密。值得注意的是他最后想到自己可以写作,这与《追忆逝水年华》的主人公相似。

《布瓦尔和佩居谢的贪图名利和音乐迷》属于第三种类型。法国作家从 19 世纪以来流行模仿前人的笔法编写故事,以显示自己的多种叙述才能。普鲁斯特也喜欢这样做,目的在于锻炼自己的写作能力。他写的仿作不少,但收入《欢乐与时日》的只有这一篇。从题目看,就可以知道这是模仿福楼拜(Flaubert,1821—1880)的一篇小说。普鲁斯特根据《布瓦尔和佩居谢》(*Bouvart et Pécuchet*)中两个主人公的性格特点和所作所为,设想他们如何贪图名利和迷恋音乐,这是福楼拜的小说中所没有写到的。这两个继承了大笔遗产的乡下有产者,无所事事,兴趣广泛,但浅尝辄止,从一种爱好转到另一种爱好,每次都毫无所获,不了了之。这回,他们觉得现代文学具有头等重要性,于是投入写作中,向杂志投稿。他们先写评论,追求文笔的自然和轻灵。他们觉得印象派领袖勒贡特·德利尔(Leconte de Lisle,1818—

1894)过于冷漠,象征派先驱魏尔伦过于敏感。他们想找到折中的作家,但是找不到。他们认为洛蒂(Loti,1850—1923)总是写同一题材,亨利·德·雷尼埃(Henri de Régnier,1854—1936)玩世不恭,马拉美(Mallarmé,1842—1898)不再有才能,梅特林克(Maeterlinck,1862—1949)令人害怕,勒梅特尔(Lemaître,1853—1914)前后不一,法朗士思考差,布尔热(Paul Bourget,1852—1935)的形式蹩脚。他们感到缺乏完美的作家。布瓦尔想表达得明晰、优雅、热烈、高贵、有逻辑性、幽默。佩居谢则认为幽默不重要。布瓦尔认为当今作家过分追求创新,而佩居谢觉得风俗败坏。他们讨论到风俗、财界、宗教、艺术和戏剧界、犹太人等问题。至此,他们的兴趣转向了音乐,谈论瓦格纳、威尔第、古诺德、埃里克·萨蒂、贝多芬、巴赫等作曲家,有褒有贬。这篇小说也不像有结尾。

总起来看,这几篇小说多数是写外省的贵族或资产者。普鲁斯特自从涉足巴黎上流社会以后,对上层人物加深了认识。他青少年时期到外省度假时,已经接触到这类人物。普鲁斯特所注意的有两方面。一是他们一生的终结。有的短篇写人物从小或成年至生命结束,如薇奥朗特、忏悔的少女,有的写人物生命的最后阶段,如德·西尔瓦尼子爵、奥诺雷。人物的一生或生命的最后阶段只执着于一件事,被这件事所纠缠。普鲁斯特并不注意时代和环境的描写,也没有触及重大事件,这些小说谈不上多大的思想和社会意义。忏悔的少女只因自己做了对不起母亲的事(和别人拥抱),被母亲看到,母亲受刺激而死,她便感到自己无法再生活下去而自尽。她的死谈不上任何意义。德·西尔瓦尼子爵的死也是平平淡淡地了结。薇奥朗特是一个大贵妇的死,她寿终正寝。这不是轰轰烈烈的死。这一点与19世纪以来的小说截然不同。无论是梅里美、斯丹达尔、巴尔扎克、福楼拜,还是左拉、都德、莫泊桑、法朗士,甚至巴尔贝·多尔维利(Barbey d'Aurevilly,1808—1889)、维利埃·德·利尔-亚当(Villier de L'Isle-Adam,1838—1889)等写作短篇小说的作家,都注意小说的社会和思想意义的挖掘,并将此置于短篇小说创作头等重要的位置。从这个意义上说,普鲁斯特走的是一条新路,迈向了20世纪的小说。普鲁斯特的短篇小说当时没有受到评论界的注意,与他的小说内容的平淡和缺乏突出的社会意义不无关系。而从今天的角度看来,这倒是《欢乐与时日》具有创新意义之处,值得我们重视。普鲁斯特在这个时期所写的文章中,曾经谈到他的艺术观。他说:"艺术深深扎根于社会生活中,以至在人们赋予非常普遍的感情现实的特殊虚构中,一个时代或一个阶级的风俗、趣味往往占有重要位置。"①普鲁斯特仍然强调描写社会生活,但他所理解的社会生活与时代、阶级的风俗和趣味紧密相连。普鲁斯特显然还没有与传统割断联系,不过他更看重的是精神上的东西,他所说的风俗与趣味与此有关。普鲁斯特在一篇文章中又说:"使我们幸福或不幸的能力自动退缩,以便在我们的心灵中生长,我们在心灵中把痛苦变成美。"②因此,普鲁斯特注意人物的感情生活,除了爱情以外,他把附庸风雅、嫉妒、爱好、迷恋某种东西,当作描写对象,并带上了嘲讽的口吻。例如德·布雷弗夫人爱上了一个平庸乏味的男子。按照以往的观点,这些微不足道的情感不值得当作一篇小说的主要描写对象。它们可能出现在人物一段时期的生活中,只作为人物描写的一部分。例如,莫泊桑的《皮埃尔和让》完全是描写人物的心理活动的一部小说,但他同时描写人物对遗产的争夺。普鲁斯特显然受到当时流行的哲学思潮的影响,对人的情感活动的兴趣超过了对人物的社会政治活动和利益的关注。

毫无疑问,上述七篇小说都不同程度地探索了心理描写。其中,《一个少女的忏悔》和《德·布雷弗夫人忧郁的度假》接近意识流小说。因为整篇小说几乎为人物的思想活动所组成。《薇奥朗特,或名迷恋社交生活》和《嫉妒的结束》的心理描写也有特点,普鲁斯特意在挖掘人物的一种精神心态,也即迷恋社交生活和嫉妒心,这不是一般的心理描写,应该说已属于意识流小说的范畴,同《追忆逝水年华》一脉相通。上述四篇小说的心理探索实际上已包含很大的创新成分,与当时流行的心理小说既有相同之处,又有不少差异。如布尔热的代表作《弟子》(Le Disciple)描写主人公的自我内心分析,力图复活自己以往的情感,并设想出别人的情感,主宰人物行动的是某种观念。他的心理分析是剖析某种观念。而更早一些的心理小说家如斯丹达尔(Stendhal,1783—1842)则擅长解剖人物随时随地的心理活动,人物对环境和情势的即时反应。又如雨果,善于分析人物的思想斗争和变态心理。斯丹达尔和雨果都注重通过心理分析去表现人物的性格。普鲁斯特与他们既有相同之处,即分析人物的思想活动,回顾自己的生活历程,但更多的是不同:普鲁斯特将心理描写贯穿于小说的始终,或者以回忆作为心理描写的唯一手段,或者描写

---

① 亨利·勒梅特尔:《法国文学史》第4卷,博尔达斯-拉封出版社,1972年,第86页。
② 同上。

人物空中楼阁式的爱情,这是更为纯粹的心理活动。这种叙事方式同以往的回忆写法有很大不同。以往小说中的回忆往事,是回顾人物的经历,重点放在经历的叙述上。而在普鲁斯特笔下,回忆不仅是叙述经历,还是挖掘人物内心情感的有效手段。此其一。普鲁斯特所乐于分析的某种特殊情感,如嫉妒、情意、迷恋(包括迷恋社交生活、贪图名利、音乐迷)、临终前的思想活动等,普鲁斯特的描写已初步具有意识不断流动的态势,其中有潜意识,有直接心理独白和间接心理独白。如《一个少女的忏悔》写道:"这回忆的清澈的泉水怎么能够竟然再一次喷射而出,流淌在我今日不洁的心灵中而不受污染呢?"她一发而不可遏止的感情宣泄是意识的流动。《薇奥朗特,或名迷恋社交生活》描写女主人公初恋产生时的潜意识:"太阳沉入海里,她坐在一年前他带她来坐过的那条长凳上,竭力回想奥诺雷的模样:嘴唇向前努着,绿眼睛半闭半张,目光像光线一样扫视,落在她身上使她感到有点儿像一道热烘烘的、强烈的光。在温馨的夜晚,浩瀚而神秘的夜晚,她深信没有人会看到她,这激起了她的情欲,这时她听见奥诺雷的嗓音在耳畔向她诉说不该说的事。"初恋是作为潜意识的活动来描写的。又如人死前的感觉:"在他竭力想她的时候,他精神之眼却什么也没有看到:想象和虚荣之眼已经闭上了";"死神临近,耳朵失聪,什么也听不见了,可是,他的心还听着钟鸣。他又看到了母亲回家时拥抱他,晚上送他去睡觉,用双手暖着他的小脚,一直守在他身旁等他入睡的情景……"这是描写人死前的心理活动,细致独特,属于意识的流动和潜意识。此其二。普鲁斯特基本上不再注重情节的铺展,他的小说以主导人物一个时期或一生的主要情感的叙述为线索和主干,以至有的小说并不交代人物的追求是否达到了目的,他们的意向最后导致何方,如《城里的一次晚宴》描写主人公参加过一次晚宴后,在大街上走着、想着。小说前后两节并无多少有机的联系,读者无法领会作者的写作意图。《德·布雷弗夫人忧郁的度假》描写女主人公爱上一个男子,却无法与他接触,至此小说戛然而止,似乎没有写完,作者不交代她是否达到了目的。换言之,普鲁斯特并不像传统小说那样注意故事的完整性。此其三。普鲁斯特描写的人物思绪与人物的性格是相通的,迷恋某种东西构成了人物的思想特征。这种心理与性格相通的描写也可以说是对性格描写的一种反拨,与传统小说以塑造性格为重要特征来塑造人物的手法背道而驰。即使是嫉妒,普鲁斯特描写的嫉妒也与巴尔扎克在《贝姨》中描写的嫉妒不同,普鲁斯特仅仅描写主人公的嫉妒心理,他并没有什么行动，不像贝姨从嫉妒出发，做出各种各样损害对方的事。普鲁斯特力图解剖嫉妒心在人物头脑中的表现，仅此而已。此其四。

可以看出，《欢乐与时日》已经包含了《追忆逝水年华》的某些因素。例如，薇奥朗特就像盖尔芒特夫人，年老色衰以后，失去了上流社会的王国。《一个少女的忏悔》中，奥诺雷的嫉妒预示了斯万的嫉妒；他从马上摔下来死掉，就像阿尔贝蒂娜一样；女主人公期待母亲跟她道晚安并亲吻她，孩子"心中越发感到强烈的需要，于是就想出一些新的借口，什么我的枕头枕得太热，得把它翻过来啦，我的脚太冷，只有捧在她手里才能焐热啦"，从中可以看到《追忆逝水年华》中叙述者对母亲的依恋。《欢乐与时日》不是一本写回忆的作品，却写了不少回忆，包括它提到了女性同性恋。凡此种种，都表明《欢乐与时日》在普鲁斯特的创作中的过渡作用和地位。

## 三、诗　歌

普鲁斯特留下的诗作不多，《欢乐与时日》中的八首诗也许是他最重要的诗作，题名为《画家与音乐家肖像》(Portraits de peintres et de musiciens)。这八首诗共分两组，第一组写画家，第二组写作曲家。画家是阿尔贝特·居伊普(Albert Cuype, 1620—1691)、波吕斯·波特(Paulus Potter, 1625—1654)、安东尼·华托(Antoine Watteau, 1684—1721)和安东尼·范德克(Antoine Van Dyck, 1599—1641)。居伊普是荷兰画家，擅长风景画，如海景、农村景象，带有理想化的诗意色彩，注意金色和有雾的景致，作品有《乌贝根古堡》《年轻骑士去溜达》；他还画过肖像。波特也是荷兰画家，是当时最著名的动物画家。他仔细观察家畜和家禽，放在风景画中去表现。他能画出潮湿的空气、阳光照射在水面上的效果。作品有《风雨中的家畜》《倒映的母牛》。华托是法国画家，题材多样，先后画过街道、宗教场面、演员和戏剧场面、风景、军旅生活、神话题材，获得"佳节画家"称号，擅长表现光线变化和人物情感。作品有《狩猎城堡》《新兵》《休息》《战争的娱乐》《冷漠的人》《傻瓜》等。范德克是佛兰德尔画家，到过英国和意大利，汲取众家之长，擅长肖像画，他的一系列意大利贵族肖像衣饰华丽，背景是厚重的帘子、宫殿列柱廊和风景，注意刻画性格、感情；平民和艺术家的肖像画注意表情和手势。作品有《本蒂沃格利奥红衣主教》《名人肖像》《布鲁塞尔的法官》《查理一世骑马肖像》《查理一世的三个孩子》等。作曲家中,肖邦(Chopin,1810—1849)是著名的波兰作曲家,尤以钢琴曲著称于世,其中有华尔兹、玛祖卡、小夜曲、练习曲等,体现了浪漫主义的素质和诗意,表达了人类最深刻最微妙的激情。格吕克(Gluck,1714—1787)是德国作曲家,到过捷克、奥地利、意大利,后来成为奥地利宫廷乐师,自由改编法国喜歌剧,并创作意大利歌剧。作品有《意外邂逅》《阿尔赛斯特》《伊菲革尼亚在奥利德》等107部歌剧和喜歌剧,10部交响乐,7部奏鸣曲以及圣乐。他寻找"心灵的语言",要"表达伟大的感情,创造有力和动人的音乐"。舒曼(Schumann,1810—1856)也是德国作曲家,有遗传的精神疾病,曾在莱比锡、赫德堡大学读法律,喜爱文学,后学钢琴和音乐,曾在欧洲各地巡回演出。作品有钢琴曲、奏鸣曲、交响乐以及法国号、单簧管、双簧管曲子,200多首根据歌德、海涅、席勒、沙米索等诗人的诗歌创作的歌曲。他的音乐和谐动听,体现了浪漫主义的情调。莫扎特(Mozart,1756—1791)是奥地利作曲家,音乐神童,6至10岁即在欧洲作巡回演出,又两次到意大利学习。后在宫廷任第一提琴手并作曲。作品有《费加罗的婚礼》《唐璜》《魔笛》等交响乐、歌剧、奏鸣曲、室内乐约700首,汇合了德国、意大利、法国的音乐,表现了人类的各种感情。

普鲁斯特酷爱绘画和音乐,一生都爱看画展和听音乐会。他选择了这四位画家和四位作曲家,表明了他的爱好所在。普鲁斯特的诗歌主要受到波德莱尔(Baudelaire,1821—1867)的影响,其次是魏尔伦(Verlaine,1844—1896)的影响。波德莱尔有一首《灯塔》,描写了八位画家,每一位占据四行诗。他用的是象征手法,以各种意象去表现这些画家的题材和特点。如写鲁本斯是"遗忘之河,懒散的花园,新鲜肉的枕头",达·芬奇是"深邃而又幽暗的镜子,那里带着极神秘的甜蜜笑容",所用的意象十分贴切。普鲁斯特也沿用这种象征手法。如"居伊普,消融在明亮空气中的落日,灰野鸭掠过,像搅浑水一样搅浑空气";"波特,阴暗的平原阴郁的湿气,无限伸延,没有欢乐,没有色彩……他的母马顺从,不安,沉思默想,忧虑地抬起思索的头颅";"范德克,你胜利了,平静姿态的王子……骑士休息在松树下,靠近水波,像水波一样平静……优雅而庄重的王子"。这些意象与画家笔下的题材和各人的特点相关,他们都是风景画家,有的擅长在风景中放上人物;有的是肖像画家,如范德克,他为英国国王和他的王子作画。这些画家的绘画题材都在普鲁斯特的诗中得到描绘,成为他的诗歌中的意象。普鲁斯特抓住了这些画家的特点：虽然他们都是风景画家，但是并不雷同。居伊普的风格是富有诗意，喜欢有雾的景色，普鲁斯特就以搅浑水的意象来描绘他的画面。波特喜爱画潮湿的空气，善画动物，风格沉郁，普鲁斯特便突出这个特点。范德克后来擅长肖像画，配上人物的姿态和背景，普鲁斯特在诗中指出："姿态和举止这种高雅的语言，是妇女和国王世代相传的骄傲！"这个断语是妥帖的。关于华托的那首诗则受到魏尔伦的《月光》等诗歌影响。普鲁斯特注意到华托对色彩的运用有独到之处，这位画家常常表现假面舞会，描绘人物的华丽服装，明暗对比突出背景，假面下隐藏着感情。普鲁斯特以同样的象征手法去描绘作曲家："肖邦，叹息、眼泪和呜咽的大海，一群蝴蝶飞过，毫不停留，对忧郁嬉戏，或在水波上飞舞……你总是让你的任性令人昏眩或淡淡的遗忘，在每种痛苦中流转"；格吕克是"爱情、友谊的神庙，勇气的神庙"，"阿德梅特，伊菲革尼亚，你们心中的叫喊，还使我们恐惧"；"舒曼，心灵和花朵的知心人啊，痛苦的神圣河流在你欢乐的堤岸边流过"；莫扎特呢，"在烦恼弥漫的德国花园里，意大利女人还是黑夜女王。她的气息使空气温馨，充满灵性，而她的魔笛一缕缕吹出爱情"。音乐比绘画更加虚无缥缈，感受因人而异。普鲁斯特于是从他们的作品入手，用意象去表现他们作品的意境。在这方面，他几乎没有先例可循。总的说来，他的感受是相当准确的，大致能表现出这四位作曲家的题材和特点。

此外，从形式上看，普鲁斯特写的都是短诗，最短的只有8行，长的也只有26行，其余分别是两首12行，一首15行，一首18行，一首20行，一首23行。这正是自波德莱尔以来倡导的诗歌要写得精简，反对浪漫派滔滔不绝的感情流泻的艺术主张。但普鲁斯特不写十四行诗，诗歌或者不分段，或者不规则排列。普鲁斯特有意摆脱传统形式的束缚，不过他写的不是自由诗，他的诗歌是押韵的。

## 四、散文与散文诗

《欢乐与时日》中有两组散文：《意大利喜剧片断》（*Fragments de comédie italienne*）和《作为时间色彩的悔恨和梦想》（*Les Regrets, rêveries couleur du temps*）。这是两组不同类型的散文。第一篇共14节，是人物肖像与场景的组合。第1节《法布里斯的情妇》描写法布里斯埋怨他的情妇因聪明而损害了美："每当我观赏《蒙娜丽莎》时，倘若我同时要倾听一个另有见地的评论家的解说，我还会迷恋这幅画吗？"他离开这个情妇，寻找另一个漂亮而没有头脑的情妇。但她的缺乏才智，妨碍他欣赏她的魅力。随后她看书，变得跟第一个情妇一样聪明，不过少一点笨拙可笑。他请她保持沉默：即使她不说话，她的美仍然反映出她的愚蠢。最后，他认识了一个女人，机智而灵活，像宠物一样听话，可是她并不爱他。第2节《米尔托伯爵夫人的女友们》描写米尔托的女友中，帕尔泰尼斯公爵夫人比她漂亮，拉拉热同她一样高雅，克莱昂蒂丝甘于地位低微，但她不能忍受巴结她的多丽丝。她们之间的友谊都出于各自的目的："米尔托就像一只小狗挨近一只大看门狗；她数过看门狗有多少根骨头，想试探一下公爵夫人们，如果可能，将其中一个夺取过来。"第3节《埃尔德蒙娜、阿德尔吉丝、艾尔科尔》叙述艾尔科尔不慎告诉交际花埃尔德蒙娜一个轻佻的场面，公爵夫人阿德尔吉丝知道这个场面，便埋怨艾尔科尔不喜欢她，交际花也怪艾尔科尔既不爱她，也不尊敬她。第4节《朝三暮四》描写法布里斯的爱情心理：他想证明自己对贝阿特丽丝的爱情可以结束，但还能保持来往，结果有两年不再去看她。他想着另一个情妇，不想去看见阿特丽丝。第5节无题，议论有恶习的人能给生活以刺激。第6节《失去的蜡》分为两部分，第一部分描绘西达利兹的妩媚，第二部分描写依波莉塔面孔的缺陷，"我"觉得她的脸形和神态像一只鸟，她的孩子也像她一样，鹰钩鼻、薄嘴唇、目光锐利。第7节《附庸风雅者》分四部分，第一部分描写有个女人并不讳言喜欢舞会、购物，甚至赌博。但她不愿从属于公爵，她不认为自己低于任何人。第二部分认为有头脑的女人要回避有损于情夫的名字，但想到一个公爵夫人的联姻能使她快乐得颤抖。第三部分描写艾丽昂特也附庸风雅，不惜一切收买法官，腐蚀他们。第四部分议论一个附庸风雅的女子的心灵就像托尔斯泰所说的，是一座幽暗的森林。有光荣历史的家族后代吸引着她，她会为此而牺牲自由、娱乐和思考的时间、责任、友谊，甚至爱情。第8节《奥朗特》描写这个人物一身是债，对妻子不忠实，宴会中不脱手套，表示不吃东西等，其实他很富有，用不着举债，相当温柔，不会引起妻子烦恼，赴宴之前已经吃饱。他有艺术家的心灵，却加上平民的一切偏见。第9节《反坦率》叙述奥古斯丁很坦率，你在沙龙中就得小心提防，别忘了他是你的真正朋友。俗话说"爱得深，责得严"。他的听众认识不到，坦率有时只是坏脾气产生的恶毒语言。第10节无题，议论文学界是一个典雅的地方，在那里，每个人的见解由其他人的见解组成。从某些人那里转到别的人那里，你会发现有的人的愚蠢、恶意和可怜状况，你欣赏某些人的明智,会对自己尊敬另一些人感到脸红。从这个人到另一个人家里,你等于拜访了两个敌对的营垒。第 11 节《剧情》描写奥诺雷在房间里照镜子,他的领带问他为什么闷闷不乐,他的蘸水笔说他一个星期内老是写情书,心情郁闷。房间里的花卉说他对花香无动于衷,恋爱了。书籍告诉他,它们可以给他讲故事,让他消除烦恼。奥诺雷承认自己恋爱了,但只被爱上一个月,所以心酸落泪。仙女对他说,要在一个月内对意中人冷淡,保持耐心才能获得爱情。奥诺雷表示愿意照办。钟声乱敲,花香四溢,蘸水笔和书籍不动不响,好像要他听仙女的话。意中人进来了,奥诺雷扑过去吻她,叫道:"我爱你!"结语:就像对着意中人热情的火焰吹气一样,你认为这个方法不合适,她便躲开;你的目光冷漠,便会重新看到她。第 12 节《扇子》描写扇子对沙龙中贵妇人的作用,它会留下人物的身影,令人回忆。第 13 节《奥利维昂》叙述奥利维昂不满意自己的情妇、度假和自己,却不想改变。他还不是一个男子汉,而是一个文人。第 14 节《世俗喜剧的人物》分析了各类喜剧人物的性格和特点。贝尔加姆的圈子使人产生这些思索。

这 14 节散文大半是人物素描,普鲁斯特首先借鉴了 17 世纪散文作家拉布吕耶尔(La Bruyère,1645—1696)的《品性论》(*Les Caractères*)描绘人物肖像的方法,也即以讽刺的口吻逐一描绘在沙龙中出现的人物,或者突出他们相貌可笑的地方,或者指出他们倨傲的态度,或者揭露他们丑恶的品行,或者剖析他们的低级趣味和不切实际的爱情心理,或者指责他们附庸风雅的精神面貌,或者以对比手法显示他们的丑态。这种罗列写法既显得简洁,又能突出人物的肖像特点,收到很好的效果。这些肖像表明普鲁斯特十分注意观察上流社会人物,从他们的外貌去洞悉他们的内心世界,这对他后来写作小说有很大帮助。值得注意的是,普鲁斯特还采用了其他手法去描写人物。有时,他以第一人称来叙述,如第 4 节的第一部分和第 12 节;有时,他通过致附庸风雅者的口吻,与对方直接对话,如第 7 节的第四部分;有时,他以第二人称的叙述口吻来写,如第 8 节和第 13 节;有时,他在叙述中插入第二人称的段落,如第 9 节;有时,他以一出小型戏剧的形式来表现,人的领带、蘸水笔、书籍、钟、仙女逐一说起话来,最后是收场白,如第 11 节;有时,这是一篇简评,如第 14 节。这些别出心裁的写法已经超出模仿拉布吕耶尔的手法,更接近波德莱尔的散文诗集《巴黎的忧郁》(*Le Spleen de Paris*),并有所发展。普鲁斯特有意试验各种各样的写法,锤炼自己的写作能力。

《作为时间色彩的悔恨和梦想》完全是一首首散文诗的组合，一共有30节，3万余字，是《欢乐与时日》中篇幅最长的一篇。第1节《杜依勒里宫》描绘这个旧王宫辟成的花园早上的景象，反映出"春天的热烈"。但天空阴暗下来，快要下雨，这时又另是一幅愁惨的景色。第2节《凡尔赛宫》描绘秋末的一片肃杀景象，凡尔赛成了"树叶广阔的水面和大理石富丽的坟墓"。第3节《漫步》描写穿着华丽、漫步在乡村的家禽饲养棚中的动物，原来这是一只孔雀，它是真正的极乐鸟。第4节《听音乐之家》描写在一个春夜、秋夜或冬夜里，工作结束，一家人聚在一起，孩子、年轻的母亲和父亲各有所思，反映了心灵的一致。音乐的神秘对老人来说，是生和死的景象，对孩子来说，是大海和大地的诺言，对情人来说，是神秘的无限和爱情的半明半暗。第5节无题，作者认为今日的妇女想摆脱所有偏见，却通过偏见来理解原则。她们的怀疑论和艺术爱好像过时的首饰一样令人不舒服。第6节无题，作者认为野心比荣誉更令人迷醉；愿望能激发人，而占有欲使一切枯萎。第7节无题，描写一个连长打开他放信的匣子，里面有书信、明信片、枯萎的花，还有能令人想起当时情景的东西、照片。有的女人已经过世了，另外一些有十多年未见面。敏感、温情蕴藏其中，像一幅壁画，叙述他的生平。他回忆起接吻。所有的痛苦过去了，像所有人一样，他最后要死去。第8节《遗物》叙述我买下了不理我的意中人出售的一切：扑克牌、绒毛猴、小说、母狗，回想起一幕幕情景，"她最真实的美也许存在于我的欲望中"。第9节《月光奏鸣曲》的第一部分描写夜晚来临，月光把他唤醒，可以看到大海上的浪涛和白帆。树下响起轻微的声音，迅速增大，这是风吹树叶的沙沙声。两边是橡树的林荫道，像一条亮闪闪的河流。树林沉睡。只听到父亲在责备我，我的敌人在罗织阴谋。现实笼罩在这非现实的月光中。我不明白是何种神秘的相似将我的痛苦与大自然中的肃穆、神秘连接在一起。我的忧愁在月亮中看到它不朽的姐妹，我的心中升起忧郁。第二部分描写我听到脚步声，阿森塔向我走来。我们待在树下的黑暗中。我们面前有样东西发光，我们撞在树干上。我们在月光中行走。我哭了，我看到她也哭了。我们明白月亮在哭泣，它的忧郁与我们的忧郁结合在一起。月光柔美的声音直达我们心底。第10节《往昔爱情中的泪泉》认为小说家及其人物的爱情描写虽然感动读者，却不幸是人为的。我们往日的巨大爱情与目前的无动于衷形成对比，我们的情人和爱情只在美学上令我们愉悦，爱情引起的冲动和痛苦已经消失，作家描写出来，只成为一种心理现实。第11

节《友谊》描写友谊像温暖的床一样,令人回忆,其中有痛苦、有欢乐。第12节《烦恼短暂的有效》认为尤其应该感谢那些引起我们烦恼的朋友。在幸福生活中,人的命运显示不出来,而痛苦的美感能使我们的心灵听到责任和真实情况的话语。真正艺术家的忧郁型作品,说出有过痛苦的人的声音。第13节《坏音乐颂》认为要厌恶坏音乐,但不要蔑视它。正如没有风格的房子和淹没在趣味恶劣的题铭和装饰之下的坟墓,其形式并不重要一样。第14节《湖边邂逅》描写我坐车赴宴时在湖边遇到一个女人,她在远处示意让她上车,但我没有把她带走。因为她虽然有点姿色,却是个最令人讨厌的女人。我俩在宴会上见面时,我不承认刚才见到她。但我不能忘记那双打招呼的小巧的手,"那是安宁、爱情和言归于好的脆弱的象征"。第15节无题,描写血红的天空向行人提出警示:那边发生了火灾。有的火热的目光时常显露了让人思索的激情。但有时有些冷漠而快乐的人看来一副阴沉的目光,十分忧郁,好像他们的心灵和眼睛之间隔了一层滤色镜似的。第16节《外乡人》描写多米尼克坐在熄灭的炉火边等待宾客。每晚他都邀请几个大老爷来吃晚饭。他出身高贵,又很有钱。突然他听到有个声音在叫他,声调像在谴责他犯了罪。他抬起眼睛,看到一个陌生人。这个人责怪多米尼克没有邀请他,认为应该同他重修旧好。如果邀请他,就要辞退其他人。多米尼克表示不能这样做,向客人们打开门,并问外乡人他是何许人,但不敢回过头来。隐身的外乡人对他说,多米尼克再也看不到他了,他是多米尼克的灵魂;而别人会抛弃他。有个客人对他说:"永远不要单独一个人等着,孤独会产生忧愁。"第17节《梦》描写"我"进入梦的世界,看到多萝西·B夫人,同她亲切地接触:"爱情就像这梦一般,带着同一种变颜改容的神秘力量掠过我心头。"第18节《回忆的风俗画》叙述我们的某些回忆像荷兰的风俗画一样,人物往往并不重要。"我在团队里充满了这类场面……我怀着极大的温馨回忆起来。"这种画面真实而充满魅力。第19节《乡野的海风》描写香槟的一个小地方酷似海边景色:"在这道路的高处,阳光热辣辣的,风儿吹拂,阳光灿烂,道路升向光秃秃的天空,这不是我们要看到的白晃晃的阳光和白色的浪花起伏的大海吗?""房屋在风中像一只船那样咿呀叫,可以听到看不见的船帆鼓胀起来。"第20节《珍珠》写道:"正是你的存在给了我的生命这种精细的、忧郁的和热烈的色彩,就像给予在你的身体上掠过黑夜的珍珠那样。我就像珍珠一样生活,忧郁地按照你的热力来变化,如果你不把我保留在你身上,我就会像珍珠一样死去。"第21

节《遗忘的边界》引用19世纪历史家和散文家米什莱（Michelet，1797—1874）的话说，死神把它打击的人变美，夸大他们的美德；死神告诉我们，在每个人身上，善多于恶。我们哭泣死者，仍然热爱他们，长时间感受到他们不可抗拒的魅力。我们的心对所爱的人时常是盲目的。当爱情的大潮永远退去时，我们会捡到一些古怪而可爱的贝壳。第22节《真正的存在》描写在昂加丁的一个偏僻村落里，落日使水光潋滟，使心灵愉悦。只见蝴蝶一只只飞起在湖上，到达彼岸的花丛，然后返回。这些蝴蝶就在我们的心灵上飞来飞去，抚慰我们的心灵。我们曾经在昂加丁相爱过，"你陪我散步，在我的桌上吃饭，睡在我的床上，在我的心灵里做梦……你在我身上有着'真正的存在'"。我们去旅行，爬到山顶，目眩神迷。身边冰雪闪光，脚下的田野有道道急流。我们来到一白一黑像白珍珠和黑珍珠两个湖边。你的目光使我回想起一些古怪而温馨的地方。第23节《内心的日落》写道："像大自然一样，悟性也有它的景色。"我们在天空中看不到我们思想的神秘反映。第24节《宛如月光下》描写夜幕降临，月光照亮了房间。爱情泯灭，我感到恐惧。"我所有逝去了的幸福和业已愈合的悲伤宛如这月光一般，近在咫尺而又遥远模糊，它们凝视着我，沉默不语，它们的缄默激起了我的柔情，而它们的远离和微茫的淡影又使我沉醉于忧愁和诗意中。"第25节《爱情的光照下对希望的评点》描写我失去了爱情，意中人离开了我，"我不知道我怎么有勇气对您说出这些，我刚无情地抛却的是我一生的幸福"。希望不再存在。但我看到那边燃起大火，我想，回忆正在协助我们。第26节《树下》描写在山毛榉树丛下，"我们的思想不像在海边、平原、大山上那样，具有扩展到世界的快乐，而是只有与世界分离的幸福"。第27节《栗树》描写栗树丛下是神秘的洞穴，我羡慕在幽深的绿色阁楼里栖息的红喉鸟和松鼠。第28节《大海》描写海像音乐一样使我们迷醉，它不像语言，留下事物的痕迹，却模仿我们心灵的运动："我们的心灵与浪潮一块升起，与浪潮一块落下……将它的命运与事物的命运混合在一起。"第29节《马里纳》描写我宁愿在树木丛生的道路上漫步，这里的一切和香气预示着大海，我能隐约听到海涛声。在晴天，大海映出蓝天，白帆像蝴蝶停在不动的海面上。而浪涛汹涌时，大海像闪光的白雪。第30节《港湾的船帆》描写在狭长的港湾，行人观看停泊在那里的船只。船帆被风鼓起，艄斜桅向水面倾侧，船壳好像保持航迹的神秘的优雅。

这30节散文诗大致可以分为三类，一类是对大自然的咏叹或触景抒情，另一类是对友谊和爱情的咏叹,第三类是哲理沉思。有的互有穿插。纯粹描写景色的散文诗韵味少些,如《杜伊勒里宫》《凡尔赛宫》等。有的场景出现的意象较为奇特,如《漫步》写的是家禽饲养场中的孔雀,作者把孔雀看作极乐鸟,但它像希腊神话中的安德洛玛克一样,安德洛玛克被俘后如同奴隶一样织羊毛,但却保持着华丽的王室标记和珍宝饰物(指孔雀美丽的羽毛)。这笼中鸟是没有自由的,虽然长着一身美丽的羽毛,但不能得到美好的生活。普鲁斯特喜欢流连在树荫下,体会恬静、幽深的意境。他把红喉鸟和松鼠在那里做窝、栖息的栗树看成美好的处所,羡慕它们在神秘、嫩绿的巢穴里自由自在地生活的意趣。他也喜欢淡淡的月光和月光下的景色,欣赏朦胧的如梦幻般的景致。他描写月亮无声地"在天空和大海中展示这白蒙蒙的温馨的节日"。在这种情景中,他想象到失恋的凄苦:"我无法停止凝望这内心的月光。"时而他在月光中醒来,"我的梦在我周围扩展"。他有时也喜爱从山顶上俯瞰山下,感到空间寥廓的舒畅,或者歌唱波涛汹涌的大海,气象万千的雄伟景象。时而他在香槟的平野中感受到海边的景象和海风吹拂的愉悦。对大自然的描绘多半是抒情性的,带上了忧郁的情调。这类散文诗反映了普鲁斯特的典雅情趣。他对大自然的爱好在于寄托自己忧郁的心绪。他在社会生活中接触到的是上流社会的病态人物,只有在大自然中他才能感受到自由自在与平淡恬静。他从小就喜爱大自然,只是由于身体患病才不得不远离大自然。然而,他越是难以时常接触自然界,便越发想到在大自然中调整自己的心态,获得精神上的平衡。他要么喜欢宽广宏阔的景致,要么乐意待在月光下和树荫下。这与他倾向于宏大、幽深、柔美的意趣相吻合。这三种美感似乎是矛盾的,其实却能共处于一体。

第二类散文诗是对友谊和爱情的咏叹。普鲁斯特把友谊比作芬芳扑鼻的床铺,它能安慰忧郁而冰冷的心灵,以热烈的温情去拥抱忧思。作者认为朋友造成的烦恼有时倒能使人得益,因为痛苦能使人反思,正如忧郁能反映人的内心。爱情是散文诗的重要主题。普鲁斯特描写了对往昔爱情的怀念。第7节中的连长在翻阅旧日的情书、照片和实物时感慨万千,似乎还领会到那时接吻的快意和幸福,感受到往日的情意。但这一切已一去不复返了。第8节中的人物买下了过去意中人的遗物,这是对旧日爱情的怀念。他又想起与情侣在月光下的漫步。泯灭的爱情使人惆怅,它近在咫尺,又十分模糊。普鲁斯特对爱情的描写角度颇为独特,他不写现时的爱情,而是写往日的爱情,或者说写失意的爱情。普鲁斯特的独特还在于他认为文学作品中的爱情描写叙述的是过去的事实,是一种心理现实,而不是一种真正的现实,有人为的成分。"心理现实"一词用法新颖,普鲁斯特有时也用"情感现实"来表述,这与柏格森所说的"意识的直接材料"是一致的。普鲁斯特已经开始注重爱情中人的心理活动,而不是爱情中人的行为表现,这和他在《欢乐与时日》中的七篇小说的爱情描写是一致的。在普鲁斯特看来,心理也是一种现实,这与外在的现实有所不同,它是人们心灵活动的结果。他要挖掘爱情中细微的心理表现,并将回忆与爱情描写结合起来。这种描写方法也就是《追忆逝水年华》所使用的基本叙事手法。当然,《欢乐与时日》中的散文写得还不娴熟,缺乏普鲁斯特的巨著中细腻曲折、回肠荡气的描写和叙事本领。

第三类散文诗是哲理沉思。这组散文诗的总标题是《作为时间色彩的悔恨与梦想》,这个总标题本身就带有哲理含义,普鲁斯特将悔恨与梦想看作时间的转换物,悔恨与梦想本是心理概念,而时间是人类衡量宇宙运行的尺度;时间本身是没有色彩的。这里,普鲁斯特将心理概念、时间和色彩联系起来,这是运用通感的一种手法。他把悔恨与梦想放到时间的长河中去考察,使之具有新的哲理含义。应该指出,哲理含义在另两组散文中也有表现。如对人生的领悟:将家禽饲养场里的孔雀与被俘的安德洛玛克相比,一是极乐鸟,一是英雄之妻。两者身份相似,命运相同。无论动物界还是人间,都有发人深思的现象。第4节探讨音乐对老人、孩子、青年男女所蕴含的神秘意义,认为音乐表达了心灵的真正一致,在人的心中唤起不同的回响。作者也从中感悟到音乐中有着"生与死、海洋与天空的广阔和最普遍的美"。有对社会舆论的批评,如第5节分析了法国妇女的偏见,她们将一个女人做了好事,看成违背了自己的道德本能。这种偏见导致她们的怀疑和爱好不合时宜。有对欲望的分析,如第6节将野心与追求荣誉作了对比,占有欲败坏一切,而愿望能使人振奋;梦想自己的生活更美好,胜过去感受它。创造出不朽的恋爱的诗人,往往只认识平凡的客店女仆;而寻欢作乐者绝不会设想出他们所过的生活。这种现象令人深思。有对爱情的哲理思索,如第7节在叙述了连长翻阅过旧日与情人的照片后,感到往事若即若离,像手中的蝴蝶一旦松开,便再也抓不住。他心中的镜子已经褪色了,青春的气息再也不会掠过他的心头。爱情、青春已一去不复返。第17节把爱情比作梦幻,而且人们往往确实是在梦中感到爱情的幸福:"我猛然醒来,认出了自己的卧房,就像邻近地区暴风雨中紧跟在闪电之后的一声雷鸣,与其说是令人昏眩的幸福回忆接踵而至,不如说它已和确实得让人震惊的虚幻和荒谬化为一体。"有对人性的剖析,如第 12 节探索引起过我们烦恼的恶女人、残酷的朋友其实对我们也有好处,正如使人忧郁的剧本远胜于欢快的剧本,后者欺骗我们的饥饿,而不能平息饥饿;只有当利益给人戴上假面具,欲望改变了人的面孔时,人们的命运和幸福生活才显露出真面目。第 23 节指出悟性像自然一样有景致,旭日和月光也不能像忧郁情怀那样催人泪下,心潮澎湃。我们在乌云掠过时,是看不到我们思想的神秘反应的。有对心灵的解剖,如第 16 节将灵魂写成一个陌生人、外乡人:"我在你身上,但我永远离你很远。"第 21 节剖析我们对故去的人的怀念,尽管这个人有缺点,曾被我们咒骂过。我们的心是盲目的,但这种盲目是要结束不和谐。仿佛发现了顶峰之后,原谅的山冈便显现出真正的价值。第 28 节把心潮的起伏比作大海的波涛。上述各篇包含了相当广泛的哲理,但普鲁斯特不像蒙田(Montaigne,1533—1592)那样,是在怀疑论的哲学思想指导下去写作《随笔集》的,他也不像帕斯卡尔(Pascal,1623—1662)那样,阐述对世界和人生的深奥哲理思想。他还没有形成固定的哲学思想,只是对生活有某些感悟,有感而发,信笔写在散文诗中而已。同时他也不像象征派先驱波德莱尔、兰波(Rimbaud,1854—1891)那样,描述世界的丑恶现象,对散文诗进行语言写作试验。从这个角度来看,普鲁斯特的散文诗还只是一篇习作。

# 巨著之前的试笔

## ——普鲁斯特的《让·桑特伊》

1952年春,《让·桑特伊》①的发表引起了人们的极大兴趣。这部未完成的小说从1895年9月普鲁斯特到布列塔尼的贝格-梅尔(Beg-Meil)开始写作,至1895年秋写出前三章;1896年作了一些补充;1896年末和1897年夏天写出后来出版的小说的中心部分和末尾;1897年还作过一些补充;关于德雷福斯案件的部分和某些部分写于1900年至1901年之间。② 1896年3月,普鲁斯特为小说写过一篇"序言"。1908至1909年,普鲁斯特又捡起这部小说,重新阅读,有时还誊写(有的人物和场景后来直接搬到《追忆逝水年华》中)。普鲁斯特在活页、笔记本、父亲的办公用纸、通知书的背面、图画纸上写成,杂乱无章。贝尔纳·德·法洛瓦对普鲁斯特的手稿进行了整理,加上了章节的标题,以便于阅读。基本上按照主人公的年龄和题材来安排顺序:童年、居住地点、伊利埃、贝格-梅尔、雷韦荣、军队驻扎的城市(奥尔良、枫丹白露、普罗万)、政治事件、马里的丑闻、德雷福斯案件、上流社会生活、爱情、最后是双亲的晚年。《让·桑特伊》还有一些手稿未列入出版的小说中,特别在美国出版过一本由菲利普·科尔布(Philip Kolb)整理的《马塞尔·普鲁斯特,重新发现的文本》,具有不可忽视的价值。发表了《欢乐与时日》以后,普鲁斯特感到新的写作需要,这一回他不想再写短的篇章,也不想从他人的生活中撷取素材,而是从自己的生平中去挖掘。出版者引用了普鲁斯特的一段话作为小说的题

---

① 马塞尔·普鲁斯特:《让·桑特伊》(三卷本),安德烈·莫洛亚编,加利玛出版社,1952年。本文的相关引用均出自该著。下文凡引用只随文注明出处,不再一一说明。

② 莫里斯·巴尔德什:《小说家马塞尔·普鲁斯特》第一卷,七彩出版社,1971年,第58页。

词:"我能称这本书为一部小说吗？至少也许是,甚至于是我的生平的本质所在,不插入任何东西,是在我的生活流逝中令人心碎的时刻凝思而成的。这本书决不是制作成的,而是收获的成果。"可见《让·桑特伊》有明显的自传成分。

小说长达 780 余印刷页,约为《追忆逝水年华》的四分之一。小说发生在 1895 年 9 至 10 月间,在贝格-梅尔,两个年轻人与一个名作家相识,作家死前给他们留下一部小说的手稿,让他们发表。让·桑特伊是这部小说的主人公。这个孩子十分敏感,他对母亲十分热爱,后来爱上一个小姑娘玛丽·科西舍夫。长大后,他忘记了玛丽,喜欢上哲学教师,由同学亨利·德·雷韦荣带到上流社会,热衷于德雷福斯案件引起的争论。最后他重又关心双亲。让·桑特伊是一个 17 世纪写作拉丁文诗歌的诗人,还是普鲁斯特取自一个地名,就不得而知了。① 普鲁斯特想将小说写成从歌德到巴尔扎克式的成长小说,通过一个中心人物的一生(作者隐藏在其中),以第三人称写成。

研究者从《让·桑特伊》中看到了普鲁斯特如何放弃了模仿法朗士、莫泊桑、乔治·艾略特、詹姆斯、哈代,一步步走向《追忆逝水年华》,但最后的结论是,《让·桑特伊》与《追忆逝水年华》有天壤之别,从前者到后者有一个质的飞跃。虽然如此,《让·桑特伊》与《追忆逝水年华》仍然有着密切的关系,研究两者之间的联系和差别是一个十分有意义的课题。

安德烈·莫洛亚的见解有代表性,他指出:"《让·桑特伊》是一部与《追忆》截然不同的书,不仅由于它没有写完,而且因为还缺乏杰作的关键主题(这部杰作将是写一个神经质和身体羸弱的孩子变成一个艺术家),缺乏主要人物(奥黛特·斯万、夏尔吕斯、勒格朗丹、凡德伊和许多其他人物还没有产生)的延续,还没有决定以第一人称写作,以及投身于索多姆这个充满硫化物的深渊。"②莫洛亚认为当时普鲁斯特还不知道罗斯金,正是罗斯金教会他如何写作,一个文人可以从造型艺术中获得启示,学会用紫晶和珊瑚雕刻出最普通的花朵、水波或焖牛肉。莫洛亚的论断似乎不完全准确,要说《让·桑特伊》与《追忆逝水年华》截然不同是对的,但认为普鲁斯特在《让·桑特伊》中并未提出索多姆则不符合事实,至少在这部未完成

---

① 见让-伊夫·塔迪埃:《普鲁斯特传》第一卷,加里玛出版社,1996 年,第 480 页。
② 莫洛亚:《追忆马塞尔·普鲁斯特》,阿舍特出版社,1949 年,第 19 页。

的小说中有两处(第 16 至 18 页与第 270 至 272 页)涉及索多姆的现象(同性恋)。另一个法国评论家莫里斯·巴尔德什认为:"《让·桑特伊》不是一部深思熟虑、仔细加工琢磨的作品,而是第一次自发的喷涌而出,似乎不与写作的意志、也即建构的意志有关,而是与一种发泄和自我询问的需要有关。"①小说谈不上什么主题,也并不联贯,表达甚至很幼稚,普鲁斯特并不注意小说的结构,随意而写,材料也未经很好地选择,因而这是一部失败的作品。这只是一部将作者生平综合起来的作品,不能构成"想象性的生活"。

以德雷福斯案件为例,《让·桑特伊》正面写来,十分详尽。出版者将这一部分分为五章,题为《玛丽的丑闻》。德雷福斯变成了达尔托齐,但只用了一次:"达尔托齐以犯有出卖涉及法国安全的文件而被捕,并没有向他出示文件就被判监禁,押送至圭亚那。"在 40 页的叙述中,主要是写左拉案件的三次开庭(1899 年 2 月 7 日首次开庭)。在一个月中,让·桑特伊每天早上去刑事法庭,只带上三明治、葫芦里装上咖啡,一直待到下午 5 点钟,始终处于激动之中。这个插曲的主要人物沙尔·马里是个政界要人、议员、前部长,因财政丑闻而毁了前程。作者表现他在下台前和发生丑闻前后的不同态度。发生于 1891 年至 1892 年之间的巴拿马事件丑闻的主角约瑟夫·雷纳克是斯特劳斯夫人沙龙中的权威人物。沙尔·马里去世时,一些部长、意大利的大使、共和国总统的传令官都来向遗孀致哀。这个人物似乎在影射生活中的莫里斯·卢维埃(1842—1911)。他做过记者、议员、参议员,担任过商务部长,擅长财政问题,1889 年至 1892 年任财政部长。巴拿马事件时辞职,后来又东山再起。这是一个当时十分活跃的政界人物。可以看到,《让·桑特伊》对德雷福斯案件的描写运用的是传统的现实主义笔法,特别受到巴尔扎克的《阿尔西斯的议员》和《一件无头公案》的影响,即以一个想象的人物去影射一个实有的人,或者简单提到一个现实人物的事(如皮卡尔上校被判处五年徒刑),从而反映出这一对法国人生活产生过重要影响的事件。

在《让·桑特伊》中,描写上流社会的场景多至 30 来个,分别是:德罗什夫人的宅第——库龙布小姐的府第——杜罗克先生——为什么亨利犹豫不决把让介绍给德·于特雷纳先生——德·特拉弗先生——佩罗丹子爵——两个军官——军

---

① 莫里斯·巴尔德什:《小说家马塞尔·普鲁斯特》第一卷,第 66—67 页。

人——加斯帕尔·德·雷韦荣子爵夫人——布雷松上校——马梅特夫人——盖罗-乌班一家——雅克·博纳米——德·雷韦荣公爵——德·蒂昂日夫人——洛朗斯夫人——英国女人的故事——《弗雷德贡德》的首场演出——达尔托齐和女人——对峙和弥补——另一次决斗——"怜悯"守护堂——城里的一次晚宴——德·瓦尔托涅侯爵夫人——贝尔戈特展览会——克雷斯梅耶夫人的晚宴——亨利·洛瓦塞尔——荷兰修女——德·龙普罗尔子爵夫人之死——德·克洛兹泰尔夫人的故事——德·雷韦荣侯爵的莫奈的作品。而《追忆逝水年华》的这类场景只有10个。《让·桑特伊》对上流社会的描写与普鲁斯特的生平十分吻合。小说开始时，桑特伊17岁，到最后几章他21岁。此外，《让·桑特伊》写到贡多塞中学、上大学(政治科学学院)的生活、和双亲的激烈争吵、志愿参军、同一个保皇党人的通信，这些情节在《追忆逝水年华》中都没有再出现。

从《让·桑特伊》中，人们不难发现，在细节上而不是在整体上，有不少地方预示了这位作家的未来倾向，存在某种描写现实、对某些问题感兴趣的方式，写作小说的某种方法，某种风格；《追忆逝水年华》中的某些人物和情节已在这部小说中出现，例如：母亲的亲吻(第65至70页)；钟楼的钟声引起的迷醉(第85至86页)；同吉尔贝特(《让·桑特伊》中的名字叫玛丽)在香榭丽舍玩耍以及邀请(第93至100页)；小径中的山楂花，后来发展成绣球花、丁香花、白玫瑰(第197页,第二卷第10页和第44至45页)；埃尔奈丝丁折磨手下的厨娘，同热纳薇艾芙·德·布拉邦特和戈洛一起看幻灯；贝尔特朗·德·雷韦荣与圣卢的相似；第二卷中德·雷韦荣公爵夫人举行茶会；她在《妙龄少女身旁》中成为奥黛特·斯万(第26至27页)，随后又成为像维尔迪兰太太那样的专制主妇(第240至242页)；让·桑特伊同贝格梅伊饭店的第一次接触(第二卷第174至178页)与《追忆逝水年华》中叙述者和巴尔贝克大饭店的第一次接触是相应的；随后打电话的场面(第二卷第178至181页)包含了某些句子，普鲁斯特后来加以发展，写成类似的场面；在《一个外省小城》的标题下，可以看到未来的东锡埃尔(第276页)；德·诺尔普瓦先生已经存在，但还不完全，事先已分成两个人，一是政治科学学院教授布瓦扎尔先生，他表达同样的文学观念，像诺尔普瓦后来评论贝尔戈特那样评论阿纳托尔·法朗士，另一个是外交家杜洛克先生，他讲大使的语言，却具有共和思想，像平民那样(第三卷第21至25页)；在第三卷末，出现了《追忆逝水年华》中关于阿尔贝蒂娜的两个著

| 法国经典文学研究 |

名场面的草图,即叙述者的嫉妒,在巴尔贝克饭店中女同性恋者的半招认和差一点接吻(第 213 至 217 页和第 256 至 262 页);《让·桑特伊》中两个女主人公弗朗索瓦丝和沙尔洛特是两个少女,她们毫无关联。如此多类似的场面和描写,说明这两部小说的渊源关系。读者会感到面对《追忆逝水年华》,但又是如此不同,很难想象 20 年后作者的才能会发展成那样。总的说来,两部小说虽有相同之处,但不同是主要的。普鲁斯特当时还不会选择,不会割弃,不会建构,不会写长篇。《让·桑特伊》只能看作巨著之前的试作,一部并不成功的试作。

不过,《让·桑特伊》有两方面值得我们注意。一是这部小说中的人物与《追忆逝水年华》中的某些人物有一定的联系,两相对照,能使我们看出普鲁斯特笔下人物的发展过程。在后来发现的手稿中有一个让·桑特伊遇到的陌生人。这个专门欺负弱小的人,侮辱他们,折磨他们,他把一个魔术师弄到出血,以此作乐,还让魔术师失去演出赚来的 12 苏。这个人物令人想起《追忆逝水年华》中的夏尔吕斯。[①] 另外,在普鲁斯特青年时期的手稿中有一个场面,描写一个上尉,他是一个色鬼,勾引一个下级军官。[②] 他也像夏尔吕斯。二是《让·桑特伊》表明了普鲁斯特在写作这部小说时,思想还不成熟,也没有找到独特的表现手法。

在《让·桑特伊》中,爱情占有很少位置。主人公虽然时常恋爱,但很快就时过境迁,置诸脑后,读者不知道他的内心变化过程。《让·桑特伊》中有些不重要的场面,而在《追忆逝水年华》中,则变得富有悲剧性。凡德伊的乐句在斯万和奥黛特的心中引起深刻的回响,成为"他们爱情的国歌",而在《让·桑特伊》中,类似场面的描写十分简短,是在一个年老的男人和一个不爱他的女人之间进行的:"他们回忆起一段乐曲,有一晚,他们俩都十分喜爱,要求茨冈人再演奏一遍。在乐句中正好有一点爱情。老者感情激动,而让人感到他的快乐中有纯粹主观的东西,同时又有丑恶的东西。"随后在第 222 至 225 页中,这个乐句又出现了,不过没有这样引起感情激荡。作者写道,这个乐句来自圣萨恩的奏鸣曲,与让·桑特伊对弗朗索瓦丝的爱情有关,不久他就与她分手。这个与感情低落有关的乐句,没有引起他的难受,就像后来在斯万身上发生的那样,只引起了他的

---

[①] 见《马塞尔·普鲁斯特,重新发现的文本》第一卷,伊利诺瓦大学出版社,1967 年,第 6 页及以下。
[②] 同上书,《一个上尉的回忆》,第 84 页。

一点忧郁:"她周围的一切都改变了,但是它却没有改变。它比他们的爱情延续得更长,它比他们延续得更长。"十年以后,他重新高兴地听到这个乐句:"在他的记忆中,它是美的,但它变成了一幅画出的侧影那样。"让·桑特伊发现,回忆起别的音乐,"能保留过去,而不会割裂它……舒曼的旋律能使我们回忆起以前唱出它来的熟悉声音"。(第一卷第165页)对音乐的描绘在两部小说中有着密切的关系。普鲁斯特这时期对爱情已经抱着一种悲观的观点,他写道:"在我们看来,爱情更像一种主观感受:因此,这是一种乐趣,我们知道它的条件,爱情不是去寻找一件我们必须完全隶属于客观存在的东西。"(第三卷第126页)在普鲁斯特笔下,爱情不是"心灵的间歇",没有怀疑、后悔和折磨,只不过"让的愿望朝向不可能得到的东西"。他感到嫉妒,知道自己的感情缺乏逻辑。总的说来,爱情在《让·桑特伊》中只起到插曲的作用。

关于艺术家和文学创作问题,《让·桑特伊》提出了一些不确定的和自相矛盾的观点。小说的序言只有几行字,普鲁斯特指出,这个问题对他并不特别重要。而在《追忆逝水年华》中,普鲁斯特将画家与作家对立起来,画家在快乐和自信中创作,而作家要受到永恒疑虑的折磨,要做出牺牲才能完成作品;前者是埃尔斯蒂尔,后者是叙述者。在《让·桑特伊》中,小说家C的面貌与气质与埃尔斯蒂尔相同(第34至44页),这是一个孔武有力而潇洒的人:"我们的人终于进来了:他看来很快乐,浑身脏兮兮的,愉快地坐在两位英国太太中间,他好像同她们来往密切。"(第35页)他长时间散步,一面构思。他在一个灯塔看守人那里写下笔记,他同灯塔看守人建立了友谊。在他看来,文学创作是一种自然和快乐的现象:"他整个身体做出一系列强烈而细致的动作,尤其是双手,在他抬起头时,猛然合拢,仿佛做出模仿思维的努力……然后突然之间,他显得很快活,准备写作。"(第37页)他和布列塔尼的渔民一起来到海上:"由于C很强壮,喜欢严酷的天气,超过其他天气,他常常脱光衣服,从船上跳下去,尾随着船游上好几个小时。"(第39页)随后读者得知,C写下的是遥远童年的回忆,同当时他所处的地方和情况并无联系。在他看来,艺术是十分崇高的:"C可能把他的作品献给一个朋友,献给所有的人。"(第46页)这同小说家的谦虚是有关的:"我们通过他知道,毫无疑问,他所写的东西是严格真实的历史。他很抱歉地说,他没有任何杜撰,只能写他个人感受到的东西。"(第53页)小说中提出如下这个问题,正是普鲁斯特一直在思索的问题:"存在于一个作家生平和他的作品之间,在现实和艺术之间,更确切地说,像我们那时所认为的那样,在生活的表面和构成生活的永恒本质、艺术从中而出的现实本身之间的秘密联系和必要的变形是什么呢?"(第190页)普鲁斯特提出了现实与艺术之间的关系这个根本的创作问题,他还未能加以解决。

在第一卷中,只有一小段与艺术家和文学创作多少有关,但措词模糊,抽象,不太准确,仿佛出于偶感:"大自然不时向我们口述一些显现,我们感觉到,写下来是很重要的,而我们并不关心写下来是否使我们的思想和出色的感觉变得有价值,相反,却有一种强烈的排斥,丝毫不愿向这个人或那个人让步。"(第289页)另外一段话说得更准确,更有意思,就在第二卷开头,关系到完全不同的人物,即让·桑特伊以前的老师吕斯坦洛尔。桑特伊最后受到诱惑,这种诱惑后来毁了斯万,甚至小说家贝尔戈特:吕斯坦洛尔选中了生活,而不是文学。他骑自行车周游法国,热切地关心时事,认为其中有着比所有书籍更多的真相。由此而引出不赞成流行观点的评论见解:"让一面听,一面朦胧地发现,文学中真实的东西,是完全精神的劳动的结果,不管结果是不是物质方面的……以致文学的价值决不在作家眼前发生的神秘现象中,而是在他的头脑、在他身上起作用的活动的性质中。"(第29页)这段话强调文学创作是作家头脑的产物,文学作品与现实生活有所区别,问题不在于作家描写什么样的生活,而在于他的头脑是如何理解生活和表现生活的。这样的理解是十分精辟的。普鲁斯特的见解显然不同意自然主义实录生活现象的主张。

普鲁斯特在随后的200页中完全不谈文学创作问题。但他并没有将它束之高阁,这个问题终于突然重新出现,没有过渡的文字,令人十分吃惊。这段话已经像《重现的时光》中那段有名的话。普鲁斯特为了使这篇文字显豁,作了十分细致的准备。《让·桑特伊》中的这一大篇话(第230至234页)已包含了有关时间的理论:

> 人们可以将这种不可见的实质称为想象,想象不能运用于眼前的现实中,也不能运用于以往的现实中,因为以往的现实就处于眼前的现实中;对诗人来说,难道美和幸福不是存在于这种不可见的实质中吗?肉眼看到眼前的现实,今天和以前都看到它;所以在肉眼和眼前的现实之间,飘浮着这种神圣的想

象,它也许是我们的快乐,我们在书中找得到,而在我们周围很难找得到……诗人美妙的时刻正在这里,这时,偶然将一种感受运作起来,这种感受包含着过去,使之对过去的想象与还没有认识的过去相识。

普鲁斯特虽然没有运用时间这个词,但他所说的"不可见的实质",以及"眼前的现实""以往的现实"已经包含时间的概念。普鲁斯特力图将过去与现在联结起来,认为这是具有重要意义的探索,尽管他还没有找到实现的办法。小说接着写道,这种感受以某种香味的形式表现出来:

> 因此,我一面感到它,一面感到整个生命升腾起来,我的想象还不认识它,这时它凝聚起来,在品味着,我不知道是不是存在于我感到的气味中,还是存在于我的记忆呈现的同样气味中,或者更确切地说(我喜欢作如是想),存在于两者共有的本质中,存在于两者的一致中,仿佛必须这样,才能使一种感觉失去个人的东西,这是感觉在现时所拥有的,可以感受到,而记忆却不能抽取出来。

这种近乎哲理的议论,体现了普鲁斯特对香味给人的感觉的初步领会,不过在《让·桑特伊》中,普鲁斯特还没有运用到小说里,而停留在议论上。

在这篇文字中还有一些不确定的因素。尤其是,这想象指的是什么?与《重现的时光》相比,有这样两个不同之处:首先,这是对诗人而言的,与让·桑特伊无关。其次,诗人在发现了想象的作用后,可以利用这想象,并不是这想象使他成为诗人。因此,《让·桑特伊》中作者所表达的思想,达不到《追忆逝水年华》的高度。值得注意的是,《让·桑特伊》中多次提到了通感和记忆再现的关系:"事实上,他不再贪婪地消耗生活,带着一种忧郁去看生活消失在享受之下,而是充满信心地品味生活,懂得有朝一日他会重新找到在这种时刻显现的现实,只要在一阵风中、火的气味中、低垂的或阳光灿烂的或快要下雨的屋顶之上的天空中突然回想起来。"(第339页)人的印象、声音等在我们不知不觉中储存着我们的生活,它们能够在我们身上奇迹般表现出来。在新发现的手稿中,有这样的叙述:"让必须冒失地把他心灵中已经深藏的奥秘传达成文字,让这些奥秘真切地保留起来……有朝一日钟声获得了灵魂,使之表现出来";"只有让我们感觉到我们已经感觉过一次的东西,它才会引导我们笔直走向我们记忆这个神奇的世界;记忆变成了真实的世界";我们的生活"不知不觉地寄存在远离我们的事物之中","我们写下的篇章是我们生活的不同时刻的综合"。① 当然,对记忆与创作的关系,普鲁斯特还是十分朦胧的,又如小说中的这一段:

  雨滴开始落下,一注重新露脸的阳光足以使分记忆起多雨的秋天、阳光灿烂的夏天、他一生完整的时期、他心灵晦暗的时刻,他沉醉于回忆和诗意中,这时心灵明朗起来。有多少次,我们躲起来,看到了他。他好像正面看着某样他不很明白的东西。他的身体由于一系列强烈而细腻的动作,尤其由于他抬起头来到握紧拳头的手,仿佛在模仿他的思想的努力。然后他突然显得很快乐,准备写作了。(第186页)

  这段话将眼前的事物、观看和回忆联系起来,不过说得还很含混。小说中另一段话写道:"正当我们生活在现时,我们还不感觉到现实……但是它突然返回到不偏不倚的记忆中,使我们飘浮在处于共同本质的现在和过去中,而在现在中,这本质使我们记忆起过去,在我们心中扰乱我们。"(第537页)这段话已将现在和过去沟通起来。在《追忆逝水年华》中,读者可以看到作家的类似思索,当然这种思索已经成熟,成为普鲁斯特运用通感的重要途径。再者,普鲁斯特在《让·桑特伊》中对时间已经很敏感,对他来说,时间既是一种神秘的现实,又是一个小说的源泉。他看到时间像水、天空和空间那样,是一个重要的元素。时间会被不由自主的回忆一下子把我们接触到的气息所搅乱。当然,他还不知道时间能够成为意识流的分析手法和工具。

  关于灵感,《让·桑特伊》(第二卷第304至313页)也有所触及。作者以讽刺的语言去写加斯帕尔·德·雷韦荣子爵夫人,而明显地赞赏德·诺阿依伯爵夫人的诗歌才华。灵感被写成一种持久的才能,有时作用于诗歌创作,有时却导致子爵夫人对世界产生美化和可笑的幻象。

---

① 分别见《普鲁斯特,重新发现的文本》第一卷第86页和第二卷第227页。

在小说末尾,有几页关于文学家的重要补充(第三卷第 298 至 306 页)。这里牵涉到一个难以确定的人物,即作家西尔万·巴斯泰尔。他也是一个学士院院士,从前似乎有过才能,甚至天才,但他受到上流社会的诱惑,有点像年老的贝尔戈特。他感到"有责任投身于有时来到他脑海里的思想"。这些思想转成一个图像,但他"还不了解自己的思想,把这些思想隐藏在他眼前看到的图像下面……此外还有一种想法,就是要超越过去,使人感觉到千百种思想"。虽然他投身于艺术,可是他仍然是一个赶时髦的人,满足于在上流社会的高贵地位。而应酬活动却使他的思想僵化,变得懒散,他只在黑夜工作。他从年轻时起,就解决了生活提出的各种问题,显示了才华。他感到写作的乐趣,"没想到以后这会成为一种职业,更没想到这种才能在他身上仿佛一种使命"。但"逐渐地在他身上的诗歌才能变成了他的精神生活的中心,他的信仰斗争采取了另一种形式。好的方面有助于他的灵感,坏的方面是使他的灵感衰竭"。至此,一个诗人的面目终于清晰起来。

从人物描写和小说中插入的有关文学创作的议论来看,《让·桑特伊》不是一部成熟的作品,只不过显示了普鲁斯特在 19 世纪末的思想状态。他尚未找到表现人物的方法,他的文学观点也尚未确立,以致写到后来,他感到写不下去,终至搁笔。但这次写作并不是一无所获,至少他进行了练笔,为以后的巨著作了准备。

*《外国文学研究》2012 年第 5 期*

# 多方位、多声部的叙述方式

## ——普鲁斯特《追忆逝水年华》的叙述创新

评论家一致认为,《让·桑特伊》是一部平凡的小说,没有多少创造性。这部小说用的是第三人称写法。普鲁斯特终于放弃了这类写作。《追忆逝水年华》的一个飞跃就是采用了第一人称写法。自中世纪以来,自传、回忆录用的自然是第一人称,但这不是小说。第一人称的写法在18世纪开始流行起来,原因之一是书信体小说获得青睐。不过这仍不能算是真正的第一人称写法的小说。第一人称的写法在19世纪获得了很大发展,仅就巴尔扎克而言,他的短篇小说就有多种多样的写法。巴尔扎克喜欢采用小说人物讲故事的方式,或者通过次要人物将主人公的生平叙述出来,或者由人物讲述从别人那里听到和了解到的事,或者主人公将自己的经历讲给"我"听,或者由主人公讲给别人听,或者由"我"将听到的故事写下来供人阅读,或者在"我"的故事中套出另一个故事,这才是正题。至于莫泊桑,采用第一人称的写法就更多了,在他的300篇短篇中,约有140篇是用第一人称写法,或由叙述者讲述亲身经历和目睹的遭遇,或由叙述者对朋友讲故事,或叙述者直接诉诸读者,讲述个人回忆,或叙述者讲述听到的事,正文则用第三人称,或用书信体。第一人称写法的优点是能与读者直接交流。作为长篇,第一人称的写法往往只能是一种。《追忆逝水年华》这样长的篇幅,倘若采用一种方法,不免会显得单调。为此,普鲁斯特需要另辟蹊径,他的努力获得极大成功。在《欢乐与时日》中,普鲁斯特已经运用过第一人称。在《亚眠圣经》的序言中,多次出现了第一人称的回忆。《驳圣伯夫》的小说部分用的已是第一人称。不过,在写《斯万的爱情》时,普鲁斯特仍然用第三人称。使用哪种人称的写法,普鲁斯特是经过长时期思考和摸索的。

## 一、叙述者不等于作者

曾经有不少人认为,《追忆逝水年华》是部自传,至少是自传性小说。普鲁斯特的经历和人物之间确实有很多相似处。例如,作品的确重现了普鲁斯特一生的大致轮廓:童年、社交生活、隐居生活。他在家庭生活中喜欢闹别扭,不听母亲的话,曾将贝尔特朗·德·费纳隆的帽子踩坏,买自动钢琴,在交易所赔钱,阿戈斯蒂内利走后,普鲁斯特设法叫他回来,相同的文学志向,影射《让·桑特伊》是部失败的小说,翻译过罗斯金的作品并加以评论,只创作了一部巨著,等等。早在1925年,列昂·皮埃尔-坎(Léon Pierre-Quint)在《马塞尔·普鲁斯特,他的生平和作品》以及1928年莱奥·斯皮策(Leo Spitzer)在自己的著作中就持这种观点。直至1952年,乔治·卡托伊(Georges Cattaui)在《马塞尔·普鲁斯特。普鲁斯特和他的时代》中认为:"我说'马塞尔',没有人不知道,这是主人公或叙述者的名字,也是作者普鲁斯特的名字,就像但丁是《神曲》的中心人物一样。"[1]1960年,让-弗朗索瓦·勒韦尔在《论普鲁斯特》中认为:"倘若我不加区别地写下'普鲁斯特'和'叙述者',但愿普鲁斯特学者原谅我。"[2]另一方面,1943年马丁-肖菲埃(Martin-Chauffier)在《汇集》杂志的"小说问题"专号上发表《普鲁斯特和四个人物的双重"我"》一文,反对将普鲁斯特与叙述者混为一谈。1950年,热尔曼·布雷(Germaine Brée)在《从失去的时间到重现的时光》中也指出了将两者混同的错误:"第一人称的叙述是有意的美学选择的结果,而不是直接说心里话、忏悔、自传的标志。"[3]他还说:"普鲁斯特和一部分经验,超过了叙述者,并体现在许多其他人物身上。"[4]布雷的观点已基本上阐明了《追忆逝水年华》的写法在艺术上的特殊意义:叙述者有别于作者,这是作者艺术经验的升华。

早在翻译罗斯金的《芝麻与百合》时,普鲁斯特就意识到小说家不应描绘整个自己。他在这部译作的序言中以法国作家弗罗蒙坦(Fromontin)和缪塞(Musset)为

---

[1] 乔治·卡托伊:《马塞尔·普鲁斯特。普鲁斯特和他的时代》,朱利亚出版社,1952年,第195—196页。
[2] 让-弗朗索瓦·勒韦尔:《论普鲁斯特》,朱利亚出版社。
[3] 布雷:《从失去的时间到重现的时光》,美文出版社,1950年,第15和14页。
[4] 同上。

例，认为应从他们的失败写法中吸取教益："即使一本书不是一个强烈个性的镜子，仍然会是某些精神缺憾的镜子。在观察缪塞的一部作品时，我们发现第一面镜子里有着某种'区别'的不足和愚蠢的东西，在第二面镜子里有着议论空泛的东西。"①普鲁斯特说过："确实，由于极端疲惫，在某些纯粹物质性的细节上，我借用自己的真实特点，而懒得为主人公去臆造。"②普鲁斯特也曾指出过："有些读者以为，我运用任意而偶然的联想是在写我的故事。"③他否认这是自述或忏悔录，他与主人公不能等同。他从来不写日记，甚至不愿意"记录自己的思想"。他的笔记和草稿中没有任何日期或对当天生活的评论。他认为逐日记录的作家没有出息。他不想倾诉自己的感情。

在《追忆逝水年华》中，普鲁斯特有意将叙述者的生平和经历改变得与自己的不同。在《让·桑特伊》中，父亲在授课（普鲁斯特的父亲是医学院教授），而在《追忆逝水年华》中，他在外交部当局长。母亲的作用缩小，外祖母的作用增大；母亲的几个重要特点移植到外祖母身上，母亲的死变成外祖母的死；同现实生活相反，外祖母去世带来的悲痛变得淡薄了。父母变成品德高尚的象征，而叙述者也不是十全十美。普鲁斯特的弟弟的形象消失了，叙述者成了独生子。普鲁斯特所读的哲学班也消失了，中学一词只是偶尔被提及。作者的大学生活也被删去。叙述者的旅行地点与普鲁斯特不同。普鲁斯特在母亲去世后到疗养院住了一个月，而叙述者却在那里度过漫长的岁月，使他远离生活，却发现了时间和文学。叙述者与生活中普鲁斯特这个积极的德雷福斯派不同，这个案件在小说中只得到侧面的描写。叙述者并不像普鲁斯特那样重病沉疴。他十分懒散，怀疑自己的天资，直到他年近衰老，在盖尔芒特家的聚会上才突然受到启迪写作，不像普鲁斯特那样早就认为自己是小说家。普鲁斯特有意将叙述者写成一个比自己年长的人物。而当这部小说诞生的时候，普鲁斯特还不到40岁。叙述者在叙述时已经年纪很大，并且认为自己要死。总之，普鲁斯特一再将自己与叙述者区别开："叙述者说'我'，而他并不总是我。"④他认为，"在作家的生活与创作之间，现实与艺术之间，存在必不可少的

---

① 见《阅读的日子》，《仿作与杂记》，加里玛出版社，1927年，第265页。
② Corr., t. Ⅷ, Plon, Pairs, p. 218 – 219.
③ 同上书，第69页。
④ 《专栏文章》，加里玛出版社，1949年，第210页。

变化"。① 这表明普鲁斯特是将小说与生活区别开来的。他的朋友苏代说得很对:"你十分细致地将'叙述者'与我加以区别。"②

普鲁斯特将自己的许多因素给了小说中的其他人物。例如斯万(《索多姆与戈摩尔》Ⅱ,第704—705页)、布洛克(《重现的时光》Ⅲ,第944页),勒格朗丹、夏尔吕斯、维尔迪兰夫人(《盖尔芒特家那边》Ⅱ,第193页)。

普鲁斯特很少描绘叙述者的外形。叙述者留着"不整齐的髭须",有一头"漂亮的头发"和一双"漂亮的眼睛",皮肤苍白,神态高雅,额角"纯净而且隐藏着许多东西"。小说只有两次提到他的名字"马塞尔",但从来不提他的姓。他的精神特点也不明确,小说描写过他的几次爱情,最后才提到他要成为作家的志向。他一直保持面目不清的神秘色彩,他也承认,读者会对他"印象淡薄"。

普鲁斯特显然有意与小说中的"我"保持距离,避免将小说写成传记。他从罗斯金的作品中领悟到这一点:"在任何推理中,他从不说'我'。'他'仅仅是思想形成之处,这些思想时时在挑选、制造和修改能体现自己的唯一必然的形式。"③第一人称的叙述方式只不过是普鲁斯特用来描绘和表现现实的手段。但他的方法与传统作家的手法有所不同,这个"我"不是普鲁斯特本人,又包含了普鲁斯特的某些因素,不过这是经过改头换面的因素。因此,完全可以说,《追忆逝水年华》中的叙述者是普鲁斯特笔下的一个特殊的人物形象,他具有朦胧性和神秘性,既有真实的感情又不可捉摸。

## 二、叙述者的作用

《追忆逝水年华》中叙述者的作用是多方面的。普鲁斯特很有可能从柏格森的著作中获得启示。柏格森在《论意识的直接材料》(*Essai sur tes données immédiates de la conscience*,1888)中区分了"两种我的面貌",其中,有实际悟性的我具有表面的我的外貌,与外界和社会习俗发生关系,竭力向我们表现出更深刻、无

---

① 《让·桑特伊》,第54页。
② Corr., t. Ⅲ, p. 75 - 76.
③ 《芝麻与百合》,法兰西的默居尔出版社,1906年,第85页注。

可比拟地更生动的我,但这个我,语言难以忠实地表现出来。柏格森指出:

  因此,我们如今面对我们自身的阴暗部分:我们以为分析了我们的感情,我们实际上以并列的不活动状态来代替它;这些状态用语言表现出来,每一种都构成在全社会形成的特定情况下感觉到的共同因素,因而是非个人的残留物。所以我们要对这些状态进行议论,给予我们简单的逻辑思考:我们只通过这一点把它们区分开来,使之上升为类型,准备好为将来推断之用。倘若有个大胆的小说家,撕开了习俗影响下的自我巧妙地编织的幕布,向我们呈现出表面逻辑下的荒谬绝伦,在这种并列的普通状态下对千百种不同印象的无限洞察力;而这些印象在我们表现出来的时候已经不再存在了。我们庆贺自己这样做是超出自我了解的程度。然而这算不了什么,正是由此,它展现出同一时间中我们的感情,用语言表达出这些感情的因素,从而只向我们呈现出这些感情的隐蔽部分:只不过,它支配了这隐蔽部分,以致使我们去怀疑投射出这隐蔽部分的对象异乎寻常的和非逻辑的本质;它使我们去思考,在外界表现中放进某些矛盾和相互渗透的东西,这种东西构成被表现的成分的本质。在它的鼓励下,我们一时之间揭开置于我们和我们的意识之间的幕布。它使我们重新面对自身。

  倘若我们打碎语言的框架,竭力抓住我们自身处于原始状态的思想,就像我们摆脱了空间纠缠的意识所感觉到的思想,我们就会感到同类的吃惊……我们最看重的见解是,我们可能最不自在地意识到的见解,而我们论证这些见解的理由,很少是使我们决定加以采纳的理由。从某种意义上说,我们是无缘无故地加以采纳,因为在我们看来具有价值的东西,正在于它们适应我们所有的其他思想的共同色彩,正在于我们一开始便在其中看到我们身上的某种东西……此外,我们所有的思想远远没有纳入我们整个意识状态中。很多思想飘浮在表面,如同池塘中的枯叶。我们的意思是指,当我们的头脑在思索时,总是在不动的状态中重新找到这些思想,仿佛它们外在于我们的头脑。我们获得的现成思想就属于这种类型,它们在我们的头脑中,却永远不渗入我们的实体,或者仍然是我们忽视了要保持的思想在摒弃中枯萎了。随着我们远离自我的深层,我们的意识状态越来越趋向于采取数量众多的形式,而且以同类形式铺展开来,正是因为这些意识状态表现为越来越没有活力的性质,越来越无个性的形式。如果在最不属于我们的思想中,只有这些意识状态可以用语言来适当地表达,那也用不着奇怪:联觉的理论只适用于这些意识状态。它们之间尽管互相外在,却保持着某些联系;每一种意识状态的内在性质不会轻易进入这些联系中,这些联系可以彼此区分开来:因此,可以说,它们通过毗邻或通过某种逻辑结合起来。要是我们通过自我和外界事物之间接触的表面之下进行挖掘,进入到活生生的、有机的智力深层中,我们就可以看到许多思想交叠在一起,更确切地说,是紧密结合在一起;这些思想一旦分解开来,就好像以逻辑矛盾的词汇的形态互相排斥。两个意象互相覆盖,向我们同时呈现两个不同的人,但只构成一个人的最古怪的梦,便会得出一种微弱的想法:我们处于昨天状态的概念是互相渗透的。做梦人的想象孤立于外界,以简单的意象重现,以自己的方式戏仿这种工作:它不断在精神生活更深入的领域持续对思想产生作用。(1917年版,第101—104页)

柏格森在这段话中提出了小说家可以描写人们头脑中隐蔽的思想活动的任务,指出这种活动呈现出千百种不同的状态;但小说家在描写的时候,这些活动早已不复存在。然而,小说家用语言去表达时,能够发现这隐蔽部分的本质,它是不同寻常的、非逻辑的、矛盾的、相互渗透的。一旦揭开了遮盖我们意识的这层幕布,我们就会看到真正的自身。柏格森还指出,处于原始状态中的意识,好像外在于我们的头脑,数量很多,其实彼此是有联系的,交叠和结合在一起,但分解开来又好像互相矛盾,互相排斥。梦也是其中的一种表现,它在人的精神生活的深层对思想产生作用。柏格森对人的意识状态的分析,给小说家提供了描写自我意识的理论依据,这也是《追忆逝水年华》中叙述者对自我意识状态描画的出发点。

这位叙述者回忆了自己童年的生活,他所知道的一些事情,他在上流社会的交往和所见所闻,他经历的一些重大社会事件,他想当作家的愿望,开始茫无头绪,最后他明白了真正的文学只有超越悟性,深入到意识之中。他找回了时间,小说也就结束了。根据热奈特的理论,叙述者的功能一是讲故事;二是叙述文本,叙述者可以用元语言话语指明作品如何划分篇章,如何衔接,以及相互间的关系,即指明内在结构;三是叙述情境;四是交际职能;五是情感职能,作家可以插入解释和辩解性话语。《追忆逝水年华》的叙述者不同程度地兼有这几种职能。19世纪小说的第一人称叙述者很少兼有五种职能,往往只兼有一两种。普鲁斯特显然发展了第一人称叙述的写法,热拉尔·热奈特称之为"多声部"的写法。

发展之一表现在叙述者经常将打听到的事回忆出来,如斯万的爱情是在叙述者出生之前发生的,当然是他后来得知的事(他从自己的表兄、斯万的朋友,特别是夏尔吕斯那里听说,当时夏尔吕斯是斯万的知己;又由奥黛特讲述,也许斯万本人也讲述过)。"我常常这样幻想,一直到天亮……想着我离开小城多年以后所听到的、在我出生之前斯万的爱情,细节十分精确。"这句话巧妙地交代了叙述者是在获得知情者的详细介绍,经过反复回想,才写成这篇回忆的。但中介人的名字隐去了,叙述者假斯万之口,其实是按照自己的思路讲述这些回忆,仿佛是他本人的回忆。他确实也是无休止地回想,将原始材料编织成幻想这段话说明了这种回忆应该追求精确,并回答了读者可能提出的异议,笔法十分巧妙。另一种叙述方式是现在叙述多年以后发生的事,但插入叙述的对象对过去的事的反应——这是叙述者出生之前发生的事。这时可以表现为借追述来预述。《在妙龄少女身旁》中有一段回顾,叙述者回忆斯万在结婚以前精心筹划妻子和女儿在上流社会的生活。叙述者是在斯万婚后回忆此事的,似为追述。其实这是斯万对未来生活的憧憬,应为预述。第三种叙述方式是在回忆中描写人物在预想今后可能发生的事,随后再写到这些预想无法实现。这是利用预述来进行追叙。叙述者虽然是在叙述未来,但他不是叙述未来将发生的事,而是叙述"未来的往事"。叙述者是站在未来的时间点上来回忆过去或现在。小说中弗朗索瓦丝想把其他仆人赶走,表面上是写未来发生的事,其实是写过去的事。又如《在妙龄少女身旁》的结尾,叙述者回忆在巴尔贝克海滨度过的往事。这段回忆不是发生在现时,据他交代,他要到后来才会产生这段回忆。这种在长达十七八万字,短至一段话中出现的复杂的叙述次序,大大丰富了小说的叙述方式。

发展之二表现在除了叙述者所见和所知的事以外,小说中还出现了叙述者自以为所见和所知的事。如果小说遇到同时发生的两个场面,两个同时进行的动作,或者同一时间在不同房间里的两个人,但叙述者又想告诉读者所有的情况,包括人物是如何想、如何做的,这时,叙述者便援引后来得知的情况,将两个场面、两个动作、不同地点的两个人一起叙述出来。如《索多姆与戈摩尔》(下)中夏尔吕斯和朱皮安的同性恋故事。这里,事件见证人的视角代替了叙述者的视角。这与以前的小说不同之处在于,作者不是让不同人物轮流讲故事,以致出现了新的叙述者。《追忆逝水年华》的叙述者始终不变,只有一个,叙述焦点集中在这个"马塞尔"身上(小说中只有两次由阿尔贝蒂娜提到这个名字,例如"在给叙述者与本书作者同一名字时,就得出'我的马塞尔'。"将其中一个场面的人物是如何想、如何做的叙述出来,这时叙述者是在援引后来得知的情况。小说便从叙述的现在时过渡到将来时,"过渡到整个理论叙述的超时间性")。①

发展之三表现在如何处理叙述者以外的人物的心理活动和梦境上。众所周知,叙述者不可能知道同一场面中他人的心理活动。这时普鲁斯特采用了放入引号中的写法,如在《盖尔芒特家那边》中,盖尔芒特公爵的思索;执达吏在盖尔芒特家的思想活动;康布尔梅夫人在歌剧院的沉思;还有奄奄一息的贝戈特在弗美尔的画幅前的心理独白,贝戈特死前几个月在睡梦中看到死神的场面:"当黑暗笼罩他的睡眠时,死神便进行不化装的排演,使他中风,一命归天。"普鲁斯特运用引号加进这插入语,包含了几种可能性:这可能是作者的插入语,也可能是叙述者后来得知的情况。从行文来看,可以看作是后一种情况。这种写法略去了交代,形式新颖。

发展之四表现在作者对内心独白的处理上。不少评论家认为,《追忆逝水年华》是一部内心独白式的作品,如马尼说:"他的作品的迅捷吸引力在于是一部非文学家的书,一下子将我们每个人向自己默语的内心话语还原给我们,重新找到了我们最秘密的梦想的节奏,而不用寻求这种浮夸的辞藻;在最强有力的作品中,这种辞藻会妨碍我们忘却,所有这些魅力都只是人为的。"②加埃唐·皮孔认为这部小说从头到尾是由一个连续的声音说出的内心独白。③ 勒内·拉鲁(René Lalou)也认为这是一部"极长的内心独白"④。普鲁斯特在一篇文章中说:"在《斯万家那边》中,有的人,甚至文化修养很高的人……以为我的小说是一种回忆集子,按照思

---

① 乔治·卡托依:《普鲁斯特和小说》,第41页。
② 马尼:《1918年以来的法国小说史》,塞伊出版社,1950年,第174页。
③ 加埃唐·皮孔:《阅读普鲁斯特》,法兰西的默居尔出版社,1963年,第85、189页。
④ 勒内·拉鲁:《1900年以来的法国小说》,法国大学出版社,1960年,第20页。

维联想的偶然法则连结起来。"[①]不过,普鲁斯特不像后来的意识流作家,他的内心独白都是连贯的。叙述者是一个闸门管理人,控制着一条回忆的河流,通过高明的操作,时而让这条运河,时而让另一条运河放出水来,让船只航行。

有位批评家甚至认为小说中的"我"有9种功能,分别是主人公(我叙述自己的经历,不知未来)、叙述者(我回顾过去)、间接角色(叙述者回忆经历时必不可少的中介)、另一种主角(上述三者合而为一)、小说家(全知全能的作者,而读者没有觉察)、作家(小说中的语言艺术家,读者没有觉察)、作者(现身说法)、人(普鲁斯特承认日常生活中的我在小说中出现)、署名者(不分作者和人)。[②] 后面几种作用牵涉到作家的干预。

## 三、叙述者与作家的干预

上文说过,叙述者不等于作家普鲁斯特,但这并不是说,普鲁斯特自始至终都保持客观的态度,丝毫不加干预。作家偶尔不再充当藏起来的"提词人",而是从后台出来,支持叙述者。

《在斯万家那边》描写到勒格朗丹,以讽刺的笔调勾勒出他的肖像。叙述者和父亲去点心铺买点心时,与他在教堂附近相遇:

> 他用自己的马车载着刚才那位女士朝我们来的方向驶去,经过我们的身旁时他并没有中止同那位女士交谈,而只用他的蓝眼睛的眼角瞟了我们一眼,仿佛在眼皮底下同我们打一个小小的招呼,脸上的肌肉却纹丝未动,同他谈话那位女士可能根本没有发觉他的这一举动;但是,他设法以强烈的感情来弥补向我们表达友情时占用了蓝眼睛狭窄的一角,他让这一瞟闪烁出他的全部风采,这已不是活泼的闪光,而近乎狡黠了(1);他使友好的细微表现达到了极限:心照不宣的一瞥、一言半语、暗示、复杂神秘的意蕴都心领神会(2);他把友谊的保证激发到披露柔情,甚至宣告爱慕的高度(3)。当时,他对女庄园主

---

[①] 《专栏文章》,第209页。
[②] 马塞尔·缪勒:《叙述者的声音》,德罗兹书局,1983年。

隐而不露的厌烦和冷冰冰的脸上多情的眼神,也只有我们才心领神会。

(1)(2)(3)的记号为笔者所加,用语细致入微,体现了作家的精湛技巧;一个孩子似乎达不到这样精细的观察力和大人才有的感受(如复杂神秘的意蕴、柔情、爱慕等词句)。这显然是作者在描写。

普鲁斯特在行文中有时会表现出描写的乐趣,如这一段:

> 但是,能致命的恐怖迫使他靠在墙上。站在他面前的正是莫雷尔,不过,仿佛异教的神秘和魔力还存在,更确切地说,这是莫雷尔的影子,散发出香气的莫雷尔,不是像拉撒路那样复活的莫雷尔,一个莫雷尔的幽灵,一个莫雷尔的鬼魂,回到这个房间或者令人想起的莫雷尔(房间的四处,墙壁和沙发,都回响着魔法的标记),离开他几米远,是侧面像。

五次重复莫雷尔的名字,显然在于描绘男爵的慌乱。普鲁斯特描写夏尔吕斯的恐怖,对人物感情的客观描绘,受到作家有点幸灾乐祸的驱使。

有时作家的感情与人物的感情合而为一,因为他们有共同的爱好:

> 但是,怎样将这种活生生的、不断的和令人高兴的运动与这种不动的令人目眩的光芒相比较呢?这个凡德伊,我以前知道是那么胆小、那么忧愁,当他要选择一个音色,并与另一个音色相连时,他是有胆量的。而且很幸运——就这个词的全部含义来说,他的一部作品的独奏音乐会不容置疑取得成功。如此美妙的音乐给他引起的快乐,它们使他产生增长的力量让他发现另外的音乐,这些引导听众不断有所发现,更确切地说,这是创作者引导着他本人,在色彩中汲取养料,他刚刚找到了一种极度的快乐,这种快乐给了他发现的力量,投身到可以称之为快乐之中,狂喜、战栗,如同铜器撞击,火花迸射,从自身产生崇高一样,而且气喘吁吁,沉醉,狂热,目眩神迷,这时他在描绘巨大的音乐壁画,宛若米盖朗琪罗缚在梯子上,脑袋往后朝下,在西斯廷教堂的屋顶上涂上了一笔又一笔。

与其说这是在描写音乐家凡德伊的创作感受,还不如说这是作家自己现身说法:写作的快乐表现为创作的快乐。作家变成音乐家,因为音乐家像他一样也是艺术家。对激动着音乐家的感情的分析,正是作家在创作时所感到的快乐。克洛德·莫里亚克指出,小说中关于外祖母的死的描写"对马塞尔·普鲁斯特来说,是一次思索的机会,人们感觉得很清楚,这实际上是在谈他自己的死,所以令人感动"①。

有时,小说的叙述者不是场面的目睹者,但这并不妨碍他以听觉来完成叙述的任务。例如,叙述者去睡觉了,他从窗口看到斯万离开。叙述者的父母陪伴客人到门口。接下去是大人在客厅谈话,他们离开了观察者的视觉。只有小说家才能把大人关于斯万的年龄、他的忧愁、他因送酒得到感谢的方式的谈话完整地传达出来。读者可能并没有深究视觉的转换。孩子这个目睹者已被一个理想的目睹者所代替。再一个例子:在《索多姆和戈摩尔》中,从梅纳维尔火车站可以看到妓院耸立着。作者利用叙述者正好在这个地方来叙述夏尔吕斯和莫雷尔所干的事。小说没有交代时间,但显然已不是火车停在车站那一刻。从火车上只能见到妓院的外墙紧闭的窗户。因此,只有小说家有穿墙的本领,将里面所发生的事告诉读者。有时,叙述被一些插曲打断。如叙述者去拜访邻居——公爵夫人,想了解如何打扮阿尔贝蒂娜。正当他离开公爵夫人时,他在院子里遇到夏尔吕斯和莫雷尔,他们要到朱皮安那里喝茶。叙述者不知道这两个人要干什么。其实他们是在做日常的拜访。关于夏尔吕斯、莫雷尔和朱皮安的侄女,普鲁斯特的叙述远远超出事情的范围:男爵在姑娘提到"付茶钱"时发脾气,还有莫雷尔和布洛克在巴尔贝克产生的麻烦。这两段叙述并不离题,因为补足了关于这三个人的关系,让读者更好地了解他们。但是,夏尔吕斯的发脾气又引出了两个话题:一个跟班给男爵写信;到沃古贝的拜访,其方式激怒了夏尔吕斯。普鲁斯特将不同时间发生的几件事汇合在一起,受到时间和空间约束的叙述者要靠故事的组织者的帮助来完成。

诚然,整部作品都可以感到作家的存在,但一般说来,作家在空间的移动是不为读者所发觉的。唯有对叙述方法感到兴趣的读者才会意识到。在《重现的时光》的结尾部分,有一处较为明显的作家将叙述改变了地方:叙述者在盖尔芒特亲

---

① 克洛德·莫里亚克:《普鲁斯特自评》,塞伊出版社,1953年,第117页。

王夫人家,突然,小说家丢开了主人公,把读者带到了贝尔玛家:"这时候,在巴黎的另一端,发生了完全不同的一幕。"这是巴尔扎克惯用的方法,普鲁斯特在写作《追忆逝水年华》时,越来越乐于借鉴这一方法。在《斯万的爱情》中这种方法出现过一次,随后的数卷小说则多次出现。普鲁斯特虽然在描写人物时是通过叙述者和小说家的双重视角来进行的,但他首先注重的是叙述者的视角。另外,有的章节,如描写同性恋的场面,叙述者难免有时不在场,小说家这时不得不亲自出马,起到重要的作用。特别在1913年以后,小说被迫推迟出版,普鲁斯特扩大了篇幅,于是小说家的作用也相应增加了。普鲁斯特很想在一个场面中聚集大量人物,就像《人间喜剧》中采用的人物再现手法。可是主人公不断地在法国各地出现是不真实的,叙述者从巴黎一下子转到巴尔贝克已经不太符合实际。全知全能的小说家于是不得不出现了。普鲁斯特将人物的活动局限在几个城市里:贡布雷、巴黎、巴尔贝克、威尼斯,这就带来了某些不够真实的描写:盖尔芒特一家是贡布雷的领主,也是叙述者在乡下的邻居;他们在巴黎拥有一幢住宅,恰巧叙述者的新居就在那里;圣卢是巴黎人,他的兵营在巴黎附近,叙述者在斯万的建议下去拜访他;夏尔吕斯已经在贡布雷和巴黎出现,又跟在年轻的马尔桑特的后面到处跑;德·维勒帕里齐夫人是叙述者外祖母的童年朋友,叙述者和他的母亲到意大利去旅行,她也出现在威尼斯,叙述者一家在贡布雷的旧相识萨兹拉太太也在那里;给人的印象是,唯有巴尔贝克地区是法国和纳瓦尔的贵族和资产者度假的地方。单一叙述者的局限于是显现出来,幸亏一般读者不会立刻注意到。

总起来说,《追忆逝水年华》的多种叙述方式,确实极大地丰富了第一人称的叙述手法,为后世的小说叙述手法开辟了新路。

# 揭露资本主义罪恶的杰作

## ——塞利纳的《茫茫黑夜漫游》

塞利纳在相当长的时期内是一个有争议的作家。但是，从 20 世纪 60 年代以来，他的小说吸引了越来越多的读者，也引起越来越多的批评家的注意，"其激烈程度本身是他的作品具有活力的证明"。①

塞利纳一生写过 9 部小说，代表作是《茫茫黑夜漫游》。这部小说集中地包容了他的小说的写作题材。如果说《缓期死亡》在艺术上显得更完整些，但在内容上却远远不及《茫茫黑夜漫游》，前者只补充了第一次世界大战前的一段生活，即作者童年至青少年时期的生活，但批判社会黑暗的锋芒已大大减弱；而在第二次世界大战后所写的几部小说，或者是对后来生活的补充，或者是对《茫茫黑夜漫游》中某个题材的重复，如战争。虽然在艺术手法上，后来的小说有所发展，可是它们都建立在第一部小说之上。

《茫茫黑夜漫游》发表后引起了轩然大波，赞扬和贬抑的见解几乎旗鼓相当。一些著名作家把名不见经传的塞利纳列入与他们并肩的地位，如瓦莱里认为这是一部"写罪恶的杰作"；莫洛亚在《纽约时报》上撰文推荐这位"有杰出才能的新人"。② 莫里亚克在日记中写道，他"庆贺这部作品问世，因为完全纯粹的恶在其中得到展现"。他在《巴黎回声报》发表的文章中则指出："这部使人感到压抑的小说，正当就要颁发各种文学奖之际，人们关于它谈论不休，却不该推荐任何人阅读。它具有力量使我们生活在绝望的人类最密集的地方，这类人安营扎寨在现代世界

---

① 奈泰尔贝克：《塞利纳》，《法国文学史教程》第 6 卷，社会出版社，1982 年，第 565 页。
② 塞利纳：《〈茫茫黑夜漫游〉出版说明》，《塞利纳小说集》第 1 卷，伽利玛出版社，1981 年，第 1272 页。

一切大城市的门口。这类人不是普通人民,甚至不是无产者,他们超脱了一切希望和一切怜悯,游荡在弱肉强食的世界以及肮脏、仇恨和藐视自己的贫困中。这类人已不再知道仁慈这个名字本身。"①萨特对这部小说也很欣赏,西蒙娜·德·波伏瓦曾回忆说:"那一年我们最看重的法国作品,就是塞利纳的《茫茫黑夜漫游》。我们背得出许多段落。他的无政府主义,我们觉得很接近我们的。他攻击战争、殖民主义、庸俗、老生常谈、社会,其风格、语调令我们着迷。塞利纳锻造了一种新工具:一种像口语一样生动的文字。在纪德、阿兰、瓦莱里无动于衷的句子之后,多么放松啊!萨特仿效这种写法。"②克洛德·莱维-施特劳斯在《社会主义大学生》杂志上撰文,认为"从它深刻的价值,从它有意过激的、咄咄逼人的、使它具有宣言甚至解放宣言格调的方式来看,无疑是10年来出版的最重要的作品"。③美国作家亨利·米勒是最早接触到这部小说的外国作家,他赞赏地说,"任何作家都没有给我这样的冲击"。④

有的作家基本上持否定态度。季奥诺说:这部小说"很有趣,但有偏见。而且不自然,如果塞利纳确实怎么写就怎么想,他就会自杀。……他对人抱着什么希望呢?"布勒东直到后来仍然坚持,看了这部小说后"令人难受","我反对一个殖民地下级步兵军官难以形容的洋洋自得的自述。我觉得这里面显露了卑劣的线索"。⑤

在批评家中,除了列昂·都德以外,一般都持有褒有贬的态度。比利先在文章中罗列了异议和保留,然后指出作者的灵感是异乎寻常的,这部小说"属于诅咒的文学,这种文学的精神之父是兰波,超现实主义也倚重它"。蒂博岱认为:塞利纳"创造了一个崭新的世界……人们不太可能喜欢它,但可以忍受它。他使在他之前不像样的东西具有文学性"。⑥

值得注意的是法共和苏联对这部小说的态度。让·弗雷维尔在《人道报》上撰文写道:"一部绝望的史诗,一篇忏悔,其中抒情的叙述夹杂着讽刺,带着思想的

---

① 塞利纳:《〈茫茫黑夜漫游〉出版说明》,《塞利纳小说集》第1卷,第1275页。
② 波伏瓦:《岁月的力量》,伽利玛出版社,1960年,第142页。
③ 塞利纳:《〈茫茫黑夜漫游〉出版说明》,《塞利纳小说集》第1卷,第1278页。
④ 布拉赛伊:《亨利·米勒的伟大与个性》,伽利玛出版社,1975年,第80页。
⑤ 塞利纳:《〈茫茫黑夜漫游〉出版说明》,《塞利纳小说集》第1卷,第1277页。
⑥ 同上书,第1269页。

真诚、表达的不留情和辛辣,这些特点使这部作品具有激烈和独创的色调……他无可挽回地谴责腐朽的统治阶级,但他可怕的描绘缺乏结论……他看不到新的力量和革命的阶级——无产者,它将从资产阶级衰弱无力的手中夺过文明的火炬……所有激动我们心灵的东西……塞利纳都格格不入……塞利纳只导致摈弃、毫无出路的忧伤哲学。"①但亨利·勒菲弗尔却认为这部小说虽然"令我们非常高兴",却"不可卒读,令人恶心"。高尔基在1934年举行的苏联作家代表大会上则把塞利纳作为资产阶级文学的颓废倾向加以批判:"资产阶级社会已经失去了它的创造力。个人主义的浪漫主义只能认识怪异和神秘。它远离现实,不是建立在形象的引起联想的力量上,而是仅仅建立在字句的魔力上……正如人们在《茫茫黑夜漫游》中看到的那样,西方作家离开了现实,主张绝望的虚无主义……"但不久,这部小说却译成俄文在苏联出版,批评家伊凡·阿尼西莫夫认为这部小说是"垂死的资本主义的真正百科全书",外交家里特维诺夫甚至透露,《茫茫黑夜漫游》是斯大林的"枕边书"。② 托洛茨基在《塞利纳和普安卡雷》中认为,塞利纳写这部小说是为了反对总统普安卡雷,这部小说的悲观主义超过了反抗性,描绘生活的荒诞景象超过了对社会状况的责难:"塞利纳表达了现存的东西。因此他看来像个革命者。但他不是革命者,也不想成为革命者……'塞利纳主义'是一种道德和艺术上的反普安卡雷主义。它的力量就来自这里,但这也是它的局限。"③有作家回忆,托洛茨基认为马尔罗的《人的状况》和《茫茫黑夜漫游》是当时两部好书。1935年9月,雅克·杜克洛在一篇讲话中认为塞利纳属于"像我们一样想拯救文化的人"。④

一部小说引起法国乃至国际上如此重视,这是一个并不多见的文学现象。原因在于,《茫茫黑夜漫游》在思想和艺术上都有独特的创造,同时也存在缺憾。

从思想内容来看,《茫茫黑夜漫游》主要有四个方面的描写:战争,殖民主义在非洲,美国的繁荣和工人的艰苦劳动的对照,巴黎下层人民的生活。这些内容在其他作家的作品中不是没有描写过,但是,集中在一部三十几万字的小说中去描写,却是独一无二的。这四个方面的内容,都属于第一次世界大战至30年代初资本主

---

① 塞利纳:《〈茫茫黑夜漫游〉出版说明》,《塞利纳小说集》第1卷,1264页。
② 同上书,第1265页。
③ 托洛茨基:《文学与革命》,朱利亚出版社,1964年,第340—341页。
④ 塞利纳:《〈茫茫黑夜漫游〉出版说明》,《塞利纳小说集》第1卷,1266页。

义社会的重大问题,有的甚至是当时最重大的问题。它们触及资本主义制度的本质,由此可以看出《茫茫黑夜漫游》的题材的重要性。塞利纳虽然以不多的篇幅去描写每一个方面,但他所揭露的内容却绝不亚于写同类题材的任何小说。

**关于战争**。《茫茫黑夜漫游》显然不同于巴比塞的《炮火》和儒勒·罗曼的《善意的人们》等描绘第一次世界大战的小说。塞利纳没有正面描写战争场面和战争的残酷,主人公的遭遇倒有点像好兵帅克,但帅克是个憨厚正直的人,而费迪南·巴达缪是一个复杂的人物。他尽管不满意于各种现象,抨击军官的所作所为,可是他也有低级趣味,多少有点玩世不恭。他对将军的抨击是犀利的:"他好像特别喜欢舒适,甚至片刻不可无舒适。尽管一个多月来我们连连败退,他仍然穷讲究:到达新营地,如果传令兵没有及时为他安排好整洁的床铺和现代化厨房,那么大伙儿都得挨骂。"参谋长潘松动辄想枪毙士兵,而"宪兵队长寸步不离参谋长,一心只想干这等差事哩。宪兵队长的仇人可不是德国人啊"。那些低级军官比平时更苛刻、更凶狠,夜以继日地折磨人,"即使铁打的硬汉,也会不想活下去的"。奥托朗上尉迷上了可卡因,脸色苍白,眼圈发黑,四肢虚弱,每次下马,总得踉跄一阵才恢复过来,"他恨不得把我们派到对方的炮口里去吃炮火"。法军来到努瓦瑟市,市长等待的不是他们,而是德国人。但他的卖国自有一番理由,他一再强调要保护古建筑和艺术遗产,"德国人可不喜欢形迹可疑的城市,不能容忍敌军士兵出没",因此,他把法军"扫地出门"了。这场帝国主义战争就这样被描绘成荒谬的战争:士兵们是炮灰、草芥,军官无法无天;有的人去送命,有的人发战争财。随后,小说笔锋一转,写到后方。巴达缪受伤后,治疗期间受到不公正的待遇,他被当作神经错乱的伤员,关在一所中学里进行观察,"以便鉴别我们的爱国理想是受到了毒害还是完全不中用了"。伤员之间不能说悄悄话,否则很可能被送往刑场。女门房一面靠卖淫和卖日用品为生,一面从伤员口中掏出真心话,向主任医生汇报,然后枪毙这些人。伤员之间不可能有友谊和信任,为了防止奸细向上汇报,每个人都设法保护自己。巴达缪不禁喊出:"我反对战争,反对战争的各个方面。"他的女友劳拉说:"但反对战争是不可能的,费迪南,当祖国危亡的时候,只有疯子和懦夫才反对战争。"巴达缪回答:"那么疯子万岁!懦夫万岁!"费迪南的话是对沙文主义的愤怒批驳。在医院里,大家开展竞赛,看谁编造英雄事迹的本事大,战功越讲越邪乎,简直无法收场。但诗人再把这些"事迹"写成诗歌,在法兰西剧院举行朗诵会。奇怪的是,战争越持久，首饰的需要量就越大，罗杰·皮塔为国防部提供首饰，"立下了汗马功劳"，忙得不可开交。达官权贵搞投机，时运亨通。后方生活的无奇不有，进一步突出了战争给社会造成的灾难。塞利纳描写战争的角度是独特的，揭露战争的不合理性也是相当尖锐而深刻的。

**关于殖民主义**。对法属非洲殖民地的揭露，在纪德的《刚果纪行》和《乍得归来》等游记作品中，已有相当深入的反映。塞利纳显然吸取了这些作品中的某些描写。但是可以说，他的揭露更为尖锐、深刻。他一方面揭露殖民者对黑人的残酷盘剥和作威作福，另一方面描写黑人的非人生活。主人公费迪南·巴达缪到非洲去是想发洋财的。在"布拉格通海军上将"号轮船上，他获悉能用一包刀片向黑人换到又长又粗的象牙、珍禽异兽、未成年的女奴。在邦博拉-布拉加芒斯，总督是至高无上的统治者，官员们盼着有一天总督跟他们的妻子睡觉。在首府戈诺堡，漂亮建筑的主人多半是酒囊饭袋。黑人干着苦力，黑女人更苦，她们头顶着棕榈筐，背上还有孩子，"恐怕蚂蚁还不如她们吃力"。黑人衣衫褴褛，遍体脓疱，"搬运时，尽管监工的闷棍落在他们直不起的背上，他们却没有一声异议，不发一声怨言，浑浑噩噩，不做任何反抗"。黑人"一贫如洗，家徒四壁。他们世代受苦，却逆来顺受，和我们国内的穷人相比，并无二致，不过孩子多些，脏衣服少些，红葡萄酒少些"。一个波迪里埃尔公司的欧洲人掌管一家门市部，害着奇痒难熬的皮肤病。他对黑人的盘剥是惊人的：有一家黑人来自森林，他们一家采集了很久，才搞到一筐橡胶，然而所得只有几枚银币。这种不等价的交易，到了令人咋舌的地步。经理"历来所干的荒淫无耻的勾当，超过了一个军港监狱的全部犯人"。这里医院很多，疟疾和其他疾病也多。有个格拉帕中尉管打官司，他讨厌动脑筋，动辄下令打棍子，把一个老人打得动弹不得，巴达缪"倒不觉得他比别人更暴虐无道"。他的文明是"罗马式的，即鞭打驯服者，赤裸裸地压榨部落"。在塞利纳笔下，非洲是一片未开化的地方，贫穷、落后、生活条件极其艰苦，要么炎热异常，要么大雨倾盆，茅屋四处漏雨，一到夜晚，森林里便传来动物的各种声响，使人难以成眠。殖民制度并没有给这块大陆带来任何福音，却使这里变得更加乌烟瘴气，灾难重重。

**关于美国的繁荣、生活幸福的神话**。塞利纳一是描写美国人令人眼花缭乱的生活，一是描写美国下层人民的艰苦工作。美国是一个不同于法国的国家，纽约的"街道肮脏不堪，潮湿阴暗"。在百老汇大街，摩天大楼顶端几层楼的高处还有一些日光和几片云天,行人走在下面,像在森林中一样,"灰暗得整条街好似一大团混杂的脏棉花。这条漫无尽头的街道好像一条令人心酸的伤疤"。厕所非常龌龊。美国人"对人事沧桑满不在乎,也不想明白为什么活着,全然无所谓"。巴达缪感到无所事事,"在非洲诚然我感到孤独,那是一种野兽般的孤独,而在人声鼎沸的美国所感受的孤独更令人难堪"。来到街上,走进商店,他看到了"美国的商业无孔不入"。人们"夜以继日地把日子往前赶,一辈子也看不清生活的真面貌"。为了生活,巴达缪来到底特律的福特汽车制造厂。工厂周围和上空的机器响声震耳欲聋,这杂乱的巨响仿佛是砸碎庞然大物引起的。找工作要排队等候,有个人等了两天,还没有动窝;等候的人互相窥伺,犹如两败俱伤的野兽互不信任。巴达缪先进行体检,护士认为他的身体糟透了,"不过没关系";医生发现体弱多病的人反而高兴,是否录用,"身体好坏无关紧要"。他说自己学过医,医生们立即对他冷眼相看:"你的学业对你毫无用处,小伙子!你来这里用不着思想,而要按别人的指令行事。我们的工厂不需要思想家,而需要黑猩猩。"的确,在这个工厂里,人是附属于机器的奴隶,只是一头干活的动物。在这里,令人感到从脚到耳都在震动,"逐渐地人也成了机器,浑身上下的肉随着震耳欲聋的哐当哐当声而颤动,从头到脚,从里到外翻腾得叫你两眼冒金花,心脏怦怦跳个不停"。装满金属制品的小火车在一道道工序之间蜿蜒而行,工人必须紧张干活,让火车及时向前开。生产线上的工人弯着腰,机油味呛得人嗓子冒烟。他们屈服于噪音,"有如屈服于战争"。塞利纳观察到人的异化现象:"正因为对生命爱惜得不够,所以才必须把生命变成物,变成结结实实的物体。""成千上万台机器轰隆隆不停地指挥着人。其他一切皆无关紧要。"在这里,人的本质确实以非人的方式同自身对立起来,亦即异化了。一天工作下来,整夜脑子里嗡嗡作响,机油味老散不掉。当时美国正实施泰勒工作法,力图最大限度地榨取工人的剩余劳动价值。流动生产线虽然能够提高劳动生产率,却加大了工人的劳动强度。美国资本主义的迅速发展,是建立在进一步榨取工人血汗的基础之上的。

**关于法国下层人民的生活**。塞利纳描写的是巴黎郊区和外省的生活。巴达缪发现巴黎6月里汽车造成的热气几乎和福特汽车厂里没有两样。他经过五六年的学习,终于获得了医学文凭,在加雷纳-朗西从业。这里同底特律一样,灰蒙蒙的天空,沉沉的烟雾笼罩着平原。楼房外表粗糙,远处的烟囱高低不齐。每天早晨,人们一窝蜂拥进地铁,电车上人们动不动互相谩骂。到处是战争、革命、商业倒闭留下的痕迹。穷人们生活在这样憋气的环境里,精神境界便十分低下,或者只想着能多挣几个小钱而做出不合情理的事,或者寻求一时的快乐,或者以酒浇愁,再想法出气。昂鲁伊夫妇希望老太太早点死,但是老太太精神抖擞,又固执、孤僻。结果昂鲁伊串通罗班松,想在兔棚里放炸药,把老太太炸死。罗班松贪财,居然动手安炸药,不料失手,炸伤了自己。"富翁不需要为糊口而亲自动手杀人,只要指使别人去干就行了。他们自己不作恶,却付钱让别人作恶。"另有一户人家的女儿,总是同有妇之夫的上司来往,经常打胎,引起大出血。看门人一家常常吃醉酒,父亲举起椅子当斧头,母亲拿起木柴当大刀,或者打孩子,踩得小狗哇哇叫,东西纷纷被砸碎。还有一家,大人吵架以后,把气出在孩子身上,将孩子绑在椅子上痛打一顿。万桑街的一家,女儿的相好无影无踪,她生下了一个孩子,却甘心随遇而安。贝倍尔得了伤寒,不治而死。巴达缪为他们治病从来只收取很少的费用,不收钱也不行,"免费治疗向来不是光彩的事情。所以他们背地里骂我的脏话无奇不有。我和大多数的医生一样没有汽车,在他们看来,我步行去上班是一种缺陷。"做好事也得不到好结果,没有钱就被人看不起。随着罗班松和昂鲁伊老太太去了图卢兹,巴达缪也离开了朗西。罗班松在眼睛看不见东西时,已经不能忍受昂鲁伊老太太获得大部分看管木乃伊展览馆的收入,最终把她从楼梯推了下去。待他眼睛复明后,他更是抛弃了爱着他的姑娘玛德隆。他对一切都厌倦了,不愿意再同玛德隆恢复关系,宁死不干。面对那么多的恶,巴达缪不由得感叹道:"不幸的是人们虽有那么多潜在的爱,却恶得不得了。总之,潜在的爱总表现不出来。……直到人死,爱仍留在内心。"这是塞利纳对当时社会人与人关系的看法。巴达缪最后来到疯人院工作,这里的环境和气氛十分特殊,意志坚强的人才能待下去。院长巴里通就不堪忍受而离去。

在塞利纳描写的这个横跨欧洲、非洲和美洲的世界中,充满了非正义现象,主人公巴达缪,包括以后发表的小说的主人公费迪南,都受到无情命运的包围。这是一个异化的世界:战争的荒谬可笑,军官的胡作非为,官员的卖国行径;非洲殖民地充满人性的丑恶,不仅殖民者敲骨吸髓,连黑人也串通白人做人贩子,甚至难以令人忍受的自然条件也具有异化的色彩;美国资本主义生产造成的人的物化,人被剥夺了思想的权利,而成为血肉做的机器;法国下层人民也沾染了金钱利益置于一切之上的风气,发展到谋财害命的地步。自私自利是唯一的道德准则,死亡是唯一的真实,要生活下去,就得忍受一切庸俗和谎言。这样一个人难以生存的异化的世界,是一个荒诞的世界。巴达缪无论在战争期间,在后方治疗,在航船上,在非洲丛林,在美国,在巴黎郊区,在疯人院,处处碰壁,受到压抑。他几乎是一个受气包和受害者,忍受着丑恶现实的折磨。在塞利纳后来的小说中,这种思想得到延续。《缓期死亡》描写家庭令人窒息的有毒的氛围,学校里疯狂的残忍,商界的伪善恶毒,"很少作品像《缓期死亡》那样,表现'美好时代'的反面"。[①]《诺尔芒斯》描写战争期间一座楼房的居民的荒唐经历。世间充斥着丑恶,以致扭曲了人性,看来毫无出路。正如《茫茫黑夜漫游》卷首诗所写的:"我们的人生正如/冬夜的一次旅行,/我们在寻找道路/天空无明月繁星。"整个世界陷入了一片黑暗之中。与这种荒诞的内容相配合,塞利纳也采用了不少荒诞的手法:"我具有从许多权威人士面前滚开的经验,所以知道如何从这位美国权威人士面前滚开:先毕恭毕敬冲他立正,行军礼,而后敏捷地向后转,屁股朝他,开步走。"不仅语言是嬉笑怒骂式的,而且情节的安排也与传统小说的"合情理"不一样,而是在荒唐中显得合理。如军官对士兵的颐指气使,巴达缪被卖到苦役船上,等等。从某种意义上来说,《茫茫黑夜漫游》等小说发荒诞文学之先声。

主人公巴达缪是一个反英雄。塞利纳在战场上十分英勇,为此得了军功章,而巴达缪却害怕打仗,害怕死亡。他对生活的感受充满低级趣味,看女人首先注意她们的大腿,经常逛妓院,不管玛德隆是他的朋友罗班松的未婚妻,想方设法把她弄到手。他并无雄心壮志,只求能浑浑噩噩地过日子。但他也不是非常坏,他还有上进心,要念书当医生,不收穷人多少诊费,对卖国行径表示出愤恨之情。这样的人物不同于19世纪受压迫受打击受侮辱的小人物,他是一个观察者,也是一个参与者。他观察世间的不幸,自己也经历着这种不幸。他不是逆来顺受者,他发觉环境不合他的意,便要离开这个地方;但他也不是反抗者,他只避开环境而已,并不做出激烈的对抗行动。因此他不是一个英雄人物,而是一个与传统小说的主人公不同的反英雄人物。

塞利纳的小说大多具有自传性,然而,塞利纳只是从自己的生平经历中撷取素

---

[①] 亨利·戈达尔:《〈塞利纳小说集〉序》,第26页。

材,他往往加以改造,再写进小说中去。例如,他在第一次世界大战中右臂受了伤,写到小说中,巴达缪却是头部受了伤,以至在很长一段时期内,人们以为塞利纳是头部受伤。他拿到医生执照后,是在克利希行医,但在小说中却改在朗西行医。值得注意的是,塞利纳往往将别人的作品加以改变,写到自己的小说里。塞利纳在写作巴达缪到美国后的经历,尤其是在福特汽车厂工作的插曲时,参考了杜阿梅尔的《未来生活场景》。这部作品写的是芝加哥屠宰场工人的劳动情况,这是一个"死亡王国",牲口一头接一头,"就像士兵走进战壕一样"。塞利纳从杜阿梅尔的描写中获得启发。塞利纳1925年春在美国的见闻与杜阿梅尔在1928年秋所看到的十分类似。但是,塞利纳的描写角度显然有了很大变化。首先,屠宰场变成了福特汽车厂,这就有一个质的变化。福特汽车厂是美国最大、最现代化的企业之一,代表了美国最先进的生产方式,以此来反映美国的资本主义更有典型性。其次,一是用机器来屠宰牲口,一是工人在流动生产线上干活,这也有根本的不同。两者虽然都能表现美国生产方式的先进,但后者却同时反映了工人的劳动强度,反映了人的物化和异化。此外,塞利纳借鉴纪德的《刚果纪行》,也有异曲同工之妙,揭露得更为尖锐和深刻。

塞利纳善于运用口语化的语言,这是他的小说的一大特点。他的句子十分简短,大量使用老百姓的日常语言。贝纳诺斯认为这是"少见的语言,充满自然和巧妙"。达尔戈指出:"塞利纳的语言异常丰富,仅此一点,就足以解释它对读者的魅力。法语至今多少丧失的丰富性,由一个具有节奏感和细腻感的人还给了文学。"[①]塞利纳越到后来越喜欢使用删节号,这种表达法在于使句子简短。他的写法看来简单,因此有不少作家纷纷模仿塞利纳,但都没有取得成功,可见这是塞利纳独特的表达方式,别人难以模仿。塞利纳的语言有点像拉伯雷,连拉伯雷的粗俗也相似,应该说,塞利纳使用了过多的不堪入目的词句,《缓期死亡》刚发表时,编辑不得不留下了许多空白,因为这些淫秽的语言实在不堪入目。语言不加节制是不可取的。

《茫茫黑夜漫游》虽是一部揭露性极强的小说,但其中多少包含了塞利纳后来鼓吹种族主义的思想因子。"塞利纳既不相信资本主义的自由民主,也不相信真正

---

[①] 《〈塞利纳小说集〉序》,第38页。

民主的社会主义的可能性。"[①]他对资本主义、殖民主义的批判,多少带有无政府主义的倾向,这一点在1932年小说出版时已经有不少人正确地指出来了,尼赞在承认这是一部重要作品的同时,认为"这种纯粹的反抗可以把他导向任何地方"[②],这是很有见地的话。塞利纳对黑人的受压迫是同情的,但对他们的愚昧、落后并不是怒其不争,甚至有一些偏见。不少评论家指出《茫茫黑夜漫游》酷似伏尔泰的《老实人》。在形式上,这两部小说的确很相似。可是,塞利纳的思想却根本不同于启蒙思想家伏尔泰。后者是一个不屈不挠的斗士,而塞利纳却谈不上是个斗士。塞利纳绝不是进步力量的同路人,更不会赞成社会主义。

---

① 《〈塞利纳小说集〉序》,第41页。
② 《塞利纳小说集》第1卷,第1277页。

# 宏伟瑰丽的交响乐

## ——谈罗曼·罗兰的《约翰·克利斯朵夫》

罗曼·罗兰的《约翰·克利斯朵夫》是20世纪批判现实主义文学中的一部杰作,它曾在我国读者中产生过很大的影响。这是一部值得一看的小说,但是,它的篇幅宏大,内容也相应地较为复杂,需要作些认真的分析,帮助青年读者阅读。

※　　※　　※

罗曼·罗兰于1866年1月29日出生于法国中部克拉姆西的一个公证人家庭。他的母亲笃信宗教,酷爱音乐,给罗兰以深刻的影响。1880年罗兰全家迁至巴黎。他在准备投考高等师范学校期间,阅读了大量的文学作品。"我阅读莎士比亚和雨果的作品所失去的时间,在理解生活上得到了补偿。"莎士比亚和雨果这两个伟大作家的作品给年轻的罗兰打开了一个新世界。在这同时,罗兰被斯宾诺莎的哲学著作所吸引。罗兰由于厌弃"虚伪的唯灵主义",在高师选学了历史。就在1886年,罗兰读到了托尔斯泰的《战争与和平》,"发现了另一个莎士比亚",他被这部小说征服了:"在热爱与兴奋的激情中,气都喘不过来。"1887年4月罗兰给托尔斯泰写了第一封信,向他寻求关于生活的答案。同年10月,罗兰喜出望外地收到了托尔斯泰一封二三十页的长信,"托尔斯泰的慈祥回答"给罗曼·罗兰的思想和后来的创作带来了不可磨灭的影响。

罗曼·罗兰在高师毕业后,当了研究生,在罗马做了两年研究工作。罗兰早就有志于写作,甚至立下了"不创作,毋宁死"的决心。1890年,克利斯朵夫的形象第一次出现在他的脑海中,不过,罗兰并没有立刻从事小说写作。他在高师一面担任艺术史的教学，一面开始戏剧创作。罗兰偏爱戏剧，但在这方面成就不大。这时期他所创作的都是历史剧。罗兰的戏剧创作体现了他的一个重要思想观点：他认为19世纪末的法国社会已经同法国大革命的传统割断了联系，而法国的复兴只有恢复并发扬这个传统才能实现。他在给小说家兼评论家布尔热的信中说："我们这个世纪的不幸，它所遭受的困扰，来自于大革命的潮流不断被各种反动力量所遏止……无论如何必须恢复这股动力，使这整部作品臻于完成。"他想做的是"补天"的工作。从1895年至1902年，罗兰接连写了六个剧本：收入《信仰悲剧》的有《圣路易》(1897)、《阿埃尔》(1898)和《理性的胜利》(1899)；收入《革命戏剧》的有《群狼》(1898)、《丹东》(1899)和《七月十四日》(1902)。其中，《群狼》一剧影射当时席卷全国的德雷福斯案件；《七月十四日》表现了人民群众攻打巴士底狱的激情场面。可是，罗曼·罗兰并没有实现自己所主张的发扬大革命传统的原则。他从抽象的人道主义出发，在剧本中竟对右翼的吉伦特党而不是对左翼的雅各宾派深表同情。毫不奇怪，罗曼·罗兰的剧作得不到观众的欢迎。

但是，罗兰也有收获。他取得了丰富的创作经验。约从1902年开始，他的创作进入了一个崭新阶段。这个阶段是以写作《约翰·克利斯朵夫》和《名人传》为主要内容的。《名人传》包括《贝多芬传》(1903)、《米开朗基罗传》(1907)和《托尔斯泰传》(1911)。这三部传记的主旨是同《约翰·克利斯朵夫》一脉贯通的：为具有巨大精神力量的英雄树碑立传，让世人"呼吸到英雄的气息"。《贝多芬传》是其中的代表作，它所强调的自由精神以及作者在音乐方面的精湛修养吸引了人们的注意，这是一部独标一格的传记。《约翰·克利斯朵夫》则是《名人传》所宣扬的"英雄"形象的艺术体现。这部小说自1904年起在《半月丛刊》上发表，以后差不多每年刊载一卷，第十卷发表于1912年10月。罗曼·罗兰的小说家才具在《约翰·克利斯朵夫》中得到了充分表现，他的创作达到了第一个高峰。

1914年第一次世界大战的爆发使罗兰的生活和创作揭开了新的一页。罗兰走出书斋，参加了日内瓦的"战俘通讯处"的工作。9月15日他发表了《超乎混战之上》一文，谴责了这场帝国主义战争，呼吁以精神的力量去遏止战争势力。这篇文章立即遭到狂热的沙文主义者的围攻。在法国，沙文主义者咒骂罗兰是"卖国贼"，罗兰坚决顶住了他们的猖狂狂吠。罗兰的立场在国际上不乏支持者和同情者。流亡瑞士的列宁曾表示要争取和团结罗曼·罗兰。1915年秋传来罗兰要成为诺贝尔文学奖候选人的消息,当时的法国政府曾竭力加以阻止。罗兰重申他"对统治阶级的鄙视""对一切受苦的人们的友爱"和"对于未来的人类大团结的信念"。罗兰获奖后把奖金全部赠给了国际红十字会等组织。

两次大战之间罗曼·罗兰的创作又一次达到高潮。1919年罗兰发表了中篇小说《哥拉·布勒尼翁》。这部写于1913年因战乱延迟出版的中篇小说,描写了17世纪一个具有乐天性格的手工匠。同《约翰·克利斯朵夫》这部鸿篇巨制相较,《哥拉·布勒尼翁》可算是一朵小小的奇葩。它具有浓郁的乡土气息,作者所运用的拉伯雷式的爽朗奔放的笔调,是深深植根于法兰西文学传统的土壤之上的。1920年罗兰发表了两部反战小说《克莱朗波》与《皮埃尔和吕丝》。紧接着罗兰开始长篇小说《母与子》(原名《迷住的灵魂》)的创作。这部小说的写作前后达十一二年之久。它的内容反映了罗曼·罗兰思想发展中的重要变化。小说的前三卷描写一个富裕家庭出身的女子安乃德,她先是为冲破当时社会的婚姻观念而奋斗,继而她破了产,又为抚育儿子玛克而独自谋生。玛克长大后,母子却产生了隔阂,但他认清了自己父亲的政客面目后,回到了母亲的怀抱。这三卷的内容描绘的仍然是约翰·克利斯朵夫式的个人反抗。第四卷《女预言者》写于1929年至1933年,作者笔下的人物出现了变化。玛克积极参加了反法西斯斗争,终于被法西斯暴徒刺死。安乃德勇敢地走上她儿子走过的道路。当时,罗曼·罗兰积极从事反法西斯和反战的斗争,政治上拥护苏联,对社会主义抱着真诚的愿望。1931年他发表了《向过去告别》一文,就表现了他要同以往决裂,迈出新的一步的决心。罗兰和高尔基的深厚友谊在30年代初日益发展,高尔基对罗兰的思想无疑起了有益的影响。总之,罗兰在这时期思想的发展是《母与子》的主人公投入政治斗争的基础。这部长篇是罗兰后期创作的高峰,高尔基认为写得"完全成功"。

罗曼·罗兰的思想始终没有越出资产阶级人道主义的体系。1919年他发表的《精神独立宣言》就是从人道主义思想出发,去呼吁遏止新战争的。20年代他花了相当多的精力研究印度问题,写出了《甘地》等三部传记,十分赞赏甘地的非暴力主义。直至晚年,罗兰也基本上没有改变他的立场。资产阶级人道主义贯穿了罗兰的全部创作。

1935年罗兰发表了政论集《战斗十五年》。1939年发表的剧本《罗伯斯比尔》,对雅各宾党人改变了看法,转为赞颂的态度。

第二次世界大战爆发、法国沦陷后,罗兰蛰居在巴黎郊区的维兹莱家中,受到严密监视。罗兰潜心于著述,写出回忆录《内心旅程》(1942),完成《贝吉传》(1945)。罗兰看到了巴黎的解放。1944年12月30日,体弱多病的罗兰终于溘然长逝。

※　※　※

文学艺术是社会生活在作家头脑中的反映的产物。一部杰出的文学作品必然反映出具有本质意义的社会生活。《约翰·克利斯朵夫》就反映了19世纪末20世纪初这个风云变幻、动乱异常的时代某些有重大意义的社会现象。

诚然,《约翰·克利斯朵夫》描写的是一个音乐家的一生,但作者是把他放在广阔的社会背景上来描绘的。罗曼·罗兰有意识地力图把这部小说写成《战争与和平》那样的规模:故事情节发生在欧洲几个国家,构成一部史诗性的作品。罗曼·罗兰当初酝酿这部作品时,就设想主人公要"翱翔于时间之上""对现代欧洲作出评判"。就是说,要从艺术上对现代欧洲作出批判性的反映。《约翰·克利斯朵夫》的情节是在德国、法国、意大利、瑞士等国展开的。19世纪末20世纪初,德、法、意这几个重要的欧洲国家逐渐从资本主义发展到帝国主义,社会状况和人们的精神面貌发生了重大变化。《约翰·克利斯朵夫》正是在这个方面深刻地反映了时代,从而取得了重大成就。

首先,《约翰·克利斯朵夫》深入地表现了19世纪末20世纪初日益增长和激化的社会矛盾。小说主要通过主人公克利斯朵夫的经历来反映这种尖锐对立的阶级状况。

在小说的前几部,约翰·克利斯朵夫是一个叛逆的形象。他生长在阶级界限、上下尊卑十分森严的环境中,从小就孕育了反抗性格。作者通过一系列的事例来塑造这种性格。最初,他对两个小主人的欺弄感到满腔愤懑,进行了大胆的还击。他为父母居然对那些卑鄙的恶人卑躬屈膝感到可耻。他甚至看不惯善良的母亲低声下气地接受主人家的恩赐。他对父亲要把他训练成一头玩把戏的动物而感到愤慨,执意不想再弹钢琴。他受不了满身铜臭气的伯父的揶揄,心头火起,竟对着伯父脸上啐了一口。他过早地就开始挣钱谋生,支撑这个被酗酒的父亲弄得破败不堪的家庭。他同弥娜闹恋爱，遭到克里赫太太的反对，她要他考虑门第，克利斯朵夫羞愤交集，宣称他"不是任何人的仆人！……即使我没有你的门第，我可是和你一样高贵。……我尽管不是一个伯爵，我的品德也许超过多少伯爵的品德"。这段愤激的话是对社会不平等的愤怒抗议，是对豪门权贵的高度蔑视。克利斯朵夫独来独往的行为竟然得罪了大公爵。有一次他在一份社会党的报纸上发表了一篇文章，大公爵暴跳如雷，训斥他："你什么权利也没有，唯一的权利是不开口。"克利斯朵夫没有被淫威吓倒，他说："我不是您的奴隶，我爱说什么就说什么，爱写什么就写什么。"表现了凛然不可侵犯的正气。克利斯朵夫最后因出于义愤打死了一个侮辱乡下姑娘的大兵，他的个人反抗达到了最高潮。克利斯朵夫的反抗反映了下层人民和上层统治者愈来愈尖锐的阶级对立。如果说，克利斯朵夫在闭塞保守的德国看不到组织起来的群众对统治当局进行斗争的话，他却在具有光荣革命传统的法国巴黎同工人群众相遇，终于不期而然地碰上示威游行队伍。他不由自主地同警察进行搏斗，成了被追捕的逃亡者。工人团体的活动和示威游行是20世纪初期逐渐高涨起来的群众性斗争，它们反映了社会矛盾的加剧。小说中的描写透露了强烈的时代气息。

　　罗曼·罗兰在小说中反映了尖锐的社会矛盾并不是偶然的。他从青年时代起就一直关注社会的动向和变化。他说："我是纠缠着1900年前后法国第三共和国的政治社会危机的热烈而专注的见证人。"他十分注意布朗热将军与右翼暗中勾结的丑闻和轰动一时的德雷福斯案件，他常去听若莱斯的讲演和法国社会党内部的辩论。他对1905年的俄国革命运动十分关切，这一年年底他写道："我怀着热烈的关心注视着俄国的事件。"他认为这是一次伟大的事件。1909年爆发了大规模的法国邮政工人罢工，罗兰说："我不隐瞒，我所有的同情都在罢工工人一边。"对当时的政治事件、革命斗争和工人运动的关心和同情，使罗兰感受到时代跳动的脉搏。在小说中他有时正面描绘了这种社会矛盾，有时则放到背景之中，起到烘托气氛的作用。小说的描写使人感到当时的欧洲埋伏着深重的政治社会危机。

　　其次，小说描写了资产阶级的文化和精神的堕落。揭露得尤为淋漓尽致的是在第五卷。罗兰猛烈地抨击了巴黎艺术界。克利斯朵夫未到法国之前，把巴黎想象为自由的天堂，在巴黎爱干什么就可以干什么，既没有什么组织来操纵人家的声名和成功，文人也不相轻，批评界也不压制天才……可是到了巴黎以后，克利斯朵夫看到的却完全是另一个样。巴黎的出版商像猛兽等待猎物一样专候艺术家走投无路,自动送上门来。他发现这儿的文学专门描写淫荡、肉欲,到处都"弥漫着精神卖淫的风气"。资产阶级文人标榜什么"为科学而科学""为艺术而艺术",实际上他们是"为金钱而艺术"。在作家们的眼里,财富竟是一种美,几乎也是一种德,因此,他们的作品也成了"现代工商业化的出品"。罗兰一针见血地指出:金钱"在这商业化的民主国家中控制了全部的艺术思想"。巴黎文艺界的高级社交场所被作者绝妙地讽刺为广场上的市集,人人都在那里闹闹嚷嚷,推销自己的拙劣作品,并且互相攻讦。他们一旦发现克利斯朵夫是个大胆的革新者时,就想尽一切办法阻碍他获得成功。资产阶级文化上的堕落反映了他们精神上的堕落。罗兰用冷嘲的笔锋写道,那些上流社会的贵妇人,生活空虚,只求享乐,连小动作都有一定的功架,"对着闪光的羹匙、刀叉、银咖啡壶,把自己的倩影随便瞅上一眼,她们更觉得其乐无穷"。这些女人身上散发着腐化堕落的气息。至于男人们,"他们嘴里一刻不停地说着自由,可是没有人比他们更不懂得自由,更受不了自由"。那些议员们一心只想捞到财产和再次当选;"在法国,政治被认为是工商业的一支"。他们中间有一个虚伪透顶的资产阶级文人兼政客——雷维·葛,他是暴发户的儿子,专搞些贵族式的文学,大言不惭地自命为第三共和国治下的贵族,"永远装得彬彬有礼,周到细腻,便是对心里厌恶而恨不得推下海去的人也是如此"。这个伪善的家伙却在上流社会中如鱼得水,十分活跃。小说对巴黎上层社会的乌烟瘴气,绅士淑女的猥琐卑污和精神堕落,进行了真实的写照。文化和精神的颓废沉沦是帝国主义时代的显著特点之一,《约翰·克利斯朵夫》关于这方面的反映也是入木三分的。

罗曼·罗兰明知这样描写要得罪不少的人,他说:"我攻击了太多的人,以致要被他们的报纸和沙龙乱咬一阵。我当然喜欢处于安静地幻想之中。但必须说出真相。即使我要隐忍着保持沉默,克利斯朵夫也不能忍耐下去;一旦我拒绝说出真相,他就会离我而去,一去永不复返。"正是这种敢于揭露社会黑暗面的写真实的精神,推动罗曼·罗兰写出了小说中最有分量的一些篇章。

第三方面,小说描写了一场即将来临的战争笼罩着欧洲上空的严重威胁。这场战争从19世纪末已经投下了阴影,20世纪初这种歇斯底里的叫嚣更加甚嚣尘上。罗兰在中学时代就被战争的幽灵纠缠不已。对此,他大声疾呼要实现民族和睦,特别是德法两个民族的和睦。"我们是西方的一对翅膀……战争要来就来吧!

咱们的手始终紧紧地握着,像兄弟般契合的心灵始终在一块儿飞跃。"罗曼·罗兰通过克利斯朵夫和法国青年奥里维的友谊形象地表达了他的民族和睦的思想。奥里维和他的姐姐安多纳德的故事是十分动人的。奥里维纯朴、多情、孱弱、天真,但骨子里他是个意志坚定、独立不羁、热血沸腾的青年。他和克利斯朵夫相遇后,彼此互相吸引,结为知己。克利斯朵夫通过他了解到法兰西纯洁、美好,向往和平的民族精神。每当局势紧张时,克利斯朵夫就认为德法两国应当携手,解除仇恨。他和奥里维在这种剑拔弩张的情势下都感到不胜苦闷。军国主义者十分猖獗。什么是爱国主义?是否要为统治者效命?这些问题纠缠着每一个人,也纠缠着他们俩。罗曼·罗兰描写奥里维在克利斯朵夫丧母时赶到德国去安慰他,而克利斯朵夫在奥里维跟雅葛丽纳离异后也给他以支持,他们之间心灵的融洽显示了两个民族可以达到和睦的思想。当然,罗兰的思想不可能达到制止战争的目的,他也不了解企图发动战争的狂人行动的原因。尽管如此,他的小说对回击沙文主义者的叫嚣、对帝国主义战争的谴责还是很有意义的。他的声音在沙文主义者的大合唱中显得十分突出。这种思想代表了相当一部分法国人要求遏止战争的善良愿望。

　　罗曼·罗兰在写完这部小说时曾说过:"在刚过去的半个世纪中,精神界的改变较之以往的20个世纪变化更大。"他的长篇小说就是要描绘出这种精神变化,他把自己的小说称为"历史"或"历史性的"作品,又说这是"现代心灵的精神道德史诗"。着重从精神道德方面去反映广阔的时代面貌是《约翰·克利斯朵夫》在思想内容上的总的特点。从上述三个方面也可以看到,罗兰通过克利斯朵夫的幻想、追求、奋斗写出了小资产阶级在精神上的动荡不安,通过巴黎文艺界的形形色色的人物写出了资产阶级在精神上的腐化堕落,通过帝国主义战争的威胁写出了各阶层人物的骚乱不宁。《约翰·克利斯朵夫》确是一部描绘了19世纪末20世纪初这个动乱时代人们精神心理的史诗作品。

　　然而,罗曼·罗兰的思想是复杂的。一方面,他富有正义感,同情下层人民生活,鄙视邪恶势力,在这种思想指导下,他敢于面对现实,揭露现实,笔锋所向,毫不留情。他继承了批判现实主义的优秀传统,把《约翰·克利斯朵夫》写成一部具有深刻揭露性的内容的长篇小说。另一方面,他又笃信单靠精神力量能够改造这个社会的不合理现象,夸大精神自由和独立的力量。克利斯朵夫在他笔下是一个限于个人反抗的"英雄",又是一个以所谓精神力量"慑服人心"的"英雄"。罗兰思想上的矛盾导致小说主人公的复杂性。

对于克利斯朵夫的个人反抗,应当如何看待呢?不能不承认,克利斯朵夫这种敢于反抗强暴,连大公爵也敢于蔑视的无畏性格;这种压迫他的势力越是强大,越是激起他的愤怒和憎恨的个性;这种即使会撞得头破血流,仍然不断地反抗,并对命运长期斗争,不愿听天由命的抗争精神:这一切无疑是很可贵的,正是这些地方博得了读者的同情和喜爱。同时也要看到,19世纪末20世纪初,生活在风雨飘摇之中的小资产阶级有一部分沉沦了,有一部分采取了克利斯朵夫式的个人反抗,也有的倾向于社会主义(法国第一个工人政党成立于1879年)。克利斯朵夫同工人运动是有接触的。尽管克利斯朵夫(还有奥里维)主观上不愿同搞社会革命的人联盟,但"他们总还是在那条载着劳工队伍与整个社会的船上"。克利斯朵夫"用一种带着鼓励意味的关切的态度,看着无产阶级团结起来"。他虽然内心并不相信民众,仍然"喜欢到骚动的平民堆里混一下,让精神松动一点,事后觉得自己更有劲更新鲜"。他所作的革命歌曲,在工人团体中不胫而走。一直到最后,克利斯朵夫和奥里维身不由己地被卷进五一节的游行队伍中。但克利斯朵夫毕竟同工人在思想上是格格不入的。他的个人反抗应该说已远远落后于时代的发展,但他没有认识到这一点,始终不愿投身于革命运动之中。他成名之后,躲开社会斗争的漩涡,追求不可企及的精神恋爱,沉醉于脱离社会生活的音乐创作之中,这是个人反抗的一条悲剧性的出路。但在创作《约翰·克利斯朵夫》的初期,罗曼·罗兰却把克利斯朵夫的个人反抗看成了不起的英雄行为,他说:"我只将那些心灵伟大的人称作英雄。"这样的"英雄"是"不怕自己那个自由的思想领域内孤立"的。他认为在这个被卑鄙的利己主义窒息着的世界,需要这样的孤独的"英雄":"世界闷死了。打开窗户吧!放进自由的空气吧!让我们呼吸英雄的气息。"罗曼·罗兰认为这样的"英雄"是"新的人物"。实际上,这仍然是19世纪批判现实主义文学中常见的以资产阶级人道主义为思想武器的个人主义者。这样的个人主义者的行动既不可能,也绝不会动摇资产阶级社会,他们的反抗行动甚至得不到群众的理解(克利斯朵夫为搭救乡下姑娘打死了大兵,却受到农民的埋怨,即是一例)。他们不去投身于革命运动,势必成为落伍者,被时代的车轮抛在后面。到后来,罗曼·罗兰也开始意识到这一点,他说:"《约翰·克利斯朵夫》总的来说不代表我的全部思想。这是一个完整的世界,却是一个正在完结的世界,它要诞生出另一个世界。"这段写于

1912年1月的话既针对小说而言,也针对小说的主人公而言,说明罗曼·罗兰的思想已超越了当初构思这部小说时的高度,认识到受个人主义思想制约的人物已不符合时代潮流的发展。

※　※　※

《约翰·克利斯朵夫》在艺术上是一部独具特色的小说,它在长篇小说的创作上作出了重要的贡献,受到普遍的重视和赞赏。

《约翰·克利斯朵夫》最显著的艺术特色在于具有交响乐一般的宏伟气魄、结构和色彩。这在世界文学史上是前无古人,独创一格的。小说同音乐本是两种类型的文艺形式,而在罗曼·罗兰那里,却有机地结合在一起,产生了无穷的魅力。罗曼·罗兰多次谈到自己的作品包含着音乐性:"我的思想表达到人物身上,他们的互相吸引和冲突组成了一曲交响乐。在心灵的天地中有着节奏和旋律,这就是我的思想致力于达到的图景。"他又说:"我的精神状态始终是音乐家的而不是画家的精神状态。我先是把整部作品的音乐效果孕育成满天星云一样璀璨,然后才考虑主要的旋律节奏。"罗曼·罗兰具有深湛的音乐修养,他不仅精通欧洲音乐大师们的作品,而且自己还是个优秀的钢琴家,他还是一位音乐艺术史教授、音乐评论家和音乐家传记作者。这些优越的条件保证了他能在一部长篇小说中创造出交响乐一般的华美瑰丽的效果。

从结构上来看,《约翰·克利斯朵夫》的各卷有如交响乐的几个乐章一样,分成序曲、发展部、高潮和结尾,气势浩荡,浑然一体,鸣响着时代的强音。作者凭借他对欧洲音乐的深厚素养,在小说中交叉穿插对音乐作品和音乐家的评点,带领读者漫游欧洲古典音乐的王国,使读者感到生活在管音琴声的氛围里,陶醉在音乐曲调的享受中。这是深切热爱音乐的行家用小说的形式表达自己真切情感的一部杰作。

小说主人公克利斯朵夫是一个有杰出才能的音乐家。罗曼·罗兰酣畅自如地描绘了这个音乐家的内心世界。他细致入微地写出了克利斯朵夫儿时对音乐的敏感和觉醒。万事万物常常在他的心里融会为曲调:"这种无所不在的音乐,在克利斯朵夫心中都有回响。他所见所感,全部化为音乐。"他的舅舅常常带他去散步,给他唱一些动听的小调,和他谈论星辰、云彩,"教他辨别泥土、空气和水的气息,辨别在黑暗中飞舞蠕动、跳跃浮游的万物的歌声、叫声、响声,告诉他晴雨的先兆,夜间的交响乐中数不清的乐器"。舅舅是他的真正的音乐启蒙老师。描绘这个小小音乐家的音乐心理活动最为生动的一节,是当克利斯朵夫发现父亲逼他练琴,为了从他身上捞钱,于是他拒绝练琴,被父亲关在黑屋子里的一段描写。他幼小的心灵先是愤怒地咒骂,幻想出自己反抗的故事。莱茵河在屋下奔流,水声引起了他的音乐想象:

> 浩荡的绿波继续奔流,好像一整片的思想,没有波浪,没有皱痕,只闪出绿油油的光彩。克利斯朵夫简直看不见那片水了;他闭上眼睛想听个清楚。连续不断的澎湃的水声包围着他,使他头晕眼花。他受着这永久的、控制一切的梦境吸引。波涛汹涌,急促的节奏又轻快又热烈地往前冲刺。而多少音乐又跟着那些节奏冒上来,像葡萄藤沿着树干扶摇直上:其中有钢琴上清脆的琶音,有凄凉哀怨的提琴,也有缠绵婉转的长笛……
>
> ……音乐在那里回旋打转,舞曲的美妙节奏疯狂似的来回摆动;一切都卷入它们所向无敌的漩涡中去了……自由的心灵神游太空,有如为空气陶醉的飞燕,尖声呼叫着翱翔天际……欢乐啊!欢乐啊!什么都没有了!……哦!那才是无穷的幸福!……

这段文字把主人公所特有的音乐感绘写出来了,这种音乐感代替了人物的心理活动描写,或者说,所写的既是人物的音乐感,又是心理活动。我们可以从中看到人物音乐才能的成长过程:主人公的生活遭遇和自然界的音响相结合,促使这种才能得到了发展。心理描写(即音乐感)是独特的、细腻的,而自然景色的描写是富有诗意的、优美的。两者的结合形成一段动听的奏鸣曲,并构成整个交响乐的一部分。

正由于《约翰·克利斯朵夫》同音乐结合得这样紧密,所以有不少评论家把它称为一部"音乐小说"。

罗曼·罗兰着重描绘的人物心理状态、心理感受,既反映了主人公的音乐天赋,同时又表现了他倔强的个性。描绘青年时期的克利斯朵夫时,作者更是着力于个性的刻画。例如,小说描写克利斯朵夫在一次音乐会中突然觉得一切都是虚伪的,他抑制不住,大声狂笑起来,甚至看到那些吃惊的脸,越发笑得厉害。这个场面把一个狂放不羁的音乐家形象相当鲜明地显现了出来。

罗曼·罗兰遵循着现实主义塑造典型的方法,他说:"我竭力描绘的是典型,而不是个体。"他指出自己笔下的人物肖像"包含着一些真实的人物面容,往往不知不觉借用了我所熟知的这样那样的人物:但是这些肖像绝不会是我所熟悉的这样那样的人。"他又说,他经过长期观察,把一些同样类型的人物综合到他笔下的一个人物身上,而成了他自己的一个创造。例如,克利斯朵夫的生平采用了德国伟大音乐家贝多芬的身世,但克利斯朵夫的身上还综合了其他一些欧洲音乐家的生平材料。克利斯朵夫绝不是贝多芬,而是20世纪初的音乐家形象,打上了时代的烙印。

《约翰·克利斯朵夫》中出现的人物相当多,一些次要人物也性格突出,给人留下深刻印象。如酗酒成性、浑噩贪财的曼希沃,善良懦弱的鲁意莎,慈祥温和的米希尔,淳朴得像水一样清朗的高脱弗烈特。还有自命不凡、爱卖弄风情的弥娜,朴实痴情的洛莎,懒散柔和的萨皮纳,开朗快乐的高丽纳,娴静贤淑的葛拉齐亚,刚强奔放的赛西尔,骚动不安、精神无所寄托的雅葛丽纳,温柔坚忍、为弟弟耗尽了最后一滴血的安多纳德,等等。在小说中出现的一系列女性形象都各不相同。能在同一部小说中创造出众多互不雷同的人物,表明作家具有高度的艺术技巧。

《约翰·克利斯朵夫》的艺术风格是朴素中隐含着绮丽,流畅中蕴含着精粹。罗曼·罗兰在小说中写下这样一段话:

> 对普通的人就得表现普通的生活:它比海洋还要深,还要广。我们之中最渺小的人也包含着无穷的世界……你写这些简单的人的简单生活吧,写这些单调岁月的平静的史诗吧,一切都那么相同又那么相异……你写得越朴素越好……你是向大众说话,得运用大众的语言。字眼无所谓雅俗,只有把你的意思说得准确不准确……文字应当跟从你心灵的节奏。所谓风格是一个人的灵魂。

罗曼·罗兰正是这样去做的。他的文字真诚朴实,不假虚饰,有如清澈见底的流水;这一条条清溪最后都汇入大河,然后再浩浩荡荡奔向前去。这样的语言能在朴素简单中见出浑厚浩瀚,在平凡静穆中显出深广热烈。

小说的情节开展也有类似特点:以主人公克利斯朵夫的生平经历为主线,其他人物随着克利斯朵夫走向社会而陆续出现;有的重要人物如奥里维直到第六卷才露面。这种写法乍看似无匠心,朴素无奇,然而这是像日常生活一样的简单朴讷,它使人感到平易亲切,就像咀嚼橄榄一般,你能慢慢体会出浓郁的生活气息来。

《约翰·克利斯朵夫》的巨大成功引起了广泛的关注。英国小说家威尔斯认为罗曼·罗兰开创了一个新流派。法国文学批评家朗松也认为这部小说是"我们时代最高水平、最优美的作品之一",尤其在法国文坛处于不景气的时刻,这部小说就显得更加光彩夺目。确实,《约翰·克利斯朵夫》可以毫无愧色地置于世界文学杰作之列。

# 20世纪批判现实主义的又一鸿篇杰作

——马丁·杜伽尔的长河小说《蒂博一家》

从20世纪开始,法国的长篇小说创作出现了一种新体裁:长河小说。它们的篇幅都在100万字以上,有的长达几百万字。罗曼·罗兰在《约翰·克利斯朵夫》第七卷的序言中把他的小说比作一条河流。自此,"长河小说"的称谓便沿用下来。罗歇·马丁·杜伽尔的《蒂博一家》便是长河小说中有代表性的一部。

《蒂博一家》在20世纪上半叶的法国文学,乃至西欧文学中占有一个重要位置,它跟《约翰·克利斯朵夫》《追忆逝水年华》以及《布登勃洛克一家》[①]齐名。马丁·杜伽尔于1937年"因为他的长篇小说《蒂博一家》所描绘的人的冲突及当代生活中某些基本方面的艺术力量和真实性"而获得诺贝尔文学奖,这是对《蒂博一家》的成就和它在国际上的影响的一个高度评价。

※　※　※

《蒂博一家》花费了作家将近20年的巨大精力。这是在他拥有丰富的阅历和写作经验,进入中年以后的一部创作,也是他毕生文学写作的结晶。

罗歇·马丁·杜伽尔1881年5月23日生于纳伊利-舒尔-塞纳。父亲是巴黎塞纳区法庭的第一审诉代理人。童年时他经常在拉菲特别墅区度过,这个地方在

---

[①] 《追忆逝水年华》(1913—1928)系法国意识流作家普鲁斯特(1871—1922)的著名作品;《布登勃洛克一家》(1901)系德国作家托马斯·曼(1875—1955)的杰作。此外,法国的长河小说还有儒勒·罗曼(1885—1972)的《善意的人们》,共20多卷;乔治·阿梅尔(1884—1966)的《帕斯吉埃一家纪事》(1933—1941)。

《蒂博一家》中得到充分描绘。9 到 10 岁时,有个小邻居把自己写的一个诗剧借给马丁·杜伽尔,这个偶然的行动竟然在马丁·杜伽尔幼小的心灵里打开了一个新世界,唤起了他巨大的激情:"这个激动了我一辈子的写作需要,我认为是在一个春天的傍晚,受到我的朋友让的戏剧作品的魅惑之下产生的。"1892 年,他进入天主教学校读书,爱看左拉的小说和米拉波的历史著作,并练习写诗和短篇小说。1896 年,他离家去上中学,有个神甫借给他托尔斯泰的《战争与和平》:"不用说,发现托尔斯泰是我青年时期最重要的事件之一;它无疑对我成为作家的未来产生最持久的影响。"①他又说:"发现托尔斯泰对我的文学修养、小说家的禀赋,以及后来对我的全部作品——我甚至要说对我一生——有着决定性的、最大的和持久的影响。"②中学毕业后,他在索尔本学院念文学预科。著名评论家法盖是他的老师,鼓励他从事创作。1900 年,他进入文献学院,学习历史和中世纪建筑学,这些课程培养了他对历史和当代事件的兴趣,使他学会了科学分析。1902—1903 年,他到卢昂服兵役,复员后继续学习,1905 年毕业。1906 年结婚后,偕妻子到北非住了四个月。1908 年,他钻研过精神病学。这些活动都为他日后创作提供了各种知识。

1909 年,马丁·杜伽尔自费发表了第一部小说《变化》。小说情节不算复杂:巴黎一个公证人的儿子安德烈·马塞雷尔以为自己有作家才能,但他缺乏恒心,每次创作都以失败告终。他在上流社会遇到一个女子凯蒂·马里纳,一见钟情,然后又遇见另一个女子瓦朗蒂娜。由于她们没有财产,他抛弃了她们,最后娶了一个有钱的女继承人德尼丝·艾尔佐,于是放弃了文学创作,过起乡绅的悠闲生活。妻子在生育中死去,他挥霍过度,靠典押度日。这部小说对文学问题发表了不少有益的见解,但本身缺乏生动性,写得并不成功。1913 年,马丁·杜伽尔又出版另一部小说《让·巴罗瓦》。如果说,他的第一部小说的批判精神尚能贯彻始终的话,那么,《让·巴罗瓦》则倒退了一步。小说主人公出身资产阶级家庭,从小身体羸弱,15 岁时对宗教产生怀疑。他在巴黎学医,毕业后教书。他不信教,因此导致同妻子分居。他创办了一个哲学和社会学杂志《播种人》。在德雷福斯事件中,这份杂志登载了为德雷福斯辩护的公开信。45 岁上,他感到心力衰竭,无法进行对公众的鼓

---

① 马丁·杜伽尔:《回忆录》第 2 卷,弗拉马里翁出版社,1957 年,第 46 页。
② 马丁·杜伽尔:《马丁·杜伽尔全集》第 1 卷,伽利玛出版社,1955 年,第 569 页。

动。他得了胸膜炎以后便不再领导《播种人》杂志。他的女儿这时当了修女；他和妻子思想逐渐接近，终于破镜重圆。他感到需要休息，临终时改变了自己叛教的信念。这部小说内容较为消极，它反映了马丁·杜伽尔思想上的矛盾。虽然他看到了19世纪末20世纪初随着社会的变动在一部分资产阶级知识分子中产生了精神信念的动摇，然而马丁·杜伽尔对这种动摇还缺乏坚定赞同的态度，他处在观望犹豫之中。小说主人公的结局反映了作家这种思想状况。

这两部小说尽管写得并不成熟，但有三点值得注意。其一，作家企图在小说中通过一个资产阶级出身的人物的一生经历，写出一代人的精神面貌。其二，小说注意对时代重大事件的反映，尤其是《让·巴罗瓦》对19世纪末、20世纪初席卷法国的德雷福斯事件进行了正面描绘。其三，马丁·杜伽尔开始运用对话作为他的小说艺术的主要手段，并常用心理描写。这三个特点是马丁·杜伽尔第一阶段创作的主要收获，它们孕育了健康的成分，为马丁·杜伽尔的创作打下了良好的基础。

1914年，第一次世界大战爆发，马丁·杜伽尔在总动员的第二天就上了前线。他在第一骑兵军团当下士，担任运输给养弹药的工作，直到战争结束。马丁·杜伽尔不仅仅是普通的士兵，他作为一个清醒的现实主义者，看到了资本主义文明的毁灭和这个社会的精神信念的破产，明确了他在战前模糊地认识到的问题。他的思想趋于成熟了。1919年2月，他复员回到巴黎，同友人一起从事戏剧活动。从1920年春天起，他开始酝酿写作《蒂博一家》。开初，为了模仿《战争与和平》，想用《善与恶》作为小说的名字。随着构思的深入，他抛弃了这个过于抽象的题名。1922年4月，小说第一卷《灰色笔记本》问世，5月第二卷《教养院》出版。1923年10月，发表《美好的季节》。第四、五卷在1928年出版，次年发表第六卷。但在写作第七卷《开航》时遇到了挫折。在此期间他发表了《古老的法兰西》，这是一组农村的速写，随着邮差的足迹，读者看到了一个小村镇的一系列场景：用作者的话来说，里面"搜集了丑恶的面影，冷酷的贪婪的残忍的心"。

正是当时的政治局势促使马丁·杜伽尔改变了写作《开航》的初衷。法西斯势力的猖獗和一次新的世界大战的危险促使他要正面描绘第一次世界大战给人们的精神带来的深刻影响。他毅然决然毁掉了三年来的心血，决定另起炉灶，动手写作《一九一四年夏天》，这一卷在1936年完成。马丁·杜伽尔的努力取得了出色的结果。纪德曾经这样评论说："这样解决我看是十分成功的，较之他先前设想的冗长的续篇远远好得多;不仅更有意义,而且有助于阐明前几卷的思想内容。"《一九一四年夏天》引起了国际上的重视,它受到的欢迎是马丁·杜伽尔获得诺贝尔文学奖的直接原因。当时马丁·杜伽尔正在构思小说的结尾,这一卷直至1940年1月才辍笔付梓。写成这部纪念碑式的作品,马丁·杜伽尔的创作生涯实际上也告结束。

在第二次世界大战期间,马丁·杜伽尔着手创作另一部长篇小说《穆莫中校》。小说主要写1940年6月德军入侵时,退休的穆莫中校烧毁了自己40年来的日记;不久,他又开始记日记,并回忆自己早年的生活和走过的道路。可是,马丁·杜伽尔几度易稿,始终没有完成这部长篇。

此外,马丁·杜伽尔写过几部戏剧,都并无显著特色。不过,他从事戏剧创作对于他写作小说得益匪浅。不妨说,他的戏剧创作是为了小说创作而进行的一种练笔。

马丁·杜伽尔于1958年8月20日病逝。

※　　※　　※

同罗曼·罗兰一样,马丁·杜伽尔是个继承了19世纪批判现实主义传统的作家。《蒂博一家》通过一个资产阶级家庭及其社会联系,反映了整个资产阶级社会在20世纪初的变迁以及世界大战对社会的深刻影响。

从内容来看,《蒂博一家》的前六卷为一部分,后两卷为另一部分,但这两部分彼此交叉穿插,不能割裂。

蒂博父子一家是小说中重点描绘的对象。蒂博先生属于大资产阶级,经营社会慈善教育事业。这个一家之长自以为是,独断专行,习惯于在家庭中发号施令,一心要两个儿子按照他的意志踏入社会。其实他一手创建的教养院是个戕害青少年身心健康的地方,连他的小儿子也深受其害。他企图让自己的名字留传后世,结果事与愿违,两个儿子都没有继承他毕生精力所贯注的事业,临死时他才明确地意识到这一点。他亲手建造起来的大厦眼看一朝倾覆。他的死是一场痛苦的挣扎,预示了这个大资产阶级家庭的没落崩溃。

他的大儿子昂图瓦纳是个有才干、有毅力的年青医生,看来有条件成为蒂博家的继承人,像他父亲一样,活跃于社会上。他思想比父亲开明,对于监禁在教养院里的弟弟富有同情心,不惜同父亲面对面争执,并使父亲让步——他的才干看来在他父亲之上。对于跟自己家里信仰的天主教不同的新教家庭——丰塔南家,他也能随声附和,不坚持己见,表示出宽容态度。他对自己是盲目信任的。自从遇到拉雪尔以后,他开始意识到自身的弱点,对自己的力量逐渐产生怀疑。随着战争的逼近,他认识到自己与同时代人的联系,自己一帆风顺的前途成了问题。父亲死时,他朦胧地感到一切都要丧失。他在 37 岁的青春年华便因中了毒气而慢慢死去。最后他失去了自信心,知道他所生活的世界行将瓦解,他所依仗的个人奋斗已经不可能实现。这是一个年轻有为、循规蹈矩的资产者子弟所走过的道路。老一代的钻营失败了,这新一代的奋斗也碰了壁,小说形象地表明 20 世纪初某些大资产阶级家庭的历史命运。

蒂博先生的小儿子雅克是这个资产阶级家庭的逆子。他富于反抗精神,十四五岁时已想离开这个窒闷的家庭。教养院扼杀人的精神主动性的规章险些毁掉了这个倔强的孩子。他具有不亚于兄长的智力,居然考中了名牌学府高师,而且还名列第三。出于对环境的不满和爱情的失意,他再一次离家出走。他在瑞士同一些政治活动家致力于和平主义运动。他力图通过各种政治活动去解决当前的社会危机,包括政治危机。他离开家庭,投入社会斗争以后,眼界比以前开阔,思想意识也产生很大变化:从反抗家庭转到反对各国政府对战争威胁的软弱政策。他殚精竭虑,奔走于各个国家,鼓吹发动总罢工;执行领导人的指令,盗窃军事情报,甚至冒着生命危险乘坐飞机去散发传单,企图阻止战争蔓延。最后,他死于自己的宣传对象的枪口下:飞机坠毁,他受了重伤,抬担架的一名宪兵溜走了,他的担架被别人夺走,另一个抬担架的宪兵索性把这个"间谍"一枪打死。他的悲剧给他从事的活动作了总结:他企图遏止战争的行动之所以归于失败,是因为他进行的是消极的斗争,不可能改变战争发动者的政策。总之,他只从个人的地平线走到大众的地平线的边缘,还没有真正踏入社会主义的斗争道路。

蒂博父子的悲剧既是这个大资产阶级家庭的悲剧,也是第一次世界大战以前法国社会乃至西欧社会的悲剧。马丁·杜伽尔十分注意反映生活中这种悲剧因素,他在诺贝尔文学奖受奖词中说:"长篇小说的主要目标就是表现出生活的悲剧性,个人生活的悲剧性,一个正在形成的命运的悲剧性。"这里包含了个人生活的悲剧和社会生活的悲剧。在表现个人生活的悲剧时,作家着重描写人物的精神苦闷。昂图瓦纳在勒阿弗尔的码头上冒着风雨像无家可归的人一样奔走摸索,他感到空虚、彷徨、凄苦、无依无靠,与他以前充满信心判若两人。雅克在考上高师以后只有短暂的快乐,他始终处在精神压抑之中,无法摆脱烦恼苦闷。蒂博父子力图掌握自己的命运,但有一股看不见的力量在主宰他们,压倒他们,他们的悲剧是伴随着整个社会面临的浩劫而不可避免地产生的。昂图瓦纳回顾自己的一生,"把着欧洲的脉搏",发出具有预言性的感叹:"西方犹如一只火药桶。一旦哪儿爆出一点火星,那就不得了啦!"这种危机感道出了人们的普遍心理。雅克比昂图瓦纳更进一步,他感到资本主义文明已无法解决社会危机,资本主义社会所宣扬的家庭和谐、精神道德并不能适应个人发展的需要,他要摆脱这一切,斩断资产阶级传统观念的约束。这种潜伏在知识分子中的精神危机乃是资本主义文明的深刻危机的反映。资本主义文明无法遏止世界大战的爆发,这本身就表明了它无力解决社会矛盾,正是这些矛盾导致了社会大悲剧的到来。

在小说中,除了蒂博一家,还有另一种类型的资产阶级家庭,这就是丰塔南家。丰塔南是个生活糜烂的资产者,为了追逐女人,不惜弃家庭于不顾,跟着情妇跑到国外,一过几年,最后他陷于精神矛盾而开枪自杀。这个新教家庭完全依靠丰塔南太太的张罗才勉强维持下去。丰塔南太太温柔善良,逆来顺受,出于无奈才与丈夫经济分家,总算把两个孩子拉扯大。战争期间她投身于护理工作,把自己的别墅改为医院,救护伤兵。她的大儿子达尼埃尔继承了父亲的浪荡本性,他的母亲对他放任自流,也助长了他放纵自己。他虽然具有绘画才能,终因懒散而不能充分发挥。战争中他失去了腿,无法重温旧梦,抑郁终日。他怨恨和牢骚满腹:"为什么我要把世界上的罪恶和不幸都扛在自己肩上呢?我得不到什么好处,也不为任何人受罪,我遏制了自己的创造力,扼杀了自己的才能。我生来不是使徒……那就让我成为魔鬼吧。"他那种玩世不恭、贪图享乐、悲观厌世的思想,同他父亲一样,代表了碌碌无为、堕落无耻的资产阶级人物。他的妹妹贞妮较为单纯,趋向美好的事物,厌恶不良的行为。她对雅克的爱情是慢慢形成的。起初她憎厌雅克,认为是他带坏了自己的哥哥,使哥哥离家出走。但在接触雅克的过程中,她发现雅克聪明、正直、疾恶如仇,不屑于朝三暮四、水性杨花的性格,同自己的志趣完全吻合。雅克的政治活动也得到她的支持。她由厌恶、抗拒、逃避,直至面对现实,承认了自己的内心所爱。她和雅克纯洁的爱情与小说中其他人物的思想情操形成了鲜明的对照。她和雅克的遗腹子让-保尔是蒂博家的唯一根苗,也是作家对未来所抱有的一丝希望,尽管这希望是朦胧的。丰塔南家各个人的遭遇代表了破落的资产阶级家庭的经历,从另一个侧面反映了资产阶级不同人物的精神面貌。

通过家庭的变迁去描绘社会的变化是《蒂博一家》的重大特色,这也是它有别于先前出现的长河小说的地方。《约翰·克利斯朵夫》是一部近乎自传体的小说,《追忆逝水年华》虽也描写了几个家庭,但基本上围绕个人生活而展开。《蒂博一家》扩展了自传体小说的写法,而是从家庭纪事入手,这种写法对社会各方面的触及必然广泛一些。家庭是社会的基本单位,牵动着社会的神经。对一两个家庭的深入剖析显然能扩大对社会的批判。为了深化对社会的描绘,马丁·杜伽尔对宗教、道德、社会学、哲学、政治问题都进行过深入研究,搜集了广泛的资料。他在1918年1月18日的信中说:"我关心所有的重大现实问题,并因此自豪;我在这方面不停地工作,增加材料,我没有一天不在记哲学或社会学问题的笔记,翻阅理论书,剪贴杂志和报纸。"如果说,在小说前六卷中政治问题接触不多的话,那么,在《一九一四年夏天》和《尾声》中就全面展开了描述。马丁·杜伽尔在领取诺贝尔文学奖时说:"在这三册书中,我力图再现1914年总动员前夕欧洲的不安气氛,我力图指出各国政府先是软弱、犹豫、冒失,具有遮遮掩掩的贪欲;我尤其力图再现和平的人们面对浩劫来临的麻木状态,他们就要受到浩劫的危害,这场浩劫将要带来900万人的死亡和1000万人的伤残。"他要"保卫某些重新受到威胁的有价值的东西,反对战争力量的不祥传染"。他要"让忘却往事的老人、不知道或轻视往事的年轻人回忆起过去的惨痛教训"。

《一九一四年夏天》确实再现了第一次世界大战前夕和战争初期的历史面貌。当时,各国政府的外交活动和人们的态度先是麻木不仁,继之惊慌失措;各派政党紧张活动,尤其是社会党人与和平主义者大力宣传自己的主张。小说描写了社会党领袖若莱斯被暗杀的经过,渲染了战争狂人的猖獗活动气氛。小说还描写了1914年6月28日奥匈皇储被刺后的紧张局势。马丁·杜伽尔并不满足于这种全局性的画面描绘,他还力求分析这场战争的根源。小说中刻画了一个革命者的领袖梅奈斯特雷尔,他富有实际工作经验,善于归纳问题,从纷繁复杂的社会问题中抽出主要的东西,用明确的形式表达出来,他认识到"没有革命的理论,就没有革命的运动"。需要指出,马丁·杜伽尔对他怀有偏见,把他看作一个过激分子:梅奈斯特雷尔认为在战争中才能更好地实施自己关于暴力革命的理论,因此把雅克窃来的秘密文件销毁,不希望这些文件披露后会制止战争爆发。但是,梅奈斯特雷尔关于战争形势和根源的分析却颇为精辟。他认为,资本主义的经济依然十分坚挺,这部剥削工人的机器还能运转。无产阶级在受苦受累,骚动不安,但总的说来还未饿得发慌。"一切只不过是时间问题!这个制度的矛盾与日俱增。各国之间的斗争也在加剧。竞争、争夺市场在激化。这是生死存亡的问题:它们的整个制度的构成是为了不断扩张市场!仿佛市场可以无止境地增长!……来到壕沟前,要站立不稳!世界在走向危机,不可避免的危机。这危机将是普遍的……只要等待!等待世界的经济情况无法解决的时候到来……等待机器越加缩减雇用工人的数目……等待破产和倒闭飞速增加,等待到处缺乏工作,等待资本主义经济处于需要保险的状态中;到时候一切保险者都要遭受损失。"梅奈斯特雷尔的话比小说中其他人物,包括雅克的观察都要来得准确。他的话在1937年尤其具有现实意义。因为自1933年希特勒上台以后,法西斯主义日益猖狂,战云笼罩在欧洲上空,这种一触即发、危在旦夕的局面,一般人并不洞察内中的根源。从经济原因去剖析各帝国主义国家的矛盾加剧,便道出这场迫在眉睫的战争的秘密。

小说用了更多的篇幅去描写雅克的活动。雅克认为人民并没有觉悟到战争的危险;一旦工人动员起来,实行总罢工,就能阻止战争爆发。他对群众大声疾呼:"你们本来可以阻止战争!你们是爱好和平的人,占压倒多数,以前你们不会联合起来,组织起来,用团结一致的有决定性影响的方式及时进行干预,发动各国各阶层人民起来对纵火者进行抵制的运动,让欧洲各国政府接受你们的和平意志。"他呼吁法国人和德国人联合起来,实现民族和睦:"法国人和德国人,你们是人,你们是兄弟!以你们的母亲、妻子、儿女的名义,以你们身上最崇高的感情的名义,以来自历代的深处、使人成为正义和讲理智的创造灵感的名义——抓住这最后一个机会吧!得救的机会掌握在你们手中!"他的演讲和鼓动并没有产生预期的效果,不久,战争爆发了。他转而又想对士兵们做动员工作:"明天,在太阳升起时,法国人和德国人,你们大家一起,在同一时刻,怀着同样的英雄主义和兄弟情谊,举起你们的枪托,扔掉你们的武器,喊出解脱的呼声!人人站在那里,为了拒绝战争!为了迫使各国马上重建和平!"雅克的活动和呼吁是不切实际的幻想。当时,以人道主义的准则去启发人民群众虽有一定作用,但并不能起到动员人民起来阻止战争的效果。不过,马丁·杜伽尔忠实于生活,他描写雅克以失败告终表明了雅克的主张和活动是行不通的。以雅克为代表的和平主义者的活动在当时确实如小说所描写的那样,十分活跃。在某种意义上,这恰是一个历史的教训。面临二次大战的欧洲人民,应能从这里得到有益的借鉴。

由于忠实地再现了一次大战前夕的历史,马丁·杜伽尔受之无愧地获得了形象的历史家的称誉。

※　　※　　※

《蒂博一家》在艺术上取得了显著的成绩。总的说来,马丁·杜伽尔继承了批判现实主义的传统,并有所发展,具有自己独特的艺术风格,成为20世纪重要的批判现实主义作家。

马丁·杜伽尔在艺术上深受托尔斯泰的影响。在结构布局方面,《蒂博一家》和《战争与和平》有相同之处:小说先写和平生活,后写战争突然到来。和平生活中孕育了战争爆发的因素,战争又给人们生活带来重大影响,两者交叉相联,构成严密的整体。在塑造人物方面,马丁·杜伽尔对托尔斯泰也十分钦佩,他说:"究而言之,他(指托尔斯泰)给我们再现的人物恰似生活给我们提供的那样;但他善于在人物的细微之处发现这种隐秘的本质,它隐藏在表面现象之下,要不是他,我们就会看不到。他的洞察力使我们目瞪口呆。与他的洞察力相比较,我们的观察是多么欠缺、表面、下功夫不够和程式化!"同托尔斯泰一样,他笔下的人物肖像画不是一次完成,而是逐层加厚。人物的全貌只有当对它的描写全部完成,我们才能得到最后的印象。他的人物是一步步发展、变化的。我们看到了青少年时期倔强的雅克,未必知道成年后沉默郁闷的雅克,更料不到他考上高师会离家出走,投入社会斗争中。我们看到了稳重自信的昂图瓦纳,未必知道他对自己的信心产生了动摇,更料不到最后他完全对自己的家庭丧失了信心。仿佛由远而近,我们逐渐看清了人物的面目。

可是,马丁·杜伽尔毕竟与托尔斯泰不同。

关于如何写作现代长篇小说,马丁·杜伽尔对以前的小说家的经验进行过总结,他借自己小说《成功》中的人物发表了如下的见解:"在冒险小说和风俗研究之间,有一个位置需要占据:在大仲马和布尔热之间穿行;像前者那样选择人物和历史题材,像后者那样剖析细微的意识;依靠材料再现人物;以历史画面写出心理小说。"这一段话可以看作马丁·杜伽尔写作小说的基本纲领。他的小说既重视历史事实和生活真实,又注意心理描写,两者糅合在一起。他还说过:"我称之为客观性的东西,就是忠于真实,而结构和写作要朴素。"①《蒂博一家》对生活的再现是逼真的,采取了写实手法。这种写实手法非常朴素自然。马丁·杜伽尔并不追求华丽的词藻、复杂的语句。他的语言平易流畅,仿佛写来并不费力。福楼拜说过:"杰作就像大动物一样。它们有平静的外貌。"这句话有一定的道理,用在《蒂博一家》上尤为确切。《蒂博一家》的平淡朴实与作品的规模和场面的宏伟阔大十分协调,起到绝妙的衬托作用。另一方面,《蒂博一家》在描写每一个场景时又十分缜密细致,小说的每一卷所发生、经历的时间都很短:《灰色笔记本》是五天;《教养院》是几个星期(昂图瓦纳去看望弟弟只有几小时,占去大半篇幅);《美好的季节》是五个月(主要场面在一个夜晚和一个白天进行);《诊断》是24小时;《小妹妹》是一个星期;《父亲的死》是一个星期;《一九一四年夏天》是44天;《尾声》是六个半月。由此看来,描写极其细腻,而结构简明,脉络清楚,这是小说的一大优点。这种写法颇有巧用电影镜头的意味。作者手中的摄影镜头仿佛集中在一个场面上,从各个不同的角度进行拍摄,拍完了这一组场景,再转向另一情节。马丁·杜伽尔对这种手法做过如下说明:"电影式的描写手法不是一幅素描。相反,是一种综合。要写得好,必须先开始描写三页,然后涂改、删削、压缩、精炼、突出主要的东西。"因此,这种平易朴素的风格乃是经过艰苦的劳动而取得,绝不是像表面看来那样一蹴而就的。马丁·杜伽尔多次谈到过,他先是想象一个场面,反复思索,构思出准确的情景,人物活动的范围、内心的发展、对话的开展等,然后才开始动笔。所以,"作品还没有写出一行字,整个情景已经出现在我的眼底下"。② 写成以后也就显得一气呵成,明快酣畅。

至于心理描写,《蒂博一家》较之19世纪的法国小说前进了一大步。马丁·杜

---

① 米歇尔·雷蒙:《大革命以来的小说》,阿尔芒·柯林出版社,1967年,第184—185页。
② 马丁·杜伽尔:《马丁·杜伽尔全集》第1卷,第69页。

伽尔吸收了现代小说家,尤其是意识流小说家的新手法。他在《让·巴罗瓦》的序中指出:"作家要竭力全面地反映出一个心灵的心理发展过程。"马丁·杜伽尔擅长描写人物的心理活动,以展示人物的思想发展和性格特点。昂图瓦纳在给骨折的小女孩动手术时内心的活动写得非常细致。在这个场合,昂图瓦纳不可能滔滔不绝地把心里的想法诉之于在场的人们。他的心理活动是微妙而复杂的:他从来没有动过手术,但又要表现得自信和有能耐。在动手术时,他心里自然而然冒出各种各样的想法:有职业上的同情心,也有掌握了一定技术的自信心,既有被推上手术台的无可奈何,又有担心失败的惶恐,这些心理反映了他的性格特征。又如他搬到新居和弟弟同住时,心里高兴、得意,对前途充满幻想,同时又生怕弟弟耽误了自己的钻研。他这时一个人在搬书,没有对话者,只能通过他的独白和心理活动来袒露他的思想。读者通过他的内心活动进一步了解到这个人物的精神世界。以前他是一个持重、富有同情心的青年医生,现在才透露出他十分看重自己的名誉地位,虚荣心很强。同样,在表现雅克情窦初开时的幼稚盲目(与女仆李斯贝特的关系)和难以抑制的爱情冲动(对贞妮的依恋)时,也插入了大段心理描写,既写出了雅克心头的苦闷,也写出了他思想的成长。而这些地方用白描手法是很难表达出来的。马丁·杜伽尔在心理描写上进行了很多探索,把人物的思想发展过程淋漓尽致地描写出来。他的成就推动了现当代法国小说的发展,所以加缪称赞他的创作比纪德和瓦莱里更加"预示了今日的文学"。

《蒂博一家》是一部所谓对话体小说。小说的主体由对话构成,其他部分如同剧本的说明词,起着解释、连接的作用。马丁·杜伽尔认为:"我的人物和他们赖以活动的场面的突出与鲜明来自描绘的方式。人们看到它们是活灵活现的。"优秀的对话文体能生动地传达出人物的思想和性格特点,又能使文字如行云流水,轻灵自如。《蒂博一家》的对话写得十分出色,例如蒂博先生的专横、傲慢,丰塔南先生的油滑轻佻,连次要人物、蒂博先生的秘书沙斯勒先生的委琐、卑顺、婆婆妈妈,教养院院长费斯姆先生的谄媚、精明都靠人物的语言来表现。至于一些特定的场合,如昂图瓦纳去看望雅克时,雅克寡言少语,昂图瓦纳则千方百计引导他说出心里话,一问一答富有戏剧性,整个场面恍如目前;而拉雪尔滔滔不绝对昂图瓦纳讲述自己的身世,则又写出这个人物爱动荡爱刺激的特殊性格。与此同时,马丁·杜伽尔也竭力避免对话文体容易出现的单调平板,除了情节写得曲折以外,在语言的运用、时态的复杂变化等方面他都力求丰富多彩,一方面"创造出一种柔和的气氛",另一方面"在各个场景周围加上色彩缤纷的气氛"。

毫无疑问,马丁·杜伽尔在塑造人物方面功力很深。他说:

> 天才的小说家能从这种激情辨别出来:他要不断深入了解人,从他笔下的每一个人物身上抽出个人生活的特点,抽出每个人物不会重复出现的、使他成为典型的东西。依我看,一个小说家的作品有可能流传下去,就看他捕捉到的个人生活的质与量。但这仍然不够。小说家还必须拥有对日常生活的感受力;他的作品必须表明个人对世界的想象力。在这方面,托尔斯泰是大师。他笔下的每一个人物或多或少隐约受到抽象思索的困扰;他是人类经历的历史家,他的每个人物的身世不是对人物进行一般调查,而是能引起人们对生活意义的不安的质疑。①

这段话表达了马丁·杜伽尔对人物塑造的见解:伟大的小说家要塑造出数量众多的人物典型;典型从生活中撷取而来,又能使人对生活进行思索。《蒂博一家》的人物性格鲜明,互不雷同。昂图瓦纳和雅克是"气质尽可能不同的两兄弟",一个对自己有约束力,拒绝干出绝对的行为;另一个有独立精神,拒绝逆来顺受,要反叛逃跑。这两兄弟中,雅克无疑是更受人们同情的人物,他正直、纯朴,酷爱正义,勇敢而不屈不挠,一心想为社会作出自己的贡献,无论是对友谊还是对爱情都热烈纯真,敢于掏出自己的心里话,被认为是法国文学中最美的青年形象之一。昂图瓦纳则有不同的典型意义,有人认为他的经历更有启示性:他的发展变化不像雅克,他本来是个幸福的人,生活使他逐渐认识到社会的贫困和自身的弱点,他终于抛弃了自己已经达到的名誉地位。他的经历是有才能有地位的知识分子在这动乱的时代发展变化的写照。他贯穿了小说的始终也说明这个人物的重要性。不仅蒂博父子性格各异,丰塔南家的四个人物也是各个不同。丰塔南先生轻浮,他的妻子温柔贤惠,恰成对照。达尼埃尔与父亲有相同之处,但又有区别,他带有艺术家的气质。贞妮不同于母亲之处是她较有主见,柔中有刚。甚至有些不出场的人物,

---

① 布吕奈尔:《马丁·杜伽尔》,伽利玛出版社,1961年,第44页。

通过别人的叙述也性格鲜明，如希尔什、粗野、暴戾，有传奇色彩。马丁·杜伽尔能抓住人物的性格特点，善于做对比的描绘，笔墨虽则有多有少，但都栩栩如生。还有一点：马丁·杜伽尔笔下的人物往往不是绝对好或绝对坏。比如，他无情地鞭挞了蒂博先生的专横、自以为是、爱虚荣，又写了他确有替儿子前途着想的愿望。雅克虽然纯朴，在生活的道路上也不是洁白无瑕的(与女仆李斯贝特的关系)。丰塔南先生后来也想幡然悔悟，赎补前愆，把受过自己玩弄被迫过卖笑生涯的勒·迦德送回布列塔尼，让她过上小康生活。丰塔南太太善良有余，刚毅不足，显得过分软弱。马丁·杜伽尔对每个人物的处理未必正确，但他不从一般概念出发，力图写出活生生的不同类型的人，则是用心良苦，工力可嘉的。

　　长篇巨著《蒂博一家》，无论在思想内容上和艺术上都是20世纪法国文学的一部杰出作品。马丁·杜伽尔很注意内容和形式的紧密结合。他在1942年3月17日的日记中说："依我看，内容和形式有如兔子和佐料那样的分别。兔子难道生来是拌红酒洋葱的吗？你得首先肯定，你的兔子是上好的，你不能满足于在一只插在叉上的老兔子周围浇上美味的佐料！"他还在1947年4月7日的日记中把内容和形式比作蜂房和蜂蜜："事实上，我的工作中有两件要分清的事：蜂房和蜂蜜……蜂蜜就是我渴望放进去的活生生的、有个性因素的、动人的、新颖的东西。只有我的蜂房准备好容纳蜂蜜时，我才能把蜂蜜放进去。"[①]力求取得内容与形式的完全一致是马丁·杜伽尔孜孜以求的目标，他呕心沥血创造出来的《蒂博一家》在这方面提供了成功的经验。

---

[①] 见1947年4月7日《日记》。

# 存在主义文学、加缪和《沉默的人》

第二次世界大战后,在法国的圣日耳曼-普雷咖啡馆等地方,经常有一些青年人聚集在一起,他们穿着自己特殊的服装,唱着自己喜爱的歌曲,尤其是具有共同的思想倾向。他们被称为"存在主义者"。确切说来,他们是存在主义的信奉者。以让·保尔-萨特(1905—1980)和阿尔贝·加缪(1913—1960)为代表的存在主义文学就是在这时开始流行起来的。此后十来年,存在主义文学发展到顶峰,它的影响越过了国界,迅速扩展到全世界。

存在主义文学最早出现于20世纪30年代末期。它的创始人之一萨特在1938年发表了小说《厌恶》,1939年又出版了中短篇小说集《墙》,这两部作品通过艺术形象触及了人生和存在等青年一代密切关心的问题,既流露了悲观厌世的情绪,又表达了愤世嫉俗、不满于现实的思想。再加上萨特独特的文体风格,便理所当然地引起了评论界的重视。独木不成林。存在主义文学直至加缪于1942年发表了小说《局外人》之后才进一步扩大了影响。由于这一文学流派以存在主义哲学为核心思想,因而得名存在主义文学。

存在主义文学的产生同30年代的社会经济状况密切相关。1929年至1933年爆发的世界性经济危机使资本主义世界出现一片败落景象,人们对前途充满了悲观失望的情绪。随着社会矛盾的激化,在知识分子中引起了种种思想变化。一部分人转向左倾,所谓"红色的三十年代"就是一部分左倾的作家活动的纪录;另一部分人则陷于苦闷和彷徨的处境,在存在主义哲学中找到了归宿。

存在主义文学虽在30年代产生,却在40年代、特别是在第二次世界大战以后流行起来并风靡一时,原因在于这次战争带来了满目疮痍的景象,给社会笼罩上前途渺茫的气氛,尤其是年轻一代,思想十分苦闷,他们要寻找思想寄托,存在主义文学恰好适应了他们的要求。

存在主义文学发展到这时处于一个转折阶段。前期的存在主义文学较多地倾向于阐述存在主义思潮。萨特认为,"存在先于本质"。这个界说虽然是基于本体论和现象学的观点,未能解释清楚存在与思维、现象与客体的关系,但是它的着重点是放在对存在的阐述上,目的在于肯定人的存在价值,认为人在社会上应各自占有一定地位。萨特进而提出,"人注定是自由的",人要对自己的命运作出"选择",这种选择本身就是"行动"。这些观点在第二次世界大战期间具有反对法西斯的暴虐统治,支持为自由解放而斗争的抵抗运动的积极意义。然而,在多数情况下,前期存在主义文学作品不太接触具体的社会问题。经过战争的洗礼,存在主义作家的文学观点有了较大的发展,这就是公开主张要干预现实。萨特在1945年创刊的《现时代》上发表了题为《争取倾向性文学》的社论,这是存在主义文学的一篇重要宣言书。该文提到巴尔扎克对1848年发生的事件无动于衷,以及福楼拜对巴黎公社的不理解和恐惧态度,认为是不足取的。他赞扬了伏尔泰对卡拉受宗教迫害的愤怒抗议,以及左拉为德雷福斯案件鸣冤的大义凛然的行动。他认为作家要无愧于他的时代;他生活在他的时代当中,每句话都会引起反响。因此,作家面对现实要自我衡量一下自己的责任感。在《什么是文学》一文中,他又说:"倾向性,作家知道,说话就是行动,他明白揭露就是要改变。"这样提出作家要有针砭时弊的倾向性,在当代西方作家中是并不多见的。注意社会现实问题使存在主义作家的创作出现了新面貌,他们不仅扩大了题材,而且作品的思想内容也丰富得多。萨特接二连三写出的剧本《死无葬身之地》《可尊敬的妓女》等以及加缪的小说《鼠疫》都以描写社会现实、调子明朗为其特点,这些作品获得了广大读者的欢迎,成为存在主义文学中的优秀作品。

应该指出,加缪同萨特的创作倾向相同,但又是一个独树一帜的作家。他生于阿尔及利亚,父亲是农业工人。加缪早年丧父,生活贫困,靠半工半读才念完大学。早期他当新闻记者,编导过戏剧。二次大战期间参加抵抗运动,编辑《法兰西晚报》和戴高乐系统的《战斗报》。加缪除了写小说以外,还是个戏剧家和散文家,作品有《误会》《卡里古拉》《正义者》《西西弗神话》等。

加缪的早期创作的主题是人的命运问题,或者说人同社会的关系问题。他的成名作《局外人》就是这样一部作品。这部小说描写阿尔及尔的一个法国籍小职员对人生感到极端冷漠,他在空虚无聊的状态中开枪打死了一个阿拉伯人,不愿上诉得到赦免,而宁愿死去。主人公莫尔索的形象反映了40年代的一部分青年对混乱的世界秩序所感到的精神不安和绝望心理。在他看来,这个世界是荒谬的,因为它充满不合理的事物;人与这个世界的关系也是荒谬的。莫尔索是一个"意识到一切都是荒谬的人"。加缪赞美这种人的认识和态度。他认为,正如神话中永无休止地把巨石推往山顶、巨石滚落下来又起而复始的西绪弗斯那样,这个神话人物的工作的荒谬性正表现出他的伟大之处:他热爱生活、蔑视天神和死亡。莫尔索和他一样,蔑视忏悔和死,他以冷漠的态度去对待这个冷漠的世界。加缪认为,大多数人由于信仰和习惯,拒绝看到他们自身存在的悲剧性,只有意识到世界荒谬的人才会提出:"生活为什么会这样?"他处于无言的反抗状态中,他"肯定正义,同历久不衰的不义作斗争,并创造幸福,抗议充满不幸的世界"(《给一个德国友人的信》)。他虽然"没有任何英雄行为,却是为真理而死的"(《〈局外人〉美国大学出版社译本序》)。然而,在加缪笔下,人同社会是格格不入的,人要追索更好的命运,却茫无所向。因此,小说不免笼罩着悲观情绪。第二次世界大战后,加缪的思想发生了变化,他这样说过:"为精神痛苦而哭泣是徒劳无益的,必须为它而奋斗"(《夏天》)。他认为要积极地反抗不合理的事物:"我反抗,然后我们才能存在。"他在1947年出版的小说《鼠疫》中通过一个寓言式的故事,塑造了一个不避艰险、抛却个人考虑的医生夜以继日同蔓延全城的鼠疫作斗争,最终取得胜利的正面形象。鼠疫象征法西斯势力和不合理事物。小说充满了积极进取的精神,一扫悲观气氛。加缪认为,这是"人们所能想象的关于人同恶势力作斗争,以及最终使有正义感的人起来反对现存生活,并同人们和自我作斗争的最激动人心的神话之一"(《麦尔维尔评介》)。加缪在工作笔记中曾写下自己的创作意图,说是想通过这部作品写出第二次世界大战中精神上受过痛苦、作过深思的人的形象,并进而描写人们在今天的世界所受的痛苦、不得不流离失所和遭遇的种种威胁。《鼠疫》无疑是加缪的代表作之一。

诚然,加缪的思想有很多矛盾的地方。一方面,他富有正义感,反对法西斯专政,认为是"非理性的恐怖";另一方面,他又反对"理性恐怖",在革命面前却步,50年代在政治上出现过摇摆和右倾。但是,加缪对小资产阶级和工人的同情态度却始终未变。1957年问世的短篇小说集《流亡与王国》就是以描写这两部分人为题材的。这部集子收有六篇小说,它有一个总的主题:"流亡"代表人对美好命运的追求,"王国"则是追求的目标。加缪解释说:"'流亡'用其特有的方式给我们指出了道路,我们只有通过这条道路拒绝奴役和占有。"

《沉默的人》是这部短篇集的代表作。这篇小说通过罢工失败的工人郁积的心情无处发泄,渴望寻找一条能生存下去的道路的故事,表达下层人民对自身命运的探索。50年代初,法国造桶业经历着一场变革:现代化大机器工业生产逐渐排挤了小规模的造桶业,像小说中这样凭手工技术劳动的工人面临着丢掉饭碗的威胁。不仅造桶业如此,当时,凡是小手工业者和小商人都受到竞争威胁,危若累卵。声势不小的蒲雅德运动就是为了保护小商人和小手工业者的利益而展开的。正是在蒲雅德运动的影响下,加缪写下了这篇小说。另一方面也是由于加缪早年同造桶工人有过不少接触,这段经历使他同造桶工人建立了深厚的感情。加缪说过:"我也曾经想过写出社会主义现实主义的作品。"由此看来,加缪写出反映工人生活、对工人表示深切同情,具有现实主义文学的批判精神的作品,决不是偶然的。

在选材上,这篇小说不拘一格,颇为新颖。作者并没有选取罢工胜利的题材,也没有描写罢工如何失败,这类题材已经屡见不鲜。《沉默的人》写的是罢工失败后复工的第一天,这个描写角度首先适应了短篇小说本身的要求,因为短篇小说的篇幅较短,往往只能截取生活的一个横断面,加以集中的绘写。在《沉默的人》中,作者把主要笔墨用在工人们对罢工失败的感受和反应上,巧妙地把罢工的起因(改善生活条件)、造桶业的不景气和所受的威胁也写了进去,小说结尾又用暗示的手法点出工人们更为悲惨的失业前景。小说将深广的社会背景和思想内容集中到造桶工人颇为特殊的一天中,这样就取得了含蓄凝练的艺术效果。

《沉默的人》的另一艺术特色是对人物的心理状态进行了细致的刻画。作者从伊瓦尔早晨上班时写起,往日,远眺海景是他的习惯,近来,他却兴趣索然。由于心境不佳,他越发感到衰老的临近。整整一天他处在忍耐、屈辱、郁闷、怅惘、愤怒的状态中。虽然表面上保持着沉默,他的内心并没有屈服,愤怒就像积聚在火山口内的熔岩一样,总有一天会爆发出来。读者从中可以窥见伊瓦尔的倔强性格和美好品质。这样通过心理刻画来描写人物的思想和性格是一种相当高明的写作技巧。有的作家的心理刻画只注意人物的思想活动,却忽略了人物的性格描写。尤其是短篇小说,如果不注意塑造人物的性格,那么心理刻画便会流于浮光掠影,得不到出色的效果。

存在主义作家大多惯用心理描写,但他们的心理描写与意识流小说不同。意识流小说往往用反复出现的心理活动去刻画人物的思想,而存在主义作家则用近乎白描的手法去表现人物的思想,心理描写大半和叙述穿插在一起,例如小说中这一段:

> 他从来没有感到过上班的路这么长。他也逐渐衰老了。四十岁上,他尽管仍像葡萄蔓枝一样干枯精瘦,但他的肌肉却不那么快就恢复活力。有时,他看体育报道,三十岁的运动员就被说成老将,他便耸耸肩膀。"如果说这是老将,"他对费南德说,"那么,我就是躺在地上的败将了。"可是,他知道记者并非全错。三十岁上,气已经不知不觉短促了。到了四十岁,虽说还没有趴倒,可是早就提前准备着这一天。难道不正是为了这个,好久以来,他赶到城那头造桶厂去的路上,再也不观看大海了吗?

这段心理描写同作者的叙述议论结合在一起。第一句是心理描写,后面几句是叙述,从"可是"一句开始又是心理描写,最后一句是叙述分析。可以说,作者是用叙述议论的方式去描写人物的心境,或者是将心理描写寓于叙述之中。总之,两者水乳交融,心理描写显得非常自然。

加缪的文字素以简洁平易著称,被誉为拥有古典主义的风格。他的作品没有浓色重彩,而是淡雅素净,像水彩画一样。加缪喜用平淡无奇的语句,有时甚至到了枯燥刻板的地步,但这样的语句恰好同他所要塑造的人物和意境相符,他笔下的冷漠、无言、阴郁的人物形象正需要这样的语言去刻画。简约其实是高度的凝练。例如小说开首第一段最后几句写到伊瓦尔的背包里放着简单的食品。作者没有议论,但读者却意味到主人公的经济窘况,读到后来,还可以领会到造桶工人罢工失败的一个原因就在于生活无法维持下去。作者的笔墨是何等精练!再如作者描写工人之间的友爱关系只突出了他们吃饭时轮流喝一小杯咖啡的场面,就充分反映了出来。加缪认为自己这种简练的手法是"现实主义的叙述"手法。存在主义文学中的确有不少现实主义的因素,特别是存在主义作家发展了18世纪启蒙文学寓哲理性于文学作品中的传统。加缪的作品就善于通过浅显简短的语言表达深奥的哲理思想。《沉默的人》在风格上朴实无华,而思想内容却甚为丰富。当然,这篇小说不免带上哀怨沉郁的调子,是它的不足之处。

1980 年 7 月

# 女性主义的经典
## ——波伏瓦《第二性》

西蒙娜·德·波伏瓦(1908—1986)[1]是著名的存在主义女作家。她与萨特同年考入名校巴黎高师,此后成为萨特的终身女伴,深受萨特影响。她的著作颇丰,包括小说、散文、戏剧和理论著述。她的几部小说如《女宾》(1943)、《他人的血》(1945)、《人都是要死的》(1946)、《名士风流》(1954,获得龚古尔奖)已译成中文。她的小说体现了存在主义观点,在现当代法国文学史上占有一定地位。就存在主义文学而言,她的地位列在萨特和加缪之后,但与他们还有一段距离,这已是不争的事实。

波伏瓦在历史上的真正地位也许不是在小说创作上,而是在思想史方面。她的《第二性》被称为女性主义的经典著作,在女性主义运动中起了重大作用。《第二性》最初于1948年在《现代》杂志上连载,次年出版,引起巨大反响。这是第一部具有理论色彩、自成体系的著作。从理论上看,似乎这方面的著作还没有出其右者。此书20世纪80至90年代在我国有过几种译本,或则译文不够理想,或则删节过多,虽然译本上标明是"全译本",但由于英文译者往往喜欢删节,致使我国读者无法见到全貌。英译本早已在美国受到严厉批评。经过核对,可以看到英文译者删掉了大量实例,有的整段删去,有的缩写(有时对文本主体也这样处理)。可能是英文译者认为这些实例或段落并不重要,或者引用过多,或者"不雅",或者认为作者啰唆,有少数地方则因难译而放弃译出。殊不知这正是此书精华的一个所

---

[1] 波伏瓦(Beauvoir)是姓,因此,译为波伏娃或者波娃都不恰当。她的名字西蒙娜已经表示了女性身份。

在,而且也是此书的趣味所在之一。这样删节反映了英文译者的判断力有很大失误。这种翻译方法也反映了英美译界有些译者对待翻译的主张和态度是并不可取的。因此,从法文译出《第二性》实属必要,以免我国读者以为读到的是"全译本",继续误解下去。

《第二性》之所以成为波伏瓦顶尖的作品,不是偶然的。从她的自述可以得知,她从青年时期已经开始注意妇女问题,广泛搜集材料,进行深入研究。她从各个方面增加自己的知识,力图穷尽这个问题的内涵。她在动手写作这本著作时已步入中年,进入思想成熟期。第二次世界大战以后,妇女运动又一次高涨,女权主义发展到一个新阶段。波伏瓦的《第二性》正是这样应运而生。

有一点必须加以说明。译者在处理 le féminisme 这个词时颇费踌躇。正如波伏瓦在文中所阐述的,妇女运动有一个发展过程。我觉得大体上可以将第二次世界大战以前这个漫长时期看作争取女权的阶段;二次大战以后,由于妇女运动再次高涨,对女性问题的探索有很大发展,特别在波伏瓦发表了《第二性》以后,人们对女性问题的认识深化了,认为政治权利(选举权)和男女平等不足以概括妇女问题,妇女问题应扩展到其他领域,正像波伏瓦所说的,女人要"摆脱至今强加给她们的领域",加入"人类共同体"中。从这个时期开始,用女性主义来理解、翻译 le féminisme 这个词也许是恰当的。本译文一般用这个标准来处理 le féminisme 的运用。话说回来,女权是妇女在现代社会中的一个基本问题,它虽然不能代表妇女问题的全部,但也可以概括或代表妇女运动所要争取的主要目标,因而不少论者仍然执着于用"女权主义"来表达之。

《第二性》对女性问题的深化表现在如下几个方面。

之一,是对女人的理解。波伏瓦提出了新的观点:她认为"人不是生来就是女人;是变成了女人"。这句话的意思是,女人的地位不是生来就如此的,是男人、社会使她成为第二性。社会把第一性给予了男人,男人是主要者,女人是次要者。女人从属于男人。这并不是说,某个女人不可能凌驾于她的丈夫或者其他男人之上,但这种情况并不能改变整个社会中女人从属于男人的状况。如同波伏瓦所说的,即便是某个国家由女皇当政,也改变不了女人总体低下的社会地位。这个女皇实行的是男性社会的意志和法律,她并没有改变女人的从属性。这就从根本上确定了女人的社会形象。波伏瓦并没有提出要让女人成为第一性,她只是指出女人属于第二性的不合理。这是全书的出发点,并由此探索女人如何变成第二性。所谓他者,是与男性相对而言的,男人代表人(l'homme),男性是主体,女性是相对主体而言的客体。在某种程度上,他者是被排斥于社会主体之外的,属于另类。女人对男人,类似黑人对白人。波伏瓦从哲学和理论的高度界定了女人在人类社会中的处境,"第二性"的命名充分表达了女性对自身不平等地位的抗议,是对男性社会发出抗争的呐喊。更为可贵的是,波伏瓦敢于直面女人本身存在的弱点,以现实的明智态度去对待女人问题,并不讳言女人的生理弱点,以此分析男人为何能在历史上统治女人。女人为什么不能创造各民族的历史,女人之中也没有出现莎士比亚、托尔斯泰、斯丹达尔、陀思妥耶夫斯基这样的大作家呢?其中有女人本身的问题,也有社会造成的缘由。波伏瓦没有拔高女人应有的作用,而是一一摆出女人在人类历史上所遭遇的悲剧命运,最鲜明而又最有说服力地展示了女人的处境。波伏瓦超出一般的女权主义者之处,体现在她辩证地理解女人的特点和应有的作用,而不是仅仅气势汹汹地发出不平之鸣。

之二,是波伏瓦不是单一地提出女权问题,她一下子将妇女问题全盘地、相当彻底地摆了出来,力图囊括女性问题的方方面面,以全新的姿态论述女性。波伏瓦认为谈论女性必须了解女人的生理机能和特点,她论述生物的进化过程,低等动物与高等动物的繁殖,雌性与雄性的分别与各自的特点,进而论述女人与男人的分别与各自的特点,女人的生育过程,等等。她指出女人由于有生物属性,要来月经,要经历妊娠、痛苦而危险的生育,女人对物种有附属性,因此,女人的命运显得更为悲苦。男女在智力之间并没有多少差别,但女人在体力上比男人弱小,行动能力差些,她对世界的控制受到限制。不过,女人对物种的屈从还要取决于经济和社会状况。但在延续物种中,不能确定哪个性别起到更重要的作用。从生物学上来考察男女,是将女人放到物种和生存的角度去考虑,确定女人的生存位置,这种位置对女人在社会中所能起到的作用会有重大影响。因此,这种考察是很有必要的。以往也有论者在分析女人所能起的作用时提到女人属性的特点,但往往一笔带过,而波伏瓦追根溯源,把这个问题谈得很彻底。波伏瓦较为注意20世纪以来影响巨大的精神分析学,她指出弗洛伊德不太关心妇女命运,但他认为女人身上有两个不同的性感系统,一是童年阶段的阴蒂,一是青春期之后才发达的阴道;认为女孩有"恋父情结"和"去势情结"。弗洛伊德的学生阿德勒提出女人有"自卑情结",小女孩羡慕男性生殖器。精神分析学家强调性欲不可抑制的作用。波伏瓦不赞成精神分析学家的上述看法,认为这是机械论的心理分析,女人行动时被说成模仿男性,这样论断是不正确的。波伏瓦认为历史唯物主义"阐明了十分重要的真理",女人的生存的确取决于社会和经济的状态。恩格斯在《家庭和私有制的根源》中描述了妇女的历史,但这是一部"技术史"。波伏瓦认为恩格斯没有指出从群体制过渡到私有制的形成过程,光从"经济人"去分析妇女,还未能彻底揭示女人的命运。波伏瓦认为"不可能从私有制中抽取出对妇女的压迫","消灭家庭不一定能解放妇女",因为没有充分考虑性本能。一方面,波伏瓦承认"生物学、精神分析和历史唯物主义的某些贡献",另一方面又认为这些学科还不足以解决问题。应该指出,她对历史唯物主义的看法是存在偏颇的。

之三,波伏瓦接着描述了女人在人类史的发展长河中所处的地位。她认为自己的叙述是全面的,不少地方弥补或修正了前人论述的不足。她阐述道,在原始社会,原始群体并不关心后代,杀婴是常有的事;孩子是负担,不是财富,人们不要求有继承者;男性的统治不明显。当游牧民族在土地上定居下来,形成农业共同体时,"女人具有不同寻常的威信",土地所有者要求有后代,怀孕变成一种神圣的作用。原始人认为孩子是祖先亡灵的化身再现。女人的生育就像土地的生产一样;由于崇拜繁殖,女性受到崇拜。然而,根据莱维-斯特劳斯的考察,"社会始终是男性的;政权总是落在男人手里","不管母亲女神多么强有力,却是通过男性意识创造的概念"。随后,男系亲属关系代替了母亲血统,母亲被贬低到乳母、女仆的行列;父亲掌握大权,并传递给后代。女人属于男人的财产。圣经时代的犹太人,家长是一夫多妻,对女人的管辖十分严格;东方民族中可以看到"叔接嫂制"等。但在不同的地方继承办法也有变通。希腊女人被降低到半奴隶状态,罗马女人受到更加严重的奴役。基督教意识形态大大助长了对妇女的压迫。及至中世纪,女人绝对从属于父亲和丈夫。典雅爱情并未能改变妇女的命运。从15世纪到19世纪,女人的地位几乎没变。其中,17世纪,由于沙龙的关系,有些贵妇享有很高声誉,但这种地位是属于女性精英的。值得注意的是,1789年有人提出一个《女权宣言》,而《拿破仑法典》仍然规定女人应当服从丈夫,连巴尔扎克也认为女人是男人的从属。随着机器的广泛使用,土地所有制被摧毁,而逐渐引发了劳动阶级的解放和妇女的解放。18世纪末,法国的孔多塞、英国的玛丽·伍尔斯通克拉夫特在《为女权辩护》中发起了女权运动。由此看来,女权意识是在18世纪末,尤其是在法国大革命思潮的影响下产生的。各种社会主义的观点都提出妇女解放,乌托邦社会主义要求取消对女人的奴役,圣西门主义者重新掀起女权主义运动。而无政府主义者普鲁东主张把女人禁锢在家庭中。19世纪,女人的工作条件很差,工资低于男人,女工会会员的数字不多,妇女总体上缺乏争取自身权利的意识。直到19世纪下半叶,女工的休息日、产假等才有规定。堕胎一直没有得到法律许可,由于基督教赋予胎儿以灵魂,堕胎变成了罪行,尽管每年堕胎的数字十分巨大。甚至在法国,1941年,堕胎被定为反对国家安全的罪行。至于政治权利,1867年,斯图亚特·米尔在英国议会上为妇女的选举权作了第一次辩护。1879年,社会党大会宣布性别平等。1892年,召开了女权主义代表大会。美国妇女比欧洲妇女获得更多的解放,林肯支持女权运动起了重要作用。美国妇女习惯组织俱乐部,以此作为活动的阵地。各国妇女争取政治权利的斗争和进程是不同的。其中,联合国的妇女地位委员会要求承认两性权利的平等。波伏瓦指出:"女权主义本身从来不是一个自主的运动:它部分是政治家手中的一个工具,部分是反映更深刻的社会悲剧的附加现象。女人从来没有构成一个独立的阶层;事实上,她们没有力图作为女性在历史上起作用。"这个论断是很深刻的,它看到了妇女本身存在的问题:女性尽管长期受奴役,却不能像奴隶一样起来反抗,也就不能争取到应有的权利。因为女人是分阶级的,不同阶级的妇女有不同的利益。比如,资产阶级妇女未必要争取劳动权,她们宁可呆在家里享受生活,屈从于丈夫。从波伏瓦对女性地位史的简略叙述中,可以看到她有一些独到的观点:她认为女人从来就没有取得过统治地位,即使在崇拜女神的原始社会阶段或者母系社会,也是如此。在她看来,女性从来没有统治男性的意识,而是相反,男性倒有统治女性的意识。女性虽然对人类作出了与男性相等的贡献,从物种的意义来说,女性承受了比男性更悲苦的命运,却从私有制出现以前就忍受屈从和压迫。波伏瓦承认经济的作用,但认为这不是决定妇女受压迫的唯一因素。妇女对自身权利的意识要到很晚的阶段才出现,争取自身权利的斗争不得不经历了漫长的时期。不管波伏瓦的叙述还有不完备之处,但它给人以历史的完整概念。《第二性》可以列入概述女性史的最早著作之一,由此引发了大批的类似著作问世。

之四,为了结合对男性制造的"女性神话"的分析,波伏瓦以五位男性作家的创作为例，探讨他们笔下的女性形象及其体现的男性思想。蒙泰朗是个大男子主义者，他的小说有自传性质，描写女人如何崇拜他，追求他，而他厌恶女人，鄙视女人，将女人当作发泄性欲的工具和男人的衬托。劳伦斯以描写性爱闻名，追求男女的完美结合。然而，他的小说体现了对男性生殖器的骄傲，他相信男性至高无上；男人是引导者，女人是被引导者。他笔下的女性在男性的怀抱中忘却自身。他是在向为男性献身的女人唱赞歌。法国戏剧家克洛岱尔诗意地表达变得现代化的天主教观点：女人要忠于丈夫、家庭、祖国、教会。他把女人界定为心灵姐妹，女人是用来拯救男人的工具。超现实主义的领袖布勒东投入到爱情中，将女人看成一切事物，尤其是美。女人追求永恒的爱，布勒东希望她成为人类的救星。女人形象在布勒东笔下是一种理想。斯丹达尔对女性有特殊的热爱，他赞赏女人身上的自然状态、纯真、宽容、真诚、敏感、有激情。女人为了得到爱情，会想出种种办法，克服重重困难，显得光彩夺目。波伏瓦认为他是一个女权主义者。这些男性作家分别代表了五种不同的倾向和态度，从蔑视女性到赞美女性，即便对女性持赞美态度的作家，也没有对女性表现出真正正确的态度。其中四位作家主要在20世纪上半叶进行创作，他们对女性的认识似乎落后于时代发展。总之，男性作家所虚构的"女人神话"不同程度地歪曲了女性。波伏瓦在这里进行的是女性主义的文学批评，第一次对男性作家笔下的女性形象作出深入而独到的分析，成为今后女性主义批判男性作家笔下的女性形象的滥觞。

之五，波伏瓦对女人一生各个阶段的分析，构成了《第二性》的主体部分，这是对女人的一生进行正面考察，对她的一生可能遇到的经历作出判断和评价。这些论述是对生物学观点的延续和发展，也是综合性的考察。在童年阶段，女孩逐渐意识到男孩具有阴茎的优越地位，对阴茎的嫉羡以不同形式表现出来。对她的教育是要她循规蹈矩，不要做出男孩子的动作和行为，让她适应女人的命运。后来，当她明白世界的主宰不是女人而是男人时，这一发现改变了她要当主妇的意识。她感到父亲的权威是至高无上的，一切男人都分享着男性的威望。各种男人都吸引着小姑娘，成年妇女对男人表现出来的热烈敬意，又把男人捧得很高。随着学习，她知道了是男人创造了所有国家，无论是在神话还是在生活中，英雄都是男性，而只有一个贞德与之对抗。连圣父也是男人，圣母要跪着接受天使的话，圣女礼拜天主所说的话酷似求爱的色情语言，圣经中指明女人是由男人的一根肋骨造出来的，凡此种种,都表明女人的次要地位。青春期的到来改变了少女的身体,乳房的隆起成为一个负担,月经造成身体不适,折磨着她。男孩的不少活动她不能进行,她要忍受沉重的家务劳动。她出现自恋倾向。男人使她眼花缭乱,也使她恐惧,她对自己能征服男性感到骄傲。她想使自己变得美丽,有的少女却有自虐心理。她的内心生活比男孩子更丰富。随之而来的是性启蒙。波伏瓦认为性启蒙分口唇期、肛门期和生殖期,从幼年一直到成年,持续不断,但少女的性体验不是先前的性冲动的普通延续,而是突然与以往决裂,这是随着身体发育而来的生理要求和感受。在不同时代和不同地域,处女贞洁有不同的意义。未婚少女的性交有时会造成心理紊乱。性欲冷淡的女人有各种各样的情况。女人的性角色大部分是被动的,某些女人身上确实有受虐心理。波伏瓦还分析了性欲倒错和女同性恋:男性化的女人缺乏雌性荷尔蒙;活力过剩、身体强壮的女人通常拒绝被动性;相貌丑陋、发育不良的女人想以男性气质补偿自身的低下。精神分析学家认为性欲倒错是一种心理的而不是机体的现象,少女要否认自身的残缺,寻求与男人等同,拒绝他的支配;女同性恋者不是一个发育不健全的女人,这可能是一种逃避自身处境的方式;少女还没有机会或者没有勇气去体验性生活。并非拒绝客体会导致女人走向同性恋,大部分女同性恋者寻求拥有女性气质;自恋也不会总是导致同性恋。具有男性特征的同性恋女人,是因为她们被禁闭在女性世界里。女同性恋者除了对女性的怨恨,还有对男性的自卑情结。她们憎恨男人使女人忍受"玷污",气愤于他们拥有社会特权,感到他们比女人更强有力。总之,同性恋不是经过深思熟虑的反常行为,而是一种在生存处境中选择的态度。波伏瓦不主张将女同性恋者分为不同类型。她对女同性恋的分析深入而有理有据,认为女同性恋的形成既有机体的因素,又有社会对女性压迫造成的原因,整体的论述多少有替女同性恋翻案的意味。成年女人要面对婚姻,以往,少女是被动的,她被父母献出去,变成男人的仆从。今日,虽然婚姻保留了大部分的传统面貌,但单身女人"是一个在社会上不完整的人,即使她在谋生"。因此,大部分女青年都想结婚。在20世纪50年代的比利时,大部分婚姻仍然是父母安排的,金钱起到头等作用,而且少女比年轻男子更主动。这种情况在欧洲各国大致相同。将婚姻和爱情协调起来不是易事,门当户对的婚姻不一定能产生爱情,想以爱情来获得男女平等是一种幻想。这就与以往、特别是19世纪一些女作家的观点划清了界线。"失去了处女贞操,年轻女人就成年了。"如何"抓住"丈夫是一门艺术,有的家庭生活美满,有的家庭生活是个地狱。整天呆在家里的妻子往往以一天等待和厌烦去迎接争吵。不过,家务劳动也有某种诗意,女人竭力与物体和自身搏斗。从中可以看出,波伏瓦并不完全厌恶和反对家务劳动,她的观点不同于认为家务劳动把妇女束缚在家庭中的看法。女人婚后的头二十年生活极其丰富,人们赞扬她能舍弃和忠诚。但达到平衡的夫妇生活只是一种乌托邦。波伏瓦由此得出,"婚姻制度本身一开始就是反常的",她很赞赏离婚是常事的美国,女人在外忙碌。波伏瓦指出,女人通过生儿育女,实现了她的生理命运。在信奉天主教的国家里,是禁止控制生育和反对流产的,流产在很长时期内构成犯罪。然而在法国,1938年流产的数字达到了100万次,生育与流产几乎一样多。波伏瓦认为,节育和流产"能使女人自由地承担做母亲的责任"。女人在妊娠期显得像个创造者,有些女人对怀孕和哺育感到极大的快乐,而婴儿一断奶她们就感到泄气,这些女人是"多产的家禽",而不是母亲。许多女人希望有儿子,梦想生下一个英雄,分享他的不朽。长女往往得到父亲的宠爱,却受到母亲的虐待。波伏瓦认为母性不足以满足一个女人,托尔斯泰夫人的例子很典型,她分娩过十二次以上,孩子给她受虐的感觉。孩子不是爱情的替代品,不能填补生活的空虚。女人也不能通过母性变成男人的具体对等物。家庭与社会是相通的,女人出现在社会上要打扮一番,衣着用于表现女人的社会尊严,也将女人的自恋具体化。她展现自己是为了实现自己的存在。社交生活是将住宅变成一个迷人的领地,同时展示她的财富;社交、通奸只构成消遣,以忍受夫妇生活的束缚,但这不能让女人真正掌握自己的命运。男人要妻子恪守妇道,却不以婚姻为满足。并非智力迟钝造成女人卖淫,卖淫比许多职业收益更多;大部分妓女当过仆人,被当作物品而不是人来看待;80%的巴黎妓女来自外省或者乡下,大城市离家乡很远,不易被家乡人发现;在法国农村,不太重视贞操。低级卖淫是一门艰难的职业。妓女有不同的阶层,高级妓女有很大的自由,有名的宠姬通过有权力的情人,参与治理世界。女人变老,她的处境也改变了。她把最迫切的希望寄托在儿子身上,或者投入家务,越来越虔诚,变得冷漠无情和自私,如果比她更年老的丈夫先死的话,她会轻松地服丧。女人有自恋倾向。波伏瓦也探索了恋爱女人的种种表现。

总的说来,波伏瓦的论述有不少真知灼见,她敢于触及一些敏感的问题。她对小姑娘、少女、同性恋、婚姻、家庭生活、妓女、恋爱等都提出了与众不同的见解,令人有耳目一新的感觉,尽管有的看法不能令人接受。她的论述已构成一门女性学。这门女性学既以女人作为一个生物实体来研究,分析了女人一生经历的各个阶段,又从精神、心理、历史、社会、经济、文化及文明的角度进行考察,一方面融合了以往在女性问题上的研究成果,另一方面又更多地阐述了自己的独特见地。评论家认为:"这部著作,虽然是综合的,却力图将精神分析、社会的和历史的批评结合在一起,去理解历代对女人的不公,以便赞助争取妇女地位的完全承认的斗争。作为一部教育和有效地培养青年的书,它帮助一代男女获得更多的智慧,因而也获得真正的自尊。"①《第二性》由于运用了综合评论的方法,细致地分析了女性生活各方面、各阶段的问题,因而确实能够成为让女青年了解自身,避免出现心理障碍的一本启蒙读物。波伏瓦比一般的女权主义者更全面、更深刻地阐明了女性问题,因此马上引起国际舆论的重视。

诚然,波伏瓦是立足于存在主义观点来谈论女性的。批评家加埃唐·皮孔指出:"西蒙娜·德·波伏瓦比任何人都更好地体现了将小说与哲学结合在一起","她在重要的《第二性》中将这些观点用于社会问题,如妇女处境的问题"。② 其他批评家也认为:"《第二性》构成将存在主义方法最好地用于实际问题的实例之一。"③且不说她运用了一套哲学术语,如内在性、超越性、他者、存在先于本质、自由选择等概念。作为全书的思想核心,是存在主义对人的生存、存在的关注。波伏瓦正是从肯定人在社会上生存的权利出发,去看待女人在社会中的作用和地位的。如她指出:"物种在社会中是作为生命而存在的","存在观点让我们明白,原始群体的生物学的和经济的状况要导致男性的统治","女人并非作为自身存在的那样,而是作为男人所确定的那样认识自己和作出自我选择……'她为了男人而存在'是她的具体地位的基本要素之一","在生存的愿望、在地球上占有一席之地的愿望变得强烈的年龄,知道自己是被动的和依附于他人的,那是令人难堪的处境","女人是一个人们要求她成为客体的生存者","这总是关系到在复杂的和基于自由决定的整体中进行选择;任何性的命运都主宰不了个体的生活;相反,其肉欲表

---

① 托泽尔:《从〈辩证理性批评〉到〈家庭的白痴〉》,见《法国文学史,第四卷,从1913年至今日》,社会出版社,1982年,第361页。
② 加埃唐·皮孔:《法国新文学概观》,加里玛出版社,1960年,第126页。
③ 贝尔萨尼等:《1945年至1968年的法国文学》,博尔达斯-拉封出版社,1982年,第75页。

现了对存在的总体态度",等等,存在主义的观点几乎在每一章节中作为理论基础出现。基于现实生活的发展,波伏瓦满怀信心地看到女人未来的解放,虽然她并没有提出多少切实可行的方案,但这并未减低《第二性》的理论价值。波伏瓦最后引用了马克思《1844年经济哲学手稿》的一段话作为全书的总结,也许她认为这是与存在主义相通的。这段话对男女之间的关系作出了哲学上的高度概括:人是类存在物,男女关系是人与人之间最自然的关系。这个论断作为全书煞尾的警句是十分有力的。

《第二性》所引用的材料丰富翔实,论证相当严密。波伏瓦博览群书,学识渊博。她的生物学知识达到了专业水平,她对马克思、恩格斯的有关著作相当熟悉,她深谙人类学家关于原始社会的著述,例如莱维-斯特劳斯、马林诺夫斯基的著作,又如对精神分析学家弗洛伊德、阿德勒、博杜安、巴兰、达尔比埃兹、拉加什、兰克,外科医生(包括生物学家、生理学家等)斯泰农、格拉夫、贝埃尔、昂塞尔、孟德尔、达尔文、维涅、马拉农、林内、拉卡萨涅,性学家加利安、卡鲁日、埃利斯,批评家巴歇拉,经济学家于勒·西蒙、勒罗瓦-博利厄、西斯蒙第、马尔萨斯、斯图亚特·米尔,东方学家格拉奈,司法家博纳努瓦、贝卡里亚等的作品,更不用说对妇女运动家,法国和欧洲的文学与历史,古希腊神话,旁征博引,如数家珍。尤其是她引用了大量精神病科医生和精神分析学者著作中的实例,如斯特克尔的著作《性欲冷淡的女人》、埃纳尔、克拉夫特-埃宾、雅内的《困扰与精神衰弱症》、海伦·德奇的《妇女心理学》,还有索菲娅·托尔斯泰夫人的《日记》等,这些引文既能充分为论点作证,又增加了行文的趣味性,使这部学术著作不致显得枯燥乏味。英文译者对这些引文加以删节或完全取消,大大有损于原书的完整性。

《第二性》篇幅很长,特别是有关阐述存在主义观点的段落较为艰深,译者学识浅陋,译文难免有不当之处,敬请方家不吝指正。

《第二性》(合卷本)翻译后记
上海译文出版社,2015年1月

# 辛酸的幽默

## ——评"黑色幽默"小说《回忆》

"黑色幽默"是当代西方文学中的一个重要派别。采用这种新手法的作家大抵对社会现实不满,精神郁闷,但又没有完全绝望,于是对社会的抨击采取了在幽默中发泄痛苦的方式。评论家对这类作家称之为"黑色幽默"派。

"黑色幽默"派小说在美国最为盛行。60年代初以来,出现了一批以这种新手法写作的美国作家。例如,约瑟夫·梅勒的《第二十二条军规》(1961)通过自相矛盾、无法执行、叫人哭笑不得的一条军规(根据这条军规,神经不正常的人才能停止飞行任务,但提出复员的人神智必定清醒),讽刺了美国的官僚机构。此外如冯尼格、约翰·巴思、詹姆斯·珀迪、托马斯·品钦等十来个作家相继写出了有分量的作品,对各种社会问题和丑恶的现实进行了犀利的独具一格的讥刺。如此众多的作家运用了十分相似的手法,蜚声文坛,形成了一个相当壮阔的文学潮流,不能不引起世人的注目。暂且不论这个文学流派还存在一些复杂的情况,有的作家和有的作品表现出一些消极倾向,单就这个流派对现实持不满和批判的态度来说,无疑是值得肯定的。

"黑色幽默"小说虽然在美国十分流行,可是它的渊源似乎应追溯到法国。20世纪以来,在西方流行的一些文学流派大部分都发端于法国,如象征派、超现实主义、存在主义、荒诞派、新小说等。这些流派所创造的一些新手法直接影响了其他西方的文学流派。"黑色幽默"就是一例。"黑色幽默"这个词原来是超现实主义的主将布勒东在评论英国讽刺作家斯威夫特的作品《一个谦逊的建议》时提出的一个概念。布勒东将"黑色幽默"作为超现实主义的一个重要的基本的手法,认为对现实的描写要采取幽默的、滑稽突梯的手法,以表现出现实的荒唐可笑之处。这种幽默带上了作家主观的色彩,反映了作家不满、忧郁甚至痛苦的情绪,所以称为黑色幽默。

超现实主义产生于第一次世界大战之后,当时,由于世界大战的浩劫,西欧一些国家的文明受到很大的破坏,面对现实,一些知识分子在精神上感到极度苦闷。他们对资本主义社会的憧憬幻灭了,不免要发发牢骚。然而,他们对社会的讥讽不可能是乐观主义的,而是带上阴郁的色彩,用黑色幽默来概括倒也十分恰当。第二次世界大战以后,在西欧和美国出现了同20年代相类似的情况。美国在第二次世界大战中尽管没有遭到什么破坏,可是一些目光敏锐的有识之士却也看到了资本主义社会的一些弊病和精神危机,这是美国表面的物质繁荣所掩盖不了的。不单在美国,在西欧,有些进步作家也挺身而出,揭露美国社会的黑暗面。法国作家萨特的《恭顺的妓女》就尖锐地抨击了美国的种族歧视和阶级压迫。无独有偶,法国的"黑色幽默"作家博里斯·维昂一生没有到过美国,却把自己有些小说的背景放到美国,抨击了美国的社会现实。"黑色幽默"小说确实反映了知识分子对资本主义文明深沉的失望感。

博里斯·维昂是一个有才华的作家。1920年他出生在巴黎郊区。父亲思想比较开明,博里斯·维昂接受了父亲蔑视金钱、反教会和反军国主义的思想。他母亲爱好音乐,给年幼的维昂以艺术的熏陶。维昂在1939年进入中央高等工艺制造学校。战争爆发时,他因为心脏不好,免服兵役。1942年大学毕业后,他当了工程师。这个时期他已经开始写作小说。维昂会吹喇叭,经常参加爵士音乐会,并撰文评论爵士乐。

二战后,维昂的创作活动进入了繁荣时期。他同萨特关系密切,参加《现时代》的编辑工作。1946年,他以翻译美国作家维尔侬·苏利汶(其实是他的化名)的小说的名义出版了《我要在你们的坟上啐唾沫》,揭露美国的种族歧视。这部小说描写一个黑白种混血儿为了替一个被私刑处死的黑人兄弟报仇,杀死了两个白人妇女。这个长篇一度被禁。1947年,他发表了《岁月的淘汰》,这是他的代表作,被现代法国作家雷蒙·格诺誉为"最激动人心的当代爱情小说"。故事是在当时蓬勃展开的民主运动的背景上进行的,情节很简单:描写一个男青年爱上了一个姑娘,后来她不幸病死了。令人感兴趣的是,维昂对现实和人物的绝望心理采用幽默的笔法去表现。评论家认为这部小说使维昂侧身于他同时代最著名的年轻作家之列。同样,1948年发表的《要杀掉一切丑人》是一部涉及优生学问题的小说,糅合了惊险和科幻的情节,这部小说的价值尤其在于通过幽默的笔触去叙事状物,被认为是滑稽文学中的一部杰作。1950年发表的《红草》描写一个学者发明了一部机器,能使往事和烦恼复现。维昂用幽默的手法去描写人物的不安心理,使这部小说具有他一贯的独特风格。

维昂不仅是一个小说家,而且还是一个戏剧家、作曲家和诗人。他的剧本同样具有幽默诙谐的特点。他写过400多首歌曲。维昂是当代颇负盛名的诗人。

然而,维昂富有独创性的才能在50年代并没有得到人们的赞赏。只是随着"黑色幽默"小说的流行,人们才重新发现了他。维昂在1959年患心脏病去世。60年代,尤其是在美国,维昂的作品受到广泛重视。70年代,维昂已被看作战后的一位重要作家。他的所有作品一再重版,人们还挖掘出他生前未发表过的作品。《回忆》就是在1962年问世的。仅从这个短篇便可以看出维昂的确是一个有与众不同的想象力的作家,他之所以受到欢迎不是偶然的。

《回忆》虽短,却比较充分地反映了"黑色幽默"小说的艺术特点。

这个短篇的构思颇为奇特。小说的基本情节很简单:描写一个青年在走投无路的情况下被迫自杀的经过;自杀的过程构成了小说的主体。即使帝国大厦这座美国的最高建筑高达三四百米,但是从顶端跌到地下也不过是一段短暂的时间。按理说,自杀者不可能保持清醒的头脑,每隔十层睁开一次眼睛去窥探每个房间的情形,而且引起联想和回忆。然而这恰好是小说构思的巧妙之处:它从一个崭新的角度去探索一个常见的题材,不落窠臼,给人以新意;它反映了作家丰富而奇巧的想象力,能令人掩卷再思。

全篇贯穿了一种令人心酸的幽默意趣。主人公的自杀本是为情势所逼,他的经历是令人同情的。小说穿插描写的回忆反映了主人公以往的生活,表现了主人公对生活的热爱和环境对他的压迫,以此衬托出全篇的悲剧气氛。可是,小说的描写又带上了滑稽的意味。小说第二节的描写多少含有象征的意思,那个年轻姑娘一身黄色,同阳光一样,她代表着美好的生活。她吸引了他,他想留下来不死,但她拒绝他留下来,这意味着生活抛弃了他。这个情节也具有令人辛酸的幽默感。如果说,第一次自杀的过程相对来说是漫长的,那么,第二次自杀则是按正常速度进行的,结局是在第五大街上脑袋摔成了"一个红色的美杜莎"。

作者用希腊神话中蛇发女怪的可怕形象来比喻死者的惨状,使这个悲剧的结局带上幽默的色彩,具有嘲弄的意味,读后犹如喝下了一杯浓浓的药茶一样,久久留下一股发甘的苦味。

这种阴沉的辛酸的苦涩的幽默是运用荒诞和夸张的手法来取得的。自杀的一刹那间,在往下跌落时,人的神智能这样清楚,是夸张和荒诞的;快落到底下时,竟被卷进房间,安然无恙地跌坐在扶手椅里,这也是夸张和荒诞的。但是否可以这样说,作者采用了电影中慢镜头的技术来处理主人公的心理活动,把他的自杀过程分解为一个个独立的慢镜头,让人们清晰地看到他在刹那间的思想活动。从这一角度来看,小说的夸张和荒诞手法似乎也有合理的成分。正是基于这一点,回忆的过程有着令人可信的地方。

回忆是一种心理活动。小说的描写吸收了意识流的手法,但又有新的创造。通过人物的回忆反映他过去的生活,这是一种意识流手法。但是,在这样一个特殊的场合,通过窗户的一瞥,从所看到的东西而引起对往事的回忆,又不同于常见的意识流手法。小说里,人物眼中所见与回忆往事是在刹那间进行的,衔接自然,极其紧凑,在短短六千多字的篇幅里把人物的生平概括和浓缩在一起(只通过五六段心理描写就把人物一生的主要经历写出来),这种描绘手法确属上乘。很明显,人物的心理活动描写代替了大段的叙述,避免了平铺直叙。从这里可以看到作者的尝试扩大了心理描写的表现力。

在反映生活方面,这种手法自然不同于传统的现实主义。《回忆》这个短篇对现实是持批判态度的。按照批判现实主义的写法,往往是正面描述主人公的生活和爱情经历,特别是描写他的情人的父亲作为一个资本家怎样反对一个农民的子弟同自己女儿结婚。维昂不愿意袭用这种现成的表现手法。他力图另辟蹊径。他只隐约地点到主人公的出身,他的情人的父亲是个资本家,坚决表示反对女儿的婚事。其余的过程就让读者去发挥想象,补充小说中没有明确交代的情节。这种写法没有正面描绘来得尖锐、酣畅,却具有含蓄婉约的特点。但从字里行间仍然可以看到作者对贫富阶级之间的对立的态度(通过主人公和姑娘的对话,还可以看到作者对宗教的否定)。如果说,小说这种较为含而不露的批判锋芒还是值得肯定的话,那么,这种艺术表现手法就自有它存在的价值。

诚然,《回忆》也受到当代西方文学中关于两性关系的色情描写的影响,文中不免出现了一些过于猥亵的字句。这是小说的消极方面。

即使有这个缺点,短篇小说《回忆》尚不失为一篇成功之作。它在艺术上作了新的开拓和探讨,概而言之,新奇而不流于无稽,怪诞而尚且可信,夸张则有助于突出主题。更重要的是它那种深沉的痛苦的幽默,对现实作了剀切的剖视和揭露。

# 略论尤瑟纳尔的《东方故事集》

玛格丽特·尤瑟纳尔是法兰西学院三百五十年来的第一位女院士,作为历史小说家,达到这样的成就实属不易。尤瑟纳尔踏上创作道路时,写的就是历史小说,不过是短篇。《东方故事集》主要搜集了她的早期创作,最早的发表于1928年,大部分小说发表于30年代,最晚的发表于1978年,10篇小说创作的时间长达50年。虽说《东方故事集》基本上是早期创作,但是已经显示了她的才华,在20世纪的法国短篇小说中占有了一席之地,令人瞩目。

《东方故事集》的独特之处有如下几个方面:

**一是题材**。尤瑟纳尔选取了中国、南斯拉夫、阿尔巴尼亚、希腊、印度、日本的故事、传说和神话作为这些历史小说的题材。在法国人看来,"东方"的概念一般是指法国或西欧以东的广大地域,因此,巴尔干地区的南斯拉夫、希腊和阿尔巴尼亚都划在"东方"之内。尤瑟纳尔感兴趣的不是当今的东方,而是东方的历史故事。这与一般描写东方题材的现代法国作家迥异,如马尔罗、杜拉斯都以自己的经历和见闻为蓝本进行创作,不写20世纪以前的故事。如果一定要找她的先行者,夏多布里昂和福楼拜的历史小说与她小说倒是一脉相通的。夏多布里昂的《殉教者》(1809)以3世纪末的古罗马帝国的末期为背景,展现罗马帝国的腐败风俗,这是欧洲的第一部历史小说,略早于司各特的历史小说创作。福楼拜的《萨朗波》是一部新型的历史小说,再现了公元前240年发生在迦太基的一场战争的起因、过程和残酷,以此影射第二帝国的腐败。又如,《三故事》中的《希罗狄亚》描写耶稣传播基督教时期地中海东岸的宫廷斗争,是一个短篇历史小说,形式上与《东方故事集》更为接近,只不过它的篇幅较长,不像《东方故事集》的故事和小说那样短小精悍。从上述的简单介绍看来,其他作家不像尤瑟纳尔那样在短短的篇幅内(中文约 5 万字)汇集了六个东方国家的传说与神话,这一点显示了尤瑟纳尔对历史题材的广泛兴趣。

《东方故事集》是尤瑟纳尔从事历史小说创作的起点,也是试笔,而且是成功的试笔,为以后她创作《哈德良回忆录》(描写古罗马帝国)和《苦炼》(描写文艺复兴时期)打下基础。从《东方故事集》的内容来看,有的是从中国道家的寓言故事中挖掘题材的,有的根据巴尔干地区的谣曲改编,有的在印度的佛教典籍中寻找材料,有的改写了日本古代小说《源氏物语》主人公的结局,有的是在希腊的见闻的基础上加以想象衍生而成的。有几篇可以列入传说或传奇,如《马尔科的微笑》《寡妇阿芙罗迪西亚》《马尔科·克拉列维奇之死》《源氏亲王的黄昏恋》。《柯内琉斯·贝尔格的悲哀》可以列入这一范畴,但不属于东方故事;有几篇与神话相似,如《迷恋过海洋女神的人》《燕子圣母院》《砍掉脑袋的迦利》;有些介于两者之间,如《王福脱险记》《死去女人的奶》。

严格说来,《东方故事集》并不能算作真正的历史小说,确切地说,这是历史题材的短篇小说。虽然这些故事不能进入历史编年史中,然而历史小说的内容不一定有确切的历史依据,如大仲马的小说大半是史书上语焉不详,而根据作者的想象写成的。因此,从广义上来说,《东方故事集》算作历史小说也未尝不可。这种半是传奇半是神话的故事和小说以短篇小说的形式出现,是一种独特的创造,扩大了短篇小说的内涵。类似的小说我们也可以见到,中国的且不论,法国作家中,戈蒂埃的短篇《女尸恋爱记》给一个女鬼以仙女的外貌和爱情执着的品格,《翁法勒——罗可可故事》类似聊斋故事;法国另一位现代作家埃梅的短篇《穿墙记》《生存卡》也有神话意味。只不过《东方故事集》具有历史色彩,这是其他传奇和有神话意味的短篇小说不可同日而语的。

**二是哲理**。尤瑟纳尔并不止于从东方的传奇和神话故事中猎奇,她更重视这些故事中蕴含的哲理意义,以她的话来说,要从中挖掘"不可分割的思辨观点"。正因如此,她有时加以改写,有时加以引申,有时以自己的方式加以想象,以致改变了原有故事的含义,丰富了故事的内涵。《东方故事集》描写爱情的故事最多,包括《马尔科的微笑》《源氏亲王的黄昏恋》《迷恋过海洋女神的人》《寡妇阿芙罗迪西亚》《砍掉脑袋的迦利》也可以算在内。这些故事每一篇的含义都不同。

《马尔科的微笑》描写爱情的力量。马尔科是塞尔维亚民族反抗土耳其人统治的英勇斗士，他的勇猛和坚强可以与荷马史诗中的英雄阿喀琉斯媲美。由于他的情妇出卖，他被敌人抓住了，忍受了令人难以想象的酷刑：被钉子穿透手心和脚背，被烧红的炭火在胸脯上划出一圈，烧焦了皮肉，但他一声也不哼，脸上没有流露出任何表情，他的忍耐力是常人无法比拟的。可是，那个长得最美的姑娘的舞姿打动了他，本来谁也听不出他的心跳，如今他心跳加快，嘴角也露出一丝幸福的微笑，双唇轻轻地翕动，好像在接吻。爱情的力量比酷刑的威力更大，能使英雄情不自禁地露出心底的秘密。姑娘也爱慕这个坚强不屈的英雄，她看到了马尔科的微笑，为遮人耳目，机灵地把红手帕掉在马尔科的头上，盖住他的微笑。她的爱情表示与恶毒的寡妇出鬼主意形成鲜明对照。这是一曲爱情的颂歌。

《寡妇阿芙罗迪西亚》则描写对爱情的忠贞。阿芙罗迪西亚与酷爱自由的科思蒂斯相爱，她的丈夫是个年老的神父，他们没有爱情可言。而科思蒂斯把她的名字刻在自己的手臂弯里，有着刻骨铭心的爱。科思蒂斯的死使她悲痛欲绝，她很想在打死他的农民的面包里下毒药，想到那些农民要在科思蒂斯的尸体浇上汽油然后烧掉，连葬在墓园里的机会也没有，便心如刀割。于是她利用中午烈日当头，农民们都关在家里睡午觉的机会，把科思蒂斯的无头尸体从尸堆中拖出来，埋在神父只剩下尸骨的棺材里。做完这件工作以后，她觉得还不够，又跑到用长柄叉戳着科思蒂斯和他的几个同伙的脑袋的空地，把他的脑袋拔出来。她坐在空地下方的果园里歇息时，果园主人出现了，以为她偷果子。她不让对方发现藏在裙子底下的头颅，在逃遁中坠下山崖。她不愿意在情人死后过着孤独和没有生的乐趣的生活，不愿过着欺瞒大家、常年说谎和保持虚伪的生活，宁愿一死了之。这个女人的一往情深表现得很突出。

《源氏亲王的黄昏恋》描写一个早年是情场老手的亲王，他原想摆脱红尘，割断情丝，在平静中了却余生。不料他的妻妾中仍有人对他旧情未断。源氏因失明而无法看到她的真面目，再说他对这个女人早已置诸脑后，没有留什么印象，连他如今觉得动听的曲子是早先多次听到过的也记不起来。这对一个妻妾成群的亲王来说，是很普通的事。他对相貌平平的女人只是在想满足情欲时才与她过夜，这里没有爱情可言。眼下处在孤独与凄凉境地的他，得到一个女人无微不至的照顾，给了他极大的欣慰。这是爱情吗？临终时他记起了旧日他宠爱的几个妻妾，也许这是旧日的"爱情"给他留下的美好印象。可悲的是，这几个获得他宠爱的妻妾中，唯独没有如今这个照料他的、渴望得到他的黄昏恋的女人。尤瑟纳尔对这个不能算是无情无义的大贵族的内心情感和本性刻画得入木三分,对痴情的、得不到真正宠爱的宫廷女子,流露了无限的同情。要求大贵族给予爱情是多么不易啊,试图做出最后一次努力,要获得老亲王的黄昏恋,结果是只能留下更深切的悲哀和惆怅。

《迷恋过海洋女神的人》的主人公帕内吉约迪斯追逐过那些美丽的海洋女神后,成了白痴和哑巴,他"脱离现实世界,走进了理想世界"。小说的寓意在于表现:现实不能吸引他,现实世界的美女也不能吸引他,他只有在理想世界中才能找到美。

《砍掉脑袋的迦利》中的迦利由于受到众神的嫉妒,先被砍掉了脑袋,继而众神后悔了,想把她的脑袋与身躯重新接到一起,不料接错了,竟将她的脑袋与一个妓女的身躯连接起来,由此产生了悲剧:这个脑袋无法按照自己的愿望做事,她的身体渴望淫欲,即使最令人不齿的男人,她也与之发生关系。这是纯洁的灵与淫邪的肉之间的矛盾,肉显然比灵的力量更为强大,不是灵支配肉,而是肉的欲望支配了灵。这样,一个作为美的象征的女神沦落到千夫所指的狗屎堆。小说的暗喻似乎是:人的肉身的欲望往往支配人做出不愿做的事来。这是那些恶神做出的恶作剧吗?灵受制于肉是万古不变的事实吗?不可能改变吗?另一方面,矛盾的辩证法却是:"欲望使你懂得了欲望的虚空,悔恨教会你悔恨的无用……正因为你,完美才意识到自身的存在。"做过种种坏事的人回过头来会发现已往之不可取、悔恨之无用,然而,完美是在与丑恶的对比之中存在和确立的。描写爱情的短篇小说具有如此深邃的哲理,似乎并不多见。这就是为什么读完《东方故事集》令人觉得余味无穷,很耐咀嚼的缘故。

《东方故事集》描写母爱的小说只有一篇:《死去女人的奶》。这篇近乎神话的小说描写一个临死前的母亲念念不忘正在哺育的婴儿,于是向丈夫的两位哥哥提出,不要埋掉自己的乳房,让它能够继续给孩子喂奶。直到孩子断奶以后,这个已经死去的母亲的奶水才不再流出。正因为有这位伟大的母亲,孩子的生命才得以延续;也正因为有这位伟大的母亲,塔楼才得以建成,抵挡住土耳其人的入侵。小说结尾描写一个吉卜赛女人为了获得别人的同情,让人施舍,居然弄瞎自己孩子的眼睛,小说中的人物不禁感叹:"世上的母亲真是千差万别啊。"这画龙点睛的一笔越发衬托出前一位母亲的母爱之可贵。

《王福脱险记》的第一个层面表达的是绘画的力量：长年深锁宫中的皇帝见不到现实世界，便把画幅中的山水人物当作现实，待到他掌权以后，发现现实并不像画中那样美好，于是要把画家抓来，弄瞎他的眼睛，砍掉他的手；然而，画的力量其实比他早先以为的更大，待王福画出海洋和小舟，他坐上这只小舟扬长而去。小说将绘画的魅力加以形象化。《王福脱险记》的第二个层面表达的是对现实的失望。皇帝说："世界只不过是一个失去理智的画家凭空涂抹的一堆乱糟糟的墨迹。"换言之，画家凭自己的想象将世界美化了。画家笔下是一个没有暴力的世界，是一个遍地开着永不凋谢的鲜花的世界，是一个桃花源。王福和他的弟子终于坐船驶往那里。

《燕子圣母院》是作者在希腊农村看到过的一座教堂的名字，令她不免忽发奇想。希腊是希腊神话的发源地，与天主教不是出自同一渊源。泰拉皮翁修士代表天主教的卫士，他对山林仙女的深恶痛绝，体现了天主教对异教的仇视。他凭借天主教堂和耶稣受难像，将山林仙女逼到最后一个洞穴里。在她们即将陷于毁灭之际，圣母马利亚出现了，提出找到一个"能调和仙女的生命和你的教徒的得救"的办法，说服了修士，让仙女们得以化作燕子，每年春天返回教堂，筑巢安居。这个两全其美的办法是尤瑟纳尔对多种宗教、多种文化共处一体的追求。

《东方故事集》文笔优美，叙事简洁，有的以神奇取胜，有的以惊心动魄而富有魅力，有的以形象感人，五光十色，熔于一炉，确是精品。

**图书在版编目(CIP)数据**

法国经典文学研究/郑克鲁著,朱振武,王青松,郁青编. —上海:中西书局,2024
(上海师大中文学术文库/刘畅主编)
ISBN 978-7-5475-2263-9

Ⅰ.①法… Ⅱ.①郑…②朱…③王…④郁… Ⅲ.①文学研究-法国 Ⅳ.①I565.06

中国国家版本馆 CIP 数据核字(2024)第 091313 号

# 法国经典文学研究

郑克鲁 著
朱振武 王青松 郁 青 编

| 责任编辑 | 汪惠民 |
|---|---|
| 封面设计 | 黄 骏 |
| 责任印制 | 朱人杰 |

| 出版发行 | 上海世纪出版集团<br>中西书局(www.zxpress.com.cn) |
|---|---|
| 地 址 | 上海市闵行区号景路 159 弄 B 座(邮政编码:201101) |
| 印 刷 | 常熟市人民印刷有限公司 |
| 开 本 | 710 毫米×1000 毫米 1/16 |
| 印 张 | 50.75 |
| 字 数 | 824 000 |
| 版 次 | 2024 年 9 月第 1 版 2024 年 9 月第 1 次印刷 |
| 书 号 | ISBN 978-7-5475-2263-9/I・252 |
| 定 价 | 298.00 元 |

本书如有质量问题,请与承印厂联系。电话:0512-52601369